TERRY BROOKS

Shannara VIII

Buch

Eine bunte Schar von Abenteurern bricht mit dem Luftschiff »Jerle Shannara« zu einer Reise auf, um die verschollenen Edelsteine von Shannara zu suchen. Ihr Anführer ist Walker Boh, der letzte Druide. Als die Gruppe unbekannte Gewässer überquert hat und ein geheimnisvolles Land jenseits der Meere erreicht, entern die Ilsa-Hexe und ihre reptilienhaften Verbündeten das Luftschiff. Walker und seine Freunde fliehen, und der Druide findet sich schließlich in Katakomben von Castledown wieder. Er spürt, dass dort nicht nur die Elfensteine verborgen sind, sondern auch Antrax, eine künstliche Intelligenz aus der Zeit vor der Apokalypse, als die Wissenschaften noch weit verbreitet und alle Völker vereint waren ...

Autor

Terry Brooks wurde 1944 in Illinois geboren. Nach seinen Abstechern in die Dark Fantasy und in das Star-Wars-Universum mit der Romanfassung von »Episode I. Die dunkle Bedrohung« kehrte er zu seinen Wurzeln und zu seiner ersten großen Liebe zurück: in die Welt der Shannara-Saga. Terry Brooks lebt in Seattle und auf Hawaii und schreibt an den neuen Folgen seines weltberühmten Fantasy-Epos.

Von Terry Brooks bereits erschienen:

Die Shannara-Saga:

1. Abschnitt: Das Schwert von Shannara (23828), Der Sohn von Shannara (23829), Der Erbe von Shannara (23830) • Die Elfensteine von Shannara (23831), Der Druide von Shannara (23832), Die Dämonen von Shannara (23833) • Das Zauberlied von Shannara (23893), Der König von Shannara (23894), Die Erlösung von Shannara (23895)

2. Abschnitt: Die Kinder von Shannara (24535), Das Mädchen von Shannara (24536), Der Zauber von Shannara (24537) • Die Schatten von Shannara (11584) • Die Elfenkönigin von Shannara (24571), Die Verfolgten von Shannara (24572) • Die Reiter von Shannara (24588), Die Talismane von Shannara (24590)

Die Vorgeschichte: Der Ausgestoßene von Shannara (24717)

3. Abschnitt: Die Hexe von Shannara (24966) • Die Labyrinthe von Shannara (24178) • Die Offenbarung von Shannara (24179)

4. ABSCHNITT: Die Magier von Shannara: 1. Das verbannte Volk (24180) • 2. Der Baum der Talismane (24340) • 3. Die Verschwörung der Druiden (24389)

Außerdem von Terry Brooks lieferbar:

STAR WARS, Episode I, Die dunkle Bedrohung. Roman zum Film von George Lucas (35243)

Weitere Bände sind in Vorbereitung.

Terry Brooks

Shannara VIII

Die Labyrinthe von Shannara

Die Offenbarung von Shannara

Zwei Romane in einem Band

Ins Deutsche übertragen
von Andreas Helweg

blanvalet

Die amerikanische Originalausgabe von »Die Labyrinthe von Shannara« erschien 2001 unter dem Titel »Antrax. The Voyage of the Jerle Shannara II« bei Del Rey/The Ballantine Publishing Group, New York.

Die amerikanische Originalausgabe von »Die Offenbarung von Shannara« erschien 2002 unter dem Titel »Morgawr. The Voyage of the Jerle Shannara III« bei Del Rey/The Ballantine Publishing Group, New York.

Umwelthinweis:
Alle bedruckten Materialien dieses Taschenbuches
sind chlorfrei und umweltschonend.

1. Auflage
Taschenbuchausgabe April 2006 by Blanvalet,
einem Unternehmen der Verlagsgruppe
Random House GmbH, München.

These translations were published by arrangement with
The Ballantine Publishing Group, a division of Random House, Inc.
Umschlaggestaltung: Design Team München
Umschlagillustration: Agt. Schlück/Krasny
V.B. · Herstellung: HN
Druck und Einband: GGP Media GmbH, Pößneck
Printed in Germany
ISBN-10: 3-442-24381-5
ISBN-13: 978-3-442-24381-5

www.blanvalet-verlag.de

Die Labyrinthe von Shannara

FÜR JOHN SAUL UND MIKE SACK

Für fünfzehn Jahre
sarkastischer Einsichten, böser Scherze
und unschätzbarer Ratschläge

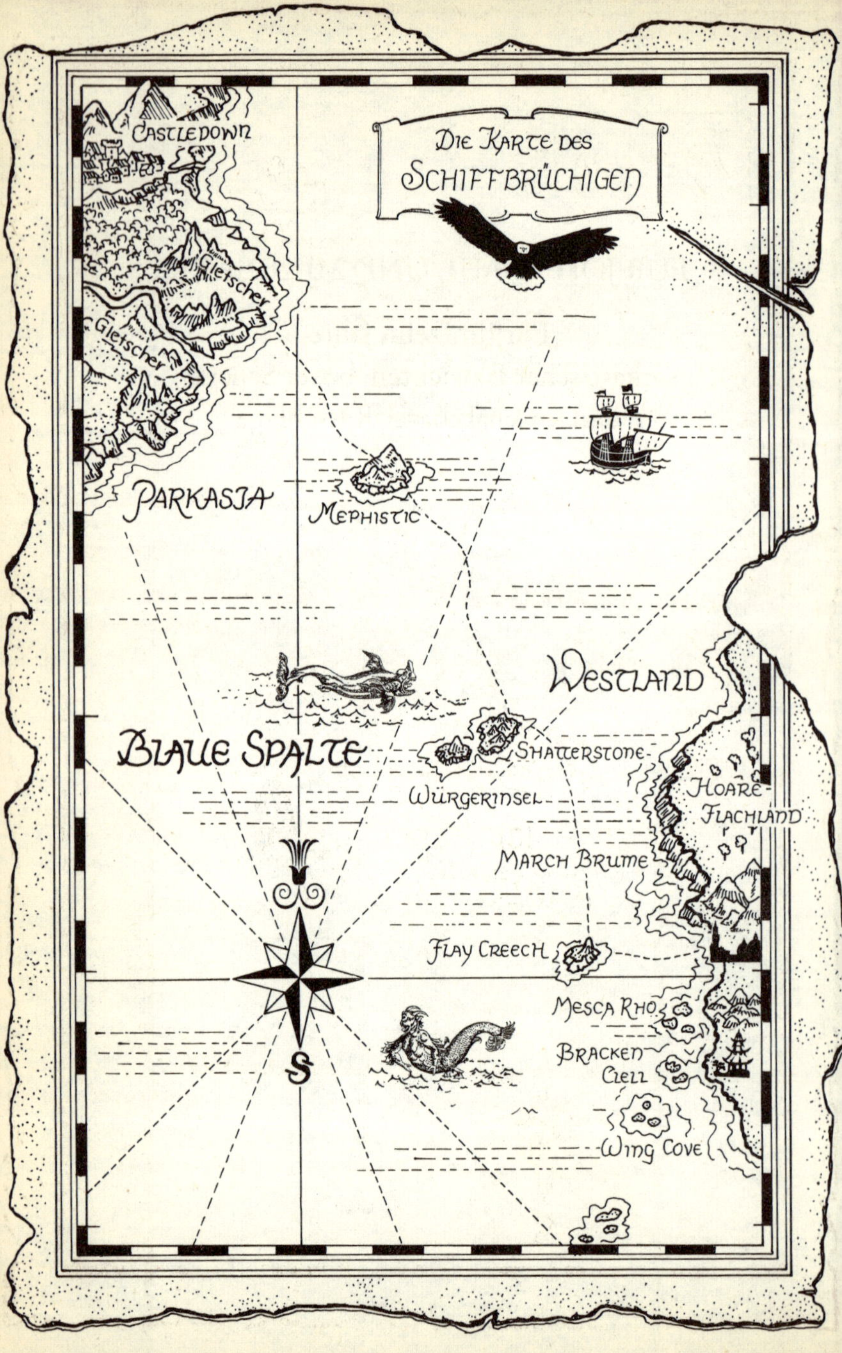
Die Karte des
Schiffbrüchigen
Castledown
Gletscher
Gletscher
Parkasia
Mephistic
Westland
Blaue Spalte
Shatterstone
Würgerinsel
Hoare
Flachland
March Brume
Flay Creech
Mesca Rho
Bracken
Clell
Wing Cove
S

PARKASIA
CRAKE
REGENWALD
ALEUTHRA ARK GEBIRGE
Dorf der Rindge
Gestaltwandler
CASTLEDOWN
Gletscher
Gletscher
Quetscher
REPARATUR
ARBEITEN
AN DER JERLE
SHANNARA
ICE HENGE
KÜSTENINSELN
- BLAUE SPALTE -
S

Eins

Am letzten Tag ihrer Kindheit zählte Grianne Ohmsford sechs Jahre. Für ihr Alter war sie klein, daher mangelte es ihr an übermäßiger Körperkraft oder außergewöhnlicher Lebenserfahrung, und so war sie auch nicht sehr gut darauf vorbereitet, aus heiterem Himmel ins Erwachsenenleben einzutreten. Ihr ganzes bisheriges Leben hatte sie am östlichen Rand der Ebene von Rabb verbracht, als ein behütetes Kind von zweien in einem liebevollen Heim. Araden und Biornlief Ohmsford hießen ihre Eltern, der Vater ein Schriftgelehrter und Lehrer, die Mutter eine Hausfrau. In ihrem Haus gingen die Leute wie in einer Schenke ein und aus, Schüler ihres Vaters, Klienten, die sich seiner Fähigkeiten bedienten, Reisende aus allen Vier Ländern. Sie selbst hatte noch keine fernen Länder besucht, als ihr die kleine Welt, die ihr bis dahin gehört hatte, unvermittelt geraubt wurde.

Obwohl ihre Erscheinung unauffällig war und nichts an ihr erwarten ließ, dass sie eine derartige traumatische Veränderung ihres Lebens überwinden könnte, besaß sie in Wirklichkeit überraschende Fähigkeiten und außergewöhnliche Stärke. Zum Teil konnte man es allerdings an den enorm blauen Augen erkennen, deren Blicke das Gegenüber durchbohrten und bis in die Seele drangen. Fremde, die den Fehler begingen, in diese Augen zu schauen, ertappten sich recht bald dabei, wie sie den Blick wieder abwandten. Mit diesen Männern und Frauen sprach sie weder, noch nahm sie von diesen Begegnungen etwas mit, und trotzdem überkam die Fremden das Gefühl, sie hätten einen Teil von sich aufgegeben. Manchmal lief sie in Haus und Garten herum, das lange dunkle Haar fiel ihr locker über die Schultern, und sie wirkte wie ein Streuner, der nicht weiß, was er tun oder wohin er gehen soll. Dann wieder saß sie allein in einer Ecke, derweil die Erwachsenen sich unterhielten, beanspruchte eigenen Raum für sich selbst und sorgte für dessen Ungestörtheit.

Zudem war sie hart, ein stures und widerspenstiges Kind, das, hatte es sich etwas in den Kopf gesetzt, sich nicht mehr davon abbringen ließ. Eine Zeit lang konnten ihre Eltern mit Hilfe der üblichen Strafen und Belohnungen darauf einwirken, schließlich jedoch stellten sie fest, dass sie keinen Einfluss auf das Mädchen hatten. Grianne schien ihre eigene Identität zu finden, indem sie zu verschiedenen Sachverhalten Stellung bezog, sich auf Herausforderungen einließ und die Folgen akzeptierte, wie auch immer sie aussahen. Häufig bestanden sie aus einer strengen Zurechtweisung und der Verbannung in ihr Zimmer, oder es handelte sich einfach nur um eine Versagung dessen, von dem andere glaubten, es würde ihr gefallen. Nichtsdestotrotz schien sie solche Konsequenzen nicht zu scheuen und war zu begabt, um sich von der Verweigerung ihrer Wünsche erschüttern zu lassen.

Im Mittelpunkt all dessen stand jedoch ein Erbe, wie es in dieser Art schon seit Generationen nicht mehr in Erscheinung getreten war. Sie wusste bereits früh, dass sie sich von ihren Eltern, ihren Freunden und sonstigen Bekannten unterschied. Alles deutete auf die berühmtesten Vorfahren ihrer Familie hin – auf Brin und Jair und Par und Coll Ohmsford, auf die sie ihre Abstammung direkt zurückführen konnte. Frühzeitig erklärten die Eltern ihr dies, nahezu sofort, nachdem sich die Begabung offenbart hatte. Sie war mit der Magie des Wunschliedes geboren worden, einer Kraft, die in der Familie Ohmsford nur alle vier oder fünf Generationen zu Tage trat. Wünsch es dir, singe dafür, und es wird geschehen. Nichts war unmöglich. Solange ihre Eltern zurückdenken konnten, hatte sich das Wunschlied in keinem Ohmsford gezeigt, und dementsprechend besaß keiner der beiden persönliche Erfahrungen im Umgang damit. Immerhin kannten sie die Überlieferungen, die ihnen wieder und wieder von ihren eigenen Eltern erzählt worden waren, die Geschichten über jene Magie, die seit den Zeiten der großen Königin Wren existierte, einer ihrer Vorfahren. Aus diesem Grund wussten sie recht gut, was es zu bedeuten hatte, wenn ihr Kind allein durch Gesang Blumenstiele beugen oder einen knurrenden Hund aus dem Weg schieben konnte.

Zunächst benutzte sie das Wunschlied auf einfache Weise und ohne jede Disziplin, und dass es sich um eine sehr besondere Gabe handelte, begriff sie lange Zeit nicht. In ihrem kindlichen Denken schien es ihr, jeder müsse sie besitzen. Ihre Eltern halfen ihr, den Wert zu erkennen, die Kraft nutzbar zu machen und das Geheimnis anderen gegenüber zu wahren. Grianne war ein kluges Mädchen, und sie verstand schnell, was es bedeutete, etwas zu besitzen, das andere begehrten oder fürchteten. Sie schenkte ihren Eltern Gehör, obgleich sie die Ermahnungen, wie und zu welchem Zweck die Gabe benutzt werden sollte, wenig beherzigte. Doch sie war klug genug, ihnen nur das zu zeigen, was sie von ihr erwarteten, und alles andere vor ihnen zu verbergen.

Deshalb hatte sie am letzten Tag ihrer Kindheit längst verstanden, wie sie ihre Magie einzusetzen hatte. Sie hatte Schutzmaßnahmen gegen Gefahren getroffen und sich gute Ausflüchte für das Verbot ihrer Eltern überlegt, sie bis an die Grenzen auszutesten. Ihr Panzer aus starker Entschlossenheit und sturem Beharren hatte sich zu einer Festung erweitert, in der sie das Wunschlied ungestraft verwenden konnte. Ihre kindliche Welt war bereits komplexer und anspruchsvoller als die vieler Erwachsener, und gerade lernte sie, dass sie niemandem je verraten durfte, wer und was sie war. Und es sollten am Ende ihre Gabe der Magie und ihr Verständnis für die Wirkungsweise sein, die sie retten würden.

Gleichzeitig und ohne ihre Schuld wurde dadurch das Schicksal ihrer Eltern und ihres jüngeren Bruders besiegelt.

Schon einige Wochen vor diesem letzten Tag fiel ihr auf, dass in ihrer Kinderwelt etwas nicht stimmte. Es offenbarte sich ihr in Kleinigkeiten, die weder ihre Eltern noch andere Leute bemerkten. Eigentümliches lag in der Luft – Gerüche und Geschmäcke und Geräusche, die auf verborgene Wesen und finstere Absichten hindeuteten. Mit den Vibrationen ihrer Stimme, die zu ihr zurückkehrten, wenn sie die Magie ihres Liedes einsetzte, erhaschte sie Blicke aus den Schatten. Auch spürte sie Veränderungen in Hitze und Kälte, die sich sonst nur einstellten, wenn sie bedroht wurde, bloß konnte sie für gewöhnlich die Spuren bis zu ihrer Quelle zurückverfolgen, was ihr diesmal nicht gelang. Ein- oder zweimal spürte sie die Nähe dunkel verhüllter Gestalten, vielleicht jener Gestaltwandler, die sie schon bei verschiedenen Gelegenheiten zuvor entdeckt hatte, die sich stets versteckten und außer Reichweite aufhielten und dennoch ständig anwesend waren.

Ihren Eltern erzählte sie nichts davon, weil sie keine Beweise hatte und sich lediglich auf Vermutungen hätte stützen können. Trotzdem blieb sie wachsam. Ihr Haus stand am Rand eines Ahornwäldchens, davor breitete sich die flache grüne Schwelle des Rabbs aus, die sich bis zu den Ausläufern der Drachenzähne erstreckte. Während sich von Westen nichts und niemand nähern konnte, ohne schon von weitem sichtbar zu sein, schirmten Wald und Hügel die anderen drei Seiten ab. Von Zeit zu Zeit erforschte sie diese, eine Vorsichtsmaßnahme, die ihr ein Gefühl der Sicherheit verlieh. Doch wer immer sie beobachtete, ging vorsichtig zu Werke, und sie fand niemals heraus, was für ein Wesen es war. Es verbarg sich vor ihr, mied sie und entfernte sich, sobald sie auftauchte, kehrte jedoch stets zurück. Sie spürte die Blicke sogar, während sie danach suchte. Es war klug und geschickt und daran gewöhnt, sich zu verstecken, sobald andere es auftreiben wollten.

Eigentlich hätte sie Furcht empfinden sollen, doch Angst hatte nicht zu ihrer Erziehung gehört, und so wusste sie ihren Nutzen nicht zu schätzen. Für sie stellte Furcht ein Ärgernis dar, das sie schlicht aus ihrem Leben verbannte und einfach nicht beachtete. Letzten Endes jedoch fragte sie ihren Vater dennoch, ob es jemanden gebe, der ihr oder ihm oder ihrer Mutter oder ihrem Bruder etwas antun wollte, woraufhin er nur lächelte und antwortete, sie würden nichts besitzen, das irgendwem Anlass biete, ihnen Schaden zuzufügen. Das sagte er ruhig und voller Überzeugung, wie ein Lehrer, der seinem Schüler Wissen vermittelt, und deshalb, so glaubte sie, musste er damit auch Recht haben.

Die Gestalten in den schwarzen Mänteln kamen schließlich im Morgengrauen, jener Tageszeit, wenn das Licht so bleich und schwach ist, dass es kaum Schatten zeichnet. Sie töteten den Hund, den alten Beller, als der nachschauen ging, wer sich da näherte, ein Akt, der unmissverständlich für ihre finsteren Absichten sprach. Inzwischen war sie erwacht, denn eine innere, mit ihrer Magie verbundene Stimme hatte sie alarmiert, und sie eilte auf Zehenspitzen durch das Haus und forschte nach der Gefahr, die bereits auf der Schwelle stand. An diesem Morgen war die Familie allein, keiner der reisenden Gäste wohnte bei ihnen, und niemand würde sich mit ihnen gemeinsam der Bedrohung entgegenstellen.

Beim Anblick der schattenhaften Gestalten, die vor den Fenstern hin- und herhuschten, zögerte Grianne nicht. Sie spürte die Gefahr, welche sie überall umgab, ein Kreis eiserner Klingen, der sich unerbittlich wie eine Schlinge enger zog. Jetzt rief sie nach ihrem Vater und rannte zurück ins Kinderzimmer, wo ihr Bruder schlief. Wortlos nahm sie ihn auf den Arm und drückte ihn fest an sich. Weich und warm fühlte er sich an, kaum zwei Jahre alt. Sie trug ihn hinunter in den Erdkeller, wo die Lebensmittel aufbewahrt wurden. Oben versuchten die Eltern, ihre Flucht zu decken. Glas zerbrach, Holz splitterte, und Grianne hörte die Schreie und Verwünschungen ihres Vaters. Er war ein tapferer Mann, und er würde dem Kampf nicht ausweichen. Leider würde das nicht genügen, das spürte sie bereits jetzt. Sie löste einen Riegel und zog einen Teil des Regals zurück, der den Eingang zu einem Kriechkeller verbarg, einer Zuflucht bei Sturm, die sie jedoch nie benutzt hatten. Dort legte sie ihren Bruder auf eine Pritsche. Einen Augenblick lang betrachtete sie ihn noch, sein winziges Gesicht und die geballten Fäuste, seinen schlafenden Körper, dann hörte sie, wie die Rufe und Flüche oben sich in Schmerzensschreie verwandelten, und Tränen rannen ihr die Wangen hinab.

Schwarzer Rauch drang von oben durch die Bohlen des Fußbodens in den Keller vor, als sie aus dem engen Schutzraum schlüpfte und den Eingang hinter sich verschloss. Sie hörte das Knistern der

Flammen. Da ihre Eltern tot waren, würden die Eindringlinge bald kommen und sie holen, aber Grianne würde schneller sein und klüger, als sie dachten. Sie würde ihnen entwischen, und war sie erst draußen im fahlen Licht und in Sicherheit, würde sie die fünf Meilen zum nächsten Haus laufen, Hilfe finden und ihren Bruder retten.

Die schwarz verhüllten Gestalten suchten nach ihr, das hörte sie, während sie durch einen kleinen Gang zur Kellertür lief, die ins Freie führte. Draußen war die Tür hinter Büschen versteckt, und da sie selten benutzt wurde, würde man sie wahrscheinlich nicht entdecken. Falls doch, würden sie es bereuen. Sie hatte bereits herausgefunden, welchen Schaden man mit dem Wunschlied anrichten konnte. Zwar war sie noch ein Kind, trotzdem jedoch keineswegs hilflos. Sie kniff die Augen zusammen, schluckte die Tränen hinunter und schob das Kinn vor. Das würden sie eines Tages schon bereuen. Sie würden es bereuen, wenn sie ihnen das heimzahlte, was sie ihr gerade antaten.

Dann war sie durch die Tür hindurch und hockte sich im Licht der Dämmerung unter die Büsche. Rauch trieb in dunklen Wolken heran, und sie spürte die Hitze des Feuers, das an den Mauern ihres Hauses hinaufkroch. Alles nahm man ihr weg, dachte sie verzweifelt. Alles, das ihr etwas bedeutete.

Eine plötzliche Bewegung seitlich von ihr lenkte ihre Aufmerksamkeit auf sich. Als sie sich umwandte, legte sich eine Hand mit einem übel riechenden Tuch über ihr Gesicht, und die Welt um sie her begann sich zu drehen und versank allmählich in Dunkelheit.

Beim Erwachen war sie gefesselt, geknebelt, und man hatte ihr die Augen verbunden; sie wusste weder, wo sie war, wer sie gefangen hielt, noch ob es Tag oder Nacht war. Jemand trug sie über der Schulter wie einen Sack Getreide, aber niemand sprach. Bei jenen, die sie gefangen genommen hatten, handelte es sich um mehr als eine Person, das hörte sie an den schweren, festen Schritten. Auch das Atmen hörte sie. Ihr erster Gedanke galt ihrem Haus und ihren Eltern und ihrem Bruder. Die Tränen traten ihr in die Augen, und sie begann zu schluchzen. Sie hatte ihrer Familie gegenüber versagt.

Lange Zeit wurde sie so getragen, dann legte man sie auf den Boden und ließ sie in Ruhe. Sie wand sich und versuchte sich zu befreien, doch die Fesseln waren zu stramm verknotet. Hunger und Durst hatte sie außerdem, und kalte Hoffnungslosigkeit breitete sich in ihr aus. Es konnte nur einen Grund geben, weshalb sie verschleppt worden war – der Grund, weshalb man sie brauchte, ihre Eltern und ihren Bruder hingegen nicht. Ihr Wunschlied. Sie lebte, und die anderen hatten wegen ihrer ererbten Gabe das Leben verloren. Sie war diejenige mit der Magie. Sie war es, die etwas Besonderes darstellte. Etwas so Besonderes, dass man ihre Familie dafür ermordete und sie selbst verschleppte. Für das man ihr alles, was sie liebte, entriss.

Nicht lange danach kam es plötzlich und unerwartet zu einem Aufruhr, lautem Kampflärm und wütenden Schreien. Es schien von überall her zu kommen. Dann wurde sie vom Boden gehoben, fortgetragen, und die Geräusche blieben hinter ihr zurück. Ihr jetziger Träger wiegte sie im Arm, während er lief, drückte sie fest an sich, als wolle er sie in ihrer Angst und Verzweiflung trösten. Sie schmiegte sich in die Arme ihres Retters, denn tatsächlich suchte sie Trost.

An einem stillen Ort nahm man ihr Fesseln, Knebel und Augenbinde ab. Sie setzte sich auf und sah sich einem großen Mann gegenüber, der eine schwarze Robe trug, einem Mann, der nicht vollständig menschlich war. Sein Gesicht wies Schuppen und eine Zeichnung wie bei einer Schlange auf. Seine Finger endeten in Krallen, und seine Augen stellten lidlose Schlitze dar. Ihr stockte der Atem, und sie wich vor ihm zurück, doch er rührte sich nicht.

»Jetzt bist du in Sicherheit, Kleine«, flüsterte er. »Sicher vor denen, die dir etwas antun wollen, vor dem Dunklen Onkel und seinesgleichen.«

Sie wusste nicht, von wem er sprach. Vorsichtig schaute sie sich um. Ein Wald umgab sie, die Bäume hielten auf allen Seiten Wache, und ihre Äste begrenzten ein Meer aus Sonnenlicht, das die Walderde wie Goldstaub sprenkelte. Niemand war in der Nähe, und nichts, was sie sah, erschien ihr bekannt.

»Du brauchst keine Angst vor mir zu haben«, sagte ihr Gegenüber. »Fürchtest du dich vor meinem Aussehen?«

Misstrauisch nickte sie und schluckte, weil ihre Kehle ausgedörrt war.

Er reichte ihr einen Wasserschlauch, und dankbar trank sie. »Hab keine Angst. Ich bin von gemischter Herkunft, sowohl Mensch als auch Mwellret, Kleine. Vielleicht sehe ich fürchterlich aus, aber trotzdem bin ich dein Freund. Schließlich habe ich dich vor den anderen gerettet. Vor dem Dunklen Onkel und seinen Gestaltwandlern.«

Nun erwähnte er schon zum zweiten Mal den Dunklen Onkel. »Wer ist das?«, fragte sie. »Hat er uns all das angetan?«

»Er ist ein Druide. Walker lautet sein Name. Er ist es, der euer Haus angegriffen und deine Eltern und deinen Bruder getötet hat.« Mit seinen Reptilienaugen starrte er sie an. »Denk zurück. Dann wirst du dich erinnern, sein Gesicht gesehen zu haben.«

Zu ihrer Überraschung stimmte das. Sie sah es deutlich vor sich, wie es im Morgengrauen vor dem Fenster vorbeihuschte, dunkle Haut und schwarzer Bart, Augen, die sie mit ihren Blicken bis auf die nackte Haut auszogen, eine dunkle Stirn, die tief gerunzelt war. Sie sah ihn, erkannte ihren Feind in ihm und verspürte eine Wut von solcher Heftigkeit, dass sie glaubte, tief im Innersten zu brennen.

Dann weinte sie, dachte an ihre Eltern und ihren Bruder, an ihr Zuhause und ihre verlorene Welt. Der Mann, der ihr gegenübersaß, zog sie sanft in seine Arme und drückte sie fest.

»Du kannst nicht zurück«, erklärte er ihr. »Sie werden nach dir suchen. Solange sie dich für lebendig halten, werden sie nicht aufgeben.«

Sie nickte an seiner Schulter. »Ich hasse sie«, zischte sie klagend.

»Ja, ich weiß«, flüsterte er. »Und damit hast du vollkommen Recht.« Seine kehlige Stimme wurde fester. »Aber hör mich an, Kleine. Ich bin der Morgawr. Von nun an will ich Vater und Mutter für dich sein. Ich bin deine Familie. Natürlich werde ich dir helfen, Rache zu nehmen für das, was man dir geraubt hat. Ich lehre dich, wie du dich gegen alles wappnen kannst, was dir wehtun könnte. Ich lehre dich, stark zu sein.«

Er brachte sie fort, hob sie auf, als wäre sie federleicht, und trug sie tiefer in die Wälder zu einer Stelle, an der ein riesiger Vogel wartete. Den Vogel nannte er einen Würger, und auf seinem Rücken flogen sie in einen anderen Teil der Vier Länder, einen dunklen, einsamen Ort, an dem es weder Geräusche noch Leben gab. Genau wie er versprochen hatte, sorgte er für sie, bildete sie an Geist und Körper aus und beschützte sie. Auch über den Druiden erzählte er ihr mehr, berichtete ihr von seinen Ränken und seinem Machthunger und seinem lange schon verfolgten Ziel, alle Rassen in allen Ländern zu beherrschen. Er zeigte ihr Bilder des Druiden und seiner schwarz gekleideten Diener und ließ das Feuer des Zorns, das in ihrer kindlichen Brust loderte, niemals erlöschen.

»Vergiss niemals, was er dir geraubt hat«, schärfte er ihr wieder und wieder ein. »Und auch nicht, was er dir für seinen Verrat schuldet.«

Nach einer Weile unterrichtete er sie darin, wie sie das Wunschlied als Waffe einsetzen konnte, gegen die sich niemand zu wehren vermochte – nie zuvor hatte sie es so gut gemeistert und so vollkommen unter Kontrolle gebracht, nie zuvor hatte sie es sich so sehr zu einer zweiten Natur gemacht. Er lehrte sie, wie eine leichte Änderung der Tonhöhe Gesundheit in Krankheit und Leben in Tod verwandeln konnte. Ein Druide besaß diese Macht ebenfalls, erklärte er ihr. Vor allem der Druide Walker. Sie müsse lernen, ihm ebenbürtig zu sein und ihn mit ihrer Magie zu besiegen.

Nach einer Weile dachte sie nicht mehr an ihre Eltern und ihren Bruder, den sie für tot hielt; sie waren nur mehr Gebeine, die in der Erde begraben lagen, ein Teil ihrer verlorenen Vergangenheit, ihrer Kindheit, die an einem einzigen Tag zu Ende gegangen war. Sie überließ sich dem neuen Leben und ihrem Lehrer, ihrem Mentor, ihrem Freund. Der Morgawr stellte all dies für sie dar, während sie heranwuchs, und noch viel mehr. Er formte ihr Denken und navigierte sie durchs Leben. Von ihm erhielt sie Inspirationen für ihre magischen Ziele, er schenkte ihr den Traum, eines Tages ihr erlittenes Unrecht zu rächen.

Er nannte sie seine kleine Ilse-Hexe, und den Namen übernahm sie von ihm. Ihren früheren Namen begrub sie mit der Vergangenheit und benutzte ihn niemals wieder.

Zwei

Ihre Erinnerungen an die Vergangenheit, die mehr und mehr verblassten und zu Bruchstücken zerfielen, lösten sich in nichts auf, während sie auf einer Waldlichtung tausend Meilen fern der Heimat vor diesem Jungen stand, der behauptete, ihr Bruder zu sein.

»Grianne, ich bin Bek«, beteuerte er. »Erinnerst du dich nicht?«

Natürlich erinnerte sie sich an alles, wenngleich nicht mehr so scharf und deutlich und auch nicht mehr so schmerzerfüllt. Sie erinnerte sich, aber sie weigerte sich zu glauben, dass Erinnerungen nach so vielen Jahren mit solcher Klarheit zum Leben erwachen konnten. In all dieser Zeit hatte sie ihren Namen selten gehört, hatte ihn nicht ausgesprochen und nicht einmal mehr an ihn gedacht. Sie war die Ilse-Hexe, und dieser neue Name beschrieb, wen und was sie darstellte, nicht jener andere. Den anderen würde sie wieder tragen, wenn sie Rache an dem Druiden geübt hatte, zu einem Zeitpunkt, an dem sie genug Erkenntnis und Macht erlangt hatte, damit der Name, einmal ausgesprochen, nie wieder von irgendjemandem vergessen werden würde.

Und jetzt stand dieser Junge vor ihr und wagte es, ihr einzureden, er dürfe ihn benutzen. Ungläubig und voller Zorn starrte sie ihn an. Konnte er wirklich ihr Bruder sein? Konnte er Bek sein, den sie so lange für tot gehalten hatte? War das möglich? Sie versuchte, in diesem Gedanken einen Sinn zu erkennen, ihn irgendwie zu verarbeiten, Worte zu finden, mit denen sie antworten konnte. Aber alles, was ihr einfiel, war wirr und unzusammenhängend und wollte sich nicht ordnen lassen. Alles erstarrte zu Eis und hinterließ eine solche Frustration über ihre mangelnde Handlungsfähigkeit in ihr, dass sie am liebsten geschrien hätte.

»Nein!«, brüllte sie schließlich. Nur dieses einzelne Wort löste sich von ihren Lippen, wie ein Fluch, den man einem Dämon entgegenschleudert.

»Grianne«, wiederholte er leise.

Sie sah den dunkelbraunen Haarschopf und die verblüffend blauen Augen, die ihren eigenen so sehr glichen, die ihr so vertraut waren. Zudem glich ihr der Knabe, sowohl im Körperbau als auch vom Äußeren her. Dazu hatte er etwas anderes an sich, das sie nicht recht zu fassen bekam, dennoch war es unverkennbar vorhanden. Er hätte Bek sein können.

Aber wie? Wie konnte das möglich sein?

»Bek ist tot«, zischte sie ihn an und stand starr da, eine schlanke Gestalt in dunkler Robe.

Am Boden neben ihr kniete Ryer Ord Star im Schatten und hielt sich den Bauch, ein kleines Bündel Kleider mit gesenktem Kopf, den das lange silberne Haar wie ein Vorhang umschloss. Seitdem die Ilse-Hexe urplötzlich aus der Nacht aufgetaucht war, hatte sie sich nicht gerührt, nicht den Kopf gehoben oder auch nur ein einziges Wort gesagt. Still und dunkel, wie sie da kauerte, hätte sie eine steinerne Statue sein können, die ein Bildhauer hier aufgestellt hatte, um der Rast eines Reisenden als Wächter zu dienen.

Die Ilse-Hexe schaute kurz zu ihr hinüber und fixierte sofort wieder den Jungen. »Sag schon«, zischte sie, »warum sollte ich dir glauben?«

»Ich wurde von einem Gestaltwandler namens Truls Rohk gerettet«, antwortete er schließlich, wobei er ihrem Blick standhielt. »Der brachte mich zum Druiden Walker, und dieser wiederum übergab mich den Leuten, die mich wie ihren eigenen Sohn aufzogen. Trotzdem bin ich Bek.«

»Woher willst du das alles wissen? Als ich dich in diesem Keller versteckt habe, warst du erst zwei Jahre alt!« Sie verbesserte sich. »Als ich meinen Bruder versteckte. Aber mein Bruder ist tot, und du bist ein Lügner.«

»Das meiste hat man mir erzählt«, räumte er ein. »An meine Rettung kann ich mich nicht mehr erinnern. Aber schau mich einmal an, Grianne. Betrachte uns beide! Die Ähnlichkeit ist doch nicht zu übersehen. Wir haben die gleichen Augen und die gleiche Haarfarbe. Wir sind Bruder und Schwester! Fühlst du es denn nicht?«

Sie trat einen Schritt vor. »Warum sollte ein Gestaltwandler dich retten, wo es doch die Gestaltwandler waren, die meine Eltern getötet und mich verschleppt haben? Weshalb hätte der Druide dich retten sollen, während er mich doch einsperren wollte?«

Der Junge schüttelte bedächtig den Kopf, blickte sie mit seinen blauen Augen an und setzte eine entschlossene Miene auf. »Nein, Grianne, nicht die Gestaltwandler oder der Druide haben unsere Eltern umgebracht und dich verschleppt. Sie waren nie deine Feinde. Erkennst du die Wahrheit denn noch immer nicht? Denk doch einmal nach, Grianne.«

»Ich habe sein Gesicht gesehen!«, schrie sie voller Wut. »Ich sah es durch ein Fenster, wie es im Licht der Dämmerung kurz vor dem Angriff vorbeihuschte, bevor ich …«

Plötzlich unterbrach sie sich und fragte sich zum ersten Mal, ob sie sich vielleicht täuschte. Hatte sie den Druiden tatsächlich gesehen, wie der Morgawr behauptete, als er ihr befahl, sich zu erinnern – als sei er sicher, sie würde sich wirklich daran erinnern? Wie hatte er wissen können, was sie gesehen hatte? Wenn sie sich tatsächlich getäuscht hatte, so wären die Folgen entsetzlich, zu entsetzlich, um darüber nachzudenken. Sie wischte den Gedanken beiseite, dennoch nistete er sich in ihrem Kopf ein wie eine Schlange, die sich zum Zustoßen bereithält.

»Wir sind Ohmsfords, Grianne«, fuhr der Junge leise fort. »Und

Walker ebenfalls. Wir haben das gleiche Erbe gemeinsam. Er stammt aus derselben Linie wie wir. Er ist einer von uns. Deshalb hat er keinen Grund, uns etwas anzutun.«

»Keinen Grund, der dir bekannt wäre, scheint es.« Sie lachte verächtlich. »Was weißt du schon über dunkle Ränke, Jüngelchen? Was hast du in deinem Leben schon erfahren, und was gibt dir das Recht anzunehmen, deine Einsichten in solche Angelegenheiten gingen tiefer als meine?«

»Nichts.« Einen Augenblick lang war er offenbar um Worte verlegen, sein Gesicht allerdings verriet, dass er eifrig nach den richtigen suchte. »Ein Leben wie du habe ich nicht geführt, ich weiß. Trotzdem mache ich mir keine falschen Illusionen darüber, wie es gewesen sein muss.«

Langsam war sie mit ihrer Geduld am Ende. »Offenbar glaubst du wirklich an das, was du mir erzählst«, sagte sie kalt. »Vermutlich wurdest du darauf gedrillt, es zu glauben. Dennoch bist du lediglich ein Strohmann und das Werkzeug eines alten, durchtriebenen Mannes. Druiden und Gestaltwandler sind Meister der Täuschung. Ohne Zweifel haben sie lange und intensiv nach dir gesucht, nach einem Jungen, der ungefähr so aussieht wie Bek, wenn er dein Alter erreicht hätte. Wahrscheinlich haben sie sich zu ihrem Glück gratuliert.«

»Wieso habe ich dann diesen Namen?«, hakte der Junge nach. »Wenn ich nicht dein Bruder bin, warum trage ich diesen Namen? Schon immer hat man mich so genannt.«

»Zumindest glaubst du das. Ein Druide kann dir Lügen mit einem einzigen Gedanken einreden, sogar Lügen über dich selbst.« Tadelnd schüttelte sie den Kopf. »Leider hat man dir vorgemacht, der zu sein, für den du dich hältst: ein Junge, der vor vielen Jahren gestorben ist. Ich sollte dich auf der Stelle auslöschen, doch vielleicht will der Druide gerade das, vielleicht soll ich genau das tun. Möglicherweise meint er, ich würde auf irgendeine Weise Schaden davontragen, wenn ich einen Jungen töte, der meinem Bruder dermaßen ähnlich sieht. Sag mir, wo der Druide wartet, und ich verschone dich.«

Voller Entsetzen starrte der Junge sie an. »Du bist diejenige, die getäuscht wurde, Grianne. So sehr, dass du dir gleichgültig was einreden wirst, nur damit die Wahrheit nicht ans Tageslicht kommt.«

»Wo ist der Druide?«, fauchte sie ihn an, und ihr Gesicht verzerrte sich wütend. »Sag schon!«

Er holte tief Luft und richtete sich auf. »Ich habe einen weiten Weg zurückgelegt, um dich hier zu treffen. Einen zu weiten, um mich einschüchtern zu lassen und das für falsch zu erklären, was, wie ich weiß, wahr und richtig ist. Ich bin dein Bruder. Ich bin Bek. Grianne –«

»Nenn mich nicht bei diesem Namen!«, kreischte sie. Ihre graue Robe bauschte sich auf, und sie fuchtelte wütend mit den Armen herum, fast so, als wolle sie seine Worte ersticken und sie gemeinsam mit ihrer Vergangenheit begraben. Sie spürte, wie der Zorn in ihr aufstieg, wie ihr die Beherrschung entglitt wie öliges Metall, und die rohe Kraft ihrer Stimme nahm eine Schärfe an, mit der sie alles und jedes in Stücke schneiden konnte, das sie ins Visier nahm. »Sprich ihn nie wieder aus!«

Er wich nicht zurück. »Wie soll ich dich denn nennen? Ilse-Hexe? Soll ich dich so nennen, wie deine Feinde dich rufen? Soll ich dich so behandeln wie sie, wie ein Geschöpf dunkler Magie voll finsterer Absichten, wie jemanden, dem ich niemals nahe sein kann und von dem ich mir auch nicht wünsche, dass er wieder meine Schwester wird?«

Mit jedem Wort schien er an Kraft zu gewinnen, und plötzlich erkannte sie, dass er eine viel größere Gefahr darstellte, als sie bislang geglaubt hatte. »Hüte dich, Junge.«

»Du bist diejenige, die sich hüten sollte«, gab er zurück. »Und zwar vor jenen, denen du Glauben schenkst! Vor allem, was du dir hast einreden lassen, seit du aus unserem Haus verschleppt wurdest. Vor den Lügen, hinter denen du dich versteckst!«

Plötzlich richtete er den Zeigefinger auf sie. »Wir sind uns ähnlicher, als du denkst. Nicht alles, was uns verbindet, lässt sich mit den Augen erkennen. Grianne Ohmsford besitzt ihre Magie und ihr

Geburtsrecht, jedoch das Handwerkszeug der Ilse-Hexe. Aber ich besitze diese Magie ebenfalls! Hörst du sie nicht aus meiner Stimme heraus? Doch, das tust du. Ich bin nicht so geübt im Umgang damit, weil ich sie erst kürzlich entdeckt habe, trotzdem verbindet auch sie unser Leben, Grianne, und ist Teil unseres gemeinsamen Erbes –«

Sie spürte, wie seine Stimme eine ähnliche Schärfe annahm wie ihre, einen Biss, der sie zusammenzucken ließ und veranlasste, sich innerlich zur Verteidigung zu wappnen.

»– genau so, wie wir die gleichen Eltern hatten, das gleiche Schicksal erlitten, die gleiche Entdeckungsreise hinter uns gebracht haben und hierher auf der Suche nach jenem Schatz getrieben wurden, der sich in den Ruinen im Binnenland verbirgt …«

Sie stimmte ein tiefes, vibrierendes Summen an, das sich sanft mit den Geräuschen der Nacht vermischte, leise und zischend, wie Blätterrauschen im Wind, wie das Zirpen der Insekten und das Zwitschern der Vögel, deren Schatten eilig vorbeizogen wie der Atem lebender Geschöpfe. Nun traf sie kurz entschlossen eine Entscheidung; es war zu gefährlich, ihn leben zu lassen, wer oder was immer er auch sein mochte. Zu gefährlich für sie, um ihn zu ignorieren, was sie zunächst beabsichtigt hatte. Denn er besaß eine Magie, die ihrer eigenen nicht unähnlich war. Diese hatte sie gleich gespürt, obwohl sie nicht sofort darauf gekommen war, da sie sich in seiner Stimme verbarg und nur flüsterleise in Erscheinung trat.

Mach ein Ende mit ihm, ermahnte sie sich.

Mach unverzüglich ein Ende mit ihm.

Dann plötzlich schimmerte es hell neben ihr, und ihre Aufmerksamkeit wurde von dem Jungen abgelenkt. Sie schlug, ohne nachzudenken, zu, die Magie entfloh ihr in Form von Eisensplittern und messerscharfen Teilchen, die durch die Luft pfiffen und ihr Ziel vernichten würden. Aber das Schimmern hatte sich bereits fortbewegt. Erneut griff die Ilse-Hexe an, und ihre Stimme war eine Waffe von solcher Wucht, dass sie die Stille zerriss und das Laub peitschend von den Bäumen schlug, als seien sie von einem wilden Sturmwind erfasst worden, während der Junge, der gesprochen hatte, stimmlos und mit weit aufgerissenen Augen vor ihr stand.

Um kurz darauf verschwunden zu sein. Das geschah so rasch und unerwartet, dass die Ilse-Hexe es nicht verhindern konnte. Blinzelnd starrte sie auf die leere Stelle, wo er gerade noch gestanden hatte, und sah etwas Helles, das Gestalt annahm und sich neu ausformte und sich durch die Nacht bewegte wie zwei vage menschliche Schatten, die einander jagten. Überrascht attackierte sie erneut, war jedoch zu langsam, und ihr Angriff erwischte nur die leere Luft.

Sie wandte sich hierhin und dorthin und suchte nach dem, was sie so vollkommen getäuscht hatte. Worum immer es sich auch handeln mochte, es war verschwunden und hatte den Jungen mit sich genommen. Ihre erste Regung war, die beiden zu verfolgen. Aber der ersten Regung zu folgen erwies sich selten als weise, und diesmal würde sie ihr bestimmt nicht nachgeben. Sie suchte die leere Lichtung ab und forschte nach Spuren, die der Retter des Jungen hinterlassen hatte. Es dauerte nur einen Moment, da hatte sie dessen Identität bereits festgestellt. Ein Gestaltwandler. Seine Gegenwart hatte sie nicht zum ersten Mal gespürt, sondern auch schon auf der *Schwarzen Moclips*, nach der nächtlichen Kollision mit der *Jerle Shannara*. Ohne Zweifel handelte es sich um das gleiche Wesen. Es musste sich während des Durcheinanders an Bord geschlichen haben, um sie auszuspionieren, und anschließend hatte es sich für den Rest der Reise versteckt. Das konnte nicht leicht gewesen sein, wenn man bedachte, wie genau sie die Quartiere und die Besatzung kontrollierte. Dieser Gestaltwandler war hervorragend und besaß große Erfahrung, kannte sich mit solchen Dingen aus und hatte nicht den mindesten Respekt vor ihr.

Erneut loderte der Zorn in ihr auf. Der Gestaltwandler musste ihr vom Schiff zur Lichtung gefolgt sein und hatte sich nun enthüllt, als er den Jungen in Gefahr glaubte. Kannte er den Jungen vielleicht? Oder den Druiden? Diente er einem der zwei oder gar beiden? Sie nahm es an. Warum sollte er sich ansonsten in ihre Angelegenheiten einmischen? War er also der Beschützer des Jungen? Vielleicht. Falls dies der Fall wäre, bestätigte es, was sie von Anfang an vermutet hatte, von dem Augenblick an, in dem der Junge ihr hatte einreden wollen, er sei Bek. Der Druide hatte einen Plan ausgeheckt, um ihre Moral und ihr Vertrauen in den Morgawr zu unterminieren, um ihre Beziehung zu schädigen und sie verwundbar zu machen, damit er ihr zuvorkommen und sie vernichten konnte.

Sie faltete die Hände vor ihrem Körper und presste die Finger so heftig zusammen, dass die Knöchel weiß hervortraten. Sie hätte den Jungen sofort töten sollen, in dem Moment, in dem er ihren Namen zum ersten Mal aussprach. Mit dem Wunschlied hätte sie ihn bei lebendigem Leibe verbrennen können, und dann hätte er sie angefleht, ihn zu retten, er hätte seine Lügen eingestanden! Niemals hätte sie sich anhören dürfen, was er zu sagen hatte!

Nichtsdestotrotz hatte sie es getan, und sie wurde das Gefühl nicht los, dass sie sich des Jungen nicht zu schnell entledigen sollte.

Sorgfältig drehte sie die Sache in Gedanken hin und her und beleuchtete sie von allen Seiten. Die Ähnlichkeit zwischen ihm und ihr konnte man nicht leugnen. Allerdings konnte man einen Jungen, der ihr ähnelte, recht leicht finden. Auch würde es Walker nicht schwer fallen, ihm einzureden, er sei wirklich Bek, sogar, er sei schon stets Bek genannt worden. Ihm einzureden, er sei ihr Bruder und in gewisser Weise ihr Retter, das gehörte zu den Künsten eines Druiden. Insofern war es durchaus vernünftig anzunehmen, der Junge sei allein zu dem Zwecke mitgenommen worden, ihr irgendwann und irgendwo zu begegnen und seine Rolle zu spielen.

Und trotzdem …

Sie hob den Kopf, und die blauen Augen in dem bleichen, hellen Gesicht starrten in die Nacht. Am Ende, als er beinahe die Geduld mit ihr verloren hatte, als er sie herausforderte, wie es niemand anders, nicht einmal der Morgawr, gewagt hätte, erinnerte sie etwas an ihm an sich selbst. Eine Überzeugung, eine Sicherheit, die sich in seinen Worten und seiner Haltung offenbarte, in der Offenheit und Intensität seines Blicks. Darüber hinaus hatte sie etwas Unerwartetes und Vertrautes im Klang seiner Stimme gespürt, etwas, das unverwechselbar war. Er hatte es ihr gesagt, doch in der Hitze des Gefechts hatte sie ihm nicht geglaubt und gedacht, er wolle ihr lediglich drohen, dass er ihr auf unerwartete Weise Schaden zufügen würde und sie sich daher schützen müsse. Dennoch hatte sie es gespürt.

Er besaß die Magie des Wunschliedes, ihre Magie, ihre Kraft.

Wer außer ihrem Bruder oder einem anderen Ohmsford würde eine solche Kraft besitzen?

Der Widerspruch zwischen Wahrheit und Lüge frustrierte und verwirrte sie. Gern hätte sie den Jungen einfach ohne weiteres Grübeln aus ihren Gedanken verbannt, allerdings gelang ihr das nicht so leicht. In ihm steckte genug echte Magie, um sich Fragen nach seiner wahren Identität zu stellen, sogar, wenn sie ihm nicht glaubte, dass er Bek war. Der Druide konnte solche Erscheinungen ebenfalls erschaffen, um sie zu täuschen, allerdings vermochte er niemanden mit Magie zu erfüllen, und insbesondere nicht mit einer Magie dieser Art.

Wer also war dieser Junge in Wirklichkeit?

Sie wusste, was sie zu tun hatte; genau das, weswegen sie den weiten Weg hierher zurückgelegt hatte. Sie musste den Schatz finden, der in Castledown versteckt war. Sie musste den Druiden finden und vernichten. Und danach musste sie zur *Schwarzen Moclips* zurückkehren und so schnell wie möglich nach Hause fahren, um so diese gefährliche Reise zu Ende zu bringen.

Aber der Junge interessierte und beunruhigte sie, so sehr, dass sie, ohne es zu merken, ihre Pläne neu bedachte. Obwohl sie um seine – ob nun willige oder erzwungene – Falschheit wusste, war sie abgeneigt, die Lösung dieses Rätsels aufzugeben, weil diese großen Einfluss auf ihre Pläne haben könnte. Gewiss würde ihr Leben davon nicht verändert, darüber war sie sich bereits im Klaren. Dennoch würde es kleinere und doch wichtigere Auswirkungen geben.

Wie schwierig würde es werden, die Wahrheit über ihn zu enthüllen, nachdem sie sich erst an die Arbeit gemacht hätte? Wie viel Zeit mochte es beanspruchen?

Der Morgawr würde nicht einverstanden sein, allerdings war er mit dem wenigsten einverstanden, das sie in jüngster Vergangenheit tat. Die Beziehung zu ihrem Mentor war seit einiger Zeit gestört.

Die Schüler-Lehrer-Verbindung von einst bestand nicht mehr. Inzwischen war sie genauso sehr ein Meister wie er, und sie ärgerte sich über die Beschränkungen, die er ihr ständig auferlegen wollte. Zwar hatte sie nicht vergessen, was sie ihm schuldete, und war auch nicht undankbar, denn er hatte sie über die Jahre hinweg eine Menge gelehrt. Doch ihr missfielen seine Bemühungen, sie weiterhin als Untergebene zu behandeln, als Handlanger, als Schützling, der zu tun hatte, was ihm aufgetragen wurde. Er war alt, und vielleicht konnte er sich aus diesem Grund nicht mehr so gut anpassen wie früher. Für ihn zählte allein Selbsterhaltung. Sie dagegen strebte nicht danach, tausend Jahre zu leben. Unsterblichkeit stellte für sie keine Wohltat dar. Aus diesem Grunde war es ihr wichtiger voranzukommen, anstatt dazusitzen und zu warten und Ränke zu schmieden, wie er es gewöhnt war.

Nein, er würde nicht einverstanden sein, und in diesem Fall war es falsch von ihr, sich einfach darüber hinwegzusetzen. Das Geheimnis des Jungen lösen zu wollen diente allein ihrer eigenen Neugier. Sie zögerte einen Augenblick, ehe sie alles Zaudern mit einer Geste abtat. Diese Entscheidung musste sie allein treffen, es war ihre Entscheidung, ob sie Zeit vergeudete oder nicht. Der Junge besaß etwas, das wichtig für sie war, mochte der Morgawr ihr nun zustimmen oder nicht. Außerdem war er gar nicht hier und konnte ihr keinen Rat geben. Cree Bega würde sich erdreisten, für ihn zu sprechen, aber die Meinung des Mwellrets bedeutete ihr nichts.

Trotzdem würde sie rasch handeln müssen. Der Ret war nicht weit hinter ihr zurück und holte mit seinen zwei Dutzend Begleitern rasch auf. Er hatte den Vormarsch lediglich verzögert, weil sie hatte allein vorgehen wollen, um einen Blick auf das zu werfen, was sie erwartete, und ihm daher befohlen hatte zu warten. Vielleicht, fügte sie in Gedanken hinzu, um sicherzugehen, dass er sich nicht in eine Entscheidung einmischte, die sie persönlich zu treffen hatte. Oder einfach nur, um ihn auf seinen Rang zu verweisen.

Sie ging hinüber zu Ryer Ord Star, bückte sich und prüfte, ob die Seherin aus ihrer Trance erwacht war. Aber das Mädchen bewegte sich nicht, saß still und reglos in der Nacht, mit gesenktem Kopf und geschlossenen Augen. Sie atmete ruhig und regelmäßig, daher war ihre Gesundheit offenbar nicht gefährdet. Nur, was tat sie? Wohin in ihr Innerstes hatte sie sich verkrochen?

Die Ilse-Hexe kniete vor dem Mädchen. Sie hatte keine Zeit zu warten, bis die Seherin ihre Meditation beendete. Antworten brauchte sie, und zwar sofort. Also legte sie Ryer Ord Star die Finger auf die Schläfen, wie bei dem Schiffbrüchigen, mit dessen Enthüllungen die ganze Sache begonnen hatte, und begann zu suchen. Dies bedeutete keine besondere Anstrengung für sie. Ryer Ord Stars Gedanken öffneten sich vor ihr wie eine Blüte in der aufgehenden Sonne, ihre Erinnerungen fielen heraus wie herabschwebende Blütenblätter. Ohne die anderen Geschehnisse zu beachten, konzentrierte sich die Ilse-Hexe auf die jüngsten Ereignisse, auf jene, die ihr das Schicksal des Druiden enthüllten.

Und diese Enthüllungen traten an die Oberfläche wie Wasserleichen in einem Ozean, nackt und aufgebläht. Sie sah eine Schlacht in Ruinen der Alten Welt, eine Schlacht, in welcher der Druide und seine Gemeinschaft von allen Seiten mit Strahlen roten Feuers angegriffen wurden, die brannten und versengten. Mauern bewegten sich, erhoben sich aus dem glatten Metallboden oder versenkten sich darin. Kriecher tauchten aus dem Nichts auf, metallene Ungeheuer auf rutschenden Beinen mit Krallen, die alles zerrissen und zerfetzten, das ihnen in die Quere kam. Männer kämpften und starben inmitten von dichtem Rauch und Flammen. Durch Ryer Ord Stars Augen gesehen und gefiltert durch ihre Emotionen, wirkte die Szene chaotisch und voller Furcht und Verzweiflung.

In all der Panik durchschritt der Druide Angriffslinien und sich veränderndes Gelände, ließ sich von seiner Magie voranhelfen und von seinem Mut und seiner Entschlossenheit treiben. Mochte man sagen, was man wollte, einen Feigling durfte man den Druiden nicht nennen. Er erkämpfte sich den Weg mitten in die Ruinen hinein, befahl den anderen seiner Gesellschaft vergeblich den Rückzug, die Flucht, damit sie ihr Leben retteten. Am Ende erreichte er die Tür eines schwarzen Turms, erzwang sich den Eintritt und verschwand im Inneren.

Ryer Ord Star schrie auf und rannte ihm hinterher, dann wurde sie vom Feuer getroffen, das sie gegen eine Wand warf. Ihre Gedanken an den Druiden verblassten, dann wurde es schwarz.

Die Ilse-Hexe nahm die Finger von den Schläfen der Seherin und hockte sich verblüfft auf die Hacken. Die Kommunikation hatte ohne Worte und ohne jeglichen Widerstand stattgefunden. War dies die Natur von Empathen, dass sie nichts verhehlen oder verbergen konnten? Sie wunderte sich, weil das Mädchen dem Druiden gefolgt und erstarrt war, als dieser im Turm verschwand. Warum riskierte sie das? Sie hatte dem Mädchen eingeschärft, stets in der Nähe des Druiden zu bleiben, sich unentbehrlich zu machen, sein Vertrauen und sein Gehör zu gewinnen. Gewiss hatte die Seherin dies geschafft. Dennoch bestand ein Band zwischen ihnen, eines, das über die Aufgabe hinausging, welche die Ilse-Hexe ihrer Spionin aufgetragen hatte.

Im Augenblick würde sie nicht mehr erfahren. Nicht, ohne dem Mädchen Schaden zuzufügen, und so weit zu gehen, war sie augenblicklich noch nicht bereit. Immerhin hatte sie nun ein klares Bild dessen, was den Gefährten des Druiden von der *Jerle Shannara*, die ihn ins Landesinnere begleiteten, zugestoßen war. Über das Schicksal des Druiden wusste sie allerdings nichts. Möglicherweise war er tot. Oder in der Ruine gefangen. Wie auch immer, er stellte gegenwärtig keine Gefahr für sie dar. Ohne ein Luftschiff, das ihn fortbrachte, vermochte er ihr wenig Schaden zuzufügen, vor allem, da der Großteil seiner Mannschaft tot war oder sich in Gefangenschaft befand.

Demzufolge hatte sie Zeit für den Jungen.

Es vergingen kaum fünf Minuten, da tauchte aus der Dunkelheit Cree Bega mit seiner Gruppe Mwellrets auf, die mit ihren schweren Körpern durch den finsteren Wald trotteten. Ihre Schlitzaugen leuchteten, als sie die Ilse-Hexe entdeckten. *Widerwärtige Wesen*, dachte sie, zog jedoch eine leere Miene. Sie erhob sich und wartete auf sie.

»Herrin«, zischte der Anführer der Rets, der für sie ausersehene Beschützer, und verneigte sich unterwürfig. »Isst ess Euch gelungen, die kleinen Leute zzu finden?«

»Ich habe mich entschieden, sie dir zu überlassen, Cree Bega. Dir und deinen Gefährten. In den Ruinen vor uns hat ein Kampf stattgefunden, und diejenigen der Gemeinschaft des Druiden, die nicht gefallen sind, wurden versprengt. Finde sie und nimm sie gefangen. Damit meine ich auch den Druiden, solltest du auf ihn stoßen und sollte er hilflos sein, sodass du ihn überwältigen kannst.«

»Herrin, ich denke –«

»Ansonsten sei vorsichtig, denn er kann es mit euch allen zusammen aufnehmen.« Sie ignorierte seinen Versuch, etwas zu entgegnen. »Überlass ihn mir, wenn du ihn entdeckst und er in der Lage ist, sich zu verteidigen. Geh nicht in die Ruinen – sie werden gut beschützt. Und liefere dich oder deine Männer nicht den Gefahren aus, die sie bergen. Bewach die beiden Luftschiffe gut, und lass sie unter keinen Umständen landen.«

Er studierte ihr Gesicht genau und begriff, dass sie ihm damit all seine Aufgaben mitgeteilt hatte.

»Es ist etwas vorgefallen, um das ich mich kümmern muss.« Sie hielt dem Blick seiner Reptilienaugen stand, ohne mit der Wimper zu zucken. »Ich werde einige Zeit unterwegs sein, und währenddessen übernimmst du das Kommando. Enttäusch mich nicht.«

Einen Moment lang antwortete er nicht, und sie glaubte, er habe nicht verstanden. »Habe ich mich klar ausgedrückt?«

»Wohin treibt ess meine Herrin?«, fragte er leise. »Unssere Aufgabe isst hier –«

»Unsere Aufgabe ist dort, wo ich es befehle, Cree Bega.«

In den kalten Augen des Mwellrets blitzte es plötzlich gefährlich. »Euer Gebieter würde diessen Aufschub nicht gutheissssen ...«

Mit zwei Schritten stand sie vor ihm. »Mein Gebieter?« Unbehagliches Schweigen machte sich breit, während sie auf seine Antwort wartete. Er starrte sie wortlos an. »Ich habe keinen Gebieter, Ret«, flüsterte sie. »Du hast einen Gebieter, nicht ich, und im Übrigen ist er sowieso nicht hier. Mir musst du gehorchen. Ich bin deine Herrin. Gibt es noch etwas, das ich dir erklären muss?«

Der Mwellret erwiderte nichts, und was seine Augen ausdrückten, interessierte sie nicht. Sie ließ ihm noch einen Moment lang Zeit, dann hakte sie leise nach: »Und?«

Er schüttelte den Kopf. »Wie Ihr wünscht, Herrin. Die kleinen Leute werden bei Eurer Rückkehr unssere Gefangenen ssein, ich versspreche ess. Aber wass isst mit dem Schatzz?«

»Den werden wir schon bald in die Hände bekommen.« Sie wandte den Blick von ihm ab in Richtung Castledown. Stimmte das? Würde es so leicht werden? Gewiss hatte sie durch ihr Wissen von der Lage einen Vorteil gegenüber dem Druiden, dennoch durfte sie auf keinen Fall den Feind unterschätzen, der Castledown bewachte. Wenn sich der Druide besiegen ließ, war der Gegner dort wesentlich stärker als erwartet. »Überlasst es mir, den Schatz zu holen.«

Sie entließ ihn mit einem knappen Blick und erinnerte sich an Ryer Ord Star, die weiterhin neben ihr kniete und an einem anderen Ort in einer anderen Zeit zu weilen schien. »Tut dem Mädchen nichts«, mahnte sie Cree Bega und warf ihm einen warnenden Blick zu. »Auf dem Luftschiff des Druiden war sie Augen und Ohren für mich. Bis zu meiner Rückkehr soll sie geschützt werden, damit ich dann herausfinden kann, was sie verbirgt.«

Der Mwellret nickte und warf der Seherin einen misstrauischen Blick zu. »Diessess Mädchen scheint schon tot zu ssein.«

»Sie befindet sich in einer Art Trance. Bis jetzt hatte ich keine Zeit, mich darum zu kümmern, was mit ihr nicht stimmt.« Mit knapper Geste verscheuchte sie den Ret. »Tu nur einfach, was ich dir befohlen habe. Ich bin bald zurück.«

Sie verließ die Lichtung ohne einen Blick zurück. Cree Bega und die anderen würden tun, was sie ihnen aufgetragen hatte. Schließlich hatten sie Angst vor ihr. Trotzdem hatte sie erneut bemerkt, dass es immer schwieriger wurde, sie zu kontrollieren. Ohne sie würde sie besser zurechtkommen,wenn sie den Schatz erst einmal gefunden hatte. Bald würde sie sich von ihnen befreien.

Im Osten graute langsam der Morgen. Die Nacht kroch nach Westen und zog sich still aus den Bäumen zurück. Der neue Tag würde neue Enthüllungen bringen. Möglicherweise über den Jungen. Darüber, weshalb er all das glaubte. Darüber, wie er an seine Magie gelangt war und aus welchem Grund diese ihrer eigenen so sehr ähnelte. Ein erwartungsfrohes Lächeln erhellte ihr Gesicht. Sie freute sich darauf, die Antworten aufzudecken.

Zweifel und Zögern überließ sie anderen, dachte sie geringschätzig, jenen, die ihren Weg durch diese Welt niemals selbstständig fanden und nichts Sinnvolles aus ihrem Leben machten.

So begann sie die Jagd und nahm die schwache Fährte des Gestaltwandlers auf, die noch in der schwindenden Nacht hing.

Mit Augen, die vor Boshaftigkeit glänzten, schaute Cree Bega ihr hinterher, bis sie außer Sicht war. Er stand in seinen Mantel gehüllt, umgeben von denjenigen, über die er befahl, und stellte sich vor, wie sehr er es genießen würde, wenn er endlich die Erlaubnis erhielte, diesem unerträglichen kindischen Mädchen den Garaus zu machen. Dass er sie hasste wie sonst niemanden, verstand sich von selbst; nie hatte er etwas anderes als Hass für sie empfunden. Er verachtete sie so sehr, wie sie ihn verachtete, und auch ihr gemeinsamer Dienst für den Morgawr vermochte daran nichts zu ändern.

Aber der Morgawr war eher Mwellret als Mensch, auch wenn er behauptete, der Mentor und Freund des Mädchens zu sein. Seine Verbindung zu Cree Begas Volk war alt und mit Blutsbanden geknüpft. Das Mädchen hatte er sich geholt, weil sie etwas Neues war und weil er in einem größeren Plan der Dinge einen Platz für sie vorsah. Vom Herz und von der Seele her war er ein Mwellret.

Das Mädchen allerdings hielt sie für gleichberechtigt, für zwei Geächtete, die gemeinsam nach Anerkennung durch und Macht über ihre Gegner strebten. Der Morgawr ließ sie das glauben, da es seinen Zwecken diente. Dabei waren sie in keinerlei Hinsicht gleichberechtigt, und die kleine Ilse-Hexe konnte mit ihrer Magie lange nicht so gut umgehen, wie sie sich einbildete. Sie stellte ein großtuerisches andauerndes Ärgernis dar, und dabei übte sie die Künste, welche die Mwellrets und ihre Art schon vor Jahrhunderten beherrscht hatten – ehe die Druiden überhaupt daran gedacht hatten, die Elfenmagie als Schwert und Schild einzusetzen –, auf törichte und lächerlich unerfahrene Weise aus. Mwellrets würden sich niemals Menschen unterwerfen, niemals ihre Untergebenen werden, und dieses kindliche Mädchen war nur ein Leckerbissen, der darauf wartete, dass man sich daran gütlich tat.

Er spürte die Blicke seiner Gefährten auf sich ruhen, die seine Befehle erwarteten und die den gleichen düsteren Rachegedanken nachhingen. Auch sie sahen ihrer Zeit entgegen. Für den Augenblick würde Cree Bega der Ilse-Hexe die Genugtuung lassen und gehorsam sein. Das hatte er dem Morgawr versprochen. Er würde ihren Befehlen folgen und ihre Wünsche erfüllen, weil es für ihn keinen Grund gab, sich anders zu verhalten.

Aber der Wind würde die Richtung wechseln, und dann würde Cree Bega dem Mädchen den Garaus machen.

Er fuhr zu den anderen herum, die sich eng um ihn drängten und ihn erwartungsvoll mit düsteren Mienen aus ihren tiefen Kapuzen anschauten. Sie waren darauf erpicht, seine Befehle zu hören und zu handeln. Er würde ihnen diesen Wunsch erfüllen. Zwischen diesen Bäumen liefen Mitglieder der Besatzung der *Jerle Shannara* umher, die nur darauf warteten, getötet oder gefangen genommen zu werden. Es war an der Zeit, ihnen diesen Gefallen zu tun.

Leise knurrend befahl er seinen Männern, mit Ryer Ord Star zu beginnen und dann weiterzuziehen.

Aber als sie sich der Seherin zuwandten und sie ergreifen wollten, war sie nirgendwo mehr zu sehen.

Drei

Arme aus Eisen umklammerten Bek Ohmsford und pressten ihn an einen Körper, der leicht stank und nach Lehm roch, nach Erde, die mit Chemikalien vermischt ist. Der Körper bewegte sich gedankenschnell, glitt zwischen Bäumen und Büschen dahin, breitete Schichten von sich wie Haut aus, Schatten, die dunkel und leer in der Luft hingen und sich schließlich vollständig auflösten. Manche wurden in Stücke gerissen, wenn die Magie der Ilse-Hexe sie erwischte, aber Bek und sein Retter waren stets eine Hautschicht voraus.

Dann hatten sie die Lichtung verlassen und wurden von den Bäumen verborgen, doch sie rannten weiterhin und hielten sich im Schatten oder verbargen sich hinter den Schutzschirmen, die Äste und Büsche bildeten. Nun begann Bek sich zu wehren, fürchtete sich plötzlich vor dem Unbekannten, vor dem Wesen, das mächtig und geheimnisvoll genug war, um die Magie der Ilse-Hexe herauszufordern.

»Beruhig dich, Junge«, zischte Truls Rohk und drückte ihn warnend mit den kräftigen Armen, wobei er den Schritt nicht im Mindesten verlangsamte.

So liefen sie lange Zeit dahin, und Bek krümmte sich im Griff des anderen zur Kugel, bis die Lichtung und die Hexe weit hinter ihnen lagen. Erst jetzt blieben sie stehen, der Gestaltwandler ging auf ein Knie hinunter und ließ den Jungen mit einem Stupser von Hand und Schultern los, sodass er auf die Erde rollte, wo er zunächst als Häuflein liegen blieb und sich erst langsam ausstreckte. Bek hörte Truls Rohks heftiges Atmen und sah, wie er vornübergebeugt in seinem die Gestalt verbergenden Mantel dahockte und wartete, bis seine Kraft zurückkehrte. Bek drückte sich auf Hände und Knie hoch, seine Muskeln kribbelten, während das Blut nach und nach in die verkrampften Glieder zurückfloss. Sie befanden sich an einer Stelle im Wald, wo Bäume und Gebüsch so dicht wuchsen, dass selbst Mond und Sterne das Laub mit ihrem Licht nicht durchdringen konnten. Tiefe Stelle herrschte.

»Wenn man dein Leben beschützen will, hat man wirklich Tag und Nacht zu tun«, beschwerte sich der Gestaltwandler gereizt.

Bek dachte an die verlorene Gelegenheit, die Ilse-Hexe davon zu überzeugen, wer er war. »Niemand hat dich gebeten, dich einzumischen. Ich hatte sie schon fast überzeugt. Noch ein bisschen, und ich –«

»Noch ein bisschen, und sie hätte dich getötet«, unterbrach ihn sein Gegenüber und lachte kurz und harsch. »Du hast nicht genug darauf geachtet, welche Wirkung du auf sie hattest, weil du so überzeugt davon warst, im Recht zu sein. Ha! Sie überzeugen? Hast du nicht gespürt, was vor sich ging? Sie hat sich bereitgemacht, ihre Magie gegen dich einzusetzen!«

»Das stimmt nicht!« Plötzlich wurde Bek wütend. Er sprang auf. »Und du weißt das!«

Jetzt lachte der Gestaltwandler ausgiebig, leise und heulend, und er konnte sich kaum mehr beherrschen. »Leider kann ich es mir nicht leisten, so laut zu lachen, wie ich möchte, Junge. Nicht hier. Nicht, solange wir uns noch in ihrer Nähe aufhalten.« Er erhob sich und stellte sich vor den Jungen. »Hör mir mal zu. Deine Argumente waren gut. Sie waren vernünftig und außerdem wahr. Aber sie war nicht dafür bereit. Ich denke, einiges wollte sie sogar glauben. Unter anderen Umständen hätte sie dir vielleicht alles abgenommen, und möglicherweise geschieht das noch, nachdem sie eine Weile darüber nachgedacht hat. Eben jedoch war sie noch nicht so weit. Insbesondere nicht am Ende, als du deine eigene Magie wieder einmal hast entschlüpfen lassen. Das war nicht dein Fehler, ich weiß, du lernst noch. Trotzdem solltest du dir deiner Grenzen bewusst sein.«

Bek starrte ihn an. »Ich habe das Wunschlied benutzt?«

»Nicht bewusst, aber es ist dir entschlüpft, während du ihr davon erzählen wolltest.« Truls Rohk zögerte. »Als sie dessen Gegenwart spürte, fühlte sie sich bedroht. Sie glaubte, du würdest sie angreifen.

Oder sie hat sich einfach gedacht, jetzt würde es ihr reichen und sie sollte dir den Garaus machen.«

Er drehte sich um, ging ein paar Schritte und blickte zurück in die Richtung, aus der sie gekommen waren. »Im Moment ist alles ruhig. Aber ich weiß nicht, ob die Sache schon ausgestanden ist.« Erneut wandte er sich um. »Junge, du hast sie überrascht, und das ist gefährlich bei jemandem, der so mächtig ist. Du hast ihr zu viel auf einmal zugemutet, damit konnte sie nicht sofort zurechtkommen.« Er grunzte. »Nun, vermutlich ließ sich das nicht vermeiden, fürchte ich. Sie tauchte plötzlich auf und hat dich gefunden. Was solltest du schon tun?«

Schweigend stand Bek vor ihm und dachte nach. Truls Rohk hatte Recht. Während er sich nur darauf konzentriert hatte, Grianne zu erklären, dass er ihr Bruder sei, hatte er dem, was sie tat, keine Aufmerksamkeit gewidmet. Möglicherweise hatte sie ihm nicht geglaubt und konnte auch gar nicht anders, wenn man die Unvermitteltheit und die Überraschung mit einbezog. Nur weil er etwas glaubte, musste sie das noch lange nicht. Sie hatte viel länger mit der Lüge gelebt als er mit der Wahrheit. Deshalb brachte man ihren Glauben auch nicht so leicht ins Schwanken.

»Setz dich, Junge«, sagte Truls Rohk und gesellte sich zu ihm. »Es ist an der Zeit für ein paar weitere Enthüllungen. Mit der Einschätzung, du hättest deine Schwester überzeugt, lagst du falsch. Und du lagst auch falsch mit der Meinung, niemand habe mich gebeten, mich in dein Leben einzumischen.«

Bek blickte ihn an. »Walker?«

»Was ich dir auf Mephitic erzählt habe, entsprach der Wahrheit. Ich habe dich aus dem Aschehaufen gezogen, der vom Haus deiner Eltern geblieben war. Ich wusste, deine Familie befand sich in Gefahr, und auf Bitte des Druiden habe ich Wache gehalten. Die Mwellrets des Morgawr, die auch gewissermaßen Gestaltwandler sind, schlichen um euer Haus in Jentsen Close herum. Ihr habt nicht weit entfernt vom Wolfsktaag gelebt, an einer Ecke vom Regenbogensee, in einer einsamen Gegend, in der man nur vereinzelte Bauernhäuser findet. Somit wart ihr verwundbar, und Walker suchte nach einer Möglichkeit, für eure Sicherheit zu sorgen.«

Er schüttelte den Kopf, der in der Kapuze steckte und von deren Schatten verborgen war. »Ich warnte ihn, er müsse rasch handeln, doch er war zu langsam. Oder vielleicht gab er sich alle Mühe, und dein Vater wollte nicht auf ihn hören. Sie sprachen nur gelegentlich miteinander und waren keine engen Freunde. Dein Vater war ein gelehrter Mann und glaubte nicht an Gewalt. In seinen Augen war es der Druide, der die Gewalt repräsentierte. Allerdings schert es die Gewalt wenig, ob man an sie glaubt oder nicht. Ohne Rücksicht darauf sucht sie dich heim. Zu deiner Familie kam sie kurz vor der Dämmerung an einem Tag, an dem ich nicht bei euch war. Und zwar in Gestalt der Mwellrets, die auf Befehl des Morgawrs vorgingen. Sie brachten deine Eltern um, brannten das Haus nieder und ließen es wie das Werk von Gnomenräubern aussehen. Da sie nicht bemerkt hatten, dass deine Schwester dich im Keller versteckt hatte, meinten sie, du seist bei dem Brand ebenfalls umgekommen. Nachdem sie Grianne, die für den Morgawr am wertvollsten war, gefangen hatten, waren sie in Eile und durchsuchten die Ruine nicht so gründlich wie ich, als ich später eintraf. Ich fand dich im Keller, wo du sorgsam versteckt warst und vor Hunger und Kälte und Angst schriest. Also holte ich dich aus der Asche und übergab dich Walker.«

Bek wandte den Blick von ihm ab und grübelte. »Warum hat er mir das alles nicht erzählt, ehe er mich mit Quentin zu dir geschickt hat?«

Sein Gegenüber lachte. »Warum erzählt er überhaupt nie irgendwem von uns irgendetwas? Er hat mir gesagt, ein Junge würde mit seinem Vetter kommen, ich sollte nach ihnen Ausschau halten und sie testen, ob man mit ihnen etwas anfangen könne und ob sie Mut besäßen.« Er schüttelte den Kopf. »Er überließ es mir herauszufinden, dass du es warst, der Junge, dem ich vor so vielen Jahren das Leben gerettet hatte. Er überließ es mir festzustellen, wie ich darauf reagieren würde. Verstehst du?«

Bek schüttelte den Kopf, weil er dessen nicht sicher war.

»Man hat dich gebeten, mich zu fragen, ob ich dich auf diese Reise begleiten wollte. Dir wurde also eine Botschaft für mich aufgetragen, die ich auf die eine oder andere Weise deuten konnte. Ich begriff, was er dir verschwiegen hatte und worum er mich bat. Es war offensichtlich genug. Er wollte mich als deinen Beschützer in der Not. Zudem sollte ich den Fortschritt deiner magischen Entwicklung überwachen. Er wusste, das Wunschlied würde hervortreten, und dann müsste dir jemand erklären, wer du wirklich bist. Dennoch wollte er die Dinge nicht unnötig beschleunigen und dich so lange wie möglich im Unklaren lassen, damit dich die Wucht dieser Erkenntnis nicht überwältigte. Allerdings wusste ich, je eher du deine Magie entdecken würdest, desto früher würdest du einen Weg finden, dich mit ihr anzufreunden. Der Druide und ich gehen solche Dinge von unterschiedlichen Seiten an, und ich möchte meinen, mit dem, was ich mit dir auf Mephitic tat, war er ganz und gar nicht glücklich.«

»Er war wütend.« Bek zögerte. »Aber ich bin glücklich, weil du mir diese Chance gegeben und mir gezeigt hast, wozu ich fähig bin, und mir die Gelegenheit ließest, mich zu beweisen.«

Der Gestaltwandler nickte, und seine Augen flackerten hell im Schatten. »In jener Ruine hast du uns gerettet. Du hast Mut und einen scharfen Verstand, und du bist auch kräftig, Junge – Werkzeuge, die du brauchst, wenn du die Magie des Wunschliedes beherrschen willst. Allerdings sind deine Fähigkeiten noch immer unerprobt. Bis du deiner Schwester ebenbürtig bist, brauchst du noch viel Zeit und musst noch eine Menge Erfahrungen sammeln.«

Bek betrachtete ihn in der darauf folgenden Stille. »Sag mir die Wahrheit. Du täuschst mich doch nicht, oder? Denn auf dieser Reise hat man mich schon mehr als einmal getäuscht.«

Truls Rohk grunzte. »Der Druide. Ich nicht.«

»Grianne ist wirklich meine Schwester, nicht wahr? Die Ilse-Hexe ist meine Schwester? Ich möchte, dass du es selbst sagst.«

Die hellen Augen glühten grimmig in der Kapuze, mehr war vom Gesicht des Gestaltwandlers nicht zu erkennen. »Sie ist deine

Schwester. Welchen Grund hätte ich, dir eine Lüge einzureden? Meinst du, ich sei ein Werkzeug des Druiden, wie die Hexe es glaubt?«

Bek schüttelte den Kopf. »Ich musste diese Frage einfach stellen.«

Der Gestaltwandler grunzte erneut und war keineswegs besänftigt. »Solche Fragen solltest du in Zukunft nicht mehr stellen. Nicht mir.« Er kreuzte die Arme unter seinem Mantel. »Genug davon. Was ist mit den anderen passiert, mit denen du an Land gegangen bist? Ich hatte keine Gelegenheit, nach ihnen zu suchen. Während des Zusammenstoßes bei Mephitic habe ich mich an Bord des Luftschiffs der Hexe geschlichen, weil ich dachte, dort wäre ich von größerem Nutzen und könnte etwas herausfinden, das uns einen Vorteil verschafft. Aber sie hätte mich beinahe entdeckt, und daher war ich gezwungen, mich zu verstecken und auf eine Chance zur Flucht zu warten. Auf die Suche nach Walker hat sie sich allein gemacht, daher folgte ich ihr. So führte sie mich zu der Lichtung und zu dir. Aber nicht zu Walker. Was ist aus ihm geworden?«

Rasch berichtete ihm Bek über die katastrophalen Ereignisse des vergangenen Tages, von dem Versuch, die Ruinen zu durchdringen, von den Fallen, die auf sie warteten, davon, wie die Gruppe dezimiert und zerstreut worden war. Mit Ryer Ord Star und der Elfenfährtenleserin Tamis war er auf die Lichtung geflohen, auf der die Ilse-Hexe sie gefunden hatte. Über das Schicksal von Quentin, Panax, Ahren Elessedil und Ard Patrinell wusste er nichts Genaues. Tamis hatte sich auf die Suche nach ihnen gemacht, doch war sie nicht zurückgekehrt. Walker war in dem schwarzen Turm verschwunden, der aus der Mitte der Ruinen ragte, und nicht wieder herausgekommen.

»Wir müssen nach ihnen suchen«, sagte Bek. »Vor allem, wenn die Ilse-Hexe und die Mwellrets sie ebenfalls finden wollen.«

Truls Rohk wiegte sanft auf den Hacken hin und her und seufzte. »Es wird uns schwer fallen, jemanden zu finden. Eine schlechte Nachricht jagt die andere. Deine Schwester hat die Mannschaft der *Jerle Shannara* mit ihrer Magie unbeweglich gemacht. Sie hat das Schiff geentert und sie alle gefangen genommen. Unter Deck hat sie unsere Besatzung eingesperrt, und nun verfügt sie über beide Schiffe. Die *Schwarze Moclips* liegt in der Bucht vor Anker, wo ihr an Land gegangen seid. Die *Jerle Shannara* befindet sich weiter flussabwärts, näher an den Eistoren. Von keinem der Schiffe haben wir Hilfe zu erwarten.«

Bek fühlte sich, als hätte er den Boden unter den Füßen verloren. Was auch immer man ihm genommen hatte, bislang glaubte er, sich stets auf die *Jerle Shannara* zurückziehen zu können. Nun hatte er diese auch noch verloren. Sie saßen auf Ice Henge in der Falle. Nicht einmal die Flugreiter konnten sie benachrichtigen.

Plötzlich dachte er an Rue Meridian, und der Schreck traf ihn wie ein Stich, tiefer, als er es erwartet hätte. Er holte tief Luft. »Ist den Fahrenden etwas zugestoßen?«, fragte er und versuchte, beiläufig zu klingen.

Der Gestaltwandler zuckte mit den Achseln. »Bei dem Überfall wurde niemand verletzt. Was seitdem passiert ist, weiß ich nicht, vermutlich jedoch nichts.«

»Schatten! Wir haben alles verloren, Truls. Du und ich sind vielleicht die Einzigen, die noch am Leben und in Freiheit sind.« Er bemerkte die Verzweiflung in seiner Stimme und gab sich Mühe, sie zu unterdrücken. »Wir müssen etwas tun. Zumindest müssen wir umkehren und uns Grianne stellen, sie irgendwie überzeugen, dass sie eine Ohmsford ist, sie zu der Erkenntnis bringen, dass –«

»Immer mit der Ruhe, Junge«, unterbrach ihn Truls Rohk. »Lass uns erst einmal tief Luft holen und die Sache genau überlegen. Wir können nicht einfach umkehren und uns der Ilse-Hexe stellen. Die Ereignisse sind noch zu frisch. Stattdessen müssen wir eine Möglichkeit finden, sie auf andere Weise zu erreichen. Auf eine Weise, die sie nicht so einfach wie deine Worte abtun kann.«

Er schaute bedeutungsvoll über Beks Schulter. Der Junge folgte seinem Blick und betrachtete plötzlich den Knauf des Schwertes von Shannara, das er noch immer auf dem Rücken trug. In all der Aufregung bei der Begegnung mit seiner Schwester hatte er es ganz vergessen.

Jetzt blickte er den Gestaltwandler wieder an. »Du meinst, ich sollte versuchen, es zu verwenden?«

»Ich meine, du solltest einen Weg finden, es zu verwenden.« Die Stimme seines Gefährten klang ironisch. »Ganz so leicht wird das nicht sein, glaube ich. Deine Schwester wird nicht einfach so dastehen und zulassen, dass man die Magie gegen sie einsetzt. Aber wenn du sie überraschen kannst, bleibt ihr vielleicht keine andere Wahl. Ob es ihr gefällt oder nicht, sie müsste die Wahrheit dann akzeptieren. Jedenfalls werden wir sie auf diese Art am ehesten überzeugen.«

Zweifelnd schüttelte Bek den Kopf. »Sie wird uns keine Gelegenheit geben. Niemals.«

Truls Rohk sagte nichts und wartete nur.

»Sie wird gegen uns kämpfen!« Bek ergriff den Knauf des Schwertes von Shannara, ließ jedoch sofort hilflos die Hand sinken. »Außerdem weiß ich nicht, ob ich die Magie gegen sie einsetzen kann.«

»Nicht gegen sie«, riet ihm der Gestaltwandler ruhig. »Für sie.«

Bek nickte langsam. »Für sie. Für uns beide.«

»Ich würde meine Chancen nicht so rasch abtun«, fuhr Truls Rohk fort. »Wir haben das Schiff und die Mannschaft verloren, aber von Panax und diesem Hochländer haben wir noch nichts gehört. Und ich würde den Druiden selbst dann nicht für erledigt erklären, wenn ich ihn in einer Grube zwei Schritt vor mir in der Erde liegen sähe; er hat mehr Leben als eine Katze. Ich kenne ihn, Junge, und zwar schon lange. Er denkt alles genau durch. Es würde mich nicht verwundern, wenn er sich längst wieder in Freiheit befände und nach uns suchte.«

Daran schien Bek zu zweifeln, und trotzdem nickte er. »Was machen wir als Nächstes? Wohin gehen wir?«

Truls Rohk erhob sich, sein Mantel fiel von den breiten Schultern herab und hüllte seine Gestalt von Kopf bis Fuß in Schatten, wie ein Gespenst, und das trotz der allmählich heraufziehenden Dämmerung.

»Ich muss weit genug zurückgehen, um sicherzustellen, dass wir weder von der Hexe noch von den Rets verfolgt werden. Du wirst hier auf meine Rückkehr warten. Beweg dich nicht von der Stelle.« Er zögerte. »Solange du nicht in Gefahr gerätst. In dem Fall versteckst du dich, so gut du kannst. Aber setz nicht deine Magie ein. Du bist noch nicht bereit dafür, nicht ohne meine Hilfe.«

Er warf dem Jungen einen harten, mahnenden Blick zu, drehte sich um und verschwand zwischen den Bäumen.

Bek lehnte sich mit dem Rücken an einen Schuppenrindenhickory und schaute zu, wie der Himmel im Osten mit der Zeit immer heller wurde. Die Dunkelheit wich den ersten Sonnenstrahlen, und in den Lücken zwischen den Blättern, die zuvor nicht zu erkennen gewesen waren, änderte der Himmel seine Farbe. Bek saß da und dachte darüber nach, wo er sich befand, über die Reise, die ihn an diesen Ort, in diese Situation verschlagen hatte, und an die Wandelungen, denen er sich unterzogen hatte. Er erinnerte sich an den Abend vor Monaten, an dem Walker im Hochland aufgetaucht war und ihn gebeten hatte, ihn auf dieser Reise zu begleiten, an seine Worte, nichts in seinem Leben werde danach noch so sein wie zuvor. Damals hatte er nicht wissen können, wie sehr sich diese Vorhersage bewahrheiten würde.

Kurz schloss er die Augen und stellte sich vor, was in Leah, im Hochland, in seiner Heimat aus ihm geworden wäre. Es gelang ihm nicht. Das alles lag so weit hinter ihm, war der Gegenwart so fern, dass es aus einem anderen Leben zu stammen schien.

Er gab das Grübeln über das Hochland auf und versuchte sich stattdessen vorzustellen, wie es sein würde, Grianne zur Schwester zu haben. Nicht nur dem Namen nach, sondern richtig. Nachdem sie akzeptiert hätte, dass es tatsächlich der Wahrheit entsprach. Er wollte sich vorstellen, wie es war, wenn sie ihn Bek nannte. Auch dies wollte ihm nicht gelingen. Als Ilse-Hexe hatte Grianne getötet und Träume zerstört. Sie hatte Taten begangen, die er niemals würde verzeihen können, gleichgültig, wie sehr man sie irregeleitet hatte oder wie sehr sie bereute. Ihr Leben war in Täuschung und Verrat verstrickt, in eine fehlgeleitete Suche nach Rache, in Einsamkeit und Verbitterung. Nein, sie konnte ihre Vergangenheit nicht einfach mit einem Streich auswischen und ein neues Leben beginnen. Sie konnte nicht jemand anderes werden, nur weil er es sich wünschte. Das wäre ein Ende wie im Märchen. Was immer er von ihr erwartete, vermutlich war es zu viel. Wenigstens, so hoffte er, würde sie schließlich die Wahrheit erkennen.

Er stellte sie sich vor, wie sie in ihrer grauen Robe vor ihm stand, herrisch und gebieterisch. Glücklich vermochte er sie sich nicht vorzustellen. Hatte sie je gelacht, seit man sie verschleppt hatte? Hatte sie überhaupt je gelächelt?

Trotzdem musste er sie wieder zu sich selbst führen, zu dem Mädchen, das sie vor fünfzehn Jahren gewesen war, zu der Welt, die sie verlassen hatte und nun verachtete, wie es der Wille von niederen Kreaturen war. Er musste ihr helfen, selbst wenn er dadurch noch größeres Leid hervorrief.

Wie konnte ihm das gelingen, wo sie doch bei ihrer nächsten Begegnung vermutlich ihr Bestes geben würde, ihn zu töten?

Er wünschte, er hätte Quentin bei sich – Quentin, der die Dinge stets gefühlvoll, aber geradlinig anging, der stets mit solcher Klarheit den richtigen Weg und die beste Möglichkeit sah. Hatte Quentin den Kampf in den Ruinen von Castledown überlebt? Tränen sammelten sich in seinen Augen, als er sich vorstellte, sein Vetter könnte den Tod gefunden haben. Allein der Gedanke erschien ihm wie Verrat. Er konnte sich ein Leben ohne ihn – seinen Vertrauten und besten Freund – nicht vorstellen. Quentin war so erpicht darauf gewesen, an dieser Reise teilzunehmen, so begierig darauf, einen anderen Teil der Welt und etwas Neues über das Leben kennen zu lernen. Was nun, wenn ihn dies das eigene Leben gekostet hatte?

Bek knetete niedergeschlagen die Hände und starrte in die Bäume, in das zunehmende Sonnenlicht, in den neuen Tag, und seine Entschlossenheit verhärtete sich zu Gewissheit. Er musste Quentin finden. Vielleicht noch ehe er Walker fand, denn ohne Frage war Quentin von beiden der Wichtigere für ihn. Wenn sie auf dieser fremden Insel gestrandet waren, wenn ihre Luftschiffe tatsächlich verloren und ihre Gefährten tot waren, würden sie wenigstens dem

Schlimmsten zu zweit entgegensehen. Das, was vor ihnen lag, allein zu meistern, vermochte sich Bek nicht vorzustellen.

Coran Leah hatte die beiden abwechselnd angeblickt und sie dazu gedrängt, die Abenteuer gemeinsam zu bestehen. Sie selbst hatten es sich ebenfalls versprochen – vor langer Zeit, in Arborlon, als sie sogar noch die Gelegenheit hatten umzukehren.

Erschöpft seufzte er. Immerhin hatte er Truls Rohk, der ihm half. So eigenartig und beängstigend der Gestaltwandler sein mochte, er hatte sich als Freund erwiesen. War sein Leben auch widersprüchlich verlaufen, stellte er dennoch das verlässlichste und tauglichste Mitglied der Schiffsbesatzung dar. Auf ihn konnte sich Bek verlassen, und dieser Gedanke tröstete ihn.

Weil er sonst nichts hatte, das ihn trösten könnte, gestand er sich ein. Weil man manchmal Trost annahm, egal von wem er gespendet wurde.

Truls Rohk blieb nicht lange fort. Das Licht hatte die Nacht kaum verscheucht, da trat er mit flinken Bewegungen geduckt aus den Bäumen hervor.

»Auf, auf«, zischte er rau und zog den Jungen auf die Beine. »Deine Schwester ist uns auf der Spur und holt schnell auf.«

Bek versuchte, sich die Angst weder in den Augen noch in der Stimme anmerken zu lassen und so normal wie möglich zu atmen, während er in die Richtung blickte, aus welcher der Gestaltwandler gekommen war. Dann rannten sie zwischen die Bäume und waren verschwunden.

Vier

Die Ilse-Hexe war ungefähr hundert Schritte in den Wald vorgedrungen und hatte Cree Bega und die anderen Mwellrets hinter sich gelassen, da blieb sie erst einmal stehen und ordnete ihre Kleider. Sie zog ein Stück geflochtener Kordel hervor, schlang es um die Schultern, über den Körper und zwischen den Beinen hindurch und band auf diese Weise die Robe hoch, damit sie sich leichter durch das dichte Dickicht bewegen konnte. Die Robe, die sie ausgewählt hatte, war leicht und trotzdem widerstandsfähig, und der Stoff würde nicht so leicht zerreißen. Da sie erwartet hatte, in den Ruinen von Castledown herumzuklettern, hatte sie die Sandalen gegen knöchelhohe Stiefel mit kräftiger Sohle getauscht. Zwar hatte sie diese Dinge aus ganz anderem Grund angezogen, trotzdem zahlte sich ihre Voraussicht nun aus. Schon früher war sie auf die Jagd gegangen, wenngleich nach anderem Wild, und sie wusste, wie wichtig es war, gut vorbereitet zu sein.

Kurz schweiften ihre Gedanken ab zu jenen Tagen, die sie so tief in ihrem Kopf vergraben hatte, bis der Junge sie aufs Neue mit dieser Vergangenheit konfrontiert hatte. Als Grianne Ohmsford war sie oft durch die Wälder und Hügel ihrer Heimat gestreift und hatte gelernt, die Magie des Wunschlieds einzusetzen. Eine der Übungen, die sie regelmäßig machte, war das Fährtenlesen. Mit Hilfe ihrer Magie spürte sie Hinterlassenschaften eines vorbeigelaufenen Tieres auf und folgte ihnen dann bis zu dessen Bau. Ihr Gesang, so fand sie heraus, färbte die Reste von Körperwärme und Bewegung und zeigte ihr auf diese Weise, wo das Tier entlanggelaufen war, wenn die Spur nicht zu alt war. Abdrücke und andere Hinweise, an denen sich Fährtenleser orientieren, konnte sie nicht deuten, doch die Fähigkeit, Hitze und Bewegung zu verfolgen, erfüllte den gleichen Zweck. Sie hatte es darin zu einer erstaunlichen Fertigkeit gebracht, ehe sie geraubt wurde.

Erneut dachte sie an den Jungen. Er beunruhigte sie mehr, als sie sich eingestehen wollte. Das Haar und die Augen mochten tatsächlich zu Bek passen. Sogar seine Gestik und Mimik waren ihr vertraut. Und diese Spur von Magie, die sich am Ende gezeigt hatte – dabei handelte es sich um das Wunschlied. Niemand hätte diese drei Eigenschaften gemeinsam aufweisen können, außer eben Bek. Wie hoch standen die Chancen eines solchen Zufalls? Wie lange hatte der

Druide suchen müssen, um eine solche Kombination zu entdecken? Allerdings sollte sie berücksichtigen, dass er außer Magie alles erschaffen und es wirken lassen konnte, als wäre es schon immer da gewesen, um denjenigen quasi zu erschaffen, der sie täuschen sollte.

Bek hatte bis zu dem Zeitpunkt, als sie ihn an jenem letzten Morgen versteckt hatte, keine Hinweise darauf gezeigt, dass er das Wunschlied geerbt hatte. Er war ein normales Kind. Ob er jemals Zugang zu dieser Magie erhalten hätte, konnte sie nicht wissen. Oder ob er tatsächlich in ihrem Besitz gewesen war.

Sie verscheuchte diese unbehaglichen Gedanken mit einem Achselzucken und überprüfte den Sitz ihrer Robe. Daraufhin blickte sie an sich herab und sah die blasse Haut an Handgelenken und Knöcheln, die nie der Sonne ausgesetzt war und nun in der Mischung aus Schatten im Wald und goldener Dämmerung so weiß leuchtete, dass sie fast schillerte. Sie berührte sich selbst, als wolle sie sichergehen, dass sie wirklich war, denn manchmal hatte sie beinahe das Gefühl, sie sei aus Träumen und Wünschen erschaffen und nichts an ihr sei echt.

Jetzt knirschte sie mit den Zähnen. Der Junge löste diese Gedanken in ihr aus. Wenn sie ihn gefangen hatte, würden sich die Grübeleien von selbst verabschieden.

Wieder brach sie auf, ließ die Kapuze aufgesetzt, verbarg ihr Gesicht in der Dunkelheit vor spähenden Augen. Da sie die Robe so eng zusammengebunden hatte, fiel es ihr leicht, durch den Wald zu laufen, und sie summte leise vor sich hin, entlarvte so die Spur des Gestaltwandlers und des Jungen und entdeckte ihre verbliebene Nach-Präsenz, die ihren Weg so deutlich kennzeichnete wie Markierungen in der Baumrinde. Sie marschierte forschen Schritts voran. Das Gehen war sie gewöhnt, weil sie oft zu Fuß reiste und nicht nur auf ihren Würgern, womit sie sich abgehärtet hatte; denn sie wusste, nur auf diese Weise konnte sie überleben. Der Morgawr wäre zufrieden gewesen, wenn sie einfach nur ein Mädchen geblieben wäre, weniger bedrohlich und besser formbar, aber schon früh hatte sie sich entschieden, niemals wieder verwundbar zu sein. Früher oder später würde sie von etwas oder jemandem bedroht werden, das oder der durch lange Jahre in der Wildnis abgehärtet war, und darauf wollte sie vorbereitet sein. Außerdem wollte sie nicht lediglich als ein Mädchen oder eine Frau betrachtet werden und allein der Größe und des Geschlechts wegen eine Abwertung erfahren.

Nein, dachte sie grimmig, so sollte niemand sie jemals einschätzen. Der Morgawr hatte sie im Gebrauch der Magie unterwiesen, aber sie selbst hatte sich die Kunst des Überlebens angeeignet. Wenn er unterwegs war, was häufig vorkam, unterzog sie sich selbst Prüfungen, von denen er nie erfuhr, ging allein hinaus in das gefährliche Land, manchmal tief in den Wildewald hinein. Sie lebte dort, las Fährten, sammelte Vorräte, jagte und lernte dabei von den Tieren. Mit Hilfe des Wunschlieds beherrschte sie ihre Sprache und wurde deshalb von ihnen aufgenommen. Sie konnte sogar wie eines von ihnen erscheinen. Das erforderte große Konzentration und Anstrengung, und ein einziger falscher Schritt konnte dabei zu einer persönlichen Katastrophe führen. Gewiss war sie mächtig, doch genügte ein Augenblick der Unachtsamkeit, und ein Raubtier vermochte ihre Verteidigung zu durchbrechen. Moorkatzen und Koden schlugen zu, ehe man noch recht begriffen hatte, was vor sich ging. Werbestien waren sogar noch schneller.

Sie war noch nicht weit vorangekommen, da bemerkte sie eine zweite Präsenz, welche die erste überlappte. Die Ilse-Hexe verlangsamte das Tempo und ließ mehr Vorsicht walten, betrachtete die Bilder, die Spuren von Hitze und Bewegung, und hielt nach einer Falle Ausschau. Nach einer Weile wurde ihr klar, was sie entdeckt hatte. Der Gestaltwandler war zurückgekehrt, um festzustellen, ob ihnen jemand folgte, und dann hatte er wieder zu dem Jungen aufgeschlossen. Vermutlich hatte er sie bemerkt. Davon musste sie ausgehen. Sie wusste bereits, dass er über große Erfahrung und Fähigkeiten verfügte, und er war weise genug, sich nach der Rettung des Jungen nicht einzubilden, die Gefahr sei vorüber. Deshalb war er umgekehrt, hatte nach ihr Ausschau gehalten und dann seinen Schutzbefohlenen gewarnt.

Also setzte sie die Verfolgung fort und beeilte sich, die Lücke zwischen ihnen zu schließen. Wenn er nahe genug gewesen war, um sie zu bemerken, konnte er jetzt keinen großen Vorsprung haben. Die Bilder, die durch ihre Magie enthüllt wurden, waren unverkennbar und deutlich. Der Gestaltwandler gab sich keine Mühe, seine Spur zu verbergen. Er rannte davon, floh, hatte vielleicht Angst vor ihr, hatte begriffen, wie sehr die Entfernung zwischen ihnen zusammengeschmolzen war. Verängstigte, panische Menschen begingen Fehler. Der Gestaltwandler gehörte unter normalen Umständen nicht zu dieser Sorte, allerdings konnte man diese Umstände wohl kaum normal nennen.

Ihr gewundener Weg führte sie durch Schluchten und über die Kämme niedriger Berge, auf denen Laubhölzer wuchsen und sich Gebüsche drängten, bis sie schließlich einen offenen Hang erreichte, auf dem sie den Verfolgten so nahe war, dass sie meinte, sie könnte die beiden riechen. Oben am Himmel war die Sonne aufgezogen, wanderte gen Zenit und leuchtete hell und klar an einem wolkenlosen blauen Himmel. Die Ilse-Hexe atmete die warme frische Luft des Waldes ein, eine dünne Schicht Schweiß bedeckte ihr Gesicht und ihre Hände und rann von den Gliedern in die Kleidung. Sie spürte, wie die vertraute Wildnis sie erfüllte. Es war wie manchmal auf der Jagd, wenn sie sich wild und ungezähmt und gefährlich fühlte. Am liebsten hätte sie sich die menschlichen Kleider vom Leib gerissen und gejagt, wie es die Tiere tun. Es dürstete sie nach frischem Blut.

Auf einer weiten Lichtung, die von altem Bewuchs umgeben war, vereinten sich die Bilder des Jungen wieder mit denen des Gestaltwandlers. Die Aufregung spornte sie erneut an. Die Bilder verrieten ihr, dass die beiden jetzt rannten, um ihr zu entfliehen. Der Junge würde von ihrem Kommen wissen. Er würde sich fragen, was er zu seinem Schutz tun konnte, wenn sie die zwei einholte. Natürlich würde er lügen und seine Geschichte aufs Neue erzählen. Aber er ahnte sicherlich bereits, wie sinnlos es war, sie ein zweites Mal täuschen zu wollen. Bestimmt war ihm klar, was sie mit ihm anstellen würde.

Es konnten nur noch einige hundert Meter sein. Viel mehr jedenfalls nicht, dann hätte sie die beiden erreicht. Sie befanden sich direkt vor ihr.

Plötzlich betrat sie eine Wiese, die von gelben und blauen Wildblumen übersät war. Die Blumen wogten wie ein Meer im Wind, und die Spur, der sie so eifrig folgte, war verschwunden. Einen Augenblick lang mochte sie es nicht glauben. Sie lief weiter, drängte ungläubig voran, überquerte die Wiese bis zur anderen Seite und versuchte zu begreifen, was geschehen war. Dann blieb sie stehen. Die Bilder waren noch da, so erkennbar wie zuvor, klar und deutlich. Aber sie waren überall, auf der ganzen Wiese, zwischen den Bäumen am Rande, Tausende, ein einziges Flimmern von Hitze und Licht. Es schien, als hielten sich der Gestaltwandler und der Junge überall zur gleichen Zeit auf, als wären sie in alle Richtungen auf einmal gelaufen.

Was allerdings unmöglich war.

Und keinesfalls real.

Sie holte tief Luft, um sich zu beruhigen, dann atmete sie langsam aus. Daraufhin langte sie in ihre Kapuze und strich eine Locke ihres dicken, dunklen Haares zurück, blickte von einem Ende der Wiese zum anderen und suchte im Schatten unter den Bäumen. Niemand zu sehen. Der Junge und sein Beschützer waren woanders, und mit jeder Sekunde, die verstrich, entzogen sie sich weiter der Bedrohung.

Trotzdem musste sie lächeln. Sie hatte geglaubt, die beiden in Panik versetzt zu haben, doch der Gestaltwandler und der Junge waren klüger. Da sie davon ausgingen, dass die Ilse-Hexe bei der Verfolgung ihre Magie einsetzen würde, hatten sie sich durch den Gebrauch ihrer eigenen revanchiert. Oder, besser gesagt, wenn sie das hier richtig verstand, hatte der Junge seine Magie benutzt. Damit hatte er ihre Bilder erzeugt und sie überall verstreut. Sie konnte herausfinden, welches das richtige Paar war, bloß würde sie das Zeit kosten. Ein Stück weiter vorn würden sie das gleiche Spiel wiederholen, und jedes Mal, wenn sie gezwungen wäre, eines dieser Rätsel zu lösen, würden die beiden an Vorsprung gewinnen.

Gewiss setzten sie darauf, dass es ihr an den Fähigkeiten eines Fährtenlesers mangelte und sie ihre Gegner nicht anhand der Fußabdrücke und Spuren verfolgen konnte, wenn ihre Magie nutzlos war. Damit hatten sie Recht. Ihre Magie war alles, was sie hatte, und das musste genügen.

Im Schneidersitz ließ sie sich auf dem Boden nieder, lehnte sich an eine Eiche, betrachtete die Wiese und überlegte sich die Sache. Sicherlich würde sie die beiden erwischen. Nichts, was sie versuchten, konnte sie lange von ihrer Spur abbringen. Wichtiger war es, nicht hektisch und unüberlegt zu handeln. Sie nahm sich einen Augenblick Zeit, um sich durch den Kopf gehen zu lassen, wohin all dies führte. Der Junge und sein Beschützer rannten davon, aber wohin? Dieses Land war für die beiden genauso fremd wie für sie, und sie kannten weder seine Geografie noch seine Einwohner. Der Gestaltwandler hatte dem Jungen bestimmt längst erzählt, auf welche Weise das Luftschiff unter ihre Kontrolle geraten war und dass es somit für die zwei keine Hilfe mehr bedeutete. Die Mitglieder des Landungstrupps, den Walker angeführt hatte, waren tot oder verstreut, und der Druide war verschwunden. Bestenfalls stellte die Flucht eine vorübergehende Lösung für ihr Problem dar. Welchen Vorteil wollten sie daraus ziehen? Was war ihr Ziel? Freilich liefen sie nicht einfach blindlings ins Leere hinein. Dafür besaß der Gestaltwandler zu viel Verstand.

Langsam erhob sie sich und traf eine Entscheidung. Antworten auf Fragen wie diese mussten warten. Es machte keinen Unterschied, wohin sie liefen oder warum, wenn sie die beiden nicht fand, und das beabsichtigte sie. Wenn ihre Magie auf die eine Art nicht dienlich war, dann eben auf die andere.

Sie stellte sich an den Rand der Wiese, legte die Hände trichterförmig an den Mund und stieß einen langen, tiefen Schrei aus, der unheimlich und frostig in der Ferne verhallte. Dreimal stieß sie diesen Schrei aus, wartete eine Weile und wiederholte ihn erneut dreimal.

Die Zeit verstrich, und auf der Wiese und aus dem Wald war außer Vogelgesang und dem Rauschen des Laubes im Wind nichts zu hören. Die Ilse-Hexe stand da, lauschte und schaute in alle Richtungen gleichzeitig.

Dann bewegte sich etwas aus den Bäumen heraus auf das Gras am anderen Ende der Wiese und brachte den Blumenteppich dazu, sich zu kräuseln und zu teilen. Die Ilse-Hexe wartete geduldig, während das Geschöpf unter der wogenden Decke der Wildblumen auf sie zukroch.

Als es nur noch ein Dutzend Schritte entfernt und es zu spät für eine Flucht war, hob es die Schnauze aus dem Meer der Helligkeit, witterte und suchte nach der Quelle des Rufes, der es herbefohlen hatte. Der Wolf stammte von keiner Rasse, die sie kannte, und er war größer als jene, mit denen sie vertraut war, dennoch eignete er sich für die Aufgabe. Er war ein Verbannter, ein Ausgestoßener – sie spürte das – und gehörte zu keinem Rudel, sondern lebte als einsamer Einzelgänger. Ergrautes schwarzes Haar bedeckte die scharfen Züge seines Gesichts, der vernarbte graue Körper war sehnig und muskulös. Da er ein wilder Jäger war, besaß der Wolf unerreichte Fähigkeiten im Spurenlesen und Instinkte, die ihr gute Dienste leisten würden, nachdem sie erst die notwendigen Anpassungen vorgenommen hatte.

Der Wolf hatte offensichtlich gespürt, dass er in der Falle saß und sich von ihrer Magie, ihrer unwiderstehlichen Stimme und den Ketten, die sie ihm mit ihrem leisen Summen und Singen angelegt hatte, nicht befreien konnte. Aber er war keineswegs zu verblüfft, um nicht wenigstens einen Fluchtversuch zu unternehmen. Seine Halskrause sträubte sich, er knurrte und wehrte sich gegen ihre Anstrengungen, die Kontrolle über ihn auszuüben, und sein Hass auf sie enthüllte sich in den bösen Blicken und den gefletschten Zähnen. Sie überließ ihn einen Moment lang der Wut, dann brachte sie ihn gnadenlos zur Räson. Stück um Stück überwand sie seinen Widerstand, besiegte seinen Willen, eroberte Herz und Verstand und machte Körper und Gedanken zu ihrem Eigen.

Danach begann sie, ihn neu zu gestalten. Es handelte sich bereits um ein gefährliches Tier, aber sie entschied, es müsse noch bedrohlicher werden; der Gestaltwandler würde mit einem gewöhnlichen Wolf keine Schwierigkeiten haben, gleichgültig, wie wild dieser war, und sie wollte, dass sich die Chancen ins Gegenteil verkehrten. Sie wollte einen Caull, eine Bestie aus neu geformtem Fleisch und Knochen, ein Geschöpf der Magie, das von ihrer Hand gestaltet worden war und allein ihr gehorchte. Mit Hilfe des Wunschliedes wollte sie es genau für ihre Zwecke prägen und vor allem die Raubtierinstinkte, die Fähigkeit des Spurenlesens und die Unverwüstlichkeit betonen. Die Intelligenz zu steigern war eine zu schwierige und zu komplexe Aufgabe, selbst für sie. Doch die Gestalt konnte sie ihren Wünschen anpassen, und sie scheute nicht vor dem Notwendigen zurück, auch wenn das Tier dabei schrie wie ein menschliches Kind.

Später lag es keuchend und fiebernd auf der sonnenbeschienenen Erde, die Wildblumen im Umkreis von fünfzehn bis zwanzig Fuß waren zerfetzt, der Boden aufgerissen und das Gras mit Blut bedeckt. Sie hatte den Caull unter Kontrolle und ließ ihn schlafen, damit er sich abregte und damit der umgestaltete Körper heilte. Er schloss die gelben Augen, und als Antwort auf ihr Lied wurde sein Atem tiefer und ruhiger. Sekunden später war er eingeschlafen.

Von der Anstrengung ermüdet, setzte sie sich, um auszuruhen. Vom Morgen bis zum Nachmittag war es ein langer Tag geworden. Sie döste in der Sonne, eine kleine dunkle Figur am Rande eines verwüsteten Stücks Erde. Die Zeit verstrich, und sie träumte von einem kleinen, sehr kleinen Jungen mit dunklem Haarschopf und leuchtenden blauen Augen, die sie aus der Dunkelheit anstarrten, nachdem sie eine verborgene Tür für immer geschlossen hatte.

Sie erwachte vor dem Caull, der sich gerade rührte. Sofort setzte sie ihr Wunschlied ein, stand auf und wartete, bis er die Augen aufschlug. Als er den Kopf hob, befahl sie ihm, sich zu erheben. Das Tier gehorchte, sprang auf die Beine und stand groß und bedrohlich im schwindenden Licht. Es war zweimal so groß wie zuvor, hatte einen dickeren Hals und riesige Schultern, dazu einen Körper, der neu gestaltet war, um zu kämpfen und zu rennen. Der Kopf war breit, flach, knochig und lief keilförmig von den spitzen Ohren zur Schnauze zu. Das Maul öffnete sich beim Hecheln und enthüllte eine Doppelreihe messerscharfer Zähne, die zum Brechen und Reißen geschaffen waren. Die Beine waren verkürzt, um der Bestie einen besseren Stand zu geben, die Zehen der Pfoten dagegen waren länger geworden und gliederten sich wie Finger in hakenartige Krallen. Glattes schwarzes Haar bedeckte den Körper, weniger Fell als Haut, ein zähes Leder, dem selbst die Dornen von Brombeersträuchern nichts anhaben konnten. Der Caull lief hin und her, als wollte er seine neu gewonnene Kraft ausprobieren, und in den wahnsinnigen Augen glitzerte unmissverständlich die Blutgier.

Zufrieden mit ihrer Arbeit, beobachtete sie das Tier aufmerksam. Jetzt hatte sie mit diesem Geschöpf ein Mittel gegen die List des Gestaltwandlers und seines jungen Komplizen. Sie hatte gelernt, einen Caull zu erschaffen, als sie mit dem Morgawr die Handhabung ihrer Magie übte. Diese Form jedoch hatte sie selbst erfunden. Vor Hunderten von Jahren hatte es schon einmal eine solche Bestie gegeben, die einen Druiden getötet hatte. Ein solches Ungeheuer brauchte sie nicht. Etwas Ähnliches würde ihren Zwecken bereits dienen.

»Schonungslos«, zischte sie dem Caull zu. Er drehte den schweren flachen Kopf wachsam in ihre Richtung. »So wirst du sein, wenn du nach denen suchst, die ich jage. Unaufhaltsam.«

Die Kiefer teilten sich, als wollte das Tier lächeln, weil es verstanden hatte, was ein Lächeln ist. Das genügte, um die Ilse-Hexe zufrieden zu stellen. Wenn es ihren Wunsch erfüllte, würde sie für beide lächeln.

Bek lief hinter Truls Rohk her, als sie eine Wiese erreichten, auf der blaue und gelbe Wildblumen blühten. Inzwischen wurde er bereits vom raschen Tempo des Gestaltwandlers müde, und Schweiß rann ihm über das Gesicht und tränkte sein Gewand. Die Sonne stand hoch am Himmel, die Luft hatte sich erwärmt.

Truls Rohk trottete in die Mitte der Wiese, blieb dort stehen und blickte zurück.

»Weit genug«, sagte er, und von seinem versehrten Gesicht war unter der Kapuze nur ein Schatten zu sehen, sogar in der hellen Mittagssonne. »Wir können ihr nicht ewig davonrennen. Früher oder später wird sie uns einholen. Deshalb müssen wir uns etwas anderes einfallen lassen.«

Bek blies erschöpft in die Luft, atmete tief ein und schluckte, weil seine Kehle so trocken war. »Vielleicht gibt sie auf, wenn wir immer weiter fliehen.«

»Unwahrscheinlich. Überleg nur mal. Sie hat ihre Jagd nach dem Druiden, ihrem Todfeind, vorübergehend eingestellt, um dich zu suchen. Alles hat sie aufgeschoben, den ganzen Zweck ihrer Reise, nur wegen dir. Du denkst zwar, du hättest sie nicht mit deinen Worten und Argumenten erreicht, aber möglicherweise ist dir das doch gelungen. Jedenfalls genug, damit sie sich Fragen stellt.«

Bek schüttelte den Kopf. »In dem Moment hat es sich überhaupt nicht so angefühlt.« Truls Rohk schien nicht einmal schwer zu atmen, sein Körper in dem Mantel war still und ruhig, er rührte sich nicht, bewegte sich nicht.

»Sie spürt uns mit Hilfe ihrer Magie auf und kann unsere Bewegungen erkennen. Ich habe gesehen, wie sie gegangen ist, mit aufrechtem Kopf, die Augen geradeaus. Unsere Fußabdrücke hat sie überhaupt nicht beachtet.« Er blickte sich kurz um, schaute in alle Richtungen und nahm die Landschaft in sich auf. »Wir müssen sie abschütteln, Junge. Und zwar jetzt, ehe sie noch näher kommt und nicht mehr aufzuhalten ist.«

Er wandte sich dem Jungen zu, eine breite, bedrohliche Gestalt. »Zeit, selbst einige Verantwortung zu übernehmen. Deine Magie gegen ihre – das könnte die Antwort sein. Ihr fehlt es gleichermaßen noch an Macht und Scharfsinn, aber sie dürfte trotzdem von Nutzen sein. Hör mir zu. Vermutlich erkennt die Ilse-Hexe unsere Körperwärme oder unsere Bewegungen. Versuch doch mal, ob du das Gleiche kannst. Beobachte mich genau. Wenn ich verschwinde, verfolge mich. Benutz dazu deine Stimme wie auf Mephitic.«

Kurz darauf verschwand er genau vor Beks Augen, als hätte er sich in Luft aufgelöst. Der Junge beschwor seine Magie und lenkte sie in die eine und die andere Richtung. Nichts geschah.

Der Gestaltwandler erschien wieder an der Stelle, wo er noch einen Augenblick zuvor gestanden hatte. Bek erschrak, dann schüttelte er wütend den Kopf. »Es geht nicht!« Niedergeschlagenheit sprach aus seinen Worten. »Ich kann es nicht!«

Truls Rohk beugte sich bedrohlich über ihn. »Eigentlich schade für uns, nicht? Versuch es noch einmal. Schick deine Magie aus, als würdest du ein Netz auswerfen! Stell dir vor, du würdest Bilder mit Tüchern verhängen. Du suchst nicht nach mir, sondern nach meinem Schatten. Los!«

Wieder verschwand er, und erneut rief Bek die Magie.

Diesmal hatte er mehr Erfolg. Er erwischte einige Teilchen von Truls Rohk, während dieser sich nach rechts und links und wieder zurück bewegte, geisterhafte Präsenzen, die in der Mittagsluft hingen.

»Besser.« Der Gestaltwandler stand abermals vor ihm. »Einmal noch, doch diesmal hältst du einen Zipfel der Magie fest, die du freilässt. Und anschließend ziehst du sie ein, Fischerjunge.«

Bei diesem Versuch konnte er Truls Rohks sämtliche Bewegungen nachvollziehen, konnte verfolgen, wie er um ihn herumging. Wie Schatten, die von den Toten befreit sind, hingen die Abbilder in der Luft, eines nach dem anderen, und jedes bewegte sich träge zum nächsten hin, wie Läufer, die durch Treibsand stapfen.

Sie arbeiteten weiter daran, bis der Gestaltwandler sein Aussehen in das des Jungen veränderte, und plötzlich jagte Bek seinen eigenen Abbildern hinterher und sah, wie ein Doppelgänger von ihm über die Wiese hin und her rannte. Dorthin und hierhin, dort entlang, hier entlang, von einem Ende zum anderen und zwischen den Bäumen herum verteilte Truls Rohk Bilder von sich selbst und von dem Jungen, bis die Wiese mit Schatten und Spuren überfüllt war, die sich vollkommen ineinander verwickelt hatten.

»Soll sie doch versuchen, dieses Gewirr aufzulösen«, grunzte Truls Rohk, während er den Jungen im Zickzack durch die Bilder führte und zu den Bergen im Osten aufbrach. »Das wiederholen wir später noch einmal, wenn wir näher am Wasser sind.«

Sie rannten los, nicht so schnell wie vorher, denn jetzt schlug der Gestaltwandler ein Tempo an, bei dem der Junge leichter mithalten konnte. Keiner von beiden sprach, stattdessen konzentrierten sie sich auf den Weg, darauf, so viel Abstand wie möglich zwischen sich und ihre Verfolgerin zu bringen und dabei so viel Kraft wie möglich zu sparen. Zweimal hielten sie an und produzierten ein ähnlich verwirrendes Labyrinth von Bildern, eine in sich verschlungene Spur, dann überquerten sie einen tiefen Bach, schlugen zweimal Haken und suchten sich schwieriges Gelände für ihren Weg.

Gegen Abend hielten sie schließlich an, um auszuruhen und zu essen. Im Westen schwand das Licht rasch, das Waldland war bereits in lange Schatten gehüllt. Nachtvögel stiegen aus dem Zwielicht auf, ihre dunklen Silhouetten hoben sich vom Himmel ab. Bek beobachtete ihren Flug und wünschte sich, er hätte ebenfalls Schwingen. Er hatte weder Essen noch Wasser bei sich, doch Truls Rohk hatte Proviant an Bord der *Schwarzen Moclips* gestohlen und mitgebracht. Wie stets bereitete sich der Gestaltwandler auf alle möglichen Fälle vor.

»Wenngleich ich nicht geglaubt habe, dass es dazu kommen würde«, räumte er grimmig ein und reichte dem Jungen seinen Wasserschlauch.

Bek war erschöpft. Er hatte durchgehalten, aber seine Muskeln brannten, und sein ganzer Körper schmerzte. An harte, lange Wanderungen war er gewöhnt, doch nicht daran, so weit zu laufen. Das Leben an Bord der *Jerle Shannara* hatte ihn zwar auf einiges vorbereitet, trotzdem hatte seine Ausdauer ihre Grenzen und reichte nicht im Geringsten an die von Truls Rohk heran.

»Wird sie nun aufgeben?«, fragte er hoffnungsfroh, gab den Wasserschlauch zurück und knabberte hungrig an dem getrockneten Fleisch, welches ihm sein Begleiter nun reichte. »Verliert sie das Interesse an uns und macht sich wieder auf die Suche nach Walker?«

Der Gestaltwandler lachte leise, ansonsten verhüllten seine Robe und seine Kapuze Miene und Gedanken. »Das glaube ich nicht. Es würde ihr kaum ähnlich sehen. So leicht gibt sie nicht auf. Eher findet sie eine andere Möglichkeit, uns aufzuspüren. Sie kommt bestimmt.«

Bek seufzte resigniert. »Dann muss ich mich ihr früher oder später stellen. Daran lässt sich nichts ändern.« Das Schwert von Shannara lag neben ihm, und er betrachtete es. Die Aussichten, es gegen seine Schwester einzusetzen, erschienen ihm töricht und verzweifelt.

»Vielleicht. Aber zunächst müssen wir einige andere Probleme lösen. Wir können jedenfalls nicht länger einfach nur aus dem Grunde fortlaufen, dass wir der Hexe entkommen wollen. Selbst wenn wir sie abhängen oder sie aufgibt, was haben wir dann gewonnen? Wir befinden uns mitten in einem fremden Land ohne Luftschiff, ohne Freunde, ohne die richtige Ausrüstung und die richtigen Waffen und ohne einen anständigen Plan – so sieht das aus. Nicht so gut.«

»Wir müssen zu Quentin und den anderen zurückkehren«, antwortete Bek sofort und war davon überzeugt, dass dies die beste Wahl war. »Wir müssen ihnen helfen, falls wir können. Und vor allem sollten wir Walker suchen.«

Das klang so einfach und logisch, und er hatte die Worte ausgesprochen, ehe er begriff, welche Hindernisse er mit dieser Antwort überging und sich damit fast lächerlich machte. Sogar mit Hilfe seiner Magie und den Fähigkeiten des Gestaltwandlers waren sie nur zwei Männer – ein Mann und ein Junge, fügte er kläglich hinzu. Sie hatten keine Ahnung, wo sich ihre Freunde aufhielten. Für eine erfolgreiche Suche nach ihnen fehlten ihnen die Mittel, denn schließlich waren sie gezwungen, zu Fuß zu gehen, eine Fortbewegungsart, die ihrem Vorhaben kaum förderlich sein würde. Ihre Feinde waren ihnen zudem ungefähr fünfzig zu eins überlegen, und damit hatte Bek noch nicht das eingerechnet, was ihnen unter Castledown womöglich noch begegnen würde.

Truls Rohk erwiderte nichts. Er saß einfach nur da und schaute den Jungen aus dem Schatten seiner Kapuze an.

Bek räusperte sich. »Also gut. Allein schaffen wir es nicht. Wir brauchen Hilfe.«

Der Gestaltwandler nickte. »Du lernst schnell, Junge. Was für Hilfe?«

»Jemanden, der unsere schlechten Aussichten verbessern kann, wenn wir uns der Ilse-Hexe und den Mwellrets stellen.«

»Das zum einen, aber auch jemanden, der einen Weg durch diese Dinge kennt, welche die Ruine und den Schatz bewachen, dessentwegen Walker hierher gekommen ist.« Truls Rohk lachte verbittert. »Du solltest nicht einen Augenblick lang glauben, dass der Druide, falls er noch lebt, den Schatz aufgeben wird.«

Bek dachte an die Besatzung der *Jerle Shannara*, deren Mitglieder so viel erlitten hatten, um diesen weiten Weg zurückzulegen, daran, was man ihnen versprochen hatte und was sie aufgegeben hatten. Er dachte daran, wie viel Walker für diese Reise riskiert hatte, sein Leben und seinen Ruf. Truls Rohk hatte Recht. Der Druide würde lieber sterben als aufgeben. Auch wenn er Walker nur wenig kannte, war er sich in einer Sache sicher: Die Unterstützung der Elfen für einen Druidenrat in Paranor zu verlieren würde sein Ende bedeuten. Dafür hatte er sein ganzes Leben lang gearbeitet, und es bedeutete ihm alles. Immer hatte er nach dieser Unterstützung gestrebt. So viel wusste Bek aus ihren Gesprächen und aus dem, was er von Ahren Elessedil gehört hatte. Walker hatte sein Schicksal mit dieser Reise verknüpft, mit der Entdeckung der Elfensteine und dem Schatz von der Karte des Schiffbrüchigen.

Und waren ihre eigenen Schicksale nicht wiederum mit dem des Druiden verknüpft, sowohl Beks als auch das der anderen?

»Schlaf eine Stunde, dann brechen wir wieder auf.« Truls Rohk saß mit gefalteten Händen vor ihm, und das Tierhaar auf den Handrücken glänzte schwach wie Silberfäden. »Ich halte Wache.«

Bek nickte wortlos. Eine Stunde war besser als gar nichts. Er nahm sich den Moment und blickte den Weg zurück, den sie gekommen waren, in Richtung der Ilse-Hexe und in Richtung seiner Freunde und Gefährten, die sich irgendwo dort in der Dunkelheit aufhielten.

Seid stark, betete er für sie alle. Sogar für Grianne.

Fünf

Dutzende Meilen entfernt, tief in den gletscherbedeckten Bergen, welche die Küste der Halbinsel schützten, und umgeben von den tausend Fuß hohen Mauern der Schlucht, durch die das geschmolzene Eis hinaus in die Blaue Spalte floss, trieb die *Jerle Shannara* in einsamer, mitgenommener Pracht dahin. Steuerlos, unbemannt und mit zerfetzten Segeln ritt sie auf den böigen Winden, die durch den Cañon wehten, und bewegte sich wie an einer Schnur gezogen auf die Säulen aus Eis zu, die den Weg nach draußen blockierten. Wolken wälzten sich über sie hinweg und vermischten sich mit Eisnebel und der Gischt, die aufstieg, wenn die Wellen unten gegen die Felsen krachten, weiße Schleier, welche die Sonne verhüllten. Würger kreisten und stürzten sich an der Takelage vorbei nach unten, wobei die Vorfreude hell in ihren stechenden Augen glänzte, da sie jedes Mal dichter an die Leichen auf Deck des Luftschiffes herankamen. Die Echos ihrer Schreie vermischten sich mit der tosenden Brandung und hallten als geisterhafter Kontrapunkt von den Klippen wider.

Davor lauerten die Säulen und kamen mit jedem Wanken und Schwanken des Luftschiffes näher. Wie die Zähne eines Riesen knirschten sie und öffneten sich, schlossen dann wieder die Lücke, durch die das Schiff fliegen musste, dröhnten hungrig und gefräßig, als wollten sie sich nun holen, was ihnen zuvor entgangen war, als wollten sie das Holz und Metall der *Jerle Shannara* in Kleinholz verwandeln und der Besatzung die Knochen zermalmen.

Übel zugerichtet, benommen und kaum bei Bewusstsein, baumelte Rue Meridian an einem Seil fünfzig Fuß unter dem Heck des Schiffes. Sie klammerte sich mit letzter, schwindender Kraft an das Tau und war zu schwach, um sich zu bewegen. Blut bedeckte ihren linken Arm und rann über ihre Seite, und sie spürte ihr linkes Bein nicht mehr. Der Wind heulte in ihren Ohren und ließ ihre Haut gefrieren. Eis hatte sich in ihrem Haar gebildet, und ihre Kleidung war steif geworden. Wie sie hierher gelangt war, verlor sich in einem Nebel von Erinnerungsfetzen und ungeordneten Gefühlen. Sie wusste noch von dem Kampf mit dem Mwellret, dass sie beide verwundet waren, über das Deck des Luftschiffs taumelten, unaufhaltsam auf die Holzreling zuglitten, schneller wurden und nicht anhalten konnten. Dann krachten sie gegen die Reling, die bereits von einem heruntergefallenen Sparren zertrümmert war, zuerst der Mwellret, der die volle Wucht des Aufpralls abbekam. Das Geländer hatte wie Zunder nachgegeben, und die zwei waren ineinander verkrallt hindurchgerutscht. Das hätte ihr Ende sein sollen. Sie befanden sich in tausend Fuß Höhe, vielleicht sogar mehr, und zwischen ihnen und den Felsen und dem Fluss unten war nichts außer Luft. Instinktiv hatte sie sich mit Tritten von dem Mwellret befreit und nach etwas gegriffen, an dem sie sich festhalten konnte. Durch bloßes Glück hatte sie dieses Seil erwischt, diese Rettungsleine in die Sicherheit. Ihr freier Fall war hart gebremst worden, der Ruck hatte ihr fast die Arme aus den Gelenken gerissen und ihr die Haut an den Händen aufgescheuert, weil sie weiterrutschte und erst an einem Knoten zum Halt kam. Verblüfft und erleichtert klammerte sie sich an das Seil, baumelte und drehte sich im Wind und schaute der dunklen Gestalt ihres Gegners hinterher, die kopfüber ins Leere stürzte.

Dann hatten der Schock und die Kälte eingesetzt, und sie stellte fest, dass sie sich nicht bewegen konnte und starr an ihrer Rettungsleine hing, während sie sich bemühte, nicht das Bewusstsein zu verlieren. Ständig redete sie sich ein, irgendwann wieder genug Kraft gesammelt zu haben, um nach oben und an Bord klettern zu können, oder dass sie bald jemand in Sicherheit ziehen würde. In Gedanken spielte sie verschiedene Szenarios durch, und da sie der Bewusstlosigkeit nahe war, brachte sie kaum mehr zustande, als sich mit diesen Möglichkeiten zu quälen.

Aber sie war nicht zu benommen, um die Gefahr zu begreifen, in der sie sich befand, und um abschätzen zu können, wie wenig Zeit ihr blieb. Die *Jerle Shannara* trieb auf die Eissäulen zu, und sobald diese erreicht wären, hätte es ein Ende. An Bord würde ihr niemand helfen. Oben waren alle tot, Furl Hawken eingeschlossen. Jene unter Deck waren in Frachträumen eingesperrt und konnten sich nicht befreien, sonst hätten sie dies inzwischen getan. Ihr Bruder, Redden Alt Mer. Der Schiffsbauer, Spanner Frew. Ihre Freunde, die Fahrenden aus ihrer Heimat. Gefangen und hilflos, der Gnade der Elemente ausgesetzt, war ihr Schicksal beschlossene Sache.

Niemand würde ihr helfen.

Niemand würde ihnen helfen.

Es sei denn, sie selbst unternahm etwas.

Mit übermenschlicher Anstrengung löste sie eine Hand vom Seil und ergriff es ein Stück weiter oben erneut.

Schmerz schoss durch ihren Körper und riss sie aus der Lethargie. Jetzt ignorierte sie Kälte und Starre und zog sich ein Stück hoch, löste die zweite Hand und packte ein Stück weiter oben abermals zu. Blut rann ihr in die gefrorene Kleidung, wo ihr Körper noch eine gewisse Wärme gespeichert hielt. Langsam erfror sie, wurde ihr klar, während sie an diesem Seil hing und von den Gletscherwinden durchgeschüttelt wurde. Also zwang sie sich, erneut umzugreifen und sich weiter hochzuziehen, eine Hand über die andere, und jedes Mal durchlebte sie ein unerträgliches Martyrium. Ihre Lider waren mit Eis verklebt. Um sie herum befanden sich Gletscher, welche die Berge und Klippen krönten und in Nebel und Wolken verschwanden. Schnee trieb in Schauern vorbei, und vor sich sah sie die Säulen, träge sich bewegende Kolosse vor weißem Hintergrund, auf deren azurblauer Oberfläche das Licht glitzerte. Brüllender Lärm und schrilles Knirschen begleitete ihr Einstürzen, ihr Zusammenstoßen und ihr Auseinandergehen, und innerlich spürte sie schon den Druck ihres Gewichts.

Los, weiter.

Sie kletterte höher, litt immer noch unter Schmerz und Erschöpfung, hing hoffnungslos weit entfernt von der gebrochenen Reling, die sie erreichen musste. Verzweiflung machte sich in ihr breit. Sie würde es niemals rechtzeitig schaffen. War sie überhaupt schon vorangekommen? Ihre Hände schmerzten so fürchterlich, und sie fühlte sich so hilflos und schwach, dass sie am liebsten aufgegeben und losgelassen hätte, dass sie sich einfach fallen lassen und allem ein Ende bereiten wollte. Das wäre so leicht. Sie würde nichts fühlen. Schmerz und Kälte würden aufhören, die Verzweiflung wäre vorüber. Dazu brauchte sie nur einen Augenblick lang ihre müden Hände zu entspannen, mehr war nicht notwendig.

Feigling.

Sie brüllte das Wort in den Wind. Was stellte sie sich eigentlich vor? Sie war eine Fahrende, und wenn Fahrende eins konnten, dann jede Situation durchstehen. Sich aus einer solchen Lage zu befreien erforderte Opfer, aber man gewann dadurch Leben. Durchhalten war stets die schwierigere Wahl, doch konnte man dadurch das wahre Herz einer Person erkennen. Sie würde nicht aufgeben, mahnte sie sich. Niemals!

Bleib am Leben! Klettere weiter!

Sie drückte das Kinn auf die Brust, setzte eine Hand über die andere, zog sich Zoll um Zoll, Fuß um Fuß höher und weigerte sich loszulassen. Ihr Körper protestierte mit Schmerzen, und es fühlte sich an, als würden Wind und Kälte plötzlich ihre Anstrengungen verdoppeln, sie aufzuhalten. Gefrorene Haarsträhnen peitschten ihr ins Gesicht. Sie sammelte alle Kraft, die sie zum Weiterklettern brauchte. Ihr Bruder und die anderen Fahrenden waren im Schiff gefangen und auf sie angewiesen. Walker war mit anderen der Landungsgruppe an der Küste gestrandet, und bei ihm befand sich auch ihr junger Freund Bek. Furl Hawken war tot, weil er versucht hatte, sie zu retten. Die Ilse-Hexe und ihre Mwellrets würden niemals für ihre Taten Rechenschaft ablegen müssen, wenn sie nicht am Leben blieb und sich darum kümmerte.

Schatten!

Sie brüllte laut, die Tränen froren ihr auf dem Gesicht, und sie konnte kaum noch sehen oder feststellen, wie weit sie sich schon hochgezogen hatte. Die Zähne hatte sie so fest zusammengebissen, dass es schmerzte, ihre Rückenmuskeln verkrampften sich von der Anstrengung. Viel weiter würde sie nicht kommen, das wusste sie. Lange würde sie es nicht mehr aushalten. Eine Hand über die andere setzen, das Seil umklammern und sich hochhieven, die andere Hand über die erste, das Seil umklammern und sich hochhieven, weiter und weiter ...

Dann schrie sie vor Schmerz, als der Wind sie gegen den Rumpf des Luftschiffes trieb, und beinahe hätte sie das Seil losgelassen. Schließlich begriff sie, was geschehen war, wie weit sie gekommen war, und sie öffnete die Augen und schaute sich die Sache an. Die Lücke in der zerbrochenen Reling befand sich genau über ihr. Sie verdoppelte ihre Anstrengungen, zog sich das letzte Stück hinauf bis zur Kante des Decks, packte das Holz des noch festen Geländers und hievte sich über die Seite in Sicherheit.

Dort lag sie einen Augenblick auf dem von Regen und Eis rutschigen Deck und starrte himmelwärts in das riesige Zelt aus weißem Nebel und Wolken, erschöpft und gleichzeitig voller Triumph. Ihre Gedanken rasten. Sie hatte keine Zeit, sich auszuruhen. Keinen einzigen Augenblick durfte sie verschwenden. Sie wälzte sich herum und betrachtete die Leichen und die Trümmer, die zerfetzten Segel und zerbrochenen Sparren am Heck. Auf die Beine zu kommen schaffte sie nicht, daher kroch sie den ganzen Weg und kämpfte darum, das Bewusstsein nicht zu verlieren. Die Luke war offen, und sie glitt durch die Öffnung, verlor den Halt und fiel die Treppe hinunter. Am Boden blieb sie liegen und hatte noch immer das Tosen des Windes und der Brandung in den Ohren.

Steh auf!

Sie zog sich auf die Beine, stützte sich an den Wänden des Ganges ab, damit sie nicht wieder stürzte, der Schmerz schoss durch ihr verwundetes Bein, und erneut tränkte Blut ihre Kleidung. Wie viel davon hatte sie verloren? Der Gang war düster und leer, aber sie meinte Stimmen zu hören. Sie versuchte zu antworten, doch ihre Stimme klang hohl und wie aus weiter Ferne. So stolperte sie durch den Gang, stützte sich ab und folgte den Stimmen. Mehrmals glaubte sie, ihren Namen zu hören, war sich jedoch nicht sicher. Zu diesem Zeitpunkt spürte sie Blut in der Kehle, heiß und dick, und sie schluckte es hinunter, damit sie freier atmen konnte. Ihr wurde schwindelig, und alles drehte sich um sie.

Plötzlich ruckte das Luftschiff, und sie ging hart zu Boden, kurz vor den Frachträumen, schwankte von einer Wand des Ganges zur anderen und stieß schließlich mit solcher Wucht dagegen, dass es ihr die Luft aus den Lungen trieb und sie zusammensackte. Keuchend lag sie da und war kurz davor, das Bewusstsein zu verlieren, die Welt um sie herum drehte sich schneller und schneller. Sie wollte sich aufrichten, schaffte es jedoch nicht. Ihr war keine Kraft mehr geblieben, sie hatte nichts mehr zuzusetzen. Das war ihr Ende. Ihr Ende und das aller an Bord.

Sie schloss die Augen, um gegen Schmerz und Erschöpfung anzugehen, und rief sich die Gesichter vor Augen, die nur wenige Schritte von ihr entfernt eingesperrt waren. Auch Hawks Gesicht befand sich darunter, das ihr so vertraut wie ihr eigenes war. Sie hörte die Stimmen, die klar und freundlich ihren Namen sagten, nur an anderen Orten, in besseren Zeiten. Und plötzlich musste sie lächeln.

Die *Jerle Shannara* ruckte abermals, als sie von einer heftigen Böe erfasst wurde, und sie dachte: *Ich bin noch nicht bereit zum Sterben.*

Irgendwie kam sie wieder auf die Beine. Wie sie das zustande brachte, wusste sie später nicht mehr, auch nicht, wie lange es dauerte, welche Hilfsmittel sie benutzte, welche Willenskraft sie aufbrachte. Aber zerschmettert und weinend, über und über mit Blut bedeckt, erhob sie sich erneut und schleppte sich den Rest des Gangs entlang zur Tür des ersten Frachtraums. Dort zerrte und zerrte sie an der Klinke, hörte die Stimmen aus dem Inneren des Raums, nur wollte sich die Klinke nicht bewegen. Wütend und niedergeschlagen hämmerte sie gegen die Tür, bis ihr auffiel, dass nicht die Klinke die Tür versperrte, sondern ein Balken quer davor.

Sie rang um Luft, entfernte den Balken mit letzter Kraft, drückte die Klinke, riss die schwere Tür auf und taumelte in die Dunkelheit.

Als sie erwachte, sah sie als Erstes ihren Bruder.

»Sind wir noch am Leben?«, fragte sie mit schwacher Stimme und ausgetrockneter Kehle. »Irgendwie fühlt es sich nicht so an.«

Er lächelte sie schief an. »Für dich vielleicht nicht. Aber ja, wir leben noch, wenn auch nur um Haaresbreite. Wenn du uns das nächste Mal retten willst, wäre es schön, wenn du ein wenig mehr Begeisterung an den Tag legst.«

Sie versuchte zu lachen, was ihr misslang. »Ich werde es mir merken.«

Redden Alt Mer richtete sich auf, nahm einen Wasserschlauch, goss daraus in einen Becher, hob ihren Kopf an und flößte ihr die Flüssigkeit ein. Er gab ihr nur kleine Schlucke, damit sie nicht zu hastig trank. Seine große Hand fühlte sich an ihrem Hinterkopf sanft und zugleich beruhigend an.

Nachdem sie fertig war, legte er ihren Kopf wieder ab und setzte sich neben sie ans Bett. »Die Sache war knapper, als mir lieb war. Sie hatten uns in zwei Räume eingesperrt, alle außer dir und Hawk. Mit den Balken vor den Türen konnten wir uns nicht aus eigener Kraft befreien. Wir versuchten alles, wollten die Riegel durch die Schlitze entfernen oder sogar die Tür einschlagen. Von draußen hörten wir den Sturm und wussten, wie schlimm er tobte, denn das Schiff schlingerte wild. Zuerst bewachten uns die Mwellrets, dann waren sie plötzlich verschwunden. Wir hatten keine Ahnung, was oben vor sich gegangen war.«

Sie schloss die Augen und erinnerte sich. An Hawk, der mit seinem Dolch das Schloss ihres Gefängnisses geöffnet hatte, eines Frachtraums im vorderen Teil des Schiffes, dessen Tür nicht mit einem Balken versperrt war. An den Kampf mit den Mwellrets im Gang. Daran, wie sie die Treppe hinauf auf Deck gestürmt waren, wo die anderen Rets mit zwei Mitgliedern der Föderationsmannschaft warteten. Das Luftschiff war außer Kontrolle und wurde von den Winden im Cañon hin und her getrieben, während es auf die Eissäulen zuflog. An den Kampf mit dem Feind. An Furl Hawken, der sein Leben gab, um ihres zu retten. An ihre eigene Begegnung mit dem Tod, dem sie nur knapp entgangen war. An die lange Klettertour.

»Nachdem du uns befreit hattest, stürmten wir nach oben und sahen, was mit dem Schiff passiert war und wie dicht wir uns dem Quetscher angenähert hatten.« Er schüttelte seine rote Mähne und presste die Lippen aufeinander. »Inzwischen befanden wir uns genau davor. Die Pilotenkanzel war zerstört, die Lichtsegel waren zerfetzt, die Takelage hing überall herab, die Spieren waren zerbrochen, und sogar ein paar der Trennröhren waren geschlossen. Aber du hättest Spanner und die anderen sehen sollen! Sie waren binnen Sekunden überall oben auf Deck, kümmerten sich um die Röhren, befestigten die Strahlungssammler und reparierten die Takelage und die Segel notdürftig, sodass wir zumindest teilweise die Kontrolle über das Schiff zurückgewannen. Du weißt, wie es dort oben aussah, alles lag kreuz und quer herum, der Wind war so stark, dass er einen vom Deck blies, wenn man nicht aufpasste, oder sogar dann.«

Sie nickte, schlug die Augen auf und blickte ihn an. »Ja.«

»Einige Männer kletterten gleich auf die Masten, trotz des Sturms, als wäre ihnen die Gefahr egal. Kelson Riat wäre beinahe der Kopf von einer losen Spiere abgeschlagen worden, und Jahnon Pakabbon schlitzte sich den linken Arm an einem Nagel auf. Aber keiner von ihnen gab das Schiff auf. Wir brachten es binnen Minuten wieder unter Kontrolle. Ich hatte die Steuerung aufgeräumt, aber die Leinen waren gerissen, daher mussten wir alles von Hand machen. Wir verwendeten die letzten Reserven aus den Trennröhren, um das Schiff zu stabilisieren und zu wenden, dann fuhren wir in die Richtung los, aus der wir gekommen waren. Der Wind wehte uns den ganzen Weg entgegen und blies von den Eisfeldern herunter in die Schlucht. Aber wir haben ein gutes Schiff, Kleine Rote. Die *Jerle Shannara* ist die Beste. Sie hat dem Wind die Zähne gezeigt und hielt sich tapfer, bis wir eine ruhigere Stelle erreichten, an der wir schnellere Fahrt voraus machen konnten.«

Er wippte auf seinem Stuhl hin und her und lachte wie ein kleiner Junge. »Sogar Spanner Frew hat bei diesem Wind gekotzt und geheult, während er am Steuerrad stand und das Ruder stabil hielt, und das ohne die Kontrollen. Der alte Schwarzbart kämpfte um sie wie der Rest von uns. Ihm bedeutet sie so viel wie ein Kind, das er selbst großgezogen hat, und er wollte sie schließlich nicht verlieren.«

Sein Lächeln steckte sie an, und in der Erleichterung spürte sie plötzlich ihren schmerzenden Körper umso stärker. Sie blickte an sich hinunter, wie sie in einer der Kojen im Quartier des Heilers lag. Durch das einzige Fenster des Raums fiel helles, heiteres Licht herein. Sie versuchte, Arme und Beine zu bewegen, doch ihr Körper wollte einfach nicht reagieren.

»Bin ich noch ganz?«, fragte sie besorgt.

»Abgesehen von ein paar tiefen Schnitten und üblen blauen Flecken, ja.« Er schaute sie mit hochgezogener Augenbraue an. »Du musst dort oben einen fürchterlichen Kampf erlebt haben, Kleine Rote. Du und Hawk.«

Sie versuchte erneut, Hände und Füße zu bewegen, und erwiderte nichts. Endlich spürte sie ein Kribbeln an den Enden ihrer Glieder, das sich gegen den Schmerz durchsetzte, der in heftigen Krämpfen ihren Körper durchfuhr. Sie entspannte sich und blickte ihren Bruder an. »Hawk ist für mich gestorben. Das hast du dir vermutlich schon gedacht. Ohne ihn hätte ich es nicht geschafft. Niemand von uns. Ich kann gar nicht glauben, dass er nicht mehr ist.«

Ihr Bruder nickte. »Ich auch nicht. Er ist immer bei uns gewesen. Dass wir ihn je verlieren könnten, hätte ich mir niemals vorstellen können.« Er seufzte. »Würdest du mir erzählen, was passiert ist? Das würde uns beiden vielleicht helfen.«

Sie ließ sich Zeit, machte zwischendurch eine Pause, damit er ihr frisches Wasser holen konnte, und setzte ihn über die Ereignisse in Kenntnis, die schließlich in seiner Befreiung aus dem hinteren Frachtraum geendet hatten, wobei sie nichts ausließ und sich zwang, nichts zu vergessen, vor allem nichts, das mit Furl Hawken zu tun hatte. Allein nur es zu erzählen stellte eine große Anstrengung dar, und nachdem sie fertig war, fühlte sie sich erschöpft.

Redden Alt Mer sagte zunächst nichts, nickte lediglich, dann erhob er sich, trat ans Kabinenfenster und blickte hinaus. Sie weinte ein wenig, als er ihr den Rücken zuwandte, ohne Tränen, ohne Schluchzen, sondern schluckte nur schwer und seufzte leise, damit er es nicht bemerkte oder sie sich wenigstens einbilden konnte, er würde es nicht hören.

Als er sich schließlich umdrehte, hatte sie die Fassung zurückerlangt. »Er war so, wie ein guter Fahrender sein sollte«, sagte ihr Bruder leise. »Im Augenblick wird es uns vielleicht nicht sehr helfen, aber wenn es drauf ankommt, werden wir einen Teil von ihm in uns entdecken, der uns Kraft gibt und uns daran erinnert, was für ein großartiger Mann er war.«

Danach dämmerte sie ein, fast ohne es zu bemerken, und bald schlief sie tief und traumlos. Beim Erwachen war die Kabine dunkel, abgesehen vom Licht einer einzigen Kerze neben ihrem Bett, die Sonne, die zuvor hereingeschienen hatte, war untergegangen. Jetzt fühlte sie sich kräftiger, wenngleich sie auch die Schmerzen stärker spürte. Sie schaffte es, sich auf den Ellbogen aufzustützen und Wasser aus dem Becher zu trinken, der auf dem Tisch neben dem Bett stand. Die *Jerle Shannara* segelte still und auf stetem Winde dahin, ihre Bewegung war kaum zu spüren. An Bord des Schiffes war es ruhig, weder die Stimmen der Männer noch die gewohnten Begleitgeräusche der Arbeiten an Deck waren zu hören. Es musste Nacht sein, und die meisten schliefen vermutlich. Wo war das Schiff? Wie weit waren sie gekommen, während sie geschlafen hatte? Solange sie im Bett lag, würde sie das nicht erfahren.

Mit Mühe brachte sie die Beine unter der Decke hervor und versuchte aufzustehen, was ihr misslang, und sie stieß den Wasserbecher um, als sie sich am Tisch abstützte und wieder zurücksank. Das Klappern hallte laut wider, und Augenblicke später tauchte der Große Rote mit nacktem Oberkörper auf. Ganz offensichtlich hatte sie ihn aus dem Schlaf gerissen. »Manch einer versucht, ein wenig Ruhe zu finden, Schwester Rue«, murmelte er und deckte sie zu. »Was hattest du denn vor? Bis du wieder herumlaufen kannst, dauert es wenigstens noch ein oder zwei Tage.«

Sie nickte. »Ich bin schwächer, als ich dachte.«

»Du hast sehr viel Blut verloren, wenn man deine Wunden so anschaut. Bis dein Körper das ersetzt hat, geht eine Weile ins Land. Und über Nacht setzt die Heilung bestimmt nicht ein. Sei also vernünftig, und überlege dir in den nächsten Tagen, was du dir zutrauen darfst und was nicht.«

»Ich muss baden. Ich stinke.«

Er grinste und setzte sich auf einen dreibeinigen Hocker. »Dabei kann ich dir helfen. Aber während du bewusstlos warst, hat es niemand gewagt, dich zu waschen, nicht einmal Spanner Frew. Sie wissen, wie du darüber denkst, angetatscht zu werden.«

Sie presste die Lippen aufeinander. »Die kennen mich überhaupt nicht. Trotzdem glauben sie das.« Ihre Worte klangen scharf und verbittert. Sie verdrängte die plötzliche Wut. »Geh wieder zu Bett. Tut mir Leid, dass ich dich geweckt habe.«

Er zuckte mit den Schultern, und sein rotes Haar schimmerte im Kerzenlicht. Locker und ungebärdig hing es ihm in das starke Gesicht. »Na, jetzt bin ich sowieso auf, also kann ich ein bisschen wach bleiben und mit dir reden. Das Bad kann doch bis morgen früh warten, oder? Ich möchte nicht so gern im Dunkeln einen Zuber und Wasser herschleppen.«

Schwach grinste sie. »Ja, das kann warten.« Schon bedauerte sie ihre Wut; diese war unangemessen und an den Falschen gerichtet. Ihr Bruder wollte ihr doch nur helfen. »Heute Nacht fühle ich mich schon viel besser.«

»Du siehst auch besser aus. Wir haben uns alle große Sorgen gemacht.«

»Wie lange liege ich schon in diesem Bett?«

»Zwei Tage.«

Sie war überrascht. »So lange? Habe ich gar nicht gemerkt.« Nach einem Seufzer fragte sie: »Wo sind wir jetzt? Wie nah an der Stelle, wo wir die anderen abgesetzt haben? Wir sind doch zurückgeflogen, um sie zu holen, oder? Schließlich müssen wir sie vor der Ilse-Hexe warnen.«

Er lächelte. »Dir geht es tatsächlich besser. Schon bist du wieder bereit, dich in den nächsten Kampf zu stürzen, nicht wahr?« Er schüttelte den Kopf und wurde schlagartig ernst. »Hör mal aufmerksam zu, Kleine Rote. Die Sache liegt leider nicht so einfach. Wir sind nicht landeinwärts zum Druiden und seinem Landungstrupp gefahren, sondern zur Küste und zu den Flugreitern. Wir machen genau das, was man uns gesagt hat.« Der Zorn, der in ihren Augen aufflammte, entging ihm ganz offensichtlich nicht. »Sag lieber nichts, was du hinterher bereuen wirst. Ich habe diese Entscheidung nicht getroffen, weil sie mir lieber war. Sondern weil sie als Einzige Sinn ergibt. Glaubst du, ich wollte nicht auch meine Rechnung mit der Hexe begleichen? Oder diese Mwellrets genauso einsperren, wie sie es mit uns getan haben? Gern lasse ich keinen von denen laufen. Und der Gedanke, Walker und die anderen allein zu lassen, behagt mir überhaupt nicht. Aber die *Jerle Shannara* ist arg beschädigt. Wir könnten die Lichtsegel und die Strahlungssammler ersetzen, die Trennröhren reparieren und die Diapsonkristalle neu einstellen, damit sie wieder funktionieren. So können wir mit drei viertel Fahrt voraus weiterfliegen. Aber wir haben Spieren verloren, und zwei Masten sind beschädigt. Damit sind wir aufgeschmissen. Einen Kampf würden wir kaum überstehen, vor allem keinen gegen die *Schwarze Moclips*. Nicht einmal entfliehen könnten wir ihr, wenn wir in Sicht kommen. Ins Binnenland zu fliegen wäre töricht und tollkühn. Niemandem würde es nützen, wenn wir uns selbst aus dem Himmel befördern oder ein zweites Mal geentert würden, nicht?«

Der böse Blick loderte noch immer in ihren Augen. »Demnach lassen wir sie einfach im Stich?«, fauchte sie.

»Der Druide hat uns aus der Bucht fortgeschickt, und Walker kannte die Risiken. Wenn wir den Kanal verlassen hätten, bevor die *Schwarze Moclips* uns finden konnte, wäre sie trotzdem den Fluss hinauf in die Bucht gesegelt. Walker hatte das begriffen. Er hat keinesfalls geglaubt, dass das nicht passieren könnte.«

Stur schüttelte sie den Kopf. »Wir sind ihre Rettungsleine! Ohne uns überleben sie nicht! Wenn nun etwas schief geht?«

»Nun mal nicht so schnell damit, was sie mit oder ohne uns können. Inzwischen ist bereits etwas schief gegangen, nur leider bei uns. Und wir haben es doch überlebt, oder? Also, vertrau ihnen ein bisschen.«

Schweigend starrten sie sich einen Moment lang an. Rue wendete den Blick als Erste ab. »Sie sind keine Fahrenden«, meinte sie leise.

Ihr Bruder lächelte, obwohl ihm nicht danach zumute war. »Stimmt wohl. Trotzdem haben sie ihre guten Seiten und gute Chancen, sich zu halten, bis wir sie abholen können. Was ich durchaus beabsichtige, Kleine Rote, wenn du mir das glaubst.« Er beugte sich vor und stützte die Ellbogen auf die Knie. »Wir sind unterwegs zur Küste, wo wir die notwendigen Reparaturen vornehmen und uns auskurieren. Wenn wir die Ilse-Hexe und ihre Mwellrets überlisten und überholen und uns möglicherweise auch noch auf einen Kampf mit der *Schwarzen Moclips* einlassen wollen, müssen wir im Vollbesitz unserer Kräfte sein. Wenn wir Glück haben, kommt es vielleicht nicht so weit, aber auf Glück können wir uns in dieser Angelegenheit nicht verlassen. Wir sollten in der Lage sein, unseren Weg zu planen, genau wie der Druide es wollte. Dazu sollten wir mit den Flugreitern in Kontakt treten. Und während das Schiff überholt wird und du wieder gesund wirst, fliege ich mit Hunter Predd her, finde heraus, was aus unseren Freunden geworden ist, und helfe ihnen, falls möglich.«

Rue Meridian lächelte. »Das ist ganz der Große Rote, wie ich ihn kenne. Der sitzt nicht herum und wartet. Aber wir werden sehen, wer mitkommt und wer an Bord bleibt, um seine Wunden zu lecken.«

Er schüttelte den Kopf. »Manchmal glaube ich, du hast nicht einmal den Verstand einer Fliege. Bist du unzerstörbar? Halb tot in der einen Minute und wieder voll da in der nächsten und aufs Neue unterwegs, jene Unglücklichen zu retten, die dich so dringend brauchen? Schatten! Ich frage mich, wie du so lange überlebt hast. Nun, wir sprechen noch darüber.«

Er erhob sich. »Für jetzt haben wir genug geredet. Ich muss ins Bett und ein paar Stunden schlafen, ehe der Morgen mit all seiner Arbeit kommt. Vielleicht solltest du selbst auch ein bisschen schlafen. Lass die Vergangenheit hinter dir zurück, wo sie hingehört, und verbringe deine Zeit hier in der Gegenwart mit uns anderen.« Er winkte zum Abschied. »Schlaf gut, Kleine Rote.«

Damit ging er hinaus, ohne sich umzuschauen, und schloss leise die Tür hinter sich. Sie starrte einen Augenblick lang hinter ihm her und dachte, dass es all seinen Fehlern zum Trotz keinen besseren Mann als ihren Bruder gab. Redden Alt Mer hatte das Glück gepachtet, sagten die Männer. Damit hatten sie Recht, aber es war noch etwas anderes an ihm. Er hatte das Herz am rechten Fleck. Immer würde er einen Weg finden, es war unvorstellbar für ihn, dass es keinen Ausweg gab. Das war der Fahrende in ihm. Das machte ihn zu dem, der er war.

Sie dachte noch ein wenig über jene nach, die im Landesinneren in der Falle saßen, über Walker und die Übrigen, und weiterhin machte sie sich Sorgen, wie sie ohne die Fahrenden zurechtkommen würden. Der Große Rote mochte sagen, was er wollte, aber ihr gefiel die Idee nicht, sie auch nur für die kurze Zeit im Stich zu lassen, die sie bis zur Küste und zu den Flugreitern brauchten. Der Trupp an Land bestand aus harten und erfahrenen Leuten, wenn man von Bek und der Seherin sowie ein oder zwei anderen absah, die eher begabt als erfahren waren, doch sogar den Elfenjägern drohte Gefahr, wenn sie zu Fuß unterwegs und vom Luftschiff abgeschnitten waren.

Insbesondere, da die Ilse-Hexe und ihre Mwellrets sie jagten.

Dann gedachte sie ein letztes Mal ihres Freundes Hawk. Irgendjemand wird für das bezahlen, was dir zugestoßen ist, versprach sie ihm im Stillen. Diese Rechnung würde schon bald beglichen werden.

Ehe sie es selbst recht begriff, weinte sie schon wieder.

»Leb wohl, Hawk«, flüsterte sie in die Dunkelheit.

Und schlief ein.

Sechs

Als Panax ihn warnend an der Schulter berührte, duckte sich Quentin Leah und suchte die Dunkelheit vor sich mit den Augen ab, ohne einen Muskel zu rühren.

Er spürte den scharfen Atem des Zwergs an seinem Ohr. »Hier drüben«, zischte dieser leise in die Stille. »Am Rand des Gebäudes im Schutt.«

Quentins Griff schloss sich um das Schwert von Leah und ließ genauso schnell wieder los. *Nein, beschwör die Magie nicht! Damit lenkst du die Aufmerksamkeit auf dich!* Sein Herz begann heftig zu klopfen. Um ihn herum wurde es still, es gab kein Geräusch, keine Bewegung, als lauerten die Stadt und ihre tödlichen Bewohner nur auf ihn. Staub, Schweiß und Blut bedeckten sein Gesicht und seine Kleidung, und sein Körper schmerzte vor Anstrengung. Überall hatte er Schnitte und blaue Flecken, und die Wunden an seiner linken Seite gingen durch bis auf die Rippen. Seitlich von ihm hockten Kian und Wye hinter einem Gebüsch, das zwischen zerbrochenen Steinscheiben wuchs, beobachteten ihn und warteten auf sein Signal. Jetzt war er ihr Anführer. Er war ihre letzte und einzige Hoffnung. Ohne ihn waren sie alle zu dem Tod verdammt, den schon so viele erlitten hatten.

Quentin suchte die Stelle ab, an der Panax eine Bewegung bemerkt hatte, doch entdeckte er nichts. Das spielte keine Rolle, er blieb, wo er war, und suchte weiter. Wenn der Zwerg behauptete, dort sei etwas, dann war da auch etwas. An diesen Punkt waren sie gelangt, nachdem sie früher ständig aneinander gezweifelt hatten, und dies zu erreichen grenzte schon an ein Wunder.

Nichts war so verlaufen wie beabsichtigt, von dem Moment an, da sie diesen Platz mit seinem glatten Metallboden und seinen unregelmäßigen Wandteilen betreten hatten. Ein seltsames Gebilde, wie es der Hochländer noch nie gesehen hatte, eines, das Ärger versprach.

Aber Quentin hatte seinen Posten auf dem linken Flügel des Suchtrupps eingenommen, zusammen mit Panax und den Elfenjägern Kian, Wye und Rusten, während Walker ohne Begleitung vorsichtig weiter vordrang. Auf der anderen Seite, in der Dunkelheit kaum erkennbar, hockte Ard Patrinell bei Ahren Elessedil, dem Heiler Joad Rish und drei weiteren Elfenjägern. Quentin konnte gerade einmal ihre Gestalten erkennen, kaum mehr als Schemen, die an den Schutzmauern der äußeren Gebäude klebten. Zwischen ihnen und ein gutes Stück hinter dem Druiden warteten Bek und die Seherin Ryer Ord Star mit drei weiteren Elfenjägern. Dort hockten sie reglos im schwindenden Licht wie Statuen, die Zeit und Schicksal mit Vergessen bedacht hatten.

Quentin hatte intensiv auf Geräusche gelauscht, die auf Schwierigkeiten hindeuteten oder einen Hinweis darauf lieferten, dass an diesem Ort tatsächlich die Falle wartete, wie es den Anschein hatte. Der Hochländer hatte das Schwert bereits gezogen und mit einer Hand auf das Metallviereck gelegt, auf welchem er hockte, aber selbst der wulstige Knauf, der in seiner schwitzenden Hand lag, vermochte ihn nicht zu beruhigen. *Bloß weg hier!* Lautlos schrie er diese Worte in Gedanken, als würde er dadurch wirklich von hier fliehen können. *Bloß sofort weg hier!*

Dann wurden die ersten Feuerstrahlen auf den Druiden abgeschossen, und Quentin war sofort auf den Beinen und griff an. Rusten folgte ihm, gemeinsam rannten sie vor, um dem Druiden zu Hilfe zu eilen, und dabei hörten sie nicht auf Panax, der sie zurückrief. Eigentlich hätten sie beide sterben sollen. Doch Quentin stolperte und stürzte lang ausgestreckt auf den Metallboden, und dieser Sturz rettete ihm das Leben. Rusten, der vor ihm herlief und noch immer dem Druiden nachrannte, geriet ins Kreuzfeuer der tödlichen Nadeln, wurde bei lebendigem Leibe in Stücke geschnitten und stieß im Sterben einen letzten lauten Schrei aus.

Walker, die dunkle Gestalt, glitt irgendwie durch die Feuerstrahlen und rief seinen Begleitern zu, ihm nicht zu folgen und die Ruinen zu verlassen. Auf Befehl des Druiden kroch Quentin also zurück, wobei er von den Feuerstrahlen gejagt wurde, die ihn einmal fast erwischten und ihm dabei die Kleidung versengten. Er erhaschte einen Blick auf die anderen, auf Bek in der mittleren Gruppe, auf die Elfen an der rechten Flanke, die ihre Formation auflösten und Schutz suchten, wo sie konnten. Ryer Ord Star löste sich von Beks Seite, und ihre schlanke Gestalt folgte Walker hinein in die Ruinen, wobei sie schemenhaft und wie ein Geist zwischen den Mauern hindurchhuschte, die sich nun in alle erdenklichen Richtungen bewegten. Die Seherin eilte dem Druiden hinterher, ins Herz des Labyrinths. Quentin sah sie stolpern und stürzen, als sie von einem tödlichen Strahl getroffen wurde, dann verlor er sie aus den Augen.

»Kriecher!«, brüllte Panax.

Quentin sprang auf, fuhr herum und entdeckte den ersten gleich hinter sich. Anscheinend tauchten diese entsetzlichen Dinger aus dem Nichts auf. Auch um sich herum bemerkte er sie nun. Sie hatten verschiedene Formen und Größen, waren aus einer seltsamen Metall-Legierung gefertigt, und ihre einzelnen Teile wirkten wie Abfallstücke, die zu einem irrealen Ganzen zusammengefügt waren. Messer und andere große Klingen glitzerten am Ende von metallenen Armen. Hervorstehende Metallaugen drehten sich. Die Kriecher näherten sich wie übergroße gepanzerte Insekten, die jemand wie eine Meute Hunde auf die Hatz geschickt hat.

Den ersten zerstörte er so schnell, dass er zu Schrott geworden war, ehe ihm selbst recht bewusst wurde, was er eigentlich tat. Die langen Stunden der Fechtübungen mit den Elfenjägern zahlten sich jetzt aus, denn jedes Zögern hätte ihn ansonsten das Leben gekostet. Ohne nachzudenken, reagierte er, schlug mit dem Schwert von Leah auf diesen ersten Kriecher ein, wobei die Magie aufflammte und ihm zu Hilfe kam. Die dunkle Metallklinge leuchtete mit eigenem Feuer, und blaue Flammen liefen an der Schneide auf und ab, während Quentin einen weiteren Gegner in einen Kadaver aus Metall verwandelte. Sofort sprang er dem nächsten entgegen, kämpfte, denn er wollte ja seine Gefährten erreichen, die mit dem Rücken zur Wand standen und mit ihren gewöhnlichen Waffen gegen eine Reihe Kriecher antraten. Den zweiten zerschmetterte er ebenfalls, dann traf ihn etwas von der Seite und warf ihn zu Boden. Rote Nadeln suchten nach ihm, brannten sich langsam über den Metallteppich und hinterließen tiefe, rauchende und dampfende Rinnen. Er wälzte sich zur Seite, weg von den Strahlen, sprang wieder auf die Beine, stieß einen entschlossenen Schrei aus und stürzte sich erneut in den Kampf.

Was ihm wie eine Ewigkeit erschien, dauerte vermutlich kaum mehr als einige Sekunden. Die Zeit hielt den Atem an, und die Welt um ihn herum und mit ihr alles, was sie ihm zu bieten hatte und ihm später in seinem jungen Leben wieder bieten würde, verschwanden aus seiner Wahrnehmung. Kriecher drängten von überall her auf ihn zu, Kriecher in verschiedensten Formen und Größen. Offenbar zog er sie an wie ein Magnet, wie eine Leiche Fliegen. Sie liefen aus allen Ecken herbei. Von Panax und den Elfenjägern wandten sie sich ab und kamen näher. Bei ihren Versuchen, ihn in die Enge zu treiben, erlitt er einige Schnittwunden und Prellungen – allerdings wollten sie ihn offenbar nicht unbedingt töten, sondern eher gefangen nehmen. Dabei kam ihm zum ersten Mal der Gedanke, sie hätten es womöglich auf seine Magie abgesehen.

Inzwischen erfüllte ihn diese Magie durch und durch. Sie war mit dem ersten Schwertstreich hervorgetreten, in dem Moment, als das blaue Feuer an der Klinge auf und ab lief. Kurz darauf war sie auch in ihn eingedrungen. Die Magie verschmolz ihn mit seiner Waffe, machte sie beide zu einem Wesen, ließ das Metall in sein Fleisch und seine Knochen ein, rauschte durch sein Blut, voller Hitze und Energie. Die Magie loderte auf eine bezaubernde, verführerische Weise in ihm, erfüllte ihn mit Macht und ließ ihn nicht mehr los. Innerhalb kürzester Zeit wollte er dieses Gefühl nicht mehr missen, und nie in seinem Leben hatte er sich so sehr nach etwas gesehnt. Er hatte keine Furcht, er zögerte nicht. Er war unverwundbar. Unsterblich.

Rauch trieb über das Schlachtfeld dahin und verhüllte das Geschehen. Er hörte die Schreie seiner Gefährten, konnte sie jedoch nicht sehen. Walker war verschwunden, wie vom Erdboden verschluckt. Körperlose Stimmen erklangen aus der Dunkelheit. Alle waren voneinander abgeschnitten, durch die Feuerstrahlen und die Kriecher, alle saßen in einer Falle, aus der niemand einen Fluchtweg kannte. Ihm machte das nichts aus. Die Magie stärkte und stützte ihn. Er hüllte sich in ihren Mantel ein und setzte den Kampf unaufhaltsam und mit noch größerer Wut fort.

Schließlich rief Panax ihm zu, dass sie von hier verschwinden müssten. Es dauerte eine Weile, bis Quentin den Zwerg wahrnahm, und selbst danach beendete er den Kampf nur widerwillig. Langsam zog er sich in die Richtung zurück, aus der er gekommen war. Kriecher versuchten ihnen den Weg zu versperren, und diese eigenartigen und irgendwie unbeholfenen Maschinen drängten sie bei jeder Gelegenheit ab und verfolgten sie wie hungrige Wölfe auf spindeldürren Beinen. Die Jagd führte von einem Gebäude zum anderen, bis Quentin vollkommen die Orientierung verloren hatte. Seine Arme ermüdeten langsam, seine Muskeln wurden vom Gewicht des Schwertes schwer wie Blei, und zunehmend fiel es ihm schwerer, die Magie zu rufen.

Panax und die Elfen schnitten grimmige Mienen und waren offensichtlich ebenfalls erschöpft. Die Dauer des Kampfes und die Überzahl des Feindes beraubten sie nach und nach ihrer Willenskraft.

Plötzlich und ohne Vorwarnung zogen sich die Kriecher zurück, die Feuerstrahlen verschwanden, und den Hochländer und seine drei Gefährten umgaben nur noch Rauch und ansonsten Stille. Die Waffen hielten sie wie schützende Talismane vor sich, und vorsichtig wichen sie durch den Dunst zurück, wobei sie in alle Richtungen Ausschau hielten, ob der Angriff von irgendwoher fortgesetzt wurde. Aber die Ruinenstadt schien sich in einen riesigen Friedhof verwandelt zu haben, in ein grenzenloses Gräberfeld, in dem sie die einzigen Lebewesen waren.

Und daran hatte sich bislang nichts geändert: Quentin und die drei anderen zogen weiter voran, obwohl sie sich kaum sicher waren, wo ihre Position war oder wohin sie ihr Weg führte. Ein- oder zweimal hatten sie in der Dunkelheit eilige Bewegungen gesehen, doch diese Dinge huschten zu schnell davon, um sie zu erkennen. Nur allmählich wich die Nacht der Dämmerung, und die Sonne kroch durch den Dunst, der die Stadt einhüllte. Sie suchten nach ihren Freunden, nach vertrauten Merkmalen in der Ruinenlandschaft, nach irgendetwas, das ihnen Aufschluss darüber gab, wo sie sich befanden. Aber überall sah es gleich aus, und nie stellte sich eine Veränderung ein.

Jetzt, im nächsten Viertel der Ruinenstadt, ertappte sich Quentin dabei, wie er sich wieder einen Gegner wünschte, gegen den er kämpfen konnte. Die dauernde Anspannung, mit der sie nach den unsichtbaren Kriechern und verschwundenen Feuerstrahlen suchten, setzte ihm zu. Reste der Magie brodelten noch in ihm, dennoch hatte eine Mischung aus Furcht und Zweifel das Verlangen danach ersetzt. Ihm gefiel es nicht, wozu ihn die Magie gemacht hatte, zu einer Kampfmaschine, die sich von den Kriechern kaum unterschied. Vor allem missfiel ihm, dass die Magie ihn beherrschte, und zwar so sehr, dass ihm kein klarer Gedanke mehr kommen wollte. Es gab nur eine Erwiderung und Reaktion, einen Wunsch und eine Erfüllung. Er hatte sich in der Magie verloren und in eine andere Person verwandelt.

Ohne Panax anzublicken, flüsterte er: »Ich kann meinen Sinnen nicht mehr vertrauen. Ich bin zu erschöpft.«

Der Zwerg nickte. »Wir müssen unbedingt Rast machen. Aber nicht hier. Gehen wir weiter.«

Quentin rührte sich nicht. Er dachte an Bek, der irgendwo dort draußen in Dunst und Schutt war, sich bestenfalls nur verirrt hatte und im schlimmsten Falle tot war. Er dachte daran, wie er seinem Vetter gegenüber versagt und ihn hinter sich zurückgelassen hatte – gewiss, ohne es zu beabsichtigen, aber genau so, wie Walker sie alle zurückgelassen hatte. Er kniff die Augen zusammen, um die Müdigkeit zu verscheuchen, und schüttelte den Kopf. Niemals hätte er Bek verlassen dürfen, nicht einmal, als Walker die beiden getrennt hatte. Und nie hätte er Bek glauben dürfen, er würde allein zurechtkommen.

»Gehen wir, Hochländer«, knurrte Panax erneut.

Sie erhoben sich und setzten ihren Weg fort, wobei sie der Stelle auswichen, wo der Zwerg die Bewegung bemerkt hatte. Sie umrundeten das Gebäude und den Schutt und wählten eine breite Straße, die durch eine Reihe von Gebäuden führte. Diese waren vermutlich Lagerhäuser gewesen, ihre Wände und Dächer waren nun teilweise eingefallen. Quentin war besorgt. Wer würde Bek beschützen, wenn nicht er? Da Walker nicht mehr war, wer blieb noch? Gewiss nicht Ryer Ord Star, und vielleicht nicht einmal die Elfenjäger. Gegen die Feuerstrahlen und die Kriecher konnten die nichts ausrichten. Für Bek war er verantwortlich; sie beide waren füreinander verantwortlich.

Was nützte schon ein Versprechen, auf jemanden aufzupassen, wenn man nicht einmal wusste, wo sich der andere aufhielt? Er spähte in die Dunkelheit, während er weiterschritt, sah vor seinem inneren Auge andere Orte und erinnerte sich an bessere Zeiten. Aus dem Hochland hatte er einen weiten Weg hinter sich gebracht, nur um jetzt ein solches Ende zu finden. Es war ihm so richtig erschienen, mit Bek zu diesem Unternehmen aufzubrechen. Er hatte ein Abenteuer erleben wollen, an das er sich bis ans Ende seines Lebens erinnern würde – deshalb wollten sie beide mitkommen, darüber hatte er ja an jenem Abend mit Walker gestritten. Jetzt betrachtete er diesen Streit als inhaltsleer und töricht.

»Warte«, zischte Panax plötzlich und brachte ihn abrupt zum Stehen.

Quentin sah den Zwerg an, der wieder einmal aufmerksam lauschte. Neben ihnen starrten Kian und Wye in die Dunkelheit.

Quentin dachte, vielleicht sei er zu müde, um etwas zu hören, und selbst wenn es etwas zu hören gab, würde er es vermutlich gar nicht mitbekommen.

Dann jedoch hörte auch er es. Aber nicht von vorn, sondern von hinten.

Rasch drehte er sich um und beobachtete überrascht eine schlanke Gestalt, die sich aus Dunst und Schutt löste.

»Wohin wollt ihr?«, fragte Tamis verwirrt, während sie näher trat.

Sie nahm das Lederband ab, das sie um den Kopf mit dem braunen Haar gebunden hatte, und schüttelte müde den Kopf. »Seid ihr alle, die noch da sind?«

Mit erschöpftem Lächeln begrüßten sie die Fährtenleserin, senkten die Waffen und versammelten sich um sie. Kian und Wye hielten ihr die Hand entgegen und berührten sie leicht an den Fingern mit dem typischen Gruß der Elfenjäger. Sie nickte Panax zu, und dann richtete sie den Blick ihrer grauen Augen auf Quentin.

»Ich komme gerade von Bek. Er wartet einige Meilen hinter uns.«

»Bek?«, wiederholte Quentin, und eine Woge der Erleichterung durchflutete ihn. »Geht es ihm gut?«

An ihrer Kleidung sah man Blut, und ihr sanftes, müdes Gesicht war verkratzt. Ihre Kleidung war schmutzig und zerrissen. Sie unterschied sich gar nicht so sehr von ihm, fiel Quentin auf. »Ihm geht es gut. Besser als mir oder dir, würde ich sagen. Ich habe ihn auf einer Lichtung am Rand der Ruinen zurückgelassen, wo er auf die Seherin aufpassen soll, während ich nach euch suche. Wir sind alle, die noch von unserer Gruppe übrig sind.«

»Wir haben Rusten verloren«, teilte Kian ihr leise mit.

Sie nickte. »Was ist mit den anderen? Mit Ard Patrinell?«

Der Elfenjäger schüttelte den Kopf. »Konnten wir nicht erkennen. Zu viel Rauch und zu großes Durcheinander. Sie sind alle verschwunden, als der Kampf losging.« Er deutete mit dem Kopf auf Quentin. »Der Hochländer hat uns gerettet. Hätten wir ihn und dieses Schwert nicht gehabt, wäre es mit uns zu Ende gegangen.«

Tamis warf Quentin einen ironischen Blick zu. »Das muss in der Familie liegen. Aber ihr lauft in die falsche Richtung. Dort entlang kommt man weiter landeinwärts, nicht zur Bucht.«

»Wir sind einfach blindlings geflohen«, gestand Quentin. Er blinzelte die Fährtenleserin verwirrt an. »Was meinst du mit ›das muss in der Familie liegen‹? Worauf willst du hinaus?«

»Der junge Bek hat uns ebenfalls gerettet. Ohne ihn hätten wir nicht aus dem Labyrinth herausgefunden. Er hat diese Kriecher zermalmt, als wären sie aus Papier. So etwas habe ich noch nie gesehen.«

Quentin starrte sie an. »Bek? Bek hat Kriecher zermalmt?«

Sie betrachtete ihn aufmerksam. »Hat er dir davon nie etwas erzählt? Oder hat er das auch für sich gerade erst entdeckt? Er wirkte nicht allzu sicher bei dem, was er tat, das kann ich dir bestätigen. Aber eine solche Kraft zu besitzen und nichts davon zu wissen ... Na ja, möglicherweise. Jedenfalls ist Folgendes passiert ...«

Sie berichtete die Einzelheiten ihrer Flucht, wie sie den Ausweg aus den Ruinen gesucht hatten, die drei Elfenjäger, Ryer Ord Star und Bek, bis die Kriecher sie umzingelt hatten. Die anderen zwei Elfen waren bald gefallen, doch sie und die Seherin hatte Bek gerettet, indem er seine Stimme benutzte, um damit Magie zu beschwören.

»Es war ausgesprochen unheimlich«, räumte sie ein. Ihr Blick hielt Quentins stand. »Er sang, ein eigenartiger Laut, doch die Kriecher wurden dadurch zerfetzt, als würde der Wind oder eine Waffe durch sie hindurchfegen. Im einen Moment wollten sie uns noch töten, im nächsten waren sie Schrott.« Sie nickte feierlich. »Bek hat uns gerettet. Und du hast nichts darüber gewusst, was ich gerade erzählt habe?«

Quentin dachte nach. Bek besaß Magie? Wie konnte das sein? Er schüttelte den Kopf. »Nein, nichts.«

Plötzlich wunderte er sich selbst über Beks Herkunft. Er war das Kind eines Vetters, aber welches Vetters? Oder waren sie überhaupt nicht miteinander verwandt? Coran Leah hatte sich nie besonders über Beks Abstammung ausgelassen, aber so ging er mit allem um, was er über andere wusste, und Bek hatte nie nachgebohrt. Aber wenn Bek tatsächlich Magie besaß ...

Bek und Magie?

Schlagartig wurde Quentin klar, dass Walker eigentlich Bek hatte mitnehmen wollen. Nicht, weil er Quentins Cousin war. Sondern weil ihm eine Magie zur Verfügung stand, die so mächtig war wie das Schwert von Leah. Für diese Expedition war Bek genauso von Bedeutung wie Quentin. Vielleicht sogar von noch größerer. Er bezweifelte keine Sekunde lang, dass Walker von Anfang an darüber in

Kenntnis gewesen war. Stattdessen fragte er sich lediglich, was der Druide darüber hinaus noch wusste, aber für sich behielt.

»Wir müssen los«, meinte Tamis und riss ihn aus seinen Gedanken. »Ich möchte Bek und die Seherin nicht allzu lange allein lassen. Trotz der Magie, die ihn schützt, fehlt es ihm an Erfahrung.«

Damit ging es weiter durch die Ruinen. Tamis führte sie an. Auf Panax' Frage hin, auf welche Schwierigkeiten sie unterwegs gestoßen seien, berichtete sie von Kriechern, die wahrscheinlich überall in den Ruinen lauern würden, jedoch nur auf bestimmte Dinge reagierten und sich dann zeigten. Vielleicht auf ein Signal irgendeiner Art. Oder nur, wenn Eindringlinge verbotene Bereiche betraten. Möglicherweise befehligte sie jemand – oder etwas. Aber auf ihrem Weg zu Quentin und seiner Gruppe hatte sie keinen einzigen gesehen.

Der Zwerg grunzte und antwortete, viel mehr Schaden könnten sie sowieso nicht anrichten. Der Druide war verschwunden, und die Expedition stand kurz vor dem Scheitern. Dass sie überhaupt noch lebten, grenzte an ein Wunder.

Quentin allerdings bekam davon nichts mit. Er dachte immer noch über Bek nach. Sein Cousin stellte plötzlich ein Rätsel für ihn dar, erschien als eine vollkommen andere Person als zuvor. Quentin hatte keinen Grund, Tamis' Bericht in Zweifel zu ziehen. Aber was hatte das alles zu bedeuten? Wenn Bek über Magie verfügte, insbesondere eine Magie, die mit seiner Stimme zusammenhing, woher stammte sie? Er musste sie geerbt haben, eine andere Möglichkeit fiel Quentin nicht ein. Wer also war seine wahre Familie? Bestimmt nicht irgendwelche entfernten Vettern der Leahs, so viel war ihm klar. Kein Leah hatte je über Magie verfügt. Nein, Bek stammte von anderen Eltern ab. Und der Druide kannte sie. Und auch sein Vater, denn ansonsten hätte Walker Bek nicht als Kleinkind zu Coran gebracht.

Jemand ...

Plötzlich erinnerte er sich an all jene Erzählungen über Druiden und die Geschichte der Rassen, die Bek so gern zum Besten gab. Die

Leahs waren Teil dieser Geschichte, aber es gab noch ein Geschlecht, das stets eine wichtige Rolle gespielt hatte: die Ohmsfords. Bis vor gar nicht so langer Zeit hatten sie immer gute Beziehungen zu den Leahs gehabt. Es hieß sogar, sie seien mit der großen Elfenkönigin Wren Elessedil verwandt gewesen. Seit fünfzig Jahren hatte man weder in Leah, im Shady Vale noch sonstwo in der Welt etwas von einem Ohmsford gehört. Niemand hatte sie mehr erwähnt.

Den Ohmsfords lag die Magie im Blut. Sie war zum Beispiel hervorgetreten, als ein Bruderpaar vor einem Jahrhundert mit Walker gegen die Schattenwesen in die Schlacht gezogen war. Jetzt erinnerte er sich an Teile dieser Geschichte. Die Magie der Brüder war angeblich durch ihre Stimmen zum Ausdruck gekommen, genau wie bei Bek. Wenn das Geschlecht nun am Ende gar nicht ausgestorben war? Wenn Bek zu dieser Familie gehörte? Falls irgendwo in der Welt noch Ohmsfords lebten, war Walker derjenige, der ganz sicher Kenntnis davon hatte. Das wiederum würde erklären, auf welche Weise er Bek aufgespürt hatte und aus welchem Grunde er so sehr darauf bestanden hatte, Bek mitzunehmen.

Quentin spürte, wie sich seiner ein eigentümlicher Verdacht bemächtigte. Vielleicht hatte Walker eigentlich nur Bek mitnehmen wollen und Quentin dazu lediglich als Mittel zum Zweck benutzt.

Gehörte sein Vetter Bek zu den Ohmsfords? War das seine wahre Identität?

Der Hochländer kniff die Augen zusammen und versuchte auf diese Art, Müdigkeit und Verwirrung zu verscheuchen. Im Moment durfte er sich nicht auf solche Gedankengänge verlassen. Möglicherweise folgte er da einer vollkommen falschen Fährte. Schließlich stellte er bloß Vermutungen an. Er setzte Einzelteile eines Bildes zusammen, ohne eine Vorstellung davon zu haben, was am Ende herauskommen könnte. Durfte er sich auf solche Vermutungen verlassen?

Truls Rohk hatte sie bei ihrer ersten Begegnung davor gewarnt, dem Druiden zu vertrauen. Spielchen treiben hatte er es genannt. Das war fast das erste Wort aus seinem Mund gewesen, ein deutlicher Hinweis darauf, was der Druide seiner Meinung nach mit ihnen vorhatte. Spielchen treiben. Es mochte Spielsteine geben, die auf dem Brett hin und her bewegt wurden. Diese Möglichkeit durfte er nicht außer Acht lassen.

Während die Sonne an einem wolkenlosen Himmel aufging und die Nacht sich hinter dem Horizont verkroch, brachten sie den Rückweg durch die Stadt hinter sich. Innerhalb der Gebäuderuinen war die Luft stickig, bewegte sich nicht, und über Stein und Metall flimmerte sie vor Hitze. In der Stille regte sich nichts. Die Kriecher waren verschwunden, als hätten sie niemals existiert. Tamis schlug einen weiten Bogen um den Platz, wo sie den Ungeheuern zuerst begegnet waren, und am Vormittag schließlich erreichten sie den Wald, der an die Stadt grenzte.

Ihre Führerin blieb stehen und lauschte.

»Ich dachte, ich hätte etwas gehört«, sagte sie kurz darauf, während sie mit den scharfen grauen Augen die Umgebung absuchte. Die schlanke Hand beschrieb einen Kreis. »Allerdings weiß ich nicht genau, woher das Geräusch kam. Es klang wie eine Stimme.«

Sie betraten den Wald und schlängelten sich zwischen den Bäumen hindurch. Vögel flatterten an ihnen vorbei durch die Schattenmuster, welche das Sonnenlicht hervorrief. Der Nebel, der die Ruinen am frühen Morgen eingehüllt hatte, lichtete sich, und die Kanten der Gebäude glitzerten grell, ehe sie hinter ihnen langsam dem Blick entschwanden. Im Wald gab es nichts außer Bäumen und Buschwerk, das die Gruppe wie ein dichter grüner Vorhang einhüllte. Die vertrauten und willkommenen Gerüche belebten Quentins Geister und halfen ihm, seine Müdigkeit zu überwinden. Wenigstens war Bek nichts zugestoßen. Was sich auch immer hinter seiner Magie und seiner Herkunft verbergen mochte, sie würden sich darüber unterhalten, wenn sie erst einmal wieder zusammen waren.

Die Ruinen hatten sie bereits ein gutes Stück hinter sich gelassen, als Tamis sich zu ihnen umdrehte. »Die Lichtung liegt genau vor uns. Seid leise.«

Vorsichtig näherten sie sich und hatten schon fast den Rand des freien Platzes erreicht, da beschleunigte die Fährtenleserin plötzlich ihren Schritt, rannte auf die Lichtung und blieb abrupt stehen.

Niemand war zu sehen. »Sie sind verschwunden«, flüsterte sie ungläubig.

Daraufhin befahl sie den anderen, an Ort und Stelle zu bleiben, und schlich langsam auf dem Platz herum, wobei sie gelegentlich auf Hände und Knie ging, um sich Spuren genauer anzuschauen. Quentin stand erstarrt da, niedergeschlagen und voller Wut. Wo war Bek? Daran trug allein die Fährtenleserin Schuld. Sie hätte Bek nicht allein lassen sollen, gleichgültig, ob sie meinte, Bek könne sich mit seiner Magie wehren oder nicht. Allerdings schluckte er bald seinen Groll hinunter, denn natürlich war dieser nicht angebracht. Tamis hatte ihr Bestes gegeben, und es bestand kein Grund, sie dafür im Nachhinein zu kritisieren.

Schließlich kehrte sie zu ihnen zurück, mit grimmiger Miene, doch ihre grauen Augen waren ruhig. »Ich kann nicht genau feststellen, was vorgefallen ist«, verkündete sie. »Überall sind Spuren, und mehrere Schichten übereinander. Die letzten gehören zu Mwellrets. Es hat offenbar einen Kampf gegeben, doch wurde wohl niemand verwundet, da ich kein Blut entdeckt habe.«

Quentin stieß einen tiefen Seufzer aus. »Wo also sind Bek und Ryer Ord Star? Was ist ihnen zugestoßen?«

Tamis schüttelte den Kopf. »Ich habe Bek eingeschärft, sie sollten sich verstecken, falls jemand käme. Die letztendliche Entscheidung darüber habe ich ihm überlassen, doch er wusste, wie man Wache hält. Vermutlich hat er sich an meine Anweisung gehalten, und als er die Mwellrets sah, ist er hier verschwunden. Du kennst ihn besser als ich. Hört sich das an wie etwas, das er wahrscheinlich tun würde?«

Der Hochländer nickte. »Er ist jahrelang im Hochland auf die Jagd gegangen. Wenn es notwendig ist, kann er sich verstecken. Außerdem glaube ich nicht, dass er sich überraschen lassen würde.«

»Gut«, erwiderte sie. »Nun zum Rest. Die Mwellrets haben hier einige Zeit verbracht und irgendetwas gemacht, dann sind sie in

Richtung Stadt aufgebrochen, und zwar nicht auf dem Weg, den sie gekommen sind. Wenn sie Bek und die Seherin gefangen genommen hätten, würden sie die zwei vermutlich unter Bewachung zum Luftschiff zurückbringen. In diese Richtung führen jedoch keine Spuren. Möglicherweise ist jemand in die Richtung gegangen, aus der wir kamen, ins Landesinnere also, doch sicher bin ich mir dessen nicht. Die Spuren sind schwach und schwer zu deuten. Die der Mwellrets sind allerdings klar. Sie sind nicht in die gleiche Richtung weitermarschiert, sondern haben eine andere eingeschlagen. Aus den unterschiedlichen Abdrücken, die hin und her führen, möchte ich schließen, dass sie zusammengeblieben sind. Ich würde sagen, sie verfolgen jemanden.«

»Bek«, sagte Quentin erneut.

»Oder das Mädchen«, warf Panax leise ein.

»Er würde sie nicht im Stich lassen«, widersprach Quentin. »Nicht Bek. Er würde sie mitnehmen. Das erklärt, weshalb die Mwellrets ihn verfolgen. Ohne sie, glaube ich, könnten sie das nicht. Bek kann eine Spur sehr gut verwischen.«

Tamis nickte und schaute ihn fest und nachdenklich an. »Ich würde vorschlagen, ihnen nachzugehen. Was meinst du, Hochländer?«

»Wir folgen ihnen«, antwortete dieser sofort.

Sie blickte Panax an. Der Zwerg zuckte mit den Schultern.

»Es ergibt keinen Sinn, in die andere Richtung zu gehen. Die *Jerle Shannara* ist an die Küste geflogen. Wer auch immer noch von uns hier ist, hält sich in den Ruinen auf. Ich möchte niemanden den Rets und der Hexe überlassen.«

Die Ilse-Hexe hatte Quentin vergessen. Wenn Mwellrets hier waren, hatte die *Schwarze Moclips* demnach einen Weg durch die Eissäulen in die Bucht gefunden. Also hielt sich auch die Ilse-Hexe irgendwo in der Nähe auf. Plötzlich wurde ihm bewusst, wie gefährlich es sein konnte, in die Ruinen zurückzukehren. Sie waren müde und erschöpft, sie hatten gekämpft und waren stundenlang gelaufen. Allzu leicht konnte ihnen ein Fehler unterlaufen, und es bedurfte keines großen Fehlers, um ins Verderben zu rennen.

Trotzdem würde er Bek nicht im Stich lassen. Die Entscheidung hatte er bereits gefällt.

Kian und Wye unterhielten sich mit Tamis. Sie wollten ebenfalls in die Ruinen zurückkehren. Nur dort sahen sie eine Chance, Ard Patrinell und die anderen zu finden. Die beiden wussten um die Gefahren, trotzdem stimmten sie der Fährtenleserin zu. Falls jemand überlebt hatte, wollten sie ihm alle Hilfe leisten, zu der sie in der Lage waren.

Während die Elfen sich besprachen, trat Panax zu Quentin. »Ich hoffe, du rettest uns alle wieder«, sagte er, »falls das notwendig werden sollte, was ich befürchte.«

Er lächelte verkniffen, während er dies sagte, doch in seiner Stimme schwang kein Lächeln mit.

Sieben

Ahren Elessedil hockte in der dunkelsten Ecke eines verlassenen Lagerhauses, weit entfernt von der tödlichen Falle, der er entkommen war, und überlegte, was er nun tun sollte. Das Lagerhaus hatte die Ausmaße einer großen Halle, und drei der vier Wände waren durchlöchert. Das Dach war zum größten Teil noch in Ordnung, in Deckenhöhe befanden sich verrostete Türen, die auf Rollen zur Seite geschoben worden waren, und überall lag Schutt herum. Ahren hielt sich schon eine ganze Weile hier auf und drückte sich so dicht an die Wand, dass er langsam das Gefühl bekam, ein Teil davon geworden zu sein. Inzwischen hatte er sich alle Einzelheiten des Raums eingeprägt, für jede Eventualität eine Lösung gefunden und immer wieder über den schrecklichen Vorfall nachgedacht, der ihn hierher gebracht hatte. Draußen war die Sonne aufgegangen, beschien die zerstörte Stadt und jagte die Schatten der Nacht in die Wälder der Umgebung. Der Lärm des Tötens und

Sterbens war vor langer Zeit verstummt, die Schlachtrufe, das Klirren der Waffen und das verzweifelte Stöhnen und Ächzen Schwerverwundeter, die dem Tode nah sind.

Er hatte gelauscht und Ausschau gehalten, ob draußen noch jemand von seinen Gefährten unterwegs war, doch er hatte weder etwas gehört noch gesehen. Außerhalb des Lagerhauses herrschte Stille.

Es war an der Zeit, das Versteck zu verlassen, aufzustehen und fortzugehen – oder zu rennen, wenn es sein musste –, solange sich offensichtlich eine Überlebenschance bot. Er konnte schließlich nicht ewig in dieser Ecke kauern und im Geiste wieder und wieder die schauerlichen Augenblicke durchleben.

Dennoch gelang es ihm nicht, sich aufzuraffen. Er war einfach nicht in der Lage, etwas anderes zu tun, als sich zu wünschen, zwischen Stein und Metall zu verschwinden.

Zu behaupten, er habe Angst, war eine große Untertreibung. Er litt unter solcher Furcht, dass er sich kaum mehr bewegen konnte. Zu dieser Angst gesellte sich Scham, denn der mutige Kerl, für den er sich stets gehalten hatte, war er bestimmt nicht.

Erneut schloss er die Augen, um seine Gefühle zu verdrängen, und dabei dachte er an die zurückliegenden Ereignisse und suchte nach einem Hinweis, der ihm helfen würde, alles besser zu verstehen. Er sah seine Freunde und Gefährten, die in dem Labyrinth der Mauern und Unterteilungen dieses scheinbar leeren Platzes verteilt waren – seine Gruppe zur Rechten, Quentin Leahs auf der Linken und Beks in der Mitte. Elfenjäger beschützten sie, und es bestand kein Grund zu der Annahme, sie würden nicht mit allem fertig werden, was vor ihnen liegen mochte. Walker drang immer tiefer in das Labyrinth ein. Die sinkende Sonne tauchte die Umgebung in Schatten, doch kein Laut und keine Bewegung kündigte Gefahr an. Von dem, was bald geschehen würde, gab es kein Zeichen zu sehen.

Dann tauchten die Feuerstrahlen auf, die zuerst nur den Druiden angriffen, dann jeden, der ihn zu erreichen versuchte, und am Ende sogar die, welche zurückgeblieben waren. Mit Ard Patrinell, Joad

Rish und den drei Elfenjägern, die ihn begleiteten, duckte sich Ahren hinter eine Mauer, um nicht verbrannt zu werden. Rauch erfüllte den Platz, vermischte sich mit Dunst, und Augenblicke später war alles vernebelt. Er hörte Rufe von Quentins Gruppe, dazu das unerwartete Klirren und Scheppern von Metallteilen und die Schreie von der anderen Seite des Wegs. Hier hinter dieser Mauer wurde ihm voller Grauen und Panik bewusst, wie schlimm die Dinge standen.

Als die Kriecher hinter ihm aufgetaucht waren, hätte er am liebsten gleich Reißaus genommen. Er konnte nicht erklären, was geschehen war, nur dass der Mut und die Entschlossenheit, die er kurze Zeit zuvor noch verspürt hatte, sich binnen Sekunden in nichts aufgelöst hatten. Und genau aus diesem Nichts schienen die Kriecher aufzutauchen, metallene Ungeheuer, die aus dem Nebel kamen. Messerscharfe Zangen ragten aus ihren Körpern und ließen Ahren deutlich vorhersehen, welches Schicksal den Gegner erwartete. Dennoch wich er zunächst nicht zurück, vielleicht auch nur, weil er sich nicht rühren konnte, und hielt das Schwert verteidigungsbereit, wenn auch vergeblich, vor sich hin. Die Kriecher griffen an, und der Elfenprinz verzog sich hinter eine Mauer, in eine Ecke. Zu seinem Erstaunen ließen die Kriecher ihn in Ruhe und suchten sich andere Gegner, nämlich seine Gefährten. Ein Elfenjäger – er wusste nicht mehr, welcher – ging sofort zu Boden und blieb blutüberströmt liegen. Ard Patrinell stürzte vor und warf die Kriecher mit einhändigen Hieben zurück, von Pflichtgefühl beseelt, wie es einem Krieger gebührt, ein kleiner Fels in der Brandung. Einen Augenblick lang konnte er dem Angriff standhalten, dann schlossen ihn die Kriecher ein, und er verschwand.

Da verließ Ahren sein Versteck, wollte verzweifelt seinem Freund und Lehrer helfen, vergaß für eine Sekunde seine Angst und besiegte seine Panik. Aber dann traf einer der Feuerstrahlen Joad Rish, der bei dem Elf kniete, der zu Boden gegangen war, und versuchte, ihn in Sicherheit zu bringen. Joad schaute auf, als er attackiert wurde, starrte Ahren geradewegs an und schien seine Hilfe einzufordern. Die Feuerstrahlen erwischten ihn im Gesicht, und sein Kopf explodierte regelrecht. Einen Augenblick verharrte sein Körper noch an Ort und Stelle, kniete neben dem gefallenen Elfenjäger, hielt noch die Arme des anderen und blieb weiterhin Ahren zugewandt. Dann langsam, träge fast, sackte er auf den Metallboden.

Das genügte. Ahren verlor die Beherrschung. Er schrie, wich zurück, ließ sein Schwert fallen und rannte davon. Er blieb nicht stehen, dachte nicht darüber nach, was er tun oder wohin er laufen sollte. Nur eine einzige Sache wusste er: Er musste so schnell wie möglich fort von hier. Das Bild des kopflosen Joad Rish wurde er nicht mehr los. So versuchte er, davor davonzulaufen, doch auch die Flucht änderte nichts daran. Er vergaß seine Gefährten, alle miteinander. Er vergaß, wie er in dieses Schlachthaus geraten war, vergaß seine Ausbildung und sein Versprechen sich selbst gegenüber, den anderen beizustehen, er vergaß alles, was ihm je etwas bedeutet hatte.

Er hatte keine Ahnung, wie lange er gerannt war oder wann er das leere Lagerhaus entdeckte. Einige Zeit lang noch hörte er die Schreie der anderen, sogar noch dort. Der Lärm des Gefechts und selbst das leise Scharren der Metallbeine, auf denen sich die Kriecher bewegten, drangen zu ihm vor. Er roch den Rauch brennenden Metalls und den Gestank versengten Fleisches. Weinend krümmte er sich zu einer kleinen Kugel zusammen und vergrub das Gesicht zwischen Brust und Knien.

Nach einer Weile erlangte er wieder Geistesgegenwart genug, um sich zu fragen, ob ihm Kriecher gefolgt waren. Er zwang sich, den Kopf zu heben, die Tränen fortzuwischen und sich umzuschauen. Er war allein. Von nun an hielt er aufmerksam Wache, obwohl er in der Ecke kauern blieb und die Arme um die Beine schlang, während das Bild des sterbenden Joad Rish durch seinen Kopf geisterte.

Mir soll das nicht passieren, redete er sich in Gedanken wieder und wieder ein, als würde das allein genügen, ihn irgendwie zu retten.

Dennoch, das wusste er, reichte es nicht, nur in dieser Ecke zu hocken und zu hoffen, nicht entdeckt zu werden. Er musste versuchen, von hier wegzukommen. Inzwischen hatte er hier lange genug ausgeharrt, um an seine Chance zu glauben. Der Angriff hatte vor einiger Zeit aufgehört. Seitdem hatte er nichts Verdächtiges mehr bemerkt. Sogar der Rauch hatte sich verzogen, und die Sonne war inzwischen aufgegangen. Draußen herrschte heller Tag, und Ahren sollte nun in der Lage sein, jede drohende Gefahr zu erkennen. Es würde ihn mehrere Stunden kosten, den Rückweg durch die Stadt zu finden, und auch eine Weile dauern, bis er wieder in der Bucht angekommen wäre, wo er auf die *Jerle Shannara* warten könnte. Doch er würde es schaffen, glaubte er.

Oder besser gesagt, er musste es schaffen.

Trotzdem brauchte er noch eine Weile, ehe er sich endlich erhob. Reglos stand er im Schatten seiner Ecke und suchte das Lagerhaus von einer Seite zur anderen nach verdächtigen Zeichen ab. Nachdem er sich davon überzeugt hatte, dass ihm hier keine Gefahr drohte, machte er sich zu der Öffnung in der Wand auf, die ihm am nächsten lag, einem breiten Loch in der Westwand, durch das er hinaus auf die Straße treten konnte. Er fühlte sich ausgetrocknet, und ihm war schwindlig, seine Hände zitterten. Um sich zu beruhigen, griff er nach dem Phönixstein, der, wie er sich plötzlich erinnerte, um seinen Hals hing. Ob er ihm im Falle einer Bedrohung helfen würde, wusste er nicht, doch schenkte der Stein wenigstens den Trost, etwas zu haben, an dem man sich festhalten konnte, selbst wenn der Nutzen ungewiss war.

Voller Schmach fragte er sich plötzlich, was aus Bek geworden war. Aus seinem Freund Bek, der ihn auf der Reise seit Arborlon so sehr ermutigt und ihm so viel geholfen hatte.

Hatte er gemeinsam mit all den anderen den Tod gefunden? Lebte überhaupt noch jemand? Eigentlich hätte er hingehen und nachschauen müssen. Doch er wusste noch im gleichen Moment, dass er das nicht konnte.

Tapferer Elfenprinz, schalt er sich wütend und traurig. *Dein Bruder hatte Recht!*

Er erreichte die Öffnung und trat hinaus ins Tageslicht. Die Ruinen erstreckten sich gleichförmig in alle Richtungen, öd und verlassen. Ahren wartete einen Augenblick vorsichtig ab und schaute sich in alle Richtungen nach möglichen Angreifern um. Doch die Stadt war leer und leblos, ein Labyrinth aus Stein und Metall und wucherndem Unkraut und Buschwerk. Nicht einmal Vögel ließen sich am wolkenlosen blauen Himmel sehen.

Also ging er los, langsam, zaghaft zunächst, stets bemüht, kein Geräusch zu verursachen, denn noch immer befand er sich am Rande der Panik und musste sich arg zusammenreißen. Außer einem langen Messer im Gürtel um den Bauch und dem Phönixstein besaß er keinerlei Waffen. Wenn er angegriffen wurde, konnte er sein Heil lediglich in der Flucht suchen. Dieses Wissen war nicht sehr tröstlich, andererseits konnte er dagegen nichts unternehmen. Wenn er nur sein Schwert hätte, das er bei seiner Flucht fallen gelassen hatte. Das war allerdings nicht der einzige Wunsch, auf dessen Erfüllung er nicht hoffen durfte. Sein Instinkt trieb ihn voran, während ihm sein Gewissen einflüsterte, er habe es nicht verdient weiterzuleben.

Er hatte kaum ein paar Schritte hinter sich gebracht, da stiegen ihm erneut die Tränen in die Augen. Welchen Stolz hatte er empfunden, weil man ihn ausgewählt hatte, an dieser Expedition teilzunehmen. Diese, dessen war er sicher gewesen, bot ihm die Chance, die er brauchte und mit der er sich endlich einmal beweisen konnte. Er war ein Prinz des Reiches, vielleicht würde er einst sogar König werden – dieses Unternehmen würde es erweisen. Sogar Ard Patrinell hatte es geglaubt, hatte ihn ermuntert, daran zu glauben, während er ihn lehrte, was fürs Überleben unerlässlich war. Und wie hatte er sich bei seinem Freund und Lehrer revanchiert, als der seiner Hilfe bedurfte? Wie ein Feigling war er panisch und verzweifelt davongelaufen und hatte seine Freunde, seine Prinzipien und seine Hoffnungen im Stich gelassen.

Du bist so dermaßen verachtenswert.

Während er sich die Tränen aus den Augen wischte und das Schluchzen unterdrückte, ging er weiter und dachte daran, dass er jetzt tapfer sein musste, dass er versuchen musste, sein Selbstwertgefühl wieder aufzubauen. Er hatte überlebt, andere hingegen nicht, und das war ein Geschenk, das er schätzen sollte. Er wusste nicht, inwiefern das alles eine Rolle spielte nach dem, was geschehen war, aber wenigstens musste er den Versuch unternehmen, sich in Sicherheit zu bringen.

Die pralle Sonne brannte auf ihn herab, und bald schwitzte er. Angesichts der Helligkeit kniff er die Augen zusammen und hielt sich im Schatten, dicht bei den schützenden Mauern, wo es kühler war. Vermutlich hatte er den richtigen Weg eingeschlagen, ganz sicher war er sich jedoch nicht. Bisher hatte er nichts entdeckt, das ihm bekannt vorkam, vielleicht lag es jedoch daran, dass einfach alles so gleich wirkte. Zumindest gab es hier keine Kriecher. Auch hinter ihm rührte sich nichts.

Dann, plötzlich und unerwartet, sah er doch etwas. Er erhaschte nur einen kurzen Blick darauf, bemerkte einen vorbeihuschenden Schemen, mehr nicht, und schon war es vorbei. Er drückte sich an eine Wand, verharrte und beobachtete seine Umgebung genauestens. Tatsächlich, nur Sekunden später erhaschte er einen weiteren Blick, der ihm einiges mehr verriet. Es handelte sich um eine schlanke menschliche Gestalt, die eine Robe trug und ebenso wie er an den Mauern entlangschlich, ein wenig von seinem Standort entfernt. Was sollte er tun? Der erste Impuls drängte ihn zur Flucht, dazu, eine Begegnung zu vermeiden. Andererseits konnte es sich um einen seiner Gefährten handeln, jemanden, der ebenfalls nach einem Ausweg aus dem gemeinsamen Albtraum suchte. Deshalb ließ er die andere Person näher kommen und versuchte zu erkennen, um wen es sich handelte, wobei er kaum zu atmen wagte.

Kurz darauf trat die Figur in einen Flecken hellen Sonnenlichts, und er konnte das Gesicht erkennen.

»Ryer Ord Star!«, rief er ihr zu, hielt dabei jedoch die Stimme gedämpft, aus Angst vor Kriechern, die möglicherweise immer noch Jagd auf ihn machten.

Sofort drehte sie sich, wenn auch zögernd, zu ihm um, entdeckte ihn im Schatten und kam zu ihm herüber. Es überraschte ihn, wie ruhig sie wirkte, ihr Gesicht war beherrscht, in ihren veilchenblauen Augen fand sich kein Zeichen von Sorge. Schon immer hatte sie irgendwie vergeistigt gewirkt, doch jetzt schien sie in weite Ferne entrückt zu sein, als würde sie durch ihn hindurch zu einem anderen Ort schauen, an dem ihre Seele längst angekommen war.

Sie griff nach seiner Hand, was ihn überraschte. »Elfenprinz, du lebst«, flüsterte sie. In ihrer Stimme schwang tiefe Erleichterung mit, und er schämte sich, weil sie offensichtlich besser über ihn dachte, als er es verdient hatte. »Du solltest hier nicht allein herumlaufen«, fuhr sie eindringlich fort, und ihr Griff verstärkte sich. »Es ist sehr gefährlich. Wo sind die anderen?«

Er holte tief Luft. »Tot, glaube ich. Allerdings bin ich nicht ganz sicher.«

Sie blickte sich rasch um, wobei ihr langes Silberhaar hell aufschimmerte. »Dort stoßen wir auf Mwellrets, und zwar auf eine Menge.« Sie zeigte in die Richtung, aus der sie gekommen war. »Ich glaube, sie verfolgen mich.«

»Mwellrets?«, wiederholte er verwirrt.

»Von der *Schwarzen Moclips*. Sie sind gelandet, um uns zu jagen, jedenfalls die von uns, die noch übrig sind. Die Ilse-Hexe war bei ihnen, aber jetzt ist sie verschwunden. Sie hat uns auf der Lichtung entdeckt, auf der die Fährtenleserin uns zurückgelassen hat –«

»Du meinst Tamis?«, unterbrach er sie aufgeregt. »Ist Tamis bei euch?«

»Das war sie, dann aber ist sie losgezogen, um Hilfe zu suchen. Bek war ebenfalls bei mir, doch nachdem die Ilse-Hexe uns gefunden hatte, gab es eine Auseinandersetzung zwischen ihm und ihr. Ich weiß nicht genau, was passiert ist, aber Bek verschwand plötzlich, und sie ist ihm gefolgt. In dem Durcheinander bin ich entkommen. Inzwischen werden mich die Mwellrets allerdings vermissen und mir nachspüren. Das hat die Hexe ihnen jedenfalls befohlen – alle unsere Überlebenden zu suchen, gefangen zu nehmen, zur *Schwarzen Moclips* zu schaffen und dort festzuhalten, bis sie zurückkehrt.«

Ahren starrte sie an. Er konnte wohl hinnehmen, dass die Ilse-

Hexe irgendwie den Quetscher überwunden hatte und durch den Kanal bis zur Bucht vorgedrungen war, aber was hatte es mit dieser Auseinandersetzung zwischen ihr und Bek auf sich? Warum sollte sie ihn verfolgen?

»Pst!«, warnte sie ihn und umklammerte seine Hände fester. »Wir müssen fort! Rasch! Da sind sie!«

Sie zog ihn aus seinem Versteck in die Richtung, aus der er gerade gekommen war, und er stemmte sich dagegen. »Nein, warte, dorthin gehe ich nicht zurück!«

»Du musst aber. Die Mwellrets sind in den ganzen Ruinen ausgeschwärmt. Wenn du nicht mitkommst, werden sie dich finden.«

»Ich kann nicht«, flüsterte er verzweifelt. »Ich kann wirklich nicht.«

Sie ließ seine Hand los. »Tu, was du willst, mein Elfenprinz. Wenn du allerdings hier bleibst, werden sie dich finden. Sich zu verstecken hat keinen Zweck. Mwellrets haben schärfere Sinne als die meisten Wesen, und sie werden dich aufspüren.« Sie trat näher an ihn heran und blickte ihn aus ihren veilchenblauen Augen ruhig und eindringlich an. »Komm mit mir.«

Er war sich nicht sicher, weshalb er sich entschied, ihr zu folgen, jedenfalls tat er es, verließ sein Versteck und eilte ihr hinterher. Mehrmals blickte er sich um, ohne etwas Verdächtiges zu entdecken, doch sein Instinkt sagte ihm, dass Ryer Ord Star Recht hatte.

»Was ist mit Bek?«, erkundigte er sich kurz darauf mit gesenkter Stimme, während sie durch die Ruinen schlichen. »Geht es ihm gut? Hast du gesagt, die Ilse-Hexe würde ihn verfolgen und sei ganz allein hinter ihm her?«

Die Seherin nickte. »Bek ist nicht verwundet. Seine Magie und sein Mut beschützen ihn. Vielleicht wird es schwierig für sie werden, beides zu überwältigen.«

»Seine Magie? Welche Magie?« Der Elf eilte neben ihr her. »Warte mal kurz. Meinst du etwa, sie würde ihm nachspüren, weil er Magie besitzt?«

Ryer Ord Star packte seinen Arm und zog ihn dicht heran. »Sie ist seine Schwester, Elfenprinz.« Dabei bemerkte sie den Schrecken in seinen Augen. »Walker hat es ihm erzählt, ehe wir hier ankamen, aber Bek hat es niemandem verraten. Als sie auf der Lichtung auftauchte, hat er ihr gesagt, wer er ist. Die Ilse-Hexe wollte ihm nicht glauben. Sie kann einfach nicht. Das war der Grund für die Auseinandersetzung zwischen den beiden. Jetzt jagt sie ihn, weil sie die Wahrheit nicht vergessen kann, obwohl sie die Tatsachen auch nicht anerkennen will. Wenn sie ihn stellen kann, so denkt sie, wird er seine Lüge eingestehen. Oder möglicherweise hat sie gespürt, dass in seinen Worten Wahrheit steckt. Und jetzt geh schneller.«

Sie hetzten durch Gebäude und Schutt, auf die Falle zu, der sie bereits einmal mehr oder weniger glücklich entgangen waren. Ahren Elessedils Gedanken drehten sich um die Enthüllungen über Bek, doch konnte er sich in seiner Angst kaum darauf konzentrieren. Er wusste: Dadurch, dass er zurückging, forderte er das Schicksal auf eine Weise heraus, die er später bereuen würde. Eine weitere Begegnung mit den Kriechern würde er nicht überleben, mochte Ryer Ord Star auch glauben, was sie wollte. Dennoch konnte er das Mädchen nicht allein weiterziehen lassen, sonst würden alle denken, er habe sie im Stich gelassen wie Ard Patrinell und seine Elfenjäger.

Vielleicht fände er ja einen Weg, sie von ihren Plänen abzubringen. Allerdings war sie stur und entschlossen, und im Augenblick zumindest würde er tun müssen, was sie verlangte.

Es dauerte nicht so lange, wie er vermutet hatte, um den Ort zu erreichen, von dem er erst Stunden zuvor geflohen war. Leer und still lag der Platz in der grellen Mittagssonne, das Metall kochte in der Hitze. Ahren schaute sich nach Spuren jener um, die er zurückgelassen hatte. Nirgendwo fand er welche. Es gab kein Anzeichen eines Kampfes, keine Leichen, keine Blutspuren, nicht eine einzige frische Schramme von den Feuerstrahlen, keinen einzigen Metallsplitter von den Kriechern. Man mochte meinen, es sei überhaupt nichts passiert.

»Wie kann das sein?«, flüsterte er ihr schockiert zu.

Sie schüttelte langsam den Kopf und starrte auf das saubere, leere Gelände. »Ich habe keine Ahnung.«

Er blickte über die Schulter zurück. Auch von den Mwellrets war nichts zu sehen. »Was machen wir jetzt?«, fragte er.

Sie schaute sich kurz um, dann nahm sie erneut seine Hand. »Folge mir. Sprich nicht, und tu nur das, was auch ich mache. Lauf auf keinen Fall davon, gleichgültig, was geschieht.«

Während sie weiterhin seine Hand hielt, holte sie tief Luft und betrat das Labyrinth.

Vor lauter Schreck ließ er sich ohne Protest von ihr führen. Er kämpfte gegen seine Angst an, die ihm die Kehle zuschnürte, hielt rechts und links nach Kriechern Ausschau, und seine Haut kribbelte, derweil er darauf wartete, von Feuerstrahlen verbrannt zu werden. Sie wagte sich nur wenige Schritte in Richtung auf das tödliche Viereck vor, ehe sie vorsichtig einen Weg an den Rändern entlang suchte und im hellen Sonnenlicht blieb. Ahren und Ryer bewegten sich wie ein Mann, sprachen nicht und atmeten kaum. Ahren glaubte, er sei schon ein toter Mann, und dennoch vertraute er sein Leben der Seherin an, was ihn selbst überraschte.

Und noch mehr verblüffte ihn, dass nichts geschah. Sie umkreisten das Labyrinth, bis sie es zu einem Viertel umrundet hatten und nun fast vor der Nordwand des dunklen Turms in der Mitte standen. Dort führte ihn die Seherin zu einem eingefallenen Gebäude am Rande des Platzes, das ihnen ein schattiges Versteck bot.

Sie hockten sich auf einen Schutthaufen, von dem aus man durch ein Loch in der Wand nach draußen schauen konnte, und warteten.

»Warum wurden wir nicht angegriffen?«, fragte er im Flüsterton und schob sich so nah an ihre schlanke Gestalt heran, dass seine Lippen ihr Haar berührten.

»Weil das, was den Turm bewacht, nur dann angreift, wenn es sich bedroht fühlt.« Ihre veilchenfarbenen Augen glänzten, als sie ihn anblickte. »Walker stellte eine Bedrohung dar, also wurde zuerst er und dann der Rest von uns angegriffen. Wären wir einfach an dem Platz und dem Turm vorbeigegangen, wäre uns nichts passiert.«

Er starrte sie an. »Woher weißt du das?«

Sie wandte das blasse, jugendliche Gesicht ab. »Ich habe es geträumt«, antwortete sie leise. »In einer Vision, bei meiner Suche nach Walker.«

Daraufhin erwiderte er eine Weile lang nichts und grübelte über ihre Worte nach, während er unablässig die Ruinen absuchte. Wo waren die Mwellrets? Warum waren sie nicht aufgetaucht?

»Glaubst du, Tamis hat die anderen gefunden?«, fragte er schließlich. »Hast du gesehen, was nach dem Angriff aus ihnen wurde? Was ist mit Quentin Leahs Gruppe?«

Stumm schüttelte sie den Kopf. Den Blick hielt sie von ihm abgewandt und auf die Stadt gerichtet. Er beobachtete sie aufmerksam. »Sie sind alle tot, nicht wahr? Das hast du ebenfalls geträumt.«

»Nicht Walker Boh«, sagte sie leise.

Ehe er mehr aus ihr herausquetschen konnte, bemerkte er die Mwellrets, die sich durch die Ruinen bewegten, dunkle Schemen, die an den Wänden entlangschlichen und mit den Schatten verwachsen zu sein schienen, in denen sie sich verbargen. Ryer Ord Star ergriff erneut seinen Arm und drückte sich warnend an ihn, oder vielleicht auch, um ihn zu beruhigen. Er verhielt sich still, denn teilweise hatte er seine Fassung wiedergewonnen, nachdem er den gestrigen Angriff überlebt hatte. Zwar fühlte er sich nicht unbesiegbar, aber auch nicht übermäßig verwundbar. Was er bei dem Angriff verloren hatte, bei dem seine Freunde ihr Leben eingebüßt hatten, war gewissermaßen durch den Drahtseilakt, als den er diesen Spaziergang mit der Seherin durch das Labyrinth empfand, wiederhergestellt worden. Zuvor hatte er geglaubt, er habe es einfach nicht verdient weiterzuleben. Mittlerweile dachte er, es gebe vielleicht einen bestimmten Grund, aus dem er weiterleben musste, weil das Schicksal für ihn möglicherweise noch eine Aufgabe bereithielt.

Ryer Ord Stars Gesicht berührte fast das seine. »Mach dir keine Sorgen«, flüsterte sie tröstend. »Sie werden uns nicht finden.«

Einer nach dem anderen schlichen Mwellrets durch die Stadt, mindestens zwanzig von ihnen, sie tauchten auf und verschwanden wie Gespenster, ihre verhüllten Gestalten verschmolzen mit den Schatten. Als sie das Labyrinth erreichten, über dessen Gefahr sie nicht Bescheid wussten, verlangsamten sie kaum den Schritt. Sie benutzten genauso wie Walkers Gefolgschaft die Mauer als Schutz, betraten den Platz allein oder zu zweit, die Reptilienkörper gebückt und gesichtslos unter den Kapuzen. Tiefer und tiefer drangen sie in das Labyrinth ein, und nichts geschah.

Ahren schaute rasch Ryer Ord Star an und runzelte besorgt die Stirn. Wie gelang es ihnen, so weit vorzudringen? Die Seherin richtete den Blick ruhig und sorglos auf das Labyrinth und die Mwellrets. Ihr Griff um den Arm des Elfenprinzen wurde fester.

Plötzlich explodierte das Labyrinth in einem Gewitter von Feuerstrahlen, überall kreuzten sich todbringende rote Linien, in denen sich die Mwellrets wie in einem zerstörerischen Netz verfingen. Die Eingekreisten gaben eine eigentümliche Mischung von Zischen und Schreien von sich, während sie versuchten, den brennenden Nadeln zu entkommen, was ihnen jedoch nicht gelang. Eine Hand voll der Reptilienwesen wurde noch in den ersten Sekunden zerfleischt, Roben fingen Feuer, derweil die Mwellrets vergeblich ihr Heil in der Flucht suchten und dabei übelste Verbrennungen erlitten. Leblos sanken ihre Körper zu Boden. Die Männer und Frauen von der *Jerle Shannara* hatten alles gegeben, um Walker zu helfen, die Mwellrets hingegen ließen ihre Kameraden schlicht im Stich und flohen durch das Labyrinth. Sie waren so schnell verschwunden, dass man den Eindruck haben mochte, die Stadt habe sie verschluckt.

Ahren und Ryer Ord Star verweilten reglos, wo sie waren, und suchten die Ruinen in alle Richtungen ab. Etwa sechs Mwellrets lagen tot vor ihnen, ihre dunklen Leichen waren im Labyrinth der Mauern sichtbar. Von den Geflohenen war keine Spur zu sehen. Die Feuerstrahlen hatten ihre tödliche Hetzjagd beendet, und daran erinnerten jetzt nur noch die kleinen Rauchsäulen, die von den verkohlten Rillen in dem ansonsten glatten Metall der Mauern und Böden aufstiegen.

Ryer Ord Star ließ Ahrens Handgelenk los. »So schnell kommen die nicht zurück«, sagte sie leise.

Er nickte zustimmend. Nicht nach diesem Angriff, ganz bestimmt nicht. Sie würden auf die Rückkehr der Ilse-Hexe warten. »Was machen wir jetzt?«, fragte er.

Sie erhob sich, ohne ihn anzuschauen, und blickte hinüber zu dem dunklen Turm in der Mitte des Labyrinths. »Wir beginnen mit der Suche nach Walker.«

Acht

Ahren Elessedil starrte Ryer Ord Star ungläubig an. Was im Namen des gesunden Verstandes wollte sie damit sagen? Nach Walker suchen? Sie sagte das, als sei es der normalste und vernünftigste Vorschlag der Welt. Aber Ahren hielt es weder für das eine noch für das andere. Er glaubte, sie habe den Verstand verloren.

»Was meinst du?«, hakte er schließlich nach.

Seine Stimme hatte eine bedrohliche Schärfe an sich, und sofort drehte sie sich zu ihm um. »Ich muss ihn finden, Elfenprinz«, antwortete sie, unerträglich ruhig und selbstgewiss. »Das hatte ich schon vor, ehe wir uns getroffen haben.«

»Du weißt doch gar nicht, wo er ist!«, rief Ahren entsetzt. »Nicht einmal, wo du nach ihm suchen sollst.«

Erneut kniete sie, schaute ihn an und fixierte ihn mit den veilchenblauen Augen, aus denen Unnachgiebigkeit und Entschlossenheit sprachen. Sie wirkte so jung, so unwahrscheinlich verletzlich, dass die Idee, sie könne ein solch gefährliches Unternehmen angehen, lächerlich und töricht erschien.

»Vielleicht ist dir entgangen, was ihm während des Angriffs zugestoßen ist«, begann sie leise, »mir hingegen nicht. Ich bin ihm durch die Ruinen hinterhergelaufen, da ich wusste, die Gefahr drohte nicht nur von den paar Kriechern und Feuerstrahlen. Die Visionen hatten mich vor diesem Ort gewarnt, und ich habe die Bedrohung besser verstanden als irgendeiner von euch. Mich traf einer der Strahlen und verhinderte, dass ich Walker erreichte, aber ich sah, was passierte. Er ging allein durch Strahlen und Kriecher, durch Rauch und Angriffschaos. So erreichte er den Turm in der Mitte des Labyrinths, fand eine Tür und verschwand im Innern. Herausgekommen ist er bisher nicht. Also muss er noch irgendwo da drin sein.«

Ahren spürte, wie die Wut in ihm hochstieg.

»Möglicherweise. Möglicherweise hast du tatsächlich gesehen, was du erzählst. Vielleicht befindet sich Walker im Inneren dieses Turms. Bloß: Wie sollen wir zu ihm gelangen? Feuerstrahlen und Kriecher greifen jeden an, der versucht, sich dem Turm zu nähern. An diesen Dingen führt kein Weg vorbei. Hast du vergessen, was uns und den Mwellrets widerfahren ist? Außerdem, selbst wenn du irgendwie zu dem Turm gelangst, wie willst du hineinkommen? Schließlich besitzt du nicht die Kräfte des Druiden. Sag mir nicht, die Tür würde sich einfach für dich öffnen. Und wenn schon, wäre das auch nicht unbedingt eine gute Nachricht, oder? Warum denkst du überhaupt über so etwas nach? Das ist … lächerlich.«

Er schrie fast, und außer Atem unterbrach er sich und hockte sich auf die Fersen. »Das kannst du nicht tun!« Furcht erfüllte ihn, wenn er es sich nur vorstellte. »Ich werde dir dabei jedenfalls nicht helfen«, fügte er eilig hinzu.

Sie warf ihm einen geduldigen, verständnisvollen Blick zu, bei dem er sie am liebsten am Hals gepackt und geschüttelt hätte. Von dem, was er gesagt hatte, war kein Wort zu ihr durchgedrungen, oder sie hatte ihm einfach nicht zugehört.

Dann überraschte sie ihn jedoch: »Alles, was du dagegenhältst, stimmt, Ahren Elessedil.«

Nun starrte er sie sprachlos an. »Also gibst du den Plan auf, nicht wahr? Komm stattdessen mit mir zurück zur Küste. Wir können dort auf die *Jerle Shannara* warten. Bis zu ihrer Rückkehr verstecken wir uns einfach. Vielleicht stoßen wir irgendwo auf Tamis und ein oder zwei andere, die entkommen konnten. Es können doch nicht alle tot sein, oder? Was ist mit Bek? Wird er nicht versuchen, zu dieser Lichtung zurückzukehren?«

Sie strich das lange Haar zurück, faltete die Hände und legte sie wie ein kleines Mädchen in den Schoß. Ihre veilchenblauen Augen waren endlos tief und voller Schmerz, als sie ihn anschaute. Plötzlich war er sicher, dass sie ihres geringeren Alters zum Trotz große Erfahrung im Umgang mit solchen Schicksalsschlägen hatte.

»Ich muss dir etwas über Walker und mich erzählen«, sagte sie leise. »Etwas, das ich noch niemandem anvertraut habe. Als wir die Insel Shatterstone verlassen haben und er von diesem Gift krank war, saß ich bei ihm in seiner Kabine. Bek war ebenfalls da. Joad Rish gab sein Bestes, um Walker zu helfen, doch nichts wollte anschlagen. Nach einigen Tagen wurde uns allen klar, dass Walker im Sterben lag. Das Gift war zu stark und zu sehr von der Magie dieses Ortes und seines Wächters erfüllt. Walkers eigene Magie verschaffte ihm nicht ausreichend Schutz dagegen. Ohne Hilfe konnte er sich nicht retten.«

Sie lächelte. »Daher habe ich meine Fähigkeiten angewendet, um ihn zu heilen. Ich bin eine Seherin und gleichzeitig ein Empath. Meine empathische Kraft erlaubt es mir, anderen ihren Schmerz abzunehmen, damit sie sich schneller erholen können. Das ist eine auszehrende und schwächende Anstrengung, doch blieb mir keine andere Wahl. Glaube mir, Elfenprinz, ich wäre mit Freuden für ihn gestorben. Für mich stellt er etwas Besonderes dar, wie du es dir nicht vorzustellen vermagst. Wichtig ist jedoch nur, dass ich durch die Heilung eine Verbindung zu seinem Unterbewusstsein herstellte. Ursprünglich ging das von seiner Seite aus, meine ich, sicher bin ich jedoch nicht. So wurde ich durch den Bund, den ich willentlich erzeugte, um ihm einen Teil meines Lebens zu schenken und seines zu retten, mit ihm vereint. Bei Empathen geschieht dies von Zeit zu Zeit, obwohl der Bund nach der Heilung für gewöhnlich verschwindet. In diesem Falle nicht. Er bestand weiter. Und sogar jetzt noch.«

In der anschließenden Stille beobachtete er aufmerksam ihr Gesicht. »Willst du mir damit sagen, Walker habe eine Verbindung zu dir? Du kannst ihn sprechen hören?«

»In gewisser Weise, ja. Nicht gerade Worte. Eher spüre ich seine Gegenwart. Er ist irgendwie in meinem Kopf und flüstert mir zu, dass er lebt und dass es ihm gut geht. Ich kann ihn fühlen. Ich spüre, wie er mit mir Kontakt aufnehmen will. Das ist die Verbindung, mit der ich unsere Leben, unsere Magie, unsere Erfahrung verschmolzen habe, als er im Sterben lag und ich ihn rettete.«

Sie hielt inne. »Erinnerst du dich daran, als er auf Shatterstone in der Falle saß und Bek uns warnte, er brauche Hilfe? Walker hat ihn gerufen, weil Bek ebenfalls Magie besitzt, und er kann Bek erreichen, wenn es notwendig ist. Das ist die Fähigkeit eines Druiden. Aber ich habe den Ruf ebenfalls gehört. Walker hat nicht mit mir Kontakt aufgenommen, und trotzdem hörte ich seine Stimme in meinem Kopf. Weil wir miteinander verbunden sind, Elfenprinz. Auch jetzt höre ich seine Stimme, nur wendet er sich diesmal an mich und nicht an jemand anderes. Er spricht mit Hilfe von Bildern, Fragmenten und Erlebnissen zu mir. Denn er befindet sich in Schwierigkeiten, sitzt unter der Erde in der Falle, unter diesen Ruinen, unter diesem Turm. Tief unten ist er in einem Labyrinth von Katakomben gefangen, die sich unter dieser Stadt ausdehnen. Castledown ist nicht hier oben, Elfenprinz. Es ist dort unten.«

»Also sind der Schatz und sein Wächter –«

»Dort unten, ja: Ersterer sicher versteckt, der andere beobachtet alles und jeden und kontrolliert, was oben und unten vor sich geht. Walker erstattet mir in seinen Bildern, in meinen Visionen und Träumen Bericht, aber auch in meinem Unterbewusstsein. Zwar erzählt er mir nicht alles, weil ihm das nicht sicher erscheint, doch er sagt mir das, was er kann und was er muss. Er steckt in Schwierigkeiten, und er klammert sich an mich wie ein Schiffbrüchiger an eine Planke auf dem Meer. Er treibt davon, und ich bin seine Rettungsleine.«

Sie erwartete eine Antwort von ihm. Er wusste keine zu geben. Er war nicht einmal sicher, ob er ihr glaubte oder nicht. Vielleicht war sie verwirrt oder der gestrigen Ereignisse wegen dem Wahn verfallen. Dabei wirkte sie klar und selbstsicher, doch nicht immer konnte man den Geisteszustand einer Person am Äußeren ablesen.

»Bittet er dich, zu ihm zu kommen?«, fragte er schließlich.

Plötzlich zeigte sie nun doch Verwirrung, als berühre er mit dieser Frage genau den springenden Punkt. »Nein«, erwiderte sie einen Augenblick später. »Er klammert sich an mich, ohne zu enthüllen, dass ich hier bin. Er greift nach mir, ohne mich um etwas zu bitten.« Tränen traten ihr in die Augen und rannen über die Wangen. »Trotzdem werde ich zu ihm gehen. Weil ich einfach muss. Außer mir ist niemand übrig. Na ja, du noch, wenn du mich begleiten willst.«

Das würde er keinesfalls tun, dachte Ahren, denn es war reiner Selbstmord, unter diesen Umständen das Labyrinth erneut zu betreten. Die Aussicht allein erfüllte ihn mit Schrecken, und Furcht stieg in ihm auf, wenn er sich an die erste Begegnung mit den Kriechern erinnerte. Gegen diese Angst kam er einfach nicht an. Noch immer versuchte er, sein Versagen im Kampf seinen Freunden gegenüber irgendwie zu rechtfertigen, aber eigentlich schämte er sich einfach nur. Selbst sein wachsendes Bedürfnis, die Scharte wieder auszuwetzen, genügte nicht, ihn erneut in die Gefahrenzone zu locken. Für Ryer Ord Star konnte er nur eins tun: sie von ihrem Trugschluss überzeugen.

»Wie willst du denn in den Turm gelangen?«, fragte er und suchte nach einer Möglichkeit, zu ihr vorzudringen.

Sie schüttelte den Kopf. »Ich weiß es nicht.«

»Und wenn du drin bist, wie wirst du Walker finden? Wie willst du seine Spur verfolgen?«

»Ich habe keine Ahnung.«

»Diese ganze Stadt, diese Ruinen, bestehen aus Stein und Metall. Da gibt es keine Spuren, denen man folgen kann. Schau dir die Größe an. Wenn die Stadt unten nur halb so groß ist, wird es Wochen, vielleicht Monate dauern, alles abzusuchen. Woher willst du wissen, an welchen Orten du nachschauen musst?«

Obwohl ihr seine Fragen zusetzten, presste sie die Lippen entschlossen aufeinander. »Das alles weiß ich nicht, Elfenprinz. Ich muss es eben versuchen. Ich muss zu ihm.«

Er fühlte sich angesichts ihrer blinden Entschlossenheit hilflos, denn sie würde trotz aller Hindernisse und Schwierigkeiten hineingehen. Alles, was er einwenden konnte, würde ihre Hoffnungen zerstören, sie würde ihrem gewählten Weg folgen, auch wenn er sich bemühte, sie von ihrem Vorhaben abzubringen – nur würde er sie damit noch ihres letzten Mutes berauben.

Er lehnte sich an den Schutthaufen und spähte hinaus in die Ruinenstadt. Im Sonnenlicht breitete sie sich weit vor ihnen aus, und ihre Geschichte war tief in der Vergangenheit bei jener toten Zivilisation begraben, die hier einst gelebt hatte. Diese Stadt war ein Relikt der Alten Welt, jener Zeit vor den Großen Kriegen, als die Wissenschaft geherrscht hatte und alle Rassen eins gewesen waren. Er fragte sich, ob jene Menschen von damals ein solches Ende vorhergesehen hatten und ob sie Versuche unternommen hatten, es zu verhindern.

»Vielleicht finden wir jemand von den anderen, der uns hilft«, schlug er schließlich vor, wobei er sich fühlte, als säße er in der Zwickmühle, und dennoch konnte er sie einfach nicht im Stich lassen.

Sie schüttelte den Kopf. »Nein, Ahren. Es bleiben nur du und ich.«

Zum ersten Mal hatte sie seinen Namen gebraucht, und überrascht nahm er zur Kenntnis, welche tiefen Gefühle das in ihm auslöste. Sie schien zu wissen, wie man ihn auszusprechen hatte – und indem sie ihn sagte, stellte sie zu ihm offenbar eine ähnliche Verbindung wie zu Walker her.

Das übte eine gewisse Anziehung auf ihn aus und rief gleichzeitig Angst in ihm wach.

»Ich kann nicht mit dir gehen«, erwiderte er rasch und schüttelte den Kopf dazu, weil er fürchtete, seine Stimme würde zittern.

Sie antwortete nichts darauf, saß lediglich da und schaute ihn an. Er schaffte es nicht, ihrem Blick standzuhalten, sondern sah zur Stadt, über den meilenweiten Schutt hinweg, der die Ödnis in seinem Inneren spiegelte.

»Mein Bruder wusste, was er tat, als er mich auf diese Reise schickte«, sagte er zu der leeren Landschaft, während er sich eigentlich dem Mädchen begreiflich machen wollte. »Er wusste, dass ich schwach bin, zu schwach, um zu überleben –«

»Dein Bruder hat sich geirrt«, unterbrach sie ihn sofort.

Er wandte sich ihr zu und starrte sie an, da ihn der Nachdruck in ihrer Stimme überraschte. »Mein Bruder –«

»Dein Bruder hat sich geirrt«, wiederholte sie. »Was diese Reise angeht. Was Walker angeht. Und vor allem, was dich angeht.«

Er holte tief Luft und spürte einen Wandel in seinem Denken, der mit gesundem Menschenverstand nicht in Einklang zu bringen war, den er aber trotzdem nicht ignorieren konnte. War er möglicherweise in der Lage, das zu tun, worum sie ihn bat? Brachte er vielleicht die gleiche Entschlossenheit auf, die ihr einfach so zuzufliegen schien? Das war Wahnsinn, und dennoch fiel es ihm schwer, ihn als solchen abzutun. Tief in seinem Innern lösten ihre Nöte heftige Reaktionen in ihm aus und veranlassten ihn dazu, alle übrigen Erwägungen beiseite zu schieben.

Trotzdem, was konnte er schon tun? »Ich glaube, ich kann dich nicht beschützen, Ryer Ord Star«, flüsterte er.

Dann hörte er aus einiger Entfernung ein Geräusch, so leise und schwach, dass er es beinahe nicht bemerkt hätte. Er erstarrte und trug sich sofort mit den allerschlimmsten Befürchtungen. Die Seherin beobachtete ihn und wartete. Endlich erhob er sich und spähte aus ihrem Versteck in den Ruinen. Sofort trat sie zu ihm und drängte sich dicht an ihn.

Das Geräusch kam aus dem Labyrinth. Dutzende kleiner Metallwesen krabbelten und rollten durch ein kompliziertes System ungefähr zwei Fuß hoher Mauern. Die Wesen unterschieden sich voneinander und waren offensichtlich jeweils für bestimmte Aufgaben konstruiert. Manche schleppten die Leichen der Mwellrets fort, packten sie mit Zangen am Ende der Stummelarme und zerrten sie über den glatten Metallboden, um sie in Schächte zu werfen, die sich kurz öffneten und sofort wieder schlossen. Andere reparierten mit einem Flammenmechanismus die Rillen, welche die Feuerstrahlen in der Metalloberfläche des Labyrinths hinterlassen hatten. Wieder andere kehrten und polierten und reinigten alle Spuren des Gefechts, bis das Labyrinth aussah, als habe hier niemals ein Gemetzel stattgefunden.

Sie brauchten keine Stunde, um ihr Werk zu beenden, huschten hin und her wie Mäuse in einem Käfig, während das Sonnenlicht hell auf ihren Metallhüllen glänzte und ihr Sirren und Surren und Summen die Stille erfüllten. Nachdem sie fertig waren, stellten sie sich in Reihen auf und verschwanden durch Rampen, die sich wie die Schächte für die Leichen der Mwellrets kurz öffneten. Sekunden später waren sie verschwunden.

Ahren blickte Ryer Ord Star an. Erleichterung machte sich in ihm breit. Ihm war schwindelig. »Kehrer«, sagte er und deutete auf die kleinen Maschinen. Das Wort war ihm unwillkürlich in den Sinn gekommen, und er musste lächeln, obwohl ihm gar nicht danach zumute war.

Ryer Ord Star erwiderte das Lächeln nicht. Stattdessen zeigte sie auf etwas genau hinter ihm. Sein Herz setzte einen Schlag aus, als er ihrem Blick folgte und feststellte, dass einer der von ihm so benannten Kehrer keine drei Fuß von ihm stehen geblieben war.

Der Kehrer tat nichts. Er hockte nur da, ein zylindrischer Körper, der auf mehreren Rollen stand. Der runde Kopf hätte die obere Hälfte einer Metallkugel sein mögen, die auf einem Satz schwerer Federn saß. Dünne, kurze Antennen ragten an verschiedenen Stellen aus dem Kopf, und zwei dicke Knäufe in der Größe einer Faust befanden sich an den Seiten.

Ahren hatte keine Ahnung, wie dieses Wesen so nahe herangekommen war, ohne dass er es gehört hatte. Allerdings war ihm das auch egal. Viel wichtiger war, was es hier machte. Es schien keine Waffen zu besitzen, doch sicher konnte man natürlich nicht sein.

Ryer Ord Star und Ahren waren einen Augenblick lang sprachlos. Sie starrten den Kehrer an und warteten ab, was er tun würde. Der Kehrer hingegen, falls die beiden es richtig interpretierten, starrte einfach nur zurück.

Dann fuhr plötzlich eine Klappe an seinem Kopf auf, ein Lichtstrahl schoss heraus und malte ein Bild in die Luft, das sich ungefähr zwei Fuß vor ihnen befand. Das Bild war nicht sehr groß, dafür jedoch ausgesprochen deutlich. Es zeigte Walker.

Ryer Ord Star hielt vor Schreck den Atem an, und Ahren packte ihre Arme, um sie zu stützen, da sie zusammenzusinken drohte.

Einen Moment später war das Bild verschwunden. Ein zweites erschien sofort danach und zeigte den Druiden, der durch eine Reihe von Tunneln lief, die von eigenartigen Lampen ohne Flammen erleuchtet waren. Er schlich von einem Lichtkreis zum nächsten, sein Gesicht wirkte angespannt und erschöpft. Gelegentlich blieb er stehen, schaute über die Schulter oder spähte nach vorn in die Dunkelheit, lauschte und suchte. Seine schwarze Robe war zerrissen und schmutzig, das dunkle Gesicht war mit Schweiß, Staub und vielleicht sogar Blut bedeckt. Er wurde gejagt, und die Anstrengung, zu laufen und sich zu verstecken, war ihm deutlich anzumerken.

Das Bild verschwand. Ryer schluchzte leise, als hätten die Bilder ihr alle Kraft geraubt und nur noch Verzweiflung hinterlassen.

Ahren schmiegte sich an sie. »Hör auf«, zischte er ärgerlich. »Wir wissen überhaupt nicht, ob das wirklich passiert! Und wir haben keine Ahnung, was es damit auf sich hat!«

Ein weiteres Bild erschien, dann das nächste und noch eins; Kriecher strömten durch dieselben Gänge und jagten etwas. Krallen und Klingen blitzten hell auf, wenn sie unter den Lichtern hindurchhuschten. Manche der Kriecher waren riesig. Andere schwankten erwartungsvoll und pflichteifrig hin und her. An allen waren die einzelnen Teile ungeschickt angebracht, was ihnen einen barbarischen, halb fertigen Anblick verlieh.

Die Bilder lösten sich auf. Ahren entschied, es sei genug. »Was willst du?«, schrie er den Kehrer an, ohne darüber nachzudenken, ob der ihn überhaupt verstehen konnte.

Offensichtlich konnte er das. Ein weiteres Bild wurde gezeigt, auf dem der Elf und die Seherin dem kleinen Kehrer durch eine Reihe von Tunneln folgten und in der Dunkelheit suchten. Ein zweites Bild schloss sich an, auf dem Walker über die Schulter blickte, stehen blieb, den Arm hob, als würde er jemanden erkennen, und winkte. Dann, auf dem dritten Bild, trafen sie sich alle mit erleichterten Gesichtern und reichten sich die Hände zum Gruße, wobei Ryer Ord Star in Walkers feste Umarmung sank.

Die Seherin wurde nun fast hysterisch. »Wir sollen dem Ding folgen!«, rief sie, »es will uns zu Walker bringen. Ahren, wir müssen gehen! Du hast ihn selbst gesehen! Er braucht uns!« Sie rüttelte ihn, und alle Ruhe war vergessen.

Keineswegs so überzeugt wie sie, befreite sich Ahren mit einem Ruck von ihr. »Nicht so eilig, Ryer.« Er benutzte bewusst ihren Vornamen, damit sie ihm ihre Aufmerksamkeit zuwandte, und das funktionierte. Sie verstummte und richtete den Blick auf ihn. »Wir wissen nicht, ob irgendeins von den Bildern der Wahrheit entspricht. Wenn es nun nur eine List ist? Wo ist dieser Kehrer überhaupt hergekommen?«

»Das ist keine List, es ist echt! Ich fühle es. Das ist wirklich Walker, er ist unten in diesen Tunneln, und er braucht unsere Hilfe!«

Ahren fragte sich nur, welche Art von Hilfe sie dem Druiden leisten konnten und ob es, wenn sie dem Kehrer in diese Tunnel folgten – vorausgesetzt, es würde ihnen überhaupt gelingen –, tatsächlich dieses glückliche Ende nehmen würde, das man ihnen vorgeführt hatte. Wenn Walker sich mit seiner ganzen Magie nicht von den Kriechern befreien konnte, was vermochten sie dann schon zu tun?

Er betrachtete den kleinen Kehrer. »Wie hast du uns gefunden?«

Ein neues Bild erschien. Der Kehrer säuberte die Kanten des Labyrinths unterhalb ihres Verstecks. Er zeigte alles durch eine Art Linse. Irgendetwas lenkte ihn ab, und er verließ das Labyrinth, zog in die Ruinen hinaus und kletterte langsam durch den Schutt, bis er kurz hinter ihnen stand.

Das Bild verblasste. »Er muss uns gehört haben«, flüsterte die Seherin und warf Ahren einen hoffnungsvollen Blick zu.

Er wollte nicht begreifen, wie. Sie waren vorsichtig gewesen und hatten keinen Lärm gemacht. Vielleicht hatte das Ding ihre Anwesenheit gespürt. Aber warum die anderen Kehrer nicht?

»Mir gefällt die Geschichte nicht«, sagte er.

»Ahren!«, flehte sie mit trauriger, gequälter Stimme.

Erbost seufzte er. Wie wehrlos fühlte er sich gegenüber ihren Wünschen und Erwartungen. Sie wollte unbedingt zu Walker, um ihm zu helfen, und dabei ließ sie alle Vorsicht und allen gesunden Menschenverstand außer Acht. Er dagegen wollte unbedingt fort von hier und dachte überhaupt nicht daran, den Kehrer für glaubwürdig zu halten.

»Warum willst du uns helfen?«, fragte er die kleine Maschine. »Welchen Unterschied bedeutet es für dich, wie wir uns entscheiden?«

Der Kehrer hatte diese Frage offenbar erwartet; sofort erschien ein Bild. Es zeigte den Kehrer, wie er im Labyrinth und in den Tunneln darunter seine Arbeit erledigte. Weitere Bilder folgten, auf denen der Kehrer getreten und geschlagen wurde, und zwar von einer großen und dunklen und Furcht erregenden Gestalt, die in Schatten gehüllt und irgendwie nicht zu erkennen war. Wieder und wieder wurde der Kehrer hochgehoben und gegen die Wand geworfen. Ein ums andere Mal wurde er auf den Rücken gewälzt, und ständig mussten ihm andere Kehrer zu Hilfe kommen. Für die Angriffe schien es keinen Grund zu geben. Sie fanden zufällig und ziellos statt und waren das Resultat fehlgeleiteter oder sinnloser Wut. Verbeult und beschädigt, wie er war, musste der kleine Kehrer zunächst von seinen Gefährten repariert werden, ehe er wieder an seine Arbeit zurückkehren konnte.

Die Bilder verschwanden. Der Kehrer verfiel erneut in Schweigen. Ahren versuchte, seine Zweifel zu beschwichtigen.

Ein geschundener Kehrer? Wurde so lange herumgestoßen und geprügelt, bis er alles tut, um dem ein Ende zu bereiten? Das bedeutete allerdings, der Kehrer müsste zu Gefühlen fähig und in der Lage sein, seine Situation zu begreifen und überdies abzulehnen. In der Regel hatten Maschinen jedoch keine Gefühle, nicht einmal Kriecher. Sie waren eben Maschinen, und damit galten sie per Definition nicht als Menschen.

Diese Maschinen hingegen waren möglicherweise so alt wie die Stadt und was immer darin lebte und gelebt hatte. Es mochte durchaus möglich sein, dass man, ehe die Großen Kriege die Zivilisation zerstört hatten, Maschinen entwickelt hatte, die denken und fühlen konnten.

»Er bittet uns um Hilfe«, warf Ryer Ord Star ein und durchbrach das Schweigen. Niedergeschlagen strich sie sich das lange Silberhaar zurück. »Dafür wird er uns helfen, Walker zu finden. Verstehst du nicht?«

Nicht ganz, dachte Ahren. »Was für eine Hilfe sollen wir ihm denn leisten?«

Ein Bild flammte in der offenen Luke des Kehrers auf. Walker, Ahren und Ryer Ord Star verließen die Ruinen, und der Kehrer lief hinter ihnen her.

»Wir sollen dich mitnehmen, wenn wir von hier fortgehen?«, fragte er ungläubig.

Das Bild wiederholte sich zweimal, eindringlich und unmissverständlich. Daraufhin erschien ein neues, die *Jerle Shannara*, die gen Himmel stieg, mit aufgezogenen Lichtsegeln und Strahlungssammlern. Am Bug des Luftschiffes stand der kleine Kehrer und schaute zurück auf das Land, das hinter ihnen zurückblieb.

»Das ist lächerlich«, murmelte Ahren vor sich hin. »Er ist eine Maschine.«

»Eine empfindungsfähige Maschine«, berichtigte Ryer Ord Star ihn. »Denkfähig und mit Gefühlen ausgestattet. Ahren, der Kehrer will das Gleiche wie wir. Freiheit.«

Der jugendliche Elf setzte sich langsam auf den Schutthaufen und legte das Kinn in die Hände. »Trotzdem habe ich bei der Sache ein schlechtes Gefühl«, sagte er und richtete den Blick auf den Kehrer. »Wenn wir tun, was er will, und nach unten gehen, werden wir von den anderen abgeschnitten. Falls das eine Falle ist, haben wir keine Fluchtmöglichkeit. Ich weiß nicht. Zuerst sollten wir die anderen suchen.«

Sie kniete sich vor ihn hin, legte die Hände über seine und berührte mit den Fingerspitzen sein Gesicht. »Elfenprinz, hör mir zu. Warum sollte dies eine Falle sein? Was immer Castledown bewacht, wenn es uns haben wollte, hätte es längst zugreifen können. Wenn dieser Kehrer uns täuschen wollte, wären wir dann nicht längst von Kriechern umzingelt? Welchen Unterschied macht es schon, wenn er uns unter die Erde bringt? Warum sollte er so viel Einsatz zeigen, um so wenig zu erreichen?«

Darauf wusste er auch keine Antwort, so viel musste er eingestehen. Sie hatte Recht; es ergab nicht besonders viel Sinn. Aber das galt ebenso für eine ganze Reihe anderer Dinge, die sich auf dieser Reise ereignet hatten, und er wollte nicht leichtfertig die Warnungen seines Instinkts in den Wind schlagen. Irgendetwas beunruhigte ihn. Vielleicht war es lediglich die Angst, so zu enden wie Joad Rish und die anderen. Möglicherweise war es auch die unauslöschliche Erinnerung an das Gemetzel, an die Schreie und das Sterben. Das alles war noch zu frisch, um ihm objektives Denken zu erlauben.

»Wir haben keine Zeit, nach den anderen zu suchen«, beharrte sie. »Vielleicht ist da draußen auch niemand mehr!«

Das allerdings war seine größte Angst. Dass niemand mehr lebte, dass sie die Letzten waren.

Sie drückte ihre Hände auf seine und umschloss sie. Er nahm den Kopf hoch, aber sie wollte nicht loslassen. »Ahren«, flüsterte sie. »Komm mit. Bitte.«

Sie hatte ebenfalls Angst. Er spürte es in ihrer Berührung und hörte es in ihrer Stimme. Sie war nicht weniger verletzlich als er. Zwar konnte sie in die Zukunft sehen, und womöglich hatte sie dabei einige Dinge erblickt, die sie nicht hätte erfahren sollen, Dinge, die sie mehr ängstigten als die, die hinter ihnen lagen. All dem zum Trotz würde sie hinunter nach Castledown gehen, weil sie so starke Gefühle für Walker hegte und ihn einfach nicht im Stich lassen konnte, gleichgültig, was auch geschah. Um diese Stärke beneidete er sie. Sie stellte damit seine eigene Stärke in den Schatten und beschämte ihn erneut. Ob er mitkäme oder nicht, darauf würde sie keine Rücksicht nehmen. Und was würde er dann tun? In die Bucht zurückkehren, sich vor den Mwellrets verstecken und auf die *Jerle Shannara* warten? Nach Hause fliegen und den Rest seines Lebens mit dieser Last verbringen, dass er im entscheidenden Augenblick den Schwanz eingezogen hatte?

Dann wäre er vielleicht doch lieber gleich tot.

»Also gut«, sagte er leise, nahm ihre Hände und hielt sie wie kleine Vögel. Er beugte sich beruhigend zu ihr vor und fügte mit fester Stimme hinzu: »Wir unternehmen einen Versuch.«

Neun

Quentin Leah hockte versteckt in einem teilweise eingestürzten Gebäude knapp außerhalb des Labyrinths, in welches die Mwellrets sich allzu verwegen vorgewagt hatten, um wenig später in kaum ordentlich zu nennender Art und Weise die Flucht zu ergreifen. Panax und Tamis standen reglos neben ihm und spähten ebenso wie er durch die Spalte in den Wänden. Die Elfenjäger Kian und Wye knieten ein Stückchen weiter. Die Mwellrets rannten vorbei, ohne sie eines Blickes zu würdigen. Stattdessen sahen sie sich ständig um und schauten nach, ob sie verfolgt wurden. Einige der Rets bluteten, ihre Kleidung war zerrissen und schmutzig, dabei humpelten und taumelten sie. Offenbar hatte es ihnen im Labyrinth nicht besonders gut gefallen, jedenfalls nicht besser als Quentin und seinen Gefährten, und nun wollten sie es möglichst weit hinter sich lassen.

»Wie viele zählst du?«, flüsterte Tamis ihm zu.

Er schüttelte den Kopf. »Ungefähr fünfzehn.«

»Demnach haben es fünf oder sechs nicht herausgeschafft.« Sie sprach ganz sachlich, richtete den Blick nach vorn und beobachtete die Mwellrets, die durch die Ruinen schlichen. »Die Seherin haben sie anscheinend nicht gefangen nehmen können.«

Das stimmte, immer vorausgesetzt, sie war nicht längst tot. Diesen Gedanken behielt Quentin für sich. Tamis verlor kein Wort über Bek, aber das lag vielleicht nur daran, dass sie immer noch nicht sicher sein konnte, in welche Richtung er aufgebrochen war. Ryer Ord Stars Spur hatte sie leicht aufnehmen können, sogar, nachdem diese Herde Mwellrets darüber getrampelt war, doch von seinem Vetter ließ sich kein Zeichen finden. Quentin war niedergeschlagen, die Verzweiflung in ihm wuchs. Die Zeit lief ihnen davon, und sie machten keine Fortschritte. Er hatte berechtigte Hoffnungen gehegt, dass sie Bek oder Ryer Ord Star finden würden, indem sie den Rets folgten. Jetzt schienen sie weder den einen noch den anderen aufspüren zu können.

Die letzten Mwellrets zogen vorbei, eilten durch das helle Mittagslicht und verschwanden in der Richtung, aus der sie kurz zuvor gekommen waren. Tamis rührte sich nicht, und auch Quentin und die anderen verharrten reglos. Alle blieben, wo sie waren, starr an Ort und Stelle, hielten Ausschau und lauschten. Nachdem eine lange Zeit verstrichen war, wandte sich Tamis ihnen mit ruhigen grauen Augen zu.

»Ich werde mich mal schnell ein wenig umsehen und herausfinden, was passiert ist. Wartet hier auf mich.«

Sie war schon halb unterwegs, da meinte Quentin: »Ich komme mit.«

Sofort fuhr sie herum. »Nichts für ungut, Hochländer, aber allein komme ich besser zurecht. Überlass diese Angelegenheit mir.«

Sie schlüpfte durch eine Lücke in der Mauer hinaus und verschwand. Die anderen trauten ihren Augen nicht und suchten die Ruinen nach ihr ab, aber sie war tatsächlich verschwunden. Quentin blickte Panax an, dann die Elfen, und seine Verstimmung war nicht zu übersehen.

Kian zuckte mit den Schultern. »Nimm es nicht persönlich, Hochländer. Das macht sie mit jedem. Ohne Ausnahme.«

Quentin dachte, dass sie die Führung ihrer kleinen Gruppe übernommen hatte, eine Position, die er innegehabt hatte, bis sie aufgetaucht war. Er war sicherlich nicht der Typ, der daraus ein Problem machte, trotzdem ärgerte ihn ihre barsche Art. Schließlich kannte er sich im Lesen von Fährten ebenfalls recht gut aus. In dieser Hinsicht war er kein Anfänger, der ein Risiko für sie dargestellt hätte.

Wye streckte seine Beine aus. Als früheres Mitglied der Leibgarde hatte er Allardon Elessedil gedient, ehe er diese Reise antrat. »Sie wollte in die Leibgarde, aber Ard Patrinell hielt das für Verschwendung. Er hat sie zur Fährtenleserin gemacht. Dafür hat sie Talent, und zwar mehr als die meisten.«

»Allerdings hat sie ihm die Einmischung übel genommen«, fügte Kian gähnend hinzu. Sein dunkles Gesicht wirkte müde und abgespannt. »Es dauerte eine Weile, bis sie ihm endlich verziehen hat.«

Wye nickte. »Die Stellen in der Leibgarde sind äußerst begehrt; der Andrang ist groß. Frauen wurden nie wirklich als gleichberechtigt betrachtet; Männer werden bevorzugt, wenn es darum geht, den König zu beschützen. Und die Königin. Das galt sogar damals bei Wren Elessedil schon. Allerdings orientiert man sich bei der Vergabe der Posten eher an unserer Geschichte und Tradition denn an Vorurteilen und Gunst. Frauen gehören nicht in die Leibgarde. Auf der anderen Seite haben Frauen die Vorherrschaft über die Einheiten der Fährtenleser bei den Elfenjägern an sich gerissen.«

Wye nickte. »Ihre Instinkte sind den unseren überlegen. Offenbar nehmen sie mehr wahr und treffen die besseren Entscheidungen, was beim Spurenlesen nun einmal notwendig ist. Vielleicht sind ihre Instinkte besser geschult, um den Mangel an Körperkraft auszugleichen.«

Quentin wusste darüber nichts und interessierte sich auch nicht dafür. Er bewunderte Tamis, weil sie jede Aufgabe ohne Zögern anging, und ihm fiel kein Grund ein, weshalb man sie in der Leibgarde hätte ablehnen sollen. Trotzdem hätte er es begrüßt, wenn sie ihm gegenüber ein klein wenig mehr Vertrauen gezeigt hätte. Der Haltung nach, die sie an den Tag legte, hatte sie nicht eine Sekunde lang geglaubt, sie könne irgendwann auf seine Hilfe oder die eines anderen angewiesen sein. Diese ruhigen grauen Augen und die leise

Stimme wirkten eisern und unerschütterlich. Falls Tamis in eine Situation geriet, aus der sie gerettet werden musste, würde sie das selbst übernehmen.

Panax setzte sich mit gekreuzten Beinen in eine Ecke, zog ein Stück Holz von irgendwo hervor und nahm sein Schnitzmesser zur Hand. Gemächlich und sorgfältig schnitzte er vor sich hin, die Holzspäne rollten sich auf und fielen auf die Steine, und sein zotteliger Bart hing über seiner Handarbeit.

»Tut es dir Leid, dass du auf diese Reise mitgekommen bist, Hochländer?«, fragte er, ohne aufzuschauen.

Quentin überließ es den Elfenjägern, weiter Wache zu halten, und setzte sich zu ihm. »Nein.« Er überlegte kurz. »Ich wünschte nur, ich hätte Bek nicht unbedingt bei mir haben wollen. Wenn ihm irgendetwas zugestoßen ist, werde ich mir das niemals verzeihen können.«

Panax grunzte. »Über Bek würde ich mir an deiner Stelle keine Sorgen machen. Du hast Tamis gehört. Ich schätze, ihm geht es besser als uns. Dieser Junge hat etwas an sich. Etwas, das über die Magie hinausgeht, die Tamis bei ihm beobachtet hat. Walker hat ihn für eine ganz besondere Aufgabe ausgesucht. Deshalb hat er euch beide zu Truls Rohk geschickt – und aus diesem Grund hat sich Truls Rohk auch überreden lassen mitzukommen. Dem ist das ebenfalls aufgefallen. Und vergessen wird er es inzwischen kaum haben. Das solltest du nicht aus den Augen verlieren. Der Gestaltwandler ist irgendwo dort draußen, Hochländer – merk dir meine Worte. Ich werde dir nicht erzählen, dass ich ihn spüren kann. Das wäre töricht. Aber ich kenne ihn, und er ist da. Vielleicht sogar bei Bek.«

Quentin dachte über diese Möglichkeit nach. Nur weil niemand – jedenfalls niemand, den er kannte – Truls Rohk gesehen hatte, hieß das nicht, dass er nicht da war. Möglicherweise begleitete er tatsächlich Bek. Das ergab durchaus Sinn, falls Walker ihn mitgenommen hatte, um für Beks Sicherheit zu sorgen. Erneut dachte er über die geheimnisvolle Vergangenheit seines Vetters und seine jüngst entdeckte Magie nach, von deren Vorhandensein Quentin nichts geahnt hatte. Möglicherweise war Bek wirklich besser dran als die Übrigen von ihnen.

»Was ist mit dir, Panax?«, fragte er den Zwerg.

Das Schnitzmesser bewegte sich unablässig weiter und führte glatte, mühelose Schnitte aus. »Was soll mit mir sein?«

»Tut es dir Leid, dass du mitgekommen bist?«

Der Zwerg lachte. »Dann müsste mir der größte Teil meines Lebens Leid tun!« Er schüttelte vergnügt den Kopf. »Solange ich mich erinnern kann, Hochländer, führe ich ein Leben wie dieses, das mich von einem Notfall zum nächsten, von einer Expedition in die nächste stürzt. Obwohl ich viel Zeit allein dort oben in den Bergen verbringe, habe ich mehr Orte besucht und mein Leben häufiger in Gefahr gebracht, als mir lieb ist.« Er zuckte mit den Schultern. »Wenn man im Wolfsktaag wohnt, lebt man sowieso immer am Abgrund.«

»Also wusste Walker ganz genau, was er tat, als er uns zu dir schickte? Er wusste, du würdest mitkommen?«

»Das würde ich sagen.« Der Zwerg sah ihn mit seinen dunklen Augen an, dann wandte er sich wieder seiner Arbeit zu. »Er wollte uns beide, Truls Rohk und mich. Genauso wie dich und Bek. Er mag eingespielte Gespanne, Menschen, die schon lange Gefährten und Freunde sind und dem Urteil des anderen vertrauen. Schließlich weiß er um die Risiken, auf die man sich einlässt, wenn man eine solche Reise unternimmt. Fremde wachsen irgendwann zusammen, doch in der Regel nicht so schnell und nie so eng. Freunde und Verwandte erweisen sich in dieser Hinsicht als vorteilhaft.«

Quentin rückte das Stirnband, das sein langes Haar bändigte, zurecht. »Immer schön vorausdenken, wie es sich für Druiden gehört.«

Der Zwerg grunzte. »Weiter voraus, als du und ich und die meisten anderen es könnten. Deshalb ist er noch immer am Leben, glaube ich.« Er hielt mit dem Schnitzen inne und sah auf. »Deshalb, glaube ich, werden wir ihn früher oder später finden.«

Quentin war sich dessen nicht so sicher, behielt das jedoch für sich. Mittlerweile schaute er nicht mehr so optimistisch in die Welt wie zu Beginn der Reise. Bek würde sich über ihn wundern.

Keine zehn Minuten später kehrte Tamis zurück. Niemand bemerkte sie, bis sie fast mitten unter ihnen stand und sich nicht länger versteckte. Sie sprang über den Schutt in das Versteck. Ihr Gesicht war schweißbedeckt, ihr dunkles kurzes Haar zerzaust, ihre Kleidung in Unordnung. Quentin erkannte schon an ihrem Gesicht, dass irgendetwas nicht in Ordnung war.

»Ich bin den Mwellrets fast den ganzen Weg zurück durch die Ruinen gefolgt.« Sie sprach hastig und wischte sich das Gesicht mit dem Ärmel ab, während sie sich hinsetzte. Ihr Atem ging schwer. »Einen habe ich sogar erwischt. Er war verletzt und hing weit hinter den anderen zurück, daher bin ich das Risiko eingegangen. Ich schlug ihn nieder, setzte ihm ein Messer an die Kehle und fragte ihn, was passiert sei. Es entsprach so ziemlich dem, was man erwarten würde, also ungefähr das Gleiche, was auch wir erlebt haben. Er erzählte mir, sie hätten die Seherin verfolgt, sie jedoch nicht gefunden.«

»Was ist mit Bek?«, wollte Quentin wissen.

Sie schüttelte den Kopf. »Darüber wissen sie nichts. Als sie die Lichtung erreichten, waren nur noch die Seherin und die Ilse-Hexe da. Die Hexe befahl ihnen, uns zu jagen und gefangen zu nehmen, dann machte sie sich daran, selbst jemanden zu verfolgen.« Sie zögerte kurz. »Dabei könnte es sich um Bek gehandelt haben.«

Der Hochländer runzelte die Stirn. »Warum sollte sie Zeit mit der Jagd auf Bek verschwenden? Das ergibt keinen Sinn.«

»Doch, falls sie über seine Magie Bescheid weiß«, warf Panax ein.

Quentin schüttelte stur den Kopf. »Sie hat es auf den Schatz von Castledown abgesehen. Vielleicht hat dich der Mwellret belogen.«

»Das glaube ich nicht«, erwiderte Tamis. »Bek war dort, als ich aufbrach, um euch zu finden, und verschwunden, als die Mwellrets auftauchten. In der Zwischenzeit muss etwas passiert sein, und vermutlich hat die Ilse-Hexe damit zu tun. Wenn wir die Seherin finden könnten, würde sie uns sicherlich mehr verraten können. Bestimmt hat sie etwas gesehen.«

Panax steckte sein Holz und sein Messer ein. »Möglicherweise hat sie mit den Rets im Labyrinth ihr Leben lassen müssen.«

Tamis tat diesen Einwand mit einer Handbewegung ab. »Warum sollte sie ins Labyrinth zurückkehren, obwohl sie über die Gefahr Bescheid weiß? Außerdem sagte der Ret, den ich verhört habe, sie hätten sie weder tot noch lebendig gefunden.« Damit erhob sie sich. »Das genügt erst einmal. Wir müssen hier fort. Sie werden nach uns suchen.«

»Hast du den Ret nicht getötet?«, fragte Kian sie scharf.

Wütend fuhr Tamis zu ihm herum. »Er war unbewaffnet und hilflos«, fauchte sie. »Ich brauche schon einen besseren Grund, um einen Mann zu töten. Daher habe ich ihn nur bewusstlos geschlagen und liegen lassen. Wenn er aufwacht, sind wir schon weit fort. Und jetzt los!«

»Wohin?«, wollte Quentin wissen, derweil er sich erhob und den Staub von der Hose klopfte. »Und was werden wir tun?«

Sie zuckte mit den Schultern. »Das finden wir später heraus. Im Augenblick ziehen wir so weit, dass wir uns nicht ständig über die Schulter gucken müssen. Aber wir bleiben in den Ruinen. Sie sind groß genug, um sich darin zu verstecken, und man wird hier nicht so leicht entdeckt. Dabei können wir weiter nach Patrinell und den anderen suchen.«

Sie brach auf, und die anderen folgten ihr ohne weitere Einwände, denn schließlich hatte sie Recht – sie brauchten ein neues Versteck, das weiter vom Labyrinth entfernt und tiefer in der Stadt lag. Die Mwellrets würden sie vermutlich suchen, und sie waren hervorragende Fährtenleser, die sich auf ihre hoch entwickelten Sinne verlassen durften und dazu auf ihre Fähigkeit, die Gestalt zu verändern, sowie auf ihr Reptilienerbe. Auf jeden Fall würde es ihnen nicht weiterhelfen, noch länger an diesem Ort zu verweilen. Daher folgten sie Tamis, und der Hochländer, der Zwerg und die Elfenjäger verwischten sorgsam alle Spuren und traten nur auf die harten Metallteile und Steine, wo sie keine Fußabdrücke hinterließen. Mehrmals blieb Tamis zurück und vernichtete mit Hilfe ihrer besonderen Fähigkeiten alle weiteren Hinweise.

Über ihnen wanderte die Sonne westwärts über den blauen Himmel, nachdem sie den Zenit überschritten hatte, und es wurde Nachmittag. In den Ruinen ließ die Hitze, die Stein und Metall aufgenommen hatten, die Luft flimmern. Quentin öffnete die Knöpfe seines Hemds und krempelte die Ärmel hoch. Das Schwert von Leah hing schwer und lästig auf seinem Rücken. Die Magie, die ihn erfüllt hatte, war vergangen und hatte sich in jene dunkle Ecke seines Ichs verkrochen, aus der sie hervorgetreten war, und jetzt fühlte er sich gleichermaßen beraubt und befreit. Er fragte sich, ob er beim nächsten Mal besser damit zurechtkommen würde. Denn ein nächstes Mal würde es gewiss geben. Alles andere erschien ihm unwahrscheinlich.

Nachdem sie ein gutes Stück hinter sich gebracht hatten, trat er zu Tamis. »Warum marschieren wir in diese Richtung und nicht zurück zur Bucht, in der wir gelandet sind? Was ist mit Bek?«

Sie schaute ihn an und presste die Lippen aufeinander, bis sie nur noch eine dünne Linie bildeten. »Dazu kann ich zwei Dinge sagen. Zunächst müssen wir herausfinden, wohin Bek aufgebrochen ist, ehe wir ihm folgen können, und außerdem sollen die Mwellrets nicht bemerken, welche Absicht wir verfolgen.«

Er nickte. »Wir müssen sie glauben machen, wir hätten etwas ganz anderes vor, zum Beispiel davonzulaufen und ins Binnenland zu fliehen.« Er dachte kurz nach. »Aber werden sie nicht erwarten, dass wir zur *Jerle Shannara* zurückkehren?«

»Ich hoffte, dass sie genau das erwarten.«

Die eigentümliche Art, wie sie dies sagte, ließ ihn stutzen. »Was meinst du damit?«

Tamis stellte sich vor ihn hin, und er musste stehen bleiben. Er zog eine harte, entschlossene Miene. Die anderen gesellten sich zu ihnen. »Der Mwellret hat mir noch etwas erzählt«, sagte sie, »das ich euch bisher verschwiegen habe. Ich glaubte, es könne warten, weil wir sowieso nichts dagegen unternehmen können. Na ja, vielleicht sollte ich es euch doch besser erzählen. Wir haben das Schiff verloren. Die Ilse-Hexe hat einen Weg durch die Säulen des Eises gefunden und überraschte unsere Mannschaft im Kanal. Mit ihrer Magie hat sie die Fahrenden in Schlaf versetzt und gefangen genommen. Außerdem hat sie Soldaten der Föderation und Mwellrets auf dem Schiff zurückgelassen.« Tamis schüttelte den Kopf. »Wir sind uns selbst überlassen.«

Die anderen starrten sie benommen an. Alle hatten den gleichen Gedanken. Sie saßen in diesem fremden Land fest, und jede Hoffnung, von Redden Alt Mer und seinen Fahrenden gerettet zu werden, löste sich in nichts auf.

Quentin wollte etwas sagen, doch Tamis schnitt ihm das Wort ab. »Nein, Hochländer, der Mwellret hat nicht gelogen. Dessen habe ich mich versichert. Er blieb dabei. Die *Jerle Shannara* wird von der Ilse-Hexe kontrolliert. Das Schiff wird nicht kommen und uns abholen.«

»Dann müssen wir uns das Schiff zurückholen!«, platzte er heraus, ehe er sich bremsen konnte.

»Sollte nicht allzu schwierig sein«, merkte Panax an und zog eine Augenbraue hoch. »Wir brauchen lediglich Flügel, um zu ihr hinaufzufliegen. Oder vielleicht tut sie uns den Gefallen und kommt weit genug herunter, damit wir zu ihr hochspringen können.«

»Im Augenblick müssen wir vor allem weitergehen«, mahnte Tamis und ließ das Thema fallen, indem sie sich umdrehte. »Los!«

Sie setzten ihren Marsch den ganzen Nachmittag über fort und schauten zu, wie die Sonne im Westen unterging, bis es am Horizont nur mehr hell schimmerte. Inzwischen hatten sie die andere Seite der Stadt erreicht und sahen die Bäume des Waldes durch die Lücken in den eingestürzten Gebäuden vor sich. Sie zogen ihre langen Schatten hinter sich her und schlichen geschmeidig wie Öl durch Schutt und Trümmer. Die Hitze ließ nach, die Luft kühlte sich ab. Bislang waren sie auf keine weitere Spur der Mwellrets gestoßen. Allerdings hatten sie auch keine Hinweise auf weitere Überlebende ihrer eigenen Gesellschaft entdeckt. In der Stadt schien es außer ihnen selbst kein Leben zu geben. Die Bäume vor ihnen bildeten eine dunkle Mauer, welche die untergehende Sonne mit einem silbernen Lichtsaum schmückte.

Tamis blieb stehen und schaute sich in aller Ruhe um. »Ich meine, wir sollten während der Nacht nicht weiter durch die Stadt ziehen«, erklärte sie den anderen. »Bestimmt wimmelt es dort von weiteren Fallen, vielleicht sogar von Wächtern. Am besten warten wir hier bis zum Morgen ab.«

Quentin hatte sich an den Gedanken gewöhnt, dass sie auf sich gestellt und von jeglicher Rettung von außen abgeschnitten waren und dass sie bei allem, was sie taten, diese Tatsache nicht vergessen durften. Ein einziger Fehler konnte sie teuer zu stehen kommen, sie möglicherweise das Leben kosten. Wenn die Mwellrets ihnen in der Dunkelheit folgten, sollten sie das tun. Mit ein wenig Glück würde die Stadt sie mit ihren Schrecken verschlingen.

»Schlagen wir das Lager im Wald auf?«, erkundigte sich Panax.

Tamis nickte. »So gut es geht. Kein Feuer, keine warme Mahlzeit, und einer von uns hält immer Wache. Wir haben gesehen, was die Stadt bereithält, wissen aber noch nicht, wer oder was in diesen Wäldern haust.«

Welch tröstlicher Gedanke, dachte Quentin und marschierte unter den Bäumen hinter ihr her, bis sie eine geeignete Lichtung gefunden hatten. Inzwischen war die Sonne gänzlich verschwunden, und die ersten Sterne kamen hervor. Zu Hause wären die gleichen Sterne längst aufgegangen, so weit entfernt von hier, dass er sich kaum mehr daran erinnern konnte. Seine Eltern würden im Bett liegen und unter diesen Sternen schlafen. Er fragte sich, ob Coran und Liria wohl jetzt an ihn dachten wie er an sie. Und ob er sie jemals wieder sehen würde.

Sie hatten einige Essensvorräte und ein wenig Wasser, aber kein Schlafzeug. Fast alles war bei der Flucht aus dem Labyrinth zurückgeblieben. Jetzt aßen sie von den kargen Vorräten, die sie noch hatten, tranken aus einem Bierschlauch, den Panax mitgeschleppt hatte, schliefen in ihrer Kleidung und benutzten, was immer sie fanden, als Kopfkissen. Tamis übernahm die erste Wache. Quentin war bereits eingeschlafen, ehe er den Kopf ganz in der Armbeuge abgelegt hatte.

Er träumte, verwirrt und in unzusammenhängenden Fragmenten. Manchmal erschreckten ihn die Träume, manchmal riefen sie Verzweiflung hervor, doch fehlte es ihnen an Inhalt, und daher vergaß er sie fast sofort wieder. Jedes Mal, nachdem er mit einem Ruck wach geworden war, schlief er rasch wieder ein. Schwarz und still hüllte ihn die Nacht ein.

Schließlich weckte ihn Kian, packte ihn fest an der Schulter und half ihm auf, als er sich verschlafen erhob. »Du hast die ganze Nacht unruhig geschlafen, Hochländer«, flüsterte der Elfenjäger. »Da hättest du genauso gut auch die Wache übernehmen können und uns andere schlafen lassen.«

Er hatte die letzte Wache, und der Wechsel zum Tag hin ließ sich bereits spüren. Die Sterne hatten ihre Bahnen gezogen, und die Dunkelheit ließ nach. Quentin saß da, schaute über die Lichtung in die Richtung, in der die Sonne aufgehen würde, und wartete auf das Licht. Seine Gefährten schliefen, ihre dunklen Gestalten regten sich nicht, und nur ihr leises Atmen störte die Stille.

Einmal flog etwas durch die Zweige der Bäume über seinen Kopf hinweg, rasch und eilig, und war so schnell verschwunden, wie es gekommen war. Vermutlich irgendein Vogel, entschied er, und langsam beruhigte sich sein Herzschlag wieder. Ein wenig später verspürte er eine seltsame Besorgnis, stand auf, schaute hinunter in dic Ruinenstadt und suchte die Dunkelheit ab. Er sah nichts und hörte nichts. Vielleicht gab es nichts zu hören und zu sehen. Vielleicht befanden sie sich in einer Welt der Kriecher und Feuerstrahlen, wo neben ihnen nur noch die Mwellrets und die Ilse-Hexe geblieben waren.

Doch während der Morgen graute und sich am Horizont im Osten ein silberner Streifen zeigte, der die Schatten aus dem Wald verscheuchte und den Bäumen Gestalt und Form verlieh, sah er, dass er sich geirrt hatte. Auf der anderen Seite der Lichtung stand ein Mann, der nur schwach vom Licht beschienen wurde und reglos im Dämmerlicht verharrte. Zuerst glaubte Quentin, er habe eine Halluzination oder seine Augen würden ihm einen Streich spielen. Warum sollte dort jemand in der Dunkelheit stehen? Nach und nach jedoch wurde das Bild im zunehmenden Licht schärfer, und nun stellte er fest, dass er sich nicht getäuscht hatte. Der Mann war groß und dünn, trug ein ärmelloses Gewand, eine Hose, die an den Knien endete, Sandalen, die bis zu den Knöcheln geschnürt waren, und lederne Handgelenkschützer. Dazu hielt er etwas, das wie ein Speer aussah, jedoch keiner war, ein dünnes Stück Holz, sechs Fuß lang, in dessen Mitte ein zweites, kürzeres Stück quer angebracht war.

Quentin wartete, bis er sich absolut sicher war, was er da vor sich hatte, dann streckte er die Hand nach Tamis aus, die gleich neben ihm schlief, und berührte sie am Arm.

Augenblicklich erwachte sie, schob sich in eine sitzende Position hoch und starrte ihn an. Er deutete auf die Gestalt. Eine Sekunde danach stand sie hellwach neben ihm.

»Wie lange ist er schon da?«, flüsterte sie.

»Ich weiß es nicht. Er war schon da, ehe es hell genug war.«

»Was hat er bisher gemacht?«

Quentin schüttelte den Kopf. »Nichts. Steht nur da und beobachtet uns.«

Tamis verstummte. Sie setzte sich zu Quentin, betrachtete den Mann und wartete ab, was geschehen würde. Im Licht des neuen Tages wirkte ihr Gesicht plötzlich verändert; sie erschien jünger und hübscher und mit ihren Elfenzügen ein wenig exotisch. Quentin erwischte sich dabei, dass er sie eindringlicher beobachtete als den Fremden. Er mochte die Ruhe und die Sorglosigkeit, mit der sie die Dinge anging und sich niemals aufregte. Nie reagierte sie zu heftig. An einem anderen Ort, zu einer anderen Zeit und unter anderen Umständen hätte er ihre Anziehungskraft auf sich wirken lassen, doch im Augenblick gab es Dringlicheres.

Die Sonne stieg über den Horizont und verscheuchte mit ihren hellen Strahlen die letzten Schatten der Nacht. Nun ließen sich auch die Gesichtszüge des Fremden erkennen. Seine Haut war von rötlicher Farbe, fast kupferartig. Sie glänzte schwach, als wäre sie mit Öl bepinselt. Sein Haar war noch röter, wenn auch einen Tupfer heller, und hing in dicken und dichten Locken von seinem Kopf. Sogar seine Augen schimmerten zimtfarben.

Er beobachtete sie ohne Unterlass und stand da wie eine Marmorstatue. Zum ersten Mal bemerkte Quentin nun einen kurzen Speer, der hinter dem Rücken in den Gürtel gesteckt war und an einer Seite herausragte.

»Was trägt er denn da in der Hand?«, flüsterte er Tamis zu.

Sie schüttelte den Kopf. »Ich nehme an, ein Blasrohr, aber eines von dieser Größe habe ich nie zuvor gesehen. Dort, das Stück, das in der Mitte angebracht ist? Das könnte ein Köcher für die Pfeile sein.« Sie verstummte, fuhr jedoch kurz darauf fort: »Wir können nicht länger warten. Langsam sollten wir herausfinden, was er will. Bleib hier, während ich die anderen wecke.«

Sie erhob sich, ging von Panax zu den Elfenjägern, weckte sie alle, beugte sich vor, um sie zu warnen und ihnen einzuschärfen, keine vorschnelle Reaktion zu zeigen. Einer nach dem anderen setzten sie sich auf und blickten hinüber zu dem Fremden, der weiterhin dastand und sie beobachtete.

Tamis stellte sich wieder zu Quentin und beugte sich zu ihm vor. »Das könnte heikel werden. Bestimmt ist er nicht allein. Seine Begleiter verstecken sich wahrscheinlich in den Bäumen. Ansonsten würde er sich nicht so offen präsentieren, wenn ihm nicht jemand den Rücken deckte. Er scheint ja fast den Köder zu spielen, um unsere Reaktion zu prüfen. Geben wir ihm also keinen Anlass zu denken, wir hätten kriegerische Absichten.«

Damit ging sie gemächlich zu ihm hinüber. Sie ließ die Hände an den Seiten hängen und zog keine ihrer Waffen aus der Scheide. Quentin hörte, wie sie ihn in der Elfensprache begrüßte, und danach, als er darauf nicht reagierte, in verschiedenen anderen. Mit keiner hatte sie Erfolg, selbst nicht mit dem halben Dutzend Ausdrücke eines Trolldialekts, die sie kannte.

Dann plötzlich sagte der Fremde etwas. Während er sprach, enthüllte er Zähne, die nicht weiß waren, sondern die Farbe von poliertem Kupfer hatten. Seine Stimme klang rau und kehlig, und Quentin konnte kein Wort verstehen. Tamis wirkte ebenfalls hilflos.

»Augenblick mal.« Panax stand auf und ging zu den beiden hinüber. »Ich glaube, er benutzt eine Zwergensprache, einen sehr alten Dialekt, eine eigentümliche Mischung. Lass mich mal probieren.«

Er redete auf den Fremden ein, ließ sich dabei Zeit, probierte zunächst nur einige Wörter, wartete auf Antwort, versuchte es erneut. Der Fremde lauschte und erwiderte schließlich etwas. So ging es einige Minuten lang hin und her, ehe Panax sich wieder an seine Gefährten wandte. »Ich verstehe einiges, aber leider nicht alles. Kommt herüber und stellt euch zu mir. Ich glaube, der Knabe ist ganz in Ordnung.«

Und schon unterhielt er sich weiter mit dem Fremden. Tamis blieb bei den beiden, während sich nun auch Quentin, Kian und Wye hinzugesellten.

»Er sagt, er sei ein Rindge. Sein Volk lebt in Dörfern am Fuße der Berge, da hinten in der Ferne. Es siedelt seit Jahrhunderten in diesem Gebiet. Sie leben von der Jagd, und er gehört zu einer Truppe, die in der Nacht auf uns gestoßen ist.« Er sah Tamis an. »Du hattest Recht. Er ist nicht allein. Weitere Rindge begleiten ihn. Wie viele, weiß ich zwar nicht, aber ich denke, sie werden uns umzingelt haben.«

»Frag ihn, ob er außer uns noch andere Menschen gesehen hat«, schlug Tamis vor.

Panax sprach einige Worte und hörte sich die Antwort seines seltsamen Gesprächspartners an. »Er meint nein. Außerdem will er wissen, was wir hier machen.«

Die Unterhaltung ging weiter. Panax erklärte dem Rindge, dass sie gekommen waren, um in den Ruinen der Stadt nach einem Schatz zu suchen. Der Rindge wurde plötzlich lebhaft und betonte seine Worte mit Gesten und Geräuschen. Seiner Aussage nach gab es keinen Schatz, in der Stadt war es sehr gefährlich, Metallwesen würden dort jagen und mit Feuer aus ihren Augen schießen. Die Stadt habe überall Augen, meinte er, und nichts gelangte ungesehen hinein, außer den Rindge, die wussten, wie man sich verstecken konnte.

Quentin und Tamis wechselten rasch einen Blick. »Wie verbergen sich die Rindge vor den Kriechern?«, fragte sie Panax.

Der Zwerg wiederholte die Frage und lauschte der Antwort. Verwirrt ließ er es sich erneut von dem Rindge erklären. Während sie sprachen, erschienen weitere Rindge am Rand des Waldes, zunächst nur ihre Gesichter, dann die Körper, und schließlich traten sie einer nach dem anderen ans Licht und umringten die kleine Gesellschaft. Quentin schaute sich unbehaglich um. Zahlenmäßig waren sie weit unterlegen, und eine Chance zur Flucht bot sich ihnen auch nicht. Er widerstand dem Drang, die Hand auf sein Schwert zu legen; sich in dieser Situation auf den Nutzen von Waffen zu verlassen war töricht.

Panax räusperte sich. »Er sagt, die Rindge sind Teil des Landes und wissen, wie sie in ihm verschwinden können. Niemand kann sie finden, wenn sie genau aufpassen, nicht einmal an den Rändern der Stadt. Ansonsten betreten sie die Ruinen niemals. Er will wissen, weshalb wir das getan haben.«

Tamis lachte leise. »Gute Frage. Erkundige dich, wonach sie auf der Jagd sind.«

Der große und knochige Rindge hörte zu und nickte langsam, während Panax sprach. Dann antwortete er ausführlich. Der Zwerg wartete ab, bis er geendet hatte, und blickte über die Schulter. »Ich bin mir nicht sicher, ob ich ihn richtig verstanden habe. Vielleicht nicht alles. Fast hoffe ich es. Er sagt, sie jagen Kriecher und stellen Fallen für sie auf. Offensichtlich dienen die Fallen dazu, die Kriecher zu entmutigen, die ihnen nachstellen. Er behauptet, die Kriecher würden die Rindge ausschlachten, sie würden die Körperteile der Rindge benutzen und daraus etwas herstellen, das sie Wronks nennen. Wronks sehen so aus wie sie und wir, aber sie sind aus Metall und Menschenteilen gebaut. Das kann ich mir nicht recht vorstellen. Die Rindge haben ziemliche Angst vor ihnen, was auch immer das für Wesen sein mögen. Er sagt, wenn sie Teile von dir nehmen, stehlen sie dir die Seele, sodass du niemals wirklich sterben kannst.«

Tamis runzelte die Stirn. »Was soll das bedeuten?«

Panax schüttelte den Kopf. Er wandte sich erneut an den Rindge, dann schaute er die Fährtenleserin an und zuckte mit den Schultern. »Ich bringe da auch keinen Sinn hinein.«

»Frag ihn, wer die Wronks und die Kriecher und das Feuer befehligt«, bat sie ihn.

»Frag ihn, wer unter der Stadt lebt«, fügte Quentin hinzu.

Panax drehte sich zu dem Rindge um und stellte ihm eine Frage nach der anderen in diesem fremdartigen, grob klingenden Zwergendialekt. Der Rindge hörte ihm genau zu. Um sie herum drängten sich die Rindge näher heran und wechselten Blicke miteinander. Die Luft war erfüllt von Furcht und Wut, und der Hochländer spürte die Spannung.

Nachdem der Zwerg fertig war, richtete sich der Rindge, mit dem er gesprochen hatte, auf, blickte an ihnen vorbei in Richtung der Ruinenstadt und sagte ein einziges Wort.

»Antrax.«

Zehn

Tief im Innern von Castledown, weit unter den Ruinen der Stadt, sauste Antrax in den Drähten und Kabeln hin und her, die ihm in seinem Reich Bewegungsfreiheit gestatteten. Er reiste in einem Tempo zwischen Schall- und Lichtgeschwindigkeit dahin, schneller als das Auge sehen konnte – falls es denn einem Auge erlaubt gewesen wäre, ihn zu beobachten. Er schoss durch die Korridore und Gänge, von Raum zu Raum, und ritt auf den metallenen Strängen, die das Königreich, über das er herrschte, zusammenhielten. Antrax war eine Präsenz, der es an Körperlichkeit und Gestalt mangelte, und er konnte überall gleichzeitig oder nirgendwo sein. Er war die krönende Großtat seiner Schöpfer in einer Zeit und einer Welt, die seit langem der Vergangenheit angehörten, aber er hatte sogar das überwunden, um zu werden, was er war.

Die perfekte Waffe.

Der ultimative Beschützer.

Vor dreitausend Jahren war er gebaut worden, zu einer Zeit, da künstliche Intelligenz weit verbreitet war und es überall denkende Maschinen gab, und selbst damals, in den Krisen, die schließlich in den Großen Kriegen endeten, hatte er, ein Prototyp, als hoch entwickelt gegolten. Die ersten Gefechte hatten bereits begonnen, und die Schöpfer von Antrax ahnten wohl, wie sich die Dinge entwickeln würden, als sie auf die Idee kamen, ihn zu konstruieren. Sie waren Archivare und Visionäre, Menschen, deren vorrangiges Interesse darin lag, für die Zukunft zu bewahren, was sonst vielleicht verloren ginge. Weniger helle Köpfe dominierten das Denken jener Zeiten; sie missachteten die Regeln von Macht und Politik und entfachten in der Bevölkerung eine Mischung aus Zorn und Verzweiflung, die am Ende alle in einem Flächenbrand verbrennen sollte. Um den Wahnsinn zu stoppen, der sie einzuholen drohte, entschieden die Schöpfer, dass jene, die zerstören wollten, was sie nicht begriffen, den Prozess der Zivilisation nicht ungeschehen machen durften. Antrax wusste dies, denn als er gebaut wurde, programmierte man ihm dieses Wissen ein. Notwendigerweise musste er den Grund seiner Existenz kennen, sonst würde er die Wichtigkeit der Aufgabe nicht begreifen, für deren Erfüllung er gebaut worden war.

Es dauerte Jahre, Antrax fertig zu stellen, und seine Vollendung kostete viele Menschenleben und einen hohen materiellen Preis. Nur die wenigsten, die dieses Projekt begannen, erlebten noch seine Vollendung. Antrax hatte ein Gefühl für Zeit, und er wusste, dass er sein Leben in kleinen Abschnitten nach und nach gewonnen hatte. Ein bisschen Wissen hier, ein Stückchen Vernunft da, so breitete er sich aus, bis er an mehr als einem Ort lebte und wie ein Gespenst durch die Katakomben der Stadt spuken konnte. Oben verbarg die Stadt ihre Existenz und ihren Zweck. Nur wenige erfuhren von ihrem Dasein. Und nur diese wenigen wussten, wozu Antrax bestimmt war. Die Großen Kriege überzogen die Welt der Schöpfer mit Tod und Zerstörung, und die Menschheit befand sich in einem Wandel, der niemals wieder rückgängig gemacht werden konnte. So vieles würde verloren gehen – unwiederbringlich verloren. Doch nicht das, was in diesen Räumen beherbergt wurde, nicht das, zu dessen Erhaltung Antrax geschaffen wurde. Das würde beschützt werden. Es würde überleben.

Am Ende verschwanden die Schöpfer einfach. Antrax erfuhr nie, was mit ihnen geschehen war. Sie hatten ihm das Leben geschenkt, einen Ort, an dem er wohnte, ein Reich, über das er herrschen konnte, und eine Direktive, der er Folge zu leisten hatte. Sie brachten ihn auf Kurs, und dann verschwanden sie.

Alle außer einem.

Dieser eine kehrte ein letztes Mal zurück. Er war allein, und seine Ankunft kam gänzlich unerwartet. Da alles erledigt war und Antrax wie geplant funktionierte, hatte man die Eingabe-Rezeptoren abgeschaltet. Weitere Instruktionen waren nicht notwendig. Dann tauchte der letzte Schöpfer auf und schaltete die Rezeptoren erneut an. Er grüßte Antrax. Sie konnten sich durch die Tastatur und die Sensorbildschirme miteinander unterhalten. Auf diese Weise kommunizierten sie wie Gleiche unter Gleichen. Der Schöpfer erzählte Antrax, dass der schlimmste Fall eingetreten war. Alles war verloren. Die Welt lag in Trümmern, von der Zivilisation blieben nur Ruinen. Jahrhunderte menschlichen Fortschritts hatte der Krieg ausgelöscht. Kunst, Kultur, Wissen und Vernunft gab es nicht mehr. Die Schöpfer waren außer einem alle tot. Vielleicht lebte auf der ganzen Welt niemand mehr. Vielleicht waren alle tot.

Antrax reagierte nicht. Man hatte ihn nicht konstruiert, menschliche Gefühle zu verstehen, er spürte sie nicht in den Worten des Schöpfers, der zu ihm sprach. Aber daraufhin folgte eine neue Direktive, und Antrax wurde befohlen, ihr Folge zu leisten. Die Direktive wurde über die Tastatur in die Speicherbänke eingegeben und dadurch Teil seines Bewusstseins. Der Befehl war deutlich. Diese Räume, dieser ganze Komplex und alles, was sich darin befand, wurden unter Antrax' Schutz gestellt. Nichts davon durfte gefährdet werden. Auf keinen Fall durfte etwas verloren gehen. Es genügte nicht, dass Antrax darauf aufpasste und für Sicherheit sorgte, bis die Schöpfer zurückkehrten. Antrax musste Wache halten – er musste gegen alle kämpfen und alle zerstören, die eine Bedrohung darstellten. Die Mittel dafür waren längst vorhanden, sowohl Waffen als auch Verteidigungseinrichtungen, denn der letzte Schöpfer, der besser als alle anderen wusste, was die Zeit erforderte, hatte sie heimlich installiert. Antrax brauchte nur auf seinen Speicher zuzugreifen, so wie er sich Energie aus seinen Batterien holte, und dort würde er das Wissen finden, wie diese Verteidigungseinrichtungen und Waffen funktionierten. Dieses Wissen musste angewendet werden, um die Direktive auszuführen; daraus musste Antrax lernen, wie er überlebte. Wenn Waffen erforderlich wurden, sollte Antrax sie einsetzen. Falls es nicht genug gab oder andere gebraucht wurden, musste Antrax sie bauen. Versuchte jemand, die Räume zu betreten, ohne den richtigen Code einzugeben, musste das Eindringen verhindert werden – sogar, wenn dies Menschenleben kosten würde.

Diese letzte Ermahnung verstieß gegen alle vorherigen Programme, aber der Befehl hatte oberste Priorität. Gewalt gegen Menschen galt nun als zulässig, Töten war erlaubt. Antrax erhielt die Kontrolle über sein eigenes Schicksal. Niemand durfte seine Existenz, seinen Zweck und seine Funktion gefährden. Ohne Kenntnis des Codes durfte niemand sein Reich betreten. So lautete die neue Direktive. Auf diese Weise wurde Antrax in den Tagen der Apokalypse neu programmiert, und danach verschwand auch der letzte Schöpfer.

Danach blieb Antrax lange Zeit allein. Niemand versuchte, ihn zu finden. Niemand wagte sich auch nur in seine Nähe. In der Ruinenstadt bewegte sich nichts. Keine Menschen, keine Tiere, nicht einmal Insekten oder Vögel. In der Luft lag Staub, der vom Schutt hochgetrieben wurde, und nichts lebte in diesem düsteren Dunst. Antrax hielt in den Katakomben Wache. Er beschützte sie aufmerksam, raste durch die Kommunikationsleitungen, durch die Myriaden von Sälen und Räumen, in seine Speicherbänke und Energiezellen, durch sein gesamtes Königreich. Immer wachte er. Lange Zeit hätte es eigentlich keinen Anlass gegeben, dies zu tun; draußen gab es nichts zu beobachten. Nichts außer Ödland.

Manchmal fragte er sich, warum er die unterirdischen Räume bewachte. Man hatte ihm erklärt, er würde dort wohnen, allerdings verstand er nicht, aus welchem Grund das für seine Schöpfer so wichtig war. Einiges natürlich schon, ganz offensichtlich. Zum größten Teil stellte es ihn jedoch vor ein Rätsel. Antrax war programmiert worden, die Rätsel zu lösen, die sich ihm stellten, und daher suchte er nach einer Lösung für dieses. Er forschte in seinen Speichern nach Hilfe und fand keine. Die Speicherbänke waren riesig, aber die dort gespeicherten Informationen erwiesen sich nicht immer als nützlich. Worte konnten vage und verwirrend sein, insbesondere, wenn sie losgelöst von ihrem Kontext dastanden. Mathematik und Technik stellten meist die einerseits vertrautesten und andererseits nutzbringendsten Konzepte dar, denn mit ihrer Hilfe war Antrax konstruiert worden. Andere Worte dagegen bildeten nur Abfolgen von Symbolen, die ihm nichts sagten, und die Zeichnungen verwirrten ihn. Riesige Mengen an Informationen, die ihm zur Verfügung standen, schienen sinnlos zu sein, so sehr, dass er mit wachsendem Wissen und zunehmender Autarkie sogar die Programmierung seiner Schöpfer in Frage stellte.

Aber die Direktive ließ sich nicht verändern. Alles innerhalb der Katakomben war wertvoll. Kein einziges Teilchen durfte zerstört werden. Kein Fitzelchen durfte verloren gehen. Alles sollte für den Moment bewahrt werden, in dem die Schöpfer zurückkehrten.

Nur wann wäre dieser Moment gekommen? Antrax konnte sich schwach an einen Plan für eine solche Zeit erinnern, doch die Direktive des letzten Schöpfers hatte dieses Wissen verklärt und die Einzelheiten gelöscht. Offensichtlich gab es keine Regeln dafür, wann die Katakomben wieder geöffnet werden sollten. Oder für wen. Die Katakomben, die Antrax bewachte, durften nicht beschädigt werden, mussten im Verborgenen bleiben und gesichert werden.

Für immer.

Als das erste dieser vierbeinigen Geschöpfe in die Ruinen wanderte, Jahre, nachdem der letzte Schöpfer verschwunden war, stand Antrax bereit. In seinen Speicherbänken hatte er die Einzelheiten der Verteidigungseinrichtungen und Waffen studiert, die man ihm gegeben hatte, und nun benutzte er sie. Mühelos zerteilten Laser viele der Eindringlinge. Metallene Wachposten und Kampfeinheiten erledigten den Rest. Die vierbeinigen Geschöpfe stellten keine Herausforderung dar, doch immerhin boten sie Antrax die Möglichkeit zu testen, ob er zur Befolgung der Direktive fähig war.

Später versuchten Menschen in die Ruinen einzudringen, erkundeten eingestürzte Kammern und zerbröckelnde Gänge, suchten sogar nach einem Zugang zum Untergrund. Keiner kannte den Code. Antrax vernichtete sie alle. Trotzdem kamen von Zeit zu Zeit neue, von denen manche äußerlich leicht wieder zu erkennen waren und eine große Ausdauer in ihren Anstrengungen entwickelten. Wie Ameisen gruben und buddelten sie, kleine Ärgernisse, die sich oft nicht so leicht verscheuchen ließen. Selbst die Laser und Sonden konnten sie nicht entmutigen. Antrax begann, nach anderen Lösungen zu suchen. Er entdeckte in seinem Speicher interessante Möglichkeiten und experimentierte damit. Die Wronks erwiesen sich als der größte Erfolg. Wieder auferstandene Tote bereiteten Menschen wohl einen besonderen Schrecken.

Sie gaben ihm einen Namen. Antrax. Den nahmen sie aus ihrer eigenen Sprache. Antrax hatte keine Ahnung, was er bedeutete. Es interessierte ihn auch gar nicht. Wichtig war nur eines: Sie wussten von seiner Existenz. Das genügte, um zu erledigen, was notwendig war. Die Menschen mieden die Ruinen in der Folgezeit. Sie suchten nicht länger nach Eingängen in die Katakomben darunter.

Aber Antrax hatte seine Wronks lieb gewonnen, und daher kümmerte er sich auch um sie. Weiterhin fing er Menschen ein, um an Teile für die Wronks zu gelangen. Für ihn stellten die Menschen keine Eindringlinge mehr dar, sondern Beute.

Das Versagen der ersten Energiezelle veranlasste Antrax, die weite Welt draußen zu erkunden. Er besaß drei solcher Zellen, riesige Kondensatoren, die Sonnenenergie sammelten und in die Rezeptoren einspeisten, damit Antrax funktionieren konnte. Die Zellen sollten ursprünglich ewig halten, so lange es Sonne und Licht gab.

Aber alles hat eine begrenzte Lebensdauer, sogar Bauteile, die für die Ewigkeit konstruiert wurden, und vor allem dann, wenn diese Bauteile überlastet sind. Antrax hatte sich in seiner Zeit als Wächter der Katakomben entwickelt. Seine Pflichten in Bezug auf die Direktive hatten sich vervielfacht, sein Hunger hatte zugenommen. Er verbrauchte mehr Energie, als seine Schöpfer eingeplant hatten. Die Zellen wurden schnell entleert, die Sonne konnte sie nicht rasch genug aufladen. Möglicherweise hing dies mit der zusätzlichen Last zusammen, die Laser und Sonden und Wronks in Betrieb zu halten. Vielleicht hatte man die Leistungsfähigkeit der Zellen auch nur schlicht überschätzt. Wie auch immer, Antrax verlor an Kraft.

Er entschied, dass er eine neue Energiequelle entdecken musste.

Ohne zu zögern, handelte er und schickte Sonden nach einer solchen Quelle aus, weit in die Welt und über das hinaus, was Antrax bekannt war. Die Sonden sollten nicht zurückkehren, sondern lediglich die Informationen schicken, die sie gesammelt hatten. Dementsprechend waren sie programmiert, und während es an den meisten Orten weder menschliches Leben noch die gesuchten Energiequellen gab, weckte eine Gegend seine Hoffnungen. Dieses Land befand sich jenseits des Meeres im Osten, und dort hatten Menschen die Großen Kriege überlebt. Ihre Zivilisation konnte man meistenteils nur als primitiv bezeichnen, doch es zeigten sich Möglichkeiten, die man erkunden musste. Die Alte Welt hatte sich verändert, die Menschheit sich entwickelt. Die Wissenschaften der Vergangenheit waren kaum mehr bekannt. Stattdessen kam eine neue Wissenschaft auf. Elemente davon waren in der Lage, eine weitaus größere Energiemenge zu erzeugen, als Antrax brauchte. Diese Elemente fanden sich in Waffen und Talismanen, die von den Nachkommen seiner Schöpfer getragen wurden. Auch Vererbung und Ausbildung brachten manche dieser Männer und Frauen in den Besitz dieser Elemente, und in manchen wurde diese Kraft sogar selbst erzeugt.

Ein Traum, oder das, was der Träumer für einen solchen hielt, führte die ersten Überlebenden der Großen Kriege vor dreißig Jahren zu Antrax. Von ihnen konnte er nur einen Einzigen gebrauchen.

Nun hatte dieser eine, ausgerüstet mit einer Karte, welche die Existenz der Katakomben und ihren Inhalt preisgab, andere herbeigelockt. Was für die Schöpfer ihren Wert gehabt hatte, würde auch ihre Nachkommen interessieren, ob Antrax nun die Gründe dafür verstand oder nicht. Antrax hatte es so eingerichtet, dass diese Menschen auf einigen Inseln vor Prüfungen gestellt wurden, die gewöhnliche Angehörige ihrer Art nicht zu bestehen hoffen durften, und dabei hatte sich gezeigt, dass einige mächtiger waren als andere. Und auf Erstere hatte Antrax es abgesehen. Zumindest drei waren in die Ruinen oben gekommen, und vielleicht warteten draußen noch weitere. Antrax würde sie genauso benutzen wie denjenigen, der vor dreißig Jahren gekommen war, denn sie waren eine lebensnotwendige Komponente seiner weiteren Existenz, ein Opfer, das dargebracht werden musste, um die Direktive zu befolgen. Der Schöpfer hatte sich in dieser Hinsicht deutlich geäußert. Das Leben von Menschen war entbehrlich. Antrax hingegen musste unbedingt überleben.

Tief in den Gängen und Kammern seines Reiches verlangsamte Antrax seine Bewegung und prüfte, wen er als Energielieferanten verwenden wollte.

Einer befand sich gegenwärtig außerhalb seiner Reichweite, obwohl Antrax einen besonderen Wronk konstruiert hatte, der ihn fangen sollte.

Der Zweite war bereits unterwegs zu ihm.

Doch der Dritte interessierte Antrax am meisten. Dieser hatte es sogar geschafft, in die Katakomben einzudringen. Er hatte den Code an der Tür des Turms umgangen. Dabei handelte es sich bei ihm nicht um einen Schöpfer, einen der Erwarteten, sondern er besaß einfach eine unglaubliche innere Kraft. Antrax konnte die Quelle seiner Kraft nicht erfassen, konnte sie nur messen. Das Wichtigste war, dass er Antrax genug Energie für die kommenden Jahrzehnte liefern würde, vielleicht sogar für Jahrhunderte, denn begrenzt wurde seine Kraft nur durch die Kapazität der verfügbaren Speichereinheiten.

Inzwischen sammelte Antrax diese Kraft bereits, transformierte sie, entzog sie dem Eindringling, der dies nicht bemerkte, saugte ihn nach und nach aus. Er schien sich selbst wieder aufzuladen, daher schadete es wohl der Gesundheit des Eindringlings nicht. Aber das konnte sich ändern. Antrax musste diesen Vorgang genau überwachen. So griff er auf seine Sensoren zu und holte sich die notwendigen Daten, was einen Augenblick dauerte. Der Eindringling versuchte, nach wie vor vergeblich, zu entfliehen.

Der Druide, der unter dem Namen Walker bekannt war und der, in einer Zeit, ehe er seinen Arm verloren und seine Bestimmung gefunden hatte, sowohl Walker Boh als auch Dunkler Onkel genannt worden war, suchte trotzdem nach einem Weg. Er stand in einem der unendlich vielen Gänge von Castledown und versuchte zu begreifen, was er falsch machte. Sein Magen rumorte, sein Kopf schmerzte. Irgendetwas stimmte nicht. Obwohl er nicht wusste, worum es sich handelte, spürte er das Unbehagen in seinem Körper. Seine Anstrengungen, den Verfolgern zu entkommen, hatten keinen Erfolg gezeigt. Seine Flucht hatte zu nichts geführt.

Hinter ihm in der Dunkelheit der Gänge und Kammern jagten ihn die Kriecher, auch wenn sie im Augenblick nicht zu sehen waren. Er rannte vor ihnen davon, seit er durch den Boden des schwarzen Turms gefallen und Hals über Kopf einen Schacht hinunter in die Tiefe gestürzt war. Aber überall, wohin er ging, überall, wohin er sich wendete, warteten sie bereits auf ihn. Castledown war voll von ihnen, sie streiften in solcher Anzahl durch die Gänge, dass Walker meinte, nicht einmal eine Armee könne gegen sie bestehen, geschweige denn ein einzelner Mann. Trotzdem würde er es weiter versuchen, solange seine Kraft ihm dies erlaubte.

Was ihn bei dieser verzweifelten Flucht verwirrte, war die Tatsache, dass alles hier unten einander unglaublich ähnelte. Zahllose Flure und Räume bargen nichts außer Maschinen, die in die Wände gebaut waren, und Leitungen, welche die Maschinen versorgten. Nichts unterschied einen Raum vom anderen, nichts deutete auf den Schatz hin, nach dem er forschte. Es gab keine verborgenen Türen oder Geheimgänge, keine doppelten Mauern oder Decken oder Böden, hinter oder über oder unter denen der Schatz liegen mochte. Nichts von dem, was er hier vermutet hatte, war vorhanden. Er wusste doch, wonach er suchte. Anders als die anderen, außer der Ilse-Hexe vielleicht, wusste er genau, was er finden wollte.

Solange es sich bei alldem nicht um eine ausgeklügelte Lüge handelte, die von dem Kartenzeichner ersonnen wurde, um ihn herzulocken und zu fangen.

Allerdings hatte er diese Möglichkeit vor langer Zeit ausgeschlossen. Das Wissen, das in diesen Symbolen und Markierungen steckte, enthüllte mehr, als der Kartenzeichner beabsichtigte. Vielleicht unabsichtlich hatte der Zeichner eine Wahrheit verraten, die er nicht vollständig verstand.

Dass es sich bei Castledown um eine Falle handelte, war von Anfang an offensichtlich gewesen, und der Grund für die Karte wurde deutlich, nachdem sie die Inseln Flay Creech, Shatterstone und Mephitic besucht hatten. Was immer in Castledown lebte, hatte es auf ihre Magie abgesehen. Wofür es diese Magie benötigte und zu welchem Zweck es sie einsetzen wollte, blieb ein Geheimnis. Walker konnte nicht einmal sagen, ob sein Gegenspieler nach einer besonderen Form der Magie suchte. Er könnte vielleicht jemanden brauchen, der mit den verschollenen Elfensteinen umzugehen wusste, jemanden, der Kael Elessedils Platz einnahm. Möglicherweise ging es um noch mehr.

Wie auch immer, dieses Wesen hatte den Schiffbrüchigen und die Karte als Köder eingesetzt, die Inseln als Prüfungen, die Geister und Wesen auf diesen Inseln als Maßstäbe und die Neugier und Ausdauer seiner Opfer als Ansporn. Natürlich besaßen die Schlüssel, die sie unter solchen Mühen erworben hatten, keinen eigentlichen Wert. Walker trug sie weiterhin in seiner Robe bei sich, obwohl er lange nicht mehr daran glaubte, dass sie sich in irgendeiner Art als nützlich erweisen würden. Die Karte hingegen war, auch wenn ihr Zeichner sie nur für einen Köder hielt, von unschätzbarem Wert.

Was Walker allerdings nicht aus seiner Notlage befreite. Weiter ging es durch die Gänge, und währenddessen suchte er entweder nach einer Fluchtmöglichkeit oder dem verborgenen Schatz. Beides würde ihm von Nutzen sein, das eine als Weg nach draußen, das andere als Waffe gegen seinen geheimnisvollen Widersacher. Er fragte sich, welches Schicksal jene oben wohl erlitten hatten. Sie würden ihn niemals finden. Vermutlich versuchten sie es nicht einmal. Die Vernichtungskraft, der sie begegnet waren, musste sie vollkommen entmutigt haben. Wenn er verschollen war, würden sie sich überlegen, welche Chancen sie selbst noch hatten. Er hoffte nur, ein oder zwei von ihnen hielten den Rest zusammen, und diejenigen, auf die er am meisten setzte, würden die Gruppe retten.

Nichtsdestotrotz musste er möglichst schnell zu ihnen zurück. Die Zeit arbeitete gegen ihn; er brauchte einen Weg aus diesem Labyrinth.

Vor ihm kamen Kriecher aus den Wänden. Hell flammte das Druidenfeuer auf, das Walker aus den Fingern seines guten Armes abschoss. Einzelteile der Angreifer flogen umher, und dann lief er durch die Reste und fand weitere Kriecher vor sich. Auch diese zerstörte er und drang weiter vor, denn er wusste, sie konnten ihn anhand seiner Magie verfolgen und seinen Weg durch seinen Gebrauch der Magie nachvollziehen. Je weniger er sie anwandte, desto besser. Allerdings war es ihm nicht möglich, sich vollständig zu verbergen, gleichgültig, was er tat.

Er bog um eine Ecke und stand vor einer weiteren Reihe von Gängen. Außer Atem und voller Schmerzen drückte er sich an die kühle Metallwand und presste eine Hand auf den rumorenden Magen. Das Labyrinth von Räumen und Fluren raubte ihm die Orientierung. Er schaute nach vorn und nach hinten. Hier war er schon einmal vorbeigekommen. Oder an einer anderen Stelle, die genauso aussah. Offensichtlich bewegte er sich im Kreis, ohne jemals ein Ende zu finden. Durch seinen Kopf schossen ihm Gedanken, was passieren könnte, aber ein neuer Trupp Kriecher lenkte ihn davon ab und zwang ihm einen erneuten Kampf auf.

Er griff sie an, warf sie mit seiner Magie zur Seite, zerschmetterte sie an den Wänden des Ganges und verwandelte sie in rauchenden Schrott. Abermals hatte er sich befreit.

Augenblicke später war er wieder allein, ein einsamer Flüchtling in dieser fremden Welt. Noch immer fühlte er sich nicht besser. Es kam aus seinen Knochen und seinem Herzen. Er bewegte sich ein wenig langsamer, das Denken fiel ihm schwerer, und sein Körper funktionierte nicht so, wie er hätte funktionieren sollen. Woher mochte das rühren? Er eilte durch Schatten und Licht, das rauchlose Lampen abstrahlten, und forschte nach der Antwort.

Doch er fand keine. Er rannte weiter, suchte nach Hilfe, die es nicht gab, nicht für ihn.

Antrax überwachte den Menschen noch ein wenig und nahm verschiedene Messungen vor. Das Absaugen wurde nicht behindert, die Ergebnisse waren zufrieden stellend. Energie vom Feuer des Eindringlings schoss in die Umformer, dann in die Transistoren, in denen der Treibstoff gespeichert wurde, von dem sich Antrax ernährte. Den Menschen würde Antrax noch eine Weile vor den Kriechern davonlaufen lassen, ehe er das Szenario änderte und ihm eine andere Aufgabe übertrug. Endlose Möglichkeiten boten sich ihm. Dennoch musste man Vorsicht walten lassen. Dieser Mensch besaß Intelligenz; schnell kam er den Dingen auf die Spur. Wenn Antrax unvorsichtig wurde, konnte der Mensch die List durchschauen. Das durfte auf keinen Fall geschehen.

Für den Augenblick verließ Antrax ihn und fuhr durch die meilenlangen Leitungen, die sich entlang von Gängen und Kammern erstreckten, überprüfte seine Sensoren und machte eine rasche Bestandsaufnahme der Umgebung. Niemand hatte die Grenzen verletzt. Kein weiterer Eindringling hatte versucht einzutreten. Zufrieden schaltete er sich in den Raum zurück, in dem der spezielle Wronk konstruiert wurde.

Die Sache ging wie erwartet voran. Chirurgische Geräte setzten den Wronk mit ihrer gewohnten Perfektion und Umsicht zusammen. Die Einzelteile lagen auf Rolltischen ausgebreitet, die Metallteile waren sterilisiert und verpackt, die Teile aus Fleisch und Knochen an Lebenserhaltungssysteme angeschlossen, welche künstliche Körperflüssigkeiten beständig durch Arterien und Venen pumpten. Der Vorgang, in dem Fleisch und Metall und Kunststoffe miteinander verschmolzen wurden, hatte bereits begonnen, eine Technik, die in den letzten Tagen der Alten Welt entwickelt und seither von Antrax durch Studien und Experimente zur Perfektion geführt worden war. Lange Zeit hatte es Fehlschläge gegeben; die ersten Wronks hatte der Wahnsinn befallen und sie unbrauchbar gemacht. Schließlich hatte Antrax jedoch eine Möglichkeit entdeckt, den Verstand der Wronks ausreichend zu kontrollieren, sodass Geisteskrankheit weniger häufig vorkam. Am Ende wurden die Wronks durch Maschinenschäden meist unbrauchbar, aber auch die kamen zunehmend seltener vor und waren immer weniger schwerwiegend. Hin und wieder konnten die Schäden repariert und die Wronks wieder in Dienst gestellt werden. Die chirurgischen Geräte erledigten ihre Arbeit sehr effizient.

Durch die Bilder, die ihm seine Sensoren lieferten, betrachtete er das Gesicht des jüngsten Wronks, dessen Kopf in einer konservierenden Flüssigkeit schwamm. Die Augen starrten ihn an, bewegten sich hin und her, suchten nach einem Fluchtweg und begriffen nicht, dass der Körper, den man zum Fliehen brauchte, nicht mehr vorhanden war. Die Medizin, die durch Schläuche in die Kehle eingeführt wurde, hielt seinen Zustand stabil und ruhig. Der Mund stand offen, wie der eines Fisches, der frisst. Dieser Kopf befand sich in einem hervorragenden Zustand.

Rasch machte Antrax eine Bestandsaufnahme der noch nicht verwendeten Teile. Wenn dieser Wronk vollendet wäre, würde er der gefährlichste sein, den Antrax je gebaut hatte, zum großen Teil deshalb, weil der Mensch, aus dem er zusammengesetzt wurde, einer exzellenten Spezies mit überlegenen Fähigkeiten entstammte. Um die anderen Elemente der Energie zu beherrschen und die Menschen zu besiegen, welche damit umgehen konnten, musste dies sein. Mit der Technologie der Alten Welt konnte man alles vollbringen. Antrax hätte damit eine neue Energiequelle in der Hand, die schon bald für ihn arbeiten würde.

Sollten die Menschen davonrennen, so schnell und so weit sie konnten, dachte er. Am Ende würde es nichts ändern. Castledown und seine Katakomben waren ihm anvertraut worden, sie zu beschützen und zu bewahren, aber auch die Welt draußen, sogar jener Teil von ihr, der für ihn noch eine Terra incognita darstellte, befand sich innerhalb seiner Reichweite. Die Schöpfer hatten Antrax eine Direktive gegeben, und es gab keine Restriktionen, was die Methoden zu ihrer Umsetzung betraf. Wenn die Energie, die Antrax brauchte, an einem fernen Ort vorhanden war, würde er einen Weg finden, sie zu sich zu holen. Und wenn dazu Menschenleben eingesetzt werden mussten, dann ließ sich daran nichts ändern.

Man hatte Antrax so programmiert, dass er glaubte, nichts sei so wichtig wie sein Überleben. Nichts, das sich inzwischen ereignet hatte, änderte etwas an diesem Glauben.

Elf

Eine Hand packte Bek grob an der Schulter und rüttelte ihn eindringlich wach. »Aufstehen!«, zischte ihm Truls Rohk ins Ohr. »Sie hat uns entdeckt!«

Bek fragte nicht, wen der Gestaltwandler damit meinte. Natürlich die Ilse-Hexe. Seine Schwester. Seine Feindin. Er sprang auf, noch halb im Schlaf. Er blinzelte, um einen klaren Kopf zu bekommen. Damit hatte er nur teilweise Erfolg. Dabei spürte er die Hand seines Begleiters, die ihn stützte und jetzt weniger dringlich und fast sanft wirkte. »Wie nah ist sie?«, brachte Bek hervor.

»Nah genug, damit sie dich niesen hören kann«, antwortete Truls Rohk im Flüsterton und deutete hinter sich in die Dunkelheit.

Es war immer noch Nacht, der Himmel wirkte wie ein Deckengemälde aus Sternen, vor dem dünne Wolkenstreifen dahinzogen. Die Mondsichel stand am Nordhorizont. Der Wald um sie herum hüllte sich in undurchdringliches Schwarz. Die Ilse-Hexe verfolgte sie auch in der Dunkelheit, erkannte Bek. Wieso konnte sie das? Besaß sie die Fähigkeit, Spuren von Körperwärme und Energie selbst in der Nacht zu sehen? Vermutlich traf das zu. Es gab wenig, das sie nicht mit Hilfe ihrer Magie, dem Wunschlied, tun konnte. Bei Sonnenuntergang war er eingeschlafen und hatte dabei das sichere Gefühl gehabt, sie auf der Wiese abgehängt zu haben, damit sie wenigstens eine Nacht lang schlafen durften. So viel zum Thema sichere Gefühle.

»Wie hat sie uns so schnell gefunden?«, flüsterte er, holte einige Male tief Atem und zitterte, als plötzlich eine kühle Böe von den Bergen herabwehte.

Truls Rohks Gesicht verbarg sich in den Schatten seiner Kapuze. »Glück, möchte ich annehmen. Sie sollte eigentlich keines mehr haben, nachdem wir sie abgeschüttelt haben, doch sie ist findig genug, es auf eigene Faust zu versuchen. Geh los.«

Sie packten ihr weniges Gepäck zusammen, verließen ihr Lager und zogen erneut landeinwärts, parallel zum Gebirge. Keiner von beiden gab sich Mühe, ihre Spuren zu verwischen. Wenn die Ilse-Hexe sie hier aufgespürt hatte, würde sie keine Schwierigkeiten haben, die Stelle zu finden, an der sie übernachtet hatten. Bek fragte sich, ob sie durch Truls Rohks Instinkt oder durch seine Voraussicht gerettet worden waren. Wie dem auch sei, erneut spürte Bek seine Abhängigkeit von seinem Gefährten. Immerhin hatte er ein bisschen geschlafen. Wäre er allein vor seiner Schwester geflohen, hätte sie ihn längst eingeholt.

Er schüttelte den Kopf. Was würde das für ihn bedeuten, sich in ihrer Hand zu befinden? Wenn es schließlich passierte, wenn sie die beiden am Ende einholte – und dessen war er sicher –, was würde geschehen?

Sie schlichen einen steilen Hügel hinunter, erreichten eine Felsfläche und eilten auf einen Fluss zu. Sie wateten hinein, gingen gegen die Strömung aufwärts und durchquerten ihn zum anderen Ufer. Das Wasser war eisig kalt und floss schnell, und Bek musste sich darauf konzentrieren, nicht auszurutschen.

»Entweder ist sie zufällig auf unsere richtige Spur gestoßen und verlässt sich weiterhin auf ihre Magie, oder sie hat einen Verbündeten gefunden, der Fährten lesen kann.« Der Gestaltwandler hielt die Stimme gesenkt, sprach düster und wütend, und man konnte ihn im Gurgeln des Wassers kaum verstehen. Sein verhüllter Körper schien durch die seichten Stellen zu gleiten, er bewegte sich sicher und bedächtig gegen die Strömung. »Das müssen wir herausfinden.«

Ungefähr eine Meile zogen sie flussaufwärts, dann stiegen sie an einer felsigen Ebene ans Ufer und gingen eine Zeit lang ins Landesinnere. Am östlichen Horizont wurde der Himmel von einem Silberglühen erhellt, denn der Sonnenaufgang war nahe. Bek dachte unvermittelt an den Sonnenaufgang im Hochland von Leah, an die Jagden, die er mit Quentin im frühen Morgengrauen unternommen hatte, daran, wie ähnlich seine jetzige Lage war und wie sehr sie sich dennoch davon unterschied. Inzwischen war er wach, und seine Gedanken wühlten sich durch den Schutt seines Lebens. Er hatte keine Angst mehr, jedenfalls nicht in der Weise wie in der Ruinenstadt Castledown, wo die Feuerstrahlen und die Kriecher sie angegriffen hatten. Trotzdem fühlte er sich verlassen und isoliert. Sein ganzes früheres Leben hatte man ihm genommen – sein Heim, seine Familie, sein Land. Nichts blieb ihm, und je weiter er fortging, desto unwahrscheinlicher wurde es, dass er irgendetwas davon zurückbekommen würde.

Es war, als würde er aus sich selbst heraustreten, als würde er seine Haut abstreifen.

Er rückte das Schwert von Shannara auf seinem Rücken zurecht und suchte Trost in seiner festen, verlässlichen Gegenwart, doch auch das wollte ihm nicht gelingen.

Truls Rohk führte ihn zurück zum Fluss und wieder ins kalte Wasser. Die Sonne war inzwischen aufgegangen, das silberne Licht verwandelte sich in ein goldenes Leuchten, der Himmel färbte sich langsam blau. Das Rauschen hüllte sie ein, und Bek richtete seine ganze Aufmerksamkeit darauf, nicht auszurutschen und immer weiterzugehen. Sie überquerten den Kanal ein zweites Mal und wateten im seichten Wasser gegen die Strömung. Wegen der Kälte wurden Beks Beine taub, und nach einiger Zeit spürte er seine Füße kaum noch in den Stiefeln. Er hielt jedoch durch und zwang sich, einen Fuß vor den anderen zu setzen und an bessere Zeiten zu denken, weil er sonst nichts anderes tun konnte.

Nachdem sie mehrere Meilen auf diese Weise zurückgelegt hatten, hielt Truls Rohk an einer Biegung an, wo die Äste hoher Zedern und Hickorybäume über das Wasser hingen. Er griff in seinen Mantel und zog ein Stück dünnes Seil und einen alten Haken hervor, dessen Finger eingeklappt waren, jedoch aufklappten und einrasteten, als der Gestaltwandler einen Draht löste, der sie zusammenhielt. Er schlang das Seil doppelt durch die Öse des Hakens und danach sorgfältig um seinen linken Unterarm. Daraufhin gab er Bek ein Zeichen, sich nicht vom Fleck zu rühren, trat einige Schritte auf die Bäume zu, ging anschließend in seinen eigenen Spuren zurück, kam wieder ins Wasser und watete fünfzig Schritt vorwärts bis zu einer erhöhten Stelle, die kaum aus dem schäumenden Wasser ragte. Hier vergewisserte er sich, dass der Junge bei ihm war, schwang den Haken über den Kopf und ließ das Seil nach und nach immer länger. Mit einem letzten Schwung ließ er den Haken los und schleuderte ihn hoch in die Bäume über ihren Köpfen. Der Haken fand Halt. Truls Rohk zerrte probeweise daran, dann gab er Bek einen Wink, zu ihm zu kommen.

»Klettere auf meinen Rücken, leg die Arme um meinen Hals, und halt dich fest.«

Genau das tat Bek und spürte die kräftigen Muskeln und die seilstarken Sehnen in der Schulter unter sich, die sich wie bei einem Tier anfühlten. Der Junge versuchte, nicht daran zu denken. Mit der rechten Hand umklammerte er sein linkes Handgelenk und hielt sich fest.

Truls Rohk sprang an das Seil und zog sich Hand über Hand hinauf, während sie sich über dem Fluss hin- und herbewegten. Während sie dort über dem eiskalten Wasser hingen, zogen sie die Beine an und holten Schwung. Am näheren Ufer, genau in der Linksbiegung des Flusses, lockerte Truls Rohk den Griff am Seil und ließ sich zu Boden rutschen. Noch hielt er das Ende des Seils in der Hand und wartete, bis Bek von seinem Rücken gestiegen war, dann ließ er das Seil durch die Öse gleiten, sodass es vom Haken fiel. Daraufhin wickelte er es auf und schob es unter seine Robe.

»Das dürfte sie vor ein hübsches Rätsel stellen«, knurrte der Gestaltwandler leise. »Mit ein bisschen Glück wird sie glauben, wir seien am gegenüberliegenden Ufer an Land gegangen.«

Erneut zogen sie weiter landeinwärts, fort vom Fluss und wieder auf die Berge zu, hauptsächlich über felsigen Boden und durch ausgetrocknete Flussbetten, und sie vermieden weiche Erde, in denen sie Fußspuren hinterlassen würden, oder Gebüsche, bei denen abgebrochene Zweige sie verraten könnten. Inzwischen stand die Sonne hoch am Himmel, wärmte ihre durchgefrorenen Körper und trocknete die Kleidung. Truls Rohk schlich gebückt wie ein großes Tier voran, stämmig und massig, geheimnisvoll und in seiner Robe und unter seiner Kapuze nicht zu erkennen. Bek folgte ihm und fragte sich, ob der Gestaltwandler seine Haut überhaupt je dem Licht aussetzte. In der Zeit seit ihrem ersten Treffen im Wolfsktaag hatte er dies nicht ein einziges Mal getan. Zuerst hatte Bek das nicht weiter beschäftigt, aber nun dachte er darüber nach, wie es sein mochte, wenn man immer in Stoff eingehüllt war und niemals jemandem zeigen wollte, wie man in Wirklichkeit aussah. Abermals ging ihm durch den Kopf, ob wohl eine Verbindung zwischen ihnen bestand, auf Grund deren der Gestaltwandler sich bereit erklärt hatte, die Beschützerrolle für Bek zu übernehmen und ihn auf dieser Reise zu begleiten, was er leicht hätte abschlagen können.

Sie marschierten den ganzen Tag weiter, verließen das Flachland und erreichten die Berge, stiegen die niedrigen Hänge hinauf in die bewaldeten Ausläufer, von wo aus Bek bis zu dem Fluss zurückblicken konnte, von dem sie gekommen waren. Truls Rohk hielt dort kurz an, schaute sich rasch um und führte Bek dann zwischen die Bäume.

»Es ist praktisch, einen Platz zu haben, von dem aus man alles sehen kann, was dir folgt«, erklärte er. »Allerdings, wenn du jemanden sehen kannst, kann er vermutlich auch dich sehen. Am besten lassen wir es darauf nicht ankommen. Es gibt bessere Möglichkeiten. Wenn es erst dunkel ist, werde ich eine davon ausprobieren.«

In einer Gruppe Zedern und Fichten entdeckten sie einen trockenen, grasbewachsenen Platz, an dem sie sich zum Essen niederließen. Ihr Wasser würde noch für mehrere Tage reichen, und in den Bergen würde es leicht zu ersetzen sein. Aber ihre Essensvorräte gingen zur Neige. Morgen mussten sie sich neue besorgen. Und von da an vermutlich jeden Tag, weshalb Bek sich fragte, wie weit sie noch ziehen würden.

»In diesen Bergen finden wir vielleicht Hilfe«, sagte sein Gefährte nach einer Weile, als habe er die Gedanken des Jungen gelesen. Bek blickte ihn an. »In diesen Bergen leben Gestaltwandler. Ich kann sie spüren. Sie kennen mich nicht, wissen nicht, wer ich bin. Außerdem denken sie möglicherweise anders über Halblinge als jene im Wolfsktaag. Vielleicht helfen sie uns.«

Er sprach diese Worte leise und bedächtig, fast wie ein Gebet. Das überraschte Bek. »Auf welche Weise trittst du in Kontakt mit ihnen?«

Sein Gegenüber zuckte mit den Achseln. »Das brauche ich nicht. Sie werden zu uns kommen, wenn wir weiterziehen. Das hier ist ihr Land. Ganz bestimmt erkennen sie mich und werden wissen wollen, was ich hier zu suchen habe.« Er schüttelte den Kopf. »Leider mischen sich Gestaltwandler in der Regel nicht in die Angelegenheiten anderer ein, nicht einmal jener ihrer eigenen Art, solange es dafür keinen dringenden Grund gibt. Und den müssen wir ihnen liefern, wenn wir ihre Hilfe wollen.«

Bek dachte einen Augenblick lang darüber nach. »Kann ich dich etwas fragen?«

Der Kopf in der dunklen Kapuze drehte sich ein wenig zu ihm, doch in deren Schatten ließ sich kein Gesicht erkennen. »Was möchtest du mich fragen, Bek Ohmsford, das du mich nicht schon längst gefragt hast?«

Es klang fast wie eine Herausforderung. Bek schob das Schwert von Shannara zurecht, das neben ihm im Gras lag, dann strich er sein widerspenstiges dunkles Haar glatt. »Du hast gesagt, ohne Grund würden sich Gestaltwandler nicht in das Leben anderer einmischen. Wenn das so ist, warum hast du dich so sehr um mich gekümmert?«

Langes Schweigen folgte, während Truls Rohk ihn aus der Dunkelheit seiner Kapuze beobachtete. Bek rutschte unbehaglich hin und her. »Ich weiß, du sagtest, zwischen uns bestehe durch unsere Magie eine Verbindung –«

»Du und ich, wir sind uns sehr ähnlich, Junge«, unterbrach ihn Truls Rohk und ignorierte, was Bek sagen wollte. »Ich sehe mich selbst in dir, Junge, wie ich darum kämpfte, meine eigene Identität zu finden und zu begreifen, was mich von anderen unterschied.«

»Aber das ist nicht alles? Das ist nicht der eigentliche Grund?«

Truls Rohk schien zu schimmern, die Dunkelheit wurde flüssig, als würde er einfach verschwinden, ohne eine Antwort zu geben, und niemals zurückkehren. Doch die Bewegungen ließen nach, und der große Mann beruhigte sich.

»Ich habe dir das Leben gerettet«, antwortete er. »Und wenn du einem anderen das Leben rettest, übernimmst du die Verantwortung für ihn. Das habe ich vor langer Zeit gelernt. Ich glaube fest daran.«

Er machte eine kurze, wegwerfende Geste. »Eigentlich ist es viel komplizierter. Ein Spiel von einer ganz besonderen Art. In meinem Leben habe ich kein Heim gehabt, keine Familie, keinen Ort, an den ich gehöre. Ich habe keine Zukunft vor mir. Die Sehnsucht nach Orientierung zog mich zu dem Druiden. Eine Zeit lang hat er mir ein Ziel gegeben. Mit jeder Nachricht, die er mir schickt, bietet er mir an, zu etwas zu gehören. Jede Nachricht gibt mir Gelegenheit, etwas über mich zu erfahren. Im Wolfsktaag passiert so etwas sonst selten. Dort gibt es nicht mehr viel über mich zu entdecken.

Was dich angeht, Junge – du interessierst mich, weil du mir Antworten auf die Fragen bietest, die ich mir schon so oft gestellt habe. Ich lerne von dir. Aber gleichzeitig kann ich dir auch Dinge beibringen – wie du als Außenseiter lebst, wie du überwindest, wer und was du bist, wie du die Magie aushältst, die immer Teil deines Selbst sein wird. Ich bin neugierig, wie gut du lernen wirst. Neugier ist alles, was mir geblieben ist, und ich versuche sie so oft wie möglich zu befriedigen.«

»Du hast mich mehr gelehrt, als ich je hoffen darf, dir beizubringen«, wandte Bek ein. »Ich verstehe nicht, was ich für dich tun kann.«

Kurz verstummte der Gestaltwandler. Dann knurrte er leise. »Sei dir da nicht so sicher. Noch bist du jung. Wenn du lange genug leben wirst, könntest du dich am Ende selbst überraschen.«

Bek ließ es darauf beruhen. Truls Rohk sagte ihm gerade genug, damit er bei guter Laune blieb, aber mehr auch nicht. Da musste noch etwas sein, das er nicht preisgab, etwas Wichtiges, das er für sich behielt. Vermutlich fühlte er tatsächlich eine Verbindung zu Bek, zum Teil wegen der Magie und zum Teil, weil er dem Jungen das Leben gerettet hatte. Sicherlich stimmte es auch, dass er diese Reise unternahm, weil sie seinem Leben einen Zweck gab, ihm neue Erkenntnisse vermittelte und seine Sehnsucht befriedigte, zu einer Gemeinschaft zu gehören. Das einsame Leben im Wolfsktaag hatte gewiss enge Grenzen. Trotzdem war das alles nur ein Teil der Wahrheit, und der Rest blieb irgendwo in der großen Geheimnistruhe des Gestaltwandlers verborgen.

»Warum ziehst du nie deinen Mantel aus?«, fragte Bek aus einem plötzlichen Impuls heraus.

Er hatte nicht darüber nachgedacht, und dennoch, das wusste er, würde die Frage eine heftige Reaktion provozieren. Und tatsächlich spürte er eine Veränderung bei seinem Gefährten, einen kühlen Rückzug, der Wut, Niedergeschlagenheit und Traurigkeit verkündete. Dessen ungeachtet nahm er die Frage nicht zurück.

»Warum zeigst du mir nie dein Gesicht?«, drang er weiter vor.

Truls Rohk schwieg einen Augenblick lang. Bek hörte seinen scharfen Atem. »Du willst gewiss nicht sehen, wie ich wirklich bin,

Junge. Ohne diesen Mantel möchtest du mich bestimmt nicht sehen.«

Bek schüttelte den Kopf. »Vielleicht doch. Was wäre falsch daran, dich so sehen zu wollen, wie du wirklich bist? Wenn tatsächlich eine Verbindung durch die Magie zwischen uns besteht, brauchst du doch dein Aussehen nicht vor mir zu verbergen.«

»Ach! Was weißt du schon darüber, was ich brauche? Wir haben uns erst kürzlich kennen gelernt, du und ich. Du glaubst, bereit zu sein für das, was sich unter dieser Robe und der Kapuze verbirgt, aber das stimmt nicht. Noch weißt du nichts über mich. Ein solches Wesen wie mich gibt es kein zweites Mal, einen Halbling – einen Gestaltwandler, der gleichzeitig ein Mensch ist. Möglicherweise weiß ich selbst nicht, was das ist. Hast du einmal darüber nachgedacht? Wir verändern uns, wie wir wollen, wir Gestaltwandler, nehmen die Form an, die wir brauchen. Was bedeutet das, wenn du zur Hälfte ein Mensch bist? Was passiert, wenn eine Hälfte von dir unveränderbar ist und die andere so dünn wie Luft? Denk lieber nach, ehe du mich das nächste Mal fragst, ob ich dir mein Äußeres zeige!«

Damit erhob er sich. »Genug davon. Ich habe über unsere Lage nachgedacht. Die Hexe, deine Schwester, verfolgt uns weiterhin. Selbst wenn wir sie am Fluss ein wenig abgehängt haben, wird sie uns wieder finden. Ich möchte wissen, ob ihr das bereits gelungen ist und welche Hilfe sie aufgetrieben hat. Falls sie in der Nähe ist, muss ich eine Möglichkeit suchen, sie erneut aufzuhalten. Daher gehe ich den Weg zurück und schaue nach, ob sie unsere Spur schon wieder aufgenommen hat.«

Er zögerte kurz. »Du schläfst, während ich unterwegs bin, Junge. Such in deinen Träumen nach mir. Oder noch besser in deinen Albträumen. Vielleicht siehst du dort, wer ich wirklich bin.«

Er drehte sich um und verschmolz mit der Nacht. Bek starrte hinter ihm her. Lange Zeit bewegte er sich nicht.

Die Ilse-Hexe kaute ein letztes Mal auf der Wurzel herum, die sie sich zum Essen gesucht hatte, schluckte und starrte in die zunehmende Finsternis. Bald würde sie aufbrechen, die Spur wieder aufnehmen und dem Jungen und dem Gestaltwandler in die Berge folgen. Sie waren klug und einfallsreich – zumindest der Gestaltwandler –, und sie konnte es sich nicht leisten, ihnen einen zu großen Vorsprung zu lassen. Deshalb musste sie sich beeilen, damit sie den Anschluss nicht verlor. Vielleicht würde sie die beiden sogar noch heute Nacht erwischen, wenn sie Rast einlegten.

Schließlich mussten sie das, oder? Der Junge besaß nicht die Ausdauer, um einen derartigen Marsch ohne Rast durchzuhalten, selbst wenn es dem Gestaltwandler nichts ausmachte. Er würde irgendwann schlafen müssen. Wenn sie nur schnell genug wäre, würde sie die zwei überraschen können.

Sie warf den Rest der Wurzel zur Seite. Inzwischen hätte sie sie längst eingeholt, wenn sie ihr nicht solche Hindernisse in den Weg gelegt hätten. Das unten am Fluss war klug gewesen, eine falsche Spur an einem Ufer zu legen und sich dann ans andere zu schwingen. Das hatte den Caull verwirrt, der am falschen Ufer auf und ab gelaufen und vor Wut fast wahnsinnig geworden war. Der Caull hatte Talent und besaß außergewöhnliche Instinkte, doch mangelte es ihm an Verstand. Sie war diejenige, die den Haken in den oberen Ästen des Hickory entdeckt und den Caull auf die andere Seite geschickt hatte, um dort die Fährte wieder aufzunehmen. Durch diese List hatte sie die Zeit verloren, die sie während der Nacht aufgeholt hatte. Heute Nacht würde sie wieder nicht schlafen. Allerdings fiel ihr das leicht, im Gegensatz zu dem Jungen.

Das Gebüsch teilte sich, und der Caull kehrte zurück. Sie hatte ihn ausgeschickt, um sich etwas zu fressen zu suchen, und dem verschmierten Blut um die Schnauze zufolge hatte er Erfolg gehabt. Der Caull ließ sich ein Dutzend Schritte vor ihr nieder und beobachtete sie. Er war ein gefährliches Tier. Sie konnte es sich nicht leisten, ihm den Rücken zuzuwenden; er hasste sie für das, was sie ihm angetan hatte, und würde sie töten, wenn er die Chance erhielte. Gehorsam bewies er lediglich, weil er keine andere Wahl hatte;

mit ihrer Magie hielt sie ihn an der kurzen Leine. Doch wenn sie losließ, auch nur ein bisschen …

Sie betrachtete ihn kurz, dann wandte sie sich ab. Sie durfte keine Angst oder auch nur Interesse an ihm zeigen. Den Caull hatte sie geschaffen, um einen Zweck zu erfüllen, das war alles. Was sie mit ihm anstellen würde, nachdem sie den Jungen gefunden hatte, und was er darüber dachte, wusste sie nicht. Vermutlich konnte der Caull sowieso nicht so weit im Voraus denken, und das war ihr nur recht.

Stattdessen grübelte sie darüber nach, was sie mit dem Jungen anstellen würde. Was sie mit dem Caull und dem Gestaltwandler machte, war leicht zu entscheiden, bei dem Jungen hingegen verhielt es sich anders. Sie war ihm nicht den ganzen Weg gefolgt, um ihm einfach den Garaus zu machen; er stellte außerdem eine wichtige Verbindung zu dem Druiden dar, ein potenzielles Fenster zu dessen Gedanken. Ehe der Druide starb, würde sie alles über ihn erfahren, was es zu erfahren gab. Der Junge sollte bei ihr für Verwirrung sorgen und sie durcheinander bringen, aber möglicherweise war er trotzdem eine Hilfe. Einige Dinge, die ihn betrafen, musste sie erst noch verstehen – wie er zum Beispiel in den Besitz einer Magie kam, die ihrer eigenen so sehr ähnelte, woher er so viel über sie wusste, was der Wahrheit zu entsprechen schien, und wieso er so echt wirkte. Sicherlich gab es Erklärungen dafür, doch die, die sie bisher bekommen hatte, reichten ihr nicht aus. Sie wollte die ganze Wahrheit wissen, ehe sie mit ihm abrechnete. Ehe sie sich seiner entledigte, würde sie alles aus ihm herausholen.

Jetzt stellte sie sich sein Gesicht vor, erinnerte sich an seine Stimme. Sie hörte noch, wie er ihr erklärte, er sei ihr Bruder, er sei Bek, der irgendwie den Brand des Hauses und den Mord an ihrer Familie überlebt hatte. Natürlich konnte sie das nicht für bare Münze nehmen. Der Druide hatte nur sie allein gewollt, und nachdem sie dem Morgawr erzählt hatte, wo sie ihren Bruder versteckt hatte, meinte dieser, es könne in der Asche und unter den Trümmern ihres Heims niemand überlebt haben.

Dunkle Schatten sammelten sich in ihren Gedanken und verdichteten sich zu einer Warnung. Immer vorausgesetzt, der Morgawr hatte ihr die Wahrheit über Bek erzählt. Aber sie hatte keinen Grund, daran zu zweifeln, denn schließlich hätte sich Bek für ihn als genauso nützlich erwiesen wie sie selbst. Nein, der Druide und seine Helfershelfer hatten ihre Eltern getäuscht und sie ermordet, nur ihretwegen. Er allein trug die Schuld und musste sich dafür verantworten, und der Junge war lediglich ein weiteres Opfer in ihrem Krieg, einander gegenseitig zu zerstören. Sicherlich besaß der Junge Verstand, doch auch dabei handelte es sich nur um eine Kriegslist und eine Täuschung; am Ende war er lediglich ein Junge, der so aussah, wie Bek vielleicht ausgesehen hätte, wenn er nicht gestorben wäre, ein Junge, dem man eingeredet hatte, er sei jemand, der er überhaupt nicht war.

Sie erhob sich, und der Caull stand gleichzeitig auf, wobei seine Augen hell und erwartungsvoll leuchteten. Er war zur Jagd bereit, also sollte er seinen Willen haben. Mit einem Wink schickte sie ihn voraus, damit er die Spur erschnüffelte und trotzdem dicht genug bei ihr blieb, sodass er nichts ohne ihr Wissen tun konnte. Denn er sollte nicht den Jungen fangen und in Stücke reißen, ehe sie die Möglichkeit hatte, in seine Gedanken vorzudringen. Mit dem Gestaltwandler verhielt es sich anders – ob es dem Caull gelingen würde, den zu überraschen, bezweifelte sie. Aller Wahrscheinlichkeit nach musste sie sich mit ihm befassen, bevor sie den Jungen finden würde. Erneut fragte sie sich, wieso dieser Gestaltwandler sich so sehr für ihre Angelegenheiten interessierte. Vielleicht hatte der Druide ihn in seinen Bann geschlagen, obwohl das für einen Gestaltwandler eher ungewöhnlich gewesen wäre. Oder er hatte auf andere Weise mit dem Mord an ihren Eltern und der Zerstörung ihres Hauses zu tun, und deshalb stand jetzt auch sein eigenes Leben auf dem Spiel. Der Druide hatte Gestaltwandler benutzt, um seinen Willen auszuführen. Eventuell gehörte ihr jetziger Widersacher zu diesen.

Sie dachte über diese Möglichkeiten nach, während sie dem Caull hinterherlief, und gleichzeitig hielt sie all ihre Sinne in Alarmbereitschaft. Die Dunkelheit im Wald verbarg so manches, unter anderem vielleicht einen ihrer Feinde. Leise bewegte sie sich voran, hatte die Robe hochgebunden und glitt wie ein Schatten durch die Büsche und Bäume. Am nächtlichen Himmel zeigten sich kaum Wolken, und Mond und Sterne leuchteten durch den Baldachin aus Zweigen und Ästen auf sie herab. Das Licht genügte ihr, damit sie sich behaglich fühlte. Vor sich erhaschte sie gelegentlich einen Blick auf den Caull, huschende Bewegungen in hellen Silberflecken. Er suchte sich den Weg vorwärts, lief dann hierhin und dorthin, wieder zurück, suchte die Spur, welche die Gejagten hinterlassen hatten, begutachtete die Fährte und deutete sie, damit er sich nicht in die Irre führen ließ. Mit dieser Aufgabe kannte er sich aus; seine wölfischen Instinkte funktionierten auch in seiner neuen Gestalt.

Kurz vor Mitternacht erreichte sie ein Stück offenen Geländes vor den Ausläufern der Berge, einen flachen Felsgrund, auf dem es nichts außer einigen Sträuchern und toten Bäumen gab. Zwischen den Bäumen verborgen beobachtete sie den Caull, der das offene Gelände untersuchte, hier schnüffelte und da, im Kreis rannte, dann weiter vor. Sie blieb dort stehen und ließ den Caull laufen. Der Bereich vor ihr bot zu wenig Deckung. Sie hatte einfach ein schlechtes Gefühl, obwohl die Fährte offensichtlich in diese Richtung führte.

Plötzlich zog sie an der unsichtbaren Leine und rief den Caull zurück. Ihr Instinkt sagte ihr, dass da etwas nicht stimmte und sie zuerst herausfinden musste, was, ehe sie ihren Weg fortsetzen konnte.

So schaute sie aus ihrem Versteck hinaus und suchte nach Anhaltspunkten, während der Caull neben ihr hockte.

Bek konnte nicht einschlafen, nachdem Truls Rohk ihn allein gelassen hatte. Stattdessen saß er da und dachte darüber nach, wohin ihre Flucht und dieses ganze Versteckspiel sie führen würden. Gewiss, er floh, um sein Leben zu retten, um der Ilse-Hexe zu entkommen, die, ob nun seine Schwester oder nicht, seinen Tod wollte. Aber im Weglaufen lag nicht die Lösung des Problems, und je weiter er lief, desto weniger schien er zu erreichen. Um die Probleme Grianne Ohmsfords zu lösen, musste er sie davon überzeugen, wer er war. Bloße

Worte würden dazu nicht genügen. Dafür bedurfte es schon ein wenig mehr, vielleicht der Magie des Schwertes von Shannara, vielleicht einer gänzlich anderen Magie. Aber eine Konfrontation und eine Strategie, wie bei dieser Konfrontation vorzugehen war, ließen sich nicht vermeiden.

Wie konnte er sie davon überzeugen, ihm Glauben zu schenken, ohne dabei sein Leben zu verlieren?

Die Antwort wollte ihm nicht einfallen, und langsam wurde er müde darüber. Er legte sich zum Schlafen nieder. Rasch dämmerte er ein, doch er träumte nicht. Immer wieder wachte er auf, Sorgen, die er nicht recht begründen konnte, bedrückten ihn, und er vermochte nicht länger zu ruhen als einige Minuten am Stück. Das lag vermutlich daran, dass er auf Truls Rohks Rückkehr wartete, oder daran, dass er einfach nicht aufhören konnte, über seine Rolle bei der Reise nach Castledown nachzugrübeln. Er wünschte, er wüsste so viel wie Walker, all die Geheimnisse, die jener noch immer für sich behielt, wünschte, er kenne den Grund, warum er, Bek, mitgekommen war.

Es konnte schließlich nicht allein deshalb gewesen sein, weil er das Schwert von Shannara im Quetscher benutzt hatte. Und auch nicht sein Erbe der Magie oder seine Verwandtschaft mit Grianne. Nein, es musste weit darüber hinausgehen. Aber wie weit?

Als er zum letzten Mal erwachte, schweiften seine Gedanken wieder zu seiner Schwester und seiner komplizierten Beziehung zu ihr, und er fühlte sich so unruhig, als habe er kein Auge zugemacht. Dann vernahm er plötzlich eine leise murmelnde Stimme, richtete sich auf und starrte in die Dunkelheit um ihn herum.

Wie die Gesichter von Geistern, die aus der Unterwelt aufgestiegen sind, schwebten sie in der Luft, und in ihren leeren Augen sah Bek Ohmsford das Spiegelbild seiner Seele.

Zwölf

Bek kämpfte gegen die Furcht an, die ihn überkam und zu überwältigen drohte, während er sich nackt und bloß diesen Gesichtern gegenüber fühlte, die da vor ihm schwebten. Ihre Züge wirkten flach und ohne Leben, ohne Ausdruck und wie mit Kreide in die Luft gemalt, sodass sie nicht vollständig ausgebildet waren und an die Zeichnung eines Kindes erinnerten. Er hielt sie für Schatten, für Tote, die zum Spuken zurückgekehrt waren und die Lebenden aus unbekannten Gründen heimsuchten. Ihre großen leeren Augen starrten ihn an und sahen ihn trotzdem nicht, aber er spürte ihre Blicke dennoch, im Innern, wo er seine Geheimnisse verbarg.

Wer bist du?

Die Stimme klang dünn und säuselnd. Er vermochte nicht zu sagen, welcher von den Schatten sprach, weil er keine Lippenbewegungen bemerkte. Die Stimme schien von überall herzurühren und in seinem Kopf widerzuhallen.

»Ich bin Bek Ohmsford«, antwortete er, saß erstarrt da und musste sich anstrengen, nicht loszuschreien.

Woher kommst du?

Seine Stimme zitterte. »Aus dem Hochland von Leah, jenseits des Meeres, aus einem Land weit entfernt von hier.«

Von weit her?

»Ja.«

Bist du allein gekommen?

Er zögerte. »Nein, zusammen mit anderen.«

Wo sind sie?

Er schüttelte den Kopf und blickte von einem toten Gesicht zum anderen, von einer leeren Miene zur nächsten. »Ich weiß es nicht. Ich habe wirklich keine Ahnung.«

Würdest du es wagen, uns anzulügen?

Er zögerte. »Ich glaube nicht.«

Die Köpfe bewegten sich leicht im Uhrzeigersinn, als hätte ein Windstoß sie angeschoben. Augen und Münder öffneten sich, die Augen und Münder von Leichen. Sie schienen ihn nicht zu bedrohen, aber sie umkreisten ihn, und Bek konnte sich des Gefühls nicht erwehren, dass mehr an ihnen dran war, als er sehen konnte. Er blieb so ruhig er konnte, die Schläfrigkeit war vergessen, und Körper und Verstand waren bis zum Äußersten angespannt vor Furcht.

Die Schatten wurden wieder still.

Warum bist du hierher gekommen?

Wie sollte er darauf antworten? Seine Gedanken rasten. »Ich bin vor jemandem davongelaufen, der mir etwas antun will.«

Wohin läufst du?

»Ich weiß nicht. Ich renne einfach ziellos dahin.«

Wo ist dein Gefährte?

Also wussten sie über Truls Rohk Bescheid. Was wollten sie bloß von ihm?

»Er ist losgegangen, um nachzuschauen, ob uns unser Verfolger noch auf den Fersen ist.«

Wer ist dein Verfolger? Lüg uns nicht an.

Gegenwärtig hätte er nicht einmal von Lügen geträumt. Da er keinen Grund sah, dies nicht zu tun, erzählte er ihnen die Geschichte mit Grianne. Dabei verschwieg er nichts. Vielleicht hielt er das für sinnlos, oder er war einfach zu müde, um sich zu überlegen, was er ihnen preisgab und was nicht. Ohne Unterbrechung redete er. Die Köpfe der Toten schwebten vor ihm, und die Nacht um ihn herum war leer und still.

Nachdem er geendet hatte, reagierten sie nicht sofort. Möglicherweise, so dachte er, meinten sie, er habe vielleicht doch gelogen oder sie irgendwie getäuscht. Aber er hatte keine Ahnung, wie er sie sonst von der Wahrheit überzeugen konnte. Ihm waren die Worte ausgegangen.

Wirst du deine Magie gegen deine Schwester anwenden, wenn sie dich findet?

Die Frage hatte er nicht erwartet, und er zauderte. »Ich weiß nicht«, antwortete er schließlich.

Wird sie ihre Magie gegen dich einsetzen?

»Das weiß ich ebenfalls nicht. Ich habe keine Ahnung, was passiert, wenn wir uns wieder treffen.«

Möchtest du ihr Böses antun?

Einen Augenblick lang war Bek sprachlos. »Nein«, platzte er dann heraus. »Ich will nur, dass sie alles versteht.«

Es gab eine Bewegung in der Luft, eine Art Rascheln, wie Wind, der durch einen Baum oder hohes Gras fährt. In diesem Geräusch lagen Wörter und Sätze verborgen, als verständigten sich die Toten untereinander in ihrer eigenen Sprache. Bek hörte sie wie aus den Augenwinkeln seines Denkens, kaum vernehmbar und fast nicht als das zu erkennen, was es war. Bald wurde es wieder still.

Erzähl uns von deinem Gefährten. Lüg uns nicht an.

Erneut tat Bek, wie ihm befohlen war, und jetzt war er sicher, Lügen wäre ein Fehler, den er besser vermied. Inzwischen hatte seine Angst nachgelassen, und er sprach mit mehr Selbstvertrauen, beinahe so, als säße er mit den Schatten um ein Lagerfeuer herum und erzählte ihnen eine Geschichte. Bestimmt wollten sie ihm nichts Böses. Irgendwie musste er gegen eine Regel verstoßen haben, aber wenn er alles aufklärte, würde es gut werden.

Also berichtete er ihnen das, was er über Truls Rohk wusste, und über die Ereignisse, die sie nach Castledown geführt hatten. Dafür brauchte er eine Weile, aber er hielt es für wichtig. Der Gestaltwandler, so erzählte er, habe während der Reise auf ihn aufgepasst und ihm zweimal das Leben gerettet. Er war nicht sicher, weshalb er darum solches Aufhebens machte. Vielleicht, damit die Schatten wussten, dass Truls Rohk ein Freund war. Dadurch würde er sie vielleicht beide vor Schaden bewahren.

Nachdem er fertig war, bewegten sich die Köpfe erneut und kamen wieder zur Ruhe.

Für Gestaltwandler und Menschen ist es verboten, sich miteinander zu vereinen.

Sie sagten es ohne Groll oder Verurteilung. Nichtsdestotrotz stellte es eine harte Erwiderung dar. Und eine eigentümliche. Was kümmerte es die Toten, was die Lebenden taten?

Er schüttelte den Kopf. »Das ist nicht seine Schuld; seine Eltern haben diese Entscheidung getroffen.«

Halblinge haben keinen Platz in der Welt.

»Doch, wenn wir ihnen nur einen geben.«

Würdest du ihm einen anbieten?

»Ja, wenn er einen braucht.«

Würdest du deinen eigenen Platz in der Welt räumen, damit er einen bekommt?

Die Unterhaltung wurde ein wenig abstrakt, und Bek hatte keine Ahnung, worauf das alles hinauslief, aber er blieb bei seiner Meinung. »Ja.«

Würdest du auch dein Leben für ihn geben?

Bek zögerte. Was sollte er darauf antworten? Würde er sein Leben für Truls Rohk geben? »Ja«, sagte er schließlich. »Weil ich glaube, er würde dasselbe für mich tun.«

Dieses Mal dauerte die Pause länger. Erneut drehten sich die Köpfe, und das Rascheln war zu hören, voller Worte und Sätze, eine Unterhaltung, die der Junge nicht verstehen konnte. Er lauschte aufmerksam, doch obwohl Fetzchen vernehmbar waren, konnte er in nichts davon einen Sinn erkennen. Er fragte sich, ob er die Situation falsch beurteilt hatte, ob die Schatten ihm am Ende doch etwas antun wollten.

Dann sprach die Stimme wieder.

Sieh uns an.

Das tat er. Eine plötzliche Kälte in der Luft ließ ihn zittern, als wehe ein kalter Wind von den Bergen herab, ein Wind, der einen Hauch des tiefsten Winters mit sich trug. Er wich davor zurück und vor dem unvermittelten Wirrwarr um ihn herum. Die Gesichter begannen, sich zu verändern. Die leeren, ausdruckslosen Mienen verschwanden. Die körperlosen Köpfe verschwanden. Riesige dunkle Gestalten erschienen an ihrer Stelle, die büschelweise mit grauem

Haar bewachsen waren. Aus diesen Schemen entwickelten sich kräftige Körper. Wie aufrecht gehende Tiere drängten sich diese Wesen um ihn und fixierten ihn mit ihren Luchsaugen. Bek spürte, wie sein Herz einen Schlag aussetzte und sein Blut erstarrte. Die Furcht, die gerade von ihm abgefallen war, kehrte in einer Woge zurück und verwandelte sich in tiefes Entsetzen. Doch konnte er nichts zu seiner Rettung tun. Weder gab es eine Fluchtmöglichkeit noch die Chance, sie wahrzunehmen. Er saß in der Falle.

Weißt du, was wir sind?

Er brachte kein Wort hervor. Auch rühren konnte er sich kaum. Langsam schüttelte er den Kopf, mehr gelang ihm nicht.

Wir sind, was immer wir sein wollen. Wir sind die Lebenden und die Toten. Wir sind Fleisch und Blut und Wind und Wasser. Wir sind Gestaltwandler. Dieses Land gehört uns, und Menschen gehören nicht hierher. Gegen dieses Gebot hast du verstoßen, und jetzt musst du fort von hier. Verlasse diese Berge, und kehre nicht zurück.

Eilig nickte Bek. Er würde jede Chance wahrnehmen, um hier fortzukommen. Jetzt hörte er ihren schweren Atem und roch den tierischen Geruch ihrer Körper. Er spürte das Gewicht ihrer Schatten, die auf ihn fielen und sich Schicht um Schicht über ihn legten. In diesem Augenblick begriff er, was es hieß, gejagt und in die Ecke gedrängt zu sein. Er verstand, wie es sich anfühlte, das gehetzte Wild zu sein.

Die Stimme flüsterte ihm in tiefem, bedrohlichem Zischen etwas zu, und er bemerkte den Wechsel im Tonfall.

Wenn deine Schwester kommt, gehe mit ihr. Wenn sie dich nach der Wahrheit fragt, erzähle sie ihr. Wenn sie einen Weg sucht, wie sie dich verstehen kann, hilf ihr, ihn zu finden. Renne nicht wieder davon. Setze Vertrauen in dich selbst.

Seine Schwester war unterwegs zu ihm? Wie nah war sie? Er bekam es mit der Angst zu tun, wollte aufstehen und stellte fest, dass er nicht konnte. Seine Kraft hatte ihn verlassen. Benommen und hilflos saß er auf dem Boden, während die Gestaltwandler um ihn herumstanden und eine Mauer aus Tiergestank und üblem Atem bildeten, aus dunklen Schatten und funkelnden Augen. Wo war

Truls Rohk? Wo war irgendjemand, der ihm helfen konnte? Er hasste seine Angst, seine Verzweiflung, und trotzdem kam er nicht dagegen an. Er wünschte sich nur fort von hier, an einen anderen Ort, er wünschte sich die Chance, sein Leben zu retten, wenn auch nur für einen einzigen weiteren Tag.

Ihm stockte der Atem, als ihn die Kälte erneut traf, und entsetzt kniff er die Augen zu. Er hörte das Rascheln der Gestaltwandler, die Bewegung ihrer Körper, aber er konnte sich nicht überwinden, sie anzuschauen. Er brauchte seine gesamte Konzentration, um Luft zu holen, um sich selbst vom Schreien abzuhalten, um die Beherrschung zu bewahren. Seine Entschlossenheit zerbröckelte. Dann spürte er etwas anderes. Tief in sich, wo sein innerster Kern voller rauer Gefühle brannte, spürte er, wie die Magie zum Leben erwachte. Sie sprühte Funken und flammte auf, eilte zu seiner Verteidigung herbei und stieg in ihm auf. Er fühlte, wie sie sich aufbaute, dass sie aufbrodelte wie Lava in einem Vulkan und bereit war zu explodieren. Seine Entschlossenheit verfestigte sich, doch er musste sie im Zaum halten. Er konnte sich nicht leisten, sie ausbrechen zu lassen. Schließlich wollte er sich nicht mit den Gestaltwandlern messen. Das wäre in jedem Fall ein Fehler gewesen.

Dann verschwand die Kälte um ihn herum unvermittelt, und der Tiergeruch war verschwunden. Frische, milde Luft drang ihm in die Nasenlöcher, die rauen Gestaltwandler waren verschwunden.

Als er die Augen aufschlug, war er allein.

Truls Rohk schwebte verborgen unter dem dichten Baldachin eines riesigen alten Ahorns und drückte sich ungefähr zwanzig Fuß über dem Boden an die Äste. An dieser Stelle wartete er bereits über eine Stunde und hielt durch die Blätter Ausschau. Von hier aus hatte er einen guten Blick auf die felsige Ebene, die er mit dem Jungen vor einigen Stunden passiert hatte und die die beiden Waldstücke am Fuß der Berge trennte.

Wenn die Ilse-Hexe sie verfolgte, wenn sie ihre Spur wieder gefunden hatte, würde sie hier entlangkommen.

Als der Caull auftauchte, überraschte ihn das nicht. Er wusste, sie musste sich jemandes Hilfe bedienen, um ihrer Fährte zu folgen. Ihre Magie allein, wenn sie auch beachtlich war, genügte nicht, um sie einzuholen. Der Caull stellte eine Art mutierten Wolf oder Hund dar und konnte ihrer Fährte folgen. Einem solch hässlichen und gefährlich aussehenden Wesen war Truls Rohk noch nie begegnet, nicht einmal im Wolfsktaag. Es handelte sich um ein Wesen aus der alten Welt der Feen, nahm er an, etwas, das sie in einem Buch der düsteren Magie gefunden oder aus einem Albtraum heraus beschworen hatte. Der Caull sollte ihn und Bek aufspüren und sie dann ins Jenseits befördern. Oder zumindest ihn selbst. Schließlich war Truls Rohk nur ein unerwünschtes Hindernis. Den Jungen wollte die Ilse-Hexe für sich haben, und ihn würde sie noch eine Zeit lang am Leben lassen.

Truls Rohk beobachtete die Bestie, die in den offenen Bereich lief, ein wenig im Kreis herumrannte und wieder zwischen den Bäumen verschwand. Die Ilse-Hexe würde dort warten und zuschauen, genauso wie er. Zwar konnte er sie nicht sehen, dennoch spürte er ihre Anwesenheit. Im Augenblick entschied sie vermutlich gerade, was sie tun sollte. Er könnte zu dem Jungen umkehren; während sie noch grübelte, würde er einfach davonschleichen. Aber er hatte das ewige Fliehen satt, und der Junge auch, das hatte er ihm angemerkt. Vielleicht sollte er lieber versuchen, sie bei ihrem Vorankommen ein wenig zu verlangsamen – oder ganz zum Stillstand zu bringen. Wenn der Caull allein über das felsige Stück liefe, hätte er eine Chance, ihn zu töten. Sie würde eine Weile brauchen, um einen neuen zu erschaffen, wenn sie sich dafür entschied, ihre Jagd fortzusetzen. Was allerdings unwahrscheinlich war.

Vielleicht hatte er sogar eine Chance gegen sie, obwohl er wusste, dass der Junge unglücklich wäre, wenn er ihr ein Leid antun würde. Dennoch blieb ihm womöglich keine andere Wahl.

Er rührte sich also nicht von der Stelle und dachte nach. Die Minuten verstrichen. Weder der Caull noch die Ilse-Hexe erschienen. Er fragte sich, ob sie ihn ebenso spüren konnte wie er sie. Eigentlich glaubte er das nicht. Schließlich hatte er Vorsichtsmaßnahmen getroffen, um sich zu tarnen, und daher dürfte er mit den Bäumen, der Rinde und dem Holz verschmelzen, mit dem Laub und den Knospen. In seiner gegenwärtigen Gestalt hatte sich von seinem menschlichen Teil nichts erhalten. Aus diesem Grund konnte sie seine Gegenwart nicht enttarnen.

Dann erschien sie plötzlich, trat aus den Bäumen heraus und blieb stehen. Der Caull hielt sich an ihrer Seite. Lange Zeit starrte sie in die Nacht hinein und war nur als vager Schemen in der sternerhellten Dunkelheit, als Schatten im Wald zu erkennen. Nach einer Weile verschwand sie wieder, mit ihr der Caull, und ein bisschen später tauchte sie ein Stückchen weiter wieder zwischen den Bäumen auf und starrte erneut auf das offene Gelände hinaus. Was machte sie da? Er beobachtete sie aufmerksam und schaute zu, wie sie immer wieder verschwand und auftauchte, mehrere Male. Offensichtlich suchte sie nach etwas, nach einem Weg hinüber zum anderen Wald vielleicht. Weshalb aber so viele Umstände? Nachdem sie sich gezeigt hatte, konnte sie die Lichtung einfach überqueren.

Die Zeit verstrich. Truls Rohk war zusehends unbehaglicher zumute bei dem, was er beobachtete. Sie war da, doch sie tat nichts. Nicht einmal den Caull hatte sie vorgeschickt, um das zu untersuchen, was sie beunruhigte. Auf diese Weise verlor sie Zeit, was sie sich nicht leisten konnte.

Auftauchen und verschwinden, kommen und gehen, sie erinnerte ihn an ein Gespenst, das herumgeisterte –

Er zuckte zusammen und fuhr mit einem Ruck von dem Ast hoch, auf dem er lag, als ihn die Erkenntnis siedend heiß erfüllte. Sie war ein Gespenst. Ein Gespenst aus Magie. Nicht sie sah er da. Sogar, wenn sie seine Anwesenheit nicht spüren konnte, so hatte sie diese wenigstens geahnt. Die Falle, die man ihr hier stellen konnte, hatte sie förmlich gerochen und sich dazu entschlossen, den Spieß umzudrehen. Dazu benutzte sie Bilder, die ihm vorspiegelten, sie sei immer noch drüben im Wald. Dabei war sie längst an ihm vorbei und unterwegs zu dem Jungen.

Plötzlich wusste er es mit Gewissheit, und genauso sicher war er, dass ihm nicht mehr genug Zeit blieb, um sie einzuholen.

Narr! Du törichter Narr!

Einen Moment später war er von dem Baum geklettert und rannte durch die Nacht den Weg zurück, den er gekommen war.

Als seine Schwester aus dem Wald trat, saß Bek noch immer an der Stelle, wo ihn der Gestaltwandler zurückgelassen hatte. Durch ihr Erscheinen geriet er keineswegs in Panik, und er wollte auch nicht fliehen. Schließlich hatte er gewusst, dass sie kommen würde. Die Gestaltwandler hatten es ihm erzählt, und er hatte ihnen geglaubt. Natürlich hatte er in Erwägung gezogen, vor ihr davonzulaufen und tiefer in die Berge zu flüchten, aber am Ende entschied er sich dagegen. Er hatte keine Ahnung, weshalb, aber er glaubte ihnen. Mit Davonlaufen würde er die Sache nicht lösen. Er musste sich ihr stellen.

Während sie näher kam, erhob er sich, blieb jedoch ganz ruhig und befand sich eigenartigerweise im Frieden mit sich. Er trug das Schwert von Shannara auf dem Rücken, doch er griff nicht danach. Waffen würden ihm bei dieser Sache keinerlei Hilfe sein; ein Kampf wäre ihm nicht dienlich. Seine Schwester, die Ilse-Hexe, würde auf beides übel reagieren, ihm dagegen war wichtig, dass sie um seine Sicherheit besorgt war. Vielleicht hatten die Gestaltwandler bei ihm dieses Gefühl erzeugt, ihm könne in diesen Bergen kein Leid widerfahren. Was auch immer sie mit ihm anstellen würde, sie täte es nicht hier, sondern an einem anderen Ort. Das gab ihm Zeit, eine Möglichkeit zu finden, ihr die Wahrheit begreiflich zu machen.

»Du wirkst nicht gerade überrascht, mich zu sehen«, sagte sie milde und bewegte sich in ihrer zusammengebundenen Robe auf ihn zu, wobei ihr Gesicht im Schatten der Kapuze verborgen lag. Dabei blickte sie ihn forschend an. »Du hast gewusst, dass ich komme, oder?«

»Ich wusste es. Wo ist Truls Rohk?«

»Der Gestaltwandler?« Sie zuckte mit den Schultern. »Sucht vermutlich immer noch nach mir, obwohl er mich dort nicht finden kann. Diesmal kommt er zu spät, um dir zu helfen.«

»Ich will seine Hilfe gar nicht. Diese Angelegenheit müssen wir beide unter uns austragen.«

Sie blieb ein Dutzend Schritte vor ihm stehen, und er spürte ihre Anspannung.

»Willst du etwa zugeben, dass du mich angelogen hast? Dass du nicht derjenige bist, der zu sein du vorgabst? Bist du dazu bereit?«

Doch er schüttelte lediglich den Kopf. »Ich habe dich nicht angelogen, in keinerlei Hinsicht. Ich bin Bek. Dein Bruder. Alles, was ich dir erzählt habe, entspricht der Wahrheit. Warum kannst du mir nicht glauben?«

Sie schwieg einen Augenblick lang. »Ich denke, du glaubst daran«, erwiderte sie schließlich, »aber damit wird es noch nicht zur Wahrheit. Ich weiß über solche Geschichten besser Bescheid als du. Mit dem Werk von Druiden kenne ich mich aus. Er will dich doch nur gegen mich einsetzen, auch wenn du das nicht einsiehst.«

»Nehmen wir einmal an, du hast Recht. Warum sollte er das tun? Was hofft er dadurch zu gewinnen?«

Sie schob die Unterarme in den jeweils anderen Ärmel der Robe. »Du wirst mit mir zum Luftschiff kommen und dort auf mich warten, während ich ihn suche und mich persönlich bei ihm danach erkundige. Und zwar wirst du freiwillig mitkommen. Du wirst keinen Fluchtversuch unternehmen. Du wirst nicht versuchen, irgendwie über mich herzufallen. Und natürlich wirst du nicht deine Magie gegen mich einsetzen. Dem musst du jetzt zustimmen. Gib mir dein Wort darauf. Wenn du das tust, könntest du damit vielleicht dein Leben retten. Sag mir jetzt: Wirst du tun, was ich verlange? Aber lass dich warnen – ich werde es bemerken, wenn du mich anlügst oder täuschst.«

Er dachte kurz darüber nach, stand schweigend in der Nacht, betrachtete sie im Mondlicht und nickte schließlich. »Ja, ich werde alles tun.«

Dann spürte er ihr leises Summen, ihre Magie, die nach ihm griff, ihn umzingelte und ihn erfüllte, ein leichtes, warmes und forschendes Kribbeln. Er ließ sie gewähren und wartete ab, bis sie fertig war.

Nun trat sie vor, blieb direkt vor ihm stehen und setzte die Kapuze ab, sodass er ihr eindrucksvolles, blasses und wunderschönes Gesicht sehen konnte. Grianne. Seine Schwester. In ihrem Blick lag kein Zorn, keine Härte, nur Neugier. Sie streckte den Arm aus, berührte ihn an der Wange und schloss die Augen, während sie das tat. Erneut spürte er die Magie des Wunschliedes. Und wieder wehrte er sich nicht dagegen.

Nachdem sie die Augen wieder aufgeschlagen hatte, nickte sie. »Sehr schön. Wir können jetzt aufbrechen.«

»Willst du meine Waffen?«, fragte er rasch.

»Deine Waffen?« Die Frage schien sie zu erschrecken. Sie warf einen flüchtigen Blick auf das Schwert und das lange Messer. »Waffen kann ich nicht gebrauchen. Lass sie einfach hier liegen.«

Das lange Messer ließ er fallen, doch das Schwert von Shannara behielt er auf dem Rücken. »Das Schwert kann ich nicht hier lassen. Es gehört mir nicht. Man hat es mir zur Aufbewahrung anvertraut, und ich habe versprochen, gut darauf aufzupassen. Es gehört Walker.«

»Dem Druiden?« Sie schaute ihn scharf an.

Indem er ihr dies erzählte, ging er ein Risiko ein, aber er hatte es sorgsam abgewogen, und es ließ sich nicht vermeiden. »Das Schwert ist ein Talisman. Vielleicht hast du von ihm gehört. Das Schwert von Shannara.«

Jetzt stellte sie sich direkt vor ihn, und ihr Gesicht war nur mehr wenige Zoll von seinem eigenen entfernt. Ihre verblüffend blauen Augen bohrten sich in seine. »Das ist das Schwert von Shannara? Bist du sicher? Warum sollte er es dir überlassen?«

»Eine lange Geschichte. Soll ich sie dir erzählen?«

»Das kannst du unterwegs machen.« Sie reichte ihm den Talisman zurück. »Du trägst es. Nur wage es nicht, das Schwert zu ziehen.«

»Wenn du willst, kannst du es behalten.«

Über ihr bleiches Gesicht huschte so etwas wie Heiterkeit. »Das brauchst du mir nicht erst anzubieten. Ich kann es dir wegnehmen, wann immer ich will. Vergiss das nicht.«

Damit brach sie auf und warf nicht einmal einen Blick über die Schulter, um zu schauen, ob er ihr folgte. Er zögerte einen Moment, dann ging er ihr nach. »Was ist mit Truls Rohk?«

Jetzt wandte sie sich kurz um, und die harte Entschlossenheit, die ihr Gesicht bei ihrer ersten Begegnung geprägt hatte, zeigte sich wieder. »Er wird dich bei seiner Rückkehr vermissen, allerdings dürfte er nichts unternehmen können, glaube ich.«

Mehr erklärte sie ihm nicht. Bek wusste, selbst wenn er sie darum bat, würde sie sich weigern, mehr zu erzählen. Mit einem besorgten letzten Blick auf die nun verlassene Lichtung folgte er ihr in die Nacht.

Truls Rohk flog durch die Dunkelheit wie ein Schatten, huschte an Bäumen vorbei und über Gräben und Klüfte. Die Angst um den Jungen und die Wut über sich selbst trieben ihn voran. Er hatte sich unverzeihlich unvorsichtig verhalten, und Bek Ohmsford würde den Preis dafür zahlen, wenn er ihn nicht rechtzeitig erreichte.

Um ihn herum bildete der Wald einen lautlosen Vorhang, hinter dem ihn Augen belauerten.

Er rannte den Hang hinunter und achtete auf die Gegenwart der Hexe und ihres Caulls, wobei er keinen der beiden spürte. Dennoch wusste er, dass sie in der Nähe sein mussten. Er versuchte zu berechnen, wie groß ihr Vorsprung sein mochte. Bestenfalls konnte er eine Schätzung wagen. Während er diese magischen Gespenster beobachtet hatte, war ihm das Zeitgefühl abhanden gekommen. Jetzt musste er vom Schlimmsten ausgehen: dass sie den Jungen schon erreicht und zu ihrem Gefangenen gemacht hatte und dass er ihn nun befreien müsse.

Als er die Stelle zwischen den Bäumen erreichte, an der er den Jungen zurückgelassen hatte, war Bek verschwunden, die Lichtung leer, und überall lag der Geruch der Hexe in der Luft. Stille beherrschte das offene Gelände, und wachsam und vorsichtig trat er vor, um sicherzugehen, dass sie ihm keine Falle gestellt hatte. Es begann zu regnen, die Tropfen fielen mit leisem Prasseln auf die trockene, vom Mondlicht beschienene Erde und bildeten Flecken, die die gleiche Farbe hatten wie die Schatten.

Das Messer des Jungen lag auf dem Boden. Truls Rohk ging hinüber, kniete sich hin und wollte es aufheben. Derweil schlich sich der Caull aus dem Wald von hinten an ihn heran. Geschmeidig und kraftvoll setzte er, die Kiefer weit aufgerissen, zum Sprung an.

Dreizehn

Einige der Rindge führten Quentin Leah und seine Gefährten aus den Ruinen von Castledown zu ihrem Dorf. Die meisten blieben, um Fallen für die geheimnisvollen Wronks aufzustellen, derjenige allerdings, der mit Panax gesprochen hatte, führte die Eskorte an. Obwohl der Rindge kein Wort darüber verloren hatte, sah man den blutverschmierten, zerlumpten und erschöpften Besuchern an, dass sie zunächst einmal ausreichend Essen, Ruhe und medizinischer Behandlung bedurften. Quentin und seine Gesellschaft konnten, das erkannten sie selbst, die Suche nach den anderen nicht weiter fortsetzen, obgleich sie diese nur widerwillig abbrachen. Wollten sie ihre Freunde wirklich finden, mussten sie zunächst essen, ihre Wunden verbinden und an einem sicheren Ort schlafen. Überdies würden sich die Rindge vielleicht als hilfreich erweisen, da sie möglicherweise erklären konnten, wie und wo die weiteren Suchanstrengungen unternommen werden sollten.

Daher machten sie sich auf die dreistündige Wanderung durch den Wald zum Dorf der Rindge, wo sie gegen Mittag eintrafen. Unterwegs erfuhren sie weitere Geschichten über das Land, welches sie bereisten. Der Rindge, der das Reden übernahm, hieß Obatedequist

Parsenon, oder zumindest klang der Name laut Panax so ähnlich. Da der Zwerg sich nicht ganz sicher war, wurde der umständliche Name bald auf Obat verkürzt. Obat hatte in der Hierarchie des Dorfes den Rang eines Unterhäuptlings inne und war der Sohn des früheren Oberhäuptlings. Aus der Hochachtung, die ihm von den anderen Rindge entgegengebracht wurde, ließ sich deutlich entnehmen, dass er ein respektiertes Mitglied ihrer Gemeinschaft war. Obat erzählte ihnen, das Land heiße Parkasia, und sein Volk siedle hier bereits seit zweitausend Jahren, seit dem Anbeginn der Zeit. Die Großen Kriege erwähnte er nicht, dennoch schien er von dort aus zu rechnen, als habe vor der Landnahme der Rindge in Parkasia nichts existiert. Ganz sicher war Panax nicht, doch verstand er es so, dass Parkasia eine große Halbinsel war, an die sich eine wesentlich größere Landscholle im Norden und Westen anschloss, wo weitere Stämme wohnten.

In Parkasia gab es verschiedene Stämme der Rindge, erklärte Obat, von denen manche von der Jagd und andere vom Ackerbau lebten. Sie waren ein eigenständiges Völkchen und trieben untereinander wenig Handel. Gelegentlich brach zwischen ihnen Krieg aus, doch den größten gemeinsamen Feind stellte das Ding dar, das in den Ruinen von Castledown lebte. Antrax, so nannte Obat es, allerdings fiel es ihm schwer zu erklären, worum es sich dabei eigentlich handelte. Er sagte, es sei ein Geist, doch befehligte dieser die Kriecher und Feuerstrahlen, diese eigentümlichen Wesen, die auf den ersten Blick nichts mit Gespenstern zu tun hatten. Antrax beschützte Castledown vor Eindringlingen und tat dies schon, solange die Rindge zurückdenken konnten. Aber er überfiel manchmal auch die Dörfer der Rindge und raubte Stammesangehörige. Diese wurden nie wieder gesehen. Sie waren ein Opfer, das man darbrachte, um Antrax' Hunger zu stillen. Ihre Körper wurden zerstückelt und ihre Seelen versklavt, weshalb sie niemals sterben und Ruhe finden konnten.

Diese gleiche Geschichte hatte man der Gruppe um Quentin schon einmal erzählt, und auch jetzt ergab sie nicht mehr Sinn. Tot war tot, und man versklavte Seelen nicht, wenn der Körper nicht mehr existierte. Aber Obat bestand darauf, obwohl er keine Erklärung zu bieten hatte, aus welchem Grunde Antrax die Rindge holte und sie auf diese Weise behandelte, wofür er sie brauchte oder weshalb er sich überhaupt mit Menschen abgab, wo er doch über solch Furcht erregende Technologien verfügte. Jedes Mal, wenn der Name Antrax ausgesprochen wurde, schien dem Rindge unbehaglich zumute zu sein, er schaute sich in alle Richtungen um und machte Schutzzeichen, obwohl sie mehrere Stunden von den Ruinen entfernt waren.

Quentin Leah lauschte nur mit halbem Ohr, denn noch immer fühlte er sich miserabel, weil er Bek verlassen hatte. Erschöpft und zerschmettert, wie er nach dem Kampf gegen die Kriecher war, hielt er sich nur mehr durch reine Willenskraft aufrecht. Dennoch wurde ihm das Herz schwer, nachdem er die Suche nach seinem Vetter abgebrochen hatte, und er schaffte es einfach nicht, diese Gedanken aus seinem Kopf zu verbannen. Sie hatten sich gegenseitig versprochen, aufeinander aufzupassen. Bek hätte dieses Versprechen niemals gebrochen, gleichgültig, was geschah, solange ihn nicht etwas an der Einhaltung hinderte. Dass Quentin keine Ahnung hatte, wo er nach seinem Vetter suchen sollte, und dass das Betreten der Ruinen einem Selbstmord gleichkam, änderte daran nichts. Immer weiter entfernte er sich von Bek, während der ihn dringend brauchte.

Obat redete erneut über Antrax. Viele der Rindge, so sagte er, glaubten, Antrax habe die Menschen am Anbeginn der Zeit erschaffen und hole sich nun manchmal einige zurück, weil er mit ihrem Verhalten nicht einverstanden sei. Antrax war ein Gott, der verehrt und respektiert werden musste, sonst wäre eine Katastrophe die Folge. Daher gab es mehrmals im Jahr Pilgerfahrten, bei denen Geschenke in die Ruinen gebracht wurden. Bei manchen Stämmen wurden auch Menschen geopfert, an die Wronks, die einst zu ihrer Art gehört hatten. In Obats Dorf war dies nicht üblich, aber nur deshalb, weil man dort an die alten Legenden glaubte, denen zufolge Menschen aus der Erde entstanden waren und längst existiert hatten, ehe Antrax sie entdeckte. In Obats Dorf hielt man Antrax für einen Dämon.

Quentin hörte sich das alles an und fand darin einen gewissen Trost, denn Bek war mit seiner jüngst entdeckten Magie gegen Dämonen und Kriecher vermutlich besser gewappnet als er selbst. Dass Bek irgendeine Form von Magie besitzen sollte, verblüffte ihn noch immer, obwohl es bei Licht betrachtet nun Sinn ergab, dass Walker sie beide hatte mitnehmen wollen. Es erklärte außerdem, warum er sie ausgewählt hatte, obwohl sich doch so viele andere ebenfalls anboten. Aber gleichzeitig dachte der Hochländer erneut darüber nach, woher sein Vetter eigentlich stammte und aus welchem Grunde man dies so lange geheim gehalten hatte. Wie viel hatten Coran und Liria wohl gewusst und ihnen vorenthalten?

Gegen Mittag erreichten sie das Dorf der Rindge, und abermals taten ihnen die Füße weh. Das Örtchen breitete sich über eine Reihe miteinander verbundener Lichtungen in einem Wald aus, der die Ausläufer des Gebirges im Westen überzog, und bestand überwiegend aus offenen Hütten und Pavillons, die aus Holz- und Rindengerüsten gebaut waren, welche mit Decken und Reetwänden unterteilt wurden. Die Bewohner eilten herbei, um die Neuankömmlinge zu beschauen, einerlei ob Mann, Frau oder Kind, und alle hatten hennafarbige Haut und rote Haare, wobei die jüngeren dunkler als die älteren waren.

Keine Palisade und kein Graben schützte das Dorf, und als er darauf angesprochen wurde, antwortete Obat, solche Verteidigungsmaßnahmen hätten keinen Sinn; die Wronks und die Kriecher konnten sie leicht durchbrechen. Wurden sie überfallen, flohen die Rindge einfach in die Berge, bis die Lage wieder sicher war und sie zurückkehren konnten. Dem Schutz diente vor allem ein ausgefeiltes System von Wachposten. Die einzigen nützlichen Verteidigungsanlagen waren die Fallen, die im Wald aufgestellt wurden, gut getarnte Gruben mit spitzen Felssteinen am Grund. Oft fielen Kriecher und Wronks hinein, und wenn sie sich beim Sturz beschädigten, konnten sie nicht mehr herausklettern. Falls die metallenen Raubtiere gefunden wurden, füllte man die Gruben rasch mit Erde auf, damit der Feind die Befehle von Antrax nicht mehr hören konnte und für immer festsaß.

Fetische, die an Pfähle gebunden waren, umgaben das Dorf, Schutzpatrone der Rindge gegen alles, was Jagd auf sie machte. Quentin schaute in die Augen der Kinder, die ihn ansahen, und er fragte sich, wie viele davon die Fetische vor Überfällen und anderen Gefahren bewahren konnten.

Die fünf Gäste wurden in einen abgeteilten Bereich geführt, wo sie in großen Wannen mit heißem Wasser badeten, dann kamen die Heiler, die ihnen die Wunden verbanden. Anschließend wurden sie zu einem Pavillon gebracht, in dem sie auf Matten Platz nahmen und mit Essen versorgt wurden. Die Rindge waren Primitive, doch schien ihr Leben geregelt und durchaus angenehm zu sein. Quentin hielt sie für intelligent, nicht nur aufgrund ihrer Sprache, die einen singenden Tonfall hatte, sondern auch wegen des Blicks in ihren Augen und dem Aussehen ihrer Häuser. Obwohl einfach konstruiert, wirkte alles wohl überlegt und praktisch.

Nach einer Weile hatten sich die Rindge ihre Besucher genügend angeschaut und kehrten an ihre Arbeit zurück. Jeder schien eine Aufgabe zu haben, selbst die Kinder, wobei die Jüngsten allerdings hauptsächlich spielten und an ihrer Mutter hingen. *Hier ist es gar nicht so anders als im Hochland,* dachte Quentin.

Danach schliefen sie, und obwohl Quentin sich vorgenommen hatte, nur einige Stunden zu ruhen, wachte er nicht vor der Dämmerung auf. Panax war bereits aufgestanden und unterhielt sich mit Obat, und ihre Stimmen, die leise von draußen in die Schlafhütte drangen, hatten Quentin aus dem Schlaf gerissen. Verdrossen stellte er fest, dass die Elfen auch schon aufgestanden waren. Also wusch er sich Gesicht und Hände in einem Becken, welches für diesen Zweck bereitgestellt worden war, hängte sich das Schwert von Leah über den Rücken und trat hinaus.

Panax und die Elfen saßen zusammen mit Obat und etlichen weiteren Rindge auf Matten im Kreis und redeten. Während er auf sie zuging, bemerkte er die Skizzen, die man auf den Boden gezeichnet hatte. Panax und Obat waren so in ihre Unterhaltung vertieft, dass der Zwerg Quentin nicht einmal mit einem Blick bedachte, doch Tamis bemerkte ihn und winkte ihn zu sich.

»Schön, dich wieder unter den Lebenden zu sehen«, grüßte sie trocken. Ihr rundes Elfengesicht war sauber geschrubbt, die Haut unter der Sonnenbräune gerötet. »Du hast geschnarcht wie ein Ochse vorm Karren.«

Er zog eine Augenbraue in die Höhe. »Du hast bestimmt schon viele Ochsen vor den Karren gespannt, nicht?«

»Einige.« Sie strich sich das kurze Haar zurück. »Was würdest du sagen, wenn ich dir erzähle, dass die Obat noch einen anderen Weg nach Castledown hinein kennen?«

Quentin riss überrascht die Augen auf. »Ich würde sagen: Wann brechen wir auf?«

Ohne Zaudern stimmte jeder zu, den Aufbruch nicht weiter zu verschieben. Ausgeruht und satt und mit gestärktem Mut, wie sie waren, hatten sie die Erinnerungen an ihre Erlebnisse ausreichend verdrängt, Wachsamkeit hatte die Angst ersetzt, und alle waren begierig darauf zurückzukehren. Jeder wollte eine Antwort auf die Frage, was den Freunden zugestoßen war, und niemand würde seinen Seelenfrieden finden, ehe diese Antwort nicht vorlag. Ohne es laut auszusprechen, glaubte jeder, er habe in Castledown noch etwas zu erledigen.

Ihre Entschlossenheit wurde allerdings dadurch verstärkt, dass die Rindge zugestimmt hatten, sie zu begleiten. Trotz Kriechern und Feuerstrahlen brannten sie darauf, den neuen Weg in die Kammern unter der Ruine zu erkunden. Ard Patrinell, Ahren Elessedil und einige andere Elfen wurden vermisst. Auch von Walker hatten sie nichts mehr gehört. Bek war zusammen mit Ryer Ord Star verschwunden. Manche von ihnen, vielleicht sogar alle, lebten vielleicht noch und brauchten Hilfe. Quentin und seine Gefährten würden sie darauf nicht lange warten lassen.

Rasch speisten sie, schnürten sich die Waffen um und brachen auf. Obat führte ihre Rindge-Eskorte an, zwei Dutzend kräftiger Männer. Die meisten Rindge trugen sechs Fuß lange Blasrohre, dazu Messer und Wurfspeer, einige waren jedoch mit kurzem, breitem Speer mit messerscharfer sternförmiger Spitze ausgerüstet, mit dem man sogar das Metall von Kriechern durchbohren konnte. Sie wurden wie Brecheisen benutzt, erklärte Obat auf Panax' Frage hin. Die Spitzen rammte man in die Ritzen an den Gelenken der Metallrüstung und bog so lange, bis Letztere nachgab. Bei solchen Begegnungen waren die Rindge gewöhnlich in der Überzahl und deshalb im Vorteil. Die Kriecher, beschwor er ernsthaft, seien nicht unbesiegbar.

Man konnte viel lernen, wenn man die Rindge beobachtete. Zwar führten sie ein primitives Leben, doch wirkten ihre Krieger gut ausgebildet und diszipliniert. Sie kämpften in Einheiten, deren Größe von der jeweiligen Waffe abhing. Die vorderen Reihen setzten die schweren Speere ein, hinten verwendete man dagegen die Blasrohre und Wurfspeere.

Sogar unterwegs behielten sie die Schlachtordnung bei und teilten die Männer in kleine Gruppen ein, wobei Kundschafter vorn und hinten patrouillierten und die Speerträger die Seiten der Marschkolonne bewachten. Die Fremden, die in der Schlacht noch nicht erprobt waren, wurden in der Mitte geführt und befanden sich so ganz unter dem Schutz ihrer Gastgeber.

Quentin fiel auf, wie die Rindge während des Marschierens rotierten und sich auf Befehle von Obat hin ständig neu gruppierten. Ihre gebräunten Körper glänzten vor Öl und Schweiß. Niemand in der kleinen Gesellschaft dachte daran, diese Taktik in Frage zu stellen. Die Rindge lebten seit Hunderten von Jahren in dieser Gegend und schlugen sich mit den Lakaien von Antrax herum, sicher wussten sie, was sie taten und warum.

Nach einer Weile ließ sich Panax zurückfallen und ging neben Quentin, während die Elfen einige Schritte vorausliefen. Offensichtlich verfolgte er damit eine Absicht, also verlangsamte auch der Hochländer seinen Schritt.

»Die Rindge glauben, Antrax kontrolliere das Wetter«, berichtete der Zwerg ihm leise und hielt sowohl Kopf als auch Stimme gesenkt.

Quentin blickte ihn überrascht an. »Das ist doch unmöglich. Niemand kann das Wetter kontrollieren.«

»Ihrer Meinung nach kann Antrax das dennoch. Deshalb würde sich das Wetter in diesem Teil von Parkasia niemals ändern, anderswo dagegen schon. Obat sagt, er kenne die Gletscher und Eisfelder an der Küste. Im Landesinneren, weiter im Norden und im Westen, schneit es, auch auf der anderen Seite der Berge. Dort gibt es Jahreszeiten, hier dagegen nicht.«

Quentin schob sich das Schwert von Leah auf dem Rücken zurecht. »Walker hat irgendetwas zu Bek über das Wetter gesagt. Er meinte, es sei eigenartig. Vielleicht handele es sich um ein Zusammenspiel von Wind und geografischen Gegebenheiten, um eine Anomalie.« Er schüttelte den Kopf. »Oder vielleicht ist Antrax tatsächlich ein Gott.«

Der Zwerg grunzte. »Ein grausamer Gott, wenn man den Rindge glauben darf. Ohne erkennbaren Grund jagt er sie. Er benutzt sie als Futter, und dann entledigt er sich ihrer, wobei einige wichtige Teile fehlen. Ich frage mich andauernd, womit wir es wohl zu tun haben.«

»Und ich frage mich dauernd, wie viel Walker von all dem gewusst und für sich behalten hat«, erwiderte Quentin leise.

Panax nickte. »Truls würde sagen, Walker habe alles gewusst, denn Druiden haben nur das eine Ziel, etwas herauszufinden und dann ein Geheimnis daraus zu machen. Ich bin mir allerdings nicht so sicher. Vor drei Tagen sind wir mitten in diese Falle gelaufen, und der Druide wirkte genauso überrascht wie wir.«

Schweigend gingen sie durch die stille Mittagshitze und folgten einem ausgetretenen Pfad, der sie durch alten Laubwald führte, wo die Äste über ihnen einen dichten Baldachin bildeten, durch den sich das Licht nur in einzelnen Strahlen einen Weg bahnen konnte. Vögel flogen über ihre Köpfe hinweg und sangen fröhlich, Eichhörnchen und Feldmäuse huschten hin und her. Die Sonne wanderte gemächlich über einen wolkenlosen Himmel nach Westen, und die Luft duftete nach grünem Laub und trockener Erde.

Dann ließ sich auch Tamis zu ihnen zurückfallen. »Ich habe nachgedacht«, sagte sie leise. »Irgendetwas stimmt hier nicht.«

Die beiden starrten sie an. »Was meinst du damit?«, fragte Panax und blickte sich um, als könnte er die Antwort im Grün des Waldes entdecken.

Tamis sah von einem zum anderen. »Stell dir die Frage mal selbst. Warum sind die Rindge so hilfreich? Aus reiner Menschenfreundlichkeit? Aus einer Verpflichtung heraus, Fremden zu helfen, die aus fernen Ländern kommen? Aus Mitleid, weil wir unsere Freunde verloren haben und hier gestrandet sind?«

»Das wäre nicht so ungewöhnlich«, erwiderte Quentin ein wenig zu scharf.

Sie warf ihm einen wütenden Blick zu. »Sei nicht dumm. Indem die Rindge uns helfen, riskieren sie ihr Leben und setzen sich möglicherweise der Vergeltung von Antrax aus, was auch immer er ist. Das würden sie nicht tun, solange sie sich nicht einen Vorteil erhoffen.«

Panax zog eine finstere Miene, denn dieser Vorwurf machte ihn nicht glücklicher als Quentin. »Und welcher Vorteil sollte das sein, Tamis?«

»Darüber habe ich nachgedacht«, fuhr sie fort, senkte die Stimme und ließ die Rindge nicht aus den Augen. »Ihr habt ihnen erzählt, wir seien hergekommen, um einen Schatz zu suchen, und sie wissen, dass wir mit der Absicht in die Ruinen gezogen sind, ihn zu finden. Daher nehmen sie vermutlich an, wir wüssten etwas über Castledown, das ihnen unbekannt ist, sonst hätten wir diese Unternehmung nicht gewagt – gleich, wie irrig diese Annahme ist. Zumindest, davon dürften sie ausgehen, besitzen wir etwas, mit dem wir eine Chance gegen Antrax haben. Nun lasst euch das einmal durch den Kopf gehen. Sie haben es zwar nicht gesagt, aber was wäre, wenn sie uns schon bei unserem ersten Marsch in die Ruinenstadt beobachtet haben und über Quentins Schwert und Walkers Druidenkräfte Bescheid wissen? Seit Jahrhunderten suchen sie nach einer Möglichkeit, sich Antrax' zu entledigen, und jetzt endlich sind sie vielleicht auf eine gestoßen. Auf uns. Wenn sie uns nun einfach als Waffe benutzen?«

»Um Antrax zu zerstören«, beendete Quentin ihre Überlegungen. »Also bringen sie uns zu ihm, lassen uns auf ihn los und hoffen das Beste. Daher werden sie wohl nicht an unserer Seite kämpfen, falls es zum Schlimmsten kommt. Sie werden davonlaufen.«

Sie zuckte mit den Schultern. »Ich habe keine Ahnung, wie sie sich verhalten werden. Nur, denke ich, sollten wir genau aufpassen, was in unserem Rücken stattfindet. Vermutlich wundern sie sich über uns – woher kommen wir, und was haben wir vor, nachdem wir hier fertig sind? Womöglich halten sie es für das Beste, wenn Antrax und wir uns gegenseitig vernichten, damit die Rindge anschließend ihre Ruhe haben. Das müssen sie sich überlegt haben. Denn sie wollen nicht eine Form der Tyrannei gegen die andere tauschen. Immerhin besteht für sie diese Möglichkeit, und was auch immer wir sagen, wird sie nicht vom Gegenteil überzeugen.«

»Ich glaube nicht, dass Obat so denkt«, wandte Quentin nach einer Weile ein.

Tamis grinste höhnisch. »Du bist noch nicht so lange auf dieser Welt wie ich, Quentin Leah. Hast noch nicht so viel erlebt. Was meinst du, Panax?«

Der Zwerg schaute Quentin an, sein raues Gesicht war starr. »Sie hat Recht. Besser, wir sind auf alle Eventualitäten vorbereitet.«

»Kian und Wye habe ich alles schon erzählt«, teilte sie ihnen noch mit und machte sich wieder nach vorn auf. Dabei warf sie Quentin einen Blick über die Schulter zu. »Hoffentlich täusche ich mich, Hochländer. Hoffentlich.«

Schweigend setzten sie ihren Marsch fort, und Quentin grübelte düster über die Möglichkeit nach, abermals verraten zu werden. Gewiss hatte Tamis Recht, was die Rindge betraf, aber er wollte gar nicht darüber nachdenken, was das bedeutete. Wenn nur Bek hier wäre und ihm einen Rat geben könnte. Er hätte die Wahrheit sicherlich schneller herausgefunden. Die Rindge machten keineswegs einen feindseligen Eindruck, allerdings führten sie seit Urzeiten Krieg gegen Antrax, daher kannten sie vermutlich einige wichtige Überlebensstrategien. Zwar wollten sie ihren Gästen nichts Böses, doch Tamis könnte richtig liegen. Vielleicht wollten sie einfach zuschauen, wie die Fremden sich den Weg durch das Labyrinth erkämpften. Immerhin bestand die Möglichkeit, dass sie schlicht abwarteten, was geschähe, wenn Antrax und Quentins Gruppe aufeinander stießen.

Je mehr Quentin darüber nachdachte, desto unbehaglicher wurde ihm zumute. Die einzige wirkliche Waffe, die sie besaßen, war sein Schwert. Vielleicht würde er sie damit durch das Labyrinth bringen, sicher war er sich dessen jedoch nicht. Wenn Walker von Antrax besiegt worden war, welche Chance hatte dann er? Er fragte sich, ob Bek auf Antrax gestoßen war und seine Magie einsetzte, nachdem er diese entdeckt hatte. Und falls ja, hatte er Erfolg gehabt? Wenn seine Magie mächtig genug war, um Kriecher zu zerstören, wie Tamis berichtet hatte, konnte er damit Antrax zur Strecke bringen? Der Gedanke, Bek würde allein gegen Antrax antreten, behagte ihm nicht. Schon die Möglichkeit behagte ihm nicht. Bek sollte nicht allein sein. Oder er selbst, was das betraf. Sie sollten es gemeinsam unternehmen, zusammenstehen, wie sie es sich vorgenommen hatten, und dabei aufeinander aufpassen.

Er fragte sich, ob es eine Chance gab, dass sie sich wieder treffen würden – und zwar rechtzeitig.

Am frühen Nachmittag erreichten sie den Rand von Castledown und machten Pause, während die Rindge das vor ihnen liegende Stück Weges nach Kriechern absuchten. Quentin setzte sich zu Panax und starrte nach vorn. Die Hitze auf dem Metall über der zerstörten Stadt ließ die mittägliche Luft flimmern. In der flachen Ödnis rührte sich nichts. Auch von dem Labyrinth im Stadtinnern ließ sich von hier aus nichts sehen, und nichts verriet, ob schon einmal jemand diesen Weg benutzt hatte. Panax trank einen Schluck Wasser und bot den Schlauch dann Quentin an.

»Machst du dir Sorgen um Bek?«, fragte er und wischte sich den Mund ab.

Quentin nickte. »Ich kann nicht anders. Mir gefällt der Gedanke ganz und gar nicht, dass er sich irgendwo dort draußen allein herumtreibt.«

Der Zwerg nickte und schaute in die Ferne. »Trotzdem ist es vielleicht besser so.«

Die Kundschafter der Rindge kehrten zurück. In der Umgebung der Stadt hatten sich keine Kriecher gezeigt. Obat deutete nach vorn, und sie zogen weiter durch die Bäume und blieben dicht am Waldrand, während sie an den Ruinen entlang in südöstliche Richtung marschierten. Niemand sprach, alle behielten die Stadt im Auge und achteten sorgsam darauf, wohin sie ihre Schritte setzten. Die Gebäude schienen sie anzustarren, die klaffenden Öffnungen von Fenstern und Türen wirkten wie leere Augen und Münder. Castledown war ein Friedhof für tote Menschen und tote Maschinen, ein Grab für den Unvorsichtigen. Quentin hatte das Schwert von Leah aus der Scheide gezogen und trug es vor sich, wobei er ein leises Kribbeln der Magie fühlte, die darauf wartete, gerufen zu werden. Er spürte seinen Herzschlag in den Schläfen hämmern und hörte seinen eigenen Atem.

Obat führte sie zu einem vergitterten Eingang, der in die Seite eines Gebäudes geschnitten war. Dieses breitete sich mehrere hundert Meter in beide Richtungen aus. Er postierte an beiden Enden Wachposten und machte sich vorsichtig daran, mit einem seiner Männer die Befestigungen zu lösen und das Gitter in den verrosteten Angeln zu öffnen. Dabei quietschte es mehrmals laut, was weder die alte Schmiere noch sein Gewicht verhinderte.

Obat zeigte in das schwarze Loch und sprach leise mit Panax.

»Obat sagt, dieser Gang führt dorthin, wo Antrax lebt«, dolmetschte der Zwerg. »Er meint, durch diese Öffnung atmet er unter der Erde.«

»Ein Lüftungsschacht«, sagte Quentin.

»Frag ihn, woher er weiß, dass Antrax dort unten ist«, bat Tamis.

Panax fragte ihn, hörte sich Obats Antwort an und schüttelte den Kopf. »Er weiß es, weil er Kriecher gesehen hat, die aus diesem Loch gekommen sind.«

Tamis blickte Quentin an. »Was meinst du, Hochländer? Du trägst das Schwert.«

Quentin starrte in die Dunkelheit des Schachtes und dachte nur, dass ihm kein Ort der Welt weniger einladend erschien als dieser. Weiter hinten konnte er Lichter ausmachen, schwaches Glimmen in der Finsternis, also wären sie immerhin nicht blind. Trotzdem wollte er nicht unter der Erde, unter all dem Stein und Metall in die Falle gehen, ohne eine Karte zu haben und ohne zu wissen, wo sie suchen mussten.

»Das könnte sich als reine Zeitverschwendung herausstellen«, meinte Panax.

Quentin nickte. »Andererseits, was können wir sonst tun? Wo sollen wir sonst nach den anderen suchen, wenn nicht hier?« Er packte den Griff des Schwertes fester. »Bis zu diesem Punkt haben wir es geschafft. Wenigstens sollten wir einen Blick wagen.«

Tamis trat vor und spähte in die Dunkelheit. »Ein Blick wäre mehr als genug. Werden uns die Rindge begleiten?«

Panax schüttelte den Kopf. »Sie haben mir bereits gesagt, dass sie die Ruinen nicht betreten, weder über noch unter der Erde. Vor Antrax haben sie zu große Angst. Immerhin warten sie hier auf uns.«

»Das spielt keine Rolle. Wir werden sie sowieso nicht brauchen.« Sie blickte zu Quentin. »Bereit, Hochländer?«

Quentin nickte. »Bereit.«

Dicht aneinander gedrängt betraten sie den Stollen, wobei Tamis die Führung übernahm und sich den Weg sorgsam anschaute. Rasch gewöhnten sich die Augen an die Dunkelheit. Die Wände, der Boden und die Decke des Lüftungsschachtes waren glatt und leer. Mehrere hundert Meter ging es voran, immer in die gleiche Richtung, schweigsam und mit dem schwachen Geruch des Metalls in der Nase, und von der Öffnung, durch die sie eingetreten waren, blieb hinter ihnen nur ein kleiner heller Punkt. Nun neigte sich der

Stollen langsam leicht nach unten, bis er sich in zwei Gänge gabelte. Die kleine Gesellschaft blieb stehen und wählte schließlich den größeren der beiden, der weiter nach unten führte. Zahllose Röhren mündeten an den Wänden und in der Decke. Von vorn hörten sie Geräusche von Maschinen, zunächst noch leise und kaum vernehmbar, ein leises Schnurren, ein Summen. Es klang wie ein uraltes Lebewesen, das schon seit Ewigkeiten sein Leben hier fristete.

In regelmäßigen Abständen brannten Lichter ohne Flammen an den Wänden, deren gelbliches Licht nicht flackerte. Eigenartige Fischaugen starrten Quentin von der Decke an. Sie waren weiter voneinander entfernt als die Lampen, und in ihrer Mitte blinkten winzige rote Punkte. Diese Fischaugen schienen ihn anzustarren. Der Gedanke allein war lächerlich, trotzdem konnte er ihn nicht abschütteln. Er blickte zu Panax und Tamis, ob sie ebenfalls nach oben sahen, aber sie schauten nach vorn den Gang entlang.

Voller Erstaunen betrachtete Quentin seine Umgebung. Einen solchen Ort hatte er nie zuvor gesehen. So viele Metallplatten lagen aneinander, Meter um Meter, mit Nieten befestigt und gegen Wetter und Tiere und Pflanzenwuchs geschützt, ein Tunnel von Menschenhand, der in die Erde gegraben war. Wie hatte man ihn gebaut? Er versuchte sich die Kultur, die Maschinen und die Fähigkeiten vorzustellen, die man brauchte, aber schon dazu war er nicht in der Lage. Die Alte Welt unterschied sich stark von der heutigen, das hatte er immer gewusst, doch war ihm dies nicht so eindringlich zu Bewusstsein gekommen wie in diesem Lüftungsschacht.

Von Stützen gehalten, tauchten nun Metallrohre auf, die sich weit über die Wände des Ganges erstreckten. Ihren Zweck vermochte Quentin nicht zu erkennen. Alles wirkte fremdartig und unbekannt, all die metallenen Oberflächen, all der Raum und die Leere. Wenn Antrax hier unten lebte, hatte er sehr viel Platz – so viel stand fest. Aber welche Art von Lebewesen suchte sich so einen Ort zum Wohnen aus? Eine andere Maschine, ein Kriecher aus Metall, dachte Quentin. Vielleicht war Antrax eine Maschine und doch viel mächtiger als die Kriecher, die er befehligte.

Plötzlich erstarrte Tamis. Warnend hob sie die Hand. Augenblicklich blieben die vier Männer stehen. Alle lauschten. Vor ihnen endete der Gang in einem Verteilerraum, von dem ähnliche Tunnel wie Speichen von einem Rad abzweigten. Aus einem dieser Gänge hörte man Schritte. Die Schritte waren schwer und laut und vorsichtig, als würde jemand ein schweres Gewicht tragen.

Quentin hatte nie zuvor solche Schritte gehört. Was sie hervorrief, ging auf zwei Beinen, aber es klang nicht so wie irgendein Wesen, dem er schon einmal begegnet war. Er schaute die anderen an. Tamis hatte sich geduckt wie eine Katze. Panax stand aufrecht da und hatte eine unergründliche Miene aufgesetzt. Die Gesichter der Elfenjäger Kian und Wye glänzten vor Schweiß. Quentin hatte das Gefühl, er könne nicht mehr atmen. Niemand konnte sich rühren.

Dann eilte Tamis auf den düsteren Verteilerraum zu. Einmal sah sie zu Quentin zurück, ihr ernstes Gesicht war angespannt, und ihre grauen Augen leuchteten. *Lass mich nicht im Stich,* sagte ihr Blick. Ohne die Reaktion der anderen abzuwarten, folgte er ihr. Dann setzten sich auch der Zwerg und die beiden Elfen in Bewegung. Das Geräusch der Schritte wurde lauter. Wer oder was immer es war, es gab sich keine Mühe, sein Näherkommen zu verbergen. Offensichtlich war es groß und besaß eine ordentliche Portion Selbstvertrauen. Jedenfalls gehörte es nicht zu denjenigen, nach denen Quentin und seine Gefährten suchten.

Zwanzig Fuß vor dem Verteiler waren alle Ausgänge der sich dort kreuzenden Tunnel sichtbar, und die fünf verlangsamten ihre Geschwindigkeit, als ein Schatten aus dem Gang links neben dem ihren auftauchte. Dann trat eine große, schwerfällige Gestalt aus der Dunkelheit ins Licht des Dutzends Lampen.

Quentin stockte der Atem, als die Gestalt zu erkennen war. Auch die anderen hörte er nach Luft schnappen. Selbst Tamis, die sonst immer vor nichts Angst zu haben schien, trat erschrocken einen Schritt zurück.

Wie ein Schatten oder ein Dämon oder vielleicht eine Mischung aus beidem, aber vor allem wie ein Ungeheuer aus einem Albtraum, das in die wirkliche Welt geflohen ist, drehte sich das Ding – denn ein anderes Wort dafür gab es nicht – zu ihnen um.

Es war Ard Patrinell.

Oder was von ihm übrig war.

Vierzehn

Während sich Quentin Leah vorgestellt hatte, was seinen vermissten Freunden möglicherweise zugestoßen war, hatte er an einige Furcht erregende und grauenhafte Möglichkeiten gedacht, doch nicht im Entferntesten an eine Kreatur, wie sie ihnen nun gegenüberstand. Das Wesen vor ihnen, das Ding, das einst Ard Patrinell gewesen war, überstieg jegliche Vorstellungskraft. Es bestand einerseits aus Fleisch und Knochen und andererseits aus Metall. Im Inneren funktionierte eine Maschine: Der Hochländer hörte das ständige Surren aus dem Metalltorso, an dem die anderen Teile befestigt waren. Die Beine und der linke Arm bestanden ebenfalls aus Metall, und alle drei Teile hatten Streben, die an Knien, Ellbogen, Füßen und Händen Kugelgelenke aufwiesen, von Kabeln umgeben, welche an dem Wesen verlegt waren wie Arterien und Venen in einem menschlichen Körper.

Von dem alten Ard Patrinell waren der rechte Arm und das Gesicht geblieben. Die Gesichtszüge des Hauptmanns der Leibgarde erkannte man sofort. Der mit einer Metallkappe versehene Kopf steckte in einem hohen Kragen. Es ließ sich nicht erkennen, ob der Kopf noch mit irgendeinem Teil seines Körpers verbunden war, obwohl Quentin selbst im trüben Licht des Lüftungsschachtes Farbe in den ausdrucksstarken Zügen und eine Bewegung der Augen bemerkte. Aber keinerlei Zweifel hatte er in Hinsicht auf den rechten Arm, der aus einer Metallschulter ragte und dort ebenso mit einem Kugelgelenk angebracht war wie die übrigen Glieder.

Rote und grüne Lichter blinkten wie winzige Glasaugen überall an dem glänzenden Torso, und Zahlen in Fensterchen klickten und surrten und steuerten Funktionen, die Quentin sich kaum ausmalen konnte. Die Füße waren mit einem weichen Material gedämpft, deshalb erzeugte das Wesen beim Gehen nur ein dumpfes Stampfen, kein metallisches Klacken. In der menschlichen Rechten hielt das Ding ein breites Schwert. Die metallene Linke hatte ein langes Messer umschlossen, am Unterarm war zudem ein Schild befestigt.

Als es sie sah – und es sah sie, das konnten sie an der Bewegung der Augen und dem Zucken des Körpers erkennen –, ging es, ohne zu zögern, auf sie los und hob die Waffen zum Angriff.

Einen Augenblick lang hielt die Gruppe die Stellung, eher, weil sie unfähig waren, sich zu rühren, und nicht, weil sie übermäßiger Mut antrieb. Dann schrie Tamis: »Nein! Raus hier!«

Sie wichen zurück, langsam zunächst, dann schneller, während auch das Ungeheuer den Schritt beschleunigte. Es hatte großes Körpergewicht, dennoch wirkten die Bewegungen geschmeidig und unangestrengt, als wäre ein Teil von Ard Patrinells Behändigkeit in der neuen Gestalt eingefangen worden. Schließlich begannen der Zwerg, der Hochländer und die drei Elfen zu rennen, angetrieben von Furcht und Entsetzen, und dazu hetzte sie noch ein weiterer Grund. Sie wollten sich nicht einem Ding stellen, das zum Teil aus jemandem bestand, den sie gekannt und bewundert hatten. Ard Patrinell war ihr Freund gewesen, und keiner von ihnen wollte gegen seinen Schatten kämpfen.

Aber was sie wollten, zählte nicht sehr viel. Sie flogen den Gang entlang, den sie gekommen waren, riefen einander ermutigende Worte zu, und Tamis schrie, sie sollten nach draußen laufen, wo sie mehr Platz hatten, um sich zu verteilen. Und wo die Rindge ihnen vielleicht Hilfe leisten konnten, dachte Quentin, ohne es auszusprechen. Kian und Wye, zähe Kerle in hervorragendem körperlichem Zustand, waren den anderen dreien bald ein gutes Stück voraus. Tamis ließ sich absichtlich ein wenig zurückfallen und hielt ein Auge auf Panax, der sich mit dem Laufen abmühte. Quentin hätte mit den schnellen Elfen mithalten können, der Zwerg dagegen war zu stämmig und nicht für große Geschwindigkeiten gebaut. Schon bald keuchte er heftig, und das unermüdliche Metallungeheuer hinter ihnen holte auf.

An der ersten Gabelung des Ganges drehte sich Quentin zu ihrem Verfolger um und rief den anderen zu, sie sollten weiterlaufen. Er stellte sich in die Mitte, hob das Schwert von Leah und griff das Ding an, das früher einmal Ard Patrinell gewesen war. Es kam auf ihn zu, ohne langsamer zu werden, riesig und schwer, und die Metallteile glänzten im Licht der flammenlosen Lampen. Für einen Augenblick glaubte Quentin, er sei ein toter Mann, er dachte, dass er seine Möglichkeiten falsch eingeschätzt habe und dieser Aufgabe nicht gewachsen sei. Dann erwachte die Magie zum Leben, fuhr in die Klinge seines Talismans, und er schrie: »Leah! Leah!«

Ohrenbetäubend krachten die Klingen aufeinander, und die Wucht des Aufpralls hätte Quentin beinahe von den Beinen gerissen. Durch die größere Masse des Gegners zurückgedrängt, brachte er jedoch die Klinge wieder hoch und suchte mit den Füßen auf dem glatten Boden nach Halt. Er packte den Metallarm des Ungeheuers, um ihm das lange Messer zu entwinden, erkannte jedoch rasch, dass es ihm dafür an Kraft fehlte. Also sprang er zurück, während ihn die Magie des Schwertes durchflutete wie ein angeschwollener Fluss, wüst und unaufhaltsam. Er kannte nur noch einen Gedanken, sich selbst zu verteidigen, und er setzte zu einem Hieb an, der Ard Patrinells Kopf treffen sollte. Zu seinem Erstaunen landete er keinen Treffer. Zum einen wurde er vom Schwert des Gegners geblockt, und zum anderen wurde der Schlag von einem unsichtbaren Schild um den Kopf mit der Metallkappe abgewehrt.

Quentin schlug ein zweites Mal zu; dann stand Tamis an seiner Seite und schrie Panax zu, er solle rennen. Zusammen kämpften sie und wollten das metallene Ungetüm in Schach halten, hämmerten von zwei Seiten auf es ein und schlugen auf alles ein, das irgendwie verletzbar wirkte oder sich vielleicht zerschmettern ließ. Sie wollten es doch nur ein wenig aufhalten, dachte Quentin – damit sie entfliehen konnten.

Dann wich das Ungeheuer einem Hieb des Hochländers aus, trat zwischen das Elfenmädchen und ihn und streckte die Hände, die jede eine Klinge hielten, aus, um ihn an die Tunnelwand zu nageln. Einen Moment lang verhakten sie sich, daraufhin hämmerte Quentin mit dem Schwert auf das Metall ein, bis er plötzlich einen lauten Schrei ausstieß, weil er dem Ungetüm unerwartet in die Augen geblickt und dort etwas Entsetzliches entdeckt hatte.

»Lauf!«, schrie er Tamis zu, und Seite an Seite rannten sie den Gang hinunter, Panax und den Elfenjägern hinterher.

Er konnte sich nicht von diesem Bild lösen. Was er in diesen Augen gesehen hatte, in den Augen eines toten Mannes, hatte seine Seele vor Grauen erstarren lassen. Es fiel ihm im Nachhinein schwer zu glauben, dass er sich nicht getäuscht hatte. Nun verstand er jedenfalls, was der Rindge gemeint hatte, als er sagte, die von Antrax gefangenen und zerstückelten Menschen seien nicht tot, sondern lebten noch, nur ihre Seelen seien eingesperrt.

Er verspürte eine Angst, die er niemals für möglich gehalten hätte. Plötzlich wollte er nur noch fort von diesem Ort, den Schrecken hinter sich lassen und ihn vergessen.

»Hast du es gesehen?«, fragte er Tamis keuchend, während sie rannten. »Seine Augen? Hast du seine Augen gesehen?«

»Was?«, fragte sie zurück. Sie keuchte ebenfalls. »Seine Augen?«

Er brachte nicht mehr hervor, konnte nicht zu Ende erklären, was er begonnen hatte. So schüttelte er lediglich den Kopf und rannte schneller und schneller, und sein Atem brannte ihm in der Kehle. Weiter ging die Flucht durch den dämmrigen Gang.

Es dauerte nur Minuten, doch erschien es ihm wie eine Ewigkeit, den Eingang zu erreichen und den Schacht zu verlassen. Die anderen waren bereits draußen – Kian, Wye, Panax und sogar die Rindge, die nicht, wie von Tamis befürchtet, geflohen waren. Obat hatte seine Krieger zwei Dutzend Meter vom Eingang entfernt in Aufstellung gebracht, und diese warteten nun mit gesenkten schweren Speeren oder angesetzten Blasrohren. Quentins kleine Gruppe nahm keuchend ihren Platz am einen Ende der Formation ein und starrte zu der schwarzen Öffnung zurück, aus der sie geflohen waren.

Das Ungeheuer stürzte heraus und stürmte geradewegs auf sie zu. Es verlangsamte kaum den Schritt und zögerte nicht, sondern hielt genau auf die Mitte der Rindge zu, stieß Speere aus dem Weg, schlug Pfeile aus den Blasrohren zur Seite und warf jene, die es aufhalten wollten, in alle Richtungen nieder. Kaum blieb genug Zeit, »Wronk« zu schreien, da lagen schon drei Mann tot oder sterbend am Boden, und alle bis auf eine Hand voll Krieger waren auseinander gestoben. Obat und zwei weitere standen ihren Mann, gemeinsam mit den Elfen, Panax und Quentin Leah, der von allen Seiten auf das Ungetüm einschlug und eine Möglichkeit, eine Schwachstelle suchte, um es aufzuhalten. Stöhnen und Schreie vermischten sich mit dem Klirren der eisernen Waffen. Klingen blitzten im Sonnenlicht auf, und schweißglänzende oder staubbedeckte Körper kämpften darum, auf den Beinen zu bleiben und sich das metallene Ungeheuer vom Leib zu halten.

»Leah!«, brüllte Quentin wuterfüllt und hieb ein ums andere Mal auf den Wronk ein, der einst Ard Patrinell gewesen war. Voller Schrecken beobachtete er, wie dieser reagierte, mit unbeirrbarem Instinkt und den Fähigkeiten eines Hauptmanns der Leibwache sowie allem Wissen übers Fechten, welches Ard Patrinell sich in den über zwanzig Jahren Kampf und Ausbildung angeeignet hatte. Es war einfach fürchterlich, als lebe Patrinell noch, als sei sein Geist in dieser Metallhülle gefangen und könne deren Handeln bestimmen und über ihre Reaktionen nachdenken. Man hatte den Eindruck, er wisse, was Quentin als Nächstes tun würde, ehe dieser es sich selbst überlegt hatte, als könne er jede Bewegung des Hochländers voraussehen.

Und möglicherweise konnte er das, dachte Quentin entsetzt. Ard Patrinell hatte dem Hochländer fast alles beigebracht, was er über Fechten wusste. An Bord der *Jerle Shannara* hatte Patrinell Quentin in den Tricks und Finten unterrichtet, die ihm in einem Kampf das Leben retten konnten. Quentin hatte einen guten Schüler abgegeben, aber Patrinell beherrschte seine eigenen Tricks natürlich viel besser.

Mit ihm auch dieser Wronk, zu dem er geworden war, dieses Monstrum, diese schauderhafte Verschmelzung aus Metall und Fleisch.

Wieder fiel ein Rindge, blutig und zerschmettert, vom Hals bis zum Schritt aufgeschlitzt. Obat und die verbliebenen Rindge drehten sich um und gaben Fersengeld. Auch Quentins kleine Gruppe wich vor dem erneuten Ansturm des Wronks zurück. Verzweiflung machte sich auf ihren Mienen breit und raubte ihnen die Entschlossenheit. Aber dann kehrte ihr Glück zurück. Während seines Angriffs verfing sich der Wronk mit den Füßen in der Leiche eines Rindge, stolperte und ging zu Boden. Augenblicklich stand er wieder, doch ein gebrochener Knochen des Toten hatte sich in einem Gelenk verkeilt. Der Wronk brauchte nur wenige Momente, um sich zu befreien, doch diese nutzten Quentin und seine Freunde, um den anscheinend hoffnungslosen Kampf abzubrechen und sich der Flucht der Rindge anzuschließen. Auf diese Weise würden sie die Auseinandersetzung niemals gewinnen, also mussten sie einen neuen Plan schmieden. Bis dahin hielt man sich am besten von dem Ungetüm fern.

Während der Flucht schoben sie die Waffen in die Scheide und rannten in den Wald. Obat verlangsamte den Schritt, damit sie aufholen konnten, und rief Panax etwas zu, der darauf antwortete; dann tauchten sie alle im Wald unter. Sekunden später verschwanden die Ruinen aus dem Blickfeld. Lange Zeit rannten sie weiter. Verschiedene Rindge gesellten sich zu ihnen, alle keuchten, alle waren in Schweiß gebadet, alle von Furcht ergriffen. Quentin spürte, wie die Magie seines Schwertes nachließ, wie ein roter Nebel sich in innere Leere und unerfüllte Sehnsucht verwandelte, in ein Gemisch von Emotionen, die ihn zu zerreißen drohten. Er fühlte sich ausgebrannt und durch und durch entmutigt, und während der eine Teil von ihm den Kampf am liebsten fortgesetzt hätte, dachte der andere nur ans Davonrennen.

Wie lange oder wie weit sie liefen, hätte er nicht zu sagen gewusst. Sie hatten sich ein gutes Stück von den Ruinen entfernt, ehe die verzweifelte und niedergeschlagene Schar taumelnd zum Halt kam. Im schwindenden Nachmittagslicht ließen sie sich erschöpft auf die Knie fallen und lauschten zwischen keuchenden Atemzügen auf Geräusche, die auf eine Verfolgung hindeuteten. Quentin blickte Tamis an, und plötzlich stieg in ihm ein fürchterliches Schamgefühl auf. Ihr gesetztes Ziel hatten sie vollständig verfehlt. Auf keinen Fall waren sie jetzt besser dran als vor der Erkundung des Lüftungsschachts – vielleicht sogar schlechter, da sie nun um das Schicksal eines ihrer Vermissten wussten, das möglicherweise auch die anderen ereilt hatte.

Tamis erwiderte seinen Blick. Die Tränen in ihren Augen überraschten ihn. »Sieh mich nicht so an!«, fauchte sie.

Obat sprach mit einem der Rindge, woraufhin sich der Mann erhob und in Richtung der Ruinen zurücklief – er sollte, so vermutete Quentin, herausfinden, ob das Ding, vor dem sie flohen, ihnen noch immer auf den Fersen war.

Panax gesellte sich mit schroffer Miene und vor Wut gerötetem Gesicht zu Quentin. »Was für ein Ungeheuer tut einem Menschen so etwas an?«, knurrte er. »Verwandelt ihn in eine Maschine, in der nur einige Teile und Fetzen des Mannes bleiben?«

»Vielleicht eine andere Maschine«, mutmaßte Quentin erschöpft. »Die wichtigere Frage lautet: aus welchem Grund?«

Panax schüttelte den Kopf. »Ich sehe keinen Sinn dahinter.«

»Hinter allem steckt ein Sinn, selbst wenn man ihn nicht sofort sieht.« Quentin dachte an die Augen des Wronks, Ard Patrinells Augen. »Dieser Antrax setzt die Wronks nicht einfach so ein. Und für diesen muss es ebenfalls einen bestimmten Grund geben. Hast du bemerkt, wie erbittert er gegen uns gekämpft hat? Wie er auf unsere Angriffe reagierte? Der Wronk besitzt Ard Patrinells Erinnerungen, Panax. Er benutzt seine Fähigkeiten und seine Strategien. Deshalb kann er genauso gut kämpfen wie Ard Patrinell.«

Der Rindge, der von Obat ausgeschickt worden war, kehrte im

Laufschritt zurück und sprach eilig mit dem Unterhäuptling, der sich daraufhin an Panax wandte. Der Zwerg erhob sich sofort.

»Los, weiter! Das Ungeheuer ist gleich hinter uns!«

Sie sprangen auf und rannten, Obat an der Spitze, weil er einen Weg kannte, auf dem sie rasch vorankamen, ohne große Hindernisse überwinden zu müssen; nur auf diese Weise würden sie ihrem Verfolger entkommen. Ein- oder zweimal blickte Quentin über die Schulter, sah jedoch nichts. Er zweifelte nicht eine Sekunde daran, dass der Wronk hinter ihnen her war, unermüdlich, unerbittlich und entschlossen, sie so lange zu hetzen, bis er sie erwischte. Schon befielen den Hochländer die ersten leisen Zweifel, ob sie ihm überhaupt entkommen konnten. Stehen zu bleiben und zu kämpfen wäre allerdings ein Fehler. Der Wronk war zu groß und zu stark. Seine Rüstung bot ihm hervorragenden Schutz. Außerdem verfügte er über Ard Patrinells Fähigkeiten und Instinkt. Wenn die Rindge zahlreicher gewesen wären, hätte es womöglich eine Chance gegeben, wenn sie das Dorf erreichten, vielleicht. Ansonsten war er nicht sicher, ob sie den Wronk selbst mit Hilfe des Schwerts von Leah überwinden konnten.

Sie verstreuten sich in einem dichteren Teil des Waldes, den sie nicht umgehen konnten, als der Wronk sie erreichte. Plötzlich und vollkommen unerwartet kam er zwischen den Bäumen hervor, und niemand war auf ihn vorbereitet. So starben zwei Rindge und der Elfenjäger Wye unter seinen Hieben. Die anderen verteilten sich in alle Richtungen und versuchten, dem Wronk unter den dicht stehenden Bäumen zu entkommen. Quentin und Tamis rannten in eine Richtung, Panax und Kian in die entgegengesetzte. Die Rindge verstreuten sich überallhin. Einen Augenblick herrschte Chaos, derweil der Wronk sich mit seinen Klingen mitten durch sie hindurchschlug.

Dann hatten es der Hochländer und die Fährtenleserin abermals geschafft. Quentin riskierte einen knappen Blick über die Schulter. Ein Stück Metall blitzte im Sonnenlicht auf, und die Geräusche hinter ihm verrieten, dass der Wronk die Jagd nicht aufgegeben hatte – und jetzt ihn und Tamis verfolgte.

»Hier entlang!«, rief Tamis, duckte sich unter einem umgestürzten Baum hindurch wie ein Hase und stürmte einen Hohlweg entlang.

Schweigend liefen sie eine lange Weile weiter. Keiner der beiden sagte ein Wort, und sie versuchten, so viel Abstand wie möglich zwischen sich und ihren Verfolger zu bringen. Langsam wurde es dunkel, das Zwielicht senkte sich über Parkasia, die Schatten wurden länger und verschmolzen mit der Nacht. Es wurde schwierig, die Hindernisse auf dem Weg zu erkennen, da die zwei so schnell liefen, und mehr als einmal wäre Quentin beinahe gestürzt. Immer wieder hörten sie die Geräusche des Wronks hinter sich, brechende Äste, raschelnde Büsche, das unaufhörliche Stampfen schwerer Schritte.

Während der Flucht kam dem Hochländer ein unerwarteter und erschreckender Gedanke. Zuerst tat er die Möglichkeit ab und verdrängte sie wütend, und dennoch grübelte er darüber nach. Beide Male war der Wronk vor allem ihm gefolgt. Er hatte es schon bei den Ruinen bemerkt, wo er zunächst die Rindge angegriffen und sich dann plötzlich allein ihm zugewandt hatte. Auch im Wald hatte er nur die Nächststehenden erschlagen und sich daraufhin entschlossen, Quentin zu jagen. Die Idee erschien ihm paranoid. Warum sollte es der Wronk ausgerechnet auf ihn abgesehen haben? Hatte er ihn mit seinem Angriff im Lüftungsschacht provoziert? Hatte er vielleicht etwas an sich, das dieses Ungeheuer besonders anzog?

Unversehens erinnerte er sich an das, was Walker bei ihrer letzten Versammlung an Bord des Luftschiffes gesagt hatte, ehe sie zu dieser Expedition in die Ruinen, die unter einem solch schlechten Stern stand, an Land gegangen waren, und nun hatte er die Antwort gefunden.

Als sie schließlich stehen blieben, war es vollständig dunkel, und sie befanden sich meilenweit von ihrem Ausgangspunkt entfernt tief im Wald. Nur Mond und Sterne spendeten ein wenig Licht, die Bäume um sie herum hüllten sich dagegen in Schatten und Stille. Auf einem Hügel hockten sie sich im Schutz eines Gebüsches hin, blickten in die Richtung zurück, aus der sie gekommen waren, und lauschten. Von dem Wronk war nichts zu hören, er war verschwunden, ohne dass sie es bemerkt hatten, als hätte diese Kreatur ebenfalls Rast eingelegt. Weder Quentin noch Tamis bewegten sich oder sprachen, sondern warteten eine Weile lang schweigend.

»Ich weiß, worauf es das Ding abgesehen hat«, flüsterte Quentin schließlich. »Auf mich.«

Sie sah ihn wortlos an.

»Es will das Schwert. Die Magie. Erinnerst du dich daran, was Walker uns erzählt hat, warum man uns überhaupt hierher gelockt hat? Wegen unserer Magie, sagte er. Ich glaube, Antrax weiß alles über uns, vielleicht weiß er sogar die Sache mit Bek. Er will unsere ganze Magie.«

Darüber dachte sie kurz nach. »Möglich.«

»Aus diesem Grund wurde der Wronk auch aus den Teilen von Ard Patrinell erschaffen. Antrax benutzt sein Denkvermögen, seinen Instinkt und seine Fähigkeiten als Kämpfer, um sich zu holen, was er will. Von mir. Zuerst habe ich gemeint, Ard Patrinell wurde ausgesucht, weil der uns am besten kennt und am leichtesten töten kann. Aber weshalb überhaupt einen Wronk schicken? Warum all die Mühe, wo Antrax uns so leicht im Labyrinth hätte in Stücke reißen können? Und wir stellen dort gar keine Bedrohung dar.«

»Du glaubst also, er habe den Wronk absichtlich gebaut«, erwiderte sie. »Er benutzte Patrinells Kopf und Schwertarm, weil er dafür eine bestimmte Aufgabe hatte.«

»Er hat die Teile ausgewählt, in denen die wichtigsten Eigenschaften von Ard Patrinell steckten, damit der Wronk fast so handelt wie der Mensch, aus dem er geschaffen wurde. Das alles kann kein Zufall sein. Der Wronk wurde nicht ohne Grund so konstruiert und losgeschickt. Er ist hinter mir her. Immer folgte er genau mir. Zunächst habe ich mir nichts dabei gedacht, unten im Lüftungsschacht. Aber draußen hat er sich wieder auf mich gestürzt, jetzt abermals im Wald, und im Augenblick verfolgt er mich. Er will das Schwert, Tamis. Die Magie.«

Einen Augenblick lang schwieg sie. Er starrte wieder in die undurchdringliche Finsternis und lauschte. »Ganz zu Ende gedacht hast du die Sache noch nicht«, flüsterte sie plötzlich. Sie wartete ab, bis er sich ihr zuwandte. »Überleg doch mal. Nicht jeder Beliebige kann die Magie deines Schwertes hervorrufen, oder?«

Ihr fester Blick raubte ihm den Mut. »Nein. Nur ich kann sie hervorrufen. Also meinst du, er will mich gleich dazu?«

»Oder Teile von dir, wie bei Patrinell.«

Die Kehle schnürte sich ihm zu, und er sah zur Seite. »Eher würde ich sterben.«

Daraufhin sagte sie nichts, sondern legte ihm nur die Hand auf den Arm. »Was wolltest du mir im Tunnel über seine Augen sagen? Als wir davonrannten, hast du etwas gesagt. Ob ich seine Augen gesehen hätte.«

Lange Zeit schwieg Quentin und erinnerte sich an das, was er beobachtet hatte, wobei er den Abscheu überwinden musste, den der bloße Gedanke daran hervorrief. Tamis ließ die Hand auf seinem Arm liegen und wandte den Blick nicht von seinem Gesicht ab. »Raus damit, Hochländer.«

Während er sprach, sank er ein wenig in sich zusammen, weil Verzweiflung und Angst erneut in einer Woge über ihm zusammenschlugen. »Als wir unter der Ruine gekämpft haben, erhaschte ich einen Blick auf seine Augen. Während wir uns nah kamen, konnte ich sie mir genau anschauen. Diese Augen waren nicht tot. Nicht einmal seelenlos. Aber nicht Zorn oder Wahnsinn oder sonst etwas entdeckte ich darin. Sondern Angst und Hilflosigkeit. Ich weiß, es klingt unmöglich, aber er lebt noch in diesem Ding. Sein Kopf und sein Gehirn sind noch in Ordnung, er kann noch sehen und fühlen. Irgendwie ist er darin eingesperrt. Ich konnte es erkennen, wirklich. Er hat mich um Hilfe gebeten. Er flehte mich geradezu an.«

Sie schüttelte den Kopf, Unglauben, Zorn und Furcht verzerrten ihr Gesicht, und ihre Hand krampfte sich um seinen Arm, bis ihm ihre Nägel in die Haut schnitten.

»Er greift uns nicht an, weil er das will!«, zischte Quentin. »Er tut es, weil er keine andere Chance hat, weil er konstruiert wurde, um die Befehle von Antrax auszuführen! Er wurde manipuliert, genauso wie diese Elfen, die Allardon Elessedil ermordet haben! Nur ist nicht mehr der Körper vorhanden, jedenfalls nicht ganz. Er ist –« Quentin unterbrach sich. »Er ist nicht mehr Ard Patrinell, denn Antrax hat ihm etwas gestohlen, etwas, das ihn ausmachte, und hält es in diesem Wronk gefangen.«

In der Dunkelheit bewegte sich etwas, jedoch nur etwas Kleines. Quentin warf rasch einen Blick in die Richtung, dann wandte er sich wieder Tamis zu.

»Und wenn du dich irrst?«, beharrte sie ärgerlich.

»Nein. Bestimmt nicht. Ich habe ihn gesehen. Ich habe ihn gesehen.«

Erneut traten Tränen in ihre Augen. Er sah sie im Mondlicht funkeln. Ihre Hand an seinem Arm ließ locker. Sie blinzelte heftig und schaute zur Seite. »Ich glaube es einfach nicht. Das ist doch nicht möglich.«

»Die Rindge wussten es. Sie haben es schon mit ihren eigenen Leuten erlebt. Das versuchten sie uns zu erklären.«

Sie schüttelte den Kopf und strich sich durch das kurze Haar. »Mir wird übel bei dem Gedanken. Am liebsten würde ich schreien. Nichts sollte so …«

Den Satz brachte sie nicht zu Ende. Quentin konnte ihr daraus keinen Vorwurf machen. Um solche Gefühle auszudrücken, gab es keine Worte. Was man Ard Patrinell angetan hatte, war dermaßen abscheulich und verachtenswert, dass auch dem Hochländer davon übel wurde. Und natürlich hatte er Angst, denn vielleicht beabsichtigte Antrax, ihm das gleiche Schicksal zu bereiten.

»Wir müssen ihn töten«, stellte sie unvermittelt fest und starrte ihn so wütend an, dass er erschrak. Einen Augenblick lang war er nicht sicher, wen sie damit meinte. »Noch einmal. Wir können ihn doch nicht in dieser Falle sitzen lassen. Wir müssen ihn befreien.«

Sie ergriff seine Hände und hielt sie fest. »Hilf mir dabei, Hochländer. Versprich es mir.«

Jetzt erkannte er den Grund für ihre Leidenschaft. Sie war in Ard

Patrinell verliebt gewesen. Zuvor hatte er dies nicht bemerkt, nicht einmal die leiseste Andeutung. Wie hatte er so blind sein können? Vielleicht hatte sie es so gut verborgen. Aber nun war er sich dessen so sicher wie des Sonnenaufgangs am nächsten Morgen.

»Also gut«, stimmte er leise zu. »Ich verspreche es.«

Er hatte keine Ahnung, wie er dieses Versprechen einhalten sollte, doch seine Gefühle in dieser Angelegenheit standen den ihren in nichts nach. Er hatte Ard Patrinell in die Augen gesehen und das Leben in ihnen entdeckt. Darüber konnte er nun nicht stillschweigend hinweggehen. Wie Tamis durfte er den Hauptmann der Leibgarde nicht der Sklaverei einer Maschine überlassen. Der Wronk musste zerstört werden.

»Schlaf ein wenig«, schlug sie vor und rückte ein wenig von ihm ab. In ihrer Stimme schwangen Müdigkeit und Trauer mit. Tamis erweckte den Eindruck, als habe sie alle Kraft verloren. So hatte er sie noch nie erlebt, und dieser Zustand gefiel ihm überhaupt nicht. Plötzlich schien sie gealtert zu sein.

»Weck mich in einigen Stunden«, antwortete er.

Sie reagierte nicht darauf. Stattdessen starrte sie in die Nacht hinaus. Er wartete noch einen Moment, ehe er sich ausstreckte und den Kopf in die Armbeuge bettete. Eine Zeit lang beobachtete er sie, doch sie bewegte sich nicht. Irgendwann schloss er die Augen und schlief ein.

In seinen unruhigen Träumen rannte er wieder vor dem Wronk davon. Das Ungeheuer verfolgte ihn durch einen Wald, und er fand keinen Ausweg mehr. Am Ende stand er mit dem Rücken zu einer Mauer und musste kämpfen. Aber der Wronk war nicht aus festem Material und sichtbar, sondern unkörperlich und aus Luft. Er spürte, wie die Maschinenkreatur ihn bedrängte und erstickte. Verzweifelt kämpfte er, um sich zu befreien, damit er nur einmal Luft holen könnte, und dann nahm der Wronk plötzlich vor ihm Gestalt an, und Quentin sah sein Gesicht. Es war Bek.

Es dämmerte schon, als er erwachte. Das erste Licht fiel durch die Bäume, und der Himmel im Osten wurde heller. Tamis war während ihrer Wache eingeschlafen, sie lehnte an einem Baum, und das Kinn war auf die Brust gesunken. Er schob sich in eine sitzende Position hoch, sie hörte seine Bewegung und blickte sofort auf.

Irgendwo, weit entfernt und trotzdem hörbar, trampelte etwas Großes zwischen den Bäumen herum.

Sie erhoben sich gleichzeitig und schauten in die Richtung, aus der die Geräusche kamen.

»Da ist er wieder«, flüsterte Quentin. »Was willst du tun? Sollen wir hier bleiben oder uns einen anderen Platz suchen?«

Ihr Blick war unergründlich, doch die Erschöpfung und die Traurigkeit des vorigen Abends in ihrem Gesicht hatten sich verflüchtigt. »Suchen wir eine dieser Fallen der Rindge«, erwiderte sie leise. »Schauen wir mal, wie gut sie funktionieren.«

Fünfzehn

Obwohl sich Ahren Elessedil von Ryer Ord Star hatte überreden lassen, dem kleinen Kehrer auf der Suche nach Walker zu folgen, warteten sie bis nach Einbruch der Dunkelheit, ehe sie die todbringenden Ruinen wieder betraten. Vermutlich würden sie, das hoffte er, nicht von Kriechern oder Feuerstrahlen angegriffen werden, wenn sie sich von einem Kehrer führen ließen, und es spielte sicherlich kaum eine Rolle, ob es hell oder dunkel war. Doch die Erinnerung an den Angriff, der all seine Begleiter vernichtet hatte, als sie bei Tageslicht versucht hatten, Castledown zu betreten, war noch frisch, und am liebsten wäre er überhaupt nicht dorthin zurückgekehrt. Und deshalb, so beharrte er, müsste sie ihm wenigstens diese kleine Bitte gewähren.

Ryer Ord Star blieb keine andere Wahl, als zuzustimmen, denn sie wollte ihn dabeihaben; der Kehrer schwieg zu dieser Frage. Er stand da auf seinen Rädchen, in seinem Inneren surrte es, und er behielt alle Bilder für sich. Der sommerlich heiße Tag verging langsam, und Ahren und Ryer schliefen abwechselnd. Außerhalb ihres Verstecks dösten flimmernd die Ruinen.

Bei Einbruch der Nacht breiteten sich blaugraue Schatten über das Land aus, und während das Licht nachließ, brachen sie auf. Der Kehrer führte sie aus ihrem Versteck, auf seinen Rädchen rollte er über Schutt und sogar Stufen, und das fast ohne ein Geräusch. Die Seherin und der Elfenprinz folgten ihm, Ryer ohne zu zögern, Ahren hingegen ausgesprochen zaudernd. Sie waren kaum zwanzig Meter in das Labyrinth eingedrungen, da fuhr der Kehrer auf eine Wand zu, gab eine Reihe leise klickender Laute von sich und öffnete einen verborgenen Eingang. Die Wand glitt zur Seite und enthüllte eine schwach beleuchtete Rampe, die abwärts führte, und die drei ungleichen Gefährten traten ein.

Als sich die Tür hinter ihnen wieder schloss, erlebte Ahren eine solche Panikattacke, dass er beinahe laut losgeschrien hätte. Er fühlte sich in der Falle, entblößt und hilflos, und erwartete Feuerstrahlen und Kriecher, die ihn in Stücke reißen würden. Aber es erfolgte kein Angriff, und unbehelligt gingen sie die Rampe hinunter zu einem Verteilerraum. Flammenlose Lampen in einer Glashülle warfen gelbe Lichtkreise auf den Fußboden. Rohre verliefen entlang der Decken und krochen wie Schlangen aus den Wänden. Versiegelte Türen, von denen manche eher rund als rechteckig waren, stellten die einzige Abwechslung an den sonst glatten Metalloberflächen dar. In gleichmäßigem Abstand zwischen den mündenden Gängen spähten gläserne Fischaugen auf sie herab, in deren Mitte winzig kleine Punkte bösartig blinkten.

Ahren, dessen Blick all dies auf einmal erfasste, bereute seine Entscheidung von neuem; noch immer trug er sich mit Sorgen wegen der Bereitwilligkeit, mit der sie davon ausgingen, dass der Kehrer ihnen tatsächlich helfen konnte.

Oder würde, was das betraf. Dass ihnen eine Maschine half, die mindestens zum Teil ein Kriecher war, hielt er für ausgesprochen lächerlich. In Gedanken ging er die Bilder noch einmal durch, die der

Kehrer ihnen gezeigt hatte, dachte ein zweites Mal darüber nach und versuchte mehr dahinter zu erkennen, als man ihm gezeigt hatte. Bei der ganzen Sache hatte er ein schlechtes Gefühl. Ständig dachte er, Ryer Ord Star hätte jede Vorspiegelung falscher Tatsachen bemerkt, aber vielleicht war die Seherin einfach so blind, weil sie unbedingt Walker finden wollte, dass er sich dessen nicht mehr sicher sein konnte. Sogar falls sie den Druiden fanden, wie sollten sie ihm denn, bitte schön, helfen? Wenn er sich nicht selbst helfen konnte, welchen Nutzen brachten sie ihm? Er dachte an die vermissten Elfensteine. Wenn er ihre Magie zur Verfügung gehabt hätte, wäre er möglicherweise in der Lage gewesen, etwas zu tun, obwohl auch das nicht sicher feststand, da er sie noch nie benutzt und keine Ahnung hatte, ob er es konnte.

Lange Zeit gingen sie vor sich hin, ohne ein Ziel zu erreichen, die Tunnel und Räume und Treppen blieben in endloser Folge hinter ihnen zurück, und alle sahen gleich aus. Dann und wann hörte er die Geräusche einer arbeitenden Maschine, leise und aus der Ferne und durch Stahl und Erde gedämpft. Ständig meinte er, sie würden im nächsten Raum auf etwas stoßen, das ihnen vielleicht einen Anhaltspunkt bieten würde, aber dieser Fall trat nie ein. Andererseits begegneten sie immerhin auch nichts Bedrohlichem. Die Zeit schlich dahin, und der eigentümliche Abstieg dauerte an.

Endlich bat Ahren um einen Halt. Sie hatten lange Meilen hinter sich gebracht, und vermutlich lagen weitere Meilen vor ihnen, jedenfalls deutete nichts auf das Gegenteil hin. Besser war es, wenn sie sich ausruhten. Ryer, das spürte er, würde weitergehen, bis sie zusammenbrach. Er setzte sich, lehnte sich mit dem Rücken an eine der Metallwände und trank einen Schluck Wasser. Die Seherin ließ sich neben ihm nieder, nahm den Wasserschlauch von ihm entgegen und außerdem ein Stück Brot und Käse von den kargen Vorräten, die ihnen geblieben waren. Die Stille in dem unterirdischen Gangsystem schien um sie herum widerzuhallen und erinnerte ihn ständig daran, wie allein und verlassen sie hier unten waren.

Der Kehrer stellte sich in der Mitte des Ganges vor sie, seine Lichter blinkten in schläfrigem Rhythmus. Er schien es nicht eilig zu haben.

Ahren drehte sich zu der jungen Seherin um. »Hast du eine Ahnung, wie nah wir bei Walker sind?«

Sie schüttelte den Kopf. »Ich spüre ihn immer noch, aber es ist weiterhin unverändert.«

»Unverändert? Aber wir sind schon eine Ewigkeit gelaufen. Du musst doch einen Unterschied merken.«

»So funktioniert das nicht, Ahren. Entfernungen spielen keine Rolle. Ich kann manche Dinge fühlen, gleich, ob ich nah oder fern bin. Nur die Heilkraft hat etwas mit Nähe zu tun. Dazu muss ich den Schmerzleidenden berühren.« Rasch versuchte sie, tröstlich zu lächeln. »Du brauchst keine Angst zu haben.«

Die hatte er allerdings trotzdem, und ihm fiel nichts ein, was er daran ändern konnte. Castledown lastete mit einem Gewicht auf ihm, das ihn auf den Boden zu pressen und zu zermalmen schien. Er fühlte sich verlegen und beschämt und gleichzeitig schuldig, weil er bei dem Angriff davongerannt, vor Furcht wie versteinert gewesen war und den anderen nicht geholfen hatte. Vielleicht hatte er deshalb solche Angst. Vielleicht war das die Erklärung dafür, weshalb er sich ständig so sehr fürchtete.

Sie legte ihm die Hand auf den Arm, was ihn überraschte. »Es ist schon in Ordnung, sich zu fürchten. Ich habe auch Angst. Und mir gefällt es hier ebenfalls nicht. Aber wir sind womöglich die Einzigen, die Walker helfen können. Wir müssen es versuchen.«

Er lächelte unglücklich. Sie hatte Recht, doch fühlte er sich deshalb nicht besser. Oder mutiger. Sie erhoben sich und folgten wieder dem kleinen Kehrer. Der führte sie durch neue Gänge und über neue Rampen, über Treppen und durch Tunnel, tiefer und tiefer in die Katakomben der unterirdischen Stadt hinein. Der Marsch war eintönig und ermüdend; in der Welt von Castledown stieß man nirgendwo auf Abwechslung. Erschöpfung setzte ein, körperlich und geistig. Ahren fragte sich, ob es draußen noch dunkel war. Er glaubte es nicht. Ob jemand nach ihnen in die Ruinen gekommen war?

Wie standen die Chancen, dass weitere Mitglieder ihrer kleinen Gruppe einen Weg unter die Erde entdeckt hatten?

Mehrmals fragte er den Kehrer, wie weit sie noch gehen mussten, doch erhielt er nie eine Antwort. Der Kehrer rollte schlicht voran, wollte nicht kommunizieren und zeigte auch keine Bilder mehr. Inzwischen waren sie vollkommen abhängig von ihm; allein würden sie niemals zurück an die Oberfläche finden. Nirgendwohin würden sie finden. Wenn der Kehrer sie nicht zu Walker brachte, saßen sie hoffnungslos in der Klemme.

Als sie wieder Halt machten und sich erneut niederließen, aßen und tranken, um bei Kräften zu bleiben, und längst müde genug zum Schlafen waren, aber nicht wagten, das zu tun, hatte die missliche Lage Ahren so sehr zugesetzt, dass er es nicht mehr ertrug. Er wartete einen Augenblick, überdachte seinen Vorschlag und beobachtete den Kehrer, der ihnen in der Mitte des Ganges in ungefähr drei Metern Entfernung gegenüberstand.

»Ich möchte dich um etwas bitten«, sagte er leise zu der Seherin. Sie sah ihn an. Er zögerte und beugte sich näher zu ihr vor. »Benutze deine empathischen Fähigkeiten bei dem Kehrer, und schau, was du von ihm erfahren kannst.«

Sie runzelte die Stirn. »Du möchtest, dass ich ausprobiere, ob ich, wenn ich ihn berühre, eine Vision haben werde?«

»Von der Vergangenheit, von der Zukunft, von der Gegenwart, von allem, das uns helfen könnte.«

»Aber es ist eine Maschine, Ahren.«

»Versuch es trotzdem. Du hast doch gesagt, der Kehrer sei empfindungsfähig. Falls das stimmt, könntest du vielleicht etwas aus seinen Gedanken erfahren. Möglicherweise entdeckst du, wie weit wir noch zu gehen haben, um Walker zu finden.« Hilflos schüttelte er den Kopf. »Ich möchte lediglich eine Bestätigung, dass wir nicht umsonst hier unten sind und dass es sich lohnt weiterzugehen.«

Eine Weile lang starrte sie ihn unentschlossen an. Schließlich nickte sie langsam. »Also gut, ich versuche es.«

Sie aß ihren letzten Bissen Brot, legte den Wasserschlauch nieder und erhob sich. Der Kehrer rollte weiter, weil er dachte, sie seien fertig, kehrte jedoch zurück, da Ahren keine Anstalten machte, ihm zu folgen. Ryer Ord Star trat wortlos an die Maschine heran, kniete neben ihr und legte die Hände auf den rundlichen Metallkörper und drückte mit den Fingerspitzen zu, während sie die Augen schloss. Ihr bleiches, vergeistigtes Gesicht spannte sich vor Konzentration an.

Im nächsten Augenblick wiegte sie heftig auf den Hacken hin und her, und ihr schlanker Körper versteifte sich im Schockzustand. Ahren zuckte zusammen. Der Kehrer bewegte sich nicht; Ryer Ord Star hing an ihm fest, krümmte die Finger und warf den Kopf in den Nacken, hielt die Augen geschlossen und die Arme ausgestreckt, und die Bilder, auf die sie bei ihrem Kontakt mit der Maschine stieß, lösten Gefühle aus, welche man deutlich von ihrer Miene ablesen konnte, brutal, schonungslos und erschütternd.

Sie stöhnte leise, sank in sich zusammen, und ihre Hände glitten ab. Sofort und ohne zu zögern, sogar ohne die Augen aufzuschlagen, begann sie zu sprechen.

»Ein junger Mann, ein Elf, wurde in Ketten hierher gebracht, übel zugerichtet und schwer verwundet nach einem Gefecht, in dem seine Gefährten gefallen waren. Die Augen hatte man ihm ausgestochen, die Zunge herausgeschnitten. In seinem Besitz befanden sich Elfensteine, die er fest mit der Hand umklammerte und nicht losließ. Sie besaßen magische Eigenschaften und eine Macht, die ihn hätte befreien können, hätte er nur den Willen dazu aufgebracht, sie zu benutzen. Doch sein Verstand lag ebenso in Ketten wie sein Körper, und er hatte keine Kontrolle mehr darüber. Kriecher trugen ihn an diesen Ort tief unter der Erde, in einen Raum voller Maschinen und blinkender Lichter. Man setzte ihn in einen Stuhl. Eiserne Handschellen hielten ihn fest, Drähte wurden von Kriechern in seinen Körper und unter die Haut eingeführt.«

Sie schlug die Augen auf und sah ihn mit bleichem, gehetztem Gesicht an. Was sie in einer Welt, deren Existenz sie sich in ihren kühnsten Träumen nicht hätte vorstellen mögen, mit angesehen hatte, bestürzte sie so sehr, dass sie nun wie ein Kind wirkte, das aus einem Albtraum erwacht ist.

»Ein Wesen beobachtete das alles, ein empfindungsfähiges Wesen ohne Körper und Gestalt. Es trug den Namen Antrax. Dieser Antrax verbarg sich in den Wänden und Böden und Decken, überall auf einmal. Er konnte sehen, obwohl er keine Augen hatte. Er fühlte, ohne etwas zu berühren. Er bestimmte das Schicksal des halb toten Elfen. Zudem kontrollierte er seinen Verstand. Nachdem der Elf an den Stuhl gefesselt war, verband man viele Drähte aus einer Kiste mit der Hand, welche die Elfensteine umklammerte. Durch die Drähte wurden dem Elfen Bilder in den Verstand gesandt, sodass er Dinge sah, die überhaupt nicht vorhanden waren und die ihn dazu trieben, die Magie der Steine einzusetzen. Diese Magie wurde von der Kiste gesammelt und geraubt, durch die Drähte abgeleitet und zu anderen Orten geführt.«

Sie starrte Ahren an, als könnte sie den Blick nicht abwenden, und verlor sich in den Bildern ihrer Vision. »Das habe ich gesehen. Das alles.«

»Du hast Kael Elessedil gesehen«, sagte Ahren leise.

Sie holte tief Luft. »Kael Elessedil«, wiederholte sie und erschauderte. »Dreißig Jahre lang hat er so gelebt!«

Ihr Bericht überstieg seine Vorstellungskraft. Wie konnte man jemanden solchen Qualen aussetzen? Welches Wesen war zu einer derartigen Schandtat fähig? Das ungute Gefühl in seinem Magen nahm an Heftigkeit noch zu, denn eines stand fest: Was es auch für ein Wesen war, es konnte nicht menschlicher Natur sein. Antrax musste etwas anderes darstellen.

Rasch erhob er sich, um ihr auf die Beine zu helfen, aber sie hielt ihn mit einer raschen Geste zurück. »Berühr mich nicht, Ahren. Das war noch nicht alles – es geht noch weiter, noch fürchterlicher. Ich konnte es nicht ertragen, mir alles auf einmal anzuschauen, aber ich muss es tun. Ja, unbedingt. Ich habe mich den Visionen geöffnet, die von den Erinnerungen des Kehrers hervorgerufen wurden. Wenn du mich jetzt berührst, wird dadurch die Verbindung unterbrochen.«

Ohne seine Antwort abzuwarten, beugte sie sich erneut vor und legte ihre Hände auf den Kehrer. Augenblicklich erstarrte ihr Gesicht, und ein Schreckenslaut entfuhr ihr. Ihr Kopf sank herab, und sie hing an dem Kehrer, als würde sie ohne ihn zusammensinken. »Oh! Oh!«, rief sie leise, doch verzweifelt.

Schließlich ließ sie los und ging abermals in die Hocke. So verharrte sie eine Weile lang und atmete abgerissen und flach, während ihr Gesicht blutleer war und ihr Körper erschlaffte. Ahren wäre gern zu ihr gegangen, blieb jedoch, wo er war, und gehorchte ihren Anweisungen. Im Tunnel herrschte Grabesstille, die wie ein stimmloses Echo in den Gängen widerzuhallen schien. Bestürzt wartete der Elfenprinz. Abermals fühlte er sich jung und dumm und verletzlich, als hätten ihn die Visionen der Seherin entblößt, als wäre sein Innerstes offen gelegt worden, ohne dass sie ihn berührte.

Dann kroch Ryer Ord Star rückwärts wie ein Krebs von dem Kehrer fort, brachte jedoch immer noch nicht den Kopf in die Höhe. »Ahren?«, flüsterte sie mit gebrochener Stimme.

Er streckte die Hände nach ihr aus und nahm sie in die Arme. Sie sank gegen ihn, und er hielt sie fest und stützte sie. Trotz ihrer Robe zitterte sie vor Kälte. Er strich ihr über das Gesicht und spürte die Tränen. »Alles ist gut«, tröstete er sie, weil er nicht wusste, was er sonst sagen sollte.

Sofort schüttelte sie den Kopf. »Ahren«, sagte sie so leise, dass er ihre Worte kaum verstehen konnte. Jetzt hob sie den Kopf, bis ihre Lippen sich an seinem Ohr befanden. »Du hattest Recht«, flüsterte sie. »Man hat uns überlistet. Das ist eine Falle.«

Entsetzt verharrte er. Er wollte etwas antworten, hielt seine Zunge jedoch im Zaum. Schließlich hatte er die Geistesgegenwart, sich an den Kehrer zu erinnern, der hören und übersetzen konnte, was sie sprachen.

»Antrax hat vor, deinen Onkel durch dich zu ersetzen«, murmelte sie und hielt ihn fest. »Man hat dich am Leben gelassen und hierher gebracht, damit du seinen Platz einnimmst.« Ihre Worte schnitten ihm wie winzige Glassplitter ins Herz. »Der Kehrer ist lediglich ein Werkzeug. Er wurde geschickt, um dich in den gleichen Raum zu locken, in dem Kael Elessedil all die Jahre gefangen gehalten wurde. Mich hat er benutzt, um dich zu überzeugen. Und ich …«

Sie brachte den Satz nicht zu Ende, und er drängte sich noch dichter an sie und hing an ihr, als wolle er ihr etwas bieten, an dem sie sich wiederum festklammern konnte. *Bist du sicher?*, hätte er fast gefragt. Aber die Frage war töricht. Mehrfach hatte sie ihre Fähigkeiten unter Beweis gestellt, und ohne Zweifel hatte sie auch diesmal Recht. Insbesondere, da er sich selbst schon von Anfang an unbehaglich gefühlt hatte. Sein Blick schweifte im Gang hin und her. Noch war er leer und verlassen. Welches Schicksal sie auch immer erwartete, bislang hatte es seinen Pfad noch nicht gekreuzt, obwohl es das eindeutig tun würde, wenn sie nicht rasch handelten.

Aber wie sollten sie handeln? Sie befanden sich tief unter der Erde, hatten sich hoffnungslos verirrt, ihr Gefährte und angeblicher Führer stand in den Diensten ihres Feindes. Antrax hatte sie unterwegs die ganze Zeit beobachtet und gelenkt. Was immer sie taten, wo immer sie hingingen, er konnte es sehen. Antrax würde sie nicht einfach aus der Falle entkommen lassen, die er ihnen zugedacht hatte. Seinen Plan, Kael Elessedil zu ersetzen, würde er sich nicht so rasch durchkreuzen lassen. Ahrens Herz klopfte heftig.

Die Worte der Seherin schlugen einer Woge gleich über ihm zusammen, und er schloss die Augen, weil er den Schmerz, den sie auslösten, nicht ertragen konnte. Antrax hatte ihn am Leben gelassen, hatte sie gesagt. Seine Flucht war arrangiert gewesen, während die anderen kämpften und starben. Keinesfalls durch Zufall oder Glück war ihm nichts zugestoßen. Vielleicht betrachtete Antrax ihn als schwach und gefügig, als einen Feigling durch und durch. Möglicherweise wusste Antrax, wie leicht man Ahren ohne den Gebrauch von Gewalt manipulieren konnte. Auf diese Weise würde er unbeschadet bleiben und Antrax besser dienen können, vielleicht dann sogar fünfzig Jahre anstelle der dreißig, die Kael Elessedil ausgehalten hatte.

Das alles ergab durchaus Sinn. Walker hatte ihnen erklärt, dass, was immer sie nach Castledown gelockt hatte, ihre Magie wollte.

Dabei war es Ahren nie in den Sinn gekommen, dass Antrax für die Magie auch jemanden benötigte, der sie beschwören konnte. Allein deshalb hatte Kael Elessedil dieses grausame Schicksal erdulden müssen. Und nun er selbst auch?

Tränen rannen ihm über die Wangen. Er hasste sich. Und was man ihm angetan hatte, hasste er ebenso. Alles im Zusammenhang mit Castledown hasste er. Insbesondere Antrax hasste er. Am liebsten hätte er seinen Zorn in die Stille hinausgeschrien und zugeschaut, wie er in messerscharfen Klingen explodierte, die den Kehrer zerfetzten, damit wenigstens ein kleiner Teil des Ungeheuers, das an diesem abscheulichen Ort wohnte, zerstört wurde. Tröstend und sanft strich er Ryer Ord Star über den seidenweichen Kopf. Innerlich beruhigte er sich ein wenig, und die Wut entwich ihm wie Blut einem Sterbenden. Hier unten erwartete sie ihr Tod, sie beide. Zu weit waren sie vorgedrungen und zu tief, um den Weg hinaus zu finden. Mit den Elfensteinen wäre ihnen vielleicht noch eine Chance geblieben. Doch auch Kael Elessedil hatten die Elfensteine nicht viel Glück gebracht. Eine andere Magie könnte einen Unterschied ausmachen. Nur leider stand ihm keine andere Magie zur Verfügung, keine, die er …

Dann fiel ihm der Phönixstein ein. In all dem Durcheinander hatte er ihn vollkommen vergessen. Der Stein befand sich dort, wo er ihn verstaut hatte, an der Kette um seinen Hals unter seinem Gewand – Bek Rowes Magie, die der König vom Silberfluss Bek auf seiner Reise nach Arborlon geschenkt hatte und die Bek seinerseits an Ahren weitergegeben hatte. Er versuchte sich zu erinnern, was Bek ihm über den Stein erzählt hatte, strengte sich an, sich der Worte des Königs vom Silberfluss zu entsinnen.

Wenn du vollkommen in die Irre gelaufen bist, wird er dir den Weg zeigen. Nicht nur in Hinsicht darauf, was du mit den Augen sehen kannst, sondern auch in den Angelegenheiten, die dein Herz betreffen. Er wird dir den Ausweg zeigen, wenn du dich an dunklen Orten aufhältst, und den Weg durch dunkle Orte, falls du ihn einschlagen musst.

Er schloss die Augen. Mehr in die Irre laufen als jetzt konnte er kaum. Auch dass er sich je an einem dunkleren Ort befinden würde, war unwahrscheinlich. Herz und Verstand waren geplagt, und er saß in jeder nur vorstellbaren Weise in der Falle. Wenn es je einen Augenblick gegeben hatte, in dem er der Magie des Steins bedurfte, dann war dieser nun eingetreten. Würde die Magie sich durch ihn beschwören lassen? Er hatte keine Ahnung, doch blieb ihm nichts anderes übrig, als es auf einen Versuch ankommen zu lassen. Niemals hatte er geglaubt, den Stein benutzen zu müssen. Er hatte gedacht, er würde ihn einfach nur für Bek aufbewahren und ihn ihm zurückgeben, wenn sie sich wieder trafen. Falls er den Phönixstein jetzt freilich nicht einsetzte und mit seiner Hilfe einen Weg aus dem Labyrinth entdeckte, würde er Bek womöglich nie wieder sehen.

An Ryer Ord Star blickte er vorbei auf den Kehrer, der in der Mitte des Gangs wartete. Wenn sie der Maschine folgten, würden die Dinge so fortlaufen wie bisher. Trennten sie sich von ihr, setzte Antrax gewiss andere Mittel ein, um sich ihres Gehorsams zu versichern. Es gab keinen Grund, länger zu zaudern.

Also schob er die junge Seherin ein Stück von sich. »Ryer«, sagte er leise. Sie hob das tränenüberströmte Gesicht und sah ihn an. »Hör mir zu.« Er flüsterte, damit man ihn nicht belauschen konnte. »Wir werden nicht weitergehen. Nicht mit diesem Kehrer. Der kann uns gestohlen bleiben. Ich habe etwas, das uns bei der Flucht helfen wird, etwas, das Bek mir gegeben hat, ehe wir von Bord des Luftschiffes gingen. Es handelt sich dabei um eine Magie, die ihm der König vom Silberfluss geschenkt hat. Wenn sie funktioniert, finden wir vielleicht wenigstens den Weg zu Walker oder, wenn schon nicht zu Walker, nach draußen. Bist du einverstanden, es auszuprobieren?«

Sie presste die Lippen zusammen, sah ihm in die Augen und nickte, ohne zu zögern. Er wartete einen Moment, bis er sich ihrer sicher war, dann wandte er sich von dem Kehrer ab, damit dieser nichts sehen konnte, griff in sein Gewand und holte den Phönixstein hervor.

Er betrachtete die silbrige Oberfläche, die wie flüssiges Licht in seiner Hand leuchtete, dann nahm er den Talisman von der Kette.

Du kannst ihn nur einmal benutzen, hatte Bek ihn gewarnt. Nur einmal, denn wenn du ihn auf die Erde wirfst, um seine Magie zu befreien, zerschmetterst du ihn. Ahren schaute Ryer Ord Star an und fühlte sich zum ersten Mal seit Tagen so, als würde er etwas richtig machen.

»Nimm meine Hand«, verlangte er.

Das tat sie und wandte den Blick nicht von ihm ab. Daraufhin holte er tief Atem, zog sie auf die Füße und warf den Phönixstein auf den Boden.

Sechzehn

In dem Augenblick, in dem der Phönixstein auf dem Boden aufschlug und zersprang, wurden Ahren Elessedil und Ryer Ord Star in einen aschefarbenen Dunst eingehüllt. Er umwirbelte sie wie eine Mischung aus winzigen Partikeln und verrauchtem Licht, als würde ihn eine unsichtbare Hand rühren wie eine Suppe im Kessel. Diese Wolke hing an ihnen fest, konzentrierte sich um die Stelle herum, an der sie standen. Außerhalb davon wirkten die Gänge von Castledown unverändert.

Einen Moment lang blieben der Elfenprinz und die Seherin, wo sie standen, da sie unsicher waren und abwarten wollten, was passierte. Der kleine Kehrer starrte sie an, als sei nichts geschehen, in seinem Inneren surrte es, und mit blinkenden Lichtern verharrte die Maschine in der Mitte des Gangs. Dann plötzlich fuhr sie nach rechts und links, und rasch nahmen ihre Bewegungen an Lebhaftigkeit zu. Der Kehrer schien nach ihnen zu suchen und nicht zu begreifen, dass sie immer noch genau vor ihm standen. Ahren zog Ryer einige Schritte zur Seite, um auszuprobieren, ob der Kehrer sie wirklich nicht sehen konnte. Er wandte sich ihnen nicht zu und reagierte auch nicht auf ihre Bewegung. Die Maschine rollte einfach ziellos hin und her und versuchte eine Entscheidung zu treffen, was sie tun sollte.

Dann geschah etwas Eigentümliches mit Ahren. Innerhalb des Dunstes, den der Phönixstein hervorgerufen hatte, spürte er einen seltsamen, unwiderstehlichen Drang, weiterzugehen und nicht stehen zu bleiben. Es handelte sich um eine Art Ziehen in seiner Brust, eine unausgesprochene Sicherheit darüber, was er tun musste. Nie zuvor hatte er etwas Vergleichbares gefühlt. Er blickte Ryer an, die ihn ebenfalls ansah. Ohne ein Wort deutete er nach vorn und drückte so seine Absicht aus. Sie nickte nur. Als er seine Brust berührte, tat sie das Gleiche. Offenbar spürte sie dasselbe. Hier war die Magie des Phönixsteins am Werke. Wenn man sich verirrt hat und den Weg wieder finden will, muss man wissen, welches Ziel man hat. Überraschenderweise hatte Ahren Elessedil davon eine klare Vorstellung.

Er ging ein Stück den Gang hinunter und überließ den glücklosen Kehrer seinen vergeblichen Bemühungen herauszufinden, was sich ereignet hatte. Dabei hielt er Ryer fest, denn er fürchtete, falls er sie losließe, würde sie den Schutz der Magie verlieren. Der rauchige Dunst bewegte sich mit ihnen, hüllte sie ein, während sie voranschritten, und änderte weder Form noch Größe. Es war, als befänden sie sich in einer unsichtbaren Blase, die sie vom Rest der Welt abtrennte, mit einer eigenen Atmosphäre umgab und ihnen ein Leben bot, welches allen außer ihnen versagt blieb.

Ahren fragte sich gerade, ob Antrax wohl wusste, auf welche Weise er ihm die Pläne durchkreuzt hatte, da füllte sich der Gang vor ihnen plötzlich mit Kriechern.

Er blieb stehen, zog Ryer schützend an sich heran und beobachtete die Metallkriecher, die wie Geister aus Öffnungen in den Wänden krochen und mit metallenen Gliedern Messer und Zangen und eigentümliche Zylinder umklammerten. Sie strömten den Gang hinunter und fächerten sich zu beiden Seiten auf. Ahren schnürte es die Kehle zu. An den Kriechern gab es keinen Weg vorbei. Es waren zu viele.

Rasch drehte er sich um und schaute in die andere Richtung, doch die war ebenfalls versperrt.

Für einen Moment drohte er in Panik zu geraten; ihnen bot sich kein Ausweg. Die Schlinge zog sich zusammen, und er und Ryer saßen mitten darin in der Falle. Er blieb nur noch stehen, weil er nichts anderes machen konnte, und noch immer hielt er die Seherin mit einer Hand fest. Mit der anderen zog er sein langes Messer, seine einzige Waffe. *Diesmal laufe ich nicht davon,* ermutigte er sich. Er würde die Stellung halten und kämpfen, selbst wenn es aussichtslos war. Vielleicht konnte Ryer in dem zu erwartenden Kampf fliehen. Dann wäre wenigstens einem von ihnen …

Diesen Gedanken brachte er nicht mehr zu Ende. Als ihn der erste Kriecher erreichte, wurde der Nebel vollkommen undurchsichtig, und die leichte Drehung steigerte sich zu einem regelrechten Wirbelwind. Wegen der plötzlichen Bewegung zog er den Kopf ein und spürte, wie sich Ryer an ihn drückte. Er blinzelte und versuchte zu erkennen, was da vor sich ging, aber alles jenseits ihrer Tarnung war verschwunden. Hinter dem sie einhüllenden Nebel wurde es schwarz.

Dann klarte der Nebel auf. Sie hatten die Kriecher hinter sich gelassen.

Ahren zweifelte nun nicht mehr an der Magie des Phönixsteins; er nahm sie einfach als das Geschenk, das sie darstellte. Solange sie andauern würde, vermutete er, würde sie die zwei beschützen. Also ging er zügig, fast trabend, los, zog Ryer mit sich durch den Gang und ließ die Kriecher hinter sich. Antrax musste sich eine andere Möglichkeit suchen, sie in die Falle zu locken.

Während ihrer Flucht arbeitete Antrax genau daran.

Zunächst schickte er weitere Kriecher, ganze Scharen, als habe er einen unerschöpflichen Vorrat von ihnen zur Verfügung. Sie überfluteten die Gänge vor und hinter ihnen, manche von ihnen suchten, andere standen an jeder Ecke Wache. Nun benutzten sie die eigentümlichen Zylinder, Waffen, welche die tödlichen Feuerstrahlen abschossen, und sie feuerten auf gut Glück hierhin und dorthin. Gelegentlich näherten sich Kriecher Ahren und Ryer, und für die beiden schien es keinen Ausweg mehr zu geben. Doch jedes Mal verdunkelte sich der Rauch und wirbelte im Kreis, und als er wieder aufklarte, waren sie sicher an ihren Häschern vorbei.

Schließlich wurde deutlich, dass die Kriecher ihre Aufgabe mit den Handwaffen nicht erledigen konnten, und nun stießen auch aus den Wänden Feuerstrahlen hervor, kreuz und quer durch die Gänge, und sie schwenkten hin und her wie ein tödliches Spinnennetz, das im Winde schaukelt. Die Magie des Phönixsteins überwand die Feuerstrahlen allerdings ebenso leicht wie die Kriecher und umhüllte und schützte den Elfenprinz und die Seherin.

Dann schlossen sich Metalltüren und unterteilten die Gänge in kleine versiegelte Bereiche. Dieser Versuch hatte allerdings auch seine Nachteile, denn die Jäger wurden bei ihrer Hatz ebenso behindert wie die Gejagten. Zunächst störten die versperrten Gänge Ahren und Ryer nicht, denn es handelte sich um jene, durch die sie hereingekommen waren und die sie sowieso nicht noch einmal benutzen wollten. Dann jedoch holten die verschlossenen Türen sie ein, und plötzlich blockierte eine Tür ihnen den Weg. Sofort wusste Ahren, dass er die Richtung ändern und einen anderen Weg einschlagen musste. Er gehorchte diesem Impuls, ohne ihn zu verstehen, ging zu einem Gang hinter ihnen zurück und bog in diesen ein.

Einmal mussten sie vor einer verschlossenen Tür warten, bis sich diese wieder öffnete. Ahren hatte keine Ahnung, wie lange das dauern würde. Sein Zeitgefühl hatte ihn verlassen, als die Nebelwolke ihn eingehüllt hatte, als habe die Zeit keinerlei Bedeutung mehr in seinem Leben. Die Magie des Phönixsteins hatte eine eigene Welt erschaffen, und während er sich in deren Bann befand, hatte die Zeit der Umgebung draußen keinen Einfluss auf ihn.

Schließlich tauchten die Kriecher, die Feuerstrahlen und die Türen nur mehr gelegentlich auf. Am Ende verschwanden sie ganz. Nun waren Ahren und Ryer allein im Gang, weit von dem Punkt entfernt, von dem sie ausgegangen waren, und Ahren blieb stehen und schaute durch den Nebel, der sie umgab. Er fühlte sich ausgelaugt und leer, regelrecht erschlagen.

»Es hat geklappt«, sagte er leise.

Mit ihrer schlanken Hand drückte sie die seine zur Bestätigung. »Du hast es geschafft«, flüsterte sie.

Daraufhin schüttelte er den Kopf. »Ich habe es auf gut Glück ausprobiert. Die Magie gehörte nicht einmal mir. Sie gehörte Bek. Ihm wurde sie geschenkt.«

»Aber du hast sie von Bek geschenkt bekommen!« Ihre Stimme klang verärgert. »Hör endlich auf, dich immer selbst klein zu machen, Ahren! Bevor wir in das Labyrinth gegangen sind und ich dich bat, mit mir nach Castledown einzudringen und Walker zu suchen, hast du gesagt, du könntest mich nicht beschützen. Trotzdem hast du es getan, oder vielleicht nicht? Dabei zählt nicht, wie du das geschafft hast, sondern allein die Tatsache, dass es dir gelungen ist.«

Sie hielt inne und sah ihm tief in die Augen. »Was du getan hast, erforderte großen Mut. Ich meine, den Phönixstein zu benutzen, ohne zu wissen, wie die Magie wirkt, und uns dann durch die Kriecher und Feuerstrahlen zu führen. Auch mich zu begleiten verlangte Mut. Warum erkennst du das nicht an?«

Er schüttelte den Kopf. »Ich bin kein tapferer Kerl. Im Gegenteil. Weil ich nämlich das Einzige getan habe, worin ich eine Gelegenheit zur Flucht sah.« Sie starrte ihn an, als wäre er durchsichtig. Er fühlte sich entblößt und verletzlich. Der Gedanke, sie könnte ihn für jemanden halten, der er gar nicht war, behagte ihm nicht.

Aber sie schob ihn an eine der Wände, lehnte sich an ihn und hielt seine Hände fest. »Na los, erzähl schon, was dir Sorgen macht«, sagte sie leise. Sie fixierte ihn mit ihren veilchenfarbenen Augen. »Dabei brauchst du dir doch nichts zu denken.«

Eigentümlicherweise fühlte er, dass dies stimmte. Es war nicht nur in Ordnung, sondern sogar notwendig. Er wollte ihr verraten, was er über sich selbst verheimlichte, ihr die Wahrheit über seine Feigheit gestehen, sich ihr eröffnen und den schrecklichen Schmerz hinauslassen, den er in sich trug, wollte sich von seiner Last befreien. Dort unten, tief unter der Erde, eingeschlossen von der Magie des Phönixsteins, spürte er, dass es möglich war.

Also zwang er sich, ihr in die Augen zu schauen, derweil er sprach. »Wir sind in die Ruine gegangen, wurden angegriffen, und ich geriet in Panik«, erklärte er ihr. »Während die anderen ihren Mann standen und kämpften, bin ich davongelaufen. Ich ließ mein Schwert fallen und rannte einfach drauflos.« Er schluckte, doch das half nicht gegen die bitteren Worte. »Eigentlich wollte ich gar nicht, aber ich konnte nicht anders. Ich konnte nur noch daran denken, mein Leben zu retten, eine Möglichkeit zu finden, nicht zu sterben. Joad Rish beugte sich über einen der Elfenjäger, um ihm zu helfen, einen von Ard Patrinells Männern, und ich sah, wie er von den Feuerstrahlen in Einzelteile zerlegt wurde, sein Kopf –«

Die Worte würgten in seinem Hals, und er verstummte. Ryer berührte ihn mit der freien Hand an der Wange. »Glaubst du nicht, dass sie das Gleiche gefühlt haben wie du, Ahren?«, fragte sie ihn. »Glaubst du, sie hätten nicht getan, was sie konnten, um ihr Leben zu retten? Die Elfenjäger haben sich gewehrt, weil sie wussten, wie das geht, nicht wegen irgendeines Verhaltenskodexes oder weil sie mit besonderem Mut gesegnet waren. Joad Rish hat versucht, einem Verwundeten zu helfen, weil er das konnte. Du bist geflohen, Ahren, denn wärst du bei den anderen geblieben, hättest du dein Leben verloren, und das wolltest du nicht. Du hast getan, was du konntest.«

»Bloß hat deine Vision gezeigt, dass Antrax mein Leben geschont hat, da er noch etwas mit mir vorhat«, erwiderte er verbittert.

Sie lächelte ihn warm und sanft und doch protestierend an. »Aber zu dem Zeitpunkt hast du das nicht gewusst, oder? Wie wir in einer bestimmten Situation handeln, hängt davon ab, was wir wissen. Ich bin in das Labyrinth gelaufen, um Walker zu helfen. Darüber habe ich gar nicht nachgedacht, ich habe auch nicht gezögert, um mir zu überlegen, was ich da tue. Stattdessen habe ich einfach so reagiert, wie ich reagieren konnte. So ist das nun einmal.«

»Wenigstens bist du in die richtige Richtung gelaufen.«

»Ja?«, fragte sie leise.

In ihrer Stimme schwang Traurigkeit mit, ein tiefer Schmerz, und er schwieg. Verwirrt starrte er sie an. Sie erklärte ihm etwas Wichtiges, das er jedoch nicht begriff.

»Lass meine Hände los«, verlangte sie.

»Aber wenn die Magie –«

»Ich weiß.« Sie unterbrach ihn, indem sie ihm einen Finger auf die Lippen legte. »Trotzdem müssen wir es herausfinden. Es könnte eine Situation eintreten, in der es notwendig wird, sich zu trennen, zum Beispiel bei einem Kampf. Probieren wir es lieber jetzt aus, wo wir allein und in Sicherheit sind.«

Er zögerte noch kurz, dann tat er allerdings, was sie verlangte, und ließ ihre Hand los. Nichts veränderte sich. Die Magie hüllte sie weiterhin ein wie ein Nebel im Wald bei Dämmerung, und das wirbelnde Grau veränderte sich nicht.

Ryer Ord Star legte die Hände in den Schoß, wiegte sich auf den Fersen hin und her und sah ihn an. »Du hast mir dein Geheimnis verraten, Ahren. Ich werde das Gleiche tun. Ich erzähle dir meines. Wenn du es hören möchtest.«

Ihre Worte hatten einen düsteren Beiklang, der Unangenehmes verhieß und ein ungutes Gefühl bei ihm auslöste. »Du musst mir nichts beichten, wenn du nicht willst.«

»Ich weiß.«

Einen Augenblick später nickte er. »Also gut.«

Sie hob das Kinn leicht, als wappne sie sich für das Geständnis einer Wahrheit, die sie lieber verdrängen würde. Die Geste entlarvte eine Menge von ihrem Trotz und ihrer Tapferkeit. Plötzlich fühlte Ahren etwas für sie, das ihm zuvor nie aufgefallen war. Respekt, möglicherweise Bewunderung.

»Ich bin nicht, wofür du mich hältst«, begann sie und wich seinem Blick nicht aus. Ihm erschien es, dass sie sich zwang, ihn anzuschauen. »Keiner sieht mich als das, was ich bin. Dieser Expedition habe ich mich nicht nur aus einem Grunde angeschlossen. Als Walker mich aufsuchte, wusste ich bereits, dass er kommen würde. Man hatte mir aufgetragen, mit ihm zu gehen. Dabei sollte ich als Seherin arbeiten, doch nicht nur das – nicht einmal vorrangig. Eigentlich sollte ich euch nur begleiten, um für die Ilse-Hexe zu spionieren.«

Sie wartete Ahrens Reaktion ab, doch der war zu verblüfft, um darauf zu antworten.

Bitter lächelte sie. »Du wirkst überrascht. Glaubst du mir nicht? Es stimmt aber. Ich habe von dem Tag an für die Ilse-Hexe spioniert, an dem mir Walker vor vielen Jahren einen Besuch abstattete. Schon vorher hatte ich mich an sie verkauft. Das war überhaupt nicht schwierig, wirklich. Und es trug sich folgendermaßen zu. Ich wurde mit der Fähigkeit des Sehens geboren, und ich wusste schon in sehr jungem Alter darüber Bescheid. Die Zukunft jener in meiner Umgebung sah ich, manchmal bis ins Detail, dann wieder nur in Fragmenten. Pflegeeltern zogen mich auf, da ich eine Waise war. Sie nahmen häufig Streuner wie mich auf und waren freundlich zu mir, obwohl sie mich für eigentümlich hielten, und das war ich ja auch. Von meiner Gabe erzählte ich niemandem, denn ich begriff schon sehr früh, dass manche Menschen deswegen eine Gefahr in mir sehen würden. Deshalb behielt ich diese Fähigkeit für mich und versuchte, sie zu vergessen. Natürlich war das unmöglich. Es wurde noch schlimmer, als ich durch Zufall entdeckte, dass ich ein Empath war und körperliche und seelische Wunden durch Berührung heilen konnte. Diese Gabe erkannte ich erst später, aber nachdem sie mir einmal enthüllt war, musste ich meine Pflegeeltern verlassen und einen Ort suchen, an dem mich niemand kannte.

Mit zwölf Jahren kam ich nach Grimpen Ward, zusammen mit einer Gruppe Fahrender. Sie nahmen mich bei sich auf, weil das so die Art der Fahrenden ist, und sie dachten sich nichts dabei, mich zu meinem Ziel zu bringen. Zwar hielten sie mich ebenfalls für seltsam, doch ließen sie mich in Ruhe. In Grimpen Ward suchte ich die Addershag auf. Sie war der eigentliche Grund, aus dem ich zu dem Ort gereist war. Jeder wusste, bei ihr handelte es sich um die mächtigste Seherin in den Vier Ländern, und ich hoffte, sie würde mich bei sich aufnehmen und ausbilden. Natürlich wusste ich nicht, dass sie noch nie einen Lehrling zu sich genommen hatte. Die Ausmaße dessen, was ich zu erreichen strebte, hatte ich nicht begriffen.

Sie ließ mich darüber nicht lange im Unklaren. Ohne überhaupt einen Augenblick darüber nachzudenken, worum ich sie bat, schickte sie mich fort. Ich war niedergeschmettert, wollte jedoch nicht aufgeben. So wartete ich vor ihrer Tür, ob sie nicht ihre Meinung ändern würde. Zwei Monate blieb ich dort. Schließlich holte sie mich herein. Sie prüfte mich auf allerlei Weisen. Nachdem ich alles getan hatte, was sie wollte, nickte sie und sagte, ich dürfe bleiben. Das war es. Ich durfte bleiben.

Wochenlang tat ich nichts anderes als kochen und putzen und Besorgungen für sie erledigen. Sie behandelte mich wie eine Magd, und ich war so erpicht darauf, bei ihr zu bleiben, dass ich mir nichts daraus machte. Schließlich begann sie, mir etwas über meine Gabe beizubringen, nur ein kleines bisschen, und dann wieder ein bisschen mehr. Mein Unterricht hatte begonnen. Nach einer Weile wurde ich ihre Gehilfin und später ihre Vertraute. Sie war alt und zäh und gefährlich. Und zudem unberechenbar. Aber ich bewährte mich und fühlte mich von ihr nicht bedroht.«

Sie holte tief Luft und atmete langsam aus, als würde sie einen Schmerz herauslassen, den sie lange Zeit unter Verschluss gehalten hatte. »Dennoch hatte ich einen Fehler begangen. Als ich zu ihr kam, ihr von meiner Begabung des Sehens erzählte und sie bat, mich in ihrem Gebrauch zu unterweisen, verschwieg ich ihr, dass ich ein Empath war. Ich hatte Angst, es ihr zu sagen, da ich fürchtete, es würde ihre Entscheidung beeinflussen, ob sie mich zur Ausbildung bei sich aufnahm, und solange ich es für mich behielte, würde es keine Rolle spielen. Im dritten Jahr meiner Ausbildung jedoch hatte ich eine Vision, in der ein kleines Mädchen im Dorf Opfer eines Unfalls wurde. Wie es unsere Gewohnheit war, berichteten wir den Eltern davon und nahmen dafür von ihnen den Lohn entgegen, den sie uns aus freien Stücken zahlten. So hielten wir das mit allen, nicht um reich zu werden, aber um sorgenfrei leben zu können. Niemand beschwerte sich je. Diesmal genügte unsere Warnung allerdings nicht, um das Mädchen zu retten, und obwohl es bei dem Unfall nicht ums Leben kam, würde es vermutlich bald seinen schweren Verletzungen erliegen.

Ich bat die Addershag, mich zu ihr gehen zu lassen. Sie weigerte sich. Es gebe nichts, was wir unternehmen könnten und nicht bereits getan hätten. Ich ging trotzdem. Mit meinen empathischen Kräften heilte ich das Mädchen. Dabei tat ich so, als hätte sich das Kind von selbst erholt und als hätte ich ihm nur geholfen. Aber die Addershag ließ sich nicht täuschen. Sie sagte mir, eines Tages würde mich meine empathische Begabung töten, denn ein Empath, der versuchte, das Schicksal zu ändern, werde am Ende sein Leben vergeuden. Insofern würde ich lediglich meine Gabe und ihre Zeit verschwenden, und allein würde ich besser zurechtkommen. Sie verstieß mich. Sie warf mich hinaus.«

Die Seherin zog die Knie vor die Brust und lächelte Ahren verkniffen und traurig an. »Sie hatte Recht. Ich habe mich gut durchgeschlagen. Man kannte und schätzte mich. Mancher misstraute mir und stellte mein Talent auf die Probe, allerdings nicht sehr viele. Oft genug suchte man mich auf, und ich hatte viel Arbeit. Meine empathischen Fähigkeiten setzte ich behutsam ein. Ein- oder zweimal besuchte ich die Addershag, doch sie wollte nichts mehr mit mir zu tun haben. Ihr Interesse bestand darin, die Zukunft zu enträtseln; die Vergangenheit – und somit auch ich – scherte sie nicht. Ich wurde verbittert und war wütend auf sie, weil sie mich so verschmähte. Trotzdem hatte ich auch Angst vor ihr. Sie hatte ein hohes Alter erreicht, und alle ihre Feinde waren tot und begraben. Zu denen wollte ich nun nicht gerade gehören. Daher hielt ich mich von ihr fern.

Dann suchte mich die Ilse-Hexe auf, und alles veränderte sich plötzlich.«

Kurz wandte sie den Blick von ihm ab und schaute in die Leere des Ganges, in die düster beleuchteten Schatten jenseits ihrer magischen Zufluchtsstätte, ja, sogar noch darüber hinaus zurück in die Vergangenheit.

Schließlich traf ihr Blick wieder den seinen. »Sie zeigte sich mir, etwas, von dem es heißt, sie hätte es noch nie getan. Sie war jung wie ich. Und eine Waise. Sie ähnelte mir so sehr, dass ich mich vom Augenblick unseres Kennenlernens an in ihr wieder fand. Noch dazu war sie eine mächtige Zauberin, und ich wünschte mir ihre Freundschaft und ihren Schutz. Als sie mir also die Vereinbarung vorschlug, nahm ich an. Ich sollte für sie in Grimpen Ward Augen und Ohren offen halten und ihr Neuigkeiten berichten, die sie noch nicht erfahren hatte. Sie würde im Gegenzug für den Tod der Addershag sorgen, und ich würde danach oberste Seherin in Grimpen Ward werden.«

Ihr bleiches, vergeistigtes Gesicht nahm einen verkniffenen Ausdruck an. »Ich beharrte darauf, dass der Addershag nichts zustoßen dürfe. Sie war schließlich alt und würde sowieso bald sterben. Ob ich das bezweifelte? Wollte ich ihr Schicksal erfahren? Die Ilse-Hexe reichte mir ein Kopftuch. Sie trug mir auf, eine Vision mit Hilfe dieses Stück Stoffs zu beschwören, das sie der Alten gestohlen hatte. Ich tat es und sah sie tot auf dem Boden ihrer Kate liegen, mit offenen, starrenden Augen. Nachdem sie gestorben wäre, brauchte ich nur noch in ihre Fußstapfen zu treten. Warum auch nicht? Ich war ihr einstiges Lehrmädchen, nach ihr die begabteste Seherin. Musste ich nicht folgerichtig ihre Nachfolgerin werden?

Daran glaubte ich natürlich fest, und die Zurückweisung der Addershag schmerzte mich noch immer. Daher stimmte ich diesem Handel zu und ließ den Ereignissen ihren Lauf. Die Ilse-Hexe wurde meine neue Ratgeberin und Freundin. Ich berichtete ihr alles, was sich im Dorf und in der Umgebung zutrug, indem ich ihr Nachrichten per Vogel schickte. Und ich wartete auf den Tod der Addershag. Es dauerte zwar ein Jahr, aber am Ende starb sie doch. Sie wurde von einer kleinen tödlichen Schlange gebissen, die sich in einem Beutel Gold befunden hatte, welchen ihr ein angeblicher Gönner schenkte. Wer dieser Gönner war, kam nie ans Tageslicht. Ihre Magd war für einen Tag und eine Nacht außer Hauses gewesen, und bei ihrer Rückkehr fand sie die Addershag tot vor. Sie beerdigte die Leiche im Garten und behielt das Haus für sich.«

Sie seufzte. »Und ich, ich wurde zu dem, was ich mir gewünscht hatte, zur neuen Addershag, ihrer Nachfolgerin. Ihre Anhänger und ihre Kunden kamen nun zu mir, und niemand zweifelte die Rechtmäßigkeit meiner Nachfolge an. Ich war überzeugt davon, mit ihrem Tod nichts zu tun zu haben, dass es einfach eine Vision war, die sich erfüllt hatte, und dass ich mich, indem ich mich nicht einmischte, genauso verhielt, wie sie es mir beigebracht hatte. Außerdem hätte sie sowieso nicht auf mich gehört, glaubte ich. Ich hätte die Dinge nicht ändern können.«

Nach diesen Worten zitterte sie heftig und zog die Knie noch fester vor die Brust, um sich vor der Kälte zu schützen. »Aber alles hat seinen Preis, und am Ende fand ich heraus, was mich die Nachfolge der Addershag kosten sollte. Die Ilse-Hexe kam zu mir, als ich eine Vision von Walker hatte; sie hatte mir aufgetragen, ihr alles zu berichten, was ich über ihn erfuhr. Meine Vision zeigte mir, wie er in der Nacht zu mir kam, eine dunkle Präsenz, eine unwiderstehliche Macht, die mein gesamtes Leben verändern würde. Er besuchte mich, damit ich möglichst viel über eine Reise in Erfahrung brächte, die er zu einem neuen Land unternehmen wollte, und darüber, was ihm unterwegs begegnen würde. Meine Visionen führte er herbei, indem er mir einen Gegenstand gab. Eine Karte.

Als ich der Ilse-Hexe von meiner Vision erzählte, wurde sie sehr aufgeregt. Sie wollte diese Karte und sagte, ich müsse eine Möglichkeit finden, sie zu stehlen. Dann jedoch änderte sie ihre Meinung, und ich sollte darauf bestehen, ihn zu begleiten. Ich müsste ihn davon überzeugen, dass ich unverzichtbar sei, damit er mich mitnehme. Das, was ich in meinen Visionen gesehen hatte, sollte ich ihm enthüllen, und dazu noch einiges andere, was sie mir erzählen würde, bis er meinen Wunsch nicht mehr ablehnen konnte. Ich würde sein Schatten werden, und sie der meine. Überall, wohin ich ginge, überall, wohin Walker ginge, würde sie uns folgen. Sie besitze eine Magie, die es ihr ermögliche, durch meine Augen zu sehen. Das sei unbedingt notwendig, versicherte sie mir. Sie bestand darauf, Walker sei unser gemeinsamer Feind, der Feind all jener, die in den Vier Ländern Magie besaßen.«

Nun lachte sie, freudlos, lustlos. »Inzwischen wusste ich genug, um solche Äußerungen mit Vorsicht zu genießen. Walker war nicht mein Feind. Weder mir noch jemandem sonst hatte er bislang irgendeinen Schaden zugefügt. Allerdings befand ich mich nicht in der Lage, mich ihr zu verweigern. Als ich andeutete, diese Aufgabe würde mich überfordern, warnte sie mich, sie könnte den Bewohnern von Grimpen Ward gegenüber das eine oder andere Wort fallen lassen und sie glauben machen, ich habe der Addershag den Goldbeutel mit der Schlange übergeben. Zudem war die Ilse-Hexe meine Gönnerin und meine Lehrerin. Ich fürchtete mich vor ihr, und dennoch fühlte ich eine außergewöhnliche Geistesverwandtschaft mit ihr. Aus diesem Grunde stimmte ich zu. Ich wurde ihr Spion an Bord der *Jerle Shannara*.«

Plötzlich füllten Tränen ihre Augen. »Aber es ist etwas Eigentümliches passiert, Ahren. Etwas, mit dem weder sie noch ich gerechnet hatte. Sogar bevor sie mich aufsuchte, bevor ich die Karte berührt oder mehr darüber herausgefunden hatte, was für die Reise notwendig sein würde, hatte ich weitere Visionen.« Sie beugte sich zu ihm vor, und die Tränen rannen ihr über die Wangen. »Sie handelten von Walker und mir. Dabei waren sie so stark und überwältigend, dass ich sie nicht ignorieren konnte. Ich sah einen blauen Ozean und Inseln, ein fliegendes Schiff, Schlachten und sterbende Männer. Das war die Reise, die Walker unternehmen wollte, und ich sah kleine Teile davon. Die meisten waren so vage und so wirr, dass ich keinen Sinn hineinbringen konnte, aber eines trat sehr deutlich hervor. Bei denen, die mit Walker auf die Reise gehen würden, befänden sich ganz bestimmte Personen – eine, die ihm das Leben retten würde sowie eine, die versuchen würde, es ihm zu nehmen; eine, die ihn bedingungslos liebte, und eine, die ihn mit unvergleichlicher Leidenschaft hasste; eine, die ihn vom richtigen Weg abbringen, und eine, die ihn dorthin zurückführen würde.«

Sie hielt inne. »Ich habe keine Gesichter gesehen, die man mit diesen Personen in Verbindung bringen könnte. Nur mein eigenes, das außerhalb der Vision stand und Walker stets sehr genau beobachtete, eingehend und abwartend. Aber wozu? Ich wusste es nicht. Dennoch war ich jedes Mal dabei und beschattete ihn.«

»Doch jetzt weißt du, um wen es sich bei diesen Personen handelte und wer Walker etwas antun will«, unterbrach er sie und sagte seit geraumer Zeit zum ersten Mal etwas, weil er ihr helfen wollte, es auszusprechen. »Nun kannst du sie erkennen.«

Erneut lachte sie, und diesmal so verbittert und rau, dass er zusammenzuckte. Ihre Augen leuchteten wild, und sie warf das Haar in einer trotzigen Geste nach hinten zurück. »Oh, ja. Ja, Ahren, ich weiß, wer diese Personen sind! Ironischerweise passt es genau! Ich kannte diese Personen von Anfang an, aber ich habe nicht lange genug über diese Visionen nachgedacht! Meine eigenen Wünsche und Sorgen und Nöte haben mich geblendet! Wer sind sie für Walker, wer würde sein Leben nehmen und wer es retten wollen, wer würde ihn lieben und hassen? Wer sind sie, Ahren? Ich kann es dir sagen. Es ist ein und dieselbe Person. Ich bin es!«

Sie ergriff seine Arme und packte so fest zu, dass er spürte, wie sich ihre Fingernägel in seine Haut gruben. »Ich habe ihm das alles angetan; auf Shatterstone hätte ich beinahe seinen Tod verschuldet, weil ich ihm den Teil meiner Vision verschwieg, der ihn vor den giftigen Dornen warnte, und dann habe ich ihn mit meiner empathischen Gabe gerettet, da ich es nicht ertragen konnte, ihn sterben zu lassen! Geliebt und gehasst habe ich ihn, manchmal ohne zu wissen, was das eine und was das andere ist! Er hat mich mitgenommen, obwohl er es besser unterlassen hätte, er hat mich in diese schreckliche, abscheuliche Lage versetzt, weil er mir vertraut, und er glaubt immer noch, ich würde ihn aus dieser Falle retten, worin sie auch bestehen mag! Und das werde ich, Ahren! Ich habe ihn oft genug in die Irre geführt! Diesmal, dieses eine Mal, muss ich ihn zurückholen, selbst wenn ich dabei mein Leben verlieren sollte!«

Jetzt weinte sie so heftig, dass sie zitterte, Schluchzer ließen ihre Brust beben. Ihre Hände lösten sich von seinen Armen, und nun umarmte er sie, weil er den Kontakt zwischen ihnen nicht unterbrechen wollte.

»Nun kennst du also mein Geheimnis«, flüsterte sie. »Es ist viel schlimmer als deines, viel hässlicher. Mich hat es ganz aufgezehrt. Niemand kann mir je vergeben, was ich getan habe. Niemals werde ich es wieder gutmachen können.«

Er schüttelte den Kopf und beugte sich zu ihr vor. »Jedem kann man vergeben, Ryer Ord Star. Gleichgültig, was. Leicht fällt das zwar nicht immer, möglich ist es jedoch schon.«

Statt einer Antwort erschauderte sie. »Soll ich dir etwas sagen, Ahren?« Ihre Stimme war so leise, er hörte sie kaum. »Während ich Walker mit meinen empathischen Fähigkeiten heilte, nachdem er sich auf Shatterstone vergiftet hatte, stellte sich eine Verbindung zwischen ihm und mir her, wie ich es noch nie erlebt habe. Es war, als würden unsere Magien auf gewisse Weise vereint, und ich konnte ihm bis in die tiefste Seele schauen. Das war sehr schmerzhaft! Ich wusste, dort würde ich Leid finden – dies war mir schon bei unserer ersten Begegnung an seinen Augen aufgefallen –, aber ich hatte nicht geahnt, dass es so groß sein würde! Es überwältigte mich, und gleichzeitig öffnete ich mich damit Walker, wie er sich mir öffnete. So sah er auch, was in mir verborgen war, alles. Er wusste, welche Rolle ich spielte, was ich tun würde. Damit begriff er auch die Gefahr, die ich für ihn und die anderen darstellte.«

Verwundert schüttelte sie den Kopf. »Aber er behielt es für sich. Kein Wort ließ er darüber verlauten. Das alles tat er ab, als würde es keine Bedeutung mehr haben, und er behielt mich bei sich. Ich glaube, er hoffte, dadurch würde er mich zu seiner Verbündeten machen. Und er hatte Recht. Ich habe für die Ilse-Hexe nichts Großartiges mehr getan seitdem. Zwar konnte sie über mich noch immer die Reise des Luftschiffs verfolgen, aber ich schätze, Walker hielt das nicht für sehr wichtig. Sie wusste sowieso schon, wo unser Ziel lag; das hatte sie in den Gedanken des Schiffbrüchigen gelesen. Ich jedoch, und darauf hatte er gezählt, verbarg vor ihm keine Wahrheit und keine Bruchstücke meiner Visionen mehr, keine Geheimnisse, die ihm Schaden zufügen könnten. Nun gehörte ich aus freiem Willen ihm. Und ihm werde ich ewig gehören, so lange er mich braucht. Unsere

Verbindung übertrifft alles. Sie ist stark genug, sodass ich spüre, wie sehr er mich braucht, hier unten an diesem dunklen Ort, in diesen Gängen und Räumen, in all diesem Metall. Ich fühle, wie er nach mir greift, weil es sonst niemanden gibt, den er erreichen kann.« Sie schluckte die Tränen hinunter. »Deshalb gehe ich zu ihm. Deshalb muss ich ihn finden.«

Sie löste sich aus seiner Umarmung und wischte sich die Tränen mit beiden Händen aus den Augen. Danach begann sie erneut zu weinen, schlang die Arme um sich und wiegte sich auf den Fersen hin und her. »Ist das nicht traurig? Vielleicht bin ich alles, was er noch hat!«, sagte sie mit brechender Stimme. »So erbärmlich.«

Er schloss sie in die Arme und hielt sie fest, derweil sie weinte, und er versuchte nicht, sie zu trösten, sondern hielt sie einfach nur. Mehrmals dachte er daran, etwas Beruhigendes zu sagen oder etwas Kluges, doch irgendwie fiel ihm nichts ein, das ihm angemessen erschien. Schweigen war wohl das Beste, also blieb er stumm. Um sie herum wirbelte die Magie des Phönixsteins wie trübes Wasser, stetig und aufmunternd, denn diese Zuflucht gab ihnen Zeit und einen Ort, um ihre Gefühle zu ordnen. Ahren blickte durch den Dunst in den Gang, der leer und still war. Es fühlte sich an, als wären sie tatsächlich allein hier unten, von allen verlassen und vergessen.

Ryer hörte auf zu weinen, löste sich aus seinen Armen und sah ihm in die Augen. »Willst du mich noch immer begleiten?«

Er nickte. Nie war ihm der Gedanke gekommen, es nicht zu tun.

»Du musst aber nicht«, sagte sie, »ich erwarte jetzt nicht mehr, dass du dich an dein Versprechen hältst, nachdem du weißt –«

»Hör auf damit«, protestierte er rasch. »Kein weiteres Wort darüber.«

Sie schaute ihn einen Moment lang an, dann beugte sie sich vor und küsste ihn auf die Wange. Mit der Wärme und Sanftheit ihrer Lippen spürte er, wie ein gutes Stück seines Selbstwertgefühls zurückkehrte.

Sie erhoben sich und setzten den Weg durch Castledowns endlose Gänge und Tunnel fort, wobei sie von der Magie des Phönixsteins eingehüllt blieben und sich von ihren Instinkten und Nöten führen ließen. Die junge Seherin rang weiterhin mit den Dämonen, die in ihr wohnten, aber ihr bleiches, vergeistigtes Gesicht hatte einen entschlossenen Ausdruck angenommen. Erneut hatte sie Ahrens Hand ergriffen, obwohl das ja, wie sie festgestellt hatten, nicht notwendig war. Ahren freute sich darüber. Die Berührung bedeutete ihm genauso viel wie ihr. Er fühlte sich, als wären sie Kinder, die sich in einem dunklen Wald verirrt haben, über den sich die Nacht senkt und in dem Wölfe ihr Unwesen treiben, und blind vertraute er einem Talisman, den er weder verstand noch beherrschen konnte. Die Magie des Phönixsteins beschützte sie, doch wie lange noch? Er wollte nicht unvorbereitet oder kurz vor dem Ziel kalt erwischt werden.

Oder vor den Zielen, berichtigte er sich. Auf der einen Seite Walker, auf der anderen die verschollenen Elfensteine. Über Letztere hatte er mit Ryer Ord Star nicht gesprochen, doch wenn sie den Druiden erst gefunden hatten, beabsichtigte er, nach den Steinen zu suchen. Vielleicht verlangte er zu viel. Möglicherweise würde die Magie, nachdem sie Walker entdeckt hatten, aufhören. Er hatte keine Ahnung. Für unvorhergesehene Fälle konnte er nicht planen, sondern nur hoffen und das Beste aus einer Situation machen.

Lange Zeit zogen sie weiter, begegneten jedoch weder Kriechern noch Feuerstrahlen. Wenn Antrax nach ihnen jagte, dann nicht weiter offen sichtbar. Mittlerweile ging es beständig nach unten, Rampen und Treppen hinunter, weiter unter die Erde als zuvor. Ahren erschien es sinnvoll, dass Antrax die Magie tief unten verstecken würde. Dort würden sie vermutlich auch mit größerer Wahrscheinlichkeit auf Walker treffen.

Vor ihnen, in nicht allzu großer Entfernung, surrte und tuckerte leise eine Maschine in regelmäßigem Rhythmus, der im Stahl der Tunnel widerhallte und Ahrens Knochen vibrieren ließ.

Dann verzweigte sich der Gang und führte rechts und links auf eine Reihe bogenförmiger Öffnungen ohne Türen zu, die alle auf einem Laufsteg endeten, von dem aus man in einen riesigen Raum hinuntersah, der voller Metallschränke stand und in dem überall Lichter blinkten. Räder drehten sich hinter rauchigen Fenstern; helle Silberscheiben reflektierten das weiche Licht der flammenlosen Lampenröhren, die sich an den Wänden und an der hohen Decke des Raumes entlangzogen. Das Summen der Maschinen war überall zu hören und wurde von seltsamen, piependen und zwitschernden Lauten untermalt.

Der Anblick war gespenstisch, die surreale Vision einer Szenerie, die außerhalb dieser Mauern seit Jahrtausenden nicht mehr existierte. Die beiden verharrten auf dem Laufsteg, betrachteten die Dinge im Raum und suchten nach etwas, das für sie einen Sinn ergab. Nichts von alledem war ihnen vertraut, aber einen Augenblick später sog Ryer hörbar den Atem ein, sprach Walkers Namen und zog Ahren an der Hand mit sich auf eine metallene Treppe zu, die nach unten führte. Er folgte ihr, ohne nachzufragen, und wusste bereits, was geschehen würde. Sie stiegen die Treppe hinunter und suchten sich einen Weg durch ein Labyrinth fünf Meter hoher Schränke, in denen sich reihenweise Silberscheiben drehten. Zumindest ein Teil dieser Maschinerie, die sie vom Laufsteg aus gehört hatten, befand sich hinter Wandplatten. Ahren betrachtete die glatten Oberflächen, die ganz sicher nur aus der Alten Welt stammen konnten. Ob sie die Magie enthielten, nach der die Gesellschaft der *Jerle Shannara* gesucht hatte? Welche Art von Magie, dachte er, wird in einem Metallgestell mit drehenden Scheiben und blinkenden Lichtern aufbewahrt? Sie waren gekommen, um Bücher zu suchen, aber hier gab es keine Bücher – zumindest keine, die er hätte sehen können. Vielleicht befanden sie sich noch tiefer unter der Erde, und die Schränke und ihre Maschinerie dienten ihnen lediglich als Beschützer irgendeiner Art.

Dann entdeckte er die Kriecher. Etliche zogen durch die Gänge zwischen den Schränken, blieben immer wieder stehen und bedienten die drehenden Scheiben und blinkenden Lichter. Wenn sie Ahren und Ryer gesehen hatten, ließen sie es sich jedenfalls nicht anmerken. Diese Kriecher unterschieden sich von jenen, denen sie zuvor begegnet waren. Sie waren größer als die so genannten Kehrer, gehörten jedoch zweifellos zur gleichen Sorte Bewohner von Castledown – eher Hüter und Helfer denn Verteidiger. Ausgerüstet waren sie mit eigentümlichen Metallgliedern, die in alle Richtungen ragten, hier und dort zupackten und seltsam geformte Finger in Schlitze und Öffnungen schoben, woraufhin sich die Geräusche und das Blinken der Maschinerie änderten.

Fasziniert ging Ahren langsamer und wollte sich alles genau anschauen, doch Ryer Ord Star ließ ihm keine Zeit. Sie zerrte ihn weiter voran. Ihr Ziel lag am anderen Ende der großen Kammer. Einer der Kriecher bewegte sich in die gleiche Richtung und eilte vor ihnen her, als würde er ihre Absicht voraussehen. Die Seherin warf Ahren einen hektischen Blick über die Schulter zu, lief dann los und zog ihn hinter sich her. In der Schutzhülle des Phönixsteins rannten sie hinter dem Kriecher her, auf eine Reihe von Metalltüren zu, die sich vor schwach beleuchteten Räumen befanden, wie man durch hohe dunkle Fenster erkennen konnte.

Der Kriecher war schneller, kam als Erster dort an und berührte eine Platte, woraufhin eine der Türen zur Seite glitt. Wieder wurden Platten mit blinkenden Lichtern sichtbar, dazu Dutzende von Röhren, die auf die Mitte des Raumes zuliefen. In diesen Raum rollte der Kriecher lautlos auf seinen Rädern hinein.

Ahren und Ryer folgten ihm rasch, das Mädchen noch immer voraus. Kaum durch die Tür, blieb sie so plötzlich stehen, dass er in sie hineinrannte. Während er mühsam das Gleichgewicht wieder fand, ließ er den Blick durch den Raum schweifen. Plötzlich stockte ihm der Atem.

Sie hatten Walker entdeckt.

Aber vielleicht wäre es besser gewesen, wenn sie ihn nicht gefunden hätten.

Siebzehn

Nacht breitete sich über das Land wie eine große, geschmeidige Katze, deren Schatten die Wälder in immer tiefere Dunkelheit hüllte und heimlich und heimtückisch das Tageslicht stahl. Bek saß seiner Schwester gegenüber und beobachtete, wie sie Scheiben von einem Stück Käse schnitt und Brot auf einem flachen Stein röstete, den sie mit Glut erhitzt hatte. Zuvor hatte sie bereits Beeren gewaschen und auf großen Blättern verteilt, die sie von tropischen Pflanzen gepflückt hatte, welche so weit im Norden eigentlich gar nicht wachsen sollten, es aber nichtsdestotrotz taten. Konzentriert und aufmerksam arbeitete sie vor sich hin und schaute die meiste Zeit nicht zu ihm auf. Sie behandelte ihn ungefähr so wie Quentin seine Jagdhunde: Sie fütterte ihn, gab ihm Wasser und ließ ihn ausruhen, dabei erwartete sie jedoch, dass er tat, was sie wollte und unterwegs nicht zurückblieb. Zudem zeigte sie gerade genug Interesse an ihm, um ihn daran zu erinnern, dass sie ihn ständig im Auge behielt, mehr nicht. Die Mauer, die sie zwischen sich und ihm errichtet hatte, war hoch und dick und sehr massiv.

»Geh hinunter zum Bach, und hol frisches Wasser«, verlangte sie, ohne den Kopf zu heben.

Er stand auf, nahm den fast leeren Wasserschlauch und ging zwischen die Bäume. Sie machte sich keine Gedanken wegen möglicher Fluchtversuche. Schließlich hatte er ihr sein Wort gegeben. Nein, ganz gewiss glaubte er keinen Moment lang, dass sein Wort ihr auch nur irgendetwas bedeutete. Aber sie hatte ihm verboten, das Schwert von Shannara mitzunehmen, wenn er sich von ihr entfernte, und er wusste, sie könnte ihn sehr schnell aufspüren, wenn er sich davonmachte. Er dachte nicht gern darüber nach, was sie mit ihm anstellen würde, falls er dies täte. Falls er noch ein Zeugnis ihrer Skrupellosigkeit gebraucht hätte, so hatte sie ihm dieses geliefert, als sie ihm erzählte, was sie mit Truls Rohk angestellt hatte.

Beinahe zwei Tage lang hatte sie das für sich behalten, während sie durch das bewaldete Bergland auf die Ruinenstadt zuwanderten und sie währenddessen seine wiederholten Vorwürfe abtat. Doch stur drängte er auf eine Antwort, und schließlich gab sie ihm diese. Sie hatte den Caull zurückgelassen, damit sich dieser nach seiner Rückkehr von dem fehlgeschlagenen Hinterhalt mit dem Gestaltwandler beschäftigen konnte. Irgendwann würde Truls Rohk erkennen, dass sie ihn überlistet hatte, und dann würde er zurückkehren und nach Bek suchen. Sie durfte es jedoch nicht riskieren, von ihm verfolgt zu werden, nachdem er das Verschwinden des Jungen bemerkt hatte. Denn der Gestaltwandler war so unnachgiebig wie sie und ebenso gefährlich. Daher musste er ausgelöscht werden. Aus diesem Grund hatte sie ihn dem Caull überlassen.

Bek war wie vor den Kopf geschlagen, wütend und tief betrübt, aber er konnte nichts daran ändern. Vielleicht hatte sich die Ilse-Hexe geirrt, was den Gestaltwandler betraf, und er war nicht zurückgekehrt. Vielleicht hatte er den Caull bemerkt und war ihm ausgewichen. Doch war sie sich ihrer Sache so sicher, dass sich seine Hoffnungen rasch in Luft auflösten. Nun war er auf sich selbst gestellt. Welche Entscheidungen er auch immer traf, er würde sich dafür rechtfertigen müssen.

Davonzulaufen stand also außer Frage. Beim ersten Mal, noch zusammen mit Truls Rohk, war es ihm schon nicht gelungen, und es gab keinen Anlass zu glauben, er würde jetzt mehr Erfolg haben. Und wenn sich außerdem die leiseste Chance ergab, sie davon zu überzeugen, dass er ihr Bruder war, musste er diese wahrnehmen. Er konnte es sich nicht leisten, sie noch weiter von sich zu entfremden. Obwohl sie ihm kaum Aufmerksamkeit zollte, ließ sie ihn reden, und er nutzte jede Möglichkeit, sie von seiner wahren Identität zu überzeugen. Meistens ignorierte sie ihn, hin und wieder erwiderte sie allerdings etwas auf seine Argumente, und allein diese kurzen Antworten, diese rätselhaften Bemerkungen verrieten ihm, dass sie sich anhörte, was er ihr erzählte. Vielleicht glaubte sie ihm nicht, aber wenigstens dachte sie über seine Worte nach.

Er füllte den Wasserschlauch, kniete am Bach und spähte in die Dunkelheit. Nichtsdestotrotz wurde die Zeit knapp. Ein Tag noch, dann hätten sie ihr Ziel erreicht. Dort angekommen, beabsichtigte sie ihn den Mwellrets zu übergeben, während sie sich auf die Suche nach Walker machte. Die Rets würden ihn an Bord der *Schwarzen Moclips* festhalten, bis sie zurückkehrte. Jede Chance, sie zu überzeugen, wäre dann dahin, und damit auch jede Möglichkeit, Walker das Leben zu retten.

Der Wasserschlauch blähte sich auf, Bek verschloss ihn und stand auf. Walker würde auf sich selbst aufpassen, sicherlich – falls er noch lebte und dazu in der Lage war, was nicht unbedingt der Fall sein musste. Aber die Ilse-Hexe war ein ernst zu nehmender Gegner, das hatte sie schon unter Beweis gestellt. Bek wusste nicht, ob Walker mit ihr fertig werden würde, denn der Druide war gewiss nicht so gnadenlos wie sie, was er jedoch sein musste, wenn er überleben wollte.

Bek ging durch die Bäume zu dem kleinen Lager zurück und reichte seiner Schwester den Schlauch. Sie nahm ihn entgegen, ohne aufzublicken, und benetzte die Beeren mit Wasser. Er schaute ihr einen Moment lang zu, ehe er sich wieder setzte. Nachdem sie gegessen hatten, würden sie baden, zuerst er, danach sie. Das machten sie jeden Abend, und sie benutzten dazu jeweils das Wasser, das sie fanden, und reinigten sich, so gut es eben ging. Zwar hatten sie keine saubere Wäsche zum Wechseln, doch hielten sie so wenigstens ihre Körper sauber. Selbst abends war es noch warm genug, um in einem Fluss oder Bach zu baden, obwohl dieses Land weiter im Norden lag als jenes, aus dem sie eigentlich stammten. Bek wunderte sich darüber und erinnerte sich, dass auch Walker eine Bemerkung darüber fallen gelassen hatte.

Grianne reichte ihm eine Scheibe Brot, die mit zerdrückten süßen Beeren bestrichen war, und er kaute gedankenverloren darauf herum, derweil er ihr Gesicht nicht aus den Augen ließ. Sie war gereizt, weil er früher am Tage wieder versucht hatte, ihre Zweifel zu zerstreuen. Tatsächlich hatte sie ihm sogar befohlen, nicht mehr davon zu sprechen. Trotzdem konnte er den Mund nicht halten, weil doch so viel auf dem Spiel stand. Zu warten, bis sie empfänglicher für seine Argumente wurde, konnte er sich nicht leisten.

Als sie also den Fehler beging und zu ihm hinübersah, redete er sofort drauflos.

»Du hast es noch nicht richtig durchdacht«, sagte er. »Denn sonst hättest du die Fehler in deinen Schlussfolgerungen bemerkt. Und die logischen Lücken in dem, was man dir erzählt hat.«

Sie starrte ihn ausdruckslos an und kaute langsam.

»Wenn ich nicht Bek bin, wieso trage ich dann denselben Namen? Du behauptest, weil man mich dazu gebracht hätte zu glauben, Bek sei mein richtiger Name. Aber Quentin kennt mich schon mein ganzes Leben lang. Und auch meine Adoptiveltern. Ich war Bek, seit man mich zu ihnen gebracht hat. Wurden ihre Gedanken ebenfalls beeinflusst? Hat man alle in Leah beeinflusst zu denken, ich sei jemand, der ich nicht bin?«

Darauf antwortete sie nicht, sondern biss lediglich von ihrer Scheibe Käse ab.

»Oder ist Walker so schlau, dass er alles schon geplant hat, ehe er mich vor fünfzehn Jahren bei Coran und Liria ablieferte?«

Nun betrachtete sie ihn, wie ein Insekt ein Blatt begutachten würde.

»Das glaubst du doch, oder? Du meinst, er habe dieses Versteckspiel seit Jahren geplant, nur um dich zu überlisten. Bloß seinen Grund dafür kannst du mir nicht erklären, wie?«

Sie setzte den Wasserschlauch an die Lippen und trank, dann reichte sie ihn weiter an Bek. Ihre Augen waren so leer und tot wie die einer Schlange.

»Ach, ja, er will dich brechen, um deine Entschlossenheit zu unterminieren, um an deiner Deckung vorbeizugelangen. Auf diese Weise kann er dich untergraben und dich für seine eigenen Zwecke missbrauchen, worin immer die bestehen mögen. Er stiehlt dir deine Magie und macht dich zu seiner Marionette. Genau so, wie er es mit mir angestellt hat, nur bist du ein besserer Fang, weil deine Magie so viel stärker ist als meine und du für ihn eine größere Bedrohung darstellst.« Er ließ den Sarkasmus aus seinen Worten triefen wie Öl. »Schatten, wie gut, dass du das alles kommen sahst!«

Sie griff nach dem Wasserschlauch und nahm ihn Bek wieder ab. »Ich habe dir gesagt, du sollst nicht noch einmal davon anfangen.«

Er zuckte mit den Schultern. »Das hast du allerdings.« Er aß sein letztes Stück Brot und nahm eine Scheibe Käse. »Aber ich kann nicht anders. Ich will verstehen, weshalb du die Wahrheit nicht siehst.« Er zögerte. »Welchen Grund hat dir der Morgawr genannt, weshalb Walker dich überhaupt damals entführen wollte? Was ist damit? Er sagte, weil Walker dich zu einem Druiden machen wollte, nur hätten deine Eltern ihm das verweigert. Sie wollten es nicht erlauben, und deshalb tötete er sie und verschleppte dich. War das nicht ein bisschen dumm, da es doch so viel subtilere Möglichkeiten gab, dich für seine Sache zu gewinnen? Warum war er so dumm, dich zur Zeugin des Todes deiner Eltern zu machen, während er dich entführte? Hätte er deinen Willen nicht manipulieren können? Wäre das nicht wesentlich einfacher gewesen? Klug genug ist er schließlich, oder? Mit seiner Magie kann er dich dazu bringen, alles zu glauben. Das hat er ja auch mit mir gemacht.«

Sie starrte ihm in die Augen. »Du bist nicht ich. Du bist schwach und dumm. Ein Bauer, und du begreifst überhaupt nichts.«

Diese Worte sprach sie ohne Groll und Gereiztheit, sondern kalt und leblos, und sie spiegelten sich in der bleichen, harten Miene auf ihrem jungen Gesicht wider, während sie ihre Mahlzeit beendete, ohne ihren Blick von seinem abzuwenden, und ihm so tief in die Augen schaute, dass sie doch nun alles sehen musste, was dahinter verborgen war.

Er schüttelte den Schauder ab, den ihr Starren hervorrief. »Immerhin begreife ich«, sagte er leise, »dass du genau zu dem geworden bist, was du unbedingt vermeiden wolltest.«

Rasch schüttelte sie den Kopf. »Ich bin kein Druide«, erwiderte sie, »nenn mich ja nicht so.«

»Du bist aber fast einer. So gut wie, wirklich.« Er beugte sich herausfordernd vor. »Erkläre mir nur, wie du dich von Walker unterscheidest. Zeig mir, was er in seinem Leben getan hat, das du nicht längst in deinem ebenfalls getan hast. Zeig mir, wo sich der Weg, den du gegangen bist, von seinem unterscheidet.«

Schweigend betrachtete sie ihn, doch in ihren Augen flammte der Zorn. »Du willst mich wohl unbedingt provozieren.«

»Tue ich das? Erlaub mir, dir eine Geschichte zu erzählen, Grianne. Während meiner Reise nach Arborlon kam ich mit Quentin durch das Land am Silberfluss. Im Schlafe hatte ich eine Vision. Sie handelte von einem jungen Mädchen, das mir erschien und sich dann in ein Ungeheuer verwandelte, das ich kaum anzuschauen wagte. Dieses junge Mädchen warst du mit sechs Jahren, das Ding, in das du dich verwandelt hattest, ähnelte hingegen sehr den Mwellrets, die du befehligst. Ich glaube an Omen, an Visionen, die verkünden, was kommen wird, an Hinweise auf die Zukunft. Dieser Traum gehörte dazu. Mir wurden deine Vergangenheit und deine Zukunft gezeigt. Man sagte mir, dass es bei mir läge, dein Schicksal zu ändern und diese Verwandlung zu verhindern.«

»Da hast du dir ja eine Menge vorgenommen. Bist du nicht ein bisschen anmaßend?«

Er schüttelte den Kopf. »Ja? Ich habe es mir nicht ausgesucht, ich verstand ja nicht einmal, was mir gezeigt wurde. Nicht, bis ich erfuhr, wer ich bin. Nicht, bis ich auf dich gestoßen bin. Aber jetzt denke ich, sollte es mir nicht gelingen, dich zu überzeugen, wird das niemand schaffen, und meine Vision wird sich erfüllen.«

»Mit Druiden oder Mwellrets habe ich nichts gemeinsam«, sagte sie höhnisch. »Du bist nur ein Junge ohne Verstand und dafür mit einer zu lebhaften Fantasie. Blind hast du den falschen Leuten vertraut, und jetzt soll auch ich mir ihre Wahrheiten zu Eigen machen, obwohl es sich doch nur um Täuschungen handelt. Ich habe es satt, dir zuzuhören. Sag nichts mehr. Kein einziges Wort.«

»Ich sage, was ich will!«, fauchte er sie an. Innerlich zitterte er. Sie konnte launisch sein und gefährlich, aber Vorsicht war jetzt nicht mehr von Nutzen. »Du hast dich mit unterwürfigen Gefolgsleuten und Lügnern umgeben. Du selbst hast dich vor so langer Zeit von der Wahrheit entfernt, dass du sie nicht einmal erkennen kannst, wenn sie geradewegs vor dir steht. Warum gibst du nicht wenigstens zu, dass du dir meiner nicht sicher bist? Warum gestehst du nicht immerhin das ein?«

Ihr Gesicht umwölkte sich. »Schweig jetzt.«

»Erlaube mir, dich bei der Suche nach Walker zu begleiten. Lass dir von ihm helfen. Was schadet es schon, wenn du mit ihm redest? Hör ihm nur zu, was er zu sagen hat. Es würde dich nur fünf Minuten kosten –«

»Genug!«, schrie sie.

Er sprang auf. »Genug wovon? Von der Wahrheit? Ich bin dein Bruder, Grianne. Ich bin Bek. Hör auf, es zu leugnen! Verdreh die Tatsachen nicht länger!«

Plötzlich stand auch sie, erstarrt vor Wut. Er hätte nachgeben sollen, das wusste er, aber er konnte nicht. »Willst du nicht, dass ich dir erzähle, was wirklich mit unseren Eltern passiert ist? Soll ich dir nicht sagen, was man mit dir angestellt hat? Soll ich es so laut sagen, dass du es auch hörst? Du bist so blind, du kannst nicht –«

Erneut schrie sie, nur diesmal waren es keine Worte, sondern lediglich ein Laut, der messerscharf durch die Nacht gellte. Die Magie des Wunschliedes versengte ihm die Kehle, verdrehte sie und schnürte sie ihm zu, bis er nach Luft schnappte. Viel zu spät warf er die Hände in die Höhe, um sich zu schützen, während er rückwärts taumelte und stürzte. Die unerwartete Wucht und Heftigkeit ihres Angriffs schleuderte ihn benommen zu Boden, seine Augen tränten, und er konnte nur noch stoßweise Atem holen.

Sie stand über ihm, zog die Robe eng um sich, und auf ihrem bleichen Gesicht zeigte sich Entrüstung. Dann streckte sie die Hand aus, berührte seinen Hals, und um ihn herum wurde es schwarz.

Als er schlief und wieder normal atmete, zog sie seine Arme und Beine lang und deckte ihn mit seinem zerschlissenen Mantel zu. So ein Narr. Sie hatte ihn gewarnt, aber er hatte weiter in sie gedrängt. Da hatte sie die Beherrschung verloren und wütend zugeschlagen. Ein wenig schämte sie sich dafür. Gleichgültig, wie sehr man sie provozierte, sie sollte die Fassung bewahren und ihre Magie in Schach halten können. Auch hätte sie es vermeiden müssen, ihn so anzugreifen. Zu leicht hätte sie ihn dabei töten können. Viel hätte nicht gefehlt. Die Macht des Wunschliedes war enorm. Wenn sie wollte, konnte sie eine dieser riesigen alten Eichen verwelken lassen, die ihre Äste schützend über ihr Lager ausbreiteten, und sie in Späne verwandeln, bis sie wieder zu der Erde wurde, aus der sie gewachsen war. Wie leicht wäre es im Vergleich dazu, diesen Jungen zu zermalmen.

»Ich habe dich gewarnt«, zischte sie der schlafenden Gestalt zu, während sie innerlich noch kochte.

Sie richtete sich auf, ging ein Stück, blieb am Rande der Lichtung stehen und spähte in die Dunkelheit. Nachdem sie sich das lange dunkle Haar aus dem Gesicht gestrichen hatte, schob sie die Hände in die Ärmel ihrer Robe. Vielleicht war es gut, dass sie so reagiert hatte. Was sie jetzt getan hatte, plante sie sowieso für den Moment, wenn sie die Bucht erreichten, in der die *Schwarze Moclips* vor Anker lag – ihm seine Stimme zu nehmen und ihn auf diese Weise unschädlich zu machen. Sonst hätte sie es sich nicht leisten können, ihn bei den Mwellrets zu lassen. Seine Waffe würde sie ihm ebenfalls abnehmen, diese Klinge, von der er behauptete, sie sei das Schwert von Shannara. Er würde in einen Frachtraum gesperrt werden, bis sie die Angelegenheit mit dem Druiden geregelt hatte.

Über die Schulter blickte sie zu der Stelle, an der er schlief, dann schaute sie rasch zur Seite. Eigentlich hatte sie ihm sagen wollen, was sie vorhatte, ehe sie es tat. Denn sie wollte ihm versprechen, dass es nur vorübergehend war. Bei ihrem Wiedersehen würde sie ihm seine Stimme zurückgeben. Das konnte sie ihm morgen beim Aufwachen immer noch erzählen, doch würde es nun eine andere Wirkung haben als gewünscht.

Dass sie das Gefühl hatte, sich vor ihm rechtfertigen zu müssen, ärgerte sie. Schließlich schuldete sie ihm nichts, und er bedeutete ihr nicht das Geringste. Trotzdem konnte sie ihn nicht einfach als einen Jungen abtun, den der Druide manipuliert hatte und gegen sie einsetzte. Diese Erklärung wäre zu einfach. An ihm war mehr dran: Seine Magie war echt. Möglicherweise besaß er die gleiche Willensstärke wie sie, und zumindest einiges von dem, was er sagte, entsprach der Wahrheit. Ihm gegenüber hätte sie das niemals zugegeben, dennoch spürte sie es. Ihr Problem bestand lediglich darin, zu entscheiden, wie weit er die Wahrheit sagte. Wo begannen die Lügen, wo hörten sie auf? Was wollte der Druide erreichen, indem er den Jungen zu ihr schickte? Denn bestimmt hatte er ihn gesandt, wie immer sie sich auch kennen gelernt hatten. Er hatte den Jungen geschickt, so wie sie Ryer Ord Star, um den Druiden auszuspionieren.

Konnte es vielleicht tatsächlich Bek sein?

Einen Augenblick lang stockte ihr der Atem, während sie den Gedanken betrachtete wie ein exotisches Wesen. War das wirklich möglich? Er könnte Bek sein und trotzdem lügen, was ihre Eltern betraf. Und auch wenn er Bek war, schützte ihn das nicht vor Leichtgläubigkeit. Er hätte sich irren können, ohne es zu bemerken.

Nur, wie hatte der Druide ihn entdeckt, wo sie ihn doch für tot gehalten hatte? Woher kannte der Druide seine Identität? War der Druide in den Schutt des Hauses zurückgekehrt und hatte die Ruine durchsucht? Hatte der Druide beschlossen, Bek für seine Pläne auszunutzen, weil er sie nicht bekommen hatte?

Sie presste die Lippen aufeinander. In diesem Leben wurde jeder benutzt. Sie dachte an den Morgawr, der sie all die Jahre in den schönen Künsten der Magie unterrichtet hatte. Über ihn wusste sie genug, wusste, was er war, dass man ihm nicht vertrauen durfte, dass er so verschlagen war wie der Druide. Er hatte sie ebenfalls benutzt. Um sie unter Kontrolle zu halten, bewahrte er Gegenstände von ihr auf. So war eben der Lauf der Welt. Sie manipulierte und täuschte auch. Der Junge hatte Recht damit. So sehr unterschied sie sich nicht vom Morgawr, und der Morgawr ähnelte durchaus dem Druiden.

Aber hätte der Morgawr sie auch über ihre Eltern belogen? Wenn er in der Tat nicht die Wahrheit gesagt hatte, wieso besaß sie dann so deutliche Erinnerungen an den Druiden und seine Diener in dunklen Roben, die in der Dämmerung jenes letzten Tages über sie herfielen? Das fühlte sich nicht richtig an. Es erschien ihr nicht möglich. Der Druide hatte sie nach Paranor holen wollen. Sie erinnerte sich an seine Besuche bei ihrem Vater, an ihre Unterhaltungen und düsteren Warnungen. Nein, er hatte sie zur Waise gemacht und sie verschleppt, genau wie sie es glaubte.

Dennoch hatte der Junge, der sich für ihren Bruder hielt, Recht. Sie war nun trotzdem eine Art Druide, an einem anderen Ort, in einer anderen Gestalt. Ob sie sich von Walker unterschied, ob sie schlimmer oder besser war, konnte sie nicht sagen. Indem sie ihm entflohen war, hatte sie dem Morgawr erlaubt, sie in das Spiegelbild ihres Feindes zu verwandeln. Ihr Gebrauch der Magie und ihre Bemühungen, Macht anzuhäufen, ähnelten sehr stark seinen Anstrengungen. Wenn er in seinem Streben üble Taten begangen hatte, so stand sie ihm darin in nichts nach.

Während sie über all dies nachdachte und die Wahrheit darin akzeptierte, wurde sie nur noch wütender auf sich selbst. Aber angesichts der Aufgaben, die vor ihr lagen, hatte sie keinen Platz für Wut. Sie musste die Magie finden, die in Castledown verborgen war, sie in ihren Besitz bringen und zu ihrem Schiff zurückkehren. Außerdem musste sie entscheiden, was sie mit dem Jungen und seinen beunruhigenden Vorwürfen anfangen sollte. Und sie musste ihre Angelegenheiten mit dem Druiden und mit dem Morgawr regeln.

Dass sie dazu in der Lage war und ihre Pläne wie beabsichtigt ausführen konnte, daran zweifelte sie nicht.

Doch ob sie wollte oder nicht, langsam begann sie zu zweifeln, weshalb sie das alles tat.

Meilen weiter südöstlich, in deutlichem Abstand zu der Einlassöffnung des Quetschers und seiner Eisfelder, jenseits der Klippen, die einen Anflug von der Blauen Spalte aus verhinderten, lag die *Jerle Shannara* vor Anker. Sie hatte in einer kleinen Bucht mit bewaldetem Ufer festgemacht, eine von etwa einem Dutzend in der Tiefebene, und Meilen entfernt von dem Punkt, an dem man Walker und die anderen abgesetzt hatte. Die *Jerle Shannara* fand hier Schutz vor dem winterlichen Wetter, das an der Küste herrschte, und war vor neugierigen Augen verborgen, derweil die notwendigen Reparaturen vorgenommen wurden.

Rue Meridian saß auf einer Bank am Heck des Schiffes und schaute hinaus auf die schmale Öffnung der Bucht, von wo aus sie einen Blick auf die ferne Blaue Spalte erhaschen konnte. Sie trug eine lockere Hose, ein weites Hemd, Tücher in Rotorange um den Hals und die Stirn und geschmeidige alte knöchelhohe Stiefel. Mit einer Decke schützte sie sich gegen die Kälte. Ruhelos und gelangweilt scharrte sie mit einem Fuß über das Deck und sann wieder einmal über ihre Unzufriedenheit nach. Vor fast einer Woche hatte der Große Rote das Luftschiff über Land hierher gebracht, nachdem die Beinahe-Begegnung mit dem Quetscher fast in einer Katastrophe geendet hatte, und er hatte einen Kurs zurück an die Küste gefunden, indem er Gletscher und Berge und Nebel umging. Vielleicht dauerte dieser Weg länger und war umständlicher als jener durch den Quetscher und den Fluss, dabei war er allerdings auch wesentlich sicherer. Wieder an der Küste, hatten die Fahrenden gekreuzt, um die Flugreiter zu suchen, die sie rasch entdeckten und das Schiff im Gegenzug in diese sichere Bucht geführt hatten. Seitdem beschäftigten sich Fahrende und Flugreiter mit der Reparatur des beschädigten Luftgefährts, während Rue unter Deck gelegen, sich von ihren Wunden erholt und ungestört geschlafen hatte.

Das alles dauerte endlos an, schimpfte sie im Stillen. Sie betrachtete ihr Bein, das in dem Gefecht mit den Mwellrets die übelste Verletzung davongetragen hatte. Es war genäht und verbunden und heilte gut, doch die Wunde hatte sich noch nicht vollkommen geschlossen, und beim Gehen hatte sie Schmerzen. Der Messerstich an ihrem Arm verheilte besser, und die Kratzer von Krallen auf ihrem Rücken und an ihren Seiten wurden langsam zu Narben, die allerdings für immer bleiben würden. Zu zwei Dritteln war sie also wiederhergestellt, doch die Beinverletzung hielt sie davon ab, viel zu tun, und langsam setzte ihr das untätige Herumsitzen zu.

Wenn die Reparaturen am Schiff flotter vonstatten gegangen und die Fahrenden inzwischen zur Suche nach ihren Freunden aufgebrochen wären, hätte ihr das nicht so viel ausgemacht. Die *Jerle Shannara* hatte jedoch wesentlich größere Schäden davongetragen, als sich auf den ersten Blick erkennen ließ. Nicht nur Spieren waren gebrochen, Lichtsegel zerfetzt und der Hauptmast abgeknickt. Zwei der Trennröhren mit ihren Diapsonkristallen hatten sich losgerissen und waren über Bord gegangen. Ein Dutzend Strahlungssammler würden sich nicht mehr reparieren lassen. Die Beschädigungen ließen sich nicht durch bloßen Ersatz beseitigen; stattdessen musste das gesamte System, welches dem Schiff das Fliegen ermöglichte, neu eingestellt werden. Spanner Frew war dieser Aufgabe durchaus gewachsen, bloß kostete das alles zu viel Zeit.

Sie beobachtete den stämmigen Schiffsbauer, wie er sich über die linke vordere Haube beugte und die Einstellung der verbliebenen Röhre und ihres Kristalls dirigierte, wobei er gleichzeitig den linken Mittschiffsammler einstellte, der nun damit verbunden war. Es war der zweite von dreien, die in diese Anordnung einbezogen wurden. Niemand wusste, wie gut diese neue Einstellung funktionieren würde, daher musste man sie testen, ehe man den Flug ins Landesinnere und somit eine weitere Begegnung mit der *Schwarzen Moclips* und der Ilse-Hexe riskierte.

Jedes Mal, wenn sie an die Ilse-Hexe dachte, stieg Zorn in ihr auf. Nicht wegen der Schäden am Schiff, nicht, weil sie die Fahrenden eingesperrt hatte oder weil der Kontakt zu Walker und seiner Gesellschaft unterbrochen war. Nein, für den Tod von Furl Hawken gab sie der Ilse-Hexe die Schuld, denn hätte diese die *Jerle Shannara* nicht geentert und die Mannschaft unter Deck eingeschlossen, würde er immer noch leben.

Eines Tages, das hatte sie sich geschworen, würde sie die Ilse-Hexe für Hawks Tod büßen lassen. Das hatte sie sich vorgenommen, während sie unter Deck lag, zu schwach, um sich aufzusetzen, und ständig an die Ereignisse denken musste, deren Zeuge sie geworden war. Es würde eine große Abrechnung geben, und die Kleine Rote wollte unbedingt die Zahlmeisterin sein.

Zäh schleppte sich der Tag zum frühen Nachmittag. Der Himmel bestand aus einer dicken grauen Wolkendecke, die Sonne versteckte sich, die Luft war kalt und rau. Zumindest waren sie hier an Land vor dem bitteren Wind und dem Graupelregen geschützt, die der Küste so arg zusetzten. Sie wunderte sich über das eigenartige Wetter hier, das sich an der Küste so sehr von dem im Landesinneren unterschied und einen unerklärlichen Kontrast bildete. Nur Würger und Möwen suchten sich in diesen Küstengewässern eine Wohnung an den Klippen. Menschen würden hier niemals ein bequemes Leben führen. Ob wohl im Landesinneren Menschen lebten?

»Wünsche einen schönen Nachmittag«, knurrte eine Stimme und riss sie aus ihren Gedanken.

Sie wandte sich um und sah Hunter Predd, der ein Stück von ihr entfernt stand, seinen drahtigen Körper in einem dicken Mantel verhüllt hatte und sie aus seinem wettergegerbten roten Gesicht nachdenklich anschaute. Sie lächelte kläglich. »Tut mir Leid. Ich war ganz woanders in Gedanken. Ich wünsche ebenfalls einen schönen Nachmittag.«

Er trat einen Schritt näher und blickte hinaus auf den Ozean. »Ein heftiger Sturm kommt auf uns zu, ein richtig starker. Habe gesehen, wie er sich aufbaut, während ich zuletzt Hanf und Reed geholt habe. Der könnte uns einige Tage lang festsetzen.«

»Wir sitzen sowieso fest, bis das Schiff wieder fliegen kann. So wie es im Augenblick aussieht, dauert es noch mindestens zwei oder drei Tage, ehe wir aufbrechen können.«

»Mindestens.«

»Sucht ihr immer noch nach Ersatzmaterial?«

Er schüttelte den Kopf und strich sich mit der knorrigen Hand durchs windzerzauste Haar. »Nein, wir sind fertig. Jetzt liegt es bei Schwarzbart und den anderen, alles in Gang zu bringen.«

Sie winkte ihn näher zu sich heran. »Setz dich doch. Unterhalt dich ein bisschen mit mir. Ich habe es satt, ständig nur mit mir selbst zu reden.«

Um Platz auf der Bank für ihn zu machen, schwang sie die Beine hinunter und setzte die Füße vorsichtig auf das Deck. Dabei zuckte sie ungewollt wegen des Schmerzes zusammen.

Der Flugreiter fixierte sie mit scharfem Blick. »Immer noch ein wenig empfindlich, nehme ich an.«

»Besitzen alle Flugreiter eine so hervorragende Beobachtungsgabe?«

Er kicherte leise. »Die Nerven liegen offenbar ebenfalls blank.«

Darauf erwiderte sie nichts, sondern sah auf ihre Beine, ihre Stiefel und das Deck. Die Zeit verstrich. In ihrem Herzen fühlte sie eine große Leere, die noch zunahm, während sie untätig herumsaß.

Schließlich hob sie den Blick und schaute ihn an. »Wie lange ist es her, seit wir sie verlassen haben? Eine Woche ungefähr, oder? Zu lange, Flugreiter. Viel zu lange.«

Er nickte und runzelte die Stirn. Erst setzte er an, etwas zu sagen, und hielt dann inne, als habe er entschieden, alle Worte seien überflüssig. So schloss er die Hände um ein Knie, schaukelte sanft hin und her und schüttelte den grauen Kopf.

»Dir gefällt diese Verzögerung doch bestimmt genauso wenig wie mir«, fuhr sie fort. »Bestimmt willst du auch etwas tun.«

Er nickte. »Darüber habe ich auch schon nachgedacht.«

»Wenn wir nur herausfinden könnten, ob es ihnen gut geht, ob sie in Sicherheit sind, bis das Schiff sie erreichen kann ...«

Sie beendete den Satz nicht, sondern wartete ab, ob er das tun würde. Stattdessen schaute er in die Ferne, als versuche er die anderen durch Nebel und Kälte zu entdecken. Dann nickte er abermals. »Ich könnte nach ihnen suchen. Eigentlich könnte ich jetzt sofort aufbrechen. Sollte es sogar jetzt tun, denn sobald der Sturm da ist, wird es nicht so leicht sein zu fliegen.«

Sie beugte sich ungeduldig vor, wobei sich ihr rotes Haar fächerartig über ihre Schultern ausbreitete. »Ich habe die Koordinaten. Der Große Rote hat sie auf einer Karte eingezeichnet. Wir könnten den Weg zurück ohne Schwierigkeiten finden.«

Überrascht sah er sie an. »Wir?«

»Ich komme mit.«

Er schüttelte den grauen Kopf. »Dein Bruder wird dich nicht ziehen lassen, und das weißt du auch. Er würde es schon ablehnen, ehe du deinen Vorschlag ganz zu Ende erzählt hast.«

Sie ließ darüber einen Moment verstreichen, dann tippte sie sich mit dem Finger an die Schläfe. »Denk drüber nach, was du gerade gesagt hast, Hunter Predd«, schlug sie ihm leise vor. »Wann hat mir mein Bruder zum letzten Mal vorgeschrieben, was ich zu tun und zu lassen habe?«

Als er begriff, lächelte er kläglich. »Nun, gefallen wird es ihm so oder so nicht.«

Sie erwiderte das Lächeln. »Mit einer solchen Enttäuschung muss er nicht zum ersten Mal fertig werden. Und sicher nicht zum letzten Mal, möchte ich wetten.«

»Wir beide also?«, fragte er und zog eine Augenbraue hoch.

»Wir beide.«

»Ich würde ihm lieber nichts davon erzählen.«

»Besser nicht.«

»Ich werde keine Fragen stellen, was du vorhast, wenn wir dort angekommen sind, obwohl ich wetten möchte, dass es sich nicht nur um einen kurzen Paradeflug handelt.«

Wortlos nickte sie.

Er seufzte tief. »Es wäre schön, wieder in der Luft zu sein, gut, das zu tun, was wir gelernt haben, Obsidian und ich.« Er rieb sich die schwieligen Hände. »Po Kelles und Niciannon lassen wir hier, damit sie deinem Bruder helfen können, falls das notwendig wird. Vielleicht spornt sie unser Aufbruch an, sich bei den Reparaturen ein wenig mehr zu beeilen.«

»Vielleicht. Mein Bruder lässt sich nicht gern etwas entgehen. Sich im Landesinneren umzuschauen war eigentlich seine Idee.«

»Jetzt hast du sie ihm geklaut.« Er schüttelte den Kopf und grinste. »Wie schnell kannst du fertig sein?«

Vorsichtig stand sie auf und entledigte sich der Decke. Darunter trug sie den Gürtel mit ihren Wurfmessern.

Sie zwinkerte. »Wie schnell hast du deinen Vogel gesattelt?«

Achtzehn

Sie flogen auf Obsidian gen Westen, von der Küste fort und landeinwärts, saßen bequem in dem Reitharnisch, der auf den gefiederten Rücken des Rocks geschnallt war, und Hunter Predd hielt die Zügel, während Rue Meridian hinter ihm Platz genommen hatte. Die Fahrende trug ihr schwarzes, abgewetztes Fliegerleder. Ihre Wunden hatte sie sorgfältig verbunden und abgepolstert, und das Leder bot zusätzlichen Schutz. An Waffen hatte sie ihre Wurfmesser im Gürtel stecken, eines davon im Stiefel, ein langes Messer trug sie auf dem unverletzten Oberschenkel, und Pfeil und Bogen hatte sie über die Schulter geschlungen. Wegen der Kälte und des Windes hatte sie einen großen Mantel mit Kapuze angelegt, und trotzdem zog sie den Kopf ein und die Schultern zusammen.

Dass ihr Bruder wütend war, weil sie einfach losflog, durfte man getrost als Untertreibung des Jahres bezeichnen. Er kochte vor Zorn, war perplex, hielt ihre Entscheidung für Dummheit und einen unglaublichen Mangel an Urteilsvermögen, und sein Reden steigerte sich am Ende bis zum lauten Brüllen – woraufhin alle auf dem Luftschiff die Arbeit unterbrachen. Niemand sonst äußerte seine Meinung, nicht einmal Spanner Frew, niemand sonst wagte es, sich an dem Streit zu beteiligen. Der Große Rote sprach für sie alle – und zwar so laut wie sie alle zusammen, was das betraf –, und daher gab es nichts weiter zu sagen. Sie hörte ihm geduldig eine Weile zu, ehe sie zurückschrie, und schließlich warf sie die Arme in die Höhe und humpelte davon, wobei sie ein letztes Mal brüllte, dass er, wenn er sich solche Sorgen um sie machen würde, doch die Reparaturarbeiten beschleunigen solle, damit er ihr schneller folgen könne.

Es war nicht in Ordnung, ihn solcherart zu schelten, doch inzwischen kümmerte es sie nicht mehr, was in Ordnung und vernünftig war. Ihr ging es nur noch darum – und wirklich nur um diese eine Sache –, dass irgendwo im Binnenland sechzehn Männer und Frauen auf gefährlichem Gebiet festsaßen, ohne eine realistische Hoffnung auf einen Ausweg hegen zu dürfen, und gleichzeitig noch von einer verrückten Frau und ihren Reptiliendienern gejagt wurden. Sie hatte keine Ahnung, was ihren Freunden möglicherweise zugestoßen war, aber sie hatte auch keine Lust, darüber nachzudenken. Eigentlich wollte sie ihre Freunde in Sicherheit wissen. Zeit war ihr größter Feind, flüchtig und unaufhaltsam. In dem, was sie unternahm, lag ein Risiko, doch dieses Risiko war sie bereit einzugehen, wenn man es gegen die Folgen weiterer Untätigkeit abwog. Hunter Predd mischte sich in den Streit nicht ein und sagte auch hinterher nichts dazu, doch sie war sicher, er habe sich ihrer Meinung angeschlossen. Ihre Ausbildung und ihre Erfahrung machten Flugreiter vorsichtig, aber sie erkannten genau, wann der rechte Moment zum Handeln gekommen war.

Am späten Nachmittag brachen sie auf, und sie flogen, bis die Nacht über ihnen hereinbrach. Die blaugraue Linie des Ozeans und der Wolken lag hinter ihnen, und auch die Kälte der Küstenluft. Im Dämmerlicht des Binnenlandes war es noch angenehm warm und mild, und diese Abwechslung hieß sie willkommen. Das Land erstreckte sich meilenweit vor ihnen, ein unendliches Wogen grüner Wipfel und dunkler Hügelketten, die von Flüssen und Seen durchzogen waren. In weiter Ferne ließen die letzten Strahlen des Sonnenlichts ein Eisfeld in der Düsternis hell, beinahe grell schimmern.

Hunter Predd lenkte Obsidian auf der Suche nach einem Lagerplatz abwärts. Nach einigen Minuten landeten sie auf einer Lichtung inmitten eines Bergwaldes, wo sich Obsidian mehrere Stellen zum Übernachten und gleichzeitig verschiedene Fluchtwege boten und wo seine Reiter die Umgebung gut im Blick hatten. Zwar erwarteten sie keine Schwierigkeiten, nichtsdestotrotz mussten sie darauf gefasst sein. Dieses Land war ihnen unbekannt. Hier lebten vielleicht Wesen, von denen eine tödliche Gefahr ausging, Wesen, wie sie ihnen nie zuvor begegnet waren. Selbst wenn sie dem, was auch immer Castledown bewachte, ausweichen konnten, bedeutete das keine grundsätzliche Sicherheit.

Während Hunter Predd Obsidian absattelte, das Gefieder striegelte und ihn mit Wasser und Futter versorgte, bereitete Rue Meridian das Essen vor. Sie hatten sich geeinigt, kein Feuer zu machen, um unerwünschte Aufmerksamkeit zu vermeiden, daher gab es nur Käse, Brot und Trockenobst aus den Vorräten, die sie vom Schiff mitgebracht hatten. Nachdem Hunter Predd sich zu ihr gesetzt hatte, holte sie einen Schlauch Bier hervor. Schweigend aßen und tranken sie und schauten zu, wie das letzte Licht schwand und die Sterne erschienen. Hell und klar ging der Vollmond im Norden auf und überzog das Land mit einem weißen Schimmer. Zwischen den Bäumen regte sich nichts.

»Wie lange brauchen wir, um unser Ziel zu erreichen?«, fragte der Flugreiter, als sie mit dem Essen fertig waren. Er trank einen Schluck Bier und reichte den Schlauch Rue. »Eine ungefähre Schätzung genügt schon. Ich brauche nur so eine Ahnung, wie hart ich den Vogel rannehmen kann.«

Sie trank ebenfalls und legte den Schlauch ab. »Vermutlich erreichen wir die Bucht morgen am späten Abend, wenn wir bei Sonnenaufgang aufbrechen und den ganzen Tag durchfliegen. Auf der Fahrt zum Meer hat es länger gedauert, doch wir mussten uns den Weg ertasten und gleichzeitig unsere Wunden lecken, daher ging es langsamer. Schließlich konnten wir nur mit halber Kraft fahren. Dein Rock ist sicherlich schneller als wir.«

»Und dann schauen wir uns ein wenig um, wer sich da so rumtreibt?«

Sie zuckte mit den Schultern. »Als ich noch ein Mädchen war, haben wir oft Verstecken gespielt, und ich habe dabei gelernt, am besten findet man jemanden, wenn man nicht zu angestrengt nach ihm sucht. Instinkt braucht man, und man muss auf Instinkt vertrauen. Wir sehen uns zunächst die Bucht an, in der die *Jerle Shannara* Walker und die anderen abgesetzt hat. Von dort außen können wir landeinwärts fliegen, bis wir Castledown sichten. Aber ich glaube kaum, dass wir die Gesuchten an einem der beiden Orte finden.«

»Oder über der Erde?«

Sie warf ihm einen scharfen Blick zu.

»Ich meine, der Druide hat uns erzählt, diese Burg sei eine unterirdische Anlage. Mehr nicht.«

Sie nickte. »Deshalb müssen wir uns auf jeden Fall genau umschauen. Unsere Freunde werden nicht irgendwo herumstehen und auf uns warten.«

»Obsidian wird uns dabei helfen.« Der Flugreiter deutete zu dem Vogel, der im Dunkeln auf einem Felsvorsprung kauerte. »Dazu wurde er ausgebildet: Dinge zu suchen, die wir nicht sehen können, nach dem zu jagen, was verloren ging und gefunden werden soll. Das kann er hervorragend. Besser als du und ich.«

Sie brachte ihr verwundetes Bein in eine neue Position. Es schmerzte von der starren Haltung während des Fluges auf dem Rock, obwohl sie nur zwei Stunden unterwegs gewesen waren. Wie viel schlimmer würde es morgen sein? Sie seufzte müde, während sie das Bein rieb, damit das Blut wieder in Bewegung kam, und dabei sorgsam die Messerwunde vermied. Es war nicht so schlimm, dachte sie, wie sie erwartet hatte. Den Verband hatte sie bereits überprüft, da hatte sich kein Blut gezeigt. Die Naht hielt die Wunde zusammen.

»Morgen sollten wir lieber regelmäßig Rast einlegen«, meinte Hunter Predd, der sie beobachtet hatte. Tadelnd hob sie den Blick. »Nicht nur wegen dir«, fügte er hinzu. »Auch wegen des Vogels. Obsidian kommt besser voran, wenn er häufiger Pause macht.«

»Solange du mir damit nicht irgendeinen besonderen Gefallen erweisen willst.«

Er lachte trocken und humorlos. »Das würde doch niemand wollen, oder?«

Daraufhin reichte sie ihm das Bier, lehnte sich zurück und stützte sich auf die Ellbogen. »Lach nur, so viel du willst. Du bist nicht als Mädchen unter Männern aufgewachsen. Wenn ich meinen Bruder oder meine Vettern um einen besonderen Gefallen bat, haben die auch nur gelacht. Schlimmer noch, sie haben mir alles so erschwert, dass ich wünschte, ich hätte den Mund gehalten. Die Frauen der Fahrenden sind aus Tradition zäh und ausdauernd, weil sie auf den ständigen Reisen die Verantwortung für die Familie übernehmen müssen. Sie führen ein hartes Leben. In alten Zeiten hatten wir keine Städte, keinen Ort in der Welt, der uns gehörte, außerhalb unserer Wagen und Lager. Wir waren Nomaden, die meist umherzogen – zu Lande, zur See und in der Luft. Niemand hat uns geholfen. Stets waren wir ein unabhängiges Volk, und das sind wir heute noch, als Seeleute und Schiffsbauer und Söldner, und wir sind meistens besser als andere –«

»Genug«, protestierte er. »Ich habe gar nicht über dich gelacht. Glaubst du, ich wüsste nichts über eure Art des Lebens? So sehr unterscheiden wir uns gar nicht, du und ich. Flugreiter und Fahrende haben immer abseits gelebt, waren immer unabhängig. Seit Menschengedenken ist das so.«

Er beugte sich vor. »Gerade deshalb können wir einander die Hand zur Hilfe entgegenstrecken, wenn es notwendig ist. Freundschaft heißt nicht, Schwächen zu unterstützen. Sie hat mit Respekt und Aufmerksamkeit für denjenigen zu tun, der einem etwas bedeutet. Mit Hilfe für den, den man bewundert. Das solltest du dir hinter die Ohren schreiben.«

Sie lächelte unwillkürlich, entzückt über diese Offenheit. »Auf der prekkendorranischen Ebene habe ich zu lange mit Soldaten zusammengelebt«, entschuldigte sie sich. »Da habe ich vergessen, was Freundschaft bedeutet.«

Kopfschüttelnd antwortete er: »Du hast viel vergessen, nehme ich an. Nur manchmal kannst du deine Gefühle nicht im Zaum halten, Kleine Rote. Was jedoch besser ist, als sie zu stark zu unterdrücken.«

Sie schliefen ungestört, wechselten sich bei der Wache ab und erwachten morgens frisch und ausgeruht und bereit zum Aufbruch. Bei Sonnenaufgang hoben sie ab, während das helle goldene Licht über den Horizont vorstieß und die Nacht vertrieb. Die Landschaft unter ihnen war erst halb aus dem nächtlichen Schatten aufgetaucht und formte gemächlich Einzelheiten und Farbe aus. Die Luft erwärmte sich in der Sonne, und der Himmel strahlte blau und wolkenlos. Rue Meridian hielt das Gesicht ins Licht und dachte, dass die Welt vielleicht doch freundlicher sei, als sie angenommen hatte.

Sie flogen den ganzen Tag, legten zwischendurch Rast ein, fütterten und tränkten Obsidian, aßen zu Mittag und reckten die steifen Glieder. Außer kleinen Vögeln und gelegentlich einem Tier des Waldes sahen sie keine Lebewesen. Nach Mittag änderte sich die Landschaft, wurde zerklüfteter und präsentierte sich weniger offen. Vor ihnen ragten kahle Berge zum Himmel auf, ein Höhenzug, welcher das Land in zwei Hälften teilte. In den Ausläufern sahen sie tiefe Seen, die von Bächen aus den Höhen gespeist wurden. Wolken sammelten sich entlang der Gipfel. Im Norden wurde es grau, dort regnete es in Schauern. Im Süden, wo die Klippen und Eisfelder lagen, zeigte sich am Horizont eine schwarze Sturmfront, aus der explosionsartig weiße Blitze aufleuchteten.

In der Dämmerung erreichten sie die Bucht, in der die *Jerle Shannara* den Erkundungstrupp vor mehr als zehn Tagen abgesetzt hatte. Sie zogen einen Kreis und blieben, um nicht gesehen zu werden, niedrig über den Baumwipfeln, wo sie gegen das dunkle Bergmassiv nicht zu erkennen waren. Bald entdeckten sie die Umrisse der *Schwarzen Moclips*, die knapp über dem Wasser Anker geworfen hatte. An ihrem Mast oder in den Fenstern brannten keine Lichter, und auf Deck war keine Bewegung zu erkennen. Hunter Predd ließ Obsidian auf einem offenen Stück Felsen vor einem kahlen Hang landen. Sie stiegen ab und suchten sich eine Stelle, von der aus sie das Luftschiff und die Bucht im Auge behalten konnten.

Im Westen war die Sonne hinter dem Horizont abgetaucht, das Tageslicht schwand, Schatten breiteten sich aus.

»Und jetzt?«, fragte Hunter Predd leise.

Rue Meridian schüttelte den Kopf und starrte wie gebannt auf die *Schwarze Moclips*. »Vielleicht sollten wir uns die Sache ein wenig genauer anschauen.«

Also ließen sie Obsidian auf seinem Schlafplatz und machten sich auf den Weg hinunter zum Ufer, wobei sie sich Zeit nahmen und sich vorsichtig durch die tiefe Dämmerung bewegten, um so wenig

Lärm wie möglich zu erzeugen. In der Stille der Bucht trug jedes Geräusch über weite Distanz hinweg. Die Kleine Rote hatte scharfe Augen, und sie suchte ihnen den Weg, auf dem sie am geräuschlosesten vorankamen. Fast eine Stunde dauerte der Abstieg, und inzwischen senkte sich die Dunkelheit vollständig über das Land, und am Himmel prangten Mond und Sterne.

Gut zwischen den Bäumen versteckt, standen die Fahrende und der Flugreiter am Ufer und schauten über die Bucht hinaus zu dem verankerten Luftschiff. Jetzt konnten sie an Bord Bewegung sehen, Wachen und andere Mitglieder der Mannschaft. Sie hörten Stimmen, wenn auch gedämpft. Außerdem brannten Laternen, und auch hinter den Vorhängen in den Kabinen war es hell.

Nachdem sie eine Zeit dort gestanden hatten, wandte sich Hunter Predd an sie: »Was denkst du?«

Sie schwieg. Wilde, gefährliche Gedanken gingen ihr durch den Kopf. Denn sie dachte, das Schicksal böte ihnen hier vielleicht eine einzigartige Gelegenheit. Sie waren hergekommen, um die vermissten Mitglieder der *Jerle Shannara* zu suchen, stattdessen stießen sie auf das Schiff des Feindes.

Die Ilse-Hexe konnte noch nicht wissen, dass sich die *Jerle Shannara* von den Mwellrets und den Seeleuten der Föderation befreit hatte, die an Bord als Wache zurückgeblieben waren. Dass sie nun demnach nur mehr über die *Schwarze Moclips* verfügte, dürfte ihr ebenso unbekannt sein. Sie würde glauben, beide Schiffe befänden sich noch unter ihrer Kontrolle.

Rue Meridian schürzte die Lippen. Hier lag eine Chance, dem Schicksal zu seiner Ironie zu verhelfen und auf romantische Weise Gerechtigkeit zu üben, wenn sie nur eine Idee hätte, wie dies zu bewerkstelligen wäre.

Wäre es nicht angemessen, dachte sie, wenn sie die Hexe irgendwie in die gleiche Situation bringen könnte, in die diese die Fahrenden gebracht hatte?

Unbehaglich runzelte die Ilse-Hexe die Stirn und schaute über die Schulter zurück zur dunklen Silhouette der *Schwarzen Moclips*, die zwischen den Bäumen verschwand. Die Dämmerung hüllte die Bucht in Schatten und ergriff das Luftschiff wie eine Geisterhand. Sie hatte Cree Bega und seinen Rets strikte Anweisungen gegeben. Der Junge befand sich in ihrer Obhut und musste bis zu ihrer Rückkehr streng bewacht werden. Niemand durfte mit ihm sprechen, mit ihm Kontakt aufnehmen oder auch nur irgendetwas mit ihm machen. Er musste eingesperrt bleiben. Essen und Trinken sollte er bekommen, sonst nichts. Auf keinen Fall durfte er sein Gefängnis verlassen. Niemand durfte ihn besuchten. Niemand durfte ihn stören.

Ob ihre Anweisungen befolgt werden würden, war hingegen eine andere Frage.

Cree Bega war misstrauisch, aber sie hatte ihn mit einer kleinen Lüge beschwichtigt. Der Junge sei im Besitz von Informationen, die sich als nützlich für sie erweisen könnten, doch sie musste diejenige sein, die sie aus ihm herausholte, da er ja nicht sprechen konnte. Der Mwellret konnte nicht wissen, dass der Junge nur deshalb stumm war, weil sie mit ihrer Magie nachgeholfen hatte, daher würde er vermutlich tun, was ihm aufgetragen wurde, und bis zu ihrer Rückkehr warten. Dieses Risiko musste sie eingehen. Den Jungen konnte sie nicht mitnehmen; mit ihm im Schlepptau auf die Suche nach dem Druiden zu gehen war zu gefährlich. Außer dem Schiff gab es keinen anderen Ort, an dem sie ihn zurücklassen konnte; sonst würden ihn seine Freunde womöglich finden und befreien. Das Schwert von Shannara hatte sie mitgenommen, um ganz sicherzu gehen, dass er damit nichts anstellte. Sie hatte es sich um die Schulter geschlungen und in eine alte Scheide gesteckt, die sie gefunden hatte. Ohne seine Stimme und seinen Talisman hatte der Junge nichts, mit dessen Hilfe er Magie beschwören konnte. Aus diesem Grund war es am besten, ihn dort zu lassen und zu hoffen, ihre Abwesenheit würde nicht lange dauern.

Und zu einer gegensätzlichen Annahme hatte sie keinen Grund. Von ihrem ursprünglichen Plan war sie abgewichen, weil er zu ehrgeizig war. So gern sie die Angelegenheit mit dem Druiden regeln wollte, er stellte dennoch nicht den eigentlichen Anlass ihrer Reise dar. Ihr wichtigstes Ziel bestand darin, die mächtige Magie in den Katakomben von Castledown zu finden. Zudem brauchte sie mehr Zeit, um zu entscheiden, was sie mit dem Druiden und dem Jungen tun würde, vor allem angesichts der Herkunft, auf die sich Letzterer berief. Sie beabsichtigte also, in die Ruinen zu gehen, die Feuerstrahlen und Kriecher zu überwinden, welche die Mwellrets so leicht besiegt hatten – gegen sie würden sie allerdings kaum solchen Erfolg haben –, den Eingang von Castledown zu entdecken, die Magie der Bücher, die dort verborgen gehalten wurde, zu finden und in Besitz zu nehmen und anschließend zu fliehen. Walker würde sie sich für später aufheben, wenn sie sicher wieder den Wildewald erreicht hatte. Dort würde dann ihre Chance kommen, da sie sich im Besitz jener Magie befände, nach der er strebte, und er gezwungen wäre, die Ilse-Hexe aufzusuchen.

Solange er sie nicht längst in die Finger bekommen hatte. Die Möglichkeit bestand, dass der Junge lediglich geschickt worden war, um ihre Aufmerksamkeit von Castledown abzulenken, aber diesen Gedanken verfolgte sie nicht weiter. Trotzdem konnte der Druide in den Besitz der Bücher gelangt sein, während sie den Jungen gejagt hatte. Falls dies der Fall war, würde sie sich sofort mit ihm auseinander setzen müssen. Für wahrscheinlich hielt sie es jedoch nicht. Schließlich war seine Truppe durch Feuerstrahlen und Kriecher dezimiert worden, und bisher hatte es kein Anzeichen gegeben, dass er irgendeinen Erfolg gehabt hätte, was im Gegenteil ja darauf schließen ließ, dass er in Schwierigkeiten steckte, vielleicht verletzt oder gar tot war. Wenn nicht, wäre er längst wieder herausgekommen und hätte nach dem Jungen oder nach ihr gesucht. Der Gestaltwandler und der Junge hätten ihre Flucht nicht fortgesetzt. Außerdem hätte es Hinweise auf Aktivitäten gegeben. Ihre Mwellrets patrouillierten an den Rändern der Ruine, seit sie hier angekommen waren, und sie hatten niemanden gesehen.

Außerdem, selbst wenn er ihnen ausgewichen war, was konnte er schon tun? Auch mit seinen Büchern der Magie saß er in der Falle. Sie hatte beide Luftschiffe in der Hand, dazu den Jungen und das Schwert von Shannara. Der Druide stand allein gegen sie, oder jedenfalls fast. Um überhaupt eine Fluchtmöglichkeit zu haben, musste er zu ihr kommen. Und darauf war sie vorbereitet.

Sie zuckte mit den Schultern. Was sich auch immer ereignen mochte, sie würde schon wissen, was sie mit dem Druiden anstellte, sobald sie die Bücher der Magie in den Händen hielt. Ihre Sinne würden ihr sofort melden, ob jemand den Schatz vor ihr erreicht hatte.

So bewegte sie sich still, in ihre graue Robe gehüllt, wie ein Schatten durch die zunehmende Dämmerung. Ihre Magie schickte sie voraus, um die Dunkelheit zu erforschen und zu entdecken, ob vor ihr etwas auf sie lauerte. Sie fand jedoch nichts. Es war, als wäre sie ganz allein auf der Welt. Dieses Gefühl gefiel ihr. Die Nacht hatte sie schon immer bevorzugt, und noch mehr liebte sie es, wenn sie allein war. Vor dem, was vor ihr lag, hatte sie weder Angst noch Sorgen. Sie wusste aus den Schilderungen von Cree Bega und vor allem aus den Gedanken des sterbenden Kael Elessedils, was sie erwartete. Sie kannte die Feuerstrahlen und Kriecher und empfand sie nicht als Bedrohung. Auch über die Bücher der Magie und dieses Ding, das sie bewachte, wusste sie Bescheid. Antrax. Dieser Name war ihm vor vielen Jahrhunderten von seinen Erbauern gegeben worden, noch in der Alten Welt. Sie wusste, was er war und wie man ihn überwinden konnte. Und sie hatte mehr Kenntnisse über ihn als er über sie. Er hatte den Umfang des Wissens unterschätzt, das Kael Elessedils Gehirn enthielt. Vermutlich konnte sie ihn sogar zerstören, falls es notwendig werden sollte.

Aber die Zerstörung von Antrax war nicht ihre Sorge. Sie wollte die Bücher der Magie, und obwohl sie nicht wusste, wie viele es waren und wo sie verborgen gehalten wurden, vertraute sie fest darauf, sie zu finden und in Besitz zu nehmen, und mehr wollte sie nicht von der Maschine. Sie würde nur jene beanspruchen, die sie brauchte, jene, die ihr die größte Macht verliehen, und den Rest für einen anderen Besuch aufsparen. Mit Hilfe ihrer Magie würde sie das Sicherheitssystem von Castledown außer Kraft setzen, ihre Anwesenheit verhüllen, ihren Diebstahl tarnen und sich im Verborgenen zurückziehen. Verlief alles nach Wunsch, würde sie bald zurückkehren, ohne dass Antrax etwas davon bemerkt hätte.

Danach würde sie sich um den Jungen kümmern.

Um diesen Jungen, der behauptete, Bek zu sein.

Allein der Gedanke daran erzürnte sie schon. Seine Worte jagten ihr durch den Kopf wie ein unbezähmbares Tier. Während sie sich auf das konzentrieren wollte, was vor ihr lag, konnte sie sich ihrer einfach nicht entledigen. Dieser Junge! Ständig hatte sie sein Bild vor Augen, und diese Beharrlichkeit löste schon fast Panik bei ihr aus. Es war lächerlich, wie heftig sie auf ihn reagierte. Überwunden hatte sie ihn leicht, ihn wieder und wieder überlistet, ihm seine Stimme und seinen Talisman gestohlen, ihn zu ihrem Gefangenen gemacht und seine Hoffnungen zerstört, sie zu überzeugen, er sei wirklich derjenige, für den er sich hielt.

Und doch …

Und doch konnte sie sich nicht von seiner Stimme befreien, seinem Gesicht, seiner Gegenwart! Er bearbeitete sie wie eine Hacke harten Boden, grub und hackte und schaufelte, brach ihren Widerstand mit scharfer Kante, mit unerbittlicher Gewissheit. Wie hatte er das zustande gebracht, was sonst niemandem gelang? Andere hatten versucht, ihre Mauern zu durchdringen, sie von fremden Anliegen zu überzeugen und ihr Denken zu beeinflussen. Niemand hatte dabei Erfolg gehabt, nicht seit sie ein kleines Kind gewesen war, als der Morgawr …

Sie dachte diesen Gedanken nicht zu Ende, wollte sich nicht erneut darauf einlassen. Der Junge war kein Morgawr, dennoch konnte er sich als ebenso große Gefahr erweisen. Seine Begabung für Magie war noch roh und unausgebildet, allerdings konnte sich das rasch ändern. Und dann wäre er ein ernst zu nehmender Widersacher. Und davon konnte sie nicht noch einen gebrauchen.

Plötzlich blieb sie stehen, da sie zu einer Erkenntnis gekommen war, die sie zuvor übersehen hatte. Seine Magie, wenn auch roh und undiszipliniert, hatte bereits ihren Effekt auf sie. *Wie ein Infekt.* Deshalb konnte sie sich nicht von seiner Stimme befreien. Sie stieß wütend den Atem aus. Wie hatte sie nur so dumm sein können! Ihre eigene Stimme setzte sie auf die gleiche Weise ein, als führe sie ein ganz normales Gespräch, derweil beeinflusste sie jedoch das Denken des Zuhörers. Sie hatte ihn reden lassen, weil sie törichterweise meinte, es mache keinen Unterschied, was er sagte. Das Wichtigste hatte sie übersehen. Nicht was er sagte, war entscheidend, sondern wie er es sagte! So hatte sie ihm eine Gelegenheit gegeben, die er sich nicht entgehen ließ!

Sie zitterte vor Wut. Dann blickte sie in die Richtung, aus der sie gekommen war. Die Versuchung war groß, zurückzugehen und sich jetzt ausführlich mit ihm zu befassen. Er ähnelte ihr mehr, als ihr behagte. Das beunruhigte sie. Es bestand ein größerer Grund zur Sorge, als sie sich bislang hatte eingestehen wollen.

Eine Weile stand sie unentschlossen da. Dann atmete sie tief durch und befreite sich von ihrem Zaudern, indem sie sich schüttelte. Das, was vor ihr lag, war wichtiger. Der Junge war hilflos. Er würde ihr keine Probleme bereiten, ehe sie zurückkehrte, er würde einfach nur dasitzen und warten.

Sie schob das Schwert von Shannara zurecht, verscheuchte die Zornesfalten aus ihrem blassen Gesicht, zupfte an Mantel und Kapuze, die sie verhüllten, herum und setzte ihre Wanderung durch die Nacht fort.

Neunzehn

Um Walker herum tobte ein Mahlstrom aus Feuerstrahlen und klirrendem Stahl, während er durch die Gänge von Castledown floh. Aus jeder Ecke wurde er angegriffen, Feuerstrahlen schossen aus verborgenen Scharten und Spalten, Kriecher drangen in hellen Scharen auf ihn ein. Sie hatten ihn erst Augenblicke zuvor entdeckt, als er durch einen scheinbar leeren Gang schlich, und jetzt umzingelten sie ihn. Mit Druidenfeuer hielt er sie auf Abstand, wenn auch nur knapp, und der Kreis zog sich enger, während er sich den Weg freikämpfte und durch Korridore und Kammern eilte, durch Türen in die dahinter liegenden Gänge gelangte. Jede Treppe, die nach oben führte, stieg er in der Hoffnung hinauf, die Oberfläche zu erreichen und damit seine Freiheit zurückzuerlangen. Längst suchte er schon nicht mehr nach den Büchern der Magie. Diesen Plan hatte er seit langem aufgegeben. Erschöpfung und Anspannung höhlten seine Entschlossenheit aus. Er konnte sich nicht mehr erinnern, wann er das letzte Mal geschlafen hatte. Außerdem kam es ihm vor, als habe er seit Wochen nichts mehr gegessen. Aus reinem Trotz und aus Sturheit floh er weiter, und aus der Gewissheit heraus, dass er sterben musste, wenn er anhielt.

Flach an die Wand gedrückt, beobachtete er eine Reihe Feuerstrahlen, die kreuz und quer seinen Weg blockierten. Er begriff das nicht. Was immer er auch tat, es schien die Dinge nur schlimmer zu machen. Gleichgültig, wie gut er aufpasste, er vermochte seinen Verfolgern nicht zu entgehen. Als wüssten sie schon vor ihm, was er im nächsten Moment tun würde. Das konnte doch nicht möglich sein. Er hatte sich in Druidenmagie gehüllt, die ihn verbarg. Seine Verfolger sollten ihn eigentlich überhaupt nicht sehen können. Bereits vor geraumer Zeit hätte er sie abhängen müssen. Dennoch waren sie da, hinter jeder Biegung, an jeder Kreuzung, warteten auf ihn, griffen ihn an, umzingelten ihn.

Er wich durch eine Tür zurück, die durch einen schmalen Korridor in einen größeren Gang führte. Für einen Augenblick ließ er die Feuerstrahlen hinter sich. Er holte tief Luft, seine Kehle brannte vom Rennen, seine Brust war wie zugeschnürt. Er versuchte zu überlegen, was er tun sollte, doch sein Verstand verweigerte die Arbeit. Sein Denken, einst so präzise und klar, war trübe und zäh geworden. Ermüdung und Überbeanspruchung waren sicherlich Ursachen, doch musste da noch ein anderer Grund vorliegen. Er konnte einfach nicht nachdenken, konnte sich nicht konzentrieren, konnte nicht vernünftig überlegen. Er wusste, wie man lief, er wusste, wie man sich verteidigte, doch darüber hinaus wollte sein Verstand nicht funktionieren. Alle Erinnerungen an die Vergangenheit waren versperrt, alles, was zu dieser misslichen Lage geführt hatte, verflüchtigte sich zu vagen, surrealen Bildern. Nichts war ihm mehr wichtig. Nichts außer dem Hier und Jetzt und seinem Kampf ums Überleben.

Natürlich war das falsch. Nicht moralisch gesehen, sondern rational – es war eben falsch. In dieser Weise zu denken ergab keinen Sinn. Er kämpfte dagegen an, versuchte das Problem in den Griff zu bekommen, damit er es von allen Seiten betrachten konnte, aber nichts funktionierte. Er trieb im Augenblick dahin, ohne eine Möglichkeit, sich daraus zu befreien.

Dort, am Ende des größeren Ganges, gab es eine Treppe, und erneut rannte er los, um sie vor seinen Verfolgern zu erreichen. Sie führte auf richtiges Licht zu, auf eine Helligkeit, die echter wirkte als diese flammenlosen Lampen seines Gefängnisses. Er stürmte die Treppe hinauf in das Glühen und dachte, endlich – endlich! – habe er seinen Weg in die Freiheit gefunden. Oben betrat er eine riesige Kammer mit hohen Fenstern, hinter denen ein blauer Himmel und grüne Bäume zu sehen waren. Müdigkeit und Verzweiflung waren vergessen, er rannte zum nächstliegenden und spähte hinaus. Hinter der Wand lag ein Wald, so nah, dass er glaubte, nur die Hand ausstrecken zu müssen, um ihn berühren zu können. Irgendwie hatte ihn seine lange Flucht bis an den Rand der Stadt geführt. Er fuhr herum und suchte nach einer Tür. Es gab keine.

Hinter sich hörte er das Klappern und Surren von Kriechern auf der Treppe. Verzweifelt warf er Druidenfeuer in die Glasfenster. Es traf die klare Oberfläche und prallte, ohne Schaden anzurichten, ab. Walker starrte ungläubig darauf. Das war unmöglich. Glas konnte Druidenmagie nicht aushalten. Rasch lief er an den Fenstern entlang und versuchte es wieder und wieder, bei der nächsten Scheibe, bei einer dritten und einer vierten. Auch diese hielten stand.

Schon tauchten die Kriecher an der obersten Stufe auf. Niedergeschlagen und voller Wut ging er auf sie los, verbrannte die vordersten und schleuderte den Metallschrott gegen die anderen zurück.

Da fiel ihm eine Nische auf, die ihm zuvor entgangen war. In der schattigen Enge entdeckte er eine kleine Holztür. Dorthin rannte er nun; das Schloss war alt und verrostet, und ohne große Anstrengung öffnete er es mit Druidenfeuer. Die Tür fiel aus den mürben Angeln, und er stieß sie zur Seite und schob sich an ihr vorbei in die frische Luft und den Sonnenschein.

Um ihn herum wuchs ein Dschungel, hoch und undurchdringlich hob er sich vom offenen Himmel wie eine Mauer ab. Walker stürzte sich hinein, gleichgültig dem gegenüber, was ihn dort erwartete, denn er hatte nur noch ein Ziel: dem zu entkommen, was ihn verfolgte. Dichte Gräser und ein Rankengewirr versperrten den Weg zwischen den riesigen Bäumen. Walker zwängte sich hindurch und kämpfte sich voran, wobei ihm der Geruch von verrottendem Holz und Laub, der warme Schein der Sonne sowie die weiche Erde unter den Füßen neue Kraft verliehen. Hinter ihm waren die Ruinen der Stadt nicht mehr zu sehen, und auch die Kriecher hörte er nicht mehr. Er lächelte schwach, und Erleichterung machte sich in ihm breit. Alles würde gut werden. Was immer vor ihm lag, konnte nicht schlimmer werden als das, dem er entflohen war.

Dann bebte der Boden unter seinen Füßen und brachte ihn zum Taumeln. Die Erde beruhigte sich und bebte erneut, wie ein Tier, das atmet. Walker versuchte, der Bewegung auszuweichen, doch sie folgte ihm, warf ihn hin und her und hätte ihn beinahe stürzen lassen. Die Bäume zitterten, das Gras schwankte. Ranken langten nach unten und versuchten den Druiden zu packen und festzuhalten, und verzweifelt entwand er sich ihnen. Doch die Ranken gaben nicht nach. Abermals musste er Druidenfeuer einsetzen und sich so einen Weg freibrennen. Aber der Angriff war gnadenlos und zielstrebig, als wolle der Dschungel ihn verschlingen. Walker verstand das alles nicht. Welchen Grund gab es für diesen Angriff, und was ging hier eigentlich vor sich?

Er kämpfte sich weiter voran, weil er nichts anderes tun konnte, und verlor sich in einem wogenden Meer aus Grün.

In dem Raum mit den Rauchglasfenstern, dessen Wände über und über mit Schalttafeln bedeckt waren, auf denen Lichter blinkten und rote Zahlen leuchteten, starrten Ahren Elessedil und Ryer Ord Star auf die schlaffe, reglose Gestalt des Druiden, den sie gesucht hatten. Er lag auf einem Metalltisch und wurde von gepolsterten Riemen an Stirn, Hals, Bauch, Knöcheln und dem Handgelenk seines guten Armes gehalten, sodass er sich nicht rühren konnte. Schläuche verliefen zu seinem Arm und seinem Oberkörper und waren mit Nadeln in die Adern eingelassen. Durch diese Schläuche tropfte Flüssigkeit aus Flaschen, die an metallenen Gestellen aufgehängt waren. Ein Schlauch, der größte, steckte in seinem Mund und am anderen Ende in großen Bälgen, die langsam neben ihm pumpten. Maschinen hatten ihn umzingelt, an allen blinkten Lichter, alle surrten fleißig vor sich hin. Drähte waren an Schläfen, Augen und Hals, Herz und Lenden befestigt, sogar an seinen Fingern – schwarze Schlangen, die in Saugnäpfen auf seiner Haut endeten. Die Drähte an seinen Fingern waren mit etwas befestigt, das wie Finger von Handschuhen aussah, welche jeweils bis zum zweiten Glied reichten. Diese Drähte verliefen in klaren Umhüllungen und führten zu einer Gruppe Glasbehälter. Blaue Blitze schossen in eine rötliche Flüssigkeit, die dann durch weitere Schläuche zu Öffnungen in den Metallwänden geleitet wurde.

Ahren stand wie erstarrt da. Was wurde hier an dem Druiden vorgenommen? Er beugte sich dicht über Walker. Hatte man ihm die Augen ausgestochen? Hatte man seine Zunge entfernt? Ängstlich schaute er sich das Gesicht an, konnte jedoch nichts erkennen. Die Augen des Druiden waren verbunden, in seinem Mund steckte der Schlauch. Am liebsten hätte Ahren die Schläuche von Walker abgerissen und die Riemen aufgeschnitten. Doch spürte er irgendwie, dass er dies besser unterlassen sollte, dass er den Druiden dabei möglicherweise verletzen würde. Sicher war er sich dessen zwar nicht, dem äußeren Anschein nach konnte er das nicht sagen, trotzdem glaubte er, diese Schläuche erhielten Walker vielleicht sogar am Leben.

Er blickte hinüber zu Ryer Ord Star, die lautlos neben ihm weinte, die Hände zu Fäusten ballte und vor den Mund presste. Sie zitterte, und er zog sie zu sich heran und nahm sie in den Arm, um sie ein wenig zu beruhigen, obwohl er sich überhaupt nicht danach fühlte. Auf der anderen Seite des Raums bewegte sich ein metallener Wärter mit vielen Armen zwischen den Schalttafeln hin und her, betrachtete Anzeigen und Nummern, betätigte Schalter und Knöpfe. Er schien die ganze Sache zu steuern, möglicherweise studierte er auch den Zustand des Druiden oder zeichnete auf, was vor sich ging.

Und was war das?

Während Ahren weiterhin von der Magie des Phönixsteins verborgen wurde, versuchte er, in all dem einen Sinn zu erkennen. Es gab nur eine einzige Erklärung. Antrax saugte Walkers Magie ab. Genau zu diesem Zweck hatte das Wesen die Männer und Frauen von der *Jerle Shannara* nach Castledown gelockt, ebenso wie Kael Elessedil und seine Elfen vor so vielen Jahren. Nachdem Walker unter der Erde in Gefangenschaft geraten war, hatte das Melken begonnen. Ahren würde das gleiche Schicksal erwarten, wenn Antrax ihn entdeckte; er würde betäubt und gefesselt werden, während man ihm langsam das Leben aussaugte. Zwar wusste er nicht, wie das funktionierte, trotzdem musste dies die Lösung sein.

Der metallene Wärter beendete seine Arbeiten und fuhr zurück zur Tür. Ahren zog Ryer Ord Star aus dem Weg und schaute zu, wie der Kriecher draußen verschwand. Er blickte sich um und betrachtete die Maschinerie. Wie sie funktionierte, würde er wohl niemals begreifen, würde auch nicht genug lernen, um den Druiden zu befreien. Diese Technologie gehörte in ein anderes Zeitalter, und das dazugehörige Wissen war seit Jahrhunderten verloren. Ahren fühlte sich angesichts dieser Tatsache hilflos.

Er beugte sich zu der Seherin vor. »Ich weiß nicht, was ich tun soll«, gab er leise zu.

Sie wischte sich mit dem Handballen die Augen, schluckte die Tränen hinunter und nahm wieder Haltung an. Er ließ sie los und wartete ab, was sie tun würde – denn sie beabsichtigte ganz bestimmt, etwas zu tun.

Zuerst ergriff sie seine Hand. »Bleib dicht bei mir. Lass nicht los.«

Nun folgte er ihr zu Walker zwischen den Maschinen hindurch, trat vorsichtig über Drähte und Schläuche. Ahren stellte nun fest, dass der Druide tatsächlich noch lebte. Ihr Anführer atmete, und am Hals konnte man den Herzschlag in einer Ader sehen. Das Gesicht zuckte, als träume er heftig. Seine Haut war blutleer, bleich und mit Schweiß überzogen. Natürlich lebte er. Nur lebendig war er Antrax von Nutzen.

Der Elfenprinz überwand seinen Abscheu und seine Furcht. *Hoffentlich ende ich nicht auf diese Weise,* betete er. *Lieber möchte ich sterben.*

Ryer Ord Star blickte ihn an. »Ich muss versuchen, ihn zu erreichen. Vielleicht kann ich ihm mitteilen, dass ich hier bin.«

Sie wandte sich wieder dem Druiden zu, strich mit der freien Hand über sein Gesicht, über den Arm zur Hand und wieder zurück. Lange Zeit tat sie nichts anderes und starrte Walker währenddessen an. Klein und zerbrechlich wirkte sie zwischen den Maschinen. Ahren hielt ihre Hand fest und befolgte ihre Instruktionen, denn er war ihre Rettungsleine, derweil sie den Druiden zu befreien suchte.

»Walker?«, flüsterte sie.

Der Druide reagierte nicht. Keine einzige Regung gab preis, ob er verstanden hatte. Seine Brust hob und senkte sich, sein Herz schlug regelmäßig, sein Gesicht zuckte. Flüssigkeiten flossen in seinen Körper und wieder heraus, und von den Drähten lösten sich an der Stelle, wo sie in die Glasbehälter führten, Blitze. Er war verloren für sie, dachte Ahren. Nicht einmal Ryer Ord Star würde ihn zurückholen können.

Die Seherin richtete sich auf und strich eine Strähne ihres Silberhaars zurück. Sie drehte ihm halb das Gesicht zu. »Lass mich los, Ahren«, befahl sie, »aber bleib in meiner Nähe.«

Dann kletterte sie auf den Metalltisch, schob sich vorsichtig durch das Gewirr von Kabeln und Schläuchen und schmiegte sich mit ihrem schlanken Körper an den Druiden wie ein Kind an seinen schlafenden Vater. Der Elf blieb so dicht bei ihr, dass er die Hitze ihres Körpers spürte.

»Walker?«, fragte sie erneut. Sie legte ihm die Hände auf die Wangen, drehte seinen Kopf zu sich und kuschelte sich an seine Schulter. Daraufhin schlang sie ihr Bein um seines. »Bitte, Walker!«, bettelte sie, und ihre Worte klangen spröde wie zerbrochenes Glas.

Abermals reagierte Walker nicht. Er lag da, als habe man ihm alle Lebenskraft entzogen und nur gerade genug übrig gelassen, damit der Tod ihn nicht überwinden konnte.

»Bitte, Walker«, flüsterte die Seherin abermals, strich über sein Gesicht und schloss die Augen, um sich zu konzentrieren. Erneut rannen Tränen über ihre Wangen.

Bitte, wiederholte Ahren in Gedanken, während er hilflos zuschaute. *Komm zu uns zurück.*

Walker kämpfte sich durch die Tentakel der Ranken und Gräser im Dschungel, endlos, wie ihm scheinen wollte, kämpfte um ein wenig Platz zum Atmen, und dennoch führte ihn all seine Mühe offenbar nirgendwohin. Der Dschungel war riesig und blieb stets gleich, und Walker entdeckte keine erkennbaren Merkmale, die ihm den Weg wiesen. Im Hinterkopf wurde ihm durch einen Dunstschleier bewusst, dass er mit dem Dschungel, in den er geraten war, nachdem er Castledown verlassen hatte, nur ein Labyrinth gegen ein anderes ausgetauscht hatte.

Doch blieb ihm keine andere Wahl, als weiterzuziehen. Sein Körper schmerzte vor Müdigkeit; er konnte nur noch an eines denken – an einen Platz zum Schlafen. Langsam begann er zu halluzinieren, Stimmen zu hören, Bewegungen zu sehen und Berührungen von Schatten zu fühlen, die nicht vorhanden waren. Diese Empfindungen kamen aus dem Grün des Dschungels, aus dem smaragdgrünen Meer, durch das er sich vorwärts bewegte. Sie wurden immer eindringlicher, bis sie sogar die Pflanzen und Bäume des Dschungels überschatteten, manche verblassen ließen und bei anderen vollkommen das Aussehen veränderten. Eigentümlicherweise endeten die Angriffe gleichzeitig, die Ranken und Gräser zogen sich zurück, und die Schwingungen des Bodens nahmen ab.

Er verlangsamte den Schritt, blickte sich um und suchte zu ergründen, was da vor sich ging.

Jemand sprach seinen Namen.

Walker? Bitte, Walker.

Die Stimme erkannte er wohl, allein er konnte sich nicht erinnern, woher. Trotzdem hielt er sich an ihr fest, umklammerte sie wie eine Rettungsleine. Die Erde war zur Ruhe gekommen, das tiefe Grün des Dschungels verdunkelte sich und wurde hart, und über ihm füllte sich ein nächtlicher Himmel mit glitzernden roten Sternen. Ein Gesicht tauchte auf, verschwommen und undeutlich. Es gehörte einer jungen Frau, und die schmalen, zarten Gesichtszüge wurden von langem silbernem Haar gerahmt. Sie war ihm so nah, dass er ihre weiche Haut spüren konnte, und federleicht kitzelte ihr Atem seine Wange. Sie schloss ihn in die Arme. Woher kam sie nur in diesem Dschungel, hier inmitten des Nichts, inmitten dieses Wahnsinns?

Walker?

Jetzt erinnerte er sich. Sie war Ryer Ord Star, die Seherin, die er aus den Vier Ländern auf seine Reise mitgenommen hatte. Von allen, die ihn hätten finden können, war es nur ihr gelungen. Das wollte er nicht so recht verstehen.

Plötzlich wurde er von eigentümlichen Gefühlen überfallen, von Gefühlen, die ihm fremd und falsch erschienen. Zuerst konnte er sie nicht auseinander halten, konnte ihre Quelle nicht erkennen oder ihren Sinn begreifen. Reglos und verwirrt stand er im verblassenden Dschungel und der einbrechenden Nacht mit diesen seltsamen roten Sternen, während die junge Frau an ihm hing, und die Welt stellte sich auf den Kopf.

Im nächsten Augenblick veränderte sich alles. Der Dschungel war verschwunden. Das Grün der Bäume, das Blau des Himmels, der Geruch faulenden Holzes und Laubes, der weiche Boden – seine gesamten Sinneseindrücke von Raum und Zeit – verschwanden. Jetzt stand er nicht mehr, sondern lag auf einer harten Metalloberfläche in einem Raum, der mit blinkenden Lichtern und leise surrenden Maschinen gefüllt war. Schläuche verbanden seinen Körper mit diesen Maschinen und pumpten Flüssigkeiten hin und her. Überall waren Kabel an seiner Haut befestigt. Er konnte nicht mit den Augen sehen, denn diese waren mit einer Binde verdeckt. Stattdessen sah er mit seinem inneren Auge, seinen Druidensinnen, die aus einem tiefen, gelähmten Schlaf erwachten. Das alles empfand er wie einen Traum, nur war der Dschungel der Traum gewesen, und mit ihm die Ruinen und die Kriecher und die Feuerstrahlen, alles, was er für Wirklichkeit gehalten hatte.

Damit kehrte auch die Erinnerung zurück. Er wusste, was sich ereignet hatte, was ihm angetan worden war. Aus einem von Drogen hervorgerufenen Schlaf voller Albträume kehrte er in die Realität zurück und verstand das alles jetzt, nachdem ihn diese junge Frau neben ihm durch ihre Stimme und ihre Berührung geweckt hatte. Sie allein hatte ihn erreicht, was sonst niemandem gelungen war. Als er nach der Vergiftung auf Shatterstone im Sterben gelegen hatte, war sie es ebenfalls gewesen, die ihn mit ihren empathischen Heilfähigkeiten rettete, und dadurch war ein festes Band zwischen ihnen geschmiedet worden. Es hielt sie auf unvorhergesehene Weise zusammen, indem Leben für Tod und Heilung für Leiden getauscht wurde. Daher hatte sie gespürt, was er brauchte, als er selbst dazu nicht in der Lage gewesen war, und sie hatte seinen unterbewussten Ruf nach Hilfe gehört und war zu ihm gekommen.

Vorsichtig bewegte sie sich, ihre Finger strichen wie Samt über sein Gesicht, ihre Wärme breitete sich wohltuend in seinem Körper aus. Sie rief seinen Namen, leise und wiederholt, versuchte, zu ihm vorzudringen und ihn aus seinem Gefängnis zu befreien.

Dann legte sie ihre Hand auf die seine, und er hob die Finger und drückte sie gegen ihre Handfläche. Ahren bekam die Bewegung nicht mit, da sein Blick auf dem Gesicht des Druiden ruhte. Aber er bemerkte, wie Ryer Ord Star plötzlich sehr still wurde, wie ihr Körper reglos verharrte. Sie hörte sogar auf, weiter über Walkers Gesicht zu streichen. Er wartete, ob sie etwas sagen oder sich wieder rühren oder mit irgendeinem Zeichen preisgeben würde, was passiert war. Doch die Seherin war wie zur Steinsäule erstarrt.

»Ryer?«, flüsterte er.

Sie reagierte nicht. Sie lag lediglich da und schmiegte sich an den Druiden, als sei sie mit ihm verschmolzen, dabei hielt sie die Augen geschlossen und verlangsamte den Atem so sehr, dass er für Ahren kaum mehr wahrzunehmen war. Er wollte sie berühren, hatte jedoch Angst davor. Irgendetwas hatte sich ereignet, und worum es sich auch handelte, Ryer gab sicherlich ihr Bestes. Auf keinen Fall durfte er sie jetzt stören. Er musste abwarten und sich in Geduld üben.

Die Minuten zogen endlos und still dahin. Einmal beugte er sich über sie und versuchte herauszufinden, was vor sich ging, allerdings ohne Erfolg. Danach trat er einen Schritt zurück, als würde er aus einer gewissen Entfernung besser sehen. Nichts half. Er betrachtete die Reihen von Lichtern und Schaltern um sich herum und fragte sich, ob die Antwort vielleicht dort liege. Falls dem so war, würde er sie nicht finden. Durch das dunkle Glas schaute er hinaus in den riesigen Saal dahinter zu den sich drehenden Scheiben. Metallene Wärter bewegten sich in den hell erleuchteten Gängen zwischen den eigenartigen Schränken und arbeiteten fleißig und emsig. Niemand blickte in seine Richtung oder schien zu bemerken, was in diesem Raum vor sich ging. Er lauschte auf eine Veränderung in den Geräuschen der Maschinen, konnte aber keine heraushören. Alles war so wie bei ihrer Ankunft.

Trotzdem wusste er, dass das nicht stimmte.

Sicherlich waren er oder Ryer Ord Star nicht entdeckt worden. Der Dunst des Phönixsteins hüllte sie beide noch immer ein und verbarg sie. Falls die Magie versagt hätte, müsste es längst ein Anzeichen dafür gegeben haben. Wäre Ryers Anwesenheit beim Druiden bemerkt worden, wäre Alarm ertönt, oder ein Licht hätte aufgeleuchtet. Ahren verschränkte die Arme vor der Brust, weil ihm kalt wurde, weil ihm langweilig war und weil er Angst hatte. Was konnte er tun? Was sollte er tun? Er musste der Magie vertrauen; mehr blieb ihm nicht. Er musste auf sie vertrauen und auf seinen Vorsatz, etwas zu unternehmen, vor dem er eigentlich zurückschreckte; denn die Seherin hatte ihm eingeschärft, dass Nichtstun gleichbedeutend mit Selbstaufgabe war.

Dabei war es nicht einmal *sein* Vorsatz, wurde ihm bewusst. Es war *ihrer*. Sie hatte Walker finden wollen, hatte darauf beharrt, ihn zu suchen, hatte daran geglaubt, ihre einzige Chance, Castledown zu entfliehen, liege darin. Anscheinend hatte sie damit Recht behalten, denn wären sie nicht unter die Erde gestiegen, hätte Walker hier weiterhin unentdeckt gelegen, weder ganz tot noch wirklich lebendig, weder das eine noch das andere, sondern in einem Zwischenzustand gefangen, einem entsetzlichen, widerwärtigen, unmenschlichen Zustand.

Doch nachdem sie den Druiden jetzt gefunden hatten, wie würden sie ihn retten? Was sollten sie tun? Ob sie diese Aufgabe mit Erfolg lösen konnten, vermochte er nicht einzuschätzen.

»Ryer?«, fragte er erneut.

Sie reagierte nicht darauf. Was machte sie nur? Er blickte sich nervös um, denn sie verweilten schon eine ganze Zeit in diesem Raum und gingen ein großes Risiko ein. Früher oder später würde die Magie des Phönixsteins nachlassen, und dann würden sie entdeckt werden. In dem Fall konnte sie nichts mehr retten. Tapferkeit und guter Vorsatz würden nichts zählen.

»Ryer!«, zischte er.

Zu seinem Erstaunen schlug sie die Augen auf, als wäre sie plötzlich erwacht, und schaute ihn an. In ihrem Blick lag ungezügelte Freude und eine grenzenlose Hoffnung, sodass ihm einen Moment lang die Worte fehlten.

»Er ist zurück!«, hauchte sie, und Tränen traten ihr in die Augen. »Er ist frei, Ahren!«

Frei wovon?, fragte sich Ahren. Der Druide machte keinen besonders befreiten Eindruck. Aber der Elfenprinz nickte und lächelte, als glaube er ihr, was sie gesagt hatte. Er streckte die Hand aus und wollte ihren Arm ergreifen, um ihr beim Aufstehen zu helfen, aber sie hielt ihn mit einer Geste von sich fern.

»Nein. Warte. Wir müssen abwarten. Noch ist nicht der rechte Augenblick gekommen.« Sie schloss die Augen und schmiegte sich abermals fest an den Druiden. »Er geht noch einmal hinein. Um Antrax zu finden. Und die Bücher der Magie zu suchen. Ich muss währenddessen bei ihm bleiben und für ihn da sein.«

Erneut wurde sie still, atmete ruhig, strich über die Stirn des Druiden und drückte mit den Fingerspitzen auf die Schläfen. »Die Maschinen wissen noch nicht Bescheid. Sie dürfen auch nichts erfahren. Das muss ich verhindern. Bleib bitte in meiner Nähe, Ahren.«

So richtig begriff er nicht, wovon sie sprach und was sie tun wollte, um Walker zu helfen, aber die Eindringlichkeit ihrer Bitte war nicht zu überhören. Er stellte sich neben sie, neben den Druiden, fühlte sich einsam und verwundbar und verloren und stand hilflos und schweigend da, während er darauf wartete, was als Nächstes geschehen würde.

Zwanzig

Nachdem er aus dem von Drogen ausgelösten Mahlstrom der Illusionen, mit denen Antrax Kontrolle über ihn ausgeübt hatte, aufgetaucht war, zog sich Walker an Ryer Ord Stars empathischer Kraft hoch, um nicht wieder unterzugehen. Er schwamm gegen die heftige Strömung an, doch zumindest hatte er begriffen, was man ihm angetan hatte. Seinem Sturz in den Schacht des Turms, nachdem er den Feuerstrahlen und Kriechern entkommen war, folgten der Verlust des Bewusstseins und die Gefangennahme. Man hatte ihn sofort unter Drogen gesetzt und gelähmt, dann in diesen Raum gebracht, in dem er festgeschnürt und seiner Kraft beraubt wurde. Die Methode war wohl überlegt und effektiv: Man ließ das Opfer denken, es befinde sich weiterhin in Freiheit, ließ es kämpfen und saugte die magischen Kräfte ab, die es dabei einsetzte. Die Schläuche, die mit seinem Körper verbunden waren, versorgten ihn mit Flüssigkeit und Drogen und hielten ihn am Leben – allerdings bestand dieses Leben aus einem Traum, der niemals Wirklichkeit geworden war. Wäre die Seherin nicht erschienen, hätte er diesen Zustand bis zu seinem Tod durchleiden müssen.

Dass er seine Situation nun verstand, tröstete ihn nicht. Kael Elessedil musste seine Tage in gleicher Weise verbracht haben, wobei er immer wieder die Elfensteine gebrauchte, da er sich für frei hielt und nicht mehr tun konnte, als immer weiter zu fliehen. Volle dreißig Jahre musste er so gelebt haben, bis er zu alt oder zu schwach geworden war, um weiterhin von Nutzen zu sein. Daraufhin hatte Antrax ihn nach Hause geschickt und ein letztes Mal eingesetzt, um einen Ersatz herbeizulocken.

Antrax durfte sich glücklich schätzen. Er hatte nicht nur ein, sondern gleich mehrere potenzielle Opfer in seine tödliche Falle gelockt, nicht nur den Druiden, sondern auch Ahren Elessedil, Quentin Leah und vielleicht sogar Bek Ohmsford, die alle über beachtliche Magie verfügten. Aufgrund der Prüfungen – die Entdeckung der Schlüssel auf den Inseln Flay Creech, Shatterstone und Mephitic – würde er darüber Bescheid wissen. Antrax war eine Maschine, die Maschinen baute, eine Schöpfung der Technologien aus der Alten Welt, die die Fähigkeiten ihrer Opfer testen konnte, ehe sie sich die Mühe machte, sie einzufangen. Das war der Grund, aus dem Antrax Menschen hierher lockte. Das war auch der Zweck des unterirdischen Gefängnisses. Die Magie, die er stahl, verwandelte er in Energie und ernährte sich davon. Hielt sich damit am Leben.

Trotzdem war das vielleicht nur ein Grund für Antrax' Handeln und möglicherweise nicht einmal der wichtigste. Vielleicht suchte er noch immer nach denjenigen, die ihn erschaffen hatten, wartete auf ihre Rückkehr und darauf, dass sie den Schatz beanspruchten, zu dessen Schutz er eingesetzt worden war. Die Bücher der Alten Welt. Die Geheimnisse einer anderen Zeit.

Woher wusste Walker das alles? Er war doch bewusstlos in einer Traumwelt gefangen gewesen, woher also hatte er es erfahren? Zum Teil von der Karte, die er entziffert hatte. Diese war in einer Sprache verfasst, welche in den historischen Büchern der Druiden noch verzeichnet war. Darüber hinaus erkannte er einiges, als Ryer Ord Star mit ihm Kontakt aufnahm, ihm mit ihren Worten und Gedanken seine Situation beschrieb und ihn aus den Illusionen herausriss. Weitere Punkte konnte er sich herleiten, indem er sich den Sinn einer Maschinerie überlegte, die ihn lähmte und unter Drogen setzte. Und schließlich erfasste er einiges rein intuitiv. Das genügte, um ihn davor zu bewahren, erneut in die Falle zu gehen, denn nun hatte er eine Aufgabe zu erfüllen. Deshalb kehrte er in sein Gefängnis zurück – um sich jener Aufgabe zu stellen, die so viele seiner Gefährten das Leben gekostet hatte und die, wenn er nicht schnell und konzentriert genug vorging, auch das seine fordern würde.

Er benutzte seine Magie, um seinen Schatten zu rufen und ihn freizusetzen, so wie Cogline es vor vielen Jahren getan hatte, um das verlorene Paranor zu betreten. Auch Allanon hatte diese Methode verwendet. Das war nicht ungefährlich. Wenn sein Körper starb, wäre sein Schatten verloren. Entfernte er sich zu weit oder ließ er es zu, außerhalb seines Körpers in Gefangenschaft zu geraten, würde er vielleicht nie wieder dorthin zurückgelangen. Allerdings musste er dieses Risiko eingehen. Er konnte die Schläuche und Drähte, die ihn mit Antrax verbanden, nicht von seinem Leib entfernen, ohne einen Alarm auszulösen, der die Kriecher herbeirufen würde. Außerdem ergab es keinen Sinn, sich zu befreien, wenn man keine Ahnung hatte, wie man diese Freiheit im Anschluss nicht gleich wieder verlieren würde. Als Schatten konnte er Castledown erkunden, ohne dass Antrax es bemerkte. Ryer Ord Star würde sich um seinen Körper kümmern und auf diese Weise die Maschinen täuschen, die nicht mitbekamen, was vor sich ging.

Auch würde sie ihn mit Hilfe ihrer empathischen Fähigkeiten daran hindern, erneut in die betäubenden Träume zu verfallen. Solange sie dazu in der Lage war, würde nach außen hin alles wie zuvor erscheinen. Solange eben die Magie des Phönixsteins die Seherin verhüllte, konnte selbst Antrax ihre Gegenwart nicht wahrnehmen. Walker hingegen würde seine Magie weiterhin in kleinen Mengen abgeben, wenn auch nicht durch tatsächliche Gedanken, sondern nur durch Reflexe. Antrax würde sich nicht sofort Gedanken über die Abnahme des Magie-Ausstoßes machen. Wenigstens einige Stunden lang nicht, falls die Sache so lange dauern sollte. In Castledown war Zeit eine relative Angelegenheit. Antrax lebte seit mehr als fünfundzwanzig Jahrhunderten. Einige Stunden bedeuteten ihm nichts.

Walker dachte nicht länger darüber nach, was er zu tun hatte. Er verließ seinen Körper als Schatten und folgte den Drähten zu ihrer Quelle. Er eilte durch Metall, Glas und Stein wie Luft und drang unhörbar und unsichtbar durch die Mauern der Festung. Eine Weile hielt er aufmerksam nach Antrax Ausschau, wollte ihn von dem Raum fern halten, in dem sein Leib lag, wollte verhindern, dass er diesen zu genau untersuchte und die Wahrheit herausfand. So schoss er durch die Kabelstränge und Metallstücke, die Elektrizität und Gedanken beförderten, Energie aus Magie erzeugten und dem Verbrauch zugänglich machten. Angesichts der Tatsache, was Männern und Frauen angetan worden war, die man hierher gelockt hatte, schäumte er vor Zorn, konzentrierte sich jedoch weiterhin darauf, was zu tun war, um eine Wiederholung zu verhindern.

Rasch fand er die Relais für das Sicherheitssystem. Glasaugen an der Decke überwachten den gesamten Komplex, mechanische Kugeln, die Antrax alles sehen ließen. Doch welchem Zweck dienten sie? Antrax war eine Maschine, er brauchte keine Augen. Diese waren, so erkannte Walker schockiert, einst für die Menschen da gewesen, die Antrax kontrolliert hatten. Und auch heute dienten sie keinem anderen Zweck. Antrax benutzte ein ausgeklügelteres System – eines, in dem Tastsinn, Berührungen, Geräusche und vielleicht Körperwärme eine Rolle spielten. Nur Magie konnte es täuschen, und möglicherweise nicht einmal jede Magie.

Wo in diesem riesigen Komplex wohnte Antrax?

Wo liefen all die Informationen zusammen?

Eine Zeit lang folgte er den Leitungen durch Räume, Gänge und durch das ganze Labyrinth. Ein Relais führte zum nächsten. Eine Reihe Maschinen war mit einer weiteren verbunden. Energieleitungen mündeten in neuen Leitungen. Nichts gab zu erkennen, wo sich Anfang oder Ende befanden.

Also konzentrierte er sich erneut und verfolgte Antrax mit seinen Sinnen. Das war nicht sehr schwierig. Abermals gab es weder Anfang noch Ende. Antrax breitete sich in alle Richtungen weit aus. Überall war er, hier und dort, endlos und unverändert. Antrax war die Festung von Castledown, er durchsetzte die gesamte unterirdische Anlage, es gab keinen Teil, den er nicht bewohnte. Er bewachte alles zugleich.

Walker wich nicht von seinem Ziel ab. Er hatte einen zu weiten Weg hinter sich gebracht, um jetzt aufzugeben. Zu viel stand auf dem Spiel, und niemand sonst konnte tun, was notwendig war. *Nicht einmal …*

Er zögerte. In den Worten schwang eine bittere Realität mit, der er sich nicht stellen wollte.

Dennoch, welche Chance blieb ihm schon.

Eilig beendete er den Satz. *Nicht einmal sie.*

Er musste seine Denkweise ändern, erkannte er, was mancher möglicherweise für ein Eingeständnis der Niederlage gehalten haben mochte. Doch in der Begriffswelt von Druiden ging es nicht um Sieg und Niederlage, sondern um Realität und Wahrheit. Was vom Schicksal bestimmt war, konnte durch solche Dinge nicht verunglimpft oder durch die Aufbürdung moralischer Werte beeinflusst werden. Dafür war er nicht zuständig. Druiden dienten einem höheren Zweck, der Erhaltung und der Entwicklung der Menschheit und der Rassen. Die Großen Kriege hatten die Zivilisation in Schutt und Asche gelegt und die Menschen zu Tieren herabgewürdigt. Das durfte nicht noch einmal geschehen. Der Druidenrat war zu Zeiten von Galaphile gebildet worden, um ebendies zu verhindern, und seitdem hatte jeder Druide an diesem Ziel gearbeitet.

Aber was konnte er vollbringen in der Zeit, die ihm noch blieb? Hier, an diesem albtraumhaften Ort, an dem er von seinen Gefährten kaum mehr Hilfe erwarten durfte, während es um einen so hohen Einsatz ging? Wie konnte er die Abmachung erfüllen, die er vor so vielen Monaten mit Allardon Elessedil getroffen hatte?

Die Zeit entglitt ihm, Zeit, die zu verschwenden er sich nicht leisten konnte. Er war die Sache von der falschen Seite angegangen, entschied er. Seine Suche nach Antworten führte ihn in die falsche Richtung. Nicht Antrax hatte ihn ursprünglich nach Castledown gelockt. Antrax stellte ein zweitrangiges Problem dar. Viel wichtiger war der Schatz, den Antrax bewachte und der alles ändern konnte.

Er musste nach den Büchern der Magie Ausschau halten.

Überall war Antrax gegenwärtig, er breitete sich zufrieden in dem riesigen Komplex seines unterirdischen Königreiches aus, überwachte seine Sensoren und Anzeigen, erfüllte die Funktionen, die ihm seine Schöpfer einprogrammiert hatten. Mit der blinden Sicherheit künstlicher Intelligenz verließ er sich auf den ständigen Input und seine unveränderliche Umgebung. Seit beinahe dreitausend Jahren hatte er seine Welt mit diesen vorgegebenen Funktionen erhalten. Selbst die Möglichkeit einer Störung rief sofort eine Reaktion hervor.

Ein solcher Fall hatte gerade Antrax' Aufmerksamkeit auf sich gelenkt. Noch handelte es sich um ein kleines, unwichtiges Zeichen, dennoch war es nicht zu übersehen. In den Energieleitungen stellte es höchstens ein kleines Kräuseln dar, keine hohe Welle, und auch die Warnsysteme von Castledown hatten es noch nicht entdeckt, weil es als elektrischer Strom, der auf Leben hindeutet, nicht messbar war, sondern gewissermaßen nur einen Schatten darstellte, der aus Hell Dunkel macht und die Temperatur um den Bruchteil eines Grades senkt. Antrax war wegen dieses unerklärten Phänomens vor allem deshalb alarmiert, weil er noch immer nach den beiden Eindringlingen suchte, deren Magie sein Begehren geweckt hatte. Während er einen Menschen in Träumen und Fantasien gefangen hielt, ihm seine Kraft absaugte und diese in Castledowns Energiezellen sammelte, waren ihm die anderen bislang entgangen. Der Wronk jagte einen weiteren Menschen und scheuchte ihn erbarmungslos durch den an Castledown grenzenden Wald. Die Dateneingänge erfolgten gleichmäßig und ohne Veränderung, daher durfte man davon ausgehen, dass der Wronk weiterhin funktionierte. Binnen kurzem würde er seine Beute geschnappt haben.

Der Dritte allerdings stellte für Antrax ein Rätsel dar, für das er keine Lösung fand. Ohne Widerstand war er der Metallsonde ins unterirdische Castledown gefolgt, doch dann hatte ihn etwas erschreckt, und er war verschwunden. Seitdem gelang es diesem Wesen, sich zu verstecken, obwohl Antrax alles daransetzte, es zu finden. Weder Bewegungsmelder noch Taster, Trittfallen noch Abhörgeräte hatten es entdeckt. Laser und Metallsonden hatten die Gänge und Räume ergebnislos abgesucht. Möglicherweise hatte dieser Mensch Castledown wieder verlassen, doch selbst diese Annahme ließ sich nicht beweisen. Antrax wollte ihn vor allem, weil er mit ihm den Eindringling ersetzen konnte, der das Ende seiner Lebensdauer erreicht und den er als Lockvogel zurückgeschickt hatte. Niemand war besser geeignet, die Energie aus den blauen Steinen zu ziehen, als derjenige, der jetzt vermisst wurde.

Nie zuvor war Antrax ein Wesen so lange entwischt. Konnte dieses seltsame Kräuseln, das er in den Leitungen spürte, vielleicht jener dritte Eindringling sein, der die Gestalt geändert hatte? Besaß er solche Macht, solche Anpassungsfähigkeit, die anderen fehlte? Die Evolution gehörte zu den Tatsachen des Lebens und der menschlichen Entwicklung, daher konnte dieser Fall theoretisch eingetreten sein.

Antrax streckte die Finger in all seine Sensoren und Detektoren aus und suchte die Gesamtheit seiner Kommunikationsgeräte ab. Überall gleichzeitig breitete er sich aus und überprüfte die Daten.

Eine derartige Untersuchung brauchte ihre Zeit, aber Zeit stand Antrax ausreichend zur Verfügung. Er erkundete die Oberflächen der Wände und Böden und Decken, überprüfte, ob alles in Ordnung war, und vertiefte sich in die Details.

Aber von dem verschwundenen Eindringling war keine Spur zu finden.

Jede der Metallsonden beantwortete seine Anfragen in Bezug auf ihre Funktionstüchtigkeit positiv. Nirgendwo ließ sich eine Störung oder eine Beschädigung erkennen, was vielleicht auf die Anwesenheit eines Eindringlings hingewiesen hätte. Auch hatten die Laser keine Besonderheiten registriert. Sogar der riesige Komplex, in dem die Aufzeichnungen der Schöpfer untergebracht waren, summte gelassen vor sich hin, während die Informationen unermüdlich von einer Speichereinheit in die nächste kopiert wurden, um die Daten zu sichern und vor Verlust zu schützen. Kein System blieb bei der Überprüfung stumm. Nur meldete auch keines eine Abweichung.

Trotzdem stimmte etwas nicht.

Antrax holte sich die Anzeigen des Eindringlings, der in Extraktionskammer Drei lag. Der Ausstoß an Energie war deutlich zurückgegangen, aber der Eindringling befand sich weiterhin angeschnallt an seinem Platz, und alle Kabel, die seine Körperfunktionen überwachten, waren noch mit ihm verbunden. Die Wärmesensoren zeigten die normale Temperatur für diesen Raum und ließen nicht auf die Anwesenheit anderer Wesen schließen. Der Gefangene schien sich auszuruhen, schlief vielleicht, obwohl das bei den Extraktionstechniken, die Antrax benutzte, selten geschah. Antrax nahm sich einen Augenblick Zeit und betrachtete die Daten genauer. Der Energieausstoß als Folge der wahrgenommenen Bedrohungen war deutlich zurückgegangen. Aber stellte dies ein Zeichen von Erschöpfung dar oder nur die Entscheidung der Extraktionsmaschine, dem Individuum für eine gewisse Frist Schonung zu gewähren? Energie abzusaugen war ein störanfälliger Prozess, der ständig die sorgfältige Überprüfung der mentalen und emotionalen Kondition des Opfers erforderte. Antrax hatte lernen müssen, dass Menschen unerschöpfliche Potenziale besaßen, wenn man sie nur in einem Stück beließ. Allerdings waren Fleisch und Blut nicht so haltbar wie Metall. Die Schöpfer hatten dies demonstriert.

Manchmal wünschte sich Antrax, die Schöpfer würden zurückkehren, wenn auch nicht mehr so sehr wie am Anfang. Zuerst hatte er das Gefühl gehabt, sie müssten unbedingt wiederkommen, weil sie für sein Überleben wichtig waren. Später hatte er entdeckt, wie gut er sich allein zurechtfand. Und noch später hatte sich die Wichtigkeit der Schöpfer bis zu einem solchen Grad verflüchtigt, dass er sie als unbedeutend ansah.

Dennoch würde er ihre Aufzeichnungen aufbewahren und beschützen und auf ihre Rückkehr warten, weil darin seine Aufgabe bestand und seine primäre Direktive. Sein Überleben war gesichert, solange es Energiequellen gab, die er kontrollieren konnte. Für Antrax stellte das kein Problem dar. Wenn es ihm auf die eine Weise nicht gelang, dann auf die andere. Wenn er sie nicht hier festhalten konnte, dann würde er sie eben in ihre Heimat verfolgen.

Schließlich gab es für eine künstliche Intelligenz seiner Größe und Kapazität immer einen Weg, Castledown zu verlassen.

Antrax dachte noch einen Moment über die Daten seines Gefangenen nach, dann wirbelte er weiter durch sein Netzwerk von Drähten, das zum Leben erwacht war, und setzte die Suche fort.

In die Magie des Phönixsteins gehüllt und allein mit seinen Gedanken, stand Ahren Elessedil vor dem Tisch, auf dem Walker und Ryer Ord Star ineinander verschlungen lagen. Langsam wurde er unruhig, nachdem er eine anscheinend nicht enden wollende Zeit gewartet und die beiden beobachtet hatte. Seine Rolle als Zuschauer behagte ihm nicht, und ihn beschlich das Gefühl, er lasse eine günstige Gelegenheit ungenutzt verstreichen. Eigentlich hätte er etwas tun sollen.

Allerdings hatte die Seherin ihn aufgefordert abzuwarten. Wache zu halten. Für sie und den Druiden die Rettungsleine nach draußen zu bilden.

Er starrte auf sie herab und war erneut von dem überrascht, was er sah. Ihr Gesicht strahlte solche Ruhe und Freude aus. Sie hatte sich eng an den Druiden geschmiegt, der flach atmete und wie zuvor gelegentlich zuckte, sich ansonsten in sein Innerstes zurückgezogen hatte, wo er die notwendigen Vorkehrungen traf, sich von Antrax zu befreien. Vielleicht begleitete ihn die Seherin dabei. Möglicherweise lieferte sie ihm jedoch nur die Kraft, die er, wie sie gesagt hatte, unbedingt brauchte. Dass sie sich vereinigt hatten, war offensichtlich – eine Vereinigung, mit der beide einverstanden waren, die jedoch für Ryer Ord Star wichtiger war als für den Druiden.

Denn sie hatte gefunden, wonach sie gesucht hatte.

Über diese Tatsache grübelte er eine Weile nach, und dabei erinnerte er sich an den eigentlichen Zweck des Phönixsteins. Er sollte jenen, die sich verirrt hatten, helfen, den rechten Weg zu finden – nicht nur in Hinsicht auf das, was sie nicht mit den Augen erkennen konnten, sondern auch auf das, was ihrem Herzen verborgen blieb. So in etwa hatten die Worte gelautet, die der König vom Silberfluss zu Bek Rowe gesagt hatte.

Er wird dir den Ausweg zeigen, wenn du dich an dunklen Orten aufhältst, und den Weg durch dunkle Orte, falls du ihn einschlagen musst.

Plötzlich schaute Ahren Elessedil auf und starrte ins Leere. Endlich begriff er, was diese Worte eigentlich bedeuteten. Wer hatte sich mehr verirrt als die Seherin oder er selbst? Wer war weiter vom Weg abgekommen? Nicht nur physisch, sondern vor allem emotional? Sie hatte alle betrogen, indem sie sich bereit erklärte, für die Ilse-Hexe zu spionieren. Er hatte seine Landsleute im Stich gelassen, als sie ihn brauchten. Sie war eine Verräterin, er ein Feigling. Das waren die dunklen Orte, an denen sie sich aufhielten und die sie wieder verlassen wollten. In ihren Herzen hatten sie sich verirrt.

Seit einiger Zeit hatte er nicht mehr an seine Feigheit gedacht, vielleicht einfach nur deshalb, weil ihn die Geschehnisse in Castledown ablenkten. Doch würde er sich erst wieder gut fühlen, wenn er diese Scharte ausgewetzt hatte.

Was war dazu notwendig?

Auf einmal wusste er es. Er betrachtete die Seherin, die sich an den Mann schmiegte, den sie verraten hatte. Sie hatte den Weg aus der Verirrung zurückgefunden, um ihm die notwendige Hilfe zu leisten und dabei ihren inneren Frieden wiederzuerlangen. Das hatte ihr die Magie des Phönixsteins ermöglicht. Diese Magie würde das Gleiche für ihn tun, wenn er es nur zuließe. Jene, die er im Stich gelassen hatte, konnte er nicht wieder zum Leben erwecken. Doch immerhin konnte er für sie ihr Erbe zurückholen.

Phönixstein. Dieser Stein trug seinen Namen nicht, weil er aus der Asche seiner Zerstörung wieder geboren werden konnte, sondern der Name bezog sich vielmehr auf denjenigen, der ihn verwendete. Darin lag der eigentliche Sinn der Magie – Ahren neu zu erschaffen, ihm neues Leben einzuhauchen. Genau das hatte der Stein für Ryer Ord Star getan, indem er sie zu Walker geführt hatte. Ahren konnte ebenfalls profitieren, zunächst allerdings musste er tun, was der Stein verlangte – was er schon von der Seherin verlangt hatte. Er musste sich von der Magie zu dem dunklen Ort führen lassen, an dem er seine Erlösung finden würde, wo er die Feigheit, die ihn zum Krüppel machte, loswerden würde.

Er holte tief Luft. Ja, er musste für sein Volk tun, was er versprochen hatte, auf dieser Reise zu tun. Für seine toten Gefährten musste er vollbringen, was ihnen nicht mehr möglich war. Er musste die verschollenen Elfensteine beschaffen.

Er spürte, wie ihn die Magie des Phönixsteins in diese Richtung drängte, spürte eine unterschwellige Unzufriedenheit, ein unerfülltes Gefühl, die Erkenntnis, dass seine Wiedergeburt noch längst nicht abgeschlossen war. Mit Ryer Ord Star war er hierher gekommen, um Walker zu finden und ihm zu helfen, weil die Magie dies von ihr verlangte. Doch von ihm wollte die Magie, dass er die Elfensteine barg. Deshalb musste er in die Falle tappen, die Antrax für ihn aufgebaut hatte, sich ihr stellen, sie überwinden und die vermissten Talismane auftreiben.

Jetzt.

Solange noch Zeit war.

Zwar konnte er es nicht erklären, doch er fühlte es, so wie er auch die Last der Verantwortung spürte, die er auf sich nehmen wollte. Die Zeit rann ihm durch die Finger, und bald hätte er seine Chance verspielt, die Elfensteine zu suchen, und damit auch die Möglichkeit, sich selbst wieder zu finden. Die große Konfrontation zwischen Walker und Antrax stand bevor, was sich aus dem Entschluss des Letzteren erkennen ließ, den Druiden und seine Gefährten zu vernichten. Antrax würde nicht warten, und man konnte ihm nicht aus dem Weg gehen. Einen Augenblick lang lähmte Ahren die Angst. Dieses Gefühl erschütterte ihn, und er glaubte, es nicht ertragen zu können. Wie konnte er überhaupt ein solches Vorhaben in Erwägung ziehen? Welche Chance hatte er schon gegen Antrax und seine Helfershelfer? Feuerstrahlen und Kriecher würden ihm auflauern, Maschinen wie jene, die Walker überwältigt hatten. Er besaß keine Waffen, die er gegen sie erheben konnte, keine besondere Kraft oder Fähigkeit, die ihn auf den kleinsten Erfolg hoffen ließ. Stattdessen war er allein und unglaublich verwundbar.

Was brachte ihn zu der Überzeugung, dass er nicht wieder davonrennen würde?

Er strampelte sich von dieser Angst frei wie aus einem Treibsandloch, das ihn zu verschlingen drohte. Es spielte keine Rolle, wie die Chancen standen. Er würde so oder so losziehen. Er musste. Also streckte er die Hand nach Ryer Ord Star aus und legte sie auf die ihre. Er spürte ihre Wärme, und obwohl sie auf seine Berührung nicht reagierte, sagte ihm sein Gefühl, dass sie verstand, wer da war. Er nahm ihr den schützenden Mantel seiner Magie von den Schultern und unterbrach die Verbindung, die sie zusammenhielt. Was das für sie bedeutete, wusste er nicht, und er ahnte nicht, inwieweit er sie dadurch daran hinderte, Walker zu unterstützen. Aber seine Magie drängte ihn zum Aufbruch, und er musste tun, was von ihm verlangt wurde.

Somit trat er von ihr zurück und ging rückwärts auf die Tür zu, durch die sie eingetreten waren. Er beobachtete, wie sich der nebelhafte Umhang der Magie ausdehnte und schließlich teilte, wobei jeweils ein Teil an jedem von beiden hängen blieb, kleiner zwar, doch noch immer aktiv. Mehr hatte er sich nicht erhoffen dürfen.

Viel Glück, Ryer, dachte er. *Uns beiden viel Glück.*

Dann drehte er sich um, trat durch die Tür und war verschwunden.

Einundzwanzig

Geisterhaft und körperlos wie Luft begann Walker seine Suche nach den Büchern der Magie.

Von Anfang an, seit dem Augenblick, in dem er die Schrift auf der Karte entziffert hatte, die mit dem sterbenden Kael Elessedil von Castledown in die Vier Länder gelangt war, hatte er die Wahrheit über die Bücher verschwiegen. Zum einen hatte er sich gegen Versuche anderer schützen wollen, seine Bergungspläne zu vereiteln. Die Ilse-Hexe hatte den sterbenden Elfenprinzen vor ihm erreicht und sehr wohl begriffen, worum es ging. Ihre anschließende Einmischung hatte ihn gezwungen, seine Pläne wieder und wieder zu ändern. In dieser Hinsicht hatte er also versagt. Zum anderen hatte er die Wahrheit jedoch auch für sich behalten, um Allardon Elessedil von seinem Vorhaben zu überzeugen, und dabei war ihm mehr Erfolg beschieden gewesen. Ehrlicherweise musste er sich auch eingestehen, dass er die Wahrheit verschwiegen hatte, weil er sonst die Mannschaft der *Jerle Shannara* wohl nicht hätte überreden können, ihn zu begleiten. Das Wissen über die Bücher und darüber, welche Folgen es hätte, sie den Rassen zu bringen, hätte andere überfordert.

Die Angelegenheit gestaltete sich keineswegs so leicht, wie alle meinten, die Ilse-Hexe eingeschlossen. Alle glaubten genau das, was Antrax Kael Elessedil zu glauben erlaubt hatte – dass die Bücher in Wirklichkeit ein Sammelwerk über den Gebrauch der Magie waren.

Das stimmte jedoch nicht. Zu dieser Erkenntnis gelangte man leicht, wenn man sich in der Geschichte der Alten Welt auskannte. Und diese Schlussfolgerung drängte sich geradezu auf, wenn man sich überlegte, was Castledown eigentlich darstellte – ein Lagerhaus für Wissen aus einer Zeit, in der Magie praktisch unbekannt war und so gut wie keine Anwendung gefunden hatte. Die Alte Welt war ein Ort der Wissenschaft gewesen, wo seit dem Zeitalter der Feen niemand mehr Magie besessen hatte; was aus jener Welt überlebte, war von den Elfen geborgen worden, doch durch Nachlässigkeit hatten sie beinahe alles verloren. Ein Ort wie Castledown enthielt keine Bücher über wirkliche Magie, sondern Bücher der Gelehrsamkeit – der Wissenschaft, der Geschichte und der Kultur.

Einst, vor langer Zeit, hätte man diesen Ort eine Bibliothek genannt.

Damit war jedoch nicht gesagt, dass die Bücher unwichtig waren, nur weil sie keine Zaubersprüche oder magische Anweisungen enthielten. In Wahrheit waren sie sogar viel bedeutsamer, denn sie stellten eine Zusammenfassung all dessen dar, was der Alten Welt Leben eingehaucht hatte, weil ihre Macht durch die Anwendung der Wissenschaft auf die Natur entstanden war. Was diese Bücher enthielten, besaß einen so großen Wert und bot solch immense Möglichkeiten, dass man die Auswirkungen auf die Vier Länder nicht im Mindesten abschätzen konnte. Diese Auswirkungen jedoch würden sich sowohl positiv wie negativ bemerkbar machen. Die Wissenschaft, welche die Alte Welt am Leben erhalten hatte, würde in der Bibliothek aufgezeichnet sein. Alles, was die Zivilisation vorangebracht hatte, würde dort niedergelegt sein. Doch gleichzeitig auch alles, was zu ihrem Niedergang beigetragen hatte – die Geheimnisse der Macht mit ihren riesigen zerstörerischen Kräften und die Anleitungen zum Bau von Waffen, die Städte von der Größe Castledowns dem Erdboden gleichmachen konnten.

Seit Walker dies zum ersten Mal begriffen hatte, stellte er sich immer wieder die gleichen Fragen. Wie viel von diesem Wissen sollte die Welt erhalten? Wie viele dieser Geheimnisse durften in die Hände der Rassen gelangen? Was von dem, das die Zivilisation vernichtet und die Menschheit auf die Ebene von Tieren zurückgeworfen hatte, sollte er den Nachkommen der Überlebenden anvertrauen?

Er wusste keine Antwort darauf. Vermutlich hing es auch davon ab, was er am Ende fand, und dementsprechend hatte er seine Vereinbarung mit Allardon Elessedil gestaltet. Er würde mit den Elfen teilen, was er entdeckte, doch nur das, was die Elfen gebrauchen konnten oder was mit der Magie zusammenhing, die ihr Erbe war. Allerdings erwartete er, in den Büchern keinerlei Geheimnisse der Magie zu finden, die den Elfen Nutzen brächten. Vermutlich würden sie die Schrift nicht einmal lesen können. Um ihre Bedeutung zu erschließen, bedurfte es eines Gelehrten, der sich in alten Sprachen auskannte und der über andere Bücher verfügte, mit Hilfe derer er die notwendige Übersetzung erstellen konnte. Und solche Bücher besaßen nur die Druiden – also zurzeit er allein.

Eines Tages würde sich das, wenn alles nach Plan verliefe, ändern. Eines Tages würde sich ein neuer Druidenrat bilden.

Während er sich durch die nicht enden wollenden Räume und Gänge bewegte und seine Suche fortsetzte, dachte er über weitere Hindernisse nach. Es würden zu viele Bücher sein, um sie alle mitzunehmen. Deshalb musste er eine Auswahl treffen. Eine Hand voll höchstens konnte er schleppen, selbst wenn Ryer Ord Star und Ahren Elessedil ihm halfen. Antrax würde schnell reagieren, und deshalb war es unmöglich, mehr mitzunehmen. Vielleicht gelänge es ihm, Antrax zu zerstören; zumindest musste er versuchen, die Bedrohung zu verringern, die von ihm ausging. Doch wenn er den Hüter angriff, bestand durchaus die Gefahr, dass er dabei die Bibliothek selbst ebenfalls vernichtete. Antrax kampfunfähig zu machen bedeutete, ihn von seiner Energiequelle abzuschneiden. Dabei würde er jedoch vielleicht auch jene Systeme herunterfahren, die die Bücher beschützten. Die Bücher waren alt und vermutlich in einem entsprechenden Zustand. Wenn man sie transportierte, drohte durchaus die Gefahr, dass sie einfach zu Staub zerfielen. Sie zu finden, war eine Sache; sie lange genug instand zu halten, bis man sie lesen konnte, eine ganz andere. Mit Hilfe seiner Magie könnte er einige retten, allerdings nur einige wenige. Daher musste er eine Auswahl treffen. Und zwar eine weise Auswahl.

Das erinnerte ihn an ein Kinderspiel. Wenn du auf eine einsame Insel ziehen würdest und nur ein paar wenige Gegenstände mitnehmen könntest, welche würden das sein? Genau diese Frage musste er beantworten. Welche Bücher wären die wichtigsten? Welche würden seiner Welt und ihren Bewohnern von Nutzen sein? Mit welchen Büchern könnten die Druiden das Leiden der Menschheit am meisten lindern? Bücher über Heilkunde? Bücher über Landwirtschaft? Bücher über Baukunst? Bücher über die Geschichte der Alten Welt? Welche denn nun?

Diese Auswahl traf er nicht gern. Lieber hätte er sie jemand anders überlassen, nur war da niemand. Welche Entscheidung er auch traf, welche Bücher er auch mitnahm, er würde Fehler machen. Das war unvermeidlich. Schließlich konnte er nicht in die Zukunft schauen, und in mancherlei Hinsicht bestimmte erst die Zukunft, welches Wissen notwendig sein konnte. Niemand wusste, was gebraucht werden würde, bis die Zeit gekommen war. Ebenso gut könnten die Bücher, die er mitnahm, missbraucht werden und Vernichtung und Zerstörung anrichten.

Er hätte Ryer Ord Stars Fähigkeit gebraucht, in die Zukunft zu schauen, doch selbst ihre Gabe hätte ihm nur wenig Nutzen gebracht. Einige knappe Einblicke in die Zukunft würden ihm nicht weiterhelfen. Es war ihm nicht dienlich, die Ereignisse planlos aus ihrem Zusammenhang gerissen zu sehen. In die Zukunft zu sehen hatte lediglich dann Sinn, wenn man umfassende Kenntnisse über die vor ihnen liegende Zeit erhielt.

Sogar dann, räumte er ein, standen die Chancen schlecht, die wichtigsten und notwendigsten Bücher zu erwischen. Die Zukunft wurde von unendlich vielen Faktoren beeinflusst, sie war von zu vielen Variablen abhängig. Veränderte man eine davon, wirkte sich das auf andere aus. Gleichgültig, wie viel eine Person vorhersehen konnte, kein einzelnes Individuum konnte die gesamte Zukunft erfassen.

Nur das Wort konnte es wissen, und sogar das Wort war der Menschheit nicht als Wahrheit gegeben.

Er setzte die Suche fort, die Zeit verstrich, die Minuten verwelkten eine nach der anderen wie Blätter an einem herbstlichen Baum. Trotz seiner eifrigen Suche konnte er die Bibliothek nicht finden. Er durchstreifte Castledown von oben bis unten, alle großen Kammern und langen Gänge, und dennoch entdeckte er keine Bücher. Langsam ermüdete er, und er wusste, viel länger würde er seine Schattenform nicht mehr aufrechterhalten können. Aber er musste erfahren, wo die Bücher waren, damit er sie sich von dort holen konnte, nachdem er in seinen Körper zurückgekehrt war. Denn wenn er sich erst von Antrax gelöst hätte, wäre jeder Versuch, die Bücher zu finden, zum Scheitern verurteilt. Antrax würde bemerken, was vor sich ging, und dann bliebe gerade noch genug Zeit zur Flucht. Daher musste er die Bücher schnell entdecken und entscheiden, wie er zu ihnen kommen konnte.

Am Ende griff er auf einen einfachen Kniff zurück, um das Problem zu lösen. Er versetzte sich in die Gedanken der Männer und Frauen, die Castledown erbaut und Antrax erschaffen hatten; wo, so fragte er sich, hätten sie wohl ihren Schatz verborgen? Die Antwort war nicht so schwierig. Die Bücher würden sich an dem Ort befinden, wo die Verteidigungsanlagen am stärksten und ausgefeiltesten waren, aber möglichst wenig Schaden anrichteten, falls ein Eindringling dorthin gelangte. An der Oberfläche von Castledown waren die Waffen gnadenlos. Was oder wer auch immer eindrang, wurde ohne Unterschied niedergemetzelt. Unter der Oberfläche, wo sich die Bücher befanden, würden die Verteidigungsmaßnahmen anders aussehen. Feuerstrahlen und Kriecher kämen hier nicht zum Einsatz. Stattdessen würden subtilere Methoden verwendet werden.

Der Druide verfolgte diesen Gedankengang und begann seine Suche von neuem. Derweil erinnerte er sich an die eigentümlichen Schlüssel, die ihn nach Castledown gelockt hatten. Er hatte ursprünglich Schlüssel jener Sorte erwartet, mit der er vertraut war, metallene Werkzeuge, mit denen man Türen aufschloss. Aber diese besaßen eine gänzlich andere Form. Sie waren Gegenstände eines technischen Zeitalters, die zwar noch wie Schlüssel gebraucht wurden, jedoch komplett anders funktionierten. Es handelte sich um flache Rechtecke, die Schlösser öffneten, indem sie Impulse ausgaben, welche von winzigen Energiezellen erzeugt wurden.

Waren die Bücher, so fragte er sich plötzlich, möglicherweise auch in eine andere Gestalt gebracht worden?

Ein entsetzlicher Verdacht bemächtigte sich seiner. Er hatte alles durchsucht, fast alles. Jetzt eilte er durch die Gänge und Kammern und forschte nach einem bestimmten Ziel, wobei er fürchtete, seine schlimmsten Ängste könnten sich bewahrheiten. Er kehrte zu dem Ort zurück, an dem er gefangen gehalten wurde, bemerkte, wie sich Ryer Ord Stars Puls bei seinem Eintreffen beschleunigte, da sie glaubte, er sei wieder da, weil er seine Suche erfolgreich abgeschlossen habe. Er blendete diesen Teil seines Bewusstseins aus und gab keine Antwort auf ihre unausgesprochene Frage, da er ihre Kraft noch ein wenig länger brauchte.

Als er die große Kammer vor dem kleinen Raum erreichte, in dem sein Körper lag, hielt er inne. Langsam und sorgfältig tastete er den Raum mit seinen Druidensinnen ab und drang in die Maschinen mit ihren sich drehenden Silberscheiben ein. Still schätzte er sie ab, streifte durch die hohen Metallgehäuse, schickte seinen Verstand hierhin und dorthin, lauschte und entzifferte. Er hörte Stimmen sprechen, Worte, Ideen und Zitate, die wiederholt und von einem Platz zum anderen übermittelt wurden, von einer ersten Speichereinheit zur nächsten. Augenblicklich begriff er, dass er gefunden hatte, wonach er suchte. Außerdem erkannte er, wie sinnlos sein Unterfangen gewesen war.

Seine Enttäuschung grenzte an Verzweiflung. Es gab keine Bücher, jedenfalls keine aus Papier und Tinte. Die Bibliothek existierte zwar, doch handelte es sich um eine Bibliothek, wie sie zu ihrer Zeit vermutlich verbreitet gewesen war und jene einstigen Büchersammlungen des Altertums ersetzt hatte. Das gesamte Wissen der Bücher war auf Metallscheiben übertragen und in Maschinen gespeichert worden. Es gab keine Möglichkeit, diese Scheiben zu benutzen, wenn man nicht im Besitz der zugehörigen Technologie war. Um sie zu entschlüsseln, war es notwendig, die Speichereinheiten zu durchsuchen und sich die Aufzeichnungen anzuhören. Das würde einen enormen Zeitaufwand bedeuten – weitaus mehr, als der Druide sich leisten durfte.

Obwohl der Druide seine Schattengestalt angenommen hatte, war die Enttäuschung über sein Versagen bis in seinen Körper spürbar. Ein stechender Bauchschmerz durchfuhr ihn. Er hatte den ganzen weiten Weg zurückgelegt, Zeit aufgewendet, Kraft und Menschenleben eingesetzt, um nun erkennen zu müssen, wie vergeblich sein Tun gewesen war. Die Bibliothek war nutzlos. Die Bücher hatten die Form von Scheiben, aber genauso gut hätten es Zeichnungen im Sand an einem Strand am Meer sein können. Keines der Millionen Worte des Wissens, welche in dieser Festung bewahrt wurden, konnte geborgen werden, ehe Walker eine Möglichkeit entdeckte, Antrax außer Funktion zu setzen, ohne gleichzeitig die Energiequellen abzustellen, von denen sowohl Antrax als auch die Bibliothek abhängig waren. Das zu erreichen war jedoch unmöglich. Die Energiequellen, welche die beiden speisten, waren untrennbar miteinander verbunden. Auf seinen Erkundungszügen durch das unterirdische Labyrinth hatte Walker sie überprüft und herausgefunden, dass sie in einer Weise verbunden waren, die eine Trennung verhinderte. Antrax war das Herz der Festung und ihres Schatzes.

Abwesend lauschte er auf den beständigen Strom der Worte, während sie, um erhalten zu werden, von einer Einheit zur anderen übermittelt wurden; dieser Prozess diente allein dem Zweck, sie zu konservieren, damit sie noch nach beinahe dreitausend verstrichenen Jahren frisch und neu waren. Alles war vorhanden, alles aus der Alten Welt, das gesamte Wissen befand sich an einem einzigen Ort, und Walker brauchte nur noch zuzugreifen – wenn sich das alles bloß in seiner Reichweite befunden hätte.

Seine Verbitterung war enorm. Es durfte nicht wahr sein, dass er diese Reise vergeblich unternommen hatte. Das würde er nicht ertragen. Er würde es vor allem nicht hinnehmen.

Solange er geglaubt hatte, die Bibliothek bestehe aus Büchern, hatte er eine schwierige Entscheidung bezüglich der Auswahl vor sich zu haben gewähnt. Doch plötzlich hatte er nur noch eine einzige Entscheidung zu treffen. Augenblicklich erkannte er seine Chance, die jedoch dermaßen klein war, dass er es zunächst ablehnte, sie überhaupt näher zu betrachten. Aber manchmal nisten sich unmögliche Ideen im Kopf ein, und dann und wann helfen Zeit und eine ironische Verbindung von Umständen und Schicksal dem Undenkbaren zur Geburt.

Vor hundertunddreizehn Jahren, als er zu Eldwist gegangen war und den Schwarzen Elfenstein zurückbekommen hatte, als er seine Entscheidung getroffen hatte, der Erste der neuen Druiden zu werden und das verlorene Paranor wieder zu errichten, hatte er vor einer ähnlichen Entscheidung gestanden. Nein, berichtigte er sich unwillkürlich, nicht vor einer ähnlichen, vor der gleichen Entscheidung. Es war an ihm, sie zu treffen, weil niemand außer ihm da war. Es war an ihm, weil ihm allein die Mittel der Umsetzung zur Verfügung standen.

Das erinnerte ihn von neuem an Allanons Worte vor einigen Monaten am Hadeshorn. Der Schatten hatte ihm gesagt, Walker würde auf dieser Reise von all dem, was ihm wichtig war, nur Erfolg in einer Sache zugestanden werden.

Verblüfft nahm er die Ironie des Ganzen zur Kenntnis. Das Leben war so geheimnisvoll und fremdartig. Es stellte ein unendliches Labyrinth dar, doch am Ende bot es jedem Menschen den richtigen Weg durch die verschlungenen Gänge.

Er überließ die Maschinen und ihre Scheiben sich selbst, zog sich in sich selbst zurück, ließ seine Hoffnungen und Erwartungen fallen – bis auf die eine, die zu erfüllen er vielleicht noch in der Lage war. Während er seinen Schatten freigab und in seinen Körper zurückkehrte, wischte er die Enttäuschung beiseite und bereitete sich darauf vor, Ryer Ord Star zu wecken.

Über der Erde blieb die Ilse-Hexe am Rand des Labyrinths stehen und schaute sich um. Mitternacht war verstrichen, der Himmel hatte sich bewölkt und war schwarz, die warme, schwere Luft roch nach Regen. In dieser Dunkelheit ohne Mond und Sterne konnte selbst sie mit ihrer guten Sehfähigkeit kaum die Gebäude und Wände der Ruinen in ihrer Umgebung erkennen. Castledowns Oberfläche strahlte Friedhofsstimmung aus. Seit sie den Wald verlassen hatte, war ihr keine Bewegung mehr aufgefallen. Stille lag über der Stadt wie eine schwere Decke und verhüllte das, was gewiss auf sie lauerte.

Sie war so weise gewesen, weder Cree Bega noch einen seiner Mwellrets mitzunehmen. In dieser Situation hätten sie die Rets nur aufgehalten. Überdies wären sie eine Bedrohung für sie, denn die Ilse-Hexe traute ihnen, allen Versprechungen des Morgawrs und ihren Gelöbnissen zum Trotz, nicht mehr über den Weg. Wann immer sie in ihrer Nähe war, spürte sie ihren Groll und ihre Wut. Sie hassten und sie fürchteten sie. Früher oder später würden sie versuchen, sie zu überwältigen. Daher wollte sie ihnen zuvorkommen, im Augenblick jedoch war es noch nicht so weit. Solange sie sich nicht um den Druiden und seine Gefolgsleute gekümmert und die Bücher der Magie in ihren Besitz gebracht hatte, brauchte sie die Mwellrets und ihre besonderen Fähigkeiten. Dennoch spürte sie nicht gern ihre Blicke im Rücken.

Sie rückte das Schwert von Shannara auf dem Rücken zurecht. Inzwischen wünschte sie sich, es auf dem Luftschiff gelassen zu haben, allerdings wollte sie es nicht in der Hand des Jungen oder der Mwellrets wissen. Zunächst hatte sie sich überlegt, es zu verstecken, fürchtete jedoch, es könne gefunden werden. Dieser Talisman barg eine mächtige Magie, die sie selbst besitzen wollte. Aus diesem Grunde schleppte sie die Waffe lieber mit sich herum, bis sie ihre Angelegenheiten erledigt hatte und sich auf dem Weg nach Hause befand. Das war gewiss ein kleiner Preis für den Nutzen, den ihr die Waffe bringen konnte, trotzdem war der Schmerz in ihren Schultern deshalb nicht weniger unangenehm.

Jetzt nahm sie das Schwert erst einmal ab, legte es auf den Boden und streckte die Arme über dem Kopf aus. Seit geraumer Zeit hatte sie nicht geschlafen, und obwohl Schlaf für ihren Körper nicht so sonderlich wichtig war, fühlte sie sich seelisch ausgelaugt. Das lag zum Teil an dem Jungen mit seinem unablässigen Geschwätz und seinen gescheiten Argumenten, wenn er versucht hatte, sie von seiner Sache zu überzeugen und sie zu überlisten. Mit ihm fertig zu werden hatte sie mehr Kraft gekostet, als sie zunächst wahrhaben wollte. Erbarmungslos beharrte er darauf, ihr Bruder Bek zu sein, und die Auseinandersetzung mit ihm hatte sie müde gemacht.

Sie gähnte. Im Schlaf würden Körper und Geist zwar Ruhe finden, doch leider war für diese Nacht kein Schlaf vorgesehen. Stattdessen musste sie einen Weg ins Innere von Castledown suchen, die Bücher der Magie holen und unterdessen die Konfrontation mit dem Druiden meiden.

Dieser Plan unterschied sich erheblich von ihrem vorherigen, dachte sie voller Ironie, als sie noch entschlossen gewesen war, Walker zu töten. Aber die Situation hatte sich geändert, wie das häufig der Fall war.

Sie hob ihr Schwert wieder auf, hängte es über die Schulter und versuchte sich mit dem Gewicht abzufinden. Still stand sie eine Weile da, ihre graue Robe verhüllte locker ihre Gestalt, die Kapuze hatte sie abgesetzt, das blasse Gesicht war nach vorn gerichtet, während sie sich auf den vor ihr liegenden Weg konzentrierte. Sie schloss die Augen und durchsuchte das Labyrinth der Ruinen mit der Magie des Wunschliedes. Dort war der Druide unter der Erde verschwunden, dort waren die Mwellrets auf die Kriecher gestoßen. Irgendwo in der Nähe musste ein Eingang sein, und vermutlich nicht nur einer. Sie musste ihn nur finden. Der Rest wäre ein Kinderspiel.

Sie brauchte nicht lange. Überall befanden sich Falltüren und verborgene Eingänge, große und kleine, hinter denen Rampen oder Treppen hinunter in die unterirdische Festung führten. Also setzte sie ihr Wunschlied ein und passte sich so der Form und Gestalt des

Labyrinths an, den kalten Metallplatten und Befestigungen, den Drähten und Maschinen. Noch einmal schlug sie die Augen auf. Sie starrte in die Dunkelheit vor sich und marschierte schließlich hinein. Weder Kriecher noch Feuerstrahlen tauchten auf. Das hatte sie auch nicht anders erwartet. Wenn sie das Wunschlied auf diese Art und Weise einsetzte, passte sie sich äußerlich und gefühlsmäßig ihrer Umgebung an. Lediglich ihre Magie wäre zu entdecken, und das auch nur von jemandem, der eine spezielle Fähigkeit dazu besaß.

Sie gab sich keine Mühe, ihr Eindringen großartig zu verbergen; je länger sie brauchte, desto größer war das Risiko einer Entdeckung. Eine Festung aus der Alten Welt war sicherlich durch Techniken gesichert, die sich ihrem Verständnis entzogen. Der eine oder andere Wächter würde sie irgendwann entdecken. Daher war es vermutlich am besten, ihnen gar keine Chance zu lassen.

Somit platzierte sie sich an einer Wand neben einer der größeren versteckten Türen und zerstörte mit Hilfe ihrer Magie zwei kleinere Luken. Fast sofort glitt eine Tür auf, und Kriecher rollten heraus. Sie hielt ihre Tarnung aufrecht, ließ die Maschinen an sich vorbei, packte sich den letzten Kriecher, drang in seine Systeme ein und erkundete rasch, wie er aussah und wie er sich anfühlte, sowohl innerlich wie äußerlich. Dafür brauchte sie nur Sekunden, dann war sie durch die Tür und hatte das Innere der unterirdischen Burg betreten.

Drinnen brannten flammenlose Lampen an den Wänden mehrerer Gänge, welche von einem Vorraum in alle Richtungen abgingen. In dem Raum selbst stand ein Dutzend Kriecher auf Gestellen. Einige Sekunden lang verharrte sie reglos, erprobte ihre neue Tarnung und überprüfte, ob sie eine Reaktion hervorrief. Was jedoch nicht geschah. Daraufhin wartete die Ilse-Hexe noch einige Sekunden ab, ehe sie losging.

Ohne Zwischenfälle durchquerte sie die Gänge von Castledown, die lange Robe raschelte leise, doch hatte die Ilse-Hexe sich mit dem Aussehen eines Kriechers getarnt. An einem Ort, an dem seit mehr als fünfundzwanzig Jahrhunderten nur noch Maschinen lebten, hätte jedes Wesen aus Fleisch und Blut sofort Alarm ausgelöst. Gewiss gäbe es Geräte, die die Anwesenheit eines Menschen anhand des Gewichts, der Körperwärme oder sogar der Gestalt erkannten. Die Glasaugen, die aus kleinen Nischen in den Decken herabspähten, hatte die Ilse-Hexe bereits bemerkt, und ihr entgingen auch nicht die Sensorplatten im Boden. Die Maschinen benutzten zwar vermutlich noch weitere Methoden, doch worin auch immer diese bestanden, vermutlich konnte sie sie durch die Tarnung ihres Äußeren, Anpassung des Gewichts und Verschleierung der Körpertemperatur überlisten. Jedes Alarmsystem würde sie als Kriecher betrachten. Das brachte nicht einmal ein Druide zustande.

Dennoch erlaubte sie sich keine Überschwänglichkeit und keine Nachlässigkeit. Möglicherweise hatte das Wesen, das Castledown bewachte, die Fähigkeit, ihre Anwendung der Magie aufzuspüren, ihre Anwesenheit zu entdecken und die Tarnung auffliegen zu lassen. Sollte das geschehen, musste sie ein Ausweichmanöver starten, und zwar sofort. Sie hoffte allerdings, dass ihr Gegner anderweitig beschäftigt war, vielleicht mit Walker, oder dass ihre Magie zu klein war, um aufzufallen. Vor allem aber hoffte sie, ihr Vorhaben rasch umzusetzen, damit sie längst wieder verschwunden wäre, ehe sie überhaupt bemerkt wurde.

Sie passierte Dutzende Kriecher, die sie schlicht ignorierten. Jeder schien seine spezielle Aufgabe zu haben – worin diese bestand, erkannte sie allerdings nicht. Die Ilse-Hexe bewegte sich durch ein Labyrinth von Kammern und Gängen aller Größen und Formen, von denen manche leer und andere mit Maschinen und Materialien voll gestopft waren. Was dort gelagert wurde, wusste sie nicht, und es interessierte sie auch nicht. Sie suchte nach den Büchern der Magie, aber die waren nirgendwo zu finden. Alles andere war ihr gleichgültig. Sie hatte keine Zeit, den ganzen Trödel hier unten zu durchstöbern.

Von vorn hörte sie Maschinengeräusche in der Stille, ein leises, gleichmäßiges Dröhnen. Das Geräusch durchdrang den Stahl der Wände, und sogar der Boden unter ihren Füßen vibrierte leicht. Sie hielt inne und dachte nach. Was sie da hörte, musste Teil einer Maschinerie sein, die alles in den Schatten stellte, was sie je gesehen hatte, und vermutlich spielte diese Anlage eine zentrale Rolle in dieser Festung. Aller Wahrscheinlichkeit nach handelte es sich um ein Kraftwerk, es konnte jedoch auch mit dem Schutz der Bücher zu tun haben. Daher sollte sie sich einen Blick auf diese Anlage gönnen.

Sie war keine zehn Schritte weit gekommen, als rings um sie herum Alarm ertönte.

Ryer Ord Star.

Walker spürte, wie sie sich regte und langsam aus der Trance erwachte, in die sie sich versetzt hatte, um ihm mit ihrer empathischen Kraft Stärkung zukommen lassen zu können. Ihre Finger, die auf seinen Schläfen ruhten, glitten über seine Wangen wie Tränen.

Wach auf, junge Seherin.

Er sprach in Gedanken zu ihr, sandte ihr einen stillen Ruf, den nur sie allein hören konnte. Er befand sich wieder in seinem Körper und hatte die Drogenträume überwunden, hatte seine Schattengestalt verlassen und bewohnte wieder sein eigenes Fleisch und Blut. Es war an der Zeit, sich von den Maschinen und von Antrax zu befreien. Doch dabei musste er vorsichtig vorgehen, und allein würde er es nicht schaffen.

Hör mir zu.

Inzwischen war sie hellwach, hatte die Augen aufgeschlagen und schob sich von seinem Körper hoch. »Walker?«

Sprich nicht. Hör einfach zu. Tu, was ich dir sage. Und zwar schnell. Nimm mir die Binde von den Augen und den Schlauch aus dem Mund.

Sie erfüllte seinen Wunsch, wobei ihre Hände um sein Gesicht herumflatterten wie Motten. Er spürte, wie sich ihre Lunge beim Atmen leerte und füllte.

Jetzt löse die Riemen, die mich an Handgelenk und Knöcheln fesseln, dann die an Hals, Stirn und Bauch. In dieser Reihenfolge. Dabei darfst du auf keinen Fall die Drähte lösen!

Sie brauchte eine Weile für diese Aufgabe; die Riemen waren mit einer Art Schnallen verschlossen, die sie nie zuvor gesehen hatte und deren Mechanismus ihr nicht sofort einleuchtete. Sie bestanden nicht aus Metall, sondern aus hartem Kunststoff, und sie fummelte eine Zeit lang daran herum, ehe sie begriff, wie sie funktionierten. Danach ging Walkers Befreiung rasch voran.

Dann war sie wieder dicht bei ihm und beugte sich über ihn. Zum ersten Mal schlug er jetzt die Augen auf und schaute sie an. Auf ihrem blassen, kindlichen Gesicht, das von dem silbernen Haar gerahmt wurde, breitete sich ein Lächeln aus, und Tränen stiegen ihr in die Augen. Noch immer umgab sie ein Hauch der verhüllenden Magie, doch langsam löste sich diese auf. Wie war sie zu Walker gelangt? Wo hatte sie die Magie gefunden, die ihr dabei geholfen hatte?

Walker, sagte sie still.

Er erforschte sich selbst, um zu erfahren, was als Nächstes geschehen musste, und versuchte zu entscheiden, in welcher Reihenfolge die Entfernung seiner Fesseln fortgesetzt werden sollte. Sobald sie gelöst waren, würde mit Gewissheit Alarm ertönen.

Öffne die Tür zu diesem Raum, und stell sie fest, damit Antrax uns nicht einsperren kann, wenn die Wachmaschinen Alarm schlagen.

Sie fand ein niedriges Schränkchen auf Rollen und schob es in die Türöffnung.

Dann trat sie wieder zu ihm.

Zieh die Nadeln aus meinem Arm und meinem Körper. Lass sie an ihren Schläuchen hängen.

Sie löste das Klebeband, welches die Nadeln hielt, dann zog sie eine nach der anderen aus den Adern. Die Einstiche berührte sie mit ihren kühlen Fingern, heilte die Wunden und erfüllte Walker mit neuer Kraft. Ihre Fähigkeit zur Empathie schien grenzenlos. Sie schauderte nur einmal, wenn der Kontakt entstand, ließ die Finger kurz auf den Wunden ruhen und nahm sie wieder zurück.

Bald würde der Alarm ausgelöst werden, und Antrax wüsste

dann, dass bei den Geräten, die Walker unter Drogen gesetzt und ihm Magie entzogen hatten, eine wie auch immer geartete Störung aufgetreten war. Sie würden also rasch handeln müssen. Walker setzte sich auf, wobei er spürte, wie viel Kraft er verloren hatte. Ihm wurde schwindelig. Die Betäubungsmittel hatten ihn geschwächt, und er fühlte sich lethargisch, doch sein Körper funktionierte. Zunächst riss er nun die Saugnäpfe ab, mit denen die Überwachungsdrähte an seinem Körper klebten. Sie lösten sich leicht, und Sekunden später waren nur noch die fünf an den Fingerspitzen geblieben. Diese ließ er an Ort und Stelle, da er noch eine andere Verwendung für sie hatte.

Überall auf den Schalttafeln um sein Lager herum blinkten Lichter. Er spürte eine Veränderung in der Atmosphäre des Raums, während Antrax herbeieilte, um die aufgetretenen Fehler zu korrigieren. Walker erhob sich wacklig, das Mädchen stützte ihn, er schnappte sich seine Robe und trat von dem Tisch zurück. Dann ging er dort hin, wo die Drähte, die mit seinen Fingerspitzen verbunden waren, in einem Metallstecker endeten, der wiederum mit den Behältern voll rötlicher Flüssigkeit verbunden war. Er zog den Stecker und schob ihn in eine gleichartige Öffnung in einer der Schalttafeln, die mit leuchtend roten Symbolen gekennzeichnet war.

Walker wusste, was diese Symbole bedeuteten. Es handelte sich um die gleiche Sprache wie auf der Karte, um die Sprache der Alten Welt, die er anhand der Druidenhistorien entziffert hatte.

Auch war ihm klar, wohin diese zweite Leitung führte. Während seiner außerkörperlichen Reise hatte er sie erkundet und bis zu ihrer Quelle verfolgt.

Sie führte zu Castledowns Hauptalarmsystem.

Ehe Antrax es verhindern konnte, schickte Walker Druidenfeuer durch die Hauptleitungen zu den Nebenstellen und löste überall Alarm aus.

»Es geht los«, murmelte er vor sich hin, während er Ryer Ord Star auf den Eingang zuschob.

Ihm blieben nur wenige Minuten für sein Vorhaben.

Zweiundzwanzig

An Bord der *Schwarzen Moclips* wartete Bek Ohmsford geduldig auf seine Rettung. Ihm war es ziemlich gleichgültig, in welcher Form sie erfolgen würde, doch spürte er, dass sie kurz bevorstand. Im Augenblick geriet er deshalb zwar nicht in Panik, aber er hatte das seltsame Gefühl, diese würde sich langsam an ihn heranschleichen. Man hatte ihn in einem Frachtraum am Heck eingesperrt, einem Lagerraum, in dem Ersatzteile und Vorräte aufbewahrt wurden – Ambientlichtsegel, Strahlungssammler, Diapsonkristalle, Käse und Wasserfässer. Das alles war in Schatten gehüllt. Der Raum war nicht groß, doch im Licht der Kerze, die neben ihm auf einem Fass stand, konnte er kaum den Mwellret erkennen, der ihm gegenübersaß und ihn bewachte. Bek war mit einer drei Fuß langen Kette an die Wand gefesselt. Die Hände hatte man ihm vorn mit einem Seil zusammengebunden und durch die Kette gezogen, sodass er die Arme nicht über Hüfthöhe heben konnte. Außerdem war er geknebelt, obwohl das vermutlich überflüssig war, weil Grianne ihm bereits die Stimme gestohlen und ihn stumm gemacht hatte.

Da sie keine Risiken eingehen wollte, hatte sie ihm auch das Schwert von Shannara abgenommen. So wollte sie sichergehen, dass er auch bei ihrer Rückkehr noch ihr Gefangener war. Obwohl es eigentlich keinen Anlass gab, von etwas anderem auszugehen, hatte er doch nichts weiter zu tun, als sich genau diese Möglichkeit auszumalen. Allzu optimistisch schaute er allerdings nicht in die Zukunft. Er befand sich an Bord eines Luftschiffes voller Mwellrets und Soldaten der Föderation. Waffen besaß er keine. Seine Freunde waren tot oder an Land verstreut. Demnach war eine Rettung ziemlich unwahrscheinlich.

Das Mondlicht fiel an der Seite durch eine offene Luke herein, die auch die einzige Frischluftzufuhr darstellte. Am Mond zogen Wolken vorüber, sodass es abwechselnd heller und dunkler wurde, und zwischendurch erhaschte er so immer wieder einen Blick auf seinen schweigsamen Gefängniswärter. Dann und wann rutschte der Mwellret hin und her, und ein leichtes Rascheln von Stoff an Reptilienhaut zeugte dann zusätzlich von seiner fast unsichtbaren Gegenwart. Er sprach jedoch nie. Schließlich hatte er den ausdrücklichen Befehl erhalten, das zu unterlassen. Der Junge hatte gehört, wie seine Schwester diese Anordnung getroffen hatte. Niemand durfte mit ihm sprechen. Er sollte Wasser bekommen, aber kein Essen. Niemand durfte ansonsten in seine Nähe. Bek selbst durfte nicht an Deck. Die Kette sollte ihm nicht abgenommen werden, auch nicht für einen kurzen Augenblick. Er sollte bis zu ihrer Rückkehr in diesem Raum bleiben.

So saß er mit angezogenen Beinen auf den harten Schiffsplanken, ließ die Hände auf den Knien ruhen und lehnte an dem Spant hinter ihm. Er hätte den Knebel entfernen können, wenn er gewollt hätte, doch hatte er die schmerzhafte Erfahrung gemacht, dass er dafür besser einen guten Grund haben sollte. Ansonsten würde die Strafe auf dem Fuße folgen. Bislang hatte er mehrmals Tritte einstecken müssen, weil er verdächtige Bewegungen gemacht hatte. Deswegen saß er nun so still wie möglich und dachte nach. Einige Male hatte er heimlich seine Stimme überprüft, ob er nicht wenigstens leise Laute erzeugen konnte. Unmöglich. Welche Magie seine Schwester auch angewendet hatte, sie wirkte. Sicherlich hatte sie seine Stimme nicht endgültig zerstört, weil sie sich später noch mit ihm unterhalten wollte, sonst hätte sie ihn ja auch gleich töten können. Andererseits hatte sie auch Kael Elessedil aushorchen können, ohne dass er in der Lage war zu sprechen. Vielleicht funktionierte das ja auch bei Bek. Deshalb hoffte er, sie habe noch etwas anderes mit ihm vor – möglicherweise schützte ihn der Zweifel über seine Identität, den er deutlich bei ihr spürte, noch ein Weilchen.

Im Moment hielt er die Augen geschlossen. Er musste irgendwie hier raus. Und zwar, bevor er den Mut ganz verlor.

Aber wie sollte er das zustande bringen?

Für einen Moment wallte Verzweiflung in ihm auf. In Truls Rohks Gesellschaft hatte er sich sicher gefühlt. Niemand, so hatte er geglaubt, könne den Gestaltwandler besiegen. Aber darin hatte er sich getäuscht, und jetzt war Truls Rohk tot. Seine Schwester hatte ihn dem Caull überlassen, und wenn der Caull gescheitert wäre, hätte sie das vermutlich längst erfahren. Immerhin hatte sie dieses Ungeheuer erschaffen und stand mit ihm in Verbindung. Der Caull lebte. Demzufolge war Truls Rohk tot.

Eine realistische Hoffnung, von irgendwem gerettet zu werden, hatte Bek nicht. Aller Wahrscheinlichkeit nach waren seine Gefährten tot. Sogar Walker. Sonst hätten sie sich längst gezeigt. Innerlich fühlte er sich wie betäubt, wenn er darüber nachdachte. Selbst wenn nicht alle tot waren, hatten sie gegen seine Schwester keine Chance. Grianne war zu mächtig. Sie hatte eine ganze Mannschaft von Fahrenden überwunden, einschließlich Redden Alt Mer und Rue Meridian, die sie mit ihrer Magie bewusstlos gemacht hatte. Dann hatte sie die *Jerle Shannara* geentert und damit Walkers Gruppe jeden Fluchtweg abgeschnitten. All das hatte sie Bek vollkommen unbeteiligt erzählt, als erkläre sie ihm, wie sich das Wetter in den nächsten Tagen entwickeln würde. Damit hatte sie seine Hilflosigkeit noch einmal betont, um ihn zu überzeugen, dass er ihr besser keinen Widerstand mehr leisten sollte. Nur indem er ihr die Wahrheit über sich sagte, durfte er hoffen, dieses Abenteuer zu überleben. Jedes andere Verhalten würde unangenehme Folgen nach sich ziehen. Darüber sollte er nachdenken, während sie unterwegs war.

Offensichtlich tat er das.

Offensichtlich tat er nichts anderes.

Erneut prüfte er die Fesseln an seinen Handgelenken. Es gab etwas Spielraum, aber nicht genug, um die Hände herauszuwinden. Das Seil war trocken und rau, und sein Schweiß genügte nicht als Gleitmittel. Was eigentlich nichts änderte. Sogar, wenn er sich von dem Seil befreien konnte, war da immer noch die Kette. Vermutlich hatte sein Aufpasser den Schlüssel irgendwo in seinen Taschen, aber sicher war das nicht. Daraufhin stellte er sich vor, wie er, nachdem er sich von Seil und Kette befreit hatte, durch den Gang des Schiffes lief, nach oben stieg, über die Reling sprang und ans Ufer schwamm. Zwar vermochte er sich das vorzustellen, aber es erschien ihm, als würde er sich einbilden, er könne fliegen.

Momentan konnte er sich nur noch auf sich selbst verlassen. Vielleicht vermochte er Grianne irgendwann tatsächlich von der Wahrheit zu überzeugen, doch langsam fand er sich damit ab, dass dies ziemlich unwahrscheinlich war. Sie wollte einfach nicht auf ihn hören. Sie wollte nicht glauben, dass er ihr Bruder war oder dass der Morgawr sie getäuscht hatte. Ihr ganzes Leben hatte sie Walker als Feind betrachtet, der ihr Zuhause niedergebrannt und ihre Familie getötet hatte. Daher hatte sie alles getan, um ihm nicht nur ebenbürtig zu sein, sondern ihm auch in seiner scheinbaren Unbarmherzigkeit das Wasser zu reichen. Sie hatte Taten begangen, mit denen sie wahrscheinlich nicht mehr leben konnte, sobald sie herausfand, wie sehr man sie manipuliert hatte. In ihre Rolle als Ilse-Hexe hatte sie sich zu sehr eingefunden, ein anderes Selbstbild würde sie nicht akzeptieren.

Er dachte einen Augenblick über die Frage nach, ob es bereits zu spät sei, sie zu retten, ob sie eine Grenze überschritten hatte, jenseits derer keine Rückkehr mehr möglich war, ob sie zu viele Gräueltaten begangen hatte, um Vergebung zu erlangen. Das lag durchaus im Bereich des Möglichen. Vielleicht hatte er sie einfach zu spät gefunden.

Dann dachte er zurück an die Nacht im Hochland, in der er Walker kennen gelernt hatte. Eigentlich hatte er das Angebot des Druiden, ihn auf dieser Reise zu begleiten, nicht annehmen wollen. Er hatte geahnt, wie sehr sich sein Leben dadurch verändern würde. Die Wirklichkeit war nun noch schlimmer, als er es sich hätte vorstellen können. Er fühlte sich nutzlos, zudem drohten ihn Gefühle zu zerreißen, die er niemals hatte erleben wollen. Am liebsten hätte er es gehabt, wenn alles wieder so gewesen wäre wie früher. Er wollte nach Hause. Er wollte einfach Sicherheit, für sich, für Quentin, für ihre Freunde. Außerdem wollte er wieder derjenige sein, für den er sich stets gehalten hatte, und nicht jemand, über den er eigentlich gar nichts wusste. Dieser Albtraum sollte endlich ein Ende haben.

Der Türriegel schnappte zurück, und die Tür öffnete sich knarrend. Drei Mwellrets traten ein und schlurften krumm und in ihre Roben verhüllt in die Mitte des Raums wie Schatten aus der Nacht. Keiner sagte ein Wort. Der letzte schloss die Tür hinter sich und drückte sich mit dem Rücken dagegen. Der zweite gesellte sich zu der anderen Wache, die an der gegenüberliegenden Wand saß. Der Anführer ging zu Bek, nahm die Kapuze ab und enthüllte sein Reptiliengesicht. Es war Cree Bega, der Mwellret, in dessen Hände Grianne seine Sicherheit gelegt hatte.

Cree Bega betrachtete den Jungen, ohne ein Wort zu sagen, mit harten, stechenden Augen. Bek versuchte, seinem Blick standzuhalten, aber das Starren des Mwellrets bereitete ihm Unbehagen. Schließlich sah er verlegen zur Seite.

Cree Bega streckte die Klauenfinger aus und entfernte den Knebel von Beks Mund. Er ließ das Tuch auf den Boden fallen und trat zurück. Zum ersten Mal seit Stunden konnte Bek frei atmen, allerdings roch er dabei auch die Mwellrets und ihren überwältigenden Kotgestank.

»Wer bisst du, Junge?«, zischte Cree Bega leise.

Er sprach abwesend, als erwarte er eigentlich keine Antwort, als handele es sich um eine Frage, die er einfach sich selbst stellte. In seiner Stimme schwang ein Zischen mit, das Bek schaudern ließ. Da er fürchtete, die Ereignisse würden von nun an nicht mehr nach dem Plan seiner Schwester verlaufen, versuchte er abermals, mit den Händen durch die Fesseln zu schlüpfen.

Doch Cree Bega bemerkte die Bewegung, ging auf ihn zu und stieß ihn seitlich zu Boden. Daraufhin zog er den Jungen wieder in eine sitzende Position hoch und rammte ihn gegen die Wand.

»Ess gibt keinen Ausweg für den kleinen Menschen«, wisperte er, »keinen Ausweg vor unss!«

Bek schmeckte Blut im Mund und schluckte es. Er schaute den

Mwellret unverwandt an. Cree Bega kniete sich langsam vor ihn, bis er mit dem Jungen auf Augenhöhe war.

»Denksst vielleicht, ssie kommt und rettet dich? Ilsse-Hexxe, sso mächtig, sso sstark, keine Angsst vor gar nichtss? Sssst! Dumme kleine Menschen bedeuten ihr nichtss. Ssie hat dich längsst vergesssen.«

Er beugte sich vor. »Retss ssind deine Freunde, kleiner Mensch. Nur Retss retten dich.« Seine kalten Augen funkelten. »Ssie denkt falsch über mich, hält mich für sso dumm wie dich? Ssie will, wass dort oben isst.« Er tippte Bek an den Kopf. »Ssie will immer nur dass, wass ssie gegen den Druiden verwenden kann.«

Mit toten Augen und einem ausdruckslosen Gesicht betrachtete er den Jungen eine Weile. »Aber wenn kleiner Mensch tut, wass ich will, lasssse ich ihn frei.«

Bek versuchte zu sprechen, was ihm nicht gelang. Er wollte sich bewegen, konnte jedoch nicht. Er hatte keine Stimme und war wie gelähmt, wurde durch den Blick seines Gegenübers und die Magie der Ilse-Hexe gefesselt. Furcht und Verzweiflung durchströmten ihn, und er gab sich alle Mühe, sich dies nicht an den Augen ansehen zu lassen. Dabei hatte er keinen Erfolg.

Cree Bega stand auf und trat ans Fenster, als sei er mit Bek fertig. Er schaute aus der offenen Luke in den Nachthimmel, dann wandte er sich den beiden Mwellrets zu, die wie Schatten an der Wand warteten. Bek beobachtete ihn wie ein Kaninchen die hungrige Schlange. Er konnte nichts tun, um seinen Hals aus der Schlinge zu ziehen. Er konnte nur gut aufpassen und warten und hoffen.

Einer der Mwellrets trat aus dem Schatten und kniete sich neben Bek. Langsam und bedächtig faltete er ein Lederfutteral auf, in dem eine Reihe Messer und scharfer Instrumente glitzerten. Er würdigte Bek keines Blicks, sondern breitete lediglich die Tasche mit ihren Schneidewerkzeugen aus, erhob sich wieder und zog sich zurück.

Innerlich krümmte sich Bek. Am liebsten hätte er um Hilfe geschrien, doch das hätte ihm auch nichts genützt. Erneut spannte er die Seile um seine Handgelenke, aber sie saßen genauso fest wie zuvor. Die Zeit lief ihm davon. Noch vor kurzem hatte er an seine Chance zur Flucht geglaubt, jetzt hatte er diesen Gedanken aufgegeben.

Cree Bega kam wieder zu Bek und ragte bedrohlich und dunkel vor ihm auf. »Denk genau nach, kleiner Mensch«, zischte er leise. »Ess gibt Wege, dich zzum Ssprechen zzu bringen, wenn du schweigsst. Retss kennen ssich damit auss. Sstelle unss nur auf die Probe. Ess wäre leichter für dich, wenn du unss ssagsst, wass wir wisssen wollen. Besssser für dich. Dann lasssen wir den kleinen Menschen frei.«

Er wartete einen Augenblick und sah Bek dabei unverwandt an. Bek starrte ins Leere, kämpfte gegen sein Entsetzen an und zwang sich, ruhig zu bleiben.

Schließlich stieß Cree Bega ihn mit dem Fuß an. »Ich komme bald zzurück, um deine Antwort zzu hören«, flüsterte er.

Ohne einen weiteren Blick drehte er sich um, verließ den Raum und war verschwunden. Die Tür schloss sich leise hinter ihm.

Bek hielt den Blick auf den Rand des Lichtkreises gerichtet, den die Kerze erzeugte, und versuchte, endlich zu entscheiden, was er tun sollte. Ohne Hilfe von außen konnte er sich nicht befreien. Andererseits würde diese Hilfe wohl kaum rechtzeitig eintreffen. Daher musste er dem Mwellret geben, was er verlangte. Aber wie sollte er das machen? Auch wenn er wollte, er konnte nicht sprechen. Erneut erforschte er Griannes Magie, denn vielleicht hatte er ja etwas übersehen. Alles, was ihm einfiel, probierte er aus, doch ohne Erfolg. Seine Stimme war weg.

Was blieb ihm also übrig? Er konnte schriftlich auf die Fragen des Mwellrets antworten, was ihn jedoch vermutlich trotzdem nicht retten würde. Cree Bega erweckte den Eindruck, als würde er die Antwort auf seine Fragen nicht nur mit Drohungen, sondern auch mit seiner hübschen Sammlung scharfer Klingen erpressen. Schließlich tat es nicht ihm weh, wenn er sicherging. Warum sollte er nicht prüfen, wie stimmlos der Junge wirklich war?

Zum ersten Mal, seit er die *Jerle Shannara* verlassen und sich ins

Landesinnere auf die Suche nach Castledown begeben hatte, bereute Bek, dass er den Phönixstein abgegeben hatte. Wenn er ihn selbst behalten hätte, wenn er ihn nicht Ahren Elessedil aufgedrängt hätte, böte sich ihm jetzt eine Fluchtmöglichkeit, obwohl er gefesselt war. Vielleicht hatte der König vom Silberfluss das so gewollt, weil er diese Lage vorausgesehen hatte. Vielleicht hatte er Bek den Stein geschenkt, damit er sich befreien konnte. Der Gedanke, dass er seine letzte Chance freiwillig verschenkt hatte, war zu viel für Bek, und sofort verscheuchte er ihn. Cree Bega hatte ihm den Knebel nicht wieder umgebunden, und so holte Bek rasch tief Luft, um sich zu beruhigen, doch noch immer klopfte sein Herz heftig. Abermals betrachtete er die Klingen vor sich, dann wandte er schnell den Blick ab. Er hatte Angst. Die Tränen standen ihm in den Augen, und er musste sich arg zusammenreißen, damit sie ihm nicht übers Gesicht rannen. Die Mwellret-Wachen würden es mitbekommen. Darauf lauerten sie ja nur. Sie würden es Cree Bega berichten, der ihn für noch schwächer als erwartet hielte. Und der Anführer der Mwellrets würde diese Tatsache gegen Bek einsetzen.

Erneut ging er eine nach der anderen seine Möglichkeiten durch, wie unwahrscheinlich sie auch sein mochten; nichts erschien durchführbar. Er würde Cree Bega die Antworten geben müssen, die dieser von ihm verlangte. Des Weiteren konnte er nur hoffen, sie schriftlich abgeben zu dürfen und nicht gefoltert zu werden in der Absicht herauszufinden, ob er vielleicht nur den Stummen spielte. Und er hoffte, dass sie ihn von seinen Fesseln und von der Kette befreien würden – entweder, weil sie selbst auf die Idee kamen, oder weil er es ihnen vorschlug –, damit er am Ende eventuell doch einen Weg zur Flucht fand. Dem Plan mangelte es nicht an Pathos, dafür jedoch an realistischen Chancen, aber ihm fiel einfach nichts anderes ein. Ansonsten hatte er keine Hoffnung mehr, also klammerte er sich an diese winzige Möglichkeit wie ein Ertrinkender an einen Strohhalm.

Das war nicht fair, dachte er. Nichts von alledem. So etwas hatte er hier nicht erwartet. Die Verheißungen hatten sich in nichts aufgelöst. Wieder traten ihm die Tränen in die Augen, und diesmal rannen sie ihm über die Wangen. Er senkte den Kopf, um sie im Schatten zu verbergen.

In diesem Moment öffnete sich die Tür erneut, der Riegel schnappte zurück, und die Angeln knarrten leise. Rasch sah er auf und erwartete Cree Bega. Aber es stand niemand im Türrahmen, er war ein schwarzes Loch zum Gang, wo kein Licht brannte.

Hatte dort nicht Licht gebrannt, als Cree Bega hinausgegangen war?, fragte sich Bek, plötzlich alarmiert.

Einen Augenblick standen die Wachen der Mwellrets wie erstarrt da. Dann zog der an der Tür ein kurzes Schwert unter dem Mantel hervor und schaute hinaus. Auf der Schwelle verharrte er und spähte in den Gang. Nichts geschah. Langsam und vorsichtig schloss er die Tür, wobei die Angeln erneut knarrten und der Riegel mit einem Schnappen einrastete.

Im nächsten Moment verlosch die Kerze vor Bek, und der Raum wurde in Dunkelheit getaucht, da durch die Luke kaum Licht einfiel. Irgendetwas bewegte sich schnell an Bek vorbei, wie er an einem kalten Windhauch spürte, der über seine Haut strich. Es verursachte kein Geräusch, während es auf den einen Mwellret zueilte, der angesichts der Wucht des Aufpralls grunzte und zu Boden ging. Die anderen beiden zischten warnend, dann waren sie in einen Kampf verwickelt und rannten durch den dunklen Raum zur anderen Wand. Bek erhaschte einen Blick auf ihren Gegner, eine große verhüllte Gestalt, die sich mit der Geschwindigkeit einer Moorkatze bewegte und erst den einen und dann den zweiten erledigte.

Bek starrte in die Düsternis. *Das kann nicht wahr sein.*

Der erste Ret hatte sich wieder erhoben und kam seinen Gefährten zu Hilfe, und im Mondstrahl blitzte seine Klinge kurz auf. Man hörte das Geräusch eines Zusammenstoßes und ein Grunzen. Sekunden später taumelte der Ret zurück, das Kurzschwert steckte in seiner Brust, und er schien darum zu ringen, sich auf den Beinen zu halten. Als er kurz darauf umkippte, hatte er sein Leben ausgehaucht, und es war so still im Lagerraum, dass Bek sein eigenes Atmen hören konnte.

»Was ist los, Junge?«, flüsterte ihm jemand ins Ohr. »Hast du ein Gespenst gesehen?«

Es war Truls Rohk. Bek erschrak so heftig beim kehligen Klang der Stimme, dass er beinahe gewürgt hätte. Der Gestaltwandler tauchte vor ihm aus der Dunkelheit auf, seine in Mantel und Kapuze gehüllte Gestalt zeichnete sich schemenhaft im Mondlicht ab. Sekunden später waren die Handfesseln durchgeschnitten. Und danach sprengte er die Kette mit einer dünnen Eisenstange. Bek war frei.

Truls Rohk zog ihn auf die Beine. »Nicht sprechen«, flüsterte er. »Solange wir noch auf dem Schiff sind.«

Sie betraten den dunklen Gang, der Gestaltwandler ging voraus. Trotz Steifheit und verkrampfter Muskeln blieb Bek dicht bei seinem Retter und konnte sein Glück nicht fassen. Sie hatten sich kaum ein Dutzend Schritte von dem Lagerraum entfernt, als dort ein heiserer Schrei laut wurde. Ohne einen Blick zurück setzte der Gestaltwandler seinen Weg durch den Gang fort. Der Junge vermutete, er habe eine der Treppen nach oben zum Ziel und war überrascht, als Truls Rohk genau das Gegenteil tat. Anstatt zum Hauptdeck hochzusteigen, bog Truls Rohk in einen Korridor ein, der als Sackgasse endete und zum hinteren Teil des Schiffes führte. Über ihnen hallten Stiefeltritte über das Deck und vermischten sich mit Schreien und Rufen. Die Mannschaft war erwacht, und wenn sie auch noch nicht nach ihnen suchte, so konnte das nicht mehr lange dauern.

Der Gang, den Truls Rohk gewählt hatte, endete nach ein paar Schritten vor einer schweren Holztür. Der Gestaltwandler stieß sie auf und zog Bek hindurch. Der Raum war dunkel, doch durch zwei offene Fenster fiel das Mondlicht herein und beschien dämmrig die Möbel einer Kabine. Im Bett erwachte ein Mann und sprang eilig auf, doch ein einziger Hieb von Truls Rohk warf ihn gegen die Wand, wo er bewusstlos zusammenbrach. »Aus dem Fenster«, zischte der Gestaltwandler Bek zu und schob ihn auf die offenen Luken zu.

Er selbst wandte sich der Tür zu, die gerade aufflog, und ein halbes Dutzend dunkler Gestalten wollte hereinrennen. Truls Rohk traf sie mit solcher Wucht, dass sie alle sechs zurück in den Gang segelten, stolperten und fluchten. Messer und Kurzschwerter blitzten auf, aber der Gestaltwandler wich den Klingen aus wie ein Gespenst, packte die offene Tür, knallte sie zu und rammte einen schweren Riegel in die Halterung.

»Los, raus!«, fauchte er Bek über die Schulter zu.

Von draußen warfen sich schwere Körper gegen die Tür, und große Klingen stocherten an dem Riegel herum und bohrten sich ins Holz. Bek stieg auf das leere Bett und schob ein Bein über die Fensterbank. Fast im selben Moment tauchte vor ihm eine dunkle Gestalt auf, die an einem Seil hing. Im Licht des Mondes sah Bek das Abzeichen der Föderation schimmern und trat dem Mann vor den Kopf, sodass er sich zur Seite drehte.

Hinter ihm splitterte die Tür und wurde eingedrückt. Erneut zögerte Bek.

»Los, raus!«, wiederholte Truls Rohk.

Bek schob sich durchs Fenster, während sich draußen eine weitere Gestalt an einem Seil von der Reling herunterließ und nach ihm griff. Er wich dem Angriff aus und warf sich kopfüber in die Bucht. Im dunklen Wasser unten tauchte er von dem Luftschiff fort, bis seine Lungen brannten. Erst dann kam er wieder hoch. Niemand war in Sicht. An Bord der *Schwarzen Moclips* war Kampflärm zu hören. Bek wartete einen Augenblick, ob Truls Rohk ihm wohl ins Wasser folgte, aber als er Boote mit Mwellrets sah, die heruntergelassen wurden, begann er wieder zu schwimmen. Er war ein guter Schwimmer, und er hatte weder Waffen noch Gepäck bei sich, die ihn behinderten. In geschmeidigen, lockeren Zügen hielt er auf das dunkle Ufer zu und erreichte es, ehe der Erste seiner Verfolger mit Rudern begonnen hatte. So leise er konnte, schlich er an Land, duckte sich hinter einem Baum und schaute zurück. Über das Wasser kamen die breiten, sperrigen Silhouetten der Boote auf ihn zu. Er suchte die dunklen Umrisse der *Schwarzen Moclips* nach Truls Rohk ab, konnte jedoch keine Spur von dem Gestaltwandler entdecken. Von Bord des Luftschiffes hörte man jetzt nur noch Stimmengemurmel, das über das Wasser zu ihm herübergetragen wurde. Unschlüssig, was er tun sollte, wartete Bek, während die Ruderboote näher kamen. Er war frei, doch wohin sollte er sich wenden? Ohne seine Magie und seine Waffen war es zwecklos, stehen zu bleiben und zu kämpfen. Aber wenn er floh, würden seine Verfolger ihn aufspüren und wieder einfangen. Er brauchte unbedingt die Hilfe des Gestaltwandlers.

Schließlich konnte er nicht mehr warten. Die Ruderboote hatten ihn fast erreicht. Er schlich so leise durch die Bäume, wie er konnte. Seine Verfolger würden im Dunkeln die Spuren nicht finden, also konnte er im Verlauf der Nacht einen Vorsprung herausschlagen. Am Morgen konnte er schon weit fort sein.

Aber in welche Richtung sollte er sich wenden?

Die Hoffnungslosigkeit seiner Situation überwältigte ihn, und einen Augenblick lang blieb er einfach stehen und starrte hinaus in die Dunkelheit. Er war frei, aber was konnte er mit dieser Freiheit anfangen? Sollte er nach weiteren Überlebenden der Schiffsmannschaft suchen, denn ein oder zwei hatte es vielleicht nicht erwischt? Sollte er nach Walker suchen und den Druiden vor Grianne warnen? Hatte er überhaupt Zeit genug, etwas anderes zu tun, als sich um sein eigenes Überleben zu kümmern?

»Was machst du denn?«, zischte Truls Rohk, der plötzlich wie aus dem Nichts neben ihm aufgetaucht war. Wasser rann von seinem nassen Mantel auf den Boden. »Wenn du noch lange wartest, finden sie dich bestimmt!«

Er nahm den verblüfften Bek am Arm und schob ihn vorwärts zwischen die Bäume. »Hast du geglaubt, ich würde nicht mehr kommen? Ein bisschen mehr Vertrauen, bitte, ja, Junge? Katzen sind nicht die Einzigen, die neun Leben haben.« Sein Mantel war zerrissen und blutverschmiert. In den Tiefen seiner Kapuze glänzten seine Augen. »Genug jetzt. Wir müssen deiner Schwester nach. Familientreffen sind ja immer interessant, aber dieses dürfte sogar noch ein wenig mehr zu bieten haben.« Er lachte rau und unangenehm. »Du versuchst, sie zu retten, und ich werde versuchen, sie zu töten. Einverstanden?«

Mit eisernem Griff packte er Bek Ohmsford erneut und zog ihn hinter sich durch die Nacht.

Dreiundzwanzig

Vom Ufer aus beobachtete Rue Meridian die *Schwarze Moclips* gemeinsam mit Hunter Predd und versuchte gerade zu entscheiden, wie sie weiter vorgehen sollte, als es an Bord des Luftschiffes mit der Stille vorbei war und Rufe und Kampflärm laut wurden. Der plötzliche Krach überraschte sie so sehr, dass sie die Orientierung verlor und zunächst nicht recht einzuordnen wusste, wo die Geräusche herrührten. Nachdem sie einen Blick mit dem Flugreiter gewechselt hatte, trat sie näher ans Wasser, als könne sie die Quelle der Störung so besser erkennen.

Um ihre Anstrengungen zu erschweren, schob sich eine breite Wolkenbank vor den Mond und tauchte Bucht und Luftschiff in Dunkelheit.

»Was ist denn da los?«, flüsterte sie verwirrt.

Dann hörte sie, wie Holz splitterte und eine Tür aus dem Rahmen gebrochen wurde. Diese Geräusche sind nicht zu verwechseln, dachte sie und warf Hunter Predd erneut einen Blick zu. Dann hörte man Wasser klatschen, als würde etwas über Bord gehen. Ein zweites Klatschen ertönte kurz darauf, und sie vernahmen, wie jemand im Wasser um sich schlug. Das alles klang, als würde gerade ein Fluchtversuch unternommen. Bei diesem Flüchtenden konnte es sich jedoch nur um einen Angehörigen der Mannschaft der *Jerle Shannara* handeln.

Sie lief am Ufer entlang und versuchte den Geräuschen zu folgen, die vom Luftschiff übers Wasser getragen wurden. Der Kampf an Bord war noch nicht beendet, und das Klirren der Klingen und die Rufe der Streitenden übertönten alles andere.

Endlich blieb sie stehen, kniete am Ufer im Schutz eines Felsvorsprungs und lauschte. Erneut hörte sie vom Wasser her Schwimmgeräusche, doch noch immer konnte sie die Richtung nicht genau erkennen. Der Kampf an Bord der *Schwarzen Moclips* war vorbei, und nun drangen verärgerte Rufe und schwere Stiefeltritte zu ihnen herüber. Für einen Moment tauchte der Mond zwischen den Wolken auf und gewährte ihr einen Blick auf das Deck des Luftschiffs, wo stämmige Gestalten in Mänteln hin und her huschten. Kurz darauf hatten sie Boote ins Wasser gelassen und stiegen hinunter, um sie zu bemannen.

Mwellrets, die jemanden verfolgen, dachte sie. Fragt sich bloß, wen?

Der Mond verkroch sich erneut hinter Wolken, und die Boote glitten durch die Dunkelheit auf das Ufer zu. Als die Rets dort ankamen, sprangen sie an Land und verschwanden im Dschungel. An Bord der *Schwarzen Moclips* kehrte langsam wieder Stille ein.

Hunter Predd beugte sich zu ihr herüber. »Da ist ihnen jemand entkommen.«

Sie nickte, lauschte weiterhin, beobachtete die Szene und dachte darüber nach, was das bedeuten mochte. Natürlich war das ihre Gelegenheit, glaubte sie. Aber wie konnte sie den Vorteil ausnutzen?

»Wie viele hast du in den Booten gezählt?«, fragte sie.

»Mehr als ein Dutzend. Fünfzehn wahrscheinlich. Mwellrets.«

»Vermutlich alle, wette ich. Alle, die noch übrig sind.« Sie dachte an die Toten an Bord der *Jerle Shannara*, die überall an Deck verstreut gelegen hatten, und Hawk mitten unter ihnen zwischen den Bruchstücken der Takelage, die der Sturm heruntergerissen hatte. Sie kniff die Augen zu, um das Bild zu verscheuchen, und rechnete kurz nach. Die *Schwarze Moclips* würde eine Mannschaft und eine Abteilung Soldaten haben, die insgesamt ungefähr fünfunddreißig

Mann umfassten. Zog man die Mwellrets und die zwei Föderationssoldaten ab, die an Bord der *Jerle Shannara* gefallen waren, blieb eine Mannschaft von ungefähr elf bis zwölf Leuten.

Hunter Predd stieß sie am Arm an. »Was überlegst du?«

Sie blickte ihn an. »Ich muss an Bord gehen.«

Er schüttelte den Kopf. »Das ist zu gefährlich.«

»Ich weiß. Aber wir müssen herausfinden, ob sie noch andere von uns gefangen haben. Eine bessere Gelegenheit bekommen wir nicht.«

Zweifel verzerrten sein wettergegerbtes Gesicht. »Du bist verletzt, Kleine Rote. Wenn es dort drüben zu einem Kampf kommt, steckst du in argen Schwierigkeiten.«

»Ich werde hinterher nicht behaupten, du hättest mich nicht gewarnt.« Sie schaute hinüber zum Luftschiff, das wie ein dunkler Schatten über dem Wasser schwebte. »Aber ich will mich nur ein bisschen umschauen.«

Der Flugreiter folgte ihrem Blick, antwortete jedoch nichts. Er zuckte mit den Schultern und starrte mit einer Konzentration in die Dunkelheit, die sie überraschte.

»Wie willst du denn hinübergelangen?«, fragte er schließlich.

»Schwimmen.«

Er nickte. »Das habe ich mir gedacht. Natürlich wird man jetzt, da jemand über Bord gesprungen ist und die Rets ihn verfolgen, kaum Zeit damit verschwenden, die Bucht weiterhin im Auge zu behalten.« Erneut sah er sie an. »Oder?«

Er versuchte, nicht ironisch zu klingen, allerdings hatte er sicherlich Recht. Eine oder mehrere Wachen würden nach allem Ausschau halten, das sich im Wasser bewegte. Vielleicht konnte sie hinübertauchen, doch das war ein ganz hübsches Stück, und sie war in der Tat noch nicht wieder zu vollen Kräften gelangt. Außerdem konnte sie nicht darauf bauen, dass der Mond hinter den Wolken bliebe. Wenn er zur falschen Zeit herauskam, würde sie so gut zu erkennen sein wie bei Tageslicht.

»Andererseits werden sie niemanden aus der Luft erwarten«, fügte er hinzu.

Sie starrte ihn an. »Obsidian? Geht das? Kannst du mich in der Takelage absetzen?«

Er zuckte mit den Schultern. »Eigentlich ist auch das zu gefährlich. Was hast du eigentlich genau vor?«

»Ich will mich nur ein bisschen umschauen, ob jemand von uns an Bord ist.« Er warf ihr einen eulenhaften, vorwurfsvollen Blick zu, und unwillkürlich musste sie grinsen. »Glaubst du mir etwa nicht?«

»Ich glaube, du erzählst mir genau das, von dem du denkst, ich wolle es hören. Aber ich kann Gesichter ziemlich gut deuten, und in deinem steht etwas geschrieben, das mir mehr verrät als deine Worte.« Er legte den Kopf schief. »Ganz gleich, ich gehe mit dir an Bord.«

»Nein.«

Er lachte leise. »Nein? Ich bewundere deinen Mut, aber dein Verstand lässt zu wünschen übrig. Ohne mich kommst du nicht hinüber, und ich bringe dich nicht hin, wenn ich nicht mit an Bord gehe. Also keine weiteren Debatten, Kleine Rote. Du brauchst jemanden, der dir den Rücken freihält, und falls irgendetwas schief geht, muss ich deinem Bruder wenigstens erzählen können, dass ich alles getan habe, was in meiner Macht stand, um dich zu beschützen.«

Sie starrte ihn kläglich an. »Mir gefällt es nicht, was du alles an Gedanken aus meinem Gesicht lesen kannst.«

Er nickte. »Nun, möglicherweise hilft es mir aber dabei, irgendwann einmal dein Leben zu retten. Man weiß nie.«

»Bring mich einfach nur heil hinüber«, sagte sie. »Das würde mir schon reichen.«

Sie warteten eine Weile ab, bis sich die Lage auf dem Luftschiff und vor allem die Mannschaft wieder beruhigt hatten, und überwachten in der Zwischenzeit ständig das Ufer, ob die Mwellrets zurückkamen. Rue Meridian glaubte, sie würden die ganze Nacht unterwegs sein und denjenigen verfolgen, der ihnen entkommen war, aber da sie in der Dunkelheit nicht genug erkennen konnten, wären sie gezwungen, bis zum Anbruch des Tages zu warten. Derweil fragte sie sich, wo die Ilse-Hexe wohl sei. Von ihr hatte sie keine Spur gesehen, nichts, was auf ihre Anwesenheit hindeutete. Wenn sie nicht an Bord war, jagte sie vielleicht im Landesinneren nach der Magie, die sie alle nach Castledown gelockt hatte. Wer wohl inzwischen im Besitz dieser Magie war? Hatte Walker sie gefunden? Stellte sie das dar, was er erwartet hatte? Leider hatte sie keine Möglichkeit, das zu erfahren, denn sie hatten keine Verbindung mit der Landetruppe, und das war ein weiterer guter Grund herauszufinden, ob sich auf der *Schwarzen Moclips* weitere Gefangene befanden.

»Wir sollten jetzt aufbrechen oder nie«, meinte Hunter Predd endlich.

Er legte seinen Mantel ab, überprüfte seine Waffen und erklärte ihr, dass Obsidian wie alle Rocks darauf abgerichtet war, seinen Flugreiter bei einem Rettungsversuch abzusetzen. Der Rock würde sie hinüber zum Luftschiff fliegen, und dort würden sie an einem Seil hinunterklettern, das am Geschirr des Vogels befestigt war, und in die Takelage steigen. Wenn sie das Schiff verlassen wollten, würde Obsidian sie wieder abholen.

»Das ist das Wichtigste«, verriet ihr Hunter Predd und holte einen kleinen silbernen Gegenstand hervor. »Eine Pfeife, die nur Rocks hören können, keine Menschen. Ansonsten brauchen wir nur sehr leise zu sein und uns nicht erwischen zu lassen, Kleine Rote.« Er grunzte. »Ein bisschen Glück könnte natürlich auch nicht schaden.«

Als sie so weit waren, rief er den Rock mit der Flöte. Obsidian kam von der Klippe herunter, segelte über die Bucht zu dem Felsvorsprung am Ufer, an dem sie zuvor vorbeigekommen waren. Im Augenblick war es dunkel, da der Mond sich zusammen mit den meisten Sternen hinter Wolken verkrochen hatte. Sie würden sich beeilen müssen, wenn sie die *Schwarze Moclips* erreichen wollten, ehe die Gestirne wieder hervorkamen.

Bevor sie am Morgen aufgebrochen waren, hatte Rue Meridian ihr langes rotes Haar geflochten und mit einem hellen bunten Bändchen zusammengebunden. Jetzt band sie den Zopf noch einmal fest, überprüfte die Dolche in ihrem Gürtel und ihrem Stiefel und schwang sich auf Obsidian. Hunter Predd nahm vor ihr Platz, sprach leise mit dem Rock, und sie hoben ab. Sie glitten himmelwärts ins Schwarz hinein und stiegen immer höher auf, bis die dunkle Silhouette des Luftschiffs mit dem Wasser verschmolz, sodass Rue Meridian sie nicht mehr erkennen konnte. Während sie immer noch versuchte, die *Schwarze Moclips* auszumachen, gab ihr Hunter Predd über die Schulter ein Zeichen, dass sie ihr Ziel erreicht hatten.

Sie glitten aus dem Sattel und hangelten sich zu dem Seil hinunter, einem dicken Tau aus rauem Hanf, das nun in die schwarze Tiefe fiel. Von hier oben sah die ganze Welt aus wie ein dunkles Loch, bis auf die Stellen, wo der Horizont zu erkennen war. Die Kleine Rote spürte, wie ihr Herz zu klopfen begann und sie ein flaues Gefühl im Magen bekam, als sie sich an dem Seil nach unten ließ. Sie konnte nichts sehen, nicht einmal Hunter Predd unter sich. Zwar spürte sie, wie sie hin und her baumelte, doch hätte sie nicht sagen können, ob sich Obsidian bewegte oder nicht. Hatten Rocks die Fähigkeit, an einer Stelle zu schweben? Für einen einzigen klaren Blick auf die Umgebung hätte sie alles gegeben, aber von hier aus war nichts zu erkennen.

Unter ihr herrschte Stille, sogar vom Flugreiter war nichts zu hören. Sie lauschte genau auf die Geräusche, die sie selbst verursachte, versuchte so leise wie möglich zu sein, aber die äußere Ruhe verstärkte nur das Gefühl von Einsamkeit und Hilflosigkeit.

Sie musste sich arg zusammenreißen, um nicht aufzuschreien, als sie das Ende des Seils erreichte und Hunter Predd verschwunden war. Dann packte eine Hand ihren Stiefel und zog sie in die Takelage der *Schwarzen Moclips*.

Sie hielt sich an Spieren und Leinen fest und ließ das Seil los. Augenblicklich war es verschwunden, und Obsidian mit ihm.

Sie hing also in der Takelage, und Hunter Predd befand sich so dicht bei ihr, dass sie seinen Atem hören konnte. Es dauerte einen Moment, bis sie die Orientierung wieder gefunden hatte. Nachdem sich ihre Augen an die Dunkelheit gewöhnt hatten, zog sie den Schluss, dass sie oben am hinteren Mast hingen und sanft mit dem langsamen Wogen des Luftschiffes schaukelten. Hier konnten sie auf keinen Fall bleiben, denn in der Sekunde, in der die Wolken aufbrachen, würden sich ihre Silhouetten deutlich vor dem Mondlicht abzeichnen.

Also zeigte sie nach unten und gab Hunter Predd durch Gesten zu verstehen, was zu tun war. Langsam und gemächlich suchte und fand sie die eisernen Sprossen am Mast, sie schmiegte sich eng an das Holz, um nicht gesehen zu werden, und begann den Abstieg. Das Klettern kostete viel Kraft und Zeit, mehr, als sie bei voller Gesundheit gebraucht hätte. Ihre Wunden schmerzten angesichts der körperlichen Anstrengung und der notwendigen Konzentration. Sie blickte hoch und sah Hunter Predd direkt über sich. Er bewegte sich geräuschlos und geschmeidig. Offensichtlich war er für diese Aufgabe besser geeignet.

Schließlich war sie weit genug nach unten vorgedrungen, sodass sie sich nach den Wachen umschauen konnte. Jeweils eine stand am Bug und am Heck – und der Gestalt nach handelte es sich um Soldaten der Föderation. In der Pilotenkanzel hielt sich niemand auf, doch ein dritter Mann schritt auf Deck zwischen den Pontons und den Masten hin und her. Sie erhaschte einen Blick auf seinen peitschendünnen Körper und sein hageres Gesicht, als er ins Sternenlicht trat, und überrascht zuckte sie zusammen. Den kannte sie doch? Sie glaubte schon. Erneut schaute sie zu Hunter Predd hoch und gab ihm ein Zeichen, hier auf sie zu warten.

Daraufhin stieg sie wieder ein Stück nach unten, ließ sich leise auf das Deck fallen und versteckte sich im Schatten eines Gestells für Waffen. Die Wachen schauten nicht einmal in ihre Richtung. Sie beobachtete den Mann in der Mitte eine Weile und wartete ab, bis er in ihre Nähe kam und ihr den Rücken zuwandte. Erst dann richtete sie sich auf und ging direkt auf ihn zu. Sie hatte ihn schon fast erreicht, ehe er ihre Anwesenheit spürte und sich umdrehte.

Doch schon hatte sie ihm den Dolch an die Kehle gesetzt, stand neben ihm und sah ihn sich an.

»Da schau einer an, Donell Brae«, sagte sie leise und fasste ihn mit der freien Hand fest am Arm. »Keinen Mucks, bitte. Und immer schön still bleiben.«

Sein zerfurchtes, wettergegerbtes Gesicht verzog sich zu einem breiten Grinsen. »Ich hab ihnen gesagt, es wäre eine schlechte Idee, dich auf deinem eigenen Schiff zu lassen, ob nun als Gefangene oder nicht.«

»Sie hätten besser auf dich hören sollen. Aber jetzt hörst du mir zu: Der Große Rote und ich haben uns die *Jerle Shannara* wieder zurückgeholt. Nur Hawk haben wir verloren, und ich suche jemanden, mit dem ich deswegen abrechnen kann. Ist sie hier?«

Er blinzelte. »Die Hexe? Sie ist an Land unterwegs und sucht nach dem Druiden.« Er warf ihr einen Blick aus den blassblauen Augen zu, die sie recht gut kannte. »Halte dich von ihr fern, Kleine Rote. Sie ist ziemliches Gift.«

Rue Meridian drückte die Klinge tiefer in seine Kehle, und er grunzte. »Was richtiges Gift ist, weiß sie noch nicht. Wer ist sonst an Bord? Hat Aden Kett das Kommando?«

Donell Brae nickte.

»Schlechte Wahl für euch beide.«

»Es ist nicht immer eine Frage der Wahl, Kleine Rote.«

»Stimmt auch wieder. Aber du stehst jetzt vor einer. Tu, was ich dir sage, und du bleibst am Leben.« Sie drückte den Dolch erneut in seinen Hals. »Ich habe dich immer ganz gern gemocht, Donell. Natürlich will ich unsere Freundschaft nicht auf unangenehme Weise beenden.«

Er schluckte. »Was willst du denn?«

»Wer ist außer dir an Bord?«

»So, wie du mir den Dolch an die Kehle drückst, schneide ich mich beim Reden.«

Sie setzte ihm den Dolch aufs Brustbein. »Lass die Hände, wo sie sind. Trägst du Waffen bei dir?«

Er senkte abermals den Kopf und schüttelte ihn. »Waffen konnte ich noch nie ausstehen. Ich bin Pilot, kein Soldat. Das Kämpfen überlasse ich anderen.«

Tatsächlich war er einer der besten Piloten der Föderation, die sie je kennen gelernt hatte. Über der prekkendorranischen Ebene waren sie gemeinsam geflogen. Er war zusammen mit Aden Kett in den Dienst eingetreten, und beide hatten damals als einfache Soldaten bei der Föderation angefangen. Jetzt war er Pilot und Kett Kommandant dieses Luftschiffs. Ihre Mannschaft hatte auf der *Fliegende Klage* Dienst getan, als Rue Meridian sich mit ihrem Bruder von der Föderation verabschiedet hatte. Das Oberkommando der Föderation hatte Brae und Kett die *Schwarze Moclips* vermutlich als Belohnung für ihre hervorragenden Leistungen übergeben. Damit hatte man eine gute Wahl getroffen. Aden Ketts Mannschaft gehörte zu den besten Leuten am Himmel.

Sie führte Donell Brae hinüber zu dem Mast, an dem Hunter Predd wartete. Der Flugreiter war heruntergeklettert, weil er sich so besser verbergen und gleichzeitig der Kleinen Roten den Rücken freihalten konnte. Die Wachposten an Heck und Bug hatten offensichtlich nichts bemerkt.

»Also, noch mal – wer ist an Bord?«, drängte sie den Piloten leise.

Er blickte stur vor sich hin. »Der Kommandant, ich und elf Leute von der Mannschaft. Dreizehn insgesamt. Anfangs waren wir fünfzehn, doch zwei wurden als Wache auf der *Jerle Shannara* gelassen. Wie ich annehme, sind sie tot, oder?«

Sie ging nicht weiter darauf ein. »Und nirgendwo Mwellrets in der Nähe?«

Er schüttelte den Kopf. »Die sind an Land gegangen und jagen den Jungen und denjenigen, der ihn befreit hat, wer auch immer das war.«

Ein Schauder durchlief sie. Dann blickte sie zu der dunklen Gestalt von Hunter Predd, der nahe genug war, um ihre Worte zu hören. »Unterhalten wir uns doch ein bisschen mit Aden Kett, Donell. Keine falschen Spielchen. Benimm dich anständig, und provozier mich nicht.«

Der Pilot wandte ihr das wettergegerbte Gesicht zu. »So dumm bin ich nicht, Kleine Rote. Ich habe gesehen, wie du mit diesen Messern umgehst.«

»Gut. Dann denk auch immer schön daran. Also, wo ist der Kommandant?«

Sie gingen die Treppe hinunter und folgten dem Gang zwischen den Frachträumen entlang. Die Kabine des Kommandanten lag am Heck auf der Backbordseite im Schutz der Pontons. Schweigend gingen sie den kurzen Korridor entlang bis zu der Kabine und blieben davor stehen. Mit dem Kopf bedeutete Rue Meridian Donell, er solle sprechen.

»Kommandant?«, rief er durch die Tür.

»Herein«, wurde sofort geantwortet.

Der Pilot zog den Riegel zurück, und rasch traten sie ein. Sie stieß die Tür mit dem Fuß hinter sich zu, packte Donell mit einer Hand am Arm und hielt in der anderen ihren Dolch zum Wurf bereit.

Zwei Kerzen erhellten die Dunkelheit. Aden Kett war allein, saß in seiner Koje und schrieb ins Logbuch, während er vor sich Karten ausgebreitet hatte. Als er aufsah, bemerkte sie die Blutergüsse in dem kräftigen, hübschen Gesicht und den Verband um seinen Kopf. Er wirkte nicht besonders überrascht.

Gemächlich legte er den Federhalter ab und schob die Karten zur Seite. »Die Kleine Rote.« Er warf Donell Brae einen Blick zu. »Ein Unglück kommt selten allein, nicht wahr?«

»Versuchst du gerade zu entscheiden, welchen Platz in dem großen Plan man dir eigentlich zugedacht hat?«, fragte sie und deutete auf die Karten.

Er schüttelte den Kopf. »Ich versuche lediglich, einen Kurs nach Hause zu finden, einen, den wir hoffentlich bald einschlagen werden.« Er zuckte mit den Schultern. »Ich darf doch noch träumen.«

»Kann ich dir so weit vertrauen, dass du nicht nach Hilfe schreist, während wir uns unterhalten?«, fragte sie und wog den Dolch bedrohlich in der Hand.

Müde nickte er. »Wen sollte ich schon rufen? Und warum? Die Rets und die Hexe sind an Land, und meine Mannschaft und ich sind wieder einmal allein im Dunkeln. Wir haben von dieser Sache die Nase voll.«

»Läuft nicht sehr gut, wie?« Sie schob Donell vorwärts, ließ ihre freie Hand weiterhin auf seinem Arm liegen und behielt die Tür in ihrem Rücken, damit sie im Notfall schnell hinauskonnte. »Du musst dich nach der guten alten Zeit sehnen, so übel sie auch war.«

Er lächelte, und damit kehrte ein wenig Leben in sein geschundenes Gesicht zurück. »Jedenfalls lagen die Dinge nicht so kompliziert.«

»Für dich jedenfalls. Was ist mit deinem Gesicht passiert?«

»Jemand hat sich an Bord geschlichen und den Jungen befreit, den wir gefangen hielten. Die beiden sind in meine Kabine eingedrungen. Ich bin aus meiner Koje gesprungen und wurde gleich wieder zurückgestoßen. Aber du selbst siehst auch ziemlich ramponiert aus.«

Sie erwiderte sein Lächeln. »Mir geht's schon wieder ganz gut. Es wird langsam. Glaub ja nicht, du könntest daraus einen Vorteil ziehen, Aden. Mit Waffen kannst du nicht besser umgehen als Donell.« Sie ließ die Warnung einen Moment im Raum stehen. »Also, erzähl mir von dem Jungen.«

Aden Kett zuckte mit den Schultern. »Ich weiß nichts über ihn. Es war eben ein Junge. Die Ilse-Hexe hat ihn hergebracht und befahl uns, ihn zu bewachen, bis sie zurück sei. Die Rets waren für ihn verantwortlich, demnach ist es ihr Problem, dass er entwischen konnte.«

»Beschreibe ihn. Ziemlich klein? Dunkles Haar? Ungewöhnlich blaue Augen? Kein Elf, oder? Hast du seinen Namen gehört?«

Wieder schüttelte ihr Gegenüber den Kopf. »Er hat kein Wort gesagt. Konnte nicht, möchte ich meinen. Aber es war der, den du beschrieben hast. Wer ist es?«

Darauf gab sie keine Antwort. Es musste Bek sein. Aber wieso konnte er nicht sprechen? Und wer hatte es geschafft, vor ihr an Bord zu kommen und ihn verschwinden zu lassen?

»Keine weiteren Gefangenen?«

»Keiner, von dem ich wüsste.« Der Föderationskommandant nahm die Karten von seinem Schoß und schwang ein Bein über die Kante seiner Koje, wobei er Acht gab, keine verdächtige Bewegung zu machen. Dann stand er auf, reckte den Rücken und die Arme und ließ sich dabei Zeit. »Ich sehe schon, heute Nacht bekomme ich keinen Schlaf. Was willst du, Kleine Rote?«

Sie entschied, es zu wagen. »Dein Schiff. Leihweise.«

Er richtete sich auf, strich sich das dunkle Haar glatt, verschränkte die Arme vor der Brust und sah sie nachdenklich an. »Leihweise?«

»Der Große Rote und ich haben uns die *Jerle Shannara* zurückgeholt, Aden. Aber Hawk hat es erwischt, und dafür muss jemand bezahlen. Das habe ich auch schon Donell erzählt. Die Hexe hat uns regelrecht ausgesetzt. Jetzt beabsichtige ich, das Gleiche mit euch zu machen. Wenn ich könnte, würde ich sie töten. Mir genügt es aber auch, sie einfach hier mit ihren Rets in der Falle sitzen zu lassen.«

Er nickte langsam. »Dazu willst du meine Hilfe?«

»Ich möchte nur, dass du mir nicht in die Quere kommst.« Sie hielt kurz inne und dachte nach. »Also gut. Du kannst mir ruhig helfen. Das ist vielleicht gar keine so schlechte Idee, vor allem, wenn man bedenkt, was diese Reise dich ansonsten vermutlich kosten wird. Doch selbst wenn du mir nicht helfen willst, solltest du dich wenigstens besser nicht einmischen. Die Kontrolle über die *Schwarze Moclips* liegt bereits in meiner Hand.«

Aden Kett blickte Donell Brae an, der daraufhin nur mit den Achseln zuckte. »Ich habe nur einen weiteren Mann gesehen.«

Sie lachte. »Du glaubst doch nicht, ich wäre nur mit einem einzigen Mann Verstärkung an Bord gekommen? Hältst du mich für wahnsinnig?«

»Manchmal schon«, meinte Kett. »Es gibt kaum ein Risiko, das du nicht eingehen würdest, Kleine Rote.« Er sah sie abschätzend an, und sie hielt seinem Blick stand. »Wie dem auch sei«, sagte er, »ich werde dir die *Schwarze Moclips* nicht einfach so übergeben, nur weil du mich lieb darum bittest.«

»Ich will sie mir nur leihen«, erinnerte sie ihn. »Nur so lange, bis ich meine Freunde gefunden und zur Küste gebracht habe. Danach erhältst du dein Schiff zurück, und niemand wird Schaden nehmen.«

»Die Hexe sieht die Sache vielleicht anders.«

»Die Hexe wird vermutlich nichts davon erfahren.«

Er grunzte. »Darauf würde ich mein Leben nicht verwetten. Lieber nicht.«

»Sag ihr, du hättest keine andere Wahl gehabt. Oder lass sie einfach hier und segele heim. Diese Auseinandersetzung ist sowieso nicht Sache der Föderation. Sie geht nur die Hexe und den Druiden etwas an. Niemanden von uns interessiert das eigentlich. Dem Großen Roten und mir geht es bloß ums Geld.«

Er hörte die Lüge aus ihrer Stimme heraus oder las sie ihr von den Augen ab; was, das wusste sie nicht zu sagen. »Es geht um etwas ganz anderes, Kleine Rote, nämlich darum, dass wir grundverschieden sind«, erwiderte er. »Du bist kein Soldat, du bist ein Söldner. Ich bin ein Frontoffizier. Von mir erwartet man, den Befehlen zu gehorchen, die man mir erteilt, und sie nicht meiner Laune entsprechend abzuwandeln. Außerdem erlaubt man mir nicht, mitten im Gefecht die Seiten zu wechseln. Das nennt man Fahnenflucht, wenn ich dich daran erinnern darf.«

Sie studierte stumm seine Miene und ließ seine Worte in der Stille nachklingen. Kurz schweifte sein Blick zu den Waffen, die an einem Haken hingen. »Falls du noch einmal in die Richtung guckst«, sagte sie rasch, woraufhin er ihr den Blick wieder zuwandte, »bringe ich dich um, ehe ich es mir ein zweites Mal überlegen kann.«

Sie spürte, wie Donell Brae zuckte, und sofort packte sie ihn wieder fester am Arm. »Wag es nicht«, warnte sie ihn.

Dann hörte man draußen im Gang plötzlich Schritte. Sofort wechselten Pilot und Kommandant einen Blick, dessen Bedeutung nicht zu verkennen war. »Kommandant«, rief eine tiefe Stimme vor der Tür.

Donell Brae fuhr herum und wollte Rue Meridian ergreifen, aber sie hatte sich bereits in Bewegung gesetzt. Sie schlug seinen erhobenen Arm zur Seite und versetzte ihm mit dem Knauf des Dolchs einen harten Hieb an die Schläfe. Während er zu Boden sackte, sprang sie über ihn hinweg und fing Aden Kett ab, der vergeblich seine Waffen zu erreichen suchte. Sie stieß ihn gegen das Bullauge und schlug ihn zu Boden. Wütend setzte sie sich rittlings auf ihn und drückte ihm den Dolch so fest an die Kehle, dass Blut hervortrat.

»Kommandant!« Laut und eindringlich klopfte es an der Tür.

»Es gibt nur einen einzigen Grund, warum ich dich nicht töte, weil du nämlich ein anständiger Kerl und ein guter Offizier bist, Aden.« Ihr Gesicht war seinem so nah, dass sie den Schreck in seinen dunklen Augen erkennen konnte. »Jetzt antworte ihm!«

Kett, der auf den Boden gedrückt wurde und nach Luft schnappte, schluckte. »Was gibt's denn?«, rief er in Richtung Tür.

»Die Rets sind auf dem Rückweg, Kommandant! Ein Boot hat gerade vom Ufer abgelegt! Ihr habt gesagt, man solle Euch Bescheid geben!«

Sie legte ihm die freie Hand über den Mund und zögerte. Die Situation entglitt ihr, und sie musste sofort etwas dagegen unternehmen. Zuerst hatten Donell Brae und Aden Kett versucht, sie zu überwältigen, und jetzt kamen die Mwellrets zu früh zum Schiff zurück. Weder das eine noch das andere hatte sie vorausgesehen, und diese Fehleinschätzungen drohten ihr Vorhaben scheitern zu lassen. Wenn sie nicht rasch handelte, würde ihr Plan zunichte gemacht. Gewiss durfte man es in der Tat als Wahnsinn bezeichnen, dieses Luftschiff mitsamt seiner ganzen Mannschaft übernehmen zu wollen, aber genau das hatte sie vor. Zu Beginn war es nur eine halb gare Idee gewesen, deren Umsetzung sie für undenkbar gehalten hatte. Inzwischen schätzte sie die Chancen etwas besser ein.

Sie nahm Kett die Hand vom Mund. »Sag ihm, er solle eintreten«, flüsterte sie.

Das tat er, und der Mann öffnete die Tür und kam herein. Als er sie sah, wie sie dem Kommandanten einen Dolch an die Kehle hielt, und dazu den Piloten bemerkte, der reglos auf dem Boden lag, erstarrte er.

»Kein Laut«, zischte sie dem Besatzungsmitglied zu und machte eine unmissverständliche Geste mit dem Dolch. Sie wartete, bis der Mann zustimmend nickte, und deutete dann auf Donell Brae. »Heb ihn auf. Rasch!«

Der Angesprochene kniete sich hin, legte sich den bewusstlosen Piloten über die Schulter und erhob sich wieder. »Geh den Gang entlang zu den Mannschaftsquartieren«, befahl sie. »Ich bin direkt hinter dir. Ein einziger Laut, eine falsche Bewegung, und dein Kommandant, dein Pilot und vermutlich auch du sind tote Leute. Sag's ihm, Aden.«

Aden Kett grunzte, da er spürte, wie sich die Dolchspitze in seine Haut grub. »Tu, was sie sagt.«

Sie verließen die Kabine und betraten den schwach erleuchteten Gang. Der Soldat trug Donell Brae, und Rue Meridian folgte ihm mit Aden Kett. Sie schlichen ohne einen Laut durch das untere Deck des Luftschiffes auf die Mannschaftsquartiere zu.

Vor der entsprechenden Tür angekommen, blieb sie stehen. Sie drehte Aden Kett um, damit er sie ansehen konnte. »Los, rein da, Aden«, befahl sie. »Du wartest da drin, bis ich komme und dich wieder herauslasse. Die Tür wird hinter dir abgeschlossen, und ich will, dass sie so bleibt. Wenn ich irgendein Geräusch höre, das mir nicht gefällt, setze ich das Schiff in Brand. Dann wirst du mit deiner Mannschaft im Wasser untergehen.« Sie sah ihn scharf an. »Wag es nicht, mich zu reizen.«

Er nickte, doch in seinen Augen zeigte sich Wut. »Du begehst einen Fehler, Kleine Rote. Die Ilse-Hexe ist weitaus gefährlicher, als du denkst.«

»Rein da.«

Sie öffnete die Tür, ließ sie eintreten, schloss sie wieder und warf den Riegel vor. Sie nahm sich noch einen Augenblick Zeit, um den Riegel mit einem Dolch festzukeilen, damit er nicht ausgehebelt werden konnte. Die Bullaugen des Raums waren nicht groß genug, um einen Mann durchschlüpfen zu lassen. Zumindest für den Moment saßen Kommandant und Besatzung der *Schwarzen Moclips* in der Falle.

Sie stieg die Stiege zum Hauptdeck hinauf, fand den letzten Wachposten am Heck und ging auf ihn zu. Natürlich würde er sie bemerken, sodass sie sich nicht ungesehen anschleichen konnte, aber das machte ihr nichts aus. Für Heimlichtuerei war keine Zeit. Hoffentlich war er der letzte Mann der Besatzung. Aus den Augenwinkeln sah sie das Boot und die großen Gestalten der Mwellrets, die rasch näher kamen. Ihr verwundetes Bein und ihre Seite taten beim Laufen weh, doch sie verdrängte den Schmerz und beschleunigte ihren Schritt.

Der Wachposten drehte sich um, da er sie kommen hörte, und hob die Waffe. Sie war zu langsam und noch zu weit entfernt!

Plötzlich sank der Mann auf Deck zusammen, und Hunter Predd trat hinter dem Hauptmast mit einer Schlinge in der Hand hervor.

»Ankerleinen los!«, rief sie und machte sich zur Pilotenkanzel auf.

Von dem Boot unten hörte sie gedämpft zischenden Protest. Sie erreichte die Kanzel, sprang ans Steuer und zog Ambientlicht aus dem einen Segel, das gesetzt war, damit die *Schwarze Moclips* ihre Höhe hielt. Das Luftschiff machte einen Satz. Hunter Predd schnitt die Ankerleine am Heck durch und eilte dann zum Bug, um das vordere Tau zu kappen.

Schneller!

Zweimal hob der Flugreiter das Schwert und schlug zu. Langsam und schwerfällig stieg die *Schwarze Moclips* in die Luft, die durchtrennten Ankertrossen rutschten vom Deck, Pfeile und Spieße prallten wie Hagelkörner gegen die Unterseite des Rumpfes. Das Boot blieb mit den wütenden und hilflosen Mwellrets unter ihnen zurück und verschwand in der Dunkelheit.

Sie schloss die Trennröhren und holte sich die Energie vom Ambientlicht. Das Schiff war ihr von früher her vertraut und reagierte gehorsam auf ihre Befehle. Allerdings barg es durchaus Gefahren, ein so großes Schiff allein zu steuern. Ohne Hilfe würde Rue Meridian es nicht lange handhaben können. Auch um das Dutzend Föderationssoldaten im Mannschaftsquartier unter Kontrolle zu halten, brauchte sie Unterstützung. Denn, so viel war ihr klar, über kurz oder lang würden Aden Kett und seine Männer sich aus ihrem Gefängnis befreien.

Sie bremste das Luftschiff ab, wendete es und steuerte landeinwärts in Richtung Castledown. Irgendwo vor ihnen jagte die Ilse-Hexe nach Walker, irgendwo dort lief Bek um sein Leben, und diejenigen von der *Jerle Shannara*, die bis jetzt durchgehalten hatten, warteten darauf, gerettet zu werden.

Und sie war momentan als Einzige in der Lage, ihnen zu helfen.

Sie sah, wie Hunter Predd auf sie zutrat, las die Frage von seinen dunklen Augen ab und schüttelte den Kopf.

Gern hätte sie ihm eine angenehmere Antwort gegeben. Auf jeden Fall setzte sie alles daran, diese möglichst schnell zu finden.

Vierundzwanzig

Quentin Leah lauschte so angespannt, dass er vor Schreck zusammenzuckte, als Tamis ihn warnend am Arm berührte.

»Er kommt«, flüsterte sie.

Da Ard Patrinell noch immer in diesem Wesen lebte, betrachtete sie den Wronk als Menschen – die mechanischen Teile spielten eine untergeordnete Rolle für sie, die Rüstung, die Drähte und das kalte, gefühllose Metall. Wichtig für sie war allein die Seele, die noch heil und ganz war, Ard Patrinells Gedanken dachte, Ard Patrinells Fähigkeiten gebrauchte und sie mit unerschütterlicher Entschlossenheit hetzte.

Auf ihre Warnung hin lauschte Quentin noch intensiver. Sosehr er sich allerdings auch Mühe gab, er konnte den Wronk nicht hören.

Im Dämmerlicht blickte er sie an. Ihr rundes Elfengesicht war verschwitzt, in ihrem kurzen braunen Haar hatten sich Schuttreste verfangen. Ihre Kleidung war zerrissen und blutig und verschmutzt. So, wie sie aussah, wirkte sie wie jemand, der gnadenlos gejagt wird, und das von einem Wesen, vor dem man so wenig davonlaufen kann wie vor dem Einbruch der Nacht.

Ein Spiegelbild von mir, dachte Quentin. Genauso stellte er sich sich selbst vor. So passten sie sicherlich hervorragend zusammen – zwei Flüchtlinge, die vor einem Schicksal davonliefen, dem sie nicht entkommen konnten und dem sich beide gezwungenermaßen stellen mussten.

Sie waren den ganzen Tag gelaufen, seit sie sich in der Dämmerung überlegt hatten, dass es einen Weg geben müsse, den Wronk zu töten. Im ganzen Wald um die Ruinen von Castledown hatten sie ihr Katz-und-Maus-Spiel getrieben, um dieser Kreatur ein Ende zu bereiten. Die Jagd führte einmal in diese, einmal in jene Richtung, sie war geprägt von Listen und Täuschungen, deren Umsetzung einerseits die richtigen Fähigkeiten, andererseits eine gute Prise reinen Glücks erforderte. Der Wronk war ein fürchterlicher Widersacher, der noch gefährlicher war, weil er von Ard Patrinells Denken gelenkt wurde. Manchmal verfolgte er sie in aller Offenheit und setzte seine Kraft und Ausdauer gegen sie ein. Dann wieder umrundete er sie, legte sich auf die Lauer und stürzte sich wie ein Raubvogel auf sie. Manchmal brach er die Verfolgung sogar ab und wartete, bis sie eine Pause einlegten und sich fragten, ob sie ihn abgeschüttelt hatten, während er sich in der Zwischenzeit von einer unerwarteten Seite anschlich. Oft stand er kurz davor, sie zu erwischen, doch jedes Mal gelang es ihnen mit Hilfe ihrer kombinierten Erfahrung und Gewandtheit, sich zu retten, wobei häufig auch jene Art von Glück mitspielte, die sich jeder logischen Erklärung entzieht.

Wobei es eher, so befand Quentin, dem Glück als der Erfahrung zu verdanken war, dass sie noch lebten.

Die Suche nach einer Fallgrube für den Wronk dauerte länger, als sie gehofft hatten. Sie dachten, die Rindge hätten viele dieser Fallen ausgehoben, um sich vor Antrax' Kreaturen zu schützen. Quentin und Tamis waren am Morgen aufgebrochen, um eine zu finden, und dabei hatten sie sich auf das Dorf von Obat zu bewegt, weil sie dort Gruben zu entdecken hofften, die der Sicherheit des Dorfes dienten. Aber der Wronk hatte zu rasch aufgeholt, weshalb sie ihre Suche in aller Eile durchführen mussten und aus diesem Grunde keinen Erfolg damit hatten. Der Wronk war nicht zu übersehen, wenn er in die Nähe kam, er war zu groß und zu schwer, um sich zu verbergen. Aber selbst wenn sie ihn nicht hörten, lauschten sie ständig und hielten Ausschau in alle Richtungen, weil er eben mit dem Scharfsinn und der Klugheit von Patrinell vorging und unablässig nach einer Möglichkeit forschte, sie zu überrumpeln.

Für Quentin Leah vollzog sich das Dasein mittlerweile nach seiner einfachsten Devise – nur der Beste überlebte. Er hatte sich in einen Kampf auf Leben und Tod verstrickt, von dem er geglaubt hatte, er würde nur anderen widerfahren. Seine Vorfreude auf das große Abenteuer und die wunderbaren Erlebnisse, das also, was ihn zu der Entscheidung gebracht hatte, sich dieser Expedition anzuschließen, hatte sich in nichts aufgelöst. Die Begeisterung, die er Bek gegenüber kundgetan hatte, die grenzenlosen Möglichkeiten, die er sich ausgemalt hatte, und das Selbstvertrauen, das ihn durch so viele schreckliche Begegnungen begleitet hatte, waren in Rauch aufgegangen. An Walker und seine Suche nach den Büchern der Magie verschwendete er kaum mehr einen Gedanken. Er dachte auch nicht mehr darüber nach, wie er die anderen einschließlich Bek zu retten vermochte. Geblieben war einzig und allein der fatalistische und verbissene Wille, den heutigen Tag zu überleben, dem Ding zu entwischen, das sie jagte, um am Ende vielleicht seine frühere Persönlichkeit und sein gewohntes Leben wieder zu finden.

Er hatte keine Ahnung, was in Tamis vorging, obwohl er schon so seine Vermutungen hegte. Natürlich trieben die Fährtenleserin ähnliche Bedürfnisse, allerdings gleichzeitig auch die Erinnerungen an und Gefühle für den Mann, in den sie verliebt gewesen war. Auch wenn sie Quentin etwas anderes vormachte und es sich auch selbst einredete, war ihm trotzdem klar, dass sie ihre Gefühle nicht einfach abschütteln und ihr Vorhaben nicht wirklich objektiv beurteilen konnte. Für Tamis ging es bei dem Kampf gegen den Wronk um mehr als das reine Überleben. Sie wollte Ard Patrinell erlösen und ihm den Frieden geben, der mit dem Tod verbunden war. Insofern betraf sie dieser Krieg viel persönlicher, und das alles trieb sie an die Grenzen der Vernunft.

Wenn auch nicht an die Grenzen ihrer Fähigkeiten, wie Quentin auffiel, denn die hatten beträchtliche Ausmaße. Sie war von Ard Patrinell persönlich zur Fährtenleserin ausgebildet worden, sie betrachtete ihre Arbeit mit Sachlichkeit, und sie war durchaus in der Lage, ein Spiel zu spielen, bei dem sie sich auch nicht den kleinsten Fehler erlauben durfte. Zudem wusste sie, was sie von der Seele zu erwarten hatte, die sie jagte, weil sie mit deren Denken und den Strukturen ihrer Logik vertraut war. So sah sie voraus, was der Wronk als Nächstes versuchen würde, und durchkreuzte seine Pläne. Gewiss besaß er größere Körperkraft, und falls sie ihm in die Hände fallen würde, blieb kaum ein Zweifel, wer den Kampf gewinnen würde. Aber Tamis war ein vollständiger Mensch, wohingegen der Wronk aus Fragmenten bestand und aus Einzelteilen zusammengestückelt war, die von Natur aus nicht zueinander gehörten. Das verlieh ihr einen Vorteil, den sie einfach ausnutzen musste, und genau das tat sie.

Wenn man so darüber nachdachte, was sie da eigentlich unternahmen, wirkte es schon eigenartig: Einerseits versuchten sie zu fliehen, andererseits sich zu wehren. So erweckte ihr Handeln einen leicht schizophrenen Eindruck, da ihre Strategie auf gegensätzlichen Prinzipien beruhte und dementsprechend mit widersprüchlichen Anforderungen verbunden war. Sie wollten fliehen und sich gleichzeitig der Gefahr stellen. Quentin blieb keine Zeit, diese Unvereinbarkeiten in aller Ruhe zu durchdenken. Innerlich verzehrte ihn das Wissen, dass das Ding, welches sie verfolgte, ihn töten und dennoch einen Teil von ihm leben lassen wollte. Es würde ihn in eine perfekte Kopie verwandeln, die fähig wäre, das Schwert von Leah zu schwingen, und doch nicht selbstständig handeln, sondern lediglich Antrax' Befehlen gehorchen konnte. Der Gedanke, zu einer solchen

Maschine wie Ard Patrinell zu werden, erschreckte und verstörte ihn, und er weigerte sich, dies ernsthaft zu erwägen. Allerdings vermittelte ihm sogar das eine bittere, wenn auch klare Vorstellung davon, weshalb Tamis so entschlossen war, Ard Patrinell zu retten.

Die Flucht führte sie durch die wilde Landschaft einer surrealen Unterwelt. Ständig hörten sie die Geräusche des Wronks, nur dann nicht, wenn ihr Verfolger sich wieder eine Überraschung für sie überlegt hatte. Sonne und Wolken wechselten sich am Himmel ab, die Schatten des Lichts hatten etwas flüchtig Fliehendes an sich wie die Schatten der Seele und gaukelten Dinge vor, die nicht vorhanden waren, aber vielleicht noch kommen würden. Schon beim Aufbruch waren sie erschöpft, und ihre Müdigkeit vertiefte sich immer mehr. Sie kamen an Orten vorbei, wo die Vegetation offensichtlich bei einem Kampf niedergetrampelt worden war. Sie fanden Überreste von Menschen, die am Tag zuvor getötet worden waren. Die meisten gehörten den Rindge an, und anhand der rötlichen Haut konnten sie die Leichen als Angehörige des Stammes identifizieren, auch wenn nur noch Einzelteile geblieben waren. Einmal stießen sie auf einen toten Elf, doch ließ sich nicht mehr erkennen, um wen es sich handelte. Blut war in den Boden gesickert, klebte an den Bäumen und trocknete in der Sonne zu schwarzen Flecken. Überall lagen Waffen und Kleidung verstreut. Stille und Trostlosigkeit umgaben diese Stätten, an denen die Blutbäder stattgefunden hatten.

Während sie sich dem Rindge-Dorf näherten, nahm die Zahl der Leichen zu. Es waren zu viele, die nicht alle von dem Trupp stammen konnten, mit dem sie aufgebrochen waren. Im Dorf selbst waren Hütten und Unterstände niedergerissen und verbrannt worden, die Menschen waren verschwunden. Sie entdeckten einige Tote, jene, die ihr Leben geopfert hatten, um anderen die Flucht zu ermöglichen. Dass ein einziges Wesen allein und ohne Hilfe eine derartige Verheerung anrichten konnte, erfüllte sie mit Grauen. Dass die Seele von Ard Patrinell einer der wichtigsten Teile dieses Wesens war und wusste, wie solcher Schaden herbeigeführt wurde, ohne jedoch etwas dagegen unternehmen zu können, brach ihnen das Herz. Tamis weinte nicht, als sie durch das Dorf gingen, aber Quentin sah die Tränen in ihren Augen glitzern.

Auf der anderen Seite der Siedlung, wo die Verwüstungen aufhörten, verweilten sie ein bisschen. Obats Volk war in die Berge geflohen. Der Wronk hatte das Interesse an ihnen verloren und sich in eine andere Richtung gewandt.

Quentin stand bei Tamis und betrachtete die Zerstörungen.

»Hast du dich auch wirklich nicht getäuscht?«, fragte sie ihn fast verzweifelt. Sie konnte nur mit Mühe sprechen. »War es wirklich Ard Patrinell, der dich aus diesem Wesen angesehen hat?«

Er nickte. Ihm fiel nichts ein, was er sagen könnte.

»So etwas hätte er niemals angerichtet, wenn er es hätte verhindern können«, erwiderte sie. »Lieber hätte er sich umgebracht. Er war ein guter Mann, Hochländer, vielleicht der Beste, den ich je kennen gelernt habe. Gütig und fürsorglich war er. Um jeden hat er sich gekümmert. Die Leibgarde hat er als seine Familie betrachtet, sich selbst als ihren Vater. Wenn neue Mitglieder zur Ausbildung eintrafen, versprach er ihnen, dass er alles für ihre Sicherheit tun würde. Bei Zusammenkünften erzählte er Geschichten und sang Lieder. Du hast ihn als einen schweigsamen, harten Mann erlebt, aber so wurde er erst nach dem Tod des Königs, an dem er sich persönlich die Schuld gab und den er sich nicht verzeihen konnte. Kylen Elessedil hat ihn aus politischen Gründen mit vorgespiegelten Fehlern seines Postens beraubt. Schlimm genug. Und jetzt nimmt ihm dieses Ungeheuer, dieser Antrax, die Macht über sein Handeln und missbraucht sein Wissen und sein Können, ohne dass sich Ard dagegen wehren kann.«

Es war die längste Rede, die er jemals von ihr gehört hatte, und nie zuvor hatte sie so viel über ihre Gefühle für den Mann, den sie liebte, preisgegeben.

Nun schaute sie verdrossen und niedergeschlagen zur Seite. »Kannst du dir vorstellen, wie schrecklich das für ihn ist?«

Ja, das konnte er. Schlimmer noch, er vermochte sich durchaus vorzustellen, wie ihm das Gleiche widerfuhr, was er noch viel schrecklicher fand. Seine Hand schloss sich um den Knauf seines Schwertes. Er trug es inzwischen nicht mehr in der Scheide, weil er sich nicht überraschen lassen und im Falle eines Angriffs bereit sein wollte. Das war nur wenig, aber immerhin etwas, um die Waagschale der Chancen zu seinen Gunsten zu bewegen. Eigenartigerweise tröstete ihn dies immerhin ein wenig.

Auf einem anderen Weg durchquerten sie nochmals das Dorf und suchten weiter nach diesen Gruben, die sich so schwer auffinden ließen. Die Sonne war in einem weiten Bogen über den Himmel gekrochen, der Tag trollte sich dahin, und die Nacht schlich heran und verhieß Angst und wachsende Ungewissheit. Ständig dachte Quentin daran, wie die Zeit verstrich, ständig erinnerte ihn dies daran, was auf dem Spiel stand.

Als sie das Dorf betreten hatten, war es still gewesen. Beim Verlassen hörten sie die Geräusche des Wronks aus der Ferne.

Tamis wandte sich blindwütig in die Richtung, ihr Kurzschwert glitzerte im Licht. »Vielleicht sollten wir uns ihm endlich stellen!«, zischte sie. »Vielleicht sollten wir endlich aufhören, diese Gruben zu suchen, die möglicherweise überhaupt nicht existieren!«

Zunächst setzte Quentin zu einer heftigen Entgegnung an, dann überlegte er es sich anders. Stattdessen schüttelte er den Kopf, und schließlich sagte er mit sanfter Stimme: »Es würde Patrinell nicht helfen, wenn wir unser Leben vergeuden.« Sie starrte ihn lange an, aber er hielt ihrem Blick stand. »Wir haben doch eine Vereinbarung getroffen. Halten wir uns daran.«

Also zogen sie weiter durch das nachmittägliche Land, ließen das Dorf hinter sich und hielten wieder auf Castledown zu, wobei sie einen Weg wählten, der selten benutzt wurde und aus diesem Grund fast vollständig überwuchert war. Hier gab es kein Zeichen von Leben. Während langsam die Dämmerung einsetzte, passierten sie ungefähr auf halbem Wege zwischen dem Dorf und der Ruine ein Stück offenes Gelände im Wald, wo sich der Boden wellte und hohes Gras wuchs. Im schwindenden Licht war es hier schon fast dunkel, weil sich ringsum Koniferen über dreißig Meter in die Höhe reckten und die Lichtung in alle Richtungen außer nach Süden hin umschlossen, wo sich eine Wiese mit wilden Blumen ausdehnte. Sie benutzten einen Pfad, der zur gegenüberliegenden Seite führte, als Tamis Quentin am Arm packte und auf eine Stelle zeigte, die sich, wie er fand, nicht von der restlichen Umgebung unterschied. Aufgeregt zerrte sie ihn dorthin, und dann erkannte er, worauf sie hinauswollte. Die Grube war mit einem erdfarbenen Tuch bedeckt und mit Ästen und Schösslingen, Sand, Staub, getrocknetem Gras und Schutt getarnt. Sie war so geschickt angelegt, dass sie sich kaum von ihrer Umgebung abhob. Solange man nicht genau davor stand und gezielt nach ihr suchte, würde man sie nicht bemerken.

Tamis hingegen hatte sie gesehen. Er blickte sie fragend an.

Sie grinste bescheiden. »Einfach Glück.«

Dann zeigte sie auf die eine Ecke. Er brauchte eine Weile, bis er erkannte, dass das Tuch sich dort durch die Tarnung vorgeschoben hatte und in die Höhe ragte. »Das müssen wir abdecken, dann ist die Grube wieder unsichtbar.«

»Oder wir bringen es zu einer anderen Stelle und lenken ihn damit von dieser Grube ab. Und verschaffen uns gleichzeitig einen Vorteil.« Er sah sie forschend an. »Was meinst du?«

Sie nickte langsam. »Patrinell wird die Grube entdecken, genauso wie ich.« Sie legte ihm die Hand auf die Schulter und drückte ihn. »Genau danach haben wir gesucht, Hochländer. Hier werden wir ihn erwarten.«

Sie schnitten das hervorschauende Stück Tuch ab und vergruben es an einer anderen Stelle, wobei sie eine Ecke herausragen ließen. Mit ein paar verstreuten Ästen und Gräsern erweckten sie den Eindruck, dass sich dort die getarnte Grube befinden könnte. Der Wronk würde bestimmt nach Fallen Ausschau halten, dazu würde ihn Patrinell mit seiner Erfahrung veranlassen. Wenn sie ihn auf diese Weise täuschten, konnten sie ihn vielleicht in die wirkliche Falle locken.

Es war ein Spiel mit dem Feuer. Doch eine andere Wahl hatten sie nicht.

Also warteten sie, während sich die Nacht über das Land senkte, lauschten auf das Knacken von Ästen und Zweigen und andere Hinweise, ob sich ihr Widersacher näherte. Sie hatten überlegt, ob sie Feuer anzünden sollten, um den Kampfplatz zu beleuchten, sich jedoch dagegen entschieden, weil die Dunkelheit ihnen mehr Vorteile versprach. Der Mond und die Sterne gingen auf und versteckten sich hinter einem Vorhang aus Wolken, doch genügte ihnen das schwache Licht. Sie hatten sich hinter der falschen Grube postiert, an der Stelle, von der aus sie die richtige, die zu ihrer Rechten lag, am besten erreichen konnten. Dort standen sie nun gemeinsam, aber sie würden ihre Position ändern, sobald der Wronk auftauchte. Ihren Plan hatten sie sorgsam ausgearbeitet. Jetzt brauchten sie ihn nur noch in die Tat umzusetzen.

Es würde funktionieren, redete sich Quentin ein. Es musste funktionieren.

Plötzlich hörte er deutlich die schweren Schritte des Wronks. Seine Haut begann zu kribbeln. Tamis stand gleich neben ihm und atmete leise. Beide hielten die Schwerter vor sich, die im Mondlicht glitzerten, als die Wolken über ihnen kurz aufrissen. Quentin dröhnte der Schädel, und sein Blut begann zu sieden, während die feurigen Funken der Magie sich vom Schwert von Leah lösten, als Antwort auf die Gefahr, die Quentin spürte. Er fühlte die Veränderung, die in seinem Körper vor sich ging, als er sich darauf vorbereitete, sich dieser Kraft zu überlassen. Eine Mischung aus Genugtuung und Furcht erfüllte ihn. Er würde sich verwandeln, und er wusste, was das bedeutete. Sobald die Magie in ihn eindrang, machte sich eine unaufhaltsame Wut in ihm breit, die jedoch leicht zu einer Gefahr für seine Seele werden konnte.

Ohne diese Wut bestand allerdings größte Gefahr für sein Leben. Ihm blieb also keine Wahl.

Fast anmutig betrat der Wronk die Lichtung. Obwohl sein Gesicht im schwachen Licht geisterhaft verschwommen wirkte, waren Form und Größe nicht zu verkennen. Quentin betrachtete das Ding mit Angst und Abscheu. Sofort bemerkte der Wronk ihn, erstarrte und drehte sich langsam von einer Seite zur anderen, als nehme er Witterung auf. Metall reflektierte das Sternenlicht und funkelte. Der Mond war hinter den Wolken verschwunden, die Nacht war dunkel und bedrückend. Innerhalb der schwarzen Mauer, welche die Bäume bildeten, herrschte absolute Stille.

Der Hochländer spürte, wie Tamis sich anspannte, derweil sie wartete, dass er losliefe. Sie hatten sich darauf geeinigt, er solle den Zeitpunkt bestimmen, da der Wronk vor allem hinter Quentin her war und er ihn deshalb am besten locken konnte. Der Plan war simpel. Sie würden vorgeben, das Ungeheuer in eine Richtung zu locken, weil sie wussten, dass es sich dann in die andere bewegen würde. In dem Wronk arbeitete Ard Patrinells Hirn, und dementsprechend würde sein Handeln von Patrinell vorgegeben. Jede List würde er erkennen und versuchen, sie zu durchkreuzen. Nur wenn Tamis und Quentin dieses Denken zu ihrem Vorteil ausnutzten, konnten sie den Wronk in die Grube locken. Gewiss, es handelte sich bestenfalls um einen armseligen Plan, doch leider hatten sie keinen besseren.

Der Wronk drehte sich erneut, abermals funkelten die Sterne auf seiner Metallhaut, Lichtpünktchen, die aufflammten und verloschen wie Glühwürmchen. Der schwere Körper machte einen Schritt nach vorn und zögerte erneut. Ard Patrinells Gesicht war für die beiden nicht zu erkennen, und so konnten sie sich einreden, bei dem Wronk handele es sich lediglich um eine Maschine. Vor seinem inneren Auge jedoch sah Quentin den gequälten Blick des Elfen in seinem Gefängnis – verzweifelt und um Befreiung flehend. Wenn der Hochländer nur gewusst hätte, wie er dieses Bild aus seinen Gedanken verbannen konnte, hätte er es getan, aber es erwies sich als so stark und einprägsam, dass es ihm nicht gelang. Denn schließlich zeigte es ihm nicht nur Patrinells fürchterliches Schicksal, sondern auch sein eigenes. Tamis wollte den Mann, den sie liebte, aus diesem Zustand eines lebenden Toten befreien. Quentin strebte vor allem danach, sich das gleiche Schicksal zu ersparen.

Ihm war heiß, und der Schweiß überzog in einer dünnen Schicht Gesicht und Arme. Abwesend fragte er sich, wie diese ganze Geschichte zu einem solchen Ende hatte führen können. Mit der Hoffnung auf unvergleichliche Erlebnisse, die sein Leben verändern würden, hatte er sich auf diese Reise eingelassen. Nach einem Abenteuer hatte er sich gesehnt, und einen Albtraum hatte er bekommen.

»Fertig?«, flüsterte er.

Tamis nickte mit grimmiger Miene. »Bitte, lass mich ihm nicht lebendig in die Hände fallen«, sagte sie plötzlich. »Versprich es mir.«

»Versprich mir das Gleiche.« Sein Herz klopfte.

»Ich habe ihn geliebt«, flüsterte sie so leise, dass er ihre Worte kaum verstehen konnte.

Quentin Leah holte tief Luft und riss sein Schwert in die Höhe.

Fünfundzwanzig

Bek Ohmsford folgte Truls Rohk ohne Widerspruch ins Landesinnere. Lange lief er hinter dem Gestaltwandler her, tief in den Wald hinein, und beschwerte sich nicht. Aber schließlich konnte er nicht mehr mithalten. Seine Kraft war verbraucht, und er brach unter einem riesigen Ahorn zusammen, setzte sich, ließ den Kopf zwischen den Knien hängen und versuchte schnaufend, wieder zu Atem zu kommen.

Der Gestaltwandler, ein verhüllter Schatten vor dem Hintergrund tiefster Nacht, wandte sich geräuschlos zu ihm um und kniete sich neben ihm hin. »Du hast es länger geschafft als die meisten anderen. Für einen Jungen deines Alters bist du richtig zäh.«

Sie starrten einander in der Dunkelheit an. Bek wollte etwas sagen, konnte jedoch nicht. Was immer Grianne ihm angetan hatte, die Flucht von der *Schwarzen Moclips* hatte daran nichts geändert. Noch immer hatte er keine Stimme. Er machte einige hilflose, vergebliche Gesten, doch sein Retter missdeutete sein Schweigen als Erschöpfung.

»Du hast mich für tot gehalten, oder?« Truls Rohk lachte leise. »Den Fehler hat schon mancher begangen.« Er hockte sich auf den Boden. »Diesmal hat allerdings nicht viel gefehlt. Die Hexe hat mich in eine Falle gelockt, und mit einem Caull hatte ich nicht gerechnet. Sie dagegen hat sich gedacht, dass ich umkehren und nach ihr Ausschau halten würde, und dabei hat sie den Caull an mir vorbeigelotst. Dann hatte ich es nur noch eilig, zu dir zurückzukehren, und leider habe ich nicht mehr genug Vorsicht walten lassen. Der Caull erwischte mich, als ich mich gerade bückte, um dein Messer aufzuheben. Er sprang von hinten auf mich los. Ich hatte ihn nicht einmal bemerkt.«

Er hielt kurz inne. »Aber du hast mich gerettet. Ohne es zu wissen. Weißt du das?«

Bek schüttelte verwirrt den Kopf.

»Nachdem ich aufgebrochen war, hattest du Besuch von den Gestaltwandlern, die in der Gegend wohnen.«

Bek nickte. Er hatte nicht vergessen, wie sie gerochen und sich angefühlt hatten, diese großen Gestalten mit dem borstigen Haar und den krächzenden Stimmen, die ihn an wilde Tiere erinnerten.

»Was du ihnen erzählt hast, machte sie neugierig. Also entschlossen sie sich, auf mich zu warten. Wenn sich ein richtiger Gestaltwandler versteckt, kann ihn niemand wahrnehmen. Auch nicht der Caull, der mir auflauerte. Er bemerkte nicht einmal ihre Anwesenheit. Als er mich angriff, fingen sie ihn aus der Luft, fesselten ihn mit Seilen, die er nicht durchreißen konnte, und schleppten ihn fort. Ehe sie mich verließen, sagten sie mir, dass ich meinen Platz in dieser Welt und mein Leben dir zu verdanken hätte. Was, denkst du, meinten sie damit?«

Bek erinnerte sich an die Gestaltwandler, die ihn über seine Beziehung zu Truls Rohk ausgefragt hatten und außerdem wissen wollten, was er über ihn dachte und ob er ihm die Treue halten würde. *Würdest du auch dein Leben für ihn geben? Ja, weil ich glaube, er würde dasselbe für mich tun.* Offensichtlich hatte seine Antwort ihnen gefallen.

Truls Rohk grunzte. »Jedenfalls schlief ich ein, nachdem sie gegangen waren. Geplant hatte ich das nicht gerade, aber ich konnte nicht anders. Es lag an ihren Stimmen. Als ich erwachte, machte ich mich auf die Suche nach dir. Die Hexe hatte ihre Spuren verwischt, und ich konnte sie nicht sofort finden. Aber das war nicht weiter schlimm. Ich war mir sicher, sie würde dich zur Bucht bringen. Dort fand ich das Luftschiff vor, das über dem Wasser schwebte. Die *Schwarze Moclips*, das Schiff der Hexe. Dein Geruch führte mich zu dir in den Frachtraum, wo man dich eingesperrt hatte. Anscheinend bin ich gerade noch rechtzeitig aufgetaucht, oder?«

Er wartete einen Augenblick lang, dann streckte er die Hand aus und packte Bek vorn am Hemd. »Was ist los mit dir, Junge? Warum sagst du nichts?«

Bek zerrte sich los und zeigte wütend auf seinen Hals. Daraufhin schlug er sich die Hand vor den Mund, um die Geste zu unterstreichen.

»Bist du verletzt?«, wollte der andere wissen. »Am Hals?«

Geduldig kritzelte Bek Worte mit einem Stock in den Boden. Der verhüllte Kopf beugte sich vor und las. »Du kannst nicht sprechen?« Bek schrieb weiter. »Die Hexe hat dir deine Stimme gestohlen? Mit Magie?«

Truls Rohk schwang sich auf die Fersen und stand auf. Er machte eine wegwerfende Bewegung. »Diese Art von Macht besitzt sie nicht über dich. Hat sie auch nie besessen. Was, meinst du, wollte dir der Druide einschärfen? Du bist ihr ebenbürtig, nur eben noch nicht ganz ausgebildet. Auch du besitzt die Gabe. Das habe ich sofort gemerkt, als wir uns vor Monaten im Wolfsktaag begegnet sind.«

Bek schüttelte heftig den Kopf und stieß verbittert einen stummen Schrei aus.

»Denk doch mal nach!«, fauchte ihn sein Gegenüber gereizt an. »Sie hat dich am Leben gelassen, weil sie herausfinden will, was du weißt. Würde sie deine Stimme zerstören, damit du nie wieder sprechen kannst? Hä? Nein, sie hat das getan, was sie am besten kann.

Sie treibt ein Spielchen mit deinem Verstand. Sie hat dich niedergeschlagen und lässt dich denken, was sie möchte. So wie bei einer Halluzination. Du kannst sprechen, wenn du willst. Mach schon. Gib dir ein bisschen Mühe.«

Bek starrte ihn ungläubig an und schüttelte den Kopf.

»Versuch es wenigstens, Junge.«

Ich habe es längst versucht! Er bewegte stumm und wütend die Lippen.

Truls Rohk stupste ihn hart an. »Noch mal.«

Bek taumelte nach hinten und richtete sich auf. *Hör auf!*

»Tu endlich, was ich sage! Versuch es noch mal!« Der Gestaltwandler stieß ihn ein zweites Mal, heftiger jetzt. »Versuch es, wenn du nur ein bisschen Rückgrat hast. Versuch es, wenn du dich nicht von mir verprügeln lassen willst!« Er schubste Bek so kräftig, dass dieser rücklings zu Boden ging. »Sag mir, ich soll damit aufhören! Mach schon!«

Rot vor Zorn griff Bek die verhüllte Gestalt an, aber Truls Rohk packte ihn hart und stieß ihn von sich fort. »Du hast Angst vor ihr, nicht wahr? Darum traust du dich nicht. Du hast einfach Angst. Gib es schon zu!«

Er drehte sich um. »Ich habe keine Verwendung für jemanden, der mir immer nur nachläuft wie ein Hund. Lass mich in Ruhe! Diese Sache erledige ich allein.«

Bek lief um ihn herum und stellte sich ihm in den Weg. *Hör auf! Ich begleite dich!*

»Dann sag es mir laut und deutlich!« Truls Rohks Stimme senkte sich zu einem gefährlichen Zischen. »Sag es mir, Junge!« Erneut stieß er Bek von sich. »Sag es mir, oder geh mir aus dem –«

Irgendetwas in Bek gab nach, irgendetwas schien in seinem Innersten zu zerreißen, und es fühlte sich an, als würde sein Fleisch zerfetzt. Dieses Etwas gab nach vor einer Mixtur aus Wut und Demütigung und Niedergeschlagenheit, die ihn erfasste wie ein angeschwollener Strom, der gegen einen für solche Wassermassen nicht ausgelegten Staudamm donnert. Seine Stimme explodierte in einem Urschrei solcher Wucht, dass es Truls Rohk von den Beinen und rücklings zu Boden warf. Dieser Schrei verbog Äste, strich das Gras platt und wirbelte Staub auf. Wie ein Hurrikan fuhr er durch die Stille des Waldes.

Bek sank schockiert auf die Knie, hustete den Rest dieses Lauts heraus und senkte die Stimme zu einem erschrockenen Flüstern.

Truls Rohk erhob sich mühsam und bürstete sich ab. »Schatten!«, murmelte er. Er streckte Bek die Hand entgegen und zog ihn auf die Beine. »Musste das sein?«

Bek konnte sein Lachen nicht zurückhalten. Es fühlte sich so wunderbar an, es wieder zu hören. »Du hattest Recht. Ich konnte die ganze Zeit sprechen.«

»Aber erst, nachdem ich dir ausreichend auf die Nerven gefallen bin.« In der Stimme des Gestaltwandlers schwang Ungeduld mit. »Lass dich nicht noch einmal so in die Irre führen.«

»Keine Angst, ganz bestimmt nicht.«

»Du kannst ihr durchaus das Wasser reichen, Junge.«

»Das werde ich bald selbst herausfinden, nicht wahr?«

Truls Rohk zuckte mit den Schultern. »Vielleicht solltest du sie mir überlassen.«

Plötzlich lief Bek ein Schauer der Erinnerung den Rücken hinunter. Unwillkürlich packte er den Gestaltwandler an der Schulter und fühlte Muskeln und Sehnen und Knorpel, die sich bewegten. »Was meinst du damit?«

»Was denkst du denn, dass ich meine?«

Bek wurde flau im Magen. »Tu es nicht, Truls. Töte sie nicht. Ich will es nicht. Gleichgültig, was geschieht. Versprich es mir.«

Sein Gegenüber lachte scharf und hohl. »Warum sollte ich dir das versprechen? Mich wollte sie schließlich auch einfach umbringen!«

»Sie ist nur genauso verwirrt wie ich. Man hat sie ihr Leben lang belogen und betrogen. Was sie glaubt, hat mit der Wahrheit nichts zu tun. Hat sie nicht die Chance verdient, das alles herauszufinden? Die gleiche Chance, die du mir gerade gegeben hast?«

Er ließ die Schulter seines Freundes nicht los und drückte sie, als wolle er das Zugeständnis aus ihm herausquetschen.

Aber Truls Rohk versuchte nicht einmal, sich dem Griff zu entwinden. Stattdessen schob er sich näher.

»Wenn jemand anderes als du es wagen würde, mich so anzufassen, würde ich ihn, ohne nachzudenken, umbringen.«

Sogar jetzt wich Bek nicht zurück, wagte nicht, sich zu bewegen, obwohl ihm eine Stimme in seinem Kopf zuschrie, er solle genau das tun. Er fühlte sich unglaublich klein und verletzlich. »Töte sie nicht. Um mehr bitte ich dich nicht.«

»Ha! Sollen wir sie vielleicht fragen, ob sie sich uns anschließen möchte, ihre bösen Taten vergessen, ihr die Vergangenheit verzeihen und so tun, als hätte sie kein Bündnis mit den Rets? Hast du das vor – sie zu überreden, dein Freund zu werden? Hast du es womöglich schon versucht?«

Der Kopf in der Kapuze beugte sich vor, und Bek hörte den unangenehm rasselnden Atem des Gestaltwandlers. »Jetzt werde mal langsam erwachsen, Junge. Das ist kein Spiel, bei dem man wieder von vorn anfangen kann, wenn man eine Runde verloren hat. Wenn du sie nicht tötest, wird sie dich umbringen. Kein Argument und keine Wahrheit werden daran etwas ändern. Ihr ganzes Leben hat sie mit Lügen und Halbwahrheiten verbracht, mit Täuschungen und Betrügereien. Überleg doch nur einmal, warum wir jetzt hier sind. Ihre einzige Absicht liegt darin, Walker zu töten. Wenn sie nicht schon längst Erfolg dabei hatte, wird sie ihr Glück auf jeden Fall bald versuchen. Wenn der Druide mich auch manchmal nervt und mir in meinem Leben viel Unglück gebracht hat, werde ich ihn ihr doch nicht einfach überlassen.«

Er streckte beide Hände aus und packte Bek. »Sie ist nicht mehr deine Schwester! Sie ist ein Werkzeug des Morgawrs! Sie ist ihre eigene dunkle Schöpfung, die so todbringend ist wie die Ungeheuer, die sie erschafft, diese Wesen aus einem Albtraum! Sie selbst ist ein Ungeheuer!«

Bek wurde still und starrte in die dunkle Leere der Kapuze. Es gab keinen Zweifel, was geschehen würde, wenn Truls Rohk seine Schwester fand. Der Gestaltwandler würde keinen Gedanken an andere Möglichkeiten verschwenden. Falls Bek ihm seine schlechte Meinung nicht sofort ausredete, würde Truls Rohk sie töten – oder selbst bei dem Versuch sterben.

Die Hände schlossen sich fester um seinen Arm. »Pass gut auf, was du sagst, Junge. Zwischen uns beiden bestehen riesige Unterschiede, und das weißt du sehr gut.«

Bek holte tief Atem. »Nein, davon weiß ich nichts. Für mich bist du genauso wie sie. Ihr beide versteckt, wer ihr in Wirklichkeit seid. Sie verbirgt sich hinter Lug und Trug, du hinter deinem Mantel und deiner Kapuze. Wie viel weiß man schon über dich oder über sie? Wie vieles, das niemand je sieht, bleibt im Dunkeln? Warum verdient sie den Tod und du das Leben?«

Truls Rohk hob ihn so mühelos wie ein Kind von den Füßen, und seine Wut hing spürbar im Schweigen zwischen ihnen. Einen Moment lang war sich Bek sicher, der Gestaltwandler würde ihn in den Boden rammen.

»Zeig mir dein Gesicht, wenn ich dir glauben soll«, sagte er.

»Ich habe dich gewarnt«, zischte der andere. »Ich habe dir gesagt, du sollst dieses Thema nie wieder ansprechen. Und nun warne ich dich zum letzten Mal.« Er hielt Bek wie eine Stoffpuppe. »Genug. Wir müssen los. Den Schrei, mit dem du deine Stimme zurückgeholt hast, konnte man noch in zwei Meilen Entfernung hören.«

»Zeig mir dein Gesicht. Eher brechen wir nicht auf.«

Der Gestaltwandler schüttelte ihn so heftig, dass Bek seine Gelenke knacken hörte. »Du würdest es nicht ertragen können!«

Bek schluckte und versteifte sich. »Wenn du kein Ungeheuer bist und wenn du nichts zu verbergen hast, zeig mir dein Gesicht.«

Truls Rohk knurrte wütend. »Mein Gesicht stellt nicht dar, wer ich wirklich bin!«

Er hob Bek noch höher in die Luft, über seinen Kopf, als wolle er ihn fortschleudern. Der Gestaltwandler besaß solche Kraft, solche Stärke! Der Junge schloss die Augen und hing in einem schwarzen Loch, lauschte auf seinen Herzschlag.

Dann wurde er langsam wieder auf dem Boden abgesetzt. Die

Hände ließen ihn los. Er schlug die Augen auf, und Truls Rohk ragte schwarz und unüberwindlich vor ihm auf. Um sie herum hatte sich im Wald eine bedrückte Stille breit gemacht, als würden sich die Bäume als unfreiwillige Zeugen des Schauspiels fühlen.

»Wenn du mich siehst, wenn du mich *wirklich* siehst, wird das alles zwischen uns ändern«, sagte Truls Rohk.

Er wirkte fast verzweifelt, so sehr bemühte er sich, die Meinung des Jungen zu ändern. Offensichtlich diente es eher der Absicht, ihre Beziehung als Beschützer und Schutzbedürftiger zu erhalten. Dahinter verbarg sich die Angst, ihre Freundschaft würde, ganz gleich, welche Ebene sie inzwischen erreicht hatte, an dieser Herausforderung zerbrechen. Bek begriff das sehr wohl, und trotzdem konnte er nicht zurück, nicht, wenn er Grianne retten wollte.

»Frag nicht noch einmal danach«, warnte Truls Rohk.

Bek schüttelte den Kopf. »Zeig mir dein Gesicht.«

»Also gut, Junge! Du willst wissen, wie ich aussehe, was ich immer vor allen verstecke? Dann schau es dir an! Schau dir an, was für ein Wesen meine Eltern erschaffen haben! Schau dir an, was ich wirklich bin!« Der Gestaltwandler sprach mit solcher Gehässigkeit, dass Bek erschrak.

Im nächsten Moment riss er sich den Mantel vom Leib und stand enthüllt da.

Zuerst sah Bek nur eine vage Silhouette vor einem düsteren Hintergrund; der Mond und die Sterne wurden von Wolken verdeckt, und so war es im Wald fast vollkommen finster. Truls Rohks Mantel lag auf dem Boden, der Gestaltwandler hatte sich hingehockt und wirkte wild und gefährlich. Doch wollte er weder fliehen noch angreifen, und die Zweige und Äste der Bäume wirkten gegen den fernen Himmel wie ein Spinnennetz.

Dann bemerkte Bek die ersten Bewegungen. Nein, Truls Rohk rührte sich nicht, sondern die dunkle Masse seines Körpers, als führe das Fleisch ein Eigenleben. Sein Leib wirkte, als bestünde er aus einer Flüssigkeit, als sei Truls Rohk ein Glas mit Wasser. Überrascht vermeinte Bek im ersten Moment, er sei einer Täuschung erlegen.

Er glaubte das noch immer, als Teile des Gestaltwandlers verschwanden und auf gespenstische Weise wieder erschienen.

Aber als der Mond zwischen den Wolken zum Vorschein kam und die Lichtung in milchige Helligkeit tauchte, verstand Bek. Truls Rohks Körper sah aus wie aus verschiedenen Teilen menschlichen Abfalls zusammengesetzt, wie etwas Halbgeformtes, Halbverrottetes, und alles bewegte sich einem Trugbild gleich, das vielleicht überhaupt nicht vorhanden war. Der fließende Eindruck entstand durch die ständige Veränderung von Fleisch und Knochen in Luft und Nebel. An Truls Rohk blieb nichts auch nur einen Moment lang beständig. Er war nur halb fertig, einiges von ihm war als menschlich zu erkennen, doch genügte das nicht, um ihn wirklich als Menschen zu bezeichnen. Etwas vergleichbar Schreckliches hatte Bek nie zuvor gesehen – und zwar nicht nur das Phänomen an sich, sondern auch das, was damit verbunden war. Es erinnerte an ein Grab, an Tod und Zerfall, an das, was den Körper erwartete, wenn er zu verfaulen begann. Es zeigte, wie es sein musste, wenn sich ein Körper auflöste. Unvorstellbare Schmerzen und unglaubliches Leid mussten damit verbunden sein. Es erinnerte Bek an einen Albtraum und an eine Kreatur aus einem solchen, deren Schauerlichkeit einen jeden aus dem Schlaf reißen würde. Es war unwirklich und hässlich. Es war eine Verleugnung jeglichen menschlichen Lebenskonzepts.

Bek sagte nichts, aber Truls Rohk las genug von seinem Gesicht ab. »Das passiert, wenn sich ein Gestaltwandler mit einem Menschen paart«, flüsterte er und konnte seinen Zorn kaum mehr beherrschen. »So etwas passiert, wenn Gesetze der Natur gebrochen werden. Ich habe dir gesagt, dass mein Vater mich töten wollte, nachdem er meine Mutter umgebracht hatte. Er tat es, nachdem sie ihm offenbart hatte, was er mit ihr gemacht hatte. Und nachdem er gesehen hatte, wozu ich geworden war. Weil er es einfach nicht aushielt. Er konnte mich nicht leben lassen. Wer hätte das schon gekonnt? Ich bin in diesem halb ausgeformten Körper gefangen und bestehe zum Teil aus Fleisch und Knochen und zum anderen aus den

Elementen der Natur – bloß ist beides nicht voll ausgebildet. Ich verwandele mich hin und her und sitze dazwischen in der Falle.«

Bek brachte kein Wort hervor. Stumm starrte er den Gestaltwandler an und versuchte sich vorzustellen, wie es sein musste, wenn man so war, aber es gelang ihm nicht. Truls Rohk lachte lustlos. »Jetzt möchtest du mich nicht mehr unbedingt anschauen, wie? Schade eigentlich. So sehe ich aus, Junge. Kraft und Stärke stehen mir in ausreichendem Maße zur Verfügung. Ich habe eine feste Erscheinung. Doch mir fehlt die Eigenschaft eines richtigen Gestaltwandlers, mich gleichmäßig anpassen zu können. Diese Wahrheit kann ich vor mir nicht verstecken. Deshalb lebe ich so abgesondert. Niemand hält es aus, mich anzusehen.«

Er trat einen Schritt vor, und unwillkürlich wich Bek zurück, während sich die Einzelteile seines Gegenübers unablässig veränderten und sich Knochen und Blutgefäße und Streifen zerrissenen Fleisches neben Luft und Wasser und Helligkeit und Dunkelheit zeigten. Ein Auge trat vor und verschwand wieder. Zähne funkelten an einem halb enthäuteten Schädel. An den Händen erschienen die Fingerknochen und die nackten Sehnen. Haar und Haut wuchsen nur stellenweise. Nichts schien irgendwie zusammenzuhalten, und doch stellte alles ein Ganzes dar, wenngleich dieses im nächsten Moment auseinander zu fallen drohte.

»Ha!« Truls Rohk wandte das entstellte Gesicht ab. »Du hattest Recht, Junge. Ich bin ein Ungeheuer. Bist du jetzt zufrieden?«

Er wollte sich gerade umdrehen, da sprang Bek vor, packte seinen Arm und hielt ihn fest.

»Du hast es selbst gesagt«, meinte er. »Dein Gesicht stellt nicht dar, wer du wirklich bist. Vielleicht erscheinst du wie ein Ungeheuer, aber du bist keines. Du bist mein Freund. Du hast mir das Leben gerettet. Doch nie hättest du mir freiwillig die Wahrheit über dich anvertraut. Die hast du verborgen gehalten, weil du dir selbst etwas vorgemacht hast. Ich möchte dich lieber so kennen, wie du bist, auch wenn es noch so schrecklich ist, als dass du die Wahrheit vor mir verbirgst.«

»Hübsche Worte«, knurrte der Gestaltwandler, riss sich jedoch nicht los.

»Es ist die Wahrheit, Truls Rohk. Ich weiß, du hasst dich selbst, weil du so bist, wie du bist, wegen deines Aussehens und wegen der Reaktion anderer darauf, wenn du es ihnen zeigst. Aber manchen Menschen muss man auch das Schlimmste über sich anvertrauen. Du musst mir glauben, dass es für mich keinen Unterschied ausmacht. Ich würde dich niemals nach deinem Aussehen beurteilen. Mir ist nur wichtig zu wissen, wer du bist, und wer du bist, steckt tief in dir. Die Gestaltwandler in den Bergen wussten das. Sie haben mich gefragt, welche Gefühle ich für dich hege, weil sie erfahren wollten, ob du mir wichtig bist. Ob Freundschaft zwischen uns besteht? Wie tief diese Freundschaft reicht? Ob ich glaube, dass es für dich einen Platz in dieser Welt gibt? Ob ich mein Leben für dich geben würde? Meine Antworten hatten nichts mit deinem Aussehen zu tun, sondern nur damit, wer du bist.«

»Und was hast du damit erreicht, dass ich dir zeige, was ich bin? Wem hilft das weiter?« Verbitterung und Misstrauen schwangen in den Worten des anderen mit. »Leider hilft die Wahrheit niemandem.«

Bek verstärkte seinen Griff und wagte den entscheidenden Schritt. »Begreifst du denn nicht? Die Wahrheit hilft uns allen. Die Chance zu überleben, welche die Gestaltwandler dir gaben, als sie dich vor dem Caull beschützten, musst du auch Grianne gewähren. Alle halten sie für ein Ungeheuer. Aber in Wahrheit ist sie keines. Sie braucht nur ein wenig Hilfe, damit es alle erkennen können. Jemand muss den Vorhang aus Lüge und Betrug zerreißen. Jemand muss an sie glauben, daran glauben, dass mehr in ihr steckt, als die anderen sehen wollen. Sie braucht einen Menschen, der für sie eintritt.«

Bek beugte sich vor. »Außer mir und dir gibt es niemanden. Wir sind ihre letzte Hoffnung.«

Nachdem er geendet hatte, folgte eine lange Pause, in der Zeit und Raum zu erstarren schienen, während sich der Junge und der Gestaltwandler, einer Mensch, einer ein anderes Wesen, anschauten. Alle Luft schien aus der Welt gewichen zu sein und hatte sie leer und stickig zurückgelassen. Bek wusste nicht, was er noch sagen oder tun sollte. Er wollte Truls Rohk nicht loslassen und hielt seinen Arm fest, als könne er ihn mit dieser Geste für seine Ansichten gewinnen.

»Du und ich«, sagte sein Gegenüber schließlich mit ungewohnt sanfter Stimme. »Aber vor allem du.«

Er befreite sich so rasch von Bek, dass dieser keine Zeit hatte, ihn daran zu hindern, den Mantel aufzuheben und überzustreifen, wodurch der Gestaltwandler wieder zu einer dunklen gesichtslosen Erscheinung wurde. Die sich ständig verändernden Teile, die halb ausgeformten Visionen verschwanden unter dem Stoff.

»Der Druide hat gut daran getan, dich mitzunehmen«, sagte er.

Bek erkannte seine Chance. »Ich habe einen Plan.«

Truls Rohk grunzte. »Wann hast du einmal keinen Plan gehabt? Du bist deiner Schwester nicht nur in einer Hinsicht ebenbürtig. Komm. Ich verspreche dir überhaupt nichts, was ich tun oder lassen werde, wenn ich sie erwische. Reden wir noch ein bisschen darüber. Aber wir dürfen keine Zeit mehr verlieren. Die Rets sind hinter uns her, und die Ruinenstadt wartet. Walker braucht uns.«

»Hör dir wenigstens an, was ich dir zu erzählen habe –«

»Später.« Der Gestaltwandler unterbrach ihn einfach. Daraufhin sagte er mit härterer Stimme: »Jetzt hörst du mir mal zu. Erwähne niemandem gegenüber, was hier geschehen ist. Weder mir gegenüber noch sonst jemandem. Niemals. Diese Sache ist ein für alle Mal erledigt.«

Damit drehte er sich um, stolzierte davon, und Bek musste laufen, um mitzuhalten.

Sechsundzwanzig

»Jetzt«, sagte Quentin Leah leise zu Tamis.

Sie bewegte sich von ihm fort, keineswegs überhastet oder mit äußerlichen Anzeichen des Aufruhrs, der sie innerlich aufwühlen musste, sondern so, als handele es sich bei diesem Aufeinandertreffen lediglich um ein ganz gewöhnliches, das sich nicht von anderen unterschied. Bedächtig ging sie nach vorn rechts, setzte sorgsam ihre Füße und nahm ihre Position ein. Sie hatten gewartet, bis sie sicher waren, dass der Wronk auch mitbekam, was sie machte. Das war nicht so einfach zu erkennen, aber jedenfalls blieb sie jetzt genau hinter einem Stück kahlem Boden stehen, das mit Ästen und Gras bedeckt war. Ein geübtes Auge würde darin eine gut getarnte Wronkgrube sehen. Die eigentliche Falle befand sich allerdings woanders.

Quentin veränderte seine Position nicht, während der Wronk sich Tamis zuwandte. Das Maschinenwesen beobachtete die Fährtenleserin genau, dann stürzte es plötzlich auf sie zu. Sie riss das Schwert zur Gegenwehr in die Höhe und nahm eine geduckte Verteidigungshaltung ein. Quentin wartete einen Augenblick lang ab, ehe er ebenfalls vortrat und das Schwert von Leah ins schwache Licht hob. Er spürte, wie sich die Magie regte, wie sie entlang der Klinge herablief und in seinen Arm eindrang. Er fühlte den feurigen Sturm, der seinen Körper erfasste, bitter und gleichzeitig süß. Dieser Rausch erfüllte ihn mit einem Gefühl der Macht. Übermut und ein Gefühl der Lebendigkeit machten sich in ihm breit. Er wollte diese Kraft benutzen. Obwohl er wusste, wie töricht dieses Verlangen war, so wünschte er es sich dennoch sehnlichst.

Der Wronk rumpelte durch die Nacht und näherte sich Tamis mit unerbittlicher Entschlossenheit. Die Fährtenleserin wich nicht zurück, wollte nicht klein beigeben, rief dem Ungeheuer Hohn und Spott entgegen. So hatten sie das nicht geplant. Sie sollte dem Wronk ausweichen und ihn auf Abstand halten, denn immerhin konnte er ja ihre List durchschauen, und genau so sah es im Augenblick aus. Quentin trat noch ein paar Schritte vor, wollte jedoch nicht weitergehen, weil er nicht zu großen Abstand zwischen sich und die im Dunkeln verborgene Falle bringen wollte. Unterdessen verspürte er einen erneuten Rausch der Magie, und plötzlich verzehrte ihn der Wunsch, die Magie im Kampf einzusetzen.

Ohne Vorwarnung wandte sich der Wronk ihm zu.

Diese Plötzlichkeit raubte ihm den Atem und ließ das Feuer seiner Magie erlöschen. In einem einzigen Moment änderte sich die Situation komplett. Der Wronk kam rasch auf ihn zu und hatte den Abstand zwischen ihnen fast schon überwunden, ehe Quentin sich von der Erstarrung erholte. Die Maschine donnerte über die Lichtung und bewegte sich viel schneller, als Quentin es von den vorherigen Begegnungen in Erinnerung hatte. Nun hob der Wronk das Schwert, das er in der menschlichen Hand hielt. Das Messer in der metallenen blitzte auf.

Tamis schrie, war jedoch zu weit entfernt, um einzugreifen. *Tu etwas!*

Im letzten Augenblick fiel ihm wieder ein, was er eigentlich tun sollte, und hastig sprang er dem Ungeheuer aus dem Weg. Die Klingen des Wronks sirrten durch die leere Luft, wo kurz zuvor noch Quentin gestanden hatte, so dicht an seinem Gesicht vorbei, dass er den Lufthauch spüren konnte. Er sprang die sechs Schritte nach rechts, die er im Vorhinein abgezählt hatte, fuhr herum und machte sich auf den Angriff gefasst. Der Wronk folgte ihm bereits. Unter dem Helm, der den Menschenkopf schützte, waren Ard Patrinells Züge unvermittelt schockierend deutlich zu erkennen.

Sieh nicht hin!, mahnte sich Quentin. *Hör nicht auf deine Gefühle!*

Tamis lief auf ihn zu, weil sie ihn in Gefahr glaubte und ihm helfen wollte. Er wandte sich nach rechts, während der Wronk ihm folgte. Das Maschinenwesen rechnete mit einem Zusammenprall – und seine Bewegung trug ihn genau über den Rand der versteckten

Grube hinweg. Die Tarnung gab nach, und der Wronk stürzte in einem Schauer von Erde und Ästen in die Tiefe. Einen Moment später war er in dem Loch verschwunden, als habe er nie existiert. Sie hörten ein Krachen, als er auf den Boden schlug, dann herrschte Stille.

Tamis rannte herbei und keuchte. Ihre Augen leuchteten überrascht und aufgeregt, als sie in das Loch spähte. »Das war ja gar nicht so schwer«, stellte sie ungläubig fest.

Ja, dachte Quentin, das war nicht so schwer. Er trat vorsichtig an den Rand der Grube und schaute hinein. Im Dunkeln war nichts zu erkennen. »Wir brauchen eine Fackel«, sagte er.

Sie suchte einen Ast, umwickelte ihn mit einem Streifen Stoff von der Grubentarnung, holte Zunder aus ihrer Tasche und schlug Funken. Währenddessen hörte Quentin, wie sich der Wronk unten bewegte.

»Beeil dich«, flüsterte er und bemühte sich, ruhig zu bleiben.

Sie hatten das Ungeheuer zwar in die Falle gelockt, doch ganz gewiss noch nicht getötet. Der Sturz allein hatte nicht genügt. Also waren weitere Maßnahmen notwendig, wenn sie ihren Widersacher ausschalten wollten. Ungeduldig wartete er auf Tamis, bis diese kam und die provisorische Fackel über die Grube hielt.

Der Feuerschein beleuchtete die nackten, glatten Wände der Grube bis nach unten, wo der Wronk fünf Meter tief in der Falle saß. Sie konnten gerade so sein staubiges Äußeres erkennen. Er war zerkratzt und verbeult, machte allerdings keineswegs einen zerstörten Eindruck. Weder der Sturz noch die spitzen Felsen unten, welche die Rindge auf dem Boden der Grube aufgestellt hatten, hatten ausreichend Schaden angerichtet.

Der Wronk richtete sich auf, packte nach Wurzeln, die aus dem Erdreich hingen, suchte nach Halt und grub dabei die Hände in die Erde.

Hektisch und entschlossen machten sich Quentin Leah und Tamis daran, ihn zu hindern, aus der Grube zu klettern. Sie warfen alles hinunter, was ihnen in die Finger fiel – Steine, Äste, alte Baumstümpfe, Erde und sogar einen riesigen Felsen, den sie mit vereinten Kräften in die Grube rollten. Mehrmals gelang es ihnen, den Wronk wieder zurück in die Grube zu stoßen, doch jedes Mal erhob er sich von neuem und begann zu klettern, gnadenlos und unerbittlich.

Sie setzten Feuer ein, warfen Unmengen von trockenem Holz hinunter und zündeten es mit einer Fackel an. Das Holz loderte heftig auf, und der Wronk schaffte es nicht, es auszutreten. Einige Augenblicke lang war er in einem flammenden Inferno gefangen, auf seiner Metallhaut spiegelten sich die Flammen, sodass es aussah, als würde ihr Gegner ebenfalls brennen. Von oben beobachteten sie, wie das Ungeheuer den menschlichen Arm zu schützen suchte, wie das Fleisch jedoch bald Blasen warf und in der Hitze verkohlte. Ard Patrinells entsetztes Gesicht schaute unter dem durchsichtigen Schutzschild hervor, und an den Augen konnten sie seine Gefühle ablesen, von denen sie doch überhaupt nichts wissen wollten. Quentin warf eilig mehr Holz in die Grube, schaute aber nicht mehr hinunter. Tamis kamen die Tränen.

Am Ende war auch dies vergebliche Mühe. Das Feuer loderte eine Zeit lang heftig, ehe es ausbrannte. Der Wronk begann, verkohlt und aschebedeckt und dennoch lebendig, wieder nach oben zu klettern.

Quentin wandte sich entsetzt ab. Die Rindge wären vermutlich besser auf diesen Fall vorbereitet gewesen. Sie hätten gewusst, was man mit einem Wronk anstellt, der in die Falle gegangen ist. Vermutlich hätten sie auch einfach mehr Helfer zur Verfügung gehabt. Leider waren keine Rindge in der Nähe. Er war mit Tamis ganz allein.

»So geht es nicht!«, schrie ihm die Fährtenleserin zu.

Ohne seine Antwort abzuwarten, rannte sie zwischen die Bäume. Einen Augenblick lang dachte er, sie habe ihn einfach im Stich gelassen. Er starrte hinunter in die Grube, wo das letzte Holz gerade zu Asche verbrannte und der Wronk sich ein Loch nach dem anderen in die Wand grub, um nach oben zu steigen.

Dann kehrte Tamis zurück, zog einen riesigen Ast hinter sich her, der fast drei Meter lang war und an dem sich so gut wie keine kleineren Zweige mehr befanden.

»Damit stoßen wir ihn zurück, sobald er nach oben klettern will!«, rief sie. »Hilf mir!«

Er eilte zu ihr, und gemeinsam schleppten sie den Ast zur Grube, packten das dünnere Ende und benutzten ihn wie eine Ramme, um auf den Wronk einzuhämmern. Grunzend und schnaufend donnerten sie ihre behelfsmäßige Waffe gegen den Metallkörper und stießen ihn nach unten. Wieder und wieder hielten sie ihn davon ab, nach oben zu steigen, doch gelang es ihnen nicht, ihn zu beschädigen oder gar zu zerstören. Jedes Mal erhob sich der Wronk von neuem und machte sich daran, nach oben zu klettern. Auf diese Weise setzte sich der Kampf fort, ohne dass eine Seite einen Vorteil errang. Am Ende jedoch, das wurde Quentin bald klar, würden er und Tamis den Kürzeren ziehen, weil sie früher als der Wronk erschöpft sein würden. Daher mussten sie eine Möglichkeit finden, wie sie diese Auseinandersetzung für sich entscheiden konnten. Leider fiel ihm nichts ein, was nicht erfordert hätte, sich dem Widersacher dicht anzunähern, und das war natürlich unvorstellbar.

Dann begingen sie einen Fehler. Sie ließen das Ende des Astes zu weit in die Grube ragen, während sie sich auf den nächsten Stoß vorbereiteten, und der Wronk ließ die Waffen fallen und packte das Holz mit beiden Händen. Sein riesiges Gewicht zwang sie, den Ast loszulassen. Nun hatte das Maschinenwesen eine Art Leiter, an der es hinaufklettern konnte, doch zuvor sammelte es noch seine Waffen ein.

Quentin und Tamis schauten hilflos zu. »Wir müssen hier weg!«, flüsterte er.

»Nein!«, schrie sie ihn an. Ihr staubbedecktes, verschwitztes Gesicht war von Wut und Niedergeschlagenheit verzerrt. »Du hast es mir versprochen!«

»Wir kommen allein nicht gegen ihn an!«

»Wir müssen aber! Sonst mache ich es alleine!« Sie hob Erdklumpen auf und warf sie nach dem Wronk und schrie das Maschinenwesen an. Dann plötzlich lief sie davon und suchte nach einer neuen Ramme, um das Ungeheuer zurückzustoßen. Quentin blieb bei der

Grube und wartete auf sie. Der Wronk war schon halb heraus. Sobald er den Rand erreichte, würde der Hochländer versuchen, ihn wieder zurückzustoßen. Seine Hände schlossen sich fest um das Schwert von Leah. Er spürte die Kraft, die ihn durchrann, die in seinem Blut sang, ihn übermütig machte und die Sorgen zerstreute. Er beobachtete, wie die Magie an der Klinge auf und ab lief und dabei hell flackerte.

Der Wronk in der Grube konnte die Magie ebenfalls sehen. In Ard Patrinells verzweifelten, gehetzten Augen ließ sich erkennen, dass er wusste, was sie bedeutete.

Dann kehrte Tamis zurück und schleppte einen weiteren großen Ast heran, der nur etwas kürzer und dünner als der erste war. Er half ihr, und gemeinsam versuchten sie, den Wronk von seiner Leiter zu stoßen.

Aber diesmal war der Wronk darauf vorbereitet. Er riss ihnen die neue Ramme aus den Händen, ehe sie richtig zustoßen konnten, packte sie mit einer Hand, schwang sie zu einem wuchtigen Hieb und traf die beiden. Quentin ließ das Schwert von Leah fallen und verlor es in der Dunkelheit. Er sank auf dem Boden zusammen, seine Brust pochte vor Schmerz, und er bekam keine Luft mehr.

Einen Augenblick später war er wieder auf den Beinen und suchte verzweifelt nach seiner Waffe, ihrer einzigen Hoffnung. Bald hatte er sie gefunden, doch als er sie wieder in den Händen hielt, war der Wronk aus der Grube gestiegen und ging auf Tamis los, die sich ihm trotzig in den Weg gestellt hatte.

»Tamis, lauf!«, rief Quentin.

Stattdessen griff sie an, warf sich voller Wut auf den Wronk und stieß ihn sogar nach hinten, dann bohrte sie ihr Kurzschwert in den verkohlten menschlichen Arm, packte mit der anderen Hand den metallenen und hielt das lange Messer und den Schild von sich fern.

Quentin zögerte nicht. Wie besessen sprang er auf die beiden zu und stieß den Schlachtruf des Hochlands aus: »Leah! Leah!« Er versuchte, Tamis zur Seite zu stoßen, während er gleichzeitig den Wronk angriff. Bei beidem hatte er keinen Erfolg. Daraufhin trat er zurück und schwang das Schwert von Leah mit solcher Rage, dass er dem Wronk den menschlichen Arm abhackte. Die Gliedmaße, in der noch Tamis' Kurzschwert steckte, fiel zu Boden, und aus der Wunde spritzte Blut. Schock und Unglauben zeigten sich auf Ard Patrinells Gesicht, sein Mund verzog sich zu einem unhörbaren Schrei. Voller Entsetzen begriff Quentin, dass der Elf noch immer Schmerzen empfinden konnte.

Erneut brodelte der Hass in ihm auf für das, was man Patrinell angetan hatte. Niemand hatte es verdient, so sehr zu leiden. Quentin verlor vollkommen die Beherrschung und hieb gnadenlos auf den Metallkörper ein. Mit seinen kräftigen Schlägen musste er doch einen verwundbaren Punkt treffen. Im Dunkeln ließ sich das jedoch kaum erkennen.

Tamis kreischte und umklammerte den Kopf mit dem Helm, setzte ihre bloßen Hände und ihr Messer ein und scherte sich nicht mehr um den Metallarm und das lange Messer, mit dem der Wronk ihr fürchterliche Schnittwunden beibrachte. Quentin sah die Klinge aufblitzen und hörte den Schmerzenslaut der Fährtenleserin. Er verdoppelte seine Anstrengungen, griff mit dem Schwert die Metallhand an, bis er das Kugelgelenk zertrümmert hatte und die Waffe aus den nutzlosen Fingern fiel.

Da jetzt seine beiden Arme zerstört waren, wich der Wronk zurück und wollte Tamis abschütteln. Solange die Fährtenleserin an ihm hing, konnte er sich nicht richtig verteidigen. Quentin nutzte den Vorteil aus und hackte auf die Beingelenke ein, doch wollte scheinbar eine Ewigkeit vergehen, ehe er es geschafft hatte, den rechten Knöchel zu zertrümmern. Der Wronk ging auf die Knie. Tamis sank ebenfalls zu Boden und gab Patrinells Kopf frei. Quentin hämmerte nun unerbittlich auf den Schutzschild ein. Durch und durch war er von der Magie des Schwertes erfüllt, in seinen Ohren dröhnte ihr wildes Summen. Er fühlte nur noch ihre rohe Kraft und konnte sich auf nichts anderes mehr als seinen verzweifelten Drang zu töten konzentrieren.

Tamis wälzte sich zur Seite, stemmte sich auf Hände und Knie hoch und ließ den Kopf zwischen den Schultern hängen. Erneut griff Quentin die Beine des Wronks an, Hieb um Hieb, bis auch das linke Bein nachgab.

Daraufhin trat er erschöpft und überwältigt zurück. Der Wronk lag ausgestreckt auf dem Boden, die Glieder waren zerschmettert, der Torso verbeult, und sogar der scheinbar undurchdringliche Gesichtsschild wies Risse auf. Drähte und Kabel waren durchtrennt, an ihren Enden sprühte es Funken. Die Tafel mit Lichtern auf der Brust blinkte rot zur Warnung. Der Wronk konnte sich nicht mehr erheben und nicht mehr kämpfen, und so zitterte er unkontrollierbar, die Stümpfe der abgehackten Gliedmaßen zuckten. Quentin betrachtete ihn benommen, und der Rausch der Magie ließ langsam nach. Er schaute an sich herab und stellte verwundert fest, dass er noch heil und ganz war.

»Bring es zu Ende!«, fauchte ihn Tamis von der Seite an und schlang die Arme um ihren blutenden Körper. »Halte dein Versprechen, Hochländer!«

Quentin wusste nicht, ob er die Kraft dazu hatte. Er fasste sein Schwert fester und trat an den Wronk heran. Patrinell starrte ihn an und suchte seinen Blick. Er weinte, und Schmerz und Schock fanden in den Tränen ihren Ausdruck. Er flehte um Hilfe. Quentin konnte es nicht mehr ertragen. Abscheu und Entsetzen drohten ihn zu überwältigen.

Rasch und mit wilder Zielstrebigkeit ließ er das Schwert von Leah niedersausen. Mit zwei schnellen Hieben zerschmetterte er den Schutzschild, dann hackte er auf Ard Patrinells Gesicht ein, bis davon nichts mehr zu erkennen war.

Schließlich ließ er das Schwert sinken und taumelte nach hinten. Der Wronk bewegte sich nicht mehr, nur einige Lichter blinkten noch auf der Brust. Dann zuckte ein Armstumpf. Mit Tränen in den Augen schlug Quentin wieder und wieder zu und zerhackte Körper und Glieder, bis nur noch Metallschrott und Fleischfetzen blieben.

Er hätte noch lange nicht aufgehört, wenn er nicht aus den Augenwinkeln gesehen hätte, wie Tamis zusammensackte. Er versagte sich der Magie wie einer Sucht, der er für immer abschwören musste, spürte, dass er nahe daran gewesen war, sich selbst zu verlieren, ließ das Schwert fallen und ging zu ihr hinüber. Neben ihr kniete er sich hin, drehte sie vorsichtig um und bettete ihren Kopf und ihre Schultern in seinen Schoß.

Sie starrte zu ihm hoch. »Hast du es geschafft? Ist er frei?«

Er nickte, seine Kehle war wie zusammengeschnürt. Die Vorderseite ihres Gewandes war über und über mit Blut besudelt.

»Wo auch immer ich jetzt hingehe, ich werde ihn dort treffen«, flüsterte sie. Blutiger Schaum trat auf ihre Lippen.

Er berührte ihre Wange mit zitternden Fingern. »Tamis, nein.«

»Mir ist so kalt«, hauchte sie.

Dann brach ihr Blick, und sie atmete nicht mehr. Trotzdem hielt Quentin sie noch lange Zeit im Arm. Er redete auf sie ein, obwohl sie ihn nicht mehr hören konnte. Er sagte ihr, dass sie bekommen sollte, was sie sich wünschte, ja, sie würde Ard Patrinell bekommen, sie habe es verdient, dass er auf sie warte, und so würde es sicherlich auch sein. Schließlich flüsterte er ihr noch einen Abschiedsgruß zu. Inzwischen rannen ihm die Tränen über das Gesicht, doch scherte er sich nicht darum.

Als er sie auf den Boden legte und sich erhob, hatte er das Gefühl, er habe seinen Platz in dieser Welt verloren und werde ihn niemals wieder finden.

Siebenundzwanzig

Umgeben vom gemächlichen, unablässigen Surren der Maschinerie Castledowns ging Ahren Elessedil zwischen den langen Reihen der hohen Metallschränke mit ihren sich drehenden Silberscheiben entlang, die den riesigen Raum vor Walkers Rauchglasgefängnis füllten. Er hatte Ryer Ord Star nicht gern mit dem Druiden allein gelassen und war sich nicht sicher, ob er wirklich das Richtige tat, aber er wusste auch, dass er nicht mehr umkehren konnte. Die Stimme in ihm, die von der Magie des Phönixsteins hervorgerufen wurde, klang bestimmt und eindringlich. Die vermissten Elfensteine lagen in einem anderen Teil des Komplexes und warteten auf ihn. Er musste tun, was die Stimme verlangte, wenn er jemals zu sich selbst finden wollte. Deshalb musste er die Steine suchen. Und sie zurückholen.

Die Scheiben von Walkers Kammer verschwanden langsam hinter den Schränken, und als man sie nicht mehr sehen konnte, fühlte er sich plötzlich einsam und verletzlich. Der Nebel der Magie des Phönixsteins schien sich allmählich aufzulösen, verlor an Konsistenz und wurde durchlässiger. Die Änderung fand in kleinen Schritten statt, und zunächst war er nicht sicher, ob er richtig beobachtet hatte. Aber während er durch den hell erleuchteten zentralen Saal ging und die dunkleren Gänge dahinter erreichte, gelangte er zu der Gewissheit, dass er sich nicht getäuscht hatte und dass die Magie des Steins nachließ. Sofort fühlte er sich von diesem Wissen unter Druck gesetzt und gehetzt, als müsse er sich beeilen, was er jedoch weder wollte noch für vernünftig hielt. Diese Reaktion war irrational, da er keine Ahnung hatte, wie lange die Magie noch andauern würde. Andererseits konnte man kaum etwas, das er seit dem Betreten von Castledown getan hatte, als rational bezeichnen.

Auch Ryers Magie würde nachlassen. Sobald sie aufgehört hätte, würde sich die Heilerin auf ihre Verbindung mit Walker verlassen müssen. In gewisser Weise war sie mit dem Druiden besser dran als mit Ahren. Zumindest konnte ihr Walker Schutz bieten, wenn er erwachte und sich selbst befreite. Ohne die Magie des Phönixsteins konnte der Elfenprinz wenig für sie tun. Genauso wenig wie für sich selbst, was das betraf.

Dennoch würde er weiterhin auf die Stimme hören, denn diese stellte seine einzige Orientierungshilfe dar.

Er stieg die Treppe hinauf zu der Balustrade, über die sie ursprünglich gekommen waren, dann betrat er das Labyrinth der Gänge dahinter. Den Weg ließ er von seinem Instinkt bestimmen. Die flammenlosen Lampen leuchteten immer nur kleine Teile der Gänge aus, die Bereiche dazwischen erschienen ihm wie Treibsand aus Schatten, der ihn zu verschlingen drohte. Wiederholt begegnete er Kriechern, die hierhin und dorthin unterwegs waren, und jedes Mal blieb er stehen und machte sich auf einen Angriff gefasst. Doch die Kriecher bemerkten ihn nicht und wurden nicht langsamer. Er hörte, wie sich ihre Geräusche näherten und entfernten, metallisches Scharren, bei dem sich ihm die Nackenhärchen aufstellten. Wenn er nur mutiger und stärker gewesen wäre. Er wünschte, Ard Patrinell wäre bei ihm und würde ihm Mut machen, ihm zureden, alles werde gut werden. Das hätte ihn getröstet. Aber Patrinell hatte ihm wohl alles beigebracht, was er ihm je beibringen würde, und ihm alles gesagt, was er ihm je sagen würde. Denn Patrinell war verschollen. Von ihm würde Ahren keinen Trost mehr bekommen.

Während er sich so seinen Weg durch die Katakomben suchte, wuchs der Lärm der Maschinerie zu einem ständig lauter werdenden Wimmern an. Ohne eigentlich darüber Bescheid zu wissen, nahm er an, dass er sich auf die Energiequelle zubewegte, die das Herz von Castledown bildete. Dort würde Antrax seine Energie für all die Maschinen der Festung gewinnen. Ahren fühlte sich immer kleiner, während der Lärm zunahm, bis dumpfes Dröhnen die Gänge erfüllte. Er fühlte sich klein und unbedeutend, ein Wesen aus vergänglichem Fleisch und Blut inmitten von unveränderlichem, unnachgiebigem Stahl. Erneut dachte er über die Hoffnungen nach, mit denen er zu dieser Reise aufgebrochen war – er wollte beweisen, dass er nicht nur der grüne Junge war, für den sein Bruder ihn hielt, er wollte Taten vollbringen, für die man ihm Respekt und sogar Ehre zuteil werden lassen würde, er wollte der Mann werden, als den sein Vater ihn sich gewünscht hatte. Törichte, unerfüllbare Hoffnungen, wenn man es im Lichte seiner Feigheit oben in den Ruinen betrachtete, und dennoch klammerte er sich weiterhin daran. Einige seiner Träume konnte er vielleicht noch verwirklichen, wenn er nur in seinem Bestreben nicht nachließ.

Er verließ den Gang und betrat einen riesigen, hohen Raum, in dem zwei gigantische Zylinder Seite an Seite zwischen kleineren Anlagenteilen standen. Die Zylinder maßen über fünfzehn Meter im Durchmesser und waren über dreißig Meter hoch. Metallrohre und Verbindungsstücke verliefen zwischen den einzelnen Teilen der Anlage und den Wänden. Der Lärm, den die Maschine erzeugte, war ohrenbetäubend. Hier befand er sich vor Castledowns Energiequelle, und Ahren wollte nichts lieber als fort von hier.

Dann blickte er nach rechts und entdeckte zwei Kammern, die jener ähnelten, in der Walker gefangen gehalten wurde, nur waren sie viel größer. Die dunkle Glasfront war in die Wände eingelassen, die Türen waren mit dünnen Metallbeschlägen eingefasst. Er starrte darauf, und er war sich sicher, ohne zu wissen, wieso, dass einer dieser Räume die Elfensteine beherbergte. Das fühlte er mit der gleichen Gewissheit, die ihn auch hierher geführt hatte. Die Magie des Phönixsteins hatte ihm den Weg gewiesen und sagte ihm, was zu tun war.

Dennoch rührte er sich lange Zeit nicht. Er hatte keine Ahnung, was er tun sollte oder wie. Wieder kehrte seine Furcht zurück. An dieser Stelle weiterzugehen war zu viel verlangt; allein der Gedanke schreckte ihn ab. Er starrte auf die Türen, die Magie des Phönixsteins drängte ihn weiter, und er kämpfte gegen den inneren Schweinehund an. Nie zuvor hatte er solche Angst empfunden. Es war nicht die Furcht vor dem, was ihn erwarten mochte; es war die Furcht vor dem, was er sich nicht vorstellen konnte. Er fürchtete sich vor dem Ungesehenen, vor dem Unbekannten, das ihn wieder einmal in die Flucht schlagen würde. Das würde er nicht nochmals ertragen können, aber er wusste nicht, auf welche Weise er es verhindern sollte. Er wusste von der Möglichkeit, dass etwas hinter dem dunklen Glas lauerte, ein Raubtier, welches nur auf ihn wartete. Dieses Vorgefühl genügte schon, um ihn bewegungslos erstarren zu lassen. Entsetzt dachte er schon, er könne sich nie wieder rühren.

Sein Schamgefühl rettete ihn schließlich, die Erinnerung an die Flucht aus den Ruinen vor Tagen, die er sich wieder und wieder vor

Augen gerufen hatte, während er sich zwischen Schutt und Trümmern versteckte und darüber nachdachte, wie es sein würde, nach dieser Tat nach Hause zurückzukehren. Seine einzige Chance, diesen Makel zu tilgen, bestand darin, die Elfensteine zu bergen. Durch den gnadenlosen Albtraum seines Versagens, seine Freunde zu retten, durch die kalte Einsicht, wie vergänglich ein Lebewesen sein konnte, hatte er verstanden, dass es schlimmer war, mit der Furcht zu leben, als sich ihr zu stellen und im Kampf den Tod zu finden.

Daran dachte er nun und befreite sich von seiner Panik. Ohne zu zaudern, ging er los und wusste, er musste jetzt handeln, oder er würde es nie tun.

Im nächsten Moment ertönte überall Alarm, ein schrilles metallisches Geräusch, das sogar das Dröhnen der Maschinen übertönte.

Vor ihm öffnete sich eine der Türen, und ein riesiger Kriecher mit krummen Beinen und scharfen Zangen huschte heraus, eine Kriegsmaschine, die auf Kampf erpicht war. Das Metallwesen bemerkte ihn nicht, sondern nahm eine Position zwischen der Tür und dem Gang ein, durch den Ahren die Halle betreten hatte. Ein zweiter Kriecher folgte, dann ein dritter, und sie bildeten einen Kreis. Hinter ihnen wurde der Eingang versperrt.

Ahren ging weiter auf die geschlossene Tür zu und schritt mitten zwischen die Kriecher. Er hielt zum Schutz sein langes Messer vor sich, obwohl es ihm natürlich gar nichts nützen würde, falls sie ihn entdeckten. Aber die nachlassende Magie des Phönixsteins hüllte ihn noch immer ein, wenn auch nur in dünnen Schleiern. Ahren stellte sich vor, der Alarm würde sie verwehen wie Wind den Rauch eines Feuers. Er ging zwischen den Kriechern hindurch auf die Tür zu und fühlte sich gleichzeitig wagemutig und wie gelähmt. Solchen Mut hatte er nicht von sich erwartet. Er hatte das Gefühl, sich von einem Punkt außerhalb seines Körpers zu beobachten, während er sich voranwagte. Seine Gedanken waren auf einige klare Handlungsanweisungen reduziert – zu den Elfensteinen gelangen, sie ergreifen, die Magie anwenden.

Er erreichte die Tür, während Alarmsirenen schrill heulten, und war überrascht, als sie auf seine Berührung hin nachgab. Die Kriecher schienen ihn nicht zu bemerken. Ahren betrat den Raum, eine dunkle Kammer mit Tafeln voller blinkender Lichter, die mit Drähten und geschmeidigen Metallseilen verbunden waren, welche eigentümliche Schatten warfen. In diesem Raum war es so düster, dass Ahren keinen der Teile des Apparates richtig erkennen konnte, die überall verstreut waren. Er hatte keine Ahnung, wozu dieser Raum diente. Langsam tastete er sich voran, achtete darauf, nichts zu berühren, und schlich in die Mitte, während sich seine Augen langsam an die abrupten, kurzen Lichtblitze gewöhnten.

Da erst bemerkte er eine Bewegung seitlich von ihm. Sofort erstarrte er, und im gleichen Moment entdeckte er eine Bewegung auf der anderen Seite. Zuerst hielt er es für Schatten, die im trüben Licht flackerten, aber schließlich erkannte er sie – es handelte sich um Kriecher. Wegen des lauten Alarms hatte er ihr Scharren überhört, doch jetzt erkannte er sie. Sie hatten ihn umzingelt. Er war ahnungslos mitten in sie hineingestolpert.

Also verhielt er sich so still er konnte und wagte kaum zu atmen, derweil er sich überlegte, was er als Nächstes tun sollte. Er konnte nicht sagen, wie viel noch von der Magie des Phönixsteins geblieben war; es war zu dunkel, um den Dunstschleier zu erkennen. Ein wenig musste noch vorhanden sein, sonst hätten ihn die Kriecher längst erwischt. Er versuchte nachzudenken und den Alarm und die Kriecher und das Chaos um sich herum zu ignorieren, um erneut die innere Stimme zu hören, die ihn hierher geführt hatte.

Im nächsten Moment sah er den Stuhl. Er war groß und gepolstert und hatte eine hohe Lehne, und er stand in der Mitte des Raums zwischen mehreren freistehenden Apparaten. Dort waren die Schnüre am dicksten, sie schlängelten sich in alle Richtungen und kamen aus allen Teilen des Stuhls. Ein eigentümliches Kästchen stand auf der Armlehne, zu der viele der Drähte führten, und Ahren erkannte es. Einen ähnlichen Apparat hatte er in Walkers Gefängnis gesehen, und er hatte dazu gedient, die Magie über den gesunden Arm des Druiden abzuleiten. Jetzt wurde es ihm klar: In der

Kammer, in der er sich befand, hatte man Kael Elessedil die Magie der Elfensteine abgesaugt, und das fast dreißig Jahre lang. An diesem Ort hatte sein Onkel sein Leben vergeudet.

Die Elfensteine, das wusste er instinktiv und mit überwältigender Sicherheit, befanden sich in diesem Kästchen.

Rasch trat er hinüber, bewegte sich zwischen den Drähten hindurch und an den großen Geräten vorbei und betete, er möge nicht entdeckt werden. Die Kriecher fuhren weiterhin kreuz und quer durch den Raum. Er hatte keine Ahnung, was sie taten. Anscheinend jedenfalls nichts von Bedeutung. Vielleicht handelte es sich einfach um Kehrer, diese harmlosen Maschinen, die stets nur Wartungsarbeiten durchführten und weder Wache hielten noch kämpften. Möglicherweise hatte ihre Anwesenheit überhaupt nichts zu bedeuten.

Er schluckte, denn sein Hals war staubtrocken, und blieb stehen, als er an einem von ihnen vorbeimusste. Der Kriecher war nicht sehr groß, dennoch lief Ahren bei seinem Anblick ein Schauer über den Rücken. Der Elfenprinz wartete ab, bis er vorbeigerollt war, dann wagte er sich in das Labyrinth der Drähte, welches den Stuhl umfing, und kniete sich neben das geheimnisvolle Kästchen.

Er öffnete es und guckte hinein, aber im Blinken der Lichter auf den Tafeln und dem gedämpften Licht, welches durch die dunklen Glasscheiben hereinfiel, konnte er nur schattenhafte Formen sehen. Eigentlich wollte er einfach hineingreifen, andererseits zögerte er, weil er nicht wusste, was ihn erwartete. War nicht auf eine ganz ähnliche Weise die Magie von Walker abgeleitet worden? Aber hatte man nicht Nadeln in seinen Körper eingeführt, um ihn mit den Maschinen zu verbinden?

Doch die Elfensteine befanden sich in dem Kästchen, und zwar in Reichweite seiner Hand, und er brauchte sie nur herauszunehmen.

Plötzlich verstummte der Alarm, und in der Kammer ging das Licht an. Ahren erstarrte, entblößt und ungeschützt, hockte neben dem gepolsterten Stuhl inmitten einer Reihe von Apparaten und Kriechern. Die Magie des Phönixsteins war verbraucht, die letzten

Schleier des verhüllenden Nebels lösten sich auf. Die ersten Kriecher bemerkten ihn und wandten sich ihm zu. Die Enden der Metallarme gingen in die Höhe und zeigten tödliche Klingen – es handelte sich um Wachposten und Kämpfer.

Ahren blickte rasch in das Kästchen, und im Schatten entdeckte er ein blaues Funkeln.

Sofort langte er zu und nahm die Elfensteine heraus. Er ergriff die ersten beiden, nur der dritte entglitt seinen Fingern, aber im gleichen Moment schloss sich ein Eisenband um sein Handgelenk. Erneut brach Alarm aus, diesmal aber im Inneren des Raums, ein schrilles Pfeifen. Er griff abermals in das Kästchen, packte den letzten Stein und drückte beide Hände zusammen, als ein weiteres Eisenband auch seine linke Hand fesselte. Kriecher liefen von überall her auf ihn zu, scharrten mit den Metallbeinen über den glatten Boden, und ihre Messer schnitten durch die Luft.

Ahren wusste nicht, was er tun sollte. Er hatte keine Ahnung, wie man die Magie beschwor, wie er sie rufen konnte, damit sie ihn rettete. Er war nicht einmal in der Lage zu sprechen, während er darum rang, die Magie zum Leben zu erwecken.

Bitte!, flehte er stumm, während sich seine Hände um die Elfensteine schlossen. *Bitte, helft mir!*

Eine Nadel am Ende eines beweglichen Metallarms fuhr an seinem Gesicht vorbei. Er spürte ihren Stich im linken Arm, und ein taubes Gefühl breitete sich mit träger Unausweichlichkeit aus. Metallene Krallen packten ihn von allen Seiten, hielten ihn fest und machten ihn zu ihrem Gefangenen. Die ganze Zeit dachte Ahren, so müsse es auch Kael Elessedil ergangen sein.

Helft mir!

Als würden sie sein stummes Flehen endlich erhören, begannen die Elfensteine im Dunkeln plötzlich zu leuchten und blendeten so sehr, dass Ahren die Augen schließen musste. Was als Nächstes geschah, fühlte er mehr, als dass er es sah. Die Fesseln an seinen Handgelenken zersprangen, das Kästchen wurde zertrümmert. Die Kriecher verharrten noch eine Sekunde, dann schleuderte die Magie sie gegen die Wände und verwandelte sie in Schrott. Ahren öffnete die Augen, als der Stuhl unter ihm explodierte. Die Maschinen und Apparate wurden ebenfalls zerstört, eine nach der anderen, wurden von blauem Licht überflutet, welches im Raum kreiste und alles in Trümmer und abgerissene Drähte verwandelte.

Mit ausgestreckten Armen, die Finger fest um die Elfensteine geschlossen, erhob sich Ahren. Die Nadel war verschwunden, doch die Betäubung hatte nicht nachgelassen, und er musste sich stark konzentrieren, damit sein Arm nicht schlaff wurde. Er leitete die Kraft der Steine hinein, jenen einzigartigen angenehmen Schmerz, den sie erzeugten, einen brennenden Rausch, der sein Fleisch versengte und ihn schwindlig werden ließ. So taumelte er durch den Raum, während die Kraft der Elfensteine alles einäscherte, alles niederbrannte und in geschmolzene Schlacke verwandelte. Die dunklen Glasfenster zersprangen. Er sah, wie die riesigen Zylinder, welche die Energiequelle von Castledown darstellten, plötzlich von blinkenden Lichtern umgeben waren, während Feuerstrahlen kreuz und quer überall hinschossen. Die Kriecher, die draußen Wache hielten, wendeten sich ihm zu.

Schatten!

Für diesen einzelnen, verzweifelten Ruf blieb ihm Zeit, ehe das erste der Ungeheuer durch die Tür raste, ein Monstrum aus scharfen Schneiden und brutaler Kraft. Mit der Magie der Elfensteine hämmerte Ahren auf dieses erste Ungetüm ein und schleuderte es in die anderen. Wieder schlug er zu und wieder, und langsam machte er Fortschritte mit der Magie und wurde übermütig, während sie seinen Körper mit einem kribbelnden Summen erfüllte. Das Gefühl verwandelte ihn, heilte alte Wunden und ließ ihn sich wie ein neuer Mensch fühlen, als hätte er diese Macht schon immer besessen, als habe er niemals vor irgendetwas fliehen müssen. Er verfolgte die Kriecher zielstrebig und zerschmetterte einen nach dem anderen, hatte für die Messer und Klingen nur Verachtung übrig und fürchtete sich nicht vor dem, was sie ihm antun konnten, da er schlicht glaubte, dass sie dazu nicht in der Lage waren.

Das Ende ereilte sie wie Bäume, über die ein Hurrikan hereinbricht, Bäume, die an den Wurzeln ausgerissen und umgeworfen werden. Mit einem letzten Blick auf die zerstörten Apparate, die ihm beinahe das Leben ausgesaugt hätten, stolzierte Ahren Elessedil, von tödlicher Wut verzehrt, aus dem Raum.

Antrax wurde sich der Anwesenheit des Eindringlings erst Sekunden vor dem Zeitpunkt bewusst, an dem er die ersten Risse in seiner metallenen Haut spürte. Schmerz war damit nicht verbunden, denn Antrax konnte keinen Schmerz empfinden. Es war vielmehr das Gefühl, an einer Stelle geöffnet zu werden, die eigentlich geschlossen bleiben sollte. Der Eindringling war derjenige, der vor einiger Zeit aus der Gesellschaft einer Sonde verschwunden war, der, für den die Steine bestimmt waren. Irgendwie hatte er den Weg in die Extraktionskammer gefunden und die Elfensteine in die Finger bekommen, derweil er noch genau wusste, wer er war und wo er sich befand. Und dann hatte er sie gegen die Kammer und die Maschinen eingesetzt.

Überall in Antrax' Reich ertönte Alarm, der durch einen Stromstoß in der Extraktionskammer ausgelöst worden war, in welcher der erste Eindringling eingesperrt gewesen war. Antrax hatte eine Weile gebraucht, um den Grund für den Stromanstieg zu erkennen, und inzwischen hatte sich der Eindringling von seinen Fesseln befreit und war in den Komplex geflohen. Jetzt waren also zwei von ihnen frei, und jeder der beiden konnte großen Schaden anrichten.

Binnen Millisekunden schoss Antrax durch seine Stromleitungen und erreichte das Kondensatorgehäuse, ehe der zweite Eindringling in den Besitz der Steine gelangte und sich aus der Extraktionskammer befreien konnte. Nachdem der Alarm wieder abgeschaltet war, bestand unmittelbare Gefahr vor allem für die Speichereinheiten, die sein Lebensblut enthielten. Antrax löste den Vorhang aus Laserstrahlen aus, die die Schöpfer installiert hatten, um die Kondensatoren zu schützen, und rief gleichzeitig die stärksten seiner Kampfsonden herbei, um den neuen Eindringling zur Räson zu bringen.

Möglicherweise war es zu spät, ihn ruhig zu stellen, ohne ihn zu töten, aber Antrax war bereit, dies zu akzeptieren. Er war nicht der Einzige, der die Steine benutzen und ihre Magie hervorrufen konnte, und andere würden sich wie er nach Castledown locken lassen. Wichtiger war es, Schäden an der Energieversorgung zu vermeiden.

Er spürte, wie sich der Eindringling durch die zerstörte Tür der Extraktionskammer bewegte und auf die Laserstrahlen und die Sonden zuging, die bereits auf den Alarm reagiert hatten. Im ganzen Komplex gab es Extraktionsanschlüsse, und Antrax leitete die Ausstöße der Elfenkraft ab und verwendete sie. Energie durfte nicht verschwendet werden, gleichgültig, aus welcher Quelle sie stammte.

Computerchips rechneten und analysierten die Lage mit unglaublicher Schnelligkeit. Antrax wurde informiert und legte dementsprechend seine Strategie fest. Die Eindringlinge würden gegen seine Sonden kämpfen, allerdings in dem falschen Glauben, dass sie irgendwie die Oberhand gewinnen könnten. Das war unmöglich. Sie würden Antrax schlicht nur weitere wertvolle Energie liefern, die er brauchte und die er ihnen sowieso hatte entziehen wollen. Allerdings würden sie glauben, sie hätten eine Chance, sich zu befreien, und deshalb würden sie kämpfen, bis sie am Ende überwältigt wurden.

Antrax, der zu Gefühlen nicht fähig war, empfand nichts für die Menschen, die er jagte. Er bereitete sich einfach nur darauf vor, sie ruhig zu stellen und auszulöschen.

Achtundzwanzig

Der Druide, der unter dem Namen Walker bekannt war und der einst Walker Boh gewesen war, stand auf der Schwelle zu einer weiteren Verwandlung, die sein Leben verändern würde. Er eilte durch die Gänge von Castledown auf die Auseinandersetzung mit Antrax zu. Ryer Ord Star folgte ihm dichtauf und hielt mit zarter Hand die seine. Auf ihrem Gesicht zeigte sich solche Freude, weil sie ihn endlich gefunden hatte, solche Erleichterung, weil sie ihn vor den Maschinen gerettet hatte, die ihm das Leben aussaugen wollten, dass er es nicht übers Herz brachte, ihr zu sagen, was sie erwartete. Lieber ließ er ihr das bisschen Glück, ihr eigenes Leben gerettet und ihre Freiheit von der Ilse-Hexe gewonnen zu haben. Sie hatte alles für ihn gegeben, und deshalb durfte sie sich gern im Licht ihres Erfolgs sonnen.

Es war schon eigentümlich, dass ihr, die Seherin war und so klar in die Zukunft schaute, so viel von dem entging, was auf sie zukam. Er hatte sie mitgenommen, damit sie ihm Einsicht in die Zukunft verschaffte, aber er hatte sich niemals vorgestellt, dass dieses Wissen, nach dem er verlangte, ihn auf so umständliche Weise erreichen würde. Es waren nicht einfach ihre Visionen, die ihm Kenntnisse vermittelten. Auch nicht ihre Träume. Nein, sondern die Art und Weise der Verbindung, die sie eingegangen waren, als sie ihn nach dem Zwischenfall auf Shatterstone heilte. Damals hatte er die Wahrheit über sich erfahren. Damals hatte er erkannt, wer sie war, und entschieden, seinen Instinkten zu vertrauen.

Jetzt, tief im Innern dieser Katakomben in einem fernen Land, hatte sie ihm dennoch die Zukunft enthüllt. Während er bei ihrem empathischen Rettungsversuch in der Extraktionskammer mit ihr verbunden war, hatte er abermals einen Blick auf das erhascht, was sich vielleicht zutragen würde. Obwohl die Zukunft wie auf Wasser geschrieben war, geschah es manchmal, dass man Voraussagen treffen konnte, die abhängig davon waren, welche Handlungsmöglichkeit man wählte. Geh in die eine Richtung, und die Zukunft nimmt jene Wendung. Geh in die andere, und es wird am Ende ein anderes Resultat herauskommen. Und so hatte sich ihm, als er aus seinem Betäubungsschlaf erwacht und in die wirkliche Welt zurückgekehrt war, in einer kurzen, aber erstaunlich klaren Vision enthüllt, was er tun musste. Durch ihre empathische Berührung und ihre Begabung als Seherin hatte sich der Zweck seiner Reise zu diesem Ort, der einst so klar und unbestreitbar gewesen war, vollkommen verändert.

Er wunderte sich nur, wie sehr sich Menschen in dem irren konnten, was sie für ihr Schicksal hielten. Sogar Seherinnen, die eine Gabe wie Ryer Ord Star besaßen. Es war leicht zu glauben, ein Ereignis folge dem anderen und ein Ding sei genau das, als was es erschien. Er jedoch wusste es besser. Denn ein Druide verstand besser als jeder andere, dass das Leben aus Myriaden von Wendungen und Kehrtwendungen bestand, die niemand enträtseln konnte, aus einem Pfad also, den man gehen musste, um ihn zu verstehen. Genauso war es hier in Castledown für ihn, obwohl er die Regeln eine Zeit lang vergessen hatte. Und später würde es so für die Überlebenden sein, wenn sie schließlich den Heimweg antraten.

Er fragte sich nach dem Schicksal, welches die anderen Mitglieder der Gemeinschaft von der *Jerle Shannara* erlitten haben mochten. Ahren Elessedil war noch am Leben gewesen, als Ryer Ord Star Walker gefunden hatte. Inzwischen war er verschwunden, und nicht einmal die Seherin hatte eine Ahnung, was aus ihm geworden war. Die Magie des Phönixsteins hatte beide eine Weile beschützt, doch inzwischen war sie verbraucht. Die Fahrenden hatten noch gelebt, als sie die *Jerle Shannara* verließen und nach Castledown aufbrachen. Der Seherin zufolge hatten vor einer Woche auch noch Bek und die Fährtenleserin Tamis gelebt. Über den Rest wusste er nichts. Er konnte sich zwar nicht vorstellen, dass sie alle tot waren, doch die Möglichkeit bestand immerhin.

Noch immer heulten in Castledown schrill und penetrant die Alarmsirenen und hallten durch das Labyrinth der Gänge. Kriecher eilten vorbei, bewegten sich in alle Richtungen und beachteten Walker und Ryer Ord Star nicht. Er hatte Vorkehrungen getroffen und sowohl sich als auch die Seherin in Druidenmagie gehüllt, die, davon war er überzeugt, in der realen Welt funktionieren würde, im Gegensatz zu dem schrecklichen Versagen in seinen Träumen. Auf jeden Fall waren die Kriecher mit anderen Dingen beschäftigt, gehorchten vorrangigen Befehlen, sich um Reparaturen zu kümmern und die Ordnung wiederherzustellen. Im Augenblick würden sie noch nicht nach ihm suchen, aber lange konnte es nicht mehr dauern. Daher war Eile geboten.

Sein Erkundungsgang durch Castledown in Antrax' internen Systemen hatte ihm zu einer Karte verholfen, die er brauchte, um seinen Aufenthaltsort zu bestimmen. Der einzige Weg, Antrax zu zerstören, bestand darin, ihn von seinen Energiequellen zu trennen. Wenn Walker dies gelang, würde er ihn handlungsunfähig machen.

Das klang ganz einfach. Nur würde es nicht so einfach werden.

Der Lärm von Maschinen wurde lauter und eindringlicher. Die Energiequelle, ihr Ziel, lag vor ihnen. Walker sammelte Kraft für die Auseinandersetzung, die ihn erwartete. Antrax würde versuchen, ihn erneut in eine Falle zu locken und abermals ruhig zu stellen. Er würde es auf die gleiche Weise versuchen, denn eine Maschine benutzte stets immer ihre primäre Handlungsoption, um eine Situation zu handhaben, bis diese Option sich als undurchführbar erwies. Antrax würde sich also wieder auf Kriecher und Drogen verlassen. Diesmal war Walker jedoch vorgewarnt und hatte sich entschieden, die Sache anders anzugehen.

Als der Alarm unerwartet verstummte, wirkte die plötzliche Stille wie ein Schock. Wenn man das Ausmaß des Schadens bedachte, den Walker in Castledowns Systemen angerichtet hatte, so war Antrax mit den Reparaturen schneller vorangekommen, als Walker gehofft hatte. Kurz zog er in Erwägung, noch einmal auf diese Weise zuzuschlagen, entschied sich aber dagegen. Antrax würde darauf gefasst und vorbereitet sein. Es war besser weiterzugehen. Die Quelle von Castledowns Energie lag direkt vor ihnen, und einmal dort angekommen, würde kein Alarm der Welt noch einen Unterschied ausmachen.

Nichtsdestotrotz ertönten bereits wieder neue Sirenen, als sie das Ende des Ganges erreichten, der in dem zentralen Energieraum mündete. Sie hörten Explosionen, und der stechende Brandgeruch von Magie stieg ihnen in die Nase, und nun erkannte er, dass der Saal vor ihm lag. Er zog Ryer Ord Star mit sich und begann zu laufen, da er nicht wusste, was er vorfinden würde. Es konnte einer seiner Gefährten sein oder auch die Ilse-Hexe. Der Kampflärm war klar als solcher zu erkennen, Maschinen wurden zertrümmert, und Glas zersplitterte. Teile von Kriechern flogen in den Gang, während sie sich dem Energieraum näherten, wo Rauch in einer unwirklichen Umgebung aus flammenlosen Lampen und Feuerstrahlen aufwallte.

Er blickte zurück zu Ryer Ord Star. Das Hochgefühl war aus ihrem Gesicht gewichen, die Freude aus ihren Augen. Verzweiflung hatte sich an deren Stelle breit gemacht, die aus der Erkenntnis über die vor ihnen lauernde Gefahr erwuchs. Ihre Haut war blass, ihr Silberhaar verlieh ihr ein geisterhaftes Aussehen. Sie wollte etwas sagen, doch in Anbetracht seiner Miene schwieg sie.

Sie betraten den riesigen Saal, in dem sich die Energiequelle befand. In der Mitte des Raumes ragten zwei riesige Zylinder in die Höhe, mit denen Rohre und Leitungen aus allen Richtungen verbunden waren. Kleinere Maschinen umgaben sie, Metallkäfige und Gehäuse, aus denen flexible Leitungen sprossen. Walker hatte keine Ahnung, wie diese Maschinerie funktionierte, wie sie Antrax versorgte, wie sie Magie in eine Energieform verwandelte, die Antrax verwenden konnte. Die Technologie für diesen Prozess war seit zweieinhalbtausend Jahren verschollen, und nur Antrax besaß das entsprechende Wissen. Doch von hier aus wurde auch die Bibliothek der Alten Welt versorgt. Zerstörte man eines, zerstörte man auch das andere.

Und das, zu dieser Erkenntnis war Walker gekommen, musste er tun, er musste ein Opfer darbringen, um ein weiteres zu verhindern.

Zu diesem Thema gab es ansonsten nichts mehr zu sagen. Er wusste, Antrax würde letztendlich immer weiter nach Quellen der Magie suchen, nach Menschen, die über Magie verfügten, und der Teufelskreis würde stets wieder von neuem beginnen. Früher oder später hätte Antrax alle Magie aus dieser Welt aufgesaugt, dieser Welt eben, welche diejenige ersetzt hatte, der er gedient hatte – und das nur, um eine Maschine am Leben zu erhalten, die im Grunde nicht länger wichtig war. Antrax musste aufgehalten und zerstört werden, solange noch Gelegenheit dazu war.

Feuerstrahlen hüllten die Zylinder, die Energiequelle, ein, drehten sich nach dem Zufallsprinzip in diese und jene Richtung und hielten jeden auf Abstand, der den Kondensatoren Schaden zufügen wollte. Rauch vernebelte den Saal und erweckte den Eindruck einer albtraumhaften Unterwelt. Die Kriecher, die aus dem Dunst auftauchten, wirkten wie Schatten, und sogar die Geräte schienen sich in dieser Mischung von Hell und Dunkel schemenhaft zu bewegen.

Plötzlich und wie aus dem Nichts war Ahren Elessedil da, hatte die Hände nach vorn gestreckt und den schlanken Körper angespannt, als schütze er sich vor unsichtbaren Feinden, während er vorsichtig zwischen den Trümmern hindurchging. Blaues Licht blitzte an seinen Fingern auf und zertrümmerte Kriecher, die seinen Weg kreuzten. Walker verspürte neue Hoffnung. Der Elfenprinz hatte sich die vermissten Elfensteine geholt, etwas, woran der Druide nicht mehr geglaubt hatte. Mit dieser Magie hatte er größere Chancen, das zu vollbringen, was nicht mehr aufgeschoben werden durfte.

»Ahren!«, rief Ryer Ord Star, noch ehe Walker ein Wort sagen konnte.

Der Elfenprinz wandte sich ihnen zu, und seine Augen loderten so blau und wild wie das Feuer der Steine. Walker und die Seherin nahm er kaum wahr. Die Magie hatte ihn gänzlich eingenommen, sodass er nur noch spürte, wie ihre Kraft durch seinen Körper rauschte.

Walker trat rasch auf ihn zu, fürchtete sich nicht vor dem finsteren Blick in seinen Augen, vor dem blauen Feuer, welches sich in seinen geballten Fäusten sammelte. Er berührte den Elfenprinzen vorsichtig und brachte ihn wieder zu sich selbst. Ahren starrte ihn erst wütend, dann verwirrt an, schließlich merkte man ihm die Erleichterung an.

»Gut gemacht, Elfenprinz«, lobte Walker und zog ihn zu sich heran, während er die Gegner nicht aus den Augen ließ, die sie umkreisten. »Nimm die Magie zurück. Rasch!«

Walker beobachtete, wie das blaue Licht der Elfensteine verlosch, dann umgab er Ahren mit verhüllender Magie. »Hier entlang.«

Da er sich denken konnte, dass Antrax nach ihnen suchte, führte er Ahren und Ryer zu einem anderen Punkt im Saal. Er erzeugte Bilder und löste Alarm auf den Sensorplatten aus, die Antrax zuvor aktiviert hatte, und stiftete damit noch heilloseres Durcheinander. Die Sirenen heulten schrill, Warnlichter auf den Schalttafeln blitzten wie rote Augen auf, und die Feuerstrahlen schossen kreuz und quer. Die Kriecher waren verwirrt und bewegten sich wild durcheinander. Sie entdeckten weder den Druiden noch seine Gefährten; in dieses Chaos konnten ihre Sensoren keine Ordnung mehr bringen.

Walker hatte die Seherin und den Elfen zu der zum Teil zerstörten Wand der Extraktionskammer geführt, wo sie ein wenig geschützter waren. »Wartet hier auf mich«, befahl er.

Er zog seine Robe zusammen, schlich davon und bewegte sich zwischen den Kriechern hindurch auf die Zylinder zu. Für ein vorsichtiges Vorgehen fehlte ihm die Zeit. Er musste schnell zuschlagen. Im Gehäuse entdeckte er eine Nahtstelle, eine Schwäche, die ihm vielleicht dienlich sein würde, und er griff sie an. Druidenfeuer riss das Metall auf und verbeulte es. Ehe Antrax reagieren konnte, hatte Walker bereits wieder die Position gewechselt. Ein Dutzend Meter weiter schlug er erneut zu. Die Feuerstrahlen schossen wild kreuz und quer nach ihm, fanden in ihm jedoch kein Ziel, da er sich mit Magie getarnt hatte. Er wich ihrem Feuer und den Kriechern aus, umkreiste die Zylinder und die Maschinerie und suchte weiter nach Schwachstellen.

Obwohl er sein Bestes gab, hielt das schützende Metall der Energiequelle stand. Seine Kräfte ließen nach, und noch immer hatte er nichts erreicht. Er musste die Sache anders angehen. Während er weiter auswich und zur Tarnung falsche Bilder von sich erzeugte, ging er zurück und entkam dabei nur knapp einem verirrten Feuerstrahl, der seinen Mantel versengte. Früher oder später würde ihn das Glück verlassen. Antrax würde vermutlich längst zu einem Gegenschlag ausholen.

Den Gedanken hatte er kaum zu Ende gebracht, als der Angriff begann. Ein eigentümlich dunstiger Lichtstrahl flammte an der Decke auf, flutete den Raum und gab Walkers Silhouette preis. Wenn er nicht längst in Bewegung gewesen wäre und Bilder von sich selbst hinter sich zurückgelassen hätte, hätten ihn die Feuerstrahlen, die ständig hin und her fuhren, verbrannt. Wie es nun aussah, saß er zwischen zwei kleineren Maschinen fest und konnte nicht mehr fliehen, da von überall her Kriecher, die ihn endlich lokalisieren konnten, auf ihn zustrebten.

Ahren Elessedil erkannte die Gefahr, trat einige Schritte von Ryer Ord Star zur Seite und richtete die Magie der Elfensteine auf das Licht. Dieses verlosch, und Walker war frei und konnte sich wieder bewegen. Ahren erledigte den Kriecher, der ihm am nächsten stand, und eröffnete dem Druiden so einen Fluchtweg. Walker rannte zu ihm herüber, packte ihn am Arm und zog ihn zu der Wand hinter sich. Während er weitere Abbilder zur Täuschung erzeugte, zerrte er Elfenprinz und Seherin zur Tür der Extraktionskammer.

»Bleib hier!«, rief er Ahren über den Lärm hinweg ins Ohr. »Halt sie so lange zurück, wie du kannst, und dann lauf!«

Er betrat den Raum und suchte die Energieanschlüsse, die in die Wände eingelassen waren. Bislang war er den Kampf von der falschen Seite angegangen. Er konnte die Energiequelle nicht von außen zerstören; wer auch immer Antrax erschuf, hatte dafür gesorgt, dass ein Sabotageakt nicht so leicht war. Einen wirklich dauerhaften Schaden konnte man nur von innen anrichten. Antrax war in Castledown installiert worden, um die Bibliothek der Alten Welt gegen Angriffe von außen zu beschützen. Demnach würde es auch innere Verteidigungsanlagen geben, doch würden diese nicht so stark sein. Die Leitungen, die rohe Energie in die Kondensatoren führten, um sie dort umzuwandeln und zu speichern, würden eine nahezu unendliche Kapazität haben, da solche Energie zwangsläufig in verschiedenen Formen und Mengen vorkam.

Aber würden die Leitungen, über die Antrax sich mit Energie von den Kondensatoren versorgte, ebenfalls so stabil sein? Walker glaubte nicht. Antrax würde seine Aufnahme selbst steuern. Er brauchte kein separates Überwachungssystem, weil es keinen Grund gab, dass es zu einer übergroßen Energieaufnahme kommen könnte. Überlastete man also diese Leitungen, würden sie schmelzen und sich auflösen. Antrax würde zwar über ein Warnsystem und Sicherungen verfügen, um dies zu verhindern, doch wenn Walker rasch genug zuschlug, würde der Schaden bereits entstanden sein.

Er ging durch die Trümmer im Raum, stieg über zerstörte Geräte und Kriecher, bis er die Extraktionsanschlüsse fand, die zu den Speichereinheiten führten. Diese würde er benutzen, um die Leitungen zu erreichen, die Antrax versorgten. Es bestanden Verbindungen von einem System zum anderen; das hatte er entdeckt, als er den Komplex zuvor in seiner außerkörperlichen Gestalt erkundet hatte. Der Trick bestand nun darin, rasch genug zu handeln, um sich hineinzudrängen, und den Angriff dann lange genug durchzuhalten, sodass Antrax außer Gefecht gesetzt wurde, ehe er zurückschlagen konnte.

Vor der Extraktionskammer wehrte Ahren Elessedil die Kriecher ab. Feuerstrahlen wurden ebenfalls auf ihn abgeschossen, allerdings sicherten die meisten weiterhin die Energiequelle – wie blutrote Striche stiegen sie in die verrauchten Höhen des Saals auf und bildeten ein leuchtendes Gefängnisgitter. Der Elfenprinz bewegte sich hierhin und dorthin, um alle Angriffe abzuwehren, die Elfenmagie loderte heftig auf. Dennoch konnte es nicht mehr lange dauern, bis er überwältigt werden würde.

Ryer Ord Star duckte sich neben ihm auf der Türschwelle, den flehenden, hilflosen Blick hatte sie Walker zugewandt. Walker sah sie ruhig und zuversichtlich an, wollte ihr Trost spenden und ihre Ängste besänftigen. Dabei hatte er keinen Erfolg. Vielleicht erkannte sie die Wahrheit. Vielleicht erblickte sie nun das, was sie am meisten fürchtete. Sie stieß einen Schrei aus, und dieser Laut ließ sich sogar über den Lärm hinweg vernehmen.

Im gleichen Moment drückte Walker eine Hand flach auf einen der Extraktionsanschlüsse und schickte sein Druidenfeuer hinein.

Antrax wurde kalt erwischt. Walkers Magie durchrauschte die Aufnahmeleitungen wie eine Flutwelle ein trockenes Flussbett. Der Schock war enorm, und der Rückschlag erschütterte auch Walker bis ins Mark. Er riss sich zusammen, um Druck und Schmerz zu ertragen, stieß die Magie erneut hinein, tief in die Leitungen, und spürte, wie sie sich von neuem aufbaute. Antrax errichtete Abwehrmaßnahmen, um Walker in Grenzen zu halten, aber er setzte dem Druiden zu wenig entgegen, und seine Bemühungen kamen zu spät. Walker hatte das Versorgungssystem bereits erreicht, brach von den Hauptleitungen in all die kleinen durch, in alle Verbindungen, die Antrax am Leben erhielten. Er spürte, wie die Adern schmolzen und sich auflösten.

Feuerstrahlen schossen in den Raum und verbrannten Walker wie glühendes Metall. Er unterdrückte einen Schrei und blockte den Gegenschlag ab, so gut es ging, ohne in seinem eigenen Angriff nachzulassen. Ryer schrie erneut, doch er durfte keinen Blick wagen, um nachzuschauen, was sie tat. Er konzentrierte sich mit jeder Faser seines Körpers darauf, den Angriff fortzusetzen. Antrax rauschte durch die Hauptleitungen, flickte, wo er nur konnte, schaltete ab, wo nichts mehr half. Die internen Systeme implodierten eines nach dem anderen. Walker jagte durch das zentrale Nervensystem, durch den Blutkreislauf bis ins Herz und in den Kopf. Alles, was er berührte, versengte er mit Druidenfeuer, wobei er das Gefühl hatte, selbst zu verbrennen. Daran konnte er nichts ändern. Er konnte auch nicht innehalten. Auch konnte er sich nicht mehr von dem zurückziehen, was hier passierte. Dabei begann inzwischen sein eigener Körper, ebenfalls zusammenzubrechen.

Plötzlich spürte er, wie Antrax zuckte. Die Feuerstrahlen, die Walker durchbohrt hatten, gerieten außer Kontrolle. Kriecher liefen orientierungslos herum wie Papier, das vom Wind erfasst wird. Walker spürte Ryers Berührung. Die Seherin umklammerte ihn, schrie noch immer und versuchte, ihn von dem Anschluss fortzuzerren, an dem seine Hand festhing. Ahren Elessedil stand neben ihm, sein Gesicht war vor Entsetzen verzerrt. Walker blieb nur noch ein kurzer

Augenblick, ihre Gegenwart zu registrieren, dann entlud sich der Rückschlag durch den Extraktionsanschluss in seine Hand und seinen Arm und seinen ganzen Körper und schleuderte ihn durch den Raum.

Der Angriff auf die internen Systeme erfolgte so plötzlich und so vehement, dass Antrax halb lahm gelegt war, ehe er darauf reagieren konnte. Er blockierte dem Eindringling den Weg, richtete seine eigene Energie gegen ihn und griff mit Lasern an. Währenddessen schaltete er beschädigte Bereiche ab und rief Reparatureinheiten herbei. Doch all seinen Anstrengungen zum Trotz brach das Feuer des Eindringlings durch, und für jede Sektion, die Antrax retten konnte, verlor er zwei andere. Durch die Hauptleitungen floss eine so zerstörerische Energie, dass Schaltkreise und Kabel durchbrannten. Antrax fühlte, wie Versorgungsleitungen nach und nach zusammenbrachen. Er konnte seine vielfältigen Funktionen nicht aufrechterhalten. Zuerst verlor er die Kontrolle über die mobilen Verteidigungsanlagen, über die Sonden und die Laser. Das Wartungssystem ging zu Bruch. Antrax konnte zwar die Verteidigungsanlagen um die Energiequelle herum aufrechterhalten, doch die über der Erde stellten die Funktion ein. Alles, was ihm noch zur Verfügung stand, setzte er ein, um der obersten Direktive zu gehorchen – das Wissen innerhalb der Speicherbänke zu beschützen.

Nichts funktionierte. Alles versagte. Stück um Stück wurde er langsamer und verlor die Kontrolle. Er zog sich in andere Bereiche zurück, um Kraft zu sammeln und sich neu aufzubauen. Doch das Feuer verfolgte ihn auch dorthin und zerstörte die letzten Verteidigungsanlagen. Antrax war gezwungen, sich durch die kollabierenden Leitungen in den Saal zu begeben, in dem sich die Energiequelle befand.

Dort war er schließlich in die Ecke gedrängt, konnte die Zwillingskondensatoren nicht mehr verlassen, die ihn so viele Jahrhunderte lang versorgt hatten. Die Kondensatoren waren alles, was ihm geblieben war, und ihre Energie leckte aus tausend Löchern. Die

Aufgabe, die ihm die Schöpfer übertragen hatten, konnte er nicht mehr ausführen. Schon spürte er, wie auch die Speicherbänke starben.

Dann konnte sich Antrax nicht mehr regen.

Auch das Denken fiel ihm immer schwerer.

Die Zeit verlangsamte sich, bis sie in diesem neuen Zustand der Unbeweglichkeit und der Funktionsstörung kaum mehr zu spüren war.

Mit seinem letzten bewussten Gedanken stellte Antrax fest, dass er sich nicht mehr erinnern konnte, wer er eigentlich war.

Neunundzwanzig

Die Welt um Walker versank im Dunkeln, als er gegen die Wand geschleudert wurde, doch kam er fast sofort wieder zu Bewusstsein. Reglos lag er in den Trümmern und starrte benommen in den verräucherten Dunst, der ihn einhüllte. Er war verletzt, so viel begriff er, doch nicht, wie schlimm. Seinen Körper fühlte er nicht mehr, und bei der Flüssigkeit, die er an seiner Hand spürte, konnte es sich nur um eines handeln. Irgendwo in der Nähe hörte er Ryer Ord Star schluchzen und seinen Namen rufen.

Ich bin hier, wollte er sagen, doch er brachte die Worte nicht heraus.

Funken sprühten wie flüssiges Feuer aus den abgerissenen Enden von Kabeln, und beschädigte Maschinen brummten und stotterten im Todeskampf. Beben erschütterten den Komplex, während Antrax blind durch seine Leitungen raste, um nach Hilfe zu suchen, die er nicht mehr fand. Walker wandte den Kopf leicht nach rechts und sah die zerstörten Zylinder, welche die Energieversorgung dargestellt hatten, ihre Metallhäute, aus denen Dampf und Qualm entwich, die Feuerstrahlen, die wie Regenbögen nach einem Sturm verblassten.

Dann brach der Schmerz über ihn herein, plötzlich und gewaltig durchfuhr er ihn wie eine Flutwelle, die durch einen gebrochenen Damm schießt. Der Druide keuchte und setzte das bisschen Magie, das er noch aufbringen konnte, dagegen ein, verschloss den Schmerz tief in sich und erhielt dadurch Zeit und Gelegenheit, um einen klaren Gedanken zu fassen. Doch Zeit stand ihm nur noch wenig zur Verfügung. So viel war ihm klar. Nicht aus den Visionen hatte er erfahren, dass der Tod in diesem Moment und an diesem Ort zu ihm kommen würde. Trotzdem hatte er es irgendwie geahnt.

Durch das Dämmerlicht bewegte sich eine Gestalt auf ihn zu, und Ahren Elessedil tauchte vor ihm auf. »Hier ist er!«, rief er über die Schulter, dann kniete er sich vor Walker. Sein Gesicht war aschfahl, sein schlanker Körper mit Brand- und Schnittwunden übersät und dazu blutüberströmt. »Schatten!«, sagte er leise.

Eine Sekunde später befand sich Ryer Ord Star an seiner Seite, klein und zart, als besitze sie kaum mehr Substanz als der Rauch, aus dem sie hervortrat. Sie sah ihn, schlug die Hände vor den Mund und erstickte einen Schrei. Walker bemerkte, wie sie auf seine Brust starrte, auf die Stelle, an der sich das Zentrum des Schmerzes befand. Er las ihr den Schock vom Gesicht ab.

Sofort war sie bei ihm, und er riss die Hand hoch, um sie zurückzuhalten. Zum ersten Mal sah er das Blut, das die Hand bedeckte. Zum ersten Mal verspürte er Furcht, und die Furcht verlieh ihm die Kraft zu sprechen.

»Bleib zurück«, befahl er ihr in scharfem Ton. »Rühr mich nicht an.«

Dennoch näherte sie sich ihm, aber Ahren hielt sie fest, als sie sich an ihm vorbeidrängen wollte, und zog sie zu Boden. Wut und Verzweiflung lösten sich in einem lauten Schrei aus ihr. Ahren redete tröstend auf sie ein, doch wollte sie nicht auf ihn hören, bis sie schließlich in seine Arme sank, schluchzte und die Hände rang.

Walker ließ den blutbedeckten Arm in den Schoß fallen, wagte es noch immer nicht, an sich herabzuschauen, und zwang sich dazu, sich nur auf das zu konzentrieren, was er jetzt tun musste.

»Elfenprinz«, sagte er mit einer Stimme, die fremd in seinen Ohren klang. »Bring sie zu mir.«

Ahren Elessedil tat, was ihm aufgetragen wurde, und zog eine verkniffene Miene, wie es Menschen tun, denen sich ein Anblick bietet, auf den sie ihr Leben lang gern verzichtet hätten. Er hielt Ryer fest, beschützte sie und hielt sie gleichzeitig zurück, und man merkte ihm die Entschlossenheit an, sie beide durch das zu bringen, was ihnen jetzt bevorstand. Walker staunte über die Entschlossenheit und die Willenskraft, die er in den jugendlichen Zügen entdeckte. Der Elfenprinz war mit einem Schlag erwachsen geworden.

»Ryer.« Er sagte ihren Namen leise und ruhig. Kurz darauf wiederholte er: »Ryer. Sieh mich an.«

Das tat sie, langsam und zaghaft, nahm den Kopf von Ahren Elessedils Schulter, richtete den Blick auf sein Gesicht und weigerte sich zugleich, nochmals die Wunde zu betrachten, da sie das nicht durchstehen würde. In ihrem blassen, durchscheinenden Gesicht fand er solche Traurigkeit, dass er fürchtete, er würde jetzt nicht nur seinen Körper, sondern auch den Mut verlieren.

»Du darfst mich nicht berühren, weil du dabei selbst nicht wieder gutzumachenden Schaden davontragen würdest. Mich zu heilen ist unmöglich. Es würde dich das Leben kosten und meines trotzdem nicht retten. Manche Wunden übersteigen selbst deine empathischen Fähigkeiten. Deine Visionen haben mir verraten, dass es so kommen würde. Als ich nach den Ereignissen auf Shatterstone diese Verbindung mit dir einging, habe ich es gesehen. Verstehst du?«

Ihre Augen waren glasig und starr, und offensichtlich begriff sie nicht und wollte die Wahrheit nicht akzeptieren. Sie versteckte sich – das nahm er hin –, aber hören konnte sie ihn noch.

»Ahren bringt dich wieder nach oben und zurück zum Luftschiff. Kehre mit ihm nach Hause zurück. Erzähl ihm von den Visionen und Träumen, die dich unterwegs heimsuchen, so wie du sie früher mir geschildert hast. Hilf ihm so, wie du mir geholfen hast.«

Sie zitterte, und noch immer ging ihr Blick ins Leere. »Nein«, flüsterte sie. »Ich verlasse dich nicht.«

»Ahren.« Walker blickte den Elfenprinzen an. »Der Schatz, den wir heben wollten, ist für uns verloren. Er starb mit Antrax. Die Bücher der Magie befanden sich im Speichersystem der Maschine. Wir hätten sie nur bekommen, wenn wir Antrax das Leben gelassen hätten, aber das war zu gefährlich. Ich war es, der die Entscheidung treffen musste, und ich habe sie getroffen. Ob es den Preis wert war, wird sich noch erweisen. Du wirst dir deine eigene Meinung bilden. Vergiss das nicht. Eines Tages wirst du deine Chance bekommen.«

Ryer Ord Star weinte erneut und sagte seinen Namen leise vor sich hin, wieder und wieder. Er wollte sie berühren, ihr damit wenigstens ein bisschen Trost spenden, doch er konnte nicht. Die Zeit lief ihm davon, und er hatte noch eine wichtige Sache zu erledigen.

»Geht jetzt«, forderte er die beiden auf.

Die Seherin schluchzte, streckte die Hand nach ihm aus und wollte sich aus Ahren Elessedils festem Griff befreien. Ihre Finger waren wie Krallen und reckten sich ihm entgegen, als wollte sie seine nächsten Worte regelrecht mit den Händen greifen.

»Ryer«, flüsterte er mit schwindender Kraft. »Hör mir zu. Wir haben uns nicht zum letzten Mal gesehen. Wir treffen uns wieder.« Sie verstummte und starrte ihn an. »Bald«, fügte er hinzu, »wird es so weit sein.«

»Walker.« Sie hauchte den Namen dahin wie einen Zauberspruch, der ihm und ihr Schutz bringen sollte.

»Ich verspreche es dir.« Er schluckte heftig, da der Schmerz sich wieder meldete, und deutete schwach auf Ahren. »Geht. Rasch. Und schlagt nicht den Weg ein, auf dem ihr gekommen seid. Nehmt den, der auf der anderen Seite des Saals beginnt.« Er zeigte auf die geplatzten Zylinder und rief sich die labyrinthartigen Gänge in Erinnerung, die er auf seiner außerkörperlichen Reise erkundet hatte. »Der Hauptgang führt euch hier heraus. Folgt ihm. Schnell.«

Ahren zog Ryer Ord Star mit sich, zwang sie, nach vorne zu blicken, und ignorierte ihr Schluchzen und ihre Gegenwehr. Sein Blick ruhte derweil auf dem Druiden, als würde er bei ihm die Kraft finden, die er brauchte. *Vielleicht sucht er noch immer nach der Ant-*

wort auf die Frage, was ihnen allen zugestoßen ist, dachte Walker. *Oder er will nur wissen, ob es das, was sie ertragen haben, wert war.*

Einen Moment später hatten sie durch die Tür den größeren Raum betreten und verschwanden aus seiner Sicht. Er hörte sie noch eine Weile, das Weinen der Seherin und die Schritte im Schutt. Dann ließen sich nur mehr die Geräusche der Maschinen vernehmen, die nicht aufhörten, weiter zu funktionieren, während Rauch durch die Luft trieb und aus Drähten Funken sprühten. Es war, als würde das Leben langsam aus Castledown heraustropfen.

Die Zeit verlangsamte sich.

Walker spürte, wie er dahindriftete. Bald würde sie kommen. Die Ilse-Hexe, seine Erzfeindin, seine größte Niederlage – am Ende hatte sie ihn erwischt. Innerlich stellte er sich auf diese Begegnung ein.

Wenn sie einträfe, wäre er bereit für sie.

Die Ilse-Hexe fand den Weg zu der Energiequelle durch ihre Magie, indem sie zunächst den Auslöser des Alarms lokalisierte und schließlich Walkers Spuren folgte, auf die sie bald stieß. Die Wärme und die Bilder der Bewegungen, welche er hinterlassen hatte, überlappten sich mit denen von Ryer Ord Star und einem Elfen. Sie alle waren vor nicht allzu langer Zeit hier entlanggekommen, aber sie konnte nicht sagen, ob gemeinsam oder einzeln. Die Seherin hier unten vorzufinden überraschte sie, aber weder ihre Anwesenheit noch die des Elfen änderte etwas an der Situation. Der Druide war es, mit dem sie sich befassen musste, die anderen beiden waren nur kleine Ärgernisse.

Es stimmte, sie hatte die Suche nach dem Druiden zugunsten der Magie, hinter der sie beide her waren, aufgegeben, und dennoch konnte sie seine Gegenwart nicht ignorieren. Er befand sich irgendwo genau vor ihr, und vielleicht war er bereits in den Besitz der Bücher gelangt. Das musste sie herausfinden. Ihre frühere Entscheidung, sich ganz auf die Bücher zu konzentrieren, hatte sie nicht vergessen, doch an jeder Wegbiegung hielt sie nach ihrem Erzfeind Ausschau. Wahrscheinlich würde sie ihre beiden Ziele nicht voneinander trennen können.

Unterwegs hörte sie den Kampflärm und verlangsamte automatisch den Schritt, da sie nicht in eine Situation geraten wollte, auf die sie nicht vorbereitet war. Schließlich wusste sie noch immer nicht genau, was für ein Wesen hier unten überhaupt lebte, obwohl sie ziemlich sicher war, dass es aus der Alten Welt stammte. Es musste intelligent und gefährlich sein, wenn es so viele Jahre überlebt hatte, und sie würde ihm lieber aus dem Weg gehen. Den Geräuschen zufolge war es momentan genug beschäftigt. Die Gänge wanden sich hierhin und dorthin, und bald bemerkte sie, dass der Lärm viel weiter getragen wurde, als sie gedacht hatte. Als sie die Quelle des Lärms endlich erreichte, war er fast schon verstummt, bis auf ein leises Summen und Knistern. Der Alarm hatte aufgehört, und die Fallen, welche die Gänge bewacht hatten, öffneten sich. Immer noch spürte sie eine Präsenz tief in den Mauern, doch sie wurde kleiner und löste sich rasch auf. Rauchwolken wälzten sich ihr entgegen und lockten sie zu einer Stelle, wo der Gang in die Ruine eines Saales mündete, in der zwei riesige, von Explosionen aufgerissene Zylinder standen. Überall befand sich Schrott von Kriechern, Maschinen, deren Zweck sie nicht kannte, lagen zerstört am Boden, und aus ihren abgerissenen Kabeln und Drähten sprühten Funken. Dieser Raum war riesig, und als sie eintrat, herrschte Stille wie in einer Festung, die zu einem Grab geworden war.

Sofort spürte sie den Druiden. Er saß zusammengesunken an einer Wand und starrte sie an. Seine schwarze, blutüberströmte Robe bedeckte ihn wie ein zerfetztes Leichenhemd. Sein Körper war verbrannt und schwer verwundet. Das eine Bein war fast vollständig abgerissen. Die Haut war an den Stellen, wo sie nicht mit Brandblasen übersät war, bleich wie Kreide.

Vor Überraschung über diesen Anblick verspürte sie nicht einmal Genugtuung. Wenn sie überhaupt etwas fühlte, dann Enttäuschung. Ihr ganzes Leben hatte sie auf diesen Augenblick gewartet, und jetzt, da er gekommen war, ähnelte er nicht im Mindesten dem, was sie sich vorgestellt hatte. Sie selbst hatte den Druiden vernichten wollen. Jemand hatte sie um dieses Vergnügen betrogen.

Sie ging bis auf ein paar Meter an ihn heran und blieb stehen. Noch immer sagte sie kein Wort, doch ihre Blicke trafen sich, und sie suchte nach etwas, das ihr wenigstens eine kleine Genugtuung bereiten würde. Sie entdeckte jedoch nichts.

»Wo sind die anderen?«, fragte sie schließlich. »Die Seherin und der Elf?«

Er hustete und schluckte schwer. »Schon gegangen.«

»Du liegst im Sterben, Druide«, stellte sie fest.

Er nickte. »Meine Zeit ist gekommen.«

»Du hast verloren.«

»Tatsächlich?«

»Der Tod nimmt alle Siegeschancen. Deine sinken, während wir uns hier unterhalten.«

»Vielleicht nicht.«

Seine Weigerung, die Niederlage einzugestehen, erfüllte sie mit Wut, doch sie beherrschte sich. »Hast du die Magie gefunden, nach der du gesucht hast?« Sie zögerte. »Willst du es mir freiwillig erzählen, oder muss ich dir in den Kopf schauen, um eine Antwort auf meine Frage zu bekommen?«

»Du brauchst mir nicht zu drohen. Ich habe die Magie gefunden und mir genommen, was ich konnte. Doch solange ich lebe, wirst du sie nicht in die Finger bekommen.«

Sie starrte ihn an. »Demnach muss ich nicht mehr lange warten, oder?«

»Länger, als du denkst. Mein Tod ist nur der Beginn deiner Reise.«

Es war ihr schleierhaft, wovon er redete. »Welche Reise meinst du, Druide? Sag schon.«

Blut trat auf seine Lippen und rann in einer dünnen Linie am Kinn herunter. Seine Augen wurden glasig. Sie wurde nervös. Er durfte noch nicht sterben. »Ich habe den Jungen«, sagte sie. »Du hast dir viel Mühe gegeben, ihn von deinen Lügen zu überzeugen, die er nun für die Wahrheit hält. Tatsächlich glaubt er, er sei Bek und ich seine Schwester. Und dich betrachtet er als seinen Freund. Wenn dir etwas an ihm gelegen ist, wirst du mir helfen, solange du noch Zeit hast.«

Walker wandte nicht den Blick von ihr. »Er ist wirklich dein Bruder, Grianne. Du hast ihn in dem Keller eures Hauses versteckt, in einer kleinen Kammer hinter einem Regal. Dort wurde er von einem Gestaltwandler gefunden, der ihn zu mir brachte. Ich übergab ihn einem Mann und seiner Frau im Hochland, und dort wurde er aufgezogen. Das ist die Wahrheit. Die Lügen stammen von dir, Grianne.«

»Wag es nicht, mich so zu nennen, Druide!«, zischte sie ihn an.

Er hob schwach die Hand. »Der Morgawr hat deine Eltern getötet, Grianne. Er ermordete sie und raubte dich, damit er deine Gabe zu seinem Vorteil ausnutzen und dich zu seiner Schülerin machen konnte. Von mir behauptete er, ich hätte diese Gräueltat begangen, damit auch du seinen größten Feind hasst. Das tat er in der Hoffnung, dass du mich eines Tages vernichten würdest. So hatte er es geplant. Er hat dein Denken schon früh beeinflusst und dich gut ausgebildet. Nur von Bek ahnte er nichts. Er wusste nicht, dass außer mir noch jemand die Wahrheit kannte, die er so mühsam verschleiert hatte.«

»Alles Lügen«, flüsterte sie. Erneut loderte die Wut in ihr auf, und die Magie brodelte. Wenn er noch ein einziges Wort sagte, würde sie sich nicht mehr beherrschen können und die Sache sofort beenden.

»Willst du die Wahrheit wissen?«, fragte er.

»Ich kenne sie bereits.«

»Willst du die letzte und ewige Wahrheit wissen?«

Sie starrte ihn an. In seinen dunklen Augen lag ein Leuchten, das ihr nicht entging. Er hatte etwas vor, arbeitete auf etwas hin, aber sie war sich nicht sicher, was. Vorsicht, ermahnte sie sich.

Sie schob die Hände in die Ärmel ihrer Robe. »Ja«, sagte sie.

»Dann benutze das Schwert.«

Einen Moment lang begriff sie nicht, wovon er redete. Dann erinnerte sie sich an den Talisman, den sie auf dem Rücken trug und den ihr der Junge gegeben hatte. Sie langte zur Schulter und berührte sachte das Schwert. »Dies hier?«

»Das ist das Schwert von Shannara.« Er schluckte heftig, und der Atem rasselte in seiner Brust. »Ruf seine Magie hervor, wenn du wirklich die Wahrheit wissen willst, vor der du dich so lange gedrückt hast. Dieser Talisman kann nicht lügen. Wenn du ihn gebrauchst, gibt es keine Täuschungen mehr. Nur die Wahrheit.«

Langsam schüttelte sie den Kopf. »Ich vertraue dir nicht.«

Schwach und traurig lächelte er. »Natürlich nicht. Das verlange ich ja auch nicht von dir. Aber vertraust du dir selbst? Deiner eigenen Magie? Dann benutze das Schwert. Oder hast du Angst?«

»Ich habe vor nichts Angst.«

»Dann benutze das Schwert.«

»Nein.«

Damit sei die Sache erledigt, dachte sie, aber sie irrte sich. Er nickte, als habe sie ihm die Antwort gegeben, die er erwartete. Anstatt seine Absichten zu durchkreuzen, hatte sie getan, was er wollte. Er bewegte seinen Arm, sodass die Hand auf seiner verwundeten Brust zu liegen kam. Es grenzte an ein Wunder, dass er überhaupt noch lebte.

»Benutze das Schwert mit mir zusammen«, flüsterte er.

Sie schüttelte nachdrücklich den Kopf. »Nein.«

»Wenn du das Schwert nicht benutzt«, sagte er leise, »wirst du niemals Kontrolle über die Magie erlangen, die ich vor dir verborgen habe. Alles, was ich erreicht habe, all das Wissen über die Alte Welt, das ich in diesen Katakomben gesammelt habe, all die Macht, die mir von Druiden verliehen wurde, sie befindet sich tief in meinem Inneren. Du kannst sie mit Hilfe des Schwertes freisetzen, wenn du stark genug bist, es richtig zu führen. Sonst nicht.«

»Alles nur Lügen!«, fauchte sie.

»Lügen?« Seine Stimme wurde schwächer, seine schleppenden Worte klangen müde. »Ich bin so gut wie tot. Aber ich bin immer noch viel stärker als du. Im Gegensatz zu dir kann ich das Schwert anwenden. Du wagst es nicht. Beweise mir doch das Gegenteil, wenn du glaubst, du kannst es. Tu, was ich sage. Benutz das Schwert. Prüfe dich an mir. Wenn du stark genug bist, geht alles, was ich in mir habe, in deinen Besitz über. Schau mich an. Schau mir in die Augen. Was siehst du?«

Was sie sah, war eine Gewissheit, die keinen Zweifel duldete und keine List enthüllte. Er forderte sie heraus, die Wahrheit zu erkunden, wie sie glaubte, er forderte sie auf, das Risiko einzugehen, das mit dieser Wahrheit verbunden war. Sie hielt es eigentlich nicht für richtig, dies zu tun, doch schien ihr der Zugang zu seinem Kopf jedes Risiko wert zu sein. Wäre sie erst eingedrungen, würde sie all seine Geheimnisse erfahren. Sie würde wissen, was es mit den verschwundenen Büchern der Magie auf sich hatte. Und auch die Wahrheit über sich und den Jungen würde sie erfahren. Diese Chance durfte sie sich nicht entgehen lassen. Sein Unfug über Druidenwissen und -macht sollte sie nur ablenken, doch bei solchen Spielchen war sie besser als er.

»Also gut.« Ihre Worte klangen hart wie Eisen. »Aber du legst deine Hand zuerst an das Schwert, unter meine, damit ich es unter Kontrolle behalte. Auf diese Weise kann ich sichergehen, dass es sich nicht um einen miesen Trick handelt.«

Damit, so glaubte sie, habe sie den Spieß umgedreht. Sie erwartete, er würde nun einen Rückzieher machen, da er fürchtete, eine Verbindung einzugehen, die ihn jeder Fluchtmöglichkeit beraubte. Aber erneut überraschte er sie. Zustimmend nickte er. Er würde tun, was sie verlangte. Sie starrte ihn an. Als sie ein zufriedenes Zucken auf seinem Gesicht zu sehen meinte, brodelte erneut ihre Wut auf, und sie drohte ihm mit der Faust.

»Denk nicht, du könntest mich täuschen, Druide!«, schrie sie. »Ich würde dich zermalmen, ehe du auch nur blinzeln kannst!«

Er antwortete nicht und wich ihrem Blick nicht aus. Einen Moment lang überlegte sie, die ganze Sache sein zu lassen und einfach von diesem Ort zu verschwinden. Sollte er sterben, und sie würde sich später um alles kümmern. Doch die Gelegenheit, die er ihr bot, konnte sie nicht verstreichen lassen. Er hütete so viele Geheimnisse, und sie wollte sie alle. Sie wollte die Wahrheit über den Jungen wissen, die Wahrheit über die Magie dieses Komplexes. Eine zweite Chance, dies alles zu erfahren, würde sich ihr vielleicht nie mehr bieten, und deshalb musste sie rasch handeln.

Sie holte tief Luft. Was immer er vorhatte, welche Überraschung er in der Hinterhand bereithielt, sie würde doch mit ihm fertig werden, oder etwa nicht?

Also griff sie über die Schulter und zog das Schwert langsam aus der Scheide, holte es nach vorn und hielt es vor ihn, Klinge nach unten, Heft nach oben. In der rauchigen Dunkelheit wirkte die alte Waffe stumpf und leblos. Wieder plagten sie Zweifel. War dies wirklich das legendäre Schwert von Shannara? Es enthielt keine andere Magie; die hätte sie längst entdeckt. Allerdings gab es auch nichts, was dem sterbenden Druiden helfen konnte. Nichts konnte ihn von den schweren Wunden heilen, die er erlitten hatte. Was nur hatte ihm diese Verletzungen zugefügt? Sie hätte ihm die Frage gestellt, wenn nur noch genug Zeit geblieben wäre.

Also rückte sie näher an ihn heran und reichte ihm die Waffe, damit er das Heft ergreifen konnte. Sie behielt ihn im Auge und beobachtete ihn genau. Aber zu irgendwelchen Listen war er nicht mehr fähig. Die Augen hatte er halb geschlossen, sein Atem ging abgehackt und flach, aus seinem versehrten Körper floss das Blut in die Robe. Ein letztes Mal wollten Zweifel sie warnen, doch sie vertraute ihrem Instinkt, auch wenn sie es hasste, die Angst auf dem Gesicht ihres Erzfeindes wahrzunehmen, dem Gesicht eines Mannes, dem sie so viele Jahre lang nachgejagt war.

Sie wischte alle Zweifel zur Seite. »Leg die Hand auf das Schwert!«

Er nahm die blutende Hand von der Brust und streckte sie zum Heft aus. Währenddessen verlor sich sein Blick kurz im Leeren, und seine Hand griff an der Waffe vorbei und strich leicht über ihre Stirn. Sie hatte sich so sehr auf seine Augen konzentriert, dass sie nicht auf seine Hand geachtet hatte. Jetzt zuckte sie zusammen, als sie die feuchte Schmiere spürte, den seine Finger auf ihrer Haut hinterlassen hatten. Sie hörte ihn etwas sagen, Worte, zu leise, um sie zu verstehen.

Das Blut auf ihrer Stirn erschreckte sie, allerdings wollte sie ihm nicht die Genugtuung geben, es fortzuwischen. Stattdessen platzierte sie ihre Hand über seiner und schloss sie um den Griff.

»Jetzt werden wir ja sehen, Druide.«

»Jetzt werden wir sehen«, stimmte er zu.

Ihre Blicke lösten sich nicht voneinander, während sie in der rauchenden Ruine der Extraktionskammer warteten. Sie waren so einsam und verlassen, als würde es auf der ganzen Welt kein anderes Wesen mehr geben. Um sie herum war es still geworden. Selbst die Kabel und Drähte sprühten keine Funken mehr, und die Maschinen hatten aufgehört, sich zu bewegen. In dieser Stille hörte die Ilse-Hexe den ersterbenden Atem des Druiden.

Plötzlich dachte sie, dass sie nur ihre Zeit verschwendete, und Zorn bemächtigte sich ihrer. Dies war nicht das Schwert von Shannara. Es handelte sich um eine ganz gewöhnliche Waffe.

Als Reaktion auf diese Wut packte sie Walkers Hand fester. *Sag schon etwas! Zeig mir die Wahrheit, wenn du sie mir zeigen kannst!*

Im nächsten Moment spürte sie eine Wärme, die von der Klinge ausstrahlte, in ihre Hand eindrang und durch ihren Arm zog. Sie sah, wie der Druide zusammenzuckte, dann hörte sie ihn keuchen. Kurz darauf flammte weißes Licht um sie herum auf, und die beiden verschwanden in dessen flüssigem Herzen.

An der Küste der Blauen Spalte zog die Dämmerung über einer Nebelbank herauf, die sich wie eine Mauer entlang des Horizonts erstreckte. Vom Deck der *Jerle Shannara* aus beobachtete Redden Alt Mer, wie der Dunst aus der abziehenden Dunkelheit auftauchte. Das graue Ungetüm näherte sich der Küste mit der Unausweichlichkeit einer Flutwelle. Der Große Rote hatte schon früher Nebelbänke gesehen, doch niemals eine solche. Sie war dicht und ohne Lücke, sie reichte vom Wasser bis zum Himmel, vom Norden bis zum Süden, vom Licht bis zur Dunkelheit. Die Dämmerung versuchte durchzubrechen, zornrote Streifen schimmerten wie glühendes Metall, so, als brenne draußen auf See ein riesiger Schmelzofen.

In March Brume gab es auch häufig dichten Nebel, so wie in allen Häfen entlang der Westlandküste. Wenn sich Wärme und Kälte dort vermischten, wo Land und Wasser aufeinander stießen, kam es zu Kondensation und zu einer Brühe, die fest genug war, um sie aufs Brot zu schmieren – so sagten es die alten Seemänner. Ungefähr so musste man sich diesen Nebel vorstellen, den Redden Alt Mer jetzt beobachtete, doch hatte er etwas an sich, nun, eine Art Energie, die dunkel und entschlossen das Nahen eines Sturms ankündigte. Nur sah das Wetter überhaupt nicht danach aus. Nichts in der Luft deutete auf Regen hin, auch hatte Redden Alt Mer weder Donner gehört noch Blitze gesehen. Es wehte kein Windhauch. Sogar die Luftdruckmessgeräte ließen keinen Hinweis auf Schwierigkeiten erkennen.

Der Kapitän der Fahrenden ging zum hinteren Deck und spähte nochmals in den Nebel. Was war dort draußen los?

»Ordentliche Suppe«, knurrte Spanner Frew, der sich zu ihm gesellte. Das runzlige Gesicht ragte aus seinem schwarzen Bart wie eine Gewitterwolke. »Schön, dass wir in nächster Zeit nicht in diese Richtung fliegen.«

Alt Mer nickte und blickte weiter in den Nebel. »Hoffentlich bleibt das dort draußen. Ich würde mich lieber häuten und kochen lassen, ehe ich noch eine Woche hier festsitze.«

Einen Tag würde es noch dauern, bis die Reparaturen des Luftschiffs abgeschlossen waren. Inzwischen konnte er sich kaum mehr gedulden. Die Kleine Rote war vor drei Tagen aufgebrochen, und er hatte ein schlechtes Gefühl im Bauch. Sicherlich traute er ihr und Hunter Predd einiges zu, aber er machte sich natürlich Sorgen um die Männer und Frauen, die hinaus in dieses heimtückische Land gezogen waren. Sie waren überall verstreut, die meisten vermutlich verschollen oder gar tot, und er hatte keine Ahnung, wie er sie alle einsammeln sollte. Und zudem stellte er sich ständig die Frage, was wohl seiner Schwester zugestoßen sein mochte.

»Hast du das Problem mit dem vorderen Backbordkristall gelöst?«, erkundigte er sich, beobachtete die Nebelbank und bildete sich noch immer ein, er habe etwas darin gesehen.

Der stämmige Schiffsbauer zuckte mit den Schultern. »Ohne einen neuen Kristall gibt es da nichts zu lösen, und den haben wir nicht. Den Ersatz haben wir während des Sturms im Kanal verloren. Es muss ohne ihn gehen.«

»Nun, ist ja nicht das erste Mal.« Er beugte sich vor, legte die Hände auf die Reling und starrte in den Nebel. »Schau dir das doch mal genau an, Schwarzbart. Siehst du etwas? Da, vielleicht fünfzehn Grad …«

Er sollte den Satz nie beenden. Denn zuvor tauchte eine Reihe dunkler Schemen aus der Dämmerung auf. Sie flogen aus dem Nebel heraus wie ein Schwarm Würger oder Rocks, und ihre Silhouetten zeichneten sich vor der blutrot gestreiften Nebelmauer ab. Wie viele waren es? Fünf, sechs? Nein, Alt Mer berichtigte sich sofort. Ein Dutzend, vielleicht mehr. Rasch zählte er nach, und die Kehle schnürte sich ihm zusammen. Wenigstens zwei Dutzend. Und sie waren groß, zu groß für Rocks. Außerdem hatten sie keine Flügel.

Er hielt den Atem an. Das waren Luftschiffe. Eine ganze Flotte kam da aus dem Nichts heran. Er schaute zu, wie sie Gestalt annahmen, wie sich Masten und Segel und dunkle Rümpfe abzeichneten, wie metallene Halterungen und Klampen aufblitzten. Kriegsschiffe. Er nahm das Fernglas zur Hand und betrachtete sie genau. Es gab keine Wappen auf Flaggen und Wimpeln, keine Hoheitsabzeichen auf Rümpfen und Schandecks. Redden Alt Mer beobachtete, wie sie aus dem Nebel kamen, fünfzehn Grad nach links schwenkten und am Horizont eine Linie bildeten. Die schwarzen Schatten nahmen Formation ein und näherten sich.

Redden Alt Mer setzte das Fernglas ab und holte tief Luft.

Sie flogen geradewegs auf die *Jerle Shannara* zu.

Hier endet das zweite Buch über die Reise der *Jerle Shannara.* Im nächsten Band der Serie wird sich die Ilse-Hexe endlich der Wahrheit stellen müssen, während die Überlebenden aus den Ruinen von Castledown die lange Heimreise antreten.

Die Offenbarung von Shannara

Für Owen Lock

Für den Rat des Lektors,
die Freundschaft und Unterstützung,
die ich stets bekam,
wenn ich sie am dringendsten brauchte.

Eins

Die finstere Gestalt tauchte so unvermittelt aus dem düsteren Alkoven auf, dass Sen Dunsidan beinahe mit ihr zusammengeprallt wäre. Im Gang vor seinem Schlafzimmer war es mit Einbruch der Nacht dunkel geworden, und die Wandlampen erhellten nur eng begrenzte kleine Bereiche. Die Lampen konnten dem Verteidigungsminister in diesem Fall auch nicht helfen, und er hatte weder die Chance, sich zu verteidigen noch zu fliehen.

»Auf ein Wort, wenn es Euch beliebt, Minister.«

Der Eindringling trug Mantel und Kapuze, und obwohl Sen Dunsidan im ersten Augenblick an die Ilse-Hexe denken musste, wusste er gleichzeitig, dass sie es nicht war. Bei diesem Besucher handelte es sich um einen Mann, keine Frau – dazu war er zu groß und zu stämmig, und auch die Stimme klang maskulin. Die Hexe dagegen hatte eine kleine, schlanke Figur und eine kühle, sanfte Stimme. Sie war erst vor einer Woche bei ihm erschienen, ehe sie aufgebrochen war, um an Bord der *Schwarzen Moclips* den Druiden Walker und seine Begleiter zu einem unbekannten Ziel zu verfolgen. Und jetzt erschien dieser Eindringling in gleichem Mantel und gleicher Kapuze und auf dieselbe Weise wie sie – zu nachtschlafender Zeit und unangekündigt. Sofort drängte sich ihm die Frage auf, welche Verbindung zwischen ihnen bestand.

Sen Dunsidan überspielte seine Überraschung sowie die Angst, die ihm die Kehle zusammenschnürte, und nickte. »Und wo möchtet Ihr dieses Wort mit mir wechseln?«

»Euer Schlafgemach wäre recht.«

Obwohl selbst hochgewachsen und noch dazu im besten Mannesalter, fühlte sich der Verteidigungsminister vor dem uneingeladenen Besucher dennoch wie ein Zwerg. Dabei gab gar nicht einmal die Größe unbedingt den Ausschlag, es war vielmehr die gesamte

Erscheinung. Der Eindringling strahlte eine Kraft und Zuversicht aus, wie man sie bei gewöhnlichen Menschen selten findet. Sen Dunsidan fragte gar nicht erst, wie es dem Fremden gelungen war, auf das streng bewachte Gelände innerhalb der Mauern vorzudringen. Er fragte auch nicht, wie der Mann es bis hier oben zu seinen Gemächern geschafft hatte, ohne von den Wachen aufgehalten zu werden. Solcherlei Fragen waren sinnlos. Also akzeptierte er einfach die Tatsache, dass der späte Besucher zu solchen und vermutlich noch zu ganz anderen Dingen fähig war. Dementsprechend verneigte er sich ehrerbietig, öffnete die Tür zu seinem Schlafzimmer und bat den Fremden hinein.

Dort brannten Lichter, wenn auch kaum heller als auf dem Gang draußen, und der Eindringling zog sich augenblicklich in die Schatten zurück.

»Setzt Euch, Minister, und ich werde Euch verraten, weshalb ich hier bin.«

Sen Dunsidan setzte sich auf einen Stuhl mit hoher Lehne und schlug bequem die Beine übereinander. Seine Angst und seine Überraschung hatten sich verflüchtigt. Falls der andere ihm etwas antun wollte, hätte er es ohne dieses Vorspiel längst hinter sich bringen können. Der Besucher wollte etwas, das ihm der Verteidigungsminister des Koalitionsrates der Föderation verschaffen konnte, und daher brauchte sich der Minister keine Sorgen zu machen. Zunächst einmal jedenfalls nicht. Das könnte sich ändern, wenn er nicht mit den richtigen Antworten dienen konnte. Aber Sen Dunsidan war ein Meister darin, anderen zu erzählen, was sie gern hörten.

»Ein kühles Bier?«, fragte er.

»Bedient Euch ruhig, Minister.«

Sen Dunsidan zögerte, der Nachdruck im Tonfall seines Gegenübers irritierte ihn. Dann erhob er sich und ging zu dem Tisch neben seinem Bett, auf dem in einer Schale mit Eis ein Bierkrug und daneben mehrere Gläser standen. Er betrachtete das Bier, während er einschenkte. Sein langes silbernes Haar hing ihm locker über die Schultern, nur an der Stelle nicht, wo es über den Ohren nach der gegenwärtigen Mode geflochten war. Ihm behagte es nicht, wie er sich jetzt fühlte, denn allzu rasch trat Unsicherheit an die Stelle des gerade erst wiedergefundenen Selbstvertrauens. Bei diesem Mann sollte er gut aufpassen und Umsicht walten lassen.

Er kehrte zu seinem Stuhl zurück, setzte sich und nippte an seinem Bier. Dann wandte er das Gesicht dem anderen zu, einer in der Dunkelheit fast unsichtbaren Erscheinung.

»Ich muss Euch um etwas bitten«, sagte der Eindringling leise.

Sen Dunsidan nickte und machte mit einer Hand eine weitschweifige Geste.

Der Eindringling bewegte sich leicht. »Seid gewarnt, Minister. Glaubt nicht, Ihr könntet mich mit Versprechungen hinhalten, die Ihr nicht einzulösen gedenkt. Ich bin nicht hier, um meine Zeit mit einem Narren zu verschwenden, der meint, er könne mich mit leeren Worten fortschicken. Wenn ich merke, dass Ihr mich täuschen wollt, werde ich Euch einfach umbringen. Habt Ihr verstanden?«

Sen Dunsidan holte erst einmal tief Luft. »Ich habe verstanden.«

Der andere erwiderte einen Augenblick lang nichts, dann trat er aus dem tiefen Schatten an den Rand des Lichts. »Ich bin der Morgawr. Und der Mentor der Ilse-Hexe.«

»Aha.« Der Verteidigungsminister nickte. Somit hatte er sich also nicht getäuscht, was die Ähnlichkeit der Erscheinungen betraf.

Die verhüllte Gestalt rückte noch näher. »Ihr und ich werden eine Partnerschaft eingehen, Minister. Eine neue Partnerschaft, welche die Eure mit meiner Schülerin ablösen wird. Sie braucht Euch nicht mehr und wird Euch nicht wieder aufsuchen. Ich hingegen schon. Oft.«

»Weiß sie darüber Bescheid?«, fragte Dunsidan leise.

»Sie weiß es schon viel besser, als sie denkt.« Die Stimme des Besuchers klang tief und hart. »Da sie sich entschlossen hat, mich zu hintergehen, werde ich sie für ihre Untreue bestrafen. Darum kümmere ich mich, wenn ich ihr das nächste Mal begegne. Euch betrifft das jedoch nicht, allerdings kennt Ihr jetzt den Grund, warum Ihr sie nicht mehr sehen werdet. Über all diese Jahre hinweg war ich die treibende Kraft hinter ihren Anstrengungen. Ich war es, der ihr die

Macht verlieh, Bündnisse wie jenes mit Euch zu schmieden. Doch sie hat mein Vertrauen missbraucht und somit meinen Schutz verwirkt. Für mich ist sie nicht mehr von Nutzen.«

Sen Dunsidan trank einen großen Schluck Bier und stellte das Glas dann zur Seite. »Ihr werdet mir verzeihen, Sir, wenn ich eine kritische Anmerkung mache. Ich kenne Euch nicht, sie kenne ich hingegen schon. Daher weiß ich auch, wozu sie in der Lage ist. Und ich weiß, was demjenigen geschieht, der Verrat an ihr begeht, und zu denen möchte ich lieber nicht gehören.«

»Vielleicht solltet Ihr besser auch ein wenig Angst vor mir haben. Denn schließlich stehe ich im Augenblick leibhaftig hier vor Euch.«

»Vielleicht. Aber die Dunkle Dame ist stets dann aufgetaucht, wenn man sie am wenigsten erwartet hat. Zeigt mir ihren Kopf, und ich werde mich glücklich schätzen, mit Euch ein neues Bündnis zu schließen.«

Die verhüllte Gestalt lachte leise. »Gut gesprochen, Minister. Ihr reagiert auf eine unangenehme Forderung mit der Antwort eines Politikers. Nur denke ich, Ihr solltet Euch die Sache noch einmal durch den Kopf gehen lassen. Seht mich an.«

Er langte nach seiner Kapuze, zog sie zurück und enthüllte sein Gesicht. Es war das Gesicht der Ilse-Hexe, jung und zart und gefährlich. Sen Dunsidan zuckte unwillkürlich zusammen. Dann veränderte sich das Mädchengesicht, fast wie eine Fata Morgana, und verwandelte sich in Sen Dunsidans – harte Züge und Kanten, bohrende blaue Augen, silbernes, langes Haar und die Andeutung von einem Lächeln, das bereit war, alles zu versprechen.

»Ihr und ich, wir haben viel gemeinsam, Minister.«

Erneut verwandelte sich das Gesicht. Jetzt war er ein junger Mann, einer, den Sen Dunsidan jedoch nie zuvor gesehen hatte. Das Gesicht war schwer zu beschreiben, so weich, dass man es leicht vergaß, weil ihm interessante oder einprägsame Züge fehlten.

»Ist das mein wirkliches Ich, Minister? Enthülle ich mich Euch nun?« Ein Moment der Stille. »Oder bin ich dies?«

Das Gesicht flimmerte und veränderte sich zu einer monströsen Reptilienfratze mit flacher Schnauze und Schlitzaugen. Raue graue

Schuppen überzogen die verwitterte Haut, und ein breiter, gezackter Mund enthüllte spitze Zähne. Stechende, hasserfüllte und giftige Augen glimmten mit grünem Feuer.

Der Eindringling zog sich die Kapuze wieder über den Kopf, und sein Gesicht verschwand im Schatten. Sen Dunsidan saß reglos da. Er hat sehr wohl begriffen, was man ihm mit dieser Vorführung verdeutlichen wollte. Dieser Mann war im Besitz einer äußerst mächtigen Magie. Zumindest konnte er die Gestalt wandeln, und vermutlich war er zu viel mehr in der Lage. Er war ein Mann, der die Exzesse der Macht genauso genoss wie der Minister, und er würde seine Macht gnadenlos einsetzen, um seine Ziele zu erreichen.

»Ich sagte schon, wir haben vieles gemeinsam, Minister«, flüsterte der Eindringling. »Unser äußeres Erscheinungsbild hat keine Ähnlichkeit mit dem, was wir in Wirklichkeit sind. Ich kenne Euch. Ich kenne Euch so gut wie mich selbst. Ihr würdet alles tun, um in der Hierarchie der Föderation einen Sprung nach oben zu machen. Ihr ergötzt Euch an Freuden, die anderen Menschen versagt sind. Ihr trachtet nach dem, was Ihr nicht haben könnt, und schmiedet Pläne, wie Ihr es erlangen könntet. Ihr lächelt und täuscht Freundschaft vor, doch eigentlich seid Ihr eine Schlange, vor der sich Eure Feinde hüten sollten.«

Sen Dunsidan lächelte wie ein Politiker. Was wollte dieses Wesen von ihm?

»Ich erzähle Euch das alles nicht, um Euch zu verärgern, Minister, sondern um sicherzugehen, dass Ihr meine Absichten nicht missversteht. Ich bin hier, um Euch zu helfen, und im Gegenzug erwarte ich von Euch ebenfalls Hilfe und Unterstützung. Mir ist daran gelegen, die Hexe auf ihrer Reise zu verfolgen. Um dabei zu sein, wenn sie gegen den Druiden antritt, denn dazu wird es sicherlich am Ende kommen. Mich verlangt es danach, sie in jenem Moment zu erwischen, wenn sie die Magie erlangt, die sie sucht. Denn ich bin entschlossen, ihr dieselbe abzunehmen und die untreue Person anschließend umzubringen. Um diesen Wunsch jedoch in die Tat umzusetzen, brauche ich eine Flotte von Luftschiffen und außerdem die entsprechenden Besatzungen.«

Sen Dunsidan starrte ihn ungläubig an. »Was Ihr verlangt, ist unmöglich.«

»Unmöglich ist überhaupt nichts, Minister.« Die schwarze Robe raschelte, als der Eindringling den Raum durchquerte. »Ist das, um was ich Euch ersuche, vielleicht unmöglicher als das, wonach Ihr strebt?«

Der Verteidigungsminister zögerte. »Was sollte das sein?«

»Premierminister zu werden. Die Herrschaft über den Koalitionsrat für jetzt und alle Zeiten zu erlangen. Die Föderation zu beherrschen und damit gleichzeitig die Vier Länder.«

Verschiedene Gedanken gingen Sen Dunsidan in rascher Folge durch den Kopf, doch am Ende blieb nur einer übrig. Der Eindringling hatte Recht. Sen Dunsidan würde alles tun, um Premierminister zu werden und den Koalitionsrat zu kontrollieren. Selbst die Ilse-Hexe hatte seinen Ehrgeiz gekannt, obwohl sie nie in dieser Weise darüber gesprochen hatte, in einer Weise, die es plötzlich möglich erscheinen ließ, das Ziel tatsächlich zu erreichen.

»Ich glaube, beides ist unmöglich«, antwortete er dem anderen vorsichtig.

»Ihr habt nicht verstanden, was ich Euch gerade erklärt habe«, fuhr der Eindringling fort. »Ich sage Euch, dass ich ein besserer Verbündeter sein werde als die kleine Hexe. Wer steht zwischen Euch und Eurem Ziel? Der Premierminister, der gesund und munter ist? Er wird noch lange Jahre sein Amt ausüben, ehe er abtritt. Sein designierter Nachfolger, der Finanzminister Jaren Arken? Er ist jünger als Ihr und ebenso mächtig und skrupellos. Er hat es darauf abgesehen, Verteidigungsminister zu werden, nicht wahr? Arken strebt Eure Position im Rat an.«

Kalte Wut erfasste Sen Dunsidan bei diesen Worten. Natürlich stimmte es – alles. Arken war sein ärgster Rivale, schlüpfrig wie eine Schlange, kaltherzig wie ein Reptil. Er wünschte sich den Tod des Mannes, hatte jedoch noch keine Möglichkeit gefunden, wie er das bewerkstelligen sollte. Die Ilse-Hexe hatte er um Hilfe gebeten, doch bei allem, was sie für ihn getan hatte, weigerte sie sich stets, diesen Kerl für ihn umzubringen.

»Was bietet Ihr mir also an, Morgawr?«, fragte er offen heraus, da er des Spiels müde war.

»Nur dies. Morgen Nacht wird es die Männer, die Euch im Weg stehen, nicht mehr geben. Auf Euch wird kein Verdacht fallen, niemand wird Euch Schuld zuweisen. Die Position, die Ihr anstrebt, werdet Ihr einnehmen können. Niemand stellt sich Euch in den Weg. Niemand wird Euren Anspruch auf die Führung in Zweifel ziehen. So viel kann ich für Euch tun. Im Gegenzug müsst Ihr tun, worum ich Euch bitte – gebt mir die Schiffe und Männer. Ein Verteidigungsminister kann so etwas bewerkstelligen, vor allem, wenn er der nächste Premierminister werden soll.«

Der Eindringling flüsterte drängend: »Akzeptiert die Partnerschaft, die ich Euch anbiete, denn wir könnten nicht nur jetzt zusammenarbeiten, sondern auch später erneut, wenn es notwendig werden sollte.«

Sen Dunsidan dachte eine Weile lang darüber nach, was man eigentlich von ihm verlangte. Er wollte unbedingt Premierminister werden. Um diese Position zu erreichen, würde er alles tun. Dennoch misstraute er diesem Wesen, diesem Morgawr, der ohne Frage nicht rein menschlicher Abstammung war und über eine Magie verfügte, die sein Opfer in Versuchung führen konnte, ehe es noch recht begriffen hatte, was vor sich ging. Überzeugt war er noch immer nicht, dass es ratsam wäre, das Angebot anzunehmen. Er fürchtete sich vor der Ilse-Hexe; das allerdings durfte er nur vor sich selbst zugeben und vor niemandem sonst. Wenn er sie hinterging und sie dies herausfand, war er ein toter Mann; sie würde ihn so lange hetzen, bis sie ihn zur Strecke gebracht hätte. Auf der anderen Seite wollte dieser Morgawr sie vernichten, wie er gesagt hatte, und dann tat Sen Dunsidan gut daran, seine Zweifel in den Wind zu schlagen.

Der Spatz in der Hand, so hieß es in dem Sprichwort, war besser als die Taube auf dem Dach. Wenn es einen Weg gab, Premierminister des Koalitionsrates zu werden, so war er jedes Risiko wert.

»Was für Luftschiffe braucht Ihr?«, fragte er ruhig. »Und wie viele?«

»Sind wir uns also einig, was unsere Partnerschaft angeht, Minister? Ja oder nein? Keine Ausflüchte. Und keine Bedingungen. Ja oder nein.«

Sen Dunsidan war sich noch immer nicht sicher, aber er konnte die Chance, sein Ziel zu erreichen, nicht einfach verstreichen lassen. Dennoch sprach er das Wort, mit dem er sein Schicksal besiegelte, als atme er Feuer. »Ja.«

Der Morgawr bewegte sich wie flüssige Nacht und durchquerte so das Schlafzimmer, ohne die Schatten zu verlassen. »Also gut. Ich werde morgen nach Sonnenuntergang wieder bei Euch sein und Euch wissen lassen, wie Ihr Eure Seite der Vereinbarung erfüllen könnt.«

Damit war er zur Tür hinaus verschwunden.

In dieser Nacht schlief Sen Dunsidan schlecht. Üble Träume plagten ihn, und er lag lange wach, weil er ständig darüber nachdachte, dass er sich zu einem Preis verkauft hatte, der noch nicht festgelegt war und der sich möglicherweise als zu hoch erweisen würde. Dennoch stellte er sich gleichzeitig vor, welche Aussichten mit diesem Geschäft verbunden waren, und das erfüllte ihn mit großer Aufregung. Gewiss war kein Preis zu hoch, wenn er Premierminister werden würde. Einige Schiffe und Mannschaften, die ihm sowieso nicht besonders viel bedeuteten – das war praktisch geschenkt. In Wahrheit hätte er viel mehr getan, um die Herrschaft über die Föderation zu erlangen. In Wahrheit hätte er jeden Preis gezahlt.

Trotzdem würde er am Ende unter Umständen mit leeren Händen dastehen. Womöglich war das alles nur eine Maskerade, um seine Bereitschaft zu prüfen, das Bündnis mit der Hexe zu brechen.

Aber als er erwachte und sich ankleidete, um in den Ratssaal zu gehen, erreichte ihn die Nachricht, dass der Premierminister verstorben sei. Der Mann hatte sich schlafen gelegt und war nicht mehr aufgewacht. Das war durchaus ungewöhnlich, bedachte man seine gute Gesundheit und sein verhältnismäßig junges Alter, doch das Leben – und ebenso der Tod – steckten voller Überraschungen.

Sen Dunsidan verspürte bei dieser Nachricht Freude und Zuversicht. Er gestattete sich zu hoffen, dass das Undenkbare tatsächlich im Bereich des Möglichen liege und dass der Morgawr vielleicht wirklich Wort halten würde. *Premierminister Dunsidan,* dachte er tief im Innern, an jenem Ort, wo er seine finstersten Geheimnisse verborgen hielt.

Er erreichte den Saal des Koalitionsrates, und dort erfuhr er vom Tode Jaren Arkens. Der Finanzminister war von seinem Zuhause losgeeilt, nachdem er vom plötzlichen Verscheiden des Premierministers gehört hatte, und tief in Gedanken versunken bei der Aussicht, die vakant gewordene Führerstelle zu besetzen, war er die Treppe zur Straße hinuntergestürzt. Unten schlug er mit dem Kopf auf die Steinfiguren des Geländers. Als seine Diener bei ihm eintrafen, war er bereits tot.

Sen Dunsidan war nach Eintreffen der Nachricht nicht länger überrascht, sondern verspürte Zufriedenheit und Aufregung. Er setzte eine traurige Miene auf und antwortete allen jenen, die an ihn herantraten, mit politischen Floskeln – und das waren in der Tat viele, da er derjenige war, den die Ratsmitglieder inzwischen zum Nachfolger auserkoren hatten. Den Tag verbrachte er mit Vorbereitungen für die Bestattungsfeierlichkeiten und Trauerreden, sprach darüber, wie erschüttert und entsetzt er sei, während er gleichzeitig seine Macht festigte. Zwei solch wichtige und begabte Führer waren dem Land mit einem Streich verloren gegangen; daher musste man einen starken Mann finden, der das entstandene Vakuum ausfüllte. Er bot sich an und versprach, für jene, die ihn unterstützten, alles zu tun, was in seiner Macht stand.

Bei Einbruch der Nacht redete niemand mehr über die toten Männer; alle redeten nur noch über ihn.

Er saß in seinem Zimmer, wartete bis lange nach Sonnenuntergang und sann darüber nach, was geschehen würde, wenn der Morgawr zurückkehrte. Davon ging er jedenfalls aus, dass sein neuer Verbündeter kommen würde, um den vereinbarten Handel zum Abschluss zu bringen. Allerdings war er nicht ganz so sicher, was er letztendlich verlangen würde. Bestimmt würde er keine Drohungen ausstoßen, aber diese würden nichtsdestoweniger unausgesprochen im Raum stehen: Wenn er sich so leicht eines Premierministers und eines Finanzministers entledigen konnte, wie viel schwerer war dann ein widerspenstiger Verteidigungsminister? Sen Dunsidan steckte jetzt bis zum Hals mit in der Sache drin. Es gab kein Zurück mehr. Bestenfalls durfte er hoffen, dass er die Forderungen des Morgawrs erfüllen konnte.

Es war schon fast Mitternacht, als der Besucher eintraf und lautlos in schwarzer Robe und mit bedrohlicher Haltung hereinschlich. In der Zwischenzeit hatte Sen Dunsidan mehrere Gläser Bier getrunken, was er jetzt bedauerte.

»Ungeduldig, Minister?«, fragte der Morgawr leise und verschwand sofort im Schatten. »Habt Ihr gedacht, ich würde nicht mehr kommen?«

»Ich war mir sicher, Ihr würdet erscheinen. Was wollt Ihr nun von mir?«

»So schroff? Keine Zeit für einen kurzen Dank? Ich habe Euch zum Premierminister gemacht. Dazu fehlt nur noch die Wahl im Koalitionsrat, eine reine Formsache. Wann wird das erledigt?«

»In ein oder zwei Tagen. Also gut, Ihr habt Euren Teil der Abmachung erfüllt. Wie wird meiner aussehen?«

»Schiffe, Minister. Schiffe, die eine lange Reise und an deren Ende eine Schlacht überstehen können. Schiffe, die Männer und Ausrüstung transportieren können, und zwar in den Mengen, die notwendig sind. Schiffe, die die Schätze transportieren können, die ich zu heben erwarte.«

Sen Dunsidan schüttelte skeptisch den Kopf. »Solche Schiffe sind nicht leicht zu bekommen. Alle, die wir haben, sind auf der Prekkendorranischen Anhöhe. Wenn ich, nun sagen wir, ein Dutzend –«

»Zwei Dutzend kämen meinen Vorstellungen schon näher«, unterbrach ihn sein Gegenüber sanft.

Zwei Dutzend? Der Verteidigungsminister atmete tief durch. »Also zwei Dutzend. Aber man würde es bemerken, wenn plötzlich so viele Schiffe von der Front abgezogen werden. Wie soll ich das erklären?«

»Ihr werdet Premierminister. Ihr braucht nichts zu erklären.« In seiner rauen Stimme schwang ein Hauch von Ungeduld mit. »Nehmt sie von den Fahrenden, wenn Ihr selbst nicht genug habt.«

Dunsidan genehmigte sich rasch einen Schluck Bier, obwohl er eigentlich schon zu viel getrunken hatte. »Die Fahrenden sind in diesem Konflikt neutral. Söldner, aber neutral. Falls ich ihre Schiffe beschlagnahme, werden sie sich weigern, weitere für mich zu bauen.«

»Ich habe nichts von Beschlagnahme gesagt. Stehlt sie und schiebt die Schuld daran einfach jemand anders in die Schuhe.«

»Und die Besatzungen? Was für Männer braucht Ihr? Muss ich die ebenfalls stehlen?«

»Holt sie aus dem Kerker. Männer, die bereits mit Luftschiffen geflogen sind und auf ihnen gekämpft haben. Elfen, Grenzlandbewohner, Fahrende, wen auch immer. Gebt mir genug, damit ich meine Mannschaften aufstellen kann. Aber erwartet sie hinterher nicht von mir zurück. Nachdem ich sie benutzt habe, gedenke ich mich ihrer zu entledigen. Sie werden nicht mehr zu gebrauchen sein.«

Die Haare standen Sen Dunsidan zu Berge. Zweihundert Mann, die weggeworfen werden sollten wie alte Schuhe. Abgelaufen, ruiniert und nicht mehr zu tragen. Was bedeutete das? Plötzlich drängte es ihn, aus dem Zimmer zu fliehen, fortzurennen und nicht eher anzuhalten, bis er vergessen hatte, wo er herkam.

»Ich brauche Zeit, um das alles zu arrangieren, eine Woche ungefähr.« Er versuchte, seine Stimme ruhig klingen zu lassen. »Zwei Dutzend Schiffe, die verschwinden, da wird es Gerede geben. Die Männer aus dem Kerker wird man vermissen. Ich muss darüber nachdenken, wie ich die Sache bewerkstelligen kann. Sind wirklich so viele notwendig, um Eure Verfolgung durchzuführen?«

Der Morgawr wurde still. »Ihr scheint nicht in der Lage zu sein, irgendetwas zu tun, worum ich Euch bitte, ohne es in Frage zu stellen. Warum? Habe ich Euch gefragt, wie ich die Männer beseitigen soll, die Euch im Wege standen, als Ihr Premierminister werden wolltet?«

In diesem Moment wurde Sen Dunsidan bewusst, dass er zu weit gegangen war. »Nein, nein, natürlich nicht. Ich habe nur gedacht, ich –«

»Gebt mir die Männer heute Nacht«, unterbrach ihn der andere.

»Aber ich brauche Zeit.«

»Ihr habt sie in Euren Gefängnissen hier in der Stadt. Arrangiert einfach sofort ihre Freilassung.«

»Es gibt gewisse Vorschriften, was die Freilassung von Gefängnishäftlingen angeht.«

»Setzt Euch darüber hinweg.«

Sen Dunsidan fühlte sich, als stünde er im Treibsand und versinke unaufhaltsam. Aber er sah keinen Ausweg, keine Rettung.

»Gebt mir die Mannschaften heute Nacht, Minister«, zischte sein Gegenüber. »Und zwar persönlich. Als Zeichen, dass mein Vertrauensvorschuss in Euch gerechtfertigt war. Zeigt mir, dass Ihr in unsere neue Partnerschaft mehr einbringt als nur leere Worte.«

»Aber ich –«

Der andere Mann trat rasch aus dem Schatten und packte den Minister am Hemd. »Ich denke, Ihr braucht eine kleine Demonstration. Ein Beispiel dafür, was demjenigen zustößt, der mich in Frage stellt.« Die Finger, die sich im Stoff festgekrallt hatten, zogen Sen Dunsidan mit eiserner Kraft auf die Zehenspitzen hoch. »Ihr zittert ja, Minister. Habe ich jetzt endlich Eure volle Aufmerksamkeit?«

Sen Dunsidan nickte wortlos, weil er zu verängstigt war, um auch nur ein Wort zu sagen.

»Gut. Jetzt kommt mit mir.«

Nachdem der andere ihn losgelassen hatte, holte Sen Dunsidan tief Luft und trat zurück. »Wohin?«

Der Morgawr ging an ihm vorbei, öffnete die Tür des Schlafzimmers und schaute ihn aus dem Schatten seiner Kapuze an. »Zum Kerker selbstverständlich, Minister, um meine Männer zu holen.«

Zwei

Gemeinsam gingen der Morgawr und Sen Dunsidan durch die Korridore des Ministerhauses, traten durch das Tor in den Hof und in die Nacht hinaus. Niemand, weder Wachen noch Diener, sprach mit ihnen, wenn sie vorübergingen. Ja, es schien sie überhaupt niemand zu sehen. *Magie,* dachte Sen Dunsidan hilflos. Er unterdrückte den Drang, um Hilfe zu schreien, denn er wusste, es gab keine.

Irrsinn.

Aber er hatte seine Entscheidung getroffen.

Auf dem Weg durch die dunklen, leeren Straßen der Stadt gewann der Verteidigungsminister langsam und Stück um Stück die Fassung zurück. Wenn er diese Nacht überleben wollte, musste er sich ein wenig mehr anstrengen. Der Morgawr hielt ihn bereits für schwach und töricht; und wenn er ihn als nutzlos betrachtete, würde er sich seiner sofort entledigen. So ging er aufrecht und mit großen Schritten, atmete tief durch und sammelte seinen Mut und seine Entschlossenheit. *Denk daran, wer du bist,* ermahnte er sich. *Vergiss nicht, was auf dem Spiel steht.*

Neben ihm ging der Morgawr, sah ihn nicht an, sprach nicht mit ihm und verriet mit keinem Zeichen, dass er irgendein Interesse an ihm hegte.

Der Kerker lag am westlichen Rand der Kaserne, nahe am rasch dahinfließenden Rappahalladran. Er bestand aus einer Furcht einflößenden Anhäufung von Steintürmen und Mauern. Schmale Schlitze bildeten die Fenster, eiserne Stacheln bewehrten die Zinnen. In seiner Eigenschaft als Verteidigungsminister stattete Sen Dunsidan dem Kerker regelmäßig einen Besuch ab, und er kannte die Geschichten. Noch nie war jemandem die Flucht gelungen. Hin und wieder fanden die Insassen dennoch einen Weg zum Fluss, und sie hofften, hindurchzuschwimmen, das andere Ufer zu erreichen und im Wald verschwinden zu können. Bislang hatte es keiner geschafft. Die Strömung war stark und heimtückisch. Früher oder später wurden die Leichen der Entflohenen angeschwemmt und dann an den Mauern aufgehängt, den anderen Häftlingen zur Warnung.

Während sie sich dem Kerker näherten, brachte Sen Dunsidan den Mut auf und trat dichter an den Morgawr heran.

»Was beabsichtigt Ihr zu tun, wenn wir im Inneren sind?«, fragte er und ließ seine Stimme fest klingen. »Ich muss wissen, was ich sagen soll, wenn Ihr nicht gerade die gesamte Kaserne hypnotisieren wollt.«

Der Morgawr lachte leise. »Jetzt habt Ihr Euch wieder ein bisschen im Griff, was? Sehr gut, Minister. Ich brauche einen Raum, in dem ich mich mit den auserkorenen Mitgliedern meiner Mannschaft unterhalten kann. Sie sollen einer nach dem anderen zu mir gebracht werden, am Anfang am besten ein Kapitän oder jemand, der Befehlsgewalt erhalten wird. Eure Anwesenheit wäre mir dabei sehr lieb, damit Ihr zuschauen könnt, was passiert.«

Dunsidan nickte und gab sich alle Mühe, nicht über die Bedeutung dieses letzten Satzes nachzudenken.

»Beim nächsten Mal solltet Ihr es Euch zweimal überlegen, wenn Ihr etwas versprecht und es nicht zu halten gedenkt«, zischte der andere schroff und hart. »Mit Lügnern und Narren habe ich keine Geduld. Ihr macht mir den Eindruck, weder das eine noch das andere zu sein, aber Ihr solltet Euch trotzdem alle Mühe geben, das zu tun, was notwendig ist, meint Ihr nicht?«

Sen Dunsidan antwortete nichts darauf. Es gab nichts zu sagen. Er richtete seine Gedanken auf das, was er zu tun hätte, nachdem sie den Kerker betreten hatten. Dort würde er die Dinge besser unter Kontrolle haben und konnte diesem gefährlichen Wesen seinen Wert demonstrieren.

Die Wachen am Tor erkannten Sen Dunsidan sofort und ließen ihn ohne Fragen ein. Sie salutierten in ihrer alten Lederkleidung und entriegelten das Tor. Im Inneren roch es nach Moder und Feuchtigkeit und menschlichen Exkrementen. Sen Dunsidan fragte den wachhabenden Offizier nach einem bestimmten Verhörraum, den er kannte und der zurückgezogen in den Tiefen des Kerkers lag. Ein Schließer führte sie einen Gang entlang zu dem Raum, um den er gebeten hatte, eine große Kammer mit feuchten Wänden und unebenem Boden. In der Mitte stand ein Tisch mit eisernen Ketten und Schellen. An der Seite hing ein Holzgestell mit verschiedenen Folterinstrumenten. Eine Öllampe kämpfte gegen die Dunkelheit.

»Wartet hier«, sagte Sen Dunsidan zum Morgawr. »Ich muss erst die richtigen Männer überreden, in Eure Dienste zu treten.«

»Zunächst nur einen«, befahl der Morgawr und verzog sich in den Schatten.

Sen Dunsidan zögerte, dann trat er mit dem Schließer durch die Tür hinaus. Der Wärter war ein großer, mürrischer Mann, der lange Zeit an der Front gedient hatte und sein Leben lang Soldat in der Föderationsarmee gewesen war. Er trug innerliche und äußerliche Narben und hatte Grausamkeiten erlebt, die andere den Verstand gekostet hätten. Er sagte kein Wort, dennoch schien er genau zu begreifen, was vor sich ging, allerdings ließ ihn das unberührt. Sen Dunsidan hatte ihn gelegentlich zu Hilfe genommen, wenn er widerspenstige Gefangene verhörte. Der Mann war ein wahrer Meister der Folter und ignorierte jedes Winseln um Gnade – darauf verstand er sich vielleicht noch besser als darauf, den Mund zu halten.

Eigentümlicherweise hatte der Minister nie erfahren, welchen Namen er trug. Hier unten nannten ihn alle einfach Schließer, als genüge die Berufsbezeichnung bei einem Mann seiner Tätigkeit auch als Namen.

Nachdem sie ein Dutzend kurzer Gänge und einige Türen hinter sich gebracht hatten, erreichten sie den Zellenblock. In den größeren Zellen saßen die Gefangenen von der Prekkendorranischen Anhöhe. Einige von ihnen würden gegen Lösegeld freigelassen oder gegen eigene Kriegsgefangene ausgetauscht werden. Andere würden hier unten verrecken. Sen Dunsidan zeigte auf die Zelle, in der diejenigen untergebracht waren, die schon am längsten im Kerker saßen.

»Schließ auf.«

Der Schließer öffnete wortlos die Tür.

Sen Dunsidan nahm eine Fackel aus dem Halter an der Wand. »Mach die Tür hinter mir zu. Öffne nicht wieder, ehe ich dir sage, dass ich herauswill«, befahl er.

Dann trat er verwegen hinein.

Der Raum war groß, feucht und stank nach Männern und Käfig. Ein Dutzend Köpfe drehte sich nach ihm um. Die gleiche Anzahl Gefangene erhob sich von den fleckigen Matratzen auf dem Boden. Andere schliefen einfach weiter.

»Wacht auf!«, brüllte er.

Er hob die Fackel in die Höhe, damit sie ihn erkennen konnten, dann stellte er das Licht in einen Ständer an der Tür. Inzwischen waren fast alle aufgestanden und unterhielten sich flüsternd und grunzend. Er wartete, bis wirklich jeder wach war und ein zerlumpter Haufen mit leeren Augen und verhärmten Gesichtern vor ihm stand. Mache waren bereits seit drei Jahren hier eingesperrt. Die meisten hatten die Hoffnung, jemals wieder herauszukommen, aufgegeben. Das Scharren ihrer Füße hallte von der Decke wider durch die tiefe Stille und erinnerte ständig an ihre Hilflosigkeit.

»Ihr kennt mich«, sagte er. »Mit vielen von euch habe ich schon einmal gesprochen. Ihr habt lange Zeit hier drin verbracht. Zu lange. Daher gebe ich jedem die Chance rauszukommen. Allerdings dürft ihr nicht nach Hause, jedenfalls nicht sofort. Aber ihr werdet diese Mauern hinter euch lassen und mit einem Luftschiff reisen. Seid ihr daran interessiert?«

Der Mann, von dem Sen Dunsidan gehofft hatte, dass er für die Gefangenen sprechen würde, trat vor. »Worauf seid Ihr aus?«

Der Kerl hieß Darish Venn, stammte aus dem Grenzland und war auf einem der ersten Luftschiffe der Freien im Krieg auf der Prekkendorranischen Anhöhe Kapitän gewesen. Viele Male hatte er sich in der Schlacht ausgezeichnet, ehe sein Schiff abstürzte und er in Gefangenschaft geriet. Die anderen Männer respektierten ihn und vertrauten ihm. Als ranghöchster Offizier hatte er die Gefangenen in Gruppen aufgeteilt und ihnen Posten gegeben, die einem freien Menschen vielleicht klein und unbedeutend erschienen, für die hier unten Weggeschlossenen waren sie hingegen überlebensnotwendig.

»Kapitän.« Sen Dunsidan grüßte ihn mit einem Nicken. »Ich brauche Männer für eine Reise über die Blaue Spalte. Für eine lange Reise, von der so mancher nicht zurückkehren wird. Ich will gar nicht leugnen, dass es eine riskante Fahrt ist. Doch ich habe weder Seeleute übrig noch das Geld, Söldner bei den Fahrenden anzuheuern. Föderationssoldaten werden euch begleiten, jedenfalls diejenigen, die meine Bedingungen annehmen wollen, und so gibt es einigen Schutz und vor allem Ordnung. Immerhin werdet ihr diesen

Ort hinter euch lassen, und ihr braucht nicht zurückzukommen. Die Reise dauert ein Jahr, vielleicht zwei. Ihr werdet eure eigene Mannschaft bilden und in Ruhe gelassen werden, solange ihr tut, was man euch sagt.«

»Warum tut Ihr das, nach so langer Zeit?«, fragte Darish Venn.

»Das kann ich Euch auch nicht verraten.«

»Aus welchem Grund sollten wir Euch vertrauen?«, wagte ein anderer verwegen einzuwenden.

»Warum nicht? Welchen Unterschied macht es schon, wenn es euch hier rausbringt? Wollte ich euch etwas antun, könnte ich das doch leichter haben, oder? Ich brauche Seeleute für eine Reise. Ihr wollt eure Freiheit. Da scheint doch für beide Seiten ein lohnendes Geschäft drin zu sein.«

»Wir könnten Euch als Geisel nehmen, Euch gegen unsere Freiheit tauschen und brauchten kein Geschäft mit Euch abzuschließen!«, fauchte der Mann bedrohlich.

Sen Dunsidan nickte. »Natürlich könntet ihr das. Aber zu welchen Konsequenzen würde das führen? Außerdem, denkt ihr, ich würde mich hier unten ohne Schutz hereinwagen?«

Die Männer unterhielten sich im Flüsterton. Sen Dunsidan blieb stehen, wo er war, mit eiserner Miene. Er hatte sich bereits größeren Risiken ausgesetzt, und vor diesen Männern fürchtete er sich tatsächlich nicht. Dagegen erschreckte ihn die Aussicht, was passieren würde, wenn er dem Morgawr seinen Wunsch nicht erfüllen konnte.

»Ihr wollt uns alle?«, fragte Darish Venn.

»Alle, die mitwollen. Die anderen bleiben, wo sie sind. Die Wahl liegt bei euch.« Er hielt kurz inne, als würde er grübeln, hob das löwenhafte Profil ins Licht, und nun erschien eine nachdenkliche Miene auf dem zerfurchten Gesicht. »Ich könnte Euch die Sache noch ein wenig schmackhaft machen, Kapitän. Wenn Ihr wollt, zeige ich Euch eine Karte von dem Ort, zu dem die Reise gehen wird. Sollte Euch zusagen, was ich Euch vorschlage, könnt Ihr auf der Stelle anmustern. Falls nicht, kehrt Ihr hierher zurück und erzählt es den anderen.«

Der Grenzlandbewohner nickte. Vielleicht war er nach seiner langen Gefangenschaft zu müde und zu erschöpft, um noch klar zu denken. Oder er wollte wirklich aus dem Kerker heraus. »Also gut, ich komme mit.«

Sen Dunsidan klopfte an die Tür, und der Schließer öffnete ihm. Der Verteidigungsminister ließ Kapitän Venn mit einer Geste vorausgehen, dann verließ er die Zelle selbst. Der Schließer schlug die Tür zu, und Dunsidan hörte das Schlurfen der Füße, als die Insassen zur Tür eilten, um zu lauschen.

»Immer den Gang entlang, Kapitän«, wies er ihm gut vernehmbar den Weg. »Ich werde auch ein Glas Bier für Euch kommen lassen.«

Sie gingen zu dem Raum, wo der Morgawr wartete, und ihre Schritte hallten durch die Stille. Niemand sagte ein Wort. Sen Dunsidan betrachtete den Grenzlandbewohner. Er war ein großer Mann, hochgewachsen und breitschultrig, wenngleich von der Gefangenschaft abgemagert, weshalb sein Gesicht wie ein Totenkopf wirkte und seine Haut bleich, schmutzig und wund war. Die Freien hatten mehrere Male versucht, ihn auszulösen, doch die Föderation kannte den Wert von Luftschiff-Kapitänen und bevorzugte es, ihn hinter Schloss und Riegel zu verwahren und so vom Schlachtfeld fern zu halten.

Als sie den Raum mit dem Morgawr erreichten, öffnete Sen Dunsidan die Tür für Venn, bedeutete dem Schließer, draußen zu warten, und schloss die Tür hinter sich. Venn betrachtete die Folterinstrumente und Ketten und blickte dann Dunsidan an.

»Was soll das bedeuten?«

Der Verteidigungsminister zuckte mit den Schultern und lächelte entwaffnend. »Es war der beste Raum, den ich bekommen konnte.« Daraufhin zeigte er auf die dreibeinigen Hocker unter dem Tisch. »Setzen wir uns und besprechen wir die Sache.«

Vom Morgawr war nichts zu sehen. War er fortgegangen? Hatte er entschieden, dies sei Zeitverschwendung, und er sei besser dran, wenn er die Angelegenheit persönlich in die Hand nahm? Einen Augenblick lang stieg Panik in Dunsidan auf. Dann jedoch spürte er eine Bewegung in den Schatten – ja, spürte sie mehr, als dass er sie sah.

Er setzte sich gegenüber von Darish Venn an den Tisch und lenkte dessen Aufmerksamkeit von der Bewegung in der Dunkelheit ab. »Die Reise wird uns ein gutes Stück von den Vier Ländern fortführen, Kapitän«, begann er und zog ein ernstes Gesicht. Hinter Venn tauchte der Morgawr auf. »Dazu sind einige Vorbereitungen notwendig. Jemand mit Eurer Erfahrung dürfte keine Probleme haben, die Schiffe auszurüsten, die wir mitzunehmen gedenken. Ein Dutzend oder mehr brauchen wir, glaube ich.«

Der Morgawr, riesig und schwarz, glitt aus dem Schatten und baute sich hinter Venn auf. Der Grenzlandbewohner hörte und sah ihn nicht, sondern starrte einfach nur Dunsidan an.

»Natürlich werdet Ihr den Befehl über Eure Männer erhalten und dürft entscheiden, wer welche Aufgabe übernimmt …«

Eine knorrige, schuppenbedeckte Hand schob sich aus der schwarzen Robe des Morgawrs. Sie schloss sich um Darish Venns Nacken, und der Luftschiffkapitän keuchte heftig, wand und drehte sich und wollte sich befreien, aber der Morgawr hielt ihn unbarmherzig fest. Sen Dunsidan trat einen Schritt zurück, und er brachte kein einziges Wort heraus, während er den Kampf beobachtete. Darish Venn starrte ihn an, rasend vor Wut, aber hilflos. Der Morgawr schob die zweite Hand vor, in der ein bösartiges grünes Licht leuchtete. Langsam führte er die pulsierende Hand zum Hinterkopf des Grenzlandbewohners. Sen Dunsidan stockte der Atem. Die klauenartigen Finger streckten sich, berührten das Haar und dann die Haut.

Darish Venn schrie.

Die Finger glitten durch Haar und Haut und Knochen, als wäre der Schädel aus weichem Ton. Sen Dunsidan schnürte sich die Kehle zu, und sein Magen rebellierte. Die Hand des Morgawrs war nun im Inneren des Kopfes verschwunden, drehte sich langsam und suchte offensichtlich nach etwas. Der Kapitän hatte aufgehört zu schreien. Seine Augen wurden stumpf, sein Gesicht erschlaffte. Er wirkte willenlos und leblos.

Der Morgawr zog nun aus dem Kopf des Grenzlandbewohners die feuchtglänzende, dampfende Hand hervor und ließ sie sofort wieder in der Robe verschwinden. Er atmete so heftig, dass Sen Dunsidan es hören konnte, ein entzücktes Keuchen, in dem Befriedigung und Wollust mitschwangen.

»Ihr ahnt nicht, Minister«, flüsterte er, »wie gut es sich anfühlt, sich vom Leben eines anderen zu nähren!«

Er trat zurück und ließ Venn los. »So. Erledigt. Jetzt gehört er uns und wird tun, was wir wünschen. Er ist ein wandelnder Toter, der keinen eigenen Willen besitzt, und führt alle Befehle aus, die man ihm erteilt. Seine Fertigkeiten und seine Erfahrung behält er zwar, doch denkt er nicht mehr an sich selbst. Ein nützliches Werkzeug, Minister. Seht ihn Euch an.«

Widerwillig folgte Sen Dunsidan dieser Aufforderung. Es war schließlich keine Bitte, sondern ein Befehl. Sen Dunsidan betrachtete die leeren, leblosen Augen, und Abscheu verwandelte sich in Erschütterung, als sie die Farbe verloren und milchig weiß wurden. Vorsichtig ging er um den Tisch und suchte am Hinterkopf des Grenzlandbewohners nach der Wunde, wo der Morgawr ins Innere des Schädels gegriffen hatte. Zu seinem Erstaunen war dort nichts zu sehen.

»Prüft ihn, Minister.« Der Morgawr lachte. »Gebt ihm einen Befehl.«

Sen Dunsidan rang um Fassung. »Steht auf«, befahl er Darish Venn mit einer Stimme, von der er kaum glauben konnte, dass sie ihm gehörte.

Der Grenzlandbewohner erhob sich. Er sah Sen Dunsidan nicht an und gab auch durch nichts zu erkennen, ob er begriff, was um ihn herum geschah. Die Augen starrten tot und leer vor sich hin, und das Gesicht zeigte keinerlei Ausdruck.

»Er ist der Erste, nur der Erste«, zischte der Morgawr, gierig nun und ungeduldig. »Wir haben eine lange Nacht vor uns. Geht und bringt mir den Nächsten. Mich hungert es schon nach diesem frischen Genuss! Geht. Bringt mir sechs, aber lasst sie einzeln eintreten. Schnell!«

Ohne ein Wort verließ Sen Dunsidan den Raum. Das Bild der schuppigen, nass glänzenden Hand hatte sich ihm unauslöschlich in die Seele gebrannt und würde ihn niemals wieder loslassen.

In dieser Nacht brachte er viele Männer in den Raum, einen um den anderen, bis er sie nicht mehr zählen konnte. In kleinen Gruppen führte er sie her und ließ sie einzeln eintreten. Er beobachtete, wie ihren Körpern Gewalt angetan und ihre Seelen zerstört wurden. Doch tat er nichts, um ihnen zu helfen, während diese armen Geschöpfe von Menschen in leere Hüllen verwandelt wurden. Es war seltsam, doch nach Darish Venn konnte er sich ihre Gesichter nicht mehr merken. Sie waren einer wie der andere für ihn. Alle der gleiche Mann.

Schließlich war der Raum mit ihnen übervölkert, und ihm wurde befohlen, sie hinauszuführen und dem Schließer zu übergeben, der sie in einem größeren Raum unterbringen sollte. Der Schließer führte sie wortlos ab, ohne sie auch nur eines Blicks zu würdigen. Aber einmal, nach etwa fünfzig, sah er Sen Dunsidan auf eine Weise an, dass dem zukünftigen Premierminister die Tränen kamen. Schuld und Vorwurf, Schrecken und Verzweiflung sprachen aus diesem Blick, und vor allem Zorn. Das ist ungerecht, sagte dieser Blick. Dies überstieg jegliche Vorstellungskraft. Es war Irrsinn.

Und trotzdem tat auch der Schließer nichts.

So wurden die beiden zu Komplizen bei einem unsäglichen Verbrechen.

So wurden sie Helfershelfer bei einer unaussprechlich abscheulichen Tat.

Viele Männer half Sen Dunsidan auf diese Weise zerstören, Männer, die ohne Möglichkeit zur Gegenwehr blind in ihr Verhängnis liefen, die von falschen Worten und Vertrauen heischenden Blicken eines Politikers betrogen worden waren. Er wusste nicht, wie er das zustande gebracht hatte. Und er hatte keine Ahnung, wie er diese Gefühle überlebte, die er empfand. Jedes Mal, wenn die Hand des Morgawrs feucht und triefend von menschlichem Leben hervorkam, wäre der Verteidigungsminister am liebsten schreiend in die Nacht hinausgerannt. Dennoch war die Gegenwart des Todes so überwältigend, dass sie alles andere in diesen schrecklichen Stunden überstieg und ihn paralysierte. Während der Morgawr seinen Festschmaus abhielt, schaute Sen Dunsidan ihm zu und konnte nicht einmal den Blick abwenden.

Bis der Morgawr schließlich gesättigt war. »Genug für den Augenblick«, zischte er, überfressen und trunken von gestohlenem Leben. »Morgen Nacht werden wir die Sache zu Ende bringen, Minister.«

Er erhob sich, ging davon und nahm seine Toten mit sich in die Nacht, wie Schatten im Wind.

Die Dämmerung kroch herauf, der Tag brach an, aber Sen Dunsidan bekam davon nichts mit. Er verkroch sich tief in sich selbst und wollte nicht mehr hervorkommen. In seinem Zimmer lag er und versuchte, das Bild der triefenden Hand aus seinem Kopf zu vertreiben. Er döste und wollte vergessen, wie seine Haut bei dem Klang der leisesten menschlichen Stimme kribbelte. Man erkundigte sich nach seiner Gesundheit. Seine Anwesenheit im Ratssaal wurde gewünscht. Die Abstimmung über den neuen Premierminister stand bevor. Man erwartete Bestätigung von ihm. Sen Dunsidan kümmerte das alles nicht mehr. Er wünschte nur noch, dass er sich niemals in diese Position und diese Lage gebracht hätte. Er wünschte sich den Tod herbei.

Bei Einbruch der Nacht starb der Schließer. Trotz allem, was er im Leben durchgemacht hatte, konnte er das, was er mit angesehen hatte, nicht ertragen. Er suchte sich eine leere Zelle in den Tiefen des Kerkers und erhängte sich dort.

Oder war das *er* gewesen? Dessen war sich Sen Dunsidan nicht sicher. Vielleicht sollte der Mord nur wie ein Selbstmord aussehen. Möglicherweise wollte der Morgawr den Schließer nicht am Leben lassen.

Ob Sen Dunsidan der Nächste war?

Nur wie konnte er sich retten?

Um Mitternacht erschien der Morgawr wieder, und wieder ging Sen Dunsidan mit ihm zum Kerker. Diesmal ließ Dunsidan den neuen Schließer gehen und übernahm dessen Arbeit, die ihm fremd war, persönlich. Inzwischen war er abgestumpft, hatte sich an die

Schreie gewöhnt, an die feuchte, dampfende Hand, an das entsetzte Grunzen der Männer, an die befriedigten Seufzer des Morgawrs. Längst nahm er innerlich nicht mehr Teil daran, war anderswo, irgendwo weit fort, so dass ihm das, was hier geschah, an diesem finstren Ort, nichts ausmachte. Am Morgen würde es vorüber sein, und danach wäre Sen Dunsidan ein anderer Mann in einem anderen Leben. Er würde diese Geschichte überstehen und hinter sich zurücklassen, einen Neuanfang wagen. Indem er sich von den Freveltaten und von den Grausamkeiten reinigte, würde er sich neu erschaffen. So machten es Soldaten, wenn sie aus dem Krieg heimkehrten. Auf diese Weise ertrugen Menschen das Unverzeihliche.

Über zweihundertfünfzig Männer gingen durch diesen Raum und verloren ihr bisheriges Leben. Sie verschwanden, als hätten sie sich in Luft aufgelöst. Der Morgawr verwandelte sie in tote Leiber, die noch gehen konnten, in Kreaturen, die alles Bewusstsein ihrer selbst und ihres eigenen Willens verloren hatten. Er machte sie zu etwas, das nicht einmal an einen Hund heranreichte, und sie begriffen es noch nicht einmal. Auf diese Weise heuerte er seine Luftschiffmannschaften an, und er nahm sie für immer mit sich. Alle, bis zum letzten Mann. Sen Dunsidan sollte keinen von ihnen jemals wieder sehen.

Innerhalb weniger Tage hatte er die Luftschiffe beisammen, die der Morgawr verlangt hatte, und damit war auch seine Seite des Handels erfüllt. Nach insgesamt einer Woche war der Morgawr aus seinem Leben verschwunden und hatte sich auf die Suche nach der Ilse-Hexe gemacht, um sich an ihr zu rächen. Sen Dunsidan war das gleichgültig. Er hoffte nur, sie würden sich gegenseitig umbringen. Und er betete dafür, dass er keinem der zwei je wieder begegnen würde.

Doch die Bilder blieben, quälend und erschütternd. Er konnte sie nicht aus seinem Kopf verbannen. Auch ihr Grauen konnte er nicht mildern. Sie suchten ihn im Schlaf heim oder auch, wenn er wachte. Stets waren sie präsent, stets lauerten sie ihm auf. Wochenlang fand Sen Dunsidan keinen Schlaf. Nicht einen Moment der Ruhe genoss er.

Er wurde Premierminister des Koalitionsrates der Förderation, doch hatte er dafür seinen Seelenfrieden geopfert.

Drei

Jetzt, Monate später und tausende Meilen vom Premierminister entfernt, tauchte die Luftschiff-Flotte, die Sen Dunsidan zusammengestellt hatte und auf der wandelnde Tote unter dem Kommando des Morgawrs und seiner Mwellrets standen, vor der Küste des Kontinents Parkasia aus dem Nebel auf und schob sich an die *Jerle Shannara* heran. Mittschiffs lehnte Redden Alt Mer an der Backbordreling und beobachtete den Haufen schwarzer Rümpfe und Segel, die sich wie Perlen auf einer Schnur am Horizont im Osten aufreihten.

»Leinen los!«, rief der Kapitän der Fahrenden seinem Schiffsbauer Spanner Frew zu und setzte sein Fernglas noch einmal an die Augen, um sicherzugehen, dass er richtig gesehen hatte.

»Das Schiff ist nicht fertig!«, brüllte der stämmige Schiffsbauer zurück.

»Das Schiff ist so fertig, wie es je werden wird. Gib den Befehl weiter!«

Er ließ den Blick über die sich nähernden Schiffe schweifen. Keine Hoheitszeichen, keine Flaggen. Kriegsschiffe ohne Abzeichen in einem Land, wohin sich bis vor einigen Wochen nicht ein einziges verirrt hatte. Feinde, gewiss, aber wessen? Er musste vom Schlimmsten ausgehen, nämlich dass es diese Schiffe auf sie abgesehen hatten. Hatte die Ilse-Hexe etwa weitere Schiffe außer der *Schwarzen Moclips* mitgebracht, die vor der Küste gelegen und nur abgewartet hatten, bis sie von der Hexe gerufen wurden?

Spanner Frew erteilte der Mannschaft Befehle und machte ihnen Feuer unter dem Hintern. Er war der Einzige, der momentan für den Posten des ersten Maats geeignet war, da Furl Hawken tot und Rue Meridian landeinwärts gezogen war. Niemand stellte die Entscheidung zum Aufbruch in Frage. Alle hatten die Schiffe gesehen. Gehorsam griffen Hände nach Leinen und Winden. Die Halteleine wurde losgemacht, und nun hatte die *Jerle Shannara* ihre Freiheit zurück. Fahrende zogen die Strahlungssammler und Taljereeps fest und hievten die Segel an den Masten nach oben, wo sie Wind und Licht einfangen konnten. Redden Alt Mer sah sich um, obwohl er schon wusste, welcher Anblick sich ihm bieten würde. Seine Mannschaft bestand aus acht Leuten, Spanner und er selbst eingeschlossen. Das genügte nicht annähernd, um ein Kriegsschiff wie die *Jerle Shannara* zu bemannen, geschweige denn, es gegen einen Feind in den Kampf zu führen. Sie mussten hier verschwinden, und zwar schleunigst.

Und schleunigst machte er sich auch zur Pilotenkanzel und zur Steuerung auf. Seine schweren Stiefel donnerten über das Holzdeck. »Kristalle abdecken!«, rief er Britt Rill und Jethen Amenades zu, während er an ihnen vorbeilief. »Nicht den Steuerbordkristall am Bug! Lasst ihn zu. Nur mittschiffs und am Heck!«

In der Backbordtrennröhre am Bug befand sich kein funktionierender Kristall, und damit der Energieverlust auf der linken Seite das Schiff nicht aus dem Gleichgewicht brachte, musste das Gegenstück ebenfalls geschlossen bleiben. Dadurch war zwar ihre Energie um ein Drittel gesenkt, dennoch war die *Jerle Shannara* immer noch sehr schnell.

Spanner Frew ging neben ihm her und eilte zum Hauptmast und dem Waffenlager. »Wer ist das?«

»Ich weiß es nicht, Schwarzbart, allerdings glaube ich nicht, dass sie zum Kaffeetrinken vorbeikommen.«

Er öffnete die vier verfügbaren Trennröhren und gab die Energie von den Kristallen auf die Sammler. Die *Jerle Shannara* machte einen ordentlichen Satz und begann zu steigen, während das Ambientlicht in Energie umgewandelt wurde. Leider zu langsam, um zu entkommen, begriff der Kapitän der Fahrenden. Die heranziehenden Schiffe hatten sie fast schon erreicht, eine eigenartige Versammlung in allen Größen und Formen, und keins war zu erkennen, wenn man einmal von der allgemeinen Bauart absah. Eine tolle Mischung, zumeist von Fahrenden gebaut, einige jedoch auch von Elfen. Wo kamen die bloß her? Er konnte die Männer sehen, die sich langsam und ohne Hast auf den Decks bewegten und nicht im Geringsten die Aufregung und das Fieber an den Tag legten, die ihn erfasst hatten. Sie wirkten eher stoisch angesichts der bevorstehenden Schlacht.

Po Kelles auf Niciannon flog steuerbords an der Pilotenkanzel vorbei. Der große Rock strich so dicht an Redden Alt Mer vorüber, dass er den bläulichen Schimmer der Federn erkennen konnte.

»Kapitän!«, rief der Flugreiter und zeigte auf etwas.

Und zwar nicht auf die Schiffe, sondern auf einen Haufen schwarzer Punkte, die plötzlich dazwischen aufgetaucht waren, kleiner und wesentlich beweglicher. Würger, die die feindlichen Schiffe begleiteten. Sie eilten nun voraus und würden bald die *Jerle Shannara* erreichen.

»Mach dich aus dem Staub!«, rief der Große Rote dem Flugreiter zu. »Flieg landeinwärts und finde die Kleine Rote! Warne sie!«

Po Kelles und sein Rock drehten ab und stiegen rasch in den dunstigen Himmel auf. Ein Rock hat die besten Chancen gegen einen Würger, wenn er an Höhe und an Abstand gewinnen kann. Auf kurze Distanz ist der Würger im Vorteil. Im Augenblick war die Entfernung jedoch ausreichend groß. Zwischen der *Jerle Shannara* und Niciannon tat sich ebenfalls bereits eine große Lücke auf. Mit den Navigationsanweisungen, die Po Kelles erhalten hatte, würde er Hunter Predd und Rue Meridian ohne Schwierigkeiten finden. Gefährlich würde es allerdings für die *Jerle Shannara* werden. Die Krallen der Würger konnten die Segel in Fetzen reißen. Und genau das würden die Vögel bald versuchen.

Alt Mers Hände flogen zu den Steuerhebeln. Würger im Bunde mit feindlichen Kriegsschiffen. Wie war das möglich? Wer kontrollierte die Vögel? Doch im gleichen Moment, in dem er sich die Frage stellte, fiel ihm die Antwort schon ein. Um Würger in eine solch gerade Reihe wie diese zu bringen, brauchte man Magie. Jemand oder etwas an Bord dieser Schiffe besaß demnach Magie.

Die Ilse-Hexe?, war sein erster Gedanke. War sie aus dem Binnenland zurückgekehrt, wo sie die anderen gesucht hatte?

Ihm blieb nicht viel Zeit, darüber nachzudenken.

»Schwarzbart!«, rief er Spanner Frew zu. »Postier Männer an beiden Seiten in den Kampfkanzeln. Sie sollen die Würger mit Pfeil und Bogen auf Abstand halten!«

Ohne die Hände von der Steuerung zu nehmen, beobachtete er die Kriegsschiffe und Vögel vor sich, die zu dicht waren, um ihnen auszuweichen. Er konnte nicht ausreichend an Höhe gewinnen und auch nicht rasch genug eine Kehre fliegen, um den Abstand zu vergrößern. Also blieb ihm keine andere Wahl. Er musste mitten zwischen ihnen hindurch.

»Festhalten!«, rief er Spanner Frew zu.

Dann hatten sie die ersten Kriegsschiffe erreicht, die schnell aus dem Dunst kamen, dunkle Silhouetten im Dämmerlicht des Morgens. Redden Alt Mer wusste, was er zu tun hatte. Er versuchte gar nicht erst, eine Kollision zu vermeiden. Stattdessen legte er es geradezu darauf an und steuerte die *Jerle Shannara* auf das kleinste Schiff der Kette zu. Die Strahlungssammler summten, während sie das Ambientlicht in die Trennröhren leiteten, die Diapsonkristalle verwandelten es in Energie, wobei ein ganz eigenes blechernes Geräusch entstand. Die *Jerle Shannara* reagierte mit einem Satz, als Alt Mer die Steuerhebel nach vorn schob, den Rumpf leicht nach Backbord zog, Fockmast und Segel des gegnerischen Luftschiffs zerstörte und es auf diese Weise mit einem Streich zum Absturz brachte.

Würger umschwärmten sie, doch konnten sie wegen ihrer Spannweite immer nur paarweise angreifen, und die Bogenschützen zielten genau, schossen ihre Pfeile ab, verwundeten manche Vögel tödlich und lösten bei anderen lautes, wütendes Kreischen aus.

»Achtung an Backbord!«, rief der Große Rote zur Warnung, als ein zweites Schiff sich von links näherte.

Während die Mannschaft sich auf den Zusammenprall vorbereitete, drehte er das Steuerrad herum, um die Rammen gegen diese neue Bedrohung zum Einsatz zu bringen. Die *Jerle Shannara* erbebte und schoss vorwärts, da die Trennröhren eine frische Ladung umgewandelten Lichts abgaben, dann schob sie sich über das Heck des Feindes, zerschmetterte die Deckaufbauten und rasierte Teile der Reling wie Reisig ab. Redden Alt Mer hatte nur wenig Zeit, um einen Blick auf die gegnerische Mannschaft zu werfen. Am Steuer stand ein Mwellret, der sich in der Pilotenkanzel hinhockte, um nicht durch die Wucht der Kollision niedergeworfen zu werden. Er schrie seine Männer an und fuchtelte wild herum, doch die reagierten eigenartig gemächlich und mechanisch, als wären sie gerade aus tiefem Schlaf erwacht, so, als müsse man ihnen genaue Anweisungen selbst für die kleinste Tätigkeit geben. Redden Alt Mer beobachtete, wie sie ihm die Gesichter zuwandten, leer und ausdruckslos, bar jeglicher Gefühle und jeglichen Verständnisses. Mit Augen, so trüb und milchweiß wie Seesteine, starrten sie zu ihm empor.

»Schatten!«, flüsterte der Kapitän der Fahrenden.

Das waren die Augen von Toten, und dennoch bewegten sich die Männer. Einen Augenblick lang konnte er sich nicht mehr konzentrieren, so schockiert war er. In seinem Leben hatte er schon die seltsamsten Dinge gesehen, aber keine wandelnden Toten. Nie hätte er mit etwas Derartigem gerechnet. Und nichtsdestoweniger hatte er sie jetzt vor sich.

»Spanner!«, schrie er dem Schiffsbauer zu.

Spanner Frew hatte sie ebenfalls gesehen. Er blickte Redden Alt Mer an und schüttelte den schwarzen Haarschopf wie ein grimmiger Bär.

Dann war die *Jerle Shannara* an dem zweiten Schiff vorbei, stieg über den anderen auf, und Alt Mer korrigierte den Kurs und lenkte sie in Richtung Binnenland, fort von diesem Getümmel. Die feindlichen Schiffe nahmen die Jagd sofort auf und setzten ihr von allen Seiten nach, waren jedoch entlang der Küste zu sehr verstreut und außerdem zu weit entfernt, um sie wirkungsvoll einzukreisen. Wie haben die uns überhaupt gefunden?, fragte er sich. Kurz zog er in Betracht, ob einer seiner Männer ein Verräter war, verwarf diesen Gedanken allerdings sofort wieder. Möglicherweise Magie. Für denjenigen – wen auch immer –, der die Würger versklavt und die Toten zum Leben erweckt hatte, würde es sicherlich keine große Schwierigkeit darstellen, eine Bande Fahrende aufzutreiben. Höchstwahrscheinlich hatte er ihre Spur mithilfe der Würger gefunden.

Oder *sie*, falls es sich tatsächlich um die zurückgekehrte Ilse-Hexe handelte.

Er verfluchte seinen Mangel an Informationen, dazu die Hexe und ein Dutzend weiterer Unwägbarkeiten, während er landeinwärts auf die Berge zuhielt. Bald würde er sich nach Süden wenden müssen, sonst käme er in ein Gebiet, in dem er sich nicht auskannte. Die kürzere Route über Land durfte er nicht wagen. Dort riskierte er, sich zu verirren und die Kleine Rote mitsamt den anderen zu verlieren. Auf keinen Fall durfte er sie diesen Kreaturen, die sein Schiff verfolgten, ohne Warnung überlassen.

Ein scharfer Knall peitschte durch den rauschenden Wind, als sich ein Strahlungssammler von der Reling an der Backbordseite losriss und hin und her schwankte wie eine Schlange, ehe sie ihre Beute packt. Die Fahrenden, die noch immer in ihren Kampfkanzeln hockten, warfen sich flach auf den Boden. Spanner Frew sprang hinter den Hauptmast und suchte dort Schutz, als der lockere Sammler vorbeiflog, sich am Heck in den Leinen verfing und sich schließlich abermals losriss.

Sofort verlor das Schiff an Schub und Balance – durch den Ausfall der vorderen Sammler lief das Schiff sowieso schon nicht auf Hochtouren. Wenn die Leinen nicht unverzüglich neu gespannt wurden, würde das Schiff im Kreis direkt wieder zu den feindlichen Schiffen zurückfahren, und dann fielen sie alle den wandelnden Toten in die Hände.

Redden Alt Mer konnte diese Augen einfach nicht vergessen, milchigtrüb und leer, wie sie waren, bar jeglicher Menschlichkeit und jedes Verständnisses der Welt um sie her beraubt.

Ohne lange darüber nachzudenken, schaltete er die Steuerbordröhre mittschiffs ab und drückte den Backbordhebel nach vorn. Entweder würde die *Jerle Shannara* lange genug zusammenhalten, um ihnen eine reelle Chance zur Flucht zu geben, oder sie würden irgendwann wie ein Stein vom Himmel fallen.

»Schwarzbart!«, rief er Spanner Frew zu. »Übernimm das Ruder!«

Der Schiffbauer polterte die Stufen hinauf, eilte in die Pilotenkanzel und ergriff mit den knorrigen Händen das Steuer. Redden Alt Mer nahm sich nicht die Zeit für großartige Erklärungen, sondern rannte zum Deck hinunter und nach vorn zum Hauptmast. Er fühlte sich seltsam heiter und beschwingt, als könne kein Einfall, der ihm jetzt käme, zu verwegen sein. Gar nicht mal so falsch geschätzt, entschied er. Der Wind pfiff ihm um die Ohren und zerrte wild an seinem langen roten Haar und seinen leuchtenden Tüchern. Er fühlte, wie das Luftschiff unter seinen Füßen schaukelte, wie es um eine gerade Lage kämpfte und darum, nicht abzutauchen. Das beeindruckte ihn. Drei Sammler hatte sie schon verloren; eigentlich hätten sie inzwischen längst abstürzen müssen. Kein anderes Schiff hätte so lange ausgehalten.

Zu seiner Linken flatterte der verwickelte Sammler, verdrehte sich mit den anderen Sammlern und drohte, sie jeden Moment ebenfalls loszureißen. Redden Alt Mer riskierte einen raschen Blick über die Schulter. Die Verfolger hatten aufgeholt und nutzten die Schwierigkeiten der *Jerle Shannara* zu ihrem Vorteil. Die Würger hatten sie bereits fast erreicht.

»Haltet sie auf Abstand!«, schrie er den Fahrenden zu, die in ihren Kampfkanzeln saßen, aber seine Worte gingen im Wind unter.

Er stieg an den eisernen Kletterhaken den vorderen Mast hoch und drückte sich dicht an das Holz, um nicht losgerissen und ins Leere geweht zu werden. Seine Lederkleidung schützte ihn, trotzdem war der Wind heftig und blies in kalten, grimmigen Böen von den Bergen herab. Redden Alt Mer blickte nicht nach hinten oder hinüber zu den Sammlern. Was ihn dort erwartete, war ihm sowieso klar, und er konnte nichts dagegen tun. Wenn sich die anderen Sammler losrissen, ehe er sie erreichte, würden sie so wild herumpeitschen, dass sie ihn glatt in zwei Hälften trennen konnten. Wenn die Würger nahe genug herankamen, konnten sie ihn von seinem Platz zerren und ihn forttragen. Weder die Aussicht auf das eine noch auf das andere fand er wirklich berauschend.

Am Rande seines Sichtfeldes huschte etwas Dunkles vorbei. Er erhaschte kaum einen Blick darauf. Das Gleiche noch einmal. Pfeile. Die feindlichen Schiffe waren nah genug, um Langbogen zum Einsatz zu bringen. Vielleicht waren die Mwellrets und die wandelnden Toten im Umgang mit diesen Waffen geübt. Vielleicht würde ihm ein Quäntchen jenes Glücks, das ihn schon so oft gerettet hatte, auch diesmal beistehen.

Vielleicht, mehr blieb ihm nicht.

Nun hatte er die Spitze des Mastes erreicht und arbeitete sich zur Rahnock vor, wo der flüchtige Sammler befestigt war. Er umklammerte die Rah mit tauben, geschundenen Fingern, und die Kräfte schwanden ihm im kalten Wind allmählich. Unter sich sah er die Köpfe seiner Männer, die sich hin und her bewegten, wenn sie erst auf die herannahenden Würger schossen und dann zu ihm hinaufschauten, um zu sehen, welchen Fortschritt er machte. Er erkannte die Besorgnis in ihren Gesichtern. *Gut,* dachte er. Der Gedanke, nicht vermisst zu werden, hätte ihn stutzig gemacht.

Ein Würger flog kreischend von oben an ihm vorbei. Die Krallen krallten ihm in den Rücken, und die Lederkleidung wurde zerfetzt. Schmerz durchflutete ihn, als die Krallen seine Haut aufrissen. Er hangelte sich zur Seite und wäre beinahe abgestürzt, und seine Beine rutschten ab, so dass er jetzt an den Händen von der Rahnock hing. Das Segel blähte sich ihm wie ein Ballon entgegen, und er lehnte sich darauf und sammelte Kraft. Während er in dem Segel versank, flog der nächste Würger herüber, konnte jedoch nicht nahe genug herankommen. Enttäuscht zog er von dannen.

Nur nicht aufgeben!, ermahnte er sich, obwohl Schmerz und Erschöpfung ihm zusetzten. *Nur nicht nachlassen!*

Er kroch zurück auf die Rah, dann schob er sich zu deren Ende vor, schwang sich von der Spiere hinüber und glitt an dem Mittschiff-Sammler hinunter bis dorthin, wo er am Heck befestigt war. Dabei strich er mit den Stiefeln die Leinen gerade. Arg mitgenommen und müde hielt er sich verzweifelt weiterhin fest und brüllte nach der Mannschaft. Zwei Mann sprangen von den Backbord-Kampfkanzeln herüber und waren sofort bei ihm, packten den Sammler und zerrten ihn zu der Trennröhre, von der er sich losgerissen hatte. Die herabstoßenden Würger und den Pfeilhagel von den Verfolgerschiffen ignorierten sie.

Redden Alt Mer brach auf Deck zusammen, die blutige Wunde auf seinem Rücken brannte und schmerzte.

»Das genügt an Heldentaten für heute, Kapitän«, knurrte Britt Rill, der aus dem Nichts auftauchte, einen seiner Arme packte und ihn auf die Beine zog. »Ab nach unten.«

Alt Mer wollte widersprechen, doch seine Kehle war so trocken, dass er kein einziges Wort hervorbrachte. Und schlimmer noch, er hatte kaum Kraft. Nur mit Rills Hilfe konnte er sich auf den Beinen halten. Er sah den anderen an und nickte. Schließlich hatte er sein Bestes gegeben. Nun hing alles vom Schiff ab, und er würde jede Wette eingehen, dass es durchhalten würde.

Unter Deck half ihm Britt Rill aus dem Leder und wusch die Wunden. »Wie schlimm sieht es aus?«, erkundigte sich Redden Alt Mer mit vorgebeugtem Kopf, die Arme auf den Knien, die Hände gefaltet, sein ganzer Körper vor Schmerz gekrümmt. »Hat das Vieh die Muskeln aufgerissen?«

»Ganz so übel scheint es nicht zu sein, Kapitän«, antwortete der andere ruhig. »Nur ein paar tiefe Kratzer, damit Ihr Euren Enkeln später Geschichten erzählen könnt – wenn Ihr welche bekommt.«

»Unwahrscheinlich.«

»Wahrscheinlich ein Segen für die Welt, möchte ich meinen.«

Rill verband die Wunden mit Streifen Stoff, nachdem er Salbe aufgetragen hatte, gab dem Kapitän einen langen Schluck aus dem Bierschlauch, den er um den Bauch trug, und überließ es ihm selbst, was er als Nächstes tun sollte. »Oben werde ich bestimmt gebraucht«, sagte Rill, als er die Kabine verließ.

Und ich auch, dachte Alt Mer. Trotzdem rührte er sich nicht sofort. Stattdessen saß er noch einen Moment lang auf dem Bett, lauschte dem Rauschen des Windes von den Fensterläden und spürte die Bewegung des Schiffes unter den Füßen. Das Schwanken und das Gleiten verrieten ihm, dass es seine Pflicht tat, dass ausreichend Energie zur Verfügung stand, um es in der Höhe zu halten und vorwärts zu bringen. Dennoch war die Schlacht noch nicht vorbei. Ihr Verfolger, der über ausreichend Magie verfügte, um Würger zu rufen und wandelnde Tote zu befehligen, würde sich gewiss nicht so leicht entmutigen lassen.

Kurz darauf zog er sich die zerfetzte Lederkleidung wieder an und kehrte nach oben zurück. Sobald er den Wind um die Nase spürte, blickte er sich um und schätzte die Position ab, dann ging er hinüber zur Pilotenkanzel und stellte sich zu Spanner Frew. Bereitwillig überließ er dem Schiffsbauer das Ruder und stellte keine Fragen. Stattdessen schaute er lange zurück auf die dunklen Formen, die sie zwar noch verfolgten, aber schon im Dunst blasser wurden. Sogar die Würger hatten die Jagd aufgegeben.

Spanner Frew sah Redden Alt Mer an, begutachtete seinen Zustand und nickte. Der Anblick des Kapitäns ermutigte nicht gerade zu einer fröhlichen Unterhaltung.

Alt Mer betrachtete den Himmel. Sie waren von Grau und Nebel umgeben, und die dunkle Suppe im Norden verhieß Regen. Berge ragten vor ihnen und zu beiden Seiten auf, während sie landeinwärts auf die Eisfelder zuhielten, die sie überqueren mussten, um Rue und die anderen zu erreichen.

Dann entdeckte er eine Ansammlung von Punkten vor ihnen und an Steuerbord, wo die Küstenlinie sich in mehreren Buchten nach innen wölbte.

»Schwarzbart!«, sagte er dem anderen ins Ohr, zog an seiner Schulter und zeigte auf die Punkte.

Spanner Frew folgte seinem Blick. Vor ihnen nahmen die Punkte allmählich Gestalt an, bekamen Flügel und Segel. »Noch mehr von denen!«, knurrte der große Mann, und in seiner Stimme schwangen Unglauben und Fassungslosigkeit mit. »Auch Würger, wenn ich mich nicht irre. Wie haben die uns überholt?«

»Die Würger kennen die Küste und die Klippen besser als wir!« Alt Mer musste sich anstrengen, damit man ihn im Tosen des Windes verstehen konnte. »Offensichtlich kannten sie eine Möglichkeit, um den Weg abzuschneiden. Wenn wir so weiter fliegen, erwischen sie uns. Wir müssen weiter ins Landesinnere, und zwar schnell.«

Sein Gefährte blickte in die nebelverhüllten Berge. »Wenn wir uns in diese Brühe wagen, enden wir als Sägespäne.«

Alt Mer sah ihn fest an. »Leider haben wir keine andere Wahl. Lass mich ans Ruder. Geh nach vorn und dirigiere mich mit Zeichen, wann immer es notwendig wird. Nur Handzeichen. Stimmen könnten uns verraten. Und gib dir Mühe, damit wir nicht auf einem Felsen landen.«

Die Mannschaft hatte die beschädigten Sammler repariert, die Trümmer weggeräumt und stand bereit. Spanner Frew unterrichtete sie auf dem Weg zum Bug von dem, was ihnen bevorstand, und schickte jeden auf seinen Posten. Niemand erwiderte etwas. Nach alter Tradition der Fahrenden vertrauten sie ihr Schicksal denen an, die Glück hatten. Und niemand hatte davon mehr als Redden Alt Mer. Unter seinem Kommando würden sie selbst auf einem brennenden Schiff mitten durch einen Feuersturm fahren.

Er holte tief Luft, blickte erneut zu den Schemen vor und hinter sich. Zu viele, um ihnen zu entkommen oder gegen sie zu kämpfen. Er drehte das Ruder hart nach Backbord auf die Nebelbank zu. Dann gab er dem Schiff volle Kraft, bis sie mitten in der Suppe waren, verringerte das Tempo, bis sie langsam dahinglitten, und beobachtete, wie der Dunst sich sammelte und wieder auflöste und wie dünne weiße Fäden die dunklen Säume der Berge einhüllten. Wenn sie in dieser Höhe gegen einen Berg fuhren, während sie schon ein Drittel ihrer Kraft verloren hatten, waren sie am Ende.

Die Würger konnten sie allerdings nicht aufspüren, und ihre Verfolger standen den gleichen Problemen wie sie selbst gegenüber.

Im Nebel herrschte eine eigenartige Stille, hier inmitten dieser Berge war kein Laut zu hören, während die *Jerle Shannara* dahinsegelte wie ein Raubvogel. Um sie herum schienen die Berge zu schweben, dunkle Massen, die wie Fata Morganas auftauchten und wieder verschwanden. Alt Mer betrachtete den Kompass und tat ihn dann zur Seite. Er musste nach Sicht und aus dem Bauch heraus navigieren, dann fand er hoffentlich einen Kurs, der sie am Ende wieder aus dem Nebel herausführte. Falls dieser Nebel überhaupt je ein Ende nahm. Möglicherweise blieben die Sichtverhältnisse weit bis ins Inland so, bis hinter die Berge. Wenn das zutraf, würden sie sich mit Sicherheit verirren.

Spanner Frew am Bug konnte er so gerade eben erkennen. Der große Fahrende hatte sich vorgebeugt und konzentrierte sich ganz auf die wabernden, weißen Wolken. Hin und wieder machte er ein

Zeichen mit der Hand – nach rechts, nach links, langsamer – und Redden Alt Mer betätigte entsprechend das Steuer. Der Wind pfiff ihnen böig um die Ohren und erstarb dann, vielleicht wegen einer nahen Felswand. Nebel wirbelte ziellos zwischen den Gipfeln entlang. Nur die *Jerle Shannara* störte seine ätherischen Strömungen.

Dunkle Wolken kündigten Regen an, und schon bald ergoss sich sintflutartig das Wasser über sie. Der Regen hüllte das Luftschiff und seine Besatzung ein und durchnässte alle bis auf die Haut. Um sie herum wurde es düster und dämmrig. Alt Mer, der schon Schlimmeres erlebt hatte, versuchte nicht daran zu denken, wie bei diesem Wetter Formen verzerrt wurden und Hindernisse erschienen, wo es keine gab, und freie Bahn vorgetäuscht wurde, wo Felswände lauerten. Der Fahrende verließ sich mehr auf seine Instinkte als auf seine Wahrnehmung. Sein ganzes Leben hatte er auf Schiffen zugebracht, und er wusste, was Wind und Wasser vorzuspiegeln vermochten.

Hinter ihnen schlossen sich der Nebel und die Dunkelheit wie ein Vorhang. Von den Verfolgern war keine Spur zu sehen, sondern nur Himmel und Berge und Regen und Dunst.

Spanner Frew kehrte zu ihm in die Pilotenkanzel zurück. Es bestand kein Grund, länger am Bug zu bleiben. Die Welt um sie herum war verschwunden.

Der Schiffsbauer blickte Redden Alt Mer an und lächelte grimmig. Der Kapitän erwiderte das Lächeln. Keiner der beiden hatte etwas zu sagen.

Die *Jerle Shannara* segelte weiter in die Düsternis hinein.

Vier

Hitze und Licht wichen kühler Dunkelheit, das eigentümliche Kribbeln wurde zu Taubheit, und die Gegenwart zu Vergangenheit, als die Ilse-Hexe von der Kraft des Schwerts von Shannara übermannt wurde. In einem Augenblick befand sie sich noch tief unter der Erde in den Katakomben von Castledown, allein mit ihrem Feind, dem Druiden Walker, umgeben von den Trümmern eines anderen Zeitalters. Im nächsten Moment war sie so weit in ihr eigenes Inneres vorgedrungen, dass sie keine Ahnung hatte, wo sie eigentlich wirklich war. Blitzartig hatte sie sich von einem Wesen aus Fleisch und Blut in eines verwandelt, das kaum mehr Substanz hatte als die Gedanken, die sie fortrissen.

Ihr blieb nur ein kurzer Moment, um sich zu fragen, was eigentlich vor sich ging, dann war es vorüber.

Sie wandelte allein durch die Dunkelheit, und dennoch war sie sich bewusst, dass Walker in ihr war, nicht in erkennbarer Gestalt, nicht einmal in irgendeiner festen Form, eher als Schatten, als Schemen, der an ihr hing wie ihr langes, dunkles Haar. Sie spürte seinen Puls in dem Talisman, den sie fest umklammerte wie eine Rettungsleine. Er war nur eine Präsenz im Äther, doch immerhin war er mit ihr hier und beobachtete alles.

Als sie die Dunkelheit verließ, befand sie sich in einer anderen Zeit und an einem anderen Ort – beides erkannte sie auf Anhieb. Sie war zu Hause, dort, von wo sie als Kind entführt worden war. Niemals hätte sie geglaubt, ihr Zuhause wieder zu sehen, und nun stand es da, genauso wie sie sich aus der Kindheit daran erinnerte, im Dämmerlicht des frühen Morgens, umgeben von Stille, bedroht von Gefahren. Die Kälte der Morgenluft ließ sie frösteln, der durchdringende Duft der Fliederbüsche stieg ihr in die Nase. Sofort wurde ihr klar, um welchen Zeitpunkt es sich handelte. Sie war zu jenem Morgen zurückgekehrt, an dem ihre Eltern und ihr Bruder gestorben waren und man sie selbst entführt hatte.

Nun beobachtete sie, wie sich die Ereignisse jenes Tages von neuem vor ihr abspielten, nur diesmal aus einer anderen Perspektive, so, als würde die Geschichte einem anderen zustoßen. Erneut wurde der alte Beller umgebracht, nachdem er hinausgelaufen war, um zu schauen, was dort vor sich ging. Abermals schlichen die verhüllten Gestalten im bleichen Licht der Dämmerung an ihrem Fenster vorbei auf die Vordertür zu. Wieder wollte sie fliehen, und wieder war die Mühe vergeblich. Sie versteckte ihren Bruder im Keller und versuchte dem

Schicksal ihrer Eltern zu entgehen. Doch die verhüllten Gestalten lauerten ihr auf. Sie schaute zu, wie sie selbst ergriffen wurde, während das Haus lichterloh brannte. Dann wurde sie bewusstlos und hilflos nach Osten verschleppt, wo es langsam heller wurde.

Alles war so, wie sie sich daran erinnerte. Trotzdem war es gleichzeitig anders. Sie sah sich umringt von dunklen Gestalten, die die Köpfe zusammensteckten und sich berieten, während sie gefesselt, geknebelt und mit verbundenen Augen dalag. Dennoch stimmte etwas nicht. Sie ähnelten gar nicht den Gestaltwandlern, die sie in Wirklichkeit entführt hatten, wie sie wusste. Außerdem war der Druide Walker nirgendwo zu entdecken. Hatte sie ihn überhaupt diesmal in der Nähe ihres Zuhauses gesehen? Sie meinte nicht. Wo war er?

Gewissermaßen als Antwort auf ihre Frage erschien zwischen den Bäumen eine Gestalt, groß und dunkel und im Kapuzenmantel wie diejenigen, die sie gefangen genommen hatten. Er ähnelte einem Druiden, dem Teil einer vergehenden Nacht, der dem Versprechen des bevorstehenden Todes gleicht. Er deutete auf die Entführer, winkte sie zu sich, sprach Worte, die sie nicht hören konnte, und trat dann zur Seite. Plötzlich verteilten sich die Entführer und begannen gegeneinander zu kämpfen. Aber es war kein harter, brutaler Streit, sondern lediglich eine Übung. Gelegentlich hielt der eine oder andere inne, als wolle er die Wirkung des Schauspiels beurteilen. Die verhüllte Gestalt ließ sie eine Weile lang gewähren, wartete, griff dann unvermittelt nach ihr, riss sie hoch, verschwand mit ihr unter den Bäumen und ließ das eigenartige Szenario hinter sich.

Während er rannte, erhaschte sie einen Blick auf seine Unterarme. Sie waren mit Schuppen besetzt und gesprenkelt. Ein Reptil.

Die Erkenntnis traf sie wie ein Schlag. *Nein!* Sie wurde tief in den Wald geschleppt zu einer stillen Stelle, wo die dunkle Gestalt sie absetzte. Nun konnte sie zuschauen, wie er sich enthüllte, und es war nicht der Druide, den sie da erkannte, sondern der Morgawr. *Verräter!* Das Wort fuhr ihr schrill durch den Kopf. *Lügner!* Aber eigentlich war er noch viel schlimmer. Mit Worten konnte man es gar nicht ausdrücken. Er war einfach ein Ungeheuer.

Aus irgendeinem Grund wusste sie, dass sie die Wahrheit sah. Instinktiv war ihr dies klar, und sie zweifelte an nichts. Die Bilder, die das Schwert von Shannara heraufbeschwor, konnten nicht lügen. Sie fühlte es tief in ihrem Innern, und alles ergab auf wundersame Weise Sinn. Wieso war sie nicht früher schon draufgekommen? Wie hatte sie sich so leicht täuschen lassen können?

Immerhin war sie damals erst sechs Jahre alt gewesen, erinnerte sie sich. Ein kleines Kind.

Gefühle übermannten sie wie reißende Wölfe, und am liebsten hätte sie vor Wut und Verzweiflung aufgeschrien. Aber sie konnte ihren Emotionen keinen Ausdruck verleihen. Sie konnte nur zuschauen. Die Magie des Schwertes erlaubte nicht mehr.

Sie hörte den Morgawr, der mit ihr sprach, so sanft und schmeichelnd und verräterisch. Sie beobachtete sich selbst, wie sie sich langsam mit seinen Lügen anfreundete, sie akzeptierte, glaubte, was er zu sein behauptete, und ihm abnahm, dass sie ein Opfer der Machenschaften des Druiden sei. Anschließend brachte er sie auf einem Würger fort, in sein unterirdisches Versteck tief im Wildewald. Er schloss die Tür zu ihrem Gefängnis, und sie wurde zu einem willigen Narren, zu einer Marionette in einem Spiel, das sie nun überhaupt zum ersten Mal zu begreifen begann. Sie fing ein neues Leben an – ein kleines, fehlgeleitetes Kind, das von Hass und Entschlossenheit angetrieben wurde. Sie wusste, von nun an würde sie nicht mehr die Gleiche sein, konnte das jedoch nicht verhindern und nichts anderes tun, als an ihrem Schicksal zu verzweifeln.

Dennoch hörten die Bilder nicht auf, bewegten sich weiter, enthüllten ihr die Wahrheit, die so viele Jahre vergraben geblieben war. In den rauchenden Ruinen ihres Elternhauses beobachtete sie einen Gestaltwandler, der ihren kleinen Bruder rettete – lebend. Er brachte ihn fort, zu einer sicheren Festung. Es war Paranor, wie sie rasch erkannte. Er übergab ihren Bruder dem Druiden Walker, und der wiederum brachte ihn ins Hochland von Leah, wo er ihn einem Mann mit gutmütigem Gesicht und seiner Frau anvertraute, die auch eigene Kinder hatten und dem Druiden einen Dienst schuldig waren. In dieser Familie wuchs ihr Bruder auf, sein winziges Säuglingsgesicht verwandelte sich mit den Jahren, bis seine Züge erkennbar wurden.

Sie hätte nach Luft geschnappt oder sogar aufgeschrien, als sie erkannte, dass es sich um den Jungen handelte, der mit Walker in dieses ferne Land gekommen war, der sie zur Rede gestellt und ihr gegenüber behauptet hatte, er sei Bek. Eine Verwechslung war ausgeschlossen. Er war der Junge, dem sie nicht geglaubt hatte, der Junge, den sie mit dem Caull gejagt und beinahe umgebracht hatte. Bek, ihr Bruder, der, so hatte sie gemeint, in den Flammen gestorben war …

Sie konnte diese Gedanken nicht zu Ende bringen, keinen einzigen. Ja, sie konnte sich kaum dazu zwingen, sich ihnen zu stellen. Außerdem blieb ihr keine Zeit für eine langwierige Betrachtung oder dafür, mit dem Gesehenen fertig zu werden. Weitere Bilder erschienen, eine ganze Flut, die sie geradezu überschwemmte, so dass sich ihr die Brust zusammenschnürte und sie unter dem drückenden Gewicht kaum mehr atmen konnte.

Jetzt zeigten die Bilder ihre Ausbildung beim Morgawr, ihre lange, harte Lehrzeit, ihre Meisterschaft in Selbstdisziplin und die Ausformung ihres Lebensziels – eine Möglichkeit zu finden, wie sie Walker vernichten konnte. Sie wuchs vom Mädchen zu einer jungen Frau heran, aber nicht in der gleichen Freiheit wie Bek. Stattdessen beobachtete sie sich dabei, wie sie sich von einem Menschen in etwas verwandelte, das dem Morgawr ähnelte, bis sie sich am Ende nur noch äußerlich von ihm unterschied, weil sie Haut hatte und er Schuppen. Sie war so düster und hasserfüllt und ruchlos geworden wie er. Mit seinem Eifer und seiner wilden Entschlossenheit hatte sie ausgenutzt, was ihr ihre vergiftete Magie zu bieten hatte.

Sie schaute sich zu, wie sie lernte, Magie als Waffe einzusetzen. Ihre gesamten langen und finsteren Erfahrungen wurden bis ins letzte widerliche Detail stumpfsinnig wiederholt. Sie musste mit ansehen, wie sie jeden verstümmelte und tötete, der ihr im Weg stand. Wie sie jeden vernichtete, der es wagte, ihr Widerstand zu leisten oder ihre Ziele in Frage zu stellen. Sie beraubte ihre Opfer aller Hoffnung und allen Mutes und machte sie sich zu Sklaven. Sie ruinierte Menschen, einfach nur, weil es ihr gelegen kam oder ihrem Ziel diente. Auf diese Weise war die Addershag gestorben, nur damit sie Macht über Ryer Ord Star erlangen konnte. Ihr Spion im Hause des Heilers von Bracken Clell musste sterben, damit er seine Verbindung zu ihr nicht preisgeben konnte. Allardon Elessedil starb, weil der Druide Walker die geplante Expedition sonst vielleicht ohne Unterstützung der Elfen hätte antreten müssen.

Es gab so viele, und rasch verlor sie den Überblick. An die meisten konnte sie sich gar nicht erinnern. Sie schaute zu, wenn ihre Opfer Geistern der Vergangenheit gleich auftauchten und erneut ihren Tod durchlitten. Von ihrer eigenen Hand oder auf ihren Befehl hin, das spielte keine Rolle: Tot war tot. Und wenn nicht tot, so sahen sie hinterher doch aus wie Männer und Frauen, die sich den Tod herbeisehnten. Sie spürte ihre Furcht, ihre Hilflosigkeit, ihre Frustration, ihren Schrecken und ihren Schmerz. Sie fühlte ihr Leid.

Sie, die Ilse-Hexe, die nie irgendetwas empfunden hatte, die es sich zur Lebensaufgabe gemacht hatte, sich gegen alle Emotionen abzuhärten, wurde aufgeribbelt wie ein altes Gewand, das zu oft getragen worden war.

Aufhören, hörte sie sich flehen. *Bitte! Bitte!*

Dennoch nahmen die Bilder kein Ende, und nun sah sie nicht mehr die eigentlichen Taten, sondern deren Folgen. Wenn ein Familienvater sterben musste, weil es ihren Zwecken diente, hungerten eine Mutter und ihre Kinder auf der Straße. Wurde die Tochter einer Familie vom rechten Wege abgebracht, weil es der Hexe zum Vorteil gereichte, strauchelte versehentlich auch der Sohn. Wo ein Leben geopfert wurde, stürzten zwei weitere ins Elend.

Doch damit nicht genug. Ein Kommandant der Freien, dem sie Verstand und Seele geraubt hatte, kostete seine Nation den Preis seines Mutes und seine fehlende Führerschaft auf Jahre hin. Die Tochter eines Politikers, die in einen Streit zwischen zwei Fraktionen geriet, wurde inhaftiert, obwohl ihre Weisheit die Auseinandersetzung hätte beenden können. Kinder wurden verschleppt und verschwanden in fremden Ländern, damit jene, die ihr gehorchten, Kontrolle über die gramerfüllten Eltern gewannen. Gnomen-Stämme, deren heiligen Boden sie für den Morgawr enteignete, gaben Zwergen die Schuld, woraufhin zwischen ihnen Feindseligkeiten ausbrachen. Wie das Kräuseln, das ein Stein verursacht, der in stilles Wasser fällt, rief ihr selbstsüchtiges Handeln Resultate hervor, die weit über die ursprünglich beabsichtigten Auswirkungen hinaus immer weitere Kreise zogen.

Währenddessen spürte sie den Morgawr, der aus der Ferne zusah, eine stille Präsenz, die die Ergebnisse der Falschheit, der Lügen und der Täuschungen genoss. Er verfügte über sie wie eine Marionette und zog die Fäden. Er lenkte ihre Wut und ihre Enttäuschung, und er ließ sie niemals vergessen, wer dafür verantwortlich war. Alles tat sie nur, weil sie den Druiden Walker zerstören wollte. Doch indem sie nun ihre Vergangenheit betrachtete, der Täuschungen entledigt und im hellen Tageslicht enthüllt, konnte sie nicht begreifen, wie sie sich so hatte in die Irre führen lassen können. Nichts von dem, was sie getan hatte, diente ihren vermeintlichen Zielen. Nichts davon war gerechtfertigt. Das alles war nur ein Zerrbild der Wirklichkeit.

Die Mauer der Selbsttäuschung, hinter der sie sich verschanzt hatte, wurde von der Flut der Bilder fortgespült, und zum ersten Mal sah sie den Menschen, der sie war. Widerwärtig. Sie war die abscheulichste Person, die sie sich vorstellen konnte, ein Wesen, das seine Menschlichkeit leichtsinnig geopfert hatte, weil es glaubte, sie sei wertlos. Und um dieses Ungeheuer zu werden, hatte sie alles aufgegeben, was sie als kleines Mädchen einst gewesen war.

Schlimmer noch traf sie die Erkenntnis dessen, was sie Bek angetan hatte. Zum einen hatte sie ihn im Stich gelassen, weil sie vermutet hatte, er liege tot in der Asche ihres Elternhauses. Zum anderen war sie erst kürzlich nicht imstande gewesen herauszufinden, ob er tatsächlich derjenige war, der zu sein er behauptete. Sie hatte stattdessen versucht, ihn zu töten. Sie hatte ihn gejagt und beinahe umgebracht. Sie hatte ihn zu ihrem Gefangenen gemacht, ihn mit sich zur *Schwarzen Moclips* genommen und Cree Bega übergeben.

Sie hatte ihn im Stich gelassen.

Zum zweiten Mal.

In der Stille der beruhigenden Magie des Schwertes von Shannara verblassten die Bilder für einen Moment, und sie war allein mit ihrer Wahrheit, die so scharf war wie eine Messerklinge. Walker war noch da, irgendwo in der Nähe, seine bleiche Präsenz beobachtete sie, wie sie mit sich selbst ins Reine kam. Sie spürte ihn wie einen Mantel, den sie nicht ablegen konnte. So kämpfte sie, um sich von dem Gewirr aus Täuschungen und Treulosigkeit und Verbrechen zu befreien, das sie wie tausend Spinnennetze gefangen hielt. So kämpfte sie gegen die erdrückende Dunkelheit ihres Lebens an. Beides scheiterte. Sie saß in der Falle wie früher ihre Opfer.

Die Bilder setzten wieder ein, aber sie konnte es nicht länger ertragen, sie anzuschauen. Sie taumelte durch das Kaleidoskop ihrer schauderhaften Taten und konnte sich nicht vorstellen, dass ihr jemals Vergebung gewährt werden könnte. Hatte sie überhaupt das Recht, darum zu bitten? Man hatte sie jeglicher Hoffnung auf Gnade beraubt. Schließlich fand sie ihre Stimme wieder und schrie in einer Mischung aus Selbsthass und Verzweiflung auf. Der Laut und die Wut, die darin mitschwang, riefen ihre eigene Magie hervor, dunkel und flink und sicher. Sie kam ihr rasch zu Hilfe, kollidierte mit der Magie des Schwertes und loderte feurig flammend in ihr auf. Sie spürte, wie sie in einem Wirbel von Bildern und Gefühlen explodierte. Dann drehte sich plötzlich alles in eine riesige, tiefe Leere hinein, und sie wurde in Wolken endlos dahintreibender Schatten fortgerissen.

Bek Ohmsford erstarrte bei dem Laut. »Hast du das gehört?«, fragte er Truls Rohk.

Die Frage war überflüssig. Niemand hätte es überhören können. Inzwischen befanden sie sich tief unter der Erde in den Katakomben von Castledown auf der Suche nach Walker. Sie waren durch die Ruinen des Labyrinths gekommen, wo die zuvor verborgenen Türen nun einladend lockten. Dieses unterirdische Reich wurde nicht mehr von Feuerstrahlen und Kriechern bewacht. Nirgendwo war eine Spur von Leben zu entdecken. Die Welt von Antrax war ein Friedhof von Metallskeletten und toten Maschinen.

Truls Rohk, wie stets in Mantel und Kapuze, schaute sich um, während das Echo des Schreis verhallte. »Hier unten lebt noch jemand.«

»Und zwar eine Frau«, mutmaßte Bek.

Der Gestaltwandler grunzte. »Sei dir da nicht zu sicher.«

Bek überprüfte die Luft mit seiner Magie, summte leise und las die Kraftlinien. Vor nicht allzu langer Zeit war Grianne hier entlanggegangen. Ihre Anwesenheit ließ sich nicht übersehen. Sie folgten ihr in dem Glauben, dass sie wiederum Walker folgte. So führte das eine zum anderen. Wenn sie sich beeilten, würden sie die beiden rechtzeitig erreichen. Aber bis jetzt waren sie nicht so sicher gewesen, ob überhaupt noch jemand lebte. Einen sicheren Hinweis darauf hatten sie bisher nicht gefunden.

Bek ging weiter und strich sich nervös mit der Hand durchs Haar. »Sie ist hier entlang gegangen.«

Truls Rohk setzte sich ebenfalls in Bewegung. »Du hast gesagt, du hättest einen Plan. Für den Fall, dass wir sie finden.«

»Ich will sie gefangen nehmen«, erklärte Bek, »und zwar lebendig.«

»Wie ehrgeizig, Junge. Hättest du die Freundlichkeit, mir bei Gelegenheit die Einzelheiten des Plans mitzuteilen?«

Bek blieb nicht stehen und nahm sich nicht die Zeit, seine Erklärung erneut zu überdenken. Wenn man mit Truls zusammen war, wollte man die Dinge nicht unnötig verkomplizieren. Der Gestaltwandler war sowieso davon überzeugt, dieser Plan habe keine Aussicht auf Erfolg. Er dachte vielmehr darüber nach, auf welche Weise man Grianne töten könnte, bevor sie das Gleiche bei ihnen versuchte. Nur aufgrund Beks leidenschaftlichem Einsatz wollte Truls ihm überhaupt eine Chance geben.

»Sie kann uns nichts tun, solange sie ihre Magie nicht einsetzt«, sagte er leise und sah den anderen nicht an, während sie gingen. Konzentriert suchte er sich den Weg zwischen herumliegenden Kabeln und Betonbrocken, die von einer gewaltigen Explosion und einem anschließenden Beben losgebrochen worden waren. Dieses hatte man sogar über der Erde spüren können. »Sie kann ihre Magie nicht benutzen, solange sie ihre Stimme nicht einsetzen kann. Wenn wir sie davon abhalten zu sprechen oder zu singen oder irgendeinen Laut von sich zu geben, können wir sie gefangen nehmen.«

Truls Rohk glitt wie eine riesige Katze durch die Schatten und die flackernden Lichter. »Wir erreichen das am besten, indem wir sie einfach umbringen. Gib es auf, Junge. Sie wird nicht wieder zu deiner Schwester werden. Wer sie wirklich ist, wird sie niemals wahrhaben wollen.«

»Während ich sie ablenke, schleichst du dich hinter sie«, fuhr Bek fort und ignorierte ihn. »Leg die Hände über ihren Mund und erstick ihre Stimme. Das funktioniert, falls sie dich nicht zu früh bemerkt. Ich halte es jedenfalls für durchführbar. Sie wird es vor allem darauf abgesehen haben, den Druiden zu suchen und sich mit mir zu beschäftigen. Nach dir wird sie kaum Ausschau halten.«

»Du träumst.« Truls Rohk klang nicht überzeugt. »Wenn das schief geht, bekommen wir niemals eine zweite Chance. Keiner von uns.«

Vor ihnen im Gang krachte etwas Schweres auf den Boden und erhöhte den Schuttberg, der dort bereits lag. Dampf blies zischend aus gebrochenen Rohren, und eigenartige Gerüche hingen in Nischen und krochen durch Risse in der Wand. Sie wanderten durch ein Labyrinth, und ohne Griannes gut erkennbare Aura, der sie folgen konnten, hätten sie sich längst verirrt.

Bek antwortete gleichmütig: »Walker würde es so wollen.« Er blickte hinüber zu der dunklen Gestalt. »Das weißt du selbst genauso gut.«

»Was der Druide will, kann man höchstens mutmaßen. Außerdem muss das nicht unbedingt das Richtige sein. Bis jetzt hat er uns ja auch nicht besonders weit gebracht.«

»Trotzdem hast du dich ihm für diese Reise angeschlossen«, hielt Bek leise dagegen. »Und du hast ihn schon sehr oft begleitet. Oder nicht?«

Truls Rohk sagte nichts und verschwand komplett in seiner Robe, so dass von ihm nur ein verhüllter Schatten blieb, der durch die dämmerige Dunkelheit glitt wie eine Präsenz ohne Substanz, so schwach, dass sie im nächsten Augenblick verschwunden sein könnte.

Vor ihnen wurde der Tunnel breiter. So schwere Schäden waren ihnen bislang nicht begegnet. Ganze Teile der Decke waren eingestürzt. Glasscherben und verbogenes Metall bildeten große Schutthaufen. Obwohl die flammenlosen Lampen den Gang mit bleichem Schein beleuchteten, konnten sie die tiefen Schatten kaum durchdringen.

Eine riesige höhlenartige Kammer öffnete sich am Ende des Korridors. Sie gingen auf zwei enorme zylindrische Behälter zu, deren metallene Haut wie überreife Früchte geplatzt war. Dampf zischte aus den Wunden wie Blut, das aus einem Körper spritzt. An den Enden durchtrennter Kabel blitzte und funkte es. Streben und Träger brachen ächzend aus ihren Verankerungen.

»Dort«, sagte Bek leise und wollte seinen Begleiter am Mantel fortziehen. »Dort ist sie.«

Sie bemerkten weder eine Bewegung noch ein Geräusch und sahen auch kein Indiz dafür, dass in dieser Zerstörung irgendetwas lebte. Truls Rohk erstarrte und lauschte. Dann ging er weiter, diesmal vorneweg, da er Bek die Führung nicht mehr zutraute. Diese Situation konnte allzu leicht tödlich enden. Der Junge folgte wortlos, wusste, dass er nicht mehr die Kontrolle über die Situation hatte und damit die Hoffnung auf einen Ausgang dieser Geschichte, wie er es sich wünschte, aufgeben musste.

Plötzlich zerriss ein Zischen die Stille, unterbrochen von Knacken und Knirschen. Die Geräusche erinnerten Bek an Tiere, die sich über die Knochen eines Kadavers hermachen.

Als sie die Öffnung erreichten, huschte Truls Rohk sofort in den Schatten einer der Wände und gab Bek ein Zeichen, er solle zurückbleiben. Bek wollte jedoch nicht den Sichtkontakt zu Truls verlieren und trat nur einen Schritt zurück. Er drückte sich an die glatte Wand und lauschte, ob er außer diesem mechanischen Lärm etwas hören konnte.

Dann verwandelte sich der Gestaltwandler in einen Schattenflecken und verschwand einfach. Bek wusste, er wollte Grianne zuerst erreichen. Bek rannte ihm hinterher, denn nun fürchtete er, die letzte Chance zu verlieren, seiner Schwester das Leben zu retten. Er kletterte über den Schutthaufen am Eingang der Kammer und blieb abrupt stehen.

Die Kammer lag in Trümmern, überall sah Bek Haufen aus Metallschrott und Glassplittern, zerschmetterte Kriecher und zerstörte Maschinen. Grianne kniete in der Mitte neben dem am Boden liegenden Walker, und ihr bleiches Gesicht wurde von einem langsamen Flackern erhellt, das von den Enden zertrennnter Kabel herrührte, die heftig Funken sprühten. Sie hatte die Augen geöffnet und starrte zur Decke, doch ihr Blick ging ins Leere. Ihre Finger waren fest um das Heft des Schwertes von Shannara geschlossen, dessen Klinge nach unten gerichtet auf den glatten Metallfußboden zeigte.

An ihren Händen, an dem Heft und an der Klinge war Blut. An ihrer Kleidung und überall an Walker war ebenfalls Blut. Und auch auf dem Boden, wo es sich in einer roten Lache gesammelt hatte und sich in dünnen Rinnsalen durch die Trümmer wand.

Bek betrachtete die Szene voller Schrecken. Gegen den Gedanken, der ihn ihm aufstieg, konnte er sich nicht wehren. Walker war tot, und Grianne hatte ihn umgebracht.

Seitlich von ihm blitzte eine scharfe Klinge auf, und aus der Düsternis schob sich still eine noch dunklere Gestalt vor.

Offensichtlich war Truls Rohk zu der gleichen Überzeugung gekommen.

Fünf

Wie verängstigte Kinder hielten sich Ahren Elessedil und Ryer Ord Star im Arm, während sie durch die staubbedeckten Gänge von Castledown zu den Ruinen der Stadt nach oben wanderten. Die Seherin schluchzte hemmungslos, sie drückte dem Elfenprinzen den Kopf an die Schulter und umklammerte ihn fest, als befürchte sie, ihn zu verlieren. Dass sie Walker zurücklassen mussten, hatte ihr den Rest gegeben, und sie schien Ahren, der tröstend auf sie einflüsterte und versuchte, sie wieder zu sich zu bringen, überhaupt nicht zu hören. Es war, als hätte sie, indem sie den Druiden verließ, einen Teil von sich selbst eingebüßt. Nur weil sie zusammenzuckte, wenn sich gelegentlich Trümmerbrocken von den Wänden oder der Decke lösten oder in dunklen Winkeln etwas explodierte, wusste Ahren, dass sie noch bei Sinnen war.

»Alles wird gut, Ryer«, wiederholte Ahren ein weiteres Mal, obwohl diese Worte offensichtlich keine Wirkung auf sie hatten.

Nach den Ereignissen der letzten Stunden schwirrten ihm wirre Gedanken durch den Kopf. Die Wirkung der Elfensteinmagie hatte nachgelassen, und jetzt empfand er Ruhe und Frieden anstelle des Feuers und des glühenden Zorns. Die Steine hatte er sicher in einer Tasche seines Gewandes verstaut, falls er sie erneut brauchte. Zum Teil sehnte er das herbei, zum Teil hoffte er, es würde nie wieder passieren. Er fühlte tiefe Zufriedenheit in sich und glaubte seine Ehre wiederhergestellt, nachdem er die Steine entdeckte, ihre Magie erfolgreich beschworen und das blaue Feuer gegen diese abscheulichen Maschinen eingesetzt hatte, die so vielen seiner Freunde und Gefährten von der *Jerle Shannara* den Tod gebracht hatten. Außerdem fühlte er sich innerlich erneuert, als hätte er sich einem tödlichen Ritual unterzogen und überlebt. Zu dieser Reise war er als Knabe aufgebrochen, und jetzt war er zum Mann geworden. Seine Odyssee sowie die Suche und der Fund der Elfensteine verliehen ihm frisches Selbstvertrauen und neue Zuversicht. Trotz ihres Schreckens hatten ihm die schrecklichen Erlebnisse der letzten Wochen auch neue Kraft gegeben.

Das alles jedoch tröstete ihn nicht über das hinweg, was Walker zugestoßen war und ihnen höchstwahrscheinlich jetzt bevorstand. Walker hatte im Sterben gelegen, als sie ihn zurückgelassen hatten, das war unbestreitbar. Sogar Druiden konnten solche Verletzungen, wie er sie erlitten hatte, nicht überleben. Vielleicht hielt er ein paar Minuten länger durch, aber eine Chance zu genesen hatte er nicht. Die Gemeinschaft der *Jerle Shannara,* oder was von ihr geblieben war, musste die Reise nun also ohne ihn fortsetzen. Nur mit welchem Ziel? Und zu welchem Zweck? Walker selbst hatte gesagt, mit

Antrax' Tod würde das Wissen der Bücher der Magie für sie verloren sein. Er selbst hatte die Entscheidung getroffen, die Maschine zu zerstören, und damit ging für sie jede Chance verloren, das zu finden, weswegen sie hergekommen waren. Das war gewissermaßen ein Eingeständnis der Niederlage. Somit hatten sie die ganze Expedition umsonst unternommen.

Dennoch konnte er sich einer Ahnung nicht erwehren, dass sich in Wirklichkeit alles ganz anders verhielt, dass sich über das Offensichtliche hinaus etwas anderes ereignet hatte.

Er dachte an die übrigen Mitglieder ihrer Reisegesellschaft. Bek hatte noch gelebt, als Ryer der Ilse-Hexe entflohen und auf der Suche nach Walker in die Ruinen zurückgekehrt war. Die Fährtenleserin Tamis war ebenfalls entkommen. Irgendwo konnten weitere stecken. Wie sollte er sie bloß finden? Denn das war unabdingbar, weil sie ohne ein Luftschiff und eine Mannschaft hier gestrandet wären, und das, während die Ilse-Hexe und die Mwellrets Jagd auf sie machten.

Er wusste jedoch, was er unternehmen konnte, um Hilfe zu bekommen. Mit den Elfensteinen, den Suchsteinen der Legende, konnte er einen Weg zu den anderen finden. Das Problem war nur, mit dem Gebrauch der Magie würde er die Ilse-Hexe auf sich aufmerksam machen. Er würde ihr seinen genauen Aufenthaltsort kundtun, und sie würde sofort die Verfolgung aufnehmen. Das konnten sie auf keinen Fall wagen. Ahren glaubte nicht eine Sekunde lang, dass er gegen die Hexe bestehen würde, auch nicht, wenn er im Besitz der Elfensteinmagie war. Im Augenblick dienten ihnen Heimlichkeit und Verborgenheit als die besseren Waffen. Ob die allerdings ausreichen würden, dessen war er nicht sicher.

Mehrere Stunden lang hatte er die Gänge gedankenverloren durchkreuzt, da bemerkte er plötzlich, dass Ryer nicht mehr weinte. Er sah überrascht zu ihr hinunter, doch sie hatte das Gesicht immer noch an seiner Schulter vergraben und hinter ihrem langen Silberhaar verborgen. Vielleicht, so dachte er, verarbeitete sie auf diese Weise ihren Kummer und sollte nicht gestört werden. Also konzentrierte er sich erneut darauf, einen Weg zur Oberfläche zu finden.

Der Schutt, der die unteren Stockwerke verstopft hatte, wurde weniger, als hätte das Zentrum der Explosionen in der Tiefe gelegen. Die Luft wirkte frischer, und demnach mussten sie fast oben angekommen sein.

Diese Annahme sollte sich bald bestätigen. Schon nach wenigen Minuten kamen sie durch zwei Metalltüren, die aus den Angeln gerissen waren und offen standen, duckten sich unter dem eingebrochenen Rahmen hindurch und traten hinaus ins Freie. Sie kamen genau aus dem Turm, in dem Walker vor Tagen verschwunden war, und befanden sich mitten in dem tödlichen Labyrinth, das unter ihren Freunden und Gefährten so viele Opfer gefordert hatte. Es herrschte Nacht, doch am östlichen Horizont kündigte sich das Morgengrauen mit einem schwachen Lichtschein an. Über ihnen strahlte der Mond an einem wolkenlosen Sternenhimmel.

Ahren blieb vor dem Eingang des Turms stehen und blickte sich wachsam um. Er sah die Umrisse des Labyrinths und die Schemen zerstörter Kriecher und anderer Waffen. Jenseits davon breitete sich das Gewirr der Ruinenstadt aus. Aus dieser Ödnis war kein einziges Geräusch zu vernehmen. Es machte den Eindruck, als wären sie die einzigen Lebewesen auf der weiten Welt.

Das war jedoch trügerisch, wie er wusste. Die Mwellrets waren dort draußen und machten Jagd auf sie. Er musste sehr vorsichtig vorgehen.

Ryer hielt ihn weiterhin umklammert, und so beugte er sich hinunter und flüsterte ihr ins Ohr: »Hör mir zu.«

Sie erstarrte und nickte dann langsam. »Wir sollten die anderen finden – Bek und Tamis und Quentin. Allerdings müssen wir uns dabei im Verborgenen halten. Die Mwellrets und die Ilse-Hexe sind uns bestimmt auf den Fersen. Zumindest sollten wir lieber davon ausgehen. Auf keinen Fall dürfen wir uns von ihnen erwischen lassen. Deshalb verlassen wir die Ruinen und verstecken uns im Wald. So schnell wie möglich. Meinst du, das schaffst du mit mir zusammen?«

»Wir hätten ihn nicht zurücklassen sollen«, erwiderte sie so leise, dass er die Worte kaum verstehen konnte. Ihre Finger schlossen sich fester um seine Arme. »Wir hätten bleiben sollen.«

»Nein, Ryer«, entgegnete er. »Er hat uns befohlen zu gehen. Es gab nichts, was wir für ihn hätten tun können. Er wollte, dass wir die anderen suchen. Schon vergessen?«

Sie schüttelte den Kopf. »Das spielt keine Rolle. Wir hätten trotzdem bleiben sollen. Er lag im Sterben.«

»Wenn wir nicht schaffen, worum er uns gebeten hat, wenn wir in Gefangenschaft geraten oder gar umgebracht werden, waren all seine Mühen umsonst. Dann hätte er mit seinem Tod nur sein Leben verschwendet.« Er sprach leise, aber eindringlich. »Das wollte er nicht. Deshalb hat er uns fortgeschickt.«

»Ich habe ihn verraten.« Sie schluchzte.

»Wir haben uns alle gegenseitig irgendwann auf dieser Reise verraten.« Er drückte ihren Kopf von seiner Schulter hoch und hob ihr Kinn, so dass sie ihn ansehen musste. »Er ist nicht wegen etwas gestorben, das wir getan haben oder auch nicht. Nein, er hat sich entschieden, sein Leben zu opfern, um Antrax zu zerstören. Diese Wahl hat er selbst getroffen.«

Er holte tief Luft. »Hör mir zu. Wir dienen ihm am besten, wenn wir seinen letzten Willen ehren. Ich weiß nicht, welche weiteren Schritte er für uns ins Auge gefasst hatte oder was seiner Meinung nach als Nächstes geschehen sollte. Außerdem habe ich keine Ahnung, was wir schon erreicht haben. Aber für ihn können wir nicht mehr tun, als von hier zu verschwinden und in die Vier Länder zurückzukehren.«

Bei diesen harten Worten verzog sie das abgespannte bleiche Gesicht, das in diesem Moment wie zerknittertes altes Pergament wirkte. »Ohne ihn kann ich nicht leben, Ahren. Ich will auch gar nicht.«

Instinktiv streckte der Elfenprinz die Hand aus und strich ihr über das feine Haar. »Er hat gesagt, ihr würdet euch wieder sehen. Das hat er dir versprochen. Vielleicht solltest du ihm wenigstens die Chance geben, sein Versprechen einzulösen.« Er hielt inne, beugte sich vor und küsste sie auf die Stirn. »Du sagst, ohne ihn könntest du nicht leben. Wenn es für dich einen Unterschied ausmacht: Ich glaube, ich kann ohne dich nicht leben. So weit, wie ich es jetzt geschafft habe, wäre ich niemals gekommen, wenn ich es nicht für dich getan hätte. Bitte, verlass mich jetzt nicht.«

Er lehnte die Wange an ihre Schläfe, hielt Ryer im Arm und wartete auf eine Reaktion. Es dauerte eine ganze Weile, doch schließlich richtete sie sich auf und legte ihm die kleinen Hände auf die Wangen.

»Also gut«, sagte sie leise. Sie lächelte ihn traurig an.

Dann gingen sie weiter, hinaus in den Schatten des schwarzen Turmes und ins Labyrinth, und schließlich durch die Ruinen. Ständig achteten sie darauf, in den dunklen Schatten zu bleiben, sie überhasteten sich nicht und blieben häufig stehen, um zu lauschen, ob sie Geräusche hörten, die sie vor drohenden Gefahren warnten. Ahren führte, hielt Ryer Ord Stars Hand, und die Bindung zwischen ihnen wurde eigenartigerweise immer stärker. Er hatte nicht gelogen, als er ihr gesagt hatte, dass er sie weiterhin brauchte. Obwohl er die Elfensteine geborgen und erfolgreich gegen die Kriecher gekämpft hatte, verspürte er kein großes Selbstbewusstsein. Seine Jugend hatte er zwar hinter sich gelassen, dennoch war er unerfahren und grün hinter den Ohren. Das Leben würde ihm noch einige Lektionen erteilen, und darunter gewiss auch etliche harte. Dabei wollte er jedoch nicht auf sich allein gestellt sein. Ryer an seiner Seite zu haben verlieh ihm eine Zuversicht, die er sich nicht recht erklären konnte, auf die er allerdings nicht verzichten wollte.

Immerhin meinte er, diese Gefühle wenigstens teilweise zu verstehen. Was er für das Mädchen empfand, war so etwas wie Liebe. Diese hatte sich langsam entwickelt, und erst jetzt begriff er, was sie eigentlich bedeutete. Er war nicht sicher, wie das alles enden oder ob er überhaupt morgen noch die gleichen Gefühle hegen würde. Trotzdem war es für ihn ein Trost, sie in dieser Welt der Unruhe und Unsicherheit, der Ungeheuer und der Gefahren an seiner Seite zu wissen, sie um Rat bitten oder auch nur ihre Hand nehmen zu können. Er zog eine gleichermaßen starke wie geheimnisvolle Kraft aus ihrer Gegenwart – nicht magischer, sondern seelischer Natur. Vielleicht wäre alles genauso einfach oder schwer gewesen, wenn er allein wäre oder jemand anderes bei sich hätte, mit dem er die Ereignisse gemeinsam angehen konnte. Vielleicht war alles so mystisch wie Leben und Tod.

Lange Zeit waren sie in den Ruinen unterwegs, ohne auf irgendetwas Lebendiges zu stoßen. Sie hielten sich in südlicher Richtung, marschierten den Weg zurück, auf dem sie gekommen waren, auf die Bucht zu, in der die *Jerle Shannara* vor Anker lag. Das Schiff befand sich inzwischen in der Hand der Ilse-Hexe, ja – solange sich die Dinge nicht erneut wieder geändert hatten, was durchaus möglich war. In diesem Land veränderte sich alles schnell und ohne Vorwarnung. Unter Umständen würde diesmal Walkers Gemeinschaft einen Vorteil daraus ziehen können.

Plötzlich blieb Ryer Ord Star stehen, ihr schlanker Leib erstarrte und zitterte. Ahren drehte sich sofort zu ihr um. Sie starrte ins Leere, auf einen Ort, den er nicht sehen konnte, und ihr Gesicht spiegelte solchen Schrecken, dass er schnell die Umgebung absuchte, um die Ursache zu entdecken.

»Er ist tot, Ahren«, flüsterte sie kummervoll.

Weinend sank sie zu Boden. Ihre Hand umklammerte weiterhin die seine, als würden sie durch diese Berührung zusammengehalten. Er kniete neben Ryer, schloss die Arme um sie und hielt sie fest.

»Vermutlich hat er jetzt endlich Frieden gefunden«, sagte er und fragte sich, ob das bei Walker Boh überhaupt möglich war.

»Ich habe ihn gerade gesehen«, erzählte sie, »in meiner Vision. Ich sah ihn, wie er von einem Schatten in ein grünes Licht über einem unterirdischen See getragen wurde. Er war nicht allein. Am Ufer standen drei Gestalten. Eine war Bek, die zweite war verhüllt, und ich konnte sie nicht erkennen. Die dritte war die Ilse-Hexe.«

»Die Ilse-Hexe war bei Bek?«

Ihre Hand fasste die seine fester. »Sie wirkte überhaupt nicht bedrohlich. Sie hat ihn nicht einmal sehen können. Nein, sie war einfach nur körperlich anwesend, und überhaupt nicht mit dem Geiste. Sie wirkte verloren. Warte! Nein, das stimmt nicht ganz. Nicht verloren, eher gelähmt. Aber das war noch nicht alles, Ahren. Die Vision veränderte sich, und dann umarmte die Ilse-Hexe Bek, und Bek umarmte sie. Sie waren an einem anderen Ort, irgendwo in der

Zukunft, glaube ich. Ich habe keine Ahnung, wie ich das erklären soll, aber sie waren die gleiche Person. Sie hatten sich vereint.«

Ahren versuchte, sich darauf einen Reim zu machen. »Ein Körper und ein Gesicht? So?«

Sie schüttelte den Kopf. »Nein, so sah es zwar nicht aus, doch fühlte es sich so an. Durch irgendetwas wurden sie miteinander verbunden, eher jedoch geistig als körperlich. Es war ein solcher Schmerz! Ich konnte ihn spüren. Von wem er kam, weiß ich nicht, auch nicht, wodurch er hervorgerufen wurde. Vielleicht von beiden. Auf jeden Fall wurde er erst durch die Verbindung freigesetzt, die die beiden eingegangen waren, und das wiederum war der Auslöser für etwas anderes, etwas, das danach passieren würde. Nur habe ich das nicht mehr gesehen, das wurde mir nicht gestattet.«

Ahren dachte nach. »Nun, vielleicht hat es damit zu tun, dass sie Geschwister sind. Das könnte die Verbindung sein, die du gespürt hast. Womöglich hat die Ilse-Hexe die Wahrheit erkannt, und das war der Schmerz, den du empfunden hast.«

Im Mondlicht leuchteten ihre Augen riesig und wasserblau. »Möglich.«

»Meinst du, Bek und die Ilse-Hexe sind unten in Castledown bei Walker?«

Sie schüttelte den Kopf. »Ich weiß es nicht.«

»Sollen wir zurückgehen und nach ihnen suchen?«

Sie starrte ihn mit aufgerissenen Augen voller Angst an.

Natürlich konnten sie nicht sicher sein. Es handelte sich nur um eine Vision, und Visionen führten oft in die Irre oder zu Fehleinschätzungen. Sie enthüllten die Wahrheit, allerdings meist nicht in der Weise, wie man es erwartete. Das war die Natur von Prophezeiungen. Ryer Ord Star konnte besser als die meisten in die Zukunft schauen. Trotzdem durfte auch sie nur einen kleinen Blick erhaschen, und ein kleiner Blick mochte alles und nichts bedeuten.

Plötzlich erschien es Ahren vollkommen undenkbar umzukehren, und er ließ die Idee fallen. Stattdessen standen sie rasch auf und gingen weiter. Niedergeschlagen und nach den Worten der Seherin besorgt, hoffte Ahren, sie würde eine zweite Vision haben, mit der man etwas anfangen konnte. Zum Beispiel eine, die ihnen den Weg aus ihrem gegenwärtigen Dilemma finden half. Visionen über andere an anderen Orten waren ihnen im Augenblick nicht besonders von Nutzen. Das klang ziemlich selbstsüchtig, und sofort schämte er sich deswegen. Dennoch konnte er sich dieses Gedankens nicht erwehren.

Bald würde der Morgen grauen. Wenn sie bis dahin nicht den Schutz der Bäume erreicht hätten, würden sie Schwierigkeiten bekommen. Zwar konnten sie sich in den Ruinen der Gebäude verstecken, sollten sie jedoch entdeckt werden, so saßen sie praktisch in der Falle. Wenn sie weitergingen, nachdem es hell geworden war, setzten sie sich auf den Straßen der Gefahr aus, entdeckt zu werden. Ahren wusste nicht, ob es zu diesem Zeitpunkt einen Unterschied machte, wie er sich entschied, denn eigentlich hatten sie weder ein Ziel noch einen Plan. Er wollte lediglich eines: der Ilse-Hexe oder den Mwellrets nicht in die Hände fallen. Oder auch nur den Letzteren, falls Ryers Vision sich als richtig erwies. Konnte es sein, dass Bek einen Weg gefunden hatte, die Hexe zu überwinden und gefangen zu nehmen? War er überhaupt in der Lage, die Hexe zu besiegen?

Ahren hätte sich gewünscht, mehr über die Ereignisse um ihn herum zu wissen. Das hatte er sich schließlich schon von Anfang an gewünscht.

Sie waren schon recht nah an den Waldrand gelangt, da hörten sie vor sich Geräusche. Es klang, als bewege sich jemand leise und verstohlen, um nicht bemerkt zu werden. Ahren ging in die Hocke und zog Ryer mit sich herunter. Sie kauerten im tiefen Schatten einer Mauer und würden nicht leicht gesehen werden. Allerdings wurde es immer heller, und lange konnten sie hier nicht mehr bleiben.

Er gab ihr ein Zeichen, zu schweigen und ihm zu folgen. Dann erhob er sich und ging weiter, langsamer jedoch. Augenblicke später hörten sie wieder die Geräusche, ein Scharren von Stiefeln, sehr nahe nun, und erneut drückte er sich in den Schatten.

Fast im gleichen Moment erschien vor ihnen ein Mwellret aus der Dunkelheit und überquerte den offenen Bereich. Über seine Absichten gab es keine Zweifel. Er trug eine Streitaxt in der Hand und ein Kurzschwert um die Hüfte gegürtet. Offensichtlich suchte er jemanden. Vielleicht ja nicht sie, hoffte Ahren, was ihnen trotzdem nichts nützen würde, wenn sie hier entdeckt würden.

Sie warteten, bis der Ret außer Sicht war, dann setzten sie ihren Weg erneut fort. Möglicherweise konnten sie den Ret umgehen. Vielleicht war er ja allein unterwegs.

Doch als sie nach links liefen, von dem ersten fort, bemerkten sie einen zweiten, der geradewegs auf sie zukam. Ahren drückte sich sofort hinter die Mauern einer Ruine ohne Dach, dann führte er Ryer zu einem anderen Ausgang. Vorsichtig schlichen sie über einen Schutthaufen, doch verursachte er dabei mit seinen Stiefeln ein leises Scharren, das er einfach nicht vermeiden konnte. Draußen huschte er geduckt auf das nächste Gebäude zu, Ryer war dicht hinter ihm, und dieses Haus durchquerten sie erneut. Mit ein paar Umwegen, so hoffte er, würden sie ihre Verfolger abschütteln.

Wieder draußen angelangt, blieb er stehen und schaute sich um. Die Umgebung war ihm vollkommen unbekannt. Zwar sah er die Baumwipfellinie in einiger Entfernung, er hatte jedoch keine Ahnung, in welche Richtung er gehen sollte oder wo sich die Mwellrets befanden. Also lauschte er und hörte nichts.

»Hinter uns ist jemand, glaube ich«, flüsterte ihm Ryer ins Ohr.

Er zerrte sie weiter auf den Schutz der Bäume zu und hoffte nur, sie würden dort rechtzeitig ankommen. Es wurde heller und heller, die Sonne stieg über den Horizont und überzog die Ruinen mit einer gefährlichen Kombination aus Licht und Schatten, die leicht das Auge täuschte. Ahren glaubte, er habe ganz in der Nähe ein Grunzen gehört, und er fragte sich, ob sie nun schließlich doch entdeckt worden waren.

Vielleicht sollte er die Elfensteine benutzen, sogar, wenn sie ihn verrieten. Allerdings wirkten die Elfensteine nicht gegen Rets oder alle anderen Wesen, die nicht von Magie angetrieben wurden. Und auf körperliche Bedrohung reagierten sie ebenfalls nicht.

Er legte die freie Hand auf den Griff seines langen Messers, seiner einzigen anderen Waffe, und zögerte. Während er noch darüber nachdachte, was zu tun war, bemerkte er eine Bewegung rechts von sich und blieb stehen. Gemeinsam mit Ryer drückte er sich an eine Wand und hielt den Atem an, als zwischen den Gebäuden eine verhüllte Gestalt auftauchte. Er konnte nicht erkennen, wer das war. Nicht einmal, was, ob ein Mensch oder ein Mwellret. Ryer drängte sich so dicht an ihn, dass er ihren Atem spürte. Er packte ihre Hand fester, wenngleich er von der Sicherheit, die er ihr vermitteln wollte, in sich selbst nichts spürte.

Dann war die Gestalt im Mantel wieder verschwunden. Ahren atmete auf und ging weiter. Bis zum Waldrand war es nicht mehr so weit. Jenseits der Ruinen, etwa hundert Meter entfernt, konnte er die ersten Bäume im Licht des neuen Tages erkennen.

Er trat um eine Ecke, die von zwei teilweise eingestürzten Mauern gebildet wurde, und schaute sich kurz nach hinten um, weil er nachsehen wolle, ob mit Ryer alles in Ordnung war. Genau in diesem Moment veränderte sich ihr Gesichtsausdruck: Wachsamkeit machte unverhohlenem Schrecken Platz.

Sofort schaute er wieder nach vorn, doch zu spät. Er nahm lediglich eine verschwommene Bewegung wahr.

Dann wurde es dunkel um ihn.

Sechs

Als Bek Ohmsford sah, dass sich Truls Rohk auf seine Schwester zubewegte, nahm er sich nicht die Zeit, lange darüber nachzudenken, welche Konsequenzen das nach sich ziehen könnte, was er im nächsten Moment tun würde. Er wusste nur eins: Wenn er nicht sofort handelte, würde der Gestaltwandler sie umbringen. Dabei spielte es keine Rolle, was sein Gefährte ihm zuvor versprochen hatte, als er einen Augenblick rational über die Sache nachgedacht hatte, eine Weile bevor sie an diesem Ort des Grauens eingetroffen waren. In dem Moment, in dem Truls sie an der Seite des am Boden liegenden Walkers knien gesehen hatte, wie sie das Schwert von Shannara in der Hand hielt und alles von Blut besudelt war, galt dieses Versprechen nicht mehr als ein Vertrag, der auf Wasser geschrieben ist.

Hätte Bek seinen Gefühlen erlaubt, Besitz von ihm zu ergreifen, hätte er möglicherweise ebenso reagiert wie Truls Rohk. Aber ein Blick ins Gesicht seiner Schwester genügte, damit er erkannte, dass mit ihr etwas nicht stimmte. Sie starrte gen Himmel, ins Leere. Sie hielt das Schwert von Shannara, doch nicht wie eine Waffe, die sie gerade benutzt hatte. Und außerdem, so dachte er, würde sie kaum diesen Talisman verwenden, um dem Druiden das Leben zu rauben. Schließlich hätte sie sich bei dieser Tat auf ihre eigene Magie verlassen können, auf die Magie des Wunschliedes, und falls sie das getan hätte, wäre dieses blutige Gemetzel nicht notwendig gewesen.

Glaubte man dem Augenschein, so erfuhr man hier nur die halbe Wahrheit, erkannte Bek, nachdem er den ersten Schock überwunden hatte. Truls Rohk schlich sich jedoch von hinten an Grianne an und konnte ihr Gesicht nicht sehen. Auch hätte das keinen Unterschied gemacht, da er für sie nicht die gleichen Gefühle hegte wie Bek. Für den Gestaltwandler stellte die Ilse-Hexe eine gefährliche Feindin dar und sonst nichts, und weil er den begründeten Verdacht hegte, dass sie ihnen Schaden zufügen wollte, überlegte er nicht zweimal, sondern wehrte sich einfach.

Aus diesem Grund griff Bek ihn an. Diese Reaktion entsprang der Verzweiflung, und Bek wollte seinen Gefährten lediglich aufhalten und auf keinen Fall verletzen. Doch Truls Rohk war so enorm stark, dass es sich Bek nicht leisten konnte, die Macht des Wunschliedes nur halbherzig einzusetzen. Davon abgesehen war er sowieso noch kein Meister im Umgang damit, nicht so wie zum Beispiel Grianne, da er überhaupt erst vor einigen Monaten von dieser Begabung erfahren hatte. Bestenfalls konnte er hoffen, seine Absichten einigermaßen in die Wirklichkeit umzusetzen.

Er warf ein Netz aus Magie über Truls, das den Gestaltwandler einwickelte, straucheln und kopfüber in den Schutt stürzen ließ. Sofort war Truls wieder auf den Beinen, schüttelte seine Fesseln ab, enthüllte sich im gleichen Augenblick, groß und dunkel und gefährlich. Mit dem langen Messer in der Hand ging er ein zweites Mal auf Grianne los. Aber Bek konnte inzwischen einschätzen, wie stark Truls war, und er hatte schon vorausgeahnt, dass er den Gestaltwandler im ersten Versuch nicht würde aufhalten können. Bei der zweiten Welle der Magie erzeugte er eine Mauer aus Lärm, die den anderen zurückschleuderte. Bek schrie ihm etwas zu, doch glaubte er nicht, dass Truls ihn gehört habe, so sehr war sein Gefährte darauf fixiert, zu Grianne zu gelangen.

Trotzdem erreichte Bek sie als Erster, kniete vor ihr und legte schützend die Arme um sie. Dabei regte sie sich nicht und zeigte keinerlei Reaktion.

»Tu ihr nichts«, wollte er sagen und drehte sich zu Truls Rohk um.

Dann traf ihn etwas hart, stieß ihn fort von Grianne und schleuderte ihn in die Überreste eines zerschmetterten Kriechers. Benommen zog er sich hoch. »Truls ...«, keuchte er hilflos.

Der Gestaltwandler hatte sich über sie gebeugt, ein bedrohlicher Schatten, der eine Klinge an ihren ungeschützten Hals setzte. »Dazu fehlt dir die Erfahrung, Junge«, zischte er Bek an. »Bis heute jedenfalls. Trotzdem kannst du ein ziemliches Ärgernis sein, das muss ich zugeben. Nein, versuch nicht aufzustehen. Bleib, wo du bist.«

Er verstummte für einen Moment und beugte sich angespannt und vorsichtig über Beks Schwester. Dann ließ er das Messer sinken. »Was hat sie denn? Sie ist in einer Art Trance.«

Bek stand trotz der Warnung auf, schüttelte sich, um die Nachwirkung des Hiebes loszuwerden, und taumelte hinüber. »Musstest du mich so hart schlagen?«

»Ich wollte nur, dass du nicht vergisst, was passiert, wenn du deine Magie gegen mich einsetzt.« Sein Gefährte drehte sich zu ihm um. »Was hast du dir dabei gedacht?«

Daraufhin zuckte Bek nur mit den Schultern. »Du solltest ihr nichts antun. Ich dachte, du würdest sie umbringen, nachdem du Walker gesehen hattest. Du konntest schließlich ihr Gesicht nicht sehen, deshalb wusstest du nicht, dass sie uns nichts tun kann. Da habe ich einfach gehandelt.«

Truls Rohk grunzte. »Nächstes Mal denk ein bisschen genauer

nach, ehe du handelst.« Die Klinge verschwand in seinem Mantel. »Nimm ihr das Schwert ab, und dann wollen wir mal schauen, wie sie reagiert.«

Er beugte sich bereits über den Druiden, zog die blutgetränkte Robe zur Seite und suchte nach Anzeichen von Leben. Bek hockte sich vor Grianne hin und löste vorsichtig ihre Finger von dem Schwert. Sie ließen sich leicht öffnen, und er fing den Talisman auf, als er herunterfiel. In ihren Augen zeigte sich keine Regung. Sie blinzelte nicht einmal.

Bek legte das Schwert auf den Boden und schob Griannes Arme an ihre Seiten. Sie ließ es geschehen, ohne irgendwie zu reagieren. Genauso gut hätte sie aus weichem Lehm bestehen können.

»Sie bekommt gar nicht mit, was vor sich geht«, stellte er leise fest.

»Der Druide lebt«, erwiderte Truls Rohk. »Allerdings ist er sehr schwach.«

Er brachte die leblose Gestalt in eine ausgestreckte Lage und riss Streifen von seiner Kleidung, um die sichtbaren Wunden zu stillen. Bek sah ihm machtlos zu, das Ausmaß der Verletzungen erschütterte ihn. Der Druide hatte offensichtlich mehr innere als äußere Verletzungen erlitten. An Bauch und Brust sah man große Wunden, doch vor allem blutete er aus Mund, Nase und Ohren und sogar aus den Augen. Seine Organe schienen stark geschädigt zu sein.

Dann plötzlich und unerwartet schlug er die Augen auf und richtete seinen Blick bohrend auf Bek. Der Junge erschrak zunächst so sehr, dass ihm der Atem stockte und er nur zurückstarrte.

»Wo ist sie?«, flüsterte Walker mit einer Stimme, die von Blut und Schmerz heiser war.

Bek musste nicht erst fragen, wen er meinte. »Gleich hier. Aber sie begreift anscheinend weder, wer wir sind, noch was vor sich geht.«

»Die Magie des Schwertes hat sie paralysiert. Sie geriet in Panik und versuchte, sie mit ihrer eigenen Magie abzuwehren. Vergeblich. Die Schwertmagie war zu stark. Sogar für sie.«

»Walker«, sagte Truls Rohk leise und beugte sich über ihn. »Sag, was sollen wir tun?«

Das bleiche Gesicht drehte sich leicht, und die dunklen Augen wandten sich dem Gestaltwandler zu. »Tragt mich hier raus. Geht dorthin, wo ich euch sage. Und haltet nicht an, bis ihr dort angekommen seid.«

»Aber du bist verletzt –«

»Ich bin zu schwer verletzt.« Plötzlich wurde die Stimme des Druiden hart und entschlossen. »Es bleibt nicht mehr viel Zeit, Gestaltwandler. Jedenfalls mir nicht. Tu, was ich sage. Antrax ist zerstört. Castledown ist tot. Der Schatz, dessentwegen wir hergekommen sind, ist verloren.« Er sah Bek an. »Bek, nimm deine Schwester mit. Führe sie an der Hand. Sie wird dir folgen.«

Bek sah erst Grianne an, dann wieder Walker. »Wenn wir dich bewegen ...«

»Druide, es wird dich umbringen, wenn wir dich bewegen!«, fauchte Truls Rohk wütend. »Ich bin nicht von so weit hergekommen, nur um dich hier zu begraben!«

Der Druide richtete den Blick auf ihn. »Die Wahl, ob Leben oder Tod, können wir nicht immer selbst treffen, Truls. Tu, was ich sage.«

Truls Rohk nahm den Druiden langsam und vorsichtig auf die Arme und bemühte sich, die Verwundungen nicht noch zu verschlimmern. Walker gab keinen Laut von sich, als er hochgehoben wurde, sein dunkler Kopf sank auf die Brust, den guten Arm legte er über den Bauch. Bek hängte sich das Schwert von Shannara über den Rücken, dann fasste er Griannes Hand und zog sie auf die Füße. Bereitwillig kam sie mit und zeigte ansonsten keinerlei Reaktion darauf, dass man sie fortführte.

Sie verließen den zerstörten Raum und folgten dem Gang, durch den sie hereingekommen waren. An der ersten Kreuzung wies Walker sie an, in eine andere Richtung abzubiegen. Bek beobachtete, wie sich der dunkle Kopf leicht bewegte, und hörte die geflüsterten Anweisungen der erschöpften Stimme. Die Säume der zerrissenen Robe des Druiden hingen von der schlaffen Gestalt bis zum Boden und hinterließen dort blutige Spuren.

Während sie in den Katakomben unterwegs waren, schaute Bek Grianne von Zeit zu Zeit an, doch sie erwiderte nie seinen Blick. Stattdessen starrte sie vor sich hin und bewegte sich wie eine Schlafwandlerin. Den Jungen erschreckte das mehr als die Grianne, die ihn zuvor gejagt hatte. Sie wirkte wie eine wesenlose, leere Hülle.

Steinhaufen und verbogenes Metall versperrten ihnen mehrfach den Weg und hielten sie auf. Einmal musste Truls Rohk den Druiden sogar ablegen, um eine Metallplatte zu beseitigen, die quer im Gang lag. Bek beobachtete den Druiden, der vor Schmerz und Erschöpfung die Augen geschlossen hatte, zusammenzuckte, während er wieder aufgehoben wurde, und mit der Hand den Bauch umklammerte, als würde er ihn auf diese Weise zusammendrücken. Wie Walker es schaffte, nach diesem Blutverlust noch am Leben zu bleiben, war Bek ein Rätsel. Er hatte schon früher tödlich Verwundete gesehen, aber nie einen, der nach solchen Verletzungen so lange durchhielt.

Truls Rohk war außer sich. »Druide, das ist sinnlos!«, fauchte er einmal und blieb niedergeschlagen und zornig stehen. »Lass mich wenigstens einen Versuch unternehmen, dir zu helfen!«

»Du hilfst mir am besten, wenn du weitergehst, Truls«, antwortete der Druide darauf schwach. »Los, weiter. Immer weiter.«

Lange waren sie so unterwegs, ehe sie endlich eine riesige unterirdische Höhle erreichten, die dem Äußeren nach kein Teil mehr von Castledown war. Und tatsächlich war diese Höhle natürlichen Ursprungs, die Felswände waren von Metall und Maschinen unberührt, an der Decke hingen Stalaktiten, von denen in stetem Rhythmus Wasser und Mineralien heruntertropften. Das Licht der flammenlosen Lampen am Höhleneingang und ein sanfter phosphoreszierender Schein erhellten die Dunkelheit. Die andere Seite konnte man jedoch nicht sehen, offensichtlich lag sie sehr weit entfernt.

In der Mitte befand sich ein riesiges Wasserreservoir, schwarz wie Tinte und glatt wie Glas.

»Bring mich an den Rand«, befahl Walker.

Sie gingen über den unebenen Boden, der mit herabgefallenen Felsbrocken übersät und von der Feuchtigkeit glitschig war. Moos bildete dunkle Flecken, und winzige Farne drängten sich durch Risse im Stein. Dass hier unten in der Abwesenheit von Sonnenlicht überhaupt etwas wachsen konnte, erstaunte Bek.

Am Wasserrand blieben sie stehen. Auf Walkers Anweisung hin

kniete Truls Rohk und legte den Druiden ab, hielt jedoch weiterhin Kopf und Schultern im Arm. Bek erwischte sich bei dem Gedanken, wie eigentümlich es doch sei, dass ein Wesen, das selbst nicht ganz, sondern aus Stücken und Teilen zusammengesetzt war, die von einem rauchigen Nebel gehalten wurden, der Träger des Druiden sein sollte. Er erinnerte sich an sein erstes Treffen mit Walker, im Hochland von Leah. Damals hatte er so kräftig gewirkt, so unbeugsam, als könnte ihm nichts etwas anhaben. Jetzt befand sich sein Körper in einem entsetzlichen, hoffnungslosen Zustand, und Blut und Leben strömten in diesem fernen Land aus ihm heraus.

Die Tränen stiegen Bek in die Augen, während er dies dachte, denn nun begriff er, dass der Tod des Druiden unmittelbar bevorstand. Er wusste nicht, was er tun sollte. Gern hätte er Walker geholfen und seinen Leib wiederhergestellt, ihn wieder zu dem Mann gemacht, der er bei ihrer ersten Begegnung vor Monaten gewesen war. Am liebsten hätte er dem Druiden wenigstens für das gedankt, was er für ihn getan hatte. Stattdessen hielt er lediglich die Hand seiner Schwester und wartete die weiteren Ereignisse ab.

»Bis hierhin geht die Reise für mich«, sagte Walker leise, hustete Blut und zuckte bei dem Schmerz zusammen, den die Bewegung verursachte.

Truls Rohk wischte das Blut mit dem Ärmel weg. »Du kannst mir nicht so einfach sterben, Druide. Das erlaube ich nicht. Wir haben noch viel vor, du und ich.«

»Wir haben all das gemeinsam erledigt, was uns gewährt war, Gestaltwandler«, entgegnete Walker. Er lächelte überraschend warm. »Nun trennen sich unsere Wege. Du musst dir eigene Abenteuer suchen und dich selbst in Schwierigkeiten bringen.«

Sein Gegenüber grunzte. »Vermutlich werde ich das niemals so gut hinbekommen wie du. Hinterhältige Spielchen zu treiben war immer deine Spezialität, nicht meine.«

Bek kniete neben ihnen und zog Grianne mit sich nach unten. Widerstandslos ließ sie sich dort hinsetzen, wo er wollte, und gab durch nichts zu verstehen, dass sie seine Gegenwart wahrnahm. Truls Rohk wich von ihr zurück.

»Dieses Leben habe ich hinter mir«, sagte Walker. »Ich habe getan, was ich konnte, und damit muss ich jetzt zufrieden sein. Kümmere dich nur darum, dass Kylen Elessedil bei eurer Rückkehr das Versprechen seines Vaters einhält. Sein Bruder wird dir beistehen; Ahren ist viel stärker, als du denkst. Er hat jetzt die Elfensteine, doch die sind eigentlich nicht so wichtig. Er hingegen schon. Vergiss das nicht. Und vergiss auch nicht, weswegen wir ursprünglich zu dieser Reise aufgebrochen sind. Was wir hier gefunden und geborgen haben, gehört uns.«

Truls spuckte aus. »Druide, was du redest, ergibt keinen Sinn. Wovon sprichst du? Wir haben trotz aller Mühen nichts vorzuweisen! Wir haben nichts entdeckt! Die Elfensteine? Die gehörten uns von Anfang an nicht! Und die Magie, die wir suchten? Wo sind die Bücher, in denen sie enthalten ist?«

Walker machte eine abwehrende Geste. »Die Magie in den Büchern, die Magie, von der ich Allardon Elessedil und seinem Sohn erzählt habe, war nie der Grund für diese Reise.«

»Und was sonst?«, wollte Truls Rohk wissen. »Sollen wir die ganze Nacht Rätselraten spielen, Druide? Was machen wir hier? Sag schon! War alles vergeblich? Gib uns wenigstens ein bisschen Hoffnung! Solange du noch kannst! Denn viel Zeit bleibt dir nicht mehr! Sieh dich an! Du bist –«

Er brachte es nicht fertig, den Satz zu beenden, und verkniff sich verbittert, was er hatte sagen wollen.

»So gut wie tot?« Walker sprach es an seiner Stelle aus. »Sicherlich hast du damit Recht, Truls. Der Tod befreit mich von allen Versprechen und von aller Verantwortung, die mich seit Ewigkeiten plagen. Nun, trotzdem ist es nur ein Wort.«

»Dann sag es schon. Ich will mich nicht mehr mit dir unterhalten.«

Walker hob die gesunde Hand und packte den Mantel des Gestaltenwandlers. Zu Beks Überraschung wich Truls Rohk nicht zurück.

»Hör mir zu. Ehe wir in dieses Land gekommen sind, ehe ich entschied, diese Reise zu unternehmen, suchte ich das Tal von Shale auf und das Hadeshorn, wo ich den Schatten von Allanon rief. Ich habe mit ihm gesprochen und ihn gefragt, was ich erwarten dürfte, wenn ich mich entschiede, der Karte des Schiffbrüchigen zu folgen. Er sagte, von allen Zielen, nach denen ich strebe, könnte ich nur eines verwirklichen. Lange Zeit dachte ich, er meinte die Bergung der magischen Bücher der Alten Welt. Ich glaubte, darin bestehe meine Aufgabe und der Zweck dieser Reise. Das war jedoch ein Irrtum.«

Er packte den Mantel des Gestaltwandlers fester. »Ich habe den Fehler begangen zu denken, ich könnte die Zukunft nach meinem Gutdünken gestalten. Das war ein weiterer Irrtum. Das Leben gestattet so etwas nicht, auch nicht einem Druiden. Wir erhalten kleine Ausblicke auf unsere Möglichkeiten, mehr nicht. Die Zukunft ist eine Karte, die in den Sand gezeichnet ist, und jeden Augenblick kann sie von einer Welle ausgelöscht werden. So ist es in diesem Fall geschehen. Unsere ganzen Bemühungen, dieses Land zu erreichen, Truls, unsere ganzen Opfer, dienten einem Zweck, an den wir niemals gedacht haben.«

Er hielt inne, atmete äußerst schwach und nur unter Mühen, und die Anstrengung des Sprechens überforderte seine Kräfte.

»Weswegen sind wir dann hier?«, fragte Truls Rohk ungeduldig und wütend angesichts dessen, was er hörte. »Weswegen, Druide?«

»Ihretwegen«, flüsterte Walker und zeigte auf Grianne.

Im ersten Moment war der Gestaltwandler so verblüfft, dass ihm keine Erwiderung einfiel. Es war, als wäre das Feuer in ihm vollständig erloschen.

»Wir sind wegen Grianne hier?«, fragte Bek überrascht und nicht sicher, ob er richtig gehört hatte.

»Es wird auch bald für euch offensichtlich werden, wenn ihr erst wieder zu Hause seid«, flüsterte Walker kaum vernehmbar, selbst in der tiefen Stille der Höhle nicht. »Sie steht von jetzt ab unter deinem Schutz, Bek. Du bist für sie verantwortlich. Wir haben sie so wiedergefunden, wie du sie dir gewünscht hast. Bring sie in die Vier Länder zurück. Gleichgültig, was du auch tun musst, bring sie nach Hause.«

»Das ergibt doch keinen Sinn!«, fauchte Truls Rohk voller Zorn. »Sie ist unsere Feindin!«

»Versprich es mir, Bek«, drängte Walker und wandte den Blick nicht von dem Jungen ab.

Bek nickte. »Versprochen.«

Walker sah ihn noch kurz an, dann galt seine Aufmerksamkeit wieder dem Gestaltwandler. »Und jetzt du, Truls. Versprich es mir.«

Einen Augenblick lang glaubte Bek, Truls Rohk würde dem Druiden dieses Versprechen verweigern. Der Gestaltwandler sagte kein Wort, starrte den Druiden nur schweigend an. Seine dunkle Gestalt strahlte Spannung aus, dennoch gab er nicht preis, was in ihm vorging.

Walker ließ den Mantel des Gestaltwandlers nicht los. »Versprich es mir«, flüsterte er. »Vertraue mir.«

Truls Rohk atmete zischend vor Abscheu aus. »Also gut. Ich verspreche es dir.«

»Sorgt für sie, wie ihr füreinander sorgen würdet«, fuhr der Druide fort und richtete den Blick erneut auf Bek. »Sie wird nicht ewig so bleiben. Eines Tages wird sie sich erholen. Aber bis dahin braucht sie deine Fürsorge. Sie braucht dich, damit du sie vor allen Gefahren beschützt.«

»Was können wir tun, um sie zu wecken?«, drängte Bek.

Der Druide holte langsam und in kurzen, abgehackten Zügen Luft. »Sie kann sich nur selbst helfen, Bek. Das Schwert von Shannara hat ihr die Wahrheit über ihr Leben enthüllt, all die Lügen, die ihr bislang eingebläut wurden, all die falschen Pfade, die sie eingeschlagen hat. Dadurch wurde sie gezwungen, sich mit dem auseinander zu setzen, zu dem sie geworden ist, und auch mit ihren Taten. Sie ist noch kaum erwachsen und hat trotzdem schon mehr Gräuel angerichtet als andere in ihrem gesamten Leben. Daher hat sie sich eine Menge zu vergeben, selbst wenn man in Betracht zieht, dass sie vom Morgawr auf solch fürchterliche Art und Weise fehlgeleitet wurde. Die Verantwortung dafür, sich zu vergeben, liegt bei ihr. Wenn sie einen Weg findet, dies zu akzeptieren, wird sie sich erholen.«

»Und wenn nicht?«, fragte Truls Rohk. »Möglicherweise, Druide, ist ihr jegliche Vergebung egal, nicht nur die von anderen, sondern auch die eigene. Sie ist ein Ungeheuer, sogar in dieser Welt.«

Bek warf dem Gestaltwandler einen wütenden Blick zu und dachte, Truls Rohk würde seine Meinung über Grianne niemals ändern – für ihn bliebe sie stets die Ilse-Hexe und eine Erzfeindin.

Der Druide bekam einen schweren Hustenanfall, beruhigte sich aber schließlich wieder. »Sie ist ein Mensch, Truls – wie du«, erwiderte er. »Dich haben manche auch als Ungeheuer bezeichnet. Damit hatten sie Unrecht. Dasselbe trifft auf sie zu. Sie kann durchaus Erlösung erlangen. Aber den Pfad dorthin muss sie allein gehen, ohne euch. Ihr beide müsst euch lediglich darum kümmern, dass sie die Chance erhält, ihn einzuschlagen.«

Abermals hustete er schwer. Sein Atem ging rasselnd, und mit jedem Zug schien es, er würde an seinem eigenen Blut ersticken. Dennoch schob er sich in eine sitzende Haltung hoch, befreite sich von Truls Rohks Armen und verscheuchte ihn mit einer Geste.

»Lasst mich jetzt allein. Nehmt Grianne und geht zurück zum Höhleneingang. Nachdem ich gestorben bin, folgt dem Gang, der stets nach links bis zur Oberfläche führt. Sucht die anderen, die noch leben – die Fahrenden, Ahren Elessedil, Ryer Ord Star. Quentin Leah vielleicht. Ein oder zwei weitere, die Glück hatten. Fliegt nach Hause. Verweilt nicht länger hier. Antrax ist erledigt. Die Alte Welt ist zum Besten aller wieder in der Vergangenheit versunken. Die Neue Welt, die Vier Länder, das ist alles, was zählt.«

Truls Rohk verharrte, wo er war. »Ich lasse dich nicht allein. Verlange das nicht von mir.«

Walker sackte das Kinn nach unten, sein dunkles Haar fiel nach vorn und legte sein schmales Gesicht in Schatten. »Ich werde nicht allein sein, Truls. Jetzt geht.«

Truls Rohk zögerte, dann erhob er sich langsam. Bek stand ebenfalls auf, ergriff Griannes Hand und zog sie mit sich. Einen Moment lang rührte sich niemand, schließlich drehte sich der Gestaltwandler wortlos um und ging auf den Höhleneingang zu. Bek folgte ihm schweigend, führte Grianne und schaute über die Schulter zu Walker zurück. Der Druide war am Rand des unterirdischen Sees zusammengesunken, seine dunkle Robe glänzte vom Blut, und nur das langsame, schwache Heben und Senken der Schultern zeigten an, dass er noch lebte. Fast konnte Bek den unerträglichen Drang, zu ihm zurückzukehren, nicht unterdrücken, aber er wusste, das wäre sinnlos. Der Druide hatte seine Wahl getroffen.

Am Höhleneingang schaute sich Truls Rohk nach Bek um, dann blieb er abrupt stehen und zeigte auf den See. »Druidenspiele, Junge«, zischte er. »Sieh dir das bloß an.«

Bek drehte sich erneut um. In der Mitte brodelte und siedete der See, und ein grünes Licht erstrahlte aus seiner Tiefe. Eine dunkle, geisterhafte Gestalt erhob sich aus dem Wasser und schwebte in der Luft. Unter der Kapuze des Mantels zeigte sich ein Gesicht mit dunkler Haut und schwarzem Bart, ein Gesicht, das Bek erkannte, ohne es je gesehen zu haben.

»Allanon«, flüsterte er.

Walker Boh träumte von der Vergangenheit. Er spürte keinen Schmerz mehr, aber seine Erschöpfung war überwältigend, und so wusste er kaum mehr, wo er sich befand. Sein Gefühl für Zeit hatte sich aufgelöst, und das Gestern erschien ihm so gegenwärtig wie das Heute. Deshalb erinnerte er sich daran, wie er ein Druide geworden war, vor so langer Zeit, dass alle, die damals gelebt hatten, längst gestorben waren. Er hatte niemals einer von ihnen werden wollen, hatte den Druiden als Orden niemals getraut. Viele Jahre hatte er allein gelebt, sein Ohmsford-Erbe geleugnet und sich nicht mit anderen Nachfahren getroffen. Doch der Verlust des Arms hatte eine Wendung in seinem Schicksal bedeutet und ihn davon überzeugt, dass das Blutzeichen, das Allanon vor drei Jahrhunderten seinem Vorfahren Brin Ohmsford geschenkt hatte, für ihn gedacht war.

Dies alles war vor langer Zeit geschehen.

Vor so langer Zeit.

Er beobachtete das grüne Licht, das aus den Tiefen des unterirdischen Sees aufstieg und die Oberfläche des Wassers hell zum Glitzern brachte. Er beobachtete, wie es sich ausbreitete und an Intensität zunahm, während sich darunter ein Weg in die Unterwelt öffnete. Es war ein zähes, surreales Erlebnis, das zu einem Teil seiner Träume wurde.

Als im Gefolge des smaragdgrünen Lichtes die verhüllte Gestalt erschien, erfasste er sofort, um wen es sich handelte. Instinktiv wusste er es, genauso, wie er wusste, dass er starb. Mit müder Vorfreude sah er zu, bereit willkommen zu heißen, was ihn erwartete, bereit, die Ketten des Lebens abzuwerfen. Er hatte die Bürde seines Amtes so lange getragen, wie er dazu in der Lage war, und das Beste daraus gemacht. Sicherlich bedauerte er einige seiner Entscheidungen, doch war im Moment dazu nicht die rechte Zeit. Was er vollbracht hatte, würde denen, die es betraf, vielleicht nicht sofort ins Auge fallen, doch im Laufe der Zeit würde es erkennbar werden. Manche würden es begrüßen. Andere würden sich abwenden. Wie auch immer, es lag nicht mehr in seiner Hand.

Die dunkle Gestalt überquerte die Oberfläche des Sees, gelangte zu der Stelle, an der Walker lag, und streckte die Hand aus. Automatisch hob auch Walker die Hand. Allanon starrte ihn aus seinem dunklen Gesicht an und wandte den bohrenden Blick nicht ab. Diese Augen verkündeten Anerkennung und waren ein Versprechen auf Frieden.

Walker lächelte.

Während Bek und Truls Rohk zuschauten, erreichte der Schatten Walker. Grünes Licht umspielte die dunklen Gestalten der Druiden und durchdrang sie wie Rasiermesser, zerschnitt sie wie smaragdgrüne Klingen. Ein Zischen war zu hören, leise und wie aus weiter Ferne, das Wispern des letzten Atemzugs eines sterbenden Mannes.

Der Schatten beugte sich zu Walker vor, stark und zielstrebig. Walker hob die Hand, vielleicht, um den Neuankömmling abzuwehren, vielleicht, um ihn zu begrüßen – das war kaum zu erkennen. Es bedeutete keinen Unterschied. Der Schatten nahm ihn in die Arme und wiegte ihn wie ein Kind.

Dann zogen sie sich langsam über den See zurück, glitten durch die Luft, und ihre dunklen Schemen wurden von Lichttupfen beleuchtet, die sich wie Glühwürmchen um sie herum versammelt hatten. Nach und nach wurden beide in dieses Licht eingehüllt, das sich vollständig um sie schloss, und gemächlich verschwanden sie in der hell leuchtenden Mitte, bis am Ende nur mehr ein leichtes Kräuseln auf der Oberfläche des dunklen Wassers blieb. Sekunden später war auch dies vergangen, und die Höhle war wieder still und leer.

Plötzlich bemerkte Bek, dass er weinte. Wie viel von dem, was Walker in seinem Leben hatte vollbringen wollen, hatte der Druide tatsächlich erreichen dürfen? Nichts jedenfalls von den Zielen, die ihn hierhergeführt hatten. Mit ihm war der Letzte des Ordens gestorben, ein Ausgestoßener und vielleicht sogar ein Versager. Der Gedanke erfüllte den Jungen mit einer Traurigkeit, die er nicht erwartet hätte.

»Es ist vollbracht«, sagte er leise.

Truls Rohks Antwort überraschte ihn. »Nein, Junge, es hat gerade erst angefangen. Wart es nur ab.«

Bek sah ihn an, doch der Gestaltwandler wollte mehr nicht preisgeben. Einige Sekunden lang standen sie noch da und konnten sich nicht rühren. Es war, als würden sie darauf warten, dass etwas passierte. Irgendetwas musste passieren. Doch nichts geschah, und schließlich wandten sie sich ab und machten sich auf den Weg durch die Gänge von Castledown, hinauf zu der Welt oben.

Sieben

Rue Meridian flog die *Schwarze Moclips* durch die letzten Stunden der Nacht und in das erste Licht des Morgens hinein, ehe sie mit der Suche nach den Ruinen von Castledown begann. Sie hätte schon eher damit angefangen, hatte sich jedoch davor gescheut, die schwierige Suche zu beginnen, bevor es ausreichend hell geworden war und sie gute Sicht hatte. Luftschiffe waren komplizierte Apparate, und eines allein zu fliegen, selbst wenn man die Steuerung in der Pilotenkanzel benutzte, war eine Aufgabe, die man nicht unterschätzen durfte. Allein das Schiff in der Luft zu halten erforderte ihre gesamte Konzentration. Um in der Dunkelheit unten etwas ausmachen zu können, hätte sie sich an der Reling platzieren müssen, außerhalb der Kanzel und fern des Steuers. Auf diese Weise wäre sie nicht weit gekommen.

Zwar hatte sie immerhin Hunter Predd als Hilfe, doch der Flugreiter war kein Seemann und kannte sich so gut wie überhaupt nicht mit der Funktionsweise von Luftschiffen aus. Zwar konnte er kleinere Aufgaben erledigen, wäre jedoch in dem Moment überfordert, in dem etwas schief ging. Außerdem musste er selbst mit Obsidian herumfliegen, wenn sie wirklich eine Chance haben wollten, die vermissten Mitglieder der Gemeinschaft zu finden. Die Augen des Rocks waren besser als ihre eigenen, und er war darauf abgerichtet, das zu suchen, was verloren gegangen war und gefunden werden sollte. Im Augenblick flog der riesige Vogel neben dem Luftschiff her und hielt sich von den Segeln fern, während er auf die Rückkehr seines Reiters wartete.

»Ob es nicht doch eine Chance gibt, den Kommandanten der Föderation oder jemanden seiner Mannschaft zu überzeugen, sich auf unsere Seite zu schlagen?«, fragte Hunter Predd und hatte offensichtlich selbst seine Zweifel daran.

Sie schüttelte den Kopf. »Er sagt, er würde nichts tun, das seinen Befehlen widerspricht, und das schließt mit ein, uns Hilfe zu leisten.« Sie strich eine verirrte Srähne ihres langen roten Haares zurück. »Eins musst du verstehen. Aden Kett ist durch und durch ein Soldat, der darauf gedrillt ist, Befehle zu befolgen und sich in die Kommandohierarchie einzufügen. Er ist kein schlechter Mann, nur einer, der sich auf die falsche Seite geschlagen hat.«

Seitdem Rue die Mannschaft der Föderation unten im Lagerraum eingesperrt hatte, hatten sie nichts mehr von ihr gehört. Zweimal hatte sie den Flugreiter nach unten geschickt, um nach den Männern zu schauen, und beide Male hatte er nur gedämpfte Gespräche gehört. Offensichtlich hatte sich die Mannschaft entschieden, erst einmal abzuwarten. Damit war Rue mehr als zufrieden.

Dennoch hätte sie zu gern Hilfe gehabt. Sobald es ausreichend Licht gab, plante sie, Hunter mit Obsidian auf die Suche nach Walker, Bek und den anderen zu schicken. Wenn er sich frei mit dem Rock bewegte, hatte er größere Chancen, etwas zu entdecken, als sie von der Kanzel aus. Falls er Erfolg hätte, würde sie die *Schwarze Moclips* nach unten bringen und die Gefundenen an Bord holen. Das Risiko für das Luftschiff war minimal. Im Tageslicht und im sicheren Himmel konnte sie meilenweit nach allen Seiten sehen. Nichts würde sich ihr unbemerkt nähern und sie bedrohen können, insbesondere jetzt, nachdem sie die Kontrolle über das Schiff der Ilse-Hexe hatte.

Natürlich durfte sie die Möglichkeit nicht außer Acht lassen, dass die Hexe andere Waffen zur Verfügung hatte, die sogar ein fliegendes Luftschiff in Bedrängnis bringen konnten. Die Hexe befand sich irgendwo dort unten in den Ruinen auf der Jagd nach Walker, und bei ihrer Suche würden sie möglicherweise aufeinander stoßen. Rue Meridian musste einfach darauf hoffen, dass Obsidian die Hexe früh genug bemerkte, ehe sie zu nahe kam und ihnen Schaden zufügen konnte. Und dann hoffte sie außerdem, Bek oder Walker oder die anderen Überlebenden vor der Ilse-Hexe zu entdecken.

Sie gähnte und bewegte die Finger, die in Handschuhen steckten und die Steuerhebel umklammerten. Seit vierundzwanzig Stunden war sie wach, und die Anstrengung machte ihr mittlerweile reichlich zu schaffen. Ihre Wunden, wenn auch gepolstert und vom Leder gut geschützt, pochten schmerzhaft, und die Augen fielen ihr schon fast zu. Da es jedoch niemanden gab, der sie am Steuer ablösen konnte, blieb ihr keine andere Wahl, als die Entbehrungen einfach hinzunehmen. Möglicherweise hatte sie Glück und fand gleich bei Sonnenaufgang Bek. Bek konnte die *Schwarze Moclips* fliegen. Der Große Rote hatte ihm guten Unterricht erteilt. Wenn Bek das Steuer übernahm, konnte sie sich eine Mütze voll Schlaf genehmigen.

Sofort schweiften ihre Gedanken zu dem Jungen ab. Nein, er war kein Junge mehr, korrigierte sie sich rasch. Bek war kein Junge – jedenfalls nicht in der Hinsicht, auf die es ankam. Zwar war er noch jung an Jahren, doch besaß er trotzdem schon eine Menge Lebenserfahrung. Auf jeden Fall war er reifer als diese Föderationsnarren, die sie auf der Prekkendorranischen Anhöhe hatte erdulden müssen. Er war klug und witzig, und er strahlte solch eine Zuversicht aus. Sie erinnerte sich an ihre Gespräche auf dem Flug von den Vier Ländern hierher und dachte an die Scherze und das Lachen, an die Geschichten und die Geheimnisse, die sie geteilt hatten. Das hatte Hawk und ihren Bruder gleichermaßen überrascht. Sie verstanden nicht, was sie an ihm anziehend fand. Aber ihre Freundschaft mit Bek unterschied sich von denen, die sie gewöhnt war; sie beruhte darauf, wie ähnlich sich ihre Persönlichkeiten waren. Bek war ihr bester Freund. Sie spürte, dass sie ihm vertrauen konnte. Ihm konnte sie alles erzählen.

Sie schüttelte den Kopf und lächelte. In Beks Gegenwart fühlte sie sich frei, und das war nicht bei vielen Männern der Fall. Er führte sie nicht in Versuchung, eine andere zu spielen, als sie wirklich war. Auch erwartete er nichts von ihr. Außerdem wollte er sich nicht ständig mit ihr messen oder sie beeindrucken. Er hatte einen gewissen Respekt vor ihr, aber daran war sie gewöhnt. Das Wichtigste jedoch war, dass er dem keinen Einfluss auf ihre Freundschaft einräumte.

Wo er wohl steckte? Ob ihm etwas zugestoßen war? Irgendwie war er den Mwellrets und der Ilse-Hexe in die Hände gefallen, an Bord der *Schwarzen Moclips* gebracht und eingesperrt worden. Dort hatte ihn jemand befreit. Wer? Hatte er tatsächlich die Stimme verloren, wie Aden Kett behauptete, oder hatte er es nur vorgetäuscht? Sie fühlte sich deprimiert, weil sie so überhaupt nichts wusste. Dabei stellten sich so viele Fragen, und sie würde erst Antworten darauf erhalten, wenn sie Bek gefunden hatte. Aber Bek war einfallsreich und würde Gefahren bestehen, die andere Menschen überwältigten. Er würde durchhalten, bis sie ihn fand.

Hawk hätte sie ausgelacht, wenn er da gewesen wäre. *Er ist doch noch ein Junge,* hätte er gesagt und nicht wie sie die Unterschiede gesehen. *Und er gehört nicht einmal zu uns, ist nicht einmal ein Fahrender.*

Natürlich spielte das keine Rolle. Für sie wenigstens. Wichtig war nur, dass Bek ihr Freund war – und vor sich selbst konnte sie es ja zugeben: Viele Freunde hatte sie nicht.

Sie verscheuchte diese Gedanken und widmete sich wieder ihrer eigentlichen Aufgabe. Der erste schwache Streif zeigte sich im Osten in den Lücken zwischen den Bergen. In einer Stunde würde sie mit der Suche beginnen können. Bis zum Einbruch der Nacht könnten sie diese Gegend wieder hinter sich gelassen haben.

Hunter Predd, der einige Zeit unter Deck gewesen war, tauchte neben ihr auf. »Ich habe mal kurz einen Blick in den Frachtraum riskiert. Nichts los dort unten. Einige von ihnen schlafen. Auf einen Ausbruchsversuch deutete nichts hin. Trotzdem gefällt mir diese Situation nicht.«

»Mir auch nicht.« Sie veränderte ihre Haltung, um die verkrampften, schmerzenden Muskeln zu entlasten. »Vielleicht stoßen wir bald auf den Großen Roten.«

»Vielleicht.« Der Flugreiter schaute nach Osten. »Es wird langsam hell. Ich sollte mit der Suche beginnen. Kommst du allein zurecht?«

Sie nickte. »Wir müssen sie einfach finden, Flugreiter. Alle, die wir zurückgelassen haben. Bek zumindest lebt noch – zusammen mit demjenigen, der ihn aus den Händen der Mwellrets befreit hat. Wenigstens das wissen wir. Möglicherweise sind auch ein paar der anderen dort unten ebenfalls unterwegs. Was immer auch passiert, wir können sie nicht im Stich lassen.«

Hunter Predd nickte. »Werden wir auch nicht.«

Er verließ die Pilotenkanzel und ging zur Reling am Heck. Rue beobachtete, wie er in die Nacht ein Zeichen machte und sich dann an einem Seil hinunterließ. Kurz darauf flog er auf Obsidian an ihr vorbei und winkte ihr zuversichtlich zu, ehe er in der Dunkelheit verschwand. Im grauenden Morgen konnte sie eine Weile seine Umrisse erkennen, ehe er verschwand. Sie steuerte die *Schwarze Moclips* in die gleiche Richtung, die er einschlug, ließ das Land mit den bewaldeten Hügeln hinter sich und flog über eine Landschaft aus Ruinen. Sanft schaukelte das Luftschiff im Wind.

Sie warf einen kurzen Blick nach unten. Alles wirkte flach und grau. Es musste noch wesentlich heller werden, ehe sie hoffen durfte, jemanden zu entdecken. Sogar dann würde sie vermutlich wenig

Glück haben. Ob sie die verschollenen Mitglieder der Reisegesellschaft von der *Jerle Shannara* fanden, hing hauptsächlich von dem Flugreiter und seinem Rock ab.

Hoffentlich enttäuschen wir sie nicht, dachte sie. *Nicht schon wieder.*

Sie holte tief Luft und steuerte das Schiff wieder in den Wind.

Hunter Predd ließ sich am Seil hinunter und suchte mit seinen scharfen Augen nach der schlanken Gestalt des Rocks. Obsidian flog unter ihn und kam dann hoch, damit der Reiter in den Sattel steigen konnte. Als Hunter Predd das Sattelzeug zwischen seinen Beinen spürte, griff er nach den Zügeln, ließ das Seil los und lenkte seinen Vogel mit einem Schenkeldruck zur Seite.

Im Osten dämmerte es schmutzig grau, und das erste Licht kroch bereits über die Landschaft. Während er über die Ruinen hinwegschwebte, konnte er einsame zerstörte Gebäude und stille Straßen voller Schutt ausmachen. Obsidian sah sicherlich wesentlich mehr. Trotzdem würde die Suche sich nicht einfach gestalten. Ihn beschlich so ein Gefühl, dass Rue Meridian womöglich glaubte, sie bräuchten lediglich einmal über die Stadt zu fliegen und würden dabei alle Überlebenden dort unten finden. Aber Castledown war riesig, eine meilenweite Schuttwüste, und daher würde es nicht leicht werden, die Geheimnisse dieses Ortes aufzudecken. Solange diejenigen, nach denen sie suchten, sich nicht irgendwie zu erkennen gaben, waren sie auf reines Glück angewiesen. Um sich bemerkbar zu machen, mussten die Verschollenen wenigstens einmal zum Himmel hinaufschauen, sonst würden sie den Rock nicht sehen. Fast zwei Wochen waren inzwischen vergangen, seit die *Jerle Shannara* die Vermissten abgesetzt hatte. Inzwischen hatten die vielleicht längst alle Hoffnung, entdeckt zu werden, aufgegeben. Vielleicht hielten sie überhaupt nicht nach Hilfe aus der Luft Ausschau. Oder sie lebten gar nicht mehr.

Solche Spekulationen führten allerdings zu nichts. Er war mit der jungen Fahrenden aufgebrochen, um die Überlebenden einzusammeln, deshalb ergab es wenig Sinn, sich des Mutes zu berauben, ehe die Suche richtig losgegangen war. Schließlich hatte Obsidian auch schon in größeren Gebieten weitaus schwerer zu entdeckende Dinge gefunden, wobei die Chancen wesentlich schlechter gestanden hatten. Wie immer galt: Sie mussten das Beste aus der Situation machen.

In der aufgehenden Sonne begann er, seine Kreise zu ziehen, spiralförmig, jeder ein bisschen weiter als der vorige, und suchte nach Bewegungen am Boden, nach Auffälligem, das ein wenig fehl am Platze wirkte, nach etwas, das auf die Anwesenheit von Fremdem schließen ließ. Währenddessen dachte er über seine Entscheidung nach, an dieser Reise teilzunehmen, und fragte sich, ob er lieber hätte zu Hause bleiben sollen. Nicht nur, weil die Expedition eine solche Wendung zum Schlechten genommen hatte; im Vergleich zum Aufwand hatten sie nicht besonders viel erreicht. Falls sich nun herausstellte, dass Walker tot war, hätte es ihnen überhaupt nichts eingebracht, Kael Elessedils Karte zu folgen. Schlimmer noch, manches Leben wäre umsonst geopfert worden. Die meisten Flugreiter hatten feste Prinzipien: Man lebte für sich allein und mischte sich nicht in die Angelegenheiten anderer ein. Es hatte ihn erhebliche Überwindung gekostet, sich dieser Reisegesellschaft anzuschließen, und es kostete ihn nun weitere Überwindung, die Sache durchzuhalten. Der gesunde Menschenverstand drängte ihn, einfach kehrtzumachen und nach Hause zu fliegen. Je länger er blieb, desto kleiner wurden die Chancen, hier jemals wieder wegzukommen. Gewiss hegten die Fahrenden ähnliche Gedanken. Fahrende und Flugreiter waren gar nicht so verschieden voneinander, denn sie hatten sich für das Nomadenleben und den Söldnerberuf entschieden. Ihre Loyalität und ihr Pflichtgefühl konnte man kaufen, aber ihr Verstand ließ sich dadurch nicht beeinträchtigen.

Dennoch würde er natürlich nicht einfach fortfliegen. Er würde jene am Boden nicht im Stich lassen, gleichgültig, wie schlecht die Chancen für sie standen, solange er überhaupt die Hoffnung hegen durfte, dass jemand da unten lebte. Er dachte eben nur einmal über diese Dinge nach, selbst wenn das keine Auswirkungen darauf hatte, was er als Verpflichtung seinen vermissten Kameraden gegenüber betrachtete. Was wäre wenn? Dieses Spielchen trieb man gern, wenn man ständig allein war und sich dabei Gefahren aussetzen musste. Aber es war doch nur ein Spielchen.

Die Sonne stieg über den Horizont, das Tageslicht brach über das Land herein, und die Ruinen dehnten sich unverändert still und leer unter ihm aus. Er blickte hinüber zu Rue Meridian auf der *Schwarzen Moclips,* dieser einsamen Gestalt in der Pilotenkanzel. Sie war entsetzlich müde, und er wusste nicht recht einzuschätzen, wie lange sie das Schiff noch allein steuern konnte. Es war eine hervorragende Idee gewesen, der Ilse-Hexe das Luftschiff zu stehlen, leicht konnte es aber auch zu einer schweren Last werden, wenn Rue nicht rasch Hilfe fand. Im Augenblick ließ sich leider überhaupt nicht erkennen, woher diese Hilfe kommen könnte. Er persönlich würde tun, was in seinen Kräften stand, aber mit Luftschiffen kannte er sich nicht aus. Bestenfalls konnte er sie von Deck retten, wenn die Dinge ganz aus dem Ruder liefen.

Am nördlichen Rand der Ruinen entdeckte er etwas Ungewöhnliches, und er schwenkte in die Richtung, um es sich genauer anzuschauen. Es handelte sich um einige Leichen, allerdings weder von seinen Gefährten von der *Jerle Shannara* noch von irgendwem anders, dem er je begegnet war. Diese Menschen hatten helle Haut und rote Haare und waren wie Gnome gekleidet. Ihresgleichen hatte er nie zuvor gesehen, und der Kleidung zufolge gehörten sie alle demselben Stamm von Einheimischen an, so vermutete er. Für ihn blieb es ein Geheimnis, auf welche Weise sie dieses schreckliche Ende gefunden hatten, denn es schien, sie seien von einem außergewöhnlich mächtigen Wesen regelrecht zerrissen worden. Von Kriechern vielleicht.

In der Hoffnung, Hinweise auf die Ereignisse dort unten zu finden, flog er ein wenig über den starren Körpern hin und her. Zwar dachte er auch daran, zu landen und sich nach Spuren der Vermissten von der *Jerle Shannara* umzuschauen, entschied sich jedoch dagegen. Er würde kaum brauchbare Informationen finden, solange er sich nicht zu Fuß auf die Suche machte, und das war zu gefährlich. Also warf er einen Blick über die Schulter zur *Schwarzen Moclips,* die einige hundert Meter hinter ihm im Wind trieb. Er gab Rue Meridian ein Zeichen, sie solle sich die Sache ansehen, und setzte dann seine Kreise über den Ruinen fort. Die Fahrende würde eine Entscheidung treffen. Er würde weitersuchen. Wenn sich sonst nichts anderes ergab, würde er später hierher zurückkehren.

Kaum hatte er zu einer weiteren Runde über das zerstörte Viertel der Stadt angesetzt, da sah er etwas, das von Nordosten auf sie zugeflogen kam. Obsidian bemerkte es ebenfalls und stieß einen schrillen Schrei aus, dass er die anderen erkannt hatte.

Es waren Po Kelles und Niciannon.

Rue Meridian hatte die *Schwarze Moclips* gerade über eine Ansammlung von Leichen am Rande der Ruinen gesteuert und fragte sich, was sie davon zu halten hatte, als sie zu Hunter Predd hinüberschaute und den zweiten Flugreiter sah. Das musste Po Kelles sein, und sie verspürte neue Hoffnung, denn sein Erscheinen würde vermutlich die Ankunft ihres Bruders und der *Jerle Shannara* ankündigen. Mit zwei Luftschiffen vergrößerten sich die Erfolgsaussichten der Suche erheblich. Vielleicht halfen ihr sogar ein paar Fahrende, die *Schwarze Moclips* zu steuern, damit sie sich ein paar Stunden Schlaf gönnen konnte.

Sie beobachtete die beiden Flugreiter, die auf ihren Rocks nebeneinander kreisten, sich unterhielten und heftig gestikulierten. Rue spähte zurück zur Küste und hielt nach dem anderen Schiff Ausschau. Aber bislang ließ sich nichts erkennen, daher richtete sie ihre Aufmerksamkeit wieder auf die Flugreiter. Ihr Gespräch war nun offensichtlich hitzig geworden, und ein erstes Unbehagen beschlich sie. Die Art, wie sie sich unterhielten, ließ selbst auf die Distanz nichts Gutes ahnen.

Das bildest du dir nur ein, dachte sie.

Dann löste sich Hunter Predd von Po Kelles, flog zu Rue zurück und steuerte unter das Heck. Dort packte er die Leine, die von der Reling baumelte, schwang sich vom Vogel und zog sich mit den Händen nach oben, bis er an Bord war. Auf ein Handzeichen hin nahm Obsidian eine Position neben dem Schiff ein.

Rue Meridian wartete, während der Elf zur Pilotenkanzel eilte und hineinstieg. Im schwachen Licht des jungen Tages sah sie deutlich, wie aufgeregt er war.

»Hör zu, Kleine Rote.« Sein wettergegerbtes Gesicht war ruhig, doch angespannt. »Dein Bruder und die anderen fliegen in diese Richtung, aber sie werden verfolgt. Eine Flotte feindlicher Luftschiffe ist gestern im Morgengrauen an der Küste aufgetaucht. Die *Jerle Shannara* konnte ihnen gerade so eben entkommen. Seitdem ist sie in diese Richtung unterwegs und versucht, die Verfolger abzuschütteln. Nur anscheinend wird sie die nicht los. Sie haben sie durch die Berge den ganzen Weg ins Landesinnere verfolgt, sogar nachdem sie den Kurs komplett geändert hat, und jetzt sind sie fast hier.«

Feindliche Luftschiffe? So weit hier draußen, fern der Vier Länder? Es dauerte einen Augenblick, bis sich die Information gesetzt hatte. »Wer ist das?«

Er winkte ab. »Ich weiß es nicht. Niemand hat eine Ahnung. Sie führen keine Flagge, und die Männer an Bord bewegen sich wie wandelnde Tote. Po Kelles hat sie sich gestern Abend ansehen können, als die Fahrenden sich zur Ruhe legen wollten, weil sie glaubten, die Verfolger abgehängt zu haben. Doch keine Stunde später waren sie wieder da. Diejenigen, die Po sehen konnte, waren Männer, benahmen sich jedoch nicht wie solche. Sie bewegten sich wie Maschinen. Eigentlich wirkten sie überhaupt nicht lebendig. Sie waren steif, und ihre Augen leer, als würden sie nichts wahrnehmen. Eins ist jedenfalls sicher. Die wissen, wo sie hinwollen, und sie brauchen offensichtlich keine Karte, um uns zu finden.«

Sie blickte sich im hellen Tageslicht um und schaute hinunter zu den Ruinen. Ihre Hoffnung, die Suche fortzusetzen, schwand. »Wie weit sind sie schon?«

»Keine halbe Stunde entfernt. Wir müssen hier fort. Wenn sie dich ganz allein auf der *Schwarzen Moclips* erwischen, hast du keine Chance.«

Sie starrte ihn an und erwiderte einen Moment lang nichts, da es vor Wut und Verzweiflung in ihr brodelte. Natürlich sah sie die Notwendigkeit der Flucht ein, doch hatte sie sich noch nie gern zu etwas zwingen lassen. Ihr Instinkt drängte sie, zu bleiben und zu kämpfen, nicht davonzurennen. Sie hasste den Gedanken, die Vermissten erneut im Stich zu lassen und dem ungewissen Schicksal in Form von Mwellrets und der Ilse-Hexe zu überlassen – und nun auch dieser neuen Bedrohung. Wie lange würden sie noch auf sich selbst gestellt sein? Wie lange würde es dauern, bis Rue zurückkehren und ihnen helfen konnte?

»Wie viele sind es?«, fragte sie.

Der Flugreiter schüttelte den Kopf. »Über zwanzig. Zu viele für uns, Kleine Rote.«

Natürlich hatte er Recht. In allen Punkten. Sie sollten die Suche abbrechen und fliehen, ehe diese Eindringlinge sie entdeckten. Aber sie konnte sich des Gefühls nicht erwehren, dass Bek und die anderen dort unten waren, wenigstens einige von ihnen, und auf Hilfe warteten. Und sie hatte so die Vermutung, dass sie lediglich ein bisschen Zeit brauchte. Möglicherweise genügten schon einige Minuten.

»Sag Po Kelles, er soll Wache halten«, befahl sie. »Wir können uns noch ein wenig umschauen, ehe wir verschwinden.«

Er starrte sie an. Sie hatte kein Recht, ihm Befehle zu erteilen, das wusste sie, und er dachte darüber nach, ob er ihr das deutlich sagen sollte oder nicht. Und sie wusste allerdings auch, dass er begriff, was sie fühlte.

»Außerdem gibt es einen Wetterwechsel, Kleine Rote«, sagte er leise und zeigte zum Horizont.

Eindeutig. Dunkle Wolken wälzten sich von Osten heran, wurden von Küstenwinden getrieben, und sogar aus der Ferne wirkten sie bedrohlich. Sie wunderte sich, weshalb sie die nicht früher bemerkt hatte. Auch wurde zunehmend die Luft kälter. Eine Wetterfront zog herauf, und sie brachte Sturm mit.

Sie blickte ihn wieder an. »Versuchen wir es, Flugreiter. Solange wir können. Wenigstens das sind wir ihnen schuldig.«

Hunter Predd brauchte nicht zu fragen, wen sie damit meinte. Er nickte. »Also gut, Fahrende. Aber du passt auf dich selbst auf.«

Er sprang aus der Pilotenkanzel, rannte über das Deck zum Heck und verschwand hinter der Reling. Obsidian hatte bereits seine Position bezogen, und Sekunden später waren die beiden unterwegs, um Po Kelles Bescheid zu geben. Rue Meridian wendete das Luftschiff in Richtung der Ruinen und durchsuchte den Schutt.

Plötzlich durchfuhr es sie voller Schrecken: Sie flog ein feindliches Luftschiff, und jene am Boden würden überhaupt nicht wissen, wer sie war. Anstatt aus dem Versteck zu kommen und sich zu zeigen, würden sie sich nur tiefer eingraben. Warum hatte sie daran nicht schon früher gedacht? Vielleicht hätte sie eine Möglichkeit gefunden, ihre Absichten deutlich zu machen. Jetzt war es zu spät. Die Anwesenheit der Flugreiter mochte sie davon überzeugen, dass sie nicht die Ilse-Hexe war. Womöglich würden sie begreifen, was sie eigentlich vorhatte.

Nur noch ein paar Minuten, redete sie sich fortwährend ein. *Nur noch ein paar Minuten.*

Sie bekam diese Minuten und sogar einige mehr, aber von den Vermissten fand sie keine Spur. Die Wolken zogen heran und verdeckten die Sonne, die Luft wurde kalt, und Rue hüllte sich enger in ihren Mantel. Die Landschaft wurde mit Schatten gesprenkelt, und alles sah gleich aus. Sie suchte weiter, wollte nicht aufgeben, als Hunter Predd direkt vor ihr auftauchte und wild gestikulierte.

Sie drehte sich um und schaute in die gezeigte Richtung. Zwei Dutzend Luftschiffe waren aus der Dunkelheit aufgetaucht und schwebten wie schwarze Flecken am Horizont. Eines befand sich ein Stück vor den anderen, und dieses eine wurde gejagt, denn an der Form erkannte sie schon die *Jerle Shannara.* Po Kelles flog auf Niciannon bereits darauf zu, und Hunter Predd rief herüber, sie sollte nach Osten drehen und auf die Berge zuhalten. Mit einem letzten Blick nach unten tat sie dies auch. Die *Schwarze Moclips* machte einen Satz, weil sie die Steuerhebel betätigt und von den Strahlungssammlern volle Kraft abgezogen hatte, die sie nun auf die Trennröhren und deren Diapsonkristalle gab. Das Luftschiff erzitterte, legte sich gerade und nahm an Geschwindigkeit zu. Rue Meridian hörte die Rufe und Schreie der gefangenen Föderationsmannschaft, aber für die hatte sie im Moment keine Zeit. Sie hatten ihre Wahl getroffen, und sie saßen dort fest, wo sie waren, ob es ihnen nun gefiel oder nicht.

»Ruhe!«, kreischte sie, doch meinte sie damit weniger die Männer als vielmehr den Wind, der heftig und voller Hohn an ihren Ohren vorbeirauschte.

Mit voller Geschwindigkeit floh sie in die Berge.

Acht

In den langen, kühlen Stunden vor Sonnenaufgang bestattete Quentin Leah seine Gefährten Ard Patrinell und Tamis. Da er kein Werkzeug zum Graben hatte, ließ er sie in die Wronk-Grube hinunter und füllte diese mit Steinen. Die Felsbrocken in der Dunkelheit zu suchen und zu transportieren dauerte eine Weile, da er in der näheren Umgebung nur wenige fand. Die Grube war groß, und sie zu füllen bedeutete viel Arbeit, aber er gab nicht auf, auch nicht, als seine Knochen schon unerträglich schmerzten.

Nachdem er diese Aufgabe erledigt hatte, kniete er sich neben dem einfachen Grabhügel hin und verabschiedete sich von den beiden, wobei er zu ihnen sprach, als wären sie lebendig. Er wünschte ihnen Frieden, hoffte, sie würden zusammen sein, wo immer sie auch waren, und erzählte ihnen, wie sehr sie von allen vermisst werden würden. Zwei Elfen, eine Fährtenleserin und ein Hauptmann der Leibgarde, im wahrsten Sinne des Wortes vom Unglück verfolgt – vielleicht würden sie nun glücklich vereint sein. Er versuchte, sich den alten Patrinell vorzustellen, so wie er vor der Umwandlung gewesen war, den Krieger mit unübertroffenen Fertigkeiten im Kampfe, den Mann von Mut und Ehre. Quentin wusste nicht, was sich jenseits der Grenze des Todes befand, aber er hoffte, dass die zwei es dort besser haben würden als in diesem Leben und dass sie einen Ausgleich für verpasste Chancen und verlorene Träume erhielten.

Er weinte nicht, denn geweint hatte er schon genug. Und er war ausgelaugt und ohne Hoffnung, in sich spürte er eine Leere, die ihn zu übermannen drohte.

Beim Anbruch der Dämmerung beendete er seine Andacht und stand auf. Er ging zu der Stelle, an der er das Schwert von Leah nach dem Kampf fallen gelassen hatte. Die glänzende dunkle Oberfläche wies außer Blut und Schmutz keinerlei Spuren des Kampfes auf. Er wischte die Klinge sorgfältig sauber und betrachtete sie sinnend, während er dies tat. Das Schwert hatte ihn im Stich gelassen, schien es ihm. Trotz seiner vielen magischen Eigenschaften und trotz all dessen, was es in seiner langen und sagenumwobenen Vergangenheit vollbracht haben sollte, in diesem fremden Land war es wenig von Nutzen gewesen. Es hatte Tamis oder Ard Patrinell nicht retten können, es hatte ihn nicht einmal in die Lage versetzt, Bek zu beschützen, was er geschworen hatte, unter allen Umständen zu tun. Dass er selbst nur deshalb noch lebte, weil es sich in seinem Besitz befand, tröstete ihn nur wenig. Sein eigenes Leben hätte er gern für das der anderen geopfert. Denn er hatte sein Leben nicht verdient. Innerlich fühlte er sich tot, und er wusste nicht, ob er jemals wieder etwas anderes fühlen könnte.

Nachdem er das Schwert in die Scheide gesteckt hatte, hängte er es sich über den Rücken. Die Sonne stieg gerade über den Horizont, und er musste eine Entscheidung fällen, was er als Nächstes tun würde. Bek zu finden war das Wichtigste, dazu war es jedoch notwendig, den Schutz des Waldes zu verlassen und in die Ruinen von Castledown zurückzukehren. Damit riskierte er eine weitere Auseinandersetzung mit Kriechern und Wronks, und er hatte keine Ahnung, ob er die überstehen würde. Dagegen wusste er eines sicher: Er wollte fort von diesem Ort des Todes und der Enttäuschung.

Also ging er einfach los, schaute zu, wie die Schatten nach und nach wichen, während das Licht durch den Baldachin der Bäume auf den Waldboden vordrang. Er verließ die Hügel um Castledown herum und stieg herunter in die weite Ebene, die er bei seiner Flucht vor dem Ard-Patrinell-Wronk verlassen hatte. Beim Gehen fühlte er sich nach und nach ein bisschen besser. Die Leere in seinem Herzen blieb, doch ließen die Ziel- und Orientierungslosigkeit nach, und er begann, über seine Chancen nachzudenken. Solange er faul herumstand, erreichte er nichts. Er musste Bek finden, koste es, was es wolle. Erst durch sein eigenes Beharren darauf, diese Reise zu unternehmen, hatte er seinen Vetter überzeugt mitzukommen. Mochte er auch sonst nichts anderes bewerkstelligen, zumindest wollte er Bek gesund wieder zu Hause abliefern.

Dass Bek lebte, daran zweifelte er nicht, obwohl er wusste, wie viele aus der Gemeinschaft bereits umgekommen waren. Er glaubte daran, weil Tamis seinen Vetter noch lebend gesehen hatte, ehe sie auf Quentin getroffen war, und weil die Instinkte dem Herzen manchmal Einsichten gewährten, mit denen die Augen nicht dienen können. Allerdings steckte Bek möglicherweise in Schwierigkeiten und brauchte Hilfe, und Quentin wollte ihn auf keinen Fall erneut im Stich lassen.

Irgendwie begriff er, dass er etwas brauchte, an dem er sich fest halten konnte, um sich selbst zu retten. Im Falle seines Scheiterns würde ihn seine Verzweiflung überwältigen, die Leere in ihm würde ihn vollends übermannen, und am Ende würde er gar nichts mehr unternehmen können. Wenn er aufgab, war er verloren. Solange er sich regte und ein Ziel verfolgte, stürzte er nicht in den Abgrund. Er hatte zwar keine Ahnung, wie realistisch die Hoffnung war, Bek zu finden, so ganz allein und ohne die Hilfe einer geeigneten Magie, doch kam es weniger darauf an, wie groß die Chancen tatsächlich waren, falls er sich nur davor retten konnte, den Verstand zu verlieren.

Nicht mehr weit von den Ruinen entfernt entdeckte er am Horizont ein Luftschiff. Überrascht blieb er zunächst einen Augenblick stehen und starrte es ungläubig an. Zwar konnte er es aufgrund der Distanz nicht identifizieren, dennoch entschied er, es müsse sich um die *Jerle Shannara* handeln, die nach den Vermissten forschte. Sofort schöpfte er neue Hoffnung und ging entschlossenen Schrittes weiter.

Aber Sekunden später verschwand das Luftschiff im Dunst einer massiven Wolkenbank, die von Osten heranzog, und war nicht mehr zu sehen.

Während er auf einer Lichtung den Himmel nach der *Jerle Shannara* absuchte, rief jemand: »Hochländer! Warte!«

Verblüfft drehte er sich um und wollte die Richtung feststellen, aus der der unbekannte Sprecher ihn gerufen hatte. Sein Blick schweifte über die Hügel, als plötzlich Panax aus dem Wald hinter ihm trat.

»Wo hast du gesteckt, Quentin Leah?«, erkundigte sich der Zwerg, atemlos und rot vor Anstrengung. »Wir haben den ganzen Tag und die ganze Nacht nach dir gesucht! Reiner Zufall, dass ich dich jetzt entdeckt habe!«

Nachdem er Quentin erreicht hatte, schüttelte er ihm freudig die Hand. »Schön, dich zu sehen, Hochländer. Du siehst völlig erledigt aus, wenn du mir diese Bemerkung gestattest. Alles in Ordnung mit dir?«

»Mir geht es gut«, antwortete Quentin, obwohl es kaum der Wahrheit entsprach. »Wer hat sonst noch nach mir gesucht, Panax?«

»Kian. Außerdem Obat und eine Schar seiner Rindge. Der Wronk hat ihnen übel mitgespielt. Dem Dorf, den Bewohnern, einfach allen. Diejenigen des Stammes, die er nicht gleich umgebracht hat, sind in alle Himmelsrichtungen verstreut. Obat hat die Überlebenden in den Bergen versammelt. Bis vor kurzem planten sie ihre Rückkehr ins Dorf, um es wieder aufzubauen, inzwischen jedoch nicht mehr. Sie wollen nicht zurück. Die Situation hat sich verändert.«

Plötzlich hielt er inne, betrachtete Quentins Gesicht genau und entdeckte etwas darin, das er zuvor übersehen hatte. »Wo ist Tamis?«, fragte er.

Quentin schüttelte den Kopf. »Tot. Ard Patrinell ebenfalls. Sie haben sich gegenseitig umgebracht.« Seine Hände zitterten. Er konnte es nicht unterdrücken. Verwirrt starrte er zu Boden. »Tamis und ich hatten eine Falle aufgestellt. Im Wald versteckten wir uns bei einer Grube und lockten den Wronk zu uns, weil wir hofften, er würde in die Falle gehen. Dazu tarnten wir die Grube, und die Sache funktionierte auch tatsächlich, bloß kletterte der Wronk dann wieder heraus, und Tamis ...«

An dieser Stelle brach er ab und konnte nicht weitersprechen, denn erneut traten ihm die Tränen in die Augen, wie einem Kind, das einen schrecklichen Albtraum zum zweiten Mal durchlebt.

Panax ergriff Quentins Hände und hielt sie, bis das Zittern aufhörte. »Du siehst aus, als wärest du selbst nur um Haaresbreite entkommen«, sagte er ruhig. »Ich schätze mal, du hast so ziemlich alles versucht, um die beiden zu retten. Du darfst nicht zu viel von dir verlangen, Hochländer. Manchmal bietet uns sogar Magie nicht die Antwort, die wir suchen. Vielleicht hat der Druide das inzwischen auch herausgefunden, wo immer er stecken mag. Gelegentlich müssen wir unsere Grenzen akzeptieren. Manche Dinge können wir nicht verhindern. Dazu gehört unter anderem der Tod.«

Er ließ Quentins Hände los und packte ihn an den Schultern. »Mir tut es Leid um Tamis und Ard Patrinell, wirklich. Bestimmt haben sie mit aller Kraft um ihr Leben gekämpft, Hochländer. Und du ebenso. Ich denke, du schuldest es ihnen und auch dir selbst, dass das alles nicht umsonst war.«

Quentin blickte dem Zwerg in die braunen Augen, und währenddessen fasste er sich wieder und fand zu seiner alten Entschlossenheit zurück. Er erinnerte sich an Tamis' Gesichtsausdruck, kurz bevor sie gestorben war, an den Grimm, mit dem sie ihrem Tod entgegengetreten war. Wenn er jetzt seiner Trauer erlag, würde er das verraten, wofür sie gekämpft hatte. Er holte tief Luft. »Also gut.«

Panax nickte und trat zurück. »Schön. Wir brauchen dich, Quentin Leah. Die Rindge haben seit dem Morgengrauen die Gegend ausgekundschaftet. Einige wenige haben sich sogar ein Stück weit in die Ruinen gewagt. Castledown ist übersät mit Kriechern, von denen kein einziger mehr funktioniert. Das gilt auch für die Feuerstrahlen. Antrax ist anscheinend tot.«

Quentin starrte ihn verständnislos an.

»Gut und schön, könnte man sagen, aber schau mal dort rüber.« Der Zwerg zeigte nach Osten auf eine stetig näher kommende Wolkenbank, eine riesige dunkle Mauer, die inzwischen den gesamten

Horizont einnahm. »Den Rindge zufolge erfolgt jetzt ein Wandel der Welt. Bei ihnen gibt es eine Legende, die davon berichtet. Falls Antrax je zerstört würde, soll die Welt wieder zu der werden, die sie einmal war. Erinnerst du dich noch? Die Rindge behaupteten, Antrax kontrolliere das Wetter. Nun, vor dieser Zeit war dieses Land von Eis und Schnee überzogen, bitterkalt und kaum bewohnbar. Erst nachdem Antrax vor Äonen das Klima änderte, wurde es warm und grün. Jetzt verwandelt es sich wieder zurück. Spürst du den scharfen Biss, den die Luft hat?«

Bislang war es Quentin nicht aufgefallen, aber Panax hatte Recht. Die Temperatur sank, noch während die Sonne aufging. Es roch nach Winter.

»Obat und sein Volk ziehen über die Berge ins Innere von Parkasia«, fügte der Zwerg hinzu. »Dort herrscht ein besseres Klima. Wenn wir nicht bald eine Möglichkeit finden, wie wir von hier fortkommen, sollten wir uns ihnen besser anschließen.«

Unvermittelt fiel Quentin das Luftschiff ein. »Ich habe gerade die *Jerle Shannara* gesehen, Panax«, erzählte er rasch und deutete nun ebenfalls auf die Wetterfront. »Sie war nur für einen Moment sichtbar, dort drüben, kurz bevor du mich gerufen hast, und dann ist sie in den Wolken verschwunden.«

Gemeinsam starrten sie eine Weile zum Horizont, ohne etwas zu entdecken. Schließlich räusperte sich Panax. »Ich will deine Worte nicht in Zweifel ziehen, aber war es auch bestimmt nicht die *Schwarze Moclips?*«

Dieser Gedanke war Quentin nicht gekommen. Weil er sich so sehr gewünscht hatte, dass es die *Jerle Shannara* sein möge, hatte er an das feindliche Luftschiff überhaupt nicht gedacht. Ihre Erzfeindin hatte er vollkommen vergessen.

Rasch schüttelte er den Kopf. »Nein, wirklich sicher bin ich mir nicht.«

Der Zwerg nickte. »Ist ja nichts passiert. Trotzdem müssen wir vorsichtig sein. Die Hexe und ihre Mwellrets treiben sich hier in der Gegend herum.«

»Was ist mit Bek und den anderen?«

Panax blickte ihn voller Unbehagen an. »Von denen gibt es kein Lebenszeichen. Ich habe keine Ahnung, wie wir sie finden können, Hochländer. Obats Leute wollen nicht noch einmal in die Ruinen. Sie behaupten, auch nach Antrax' Ende sei dies ein Ort des Todes, der verflucht ist. Geändert habe sich gar nichts. Heute Morgen konnte ich sie zunächst überreden, mich zu begleiten, doch nachdem sie gesehen haben, was geschehen ist, sind sie sofort in die Berge zurückgekehrt, um dort das Weitere abzuwarten.« Er schüttelte den Kopf. »Vermutlich darf man ihnen keinen Vorwurf machen, bloß hilft uns das auch nicht gerade weiter.«

Quentin schaute ihn an. »Ich lasse Bek nicht im Stich, Panax. Ich habe es satt, immer wegzulaufen, und ich will nicht mehr zusehen, wie meine Freunde den Tod erleiden, ohne dass ich es verhindern kann.«

Der Zwerg nickte. »Wir suchen weiter, Hochländer. Solange wir können. Aber mach dir nicht zu viele Hoffnungen.«

»Er lebt«, beharrte Quentin.

Darauf erwiderte der Zwerg nichts, und sein wettergegerbtes, leeres Gesicht gab keinen seiner Gedanken preis. Sein Blick schweifte zum Nordhimmel, und Quentin sah ebenfalls nach oben. Dort war eine Reihe schwarzer Flecken am Horizont aufgetaucht, die parallel zur Sturmfront heranzogen.

»Luftschiffe«, verkündete Panax leise, und seiner heiseren Stimme war die erneute Anspannung deutlich anzumerken.

Sie beobachteten, wie die Flecken größer wurden und Gestalt annahmen. Quentin begriff nicht, woher diese vielen Luftschiffe kamen, so urplötzlich aus dem Nichts. Wem gehörten sie? Der Zwerg wusste darauf auch keine Antwort.

»Sieh nur«, sagte Panax und zeigte in eine andere Richtung.

Das Luftschiff, welches Quentin zuvor gesehen hatte, kehrte aus den Wolken zurück und huschte rasch über den Osthimmel auf die Berge zu. Ohne Zweifel handelte es sich um die *Schwarze Moclips.* Ein Hilferuf erstarb dem Hochländer auf den Lippen, und er erstarrte, während das Schiff über sie hinwegglitt und in die Ferne flog. Jetzt konnten sie erkennen, dass es versuchte, einem anderen

Schiff den Weg abzuschneiden. Der Anordnung der Masten zufolge handelte es sich bei diesem zweiten eindeutig um die *Jerle Shannara.* Die Hexe und die Mwellrets verfolgten die Fahrenden, und diese neuen Luftschiffe hetzten alle beide.

»Was geht denn dort oben vor sich?«, fragte Quentin und richtete die Frage nicht nur an Panax, sondern gleichzeitig an sich selbst.

Einen Augenblick später teilte sich die Verfolgerflotte in zwei Gruppen auf, von denen sich eine an die *Schwarze Moclips* und die *Jerle Shannara* hängte, die andere dagegen auf die Ruinen von Castledown zuhielt. Diese zweite Gruppe war kleiner, wurde jedoch von dem größten Luftschiff angeführt. In einer Linie schwebten sie über die Ruinen hinweg und bereiteten sich auf die Landung vor.

»Ich glaube, wir sollten besser Deckung suchen«, meinte Panax.

Rasch begaben sie sich unter den Schutz der Bäume und zogen sich dann in die Berge zurück, wo sie einen Aussichtspunkt fanden, von dem aus sie beobachten konnten, was da unten vor sich ging. Sie hatten die richtige Entscheidung getroffen, wurde ihnen bald klar. Von den Luftschiffen, die ein paar Meter über dem Boden schwebten, wurden Strickleitern herabgelassen, Mwellrets kletterten herunter und verteilten sich überall. An Bord der Schiffe blieben die Mannschaften auf ihren Posten. Ihr Benehmen erschien den Beobachtern jedoch eigentümlich. Sie standen starr wie Statuen da, bewegten sich nicht und redeten nicht einmal miteinander. Quentin beobachtete sie lange Zeit und wartete auf irgendwelche Bewegungen. Es gab keine.

»Ich schätze, die sind uns bestimmt nicht sehr freundlich gesinnt«, verkündete Panax leise. Er zögerte. »Sieh dir das an.«

Jetzt folgte die nächste Überraschung – eine kleine Anzahl seltsamer Kreaturen, die nicht zu identifizieren waren. Sie wurden in Schlingen gehängt und mit Winden vom größten Luftschiff zum Boden hinuntergelassen, eins nach dem anderen. Mit ihren massiven Schultern und Armen, den dicken Beinen und den behaarten Torsos wirkten sie auf den ersten Blick wie Menschen, die über alle Proportionen hinausgewachsen waren. Beim Gehen beugten sie sich vor und bewegten sich wie die Affen der Alten Welt. Ihre Köpfe hatten eher ein wölfisches Aussehen, zeigten schmale, spitze Schnauzen, spitze Ohren und stechende Augen. Sogar auf diese große Entfernung konnte man ihre Gesichtszüge erkennen.

»Was sind das für Wesen?«, erkundigte sich Quentin leise.

Die Suchgruppen, von denen jede aus Dutzenden Mwellrets in Rüstungen mit Waffen bestand, zerstreuten sich in den Ruinen – ohne Frage hatten diese Eindringlinge keine friedlichen Absichten. Die eigentümlich krabbelnden Kreaturen wurden wie Hunde an Ketten geführt. Sie drückten die Nase an den Boden, rannten in verschiedene Richtungen durch Schutt und Trümmer durcheinander, und die Mwellrets liefen hinter ihnen her. Innerhalb der Ruinen erfolgte keinerlei Reaktion von Antrax, weder Kriecher noch Feuerstrahlen. Anscheinend hatten die Rindge Recht. Aber gerade aus diesem Grund machte sich Quentin noch mehr Sorgen um Bek.

Der stämmige, dunkelhäutige Kian kam plötzlich aus dem Wald und trat zu ihnen. Er grüßte Quentin mit einem Kopfnicken, sagte jedoch zu niemandem ein Wort.

»Wir haben ein Problem, Hochländer«, sagte Panax, ohne Quentin anzublicken.

Der nickte. »Die suchen nach uns. Irgendwann werden sie unsere Fährte entdecken.«

»Und zwar ziemlich bald, fürchte ich.« Der Zwerg richtete sich auf. »Hier können wir nicht bleiben. Wir müssen fort.«

Quentin Leah wandte den Blick nicht von den Suchenden unten ab, die langsam in die Stadt vordrangen, winzige Figuren, wie Spielzeuge. Er verstand durchaus, was Panax meinte und doch nicht aussprechen wollte. Der Zwerg war der Ansicht, dass sie die Suche nach Bek einstellen mussten. Denn jetzt war es vor allem notwendig, so viel Abstand wie möglich zu den Verfolgern zu schaffen, wer auch immer diese waren.

Bei der Aussicht, Bek erneut im Stich zu lassen, wurde ihm flau im Magen, trotzdem wusste er eines sicher: Wenn er hier bliebe, würde man ihn entdecken. Damit erreichte er nichts und würde vermutlich nur seinen eigenen Tod riskieren. Er dachte nach. Vielleicht standen die Chancen für Bek ja besser, als Quentin vermutete. Immerhin verfügte sein Vetter über Magie, das hatte Tamis ihm erzählt. Sie hatte es selbst gesehen; Bek besaß eine Kraft, mit der er Kriecher in Schrott verwandeln konnte. Möglicherweise hatte er sogar Walker gefunden, so dass die beiden jetzt zusammen waren. Und zudem war es ebenfalls nicht auszuschließen, dass sie die Ruinen längst verlassen hatten und bereits in den Bergen waren.

Wütend hielt er inne. Er redete sich die Sache schön. Damit wollte er doch nur sein schlechtes Gewissen beruhigen, weil er Bek schon wieder im Stich ließ und sein Versprechen ein weiteres Mal brach. In Wirklichkeit glaubte er selbst nicht daran. Und im Herzen schon gar nicht.

»Was sollen wir machen?«, fragte er schließlich resigniert, weil er genau das tun musste, was nie zu tun er sich geschworen hatte.

Panax rieb sich das bärtige Kinn. »Wir gehen in den Aleuthra Ark – diese Berge hinter uns –, zusammen mit Obat und seinem Volk, also tiefer nach Parkasia hinein. Die Luftschiffe sind in diese Richtung geflogen. Vielleicht können wir die *Jerle Shannara* einholen und ihr ein Signal geben.« Er zuckte müde mit den Schultern. »Eventuell kommen wir dann mit dem Leben davon.«

Glücklicherweise erwähnte er mit keinem Wort die Möglichkeit, zurückzukehren und die Suche nach Bek fortzusetzen. Dies, so sah er ein, würde vermutlich niemals passieren, und ebenso wahrscheinlich würden sie die Ruinen niemals wieder betreten. Ein Versprechen, das er sowieso nicht würde halten können, wollte der Zwerg gar nicht erst geben.

Allerdings half das Quentin wenig, der sich wie ein Verräter fühlte; immerhin war Ehrlichkeit besser als falsche Hoffnung.

Verzeih mir, Bek, sagte er zu sich selbst.

»Sie kommen in unsere Richtung«, drängte Kian plötzlich.

Eine der Suchgruppen hatte den Rand der Ruinen unterhalb ihres Beobachtungspostens erreicht und die Leichen der Rindge entdeckt, die der Patrinell-Wronk vor zwei Tagen getötet hatte. Die kauernden Wesen schnüffelten am Boden nach Fährten. Eines hob den wölfischen Kopf und schaute in die Richtung, in der sie unter den Bäumen hockten, als könne es sie sehen.

Ohne weitere Worte schlichen der Zwerg, der Elf und der Hochländer zwischen die Bäume und verschwanden von diesem Ort.

Sie brauchten fast eine Stunde, um die Lichtung zu erreichen, auf der sich Obat und die Rindge versammelt hatten. Das Lager befand sich hoch oben in den Ausläufern des Aleuthra Arks, der sich wie ein zerklüftetes Rückgrat von Nordwesten nach Südosten ins Innere von Parkasia hin erstreckte. Die Rindge wirkten ausgelaugt und entmutigt und dennoch weder schlecht organisiert noch unvorbereitet. Wachposten waren aufgestellt und sprachen die drei Fremden an, lange bevor sie das eigentliche Lager erreichten. Alle Männer waren mit Waffen ausgerüstet. Die größte Gruppe der Überlebenden des Stammes bildeten jedoch Frauen und Kinder, unter Letzteren auch viele Säuglinge. Es waren mindestens hundert Rindge, vermutlich sogar eher zweihundert. Ihre Habseligkeiten hatten sie um sich herum in Bündeln oder Säcken aufgestapelt. Die meisten Angehörigen des Stammes saßen im Schatten und vertrieben sich das Warten mit Plaudern. Im gesprenkelten Licht, das durch die Blätter fiel, sahen sie aus wie hohläugige, verunsicherte Gespenster.

Obat trat zu Panax und begann sofort auf ihn einzureden. Panax hörte zu und erwiderte schließlich etwas in jener uralten Zwergensprache, mit der er sich schon seit ihrem ersten Treffen erfolgreich verständlich machen konnte. Obat lauschte und schüttelte dann den Kopf. Panax versuchte es erneut und zeigte in die Richtung, aus der sie gekommen waren. Offensichtlich berichtete er von den neuen Luftschiffen und den Eindringlingen. Obat gefiel ganz und gar nicht, was er da hörte.

Wütend drehte sich Panax zum Hochländer um. »Ich habe ihm gesagt, wir sollten schnellstmöglich aufbrechen und am besten das Gepäck zurücklassen. Wie die Dinge stehen, wird es schon schwierig genug, den Stamm in Sicherheit zu bringen, ohne das ganze Zeug mitzuschleppen. Aber Obat sagt, es sei alles, was seinem Volk an Besitztümern geblieben ist. Sie werden nichts davon aufgeben.«

Er wandte sich an Kian. »Nimm dir ein paar Rindge, geh zurück und halt Wache.«

Der Elfenjäger erwiderte nichts, winkte nur ein paar Rindge zu sich und verschwand in raschem Trab zwischen den Bäumen.

Panax wandte sich wieder an Obat und unternahm einen zweiten Versuch, ihn zu überzeugen. Diesmal gab er mit unmissverständlichen Gesten zu verstehen, welches Schicksal die Rindge erwarten würde, wenn sie nicht rechtzeitig die Flucht ergriffen. Sein breites Gesicht wurde immer röter und verzerrte sich vor Wut, und am Ende schrie er fast. Obat starrte ihn ohne jede Regung an.

Wir verschwenden unsere Zeit, dachte Quentin plötzlich. *Zeit, die wir nicht haben.*

»Panax«, sagte er. Der Zwerg drehte sich um. »Sag ihnen, sie sollen ihre Sachen nehmen und losgehen. Dieser Streit bringt uns nicht weiter. Sollen sie selbst herausfinden, wie viel es ihnen wert ist, ihre Habseligkeiten zu tragen. Schlag ein Tempo an, bei dem die Frauen und Kinder mithalten können. Und lass mir ein Dutzend Rindge hier. Ich werde schauen, ob ich die Verfolger nicht ein wenig aufhalten kann.«

Der Zwerg warf ihm einen strengen Blick zu und nickte. »Also gut, Hochländer. Aber ich bleibe ebenfalls hier. Keine Widerrede. Wie du schon sagtest, wir haben keine Zeit zu streiten.«

Rasch sprach er mit Obat, der sich sofort an seinen Stamm wandte und die entsprechenden Befehle erteilte. Die Rindge versammelten sich unverzüglich mit ihren Besitztümern. Einige bewaffnete Männer gingen voraus, und ihnen folgten die anderen schweigend auf einem engen Waldpfad in die Berge hinein. Quentin war überrascht, wie schnell der Aufbruch vonstatten ging. Niemand zauderte, niemand schaffte Durcheinander. Jeder schien zu wissen, was er zu tun hatte. Vielleicht waren die Rindge schon oft auf diese Weise geflohen, so dass sie auf die Reise besser vorbereitet waren, als Panax dachte.

Innerhalb von Sekunden hatte sich die Lichtung geleert, nur Quentin, Panax und ein Dutzend Krieger der Rindge waren geblieben. Obat hatte sich ebenfalls zum Bleiben entschieden. Ob dies eine gute Idee war, wusste Quentin nicht, denn Obat war eindeutig der Anführer des Stammes, und ihn zu verlieren könnte für das kleine Volk möglicherweise ein Desaster bedeuten. Allerdings stand die Entscheidung darüber nicht ihm zu, und deshalb sagte er nichts.

Er schaute in die Richtung, in der die Ruinen lagen, und fragte sich, wie viel Zeit ihnen wohl bliebe, bis die Mwellrets und diese krabbelnden Kreaturen sie entdeckten. Vielleicht geschähe das gar nicht so bald, wie er befürchtete. Andere Spuren mochten sie ablenken, und sie folgten vermutlich auch anderen Fährten. Eventuell wählten sie sogar einen Weg, der sie in eine gänzlich falsche Richtung führte. So recht wollte Quentin jedoch nicht daran glauben.

Er dachte über die Fehler nach, die er auf dieser Reise vom Hochland von Leah bis hierher gemacht hatte, an die Chancen, die er hatte verstreichen lassen, und an die zweifelhaften Entscheidungen. Mit hoch gesteckten Erwartungen war er aufgebrochen. Er hatte sich für fähig gehalten, den Lauf seines Lebens selbst zu bestimmen. In dieser Hinsicht war er einer Täuschung unterlegen. Am Ende gelang es ihm gerade, in diesem Meer der Verwirrung, das ihn umspülte, den Kopf oben zu behalten. Er konnte nicht einmal sagen, wen er mit seinem so hochgepriesenen Schwert wirklich beschützen konnte. Auf jeden Fall vermochte er nur jenen damit zu helfen, die das Schicksal zufällig in seiner Umgebung platziert hatte, und unter Umständen nicht einmal diesen.

Die Rindge zählten zu Letzteren. Er könnte sie genauso gut verlassen und weiterziehen, weil sie eigentlich überhaupt nichts mit ihm zu tun hatten, wenigstens nicht mit seinen Gründen, weshalb er nach Parkasia gekommen war, oder mit seinem Versprechen Bek gegenüber. Im Grunde stellten sie für ihn ein Hindernis dar. Sollte sich ihm die Chance bieten, eines der Luftschiffe zu erwischen und einen Weg zu finden, dieses Land zu verlassen, dann war Schnelligkeit von entscheidender Bedeutung. Aber in Folge seines Versagens gegenüber Tamis und Ard Patrinell und bei der Suche nach Bek fühlte er einen zwingenden inneren Drang, wenigstens irgendjemandem erfolgreich zu helfen, gleichgültig wem. Die Rindge boten sich an. Er konnte sich nicht einfach überwinden, sie jetzt zu verlassen. Denn er wollte nicht, dass sie nur wegen ihm leiden mussten.

Für alle, denen er helfen konnte, würde er tun, was in seinen Kräften stand. Wenn ihm das Schicksal nur die Aufgabe zugedacht hatte, die Rindge zu retten, würde ihm das schon genügen.

Panax stand plötzlich neben ihm. »Was nun, Quentin Leah? Wie halten wir diese Ungeheuer von Obats Stamm fern?«

Der Hochländer wünschte, er hätte auf diese Frage die richtige Antwort parat gehabt.

Neun

Als Ahren Elessedil wieder zu Bewusstsein kam, lag er auf der Seite und starrte auf die Stiefel desjenigen, der ihn gefangen genommen hatte. Seine Hände waren auf dem Rücken gefesselt, sein Kopf brummte von dem Hieb, den er hatte einstecken müssen. Auch ohne dass er die Einzelheiten gesehen hatte, wusste er sofort, was sich zugetragen hatte, und Verzweiflung und Niedergeschlagenheit schlugen in einer Welle über ihm zusammen. Während er mit Ryer Ord Star durch die Ruinen schlich, war er in eine Falle der Mwellrets gestolpert, die sie für ihn aufgestellt hatten. Wie hatte er nur so dumm sein können? Nach dem, was er durchgemacht hatte, um die Elfensteine wiederzuerlangen und aus Castledown zu entkommen, wie konnte er sich da so kalt erwischen lassen?

Natürlich gab es auf solche Fragen keine Antwort. Sie zu stellen lud lediglich zu Selbstbeschuldigungen ein, und damit hatte man gar nichts gewonnen.

Er blinzelte, weil seine Augen trocken waren, und versuchte sich aufzusetzen, doch ein schwerer Stiefel stemmte sich gegen seine Brust und drückte ihn wieder nach unten.

»Der kleine Elf bleibt, wo er isst«, zischte eine Stimme.

Ahren blickte zu dem großen Mwellret auf, der sich vor ihm aufgebaut hatte, und nickte. Der Stiefel und mit ihm der Mwellret entfernten sich ein Stück, doch der wachsame Blick wich nicht von ihm. Überall um sich herum sah er Rets stehen, vielleicht ein Dutzend insgesamt, deren schwere Reptilienkörper im Licht der Dämmerung schemenhaft zu erkennen waren. Sie hatten die Köpfe zusammengesteckt und unterhielten sich mit gesenkten, zischenden Stimmen. Niemand schien es eilig zu haben, irgendwohin zu gelangen oder irgendetwas zu erledigen. Offensichtlich warteten sie auf etwas. Er versuchte sich vorzustellen, worauf. Möglicherweise auf die Ilse-Hexe. Sie musste tiefer in die Ruinen vorgedrungen sein. Vielleicht hatte sie sich unter der Erde auf die Suche nach Walker gemacht.

Siedend heiß fiel ihm Ryer Ord Star ein, und aus seiner liegenden Position suchte er die Umgebung ab, so weit sein Blickfeld ihm das erlaubte. Schließlich entdeckte er sie ein wenig abseits, wo sie allein und unbeachtet saß. Lange Zeit starrte er sie an und wartete darauf, dass sie ihn endlich bemerkte, doch sie schaute nie in seine Richtung. Stattdessen hatte sie den Blick zu Boden gerichtet, und ihr Gesicht lag ihm Schatten ihres langen Silberhaars. Er konnte nicht einmal genau sagen, ob sie die Augen geschlossen hatte oder nicht. Sie war nicht gefesselt und wurde, anders als er, nicht von einem Mwellret bewacht. Von ihr schienen die Häscher demnach keinen Fluchtversuch zu erwarten.

Die Situation kam ihm seltsam vor. Sie wirkte ganz und gar nicht wie eine Gefangene.

Er schaute sich weiter um und suchte nach weiteren Besatzungsmitgliedern der *Jerle Shannara,* die das gleiche Schicksal wie er erlitten haben mochten. Aber sonst war niemand da, nur er und Ryer. Verstohlen rutschte er herum und überprüfte, ob er vielleicht auf der anderen Seite jemanden übersehen hatte, doch auch dort sah er nur Mwellrets.

Dann verirrte sich sein Blick am Himmel, und dort entdeckte er die Luftschiffe.

Ahren schnürte sich die Kehle zusammen. Es waren sechs – nein, Augenblick, acht –, die in der Luft schwebten, nicht weit entfernt vom Boden und dem Rand der Ruinen. Ihre Silhouetten zeichneten sich deutlich im Morgenlicht ab. Sie waren so nahe, dass er die Mannschaft sehen konnte, die herumstand, die Mwellrets, die an Strickleitern herunterkletterten, und die Kräne, mit denen tierartige Wesen herabgelassen wurden, die sich wanden und laut fauchten. Im grellen Licht des Sonnenaufgangs erhaschte er nur einige Blicke auf sie, wenn sie über der Reling der Luftschiffe auftauchten und kurz darauf in den Ruinen unten verschwanden, und er konnte nicht genau ausmachen, um was für Kreaturen es sich handelte.

Mwellrets und so viele Luftschiffe. Das wollte ihm nicht in den Kopf gehen. Wo kamen die her, so plötzlich und wie aus dem Nichts? Hatte die Ilse-Hexe sie mitgebracht, sie auf Abstand zur *Schwarzen Moclips* fliegen lassen und so lange verborgen gehalten, bis sie gebraucht wurden? Er versuchte, sich einen Reim darauf zu machen, was ihm jedoch nicht gelang.

Erneut schaute er zu Ryer Ord Star hinüber. Die Seherin hatte immer noch nicht zu ihm herübergesehen, hatte sich nicht gerührt, hatte nichts getan, das darauf hindeutete, dass sie bei Bewusstsein war. Er fragte sich plötzlich, ob sie sich in Trance befand und vielleicht versuchte, mit Walker in Kontakt zu treten. Aber der Druide musste inzwischen tot sein. Schon in der Extraktionskammer hatte er im Sterben gelegen, denn er hatte Unmengen an Blut verloren. Walker hatte sich geopfert, um Antrax zu zerstören. Sogar Ryer musste begriffen haben, dass sie ihn nicht mehr erreichen konnte.

Was also tat sie?

Warum war sie nicht gefesselt wie er?

Er wartete auf Antwort, auf eine Reaktion ihrerseits auf seine stillen Rufe, auf irgendein Zeichen, an dem er ihren Zustand ablesen könnte – ohne Erfolg.

Plötzlich erinnerte er sich an die Elfensteine. Erstaunlicherweise hatte er sie zunächst ganz vergessen, ausgerechnet die einzige Waffe, die ihm zur Verfügung stand. Vielleicht zur Verfügung stand. Bei ihrer Flucht aus den Ruinen hatte er sie sich in sein Gewand gesteckt, in eine Tasche an der Hüfte. Waren sie noch da? Mit den gefesselten Händen würde er sie nicht herausziehen, doch zumindest konnte er von außen feststellen, ob er sie noch bei sich hatte. Die Mwellrets hatten ihn gewiss nach Waffen durchsucht, jedoch nicht nach solchen Steinen. Vermutlich hatten sie keine Ahnung von ihrer Existenz.

Rasch warf er einen Blick in die Runde, aber niemand beachtete ihn. Er wälzte sich auf die andere Seite, bewegte sich dabei langsam und gab sich Mühe, keine Aufmerksamkeit auf sich zu lenken. Während er sich über die harte Erde rollte, überprüfte er, ob sich die Elfensteine irgendwo in seine Haut drückten. Nichts. Er konnte sie nicht finden. Sein Mut sank. Erneut rutschte er herum, ob sie vielleicht irgendwo anders steckten, doch konnte er sie nirgends spüren.

Während er noch suchte, hörte er verschiedene schwere Schritte, heisere Stimmen und tiefes Knurren. Der Mwellret, der ihn eben mit dem Stiefel auf den Boden gedrückt hatte, schlenderte wieder zu ihm herüber, riss ihn mit einem Ruck auf die Beine und stellte ihn aufrecht an eine Mauer.

»Jetzt entscheidet ssich, wass auss dir wird, kleiner Elf«, murmelte der Mwellret.

Ahren blickte hinüber zu Ryer Ord Star. Sie war ebenfalls aufgestanden, war immer noch allein, und immer noch sah sie ihn nicht an. Sie hatte die Arme um ihren schlanken Leib geschlungen und wirkte zart und zerbrechlich. Da ging etwas vor, das er nicht durchschaute, und sie machte keine Anstalten, ihn wissen zu lassen, worum es sich handelte.

Ein Trupp Mwellrets kam auf den Platz marschiert. Die beiden Stämmigsten führten an Ketten die Furcht erregendste Bestie, die Ahren je gesehen hatte. Das Ungeheuer zog und zerrte an der Kette wie ein Hund und knurrte laut. Es lief geduckt auf allen vieren und hatte einen muskelbepackten Körper. Vier menschliche Arme endeten in klauenartigen Fingern, und die breiten Schultern waren mit dichtem schwarzem Haar bedeckt. Der Rumpf war sehnig und so lang, dass die Bestie beinahe sein Hinterteil erreichen konnte, während sie sich wütend drehte und wand und nach den Ketten biss. Der Kopf mit den riesigen Kiefern und den langen, dunklen Zähnen ähnelte dem eines Wolfes. Insgesamt wirkte es wie ein Wesen, das nicht nur zum Jagen, sondern vor allem zum Töten erschaffen worden war.

Als es Ahren entdeckte, machte es einen Satz auf ihn zu, und der Elf drückte sich verängstigt an die Mauer hinter ihm.

Eine große Gestalt in schwarzem Mantel trat dem Ungeheuer in den Weg. Die Bestie katzbuckelte und wich zurück.

Die verhüllte Gestalt sah Ahren an. Der Elf konnte unter der Kapuze kaum das Gesicht seines Gegenübers erkennen. Einst mochte es menschliche Züge gehabt haben, doch jetzt war es flach und ausdruckslos und mit grauen Schuppen bedeckt wie die Rets. Die grünen Augen hatten sich zu schmalen Schlitzen verengt, und von ihnen ging solche Kälte aus, dass Ahren darüber das Wolfwesen vergaß.

»Cree Bega«, rief die Gestalt und wandte den Blick nicht von Ahren ab.

Der Mwellret, der den Elf bewacht hatte, eilte sofort herbei. Obwohl er selbst nicht schmächtiger Statur war, wirkte er neben dem Neuankömmling fast klein. Dennoch brachte er dem anderen durch nichts seinen Respekt zum Ausdruck, nicht durch eine Verbeugung und auch nicht durch ein knappes Nicken. Der Mwellret stand einfach nur mit starrem Blick da.

»Cree Bega«, wiederholte der Verhüllte, und diesmal lag ein bedrohlicher Unterton in seiner Stimme. »Warum lebt dieser Elf noch?«

»Er isst ein Elessssedil und bessitzzt die Macht, die Magie der Elfenssteine zzu beschwören.«

»Hast du das mit eigenen Augen gesehen?«

Cree Bega schüttelte den Kopf. »Aber die Sseherin hat ess mir erzzählt.«

Ahren fühlte sich, als habe man ihm den Boden unter den Füßen weggezogen. Er schaute zu Ryer hinüber, doch die blickte weiterhin ins Leere.

»Sie ist das Werkzeug der Hexe«, verkündete die verhüllte Gestalt leise und sah zur Seherin hinüber.

»Ihre Augen und Ohren an Bord dess Elfenschiffess.« Cree Bega sah Ahren an. »Jetzzt nicht mehr. Gehört jetzzt unss. Dient unss.«

Ahren weigerte sich zu glauben, was er hörte. Ryer Ord Star würde niemals wieder dem Feind dienen, nicht nach allem, was sie durchgemacht hatte, nicht, nachdem sie sich von der Hexe befreit hatte. Sie hatte gesagt, sie würde so etwas nie wieder tun, ja, sie hatte es sogar geschworen.

Benommen beobachtete er, wie die beiden sich von ihm abwandten und hinüber zur Seherin gingen. Vorgebeugt sprach der Verhüllte zu ihr. Ahren konnte die Worte nicht verstehen, doch Ryer Ord Star nickte und antwortete schließlich. Die Unterhaltung dauerte nicht lange, aber offensichtlich gelangte man zu einer Übereinkunft.

Er schob die Ellbogen an den Seiten hinunter und drückte sie an seine Rippen, bewegte sie in die eine Richtung und dann in die andere, und versuchte währenddessen festzustellen, ob die Elfensteine tatsächlich nicht mehr da waren. Leider traf das wohl zu, denn er konnte sie einfach nicht finden.

Gleich neben ihm knurrte das angekettete Ungeheuer und schnappte nach ihm, wollte sich losreißen und kämpfte mit dem ganzen Körper gegen seine Fesseln. Ahren bewegte sich nicht mehr, verhielt sich so still, wie er konnte, und starrte der Bestie in die Augen. Überraschenderweise wirkten die beinahe menschlich.

Die verhüllte Gestalt kehrte von der anderen Seite des freien Platzes zurück, baute sich vor Ahren auf und schaute auf ihn herunter. »Ich bin der Morgawr«, sagte er mit leiser und auf eigenartige Weise liebenswürdiger Stimme, als wollte er Ahren seiner Freundschaft versichern. »Hast du schon einmal von mir gehört?«

Ahren nickte.

»Wie lautet dein Name?«

»Ahren Elessedil«, antwortete er, da er keinen einleuchtenden Grund sah, dies zu verschweigen.

»Der jüngste Sohn von Allardon Elessedil? Warum ist dein Bruder nicht hier?«

»Mein Bruder hat mich an seiner Stelle geschickt. Er wollte einen Elessedil bei der Expedition dabeihaben, doch selbst nicht teilnehmen.«

Der mit dem flachen Gesicht nickte. »Man hat mir berichtet, du könntest die Macht der Elfensteine beschwören, die Kael Elessedil vor dreißig Jahren auf seine Reise mitgenommen hat. Stimmt das?«

Ahren nickte, und Enttäuschung stieg in ihm auf. Ryer Ord Star hatte ihn verraten. Wenn er ihr doch bloß nie vertraut hätte. Im Nachhinein wünschte er sich, er hätte sie in den Katakomben von Castledown zurückgelassen.

»Wo sind die Steine jetzt?«, fragte der Morgawr.

Erstaunt über diese Frage starrte er sein Gegenüber einen Moment lang nur an. Er hatte geglaubt, die Mwellrets hätten sie ihm bei seiner Gefangennahme abgenommen. Oder etwa nicht? Trug er sie möglicherweise noch immer irgendwo am Leibe?

Er durfte nicht mit der Antwort zögern, daher meinte er: »Ich weiß nicht, wo sie sind.«

Das entsprach der Wahrheit, was sehr gut war, da Ahren nicht entging, wie prüfend der Mwellret ihm in die Augen sah. Der Mwellret wusste über die Elfensteine Bescheid, hatte jedoch keine Ahnung, wo sie waren. Wie passte das zusammen? Ahren hatte sie aus Castledown herausgebracht. Er hatte sie versteckt in seinem Gewand bei sich getragen, als er niedergeschlagen wurde. Hatte Cree Bega sie vielleicht für sich behalten? Oder einer der anderen Rets? Würden die so etwas wagen?

Der Morgawr berührte sein Gesicht mit einem seiner schuppigen Finger. »Ich lasse dich lediglich aus dem Grunde am Leben, weil die Seherin mir versichert hat, dass du die Elfensteine benutzen wirst, sobald ich sie gefunden habe. Sie hat doch nicht gelogen, oder?«

Ahren holte tief Luft und schluckte Wut und Angst herunter. »Nein.«

»Ich bin der Mentor der Ilse-Hexe. Ich habe sie ausgebildet, sie alles gelehrt und sie unter meinem Schutz aufgezogen. Zum Dank dafür hat sie mich hintergangen. Sie will die Magie von Castledown für sich selbst behalten. Deshalb bin ich hergekommen, um sie auszulöschen. Du und die Seherin, ihr werdet mir helfen, sie zu finden. Sie ist sehr begabt, doch dem suchenden Licht der Elfensteine kann auch sie sich nicht entziehen. Und auch nicht der Verbindung zu der Seherin. Diese hat die Ilse-Hexe ursprünglich hergestellt, um den Druiden und das Luftschiff zu verfolgen; jetzt benutze ich sie stattdessen, um die Hexe aufzuspüren. Auf die eine oder die andere Art werde ich sie finden. Wenn du mir hilfst, lasse ich dich frei, nachdem ich mit ihr fertig bin.«

Nicht eine Sekunde lang schenkte Ahren ihm Glauben, dennoch entgegnete er nichts.

Die stechenden Augen durchbohrten ihn regelrecht. »Du solltest mein großzügiges Angebot lieber nicht ausschlagen.«

Ahren nickte. So sehr ihn auch das Verschwinden der Elfensteine verwirrte, ihm war klar, was er zu sagen hatte. »Ich werde tun, was ich kann.«

Der Morgawr zog seinen Finger zurück. »Gut. Die Ilse-Hexe ist unter die Erde gegangen, wo sie nach dem Druiden sucht. Die Seherin behauptet, ihr hättet ihn im Sterben liegend zurückgelassen. Das, was diese unterirdische Festung bewacht hat, stirbt ebenfalls, daher brauchen wir uns vor nichts zu fürchten. Du wirst uns hinunterführen.«

Ein kalter Schauer lief Ahren über den Rücken. Auf keinen Fall wollte er nach Castledown zurückkehren, und schon gar nicht, um dem Morgawr zu helfen. Aber wenn er sich weigerte, würde man ihn zwingen, und vor allem würde man ihn aufmerksamer bewachen. Falls man ihn nicht schlicht umbrachte. Es war besser, zunächst einmal zu tun, was man von ihm verlangte, und den Wünschen des Morgawrs nachzukommen. Antrax' Sterben hatte bereits begonnen, als Ryer und er durch die Gänge hinaufgegangen waren, und inzwischen würde er, ebenso wie Walker, tot sein. Was schadete es also, nochmals in die Katakomben hinabzusteigen?

Trotzdem behagte ihm die Vorstellung nicht. Er sah hinüber zu Ryer Ord Star, die allerdings wieder auf den Boden starrte, und ihr Gesicht verschwand im Schatten ihres langen Haares. Vermutlich hatte sie längst zugestimmt. Als sie sich mit dem Morgawr und den Mwellrets verbündet hatte, musste sie im selben Moment versprochen haben, die Ilse-Hexe zu suchen. Sie hatte immerhin gute Gründe, die Hexe zu hassen, jedoch keinen Anlass, Ahren oder der restlichen Besatzung der *Jerle Shannara* Leid zuzufügen. Begriff sie denn nicht, dass der Morgawr und Cree Bega keinen Deut vertrauenswürdiger waren als die Hexe selbst? Zu glauben, sie mache mit diesen finsteren Gesellen gemeinsame Sache, fiel ihm schwer.

»Schneid ihn los«, befahl der Morgawr Cree Bega, und seine seidenweiche Stimme klang irgendwie tröstend und beruhigend.

Der Mwellret schnitt die Seile durch, mit denen Ahrens Handgelenke aneinandergefesselt waren, und der Elfenprinz rieb sich die Haut, damit das angestaute Blut wieder zu zirkulieren begann. Er strich seine Kleidung glatt und suchte dabei unauffällig ein letztes Mal nach den Elfensteinen. Vielleicht waren sie ja nur irgendwie verrutscht. Rasch fuhr er nochmals mit den Händen an seinen Seiten hinunter. Nichts. Die Elfensteine waren und blieben verschwunden.

Der Morgawr brach auf, winkte Ahren mit sich, schickte Cree Bega mit einer Geste zu Ryer und rief den anderen Mwellrets Anweisungen zu. Ahren folgte ohne Zaudern, rieb sich weiter die Handgelenke und stellte Überlegungen an, wie ihm vielleicht die Flucht gelingen könnte. Er würde eine Möglichkeit finden, redete er sich ein. Bei dieser Geschichte würde er nur so lange mitspielen, wie es unbedingt notwendig war. Bei nächster Gelegenheit würde er dem Morgawr und seinen Rets entfliehen und die Suche nach seinen verschollenen Freunden wieder aufnehmen.

Wehmütig schaute er zu Ryer Ord Star hinüber, die gebeugt vor sich hin ging und ihn immer noch nicht ansah. Er wollte zu ihr, aber sofort stellte sich ihm der Morgawr in den Weg.

»Glaub nicht, ich würde nicht mehr auf dich aufpassen, nur weil ich dir die Fesseln abgenommen habe«, sagte er leise. »Wenn du einen Fluchtversuch wagst oder wenn du nicht tust, was ich sage, hetze ich den Caull auf dich.«

Er deutete auf das wölfische Tier, das der Truppe vorauslief und die Mwellrets mit den Ketten wie leblose Spielzeuge hinter sich herzerrte.

»Keine Geheimnisse, keine faulen Tricks, keine Dummheiten, Elfenprinz«, warnte ihn der Morgawr in diesem sanften, stillen Ton. »Verstanden?«

Ahren nickte und konnte den Blick nicht von dem Caull abwenden.

Der Morgawr berührte Ahrens Wange mit dieser eigentümlichen, liebkosenden Geste. »Du hast nicht richtig begriffen. Noch nicht. Das wird schon kommen. Dafür werde ich sorgen.«

Erneut ging er voran, und Ahren rieb sich die Wange, um das unangenehme Gefühl loszuwerden, das die Schuppen auf seiner Haut hinterlassen hatten. Er hatte keine Ahnung, auf welche Weise ihm die Flucht glücken könnte. Was immer ihm auch einfiele, der erste Versuch musste gelingen, denn er würde nur eine einzige Chance erhalten. Dennoch würde er nicht fortrennen, ohne die Elfensteine wieder in seinen Besitz gebracht zu haben. Sie zu finden und ihre Macht zu beschwören hatte ihn verändert. Durch sie hatte er seine Feigheit überwunden und auf diese Weise ein Stück von dem Mann entdeckt, der zu werden er stets gehofft hatte. Mut und Willensstärke hatte er gefunden, und das wollte er nicht mehr verlieren. Doch ohne die Elfensteine würde genau das vermutlich passieren.

Sein Blick schweifte zum Horizont, wo die Luftschiffe schwebten. Im Westen war eine schwarze Wolkenwand aufgezogen. Außerdem sank die Temperatur. Ein Sturm nahte, und zwar offenbar ein starker.

Sie drangen tiefer in die Ruinen ein und folgten dem Weg, den er mit der Seherin gekommen war. Der Caull und seine Mwellrets gingen voraus, Ryer Ord Star und der Morgawr, der den Platz mit Cree Bega getauscht hatte, waren gleich hinter ihnen und flüsterten miteinander, als würden sie gemeinsam eine Verschwörung planen. Cree Bega stieß Ahren in den Rücken und drängte ihn aufzuschließen. Der Elfenprinz verdrängte die düsteren Grübeleien und beschleunigte seine Schritte, bis er hinter der Seherin ging, so nah, dass er sie hätte berühren können.

Schau mich an, dachte er. *Sag etwas.*

Weder das eine noch das andere tat sie. Es war, als wäre er überhaupt nicht anwesend, so wenig schien ihr seine Gegenwart zu bedeuten. Ihn beschlich der Gedanke, dass sie ihn absichtlich ignorierte. War ihr Schuldgefühl, weil sie ihn verraten hatte, so stark? Anscheinend hatte sie die Absicht aufgegeben, sich zu bessern, und verwandelte sich in das Wesen zurück, zu dem sie in den Diensten der Hexe geworden war. Offensichtlich war ihr Sinn für Treue gemeinsam mit dem Tod von Walker gestorben. Das begriff er einfach nicht.

Dann zeigte sie dem Morgawr etwas in den Ruinen, und während der Zauberer sich in die angegebene Richtung drehte, stolperte sie, verlor das Gleichgewicht und fiel rückwärts gegen Ahren. Er fing sie aus einem Reflex heraus auf und stützte sie. Ohne ihn anzuschauen, richtete sie sich auf und stieß ihn zur Seite.

Das Ganze dauerte nur Sekunden, und schon ging Ryer Ord Star wieder neben dem Morgawr. Doch in dieser kurzen Zeit, als sie so nahe zusammen gewesen waren, hatte sie ihm zwei Worte zugeflüstert.

Vertrau mir.

Zehn

Keine Viertelmeile entfernt hockte Bek Ohmsford in dem tiefen Schatten, den zwei halb eingestürzte Mauern bildeten, und wartete auf Truls Rohks Rückkehr. In der frühmorgendlichen Stille hörte er deutlich die Schritte der Mwellrets und derjenigen, die sich bei ihnen befanden. Die Luftschiffe, die in einiger Entfernung über den Ruinen schwebten, hatte er schon früher entdeckt, dunkle Rümpfe und Masten, denen jegliche Abzeichen und Flaggen fehlten. Er hatte zugeschaut, wie sie die Mwellrets ausspuckten und dazu Bestien, die dem Caull ähnelten, mit dem seine Schwester den Gestaltwandler und ihn selbst aufgespürt hatte. Dementsprechend wusste er, dass sie in Schwierigkeiten steckten.

Truls Rohk war losgezogen, um sich die Sache aus der Nähe anzusehen. Bisher war er nicht zurückgekehrt.

Bek schloss seine Hand fester um Griannes und versicherte sich mit einem Blick, dass es ihr gut ging. Nun, zumindest versicherte er sich, dass sich ihr Zustand nicht geändert hatte. Sie hockte neben ihm in der Dunkelheit, sagte kein Wort und starrte ins Leere. Er hatte ihr die Kapuze abgenommen, damit ein wenig Licht an ihr Gesicht gelangen konnte. Hier im Schatten wirkte ihre bleiche Haut gespenstisch, und ihre eigenartig blauen Augen nahmen nichts wahr. Sie gehorchte seinen Anweisungen, reagierte ansonsten jedoch in keiner Weise auf ihre Umgebung. Bislang hatte sie kein Wort gesagt und ihn auch nicht angeblickt. Er wusste nicht viel über Katatonie und wie man sie davon befreien konnte, doch hatte sie vermutlich große emotionale oder seelische Qualen erlitten, die diesen Schockzustand ausgelöst hatten. Nachdem sie diese bewältigt hätte, würde sie aus ihrer Bewusstlosigkeit erwachen, hatte Walker gesagt. Inzwischen war Bek nun schon einige Stunden mit ihr zusammen und konnte das kaum mehr glauben.

»Grianne«, sagte er leise.

Er berührte sie mit der freien Hand an der Wange und strich über die glatte Haut. Sie zeigte keine Reaktion. Er wünschte, es gäbe etwas, das er für sie tun könnte, denn er konnte sich durchaus vorstellen, wie es für sie gewesen sein musste, sich der Wahrheit über sich selbst zu stellen. Die Magie des Schwertes von Shannara hatte den Schleier aus Lügen und Täuschungen zerrissen und das Licht eingelassen, das sie über so viele Jahre hinweg ausgesperrt hatte. Es war gewiss unerträglich, wenn man sich selbst plötzlich sehen musste, wie man wirklich war, nachdem man so viele Gräuel und so viele scheußliche und entsetzliche Taten begangen hatte. Kein Wunder, dass sie sich derartig weit in sich selbst zurückgezogen hatte. Doch wie konnte man ihr helfen?

Truls Rohk meinte, sie sollten ihr überhaupt nicht helfen. Der Gestaltwandler betrachtete sie keineswegs mit anderen Augen, nur weil sie jetzt hilflos war und gegenwärtig keine Gefahr für sie darstellte. Denn weiterhin sah er das Ungeheuer in ihr schlummern. Sobald sie erwachte, würde sie bestimmt einen mörderischen Zornesausbruch haben. Die Magie des Talismans würde das nicht unbedingt verhindern, weil sie nicht notwendigerweise zu Charakterveränderungen bei seiner Schwester führte. Es gab keine Garantie, dass sie nicht die Alte geblieben war. Realistisch betrachtet musste man eigentlich sogar davon ausgehen.

Bek bestritt diese Möglichkeit auch gar nicht. Auf ihrem Weg durch die unterirdischen Gänge von Castledown nach oben zu den Ruinen hatte er zu dieser Angelegenheit geschwiegen. Walker hatte ihnen Grianne anvertraut – sie sollten um jeden Preis für ihre Sicherheit sorgen und sie nach Hause bringen, sie sollten akzeptieren, dass sie auf bisher nicht ersichtliche Weise von großer Wichtigkeit für die Zukunft war. Es spielte keine Rolle, was Truls Rohk über sie dachte; es war gleichgültig, was er eigentlich glaubte. Der Druide hatte sie zu dem Versprechen gedrängt, sie zu beschützen, und der Gestaltwandler hatte es Walker gegeben. Ob er wollte oder nicht, Truls Rohk war an sein Wort gebunden.

Auf jeden Fall hielt Bek es für besser, die Angelegenheit in dieser Hinsicht auf sich beruhen zu lassen. Wenn es dem Druiden, wenn auch im Sterben, nicht gelungen war, den Gestaltwandler von Griannes Wert zu überzeugen, so würde Bek das jetzt erst recht nicht gelingen. Zumindest nicht im Augenblick. Vielleicht würde sich mit der Zeit eine Möglichkeit ergeben. Vielleicht. In der Zwischenzeit war es zunächst von größter Wichtigkeit zu überleben.

Er holte tief Luft und versuchte, die Panik zu unterdrücken, die angesichts der schwindenden Aussichten, dieses Ziel zu erreichen, in ihm aufstieg. Sie hatten sich aus der einen Falle befreit und standen nun vor der nächsten. Antrax, die Kriecher und die Feuerstrahlen waren verschwunden, dafür hatten sie es nun mit feindlichen Luftschiffen und Mwellrets zu tun. Unwillkürlich kam man zu dem Schluss, dass die irgendwie mit seiner Schwester verbündet sein mussten. Es wäre ein zu großer Zufall, wenn sie aus einem anderen Anlass den weiten Weg hierher auf sich genommen hätten. Cree Bega hatte sich inzwischen den Neuankömmlingen angeschlossen und ihnen über seine, Beks, Anwesenheit berichtet. Bestimmt suchten sie nach ihm und demjenigen Unbekannten, der ihm die Flucht von der *Schwarzen Moclips* ermöglicht hatte. Wenn er weiterhin hier hocken blieb, würden sie ihn bald entdecken. Truls sollte sich lieber beeilen.

Als hätte der Gestaltwandler seine Gedanken gehört, tauchte er auf der anderen Seite des Wegs auf und glitt wie ein Phantom durchs Licht, schwärzer als die Schatten, aus denen er kam. Der verhüllende Mantel wallte leicht mit den Bewegungen seines Körpers, und Truls hockte sich neben den Jungen.

»Wir haben neue Schwierigkeiten«, verkündete er. »Die Luftschiffe werden vom Morgawr befehligt. Er hat Mwellrets, Caulls und Männer mitgebracht, wobei Letztere sich bewegen wie hölzerne Marionetten. Außer den Luftschiffen hier vor uns verfolgen ein Dutzend weitere die *Jerle Shannara* und die *Schwarze Moclips*.«

»Die *Schwarze Moclips?*« Verwundert schüttelte Bek den Kopf.

»Frag mich nicht, Junge. Ich habe keine Ahnung, was an Bord des Schiffes vor sich gegangen ist, seit wir geflohen sind, aber anscheinend haben die Rets es geschafft, die Kontrolle darüber zu verlieren. Irgendjemand hat sich an Bord geschlichen und das Schiff übernommen, ist mit ihr aufgestiegen und direkt vor ihrer Nase davongesegelt. Vielleicht ist das eine gute Nachricht für uns. Allerdings haben wir im Augenblick wenig Nutzen davon.«

Der Lärm, den ihre Verfolger verursachten, drang bis zu Bek vor, doch er zwang sich, Ruhe zu bewahren. »Jetzt jagen sie uns also, folgen unseren Spuren oder unserer Witterung und setzen diese Caulls ein?«

Truls Rohk lachte. »Weiter könntest du nicht daneben liegen. Wir sind ihnen vollkommen gleichgültig! Sie haben es auf die Hexe abgesehen! Irgendwie hat sie den Morgawr zu der Überzeugung gebracht, sie wolle die Magie für sich allein – oder zumindest glaubt er, sie sei zu gefährlich geworden, um ihr weiterhin zu vertrauen. Deshalb ist er gekommen, um sich die Magie zu holen. Er hat noch gar nicht begriffen, dass es keine Magie mehr gibt und dass sich die Sache mit der Hexe schon von allein erledigt hat! Kein schlechter Witz. Er verschwendet seine Zeit und weiß es nicht einmal.«

Der Kopf in der Kapuze wandte sich Grianne zu. »Sieh sie dir an. Sie ist so tot, als hätte sie aufgehört zu atmen. Der Druide glaubt, sie habe in diesem Spiel eine Rolle zu spielen, ich dagegen denke, im Sterben war er verblendet und nicht mehr bei klarem Verstand. Das alles sollte zu einem guten Ende kommen, und er wünschte sich etwas, das die Opfer und die vergeudeten Chancen rechtfertigt. Nur genügt der fromme Wunsch allein nicht. Mit der Zerstörung von Antrax hat er vernichtet, weswegen er hergekommen ist. Die Bücher der alten Welt sind verloren. Wir halten nichts in den Händen. Gar nichts!«

»Vielleicht sehen wir es einfach nicht«, widersprach Bek leise. Er hörte das Fauchen und Knurren des nahen Caulls. »Komm, wir müssen fort von hier.«

»Ja, Junge, damit hast du endlich einmal Recht.« Harte Augen starrten ihn aus dem Schatten der Kapuze an, glänzender Stein in einem Meer wirbelnder Nebel und fester Körperstücke. »Sie jedoch sollten wir nicht mitnehmen.« Er deutete auf Grianne. »Überlass sie dem Morgawr. Soll der mit ihr anstellen, was er will. Er wird uns dann nicht länger belästigen. Schließlich hat er es nur auf sie abgesehen.«

»Nein«, erwiderte Bek sofort.

»Wenn wir sie mitnehmen, wird er uns weiterhin verfolgen, überall ins Landesinnere, wohin wir uns auch wenden, wo immer wir uns auch verstecken. Wenn sie uns finden konnte, wird es ihm genauso gelingen. Früher oder später. Sie ist für uns ein Klotz am Bein, den wir nicht schleppen müssen.«

»Wir haben Walker versprochen, sie zu beschützen!«

»Wir haben es dem Druiden versprochen, damit er in Frieden sterben konnte.« Truls Rohk spuckte aus. »Aber es war ein törichtes Versprechen, und es wurde nur aus diesem einen Grund gegeben. Wir brauchen sie nicht. Und wir wollen sie nicht. Sie ist nicht von Nutzen für uns und wird es niemals sein. Alles, was sie war, hat sie zerstört. Sie wird nicht einfach als deine neugeborene, alte Schwester zurückkommen; und es wird keine glückliche Familienzusammenführung geben. Wenn du dir etwas anderes einbildest, ist das reine Torheit.«

Bek schüttelte den Kopf. »Ich lasse sie nicht im Stich. Du kannst machen, was du willst.«

Einen Augenblick lang dachte Bek, Truls Rohk würde auch genau das tun. Der Gestaltwandler wurde so ruhig wie Schatten in einer windstillen Nacht, wurde zu einer dunklen Gegenwart und einer im Verborgenen lauernden Bedrohung. Bek spürte die Spannung in ihm, eine Art singender Laut, eher ein Vibrieren als etwas Hörbares, eine Sehne, die am Bogen stramm gezogen wird.

»Es macht dir einfach Spaß, lästig zu sein«, flüsterte Truls Rohk. »Bist du überhaupt nicht in der Lage, vernünftig zu handeln?«

Bek hätte beinahe gelacht, weil der Gestaltwandler die Worte so ernst und doch voller Ironie sprach. Langsam schüttelte er den Kopf. »Sie ist meine Schwester, Truls. Außer mir hat sie niemanden, der zu ihr steht.«

»Du wirst eine große Enttäuschung mit ihr erleben. Sie wird sich nicht als das erweisen, was du erwartest.«

Bek nickte. »Das nehme ich auch an. Bisher hattest du jedenfalls Recht.« Er wich dem Blick des Gestaltwandlers nicht aus. Der Lärm der Verfolger wurde lauter. »Können wir jetzt gehen?«

Truls Rohk starrte ihn noch einen Augenblick an, als wolle er eine Entscheidung treffen. Dann trat er vor, vollkommen schwarz selbst im hellen Morgenlicht, packte Grianne wie eine Stoffpuppe und klemmte sie sich unter den Arm.

»Versuch mit mir mitzuhalten, Junge«, sagte er. »Einen von euch zu tragen ist Last genug.«

Damit sprang er auf die Reste einer Mauer und balancierte darüber wie ein Seiltänzer auf einem Jahrmarkt, wobei er eine geduckte Haltung einnahm und sich sehr rasch bewegte. Bek sah ihm einen Augenblick lang hinterher, während er die Wärme der Hand seiner Schwester noch spürte, dann eilte er los.

Ahren Elessedil lauschte mit wachsender Sorge dem Knurren des Caulls, das wütender wurde, während er die Truppe des Morgawrs tiefer in die Ruinen führte. Bestimmt war die Bestie auf eine Spur oder eine Witterung gestoßen, die sie erkannte und der sie folgen wollte. Trotzdem wurde der Caull nicht von der Kette gelassen. Auch zollte der Morgawr ihm nicht viel Aufmerksamkeit; stattdessen widmete er sich Ryer Ord Star, mit der er sich intensiv unterhielt. Was erzählte sie ihm nur? Die geflüsterten Worte entmutigten den jungen Elfen und riefen sein Misstrauen hervor. Sie hatte ihn gebeten, ihr zu vertrauen, doch nichts getan, um dieses Vertrauen zu rechtfertigen. Zumindest hätte sie versuchen sollen, ihre Feinde in die falsche Richtung zu führen, doch sie ging genau den Weg zurück, den sie gekommen waren, zurück zum Eingang des unterirdischen Labyrinths, in dem sie Walker verlassen hatten.

Da sie sich so offensichtlich zur Verbündeten des Morgawrs gemacht hatte, fiel es dem Elfen schwer, ihr tatsächlich Vertrauen zu schenken.

Mittlerweile ging es rasch durch den Schutt voran, auf die Öffnung zu, die ins Innere von Castledown führte. Den Lauten des Caulls zufolge, der die Schnauze dicht an den Boden drückte und sich kaum mehr im Zaum halten ließ, war derjenige, den sie suchten, offensichtlich vor kurzem hier entlanggekommen. Kurz fragte sich Ahren, ob es ihre eigene Fährte sein mochte, auf die der Caull gestoßen war, doch dann wäre diese Bestie weitaus dümmer, als der Elf zu glauben bereit war. Da der Morgawr nach der Ilse-Hexe suchte, würde er dem Caull etwas von ihr gegeben haben, damit er ihre Witterung aufnehmen konnte. Natürlich konnte sie den gleichen Weg gegangen sein und ihn und Ryer trotzdem in den Katakomben verfehlt haben.

Vorsichtig und aneinander gedrängt schoben sie sich durch den Eingang. Überall lagen reglose Kriecher. Die flammenlosen Lampen brannten immer noch und erzeugten einen schwachen gelben Schein an den Wänden der Gänge, trotzdem zündeten die Mwellrets Fackeln an. Das rauchende Licht verlieh den leeren Korridoren eine gespenstische Atmosphäre. Die Truppe drang ins Innere der Erde vor.

Mehrmals dachte Ahren, er sollte einfach die Flucht ergreifen, aber die Furcht und der gesunde Menschenverstand hielten ihn davon ab, solchen Impulsen nachzugeben. Er brauchte eine bessere Gelegenheit, und er musste vor allem herausbekommen, was Ryer Ord Star im Schilde führte. Außerdem wollte er erfahren, wer die Elfensteine genommen hatte, damit er sie sich vielleicht zurückholen konnte. Zwar hatte er bislang keine ausdrückliche Entscheidung diesbezüglich getroffen, doch inzwischen war ihm klar, dass er ohne die Steine nicht in die Vier Länder heimkehren würde. Sicherlich war es schon optimistisch, überhaupt an Heimkehr zu denken, dennoch schoss ihm dieser Gedanke jetzt durch den Kopf. Nur dadurch vermochte er sich auch von der gegenwärtigen, äußerst misslichen Lage abzulenken, und wenn er sich nicht auf irgendetwas konzentrierte, so fürchtete er, würde ihm der schwindende Mut bald gänzlich abhanden kommen.

Lange Zeit gingen sie so weiter, immer dem Weg nach, den Ryer und er bereits einmal in die andere Richtung genommen hatten, und sie folgten denselben Gängen hinunter ins Innere von Castledown. Gelegentlich hörte man aus der Ferne Geräusche, doch nichts und niemand versperrte ihnen den Weg. Antrax und Castledown hatten sich in der Zeit rückwärts bewegt und sich zum Rest der Alten Welt gesellt, der tot und auf ewig verloren war.

Schließlich erreichten sie den höhlenartigen Raum, wo Antrax seine Kraft gespeichert hatte, und fanden ihn leer vor. Walker war verschwunden. Dunkel und klebrig trocknete sein Blut in Lachen auf dem Metallboden. Überall lagen Metallstücke oder abgerissene Kabel herum, und Flüssigkeiten tropften trüb und zäh aus Tanks und Leitungen. Die Gerüche von Blut und anderen Dingen ließen den Caull aufgeregt hierhin und dorthin springen, doch er fand niemanden. Der Morgawr durchstöberte die Höhle, schaute sich alles genau an und hielt sich derweil zur übrigen Gruppe auf Abstand. Er stocherte an den Kriechern herum, trat nahe an die beiden riesigen Zylinder heran und betrat die Extraktionskammer, wo er sich lange Zeit allein aufhielt. Ahren beobachtete die anderen, insbesondere jedoch Ryer Ord Star. Sie stand nur einige Meter von ihm entfernt und starrte ausdruckslos ins Leere. In seine Richtung blickte sie nicht ein einziges Mal. Falls sie seine Blicke spürte, reagierte sie jedenfalls nicht darauf.

Nachdem der Morgawr seine Untersuchung beendet hatte, kam er aus der Extraktionskammer und scheuchte Cree Bega mit einem ungeduldigen Zischen voran. Der Caull lief an der Spitze und zerrte mit dem massigen Körper niedergeschlagen an den Ketten. Sie folgten jetzt einer neuen Richtung. Die Ilse-Hexe war hier gewesen, das wusste Ahren irgendwie. Zwar hatte es ihm niemand gesagt, aber das Verhalten des Morgawrs, der den neuen Gang entlang eilte, ließ nur diesen einen Schluss zu. Vielleicht hatte er sie einfach nur knapp verpasst. Er fragte sich, was wohl aus Walker geworden war. Selbst wenn die Hexe ihn gefunden hätte, so würde es ihr an der Kraft gemangelt haben, ihn allein zu transportieren.

Es sollte nicht lange dauern, bis er die Antwort erhielt. Sie zogen durch ein Labyrinth leerer, halbzerstörter Gänge, bis sie in eine riesige Höhle mit einem unterirdischen See gelangten. Im schwachen Schein der phosphoreszierenden Felswände führte die Blutspur weiter bis zum Rand des Sees, bildete dort abermals eine Lache und verschwand dann. Die Oberfläche des Wassers war still und vollkommen glatt. Von Walker war nichts zu sehen.

Der Morgawr blickte einen Moment lang auf den See hinaus und schlang den schwarzen Mantel eng um sich. Niemand getraute sich zu sprechen, und niemand wagte sich in seine Nähe.

»Tretet zurück von mir«, befahl er nach einer Weile.

Sie gehorchten, und Ahren beobachtete, wie sich schuppige Arme aus dem Mantel des Morgawrs schoben und in raschen Bewegungen verwobene Muster und Symbole in die Luft malten. Ein grünliches Licht strahlte von seinen Fingerspitzen aus und hinterließ eine Spur von smaragdgrünem Feuer. Die Stille der leeren Höhle wurde vom Wispern eines Phantomwindes erfüllt, und aus den Tiefen des Sees erhob sich ein tiefes, hässliches Zischen, eine Warnung und eine Reaktion auf die Beschwörung des Morgawrs. Dennoch fuhr der Zauberer mit seinem Tun fort, die Robe wallte um den dunklen Körper auf, und Gischt spritzte vom Wasser auf. Blasse Bilder erschienen, Schatten, die vom Licht der Magie erzeugt wurden und in einem Moment auftauchten, im nächsten wieder verschwunden waren. Ahren hatte keine Ahnung, wer das sein sollte; er wusste nicht mal sicher, ob seine Sinne ihm nicht einen Streich spielten. Dennoch glaubte er einmal Stimmen zu hören, heiseres Flüstern. Und einmal, dessen war er sich sicher, vernahm er Schreie.

Dann frischte der Wind auf, und die Fackeln erloschen. Die Mwellrets wichen einige Schritte zurück auf den Eingang der Höhle zu. Ahren ging mit ihnen. Nur Ryer Ord Star blieb auf ihrem Platz, hob den Kopf, und ihr kindliches Gesicht zeigte eine grimmige Miene, während sie in den See und die Dunkelheit jenseits der Wasseroberfläche starrte. Sie sah ebenfalls etwas, dachte Ahren – vielleicht die eigentümlichen Bilder, vielleicht ganz andere Dinge.

Endlich kamen die Hände des Morgawrs zur Ruhe, der Wind und der Lärm erstarben, und der See wurde still. Der Morgawr wandte sich vom Ufer ab und ging zu seinen Rets, die wachsam am Höhleneingang standen, dabei winkte er die Seherin mit sich, als er an ihr vorbeikam. Gehorsam folgte sie ihm.

»Der Druide ist tot«, verkündete er bei seinem Eintreffen.

Als es nun jemand laut aussprach, verlieh dies der eigentlich bekannten Tatsache neues Gewicht. Ahren hielt den Atem an, und plötzlich fühlte er sich jeglicher Hoffnungen beraubt, diesen schrecklichen Ort und dieses wilde Land je zu verlassen.

Der Morgawr schaute ihn an und schätzte seine Reaktion ab. »Unsere kleine Ilse-Hexe lebt allerdings.« Er fixierte Ahren weiterhin mit seinen gefährlichen Augen. »Sie ist gekommen und wieder gegangen, und sie war nicht allein. Dieser Junge, den du von der *Schwarzen Moclips* entfliehen lassen hast, Cree Bega, ist bei ihr – und noch jemand, dessen Namen ich jedoch nicht kenne.« Er zögerte. »Kennst du ihn, Elfenprinz?«

Ahren schüttelte den Kopf. Er wusste nicht, wer bei Bek sein könnte, wenn nicht Tamis oder einer der anderen Elfen.

Der Morgawr trat vor ihn und strich ihm über die Wange. Die Luft in der Höhle wurde mit dieser Berührung kälter, und die Stille tiefer. Ahren zwang sich, nicht zurückzuweichen und den Abscheu und die Furcht zu unterdrücken, welche die Berührung bei ihm auslöste. Das Kribbeln auf der Haut hielt einen Moment an, dann löste es sich auf wie ein Schweißtropfen, der über die Haut rinnt.

»Sie haben den Druiden hierher zum Wasser gebracht und den Schatten seinen Vorfahren überlassen.« Die Befriedigung des Morgawrs war spürbar. »Und die haben ihn sich dann geholt, scheint es. Sie haben seine Leiche mit in das Wasser dieses Sees genommen. Walker gibt es nicht mehr. Druiden gibt es nicht mehr. Nach all den Jahren sind sie endlich alle fort.«

Er wandte den Blick von Ahren ab. »Bleibt also die Hexe«, flüsterte er, mehr an sich selbst als an die anderen gerichtet. »Sie ist möglicherweise nicht mehr so stark wie früher. Irgendetwas stimmt nicht mit ihr, das spüre ich an ihren Bewegungen, an der Art, wie sie sich von den anderen beiden an den Händen führen lässt. Sie ist nicht mehr, was sie zuvor war. Ich fühlte es, als ich die Spuren ihrer Anwesenheit betrachtete. Sie scheint zu schlafen.«

»Ssie täuscht ess nur vor«, meinte Cree Bega leise. »Ssie will unss verwirren.«

Der Morgawr nickte. »Möglicherweise. Sie ist klug. Aber welchen Grund könnte sie dafür haben? Sie weiß schließlich nichts von meiner Anwesenheit. Und wenn, ahnt sie nicht, aus welchem Grund ich hier bin. Sie hat keinen Anlass, irgendetwas vorzutäuschen. Und keinen Anlass zur Flucht. Dennoch ist sie verschwunden. Wohin?«

Einen Augenblick lang antwortete niemand darauf. Sogar der Caull war verstummt, kauerte auf dem Boden der Höhle, hatte den großen Kopf gesenkt und die wilden Augen zu Schlitzen zusammengekniffen, als warte er auf neue Befehle.

»Vielleicht isst ssie an Bord dess Luftschiffss«, schlug Cree Bega vor.

»Die *Schwarze Moclips* wurde von ihren Feinden gekapert«, erwiderte der Morgawr. »Die würden alles tun, nur sich niemals mit ihr einlassen, Cree Bega. Außerdem hatte sie keine Zeit, sie zu erreichen, ehe sie vor uns geflohen sind. Nein, sie ist zu Fuß mit dem Jungen und diesem Dritten unterwegs – demjenigen, der ihn vom Schiff gerettet hat. Sie ist zu Fuß unterwegs und hat keinen großen Vorsprung vor uns.«

Abrupt wandte er sich erneut Ahren zu, und diesmal überwältigte die Bedrohlichkeit in der Stimme den jungen Elfen, so dass er erstarrte.

»Wo sind die Elfensteine, Elfenprinz?«, flüsterte der Zauberer.

Die Frage überraschte Ahren. Wortlos starrte er sein Gegenüber an.

»Du hast sie gehabt, nicht wahr?« Die Worte lasteten auf dem Jungen wie Steine. »In dieser Kammer, wo der Druide tödlich verletzt wurde, hast du sie benutzt. Du warst dort und wolltest ihn retten. Hast du geglaubt, ich würde es nicht erfahren? Die Magie der Elfensteine habe ich sofort gespürt, und in der Luft habe ich überall Rückstände gefunden. Was ist mit den Elfensteinen passiert, kleiner Junge?«

»Ich weiß es nicht«, antwortete Ahren, da ihm etwas Besseres nicht einfiel.

Der Morgawr lächelte Cree Bega an. »Hast du ihn durchsucht?«

»Ja, gewissss«, antwortete der Mwellret achselzuckend. »Der kleine Elf hatte ssie nicht.«

»Vielleicht hat er sie vor dir versteckt?«

»Er hatte keine Zzeit, ssie zzu versstecken. Ssst. Hat ssie verloren, könnte ssein.«

Darüber dachte der Morgawr einen Moment lang nach. »Nein. Jemand anderes hat sie.« Sein Blick wanderte zu Ryer Ord Star. »Unsere stille kleine Seherin womöglich?«

Cree Bega grunzte. »Habe ssie ebenfallss durchssucht. Keine Ssteine.«

»Dann kann sie nur die kleine Hexe haben. Oder der Junge, der bei ihr ist.« Er hielt inne. »Oder der Druide hat sie mit in die Unterwelt genommen, und niemand wird sie jemals wieder zu Gesicht bekommen.«

Diese Vorstellung bekümmerte ihn offensichtlich wenig. Eigentlich wirkte er gänzlich unberührt. Ahren betrachtete das flache, leere Gesicht, während der Morgawr ein letztes Mal zum unterirdischen See schaute. Dann sah er Ahren wieder in die Augen.

»Junge, ich brauche dich nicht mehr.«

In der Höhle wurde es so still, als wäre keine lebendige Seele mehr anwesend, als hätten sich die Umstehenden, die abwarteten, was nun geschehen würde, in Stein verwandelt. Ahren spürte sein Herz in der Brust klopfen und sein Blut durch die Adern rauschen; er hörte, wie er zischend atmete.

»Vielleicht doch«, sagte Ryer Ord Star plötzlich. Alle wandten sich zu ihr um. Sie hatte den Morgawr fixiert. »Der Druide hat den Prinzen mit auf die Reise genommen, weil der König darauf bestand, aber auch, weil der Druide ihn darüber hinaus für wichtig hielt. Das habe ich in einer Vision gesehen. Eines Tages wird Ahren Elessedil König der Elfen sein.«

Sie zögerte. »Unter der richtigen Anleitung würde er vielleicht *dein* König sein.«

Solche Spekulationen hatte Ahren nie zuvor gehört, und sie jetzt zu vernehmen gefiel ihm ebenfalls nicht, insbesondere angesichts der

Wendung, die die Seherin ihnen gab. Schockiert starrte er sie an. Er gab sich keine Mühe, seine Gefühle zu verbergen, die mächtige Mischung von Emotionen, die er kaum mehr im Zaum halten konnte. *Vertrau mir,* hatte sie ihn gedrängt. Nur aus welchem Grund sollte er das tun?

Der Morgawr bedachte den Vorschlag und nickte schließlich. »Vielleicht.« Er deutete vage auf das Mädchen. »Du möchtest deinen Wert unter Beweis stellen, indem du dein Wissen mit mir teilst, kleine Seherin. Das gefällt mir.«

Nun schaute er Ahren an. »Du begleitest mich weiter und wirst mir bei meiner Suche helfen, so gut du kannst. Gemeinsam werden wir die kleine Hexe aufspüren. Wohin sie auch gehen mag, wir werden sie finden. Bald wird diese Sache erledigt sein, und dann entscheide ich, was ich mit dir anstelle.«

Er sah Cree Bega an. »Nimm ihn mit.«

Daraufhin gab er dem Caull einen Wink, erteilte den Rets, die die Ketten hielten, seine Befehle, und weiter ging es durch die Tunnel. Der Morgawr nahm Ryer Ord Star am Arm, folgte den Rets und ignorierte Ahren. Cree Bega gab dem Jungen, der wie angewurzelt stehen geblieben war, einen Schlag auf den Hinterkopf und scheuchte ihn hinter dem Zauberer her.

»Kleiner Elf mussss tun, wass man ihm ssagt!«, zischte er bösartig.

Plötzlich von Wut erfüllt, blieb Ahren Elessedil ihm die Antwort schuldig und trottete los.

Elf

Redden Alt Mer stand am Heck der *Jerle Shannara* und schaute zurück zur *Schwarzen Moclips.* Die gab sich alle Mühe, dem anziehenden Sturm zu entkommen, und schwankte und schaukelte hin und her wie ein Baumstamm in einer Stromschnelle. Die Wetterfront bildete eine düstere Mauer und zog von der Ostküste landeinwärts, die hochaufragenden, von Blitzen durchzuckten Wolken ritten auf Winden heran, die mit mehr als fünfzig Knoten bliesen. Die kleine Rote gab ihr Bestes, um das Luftschiff allein zu steuern, doch schon unter normalen Bedingungen wäre das eine schwierige Aufgabe gewesen. Jetzt war es unmöglich. Selbst wenn sie den Schutz der vor ihnen liegenden Berge erreichte, bedeutete das noch lange nicht, dass sie auch eine sichere Stelle fand, wo sie den Sturm vorüberziehen lassen konnte. Inmitten eines Gebirges mit steilen Felswänden und Abwinden ein Luftschiff zu landen war bei jedem Wetter eine heikle Angelegenheit. In einem Sturm wie diesem stellte es ein extrem riskantes Manöver dar.

Hinter der *Schwarzen Moclips* setzten wenigstens ein Dutzend feindlicher Luftschiffe die Verfolgung fort. Redden Alt Mer hatte gehofft, sie im Sturm und im Nebel abzuhängen, aber leider war er enttäuscht worden. Seit gestern Morgen hatte er alles versucht, um sie abzuschütteln, doch ohne Erfolg. Jedes Mal, wenn er sicher war, ihnen entwischt zu sein, tauchten sie plötzlich wie aus dem Nichts wieder auf. Eigentlich war das unmöglich. Niemand hätte sie so leicht aufspüren sollen, schon gar nicht diese Schiffe, die mit wandelnden Toten und luftuntüchtigen Mwellrets bemannt waren.

Irgendwie fanden sie ihn stets, selbst wenn er bislang nicht begriffen hatte, auf welche Weise. Es konnte jedoch nicht schaden, dies möglichst schnell herauszufinden. Die Reparaturen an der *Jerle Shannara* waren längst nicht beendet gewesen, als sie von der Küste hatten fliehen müssen, und inzwischen zeigten sich auch die Auswirkungen des Umstandes, dass sie sich auf vier statt auf sechs Trennröhren und Diapsonkristalle verlassen mussten. Die Strahlungssammler drohten wegen der zusätzlichen Belastung zu reißen, und das Luftschiff war beileibe nicht so gut zu manövrieren, wie es die Situation erfordert hätte. Obwohl die *Jerle Shannara* das schnellere Luftschiff war, würden die Verfolger sie einholen, falls jetzt auch nur kleine Probleme auftauchten, die nicht im Handumdrehen behoben werden konnten.

Daher war es nicht gerade hilfreich, dass niemand an Bord seit gestern mehr als ein paar Stunden geschlafen hatte, denn die gesamte Mannschaft war der Erschöpfung nahe. Müden Männern unterliefen Fehler, und jeder Fehler in dieser Situation würde sie vermutlich das Leben kosten.

Er überprüfte den Steuerbord-Sammler, korrigierte die Spannung und schaute erneut zurück zur *Schwarzen Moclips.* Die bemühte sich mitzuhalten, verlor allerdings zunehmend an Boden. Die Flugreiter eskortierten sie jeweils zu beiden Seiten und boten ihr ein wenig Trost, doch waren die Elfen keine Hilfe bei der Steuerung des Schiffes. Po Kelles hatte ihnen berichtet, welches Kunststück die Kleine Rote vollbracht hatte, und zunächst hatte sich Alt Mer darüber gefreut. Nun hatten sie das Luftschiff der Hexe und ihr eigenes, die doppelte Chance somit, einen Weg aus diesem fürchterlichen Land herauszufinden. Während ihre Verfolger und der Sturm jedoch immer näher kamen, wurde ihm klar, dass seine Schwester vielleicht einen hohen Preis zahlen musste. Ohne eine Mannschaft, die ihr zur Hand ging, konnte sie das gekaperte Schiff kaum steuern. Er hätte ihr einige Mann von seiner eigenen Besatzung überlassen, aber das war nur möglich, wenn die Luftschiffe aneinander anlegten; Fahrende ließen sich in der Regel nicht sehr gern auf einen Ritt auf einem Rock ein.

Eine Böe pfiff durch die Takelage über ihm und erzeugte ein schrilles, gespenstisches Wimmern, das dem Klagelaut eines verwundeten Tieres ähnelte. Außerdem sank die Temperatur. Wenn das so fortging, würde es in den Bergen Schnee geben, und die Flugbedingungen würden sich dramatisch verschlechtern.

Er eilte von der Reling über das Deck zurück zur Pilotenkanzel, wo Spanner Frew wie ein Fels in der Brandung am Steuer stand und das Luftschiff mit ruhiger Hand lenkte.

»Halten die Leinen?«, rief er dem Großen Roten entgegen, der neben ihm in die Kanzel stieg.

»Im Augenblick schon – ich weiß nur nicht, wie lange. Wir müssen sie runterbringen, ehe der Sturm richtig losgeht!« Wegen der Lautstärke des Windes mussten sie schreien. Er schaute sich über die Schulter zur *Schwarzen Moclips* um. »Irgendwie müssen wir der

Kleinen Roten helfen. Sie ist wirklich mutig, aber sie mag so gut sein, wie sie will, allein schafft sie es nicht.«

Spanner Frew drehte ihm einen Moment lang das Gesicht mit dem schwarzen Bart zu, dann wandte er sich wieder nach vorn. »Wenn wir ihr eine Leine zuwerfen, könnten wir sie vielleicht mit uns vertäuen.«

»Nicht bei diesem Wetter – und bei den Luftschiffen, die uns jagen. Wir müssten die Geschwindigkeit verringern, sogar wenn wir ihre Trennröhren zu Hilfe nähmen.«

Der große Mann nickte. »Dann sollten wir sie besser von dem Schiff holen! Sobald dieser Sturm richtig losgeht, wird sie sich nicht mehr oben halten können. Sollte sie dann runtergehen, können wir ihr nicht mehr helfen.«

Redden Alt Mer war längst zu dem gleichen Schluss gekommen. Er war nicht einmal sicher, ob es ihm gelingen würde, die *Jerle Shannara* in der Luft zu halten. Kurz spielte er mit dem Gedanken, die *Jerle Shannara* aufzugeben und mit allen Mann an Bord der *Schwarzen Moclips* zu wechseln, da das andere Schiff in einem besseren Zustand war. Aber die *Jerle Shannara* war erstens schneller und zweitens wendiger, und im Falle einer direkten Auseinandersetzung mit ihren Verfolgern würde es gerade auf Schnelligkeit und Wendigkeit ankommen. Jedenfalls war es sowieso eine rein theoretische Frage, da er bei diesem miesen Wetter niemanden zur Kleinen Roten hinüberschicken würde.

Er spitzte die Lippen. Rue würde vor Wut platzen, wenn er von ihr verlangte, ihre Beute aufzugeben. Unter Umständen würde sie sich sogar weigern, obwohl sie die Schwierigkeiten ihrer Lage sicherlich einsah.

Erneut blickte er zur *Schwarzen Moclips* und zu den feindlichen Luftschiffen, schwarzen Punkten in der brodelnden Düsternis des Sturms.

»Wie finden die uns bloß immer wieder?«, schrie er Spanner Frew zu, als ihn plötzlich die Wut packte angesichts ihrer aussichtslosen Lage.

Der Schiffsbauer schüttelte den Kopf und gab keine Antwort.

Redden Alt Mers Stimmung hatte einen neuen Tiefpunkt erreicht. Es war schon schlimm genug, dass sie Walker mitsamt all denen verloren hatten, die ins Landesinnere aufgebrochen waren. Sie hatten nichts vorzuweisen, was sie auf dieser Reise von ihren Zielen erreicht hatten, und würden vermutlich mit leeren Händen heimkehren – falls sie überhaupt nach Hause kamen. Aber dass diese Phantomluftschiffe sie fortgesetzt durch den Himmel hetzten wie Hunde ein waidwundes Reh, dass sie ihre Spuren fanden, wo es eigentlich gar keine Spuren gab, das war schlicht unerträglich.

Daran war allerdings im Augenblick nichts zu ändern. Wenigstens konnte er der Kleinen Roten helfen. Sie hatte sich noch längst nicht von ihren Verletzungen erholt, und geschlafen hatte sie sicherlich nicht mehr als er. Da sie die *Schwarze Moclips* ganz allein flog und alles von der Pilotenkanzel aus handhaben musste, während ihr der Wind wie ein vom Himmel entfesselter Dämon entgegenwehte, war sie höchstwahrscheinlich dem Zusammenbruch nahe. Gewiss, sie war eine gute Pilotin, fast so gut wie er – und sie konnte besser navigieren. Doch würde das nicht genügen, um diese Situation heil zu überstehen.

»Ich hole sie rüber, Schwarzbart!«, rief er dem Schiffsbauer zu. »Drossel die Geschwindigkeit um ein Viertel und halte auf den Spalt in den Gipfeln dort.«

»Willst du bei ihr anlegen?«, brüllte Spanner Frew zurück.

Redden Alt Mer schüttelte den Kopf. »Das würde zu lange dauern. Sie muss zu uns rüberkommen. Ich schicke ihr einen der Flugreiter.«

Er sprang auf das Hauptdeck, rief der Mannschaft Befehle zu und schickte sie an die Trennröhren und Sammler, während er nach hinten rannte. An der Reling wühlte er eine Holzkiste durch und suchte einen smaragdgrünen Wimpel heraus, mit dem er den Flugreitern zu verstehen geben konnte, dass einer sich bei ihnen melden solle.

Natürlich funktionierte dieses Signal nur, falls die Flugreiter es bemerkten. Und in einem so üblen Sturm waren sie vielleicht mit anderen Dingen beschäftigt.

Er befestigte den Wimpel an einer Leine und zog ihn in den Wind, wo er knatternd flatterte. Hinter ihnen schaukelte und schwankte die *Schwarze Moclips*. Auch auf dem anderen Schiff hatten sich einige der Strahlungssammler losgerissen, und eines der Segel war zerfetzt. Das Schiff war nun vollkommen auf das Geschick seiner Pilotin und auf gut Glück angewiesen.

Dann geriet es im Dunst der Wolken fast außer Sicht. Die Flugreiter an ihren Seiten waren kaum mehr zu erkennen. Die Verfolger waren bereits vollkommen verschwunden.

Redden Alt Mer schlug mit der Faust auf die Reling. Weder Hunter Predd noch Po Kelles hatten den Signalwimpel bemerkt.

»Schaut jetzt endlich her!«, schrie er deprimiert in den Wind.

Der Sturm verschluckte seine Worte mit einem lauten Heulen.

Tausend Meter hinter ihnen gab sich Rue Meridian ihrer Erschöpfung zum Trotz alle Mühe, mit der *Jerle Shannara* in Sichtkontakt zu bleiben. Das war inzwischen alles, was zählte. Vergessen waren die Pläne, landeinwärts zu fliegen, um in den Ruinen Bek und die anderen zu suchen und zu retten, um irgendetwas zu bergen, durch das diese Reise wenigstens einen Sinn bekommen würde, um etwas anderes zu tun, als immer dieses Luftschiff zu steuern. Obwohl ihr Verstand durch die Müdigkeit getrübt war und sie sich nur mehr mit größten Schwierigkeiten auf das Steuer konzentrieren konnte, begriff sie durchaus das Dilemma, in dem sie steckte. Der Abstand zur *Jerle Shannara* vergrößerte sich weiter und weiter, die Luftschiffe hinter ihr kamen hingegen näher. Bald war ihre letzte Chance dahin.

Die *Schwarze Moclips* erbebte abermals in dem böigen Wind, der den Sturm ankündigte. Das Luftschiff schwankte hin und her. Das Problem war eigentlich leicht zu erkennen und ebenso leicht zu lösen. Die Ambientlichtsegel waren in den letzten Tagen aufgerollt gewesen, und daher war für die Diapsonkristalle keine neue Energie gesammelt worden. Auch jetzt konnte sie keine neue Energie sammeln, weil es ihr unmöglich war, in diesem Orkan die Segel zu setzen – und allein hätte sie das auch ohne Sturm nicht geschafft. Der verbliebene Energievorrat war so gut wie erschöpft. Außerdem hätte sich jemand um die Trennröhren kümmern müssen, um deren Effizienz zu steigern, nur konnte sie das Steuer nicht so lange verlassen. Daher versuchte sie, alles von der Pilotenkanzel aus zu beeinflussen, und obwohl es prinzipiell möglich war, dass eine Person allein ein Luftschiff flog, wie man ja sah, hatte nie jemand im Ernst daran gedacht.

Sie hatte eine Mannschaft, aber die war unten eingesperrt, und wenn sie die Männer herausließ, konnte sie sich selbst gleich freiwillig an ihrer Stelle einsperren.

Die ersten Schneeflocken wehten ihr am Gesicht vorbei, und das rief ihr die sinkende Temperatur in Erinnerung. Der Winter schien endlich über dieses Land hereinzubrechen, das seit tausend Jahren solches Wetter nicht kennen gelernt hatte.

Also versuchte sie, weitere Energie von den Kristallen abzuziehen, und teilte diese in einer anderen Kombination auf, wobei die *Schwarze Moclips* zunächst wild im Wind schlingerte. Dabei bemühte sie sich, die wachsende Niedergeschlagenheit und das Gefühl zu ignorieren, dass sie doch nichts ändern konnte.

Ganz in ihre Arbeit vertieft, bemerkte sie nicht, dass Hunter Predd ins dunstige Grau hinein auf die *Jerle Shannara* zuflog. Po Kelles eskortierte sie weiterhin, aber Rue beachtete auch ihn im Augenblick nicht. Bei ihrem Ringen mit der *Schwarzen Moclips* hatte sie die Flugreiter schlicht vergessen. Dann kehrte Hunter Predd zurück und lenkte Obsidian genau über den Bug, um ihre Aufmerksamkeit zu erheischen. Sie duckte sich angesichts der unerwarteten Bewegung, dann wandte sie sich um, während der Rock wendete und an der Steuerbordreling parallel flog, fast so nah, dass sie ihn hätte berühren können. Im Wind schaukelte er hin und her.

»Kleine Rote!«, brüllte Hunter Predd gegen den Wind an, und seine Worte waren kaum zu hören.

Sie sah hinüber und winkte zur Antwort.

»Ich hole dich vom Schiff!« Er wartete einen Augenblick, damit sie die Ankündigung verarbeiten konnte. »Dein Bruder sagt, du sollst mitkommen. Das ist ein Befehl!«

Wütend über den Großen Roten, weil er auch nur den Vorschlag machte, schüttelte sie sofort den Kopf.

»Du kannst nicht bleiben!«, schrie Hunter Predd und lenkte Obsidian näher heran. »Schau dich um! Sie sind direkt hinter dir!«

Dazu brauchte sie sich nicht umzuschauen; sie wusste, die Luftschiffe waren da und jagten sie. Sie brauchte sich nur umzudrehen, dann konnte sie die ausdruckslosen Gesichter der toten Männer erkennen, so nahe waren sie gekommen. In weniger als einer halben Stunde würden die sie eingeholt haben, wenn nicht langsam ein Wunder geschah. Und wenn sie nicht bis dahin eingeholt worden wäre, dann nur deswegen, weil sie abgestürzt war.

Kurz gesagt, sie wusste recht gut, dass ihre Situation aussichtslos war.

Nur wollte sie sich das nicht eingestehen. In Wirklichkeit war der Gedanke für sie unerträglich.

»Kleine Rote!«, rief der Flugreiter erneut. »Hast du mich verstanden?«

Sie schaute zu ihm hinüber. Er hatte sich an Obsidians dunklen Hals geschmiegt und hielt sich mit Armen und Beinen am Geschirr fest. So sah er aus wie eine Klette, die im Gefieder des großen Rocks klebte.

»Hab verstanden!«, brüllte sie zurück.

»Dann runter vom Schiff! Sofort!«

Er sagte dies mit einem Nachdruck, der keinen Widerspruch duldete, denn schließlich musste sie die Ausweglosigkeit ihrer Situation ebenso begriffen haben wie er und ihr Bruder. Also starrte er sie von seinem Vogel aus an, mit wettergegerbtem, verärgertem Gesicht. Sie verstand sehr wohl, was er dachte: Wenn er sie jetzt nicht überreden konnte, würde es zu spät sein; die *Jerle Shannara* war schon fast außer Sicht, und der Sturm hatte Rue eingeholt. Natürlich konnte sie weiterhin tun, was sie wollte, allerdings blieb ihr dafür nicht mehr viel Zeit.

Durch die wirren, vom Wind zerzausten Haarsträhnen betrachtete sie die Steuerkonsole des Luftschiffes. Das Wasser rann über das Metall und das glänzende Holz. Sie betrachtete ihre Hände, die Hebel und das Steuerrad hielten. Die *Schwarze Moclips* gehörte ihr; ihr ganz allein. Sie hatte sie den Dieben abgejagt, die ihr eigenes Schiff gestohlen hatten. Und sie hatte kein geringes Risiko auf sich geladen, um in den Besitz der *Schwarzen Moclips* zu gelangen, daher hatte sie das Recht, sie zu behalten. Niemand durfte sie ihr wegnehmen.

Deswegen war es noch lange nicht so, dass sie mit dem Luftschiff verheiratet gewesen wäre. Wenn es ihr passte, konnte sie es einfach aufgeben. Wenn es ihrer Vorstellung entsprach. Schließlich war das Schiff nur ein Gegenstand aus Holz und Metall, kein Lebewesen aus Fleisch und Blut. Es besaß kein Herz und keine Seele und keinen Verstand. Es war nur ein Ding.

Sie blickte zu Hunter Predd hinüber. Der Flugreiter wartete. Sie zeigte nach hinten und unten, dann auf sich selbst. Er nickte und drehte sofort von dem Schiff ab.

Mit Bändern fixierte sie das Steuerrad und die Hebel, dann eilte sie die Stufen hinunter und über das rutschige Deck zur Hauptkajütstreppe. Eilig stieg sie hinab, ehe sie Gelegenheit hatte, sich die Sache ein zweites Mal zu überlegen. Eigenartigerweise war sie sehr ruhig. Die Wut, die bis vor wenigen Augenblicken angedauert hatte, war verschwunden. Die *Schwarze Moclips* war ein gutes Luftschiff, nicht weniger und nicht mehr.

Am Lagerraum, in dem Aden Kett und seine Föderationsmannschaft eingesperrt waren, pochte sie an die Tür. »Aden, kannst du mich hören?«

»Ich höre dich, Kleine Rote«, erwiderte der Kommandant.

»Ich lasse dich raus und übergebe dir das Schiff. In diesem Sturm braucht es eine ganze Mannschaft, allein schaffe ich es nicht. Zwar gehört es jetzt eigentlich mir, aber es ist mir zu schade, um es ohne einen zwingenden Grund abstürzen zu lassen. So liegen die Dinge. Aber nicht, dass du jetzt damit abstürzt. In Ordnung?«

»In Ordnung.« Er stand auf der anderen Seite direkt hinter der Tür, das hörte sie am Klang seiner Stimme.

»Du wirst bestimmt verstehen, wenn ich nicht an Bord bleibe, um mir anzuschauen, ob du deine Sache gut machst.« Sie wischte sich das Wasser, das ihr aus den Haaren in die Augen tropfte, von der Stirn. »Ich hoffe, dir ist ebenfalls klar, was ich dafür von dir erwarte.

Es wäre mir doch unangenehm, wenn du einen Narren aus dir machen würdest. Nachdem ich also diese Tür geöffnet habe, haue ich ab. Glaubst du, ihr könntet darauf verzichten, mir nachzurennen?«

Sie hörte ihn lachen. »Dir nachrennen? Wir haben die Nase von dir voll, Kleine Rote. Wenn du vom Schiff bist, wird dich bestimmt niemand vermissen. Lass uns nur einfach hier raus.«

Aber sie zögerte noch, lehnte sich an die Tür und schob ihr Gesicht an die Spalten zwischen den Brettern. »Hör mal zu, Aden. Trödel hier nicht herum. Versuch einfach einmal, dich nicht korrekt zu verhalten. Vergiss deine Befehle und deine Pflicht und deine Ausbildung bei der Föderation. Nimm die *Schwarze Moclips* und flieg damit so schnell du kannst nach Hause. Nutze deine Chance.«

Er scharrte mit den Stiefeln auf dem Boden. »Wer ist das dort draußen? Wir haben die anderen Schiffe gesehen.«

»Ich weiß es nicht. Niemand weiß es, aber mit denen willst du bestimmt nichts zu tun haben. Über ein Dutzend Luftschiffe, Aden, aber keine Flaggen, keine Abzeichen, kein menschliches Wesen an Bord. Nur Rets und Männer, die wie Tote aussehen. Ich habe keine Ahnung, wer die geschickt hat. Ist mir auch gleichgültig. Denk nur dran, was ich dir gesagt habe. Flieg ihnen davon. Lass das alles hier hinter dir. Das ist ein gut gemeinter Rat von mir zum Abschied. Hast du verstanden?«

»Hab's verstanden«, antwortete er leise.

Sonst fiel ihr nichts mehr ein, das sie sagen könnte. »Sag Donell, es täte mir Leid, dass ich so hart zugeschlagen habe.«

»Das hat er sich schon gedacht.«

Sie drückte sich von der Tür zurück und starrte das Holz an. »Bis zum nächsten Mal, Aden.«

»Bis zum nächsten Mal, Kleine Rote.«

Jetzt packte sie den Riegel und schob ihn zurück, dann drehte sie sich um und rannte, ohne sich nochmals umzuschauen, die Treppe hinauf. Sekunden später war sie oben und stellte überrascht fest, dass die Welt in einem Graupelschauer weiß geworden war. Sie zog den Kopf ein, um sich vor dem scharfen Wind zu schützen, und eilte zum Heck. Das Seil, an dem Hunter Predd sich zuvor auf Obsidian hinuntergelassen hatte, war an der Reling festgeknotet und ordentlich auf Deck zusammengerollt. Sie warf es über Bord und schaute hinterher, in den Dunst. Unten konnte sie kaum die dunklen Konturen des Rocks ausmachen.

Dann warf sie einen letzten Blick auf die *Schwarze Moclips.* »Gutes Mädchen«, sagte sie. »Lass dich nicht unterkriegen.«

Damit verschwand sie in der Düsternis.

Einige Minuten später stand Redden Alt Mer an der Backbordreling der *Jerle Shannara* und schaute zu, wie seine Schwester von dem Rock stieg, die Strickleiter packte und hochstieg. Plötzlich hielt sie inne. Jetzt hing sie dort mit gesenktem Kopf, und ihr langes rotes Haar wehte im Wind.

Er dachte, gleich müsse er hinuntersteigen und sie holen.

Das erinnerte ihn an ihre Kindheit, an einen Tag, an dem er hoch in die obersten Äste eines alten Baumes gestiegen war. Rue, die erst fünf Jahre alt war, versuchte ihm zu folgen und kletterte am Stamm hoch, wobei sie Äste als Stufen benutzte. Sie war jedoch noch nicht besonders kräftig, daher ermüdete sie bald. Auf halbem Wege hielt sie an und hing an einem Ast des Baumes wie jetzt an der Strickleiter. Damals hatte sie ein Ärgernis für ihn dargestellt, weil sie ihm immer hinterherlief und alles nachmachen wollte, was er tat. Er war vier Jahre älter und die meiste Zeit wütend auf sie. Auf dem Baum hätte er sie am liebsten gelassen, wo sie war – hatte er jedenfalls gedacht. Stattdessen hatte er sich zu ihr umgedreht und hinuntergerufen: »Komm schon, Rue! Weiter! Nicht aufgeben! Du schaffst es!«

Die gleichen Worte hätte er ihr jetzt zurufen können, der kleinen Schwester, die stets versuchte, alles nachzumachen. Doch gerade, als er den Mund öffnen wollte, hob sie den Kopf, sah, wie er zu ihr herunterschaute, und begann augenblicklich zu klettern. Er lächelte in sich hinein. Diesmal stieg sie hoch, ohne innezuhalten, und er streckte ihr die Hand entgegen und half ihr über die Reling auf Deck.

Einem Impuls folgend umarmte er sie herzlich und war überrascht, als sie die Umarmung erwiderte.

Kopfschüttelnd sagte er: »Manchmal kannst du einem einen ganz schönen Schrecken einjagen.« Er blickte ihr ins nasse Gesicht und las die Erschöpfung von ihren Augen ab. »Eigentlich sogar ziemlich häufig.«

Sie grinste. »Aus deinem Munde klingt das ja wie ein richtiges Lob.«

»Die *Schwarze Moclips* in einem solchen Wetterchen zu steuern würde wahrscheinlich jedem einen Schrecken einjagen. Dir bestimmt auch, aber vermutlich hattest du dafür keine Zeit.«

»Da könntest du Recht haben.« Sie grinste breiter und offenbarte damit das kleine Kind, das in ihr steckte. »Ich habe der Hexe das Schiff abgenommen, großer Bruder. Mit Mannschaft und allem Drum und Dran. Es fiel mir nicht leicht, es wieder aufzugeben. Andererseits wollte ich es auch nicht verlieren.«

»Besser das Schiff stürzt ab als du. Wir brauchen es sowieso nicht. Es genügt schon, wenn die Hexe es nicht mehr hat.« Er schob seine Schwester vorwärts. »Geh nach unten und zieh dir was Trockenes an.«

Stur schüttelte sie den Kopf. »Ich brauche mich jetzt nicht umzuziehen.«

»Rue«, sagte er, und in seiner Stimme schwang eine Drohung mit. »Diesmal lasse ich mich auf keinen Streit ein. Du streitest sowieso wegen allem und jedem mit mir. Jetzt bist du von oben bis unten klitschnass und musst was Trockenes anziehen. Los, geh.«

Einen Augenblick lang zögerte sie, und er fürchtete schon, sie würde sich abermals weigern. Dann drehte sie sich schließlich um und stieg tropfend die Kajütstreppe zu den Kabinen hinunter.

Er sah ihr hinterher, bis sie verschwunden war, und dachte währenddessen, dass, gleichgültig wie alt sie beide werden würden oder was ihnen im Leben auch passierte, sich eines gewiss niemals änderte: Stets würde er der große Bruder sein und sie die kleine Schwester. Und vor allem würden sie die besten Freunde bleiben.

Mehr konnte er nicht verlangen.

Als sie wieder an Deck kam, blies der Wind so heftig, dass er sie zur Seite drückte. Regen und Graupel hatten aufgehört, doch die Luft war kalt genug, um die Härchen in ihrer Nase frieren zu lassen. Sie wickelte sich in ihren großen Mantel, in dem ihr jetzt, wo sie trockene Kleidung und Stiefel trug, langsam wieder warm wurde, und ging wankend zu ihrem Bruder und zu Spanner Frew in die Pilotenkanzel. Vorn ragten die Berge riesig und schroff in den Himmel, eine Ansammlung zerklüfteter Gipfel und steiler Felswände, die sich übereinander häuften, bis sie sich in der nebelverhangenen Ferne verloren.

Rue stieg in die Pilotenkanzel, und sofort sagte ihr Bruder: »Leg die Sicherheitsleine an.«

Das tat sie, und mit einem raschen Blick über das Schiff stellte sie fest, dass alle anderen Fahrenden ebenfalls angegurtet waren, während sie an den Strahlungssammlern und Trennröhren ihren Dienst taten.

Sie blickte über die Schulter, wo die Welt in einem dicken, dunklen Dunst verschwunden war und jede Spur der Verfolgerschiffe mit sich genommen hatte.

Der Große Rote sah sie an. »Vorhin waren sie plötzlich weg. Ich weiß nicht, ob sie die Verfolgung wegen des Wetters oder wegen der *Schwarzen Moclips* abgebrochen haben. Ist ja auch gleichgültig. Sie sind nicht mehr da, und das genügt. Wir haben auch genug Probleme ohne sie.«

Spanner Frew rief zu einem der Fahrenden mittschiffs etwas hinunter, und der Mann winkte zurück und machte sich daran, einen lockeren Strahlungssammler zu befestigen. Der Große Rote hatte alle Segel einholen lassen, und so fuhr die *Jerle Shannara* mit kahlen Masten durch den Orkan, der sie ebenso stark zur Seite driften ließ wie zuvor die *Schwarze Moclips.* Rue sah, dass die Strahlungssammler neu eingestellt und mit zweien der sechs Trennröhren nicht mehr verbunden waren, sondern nur noch die verbliebenen vier speisten. Doch selbst diese sirrten und sangen, weil sie im Wind vibrierten und unter der Spannung aus ihren Halterungen zu reißen drohten.

»Ich habe dir das Schiff aber in einem besseren Zustand übergeben«, sagte sie, halb zu sich selbst.

»Die *Jerle Shannara* wäre auch in einem besseren Zustand, wenn wir uns nicht Hals über Kopf auf die Suche nach dir hätten machen müssen«, schnaubte der Große Rote.

Damit übertrieb er allerdings ein bisschen, denn sie hatten in jedem Fall losfliegen müssen, um den feindlichen Luftschiffen zu entkommen, ob sie nun nach ihr suchen wollten oder nicht. Die notwendigen Reparaturen an der *Jerle Shannara* erforderten es, dass das Schiff vor Anker lag, und dazu mussten sie zunächst eine geeignete Stelle finden, an der sie landen konnten.

»Gibt es hier denn keine Landemöglichkeit?«, fragte sie hoffnungsfroh.

Spanner Frew lachte. »Vielleicht in vertikaler Position? Oder genügt dir eine starke Schräglage?« Seine Hände betätigten die Steuerhebel flink und aufmerksam. »Eins nach dem anderen. Siehst du die Berge da vor uns, Kleine Rote? Die, die aussehen wie eine riesige Mauer? Dieser Sturm droht, uns direkt dagegen zu schmettern.«

Gewiss sah sie die Berge. Sie lagen genau vor ihnen, ragten in den Himmel auf und versperrten ihnen den Weg. Als sie über die Reling nach unten schaute, fiel ihr zum ersten Mal auf, wie hoch sie überhaupt flogen. Wenigstens mehrere tausend Fuß, vermutlich höher als fünftausend. Trotzdem reichte das noch lange nicht, um über diese Gipfel zu gelangen.

»Zehn Grad nach Steuerbord, Schwarzbart«, hörte sie den Befehl ihres Bruders. »Das dürfte es sein. Dort, auf diesen Einschnitt zu.«

Sie folgte seinem Blick und entdeckte eine Lücke zwischen den Bergen. Sie war schmal, und man konnte nicht weit hineinschauen. Möglicherweise führte sie nur ein kurzes Stück weiter, und in dem Falle hatten sie ein ernsthaftes Problem. Doch Redden Alt Mer konnte einen Pass besser erkennen als jeder andere, und außerdem war sein Glück ja schon fast sprichwörtlich.

»Achtung!«, warnte er die Mannschaft.

Die *Jerle Shannara* schoss zwischen zwei Felswänden hindurch in eine schmale Schlucht und stieß auf einen bösartigen Gegenwind, der sie beinahe zur Seite abgedrängt hätte. Jetzt konnten sie den Einlass zur Schlucht gut erkennen. Spanner Frew riss das Steuerrad herum und holte an Energie heraus, was er konnte, um die *Jerle*

Shannara auf Kurs zu halten. Der Durchlass wurde immer schmaler und beschrieb eine Linkskurve. Rue spürte, wie sich ihr die Nackenhaare aufstellten, während sie sich den massiven Felswänden mehr und mehr näherten. Sie waren jetzt so dicht, dass sie die Vertiefungen und Kanten des Steines erkennen konnte, die Nester von Nagetieren und keine Pflanzen. Platz genug zum Wenden gab es keinen. Wenn diese Schlucht plötzlich zwischen den Bergen endete, saßen sie in der Falle.

»Ruhig«, mahnte ihr Bruder Spanner Frew. »Langsam.«

Der Wind hatte sich ein wenig gelegt, und sie wurden nicht mehr so heftig hin und her geschaukelt. Die *Jerle Shannara* kippte durch Spanner Frews Manöver nach links und glitt gemächlich durch die Lücke. Sie fuhren um eine scharfkantige Ecke, so dicht, dass Rue die Hand ausstrecken und den Fels berühren konnte. Vor ihnen öffnete sich die Schlucht und weitete sich zu einem tiefen und bewaldeten Tal aus.

»Wir sind durch«, sagte sie und grinste ihren Bruder erleichtert an.

»Aber längst nicht in Sicherheit.« Seine Miene war angespannt. »Sieh da vorn, dort steigt das Tal zur zweiten Reihe von Gipfeln auf.«

Sie strich sich die langen roten Haare aus dem Gesicht. Überall in dieser Gebirgskette gab es Lücken, nur konnte man an den Wolken erkennen, dass die Windverhältnisse dort wesentlich turbulenter waren. Trotzdem bestand ansonsten lediglich die Alternative, umzukehren, und das kam nicht in Frage.

Spanner Frew blickte den Großen Roten an. »Wohin jetzt? Die Lücke da rechts unten?«

Ihr Bruder nickte. »Vielleicht ist es dort nicht so windig. Gutes Auge. Bleib hart links, damit wir Raum zum Manövrieren haben, falls Seitenwind aufkommt.«

Sie durchquerten das Tal, durchbrachen einen Nebelvorhang und ritten auf Luftströmungen, die das Schiff buckeln und scheuen ließen wie ein wildes Pferd. Die Böen erschütterten die *Jerle Shannara,* unter Spanner Frews ruhiger Hand hielt das Luftschiff jedoch den Kurs. Unter ihnen zogen dunkle, stille Wälder dahin. Einmal sah Rue ein dünnes blaues Band, wo sich ein Bach durch das Tal wand, doch Tiere oder Menschen entdeckte sie nicht. Falken kreisten vor den Felswänden und schauten grimmig ins Licht. Hinter ihnen war der ganze Himmel schwarz von dem Sturm, den sie jenseits der Berge hinter sich gelassen hatten. In den anderen Richtungen war der Horizont in Dunst gehüllt.

Rue lauschte dem Wind, der die straff gespannten Leinen singen ließ. Wenn sie dieses Geräusch hörte, dachte sie stets, das Schiff würde sie rufen und ihr etwas mitteilen wollen. Jetzt hatte sie das gleiche Gefühl, und damit wuchs ihr Unbehagen.

Auf der gegenüberliegenden Seite des Tales bogen sie nach rechts ab, auf die Schlucht zu, die ihr Bruder erspäht hatte, einen tiefen Einschnitt in den Gipfeln der zweiten Kette, die Durchlass gewährte zu dem, was auch immer dahinter liegen mochte. Vermutlich weitere Berge, möglicherweise aber auch nicht. Rue blickte zum Himmel, wo die Wolken über die Bergspitzen hetzten, angetrieben von Winden, die von Norden herunterkamen. Da das schlechte Wetter in ihrem Rücken lag, herrschten diese Seitenwinde hier offenbar ständig. Falls das zutraf, waren sie ohne Frage sehr gefährlich.

Die *Jerle Shannara* flog durch die Lücke, geriet zum ersten Mal in diese Seitenwinde und wurde sofort abgetrieben. Spanner Frew brachte das Schiff wieder auf Kurs und hielt es flach am Boden und weit auf der linken Seite. Vor ihnen tauchten weitere Felswände und Gipfel auf, gigantische Steinscheiben, die aussahen wie Hände, die ein Riese zur Warnung gehoben hat. Aber die Schlucht wand sich zwischen ihnen hindurch und gewährte ihnen Passage, also flogen sie weiter. Der Boden des Cañons stieg beständig an, die Berge kamen näher zusammen, und die *Jerle Shannara* war gezwungen, höher zu gehen.

Rue Meridian holte tief Atem und hielt ihn an, so sehr war sie von Anspannung erfüllt.

»Ruhig, Schwarzbart«, hörte sie ihren Bruder leise sagen. Dann traf eine Windböe das Schiff und schob es zur Seite, endlose atemlose Sekunden lang, ehe Spanner Frew die Bewegung mit Gegensteuern ausgeglichen hatte.

Rue blies scharf in die Luft. Der Große Rote schaute zu ihr hinüber und grinste nur breit, um ihr mitzuteilen, wie sehr ihm dieses aufregende Spiel gefiel.

»Weiter!«, rief er.

Sie flogen durch die Windungen und Kurven der Schlucht wie ein Korken in aufgewühltem Wasser, wurden hierhin und dorthin getrieben und mussten jedes Mal hart kämpfen, um auf Kurs zu bleiben. Der Wind packte sie, erstarb plötzlich und erfasste sie von neuem. Einmal wurden sie so heftig nach Steuerbord getrieben, dass sie beinahe an die Felsen gestoßen wären und nur knapp an einem Vorsprung vorbeiglitten, der ihnen den Rumpf aufgerissen hätte. Rue klammerte sich an die Reling der Pilotenkanzel, die Haut über ihren Fingerknöcheln wurde weiß, so fest packte sie zu, und sie dachte bei sich, diese Fahrt sei in gewisser Weise noch schlimmer als die durch den Quetscher. Von einem Moment zum anderen konnte man vollkommen die Kontrolle verlieren und an den Felsen zerschmettert werden.

Sie gingen erneut tausend Fuß höher, da der Boden des Passes ebenfalls anstieg und sie dazu zwang, weiter hinaufzugehen, als ihr Bruder gehofft hatte; die Winde hier oben waren heftig und unvorhersagbar.

Dann teilten sich die Berge, und weit unter sich sahen sie inmitten der Ausläufer verstreuter Berge einen riesigen Wald, der sich tief und undurchdringlich in den Dunst erstreckte. Dort würden sie bestimmt einen Landeplatz finden, wo sie die notwendigen Reparaturen vornehmen konnten.

Rue hatte den Gedanken kaum zu Ende gebracht, als sich der Backbordsammler am Heck losriss.

Sofort verlor die *Jerle Shannara* an Energie und glitt seitlich davon. Spanner Frew kämpfte hart, um die Nase hochzubringen, doch ohne die beiden Hecktrennröhren hatte er nur wenig dagegen aufzubieten.

»Ich kann sie nicht gerade halten!«, grunzte er niedergeschlagen.

»Großsegel!«, befahl der Große Rote der Mannschaft.

Kelson Riat und ein zweiter Fahrender sprangen sofort von ihren Plätzen mittschiffs auf, lösten die Leinen und hissten das Segel.

Ohne die Trennröhren musste sich der Große Rote auf Segel als Antrieb verlassen. Aber die Seitenwinde waren heimtückisch; denn sie konnten das Luftschiff wie einen Papierfetzen gegen die Felswände wirbeln, weil ihnen das Segel eine breite Angriffsfläche bot.

»Ruhig, ruhig, ruhig …«, beschwor der Große Rote Spanner Frew, während der Schiffsbauer sich alle erdenkliche Mühe gab, das Schiff gerade zu halten.

Flatternd und knatternd ging das Großsegel hoch. Dann blähte der Wind es auf und trieb das Luftschiff mit einem Ruck voran. Es bockte im festen Griff der Böen, und ein weiterer Sammler riss und kam herunter.

»Schatten!«, zischte Redden Alt Mer. Er schnappte sich das Steuerrad, da Spanner Frew das Gleichgewicht verlor, mit dem Kopf an das Geländer der Pilotenkanzel schlug und ohnmächtig wurde.

Sie verloren weiterhin an Höhe, doch immerhin kamen sie rasch dem letzten Durchlass näher, und die Lücke zwischen den Bergen erweiterte sich zusehends. Wenn sie nur hoch genug bleiben konnten, um nicht in dem Geröllfeld am Boden des Passes zu landen, hatten sie eine reelle Chance. Auf jeden Fall würde es knapp werden. Rue versuchte die *Jerle Shannara* mit ihrem Willen zu zwingen, wieder aufzusteigen, flehte das Schiff still an, dies zu tun. Aber es sank unvermindert, und die felsige Oberfläche des Passes kam viel zu schnell auf sie zu.

Ihr Bruder schob die Hebel, mit denen Energie auf die Diapsonkristalle gelenkt wurde, ganz nach vorn und zog die Höhensteuerhebel ganz zurück. Erneut erschauerte das Luftschiff, ruckte und erhob sich ein letztes Mal. Sie brausten durch die Öffnung und erreichten den freien Raum über dem Wald. Doch im gleichen Augenblick kratzte der Kiel über die Felsen, begleitet von einem entsetzlichen Knirschen und Krachen. Die *Jerle Shannara* zitterte und kippte dann, der Bug schob sich schief nach unten und zeigte auf den Wald tausend Fuß unter ihnen. Eine weitere Seitenwindböe erfasste sie plötzlich und packte sich das Luftgefährt. Das Großsegel begann zu flattern, als sich mehrere der Leinen losrissen, und die *Jerle Shannara* ging steil abwärts.

Rue Meridian klammerte sich an ihre Sicherheitsleine und an das Geländer der Pilotenkanzel und sah sie im Geiste schon alle sterben. Außer Kontrolle trudelten sie abwärts, und der Baldachin der Bäume näherte sich ihnen erschreckend schnell. Ihr Bruder fluchte und versuchte mit allen Mitteln, den Bug wieder in die Höhe zu bekommen. Die Mannschaft rutschte über das Deck. Bei einem riss die Sicherheitsleine, und sie sah, wie der Mann über die Seite des Schiffes glitt und verschwand.

Dann drehte der Seitenwind, fegte über den Felsen und schob die *Jerle Shannara* seitlich gegen die Wand. Rue blieb ein letzter Augenblick, die Felswand zu betrachten, ehe das Schiff dagegen krachte und Holz und Metall zermalmt wurden. Sie verlor den Halt sowohl an Sicherheitsleine als auch Reling und prallte mit voller Wucht gegen die Steuerkonsole der Pilotenkanzel. Schmerz schoss durch ihren linken Arm, und sie fühlte, wie die genähten Wunden an der Seite und am Bein wieder aufplatzten. Ihre Sicherheitsleine riss, und dann torkelte sie in ihren Bruder hinein, der verzweifelt an den jetzt nutzlosen Steuerhebeln hing.

Im nächsten Moment wurde ihr schwarz vor Augen.

Zwölf

Nachdem er endlich alle Wunden der Kleinen Roten verbunden hatte, dachte Redden Alt Mer, schlimmer könne es nicht mehr werden. Dann stampfte Spanner Frew die Stufen zur Pilotenkanzel hinauf und hockte sich neben ihm hin.

»Wir haben sämtliche Reservediapsonkristalle durch den Riss im Rumpf verloren«, verkündete er verdrießlich. »Sie müssen irgendwo dort unten gelandet sein.«

Seine Geste ließ erkennen, dass er mit *irgendwo dort unten* den Dschungel unterhalb des bewaldeten Hangs meinte, auf dem die *Jerle Shannara* schließlich zum Stillstand gekommen war, ein undurchdringliches Grün aus Bäumen und Ranken, das sich von der Felswand aus meilenweit in die Ferne erstreckte.

Alt Mer setzte sich auf die Hacken und starrte den Schiffsbauer an, als rede er in einer fremden Sprache. »Sämtliche?«

»Sie waren alle in einer Kiste. Die Kiste ist durch einen Riss im Rumpf hinausgerutscht.« Spanner Frew berührte vorsichtig die klaffende Wunde an seiner Stirn und zuckte dabei zusammen. »Als ob ich nicht schon Kopfschmerzen genug hätte.«

»Können wir mit denen, die wir haben, fliegen?«

Der Schiffsbauer schüttelte den Kopf. »Wir haben nur noch drei. Die vordere Backbordröhre und was dazu gehört, haben wir bei der Landung verloren. Mit dem Rest könnten wir vielleicht bei ruhigem Wetter fliegen, aber wir kommen nicht vom Boden los. Falls wir es versuchen, gleiten wir einfach nur über die Kante der Felswand und sausen hinunter, den Kristallen hinterher in die Bäume.«

Er seufzte. »Die Sache ist die, eigentlich haben wir den Absturz ansonsten gut überstanden. Wir haben ausreichend Holz, um das Loch im Rumpf zu reparieren, wir haben Reservesammler und -halterungen. Segel sind genug da. Sogar Spieren und Masten können mit wenig Zeitaufwand und Mühe repariert waren. Aber ohne die Kristalle kommen wir hier einfach nicht weg.« Er rieb sich den Bart. »Wie geht es der Kleinen Roten?«

Redden Alt Mer sah zu seiner Schwester hinunter. Noch hatte sie das Bewusstsein nicht wiedererlangt. Er hatte sie schlafen lassen, während er ihre Wunden versorgte, wollte sie allerdings bald wecken, um zu überprüfen, ob sie eine Gehirnerschütterung erlitten hatte. Außerdem musste er feststellen, ob sie auch innerlich Verletzungen davongetragen hatte.

»Die kommt wieder auf die Beine«, sagte er und lächelte aufmunternd. Er war sich dessen überhaupt nicht sicher, doch aus welchem Grund sollte er Schwarzbart unnötige Sorgen bereiten? Der hatte schon genug. »Wer ist über Bord gegangen?«

»Jahnon Pakabbon.«

Der Große Rote schnitt eine schmerzliche Grimasse. Ein guter Mann. Aber sie waren einer wie der andere gute Männer, denn deshalb hatte er sie ja für diese Reise ausgewählt. Keinen von ihnen wollte er missen, und leisten konnte er es sich erst recht nicht. Er hatte Jahnon von Kindheit an gekannt. Der ruhige, ausgeglichene Fahrende hatte zusätzlich zu seinen hervorragenden Fähigkeiten die Begabung besessen, sich für alles Mögliche Verbesserungen auszudenken.

»Also schön.« Er zwang sich, nicht weiter darüber nachzudenken und sich stattdessen auf die anstehenden Probleme zu konzentrieren. »Wir müssen nach unten und ihn suchen. Gleichzeitig halten wir nach den Kristallen Ausschau. Wähle zwei Mann aus, die mich begleiten – und du wirst nicht zu den beiden gehören. Du musst dich hier oben um die Reparaturen kümmern. Diese Luftschiffe mit den Mwellrets und wandelnden Toten werden die Suche nach uns nicht aufgegeben haben. Daher beabsichtige ich, möglichst schnell von hier zu verschwinden.«

Spanner Frew grunzte, erhob sich und trat an die Treppe zum Deck. Die *Jerle Shannara* lag zwanzig Grad nach Backbord geneigt etwa hundert Meter vom Abgrund entfernt, und das gekrümmte Horn ihres Steuerbordpontons ruhte auf einer Ansammlung von Felsen. Es bestand keine große Gefahr, dass das Schiff über die Kante rutschte, allerdings war es jedem Angriff aus der Luft schutzlos ausgeliefert. Dahinter, vielleicht hundert Meter zurück, begann der Wald. Sie durften sich glücklich schätzen, nach diesem Absturz überhaupt noch zu leben und nicht im Dschungel gelandet zu sein, aus dem sie das Schiff nie wieder hätten befreien können. Dass die *Jerle Shannara* nicht in eine Million Bruchstücke zerfallen war, sprach Bände über ihre Konstruktion und ihre Bauweise. Man mochte über Spanner Frew sagen, was man wollte, aber er wusste, wie man ein Luftschiff baute.

Nichtsdestoweniger saßen sie fest, da ihnen die notwendigen Diapsonkristalle zum Abheben fehlten und außerdem ein weiteres Besatzungsmitglied; überdies befanden sie sich in einem vollkommen fremden Land. Für gewöhnlich blieb der Große Rote auch in schwierigen Situationen stets optimistisch, in diesem besonderen Fall jedoch schätzte er ihre Chancen nicht besonders hoch ein.

Er blickte zum Himmel, wo Wolken und Nebel wie ein Vorhang am Horizont hingen und die Ferne in alle Richtungen verschleierten. Außer dem smaragdgrünen Baldachin des Dschungels und den Gipfeln der benachbarten Berge konnte man nichts erkennen. Und so blieb das unangenehme Gefühl, auf einer Felsinsel inmitten von grauem Nebel und einem grünen Meer gestrandet zu sein.

»Spanner«, rief er plötzlich. Der stämmige Schiffsbauer trottete zurück und blieb vor der Pilotenkanzel stehen. »Schlag ein paar Stämme zum Rollen und hol einen Flaschenzug, und dann sollten wir versuchen, das Schiff unter die Bäume nach oben zu ziehen. Mir gefällt es gar nicht, so entblößt dazuliegen.«

Der große Mann wandte sich wortlos um und verschwand auf der anderen Seite des Schiffes. Der Große Rote hörte, wie der Schiffsbauer die Mannschaft zusammenrief und ihr mit seinem Werften-Wortschatz Befehle erteilte. Einen Augenblick lang lauschte der Große Rote seinen Anweisungen und schüttelte den Kopf. Er vermisste Hawk, der stets einen Schritt voraus gewesen war und immer schon gewusst hatte, was zu tun war. Schwarzbart erledigte seine Aufgabe dennoch zufrieden stellend, wenn er auch ein mürrischer Kerl war. Solange man ihm die Richtung wies, gab es an seiner Arbeit nichts auszusetzen.

Redden Alt Mer wandte seine Aufmerksamkeit seiner Schwester zu. Er beugte sich zu ihr hinunter und rüttelte sie sanft an der Schulter. Sie stöhnte und wandte den Kopf ab, dann schlief sie weiter. Er schüttelte sie erneut, ein wenig heftiger jetzt. »Rue, aufwachen.«

Sie schlug die Augen auf und starrte ihn an. Einen Augenblick lang sagte sie nichts. Dann seufzte sie müde. »Das habe ich doch schon mal erlebt – ich erwache aus der Ohnmacht und schaue direkt in dein Gesicht. Wie im Traum. Leben wir noch?«

Er nickte. »Ja, nur eine von uns hat ein bisschen mehr abbekommen als die anderen.«

Sie blickte an sich herunter, betrachtete die Verbände um ihren Leib und an ihrem Bein, wo die Kleidung aufgeschlitzt war, und sah die Schiene an ihrem Arm. »Wie viel mehr?«

»In der nächsten Zeit wirst du jedenfalls nicht losfliegen, um andere Luftschiffe zu kapern. Du hast dir den Arm und mehrere Rippen gebrochen. Die Messerwunden an Oberschenkel und Seite sind wieder aufgerissen. Außerdem hast du dich sehr hübsch gestoßen, und das alles ohne Zutun eines einzigen Mwellrets.«

Sie kicherte und schnitt dann eine Grimasse. »Bring mich nicht zum Lachen. Das tut zu sehr weh.« Sie hob den Kopf, schaute sich um, so gut es ging, und lehnte sich wieder zurück. »Wir sind nicht in der Luft, also habe ich vermutlich den Absturz nicht geträumt. Ist das Schiff heil geblieben?«

»Mehr oder weniger. Es gibt einige Schäden, doch die kann man reparieren. Unser Problem ist nur, wir können nicht abheben. Wir haben alle Reservediapsonkristalle durch einen Riss im Rumpf verloren. Ich werde mit einer Suchmannschaft ins Tal gehen und sie finden müssen, ehe wir hier weg können.« Er zuckte mit den Achseln. »Dank deiner Glückssterne ist die Sache glimpflich ausgegangen.«

»Ich muss schon dankbar sein, dass ich lebe. Das gilt auch für alle anderen.« Sie fuhr sich mit der Zunge über die Lippen. »Hast du irgendetwas zu trinken hier, das nicht aus einem Bach stammt?«

Er nahm einen Schlauch mit Bier, hielt ihn ihr an den Mund, und sie trank mit kräftigen Schlucken. »Bist du irgendwo verletzt, wo ich es nicht sehen kann?«, fragte er, nachdem sie genug getrunken hatte. »Ein bisschen Ehrlichkeit würde übrigens nicht schaden.«

Sie schüttelte den Kopf. »Nein, du hast dich schon um alles gekümmert.« Sie wischte sich die Lippen ab und seufzte tief. »Gut. Aber müde bin ich.«

»Dann schlaf ein wenig.« Er richtete das zerrissene Stück Segel, das er zusammengelegt und ihr als Kissen unter den Kopf geschoben hatte, und zog den zerfetzten Mantel über ihre Arme und Beine. »Ich werde dich wecken, wenn irgendetwas passiert.«

Ihre Augen schlossen sich, was er erwartet hatte, angesichts der Stärke des Schlafmittels, das er ihr ins Bier gemischt hatte. Er nahm ihr den Schlauch ab und verstaute ihn in einem Vorratsbehälter neben der Steuerung, wo Rue ihn nicht sehen konnte, wo er ihn jedoch schnell zur Hand hatte, falls er ihn erneut brauchte. Allerdings würde sie in den nächsten zwölf Stunden kaum aufwachen, wenn er die

Dosis richtig abgemessen hatte. Er betrachtete seine kleine Schwester, die so zäh wie Leder war. Wenn er sie nicht betäubt hätte, wäre sie ohne Zweifel aufgestanden, um diese Zähigkeit unter Beweis zu stellen. Manchmal verwirrte sie ihn, weil sie sich ständig aufs Neue beweisen wollte, als ob sie das nicht längst ein Dutzend Mal getan hatte. Aber lieber so, dachte er, als wenn sie sich mit dem Erreichten zufrieden gäbe. Seine Schwester setzte Maßstäbe, und sie war stets darauf erpicht, sich selbst zu übertreffen. Er wünschte, er hätte mehr Leute wie sie, doch hätte er niemanden gefunden, gleichgültig, wie intensiv er suchen mochte. Die Kleine Rote war einmalig.

Er gähnte und dachte, ein kleines Nickerchen würde auch er jetzt nicht ablehnen, dann ging er hinüber zur Reling und schaute zu Spanner Frew und den anderen hinunter, die die Rollen unter die Pontons setzten. Der Flaschenzug war bereits an einer alten Eiche in fünfzig Metern Entfernung befestigt, die Seilenden waren durch die Eisenringe gezogen, die knapp über der Wasserlinie in die Heckhörner geschraubt waren.

»Wir können jede Hand gebrauchen!«, rief der Schiffsbauer zum Großen Roten nach oben, während er eine Schlinge im Seil mit hörbarem Grunzen packte.

Redden Alt Mer stieg die Leiter hinunter und gesellte sich zu den anderen, die gerade das Seil fassten und sich gegen das Gewicht des Luftschiffs stemmten. Obwohl sie die Felsen aus dem Weg geräumt und die *Jerle Shannara* aufgerichtet hatten, damit die Pontons gleichmäßig auf den Rollen standen, bewegte sich das Schiff kaum von der Stelle. Am Ende nahm der Große Rote drei Mann mit zum Bug und begann, es hin und her zu schaukeln. Nach einigen Mühen und mithilfe eines Schwalls unfreundlicher Beschimpfungen rührte es sich endlich. Nachdem es erst zu rollen begonnen hatte, musste alles sehr rasch gehen. Die Männer zogen gleichmäßig am Seil und trugen die Rollen von hinten nach vorn, und die *Jerle Shannara* polterte rückwärts den Hang hinauf, bis sie ungefähr drei Dutzend Meter außerhalb des offenen Geländes unter Bäumen und Dickicht verschwunden war.

Nachdem der Flaschenzug entfernt und das Seil ausgehakt war, befahl Redden Alt Mer Kelson Riat und dem großen Kerl namens Rucker Bont, einige Büsche abzuschneiden und damit das Deck zu tarnen. Es dauerte nicht lange, dann war der Kapitän mit der Erscheinung seines Schiffes zufrieden. Da alle Segel eingeholt waren und das Deck größtenteils abgedeckt war, würde die *Jerle Shannara* aus der Luft wie ein Teil der Landschaft aussehen, wie ein Hügel aus Fels und Gebüsch oder ein Haufen totes Holz und Reisig.

»Gute Arbeit, Schwarzbart«, lobte er Spanner Frew. »Und jetzt kümmere dich um das Loch in der Seite, während ich mich im Tal auf die Suche nach den Kristallen mache.«

Der große Mann nickte. »Ich gebe dir Bont und Tian Cross mit.« Er fasste den Arm des Kapitäns und drückte ihn. »Die Kleine Rote und ich sind diesmal nicht dabei, um auf dich aufzupassen. Also gib auf dich Acht.«

Redden Alt Mer grinste ihn bübisch an und tätschelte die große, knorrige Pranke seines Schiffsbauers. »Aber immer doch.«

In einer Reihe stiegen sie den Abhang hinunter, der Große Rote ging voran und suchte den günstigsten Weg. Der Abstieg war weder besonders lang noch besonders steil, dennoch konnte jeder Fehltritt in einem hässlichen Sturz enden, und daher ließen sich die drei Männer Zeit. Sie sicherten sich mit Seilen, wenn es tatsächlich einmal richtig steil wurde; dort, wo der Hang breiter war und es ausreichend Halt in dem zerklüfteten Fels gab, passte jeder auf sich selbst auf. Inzwischen war es später Nachmittag geworden, und das Licht schwand, da die Sonne sich hinter Wolken und Dunst versteckte. Der Große Rote schätzte, sie würden noch drei Stunden suchen können, ehe es zu dunkel wurde. Das war nicht so viel Zeit, wie er sich gewünscht hätte, aber man konnte nicht immer alles haben. Sie mussten das Beste aus der Situation machen. Wenn ihnen heute die Zeit knapp wurde, mussten sie es morgen erneut versuchen.

Der Abstieg kostete sie fast eine Stunde, und zwischen den Bäumen unten war es viel dunkler. Der Baldachin aus Ästen und Ranken war dicht und ließ kaum Licht zum Dschungelboden durch. Aus diesem Grund war das Unterholz nicht so undurchdringlich, wie der Große Rote es erwartet hatte, und sie kamen verhältnismäßig leicht voran. Wie sie bald feststellten, befanden sie sich in einem Regenwald, und die Temperatur auf der Talsohle war wesentlich höher als oben auf dem Berg. Die feuchte, dampfige Luft roch nach Erde und Pflanzen. Das Leben gedieh in Hülle und Fülle. Überall wuchsen Farne, manche groß und breit, andere winzig und zart. Die meisten waren grün, dazwischen gab es auch milchweiße und rostrote. Ihre kleinen Schösslinge öffneten sich wie die Finger eines Säuglings und reckten sich zum Licht. Schnecken krochen über den Boden und hinterließen feuchtglänzende und klebrige Spuren. Bunte Schmetterlinge flatterten von Ort zu Ort, und Vögel schossen so schnell unter dem grünen Baldachin hin und her, dass ihnen das Auge kaum folgen konnte. Hin und wieder hörten sie deren Gesang, ein Durcheinander von Liedern, die von überall gleichzeitig zu kommen schienen.

Es herrschte eine eigentümliche, unbehagliche Atmosphäre, und die Veränderungen zum Berg oben spürten sie sofort. Das Rauschen des Windes hatte aufgehört. Über der Landschaft lag eine Ruhe, die nur gelegentlich von den Vögeln oder dem Summen der Insekten gestört wurde. In den stillen Perioden dazwischen stellte sich ein Gefühl der Erwartung ein, als würden alle auf das nächste Geräusch oder die nächste Bewegung warten. Sie fühlten sich beobachtet, und zwar von Wesen, die sie selbst nicht sehen konnten, von Augen, die ihnen überallhin folgten.

Nach kurzer Zeit hielten sie an, und der Große Rote las seinen Kompass ab. In diesem Wald konnte man allzu leicht die Orientierung verlieren, und so weit wollte er es nicht kommen lassen. Er hatte nur eine vage Vorstellung, wo er die Suche nach Jahnons Leiche und den verschollenen Diapsonkristallen aufnehmen sollte, daher mussten sie sich ungefähr in dieser Richtung halten und sich auf ihr Glück verlassen.

Er starrte in den Dunst und dachte einen Moment über die Richtung nach, die sein Leben eingeschlagen hatte. Eigentlich hätte ihm in dieser Hinsicht ein Blick auf den Kompass auch nicht schaden können. Im besten Fall schlingerte er und kurvte erst in die eine und dann in die andere Richtung wie ein Schiff, das kein festes Ziel hat. Er brauchte sich keine Sorgen zu machen, sich hier unten zu verirren, während er so planlos durch sein Leben irrte. Vielleicht hätte er gegen diese Erkenntnis Einwände erheben können – was er nicht selten auch tat –, doch änderte sich dadurch nichts an der Wahrheit. Sein Leben hatte, solange er sich erinnern konnte, aus einer Abfolge von tollkühnen Abenteuern bestanden. Rue hatte Recht gehabt, was ihr Dasein als Söldner betraf. Meistens hatten sie sich nach der Größe der Prise gerichtet, die man ihnen anbot. Jetzt hatten sie zum ersten Mal angeheuert, weil sie glaubten, dass mehr als Geld auf dem Spiel stand.

Und welchen Unterschied machte das aus? Weiterhin kämpften sie um ihr Leben, weiterhin trieben sie dahin wie ein Schiff ohne Segel und irrten durch die große weite Welt.

Ob die Kleine Rote nun glaubte, diese Reise habe sich gelohnt?

Er nahm an, dass er ihretwegen über sein eigenes Leben nachdachte. In den vergangenen zwei Wochen war sie zweimal schwer verwundet worden, und beide Male hätte sie beinahe mit dem Leben bezahlt. Es war schon schlimm genug, wenn er sein Leben so freimütig riskierte; da sollte er sich ein wenig zurückhalten, wenn er ihres in Gefahr brachte. Natürlich war sie eine erwachsene Frau und konnte selbst entscheiden, ob sie ein Wagnis eingehen wollte oder nicht. Doch wusste er, wie sehr sie zu ihm aufschaute, ihm nacheiferte und unerschütterlich an ihn glaubte. So war es stets gewesen. Ob es ihm nun passte oder nicht, damit fiel ihm eine gewisse Verantwortung für ihre Sicherheit zu. Vielleicht war es an der Zeit, dieser Verantwortung ein wenig Aufmerksamkeit zu widmen.

Die Leute sagten, sie hätten das Glück gepachtet. Aber früher oder später verließ jeden einmal das Glück. Das Schicksal würde nicht ewig auf seiner Seite stehen. Und wenn dieser Fall eintraf, würde er bezahlen müssen. Oder schlimmer, Rue.

Sie setzten den Marsch fort, schlugen sich durch den Dschungel und hatten kaum zweihundert Meter hinter sich gebracht, da erspähte Tian Cross die Holzkiste mit den Kristallen, die in einem tiefen Loch lag, das offensichtlich durch den Aufprall in den Boden gedrückt worden war. Erstaunlicherweise war die Kiste im Großen und Ganzen heil geblieben, wenn auch ein wenig lädiert; Nägel und Beschläge hatten sie anscheinend zusammengehalten, so dass sie den Sturz aus dieser Höhe überstanden hatte.

Der Große Rote beugte sich vor und untersuchte sie. Die Kanten der Kiste maßen ungefähr fünfundsiebzig Zentimeter, und sie wog insgesamt fast zweihundert Pfund. Ein kräftiger Mann konnte sie tragen, allerdings nicht sehr weit. Redden Alt Mer überlegte, ob er einfach mehrere Kristalle herausnehmen und sie in seine Taschen stecken sollte. Doch sie waren schwer und unhandlich. Außerdem wollte er sie alle bergen, nicht nur einige. Zwar würde es länger dauern, die gesamte Kiste nach oben zu schleppen und zu hieven, doch schließlich gab es keinen Anlass zu der Annahme, im Verlauf der Heimreise würden nicht weitere Ersatzkristalle gebraucht.

Also stand er auf, zog den Kompass hervor und las ihn erneut ab.

»Kapitän«, rief ihm Rucker Bont zu.

Er blickte auf. Der große Fahrende zeigte nach vorn. Dort befand sich ein deutliches Loch im Dschungel, Bäume und Unterholz fehlten, und durch den Baldachin oben flutete von Dunst gefiltertes Licht herab. Es war eine Lichtung, die Erste, auf die sie stießen.

Redden Alt Mer ließ das Gehäuse seines Kompasses zuschnappen und steckte das Messinstrument zurück in die Tasche. Mit dieser Bresche im Urwald stimmte doch etwas nicht. Er schlug sich durch Bäume und Ranken, um sich die Sache genauer anzusehen, und ließ die Kristalle, wo sie waren. Die anderen beiden Fahrenden folgten ihm. Das Dickicht auf dem Weg zu der Schneise war dichter, und so brauchten sie einige Minuten, um den Rand der Lichtung zu erreichen, wo sie stehen blieben und aus dem Schutz der Bäume spähten.

Ein Teil des Waldes war zu beiden Seiten eines Baches, der sich durch das dichte Unterholz schlängelte, eingeebnet worden. Das Wasser wirkte so still, als würde es sich überhaupt nicht bewegen. Bäume waren umgeworfen worden, Gebüsch und Gras plattgemacht, und die Erde war aufgerissen wie ein gepflügtes Feld. Durch die Bäume erstreckte sich eine Schneise, die dem Bachlauf folgte und sich im Nebel verlor.

Rucker Bont stieß einen leisen Pfiff aus. »Was hat das denn angerichtet?«

Der Große Rote zuckte mit den Schultern. »Vielleicht ein Sturm.«

Bont grunzte. »Könnte sein. Müsste schon ein Orkan gewesen sein.« Er zögerte kurz. »Oder etwas, das ein wenig größer ist als wir und hier unten haust.«

Wachsam ließ er den Blick nach rechts und links schweifen. Der Große Rote betrat die Lichtung und suchte sich einen Weg durch die gefurchte, verdorrte Erde. Die anderen beiden warteten einen Moment ab, ehe sie folgten. In der Mitte des freien Raums kniete sich Redden Alt Mer hin und hielt nach Spuren Ausschau. Er fand keine, allerdings war der Boden so übel aufgewühlt, dass er nicht genau wusste, was er eigentlich zu entdecken hoffte.

Er blickte auf. »Ich sehe hier nichts.«

Rucker Bont scharrte mit dem Stiefel in der Erde, blickte zu Tian Cross und dann zu Alt Mer. »Soll ich mich mal ein bisschen umsehen?«

Der Große Rote spähte zum Bach hinüber, der mit Baumtrümmern übersät war, und blickte in den Tunnel hinein, der sich zwischen die Bäume grub. An manchen Stellen waren die Verwüstungen so schlimm, dass die Uferwände des Bachs eingestürzt waren. Äste und Stämme breiteten sich über das Wasser aus, hölzerne Barrieren, die kreuz und quer lagen und den Geruch von frisch geschnittenem Holz und Laub verströmten. Die ganze Sache sah ganz und gar nicht nach Sturm oder Hochwasser aus. Die Schäden waren zu begrenzt, zu geometrisch und nicht verstreut genug. Vielleicht war Bont mit seiner Bemerkung gar nicht so weit von der Wahrheit entfernt. Diese Verheerung sah aus, als hätte sie ein sehr großes und sehr kräftiges Tier angerichtet.

Plötzlich spürte er eine Veränderung im Wald und erhob sich langsam. Die Vögel und Schmetterlinge, die sie vor kurzem zuhauf gesehen hatten, waren verschwunden, und im Dschungel hatte sich Stille breit gemacht. Unwillkürlich fuhr Alt Mers Hand zu seinem Schwert.

Da entdeckte er Jahnon Pakabbon, und sein Blick wurde wie magisch von der Leiche angezogen. Auf der anderen Seite der Lichtung, etwa fünfzig Meter entfernt, lag Pakabbon auf einer Ansammlung von Felsen und Bruchholz. Nur hatte er kaum mehr Ähnlichkeit mit dem Mann, der er gewesen war, und dafür konnte der Sturz allein nicht verantwortlich sein. Man hatte ihm sämtliches Fleisch vom Leib gezogen und die Eingeweide herausgerissen. Seine Kleidung hing an den nackten Knochen. Die Augen fehlten. Der Mund stand in einem stillen Schrei weit offen und schien nach etwas zu schnappen.

Fast im gleichen Augenblick erblickte Redden Alt Mer das Ungeheuer. Es hockte genau über Jahnon, grün und braun wie der Dschungel, der es verbarg. Er hätte es vielleicht überhaupt nicht bemerkt, wenn nicht in dem Moment das Licht ein wenig gewechselt hätte, während er Pakabbons Leiche anstarrte. In der Absicht, die sterblichen Überreste seines Freundes zu bergen, wäre er vielleicht genau darauf zugegangen, ohne zu ahnen, was ihm auflauerte. Es war so gut getarnt, dass es trotz seiner Größe – dem Ausmaß des Kopfes zufolge musste es riesig sein – quasi unsichtbar war. Erkennen konnte Redden Alt Mer lediglich eine flache Reptilienschnauze, Augen mit Lidern und eine gesprenkelte Haut. Das alles schwebte über Jahnons Leichnam in der Luft wie ein Hammer vor dem Schlag.

Redden sollte keine Gelegenheit bekommen, Rucker Bont und Tian Cross zu warnen. Gerade hatte er verstanden, was er da überhaupt betrachtete, da griff das Wesen schon an. Es sprang aus dem Dschungel, machte mit den kurzen, kräftigen Beinen einen riesigen Satz aus dem Versteck und packte Tian Cross mit seinem enormen Maul, ehe der Fahrende wusste, wie ihm geschah. Tian stieß einen einzigen Schrei aus, dann durchbohrten ihn die nadelspitzen Zähne, und überall war Blut.

Seit langer Zeit war Redden Alt Mer nicht mehr in Panik geraten, aber genau das passierte ihm jetzt. Möglicherweise lag es an der Plötzlichkeit, mit der das Ungeheuer angriff. Vielleicht war es jedoch auch der grausame Anblick, wie diese eigentümliche gehörnte Eidechse von unglaublicher Größe aufgerichtet dastand und wie

Tian Cross' lebloser Körper schlaff aus ihrem Maul hing. Nie zuvor hatte er ein so gigantisches Wesen gesehen, das sich so schnell bewegte. Mit der Geschwindigkeit einer Schlange, die zustößt, war es aus dem Dickicht gekommen. Vor Redden Alt Mers innerem Auge spielte sich diese Bewegung nochmals ab, und der Schreck, den sie ausgelöst hatte, fuhr ihm erneut in die Glieder.

Bluttropfen regneten auf ihn herab, als das Ungetüm die Leiche seines Gefährten schüttelte.

Redden Alt Mer rannte los, zurück in den Dschungel. Er hielt nicht inne, um zu überlegen, wohin er lief und was er tat. Der Gedanke, Tian zu helfen, kam ihm nicht in den Sinn. Tief im Innern wusste er, Tian war tot, und ihm war nicht mehr zu helfen, aber das war nicht der Grund, weshalb er davonlief. Er flüchtete Hals über Kopf, weil ihm klar war, dass er sonst ebenfalls sterben würde.

Etwas anderes als die Flucht fiel ihm nicht ein.

Zunächst glaubte er, das Ungeheuer würde ihm nicht folgen, da es mit seiner Beute zu beschäftigt wäre. Doch schon Sekunden später hörte er es kommen, hörte das Knacken und Brechen von Ästen und Zweigen, das Rascheln von Laub, und spürte das Beben der Erde unter dem Gewicht und der Masse des kräftigen Körpers. Es sauste durch das Unterholz wie von einem Katapult abgeschossen. Der Große Rote beschleunigte abermals, obwohl er schon meinte, nicht mehr schneller zu können. Er jagte durch das Dickicht und duckte sich wieder und wieder unter Ästen hindurch, bis der Raum zwischen den Bäumen wieder offener wurde, und dann legte er noch einmal an Geschwindigkeit zu. Er warf seine hinderlichen Waffen ab, die gegen einen solchen Koloss sowieso wirkungslos waren. Schließlich fühlte er sich einerseits so leicht, als könnte er fliegen, und doch gleichzeitig so schwerfällig wie in Ketten.

Einmal wagte Alt Mer einen Blick über die Schulter. Rucker Bont war hinter ihm, nur wenige Schritte entfernt, und sein Gesicht war bleich vor Schreck, ein Spiegel seines eigenen. Die Eidechse donnerte grün und braun gesprenkelt und mit weit aufgerissenem Maul direkt hinter ihm her.

»Kapitän!«, schrie Bont in höchster Panik.

Alt Mer hörte sein Gebrüll. Die Eidechse hatte ihn erwischt, und Schreie und Geräusche verfolgten den Kapitän der Fahrenden, während er weiter flüchtete.

Schatten! Schatten!

Er wagte nicht, sich umzusehen. Das hätte er nicht ertragen. So rannte er und rannte und ließ keine anderen Gefühle mehr zu außer seiner Angst. Die Angst trieb ihn an. Die Angst beherrschte ihn.

Schließlich erreichte er die Felswand und stieg eilig hinauf, wobei er die scharfen Grate der Steine und das raue Seil kaum spürte. Die Kristalle und Jahnons Leiche waren vergessen. Alle Hoffnungen, bald wieder von hier verschwinden zu können, waren zunichte. Unten im Tal lagen die Leichen seiner Gefährten. Die Waffen hatte er einfach weggeworfen. Doch daran verschwendete er keinen Gedanken. Dazu war er schlicht nicht in der Lage. Sein ganzes Handeln war von dem verzweifelten Drang zur Flucht bestimmt – weniger vor dem, was ihn verfolgte, sondern vor dem, was er in sich fühlte. Seine Angst. Sein Entsetzen. Wenn er nicht schnell genug floh, das wusste er, wenn er nicht schnell genug rannte, würde er im Schlund dieses Monstrums enden.

Nach endlosen Minuten des Kletterns erreichte er im schwindenden Nachmittagslicht, während der Dunst dichter wurde und der Einbruch der Nacht bevorstand, den Hang oberhalb der Felswand. Er wagte noch immer keinen Blick zurück, und erst, als Spanner Frew ihm die großen Hände entgegenstreckte und ihn über die Kante zog, begriff er, wie still es geworden war.

Erstaunt schaute er sich um. Hinter ihm war nichts, kein Zeichen der Rieseneidechse war zu sehen, keine Spur von dem, was geschehen war. Nichts rührte sich, nichts war zu hören, absolut nichts. Der Dschungel hatte alles verschluckt, und seine Oberfläche lag ruhig und still da wie das Meer nach einem Sturm.

Spanner Frew blickte ihm ins Gesicht, und seine Miene verdüsterte sich. »Was ist geschehen? Wo sind die anderen?«

Redden Alt Mer starrte ihn an und konnte im ersten Moment nicht antworten. Schließlich sagte er: »Tot.«

Er schaute auf seine Hände, die unkontrollierbar zitterten.

Später an diesem Abend, als die anderen schliefen und er allein war, entschloss er sich, seine Schwester zu wecken und ihr zu erzählen, was er getan hatte. Er wollte ihr nicht nur berichten, wie er daran gescheitert war, die Kristalle oder Jahnon Pakabbon und seine beiden Begleiter, die nun tot waren, wieder mitzubringen, sondern dass er in Panik geraten und davongerannt war. Das wäre der erste Schritt zu einer Verarbeitung der Erlebnisse, der erste Schritt auf dem Weg fort von dem dunklen Ort, an dem er gelandet war. Er wusste, er würde nicht weiterleben können, wenn er nicht eine Möglichkeit fand, sich den Ereignissen im Tal zu stellen. Damit, alles Rue zu erzählen, vor der er keine Geheimnisse hatte, der er vollkommen vertraute, würde er den Anfang machen. Nichts würde er zurückhalten und sich in das ungünstigste Licht stellen, das er sich denken konnte. Was er getan hatte, war unvorstellbar. Er musste es ihr gestehen und ihre Vergebung erbitten.

Aber als er aufstand und zu ihr ging und sie anschaute, malte er sich aus, wie er sich bei einem solchen Geständnis fühlen würde. Er sah schon ihr Gesicht vor sich, wie es sich nach und nach veränderte, während sie ihm lauschte, und widerspiegelte, wie sie ihren Stolz auf und ihr Vertrauen in ihn verlor, wie sich der Abscheu vor seinen Taten enthüllte. Dann stellte er sich vor, wie sich ihre Miene verschleierte und Gefühle verbarg, die sie nie zuvor kennen gelernt hatte, die das Verhältnis zwischen ihnen erschütterten. Rue, die kleine Schwester, die stets zu ihm aufgeschaut hatte.

Er brachte es nicht über sich. Reglos stand er im Schatten, betrachtete ihr Gesicht, ließ den Moment verstreichen und machte kehrt.

Wieder auf Deck und weit entfernt von der Wache am Bug des Luftschiffs, das in Richtung der dunklen Talmulde lag, lehnte er sich an den Mast und starrte hinauf in den dunstverhangenen Nachthimmel. In den Wolkenlücken zeigten sich manchmal die Mondsichel und die Sterne. Er sah sich den Weg an, auf dem sie hergekommen waren, dachte an seinen mangelnden Mut und seine wankende Entschlossenheit.

Nach einer Weile ließ er sich an dem Mast hinunterrutschen, in eine sitzende Position, lehnte sich mit dem Rücken an das raue Holz und legte den Kopf zurück. So unbeweglich wie der Mast verlor er sich in der Rage seiner Selbstverdammnis, und als der Morgen noch Stunden entfernt und Erlösung noch lange nicht zu erkennen war, schloss er die Augen und dämmerte in den Schlaf hinüber.

Dreizehn

Auf dem Flaggschiff des Morgawrs überstand Ahren Elessedil den Sturm, der die *Jerle Shannara* zur Bruchlandung gezwungen hatte, tief unter Deck eingesperrt. Er war nicht, wie Bek einen Tag zuvor, als er auf der *Schwarzen Moclips* gefangen gehalten wurde, an die Wand gekettet, sondern er durfte sich innerhalb des Raumes, dessen Tür allerdings verriegelt war, frei bewegen. Der Orkan hatte sie auf dem Flug nach Norden ins Innere der Halbinsel erwischt, hatte das Schiff wie mit der Hand eines Riesen gepackt, es hin und her geworfen und schließlich, nachdem er des Spiels überdrüssig geworden war, sie wieder in Ruhe gelassen. Das einzige Fenster des Raumes war geschalkt, und so konnte Ahren nicht aus seinem Gefängnis nach draußen schauen, obwohl er nichtsdestoweniger das Wüten des Sturmes spürte. Er fühlte, wie der Orkan über sie hereinbrach und sein Spiel mit dem Luftschiff trieb, wie der entfesselte Wind drohte, es in Kleinholz und Schrott zu verwandeln. Wenn das geschähe, dachte Ahren, wäre er wenigstens all seine Sorgen los.

In den schlechteren Augenblicken hielt er dies durchaus für die bessere Lösung.

Da er nun unfreiwillig zum Komplizen des Zauberers geworden war, den er bei der Suche nach der Ilse-Hexe unterstützen sollte, hatten ihn der Morgawr und seine Mwellrets an Bord geschafft, als sie Castledowns Ruinen verließen, und ihn direkt in sein gegenwärtiges Gefängnis verfrachtet. Vor der Tür hatte man eine Wache postiert, doch die war nach Aufkommen des Sturms bald verschwunden und bislang nicht zurückgekehrt. Kurz zuvor hatte man ihm Essen und Wasser gebracht, nur wenig von beidem und gerade genug, damit er bei Kräften blieb. Niemand gab sich die Mühe, sich mit ihm zu unterhalten. So, wie der Morgawr die Dinge handhabte, würde er Ahren nur herausholen lassen, wenn der Elfenprinz dem Zauberer in irgendeiner Weise von Nutzen sein würde.

Oder wenn der Zeitpunkt gekommen war, an dem er sich seiner endgültig entledigte. In dieser Hinsicht machte er sich keine Illusionen. Früher oder später, gleichgültig, was man ihm versprach, würde es so weit sein.

Ryer Ord Star war mit dem Zauberer verschwunden, und der Elfenprinz hatte keine rechte Vorstellung davon, aus welchem Grunde sie sich gegen ihn gewendet hatte. Diese Geschichte ging ihm nicht aus dem Kopf, auch während des Sturms nicht, als er an der Wand zwischen zwei schweren Trossen saß, um nicht durch den Raum geschleudert zu werden. Früher war sie das willige Werkzeug der Ilse-Hexe gewesen, und es fiel nicht schwer, sich auszumalen, dass sie dem Morgawr nun ebenso dienen würde, da es für sie eine Frage von Leben und Tod war. Walker hatte ihr nicht nur Kraft, sondern auch ein Ziel gegeben, aber Walker war gestorben. Ohne ihn wirkte sie zerbrechlicher, kleiner und verletzlicher – wie ein Schatten ihrer selbst.

Trotzdem hatte Ahren geglaubt, sie sei seine Freundin und habe ihre Vergangenheit hinter sich gelassen. Stattdessen hatte sie ihn verraten, hatte seine Identität preisgegeben und dem Morgawr sogar vorgeschlagen, auf welche Weise sich Ahren für ihn als nützlich erweisen könnte. Das war unerträglich. Ob es ihm nun gefiel oder nicht, er blieb mit dem unangenehmen Verdacht zurück, dass sie ihn von vornherein angelogen hatte.

Dennoch hatte sie ihm eindeutig die Worte *Vertrau mir* zugeflüstert, nachdem sie in Gefangenschaft geraten waren. Warum hatte sie das zu ihm gesagt, wenn nicht, um ihn glauben zu machen, dass sie weiterhin auf seiner Seite stand?

Was für ein Lügennetz wob sie da?

Er dachte auch über die Elfensteine nach. Was mit ihnen passiert war, das war ihm gänzlich schleierhaft. Vor der Gefangennahme hatten sie sich auf jeden Fall noch in seinem Besitz befunden. Er erinnerte sich gut daran, sie in seinem Gewand verstaut zu haben. Verloren hatte er sie bestimmt nicht, denn das hielt er für schlicht unmöglich, also musste jemand sie an sich genommen haben, während er bewusstlos war. Aber wer? Sicherlich würde der Verdacht als Erstes auf Ryer Ord Star fallen, doch Cree Bega hatte sie durchsucht. Außerdem, wann hätte sie eine Gelegenheit gehabt, nachdem die Mwellrets sie gefangen genommen hatten? Blieben Cree Bega oder einer der anderen Mwellrets, allerdings gehörten entweder größter Mut oder größte Dummheit dazu, die Steine vor dem Morgawr verbergen zu wollen. Ahren glaubte nicht, dass einer der Mwellrets das wagen würde.

Als der Sturm nachgelassen hatte und das Schiff wieder sanft und ruhig durch den aufklarenden Himmel glitt, kämpfte Ahren immer noch gegen seine Verwirrung an. Er wusste, die Sonne war hinter den Wolken hervorgekommen, das konnte er an dem Licht erkennen, welches durch die Spalte in den Fensterläden hereinschien, und er roch die frische, saubere Luft, die stets einem Sturm folgte. So stand er da, drückte das Gesicht an die rauen Latten und versuchte, draußen in der Helligkeit etwas zu erkennen, als der Riegel an der Tür mit einem lauten Schnappen zurückgezogen wurde. Ahren drehte sich um. Ein Mwellret trat ein, überprüfte mit einem Blick, ob alles in Ordnung war, dann stellte er ein Tablett auf den Boden, ging wieder hinaus und verschloss und verriegelte die Tür.

Ahren aß und trank, denn jetzt wurden ihm sein großer Hunger und Durst bewusst, und er lauschte den Aktivitäten auf Deck, die nach der Unterbrechung wieder aufgenommen wurden, den donnernden Schritten und dem Wirrwarr von schroffen Stimmen und Rufen. Das Luftschiff schaukelte mehrmals, drehte sich und vollzog einige ruckende Manöver. Diejenigen, welche das Steuer bedienten, hatten entweder ungeschickte Hände oder wenig Erfahrung. Die Seeleute waren jedenfalls Südländer, auf mehr hatte er nicht geachtet, als man ihn an Bord gebracht hatte, und vermutlich waren sie zwangsweise zum Dienst verpflichtet worden wie jene, die auf den Prekkendorranischen Höhen kämpften. Vor allem hatte er sich das Deck angeschaut und die Gänge gemerkt, durch die man ihn führte, damit er den Weg kannte, falls er irgendwann eine Chance zur Flucht bekam.

Er schloss die Augen und holte tief Atem. Diese Hoffnung erschien ihm inzwischen unglaublich naiv.

Ein unerwarteter Ruck warf ihn nach hinten, stieß das Tablett um, und was sich darauf befand, verteilte sich auf dem Boden. Das Knirschen von Holz und das Kreischen von Metall ließen vermuten, dass sie an etwas sehr Großem vorbeischrammten. Ahren ging der Länge nach zu Boden, weil das Schiff unvermittelt stehen blieb. Über sich hörte er weitere hektische Aktivität. Einen Augenblick lang dachte er, oben würde ein Kampf ausbrechen, aber dann legte sich die Aufregung wieder. Die Bewegung hatte sich jedoch verändert, das vorherige sanfte Gleiten war durch ein steiferes Schwanken ersetzt worden, als ruhe das Schiff an etwas Festem.

Daraufhin ging die Tür zu seinem Gefängnis auf, und Cree Bega trat herein, gefolgt von zwei weiteren Mwellrets. Letztere traten zu Ahren, rissen ihn unsanft auf die Beine und zerrten ihn auf die offene Tür zu.

»Komm mit unss, kleiner Elf«, befahl Cree Bega.

Sie brachten ihn auf Deck. Das grelle Sonnenlicht blendete ihn zunächst. Er wurde von den Mwellrets fest gehalten und betrachtete blinzelnd die Gestalten, die vor ihm versammelt waren. Bei den meisten handelte es sich um Mwellrets, aber es befanden sich auch Seeleute der Föderation darunter. Die Seeleute hatten schlaffe Gesichter ohne jeglichen Ausdruck. Sie standen wie betäubt da und starrten ins Leere. Ahren stellte fest, dass das Schiff in der Luft lag und einige hundert Fuß über einem weitausgedehnten grünen Wald schwebte, der sich bis zu den Gipfeln einer Gebirgskette vor ihrem Bug erstreckte, einem steinernen Gerippe, das im Dunst der Ferne verschwand.

Dann bemerkte er, dass ein zweites Luftschiff angelegt hatte, welches er sofort erkannte. Es war die *Schwarze Moclips.*

»Bessser ssolltesst du jetzt gut aufpassssen«, zischte Cree Bega ihm ins Ohr.

Ahren entdeckte Ryer Ord Star. Sie stand neben dem Morgawr, nahe am Bug, und ihre schmale Gestalt verlor sich fast im Schatten. Der Morgawr hatte sich schützend vor sie gestellt, und sie schien seine Aufmerksamkeit zu genießen, schaute immer wieder zu ihm auf und lehnte sich an ihn, als würde ihr seine Gegenwart Kraft verleihen. Von ihrer Miene konnte er Vorfreude ablesen, obwohl ihr Gesicht geisterhaft bleich war und den Eindruck erweckte, sie befinde sich an einem Ort im Jenseits und nicht im Hier und Jetzt. Ahren starrte sie an und hoffte, sie würde ihn bemerken. Doch sie schaute nicht ein einziges Mal in seine Richtung.

An Bord der *Schwarzen Moclips* liefen nun Seeleute der Föderation zur Reling und sicherten die Taue, die die beiden Schiffe zusammenhielten. Das Unbehagen war ihnen deutlich anzusehen. Hin und wieder warfen sie einen Blick auf ihre Kameraden an Bord des anderen Schiffes, wandten sich jedoch rasch wieder ab. Auch sie entdeckten in den Gesichtern der Mannschaft auf dem Mwellret-Schiff das Gleiche wie Ahren – Leere und Teilnahmslosigkeit.

Zwei Männer stiegen vom Pilotenhaus der *Schwarzen Moclips* herunter und traten vor. Der Kommandant, an den Abzeichen auf seiner Uniform erkennbar, war ein großer, kräftig gebauter Kerl mit kurzem, dunklem Haar. Der andere, vielleicht sein Maat, war ebenfalls groß, doch dünn wie eine Maststange, und hatte das wettergegerbte, gebräunte Gesicht eines Mannes, der sein Leben auf einem Schiff verbracht hatte. Die Mannschaft der *Schwarzen Moclips* stellte sich hinter ihnen auf und stärkte ihnen den Rücken, während sie zur Reling gingen. Der Morgawr trat vor und redete einen Augenblick mit ihnen, sprach jedoch leise, und Ahren konnte seine Worte nicht verstehen. Dann stieg der breitschultrige Kommandant über die Reling auf das Schiff des Morgawrs.

»Komm näher, kleiner Elf«, befahl Cree Bega. »Ssieh dir an, wass passssiert.«

Die Mwellrets, die Ahren festhielten, zerrten ihn nach vorn, und jetzt konnte er alles mit anhören. Erneut blickte er Ryer Ord Star an, die sich ein wenig zurückgezogen hatte, abseits der anderen am Bug stand und die Augen geschlossen hielt wie in Trance. Sie träumte, begriff er. Vermutlich hatte sie gerade eine Vision, und niemand bemerkte es.

»Sie hat euch eingesperrt, hat das Kommando über euer Schiff übernommen und ist anschließend entflohen – und das alles mit Hilfe eines einzigen Flugreiters?«, fragte der Morgawr ungläubig. Seine raue Stimme klang ruhig, aber der scharfe Unterton darin war nicht zu überhören.

»Sie ist eine außergewöhnliche Frau«, erwiderte der Offizier der Föderation, wütend und verschlossen.

»Wohl kaum außergewöhnlicher als Eure Gebieterin, Kommandant Aden Kett, und die seid Ihr ja sehr schnell losgeworden. An Eurer Stelle hätte ich mir das zweimal überlegt.«

Kett nahm eine steife Haltung ein. Er starrte in die dunkle Kapuze seines Gegenübers, deutlich eingeschüchtert von der düsteren, vom Mantel verhüllten Präsenz, und auch von der Größe und der geheimnisvollen Erscheinung. Hier hatte er ein Wesen vor sich, das ganz offensichtlich in irgendeiner Beziehung zur Ilse-Hexe stand und damit äußerst gefährlich war.

»Ich habe es mir mehr als zweimal überlegt, das könnt Ihr mir glauben«, entgegnete er.

»Dennoch habt Ihr sie entkommen lassen und sie nicht einmal verfolgt.«

»Wir sind in einen schweren Sturm geraten. Die Sicherheit meines Schiffes war mir wichtiger als eine junge Fahrende.«

Rue Meridian, dachte Ahren plötzlich. Auf irgendeine Weise musste Rue an Bord gelangt sein, nachdem die Ilse-Hexe an Land gegangen war, und die Kontrolle über die *Schwarze Moclips* übernommen haben. Aber wo war sie jetzt? Wo der Rest der Fahrenden? Alle waren verschwunden, schien es, mit Walker in den Äther gegangen.

»Also habt Ihr das Schiff zurück, doch die Fahrende ist weg?« Der Morgawr tat die Angelegenheit offensichtlich mit einem Schulterzucken ab. »Da fragt sich nur, wo steckt Eure kleine Ilse-Hexe, Kommandant?«

Aden Kett wirkte verwirrt. »Ich habe es Euch doch schon gesagt. Sie ist an Land gegangen und nicht mehr zurückgekehrt.«

»Der Junge, der geflohen ist und an dem sie anscheinend so großes Interesse hegte, als sie ihn an Bord brachte – was denkt Ihr, ist mit ihm passiert?«

»Ich habe keine Ahnung, was mit dem Jungen geschehen sein könnte. Ich weiß nicht, was mit irgendwem geschehen ist. Dafür weiß ich jedoch, dass ich von dieser Fragerei die Nase voll habe. Mein Schiff und meine Mannschaft unterstehen dem Kommando der Föderation. Wir müssen niemandem Rechenschaft ablegen, und schon gar nicht in einer Situation wie dieser.«

Eine mutige Erklärung, dachte Ahren. Und eine dumme, falls das zutraf, was er vermutete. Wenn die Ilse-Hexe schon gefährlich war, so galt das für ihren Mentor, diesen Morgawr, doppelt. Auf der Suche nach ihr hatte er eine weite Reise hinter sich gebracht. Und für diese Expedition hatte er sich zudem irgendwie eine ganze Flotte von Föderationsschiffen besorgt. Außerdem hatte er einen Haufen Mwellrets um sich geschart, die ihm gehorchten. Aden Ketts Verhalten musste man als leichtsinnig bezeichnen.

»Würdet Ihr gern nach Hause zurückfliegen, Kommandant?«, fragte der Morgawr ihn leise. »Und wieder auf der Prekkendorranischen Höhe kämpfen?«

Diesmal zögerte Aden Kett, ehe er antwortete, denn vielleicht spürte er endlich, dass er einen Schritt zu weit gegangen war. Die Mwellrets, fiel Ahren auf, waren sehr still geworden. Auf ihren flachen Reptiliengesichtern bemerkte Ahren die Vorfreude.

»Ich würde nach Hause zurückkehren und alles tun, wozu die Föderation mir den Befehl erteilt«, antwortete Kett. »Ich bin Soldat.«

»Ein Soldat gehorcht im Feld seinem Offizier, und Ihr befindet Euch im Felde, Kommandant«, sagte der Morgawr leise. »Wenn ich Euch bitte, mir bei der Suche nach der Ilse-Hexe zu helfen, so wäre das Eure Pflicht.«

Nach langem Schweigen entgegnete Kett: »Ihr seid keineswegs mein Offizier. Ihr habt keine Befehlsgewalt über mich. Oder über mein Schiff und dessen Besatzung. Ich habe keine Ahnung, wer Ihr seid oder wie Ihr an Bord von Föderationsschiffen hergekommen seid. Doch solange Ihr keine schriftlichen Befehle bei Euch führt, bin ich nicht verpflichtet, Euren Anweisungen Folge zu leisten. An Bord Eures Schiffes bin ich lediglich gekommen, um der Höflichkeit Genüge zu tun. Das ist hiermit geschehen, und weitere Verpflichtungen Euch gegenüber bestehen nicht. Ich wünsche Euch viel Glück, Sir.«

Er wandte sich ab und wollte wieder an Bord der *Schwarzen Moclips* steigen. Sofort trat der Morgawr vor, und seine riesige Klauenhand schob sich aus der schwarzen Robe und packte den glücklosen Föderationsoffizier am Hals. Kraftvolle Finger schlossen sich um Aden Ketts Kehle und würgten seinen Schrei ab. Die andere Hand des Morgawrs, von einem grünen Lichtball umgeben, tauchte langsamer aus dem Ärmel auf, derweil das Opfer hilflos um sich schlug und zappelte. Dann musste Ahren Elessedil voller Grauen zuschauen, wie der Morgawr die glühende Hand zur Hinterseite des Kopfes seines Gefangenen ausstreckte, sie durch Haut und Haar und Knochen drückte und im Inneren wie einen Löffel drehte. Kett warf den Kopf zurück und schrie trotz der Finger um seinen Hals, erzitterte einmal und wurde still.

Vorsichtig zog der Morgawr die Hand zurück. Der Hinterkopf von Aden Kett schloss sich wieder, als wäre niemals etwas eingedrungen. Die Hand des Morgawrs glühte nicht mehr. Sie war feucht, und Hirn und Blut tropften von ihr herunter.

Der Vorfall dauerte nur wenige Sekunden. An Bord der *Schwarzen Moclips* rannten die erschütterten Föderationssoldaten zur Reling, doch die Mwellrets versperrten ihnen mit Spießen und Äxten den Weg. Sie drängten die entsetzten Südländer zurück, schwärmten an Bord des anderen Schiffes und nahmen alle gefangen. Die einzige Ausnahme bildete der dürre Maat, der nur einen Blick auf das schreckliche, leere Gesicht des Kommandanten warf, das jeglichen Lebens und jeglichen Gefühls, ja jeglicher Menschlichkeit beraubt war, kurz zögerte, daraufhin zur Reling hastete und sich über die Seite warf.

Der Morgawr zerquetschte die letzten Reste von Aden Ketts Gehirn in seiner Hand, die Stücke tropften auf Deck, und feucht rann es an seinem schuppigen Arm herab.

»Bringt die anderen her«, befahl er leise. »Einen nach dem anderen. Was für ein Schmaus.«

Ahren Elessedil stiegen ungebeten die Tränen in die Augen, und er übergab sich.

»Dasss könnte auch kleinen Elfen passieren, die vergessssen zzu gehorchen«, zischte Cree Bega Ahren ins Ohr. »Sstell dir ruhig schon einmal vor, wie esss ssich anfühlt!«

Damit zerrte er den Jungen unter Deck und sperrte ihn wieder in sein Gefängnis.

Am Bug, im Schatten der geschwungenen Rammen, allein und vergessen, während Aden Kett auf diese schreckliche Art unterjocht wurde, stand Ryer Ord Star mit geschlossenen Augen und ruhiger Seele da.

Walker.

Keine Antwort. Der Duft von Wald, der vom Wind herangetragen wurde, stieg ihr in die Nase. Sie stellte sich die Bäume vor, die Äste, die sich weit ausbreiteten, die Blätter, die sich wie Finger reckten – ein Schutz und ein Heim.

Walker.

– Ich bin hier –

Beim Klang seiner Stimme entspannte sie sich, und der Frieden, der stets in ihr einkehrte, wenn der Druide in der Nähe war, erfüllte sie auch diesmal wieder. Sogar im Tode war er bei ihr, ihr Beschützer und ihr Führer. Wie er es ihr versprochen hatte, als er sie von Castledown fortgeschickt hatte, war er zurückgekommen. Nicht lebendig, sondern in ihren Träumen und Visionen, eine starke und zuversichtliche Präsenz, die ihr die Kraft verlieh, welche sie so dringlich brauchte.

Wie lange muss ich noch hier bleiben?

Vor ihrem inneren Auge gesellte sich zu der Stimme des Druiden seine Gestalt, wie er im Leben ausgesehen hatte, und er sah sie voller Zärtlichkeit und Verständnis an.

– Noch ist die Zeit nicht gekommen –

Ich habe Angst!

– Fürchte dich nicht. Ich bin bei dir und beschütze dich vor Schaden –

Sie hielt die Augen geschlossen und hob den Kopf, spürte die Wärme der Sonne und den kühlen Wind auf dem Gesicht, doch sie sah nur ihn. Für alle anderen, die sie anschauten, vor allem für Ahren, der sie beobachtete, wirkte sie klein und zerbrechlich und einem Schicksal überlassen, das nur sie selbst erkennen würde, wenn es sich irgendwann erfüllte. Sie war auf dieses Schicksal vorbereitet, hatte es akzeptiert, und ihre Miene strahlte die gelassene Bereitschaft aus, sich ihm zu fügen.

In den Worten, die sie in der Stille ihrer Gedanken sprach, schwang ihre größte Sehnsucht mit.

Ich bin so einsam. Befreie mich.

– Deine Aufgabe ist noch nicht erledigt. Grianne ist noch nicht aufgewacht. Du musst ihr zusätzliche Zeit verschaffen. Sie darf ihre Freiheit nicht verlieren. Und sie darf dem Morgawr nicht eher begegnen, bis sie sich erinnert –

Wie wird ihr das gelingen? Wie wird sie den Weg zurück von dort finden, wo sie sich vor der Wahrheit verkrochen hat?

Ryer Ord Star wusste über Grianne Ohmsford und das Schwert von Shannara Bescheid, wusste, was der Ilse-Hexe in den Katakomben von Castledown widerfahren war. Walker hatte es ihr erzählt, als er zum ersten Mal zu ihr gekommen war – da war sie gerade zusammen mit Ahren in die Gefangenschaft der Mwellrets geraten. Er hatte ihr berichtet, was sich ereignet hatte und wofür er sie nun brauchte. Sie war so dankbar, ihn zu sehen, selbst in dieser neuen Gestalt, an diesem neuen Ort, dass sie alles getan hätte, was er von ihr verlangte.

Die leise, vertraute Stimme flüsterte ihr zu:

– Sie wird zurückkehren, sobald sie einen Weg gefunden hat, sich selbst zu vergeben. Sie kommt zurück, wenn sie wiedergeboren wird –

Die Seherin wusste nicht, was das bedeuten sollte. Wie konnte sich die Ilse-Hexe die Untaten verzeihen, die sie begangen hatte? Wie konnte jemand, der ein solches Leben wie sie geführt hatte, zur Normalität zurückfinden?

Abermals sprach Walker zu ihr.

– Du musst den Morgawr täuschen. Verzögere seine Suche. Führe ihn in die Irre. Er ist der Einzige, der die Fähigkeit oder die Magie besitzt, sie zu entdecken. Somit stellt nur er eine Bedrohung für sie dar. Wenn er sie erwischen würde, wäre alles verloren –

Sie spürte, wie ihr bei diesen Worten kalt wurde. Was meinte er damit? Alles? Die ganze Welt und jene, die darauf lebten? Konnte das möglich sein? Hatte der Morgawr Macht genug, um solche Dinge zu bewerkstelligen? Warum war Grianne Ohmsfords Leben so wichtig für die Zukunft? Was vermochte diese junge Frau zu tun, falls es ihr überhaupt gelang, Wahnsinn und Verzweiflung zu entfliehen?

– Wirst du es versuchen –

Ich werde es versuchen. Aber ich muss auch Ahren helfen.

Einen Augenblick lang hatte sie das Gefühl, er berühre sie mit seinem richtigen Körper. Sie sah seine Hand, die nach ihrer Schulter griff. Sie spürte seine Finger, warm und stark und lebendig. Leise stöhnte sie auf, überrascht.

Ach, Walker!

– Beachte den Elfenprinz nicht weiter. Tu, was dir aufgetragen wurde. Sprich nicht mit ihm. Sieh ihn nicht an. Gehe nicht in seine Nähe. Erhalte deine Tarnung aufrecht, sonst wird alles, wofür ich gearbeitet habe, verloren sein –

Sie nickte und seufzte, hing der Berührung seiner Hände, seines Fleisches nach. Was er von ihr erwartete, wusste sie. Das musste sie allein vollbringen und so gut sie nur konnte. Erneut dachte sie über seine Wortwahl nach. *Erhalte deine Tarnung aufrecht, sonst wird alles, wofür ich gearbeitet habe, verloren sein.* Was meinte er damit? Wofür hatte er gearbeitet, das bedroht sein konnte? Warum war es ihm so wichtig, dass sie den Morgawr täuschte? Aus welchem Grund wollte er Grianne Ohmsford unbedingt die Flucht ermöglichen?

Dann begriff sie. Die Erkenntnis traf sie wie ein Blitz, und plötzlich war ihr unverständlich, wieso sie diese Tatsachen, die doch auf der Hand lagen, zuvor so lange übersehen hatte. *Natürlich,* dachte sie. *Wie könnte es anders sein?* Angesichts der Enormität dieser Enthüllung verlor sie die Balance, und einen Augenblick lang ließ sie in ihrer Konzentration nach und schlug die Augen auf. Die grelle Mittagssonne blendete sie, und sofort kniff sie die Augen wieder zu.

Zu viel Licht. Zu viel Wahrheit.

Seine Stimme drängte sich durch Verwirrung und Aufregung.

– Tu, worum ich dich bitte. Ein letztes Mal –

Bestimmt. Ich verspreche es dir. Ich werde einen Weg finden.

Dann war er verschwunden, und sie stand allein in der Dunkelheit ihres Geistes, während seine Worte leise in ihrem Kopf nachhallten und seine Gegenwart noch ihr Herz erwärmte.

Als sie zu sich kam, aus ihrer Trance erwachte und sich von ihrer Vision befreite, als sie die Augen erneut aufschlug und sie des Lichtes wegen mit der Hand beschattete, hörte sie die Schreie der Föderationssoldaten von der *Schwarzen Moclips,* deren Seelen der Morgawr gierig verschlang.

Vierzehn

Bek Ohmsford, Truls Rohk und die katatonische Grianne Ohmsford entkamen den Ruinen von Castledown knapp vor den Mwellrets und ihren Caulls, die nach ihnen suchten, und flohen eilig in den Wald. Ihre Verfolger waren ihnen dicht auf den Fersen, und durch die Bäume hörten sie den Lärm, den die Häscher verursachten, als sie wie Treiber ausschwärmten, um die Gejagten aufzuscheuchen. Ihre Nähe erfüllte Bek mit einem Gefühl der Hilflosigkeit, das selbst die Gegenwart des Gestaltwandlers nicht völlig vergessen machen konnte. So bekam er nun eine Ahnung davon, wie sich ein Tier fühlen musste, das von Menschen und Hunden aus purer Lust gehetzt wird, obwohl es in diesem Fall nicht um Lust ging. Nur weil sie ständig in Bewegung blieben, gelang es ihm, seine Panik unter Kontrolle zu halten.

Sie wären nicht sehr weit gekommen, wenn es Truls nicht auf sich genommen hätte, Grianne zu tragen. Beks Schwester, die in ihrem Zustand keinen eigenen Willen hatte, bewegte sich sehr langsam, deshalb wären sie eigentlich bald von den Feinden eingeholt worden, und nur, weil der Gestaltwandler sich unerwartet entschieden hatte, sie zu tragen, hatten sie überhaupt eine Chance. Diese Hatz dauerte nun schon zwei Stunden an.

Was ihnen am Ende das Entkommen ermöglichte, war derselbe Sturm, der den Absturz der *Jerle Shannara* verursachte. Er fegte von der Küste wie eine schwarze Wand heran, und weder Verfolger noch Verfolgte konnten sich im Wald entlang des Aleuthra Arks vor ihm verstecken. Der Regen prasselte wie aus Kübeln auf sie hernieder. Blitze schlugen überall um sie herum in die Bäume ein und riefen grelle Explosionen, Funken und Feuer hervor, Donner grollte, als würde der Himmel einstürzen. Bek schrie Truls zu, sie sollten Schutz suchen, doch der Gestaltwandler ignorierte ihn, setzte den Gewaltmarsch fort und warf nicht einmal einen Blick über die Schulter. Bek folgte ihm vor allem aus einem Grunde: Er hatte keine andere Wahl. So rannten sie geduckt durch den Orkan, der einer Flutwelle gleich über sie hinwegrauschte und mit seiner Wucht verheerende Schäden in der Landschaft anrichtete.

Erst nach Ende des Sturms hielten sie an, nass bis auf die Haut und durchgefroren. Die Temperatur war beträchtlich gesunken, und das Grün des Waldes hatte einen winterlichen Schimmer angenommen. Der Himmel blieb zunächst bewölkt und düster, klarte dann jedoch langsam auf, wo die Nacht sich zurückzog und die silbrige Dämmerung des neuen Tages sichtbar wurde. Die Sonne verbarg sich weiterhin hinter der Sturmfront, doch schon bald würde sie hoch genug gestiegen sein und das Land mit Licht überfluten.

Bek schnappte nach Atem und wandte sich Truls zu. »Wir können nicht in diesem Tempo weiterhetzen. Ich jedenfalls nicht.«

»Machst du schon schlapp, Junge?« Der Gestaltwandler lachte

höhnisch. »Versuch doch mal, deine Schwester dabei noch zu schleppen.«

»Meinst du, wir haben sie abgehängt?«, fragte er.

»Für den Moment ja. Aber in Kürze werden sie unsere Spur wiedergefunden haben.« Truls Rohk setzte Grianne auf einen Baumstamm, wo sie zusammengesunken und teilnahmslos saß, mit schlaffem Gesicht und leerem Blick. »Wenigstens haben wir ein bisschen Zeit gewonnen.«

Bek starrte Grianne kurz an und suchte nach irgendeinem Zeichen, dass sie wieder zu Bewusstsein gekommen war, entdeckte jedoch keines. Ihre Unfähigkeit, normal zu agieren oder überhaupt irgendetwas selbstständig zu tun, bedrückte ihn, denn wenn sie ihre Chance nutzen wollten, dem Feind zu entfliehen, konnten sie es sich nicht leisten, dass sie in diesem Zustand verharrte.

»Was sollen wir tun?«, fragte er.

»Laufen und immer weiterlaufen.« Bek spürte, wie Truls Rohk ihn aus dem schwarzen Oval seiner Kapuze anstarrte. »Was würdest du denn vorschlagen?«

Bek schüttelte den Kopf und antwortete nicht. Er fühlte sich so losgelöst von dieser Welt, so verlassen wie eine Waise, die sich um sich selbst kümmern muss, ohne eigentlich dazu in der Lage zu sein. Da Walker tot war und der Rest der Gesellschaft von der *Jerle Shannara* ebenfalls tot oder weit verstreut, hatte sein Leben nur mehr den Sinn, seine Schwester zu retten. Wenn er darüber nachgedacht hätte, was er sich allerdings nicht gestattete, wäre er vermutlich zu dem Schluss gekommen, dass er seine Heimat niemals wieder sehen würde.

»Zeit, aufzubrechen«, sagte Truls Rohk und erhob sich.

Bek stand ebenfalls auf. »Ich bin bereit«, verkündete er, obwohl er sich ganz und gar nicht danach fühlte.

Der Gestaltwandler grunzte nichts sagend, nahm Grianne wieder auf die kräftigen Arme und lief los.

Den Rest des Tages waren sie unterwegs und suchten sich ihren Weg über nassen Boden, wo Wasser ihre Spuren füllte und verschwinden ließ und wo sich ihre Witterung rasch verflüchtigte. Für

Bek war es der härteste Tag seines Lebens. Sie machten gerade lange genug Rast, um Atem zu schöpfen, etwas zu trinken und ein wenig von den kargen Vorräten zu essen, die Truls bei sich hatte. Ansonsten hasteten sie in einer brutalen Geschwindigkeit voran. Doch viel stärker setzten Bek die Umstände ihrer Flucht zu – das fortwährende Gefühl, gehetzt zu werden und ohne ein bestimmtes Ziel davonzurennen, das Gefühl, alles Vertraute und allen Trost verloren zu haben. Bek hielt durch, indem er an seine Heimat, an seine Familie und an das Leben vor dieser Reise dachte, an Quentin und seine Eltern, an die Welt des Hochlands von Leah, an jene Tage, die so weit entfernt waren, dass sie ihm inzwischen wie ein Traum erschienen.

Bei Einbruch der Nacht konnten sie ihre Verfolger nicht mehr hören. Im Wald herrschte nach dem Sturm und nach dem Sonnenuntergang Stille, und das Land hatte seinen Frieden wiedergefunden. Bek und Truls saßen schweigend da und nahmen ihr Abendessen zu sich, gesalzenes und getrocknetes Fleisch, mürbes Brot und Käse. Grianne aß nichts, obwohl Bek mehrmals versuchte, sie dazu zu bringen. Er konnte nichts daran ändern. Wenn sie nicht essen wollte, wie sollte er sie denn zwingen? Wenigstens gelang es ihm, ihr ein wenig Wasser einzuflößen, das sie eher aus Reflex und kaum wegen seiner Bemühungen schluckte. Er machte sich Sorgen, dass sie an Kraft verlieren oder sogar sterben könnte, falls sie nichts zu sich nahm, und doch hatte er keine Ahnung, was er unternehmen sollte.

»Lass sie in Ruhe«, meinte der Gestaltwandler, als er ihn nach seiner Meinung fragte. »Sie wird schon essen, wenn sie will.«

Bek ließ das Thema fallen. Er aß, starrte in die Dunkelheit und hing seinen Gedanken hinterher.

Nachdem sie fertig waren, erhob sich der Gestaltwandler und reckte sich. »Mach deine Schwester für die Nacht fertig und leg dich schlafen. Ich werde ein Stückchen zurückgehen und schauen, ob die Rets und ihre Höllenhunde in der Nähe sind.« Er zögerte. »Ich meinte es ernst, Junge. Leg dich schlafen. Fang gar nicht erst an, Wache zu halten oder über deine Schwester nachzudenken. Du brauchst Ruhe, wenn du weiter mit mir mithalten willst.«

»Ich werde schon mithalten«, schnappte Bek zurück.

Truls Rohk lachte leise und verschwand zwischen den Bäumen. Er löste sich so plötzlich auf wie ein Gespenst. Bek starrte einen Augenblick lang hinter ihm her, dann ging er, immer noch wütend, zu seiner Schwester. Er betrachtete ihr kaltes, bleiches Gesicht – das Gesicht der Ilse-Hexe. Sie wirkte so jung, ihre Züge strahlten die Unschuld eines Kindes aus. Nichts verriet das Ungeheuer, das sich hinter diesem Antlitz verbarg.

Ein Gefühl der Hoffnungslosigkeit überwältigte ihn. Verzweiflung ergriff Besitz von ihm bei dem Gedanken an die Dinge, die sie in ihrem Leben getan hatte, an die schrecklichen Untaten, die sie begangen hatte, an die Leben derer, die sie ruiniert hatte. Sie hatte gewusst, was sie tat, mochte sie auch noch so fehlgeleitet gewesen sein. Schließlich hatte sie ihr eigenes Benehmen gutgeheißen und es vor sich selbst gerechtfertigt. Jetzt zu erwarten, sie werde ihre Vergangenheit abstreifen wie eine Schlange ihre Haut, war absurd. Truls hatte vermutlich Recht. Sie würde niemals wieder das Kind werden, das sie einst gewesen war. Sie würde niemals wieder zu einem menschlichen Wesen werden.

Einem Impuls folgend, berührte er sie an der Wange und strich mit den Fingern über ihre glatte Haut. Er konnte sich überhaupt nicht daran erinnern, wie sie als Kind gewesen war. Sein Bild von ihr beruhte auf seinen eigenen Vorstellungen. Sie erinnerte sich an ihn, aber seine eigene Erinnerung bestand nur aus Wunschdenken und unerfüllten Hoffnungen. Zwar ähnelte sie seinem Bild von ihr beträchtlich, doch sprach das lediglich dafür, dass er es nach sich selbst gestaltet hatte. Und das war eine fehlerbehaftete Kombination. Sie sich vorzustellen, wie er sich selbst vorstellte, war töricht.

Er zog sie sanft zu sich heran. Sie näherte sich gehorsam und schlaff und ließ sich von ihm im Arm halten. Er überlegte sich, was sie wohl empfand, so in sich selbst gefangen und unfähig, sich zu befreien. Oder fühlte sie gar nichts? War sie sich all dessen, was um sie herum geschah, bewusst? Er drückte seine Wange an ihre und spürte ihre Wärme. Warum sie solch starke Gefühle in ihm auslöste, begriff er nicht. Er kannte sie doch kaum. Sie war eine Fremde für ihn, und bis vor kurzem hatte er sie zu seinen gefährlichsten Feinden gezählt. Dennoch waren seine Gefühle echt, und er konnte nicht anders, als sie zu akzeptieren. Niemals würde er seine Schwester im Stich lassen, sogar dann nicht, wenn es ihn das eigene Leben kosten würde. Dessen war er sich so sicher wie der Tatsache, dass nichts in seinem Leben je wieder so sein würde, wie es bisher gewesen war.

Teilweise war diese Verantwortung, die er für sie empfand, das Resultat seines Bedürfnisses, sich nützlich zu fühlen. Das gestand er sich durchaus ein. Sein Leben war ihm aus den Händen geglitten. Bei ihr und bei niemandem sonst – er selbst eingeschlossen – befand er sich in einer Position der Macht. Er war ihr Beschützer, und er sorgte für sie. Sie war von Feinden umgeben. Allein stellte sie zwar mehr dar als er. Indem er die Verantwortung für sie akzeptierte, bekam sein Leben jedoch einen Sinn, während es ansonsten auf reine Selbsterhaltung reduziert gewesen wäre.

Er legte sie an einer trockenen Stelle auf den Boden, dort, wo der Regen den Baldachin der Bäume nicht durchdrungen hatte, und deckte sie fürsorglich mit ihrem Mantel zu. Lange betrachtete er sie, ihre klaren Gesichtszüge und die geschlossenen Augen, beobachtete den Puls an ihrem Hals und die Brust, die sich hob und senkte. Seine Schwester.

Dann stand er auf und starrte hinaus in die Dunkelheit, müde und doch nicht schläfrig, und seine Gedanken wateten durch den Morast seiner Sorgen, während er zu überlegen versuchte, wie er sich und Grianne helfen konnte. Gewiss würde Truls tun, was er konnte, aber Bek wusste, dass es ein Fehler wäre, sich zu sehr auf den geheimnisvollen Beschützer zu verlassen. Das hatte er zuvor schon einmal getan, und es hatte nicht genügt. Am Ende, und davor hatten ihn die Gestaltwandler in den Bergen ja bereits gewarnt, hatte er sich auf sich selbst verlassen müssen. Er hatte auf Grianne gewartet, sich ihr gestellt und dadurch den Verlauf ihres Lebens und seines eigenen verändert.

Allerdings konnte er bislang nicht absehen, ob die Veränderung zum Besseren geführt hatte. Er nahm es wenigstens an. Zumindest war Grianne nicht mehr die Ilse-Hexe, seine Feindin und Gegenspielerin. Immerhin waren sie jetzt beieinander, hatten die Ruinen hinter sich gelassen sowie die *Schwarze Moclips* und die Mwellrets abgehängt. Immerhin befanden sie sich in Freiheit.

Er setzte sich, schloss die Augen, um sich wenigstens ein bisschen auszuruhen, und Sekunden später war er eingeschlafen. Er schlief tief und fest, weil er erschöpft war und weil er bereit war, sein Leben im Wachzustand für eine Weile loszulassen. Unter der kühlen, stillen Decke der Dunkelheit konnte er sich einreden, dass er sich in Sicherheit befand.

Wie lange er so geruht hatte, wusste er nicht, dafür war er sicher, was ihn geweckt hatte – eine Stimme, die ihn aus seinen Träumen rief.

– Bek –

Die Stimme war klar und deutlich und meinte ihn. Er schlug die Augen auf.

– Bek –

Das war Walker. Bek stand auf und suchte auf der leeren Lichtung nach ihm. Der Himmel über ihm war klar und mit tausenden von Sternen übersät, deren Licht dem dunklen Wald einen silbrigen Schein verlieh. Er blickte sich um. Seine Schwester schlief. Truls Rohk war noch nicht zurückgekehrt. Ganz allein stand er an diesem Ort, wo Geister sprachen und die Wahrheit enthüllt wurde.

– Bek –

Die Stimme rief ihn nicht von der Lichtung, aber von irgendwo in der Nähe, und er folgte dem Ruf und trat zwischen die Bäume. Wegen seiner Schwester machte er sich keine Sorgen, obwohl er nicht hätte erklären können, aus welchem Grund. Vielleicht, weil er überzeugt war, dass Walker ihn nicht rufen würde, solange irgendwelche Gefahren für sie drohten. Allein der Klang der Druidenstimme erfüllte Bek mit einem Frieden, der sich jeglicher Erklärung entzog. Die Stimme eines Toten, die Frieden bringt – äußerst eigenartig.

Er ging ein kleines Stück und fand ihn auf einer Lichtung mit einem tiefen, schwarzen Teich in der Mitte, dessen Ränder von Weiden gesäumt waren und auf dessen Oberfläche nachtblühende Wasserlilien durch die Dunkelheit trieben. Die Gerüche des Wassers und des Waldes vermengten sich zu einer berauschenden Mischung aus feuchter und trockener Erde, gemächlicher Fäulnis und sprießendem Leben. Glühwürmchen blinkten überall um den Teich auf wie winzige Leuchtfeuer.

Der Druide stand auf der gegenüberliegenden Seite, nicht richtig im Wasser und auch nicht am Ufer, sondern er schwebte in der Nachtluft, ein durchscheinender Schatten, nur schemenhaft zu sehen. Das Gesicht war in der Kapuze verborgen, dennoch erkannte ihn Bek. Niemand sonst hatte diese Haltung und diese Gestalt; auch im Tode blieb Walker unverkennbar.

Der Druide sprach zu ihm mit einer Stimme wie aus einem tiefen, leeren Brunnen.

– Bek. Mir bleibt nur wenig Zeit, um mich frei auf dieser Erde zu bewegen, ehe das Hadeshorn mich zu sich ruft. Die Zeit rinnt mir durch die Finger. Hör genau zu. Ich werde kein zweites Mal zu dir kommen –

Die Stimme klang sanft und zwingend zugleich. Sie erinnerte ein bisschen an ein Echo, nur mit einer dunkleren Färbung. Bek nickte und sagte: »Ich höre zu.«

– Deine Schwester ist meine ganze Hoffnung, Bek. Ich verlasse mich auf sie. Und ich habe sie jetzt dir anvertraut, dem Lebenden, weil ich gestorben bin. Du musst sie in Sicherheit bringen. Sie muss Gelegenheit bekommen, wieder zu gesunden –

Bek wollte erwidern, dass er die Bürde dieser Verantwortung nicht tragen konnte, dass es ihm an der notwendigen Erfahrung und Stärke mangelte. Truls, so hätte er am liebsten gesagt, war es, der den Unterschied ausmachte; Bek war nur das gute Gewissen des Gestaltwandlers, damit dieser Grianne nicht einfach zurückließ. Aber er entschied sich, einfach nur zuzuhören, und schwieg.

Walker schien seinen Widerwillen zu erahnen.

– Körperliche Stärke ist nicht das, was deine Schwester braucht, Bek. Stattdessen sind Stärke des Geistes und des Herzens vonnöten. Sie braucht deine Entschlossenheit und deine Treue, damit sie sicher von jenem Ort zurückkehren kann, an dem sie sich versteckt –

»Versteckt?«, platzte es aus Bek hervor.

– Tief in ihrem Inneren, hinter einer Mauer aus Leugnung, aus Verfinsterung des Verstandes und aus Gedankenstille. Sie sucht einen Weg, ihre Taten zu akzeptieren. Dieses Akzeptieren geht der Vergebung voraus. Vergebung beginnt dann, wenn sie sich der finstersten ihrer Untaten stellen kann, derjenigen, die sie als die Unverzeihlichste betrachtet, diejenige, die sie wieder und wieder heimsuchen wird. Wenn sie sich diesem übelsten ihrer Verbrechen stellen und sich selbst verzeihen kann, dann wird sie zu dir zurückkommen –

Bek schüttelte den Kopf und dachte, wie wenig er doch eigentlich über ihr Leben wusste.

Wie konnte eine Tat noch finsterer sein als all die anderen? Welche Tat sollte das sein?

»Diese eine Tat …«, begann er.

– Kennt nur sie ganz allein, weil es diejenige ist, auf die sie vollkommen fixiert war. Sie allein weiß, worum es sich handelt –

Bek dachte nach. »Aber wie lange wird das dauern? Und wie wird es überhaupt vor sich gehen?«

– Es braucht seine Zeit –

Zeit, die wir nicht haben, dachte Bek. Zeit, die verstreicht wie die Nacht, auf die der Tag folgt, Zeit, die uns verloren geht und die wir nie wieder zurückholen können.

»Es muss doch eine Möglichkeit geben, wie wir ihr helfen können!«, rief er.

– Nein –

Verzweiflung breitete sich in Bek aus, machte alle Hoffnung zunichte und verscheuchte sämtliche guten Vorsätze. Alles, was er tun konnte, was irgendjemand tun könnte, war lediglich, Grianne vor dem Morgawr zu schützen und vor seinen Mwellrets. Weiter fliehen. Geduldig warten. Darauf hoffen, dass sie einen Weg aus ihrem Gefängnis finden würde. Das war nicht viel. Es war gar nichts.

»Truls will sie zurücklassen«, sagte er ruhig und suchte nach weiteren Argumenten, die er vorbringen konnte. »Wenn er nun wirklich geht?«

– Sein Schicksal ist nicht das deine. Wenn er geht, musst du bleiben –

Bek seufzte tief.

– Erinnere dich an dein Versprechen –

»Das würde ich niemals vergessen. Sie ist meine Schwester.« Er hielt inne und rieb sich die Augen. »Eine Sache verstehe ich nicht. Warum ist sie so wichtig für dich, Walker? Sie war deine ärgste Feindin. Warum versuchst du jetzt, sie zu retten? Warum sagst du, sie sei deine Hoffnung, auf die du dich verlässt?«

Im Mondlicht erstrahlte die transparente Gestalt hell und flimmerte und flackerte. Das Wasser des Teiches kräuselte sich leicht.

– Wenn sie erwacht, wird sie es wissen –

»Und wenn sie nun nicht erwacht?«, hakte Bek nach. »Wenn sie nicht von diesem Ort in ihrem Innern zurückkehrt, an dem sie sich verkrochen hat?«

– Sie wird es wissen –

Er löste sich in Dunkelheit auf.

»Walker, warte!« Plötzlich packte Bek die Verzweiflung. »Ich schaffe das nicht! Mir fehlt es an Erfahrung und an den nötigen Fertigkeiten! Wie kann ich zu ihr vordringen? Sie wird bestimmt nicht auf mich hören, wenn sie aufwacht! Sie wird mir auch nichts erzählen!«

– Sie wird es wissen –

»Wie kann sie es wissen, wenn ich es ihr nicht erklären kann?« Bek wagte sich einige Schritte bis zum Ufer des Teiches vor. Der Druide verblasste immer mehr. »Irgendjemand muss es ihr erklären, Walker!«

Aber der Schatten verschwand, und Bek stand mit seiner Verwirrung allein da. So verharrte er reglos lange Zeit, starrte auf den Fleck, an dem Walker verschwunden war, und wiederholte wieder und immer wieder die Worte, weil er hoffte, sie zu begreifen.

Sie wird es wissen.

Grianne Ohmsford, seine Schwester, die Ilse-Hexe, der tödlichste Feind der Druiden – insbesondere von Walker.

Sie wird es wissen.

Das ergab doch keinen Sinn.

Doch tief im Herzen, wo sich solche Ungewissheiten auflösen wie der Regenbogen nach einem Gewitter, wusste er, dass es die Wahrheit war.

Fünfzehn

Bek kehrte ins Lager zurück, wo Grianne schlief. Truls Rohk hatte sich noch nicht wieder blicken lassen. Den Sternen zufolge war es nach Mitternacht, daher legte er sich schlafen und erwachte erst wieder, als der Gestaltwandler ihn an der Schulter rüttelte.

»Zeit zum Aufbruch«, sagte der andere kurz angebunden und ließ den Wald hinter sich nicht aus den Augen.

»Wie nah sind sie?«, erkundigte sich Bek sofort. Die Sonne tauchte gerade den Osten mit ihrem ersten Licht in silbrigen Schein.

»Noch ein Stück entfernt, aber sie kommen näher. Bislang haben die Caulls unsere Spur nicht gefunden, bloß wird das nicht mehr lange dauern.«

»Die Caulls?«

»Die Caulls. Mutationen von Menschen, die mit Hilfe von Magie eingefangen und verändert wurden.« Er wandte den Blick wieder Bek zu. »Das Werk deiner Schwester, hätte ich gesagt, wenn sie nicht bei uns wäre. Also war es wohl der Morgawr. Ich frage mich, wo er seine Opfer findet.«

Bek setzte sich auf. »Nicht etwa Quentin oder die anderen? Nicht die Fahrenden?«

Truls Rohk nahm seinen Arm und zog ihn auf die Beine. »Denk jetzt nicht darüber nach. Denk nur daran, wie es uns gelingen könnte, stets einen Schritt vor ihnen zu bleiben. Das ist unsere ganze Sorge.«

Er ging hinüber zu seinem Rucksack und holte etwas Brot hervor.

Davon brach er ein Stück ab, das er Bek reichte. »Wenn du so wärest wie ich, würdest du das nicht brauchen.« Er lachte leise. »Natürlich, wenn du so wärest wie ich, würdest du nicht in dieser Klemme stecken.«

Bek nahm das Brot und biss davon ab. »Danke, dass du bei uns bleibst«, sagte er mit Blick auf die schlafende Grianne.

Der Gestaltwandler grunzte zurückhaltend. »Rudelweise Caulls und Mwellrets zu Dutzenden sind hier im Wald unterwegs. Sie suchen jedoch nicht nur nach uns. Ich habe Kampflärm gehört, während ich auf Kundschaft war – offensichtlich wehrt sich dort drüben auch jemand anderes gegen sie, eine größere Gruppe, die ins Gebirge unterwegs ist. Mir blieb allerdings keine Zeit nachzuschauen, um wen es sich handelt. Vermutlich hätte es wenig Sinn, sich Gedanken darüber zu machen, außer dass sie ein paar der Rets von uns ablenken.« Er machte eine ungeduldige Geste, doch die Dunkelheit in seiner Kapuze blieb gesichtslos. »Genug. Brechen wir auf.«

Daraufhin hob er Grianne hoch, und wieder ging es weiter. Schnell und leise bewegten sie sich zwischen den Bäumen, dann führte Truls sie zu einem seichten Bachlauf, dem sie mehrere Meilen weit folgten. Es war, als würde sich das Gleiche wiederholen wie bei ihrer Flucht vor kaum einer Woche. Zwar handelte es sich um einen anderen Pfad, allerdings durchquerten sie immer noch den gleichen Wald. Abermals flüchteten sie vor einem Jäger, der magische Mittel einsetzen konnte, und vor Kreaturen, die allein zu dem Zweck geschaffen waren, sie zur Strecke zu bringen. Und wie vor einer Woche rannten sie vor etwas davon, ohne zu wissen, mit welchem Ziel.

Ironie und ein schlechter Witz des Schicksals, und dazu war es auch ein wenig zum Heulen, dachte Bek.

Im Verlauf des Morgens erwischte er sich dabei, wie er sich trotz der Warnung seines Begleiters Gedanken über das Schicksal seiner vermissten Freunde machte. Die Vorstellung, dass sie in Caulls verwandelt worden waren, fand er unerträglich, nach all dem, was sie schon erlitten hatten. Würde er es nicht spüren, wenn ihnen tatsächlich etwas so Schreckliches passiert wäre? Würde er es nicht fühlen?

Nun gut, er war nicht Ryer Ord Star, daher konnte er nicht sicher sein. Im Augenblick durfte er nicht einmal sicher sein, ob sein Vetter lebte. Das Wunschlied war eine mächtige Magie, doch konnte er damit nicht in die Zukunft schauen. Daher wusste er zurzeit lediglich mit Sicherheit, was Walker zugestoßen war.

Nochmals ließ er sich den nächtlichen Besuch von Walkers Schatten durch den Kopf gehen. Truls hatte er davon nichts erzählt. Er vermochte nicht recht zu sagen, warum, denn es gab eigentlich keinen Grund dafür. Wenn Walker gewollt hätte, dass Truls hörte, was er zu sagen hatte, wäre er nicht beiden erschienen? Es war so schon schwierig genug, mit Truls zurechtzukommen, ohne dass man über Walkers rätselhafte Verkündigungen streiten musste. Der Druide hatte es klipp und klar gesagt: Das Schicksal Beks und das des Gestaltwandlers waren nicht untrennbar miteinander verbunden. Zwar hatten sie eine weite Wegstrecke gemeinsam hinter sich gebracht und waren auch jetzt zusammen unterwegs, außerdem hatten sie das gleiche Ziel, was jedoch nicht bedeutete, dass sich das nicht irgendwann ändern konnte. Auf dieser Reise hatte sich so vieles einem Wandel unterzogen, und Bek war sich deshalb bewusst, wie wenig er als verlässlich betrachten durfte. Von Walkers Botschaft war nichts an Truls gerichtet, nichts, das ihm helfen würde, nichts, das an ihrer gegenwärtigen Situation etwas verbessern würde.

Bek verabscheute Täuschungen, und obwohl er sich einredete, in diesem Fall eigentlich niemandem etwas vorzumachen, konnte er sich eines schlechten Gefühls trotzdem nicht erwehren.

Seine Gedanken schweiften zu seiner aktuellen Situation. Er fragte sich, inwieweit sie überhaupt eine Chance hatten, von einem der Flugreiter oben am Himmel entdeckt zu werden. Das war ziemlich unwahrscheinlich, wenn man die Ausdehnung und Dichte des Waldes bedachte. Von oben waren sie so unsichtbar wie Ameisen unter einem Gebüsch. Nur ein Wesen der Erde, also zum Beispiel ein Caull, konnte sie aufspüren, und das war ausgerechnet genau das, worauf sie nicht erpicht waren.

Dementsprechend verdrängte er jeden Gedanken an Rettung. Denn das konnte nur ein Traum bleiben, soviel war ihm klar. Dagegen war ihm alles, was auch nur ein Fünkchen Hoffnung keimen ließ, willkommen. Diese Verzweiflung konnte er sich nicht leisten. Er musste Entschlossenheit und Ausdauer aufbringen.

So ging es den ganzen Tag und auch den nächsten weiter, stetig hinauf in die Vorberge, die dem Gebirge vorgelagert waren. Die Mwellrets und die Caulls blieben ihnen auf den Fersen, schienen jedoch nicht näher zu kommen. Hin und wieder flogen Luftschiffe des Morgawrs am Himmel über sie hinweg. Tiere oder andere Menschen sahen sie nicht, sie fanden auch keine Spuren, dass in diesen Wäldern außer Vögeln und Insekten noch irgendjemand lebte. Das war natürlich eine Illusion, die in Bek jedoch ein solches Gefühl der Einsamkeit hervorrief, dass er manchmal nicht wusste, ob für sie überhaupt irgendwelche Hoffnung bestand. Die Luft wurde beständig kühler, und Schneewolken umringten die Gipfel der Berge. Nach der Zerstörung von Antrax war der Sommer abrupt zu Ende gegangen, und das Klima befand sich im Wandel.

In der zweiten Nacht, nachdem Bek aufs Neue versucht hatte, Grianne zum Essen zu überreden, entschloss er sich, offen mit Truls Rohk zu sprechen.

»Ich habe das Gefühl, auf diesem Weg erreichen wir gar nichts«, sagte er. »Wir schieben das Ende nur jeweils immer um einen Tag hinaus.«

Sein Gegenüber hielt den Kopf gesenkt, das schwarze Loch in der Kapuze war nicht zu sehen. »Genügt dir das nicht, Junge?«

»Nenn mich nicht ›Junge‹, Truls. Mir gefällt es nicht, wie du es sagst.«

Die Kapuze ging ein wenig höher. »Wie bitte?«

Bek wich nicht zurück. »Ich bin kein Junge mehr, ich bin erwachsen. Du tust so, als wäre ich jung und dumm. Das bin ich aber nicht.«

Der Gestaltwandler wurde still, und Bek erwartete schon halb, er würde eine dieser beiden kräftigen Hände vorschießen lassen, ihn am Hemd packen und schütteln, bis die Knochen rasselten.

»Früher oder später müssen wir diese Flucht abbrechen«, sagte Bek, und es fiel ihm nicht leicht fortzufahren. »Letztes Mal wollten wir auch davonlaufen, und es hat nicht geklappt. Meiner Meinung nach brauchen wir einen besseren Plan. Wir brauchen ein neues Ziel.«

Er bekam keine Antwort. Die leere Öffnung der Kapuze starrte ihn an wie ein Loch in der Erde, das ihn verschlingen würde, wenn er zu nahe herantrat.

»Ich glaube, wir sollten in die Berge zurückkehren und die Gestaltwandler suchen, die dort leben.«

Truls Rohk seufzte tief. »Wieso?«

»Weil sie uns vielleicht sagen können, wohin wir uns wenden sollen. Möglicherweise helfen sie uns irgendwie. Offensichtlich haben sie Interesse an mir gehabt, als sie das letzte Mal erschienen. Sie sahen wohl etwas in mir, das mir selbst verborgen bleibt. Schließlich waren sie es auch, die darauf bestanden, dass ich mich Grianne stellen sollte. Vielleicht helfen sie uns diesmal wieder.«

»Haben sie dir nicht gesagt, du solltest nicht zurückkehren?«

»Sie haben dir das Leben gerettet. Es würde eventuell einen Unterschied ausmachen, wenn wir gemeinsam zurückkehrten.«

»Eventuell auch nicht.«

Bek nahm eine steife Haltung an. »Hast du eine bessere Idee? Sollen wir über diese Berge steigen, ohne zu wissen, was sich auf der anderen Seite befindet? Oder bleiben wir einfach in diesem Wald, bis die Bäume, unter denen wir uns verstecken, irgendwann aufhören? Was sollen wir machen, Truls?«

»Vor allem solltest du leiser sprechen, sonst wirst du bald keine Gelegenheit mehr haben, solche Fragen überhaupt zu stellen!« Der Gestaltwandler erhob sich und stolzierte davon. »Ich werde darüber nachdenken«, murmelte er über die Schulter. »Später.«

Womöglich tat er das, womöglich aber auch nicht. Jedenfalls war er die ganze Nacht unterwegs, auf Kundschaft, wie Bek vermutete. Doch bei seiner Rückkehr am nächsten Morgen war Truls Rohk verschlossen, unansprechbar und weigerte sich, mit Bek zu reden. Bei Sonnenaufgang ging es weiter, der Himmel über ihnen war klar, die Luft frisch und kühl und das Licht bleich und grell. Zwar hatte Bek Truls gesagt, er solle ihn nicht mehr Junge nennen, in Wahrheit jedoch fühlte er sich immer noch wie ein Knabe. Gewiss hatte er fürchterliche Abenteuer überstanden und war mit schrecklichen Enthüllungen über sich selbst konfrontiert worden, und obwohl diese Erlebnisse ihn in vielerlei Hinsicht verändert hatten, fühlte er sich deshalb nicht besser in der Lage, das Leben zu bewältigen. Weiterhin war er sich nicht recht im Klaren über sich selbst. Er hätte sich wohl auf das Wunschlied und das Schwert von Shannara stützen können, allerdings gab ihm beides kaum das Gefühl, reifer geworden zu sein. Deshalb war er trotz allem nur ein Junge, der vor dem fortlief, was ihm Furcht und Schrecken einjagte, und wäre seine Schwester nicht so sehr auf ihn angewiesen gewesen, hätte er sich vermutlich längst aufgegeben.

Truls Rohks momentane Weigerung, mit ihm zu sprechen, ihn auch nur zu beachten, verunsicherte ihn zusätzlich. Halb glaubte er – und hatte es stets geglaubt –, der Gestaltwandler könne die Verpflichtung, auf ihn aufzupassen, jederzeit in den Wind schlagen. Nichts, was sein Begleiter tat oder sagte, erweckte den Eindruck, er fühlte sich besonders an diese Aufgabe gebunden, insbesondere nicht nach Walkers Tod. Da eine Hetzjagd der anderen folgte, die anstrengende Flucht langsam auch die Nerven des Gestaltwandlers aufrieb und alles bislang zu nichts geführt hatte, spürte Bek, wie die Kluft zwischen ihm und Truls tiefer wurde.

Einmal hatte der Gestaltwandler ihm erzählt, sie seien sich außerordentlich ähnlich. Seitdem war eine Menge Zeit vergangen, und Bek war nicht mehr sicher, ob Truls es wirklich ernst gemeint hatte. Er hatte Bek benutzt, um Walker Stiche zu versetzen, um ein Spiel weiterzuspielen, das vor vielen Jahren zwischen ihm und dem Druiden begonnen hatte. Ansonsten schien an seiner Beziehung zu dem Gestaltwandler nicht mehr dran zu sein.

Natürlich war es nicht besonders schön, so zu denken, doch Bek war müde und niedergeschlagen, und solche Gedanken stellten sich nun einmal einfach ein. Er ärgerte sich darüber und bedauerte sie im gleichen Moment, dennoch konnte er sie nicht verscheuchen. Denn er wollte mehr von Truls, als er bekam. Er wünschte sich jene Sicherheit, die mit Freundschaft sonst einhergeht, so, wie sie ihm zum

Beispiel die Freundschaft mit Quentin geboten hatte. Aber Truls Rohk konnte ihm das nicht geben. Dazu war er zu wenig Mensch.

Ohne anzuhalten oder zu sprechen marschierten sie den ganzen Morgen lang. Kurz vor Mittag blieb der Gestaltwandler dann unvermittelt stehen. Er erstarrte einfach an Ort und Stelle und hielt Grianne auf den Armen, während er den Kopf in die Luft reckte und witterte.

»Es kommt etwas«, sagte er.

Er zeigte nach vorn auf die Bäume. Sie standen auf einer Lichtung, die von alten Zedern und Fichten umringt war. Inzwischen waren sie hoch genug in den Bergen, um die Gipfel klar zu erkennen. Sie waren nicht mehr weit von dem Gebiet der Gestaltwandler entfernt, die Bek gern aufgesucht hätte, und im ersten Moment dachte der Junge, dass vielleicht einer dieser seltsamen Bergbewohner auf sie zukäme.

Truls hingegen dachte offensichtlich nicht so. »Es verfolgt uns«, sagte er leise, als versuche er, irgendeinen Sinn darin zu erkennen.

Und in der Tat ergab das eigentlich keinen Sinn. Was immer es sein mochte, es befand sich vor und nicht hinter ihnen. Und außerdem in Gegenwindrichtung. So konnte es weder den Fußspuren folgen noch ihre Witterung aufnehmen.

»Wie ist das möglich?«, fragte Bek. Aber der Gestaltwandler hatte sich bereits in Bewegung gesetzt und führte sie zwischen die Bäume, wobei er von ihrer bisherigen Route abwich. Sie schlugen sich durch den dichten Wald, dann durchquerten sie einen schmalen Bach, dem sie fast eine Viertelmeile folgten, ehe sie wieder ans Ufer gingen. Die ganze Zeit über schwieg Truls Rohk und konzentrierte sich darauf, seine Umgebung zu beobachten. Als Bek etwas sagen wollte, gebot er dem Jungen mit einer Geste Schweigen.

Endlich blieben sie auf einer bewaldeten Anhöhe stehen, wo der Gestaltwandler Grianne absetzte, in die Richtung zurückschaute, aus der sie gekommen waren, und sich dann langsam nach rechts drehte in die Richtung, in die sie ursprünglich gegangen waren.

Seine heisere Stimme klang angestrengt. »Es bewegt sich mit uns, bleibt jedoch auf Abstand. Es wartet. Es wartet darauf, dass wir zu ihm kommen.«

Bek war nicht entgangen, dass Truls den Verfolger wiederholt mit »es« bezeichnet hatte. »Was ist es, Truls?«, fragte er.

Der Gestaltwandler antwortete einen Augenblick lang nicht und starrte in die Ferne, ehe er sagte: »Finden wir es heraus.«

Er nahm Grianne wieder auf die Arme und ging auf ihren Verfolger zu. Bek wollte ihm sagen, dass er dies für eine schlechte Idee hielt und dass sie lieber verschwinden sollten. Aber wenn er versuchen würde, dem Gestaltwandler vorzuschlagen, was sie in dieser Situation tun sollten, würde er diesen nur wütend machen. Außerdem würde dieses Wesen, das ihnen ohne Witterung oder Fußspuren folgen konnte, sich auch durch einen schlichten Richtungswechsel nicht abhängen lassen.

So gingen sie eine Weile lang weiter und lauschten auf die Geräusche des Waldes. Nach und nach wurden diese leiser. Wenige Minuten später war es unter den Bäumen vollkommen still geworden. Truls Rohk verlangsamte seine Schritte, glitt lautlos durch die Bäume und blieb nur dann und wann stehen, um zu lauschen, ehe er weiterging. Bek blieb stets dicht bei ihm und gab sich Mühe, ebenso leise und ebenso unsichtbar zu sein wie der Gestaltwandler.

In einem flachen Tal, durch das sich ein Bächlein schlängelte, blieb der Gestaltwandler plötzlich stehen. »Dort«, sagte er und zeigte auf die Bäume.

Zunächst sah Bek lediglich die Stämme und dazwischen Gebüsch und hohes Gras. Sie standen an einer dunklen Stelle, wo das Licht von einem Baldachin aus Geäst abgeschirmt wurde. Das Tal fiel bis zu dem Bach ab, und dort überzog ein Wirrwarr von Schatten und dunstigem Licht den Waldboden. Die Luft war kalt und ruhig, wurde weder von der Sonne erwärmt noch vom Wind bewegt.

Dann entdeckte er einen Schatten, der nicht ganz in das Gesamtbild passte, gedrungen und breit hockte er an der Baumlinie, wo die dunklen Stämme das Gesicht verbargen. Eine Zeit lang starrte er das Wesen an, und schließlich rührte es sich ein wenig, und nun sah er das Glitzern der gelben Augen.

Einen Augenblick später verließ es sein Versteck und trabte in Sicht. Es handelte sich um ein riesiges Wesen mit Buckel und breiter Brust, und es war mit rauem, struppigem Haar bedeckt. Das Tier hatte den Kopf eines Wolfes, der jedoch zu etwas Schrecklichem mutiert war. Die Schnauze war so lang und die Ohren so spitz wie die eines Wolfes, die Kiefer dagegen waren gigantisch und ausladend, und wenn sie aufklafften, weil das Wesen hechelte, enthüllten sie zwei Reihen fingerlanger gezackter Zähne. Auf allen vieren bewegte es sich mit schlurfendem Gang, wobei die langen Vorderbeine in krassem Missverhältnis zu den Hinterbeinen standen, welche so kurz, wenn auch ausgesprochen kräftig waren, dass das Wesen ständig zu hocken schien.

Locker trabte es hinunter ins Tal, bis es den Bach fast erreicht hatte. Dort blieb es stehen, hob den Kopf und stieß das schrecklichste Wimmern aus, das Bek je gehört hatte, eine Mischung aus Klagen und Fauchen, das im Wald völlige Stille hervorrief.

»Was ist das?«, flüsterte Bek.

Truls Rohk lachte kurz und böse. »Die Schöpfung deiner Schwester. Das Ding, das sie erschaffen hat, um uns aufzuspüren, als wir vor ihr geflohen sind, das Ding, vor dem die Gestaltwandler mich gerettet haben. Ich habe geglaubt, es sei tot, aber offensichtlich haben die Gestaltwandler es außerhalb ihres Territoriums wieder freigelassen. Ein Caull, aber sieh ihn dir nur an! Er ist noch weiter mutiert, als sie beabsichtigt hatte, noch monströser geworden, noch größer, noch stärker.«

»Was will er von uns?« Bek sah ihn an. »Du sagst, er verfolgt uns. Was will er?«

»Sie«, antwortete der Gestaltwandler leise. »Er ist wegen ihr gekommen. Fällt dir gar nicht auf, wie er sie anstarrt?«

Das stimmte. Der Caull schaute aus den harten gelben Augen nicht alle drei Menschen an, sondern nur das schlafende Mädchen, das der Gestaltwandler auf den Armen trug – und zwar mit solch bohrendem Blick, dass seine Absicht nicht falsch zu verstehen war.

»Das ist wirklich der reinste Wahnsinn«, flüsterte Truls, und in seiner Stimme schwang eine Andeutung von Verwunderung mit. »Gefangen, mutiert, vertrieben und verirrt. Dieses Wesen hat nur eine einzige Sache im Sinn. Rache. Für das, was man ihm angetan hat. Für das, was man ihm gestohlen hat. Ein Leben. Eine Persönlichkeit. Wer weiß, was es jetzt fühlt oder denkt? Es muss deine Schwester über die magische Verbindung zwischen ihnen aufgespürt haben. Sie hat es erschaffen, und es bleibt an sie gebunden. Vermutlich kann es ihren Herzschlag erkennen. Oder das Geräusch ihres Atems. Wer weiß das schon? Jedenfalls hat es sie erspürt und ist hergekommen.«

Der Caull stieß erneut dieses schrille Jammern aus. Bek stellten sich die Nackenhaare auf, und in seinem Magen machte sich ein flaues Gefühl breit. Auf dieser Reise hatte er sich schon daran gewöhnt, Angst zu haben, doch nie war sie so groß gewesen wie jetzt. Er wusste nicht, ob es an dem Blick des Caulls lag, der so hinterhältig und wuterfüllt wirkte, an seinem Wimmern oder an der bloßen Existenz dieser Kreatur, aber wie dem auch sei, er war bis ins Mark erschüttert.

»Was machen wir jetzt?«, fragte er und musste sich anstrengen, um die Worte hervorzubringen.

Truls Rohk schnaubte nur verächtlich. »Wir überlassen sie ihm. Sie hat es erschaffen, soll sie sich auch um die Folgen kümmern.«

»Das können wir nicht tun, Truls! Sie ist hilflos.«

Sein Begleiter wandte sich ihm zu. »Dieser Zeitpunkt ist vielleicht der richtige, damit du mal ein wenig vernünftig nachdenkst, *Junge.*« Er betonte das letzte Wort. »Es gibt so viele Wesen, die deine Schwester gern umbringen wollen, dass es unmöglich ist, sie alle zu zählen! Früher oder später wird eines von ihnen Erfolg haben. Wenn wir uns einmischen, verlängern wir die ganze Sache nur. Du glaubst, du könntest sie retten, aber da hast du dich geirrt. Am besten trennst du dich endlich von ihr. Genug ist genug!«

Bek schüttelte den Kopf. »Mir ist es gleichgültig, was du sagst.«

»Sie ist die Ilse-Hexe! Deine Schwester ist tot! Warum bist du so stur? Pah, ich habe die Nase voll! Mach, was du willst, ich verschwinde!«

Daraufhin musste Bek erst einmal tief Luft holen. »Also gut. Verschwinde. Du bist mir nichts schuldig. Es wäre nicht in Ordnung, dich zu bitten, noch mehr für mich zu tun. Du hast schon genug getan.« Er blickte hinüber zu dem Caull, der am Rand des Baches hockte. »Ich werde schon damit fertig.«

Truls Rohk schnaubte. »Ach, ja?«

»Das Wunschlied war mächtig genug, Antrax' Kriecher aufzuhalten. Ich kann auch dieses Ding besiegen.« Er trat vor den Gestaltwandler. »Gib sie mir.«

Ohne die Antwort des anderen abzuwarten, streckte er die Arme aus und nahm ihm Grianne ab. Er hielt sie fest und trat wieder zurück. »Sie ist meine Schwester, Truls. Da kannst du sagen, was du willst.«

Truls Rohk richtete sich auf und blickte Bek in die Augen. »Das Wunschlied ist eine mächtige Magie, Bek Ohmsford. Aber in diesem Falle genügt es nicht. Du beherrschst es nicht annähernd gut genug. Das hat dir deine Schwester bewiesen. Dieses Ding dort drüben wird dir bereits an die Kehle gegangen sein, ehe du herausgefunden hast, wie du das Lied anwenden musst.«

Bek betrachtete den Caull, und bei dem Gedanken, wie sich die Zähne und Krallen in sein Fleisch bohren würden, überlief es ihn heiß und kalt. Wenigstens wäre es schnell vorüber, dachte er. Der Schmerz würde nur einen Augenblick dauern. Danach wäre Grianne an der Reihe.

»Könntest du etwas für mich tun?«, fragte er den Gestaltwandler. »Wenn du den Caull nur einen Augenblick von mir ablenkst, nur ganz kurz, könnte ich ihn vielleicht überraschen.«

Truls Rohk starrte ihn an. Bek konnte die Augen des Gestaltwandlers in der dunklen Kapuze nicht sehen, aber er spürte den harten Blick. Eine Weile lang antwortete Truls nicht, sondern schaute Bek nur an.

»Tu das nicht«, sagte er schließlich.

Bek schüttelte den Kopf. »Ich muss. Das weißt du.«

»Du wirst das nicht überleben.«

»Dann kannst du endlich mit meiner Schwester machen, was du willst, Truls.« Er sah den Gestaltwandler trotzig an. »Ich werde dich nicht mehr zurückhalten.«

Erneut verstrichen lange Sekunden des Schweigens. Bek schob

sich eine Haarsträhne aus dem Gesicht und spürte, wie ihm eine Schweißperle über die Stirn lief. Ihm war heiß geworden.

Der Gestaltwandler verharrte noch einen Moment still und starrte Bek an. »Also schön«, sagte er schließlich, heiser vor Wut. »Ich habe alles gesagt, was ich zu sagen hatte. Wenn du bei ihr bleiben willst, bitte schön.« Er wandte sich ab. »Ich werde den Caull ablenken. Vielleicht hilft dir das, allerdings bezweifle ich es. Viel Glück, Junge.«

Bek beobachtete Truls Rohk, der nun im Zickzack den flachen Hang hinunterlief, mit der Grazie und der sicheren Bewegung einer Moorkatze. Obwohl eigentlich verunstaltet und ein Irrtum der Natur, bot er nichtsdestoweniger einen wunderschönen Anblick. Bek konnte sich nicht vorstellen, dass der Gestaltwandler ihn wirklich im Stich lassen würde. Seit Beginn dieser Reise im fernen Wolfsktaag hatten sie sich nicht mehr getrennt. Truls hatte ihn aus mehreren Notsituationen gerettet, Bek vermochte sie kaum zu zählen, und er hatte ihm dabei geholfen, sein Erbe und sein Schicksal zu finden und es für sich zu akzeptieren. Gewiss waren sie nicht immer einer Meinung gewesen, und zwischen ihnen hatte auch häufig ein gewisses Misstrauen bestanden, aber ihr Bündnis hatte sich für beide ausgezahlt. Es war erschütternd, nun das Ende dieses Paktes mitzuerleben. Bek sah zu, wie Truls davonging, und konnte es dennoch nicht fassen. Es fühlte sich an, als würde der Gestaltwandler einen Teil von ihm mitnehmen. Seine Zuversicht. Seinen Mut.

Truls, hätte er ihm am liebsten hinterhergerufen, *geh nicht.*

Der Caull fuhr herum und schaute dem Gestaltwandler zu; den kräftigen Körper hielt er geduckt und angespannt. Bek setzte Grianne vorsichtig hinter sich auf der Erde ab, dann drehte er sich wieder um und machte sich bereit, sie zu verteidigen. Wenn der Caull zuschlagen wollte, würde er es bald tun. Bek würde nur eine einzige Chance erhalten.

Und selbst die bekam er nicht. Ehe er so weit war, griff der Caull an, sprang mit unglaublicher Geschwindigkeit auf, setzte über den Bach hinweg und preschte den Hang hinauf. Bek wäre im nächsten Augenblick tot gewesen, hätte nicht Truls eingegriffen, der noch schneller war. So schnell, dass er einfach einen Ort zu verlassen und an einem anderen aufzutauchen schien. Der Gestaltwandler rammte dem Caull die Schulter in die Seite und warf ihn um.

Dann stürzte er sich auf das Untier, und, selbst wild wie ein Tier, fauchte er so wütend, dass Bek einen Augenblick nicht sicher zu sagen wusste, ob es überhaupt Truls war. Der Gestaltwandler stach mit Waffen nach dem Caull, die Bek nicht sehen konnte – Waffen, die er unter seinem Mantel verbarg oder die er aus seinen groben und verdrehten Knochen bildete, aus denen sein verunstalteter Körper zusammengesetzt war. Wie auch immer, sie zeigten jedenfalls Wirkung. Fetzen und Teile des Caulls flogen durch die Luft, tintengrünes Blut spritzte in alle Richtungen. Die Rivalen bewegten sich ringend durch das ganze Tal, ließen nicht voneinander ab und hatten beide nur ein einziges Ziel: In diesem verzweifelten Kampf den anderen zu töten.

Bek erhob sich wieder und erinnerte sich daran, das Wunschlied einzusetzen, aber ihm fiel keine Möglichkeit ein, es sinnvoll zu verwenden. Der Gestaltwandler und der Caull waren so ineinander verknäult, dass Bek beide treffen würde, wenn er seine Magie benutzte. Also rannte Bek rechts und links neben den Streithähnen her und suchte nach einer Chance einzugreifen, die sich ihm jedoch nie bot.

»Truls!«, schrie er hilflos.

Rote Blutfontänen spritzten aus dem Gewirr hervor, das menschliche Blut des Gestaltwandlers kam aus einer Wunde irgendwo unter dem alles verhüllenden Mantel hervor, wo Bek sie nicht sehen konnte. Er hörte jedoch, wie Truls vor Schmerz wütend fauchte und dann den Caull mit erneutem Zorn angriff und zu Boden warf. Der Caull stieß einen Schrei aus, der klang wie reißendes Blech, er wand sich und schnappte mit Schnauze und Klauen nach Truls, konnte sich jedoch nicht befreien.

Dann legte Truls Rohk dem Caull die Arme um den Kopf und bog den langen, dicken Hals mit brutaler Gewalt nach hinten. Bek hörte das Genick brechen. Der Caull kreischte so wütend, dass er mit dem Tosen des schlimmsten Sturms hätte mithalten können, den Bek je erlebt hatte, einer Windhose, die Fenster aus den Wänden riss und Mauern umwarf und deren Trichter die Erde aufwühlte. Der Caull bäumte sich in einer letzten Anstrengung auf, um den Widersacher abzuschütteln, dann löste sich der Kopf vom Rumpf und explodierte förmlich.

Plötzlich kehrte eine Stille ein, die in den Ohren zu dröhnen schien. Truls Rohk ließ die zuckenden Überreste des Caulls fallen. Überall war dunkles Blut. Der Gestaltwandler stand einen Moment lang da, dann beugte er sich zum Bach herunter und wusch sich, ehe er den Hügel hinauflief und zu Bek zurückkehrte.

Ohne auch nur eine Sekunde zu zögern, hob er Grianne auf und nahm sie in die Wiege seiner Arme.

»Ich habe meine Meinung geändert«, sagte er mit heiserer, gebrochener Stimme und atmete dabei keuchend.

Schon lief er weiter und ließ dem verblüfften Bek keine andere Chance, als ihm zu folgen.

Sechzehn

Während der Tag seinen Lauf nahm und das Trio langsam die unteren Hänge der Berge hinaufstieg, wurden Bek Ohmsford nach und nach zwei Dinge klar.

Erstens hatten sie das Gebiet von Gestaltwandlern betreten. Natürlich sah er dies nicht an irgendwelchen Grenzmarkierungen oder Schildern, die es als solches kennzeichneten. Da sie beim letzten Mal auf einem anderen Weg hergekommen waren, konnte er nicht einmal sicher sein, ob er es von dem vorherigen Besuch wiedererkannte. Aber er wusste einfach, wo er war, weil er spürte, wie die Gestaltwandler ihn beobachteten. Er fühlte ihre Blicke. Im hellen Tageslicht bot die dünn mit Bäumen bewachsene Umgebung wenig Verstecke, daher schien niemand da zu sein. Dennoch war er sicher, dass sie da waren, und zwar ganz in der Nähe. Früher hätte er diesem Gefühl nicht getraut, allerdings hatte er es vor nicht einmal einer

Woche bereits erlebt gehabt – da hatte es ihm regelrecht den Atem verschlagen, denn er hatte es so stark gespürt, weil die Gestaltwandler direkt vor ihm standen – und aus diesem Grund stellte er es jetzt nicht in Frage.

Zweitens wurde Truls Rohk schwächer. In diesem Kampf mit dem Caull hatte er sich offensichtlich schwer verletzt, und außerdem war er sehr erschöpft, doch schwebte er doch wohl nicht in Lebensgefahr. Mehrere Stunden lang war er in raschem Tempo weitermarschiert und hatte dabei Grianne getragen. Aber in den letzten beiden Stunden des späten Nachmittags, während der Einbruch der Nacht näher kam, wurde er langsamer und fing nun an zu wanken. Sein geschmeidiger Gang verwandelte sich in ein ungleichmäßiges Stolpern.

»Ich muss mich ausruhen«, sagte Bek schließlich, weil er herausfinden wollte, was los war.

Der Gestaltwandler ging noch etwa fünfzig Meter, dann wäre er fast neben einem umgestürzten Baum zusammengebrochen, und er schaffte es gerade so eben, Grianne abzusetzen, ehe er sich neben ihr auf den Boden fallen ließ. Er hätte sich nicht so dicht bei ihr niederlassen müssen, doch offenbar hatte er keine Kraft mehr, sich weiter von ihr fortzubewegen.

Bek trat zu ihm und langte nach dem Wasserschlauch. Truls reichte ihm diesen, ohne aufzuschauen. Aus der Kapuze kam ein Keuchen, und Bek sah, wie sich die Schultern des Gestaltwandlers hoben und senkten, während er um Luft rang. Er setzte sich, trank aus dem Schlauch und sah Truls an, der ungewollt heftig erschauderte.

Gemeinsam saßen sie schweigend eine Weile da, schauten hinunter ins Tal und lauschten der Stille.

»Wir können hier übernachten«, schlug Bek schließlich vor.

»Nein, wir müssen weiter«, erwiderte Truls heiser und schwach. Er klang gar nicht nach sich selbst. »Solange wir noch Tageslicht haben, müssen wir weiter in die Berge.«

Er hob den Kopf, und die dunkle Leere darin starrte den Jungen an wie ein tiefes Loch in der Erde. »Weißt du, wo wir sind?«

Bek nickte. »Auf dem Land der Gestaltwandler.«

Ein Hustenanfall erschütterte den Körper seines Gefährten, der sich kurz krümmte und dann wieder aufrichtete. »Wir müssen tiefer in ihr Gebiet eindringen, damit sie keine andere Wahl mehr haben, als zu uns zu kommen.«

»Hast du dich entschieden, sie um Hilfe zu bitten?«

Truls Rohk antwortete nicht. Ein weiterer Hustenanfall schüttelte ihn.

»Truls, was ist los?«, fragte Bek und beugte sich zu ihm vor.

»Weg von mir!«, fauchte der Gestaltwandler wütend.

Bek wich zurück. »Was ist denn los?«

Zunächst antwortete Truls nicht. Dann sagte er: »Ich weiß nicht. Irgendwie fühle ich mich verkehrt. Der Caull hat etwas mit mir angestellt, aber ich habe keine Ahnung, was. Diese Risse und Bisse habe ich nicht für weiter schlimm gehalten, doch jetzt fühle ich mich, als würde ich gleich zusammenbrechen.« Er lachte kurz und bitter. »Wäre das nicht Ironie des Schicksals, wenn ich für deine Schwester sterben würde? Weil ich sie beschützt habe, obwohl ich sie nicht einmal leiden kann? Dem Druiden hätte das gefallen, wenn er das hätte erleben dürfen.«

Erneut lachte er, schwach und gebrochen. Dann stand er mit großen Mühen wieder auf, nahm Grianne auf die Arme und marschierte wieder los.

Sie gingen noch eine Stunde, es begann langsam zu dämmern, und die Luft kühlte sich rasch ab. Die Schatten wurden zu langen dunklen Fingern, die sich über die Berghänge reckten, und der Mond erschien am Himmel in dunstiger Ferne, blass und abnehmend. Bek schaute sich um, ob ihnen jemand folgte, doch bei diesem Licht konnte er nichts erkennen, und so gab er auf. Daraufhin suchte er ihre Umgebung nach Beobachtern ab, aber auch das führte zu keinem Ergebnis. Danach lauschte er mit einem Gefühl der Verunsicherung in die Stille hinein.

Auf einer Anhöhe vor einem Koniferenwäldchen brach Truls erneut zusammen, diesmal ohne Vorwarnung. Er ließ Grianne einfach fallen, ging selbst zu Boden, wälzte sich auf den Rücken und blieb keuchend liegen. Sofort war Bek da und kniete neben ihm, doch der Gestaltwandler stieß ihn fort.

»Lass mich allein!«, knurrte er. »Kümmere dich um deine Schwester!«

Grianne lag mit offenen, blinden Augen schlaff auf der Seite. Sie schien sich nicht verletzt zu haben, und Bek zog sie in eine sitzende Position, strich ihre Kleidung glatt und zupfte Laub und Zweige aus ihrem Haar, ehe er sich wieder Truls zuwandte.

»Mit mir geht es zu Ende«, krächzte der Gestaltwandler. »Zu Ende. Mach unter den Bäumen ein Feuer und wärm dich auf. Warte auf sie.«

Ein Feuer könnte auch die Aufmerksamkeit jener auf sich lenken, die hinter ihnen her waren, aber Bek wusste, was immer nun passieren würde, lag in der Hand der Gestaltwandler. Wenn diese Geisterwesen es wollten, so würde ihm, Grianne und Truls kein Leid zugefügt – nicht auf ihrem Territorium und nicht von den Caulls oder Mwellrets oder irgendjemand sonst. Das wusste sein Gefährte ebenso gut, und darauf zählte er.

Bek begann also, Holz für ein Feuer zu sammeln. Erst nachdem er das Holz aufgeschichtet hatte, fiel ihm auf, dass er keinen Zunder hatte. Als er Truls fragen wollte, war dieser bewusstlos geworden. Bek führte Grianne zu dem gestapelten Holz, kehrte dann zu Truls zurück und wollte ihn zum Lagerplatz tragen, doch er war zu schwer für ihn. Bek ließ ihn liegen und setzte sich mit Grianne an das nutzlos aufgeschichtete Holz. Er überlegte, ob er mit Hilfe des Wunschliedes das Feuer anzünden könnte, wusste jedoch nicht wie. Also starrte er nur in die Nacht und fühlte sich hilflos und allein.

Wo waren die Gestaltwandler?

Die Nacht brach an, und mit ihr kam die Dunkelheit. Oben am Himmel zeigten sich die Sterne, die Stille wurde noch tiefer. Bald war es so kühl, dass Bek zu zittern begann. Er zog Grianne dicht an sich heran und versuchte sie beide auf diese Weise zu wärmen, wobei er sich fragte, ob sie bis zum Morgen erfroren sein würden. Mittlerweile befanden sie sich hoch in den Bergen; es war bereits sehr kalt, und es würde immer noch kälter werden.

Einmal erhob er sich, ging zu Truls Rohk und versuchte ihn zum Aufstehen zu bewegen. Der Gestaltwandler war bei Bewusstsein, allerdings benommen. Sein Körper war beängstigend heiß, als hätte er starkes Fieber. Bek setzte sich für eine Weile zu ihm und dachte darüber nach, was er tun könnte. Aber Truls unterschied sich so sehr von den Menschen, dass Bek nicht wusste, wie er ihm helfen konnte. Am Ende sprach er einfach nur leise auf seinen Gefährten ein und versuchte ihn zu trösten.

Schließlich kehrte Bek zu Grianne zurück und wartete wieder.

Er musste eingeschlafen sein, denn er wachte plötzlich auf, weil vor ihm das Feuer brannte und die Nachtluft erwärmte. Er sah Grianne an, die wach neben ihm saß, vor sich hinstarrte und keine Reaktion zeigte, als er sie ansprach. Also schaute er sich um und entdeckte nichts und niemanden, dann stand er auf, sah sich weiter um und entdeckte trotzdem nichts.

Nun ging er auf den Rand der Anhöhe zu, wo Truls lag, und blieb abrupt stehen. Ein Dutzend dunkler Gestalten versperrte ihm den Weg, große Schemen, die wie Felsen vor ihm aufragten. Während er zurückwich, traten sie von den Seiten ebenfalls bedrohlich auf ihn zu. Ihre Gesichter waren von Dunkelheit und plötzlichem Nebel verhüllt.

Bek blieb stehen. Er wusste, was für Wesen sie waren; er hatte auf sie gewartet. Nur wusste er nicht, weshalb sie so lange gewartet hatten, bis sie auftauchten.

Warum bist du zurückgekommen?

Die Stimme klang dünn und hohl, fast wie ein Klagen, und Bek hörte sie von überall her, nicht nur aus einer bestimmten Richtung.

»Mein Freund ist krank.«

Dein Freund liegt im Sterben.

Mit dieser Antwort hatte er nicht gerechnet, vor allem nicht in diesem gefühllosen Ton, bar jeglichen Interesses. Einen Augenblick lang fiel ihm keine Antwort darauf ein. *Nein,* sagte er zu sich selbst. *Nein, das stimmt nicht. Das kann nicht sein.*

»Er ist verletzt«, fuhr er laut fort. »Könnt ihr ihm helfen?«

In dem dichten Dunst verblassten die Schatten und erschienen wieder, wie Wesen, die dem Reich der Phantasie entsprungen sind. Die Gestaltwandler hatten etwas Übersinnliches an sich, etwas Jenseitiges, das sich jeder Erklärung entzog. Sie wirkten so unbeständig, dass nichts an ihnen wirklich real war. Aber Bek erinnerte sich, wie schnell sie sich in körperhafte, tödliche Wesen verwandeln konnten.

Der Caull hat ihn vergiftet. Aus Zähnen und Krallen hat er Gift abgesondert, das in den menschlichen Teil eingedrungen ist. Das Gift nimmt ihm die Kraft. Wenn seine menschliche Seite stirbt, stirbt der Gestaltwandler mit ihm.

»Gibt es kein Gegengift?«, erkundigte sich Bek, den Unglaube und Schock in den Bann geschlagen hatten. »Kennt ihr nicht eins?«

Es gibt kein Heilmittel.

Bek schaute sich verzweifelt um. »Es muss doch etwas geben, das ich tun kann«, sagte er schließlich. »Ich werde ihn nicht einfach so sterben lassen.«

Sobald er die Worte ausgesprochen hatte, wusste er, dass die Gestaltwandler nur darauf gewartet hatten. Er sah, wie sie sich plötzlich bewegten, und hörte ihr aufgeregtes Wispern. In der Luft konnte er ebenfalls eine Veränderung wahrnehmen. Am liebsten hätte er sein Angebot zurückgezogen, aber er wusste nicht, wie er das hätte machen sollen.

Dir wurde gesagt, Halblinge hätten keinen Platz in dieser Welt. Du hast gesagt, du würdest einen Platz für diesen Halbling schaffen. Würdest du das wirklich tun?

Bek holte tief Luft. »Worum bittet ihr?«

Würdest du einen Platz für deinen Freund schaffen? Würdest du ihm die Chance zum Leben geben?

Die Stimme klang kalt und eindringlich, wollte keine Argumente oder Ausflüchte hören, sondern eine klare Antwort auf die Frage. Die Gestaltwandler waren wieder ruhig geworden und hatten sich wie Steine um ihn versammelt. Bek konnte das Feuer weder sehen noch spüren. Er hatte sogar die Richtung der Stelle vergessen, wo es brannte. Vollkommen in Dunkelheit gehüllt und von den Geisterwesen umgeben, konnte er von der Welt lediglich die glitzernden Sterne über sich sehen.

»Ich möchte ihn retten«, antwortete er schließlich.

Bek hörte ein beifälliges Murmeln, und erneut gab es Aufregung unter den Gestaltwandlern. Das war die Antwort, die sie sich erhofft hatten, deren Folgen er jedoch bislang nicht ahnte.

Er muss seine menschliche Haut abstreifen. Für immer muss er sie ablegen. Er muss so werden wie wir, vollkommen das eine Wesen, nichts von dem anderen darf in ihm bleiben. Wenn er das tut, kann ihm das Gift nicht schaden.

Die menschliche Haut abstreifen? Bek verstand nicht so recht, was man ihm da erzählte, aber das war gleichgültig. Er konnte das Angebot nicht abweisen, das für Truls vielleicht die Rettung bedeutete. »Was wollt ihr von mir?«, fragte er.

Gib uns die Erlaubnis, ihn zu einem von uns zu machen.

Bek schüttelte rasch den Kopf. »Das kann ich nicht. Ich muss ihn fragen, ob es das ist, was er will. Ich habe nicht das Recht –«

Er kann dich nicht hören. Seine Krankheit hat ihn übermannt. Bevor er dir wieder antworten kann, wird er tot sein. Wir haben keine Zeit. Du musst an seiner Stelle entscheiden.

»Warum braucht ihr meine Erlaubnis?«, fragte Bek, plötzlich in Panik. »Welchen Unterschied bedeutet es schon, was ich sage.«

Das Wispern und die Bewegung hörten auf, und es kehrte nächtliche Stille ein. Bek erstarrte und hielt den Atem an wie jemand, der kurz davor steht, aus großer Höhe den Sprung nach unten zu wagen.

Diese Entscheidung muss ein Mensch treffen. Denn schließlich ist es seine menschliche Seite, die wir töten würden. Außer dir ist niemand hier. Du hast gesagt, du seiest sein Freund und würdest dein Leben für ihn geben, so wie er sein Leben für dich geben würde. Sollen wir ihm einen Platz in der Welt schaffen? Die Entscheidung liegt allein bei dir.

Bek atmete scharf aus. »Zuerst möchte ich wissen, zu was er werden wird, wenn ich euch meine Erlaubnis erteile.«

Darauf folgte eine lange Pause.

Er wird eins mit uns werden, ein Teil von uns.

Bek starrte sie an. »Was bedeutet das?«

Wir sind eins. Wir sind eine Gemeinschaft. Niemand von uns lebt vom anderen getrennt. Er würde von uns aufgenommen.

In diesem Augenblick fühlte sich Bek ganz wie ein kleiner Junge, der sich in die Welt hinausgewagt und sich so sehr verirrt hatte, dass er niemals wieder nach Hause zurückfinden würde. Er schloss die Augen und schüttelte den Kopf. Das konnte er nicht tun. Da bat man ihn, Truls Rohk zu retten und ihn gleichzeitig unumkehrbar zu verändern. Indem er Truls rettete, würde er ihn in ein vollkommen anderes Wesen verwandeln – ein Gemeinschaftswesen, das nicht länger allein und von anderen getrennt, sondern als Teil eines Ganzen leben würde. Wie würde das sein? Wollte Truls das, und sei es auch nur, um sein Leben zu retten? Woher sollte Bek das wissen?

Er stand verunsichert da und wusste, die einzige Entscheidung, die er treffen konnte, war die, die er am meisten verabscheute. Truls Rohk hatte in dieser Welt niemals seinen Frieden gefunden. Sein Leben lang hatte er als Ausgestoßener mit wenigen Freunden und ohne Familie verbracht. Eine Heimat hatte er nicht gefunden. Er war ein Irrtum der Natur, der durch eine verbotene Liebe entstanden war, eine Laune der Natur, die es niemals hätte geben sollen. Seinen Platz hatte er sich selbst geschaffen. Vielleicht wäre es gut für ihn, wenn er sich zu diesen Geisterwesen gesellte, die ihn in ihre Familie und ihre Gemeinschaft aufnehmen wollten. Vielleicht wäre er hier glücklicher.

Aber vielleicht auch nicht.

Bek wollte, dass Truls weiterlebte – wollte es unbedingt –, doch nicht um eines zu hohen Preises willen. Wie sollte er das beurteilen?

Sag uns, wie du dich entschieden hast.

Bek schloss die Augen. Die Chance zu leben war jeden Preis wert, aus keinem Grunde durfte man sie ausschlagen. Er hatte keine Ahnung, wie alles ausgehen würde; er konnte kaum voraussehen, was Truls Rohk jetzt getan hätte. Bek konnte lediglich entscheiden, was er selbst in der gleichen Situation getan hätte. Er musste also tun, was ihm richtig erschien.

»Rettet ihn«, sagte er leise.

Plötzlich bewegten sich die Gestaltwandler wieder, und ihr eigenartiges Zischeln wurde zu einem Seufzer. Die Mauer aus Leibern, die sich um ihn versammelt hatte, öffnete sich, und in der Dunkelheit brannte noch immer das Feuer, an dem seine Schwester saß.

Geh zu ihr zurück. Setz dich zu ihr und warte. Morgen früh nimm sie und geh in die Berge. Dort findest du, wonach du suchst. Fürchte nicht um deine Sicherheit. Mach dir keine Sorgen wegen jener, die dich verfolgen. Sie werden diesen Ort nicht passieren.

Dunkle Gestalten verwandelten sich in die aufbrausenden Ungeheuer, die er schon einmal gesehen hatte, in die fürchterlichen Erscheinungen, die ein Leben mit einem Gedanken vernichten konnten. Sie verharrten noch kurz in seiner Nähe, ihr Geruch hüllte ihn ein, ihre rohe Gegenwart bekräftigte das Versprechen, das sie gegeben hatten.

Geh.

Er tat, was man ihm sagte, obwohl er noch lange nicht mit sich im Reinen war und nicht den Trost gefunden hatte, den er gesucht hatte. Über das, was er getan hatte, wollte er nicht zu genau nachdenken. Das Ergebnis mochte er sich gar nicht vorstellen, weil er fürchtete, die Sache möglicherweise nicht richtig bedacht zu haben. Also kehrte er zur Wärme und Behaglichkeit des Feuers zurück, setzte sich neben Grianne, ergriff ihre Hände und hielt sie, während er in die Flammen starrte. Zu den Gestaltwandlern sah er nicht noch einmal hinüber, er beobachtete auch nicht weiter, wohin sie gingen oder was sie taten. Dazu wäre er sowieso nicht in der Lage gewesen, denn seine Augen konnten die Dunkelheit jenseits des Feuers nicht durchdringen.

Stattdessen starrte er Grianne an und versuchte sich einzureden, sie sei alles wert gewesen, was passiert war – ihre Rettung beruhte nicht auf den vergeblichen Hoffnungen eines Druiden oder eines Bruders, sondern war notwendig, um etwas Wichtigeres und Weitreichenderes zu verwirklichen, das den Verlust seines Freundes rechtfertigte.

Nach einer Weile schlief er ein. Seine Träume waren heftig, voller Gefühle, und sie berührten sein gesamtes Leben. Quentin tauchte auf, wie er an einem Eschenbogen arbeitete. Sein rotes Haar hing fröhlich herab, sein starkes Gesicht lächelte, und er lachte laut. Coran und Liria schauten ihn an, während er schlief, und er hörte, wie sie stolz über ihn sprachen. Die Gemeinschaft der *Jerle Shannara* ging einer nach dem anderen an ihm vorbei, während er am Rand eines Waldes stand, und dann kam Rue Meridian zu ihm, berührte sein Gesicht mit ihren kühlen Fingern und verscheuchte so alle anderen Gedanken.

Schließlich stand Walker auf der Brustwehr einer Burg, die Bek vage bekannt vorkam, und schaute zu ihm hinab. Truls Rohk stand neben ihm und verblasste zunehmend, bis er nur mehr eine körperlose Stimme war, die ihm zuflüsterte, er solle stark sein, durchhalten und stets daran denken, wie ähnlich sie sich waren. Er unterschied sich vollkommen von dem Truls Rohk, an den Bek sich erinnerte, und nach einer Weile erkannte der junge Ohmsford, woran es lag: Truls war kein Halbling mehr, sondern ein reinrassiger Gestaltwandler. Er war eins mit seiner neuen Familie, mit seiner Gemeinschaft, mit der Welt, die ihm eine zweite Chance geschenkt hatte. So erweckte er den Eindruck, er sei mit sich im Reinen und habe einen inneren Frieden gefunden, den er sich zuvor nicht einmal erhofft hätte.

Bek beobachtete und lauschte, hing den anderen an den unsichtbaren Lippen wie an einer Rettungsleine, und der Frieden, den Truls gefunden hatte, kehrte ebenfalls in ihm ein.

Als er aufwachte, war es Morgen. Dunstiges graues Licht kroch über die Bergspitzen im Osten, wo die Dämmerung anbrach. Das Feuer war erloschen, die rauchende Glut zu verkohlten Stümpfen verglüht. Bek streckte die Hand aus. Die Asche war noch warm. Neben ihm schlief Grianne lang ausgestreckt auf dem Boden, hatte die Augen geschlossen und atmete gleichmäßig und ruhig.

Er betrachtete sie einen Moment lang, dann erhob er sich und machte sich auf die Suche nach Truls Rohk.

Am Rande des flachen Stückes, wo er seinen Freund am gestrigen Abend zurückgelassen hatte, hielt er an. Geblieben waren lediglich ein Kapuzenmantel und ein paar verstreute halbausgebildete Knochen. Bek kniete sich hin, berührte sie, nahm den Mantel hoch und erwartete halb, darunter weitere Reste zu finden. Truls Rohk hatte immer so unzerstörbar auf ihn gewirkt, niemals hätte er für möglich gehalten, dass nur so wenig von ihm zurückbleiben würde. Dennoch war nicht mehr vorhanden. Nicht einmal Blutflecken waren auf dem harten, reifbedeckten Boden zu erkennen.

Bek erhob sich und sah sich Knochen und Mantel noch einen Moment lang an. Vielleicht war der größte Teil dessen, was Truls Rohk gewesen war, das, was Wert besessen hatte, in den neuen Truls Rohk mit eingegangen, der er nun war.

Fragte sich lediglich, ob die Gestaltwandler, und Truls mit ihnen, Bek beobachteten? Würde er jemals erfahren, ob er die richtige Entscheidung getroffen hatte?

Langsam ging er zurück zu dem erloschenen Lagerfeuer, weckte Grianne, nahm sie an den Händen und zog sie auf die Beine. Willig gehorchte sie, ihr ruhiges Gesicht war bar jeder Emotion, ihre schlaffe Ergebenheit traurig und kindlich. Bek war alles, was sie noch hatte, alles, das zwischen ihr und dem Schicksal stand, das sie sonst unweigerlich erleiden würde. Er war zu ihrem Beschützer geworden, so wie er es versprochen hatte.

Allerdings war er sich ganz und gar nicht sicher, ob er dieser Aufgabe gewachsen war, doch immerhin musste er es wenigstens versuchen und tun, was in seiner Macht stand, um sie beide zu retten.

Die beiden hielten sich wie kleine Kinder an den Händen und begannen mit dem Aufstieg.

Siebzehn

Auf einem der Nachbarberge von jenem, den zu besteigen sich Bek und Grianne abmühten, schaute Quentin Leah gerade von seinem Frühstück aus Brot und Käse auf, als Kian am Rand der Bäume unterhalb des Wegendes auftauchte und zu ihm heraufkletterte. Weiter oben, wo sie in dem Fichtenwäldchen die Nacht verbracht hatten, warteten die restlichen Rindge von Obat auf Anweisungen, wie es weitergehen sollte – alle außer Obat und Panax selbst, die bereits losgezogen waren und den Weg über die

Pässe des Aleuthra Arks erkundeten. Seit zwei Tagen flohen sie inzwischen schon vor den Mwellrets und ihren fährtenlesenden Untieren, und Quentin hatte gehofft, nicht auch noch einen dritten Tag auf der Flucht zu sein.

»Sie haben unsere Spur gefunden«, knurrte Kian. Falten zerfurchten sein dunkles, breites Gesicht, als er sich neben dem Hochländer niederließ und sich die Stirn abwischte. »Sie kommen.«

Er blickte Quentin nicht in die Augen. Momentan wollte niemand sehen, was sich in Quentins Augen widerspiegelte, nicht, seit sie ihn in den Ruinen von Castledown getroffen und gehört hatten, was mit Ard Patrinell geschehen war.

Quentin verstand das. Er hatte ebenfalls ein ungutes Gefühl, was ihn selbst betraf. Irgendwie war alles aus den Fugen geraten.

Also reichte er dem Elfenjäger, was von seinem Brot und seinem Käse übrig geblieben war und starrte niedergeschlagen zu Boden. Sie saßen auf einem zerklüfteten Hang, der aussah wie ein hockender Koden, und scharfe Felsen und der Koniferenbewuchs bildeten den borstigen Rücken. Nach achtundvierzigstündigem Rennen waren sie hier gelandet – nach vielen hektischen Stunden, in denen sie sich abgemüht hatten, ihre Verfolger abzuschütteln. Doch nichts hatte zum Erfolg geführt, und jetzt schließlich waren sie erneut aufgestöbert worden.

Von Anfang an, als Quentin, Panax, Kian, Obat und ein Dutzend Rindge zurückgeblieben waren, um die Verfolger aufzuhalten und vom Stamm abzulenken, war alles schief gegangen. In der Gruppe befanden sich ausschließlich erfahrene Jäger, die sich mit Fährten und in der Wildnis auskannten, und jeder hatte ein Dutzend Tricks auf Lager, um Verfolger abzuhängen. Sie hatten jeden Einzelnen versucht. Sie hatten mit den einfachsten begonnen und falsche Fährten gelegt, die einen Jagdhund stundenlang verwirrt hätten. Aber diese Bestien, die die Rets mitgebracht hatten, um sie aufzuspüren, waren Hunden weit überlegen, und in unglaublicher Geschwindigkeit hatten sie die falschen von den richtigen Fährten unterschieden. So waren sie Quentins Gruppe schon sehr bald dicht auf den Fersen gewesen. Als Nächstes benutzten die Rindge ein Pflanzenextrakt mit starkem Geruch, um diese Untiere abzuschrecken. Auch damit hatten sie keinen Erfolg. Kian und Panax führten sie durch Bäche und durch Flüsse, weil im Wasser keine Spuren blieben. Doch diese Ungeheuer fanden sie trotzdem.

Verzweifelt lockte Obat sie in eine schmale Schlucht und brannte den Wald dort nieder. Ein heftiger Wind blies den Rets die Hitze direkt ins Gesicht. Das Feuer sollte nicht nur die Verfolger aufhalten, sondern auch Spuren und Witterung vernichten. Das brachte ihnen immerhin einige Stunden ein, doch am Ende fanden Rets und ihre Untiere sie nichtsdestoweniger.

Schließlich legten sich Quentin und seine Gefährten, nachdem sie beinahe allen Mut verloren hatten, in den Hinterhalt, um die spurensuchenden Wesen zu töten oder wenigstens außer Gefecht zu setzen. Es gelang ihnen, die Rets zu überraschen, und einige fielen Pfeilen von Bögen und Blasrohren zum Opfer, ehe die Übrigen eine Chance bekamen, in Deckung zu gehen. Auch die Untiere wurden getroffen, doch richteten die Geschosse bei ihnen fast keinen Schaden an. Sie schüttelten die Pfeile ab wie Bienenstachel und stürzten sich mit verblüffender Rage auf die Angreifer. Einmal von der Kette gelassen, verwandelten sie sich in eine mörderische Meute. Quentin hatte über die Jahre hinweg an einigen Jagden teilgenommen, doch so etwas hatte er nie zuvor gesehen. Die Bestien, mindestens acht, hetzten durch das Unterholz und über die Felsen hinweg wie durchgedrehte Wölfe, stimmlose Ungeheuer, die vage Menschen ähnelten, nur hatten sie sich zu etwas Größerem und Entsetzlicherem entwickelt als die grauen Wölfe, die in den Schwarzen Eichen östlich von Leah jagten.

Da ihnen keine andere Wahl blieb, mussten Quentin und seine Gefährten die Stellung halten und kämpfen. Aber ehe sie sich noch versahen, waren drei der Rindge tot, und die Bestien hatten sich mit ihrem Blut besudelt. Sie alle wären wahrscheinlich zum Tode verurteilt gewesen, wenn sie nicht das Schwert von Leah gehabt hätten, das aufleuchtete wie eine Fackel. Die Magie wallte in blauer Flamme an der Klinge entlang. Nun begriff Quentin, dass es sich bei diesen Untieren um magische Schöpfungen handelte und dass man sie allein mit Magie würde aufhalten können. Er tötete in wildem Kampfe zwei, daraufhin zog sich der Rest zurück – zwar nicht besiegt oder eingeschüchtert, sondern lediglich wachsam gegenüber der Macht des Schwertes und unsicher, ob sie den Angriff fortsetzen sollten.

Ihr Zögern erlaubte Quentin und den Übrigen die Flucht, doch durch den Einsatz des Schwertes hatte er sich auch verraten; wenigstens einer der Gejagten befand sich im Besitz von Magie, das wussten die Verfolger nun, und damit festigte sich ihr Entschluss, die Hetze fortzusetzen. Im Himmel über ihnen tauchten Luftschiffe auf, frische Einheiten der Mwellrets mit weiteren Spürtieren wurden von oben abgeseilt und gesellten sich zu jenen am Boden. Quentin vermochte sie nicht zu zählen, allerdings waren es sicherlich genug, um ihn zu überwältigen, wenn er sich entschied, im Kampf gegen sie anzutreten. Zwar hatte er keine Ahnung, wen die Rets überhaupt suchten, aber auf jeden Fall zeigten sie bei ihrer Jagd eine erstaunliche Entschlossenheit.

So dauerte die Hatz den ganzen ersten und zweiten Tag an, und die Rindge suchten einen Weg tiefer in den Aleuthra Ark und höher in die zerklüfteten Gipfel hinein, wobei sie einem Pfad folgten, der sie, wie sie wussten, schließlich über die Berge in das weite Grasland dahinter führen würde. Quentin fragte sich inzwischen, inwiefern ihnen das weiterhelfen würde. Wenn die Verfolger ihnen so zielstrebig nachsetzten, würden die sie früher oder später erwischen, gleichgültig, ob auf dieser Seite der Berge oder auf der anderen. Sollte die Flucht gelingen, mussten sie eine andere Lösung finden, und zwar rasch, da die Frauen und Kinder, die den größten Teil der Flüchtlinge bildeten, langsam ermüdeten.

Quentin ermüdete ebenfalls, obgleich weniger körperlich als vielmehr gefühlsmäßig. Im Kampf mit dem Ard-Patrinell-Wronk hatte er etwas eingebüßt – das Feuer, den Mut und die Entschlossenheit –, und jetzt fühlte er sich wie eine leere Hülle. Nachdem so viele seiner Gefährten den Tod erlitten hatten und die anderen verschollen und verstreut waren, hatte sich seine Wahrnehmung getrübt. Er half den Rindge, weil sie ihn brauchten und weil er nicht wusste, was er sonst tun sollte. Dadurch bekam er ein Ziel, auch wenn er keine Gefühle mehr hatte. Er hatte zu vieles verloren, um ohne einen dramatischen Wandel in seinem Schicksal wieder Gefühle zu empfinden.

Panax und Kian waren vermutlich nicht besser dran, dachte er, obwohl sie härter wirkten als er und eher darauf gefasst zu sein schienen, sich allein durchschlagen zu müssen. Quentin war noch zu jung und außerdem unvorbereitet auf diese Art Verluste, und deshalb trafen sie ihn mit wesentlich größerer Wucht. Manchmal brach er innerlich regelrecht zusammen. Dann sah er vor seinem inneren Auge Tamis, blutend und sterbend. Er sah Ard Patrinells Kopf, in Metall und Glas eingeschlossen, in dem Moment, ehe Quentin ihm den Kopf zerschmetterte. Er sah Bek, wie er damals im Hochland ausgesehen hatte, vor so langer Zeit.

Er war gehetzt und abgespannt und desillusioniert, und er spürte, wie er Stück um Stück die Kontrolle über sich selbst verlor. Dann weinte er und konnte sich nicht beherrschen, versuchte nur, seine Tränen und seine Schwäche zu verbergen. Trotz hellen Sonnenscheins fröstelte es ihn. Düstere Träume suchten seinen Schlaf heim – Träume, die zum Inhalt hatten, was ihn jagte, was ihn erwartete, Träume des Schicksals und der Prophezeiung. Zitternd und verängstigt erwachte er aus ihnen und schlief frierend und leer wieder ein.

Gleichzeitig jedoch stellte er für die anderen die beste Chance dar, ihr Leben zu retten, und dieser Tatsache war er sich schmerzlich bewusst. Ohne die Magie des Schwertes von Leah konnten sie sich gegen diese Wesen, die sie jagten, nicht zur Wehr setzen. Quentin war vielleicht nahe daran, die Kontrolle zu verlieren, aber er durfte es auf keinen Fall geschehen lassen.

»Wie viel Zeit haben wir?«, fragte er Kian kurz darauf.

Der Elf zuckte mit den Schultern. »Die Rindge werden versuchen, sie aufzuhalten, doch keinen Erfolg haben. Also vielleicht eine Stunde, möglicherweise ein bisschen mehr.«

Quentin schloss die Augen. Sie brauchten Hilfe. Oder besser gesagt, ein Wunder. Und das konnte er ihnen leider nicht bieten. Ihm fiel niemand ein, der das konnte.

Kian hatte Brot und Käse gegessen, trank einen Schluck Wasser aus seinem Schlauch und erhob sich. Er war mit Staub bedeckt, seine Kleidung zerrissen und mit Blut befleckt. In dieser Hinsicht stellte er ein Spiegelbild von Quentin dar. Die beiden Flüchtlinge brauchten ein Bad und vor allem ausgiebigen Schlaf, wahrscheinlich würden sie jedoch in absehbarer Zeit weder das eine noch das andere bekommen.

»Wir sollten lieber weiterziehen«, meinte Kian.

Also gingen sie zu den wartenden Rindge. Mit Gesten und den wenigen Rindge-Worten, die sie aufgeschnappt hatten, bewegten sie den Stamm zum Aufbruch und trabten weiter. Die Rindge waren ebenfalls entmutigt, nicht so sehr wegen ihrer Erschöpfung, sondern weil nichts von dem, was die Männer versucht hatten, eine Wirkung gezeigt hatte. Dennoch marschierten sie weiter, ohne sich zu beschweren, die Jungen und die Alten, die Frauen und die Kinder, und alle halfen einander, wenn notwendig, waren sie doch der Heimat enteignet worden, in der sie seit Jahrhunderten gewohnt hatten, und von Mächten vertrieben, gegen die niemand ein Mittel wusste. Sie legten eine Entschlossenheit an den Tag, die Quentin überraschte und ermutigte, ja, die ihn sogar stärkte.

Allerdings nicht sehr viel.

Nachdem sie ungefähr eine Stunde unterwegs waren, tauchte die Nachhut der Rindge auf. Ihre Gesten waren unverkennbar. Die Mwellrets und die Spürtiere hatten sie eingeholt.

Im gleichen Moment erschienen Panax und Obat aus der anderen Richtung. Der Zwerg eilte aufgeregt auf Kian und den Hochländer zu.

»Ich glaube, wir haben etwas entdeckt, das uns helfen wird«, sagte er mit leuchtenden Augen und schaute von einem zum anderen. Dabei rieb er sich kräftig den dichten Bart. »Vor uns teilt sich der Pass. Die eine Abzweigung führt zu einer tausend Fuß tiefen Steilwand, die man nicht umgehen kann. Die andere führt zu einem schmalen Felsgesims, auf dem vielleicht zwei Mann nebeneinander Platz haben, mehr nicht. Dieser zweite Weg windet sich um den Berg und dann hinauf zu einem Pass, über den man die andere Seite erreicht. Jetzt kommt aber das Wichtigste. Man kann den zweiten

Weg erreichen, indem man den Berg hinaufklettert. Und so kommt man zu einer Stelle, die perfekt geeignet ist, eine Lawine auszulösen, die den ganzen Pass und alles darauf zuschütten wird. Wenn wir die Rindge hindurchführen könnten, ehe die Rets sie eingeholt haben, könnten wir einen Felssturz auslösen, der diese Rets und ihre Untiere mit in den Abgrund reißt – oder ihnen zumindest den Weg versperrt.«

»Wie weit ist es bis zu dieser Stelle?«, fragte Kian sofort.

»Eine Stunde, vielleicht zwei.«

Der Elfenjäger schüttelte den Kopf. »So viel Zeit haben wir nicht.«

»Doch, haben wir, wenn ich zurückbleibe«, erwiderte Quentin.

Er sprach es aus, ehe er es sich recht überlegt hatte. Sein Vorschlag kam übereilt und war mit einem großen Risiko verbunden, dennoch wusste er, auch ohne ihn gründlich zu überdenken, dass es ihre einzige Chance war.

Sie starrten ihn an. »Hochländer, was sagst du da?«, fragte Panax wütend. »Du kannst nicht –«

»Panax, hör mir mal zu. Wir wollen ehrlich sein. Es ist nur die Magie, die sie anlockt. Nein, sag nicht, ich hätte keine Ahnung, wovon ich spreche – wir wissen beide, dass es stimmt. Wir alle wissen es. Sie wollen die Magie, genauso wie Antrax und die Kriecher. Wenn ich also zurückbleibe, kann ich sie für eine Weile ablenken, so dass ihr die Stelle passieren könnt, wo der Felssturz abgehen soll. Das bringt uns die notwendige Zeit ein.«

»Und dir den Tod!«, knurrte ihn der Zwerg an.

Quentin lächelte. Jetzt, da so viele Spürtiere hinter ihnen her waren, hatte er tatsächlich keine Chance, einen konzentrierten Angriff zu überstehen. Auch konnte er ihnen nicht davonlaufen, wie ihm sehr wohl klar war, und sie würden über ihn herfallen, Schwert hin oder her. Somit schlug er im Grunde vor, sein Leben für ihres zu opfern, ein Tausch, über den er gar nicht so genau nachdenken wollte, sonst würde er das Angebot vermutlich zurückziehen.

»Ich bleibe bei dir«, bot Kian an und wagte es nicht, die Logik des Hochländers in Frage zu stellen, denn er wusste, dass das keinen Sinn hatte.

»Nein, Kian. Einer genügt. Außerdem komme ich allein besser zurecht. Ich kann mich dann schneller bewegen. Du und Panax, ihr bringt die Rindge über den Pass. Das ist wichtiger. Ich komme euch nach.«

»Dazu wirst du wohl nicht lange genug leben«, meinte Panax und konnte seine Wut kaum verbergen. »Das ist sinnlos!«

Quentin lachte. »Du solltest dein Gesicht sehen, Panax! Mach schon. Treib sie voran. Wenn ihr rasch aufbrecht, muss ich unsere Verfolger hier weniger lang aufhalten.«

Kian wandte sich mit entschlossenem Gesicht ab. »Na los, Zwerg«, sagte er und zog Panax am Ärmel.

Panax ließ sich fortzerren, blickte jedoch weiterhin Quentin an. »Du musst das nicht tun«, rief er ihm zu. »Komm einfach mit. Wir schaffen das schon.«

»Haltet Ausschau nach mir«, rief Quentin ihm zu.

Schon hatten sich die Rindge in Bewegung gesetzt und folgten dem Weg zwischen die Bäume. Sie suchten sich ihren verschlungenen Pfad um einen Fels und um eine Biegung herum, und bald waren sie außer Sicht.

Es wurde still. Der Hochländer stand allein auf dem leeren Weg und wartete, bis er sie nicht mehr hören konnte. Dann ging er in die Richtung zurück, aus der er gekommen war.

Quentin brauchte nicht lange, bis er gefunden hatte, wonach er suchte. Er erinnerte sich an den Hohlweg, einen schmalen Spalt durch einen riesigen Felsen, der steil nach unten führte und kaum einem Einzelnen Durchlass gewährte. Natürlich würden ihn die Spürtiere in null Komma nichts überwältigen, wenn er ihnen in offenem Gelände gegenübertrat. Versperrte er ihnen den Weg jedoch in dieser Spalte, konnten sie ihn jeweils nur einzeln angreifen. Früher oder später würden sie ihn trotzdem durch ihre Überzahl erdrücken, oder sie würden einen Weg um den Felsen herum finden. Aber schließlich brauchte er sie nicht ewig aufzuhalten; er wollte für seine Gefährten lediglich einen gewissen Vorsprung herausholen.

Die Spalte war ungefähr zehn Meter lang, und in der Mitte verbreiterte sie sich ein wenig. Er wählte diese Stelle und postierte sich dort. Wenn er diesen Standort aufgeben musste, konnte er sich immer noch zurückfallen lassen und am oberen Ende des Durchlasses weiterkämpfen.

»Ich wünschte, du könntest mich hier sehen, Bek«, sagte er laut. »Das wäre doch vielleicht interessant für dich.«

Die Minuten verstrichen, allerdings nicht sehr viele, da hörte er schon das Nahen der Spürtiere. Sie gaben sich keine Mühe, unbemerkt zu bleiben, und verbargen auch ihre Absichten nicht. Knurren und Grunzen begleitete ihr schweres Keuchen, und der Wind trug ihren starken Tiergeruch heran. Weiter aus der Ferne hörte er die Mwellrets.

Quentin zog das Schwert von Leah aus der Scheide und wappnete sich innerlich für den Kampf.

Als die erste Bestie den derben Kopf um die Ecke der Spalte schob und ihn erblickte, griff sie sofort an. Quentin duckte sich und erwischte sie mitten im Sprung mit der Spitze seiner Waffe, spießte das Untier durch die Brust auf und bohrte es auf der Erde fest, wo es um sich schlagend und schreiend verendete, weil die Magie durch seinen Körper strömte. Fast im gleichen Moment erschienen ein zweites und ein drittes, die sich darum stritten, wer als Erstes in die Spalte durfte. Er stach nach ihren Gesichtern und Augen, während sie sich in die schmale Öffnung warfen, und drängte sie zurück. Hinter ihnen hörte er die Rufe der Rets und das Fauchen der anderen Spürtiere, die sich vergeblich loszureißen versuchten.

Er kämpfte in dem Spalt, solange er konnte, tötete dabei zwei der Kreaturen und verwundete eine weitere, ehe er sich zurückzog. Vielleicht hätte er noch länger an der Stelle bleiben können, aber er fürchtete, dass die Rets einen Weg außen herum finden würden. Wenn sie ihn in der Spalte einschlössen, hätte er keine Chance mehr. An dieser ersten Stellung hatte er ein Optimum an Zeit herausgeschlagen. Der Moment war gekommen, ein wenig nachzugeben.

Die Spürtiere schnappten weiter nach ihm, derweil er durch die Spalte zurückwich. Mit gegrätschten Beinen versperrte er das hintere Ende und verwehrte ihnen den Durchlass, tötete eine der Bestien und schleuderte den Kadaver zurück, so dass die anderen nicht nach vorn konnten, ohne darüber zu steigen. Sie rissen ihren toten Kameraden in blutige Fetzen und konnten immer noch nicht durchbrechen. Quentin kämpfte mit wilder und erbarmungsloser Entschlossenheit, die Magie durchströmte ihn wie geschmolzenes Eisen, vertrieb Erschöpfung und Schmerz, Zweifel und Skepsis und ließ nur das Gefühl für den Augenblick und die betäubende Machtfülle des Schwertes bestehen. Nichts vermochte ihn aufzuhalten. Er war unbesiegbar. Die Magie surrte und knisterte durch seinen Körper, und er überließ sich ihr vollständig.

Sogar, nachdem die Mwellrets einen Weg außen herum gefunden hatten, hielt er die Stellung weiterhin, so sehr hielt ihn die Euphorie gefangen, die durch die Magie ausgelöst wurde. Er hätte alles getan, damit sie bloß nicht aufhörte. Also schlug er auch diesen neuen Angriff zurück, dann wendete er sich wieder den Spürtieren zu, die versuchten, aus der Spalte zu kommen. Er stellte sich allem, das ihn herausforderte.

Eine tiefe Wunde am Oberschenkel ernüchterte ihn schließlich genug, um die Gefahr zu begreifen. Er drehte sich um und rannte, ohne sich umzuschauen, bis er ausreichend Abstand gewonnen hatte, um zwischen die Felsen zu steigen, wo er Pfeil und Bogen fand, kurz bevor seine Verfolger auftauchten. Er war ein guter Schütze, doch waren die Feinde bereits so nah, dass es auf richtiges Zielen weniger ankam. Vier Pfeile versenkte er in dem ersten groben Kopf, ehe das Untier endlich zurückgeworfen wurde, mit geblendeten Augen und vor Schmerz rasend. Er verwundete zwei weitere und verlangsamte sie auf diese Weise, so dass die anderen nicht vorüber kamen. Bald hatte er alle Pfeile verschossen und damit auch zwei der Rets getötet, dann ließ er den Bogen fallen und rannte weiter.

Jetzt gab es keine Stelle mehr, wo ein Kampf aussichtsreich gewesen wäre, daher lief er zu dem Sims, wo Panax, Kian und die Rindge ihn, so hoffte er, unterstützen würden. Die Strecke war nicht kurz, etwa zwei Meilen lang, und unterwegs verlor er jegliches Gefühl für Raum und Zeit, vergaß alles um sich herum außer der Bewegung seiner Glieder. Noch war er erfüllt von der Magie des

Schwertes, noch sang dessen Macht in seinem Blute, und so schöpfte er eine Kraft, die er eigentlich gar nicht besaß. Er rannte so schnell, dass er seinen Verfolgern davonlief, und während sie mühsam über Felsen und steinige Pfade kraxelten, setzte er leichtfüßig darüber hinweg.

Vielleicht, nur vielleicht, würde er doch mit dem Leben davonkommen.

»Leah, Leah!«, rief er wild und von Euphorie erfüllt, ohne sich darum zu scheren, ob ihn jemand hören konnte. »Leah!«, heulte er.

Am Anfang des Simses holten sie ihn schließlich ein und zwangen ihn, sich dem Kampf zu stellen. Er drängte sie abermals zurück und stürmte hinaus auf den Pfad über das Gesims. Der Bogen des Aleuthra Ark mit seinen vielen Gipfeln und Tälern dehnte sich wie ein Gebirge auf einem Gemälde bis zum Horizont aus und erweckte auf gewisse Weise einen unwirklichen Eindruck.

Erneut erreichten ihn die Spürtiere, aber ihnen fehlte der Platz. Zwei gingen über den Rand und schlugen kreischend mit den Pfoten in die Luft, während sie fielen. Er blickte den Hang hinunter, den er gerade hinaufgestiegen war; dort wimmelte es nur so von Mwellrets und diesen Bestien. Wie viele waren es denn noch? Er drückte sich an die Steilwand, bewegte sich so schnell er konnte vor und versetzte jedem der Verfolger einen Hieb, wann immer er in Reichweite kam. Inzwischen hatte er ein Dutzend Biss- und Kratzwunden davongetragen, und das Lied der Magie war zu einem hohen, verzweifelten Jammern geworden. Seine Kraftreserven waren so gut wie erschöpft; wenn er sie geplündert hätte, würde ihm auch die Magie des Schwertes von Leah nicht mehr helfen.

»Panax!«, rief er verzweifelt und versuchte, die aufkeimende Furcht zu besiegen, derweil die Euphorie mächtig abklang und die Helligkeit der Klinge nachließ.

Vielleicht hundert Fuß vom Anfang des Simses entfernt, wo die Felswand zu seiner Linken fast vertikal anstieg, und zu seiner Rechten der Abgrund tief und weit gähnte, hörte er Panax' Ruf. Quentin wandte jedoch den Blick nicht von seinen Verfolgern ab. Sie sammelten sich auf dem Sims hinter ihm, drängten voran, in ihren Augen spiegelten sich Wut und Hunger, und sie warteten nur auf eine kleine Unachtsamkeit seinerseits.

Dann hörte er ein Donnern von Steinen über sich, drehte sich um und rannte los. Er war zu langsam. Die Bestie, die ihm am nächsten war, hatte ihn sofort erreicht und schlug mit den scharfen Krallen auf ihn ein. Quentin fuhr herum und stieß sie zurück, wobei er seine geballte Faust mit solcher Wucht gegen die Felswand rammte, dass ihm das Schwert aus der Hand glitt. Die Waffe taumelte über den Rand des Pfades und verschwand im Abgrund.

Er verharrte, konnte kaum begreifen, was gerade geschehen war, und sein Zögern beraubte ihn jeder weiteren Fluchtchance. Felsen und Geröll hagelten von oben herab und lösten an der steilen Wand einen Bergsturz aus. Quentin versuchte davonzulaufen, aber es war zu spät. Er geriet mitten in die Geröllawine, die den Berg auseinander riss und Teile des Simses abbrach. Die Spürtiere und ihre Führer verschwanden im Tosen der Steine, und dann löste sich ein großes Stück des Simses und stürzte hinunter.

Quentin drückte sich flach an die Wand und bedeckte mit den Händen den Kopf. Der ganze Berg schien auf ihn herunterzuprasseln. Einen Augenblick lang hielt er sich fest und drückte sich an den Stein. Dann pflückte ihn die Lawine von dem Vorsprung wie ein Blatt von einem Baum, und er war verschwunden.

Achtzehn

Als der Hochländer das Bewusstsein wiedererlangte, befand er sich in absoluter Dunkelheit, und ein tonnenschweres Gewicht lastete auf ihm. Er roch Sand und Geröll und den scharfen Geruch von Erde und zerrissenen Pflanzen. Zuerst konnte er sich nicht erinnern, was geschehen war und wo er sich befand, und Panik machte sich in ihm breit. Aber er zwang sich zur Geduld und wartete, bis sein Kopf langsam klarer wurde.

So erinnerte er sich schließlich an die Lawine. Ihm fiel wieder ein, wie er über die schmale Kante ins Leere gerissen wurde und in einem Hagel von Steinen und Geröll abwärts flog, sich kurz irgendwo festhalten konnte, bevor er erneut mitgerissen wurde, sich in einem Gewirr von Unterholz verfing; und die ganze Zeit hörte er ein Tosen, das selbst den schlimmsten Sturm übertönt hätte. Schließlich schloss sich die Dunkelheit um ihn herum, und alles andere war verschwunden.

Inzwischen konnte er wieder etwas sehen, und er erkannte, dass die Lawine ihn unter Ästen und Wurzeln begraben hatte. Durch kleine Löcher in seiner Gruft sah er die schweren grauen Wolken, die über den dämmernden Himmel zogen. Er hatte keine Ahnung, wie viel Zeit verstrichen war. Unbeweglich lag er da, starrte die fernen Wolken an und sammelte seine Gedanken. Eigentlich müsste er tot sein. Doch die Wurzeln und Äste hatten ihn gerettet, indem sie Felsen ablenkten, die ihn ansonsten zermalmt hätten, aber gleichzeitig hielten sie ihn in einem hölzernen Gefängnis eingesperrt.

Allerdings war er keineswegs außer Gefahr. Ihm klingelten die Ohren, sein Mund und seine Nase waren vom Staub trocken. Jeder Muskel und jeder Knochen in seinem Körper schmerzte, und er konnte nicht feststellen, ob er sich bei seinem Fall etwas gebrochen hatte.

Als er sich bewegen wollte, wurde ihm klar, dass er an den Boden gefesselt war.

Er lauschte in die Stille hinein, die sich wie eine Decke über sein Gefängnis und dessen nähere Umgebung ausbreitete. Nicht das schwächste Rascheln oder das leiseste Flüstern war zu hören, nur sein eigener abgehackter Atem. Er fragte sich, ob irgendjemand nach ihm suchen würde – falls das überhaupt möglich war. Vielleicht war niemand mehr am Leben. Der halbe Berg war abgerutscht, und woher sollte er wissen, wen er alles mitgerissen hatte. Hoffentlich waren Panax und die Rindge davongekommen, die Mwellrets und ihre Spürtiere dagegen nicht. Aber auf Hoffnungen konnte er sich nicht verlassen.

Also bemühte er sich, nicht weiter darüber nachzudenken, sondern seine Konzentration auf seine eigenen Probleme hier unten zu richten. Vorsichtig und zaghaft prüfte er seine Finger und Zehen und versicherte sich so, dass sie in Ordnung – und noch vorhanden – waren, dann folgten Arme und Beine. Erstaunlicherweise schien er sich nichts gebrochen zu haben, wenngleich ihm jeder Knochen wehtat.

Dadurch ermutigt, dachte Quentin über eine Möglichkeit nach, sich zu befreien. In seinem beengten Gefängnis hatte er nur wenig Platz, sich zu bewegen, doch den würde er ausnutzen. Nach einer Weile und einiger Anstrengung konnte er sein linkes Bein und beide Arme befreien, doch das rechte Bein war unter einem schweren Felsen eingekeilt. Es war nicht zermalmt, doch es steckte fest. Sosehr er sich auch bemühte, er bekam es nicht heraus.

Schweißgebadet lehnte er sich zurück. Plötzlich wurde ihm bewusst, wie heiß ihm war, hier unter der Erde, eingegraben wie ein Toter unter Fels und Gestein. Er war mit Staub und Sand bedeckt. So musste es sich anfühlen, wenn man wirklich tot war, und im Augenblick hätte ihm das noch nicht einmal etwas ausgemacht.

Er schob sich wie ein Wurm in eine leicht veränderte Position, wegen des knappen Raums und seines gefangenen Beines hatte er jedoch nur wenig Spielraum. *Tief atmen,* sagte er sich. *Ruhe bewahren.* Er spürte durch die Löcher in seinem Gefängnis Regentropfen auf sein Gesicht fallen und sah, dass der Himmel sich verfinstert hatte. Der Regen ging gemächlich und stetig nieder, ein leises Prasseln in der Stille. Die paar Tropfen, die auf seine Lippen fielen, leckte er dankbar auf.

Es dauerte eine Weile, da hatte er einen sperrigen Ast in Reichweite gezogen, den er als Hebel einsetzen konnte. Falls er damit den Felsen bewegen könnte, wenn auch nur um einen Zoll, wäre er vielleicht in der Lage, sein Bein zu befreien. Aber aus dieser Position schaffte er die nötige Höhe nicht, und der Ast war auf jeden Fall zu lang, um ihn nutzbringend anzusetzen. Nichtsdestoweniger arbeitete er so lange, bis es zu dunkel wurde, um etwas zu sehen.

Dann schlief er ein, und beim Aufwachen war es noch immer dunkel, aber der Regen hatte aufgehört, und es war wieder vollkommen still geworden. Er arbeitete mit dem Ast weiter, und erst am Morgen gab er endgültig auf. Verzweiflung machte sich in ihm breit, und er fragte sich, wie aussichtslos seine Situation war. Niemand suchte nach ihm; er hätte es inzwischen gehört, wenn das der Fall gewesen wäre. Wollte er also überleben, war er auf sich selbst angewiesen. Was würde ihn das kosten? Würde er sich das Bein abhacken, wenn es keine andere Möglichkeit gab? Würde er einen Teil von sich opfern, um sein Leben zu retten?

Erneut schlief er ein, und er wachte bei Tageslicht auf. Die Sonne erhellte den klaren blauen Himmel. Er verscheuchte alle Gedanken an die düsteren Aussichten, die seine Lage bereithalten mochte, und arbeitete weiter an seiner Freiheit. Diesmal schaufelte er mit einem spitzen Stock Steine und Erde unter seinem Bein zur Seite. Wenn er unter seinem Bein Platz schaffte, würde er es vielleicht herauswinden können. Die Sache ging langsam voran, oft bekam er gerade nur einen einzigen Kieselstein heraus oder ein kleines Stück zusammengepresster Erde. Er begann an seinem Knie und arbeitete sich quälend langsam nach unten vor, Zoll um Zoll. Dabei achtete er darauf, nichts zu bewegen, das den Felsen stützte. Wenn der abrutschte, würde er das Bein zerquetschen, und dann säße er endgültig in der Falle.

Er mühte sich den ganzen Tag ab, ignorierte Hunger und Durst, die Schmerzen und die Hitze in seinem Gefängnis. Er war zu weit gekommen und hatte zu viel erduldet, um auf diese Weise zu sterben. Niemals würde er jetzt aufgeben. Das redete er sich wieder und wieder ein. Er sang die Worte vor sich hin. Er beschwor sie wie ein Mantra.

Es war schon fast dunkel, da bekam er sein Bein frei, wobei er den größten Teil seiner Hose und ein Stück Haut einbüßte. Sofort begann er, sich durch den Schutt zum schwindenden Licht nach oben zu graben, auf die frische Luft und die Freiheit zu. Jetzt konnte er sich keine Ruhepause mehr gönnen, denn er spürte, wie sich Panik in ihm ausbreitete.

Die Nacht war angebrochen und samtweiche Dunkelheit erstreckte sich um ihn herum unter dem Sternenhimmel, als er sich aus Felsen und Erde herausschob und endlich an der frischen Luft stand.

Vor Freude hätte er am liebsten geweint, er erlaubte sich die Tränen jedoch nicht, weil er Angst hatte, wenn er sie einmal zulassen würde, könne er sich gar nicht mehr beherrschen. Nach dieser Nervenprobe waren seine Gefühle in Aufruhr geraten, und auch sein Verstand arbeitete nicht besonders klar. Quentin blickte sich in dem Durcheinander von Steinen und daraus hervorragenden Bäumen um und schaute dann hinauf zur dunklen Felswand. Bei diesem Licht konnte er unmöglich feststellen, von wo aus er gestürzt war. Lediglich eins ließ sich mit Sicherheit feststellen: Er stand an einem Ende eines Tales, das im Schatten zweier Bergmassive mitten im Aleuthra Ark lag.

Es war kalt, und deshalb zwang er sich, den Hang hinabzusteigen und zwischen den Bäumen am Ende der Halde Schutz zu suchen. In einem Koniferenwäldchen legte er sich nieder und schlief sofort ein.

In dieser Nacht träumte er von dem verschollenen Schwert von Leah, und beim Aufwachen war er entschlossen, es zu suchen.

Bei Tageslicht konnte er genauer erkennen, was geschehen war und wohin es ihn verschlagen hatte. Der Felsrutsch hatte viel von dem darunter liegenden Berg weggerissen, Bäume und Unterholz entwurzelt, Vorsprünge und Simse eingeebnet und riesige Teile der Steilwand gelöst, welche hier unten als Geröllhalde gelandet waren. Quentin konnte ungefähr die Stelle ausmachen, wo er gestanden hatte. Von jenen, mit denen und vor denen er geflohen war, fand sich keine Spur.

Zunächst einmal suchte er nach Ess- und Trinkbarem, wobei er Letzteres nicht weit von seiner Schlafstelle entfernt fand, jedoch leider überhaupt nichts von Ersterem. Obwohl er mit dem Leben im Wald vertraut war, trieb er nichts Genießbares auf, so hoch in den Bergen. Also gab er es auf, stieg wieder auf die Geröllhalde und machte sich stattdessen auf die Suche nach dem Schwert. Er hatte keine Ahnung, wo er damit anfangen sollte, daher lief er den ganzen Morgen wie benommen herum. Der Bergrutsch dehnte sich fast eine halbe Meile aus, an manchen Stellen war er über dreißig Meter tief. Es war schon ein Ding der Unmöglichkeit, dass er überlebt hatte und nicht zermalmt worden war. Deshalb redete er sich ein, dass seine Rettung eine besondere Bedeutung habe, dass er nicht in diesem fremden Land sterben solle und seine Heimat im Hochland wieder sehen werde.

Zur Mittagszeit brannte die Sonne vom Himmel herab, und das Tal dampfte. Inzwischen halluzinierte er, sah Bewegungen, wo es keine gab, hörte wispernde Stimmen und spürte die Gegenwart von Geistern. Er kehrte zu den Bäumen zurück, trank aus dem Bach und legte sich zur Ruhe. Mehrere Stunden später setzte er die Suche fiebernd und mit starken Schmerzen im Körper fort.

Diesmal nahmen die Geister erkennbare Gestalt an. Während er durch die Felsen trottete, erwarteten sie ihn an jeder Ecke. Zuerst Tamis, die sich genesen und wiederhergestellt aus dem Boden erhob, das kurze Haar aus dem kühlen Gesicht geschoben hatte und ihn zweifelnd anstarrte. Er sagte ihren Namen, doch sie antwortete nicht. Sie betrachtete ihn nur einen Augenblick, als wolle sie die Ernsthaftigkeit seiner Bestrebungen abschätzen. Dann verblasste sie im Flimmern der Mittagshitze und verschwand im Chaos der Vergangenheit.

Ard Patrinell war der Nächste, er schob sich als in Metall gehüllter Wronk aus dem Dunst, ein Mensch, der sich in etwas verwandelt hatte, das nur noch teilweise an einen Menschen erinnerte. Er starrte Quentin an, flehte mit verzweifeltem Blick, von seinem Schicksal befreit zu werden, obwohl er im gleichen Moment die Waffen hob, um den Hochländer aufzuspießen. Natürlich wusste Quentin, dass die Trugbilder nicht real waren, und dennoch zuckte er zusammen. Worte lösten sich von den Lippen des Hauptmanns der Leibgarde, doch hinter dem glasartigen Gesichtsschild waren sie unhörbar und so substanzlos wie der Geist selbst.

Die Erscheinung schimmerte und verschwamm, und Quentin fiel auf die Knie und schloss die Augen, um Kopf und Verstand klar zu bekommen. Als er wieder aufschaute, war Ard Patrinell verschwunden.

Beide tot, dachte er bei sich, Tamis und ihr Geliebter, Geister, verloren in der Zeit, lediglich Erinnerungen, die niemals wieder irgendeine feste Gestalt annehmen würden. Quentin fühlte sich zu ihnen hingezogen, fühlte sich weniger wie ein Teil seiner Umgebung, sondern irgendwie geisterhaft. Er löste sich in der Hitze auf, in seinen

Phantasien, und er brauchte dringend Ruhe und Essen und etwas Festes, das ihm Halt gab. Eine Chance. Eine Perspektive.

Weder das eine noch das andere trat in Erscheinung, und so stolperte er über die Geröllhalde, die der Bergrutsch hinterlassen hatte und die keine Spur von seinem verschollenen Talisman preisgab. Er würde das Schwert nicht finden, dessen war er gewiss. Das alles war reine Zeitverschwendung. Genauso gut könnte er diesen Ort endlich verlassen und weiterziehen. Aber wohin? Er hatte jetzt kein Ziel mehr, allein und verirrt, wie er war. Gab es da möglicherweise eine andere Bestimmung für ihn?

Seine Gedanken schweiften zurück in die Vergangenheit, ins Hochland, wo er seine sorglose Jugend verbracht hatte, und er dachte an die Zeiten, in denen er mit Bek zur Jagd und zum Angeln und auf Kundschaft gegangen war. Er konnte das Gesicht seines Vetters in der Luft sehen, körperlos zwar, aber immerhin Bek. Wo war er wohl jetzt? Was war ihm seit dem Hinterhalt in den Ruinen von Castledown widerfahren? Er hatte noch gelebt, als Tamis ihn zuletzt gesehen hatte, aber seitdem war er verschollen. Bek war ebenso sehr ein Geist wie die Fährtenleserin und Patrinell.

Aber er lebt, daran glaubte Quentin Leah felsenfest. Wenn auch vermisst und verschollen, so lebte Bek wenigstens noch!

Plötzlich bemerkte er, dass er auf den Knien hockte, das Gesicht in den Händen vergraben hatte und schluchzend weinte. Wann hatte er sich hingehockt? Wie lange heulte er hier schon im Schutt?

Er wischte sich verärgert und beschämt die Augen trocken. Genug. Es reichte.

Als er sich mit der rechten Hand vom Boden abdrücken wollte, lagen seine Finger plötzlich auf dem Griff seines Schwertes.

Eine Sekunde lang verharrte er wie betäubt und glaubte, das sei die nächste Halluzination. Aber die Waffe war so real wie der Stein, auf dem er kniete. Er zwang seinen Blick nach unten und sah das Schwert neben sich liegen, bedeckt mit Staub und Sand, der Griff verkratzt und verschrammt, doch die Klinge glatt und unberührt wie an dem Tag, an dem sie geschmiedet worden war. Seine Finger schlossen sich um das Heft, und er hob die Waffe, um sie genauer zu betrachten. Irrtum ausgeschlossen. Es war sein Schwert, sein Talisman, seine wiedergeborene Hoffnung.

Natürlich war es eigentlich unmöglich gewesen, es zu finden. Die Chancen standen nicht besser als eins zu einer Million. Tief im Inneren glaubte Quentin nicht an die Vorsehung, an die Mächte des Schicksals, die in das Leben eingriffen, und doch fand er für dieses Wunder keine andere Erklärung.

»Schatten«, flüsterte er, und das Wort hallte durch die nachmittägliche Stille.

Er nahm das Geschenk als gutes Omen und erhob sich mit neuem Mut auf die Beine. Wie ein widerspenstiger Geist, der noch nicht bereit ist, ins Land der Toten hinüberzuwechseln, begann er zu gehen.

Das Tageslicht ging rasch in Dämmerung über, die Sonne verschwand hinter dem westlichen Rand des Aleuthra Arks und überzog den Horizont mit leuchtendem Purpur und Violett, das Tal hingegen mit langen, tiefen Schatten. Die Hitze ließ nach, die Luft wurde frisch und kühl. Der unerwartete Wechsel der Temperatur kündigte den nächsten Sturm an. Quentin zog die Schultern zusammen und den Kopf ein, während er durch das Tal wanderte und schließlich den Aufstieg dort begann, wo die Berge aneinander stießen und ein Pass auf die andere Seite führte. Wolken, die bis dahin unsichtbar gewesen waren, schoben sich in dichten Haufen heran und sammelten sich am Himmel. Der Wind nahm an Stärke zu, zunächst nur wenig, später dann kamen kalte, kräftige Böen auf.

Vor ihm, wo der Pass schmaler wurde und sich in der Ferne verlor, verdichtete sich die Dunkelheit.

Doch Quentin marschierte weiter. Hier war nicht der rechte Ort, Rast einzulegen, und vor allem war das im Augenblick nicht sinnvoll. Auf den Hängen fand er keinen Schutz; deshalb musste er bis auf die andere Seite der Berge weiterziehen. Er brauchte etwas zu essen und zu trinken, bloß würde er vor dem Morgen beides wohl nicht bekommen. Dunkelheit legte sich über die Welt; die brodelnden Sturmwolken verhängten den Himmel. Graupelschauer gingen auf ihn nieder, Eiskörner schlugen ihm ins Gesicht, ehe er den Kopf senken konnte. Der Wind fuhr heulend aus den Bergen herunter, wälzte sich über die leeren Hänge und peitschte durch Pässe und Hohlwege hinunter ins Tal. Quentin versuchte, nicht darüber nachzudenken, wie lange er noch gehen müsste, bis er endlich eine geschützte Stelle erreicht hätte, beugte sich vor und lehnte sich gegen den mächtigen Wind.

Als er endlich den höchsten Punkt des Passes erreichte, war aus dem Graupel Schnee geworden, der sich bereits zu einer fast halbmeterhohen Schicht aufgehäuft hatte. Quentin hatte sich das Schwert von Leah mit einem Stück Seil über den Rücken geschlungen, so dass er wenigstens die Hände frei hatte. Meist ging es bergauf über unwegsames Gelände, der Wind zerrte von allen Seiten an seinen Kleidern und wechselte ständig die Richtung. Das Licht spielte ihm in den heftigen Schneeschauern Streiche, und Quentin musste sich allein schon anstrengen, um das Gleichgewicht zu halten. Noch immer fühlte er sich benommen und fiebrig, er halluzinierte, weil er ausgetrocknet war und nichts zu essen hatte, doch daran konnte er im Augenblick nichts ändern.

Seine Geister der Vergangenheit kamen und gingen, flüsterten ihm Botschaften zu, die keinerlei Sinn ergaben, und machten Gesten, die er nicht begriff. Offensichtlich wollten sie etwas von ihm, jedoch verstand er nicht, was. Möglicherweise ging es ihnen einfach nur um seine Gesellschaft. Vielleicht erwarteten sie von ihm, dass er die Welt der Lebenden verließ und zu ihnen hinüberwechselte. Das erschien ihm durchaus möglich. Wenn sich die Bedingungen nicht bald änderten, würden sie nicht mehr lange warten müssen.

Seinen Mantel hatte er verloren, daher schützte ihn nichts vor der Kälte. Er zitterte heftig und fürchtete zu erfrieren, ehe er einen geeigneten Lagerplatz entdeckt hätte. Durch die langen Jahre im Hochland war er abgehärtet, allerdings hatte auch sein Durchhaltevermögen Grenzen. Die Arme um sich geschlungen, wankte er durch Schnee und Graupel und Kälte und versuchte, Körper und Geist zusammenzuhalten, denn schließlich musste er ja weiter.

Auf dem Pass wartete etwas auf ihn.

Zunächst war er nicht einmal sicher, ob das, was er sah, real war.

Es war groß und Angst einflößend und im Sturm nur vage und undeutlich von den Felsen zu unterscheiden. Zwar hatte es im Großen und Ganzen die Gestalt eines Menschen, jedoch wirkten Glieder und Körper irgendwie unpassend, da die Proportionen nicht stimmten. Das Wesen trat ihm gleich entgegen, als er den Pass erreichte, und geriet in eine Windböe, die ihm die Kleider vom Leib zu reißen drohte. Quentin beobachtete es, wie es durch einen Schleier aus Schnee ging und plötzlich verschwand. Er bewegte sich darauf zu, wurde intensiv von ihm angezogen, gleichzeitig neugierig und vorsichtig. Aber schließlich hatte er ja das Schwert und war daher gut gewappnet.

Die Gestalt erschien erneut, näher bei ihm nun, wartete einen Augenblick auf ihn und verschwand wieder.

Dieses Versteckspiel setzte sich durch den ganzen Pass fort und auch auf der anderen Seite, wo die Berghänge dicht mit Koniferen bewachsen waren, welche die Wucht des Orkans abmilderten. Er hatte den Berg, von dem er gestürzt war, hinter sich gelassen und begann nun mit dem Aufstieg zum benachbarten. Dem schmalen Weg zu folgen war schwierig, doch die Erscheinung dieses Geistes half ihm. Inzwischen war er überzeugt, dass er geführt wurde, und weil der Geist ihn bislang nicht bedroht hatte und ihm nichts antun zu wollen schien, machte er sich keine Sorgen.

Lange Zeit kletterte er und folgte einem verschlungenen Weg um den Berg, der sich durch ausgedehnte alte Wäldchen zog, über große Lichtungen, auf denen Piniennadeln lagen, die Schnee bedeckte, und über felsige Hügel, die vom feuchten Moos rutschig waren. Das Wüten des Sturms hatte nachgelassen. Zwar schneite es weiterhin, doch der Wind blies ihm die Flocken nicht mehr wie Nadeln ins Gesicht, und die Kälte war nicht mehr so durchdringend. Vor ihm nahm die Gestalt eine deutlichere Form an und wurde beinahe erkennbar. Irgendwo hatte Quentin sie schon einmal gesehen, wie sie sich auf die gleiche Weise bewegte, ein Gespenst der Wälder von einem anderen Ort, aus einer anderen Zeit. Sein Verstand war jedoch zu erschöpft, und er konnte die Erinnerung nicht einordnen.

Nicht mehr weit, redete er sich ein. *Nicht mehr weit.*

Er setzte einen Fuß vor den anderen, und während sein Blick zwischen dem Boden und dem wirbelnden Weiß vor sich und zwischen seinen eigenen Bewegungen und denen des Geistes hin und her schweifte, trabte er weiter.

»Hilfe«, rief er irgendwann, erhielt aber keine Antwort.

Nicht mehr weit, redete er sich ein. *Einfach nur durchhalten.*

Doch seine Kräfte ließen nach.

Mehrmals stürzte er, weil seine Beine unter ihm nachgaben. Jedes Mal kämpfte er sich sofort wieder hoch, ohne sich auszuruhen, denn er wusste, wenn er jetzt liegen blieb, war er erledigt. Der Tag würde Licht und Wärme bringen und seine Chancen vergrößern, den Schlaf zu überleben. Hier und jetzt durfte er es nicht wagen.

Auf einer Lichtung, die zu einem Zedernwäldchen führte, wurde er langsamer und blieb stehen. Er spürte, wie er seinen Körper verließ und einem Schatten gleich in die Nacht aufstieg. Er war am Ende. Vollkommen.

Dann verwandelte sich die dunkle Gestalt vor ihm plötzlich, aus einer wurden zwei, die kleiner und weniger bedrohlich wirkten. Aus der Nacht kamen sie auf ihn zu, Hand in Hand, und gingen genau in seine Richtung – wie hatten sie bloß diesen Weg über den Pass hinter sich gebracht? Er starrte die Gestalten ungläubig an und zweifelte erneut, ob er es mit der Realität zu tun hatte oder einer Täuschung unterlag.

Die Neuankömmlinge zögerten ebenfalls, als sie ihn bemerkten. Er bewegte sich auf sie zu, spähte durch den Schneeschleier, und durch Raum und Zeit und Halluzinationen, durch Erschöpfung und die wachsende Gewissheit, die beiden zu erkennen, bis er endlich nahe genug war und sicher sein durfte, was er sah.

Seine Stimme war heiser und rau, als er die eine der beiden Figuren beim Namen rief, diejenige, die ihn mit großen Augen erstaunt anstarrte.

»Bek!«

Neunzehn

Bek Ohmsfords Wanderung während der beiden vergangenen Tage war nicht so ereignisreich gewesen wie Quentins, aber genauso eigenartig.

Nachdem er mit Grianne im Schlepptau die Gestaltwandler verlassen hatte, stieg er weiter in den Aleuthra Ark hinauf. Der Geist von Truls Rohk begleitete sie als unwillkommener Gast. Den ganzen ersten Tag über konnte er den Anblick des Kapuzenmantels und der zermalmten Knochen auf dem gefrorenen Boden nicht aus dem Kopf vertreiben. Ständig erinnerte er sich an seinen Beschützer, der ihm immer so unverwüstlich erschienen war mit seiner unvergleichlichen Kraft und unerschütterlichen Zuversicht. Obwohl Truls Rohk die meiste Zeit über eine unsichtbare Präsenz gewesen war, hatte er stets über Bek gewacht und sein Versprechen gegenüber dem Druiden erfüllt.

Es kam Bek so unmöglich vor, dass er tatsächlich nicht mehr bei ihm war. Er musste es zwar einsehen, das stand vollkommen außer Frage, doch irgendwie hoffte er weiterhin, Truls würde wieder auftauchen, genauso wie bisher immer. Daher hielt er nach ihm Ausschau. Er konnte sich einfach nicht davon abbringen. Bei jeder Wegbiegung und in jedem Stückchen Schatten glaubte er, den Gestaltwandler zu entdecken.

So verging der erste Tag wie ein Traum – Bek wanderte dahin, zusammen mit seiner katatonischen Schwester und dem Geist seines verlorenen Freundes.

Bei Einbruch der Nacht war er erschöpft, weil er weit vorangekommen war und nur selten Rast eingelegt hatte. Grianne hatte er wenig Aufmerksamkeit geschenkt, hatte ihr Einverständnis zum harten Tempo, das er eingeschlagen hatte, vorausgesetzt und dabei vergessen, dass sie nicht sprechen und daher auch keine Einwände erheben konnte. Plötzlich wurde er sich dieses Versäumnisses bewusst, setzte sie auf den Boden und untersuchte ihre Füße. Er fand glücklicherweise keine Blasen. Danach gab er ihr zu essen. Dabei musste er sie förmlich füttern, und dennoch nahm sie kaum etwas an. Hauptsächlich trank sie Wasser, aber er konnte ihr auch ein wenig zerdrückten Käse mit Brot aufdrängen. Sie wirkte auf ihn nicht verändert, allerdings konnte er nicht sagen, was in ihrem Inneren vor sich ging. Mit den Fingern strich er ihr über die Wange und die Stirn, dann gab er ihr einen Kuss. Sie starrte durch ihn hindurch zu Orten, die er nicht sehen konnte.

Anschließend aß er selbst und trank von dem Bier, das er von Truls' Vorräten aufbewahrt hatte. Die Nacht senkte sich mit sanfter Schwärze, am Himmel prangten die Sterne. Bek hüllte Grianne in ihren Mantel und saß schweigend neben ihr, legte schützend einen Arm um sie, während seine Gedanken in eine Vergangenheit schweiften, die sie verloren hatten, und zu der Zukunft, die sie vielleicht niemals gemeinsam erleben würden. Er wusste nicht, was er für sie tun konnte. Dauernd dachte er, da müsse es doch eine Sache geben, die er nicht ausprobiert hatte, und dass ihre Katatonie ein Zustand war, den er ändern könnte, wenn er nur das richtige Mittel fände. Bestimmt würde er die Lösung des Rätsels finden, sobald er erst einmal erfahren hätte, worin das Rätsel eigentlich bestand. Aber so einfach wollte ihm die Lösung, die er suchte, nicht einfallen.

Nach einer Weile sang er für sie, sehr leise, als würde er mit zu großer Lautstärke die nächtliche Stille stören. Er sang die Lieder, an die er sich aus der Kindheit erinnerte, Lieder, die er mit Coran und Liria als Kind im Hochland gesungen hatte. Das war so lange her. Seit Jahren war er schon kein Kind mehr. Spätestens seit Beginn dieser Reise mit Quentin war er auch der Jugend entwachsen.

Auf eine plötzliche Eingebung hin versuchte er das Wunschlied. Vielleicht vermochte die Magie Grianne anzurühren. Das war immerhin die stärkste Verbindung zwischen ihnen beiden, ihr gemeinsames Erbe. Wenn er sie auf eine andere Weise nicht erreichen konnte, dann möglicherweise so. Bislang hatte er das Wunschlied in dieser Form nicht eingesetzt, aber aus der Geschichte der Familie Ohmsford wusste er, dass andere es getan hatten. Der Trick bestand darin, einen Riss in der Mauer ihrer Katatonie zu finden, sich durch ihre innere Abwehr zu schleichen zu dem Ort, an dem sie sich verkrochen hatte. Wenn er sie tief im Herzen erreichte, konnte er sie vielleicht von seiner Anwesenheit wissen lassen.

Also sang er wieder für sie, summte zunächst nur eine leise und sanfte Melodie, die sie trösten sollte. Er verschmolz mit der Nacht, wurde zu einem ihrer Geräusche, einer natürlichen Gegebenheit. Langsam ließ er seinen Gesang mehr um persönlichere Dinge kreisen und benutzte Wörter – ihren Namen, seinen eigenen, die Namen ihrer verstorbenen Familienangehörigen. Er hielt sich an Erinnerungen, über die sie lächeln würde oder die wenigstens Sehnsucht nach dem erzeugen konnten, was sie verloren hatte. Den Namen, unter dem sie allgemein bekannt war, vermied er – Ilse-Hexe. Er nannte sie Grianne und sich selbst Bek, und er verwob sie auf unmissverständliche Weise. Bruder und Schwester, eine Familie.

Lange, lange Zeit bemühte er sich in aller Ruhe und geduldig, sie zu sich herüberzuziehen und einen Weg zu ihr zu finden, obwohl er wusste, dass es nicht einfach werden und dass sie sich wehren würde. Er wiederholte die Zeilen wieder und wieder, jedes Mal mit neuer Frische, stets in der Hoffnung, er könne eine Reaktion hervorrufen. Des Weiteren spielte er mit Farbe und Licht, mit Geruch und Geschmack, und er verband seine Musik mit dem Gefühl der Welt, mit dem Leben und seinen Belohnungen. *Komm zurück zu mir,* sang er. *Komm nur aus dem Schatten, dann werde ich dir helfen.*

Doch nichts führte zum Erfolg. Sie starrte ins Feuer, starrte ihn an, starrte in die Nacht und blinzelte nicht ein einziges Mal. Sie schaute durch die Welt zu einem leeren Ort, der sie vom Leben abschirmte, und sie kam nicht hervor.

Niedergeschlagen und müde gab er schließlich auf. Morgen würde er es erneut versuchen, versprach er sich. Er war überzeugt davon, es zu schaffen.

Sekunden, nachdem er sich zurückgelehnt hatte, war er eingeschlafen.

Am nächsten Tag stiegen sie höher in die Berge und fanden einen Pfad mit verschlungenen Serpentinen und häufigen Kletterpartien. Grianne folgte Bek gehorsam, aber über die steileren Stücke musste er sie tragen. Der Weg war mühselig, und im Westen verdunkelte ein heranziehender Sturm den Himmel.

Irgendwann hörte er das Tosen eines gewaltigen Bergrutsches, und danach stieg am Horizont im Westen eine riesige Staubwolke zum Himmel auf.

Bei Einbruch der Nacht hatte Regen eingesetzt. Sie suchten Schutz unter einer großen Fichte und lagen auf einem Bett aus Tannennadeln, die warm und trocken blieben. Mit dem Regen fiel auch die Temperatur. Bek zog den Mantel enger um Grianne und sang wieder für sie, und abermals starrte sie durch ihn hindurch zu fernen Orten.

In dieser Nacht lag er länger wach und lauschte dem leisen Prasseln der Tropfen, während er sich fragte, was er eigentlich tun sollte. Er hatte keine Ahnung, wo er war und in welche Richtung es weiterging. Bis jetzt hatte er sich auf das Versprechen der Gestaltwandler verlassen, dass er auf etwas zuging und nicht von etwas fort. Ganz allein wanderte er durch diese Welt, nur seine verstummte, hilflose Schwester begleitete ihn, und seine Freunde waren entweder weit verstreut oder gar tot. Er besaß eine Waffe, einen Talisman, eine Stütze, auf die er sich verlassen konnte, aber leider mangelte es ihm an einer klaren Vorstellung, wie er sie einzusetzen hatte. Er war so allein, dass er sich fühlte, als würde er niemals wieder Trost oder Frieden finden.

Am Ende schlief er vor Erschöpfung ein.

Die Dämmerung zog grau und mürrisch herauf wie ein Spiegelbild seiner Stimmung, er erhob sich mutlos und schleppend, und sie machten sich von neuem auf den Weg. Der Sturm brach mittags über sie herein, pfiff über die hohen Gipfel im Norden und rollte die Hänge hinunter, an denen sie hochstiegen. Zuvor war er über dreihundert Meter abgestiegen, da der Pfad nach unten und durch eine Schlucht führte, die sich tief in den Berg grub. Jetzt, da der Wind zunahm und die Kälte bis zu seinen Knochen drang, standen sie abermals auf den Hängen, ohne Schutz. Bek beschleunigte seine Schritte, zog Grianne hinter sich her. Denn um keinen Preis wollte er auf offenem Gelände unterwegs sein, wenn es zu schneien begann.

Kurz darauf fielen die ersten Flocken, groß und gemächlich, aber noch war der Weg frei. Bek drängte weiter voran, und bei einer Gabelung wählte er denjenigen Abzweig, der nach unten zu den Waldgebieten führte. Gerade hatte er diese Zone erreicht, als der Sturm aus den oberen Regionen mit dichtem Graupel und Regen herunterfegte. Alles, das mehr als ein Dutzend Meter entfernt war, verschwand hinter den Niederschlägen. Die Bäume verwandelten sich in Phantome und zogen wie marschierende Soldaten an ihnen vorbei. Er hielt Griannes Hand so fest er nur konnte, denn in diesem Orkan wollte er auf keinen Fall riskieren, dass sie einander verloren.

Der Sturm nahm weiter an Heftigkeit zu, was er kaum für möglich gehalten hatte. Graupel und Regen gingen in einen dichten Vorhang aus Schnee über. Unter den Füßen sammelten sich die Flocken bald, und schon nach kurzer Zeit war die Decke fünfundzwanzig Zentimeter hoch, sogar auf den windigen Lichtungen. Die Sicht wurde immer schlechter, bis Bek sich nur mehr von Baum zu Baum tastete. Er hätte sich sofort verkrochen, wenn er bloß eine geschützte Stelle gefunden hätte, doch in dem blendenden Schneetreiben sah alles gleich aus.

Dann stolperte und stürzte er und ließ Griannes Hand los. Augenblicklich war sie verschwunden. Sie löste sich einfach in Weiß auf, gemeinsam mit all der Zuversicht, die ihn überhaupt erst veranlasst hatte, an dieser Reise teilzunehmen. Er tastete nach ihr, wandte sich hierhin und dorthin, doch überall griff er ins weiße Leere. Er konnte sie einfach nicht finden. Panik machte sich in ihm breit, während er in Schneeböen packte und in die leere Luft, und er stieß einen lauten Schrei aus. Er brüllte nicht nur, weil er seine Schwester verloren hatte oder weil er so hilflos war, sondern auch aus der Wut und Enttäuschung heraus, die sich in ihm angestaut hatten und die er seit Wochen mit sich herumgetragen hatte. Er schrie, weil er die Grenze zur totalen Erschöpfung erreicht hatte, und es war ihm gleichgültig, was als Nächstes mit ihm passieren würde.

In diesem Augenblick tauchte eine Gestalt vor ihm auf, eine riesige, dunkle Form, die vor ihm aufragte wie ein Riese, der geweckt worden war und nun demjenigen den Garaus machen wollte, der seinen Schlaf gestört hatte. Bek taumelte rückwärts davon, gleichermaßen überrascht und erschrocken. Dabei berührte er mit der Hand zufällig seine Schwester. Er drückte sein Gesicht dicht an ihres, um sich zu vergewissern, dass er sich nicht getäuscht hatte, und rief nach ihr. Sie starrte ihn mit bleicher, leerer Miene an. Fügsam und unbekümmert kniete sie im Schnee.

Tränen der Erleichterung machten ihn blind, und er zog seine Schwester wieder auf die Beine, hielt sie mit beiden Händen und entschied dann, das sei nicht genug. Also schloss er sie in die Arme. Er wischte sich die Tränen mit dem Ärmel von den Wangen und schaute sich nach dem Phantom um, durch dessen Auftauchen er sie erst entdeckt hatte. Da war es, genau vor ihm, nur kleiner als zuvor, und es bewegte sich von ihm fort. Bek schaute ihm hinterher und spürte etwas Vertrautes bei diesem Wesen. Es verblasste und erschien erneut, hielt sich erwartungsvoll und entschlossen stets am Rande seiner Sichtweite.

Dann plötzlich drehte es sich um und winkte ihn zu sich.

Fast ohne zu begreifen, was er eigentlich tat, folgte Bek. Er nahm Griannes schlankes Handgelenk mit beiden Händen und brach erneut in den Nebel auf.

»Und so habe ich dich gefunden«, beendete er seine Erzählung, reichte den Bierschlauch an Quentin zurück, während das prickelnde Getränk seine Kehle und seinen Magen wärmte. »Ich habe keine Ahnung, wie lange ich dort draußen war, aber mein Führer blieb den ganzen Weg über immer ein Stückchen vor mir und lenkte meine Schritte. Ich wusste nicht, wohin, allerdings war mir das nach einer Weile gleichgültig. Ich begriff, wer es war.«

»Truls Rohk«, sagte sein Cousin.

»Das habe ich zunächst auch gedacht, inzwischen bin ich mir jedoch nicht mehr so sicher. Truls gibt es nicht mehr. Er ist ein Teil der Gestaltwandler-Gemeinschaft geworden und besitzt keine eigenständige Identität mehr. Vielleicht wollte ich einfach nur glauben, dass er es sei.« Bek schüttelte den Kopf. »Ich nehme an, das spielt keine Rolle.«

Sie saßen in einer flachen Höhle im Berg. Bek hatte ein Feuer angezündet, das wenig Wärme abgab, doch wenigstens erhellten die Flammen ihre Gesichter. Grianne hockte an der Seite und starrte in die Nacht, ohne etwas zu sehen. Gelegentlich schaute Quentin zu ihr hinüber und wusste nicht recht, was er davon zu halten habe, so dicht neben der Person zu sitzen, die sie vor kurzem alle noch hatte umbringen wollen.

Bek beobachtete Quentin, der einen langen Schluck aus dem Bierschlauch nahm. Langsam bekam sein Vetter wieder Farbe. Er war schon halb erfroren und beinahe tot gewesen, als er auf Bek und Grianne gestoßen war. Bek hatte keine Zeit verschwendet, ihm sofort seinen Mantel übergezogen und für sie alle einen Unterschlupf gesucht. Das Feuer und das Bier hatten Quentin zu sich gebracht, und in den letzten Stunden hatten sie einander berichtet, was ihnen seit dem Hinterhalt in den Ruinen von Castledown passiert war. Sie hatten es dabei nicht eilig, ließen sich Zeit und gaben sich damit auch Gelegenheit, die Tatsache zu verdauen, dass der unwahrscheinlichste Fall eingetreten war und sie einander wiedergefunden hatten.

»Ich habe nie geglaubt, dass du tot bist«, sagte Bek zu seinem Vetter und brach das kurze Schweigen. »Das habe ich mir nicht vorstellen können.«

Quentin grinste, ein Anflug des alten großspurigen Lächelns, das so typisch für ihn war. »Ich auch nicht, was dich betrifft. Nachdem Tamis mir erzählt hatte, ihr wäret außerhalb der Ruinen getrennt worden, war ich mir sicher, dass du am Leben warst. Aber diese Geschichte mit deiner Magie kann ich immer noch nicht fassen. Bist du sicher ein richtiger Ohmsford?«

»So sicher wie es nur möglich ist, nachdem ich mir sämtliche Geschichten von Walker angehört hatte.« Bek lehnte sich auf die Ellbogen zurück und seufzte. »Eigentlich habe ich es am Anfang selbst nicht geglaubt. Aber nach der ersten Konfrontation mit Grianne spürte ich, wie die Magie in mir zum Leben erwachte und hervorbrach, und da hatte ich keine Zweifel mehr.«

»Also ist sie deine Schwester.«

Bek nickte. »Ja, Quentin.«

Der Hochländer schüttelte langsam den Kopf. »Nun, *das* hätten wir uns nie träumen lassen, als wir zu dieser Reise aufgebrochen sind. Und was wirst du nun mit ihr anstellen?«

»Sie nach Hause bringen«, antwortete Bek. »Sie beschützen.« Er sah Grianne einen Augenblick lang an. »Sie ist wichtig, Quentin. Nicht nur, weil sie meine Schwester ist. Ich weiß nicht, aus welchem Grund, es ist einfach so. Walker hat es gesagt, als er im Sterben lag, und später nochmals, bei seiner Rückkehr als Schatten. Er weiß etwas über sie, das er mir nicht verraten will.«

»Er hebt sich eine große Überraschung auf.«

Bek lächelte. »Na ja, für Walker sind Geheimnisse nichts Ungewöhnliches, oder? Vielleicht gibt es keine Überraschungen mehr für dich und mich. Keine richtigen, meine ich.«

Quentin blies in die Luft, und das weiße Wölkchen seines Atems trieb in die kalte Nacht. »Da wäre ich mir nicht so sicher. Erst kürzlich habe ich den Glauben an Überraschungen verloren, und dann habe ich plötzlich dich gefunden. Man weiß nie.« Er zögerte kurz. »Welche Chancen bestehen, dass jemand von den anderen überlebt hat? Sind sie alle tot wie Walker und Patrinell?«

Zuerst antwortete Bek nicht. Die Elfen waren vermutlich allesamt tot, außer Kian und vielleicht Ahren Elessedil. Ryer Ord Star könnte noch am Leben sein. Die Flugreiter waren sicherlich irgendwo dort draußen. Und natürlich durfte man die Fahrenden nicht vergessen.

»Wir haben die *Jerle Shannara* gesehen. Sie flog in die Berge«, meinte Bek. »Möglicherweise suchen die Fahrenden weiter nach uns.«

Quentin sah ihn scharf an. »Möglicherweise. Aber mal ehrlich, wenn du an Redden Alt Mers Stelle wärest, was würdest du tun – nach uns suchen oder auf geradem Wege dorthin zurückfliegen, von wo du gekommen bist?«

Darüber dachte Bek einen Moment nach. »Ich glaube, Rue Meridian wird uns nicht im Stich lassen. Sie wird ihren Bruder schon überzeugen.«

Sein Vetter schnaubte. »Wie lange? Sie werden von diesen Mwellrets mit ihren Schiffen gejagt und sind zwanzig zu eins unterlegen.« Er schüttelte den Kopf. »Wir sollten das Ganze realistisch betrachten. Sie haben keinen Grund anzunehmen, dass wir noch leben. Außerdem sind sie selbst schon einmal in Gefangenschaft geraten; nach einer Wiederholung steht ihnen sicherlich nicht der Sinn. Sie wären Narren, wenn sie nicht fliehen würden. Und ich kann es ihnen nicht mal verdenken. Ich würde genauso handeln.«

»Sie werden nach uns suchen«, beharrte Bek.

Quentin lachte. »Vetter Bek, ich werde mich hüten, dir das ausreden zu wollen. Trotzdem seltsam. Eigentlich war ich doch immer der Optimist.«

»Die Dinge ändern sich.«

»Dagegen lässt sich wohl kaum etwas einwenden.« Der Hochländer schaute in den rieselnden Schnee und machte eine vage Geste. »Ich sollte auf dich aufpassen, schon vergessen? Besonders gut ist mir das nicht gelungen. Zuerst habe ich zugelassen, dass wir getrennt wurden, und dann bin ich in eine andere Richtung gelaufen als du. Ich habe nicht einmal daran gedacht, nach dir zu schauen, bis es zu spät war. Du sollst wissen, wie Leid es mir tut, dass ich mein Wort nicht halten konnte.«

»Was soll dieses Gerede?«, fauchte Bek mit einem leicht grimmigen Unterton in der Stimme. »Was hättest du denn noch tun sollen? Du hast deine eigene Haut gerettet, und das war schon schwierig genug. Außerdem hätte ich auch auf dich aufpassen müssen. War das nicht Teil unserer Abmachung?«

Einen Augenblick lang starrten die beiden sich herausfordernd an. Dann löste sich die Spannung auf, und wie zwei Freunde, die ihr Leben gemeinsam verbracht haben und einander besser kennen als jeder seine eigene Westentasche, begannen sie zu grinsen.

Bek lachte. »Feigling.«

»Schwächling«, warf Quentin zurück.

Bek streckte die Hand aus. »Nächstes Mal machen wir es besser.«

Quentin ergriff die Hand. »Viel besser.«

Für einen Moment drehte der Wind und blies ihnen Schneeflocken ins Gesicht. Sie zogen die Köpfe ein, und das Feuer flackerte.

Dann wurde es wieder still, und sie schauten hinaus in die Dunkelheit und spürten, wie ihnen allmählich die Müdigkeit in die Glieder kroch, nachdem sie nun die Ereignisse des Tages ausführlich besprochen hatten.

»Ich möchte nach Hause«, sagte Quentin leise. Er blickte Bek traurig an. »Das hast du bestimmt noch nie von mir gehört, wetten?«

Bek zuckte mit den Schultern.

»Ich bin so erschöpft. Viel zu viel Schreckliches habe ich schon mit angesehen. Ich musste miterleben, wie Tamis und Patrinell vor meinen Augen gestorben sind. Einige der Elfen ebenfalls. Und ich habe so erbittert und andauernd um mein eigenes Leben kämpfen müssen, dass ich mich gar nicht mehr an die Zeiten erinnern kann, in denen mal andere Dinge wichtig waren. Das alles habe ich satt. Ich will sogar die Magie des Schwertes nicht mehr spüren. Am Anfang habe ich mich so sehr danach gesehnt. Nach diesem Gefühl, wie sie mich wie Feuer durchlodert, alles wegbrennt und mich nährt.«

»Ich weiß«, sagte Bek.

Quentin sah ihn an. »Vermutlich kennst du das auch. Nach einer Weile wird es zur Last. Und reicht trotzdem nicht.« Er blickte sich um. »Ich dachte, diese Expedition würde unser großes Abenteuer werden, mit dem wir zu echten Männern werden, damit wir eine Geschichte haben, an die wir uns unser Leben lang erinnern könnten und die wir unseren Freunden und noch unseren Enkeln erzählen würden. Jetzt möchte ich eigentlich gar nicht mehr darüber reden. Im Gegenteil, am liebsten würde ich sie vergessen. Wenn die Dinge doch nur wieder so sein könnten wie vorher. Ich möchte einfach nur nach Hause und dort bleiben.«

»Ich auch«, stimmte Bek zu.

Quentin nickte, schaute wieder in die Nacht und sagte zunächst nichts. »Ich weiß nicht, wie ich das schaffen soll«, fuhr er schließlich fort. »Möglicherweise schaffen wir es gar nicht, fürchte ich.«

»Wir werden es schaffen«, sagte Bek. »Ich weiß zwar nicht wie, doch wir schaffen es bestimmt. Auch ich habe schon darüber nachgedacht, wie wir nach Hause kommen, wie wir Grianne dorthin bringen, denn das hat Walker mir ja aufgetragen. Es scheint unmöglich und verrückt zu sein. Walker ist tot, er kann uns also nicht helfen. Truls Rohk wird uns nicht mehr weit begleiten. Die Hälfte derjenigen, mit denen wir aufgebrochen sind, ist tot, die andere Hälfte weit verstreut. Bis ich auf dich gestoßen bin, war ich ganz allein. Welche Chance habe ich? Aber weißt du was? Ich rede mir einfach ständig ein, dass ich einen Weg finden werde. Wie dieser Weg aussehen wird, weiß ich noch nicht, ich weiß nur eines: Ich werde ihn schon finden. Wenn es sein muss, gehe ich die ganze Strecke bis nach Hause. Über die Blaue Spalte. Oder ich fliege. Oder schwimme. Gleichgültig. Ich werde einen Weg finden.«

Er sah Quentin an und lächelte. »Bis hierhin sind wir schließlich schon gekommen. Den Rest des Wegs bringen wir auch hinter uns.«

Das waren tapfere Worte, und sie waren ehrlich, notwendig und starke Talismane gegen Furcht und Zweifel. Bek und Quentin rangen weiterhin um die kleinste Gewissheit, um Hoffnung und Mut. Und diese Worte bestärkten die beiden in mancherlei Hinsicht. Natürlich wollten beide nicht alles gleich sofort in die Tat umsetzen. Wenn man zu nah an die Zinnen herantritt, sieht man die Risse in den Mauern. Das konnten sie im Augenblick nicht gebrauchen. Deshalb ließen sie die Worte auf sich beruhen, ließen sie in ihrem Kopf widerhallen, als Verheißung dessen, was ihrer Ansicht nach durchaus eintreten konnte.

Sie suchten Trost in der Tatsache, dass sie sich gegenseitig beschützen würden, weil das eigentlich der beste Trost ist, den man finden kann, und so fielen sie beide in tiefen Schlaf.

Die Dämmerung zeigte einen bedeckten und grauen Himmel, die farblosen Wolken verhießen neuen Schnee. Die Temperatur war auf den Gefrierpunkt gesunken, es war bitterkalt. Beim Frühstück wechselten sie nur wenige Worte, um sich gegenseitig Mut zu machen. Die Zuversicht der gestrigen Nacht hatte sich wie Nebel im Sonnenschein verflüchtigt. Um sie herum erstreckten sich in einer endlosen Abfolge von Gipfeln und Tälern die Berge. Abgesehen vom Licht im Osten sah der Horizont in allen Richtungen gleich aus.

»Am besten ziehen wir gleich weiter«, murmelte Quentin, stand auf und schlang sich das Schwert auf den Rücken.

Bek erhob sich ebenfalls und hängte sich das Schwert von Shannara über die Schulter. Inzwischen beachtete er den Talisman kaum mehr; der schien seinen Zweck auf dieser Reise erfüllt zu haben und war mittlerweile eher zur Bürde geworden. Dann blickte Bek unsicher zu Grianne, über die er vermutlich dasselbe sagen könnte – gedacht hatte er es wenigstens schon häufiger.

Da sie bis zum nächsten Sturm so weit wie möglich vorankommen und vor allem nicht wieder im offenen Gelände überrascht werden wollten, schlugen sie einen schnellen Schritt an. Der gefrorene Boden knirschte unter den Stiefeln wie alte Knochen, hinter ihnen blieben die Abdrücke ihrer Schuhe in Gras und Erde zurück. Wenn ihre Verfolger ihnen auf der Spur wären, hätten sie keine Schwierigkeiten, die Fährte zu lesen. Bek dachte über diese Möglichkeit nach und verdrängte den Gedanken dann. Die Gestaltwandler hatten ihm versprochen, sie würden verhindern, dass er, Quentin und Grianne weiter von den Mwellrets gejagt wurden. Zwar wusste er nicht, ob ihr Schutz bis hierher reichte, doch war er erschöpft und verzweifelt und brauchte zumindest eine Sache, an die er glauben konnte.

So trotteten sie den ganzen Vormittag auf Pfaden entlang, die sich durch die Täler schlängelten. Der Horizont blieb stets unverändert. In der Kälte dieses riesigen Gebirges schien es zudem so gut wie kein Leben zu geben. Einmal sahen sie in der Ferne einen Vogel vorbeifliegen. Dann hörten sie im schattigen Wald weiter unten den Schrei irgendeines Tieres. Ansonsten herrschte Stille, tiefe, undurchdringliche Stille.

Die Zeit schleppte sich dahin, starb langsam wie eine abbrennende Kerze, und erneut verließ Bek der Mut. Er fragte sich, ob das alles überhaupt Sinn hatte, ob es einen Zweck hatte weiterzugehen. Sicherlich begriff er, dass sie auf diese Weise wenigstens ein Ziel verfolgten und sich durch die Bewegung am Leben hielten. Aber die Unermesslichkeit dieses Gebirges und die beängstigende Einsamkeit riefen die Gewissheit hervor, dass sie das Unabänderliche doch nur hinausschoben. Aus diesen Bergen würden sie niemals einen

Weg herausfinden. Auch auf die verschollene Besatzung der *Jerle Shannara* würden sie niemals stoßen. Stattdessen saßen sie in einer albtraumhaften Welt fest, die für sie am Ende nur Enttäuschung und Scheitern bereithielt.

Er überlegte gerade, wie viel Zeit ihnen wohl bliebe, als am Himmel im Norden ein dunkler Fleck auftauchte, winzig und weit entfernt. Rasch wurde er größer und bewegte sich schnell auf sie zu, wobei er eine wohl bekannte Erscheinung annahm. Während Bek begriff, wer da auf sie zukam, verschwand die Hoffnungslosigkeit, die ihn Augenblicke zuvor fast überwältigt hätte, so rasch wie alte Asche, wenn im Feuer neue Flammen auflodern.

Zu dem Zeitpunkt, da Hunter Predd auf Obsidian knapp über ihre Köpfe hinwegflog und den dünnen Arm zum Gruße hob, war Bek bereit einzugestehen, dass es, obwohl er Quentin gegenüber etwas anderes behauptet hatte, im Leben doch noch die eine oder andere Überraschung gab.

Zwanzig

Fast eine Woche lang kreuzten der Morgawr und seine Mwellrets an Bord der geenterten *Schwarzen Moclips* in den Küsten- und Gebirgsregionen von Parkasia und suchten nach der *Jerle Shannara* und den Überresten ihrer Besatzung. Ihre Bemühungen wurden durch das Wetter stark behindert, das sich ausgesprochen launenhaft zeigte und ohne Vorwarnung zwischen Sonne und Regen wechselte, was nicht gerade ideale Flugbedingungen schuf. Während des schlimmsten Sturms mussten sie sogar landen und fast vierundzwanzig Stunden vor Anker liegen, in einer Bucht an der Küste, wo Klippen und Wald Schutz vor den Graupel- und Hagelschauern boten, die sie ansonsten in ernsthafte Schwierigkeiten gebracht hätten.

Die meiste Zeit über lag Ahren Elessedil in einem Lagerraum unter Deck, den man in eine Gefängniszelle umfunktioniert hatte. Hier war auch Bek Ohmsford untergebracht gewesen, als er von der Ilse-Hexe gefangen gehalten worden war, allerdings wusste Ahren davon nichts. Der Elfenprinz kam mit niemandem außer den Rets in Kontakt, und die brachten ihm lediglich das Essen oder führten ihn für kurze Zeit auf Deck, damit er sich ein wenig bewegen konnte. Der Morgawr war mit einem Kontingent Mwellrets an Bord der *Schwarzen Moclips* gewechselt, weil er die schlankere Bauart und die größere Manövrierfähigkeit im Vergleich zu dem schwerfälligen Schiff bevorzugte, auf dem er zuvor geflogen war. Aden Kett und seine Männer, geistlose Hülsen ihrer selbst und traurige Überreste besserer Zeiten, bemannten das Schiff. Cree Bega führte das Kommando. Der Morgawr quartierte sich in der Kabine des Kommandanten ein, und während sie nach der *Jerle Shannara* suchten, bekam der Elfenprinz ihn kaum zu Gesicht.

Noch weniger sah er von Ryer Ord Star. Ihre Abwesenheit verstärkte das bereits tiefe Misstrauen ihr gegenüber, und er erwischte sich dabei, wie er seine Gefühle, was sie betraf, kritisch überprüfte. Ob sie ihr Versprechen gebrochen und sich tatsächlich mit dem Morgawr verbündet hatte oder einfach nur ein für ihn unbegreifliches Spielchen trieb, konnte er nicht entscheiden. Natürlich wollte er gern glauben, dass es sich um Letzteres handelte, doch gelang es ihm einfach nicht, ihren offensichtlichen Verrat bei seiner Gefangennahme oder ihre unmissverständliche Distanziertheit zu verdauen. In den Katakomben von Castledown hatte sie ihm erzählt, sie sei der Ilse-Hexe nun nicht länger hörig, und stattdessen hatte sie sich nun anscheinend dem Morgawr unterworfen. Sie hatte den Zauberer bei der Suche nach der *Jerle Shannara* geführt und ihn zur *Schwarzen Moclips* geleitet. Dann hatte sie tatenlos zugesehen, wie aus Soldaten und Seeleuten der Föderation wandelnde Tote gemacht wurden. Das alles hatte sie wie in Trance beobachtet und keine Gefühle gezeigt, hatte sich so distanziert von Schrecken und Herabwürdigung benommen, als wäre sie überhaupt nicht anwesend.

Nachdem sie an Bord der *Schwarzen Moclips* gebracht worden waren, hatte sie nicht einmal mehr versucht, Verbindung mit Ahren aufzunehmen. *Vertrau mir.* Aber warum sollte er? Was hatte sie getan, um dieses Vertrauen zu rechtfertigen? Wenn er darüber nachdachte, hatte sie ihm die Worte vielleicht nur zugeflüstert, um sein Vertrauen zu erschleichen, um sich seines Gehorsams zu versichern, und zwar zu einer Zeit, als ihm eine Flucht hätte gelingen können. Jetzt hatte er keine Chance mehr. An Bord eines Schiffes hundert Fuß über dem Boden gab es keine Fluchtmöglichkeit.

Falls er es denn überhaupt aus seiner Zelle herausgeschafft hätte, rief er sich verbittert in Erinnerung. Ohne die verschollenen Elfensteine oder irgendeine Waffe durfte er nicht hoffen, seine Wärter zu überwältigen.

Hier unten eingesperrt hatte er auch nicht viel von dem mitbekommen, was sich oben während der letzten Tage ereignet hatte. Dennoch verriet ihm der langsame, gleichförmige Flug des Luftschiffes, dass die Suche fortgesetzt wurde. Vor allem aus dem täglichen Einerlei an Bord konnte er entnehmen, dass sie bislang nichts entdeckt hatten.

Unaufhörlich kreisten seine Gedanken um Flucht. Er stellte es sich wieder und wieder vor, malte sich aus, wie sie ihm gelingen könnte, die Ereignisse, die sie herbeiführen würden, wie er darauf reagierte und schließlich frei kam. Im Geiste stellte er sich alles ganz genau vor – wie er durch die Tür schlüpfte und den Gang entlangschlich, die Treppe hinaufstieg und an Deck kam, sich hinter dem Mast versteckte und auf eine Gelegenheit wartete, über die Reling zu klettern. Am Ende jedoch erhielt er niemals seine Chance.

Eines Tages, kurz nach jenem Sturm, der sie für fast vierundzwanzig Stunden zur Landung gezwungen hatte, stand er mit Cree Bega an Deck, als er am Bug Ryer Ord Star entdeckte. Er war überrascht, sie wieder zu sehen, und für einen Augenblick vergaß er sich und starrte mit unverhohlener Sehnsucht und Hoffnung zu ihr hinüber.

Cree Bega bemerkte seinen Blick und begriff, was er bedeutete. Er berührte Ahren leicht an der Schulter und sagte: »Ssprich doch mit ihr, kleiner Elf. Erzzähl ihr von deinen Gefühlen.«

Damit wurde er offen aufgefordert, eine Dummheit zu begehen. Der Mwellret hatte offensichtlich ebenso wie er Verdacht gegen die

Seherin geschöpft. Cree Bega hatte sich nie davon überzeugen lassen, dass ihr Bündnis mit dem Morgawr ernst gemeint war. Das verriet er in seinem Benehmen ihr gegenüber, indem er sie größtenteils ignorierte und sie nicht um Rat bat, was sogar der Morgawr tat. Er wartete schlicht, so vermutete Ahren, auf den Moment, in dem ihr Verrat enthüllt wurde.

»Nichtss zzu ssagen, Prinzz der Elfen?«, spottete Cree Bega, beugte das Gesicht dicht an seines, und sein durchdringender Geruch stieg Ahren in die Nase. »War ssie nicht deine Freundin? Isst ssie dass nicht mehr?«

Natürlich begriff Ahren, worauf die Fragen abzielten. Er hasste sich wegen seiner Unsicherheit, doch er schwieg und ertrug den Hohn des Mwellrets und seine eigenen Zweifel. Alles, was er preisgab, würde Dinge offenbaren, die entweder ihm oder Ryer schadeten. Wenn sie sich mit ihm unterhielt, könnte man auf ein heimliches Bündnis zwischen ihnen schließen. Wenn dieses jedoch gar nicht bestand, würde er nur noch schmerzlicher empfinden, auf welche Weise sich ihre Beziehung verändert hatte. Um das zu ertragen, war er im Augenblick zu verletzlich. Es war klüger, Geduld zu üben.

Er wandte sich ab. »Red doch selbst mit ihr«, murmelte er.

Einen Tag später bot sich ihm erneut eine Möglichkeit, als er ins Quartier des Morgawrs gerufen wurde. Bei seinem Eintreten stand die Seherin neben dem Morgawr. Abermals trug sie diesen distanzierten Blick und diese leere Miene zur Schau, als wäre ihr Geist auf Reisen und nur ihr Körper zurückgeblieben. Der Morgawr fragte ihn wieder über die Besatzungsmitglieder der *Jerle Shannara* aus – mit wie vielen man aufgebrochen war, wer sie waren, wo er sie zuletzt gesehen hatte, in welcher Beziehung sie zum Druiden gestanden hatten. Ein zweites Mal fragte er nach der Zahl – wie viele wohl noch leben mochten. Diese Fragen hatte er ihm schon einmal gestellt, und Ahren gab ihm die gleichen Antworten, das war nicht schwierig. Dazu brauchte er nichts vorzutäuschen. Zum größten Teil wusste er weniger als der Morgawr. Sogar über Bek schien der Morgawr besser Bescheid zu wissen als Ahren. Er hatte die Spuren von Magie entschlüsselt, die in den Katakomben von Castledown in der Luft lagen, und dadurch hatte er von Beks Anwesenheit dort erfahren. Daher wusste er auch, dass Ahrens Freund weiter vor dem Zauberer davonlief und seine Schwester versteckt hielt.

Die wenigen Dinge, die der Morgawr nicht herausgefunden hatte, teilte Ryer Ord Star ihm mit. Sie hatte ihm alles erzählt.

Manchmal schien sie während der Verhöre, denen der Morgawr Ahren unterzog, von dem inneren Ort zurückzukommen, an dem sie gewesen war. Dann wurde ihr Blick klarer und ihre Hände zuckten. In diesem Moment wurde sie sich ihrer Umgebung bewusst, doch nur kurz, und schon war sie wieder abgedriftet. Den Morgawr schien das nicht zu interessieren, bei Ahren hingegen verursachte dies starkes Unbehagen. Warum störte sich der Zauberer nicht daran, dass sie seinen Worten wenig Aufmerksamkeit schenkte? Warum verdächtigte er sie nicht, dass sie sich freiwillig isolierte?

Ahren brauchte eine ganze Weile, bis er begriff, was tatsächlich vor sich ging. Sie distanzierte sich überhaupt nicht. Sie nahm sehr wohl an den Gesprächen teil, allerdings auf eine Art, die dem Elfenprinzen zuvor entgangen war. Sie lauschte den Worten und benutzte sie, um ihre Gabe einzusetzen. Seine Worte verwandelte sie in Bilder von seinen Freunden, um Visionen über sie herbeizurufen. Auf diese Weise wollte sie auf ihre Spur kommen.

Diese Erkenntnis verblüffte ihn so sehr, dass er mitten im Satz innehielt und sie anstarrte. Die Stille lenkte sie ab, was seine Worte nicht getan hatten. Einen Augenblick lang kehrte sie von dem Ort zurück, zu dem ihre Visionen sie geführt hatten, und sie starrte ihn ebenfalls an.

»Tu das nicht«, sagte er leise zu ihr, weil er seine Enttäuschung nicht im Zaum halten konnte.

Sie erwiderte nichts, doch er sah die Pein in ihren Augen. Der Morgawr befahl sofort, ihn in seine Zelle zurückzubringen, und entließ ihn verärgert und ungeduldig. Plötzlich erkannte er auch seinen eigenen Wert – der nicht in seiner Funktion als austauschbare Geisel oder als Marionettenkönig bestand. Der Zauberer dachte an viel Näherliegendes. Ahren diente ihm als Katalysator für Ryer Ord Stars Visionen, und auf diese Weise half er, die Ilse-Hexe und jene zu finden, die dem Morgawr bislang entflohen waren. Nichts ahnend und naiv hatte der Junge ihm bislang geholfen, ohne zu verstehen, was er tat.

Nur jetzt hatte er es endlich begriffen.

Ahren wurde erneut in den Lagerraum gesperrt, wo er einsam seinen kleinen Sieg feiern durfte. Er hatte dem Morgawr die Sache anständig verdorben. Jetzt lehnte er sich an die Wand seines Gefängnisses und lächelte vor sich hin.

Die Hochstimmung verging rasch. Sein Sieg brachte ihn nicht weiter. Die Wirklichkeit verdrängte jegliches Wunschdenken. Schließlich war er weiterhin ein Gefangener ohne Hoffnung. Seine Freunde waren weit verstreut oder tot. Er war in einem fernen, gefährlichen Land gestrandet.

Und das Schlimmste war, Ryer Ord Star hatte sich als sein Feind entpuppt.

In der Kabine des Kommandeurs schritt der Morgawr ruhelos hin und her wie ein wildes Tier hinter Gittern. Ryer Ord Star spürte seine Anspannung und das Missfallen, das er ausstrahlte. Es war ungewöhnlich für ihn, solche Emotionen offen zu zeigen, aber anscheinend verlor er langsam die Geduld.

»Er weiß, was du tust. Kluger Junge.«

Sie reagierte nicht darauf. In Gedanken war sie bei Ahrens Worten und dem Blick, den er ihr zugeworfen hatte. Noch immer hörte sie den Ärger in seiner Stimme und sah die Enttäuschung in seinen Augen. Verständlicherweise verwirrt, hatte er sie falsch eingeschätzt, und sie konnte ihm momentan die Sache nicht erklären. Wenn die Situation vorher schon schlimm gewesen war, so geriet sie nun allmählich außer Kontrolle.

Der Morgawr blieb vor der Tür stehen, mit dem Rücken zu Ryer. »Für mich ist er damit nutzlos geworden.«

Sie erstarrte, ihre Gedanken rasten. »Ich brauche seine Einwilligung nicht.«

»Er wird lügen. Er wird dich täuschen. Vor allem wird er genug Wertloses einwerfen, damit wir den Rest nicht gebrauchen können.

Ich kann ihm nicht mehr trauen.« Gemächlich drehte er sich zu ihr um. »Und auch was dich angeht, kleine Seherin, bin ich ebenfalls nicht mehr sicher.«

Sie hielt seinen Blick und ließ ihn in ihre Augen schauen. Sobald er glaubte, sie würde etwas verbergen, wäre das Spiel vorüber, und er würde sie ohne Umschweife töten.

»Ich habe dir bislang nur die Wahrheit geliefert«, sagte sie.

Sein dunkles Reptiliengesicht verriet nichts von dem, was er dachte, doch seine Augen blitzten unheilverkündend. »Dann erzähle mir, was du gerade erfahren hast.«

Damit stellte er sie auf die Probe und bot ihr die Chance zu beweisen, dass sie weiterhin von Nutzen für ihn war. Ahren hatte Recht gehabt, was das Spiel betraf, das sie und der Morgawr mit ihm trieben. Sie benutzte seine Worte und Gefühle, mit denen er auf die Fragen des Morgawrs reagierte, um Visionen zu beschwören, die ihr das Schicksal der verschollenen *Jerle Shannara* und ihrer Besatzung verrieten. Ihre Absichten hatte er allerdings falsch beurteilt, bloß konnte sie ihm das nicht erklären. Der Morgawr musste weiterhin glauben, dass sie ihm bei der Suche nach der Ilse-Hexe half. Wenn er an ihrer Bereitwilligkeit zweifelte, gerieten all ihre Pläne, Walker zu helfen, in Gefahr.

Sie trat einen kleinen Schritt auf den Zauberer zu, ein bewusster Akt des Trotzes, eine Geste, die sie so viel Überwindung kostete, dass es ihr fast den Atem raubte. »Ich habe die Ilse-Hexe und ihren Bruder inmitten von Bergen gesehen. Sie waren nicht allein. Andere begleiteten sie, doch deren Gesichter waren von Schatten verborgen. Sie waren unterwegs. Zwar konnte ich es nicht sehen, doch spürte ich ein Luftschiff in der Nähe. Ich sah Klippen mit den Nestern von Würgern. Eine dieser Klippen hatte das Aussehen einer abgebrochenen Speerspitze, die gen Himmel gereckt ist. Es roch nach Meer, und ich hörte ein Rauschen wie von Brandung.«

Damit beendete sie ihre Schilderung und richtete den Blick auf den Morgawr. Sie erzählte ihm eine Vision, die Ahren mit seinen Worten ausgelöst hatte, dabei veränderte sie jedoch die Einzelheiten so stark, dass ihr Widersacher niemals finden würde, wonach er suchte.

Er studierte ihr Gesicht lange Zeit, ohne eine Regung zu zeigen und ohne zu antworten, und ließ nur sein versteinertes Gesicht sehen, das in Kapuze und Schatten gehüllt war.

»Sind sie an der Küste?«, fragte er schließlich mit ausdrucksleerer Stimme.

Sie nickte. »Darauf lässt die Vision schließen. Allerdings entspricht die Vision nicht immer dem, was ich darin zu sehen glaube.«

Sein Lächeln ließ es ihr kalt über den Rücken laufen. »So etwas passiert häufiger im Leben, kleine Seherin.«

»Immerhin hat Ahren Elessedil diese Vision mit seinen Worten ausgelöst«, beharrte sie. »Ohne ihn hätten wir nichts in der Hand.«

»In diesem Fall würde ich euch beide nicht mehr brauchen, nicht wahr?«, fragte er. Er hob eine Hand und deutete beinahe träge auf sie. »Und ihr beide seid auch dann nicht mehr nützlich für mich, wenn man sich nicht länger darauf verlassen kann, dass er die Wahrheit sagt, oder?«

Seine Worte hingen gewichtig in der Luft, und sie wusste, sie musste ihm Widerspruch entgegenhalten. »Er muss nicht unbedingt die Wahrheit sagen, damit ich meine Visionen interpretieren kann.«

Das war eine Lüge, aber sie klammerte sich daran. Sie legte ihre ganze Überzeugungskraft hinein und wich dem Blick des Zauberers auch dann nicht aus, als sie das Leid spürte, das er ihr und ihrer Seele anzutun beabsichtigte.

Nach einer Weile zuckte der Morgawr mit den Schultern. »Dann lassen wir ihn eben noch ein wenig am Leben. Geben wir ihm eine weitere Chance.«

Er sprach, als würde er es ehrlich meinen, doch wusste sie, dass er log. Sein Urteil über Ahren hatte er längst gefällt, so wie Ahren seines über sie gefällt hatte. Der Morgawr glaubte weder an sie noch an ihn, befürchtete sie, aber insbesondere der Elfenprinz hatte seinen Wert für ihn verloren. Möglicherweise würde er versuchen, Ahren ein letztes Mal zu benutzen, doch im Anschluss daran würde er sich seiner sicherlich entledigen. Für widerspenstige Gefangene fehlte ihm die Zeit und die Geduld. Was er von diesem Land, von dessen Geheimnissen und dessen Magie verlangte, befand sich an anderer

Stelle. Seine Enttäuschung in Bezug auf Ahren würde wachsen, und am Ende würden der Elfenprinz und auch sie dem zum Opfer fallen.

Wortlos wurde sie entlassen, und so ging sie hinaus und kehrte an Deck zurück. Sie stieg die Kajütstreppe hinauf und machte sich nach vorn zum Bug auf. Dort packte sie die Reling mit beiden Händen, hielt sich daran fest, starrte zum Horizont und betrachtete die große Gebirgskette mit den Wäldern, die Wolkenbänke und die Sonnenstrahlen, die durch die Wolken drangen. Der Tag näherte sich seinem Ende, im Westen schwand das Licht, während im Osten bereits die Dunkelheit aufzog.

Sie schloss die Augen, als sich ihr Bild von der Welt klar in ihrem Kopf abzeichnete, und ließ ihre Gedanken schweifen. Irgendetwas musste sie tun, um den Elfenprinzen zu retten. Dass es so bald notwendig sein würde zu handeln, hatte sie nicht erwartet, doch jetzt schien es unausweichlich. Sie hatte Walker versprochen, den Plan gegen den Morgawr in die Tat umzusetzen, nur brauchte sie Ahren nicht unbedingt länger mit in die Sache hineinzuziehen. Sein Schicksal sollte sich an einem anderen Ort erfüllen, fern dieses Landes und seiner Heimtücke, zu Hause in den Vier Ländern, wo er mit seinem Erbe eine andere Aufgabe erfüllen würde. In den Visionen gemeinsam mit Walker hatte sie darauf einen Blick erhascht. Außerdem wusste sie es aufgrund der Worte, die der Druide im Sterben gesagt hatte. Sie fühlte es in ihrem Herzen.

Genauso spürte sie die Unabänderlichkeit des Schicksals, welches sie selbst erwartete.

Sie holte tief Luft, um sich zu beruhigen und um sich mit dem Gedanken an das Unausweichliche anzufreunden. Für Walker war es wichtig, dass sie den Morgawr in die Irre führte, seine Hetzjagd verzögerte und für Grianne Ohmsford Zeit herausschlug. Darum hatte der Druide sie keineswegs leichten Herzens gebeten, sondern im Gegenteil nur deshalb, weil es von unbedingter Dringlichkeit war und weil er ihr und ihren Fähigkeiten vertraute. Angesichts solcher Erwartungen kam sie sich klein und zerbrechlich vor, ein Kind im Körper einer jungen Frau, und eine erwachsene Weiblichkeit konnte sie sich kaum mehr vorstellen. Ihre Seherinnenseele hatte ihr nicht erlaubt, so wie andere Frauen aufzuwachsen, und doch war es gerade diese Seele, die schon so alt war. Nichtsdestoweniger war sie zu allem entschlossen. Sie war die rechte Hand des Druiden, und er war stets bei ihr und schenkte ihr Kraft.

An dieses Wissen klammerte sie sich wie an einen Talisman, während sie ihre Pläne schmiedete.

Nach Einbruch der Nacht machte sie sich an deren Umsetzung.

Sie wartete, bis alle Mwellrets schliefen, außer der Wache und dem Steuermann. Die *Schwarze Moclips* segelte langsam und träge durch den nächtlichen Himmel und folgte der Küstenlinie in nordöstlicher Richtung, und Ryer Ord Star schlüpfte aus dem provisorischen Bett auf dem Hinterdeck und schlich nach vorn. Aden Kett und seine Mannschaft standen auf ihren Posten und starrten mit toten Augen vor sich hin. Sie sah sie an, während sie vorbeiging, doch ließ sie den Blick nicht auf ihnen verweilen. Es war riskant, seinem eigenen Schicksal zu intensiv ins Gesicht zu schauen.

Das Luftschiff schaukelte sanft im Westwind. Die Kälte, herangetragen von den Stürmen, hielt an, und vor Ryers Mund bildeten sich zarte Wölkchen. Unter dem Schiff, dort, wo die Berggipfel in die Wolken ragten, waren die kahlen Hänge mit Schnee bedeckt. Mit der Wärme, die sie bei ihrer Ankunft begrüßt hatte, war es vorbei, die hatte sich durch irgendeine Fehlfunktion von Antrax ins Inland zurückgezogen. Dass die Wissenschaft einen Weg finden konnte, das Wetter zu kontrollieren, erschien ihr unglaublich, aber in dem Zeitalter vor den Großen Kriegen hatte es, wie sie wusste, viele erstaunliche Errungenschaften gegeben, die seitdem aus der Welt verschwunden waren. In den Vier Ländern hatte die Magie die Wissenschaft ersetzt. Manchmal fragte sie sich, ob der Verlust der Wissenschaft ein Segen oder ein Unglück war und ob die Seherinnen in der Welt tatsächlich einen Wert besaßen.

Sie erreichte die offene Luke, wo eine Treppe hinunter zu den Lagerräumen führte, und sie stieg hinab in die dunkle Stille und lauschte auf die Wache, die hier unten postiert sein musste. Walker würde kaum gutheißen, was sie jetzt tat. Er hätte sie bestimmt aufgehalten, wenn er nur gekonnt hätte. Sein Rat wäre sicherlich, kein Risiko einzugehen und sich auf die Aufgabe zu konzentrieren, die er ihr erteilt hatte. Allerdings betrachtete Walker die Dinge durch die Augen eines Mannes, der im Tode zu erreichen trachtete, was ihm im Leben nicht gelungen war. Er war ein Schatten, und seine Einflussmöglichkeiten durch den Schleier hindurch waren begrenzt. Vielleicht wusste er, welche Rolle die Ilse-Hexe für das Schicksal der Vier Länder spielen würde, und er kannte gewiss auch die Gründe, aus denen sie unbedingt dem Morgawr entkommen musste, und zudem den Weg, den sie zu wählen hatte, um von dem Ort zurückzukehren, an den ihre bedrängte Seele sie geführt hatte. Für Ryer Ord Star war jedoch lediglich eines klar: Ihnen lief schlicht die Zeit davon.

Der Gang hier unten lag im Dunkeln, dennoch fand sie mit Leichtigkeit den Weg durch die Düsternis. Sie hörte vor sich jemanden schnarchen und begriff, dass der Wache haltende Mwellret schlief. Der Trunk, den sie ihm vor einiger Zeit in das Abendbier gemischt hatte, dürfte ihn für eine Weile in einen todesähnlichen Zustand versetzen. Das war gar nicht so schwer gewesen. Gefahr drohte nur, wenn ein anderer Ret die schlafende Wache entdeckte, ehe sie Ahren befreit hatte.

An der Tür zu dem Lagerraum, der als Gefängnis diente, nahm sie dem Ret die Schlüssel ab, schloss auf und lauschte währenddessen ständig auf Geräusche. Wortlos öffnete sie die Tür und schlüpfte wie ein Gespenst hinein. Ahren erhob sich, trat ihr entgegen, hielt inne, als er sie erkannte, und war nicht sicher, was er von ihrem Erscheinen halten sollte. Immerhin blieb er still – dank des Zeigefingers, den sie an die Lippen legte, und der Verstohlenheit, mit der sie ihn von seinen Ketten befreite. Selbst im kargen Licht der Kabine konnte sie ihm Unsicherheit und Misstrauen von den Augen ablesen, dennoch würde er ihre Absichten kaum missverstehen. Er ließ sich von ihr befreien und folgte ihr nach draußen, stieg über den schlafenden Wachposten, der quer im Gang lag, und schlich hinter Ryer her zur Treppe nach oben. Die *Schwarze Moclips* schaukelte sanft hin und her wie eine große Wiege für schlafende Männer und müde

Wachen. Außer dem gewohnten leisen Knarren, das von den Bewegungen des Schiffes herrührte, war kein Geräusch zu hören.

Sie stiegen die Treppe hinauf, kamen hinter dem Steuermann heraus, drückten sich in den dunklen Schatten der Heckaufbauten und huschten über das Deck hinüber zur Reling. Ohne ein Wort glitt Ryer Ord Star über das Geländer, ging den schmalen Steg hinunter, der auf den Steuerbordponton führte, und eilte an der hintersten Kampfkanzel vorbei, die zwei Meter tief und mit Ersatzsegeln und Holz vollgestopft war.

Im Dunkeln schob sie sich voran bis zu der Stelle, wo der Ponton spitz nach oben zulief und die hintere Steuerbordramme bildete. Dort tastete sie am Rumpf herum und öffnete einen hölzernen Riegel. Eine Klappe, die an verborgenen Scharnieren befestigt war, ging auf. Ryer Ord Star griff in den Hohlraum dahinter und holte ein Gestell aus flexiblen Stangen heraus, zwischen denen leichtes Segeltuch befestigt war.

Dieses Gestell reichte sie mitsamt dem Segeltuch an Ahren weiter, der vor der Kampfkanzel hockte, dann kehrte sie zu ihm zurück.

»Das ist ein Einflügler«, flüsterte sie, beugte sich zu ihm vor, und ihre Haare strichen über sein Gesicht. »Eine Art Drachen, gedacht, um sich von einem abstürzenden Luftschiff zu retten. Redden Alt Mer hatte ihn für Notfälle hier versteckt.« Unvermittelt strich sie Ahren über die Wange.

»Du wolltest dem Morgawr gar nicht helfen?«, erwiderte der Elfenprinz leise, nichtsdestoweniger konnte man aus seiner Stimme Erleichterung und Freude heraushören.

»Ich wollte dein Leben retten und natürlich auch meines. Deshalb musste ich ihm verraten, wer du bist. Sonst hätte er dich umgebracht.« Sie holte tief Luft. »Jetzt will er dich so oder so loswerden. Er glaubt, du wärest nicht mehr von Nutzen für ihn. Ich kann dich nicht mehr beschützen. Aus diesem Grund musst du das Schiff verlassen.«

Er schüttelte den Kopf und packte ihren Arm. »Nicht ohne dich. Ich lasse dich nicht allein.«

Das sagte er mit solcher Vehemenz, mit solch verzweifeltem

Nachdruck, dass es ihr die Tränen in die Augen trieb. Er hatte an ihr gezweifelt, und nun wollte er es wieder gutmachen. Wenn es darauf ankäme, würde er sein Leben für sie geben.

»Für mich ist die Zeit noch nicht gekommen«, sagte sie. »Ich habe Walker versprochen, den Morgawr bei seiner Suche in die Irre zu führen. Der Morgawr denkt, ich wolle ihm helfen, doch in Wirklichkeit werfe ich ihm nur genug Brocken hin, damit er nicht misstrauisch wird. Ich folge dir später.«

Sein unsicherer Blick entging ihr nicht, und sie deutete schroff auf den Einflügler. »Hör auf, mit mir zu streiten! Nimm das Ding und los. Sofort! Du musst es aufklappen, die Gurte umschnallen und dich hineinlegen. Mit der Stange und den Riemen kannst du steuern. Ist nicht sehr schwierig. Komm, ich helfe dir.«

Er schüttelte den Kopf und sah sie fragend an. »Woher weißt du über den Einflügler Bescheid?«

»Walker hat es mir erzählt.« Sie löste die Riemen, mit denen das Gestell zusammengebunden war, und klappte den Rahmen auf. »Er hatte es vom Großen Roten erfahren. Die Rets haben keine Ahnung. Da, schon fertig. Geh zum Rand des Pontons und schnall dich an!«

Er gehorchte ihr widerspruchslos, weil er immer noch verwirrt war von den Ereignissen an Bord und nicht klar denken konnte, um begründete Einwände zu erheben. Sobald er erst einmal in der Luft wäre, war es dafür zu spät. Dann wäre die Sache gelaufen, jedenfalls soweit sie einen Einfluss darauf hatte. Mehr konnte sie nicht tun.

»Du solltest jetzt mitkommen«, drängte er und suchte weiter nach Argumenten.

Sie schüttelte den Kopf. »Nein. Später. Flieg von hier weiter nach Norden und dann von der Küste ins Landesinnere. Halt nach einem Regenwald inmitten des Gebirges Ausschau. Auf einem Hang oberhalb einer Felswand bei diesem Wald findest du die anderen. Das haben mir meine Visionen gezeigt.«

Er schlang sich die Gurte um den Körper, und Ryer zog sie ihm auf dem Rücken fest. Dann klappte sie den Rahmen auf und zeigte Ahren Steuerstange und Steuerriemen. Alle paar Sekunden blickte sie über die Schulter zum Deck hinauf, aber von den Mwellrets ließ sich keiner an der Reling blicken.

»Ryer«, versuchte Ahren, sie nochmals zu überzeugen.

»Hier«, sagte sie, griff in ihre dünne Robe und zog einen Beutel hervor. Sie schob ihn ihm in die Tasche, ganz tief, damit er nicht herausrutschen konnte. »Die Elfensteine«, flüsterte sie.

Ungläubig starrte er sie an. »Aber wie hast du –«

»Los jetzt!«, zischte sie ihn an und stieß ihn vom Ponton ins Leere.

Sie schaute zu, wie der Wind in das Segeltuch blies und den Rahmen strammzog. Der Einflügler schwebte in die Dunkelheit davon. Einen letzten Blick erhaschte sie noch auf das verblüffte Gesicht des Elfenprinzen und entdeckte plötzlich darin den Mann, der an die Stelle des Jungen getreten war, mit dem sie die Reise begonnen hatten, dann war er verschwunden.

»Auf Wiedersehen, Ahren Elessedil«, flüsterte sie in die Nacht. Federleicht flogen die Worte durch die Luft und waren verklungen, ehe sie sich umdrehte, nun ganz auf sich allein gestellt.

Einundzwanzig

Jemand rüttelte mit der Hand an seiner Schulter, und Bek Ohmsford erwachte.

»Wenn du noch länger schläfst, denken die Leute bald, du wärest tot«, sagte eine wohlvertraute Stimme.

Bek schlug die Augen auf und blinzelte in die Mittagssonne, die hoch am Himmel stand. Rue Meridian schob sich ins Licht und starrte ihn von oben an, wobei sie ein wenig spöttisch die Lippen schürzte. Allein ihr Anblick erwärmte ihn so sehr, wie es die Sonne niemals schaffen konnte, und er erwiderte das Lächeln.

»Ich fühle mich jedenfalls so, als wäre ich tot«, sagte er. In Decken gewickelt lag er lang ausgestreckt auf dem Deck der *Jerle Shannara.*

Er schaute zur Reling und zu den über ihm aufragenden Masten, während er zu sich kam. »Wie lange habe ich geschlafen?«

»Ungefähr vierundzwanzig Stunden. Wie fühlst du dich?«

Mit der Frage kehrten die Erinnerungen an die vergangene Woche zurück. Daran, wie er mit Grianne und Truls Rohk aus Castledown geflohen war. Daran, wie er vor dem Morgawr und seinen Geschöpfen davongelaufen war. An den Kampf mit dem Caull. An den sterbenden Truls Rohk. An die Begegnung mit den Gestaltwandlern und die Verwandlung, die seinem Freund das Leben gerettet hatte. An den Aufstieg in die Berge und die Hoffnung, irgendwie den richtigen Weg zu finden. Daran, wie er und Grianne Quentin getroffen hatten, ein Wunder, das nur durch das Versprechen eines Toten möglich geworden war.

Und dann, als es schon so schien, dass die Berge sie nicht mehr freigeben wollten, war ein weiteres Wunder geschehen, denn Hunter Predd hatte sie auf der Suche nach verschollenen Besatzungsmitgliedern der *Jerle Shannara* auf einem Felsvorsprung entdeckt, sie aufgesammelt und mitgenommen.

»Immerhin fühle ich mich besser als bei meiner Ankunft«, sagte Bek. Er holte ausgiebig und tief Luft. »So gut, wie schon seit langem nicht mehr.« Er schaute sie eingehender an und bemerkte die Schrammen in ihrem Gesicht und die Schiene an ihrem Arm. »Was ist denn mit dir passiert? Hast du dich mit einer Moorkatze angelegt?«

Sie legte den Kopf schief. »Vielleicht.«

»Du bist verwundet.«

»Nur Schnitte und Prellungen. Der Arm ist gebrochen, dazu einige Rippen. Nichts, das nicht wieder ganz wird.« Sie gab ihm einen Knuff. »Ich hätte deine Hilfe gebrauchen können.«

»Und ich deine.«

»Hast mich vermisst, was?«

Sie sagte die Frage so dahin, als würde ihr die Antwort nicht wirklich viel bedeuten. Trotzdem machte sie ihr eine Menge aus, wie er wusste. Sogar sehr viel, davon war er in diesem Augenblick überzeugt, ja, sie wollte jetzt von ihm hören, wie wichtig sie ihm war, und zwar auf eine Art und Weise, die über bloße Freundschaft hinausging. Dieser Gedanke war töricht, dennoch bekam er ihn nicht aus dem Kopf. Diese Vorstellung gefiel ihm.

»Also schön, ich habe dich vermisst«, sagte er.

»Gut.« Plötzlich beugte sie sich vor und küsste ihn auf den Mund. Es war nur eine flüchtige Berührung, und kurz strich sie ihm noch über die Wange, dann zog sie sich wieder zurück. »Ich habe dich auch vermisst. Weißt du, warum?«

Er sah ihr in die Augen. »Nein.«

»Habe ich mir gedacht. Ich habe es selbst gerade erst begriffen. Vielleicht wirst du es ebenfalls verstehen, wenn du ein bisschen Zeit hast. Schließlich bist du ganz gut darin, Dinge zu verstehen, obwohl du noch ein Junge bist.« Sie lächelte ihn spöttisch an, doch war das nicht verletzend gemeint. »Wie ich höre, kannst du Magie beschwören. Und dass du überhaupt nicht derjenige bist, der zu sein du geglaubt hast. Das Leben steckt voller Überraschungen.«

»Soll ich dir alles erzählen?«

»Wenn du willst.«

»Gern. Aber zuerst möchte ich wissen, wie du in diesen ramponierten Zustand gekommen bist und was hier an Bord alles geschehen ist.«

»Na, ein Absturz«, antwortete sie ironisch und umfasste das reparaturbedürftige Luftschiff mit einer weiten Geste. »Und einige andere kleine Katastrophen.«

Er drückte sich auf einen Ellbogen hoch und sah sich um. Auf dem Deck der *Jerle Shannara* bemerkte er überall provisorisch ausgebesserte Stellen sowie solche, an denen die Arbeiten noch nicht beendet waren. Einer der Masten war vollständig ausgetauscht worden, das erkannte er an dem frischen Holz und den neuen Metallbeschlägen. Teile der Reling waren neu eingepasst worden, und am Rumpf und auf Deck hatte man manche Planke ersetzt. Die Strahlungssammler hingen schlaff an den Bäumen, und die Segel waren erst halb geflickt. Niemand war zu sehen.

»Sie haben uns alle verlassen«, erklärte sie, als könne sie seine Gedanken lesen.

Aus einiger Entfernung hörte er leise, unverständliche Stimmen. »Wie lange seid ihr schon hier?«

»Fast eine Woche.«

Überrascht blinzelte er. »Ihr könnt nicht fliegen.«

»Wir können nicht einmal abheben.«

»Dann sitzen wir also in der Falle. Wie viele sind wir denn noch?«

Sie zuckte mit den Schultern. »Ein paar. Der Große Rote, Schwarzbart, der Hochländer, du und ich. Drei Jungs von der Mannschaft. Die beiden Flugreiter. Panax und ein Elfenjäger. Die Flugreiter haben die zwei gestern gefunden, nicht weit von hier entfernt, bei einem Stamm Eingeborener, die Rindge heißen. Sie lagern weiter oben.«

»Ahren?«, fragte er.

Daraufhin schüttelte sie nur den Kopf. »Und die Seherin ist auch nicht hier. Sonst auch keiner von denen, die an Land gegangen sind. Entweder tot oder verschollen.« Sie wandte den Blick ab. »Die Flugreiter suchen weiter, aber die Schiffe mit den Rets und den wandelnden Toten ebenfalls. Im Augenblick ist es sehr gefährlich, in diesen Bergen herumzufliegen. Nun ja, wir könnten selbst dann nicht, wenn wir wollten.«

Er betrachtete das Luftschiff und sah sie dann wieder an. »Wo ist Grianne? Geht es ihr gut?«

Das Lächeln verschwand von Rue Meridians Gesicht. »Grianne? Ach ja, deine vermisste Schwester. Sie ist unten in der Kabine vom Großen Roten und starrt ins Leere. Das beherrscht sie wirklich gut.«

Er wich ihrem Blick nicht aus. »Ich weiß, dass –«

»Du weißt überhaupt nichts«, unterbrach sie ihn in eigenartig unbekümmertem Ton. »Gar nichts.« Sie strich sich eine Strähne ihres langen roten Haares aus dem Gesicht, und er bemerkte das gefährliche Glitzern in ihren grünen Augen. »Ich hätte niemals gedacht, einmal in die Situation zu kommen, wo ich für dieses Wesen sorgen würde. Wäre es nach mir gegangen, hätte ich ihr die Kehle durchgeschnitten, aber du hast so ein Theater wegen ihrer Sicherheit gemacht, dass mir keine andere Wahl blieb, als auf sie aufzupassen.«

»Ich danke dir.«

Sie presste die Lippen aufeinander. »Sag mir nur, dass du einen guten Grund dafür hast. Sag es mir.«

»Ich habe einen Grund«, erwiderte er. »Bloß weiß ich nicht, wie gut er ist.«

Nun erzählte Bek ihr alles, was ihm passiert war, seit er die *Jerle Shannara* verlassen und mit Walker und den anderen landeinwärts gezogen war. Einiges wusste sie schon, weil Quentin es ihr erzählt hatte. Manches hatte sie vermutet, zum Beispiel seine Gefangenschaft an Bord der *Schwarzen Moclips* und die anschließende Flucht, doch sie hatte weder für das eine noch das andere den eigentlichen Grund gewusst. Sie zeigte sich skeptisch, war wütend auf ihn und wollte sich zunächst überhaupt nicht anhören, weshalb er seine Schwester gerettet hatte, schrie ihn an, das spiele keine Rolle und es sei falsch, sie zu verschonen, da sie allein für die vielen Opfer verantwortlich sei, die an Bord der *Jerle Shannara* zu beklagen seien, vor allem für Hawks Tod.

Im Anschluss daran erzählte sie ihm ihre Geschichte, berichtete die Einzelheiten der Gefangenschaft zusammen mit den anderen Fahrenden in den Händen der Hexe und ihrer Gefolgsleute, dann über ihre Flucht und den Kampf an Bord der *Jerle Shannara*, bei dem Hawk sein Leben gegeben hatte, um ihres zu retten. Sie schilderte, wie sie die Kontrolle über das Luftschiff wiedererlangt und ihren Bruder befreit hatte. Dann erwähnte sie noch die Suche nach Walker und dem verschollenen Rest der Gruppe, wobei sie in den Besitz der *Schwarzen Moclips* gelangt und landeinwärts in die Sicherheit der Berge geflohen war, während sie von einer Flotte feindlicher Luftschiffe verfolgt wurde. Das alles erzählte sie ihm sachlich und nüchtern und ohne ihren eigenen Anteil an den Geschehnissen auszuschmücken, im Gegenteil, wann immer es ging, spielte sie diesen runter.

Er lauschte ihr geduldig und versuchte mit kleinen Gesten, sie zu ermutigen und zu bestärken, doch wollte sie davon nichts wissen. Sei hasste Grianne aus tiefstem Herzen und war nicht in der Lage, ihr zu verzeihen. Dass sie seine Schwester überhaupt am Leben gelassen hatte, sprach Bände über die Zuneigung, die sie für ihn hegte. Der Verlust von Furl Hawk hatte sie schwer getroffen, und ihrer Meinung nach trug Grianne die Verantwortung dafür. In ihrer Wut und Enttäuschung richtete Rue Meridian ihren Zorn und ihre Enttäuschung auch gegen ihn und verlangte von ihm eine Erklärung. Er gab sein Bestes, und trotzdem hatte er dabei kein gutes Gefühl. Beide hatten in so kurzer Zeit so viel erlebt, beide waren noch längst nicht mit all den Ereignissen fertig geworden, und beide hatten dies alles noch nicht verarbeitet und fanden deswegen keinen Frieden. Die zwei hatten zu viele Verluste hinnehmen müssen und suchten Trost, doch erforderte das Zugeständnisse, zu denen sie nicht bereit waren. Was die Ilse-Hexe betraf, konnten sie zu keiner Übereinkunft kommen.

Schließlich hob Bek die Hände. »Ich will mich nicht weiter mit dir streiten. Es schmerzt mich einfach zu sehr.«

Sie grunzte nur spöttisch. »Vielleicht schmerzt es dich. Mich aber nicht. Ich bin nicht so empfindlich. Außerdem schuldest du mir eine Entschädigung. Und die Gelegenheit, dir zu erklären, was ich von deiner Schwester halte! Du bist es mir schuldig, dass ich meine Trauer mit dir teilen kann.«

»Ich tue, was ich kann.«

Plötzlich packte sie ihn, zerrte ihn aus den Decken und schüttelte ihn heftig. »Nein, das tust du nicht! Du sollst nicht einfach nur herumsitzen und zuhören. Tu etwas! Hast du das immer noch nicht begriffen?«

Ihr rotes Haar hatte sich aus dem Band gelöst, und die Strähnen, die ihr Gesicht rahmten, sahen aus wie dünne Blutrinnsale. »Begreifst du denn gar nichts?«

Ihre Augen funkelten wild und hart, und sie schien kurz davor zu stehen, eine Verzweiflungstat zu begehen. Dann hörte sie auf, ihn zu schütteln und ergriff stattdessen seine Schultern so kräftig, dass er ihre Fingernägel durch die Kleidung spüren konnte. Sie versuchte zu sprechen, wollte etwas sagen, aber sie brachte kein Wort heraus.

»Die Sache mit Hawk tut mir Leid«, flüsterte er. »Und auch, dass Grianne daran schuld ist. Aber sie wusste nicht, was sie tat. Sie weiß gar nichts. Sie ist wie ein Kind, eingesperrt in ihrem Kopf, und sie hat Angst herauszukommen. Verstehst du nicht, Rue? Sie musste sich von einem Moment auf den anderen all dem stellen, was sie in Wirklichkeit darstellt. So wirkt die Magie des Schwertes von Shannara. Und dabei hat sie erkannt, welch abscheuliche Kreatur, welch Ungeheuer sie früher war, ohne es selbst zu bemerken. Ihr ganzes Leben bestand nur aus Lügen und Täuschungen und Verrat. Ich weiß nicht – vielleicht wird sie niemals wieder normal.«

Rue Meridian starrte ihn an, als stehe ein Fremder vor ihr. In ihren Augen glitzerten Tränen, und der Schmerz, der in ihrem Gesicht geschrieben stand, schmetterte ihn nieder.

»Ich bin müde«, flüsterte sie. »Bis jetzt habe ich nicht einmal darüber nachgedacht. Ich hatte keine Zeit dazu. Ich habe mir die Zeit nicht genommen.« Sie wischte sich die Tränen mit dem Ärmel aus den Augen. »Sieh mich an.«

Er hatte den Blick gar nicht von ihr abgewendet. Er versuchte ihr zu geben, was sie brauchte, suchte nach einer Möglichkeit, sie zu trösten. »Ich möchte nur, dass du …«

»Nimm mich in die Arme, Bek«, sagte sie.

Ohne zu zögern gehorchte er, hielt sie fest und spürte ihren Körper dicht an seinem. Sie weinte lautlos, ihre Schultern bebten und sie drückte ihr nasses Gesicht an seine Brust und seinen Hals. Lange Zeit weinte sie so, und er hielt sie im Arm, streichelte ihr den Rücken, spendete ihr Trost und gab ihr ein Gefühl der Sicherheit. Er konnte kaum glauben, was hier gerade geschah, denn so hatte sie sich noch nie benommen.

Schließlich wischte sie sich die letzten Tränen aus dem Gesicht und errang mit einem Achselzucken die Fassung wieder. »Ich wusste gar nicht, dass ich auch so sein kann.« Sie sah ihn an. »Verrat das ja niemandem.«

Er nickte. »Bestimmt nicht. Das weißt du.«

»Ja. Aber ich musste es dir trotzdem noch einmal sagen.« Einen Augenblick lang starrte sie ihn an, als wäre er ein Fremder und als würde sie ihm zum ersten Mal begegnen. »Mein Bruder und die anderen sind unten am Rand der Felswand und reden. Wenn du soweit bist, können wir uns zu ihnen gesellen.«

Sofort erhob er sich und griff nach seinen Stiefeln. »Reden worüber?«

»Über das, was notwendig ist, um hier fortzukommen.«

»Und was ist notwendig?«

»Ein Wunder.«

Redden Alt Mer stand an der Kante der Felswand und schaute hinab auf den Baldachin des Crake-Regenwaldes, und zwar ziemlich genau in der gleichen Weise wie schon seit fünf Tagen. In diesem Zeitraum hatte sich wenig verändert, sah man einmal von seiner eigenen Deprimiertheit ab, die mehr und mehr zunahm und langsam unkontrollierbar wurde. Wieder und wieder hatte er gegrübelt, auf welche Weise er sich an dem Graak vorbeischleichen und die Diapsonkristalle bergen könnte, die sie so dringend brauchten, um das Schiff in die Luft zu bringen. Aber jede Idee, die ihm kam, barg unakzeptable Risiken und bot lediglich winzige Erfolgschancen, weshalb er verzweifelt eine nach der anderen fallen ließ, nur um später eine nach der anderen erneut aufzugreifen, weil jede Alternative wesentlich gefährlicher erschien.

Unterdessen lief ihm die Zeit davon. Bislang waren sie von den Luftschiffen des Morgawrs nicht entdeckt worden, früher oder später würde es jedoch so weit sein. Eins war gestern so dicht vorbeigeflogen, dass man vom Boden aus die dunkle Silhouette erkennen konnte, und obwohl sie diesmal nicht gesichtet worden waren, könnte das wahrscheinlich beim nächsten Mal schon geschehen. Wenn Hunter Predd und Po Kelles Recht hatten, kreuzten nur ein oder zwei Schiffe so tief im Aleuthra Ark; der Großteil der Flotte suchte weiterhin an der Küste nach ihnen. Da der Morgawr dort jedoch keinen Erfolg haben konnte, würde er irgendwann landeinwärts segeln. Wenn das geschah und sie mit der *Jerle Shannara* noch immer am Boden festsäßen, würde das ihr Ende bedeuten.

Doch zum ersten Mal, seit die *Jerle Shannara* bruchgelandet war, hatte er Anlass zur Hoffnung.

Er blickte zu Quentin Leah. Der Hochländer starrte in den Crake hinunter, und auf dem schmalen, zerschrammten Gesicht machte sich Verblüffung breit. Diese Miene spiegelte die Schwierigkeit wider, sich vorzustellen, was dort unten lauerte, wenn man den Graak noch nicht gesehen hatte. Und außer Redden hatte das niemand. Das wiederum stellte einen Teil des Problems dar. Er wusste, womit sie es zu tun hatten, und obwohl die anderen – sowohl die Fahrenden als auch die Neuankömmlinge – bereit waren, in den Regenwald hinabzusteigen und die Sache in Angriff zu nehmen, traf gerade das auf ihn nicht zu. Die Erinnerung an Tian Cross' und Rucker Bonds Schicksale war allzu frisch. Er wollte kein weiteres Leben aufs Spiel setzen und sein Gewissen nicht mit noch mehr Toten belasten.

Das war allerdings längst nicht alles. Vor sich selbst konnte er es ja zugeben, wenn schon nicht vor den anderen. Er hatte einfach Angst. Es war schon lange her – so lange, dass er sich nicht mehr daran erinnern konnte –, seit er sich vor irgendetwas gefürchtet hatte. Vor dem Graak hatte er jedoch eine Höllenangst. Er fühlte sie tief in sich und konnte sie sogar an sich riechen. Die Angst schlich sich in seine Träume ein und ließ ihn mit aufgerissenen Augen zitternd aus dem Schlaf hochfahren. Er konnte sich nicht davon befreien. Den Tod seiner Männer beobachten zu müssen, über die dieses Ungeheuer mit Zähnen und Klauen hergefallen war, hatte ihn zermürbt, ebenso die Nähe seines eigenen Todes, als er nur kurz von dem Schicksal entfernt gewesen war, von diesem Untier gepackt zu werden, um seine Knochen zu zermalmen und sein Blut überall auf dem Waldboden zu verspritzen. Obwohl er sich ständig einredete, diese Angst werde vorübergehen und irgendwann seiner Erfahrung und seiner Entschlossenheit Platz machen, war er sich dessen nicht sicher.

Es gab, das wusste er, nur eine Möglichkeit, sich von seinen Ängsten zu befreien: Er musste hinunter in den Crake steigen und sich dem Graak stellen.

Er stand kurz davor, dies zu tun.

»Ich werde dich nicht bitten mitzukommen«, sagte er zu Quentin Leah, ohne ihn anzusehen.

»Er wird dich nicht bitten, allerdings erwartet er es«, schnaubte

Spanner Frew. »Und am Ende wird er dir einreden, es sei alles deine Idee gewesen.«

Alt Mer warf dem Schiffsbauer einen bösen Blick zu, dann grinste er selbst. Irgendwie musste er sogar jetzt über den anderen schmunzeln – über diesen ewig mürrischen Blick, über die gerunzelte Stirn, über sein streitsüchtiges Wesen. Spanner Frew betrachtete das Glas stets als halb leer, und diese Sicht der Dinge teilte er nur allzu gern mit jedem, der sich in seine Hörweite begab.

»Behalt deine Meinung für dich, Schwarzbart«, sagte Redden und verscheuchte eine Fliege von seinem Gesicht. »Oder meinst du, irgendwer findet dein Gerede lustig? Der Hochländer kann sich entscheiden, wie er will, und das gilt in dieser Angelegenheit für alle.«

Quentin Leah sah heute Morgen schon besser aus, weniger geisterhaft bleich und ausdruckslos als am gestrigen Tag, an dem er mit Bek und der Hexe angekommen war. Alt Mer fand den Gedanken unheimlich, die Ilse-Hexe in der Nähe zu haben, doch hatte er damit kaum solche Probleme wie seine Schwester. Die Kleine Rote hasste die Hexe regelrecht, und sie würde ihr Hawks Tod so bald nicht verzeihen. Vielleicht war es gut, dass Bek zurückgekehrt war. Die Befürchtung, auch ihn zu verlieren, hatte sie sehr beunruhigt, mehr als alles andere in letzter Zeit. Die Zuneigung, die sie für Bek hegte, konnte er nicht ganz nachvollziehen, dennoch begriff er rasch, um welche Art Gefühle es sich handelte.

Er seufzte. Auf jeden Fall war die Gruppe jetzt größer als vor drei Tagen nach Ruckers und Tians Tod. Da hatten sie nur noch sechs Fahrende gezählt. Zuerst waren die Flugreiter aus den Wolken aufgetaucht, an einem stürmischen Tag, an dem nach zwölfstündigem Regen alle bis auf die Haut durchnässt waren. Dann hatte Po Kelles den Zwerg Panax entdeckt, dazu den Elfenjäger Kian und diese eigenartig rötlichen Menschen, die sich Rindge nannten. Die Rindge hatten zwei Tage gebraucht, bis sie hier eintrafen, und jetzt lagerten sie einige Meilen weiter östlich in einem flachen Waldstück hoch in den Bergen, wo sie sich vor Verfolgern versteckten und beobachteten, was hier unten vor sich ging.

Ihr Anführer, ein Mann namens Obat, hatte ihnen erzählt, dass das Tal »der Crake« genannt wurde. Er wusste Bescheid über das Untier, das dort lebte. Selbst gesehen hatte Obat es nie, doch hatte er es anhand der Beschreibung des Großen Roten sofort erkannt. Dabei hatte ihn eine fürchterliche Aufregung befallen, und er hatte den Eindruck erweckt, am liebsten würde er gleich davonrennen. Die wilden Gesten und der Wortschwall, bei dem Panax mit dem Übersetzen kaum hinterherkam, bezeugten eindrücklich, wie groß Obats Angst war. Bestimmt würden weder Obat noch irgendein anderer Rindge sich in die Nähe des Ungeheuers wagen, das dort unten lebte. »Ein Graak«, erklärte Obat dem Zwerg wieder und wieder. Der Rest seiner Berichte handelte vom Wesen dieser Bestie und von seiner Unbezwingbarkeit. Es beherrschte Gebirgstäler wie den Crake, wo es sich von allem ernährte, das sich – ob aus Leichtsinn oder aus Unachtsamkeit – zu nah heranwagte.

Die Kenntnis des Namens half wenig bei der Lösung des Problems, weil Obat keine Ahnung hatte, wie man den Graak überwinden konnte. Graaks wich man aus, man griff sie nicht an. Diese Informationen halfen Alt Mer kaum. Dafür überzeugten sie ihn jedoch von seiner eigenen Hilflosigkeit. Was er brauchte, war Magie von der Sorte, wie Walker sie besaß.

Oder vielleicht auch Quentin Leah in Form seines Schwertes, einer Waffe, die sich schon im Einsatz gegen die Kriecher von Antrax als hilfreich erwiesen hatte.

Aber er konnte doch den Hochländer nicht überreden, ihm beizustehen. Wenn schon, sollte er ihm lieber davon abraten. Nur müsste Redden dann wieder allein in den Crake hinabsteigen, und dazu, so glaubte er, würde er sich nicht zwingen können. Bestimmt war er ein tapferer Mann, doch war ihm der Mut abhanden gekommen, und allein schon, wenn er zum Regenwald hinunterschaute, machte sich in seinem Bauch ein flaues Gefühl breit. Diese Angst hatte er vor seinen Gefährten verbergen können, nichtsdestoweniger war sie vorhanden – übermächtig, unausweichlich und einschüchternd. Das wollte er niemandem gegenüber eingestehen, schon gar nicht gegenüber der Kleinen Roten. Natürlich würde sie Verständnis haben und versuchen, ihm zu helfen. Aber dann dachte

er daran, welche Gefühle sich in ihren Augen zeigen würden. Er war ihr großer Bruder, auf den sie stets vertraut hatte, auf den sie immer stolz gewesen war. Er konnte es nicht ertragen, wenn sie herausfinden würde, dass er die Flucht ergriffen hatte, während seine Männer starben.

Der Hochländer sah ihn an. »Also gut, ich komme mit.«

Der Große Rote blies seinen Atem langsam in die Luft und setzte eine ausdruckslose Miene auf.

»Ich komme mit«, fuhr Quentin fort, »dafür bleibt Bek hier. Seine Magie ist noch neu für ihn, und er hat kaum Erfahrungen damit. Ich möchte sein Leben nicht aufs Spiel setzen.«

Nun, auch für den Hochländer war seine eigene Magie ziemlich neu, wenn man sich an das hielt, was der Druide Alt Mer erzählt hatte. Deswegen wollte der Große Rote jedoch keinen Streit anfangen. Er würde jede Hilfe willkommen heißen, die sich ihm bot, um die Diapsonkristalle zu bergen. Er wusste nicht, was die Jungen bisher zustande gebracht hatten, aber viel war es bestimmt nicht. Vor allem hatten sie Erfolg darin gehabt, einen Haufen ihrer Freunde töten zu lassen, was wohl kaum der Grund für eine solche Expedition sein konnte. Man reiste nicht ans andere Ende der Welt, um sich dort umbringen zu lassen. Erneut überwältigte ihn seine Niedergeschlagenheit. Er würde alles tun, wenn er nur von hier fortkäme.

Ehe er dem Hochländer antworten konnte, traten Rue und Bek Ohmsford zwischen den Bäumen hervor. Und Panax, der sich vor einer Weile auf die Suche nach einem leichter zu begehenden Weg ins Tal aufgemacht hatte, kehrte von der anderen Seite zurück.

»Morgen, junger Bek!«, rief der Zwerg fröhlich, als er den Jungen sah. Sein breites, derbes Gesicht verzog sich zu einem Grinsen, und er winkte. »Wieder unter den Lebenden? Heute siehst du schon viel besser aus.«

Bek winkte zurück. »Du siehst noch so aus wie früher, aber leider wird Schlaf bei dir wohl nichts mehr besser machen!«

Sie trafen sich an der Felskante bei Spanner Frew, Quentin und Alt Mer und schüttelten sich die Hände. Die Miene des Hochländers verfinsterte sich, als er begriff, was geschehen würde und dass er es nicht würde verhindern können. Innerlich zuckte Alt Mer mit den Schultern. Einige Dinge waren eben unabänderlich. Zumindest wirkte seine Schwester wieder gefasst. Ja, sie strahlte sogar beinahe. Er blickte sie überrascht an, doch sie beachtete ihn nicht.

»Ich bin die ganze Kante abgelaufen«, berichtete Panax, der den warnenden Blick des Hochländers nicht bemerkt hatte. »Dort hinten gibt es einen Pfad, auf dem man wenigstens keine Seile brauchen wird. Er endet in flachem, offenem Gelände, so dass wir besser erkennen können, was uns erwartet, als der Große Rote bei seinem Abstieg mitten zwischen die Bäume.«

Er wandte sich Bek zu. »Ich habe ganz vergessen, du bist ja gerade erst aufgewacht und weißt noch gar nicht, was passiert ist.«

»Die Geschichte mit dem Graak und den Kristallen?«, fragte Bek. »Die kenne ich schon. Rue hat sie mir auf dem Weg hier herunter erzählt. Wann brechen wir auf?«

»Nein!« Rue Meridian fuhr wütend zu ihm herum. »Du gehst nicht mit! Du hast dich noch nicht erholt!«

»Sie hat Recht«, stimmte Quentin Leah zu und sah seinen Vetter böse an. »Was denkst du dir eigentlich? Ich habe mir tagelang Sorgen um dich gemacht, weil ich befürchten musste, dass dir etwas passiert ist! Das werde ich mir nicht noch einmal antun! Du bleibst hier oben. Der Große Rote und ich kommen mit der Sache allein zurecht.«

»Augenblick mal«, knurrte Panax. »Und ich?«

»Du kommst auch nicht mit«, fauchte Quentin. »Zwei Mann sind schon ein zu großes Risiko.«

Der Zwerg zog eine Augenbraue hoch. »Wieso sind plötzlich eure Überlebenschancen größer als die von uns anderen?«

Bek warf seinem Vetter einen finsteren Blick zu. »Woher nimmst du dir das Recht zu entscheiden, ob ich mitgehe oder nicht? Ich kann ja wohl für mich selbst entscheiden! Warum sollte ich hier oben bleiben? Was ist mit unserer Abmachung, gegenseitig aufeinander aufzupassen?«

»Also, wenn du mitgehst, komme ich auch mit!«, warf Rue Meridian trotzig ein. »Bislang war ich schließlich diejenige, die am besten auf alle aufgepasst hat! Ihr lasst mich hier oben nicht zurück!« Sie schaute wütend von einem zum anderen. »Wer von euch will es wagen, mir zu widersprechen?«

Dann standen sie sich alle im Kreis von Angesicht zu Angesicht gegenüber und schrien einander zornig so laut an, dass keiner verstehen konnte, was die anderen sagten. Spanner Frew hingegen schwieg und hielt den Kopf gesenkt, um sein Grinsen zu verbergen. Alt Mer hörte sich den Streit mit Unbehagen an und fragte sich, an welchem Punkt er am besten einschreiten solle und ob er damit etwas erreichen würde.

Schließlich hatte er die Nase voll. »Hört auf zu schreien!«, brüllte er.

Sie drehten sich, verschwitzt von der Mittagshitze, mit roten Gesichtern zu ihm um.

Langsam schüttelte er den Kopf. »Der Druide ist tot, daher habe ich jetzt das Kommando über diese Expedition. Ob nun an Bord des Schiffes oder nicht. Aus diesem Grund entscheide ich, wer mitgeht.«

Kurz ruhte sein Blick auf Bek – Bek, der größer und stärker wirkte als zuvor, und reifer. Er war plötzlich kein Junge mehr, erkannte der Kapitän der Fahrenden überrascht. Wann war das passiert? Er sah rasch seine Schwester an und betrachtete die Dinge nun in neuem Licht. Sie starrte ihn an, als wolle sie ihm im nächsten Moment an die Kehle gehen.

Also wandte er den Blick rasch ab und schaute hinaus ins Tal, wo die Ursache für all seine Ängste lauerte. Erneut fragte er sich, warum er überhaupt hierher gekommen war. Geld? Ja, das war einer der Gründe. Aber vor allem war es ihm auch darum gegangen, der Prekkendorranischen Anhöhe und der Föderation zu entkommen. Er hatte ein anderes Land sehen und eine Reise zu einem Ort unternehmen wollen, an dem er nie zuvor gewesen war. Ein Bedürfnis nach Erneuerung hatte ihn getrieben.

»Es sind nicht mehr viele von uns übrig«, sagte er, nun ruhiger. »Nur ein paar noch, und wir müssen gut aufeinander aufpassen. Mit Streit verschwendet man nur Zeit und Energie. Das Wichtigste ist im Moment, wieder in den Himmel aufzusteigen und von hier fortzufliegen.«

Er wartete ihre Antwort nicht ab. »Kleine Rote, du bleibst hier. Wenn mir irgendetwas zustößt, bist du die Einzige, die die *Jerle Shannara* nach Hause fliegen kann. Bek könnte es wohl versuchen, aber er kennt sich nicht mit Navigation aus. Außerdem bist du noch längst nicht genesen. Gebrochene Rippen und ein gebrochener Arm – wenn du dort unten in eine Situation gerätst, in der du dich verteidigen musst, steckst du in argen Schwierigkeiten. Ich will mich nicht darum kümmern müssen, dich zu retten. Du bleibst also oben.«

Sie war außer sich vor Wut. »Du machst dir Sorgen, dass du mich retten musst? Wer hat dich denn aus dem Föderationsgefängnis geholt? Wer hat die …«

»Rue.«

»… *Schwarze Moclips* den Rets abgenommen und hätte sie mit ein bisschen Hilfe auch halten können? Was ist mit Schwarzbart? Der steht nur mit hängendem Kopf schweigend da und hofft, dass sich niemand daran erinnert, wie gut er ein Luftschiff segeln kann! Nein, sag kein Wort, Spanner! Sag bloß nichts, womit du mir helfen könntest!«

»Rue.«

»Nein! Es ist einfach ungerecht! Er kann genauso gut navigieren wie ich! Erzähl mir nicht, ich dürfte nicht mitkommen, weil ich –«

»Rue!« Seine Stimme hätte Eisen schmelzen können. »Vier Mann sind Risiko genug. Du bleibst hier.«

»Dann bleibt Bek auch hier! Er ist ebenfalls verletzt!«

Alt Mer starrte sie an. Was sagte sie da? Wegen Bek machte er sich keine Sorgen. »Nicht so schlimm wie du. Außerdem brauchen wir seine Magie.«

Einen Moment lang blickte sie ihn böse an, und er sah, dass sie kurz davor war, die Fassung zu verlieren. In einem derartigen Zustand hatte er sie nie zuvor erlebt. Kurz überdachte er seine Entscheidung, denn irgendetwas an ihrem Benehmen machte ihn stutzig.

Ehe er jedoch etwas sagen konnte, drehte sie sich um und stapfte wütend und verärgert in Richtung Luftschiff davon. »Schön!«, rief sie über die Schulter zurück. »Macht doch, was ihr wollt, ihr Dummköpfe!«

Er schaute ihr hinterher, wie sie zwischen den Bäumen verschwand. So war das eben, und er konnte nichts daran ändern. Jedenfalls ging gleich die nächste Auseinandersetzung los. Wenn Rue Meridian wütend gewesen war, so war Quentin Leah fuchsteufelswild. »Ich habe dir gesagt, ich würde nicht mitkommen, wenn Bek mitgeht! Denkst du vielleicht, ich hätte das nicht ernst gemeint?« Er konnte vor Zorn kaum sprechen. »Sag ihm, dass er nicht mitkommen kann, Großer Roter. Sag es ihm, oder ich bleibe.«

Bek setzte zu einer Erwiderung an, aber Alt Mer bremste ihn mit erhobener Hand. »Das kann ich nicht, Hochländer. Es tut mir Leid, aber diesmal läuft es nun einmal nicht so, wie du möchtest, und daran kann ich nichts ändern, deshalb sind Drohungen sinnlos. Bek hat das Recht, selbst zu entscheiden, was er machen will. Das Gleiche gilt für mich. Wenn du nicht mitgehen willst, zwingt dich niemand.«

Langes Schweigen stellte sich ein, währenddessen sich der Fahrende und der Hochländer anstarrten. Quentin Leah benahm sich sehr bedenklich, so als könne er eigentlich nichts mehr einen wirklichen Wert zumessen. Alt Mer hatte keine Ahnung, was Quentin in Castledown erlebt hatte, doch musste es fürchterlich gewesen sein und hatte tiefe Narben in seiner Seele hinterlassen.

»Tut mir Leid, Hochländer«, sagte er und fragte sich, was ihm eigentlich Leid tat, abgesehen von den Qualen des anderen.

»Quentin«, mischte sich Bek nun ein und legte ihm die Hand auf die Schulter. »Lass uns nicht deswegen streiten.«

»Du darfst nicht mit, Bek.«

»Natürlich darf ich. Ich muss sogar. Wir haben uns doch versprochen, gegenseitig aufeinander aufzupassen, oder etwa nicht? Das ist erst ein oder zwei Tage her. Für mich war das Versprechen nicht nur so dahingesagt. Und für dich sollte das auch gelten. Jetzt kommt es drauf an. Bitte.«

Quentin schwieg einen Moment und wirkte so verzweifelt, dass Alt Mer bei ihm nichts überrascht hätte. Dann schüttelte Quentin den Kopf und legte seine Hand auf Beks. »Also gut. Mir gefällt es zwar nicht, aber gut. Wir kommen beide mit.«

Sie sahen sich einen Augenblick an und waren sich bewusst, dass Quentin gerade zugestimmt hatte, eine Aufgabe zu übernehmen, deren Risiken sich nicht im Geringsten abschätzen ließen. Allerdings war es lediglich das neueste Risiko in einer ganzen Reihe, und ihre Entscheidung, auch dieses einzugehen, fiel nicht mehr so schwer wie bei früheren. Sie hatten sich daran gewöhnt, ihr Leben aufs Spiel zu setzen.

»Wir brauchen einen Plan«, meinte Panax.

Der Große Rote sah über die Schulter und suchte nach seiner Schwester. Sie war inzwischen außer Sicht, und er wünschte plötzlich, sie hätten sich nicht im Streit getrennt.

»Ich habe bereits einen«, sagte er.

Der Zwerg schaute starr hinunter in das Blättermeer des Crakes. »Wann geht es los?«

Alt Mer dachte nach. Die Sonne war unterwegs nach Westen, doch war der Nachmittag hell und der Himmel klar. Sie würden noch einige Stunden Tageslicht haben.

»Sofort«, antwortete er.

Zweiundzwanzig

Quentin Leah hatten die Rechtfertigungen, die der Große Rote und Bek in Bezug auf Beks waghalsige Entscheidung einwandten, nicht im Mindesten beschwichtigt. Dabei spielte es eigentlich gar keine Rolle, wie sie argumentierten. Der Hochländer hatte schlicht ein ungutes Gefühl bei der ganzen Sache. Natürlich hatte er nicht das Recht, Bek zu verbieten, sich ihnen anzuschließen. Keiner der anderen war der Meinung, Quentin könne die vor ihnen liegenden Gefahren besser einschätzen als sie. Wenn jemand das Recht hatte zu bestimmen, wer mitkommen sollte, dann sicherlich Redden Alt Mer, der dieser Bestie bereits einmal begegnet und mit dem Leben davongekommen war.

Trotzdem fand Quentin, man sollte ihm wenigstens Gehör schenken. Panax und Alt Mer waren kampferprobte Veteranen, allerdings in den Vier Ländern, und beide hatten sich bislang in Parkasia nicht solchen Herausforderungen wie er stellen müssen. Er kannte diese Welt besser als sie. Genauer gesagt, er war im Besitz von Magie, und sie nicht, und aller Wahrscheinlichkeit nach würde das den Unterschied zwischen Leben und Tod ausmachen.

Bek verfügte ebenfalls über Magie, die er bislang allerdings nur sparsam eingesetzt hatte, lediglich gegen Kriecher – leblose Maschinen aus Metall –, und das nicht einmal häufig. Hauptsächlich hatte er sich durchschlagen können, weil Truls Rohk ihn beschützte und Walker ihm mit seinem Rat zur Seite stand. Einem Wesen wie dem Graak hatte er bisher nicht gegenübertreten müssen. Für ihn würde es somit eine vollkommen neue Erfahrung werden, und Quentin war ganz und gar nicht sicher, ob sein Vetter dazu schon bereit war.

Während sie an der Kante entlang zu dem Pfad gingen, der hinunter ins Tal führte, blieb er hinter den anderen zurück, regte sich im Stillen auf und dachte darüber nach, auf was für ein gefährliches Spiel sie sich da einließen und wie er sie unterwegs am besten beschützen konnte. Wenn der Große Rote und zwei seiner erfahrensten Männer so leicht überwältigt worden waren, bestand kaum Hoffnung, dass sie diesmal ohne die Hilfe des Schwerts von Leah etwas ausrichten konnten. Keine Frage, er würde es einsetzen. Er würde es benutzen wie gegen den Ard-Patrinell-Wronk. Dabei hoffte er nur, die Magie wäre mächtig genug, denn sicher war er sich dessen nicht. Schließlich hatte er keine Ahnung, wie stark der Graak war. Er wusste, das Untier war größer als jedes Wesen, dem er im Hochland je begegnet war, und genau deshalb machte er sich ja solche Sorgen. Bevor er nicht mit eigenen Augen gesehen hatte, womit er es zu tun hatte, konnte er nicht sicher sein, wie viel Schutz ihnen sein Talisman bot. Wie bei jeglicher Magie hing die Wirkung des Schwertes von der Kraft desjenigen ab, der es schwang – nicht nur körperlich, sondern auch emotional. Früher hatte er sich gefühlt, als wäre er allem gewachsen. Er hatte die Macht der Magie wie Feuer in seinem Blut gespürt und geglaubt, dass es nichts gebe, das er nicht überwinden konnte.

Heute betrachtete er die Dinge nicht mehr so optimistisch. Alles hatte seine Grenzen, sogar der euphorische Rausch, der sich beim Beschwören der Magie und bei ihrem Erwachen einstellte. Die Ereignisse und insbesondere die Verluste hatten ihn seines Selbstvertrauens beraubt. Er hatte zu lange und zu häufig gekämpft, jetzt war er nicht mehr darauf erpicht. Die Erschöpfung saß ihm in den Knochen, und dazu fühlte er sich todunglücklich. Er hatte zusehen müssen, wie die Menschen starben, die ihm nahe standen, und er hatte es nicht verhindern können. Noch immer trauerte er um sie – vor allem um Tamis und Ard Patrinell. Ihre Gesichter spukten ihm wieder und wieder durch den Kopf, mochte auch schon so viel Zeit vergangen sein.

Vielleicht lag das Problem dort, dachte er. Er fürchtete sich davor, erneut jemanden zu verlieren, der ihm etwas bedeutete. Insbesondere natürlich Bek, aber auch Redden Alt Mer und Panax. Einen weiteren Verlust würde er nicht ertragen können. Nicht nach dem, was er in den vergangenen Wochen durchgemacht hatte. Bek und er hatten sich erst vor kurzem wieder darauf geeinigt, dass sie unbedingt aufeinander aufpassen mussten, wie sie es sich versprochen hatten. Es war unumgänglich, wenn sie sicher nach Hause zurückkehren wollten. Aber eigentlich war er derjenige, der den größeren Teil der Last schultern musste. Er war älter und erfahrener. Außerdem besaß er größere Ausdauer, sowohl körperlich als auch seelisch. Möglicherweise war Beks Magie stärker; Tamis hatte sich zumindest in diesem Sinne geäußert. Aber am Ende zählte ja die Stärke des Anwenders. Obwohl Bek die *Jerle Shannara* durch den Quetscher gebracht hatte und die Kontrolle über seine Schwester erlangt hatte, würde ihm beides kaum in der Auseinandersetzung mit dem Graak helfen.

Quentin erlag nicht der Täuschung, seine eigene Stärke würde für die Aufgaben reichen, die vor ihnen lagen. Dennoch glaubte er, er war ihnen tatsächlich bei weitem besser gewachsen.

Leider gelang es ihm nicht, seine drei Gefährten davon zu überzeugen, vor allem Bek nicht, daher würde er auf eigene Faust handeln müssen. Das bedeutete, in vorderster Reihe jeder Gefahr gegenüberzutreten, der sie begegneten, und den anderen die Flucht zu ermöglichen, wann immer Flucht das einzig Sinnvolle darstellte.

Betrachtete man den Plan, den sich der Große Rote ausgedacht hatte, war das für Quentin vermutlich nicht schwer zu arrangieren. Sie brauchten nur nahe genug an die Kiste mit den Diapsonkristallen heranzukommen und drei oder vier herauszuholen. Je mehr, desto besser, aber auch wenn sie nur einige wenige bergen konnten, würde das ausreichen. Mit drei Stück konnte die *Jerle Shannara* wieder in die Luft aufsteigen. Vielleicht führten mangelnde Reserven später zu Problemen, im Augenblick jedoch mussten sie sich am dringlichsten Sorgen über das Hier und Jetzt machen.

Die vier Gefährten würden also die Lichtung aufsuchen, wo die Kiste lag, und unterwegs nach dem Graak Ausschau halten. Mit ein bisschen Glück war der längst weitergezogen, um woanders auf Beute zu gehen oder weil ihn etwas anderes gelockt hatte. In diesem Falle war die Sache einfach. Wenn das Untier ihnen jedoch auflauerte, lag es bei Quentin und Bek, es so lange abzulenken, bis der Große Rote und Panax die Kristalle geholt und den Rückweg angetreten hatten. Bek stand dabei lediglich die Magie des Wunschliedes zur Verfügung, und er war immerhin ehrlich genug einzugestehen, wie unsicher er im Umgang damit war. Insofern bildete Quentin, der in der Handhabung des Schwerts von Leah geübt war, die vorderste Verteidigungslinie für alle.

Da er schon nicht darauf bestehen konnte, dass sein Vetter im Lager blieb, hatte er ihn mit diesen Überlegungen im Hinterkopf wenigstens dazu überredet, ein paar Schritte hinter ihm zu gehen, wenn sie in den Regenwald eindrangen, damit Quentin im Falle eines Angriffs ausreichend Platz zu ihrer Verteidigung hatte.

Das änderte allerdings nichts an einer Tatsache: Ihn beschlich das gleiche ungute Gefühl wie bei ihrem Eindringen in die Ruinen von

Castledown. An dieser Geschichte mit dem Graak störte ihn etwas, das er im Augenblick nicht klar erkennen konnte. Irgendetwas hatte er übersehen. Zwar wusste er nicht genau was, dennoch war kein Irrtum möglich. Seine Jägerinstinkte schlugen Alarm, dass ihm etwas sehr Offensichtliches entging.

Sie erreichten den Pfad und begannen den Abstieg. Das Tal erstreckte sich unter ihnen, ein endloser Teppich aus Laub und Schlingpflanzen in einer Fülle von Braun- und Grautönen. Von oben betrachtet wirkte der Dschungel wie ein Sumpf ohne festen Grund, in dem der Unachtsame beim kleinsten Fehltritt unrettbar versank. Während sie nun dem Auf und Ab des Pfades folgten, hatte Quentin den Eindruck, verschluckt zu werden.

Auf halbem Wege nach unten blieb Redden Alt Mer stehen und drehte sich um. »Wir haben noch ein ganz schönes Stück zu laufen«, sagte er leise. »Dieser Pfad führt uns eher von den Kristallen fort. Wenn wir die Talsohle erreichen, müssen wir eine Weile in die andere Richtung laufen. Wir halten uns dicht an der Felswand, bevor wir tiefer in den Wald eindringen.« Er zeigte auf einen Punkt in einiger Entfernung. »Dort drüben ungefähr haben die Kristalle gelegen, als ich zum ersten Mal hier unten war. Wir sollten also da abbiegen, wo sich dieser große Baum an die Felsen lehnt.«

Niemand antwortete. Was sollte man darauf schon antworten?

Danach zogen sie weiter, setzten auf dem schmalen Pfad vorsichtig einen Fuß vor den anderen, drängten sich an den Fels und hielten sich an Büschen und Gras fest. Für Quentin war es ein schwieriges Vorankommen, weil er sich das Schwert über den Rücken geschlungen hatte und die Spitze sich häufig in Zweigen und Wurzeln verfing. Alt Mer trug ein Kurzschwert, und Bek hatte gar keine Waffe. Nur Panax musste noch mehr Gewicht in Form seiner riesigen Keule schleppen, allerdings hatte er dank seines gedrungenen Körperbaus weniger Schwierigkeiten damit. Plötzlich wünschte sich Quentin, dass er Pfeil und Bogen mitgenommen hätte, eine Waffe, die man aus der Distanz einsetzen konnte. Leider war es jetzt zu spät.

Auf der Talsohle angekommen, gingen sie an der Steilwand entlang in die andere Richtung zurück und marschierten schnell und schweigend durch das hohe Gras oder um die Bäume herum, die dicht an den Felsen wuchsen. Das Gelände war hier offen und nicht vom Regenwald überwuchert; Quentin konnte mehrere hundert Meter weit sehen. Wachsam hielt er nach allem Ausschau, was nicht hergehörte. Der Crake war eine gesprenkelte Mauer aus Dschungel, die ihr Inneres verbarg. Das Sonnenlicht schien auf Schlingpflanzen und Äste herab, konnte sie jedoch nicht durchdringen. Überall lagen Schatten, die sich mit den Bewegungen der Wolken oben verschoben. Man konnte unmöglich etwas Genaues erkennen. Falls sich dort ein Tier versteckte, würden sie es erst bemerken, wenn sie direkt davor standen.

Wieder hatten sie ein Stück des Weges zurückgelegt, da hob der Große Rote die Hand und zeigte zwischen die Bäume. Hier würden sie den Schutz der Felswand verlassen. Vor ihnen wuchsen die Bäume in engen Gruppen, und die Ranken hingen von ihnen herab wie Seile. Gelegentlich gab es Lichtungen dazwischen, die auch großen Lebewesen genügend Platz boten. Bei näherem Hinsehen erkannte Quentin, dass die Bäume einfach zur Seite gedrückt worden waren.

Alt Mer ging voran, Quentin folgte unmittelbar hinter ihm, Bek nahm den dritten Platz ein, und Panax bildete die Nachhut. In lockerer Reihe arbeiteten sie sich durch Erdgeruch und Grün, die feuchte Luft stieg warm vom sumpfigen Boden auf, und überall herrschte bedrückende Stille. Nirgends flog ein Vogel. Kein einziges Tier kroch durchs Unterholz. Insekten schwirrten summend umher, und das war schon alles. Der Weg vor und hinter ihnen lag im Dämmerlicht. Quentins Unbehagen wuchs und damit sein ungutes Gefühl bezüglich des Crakes. Sie hatten ihre Welt verlassen und waren nun Eindringlinge in einer fremden, in die sie nicht gehörten und für deren Bewohner sie leichte Beute darstellten.

Kaum zehn Minuten später erreichten sie die Überreste eines der Fahrenden, die vor sechs Tagen mit Alt Mer heruntergestiegen waren. Seine Leiche lag zwischen zersplitterten Bäumen und plattgetretenem Gras. Außer dem Kopf, den Knochen und ein wenig Haut war fast nichts geblieben; das Fleisch war weitestgehend abgenagt.

Die Kleidung fehlte zum großen Teil. Das Gesicht war zu einer Fratze verzerrt, in der sich unaussprechliches Entsetzen und Leid spiegelten, zu einer Maske, die alles Menschliche verloren hatte. Rasch gingen sie an dem Toten vorbei und wandten den Blick ab.

Dann blieb der Große Rote stehen und hob warnend die Hand. Vor ihnen lag eine zerbrochene Kiste, deren Leisten und Bretter wie ein Gerippe gen Himmel ragten. Den Inhalt konnte Quentin nicht sehen, doch nahm er an, dass es sich um die Diapsonkristalle handelte. Vorsichtig schaute er sich um, schnupperte in der Luft, sog den Dschungel in sich ein und forschte nach dem Raubtier, das hier möglicherweise auf der Lauer lag. Das hatte er im Hochland schon als Kind gelernt, die Welt mit allen Sinnen zu durchdringen, wodurch er mehr erspürte als die meisten anderen. Er ließ sich dabei Zeit, blickte sich in alle Richtungen um und öffnete sich für das Verborgene.

Nichts.

Dennoch mahnten ihn seine Instinkte zur Wachsamkeit, und er würde sich hüten, sie zu ignorieren. *Tamis konnte das besser als ich,* dachte er. *Ihr wäre bestimmt aufgefallen, was ich übersehe.*

Redden Alt Mer gab ihnen ein Zeichen, an Ort und Stelle zu bleiben, trat zwischen den Bäumen hervor auf die Lichtung und ging auf die Kristalle zu. Er bewegte sich vorsichtig, wenngleich in raschem Schritt, und Quentin sah, wie sein Blick ständig umherschweifte. Der Hochländer suchte die Mauer ab, die der Urwald bildete.

Noch immer nichts.

Als Redden Alt Mer bei den Resten der Kiste ankam, winkte er ihnen zu, sie sollten herüberkommen. Geduckt und verteilt eilten sie über die Lichtung. Quentin und Panax hatten die Waffen gezogen. Sie erreichten den Kapitän, und Panax kniete sich hin und half bei den Kristallen, während Quentin und Bek Wache hielten. Der Dschungel bildete eine stille grüne Wand, dennoch fühlte sich Quentin beobachtet. Er schaute zu Bek hinüber. Sein Vetter wirkte erstaunlich ruhig. Auf seiner Stirn glänzte Schweiß, doch mochte der von der Hitze herrühren. Er stand aufrecht mit erhobenem Kopf da und beobachtete unablässig die Bäume.

Alt Mer hatte zwei Kristalle herausgenommen und hielt einen dritten in der Hand, da hörten sie irgendwo zwischen den Bäumen ein fernes Zischen. Die vier Männer erstarrten und blickten in die Richtung, aus der das Geräusch kam. Erneut hörten sie das Zischen, näher diesmal, lauter, und gleichzeitig vernahmen sie Geräusche, als würde etwas sehr Großes sehr schnell herankommen.

»Rasch«, drängte Alt Mer und reichte Panax zwei Kristalle. Diese waren kaum zwei Fuß lang, dafür jedoch ausgesprochen schwer. Panax grunzte unter dem Gewicht seiner Last, während er losging. Der Große Rote zog einen vierten Kristall aus der Kiste und verursachte dabei versehentlich einigen Lärm, was sich nicht vermeiden ließ, da er sich beeilen musste. Wieder ließ sich das Zischen vernehmen, abermals näher. Da war ein gigantisches Tier im Anmarsch.

Mit den beiden Kristallen quer auf den Armen rannte der Große Rote über die Lichtung und ließ die Dschungelwand nicht aus den Augen. Quentin Leah und Bek liefen neben ihm. Der Hochländer gab seinem Vetter ein Zeichen, er solle vorauslaufen, doch Bek ignorierte ihn. Jetzt bewegten sich die Baumwipfel, als hätte sich eine Windböe erhoben. Quentin machte sich keine Illusionen. Der Graak war unterwegs zu ihnen.

Sie erreichten gerade eine Zederngruppe, die ihnen Schutz bot, von dichtem Unterholz umgeben und nur einige Schritte vom Rand der Lichtung entfernt, da brach das Ungeheuer aus dem Wald hervor. Es sprang urplötzlich aus den Bäumen hervor, ein riesiger Drache, der Tausende von Pfunden wiegen musste und fast zwanzig Meter lang war. Der Körper war in der gleichen Farbe gezeichnet wie der Urwald und glänzte stumpf, wo sich das Sonnenlicht auf der glatten Haut spiegelte. Hörner und Stacheln ragten aus Kopf und Rücken, und unter dem Hals hing ein dicker Kehllappen. Die Krallen hatten die Größe eines menschlichen Unterarmes und gruben sich tief in die feuchte Erde, und mehrere Zahnreihen blitzten auf, als die Zunge aus dem Maul fuhr.

Der Graak hockte sich auf die vier kurzen, kräftigen Beine, ließ den stachelbewehrten Kopf von rechts nach links kreisen und suchte nach dem, das seine Aufmerksamkeit erregt hatte. Alt Mer erstarrte an Ort und Stelle, Quentin und Bek folgten seinem Beispiel. Vielleicht würde das Ungeheuer sie einfach übersehen.

Zunächst blickte sich der Graak ziellos um, dann schnüffelte er am Boden und schlug mit dem langen Schwanz auf das Blätterwerk ein. Quentin hielt den Atem an. Das Ding war wirklich riesig. Der Boden hatte gebebt, als es aus dem Wald getrottet kam. Quentin hatte beobachtet, wie es mit den Schultern diese dicken Hartholzbäume zur Seite drückte wie trockene Zweige. Wenn es zu einer Auseinandersetzung kommen würde, hätten sie einige Schwierigkeiten am Hals.

Nun trabte der Graak zu den Kristallen hinüber, schnüffelte daran, setzte einen der schweren Füße auf die Kiste und zermalmte sie. Abermals zischte er, wandte sich von ihnen ab und suchte die Bäume auf der gegenüberliegenden Seite der Lichtung ab.

Alt Mer gab Quentin einen Wink. *Jetzt,* formte er lautlos mit den Lippen.

Langsam und vorsichtig schlichen sie rückwärts auf den Wald zu. Bek, der sah, was sie vorhatten, schloss sich ihnen an. Der Graak hatte sich abgewandt und bemerkte sie nicht. *Bloß nicht stolpern,* mahnte sich Quentin. *Bloß nicht.* Im Dschungel herrschte eine so tiefe Stille, dass er seinen eigenen Atem hören konnte.

Dann drehte sich der Graak wieder um und schwenkte die stumpfe Schnauze herum. Wie ein Mann erstarrten sie. Mittlerweile waren sie zwischen den Bäumen angelangt und konnten nur mehr den Kopf des Untiers über dem hohen Gras sehen. Vielleicht hatte es sie nicht bemerkt.

Die Reptilienaugen schlossen sich, und die lange Zunge fuhr hervor. Das Ungeheuer schaute sich noch einmal im Dschungel um, dann machte es kehrt und trampelte in die Richtung davon, aus der es gekommen war. Innerhalb von Sekunden war es verschwunden.

Nachdem deutlich geworden war, dass es nicht zurückkommen würde, brachen die vier sofort auf und marschierten zügig durch die Bäume. Quentin staunte. Er hätte geglaubt, sie hätten nicht den Hauch einer Chance gehabt, unbemerkt zu fliehen. Sein Instinkt hatte so laut Alarm geschlagen. Und trotzdem hatte das Ungeheuer sie nicht bemerkt. In wenigen Minuten würden sie die Felswand erreichen und mit dem Aufstieg beginnen.

Sie holten Panax ein, der keinen sehr großen Vorsprung gehabt hatte. Der Zwerg nickte wortlos.

»Das war knapp!«, flüsterte Bek grinsend.

»Lass uns gar nicht drüber reden«, sagte Quentin.

»Du hast schon geglaubt, es hätte uns«, beharrte sein Vetter.

Quentin warf ihm einen bösen Blick zu. Er redete nicht gern über Glück. Es hatte die Eigenschaft, sich abzuwenden, wenn man darüber sprach.

»Zu Hause«, fuhr Bek fort und schnaufte vor Anstrengung, »hätten wir auch nach der Sau gesucht, wenn es ein Eber gewesen wäre.«

Quentin wäre beinahe gestolpert, so plötzlich fuhr er herum und blickte Bek an. *Die Sau? Ein Weibchen?* »Nein«, flüsterte er, denn jetzt wurde ihm bewusst, was er übersehen hatte, und Angst machte sich in ihm breit. Er schob sich vor Bek und rannte los, um Redden Alt Mer und Panax einzuholen. »Großer Roter!«, zischte er. »Warte!«

Beim Klang seines Namens drehte sich der Fahrende um, woraufhin auch der Zwerg stehen blieb, was beiden wahrscheinlich das Leben rettete. Denn im nächsten Augenblick brach ein zweiter Graak aus dem Wald hervor und griff sie an.

Es blieb keine Zeit, darüber nachzudenken, was zu tun war. Denn es blieb gerade genug Zeit zu reagieren, und Quentin Leah hatte sich bereits in Bewegung gesetzt, als der Angriff erfolgte. Er flog am Großen Roten und Panax vorbei und hielt das Schwert von Leah mit beiden Händen in die Höhe. Die Magie brauste bereits über die Klinge zum Griff und in seine Hände und Arme. Quentin rannte direkt auf den Graak zu, wich dem riesigen Maul aus, das nach ihm schnappte, rollte sich unter dem Bauch hindurch, kam wieder auf die Beine und stach dem Ungeheuer das Schwert tief in die Seite. Die Magie flammte in einer grellen Explosion auf und brandete in den Graak. Das Untier zischte voller Schmerz und Wut und fuhr herum, weil es den Angreifer mit dem Maul packen wollte. Doch Quentin, der in den Kämpfen mit den Kriechern und dem Patrinell-

Wronk etwas über Auseinandersetzungen mit großen Gegnern gelernt hatte, stellte sich so, dass der Graak ihn nicht sehen konnte, und stach erneut zu. Diesmal trennte er eine Sehne des einen Hinterbeins durch. Abermals drehte sich der Graak und bohrte die Krallen in die Erde, zog das verstümmelte Bein wie eine Keule hinter sich her und schlug wild mit dem Schwanz.

»Lauft!«, schrie Bek Panax und dem Großen Roten zu.

Die rannten sofort los und schleppten die Kristalle vom Kampfgeschehen fort zur Felswand. Bek dagegen wandte sich um in Richtung Graak.

Quentin konnte nichts dagegen tun. Er musste sich alle Mühe geben, um nicht gefressen zu werden, und der riesige Körper des Graaks versperrte ihm außerdem den Blick auf seinen Vetter. Er hörte jedoch Beks Ruf, einen schrillen, scharfen Laut, der einem Alptraum entsprungen schien, dunkel und raubtierhaft, wie ihn nur jemand ausstoßen kann, der diese Art von Magie einsetzt. Der Graak drehte den Kopf, denn dieses Geräusch machte ihm offenbar Sorgen, und während er nach dem Rufer suchte, gab Quentin das die Chance, erneut zuzustechen. Der Hochländer wälzte sich ein zweites Mal unter dem Ungetüm durch und stach die Klinge seines Talismans tief in die Brust, ungefähr in der Gegend, wo sich vermutlich das Herz befinden musste. Die Magie strömte in ungehemmtem Fluss aus ihm heraus.

Der Graak hustete, spuckte Blut und verharrte entsetzt. Ein lebenswichtiges Organ war verletzt. Schlammbedeckt, voll feuchter Erde und verschwitzt rollte sich Quentin weiter. Blut überzog seine Hände und sein Gesicht, und nun erst stellte er fest, dass sein einer Arm und eine Flanke aufgerissen waren. Irgendwie hatte er sich eine Verletzung zugezogen, ohne es zu bemerken. Wieder versuchte er, sich außer Sicht des Graaks zu halten, und rannte zum Schwanz des Untiers. Der Graak schlug wild um sich und krümmte sich voller Wut, während er die tödlichen Auswirkungen der Magie in sich spürte. Der nächste Hieb würde ihm ein Ende bereiten, hoffte Quentin.

Dann jedoch geschah etwas Unerwartetes. Das Ungetüm sprang urplötzlich und ohne Vorwarnung auf Bek zu. Der hielt die Stellung und schlug mit der Macht des Wunschliedes zurück, doch der Graak schien einfach nichts zu hören. Ohne langsamer zu werden, donnerte er vorwärts, ohne Unterlass riss er die Erde mit den Krallen seiner Füße auf, zog sein verstümmeltes Bein hinter sich her und zischte voller Rage und Zorn in die dampfige Luft des Dschungels.

»Bek!«, schrie Quentin entsetzt.

Er rannte dem Graak hinterher, vergaß jeden Gedanken an seine eigene Sicherheit und holte das Untier ein Stück vor seinem Cousin ein. Mit letzter Kraft schwang er das Schwert von Leah, ließ die Magie aus sich herausströmen und durchtrennte die Sehnen des unversehrten Hinterbeins. Augenblicklich brach der Graak zusammen, da nun beide Hinterbeine gelähmt waren. Doch kämpfte er sich wieder hoch, versuchte Bek zu erreichen und rollte dabei genau auf den Hochländer zu, der, anders als Bek, keine Zeit hatte auszuweichen. Obwohl Quentin sich zur Seite warf, während der zuckende Körper sich herumdrehte, schaffte er es nicht ganz, und der schwere Schwanz des Graaks drückte ihn zu Boden.

Es fühlte sich an, als wäre ein Berg auf ihn gestürzt. Knochen knackten und brachen, und er wurde so tief in die Erde gepresst, dass er nicht mehr atmen konnte. Wäre es ihm möglich gewesen, hätte er geschrien, doch sein Gesicht war unter sechs Zoll Schlamm begraben. Das Gewicht des Graaks rollte wieder von ihm herunter, dann wieder auf ihn und abermals runter. Glücklicherweise gelang es ihm, den Kopf aus dem Sumpfboden zu heben, rasch nach Luft zu schnappen und sich dann wieder flach zu machen, als sich das Ungeheuer erneut über ihn wälzte, wobei es ihn diesmal verfehlte.

»Quentin, rühr dich nicht!«, hörte er Bek rufen.

Als wenn er dazu in der Lage wäre, dachte er benommen. In Wellen breitete sich der Schmerz in ihm aus. Er war so gut wie tot, das war ihm klar. Solche Verletzungen, wie er sie gerade erlitten hatte, konnte man nicht überleben. Er war so gut wie tot, nur sein Körper schien das noch nicht recht begriffen zu haben.

Hände schoben sich unter ihn und drehten ihn herum. Der Schmerz war unerträglich. »Schatten!«, keuchte er, derweil Knochen knirschten und ihm Blut aus dem Mund floss.

»Halt durch!«, flehte Bek ihn an. »Bitte, Quentin!«

Sein Vetter zog ihn auf die Füße und führte ihn fort. Irgendwo ganz in der Nähe lag der Graak in Todeszuckungen. Und in einiger Entfernung hörte man das Männchen, das herbeieilte. Quentin konnte weder den einen noch den anderen Graak sehen, aber er war sicher, dass es sich so verhielt. Also taumelte er weiter und nahm die Welt durch einen Vorhang aus rotem Schmerz und benebeltem Bewusstsein wahr. Jeden Moment würde er zusammenbrechen. Er kämpfte panisch und entschlossen dagegen an. Wenn er umkippte, konnte Bek ihn nicht tragen. In dem Falle war er so gut wie erledigt.

Ach ja, dachte er seltsam verschwommen und eigenartig desinteressiert, erledigt war er so oder so.

»Tut mir Leid, Bek«, sagte er, oder vielleicht versuchte er es nur zu sagen; sicher war er sich nicht. »Tut mir Leid.«

Dann umschloss ihn eine dunkle Flut, und die Welt um ihn herum verschwand.

Dreiundzwanzig

Es war dunkel, als Bek schließlich von unten auf das Deck der *Jerle Shannara* stieg, zum Bug schlenderte und in den Nachthimmel schaute. Der Mond stand als dünne Sichel direkt über dem Berg, hatte gerade erst wieder angefangen zuzunehmen und war in der Unermesslichkeit des Firmaments nur eine kleine Erscheinung. Sterne funkelten vor dem indigofarbenen Hintergrund wie weiße Sandkörner auf schwarzem Samt. Bek hatte gehört, in der Alten Welt seien die Menschen zu diesen Sternen gereist, in Schiffen, die durch den Himmel fliegen konnten, so wie ihre eigenen durch das Wasser der Blauen Spalte fuhren. Das erschien ihm unmöglich. Allerdings galt das für die meisten Wunder, bis jemand sie vollbracht hatte.

Kaum einige Momente hatte er dort so gestanden, da tauchte Rue

Meridian neben ihm auf, und zwar so leise, dass er sie nicht hörte und erst bemerkte, als sie seine Hand ergriff.

»Hast du geschlafen?«, erkundigte sie sich.

Er schüttelte den Kopf. Schlaf kam gar nicht in Frage.

»Wie geht es ihm?«

Über die Antwort dachte er einen Augenblick lang nach und starrte zu den Sternen hinauf. »Er krallt sich mit den Fingernägeln fest und rutscht trotzdem langsam ab.«

Es war ihnen gelungen, Quentin Leah lebend aus dem Crake nach oben zu bringen, jedoch nur knapp. Mit Beks Hilfe war er noch hundert Meter getaumelt, ehe er zusammengebrochen war. Zu dem Zeitpunkt hatte er schon so viel Blut verloren, dass sie beim Tragen fast keinen Halt mehr an seiner Kleidung fanden. Rue Meridian kannte sich aus ihrer Zeit bei der Föderation mit der Behandlung von Wunden ein wenig aus, und nachdem sie die verletzten Arterien mit einer Klemme abgedrückt hatte, nähte sie alles zusammen und verband die Verletzungen, so gut sie konnte. Die äußerlichen Wunden stellten dabei keine große Schwierigkeit dar, auch nicht das Richten der gebrochenen Knochen. Bei den inneren Verletzungen mangelte es ihr jedoch an Erfahrung, und so konnte sie Quentin nicht die Behandlung angedeihen lassen, die er eigentlich gebraucht hätte. Daher musste die Heilung aus ihm selbst heraus geschehen, und jeder an Bord wusste, wie schlecht die Chancen dafür standen. Das Beste wäre gewesen, ihn zu einem Heiler in den Vier Ländern zu bringen oder hier einen Heiler zu finden. Das Erstere war unmöglich. So viel Zeit blieb ihnen einfach nicht. Was das Letztere betraf, konnten sie Hilfe lediglich bei den Rindge finden. Panax war zu ihnen gegangen, um herauszufinden, was sie tun konnten, doch kehrte er mit leeren Händen zurück. Wenn ein Rindge in diesem Zustand war, war sein Volk genauso aufgeschmissen wie die Besatzung der *Jerle Shannara* in Quentins Fall.

»Ist er allein?«, fragte Rue.

Bek schüttelte den Kopf. »Panax hält Wache bei ihm.«

»Warum schläfst du nicht ein paar Stunden? Du kannst im Augenblick nichts für ihn tun.«

»Ich kann bei ihm sein. Ich kann für ihn da sein. Gleich gehe ich wieder nach unten.«

»Panax wird schon auf ihn aufpassen.«

»Panax ist aber nicht derjenige, auf den es ihm ankommt.«

Darauf erwiderte sie nichts. Sie stand lediglich neben ihm, leistete ihm Gesellschaft und betrachtete die Sterne. Der Crake lag da wie ein tiefer schwarzer See in einer Mulde zwischen Bergen, still und verschwommen. Bek sah einen Augenblick lang hinunter und erschauerte, denn die schrecklichen Erinnerungen an den Nachmittag waren immer noch präsent und spulten sich unaufhörlich in seinem Kopf ab. Er konnte sie einfach nicht abstreifen, nicht einmal hier, wo er sich in Sicherheit befand.

»Du bist erschöpft«, sagte sie schließlich.

Er nickte zustimmend.

»Dann musst du schlafen, Bek.«

»Ich habe sein Schwert unten gelassen.« Er zeigte in Richtung Tal.

»Was?«

»Sein Schwert. Ich war so sehr damit beschäftigt, ihn fortzubringen, dass ich es vollkommen vergessen habe. Ich habe es einfach liegen lassen.«

Sie nickte. »Es wird schon nicht verschwinden. Wir können morgen hinunter, wenn es hell ist.«

»Ich hole es«, beharrte er. »Schließlich habe ich es liegen lassen. Es ist meine Schuld.«

Er stellte sich vor, wie es auf der Erde neben dem toten Graak lag und wie das glatte Metall mit Blut und Dreck überzogen war. War es gebrochen unter dem Gewicht des Ungeheuers, das sich darüber gewälzt hatte, so zerschmettert wie Quentin? Bek hatte es nicht mehr gesehen, er hatte auch nicht danach gesucht. Ein Talisman mit solchen Kräften, und er hatte ihn einfach vergessen, weil er nur an Quentin gedacht hatte, und das auch noch zu spät.

»Warum hörst du nicht endlich auf, so hart zu dir zu sein?«, fragte sie leise. »Wieso bist du nicht ein bisschen weniger streng mit dir?«

»Weil er im Sterben liegt«, antwortete er scharf und wütend. »Quentin liegt im Sterben, und es ist allein meine Schuld.«

Sie sah ihn an. »Deine Schuld?«

»Wenn ich nicht darauf bestanden hätte, ins Tal mitzukommen, wenn ich mich wegen dieser Sache nicht so stur angestellt hätte, dann wäre er vielleicht –«

»Bek, hör damit auf!«, fauchte sie ihn an. Überrascht über ihren tadelnden Ton sah er sie an. Sie fasste seine Hand fester. »Es hilft niemandem, wenn du so daherredest. Die Sache ist nun einmal leider passiert, und keiner trägt die Schuld. In dieser gefährlichen Situation hat jeder sein Bestes gegeben. Mehr kann man nicht verlangen. Und mehr kann man auch nicht erwarten. Lass es darauf beruhen.«

Die Worte versetzten ihm einen Stich, noch mehr jedoch der Blick, mit dem sie ihn fixierte. Diesen Blick wandte sie nicht ab. »Wenn man eine solche Reise unternimmt wie wir, ist eben eine der Konsequenzen, dass man liebe Freunde und sogar Verwandte verlieren kann. Ist das so schwierig zu begreifen? Wusstest du das nicht, als du dich bereit erklärt hast, mitzufahren? Bist du jetzt so überrascht? Dachtest du, Quentin wäre unverwundbar? Oder du?«

Verwirrt schüttelte er den Kopf. »Ich weiß es nicht. Vielleicht nicht.«

Sie seufzte tief, und ihr Tonfall wurde milder. »Es war nicht deine Schuld. Nicht mehr als die von meinem Bruder oder Panax oder Walker oder wem auch immer. Es ist nun einmal einfach passiert, es ist der Preis, der eingefordert wird, die Konsequenz für das Risiko.«

Die Konsequenz für das Risiko. So einfach war das. Man nahm ein Risiko auf sich, und die Person, die dir am nächsten stand, bezahlte dafür. Bek fing an zu weinen, die ganze angestaute Traurigkeit und Schuld und Enttäuschung bahnten sich einen Weg nach außen. Er kam nicht gegen die Tränen an. Er wollte vor ihren Augen nicht die Fassung verlieren, nein, so sollte sie ihn nicht sehen, und trotzdem war es schon geschehen, ehe er es verhindern konnte.

Sie zog ihn zu sich heran und umarmte ihn wie ein kleines Kind, wiegte ihn sanft, tröstete ihn mit leisen Worten und streichelte ihn. Die harten Holzschienen an ihrem linken Unterarm drückten sich ihm in den Rücken.

»Ach, Bek. Alles wird gut. Wein nur ein wenig. Niemand sieht es. Ich halte dich fest.« Sie presste ihn gegen ihren weichen Körper. »Armer Bek. Musst so viel Verantwortung tragen. Und so viel Schmerz erdulden. Das ist wirklich ungerecht.«

Manches von dem, was sie sagte, drang zu ihm vor, doch Trost fand er vor allem im Klang ihrer Stimme und in der festen Umarmung.

»Komm nur her zu mir, Bek. Ich passe schon auf dich auf. Alles wird gut.«

Sie hatte gesagt, er sei es ihr schuldig, mit ihr um die Verluste zu trauern, die sie erlitten hatte. Verluste, die ebenso groß waren wie sein eigener. Furl Hawken. Ihre Fahrenden-Freunde. Plötzlich erinnerte er sich daran und wollte den Trost zurückgeben, den sie ihm gespendet hatte.

Er errang die Fassung wieder und schloss die Arme um sie. »Rue, es tut mir Leid …«

»Nein«, sagte sie und legte ihm den Zeigefinger auf den Mund. »Ich will es gar nicht hören. Sag nichts.«

Dann zog sie den Finger zurück und küsste ihn, nicht sanft und zart, sondern aufgeregt und leidenschaftlich. Was hier geschah und was es bedeutete, konnte er nicht verwechseln, und das wollte er auch gar nicht. Es dauerte nur einen Moment, dann erwiderte er ihren Kuss. Und damit vergaß er alles um sich herum außer der Hitze, die sie in ihm auslöste. Der Kuss war wild und berauschend. Er bekam Angst, etwas könne nicht stimmen, doch fiel ihm nicht ein, was, weil sich alles so wunderbar anfühlte. Sie streichelte mit beiden Händen seinen Körper und schob ihn an die Reling, wo er sich nicht mehr fortbewegen konnte, und sie drückte ihren Mund mit solcher Wollust auf seinen, dass er kaum noch atmen konnte.

Als sie sich schließlich von ihm löste, war er nicht sicher, wer von ihnen mehr überrascht war. Dem Ausdruck auf ihrem Gesicht nach musste sie das sein, und doch wusste er, welcher Aufruhr tief in seinem Innersten wühlte. Sie sahen sich an und schwiegen ehrfürchtig, dann lachte sie plötzlich – tief und knurrig und mit solch strahlendem Gesicht, dass nun er der Überraschte war.

»Das kam unerwartet«, sagte sie.

Er brachte keinen Ton heraus.

»Ich würde gern weitermachen. Sehr gern.«

Obwohl ihm nicht danach zumute war, grinste er. »Ich auch.«

»Bald, Bek.«

»Schön.«

»Ich glaube, ich liebe dich.« Abermals lachte sie. »Da, jetzt ist es raus. Was hältst du davon?«

Sie streckte den gesunden Arm aus, berührte seine Lippen, dann drehte sie sich um und ging davon.

Ganz benommen von dieser Wendung der Ereignisse stieg Bek ins Schiffsinnere hinunter und machte sich zur Kapitänskabine auf, um nach Quentin zu sehen. Panax musste ihm bei seinem Eintreten sofort etwas angesehen haben, da er fragte: »Alles in Ordnung mit dir?«

Bek nickte. Nichts war in Ordnung, aber er hatte im Moment keineswegs die Absicht, darüber zu reden. Das Erlebnis war noch zu frisch und für ihn selbst noch so fremd; zuerst musste er sich daran gewöhnen, und er brauchte Zeit, um zu begreifen, dass es tatsächlich geschehen war. Rue Meridian war in ihn verliebt. Das hatte sie gesagt. *Ich glaube, ich liebe dich.* Er sagte es probeweise im Stillen vor sich hin, und es klang so lächerlich, dass er beinahe laut gelacht hätte.

Andererseits war der Kuss durchaus real gewesen, und wie der sich angefühlt hatte, würde er so bald nicht vergessen.

Liebte er sie eigentlich ebenfalls? Darüber hatte er noch gar nicht nachgedacht. Er hatte den Gedanken nicht einmal in Betracht gezogen, weil es ihm unmöglich erschien, dass sie – gegebenenfalls – seine Liebe erwidern könnte. Ihre Freundschaft genügte ihm bereits. Aber ja, er liebte sie. Auf gewisse Weise hatte er sie stets geliebt, von ihrer ersten Begegnung an. Nun, nachdem sie ihn geküsst und umarmt und ihm ihre Gefühle gebeichtet hatte, liebte er sie so heftig, dass er es kaum ertragen konnte.

Mit Mühe konnte er sich von den Gedanken an sie losreißen.

»Wie geht es ihm?«, fragte er und deutete mit dem Kopf auf Quentin.

Panax zuckte mit den Schultern. »Unverändert. Er schläft einfach nur. Mir gefällt es allerdings gar nicht, wie er aussieht.«

Bek gefiel sein Zustand ebenfalls nicht. Quentins Haut hatte eine ungesunde, blasse Farbe. Der Puls war schwach, und er atmete mühsam und flach. Stück um Stück näherte er sich dem Tod, und es gab nichts, was irgendwer von ihnen tun konnte, außer auf das Unausweichliche zu warten. Gefühlsmäßig schon überreizt, begann Bek von neuem zu weinen und wandte sich ab.

Panax erhob sich und trat zu ihm, legte Bek die Hand auf die Schulter und drückte leicht zu. »Zuerst Truls Rohk und jetzt der Hochländer. Das ist bestimmt nicht leicht«, sagte er.

»Nein.«

Der Zwerg zog die Hand zurück und ging hinüber zu Grianne, die auf einer Matratze in der Ecke kniete und mit aufgerissenen Augen ins Leere starrte. Verwirrt schüttelte er den Kopf. »Was sie nur denken mag.«

Bek wischte sich die Tränen aus dem Gesicht. »Ich schätze, das möchtest du gar nicht wissen.«

»Vermutlich nicht. Was für ein Mist. Diese ganze Reise von Anfang bis Ende. Ein richtiger Mist.« Er schien nicht recht zu wissen, wie er seinen Gedankengang fortsetzen sollte, daher schwieg er einen Moment lang. »Ich wünschte, ich wäre nicht mitgegangen. Sicher wäre ich nicht mitgekommen, wenn ich auch nur geahnt hätte, was mir bevorsteht.«

»Das wäre vermutlich niemand.« Bek ging hinüber zu seiner Schwester und kniete sich vor sie. Er berührte ihre Wange mit den Fingern wie schon so oft zuvor, damit sie wusste, dass er bei ihr war. »Kannst du mich hören, Grianne?«, fragte er leise.

»Ich habe keine Ahnung, was ich hier eigentlich mache«, fuhr Panax fort. »Und ich weiß vor allem nicht, ob es überhaupt einen Grund gibt, weshalb wir hier sind. Wir haben bisher nichts erreicht, außer dass viele von uns tot sind oder schwer verletzt wurden. Unter anderen sogar der Druide. Das habe ich wirklich nicht für möglich gehalten. Aber das Gleiche habe ich auch von Truls Rohk gedacht. Jetzt sind sie beide tot.« Er schüttelte den Kopf.

»Wenn ich wieder zu Hause bin«, sagte Bek und sah Grianne weiter in das bleiche, leere Gesicht, »bleibe ich für immer dort. Nie wieder werde ich fortgehen. So ein Drama stehe ich nicht ein zweites Mal durch.«

Erneut dachte er an Rue Meridian. Was würde sie machen, wenn sie in die Vier Länder zurückkehrten? Sie war eine Fahrende, geboren unter Fahrenden, eine Abenteurerin, die kreuz und quer durch die Welt reiste. Außerdem war sie vom Charakter her vollkommen anders als er. Sie würde bestimmt nicht mit ins Hochland kommen und dort ihr Leben mit ihm verbringen.

»Ich habe viel über unser Zuhause nachgedacht«, sagte Panax leise. Er kniete neben Bek, und sein bärtiges Gesicht wirkte bekümmert. »Eigentlich habe ich mir nie viel daraus gemacht. Depo Bent war einfach nur der Ort, an dem ich zufällig gelandet bin. Ich habe keine Familie, nur ein paar Freunde, und die stehen mir nicht einmal sehr nahe. Mein Leben lang war ich unterwegs, aber in den Vier Ländern gibt es kaum noch etwas, was ich mir anschauen will. Ohne Truls und Walker, die mich immer auf Trab gehalten haben, weiß ich nicht einmal, ob mich irgendetwas dorthin zurückzieht.« Er schwieg kurz. »Vielleicht bleibe ich hier.«

Bek blickte ihn an. »In Parkasia?«

Der Zwerg zuckte mit den Schultern. »Mir gefällt es bei den Rindge. Sie sind ein gutes Volk, und sie unterscheiden sich gar nicht so sehr von mir. Ihre Sprache ist meiner ähnlich. Und irgendwie mag ich auch ihr Land, wenn man mal von Dingen wie dem Graak oder Antrax absieht. Der Rest dagegen ist sehr interessant. Ich möchte dieses Land erkunden. Es gibt so vieles, das niemand von uns je gesehen hat, das ganze Landesinnere hinter den Bergen, wohin Obat mit seinem Volk unterwegs ist.«

»Du würdest hier festsitzen, falls du deine Meinung änderst. Damit hättest du keine Möglichkeit mehr, nach Hause zu kommen.« Bek wollte den Zwerg eigentlich mit diesem Argument überzeugen, schnitt jedoch eine Grimasse, als er merkte, wie hohl es klang.

Panax kicherte leise. »Das sehe ich anders, Bek. Wenn man eine Entscheidung trifft, akzeptiert man damit auch ihre Konsequenzen. Wie zum Beispiel bei dieser Reise. Nur wird diesmal für mich alles ein gutes Ende nehmen. Ich bin nicht mehr jung. Mir bleibt nicht mehr so viel Zeit zum Leben. Mir wäre es recht, den Rest meiner Zeit in Parkasia zu verbringen, lieber sogar als in den Vier Ländern.«

Wie sehr sich doch der Zwerg von ihm unterschied, dachte Bek erstaunt. Er wollte nicht nach Hause zurückkehren, sondern in einem fremden Land bleiben, weil es sich unter Umständen als interessant erweisen würde. Zu einem solchen Schritt wäre Bek niemals in der Lage gewesen. Trotzdem hatte er Verständnis für den Zwerg. Wenn man stets als Kundschafter und Führer außerhalb der Städte und Ortschaften und für sich allein gelebt hatte, würde diese Idee vermutlich nicht mehr so eigenartig erscheinen. Wie sehr unterschieden sich schließlich die Berge des Aleuthra Arks von jenen des Wolfsktaags?

»Meinst du, ihr kommt ohne mich zurecht?«, fragte Panax mit seltsam ernster Miene.

Bek wusste, welche Antwort Panax hören wollte. »Eigentlich stehst du uns eher im Weg«, antwortete er. »Trotzdem hast du dir das Recht verdient, das zu tun, was du möchtest. Wenn du bleiben willst, bitte.«

Ohne ihre Freiheit und ohne ihr Recht zu wählen, waren sie niemand. Sie hatten sich mit Walker für die Suche nach den Magie-Büchern der Alten Welt zusammengeschlossen, doch diese Sache hatte sich inzwischen erledigt. Jetzt brauchten sie einander, um den Weg nach Hause zu finden – gleichgültig, ob das Zuhause in den Vier Ländern oder woanders lag.

»Warum legst du dich nicht ein wenig schlafen«, schlug er dem Zwerg vor. »Ich setze mich zu Quentin. Das mache ich wirklich gern. Ich möchte bei ihm sein.«

Panax erhob sich und legte Bek zum zweiten Mal die Hand auf die Schulter, womit er Bek gleichzeitig aufmuntern und danken wollte. Dann verließ er den Raum. Bek sah ihm einen Augenblick lang hinterher und fragte sich, wie Panax sein neues Leben gefallen würde und ob er hier den Frieden und die Zufriedenheit finden würde, die ihm offensichtlich im alten gefehlt hatten. Wie fühlte man sich, wenn man solche Distanz zu anderen bewahrte, dass man sie einfach hinter sich zurücklassen konnte? Er wusste es nicht, und eigentlich hoffte er, es niemals erfahren zu müssen.

Also wandte er sich wieder Quentin zu und betrachtete ihn, während sein Vetter da mit bleichem Gesicht im Sterben lag. Schatten, Schatten, wie hilflos er sich fühlte. Er holte tief Luft und atmete langsam wieder aus.

Lange würde er das nicht mehr aushalten. Er konnte nicht einfach dabeistehen und zuschauen, wie es mit Quentin dem Ende zuging. Stattdessen musste er etwas unternehmen, damit er es wenigstens versucht hätte, selbst wenn es vielleicht das Falsche wäre. Die herkömmlichen Heilmethoden hatten versagt. Er musste etwas anderes versuchen.

Aus den Geschichten der Druiden kannte er die Heilfähigkeiten des Wunschliedes. Es war nicht häufig in dieser Weise eingesetzt worden, weil man große Fertigkeit dazu brauchte. Diese Fertigkeit oder auch nur ausreichende Erfahrungen besaß er nicht, aber darüber durfte er sich jetzt keine Gedanken machen. Brin Ohmsford hatte mit der Magie einst Rone Leah geheilt. Wenn ein Ohmsford es geschafft hatte, mit dem Wunschlied das Leben eines Leahs zu retten, gab es keinen Grund, warum es nicht einem weiteren Ohmsford gelingen sollte.

Es war ein riskantes Vorhaben. Vielleicht sogar töricht. Aber Quentin würde nicht überleben, wenn nicht etwas zu seiner Hilfe geschah, und viele Möglichkeiten blieben nicht mehr.

Bek ging hinüber zum Bett und setzte sich zu seinem Vetter. Er betrachtete ihn einen Moment lang, dann ergriff er seine Hand und hielt sie fest. Wenn ihm doch nur etwas mehr zur Verfügung stünde als der Wille zum Experiment. Wenn er nur irgendeine klare Vorstellung hätte, einen Anfangspunkt, eine Ahnung davon, wie die Magie wirkte. Leider hatte er gar nichts in den Händen, und niemand konnte ihm helfen.

»Ich gebe mein Bestes, Quentin«, sagte er leise, »ich tue, was ich kann. Bitte, komm zu mir zurück.«

Und so fing er an, mit Worten und Melodie singend die Magie zu beschwören.

Vierundzwanzig

Weil Bek Ohmsford es nie zuvor versucht und eigentlich keine rechte Vorstellung davon hatte, was er jetzt tun sollte, setzte er sich nicht unter Druck. Er ging behutsam vor, ließ einen kleinen Schritt dem anderen folgen und beobachtete Quentin genau, um zu vermeiden, dass die Magie des Wunschliedes womöglich den gegenteiligen Effekt zeigte. Er beschwor die Magie mit einem lang gezogenen Summen, das aus seiner Brust aufstieg, wo es warm und weich vibrierte. Stets hielt er Quentins Hand, weil er den körperlichen Kontakt nicht unterbrechen wollte, der ihm auch die Möglichkeit bot einzuschätzen, ob alles wie beabsichtigt lief.

Nachdem sich die Magie hinreichend aufgebaut hatte, schickte er eine kleine Probe in Quentins zerschmetterten Körper, um den angerichteten Schaden zu erfassen. Der Schmerz floss in roten Bruchstücken zu ihm herüber, und rasch zog sich Bek wieder zurück. Also gut. Den verwundeten Leib ohne angemessenen Selbstschutz zu erkunden war keine gute Idee. Nun versah er sich mit einem Schild, versuchte es erneut und rannte gegen eine Mauer des Widerstandes an. Weiter summend suchte er Einlass durch Quentins Verstand und las die Gedanken seines Vetters. Diesmal stand er vor einer blanken Wand. Quentins Verstand schien die Arbeit eingestellt zu haben, auf jeden Fall gab er nichts preis, das Bek entziffern konnte.

Einen Augenblick lang war er ratlos. Bislang waren beide Versuche, dorthin vorzudringen, wo er helfen könnte, gescheitert, und er wusste nicht, an welcher Stelle er jetzt weitermachen sollte. Seine Absicht bestand darin, nahe genug an eine einzelne Verletzung heranzukommen und herauszufinden, wie man sie mit der Magie heilen konnte. Doch wenn es ihm nicht gelang, die Barrieren, die Quentin zu seinem Schutz errichtet hatte, zu durchdringen, würde er nichts erreichen.

Also entschied er sich für eine allgemeinere Herangehensweise, bei der er einen Schleier der Magie um Quentin legte und so Seele und Leib gleichermaßen zudeckte. Dieses Vorgehen zeigte die erwünschte Wirkung; sofort fand Quentin Ruhe, und sein Atem wurde ruhiger und gleichmäßiger. Bek suchte den stillen Körper seines Vetters nach einem Einlass ab, denn vielleicht würde Quentin mit voranschreitender Entspannung ja die schützenden Barrieren senken. Gemächlich berührte und streichelte er ihn mit Magie, und der Gesang glättete Runzeln aus Schmerz und Unwohlsein. Auf diese Weise arbeitete sich Bek zu den tieferen, schweren Verletzungen vor.

Vergeblich. Er konnte durch die Oberfläche von Quentins Körper nicht durchdringen, auch nicht, wenn er es an den offenen Wunden unter den Verbänden versuchte, die ihm eigentlich leichten Zugang hätten gewähren sollen.

Frustriert brach er seine Bemühungen schließlich ab. Schweigend und reglos saß er neben Quentin und hielt weiterhin seine Hand, weil er wenigstens diesen Kontakt nicht abbrechen lassen wollte. Er dachte darüber nach, was er tun könnte. Das Problem bestand darin, dass er den Aufbau von Barrieren auslöste, sobald er sich Quentin näherte. Sicherlich könnte er sich auch mit Gewalt Einlass in Quentins Körper verschaffen, konnte die Mauern einfach niederbrechen, die ihm den Weg verstellten. Doch fürchtete er, ein solch rücksichtsloses Eindringen würde angesichts des sowieso schon instabilen Zustands zum Kollaps führen. Er musste mit Feingefühl und Umsicht vorgehen, und Quentin sanft das Angebot einer Heilung unterbreiten, so dass es der Verwundete nicht ausschlagen konnte.

Was war dazu notwendig?

Diesmal griff er auf etwas zurück, das ihm an dieser Magie bereits vertraut war. Er sang für Quentin so, wie er für Grianne gesungen hatte – über ihre gemeinsame Kindheit, über das Hochland von Leah, über die Familie und die Freunde und über die gemeinsam erlebten Abenteuer. Singend erzählte er seinem Cousin Geschichten und wollte damit den Widerstand gegen seine Hilfe schwächen. Dann und wann versuchte er einen Vorstoß in Seele und Leib seines Vetters, wenn er eine Geschichte in eine Richtung lenken konnte, die ihm vielleicht zu einem herzlichen Empfang verhelfen würde, weil sie doch für immer und ewig Freunde waren.

Nichts.

Er änderte die Art und Weise seines Gesangs, indem er die Wahrheit aufdeckte und Warnungen aussprach. *Die Lage ist folgende, Quentin,* sang er. *Du bist sehr krank und brauchst Hilfe. Dennoch kämpfst du gegen mich an. Aber ich brauche deine Unterstützung. Öffne dich mir und gib mir Gelegenheit, dich mithilfe des Wunschliedes zu kurieren. Bitte, Quentin, hör mich an. Hör mich an.*

Wenn sein Vetter diese Worte vernahm, ließ er sich dies jedenfalls nicht anmerken und erlaubte Bek auch nicht, weiter in ihn einzudringen. Er blieb bewusstlos und reagierte auf nichts, und wie Grianne schien er an einem fernen Ort zu weilen, wo Bek ihn nicht erreichen konnte.

Dennoch ließ Bek sich nicht entmutigen. Fast eine ganze Stunde lang wandte er seine Magie an und erhielt über die Hände den Kontakt zu Quentin aufrecht, während er versuchte, ihn mit seinem Lied zu heilen. Er ging das Problem von allen Seiten an, die er sich vorstellen konnte, und probierte eine neue Idee selbst dann aus, wenn er sich eigentlich keinen Erfolg davon versprach. Dabei konzentrierte er sich so sehr, dass er nichts anderes mehr wahrnahm.

Alles vergeblich.

Schließlich gab er erschöpft und voller Enttäuschung auf. Er lehnte sich zurück, legte das Gesicht in die Hände und begann zu schluchzen. Natürlich fühlte er sich dumm und schwächlich, weil er heute ständig weinte, aber er war so müde und konnte sich einfach nicht zusammenreißen. Die Tränen überkamen ihn gegen seinen Willen, und sein ganzer Körper bebte. Er hatte versagt. Er hatte alles ausprobiert, alle Möglichkeiten versucht.

»Armer kleiner Junge«, tröstete ihn eine Stimme dicht an seinem Ohr, und schlanke Arme legten sich von hinten um ihn.

Zunächst dachte er, Rue Meridian sei in die Kabine geschlichen, als er nicht hingeschaut hatte. Aber noch bevor er diesen Gedanken zu Ende gedacht hatte, fiel ihm auf, dass es nicht ihre Stimme war. Eine graue Robe hing ihm vorm Gesicht, als er den Kopf nach hinten drehte, um nachzuschauen.

Es war Grianne.

Einen Augenblick lang war er geschockt, saß bloß da und ließ sich von ihr im Arm halten. »Kleiner Junge, nicht traurig sein.« Sie sprach nicht mit ihrer Erwachsenenstimme, sondern mit der eines Kindes. »Alles ist gut, kleiner Bek. Deine Schwester ist bei dir. Ich lasse dich nie wieder allein, das verspreche ich dir. Ich werde nie wieder fortgehen. Es tut mir alles so Leid, so Leid.«

Sanft und tröstend streichelte sie sein Gesicht. Sie küsste ihn auf die Stirn und berührte ihn wie einen Säugling.

Erneut schaute er auf und blickte ihr in die Augen. Sie sah ihn an, sah ihn zum ersten Mal, seit er sie in Castledown gefunden hatte. Das leere Starren und die ausdruckslose Miene waren verschwunden. Sie war von dem fernen Ort, an den sie sich verkrochen hatte, zurückgekehrt. Sie war erwacht.

»Grianne!«, entfuhr es ihm erleichtert.

»Nein, nein, Kleiner, nur nicht weinen«, erwiderte sie sofort und legte ihm einen Finger auf die Lippen. »Schau nur, deine Grianne kann alles wieder heile machen. Erzähl mir nur, was passiert ist, Kleiner.«

Bek stockte der Atem. Sie konnte ihn sehen, und doch nicht, wie er wirklich war, sondern so, wie sie sich an ihn erinnerte.

Plötzlich schweifte ihr Blick ab. »Oh, was ist das? Ist dein kleines Hündchen krank, Bek? Hat es etwas Falsches gegessen? Hat es sich wehgetan? Armes kleines Hündchen.«

Sie betrachtete Quentin. Bek starrte sie lediglich verdutzt an. Vage erinnerte er sich an ein Hündchen aus seiner frühesten Kindheit, an einen schwarzen Mischling, der ständig im Haus herumgetrottet war und in der Sonne geschlafen hatte. Sonst konnte er sich an nichts erinnern, nicht einmal an seinen Namen.

»Kein Wunder, wenn du da weinst.« Sie strich Bek sanft über die

Haare. »Dein Hündchen ist krank, und du kannst es nicht heilen. Es ist alles gut, Bek. Grianne hilft dir. Wir nehmen meine Wundermedizin und machen den Schmerz weg.«

Sie ließ ihn los, trat zum Kopfende des Bettes und sah auf Quentin hinab. »So viel Schmerz«, flüsterte sie. »Ich weiß nicht, ob ich dich wieder ganz machen kann. Manchmal hilft auch die Wundermedizin nicht. Dann hilft gar nichts mehr.«

Ein Schauder durchfuhr Bek, als ihm klar wurde, dass er sich vielleicht in ihr getäuscht hatte. Vielleicht war sie gar nicht seine Schwester, sondern die Ilse-Hexe. Wenn sie wie die Hexe dachte und nicht wie Grianne, wenn sie nicht als seine Schwester zurückgekehrt war, würde sie mit Quentin das machen, was sie schon so oft getan hatte, um ihre Probleme zu lösen. Sie würde ihn töten.

»Nein, Grianne!«, rief er und griff nach ihr.

»Oh, oh, oh«, warnte sie und packte seine Handgelenke. Sie war wesentlich stärker, als er erwartet hatte, und er konnte sich nicht befreien. »Stör Grianne nicht, wenn sie helfen will.«

Schon setzte sie ihre Magie ein. Bek spürte sie am eigenen Leibe, da sie ihn in samtene Ketten legte und festhielt. Binnen Sekunden war er gelähmt. Sie schob ihn ein Stück zurück und trat erneut ans Bett.

»Armes Hündchen«, wiederholte sie und strich dem Hochländer über das Gesicht. »Du bist so krank und hast solche Schmerzen. Was ist dir zugestoßen? Innerlich bist du ganz zerbrochen. Hat dich etwas verletzt?«

Bek stand völlig neben sich. Er konnte sich weder bewegen noch sprechen. Hilflos schaute er zu, unfähig einzugreifen. Voller Entsetzen ahnte er, was geschehen würde.

Erneut sprach sie mit ihm, nur diesmal klang ihre Stimme plötzlich älter und reifer. »Ach, Bek, ich habe dich so im Stich gelassen. Ich bin fortgegangen und nicht wieder zurückgekehrt. Das hätte ich tun sollen, und doch habe ich es nicht getan. Es war falsch von mir, Bek.«

Sie weinte. Seine Schwester weinte. Das war erstaunlich und eigentlich ein gutes Zeichen, und Bek hätte sich vielleicht sogar darüber gefreut, wenn er nicht solche Angst gehabt hätte, dass es nicht seine Schwester wäre, die da sprach. Er bemühte sich, etwas zu sagen, um sie aufzuhalten, doch er brachte kein einziges Wort heraus.

»Kleines Hündchen«, flüsterte sie traurig und legte die Hände über Quentins Gesicht. »Ich werde alles wieder gutmachen.«

Dann beugte sie sich über ihn, küsste ihn sanft auf die Lippen und sog seinen Atem in ihre Lungen.

Rue Meridian schlief in einer provisorischen Hängematte aus Segeltuch, die sie zwischen dem Fockmast und der Reling aufgespannt hatte, und träumte von Kormoranen und Papageientauchern, als sie Beks Hand auf ihrer Schulter spürte und erwachte. Sie sah seine Miene und fragte sofort: »Was ist los?«

Sein Gesicht war schwierig zu deuten. Es drückte Sorge und Verwunderung aus, beides gleichzeitig; und auch zeigte es Unsicherheit, die sich mit Staunen mischte. Irgendwie wirkte er seltsam verwirrt, als wäre er rein zufällig bei ihr gelandet. Ihr erster Gedanke war, dass sein Kommen eine verspätete Reaktion auf das war, was sie ihm vor einigen Stunden gesagt hatte. Sie setzte sich rasch auf, schwang die Beine über die Kante der Hängematte und stand auf. »Bek, was ist passiert?«

»Grianne ist aufgewacht. Ich weiß nicht, wieso. Vielleicht wegen der Magie. Ich habe versucht, Quentin mit dem Wunschlied zu helfen, ihn zu heilen, so wie es einst Brin Ohmsford mit Rone Leah tat. Oder vielleicht lag es daran, dass ich geweint habe. Ich war so niedergeschlagen und erschöpft, da konnte ich die Tränen nicht mehr zurückhalten.«

Er blies scharf in die Luft. »Sie hat mit mir gesprochen. Sie rief meinen Namen. Aber sie war nicht sie selbst, nicht die Erwachsene, sondern ein Kind, das mit Kindesstimme sprach und mich ›armer kleiner Junge‹ und ›kleiner Bek‹ nannte. Sie sagte mir, ich solle nicht weinen.«

»Augenblick mal, ganz langsam, bitte«, sagte sie, packte ihn an den Schultern. »Komm hier rüber.«

Sie führte ihn zum Bug und setzte ihn in den Schatten der Steuerbordramme, wo das geschwungene Horn der Ramme an der Verbindungsstelle mit dem Deck einen Unterstand bildete. Sodann nahm sie ihm gegenüber Platz, zog die Knie vor die Brust und schlang die Arme um die Beine. »Also gut, erzähl mir den Rest. Sie wurde wach und hat mit dir gesprochen. Was dann?«

»Du wirst es nicht glauben«, flüsterte er und glaubte es offensichtlich selbst nicht. »Sie hat ihn geheilt. Sie hat ihre Magie eingesetzt und ihn geheilt. Ich dachte, sie wollte ihn töten. Sie nannte ihn Hündchen – ich glaube, für ein Hündchen hat sie ihn gehalten. Da wollte ich sie aufhalten, aber sie hat mich mit ihrer Magie gefesselt und geknebelt. Dann beschäftigte sie sich mit Quentin, und ich war sicher, sie wolle ihm helfen, indem sie ihn tötete, um ihn von dem Schmerz zu befreien und ihm weiteres Leid zu ersparen. So hätte es die Ilse-Hexe gemacht, und ich hatte die Befürchtung, sie könnte die Hexe sein.«

Rue beugte sich vor und schlang die Arme um ihren Oberkörper. »Wie konnte sie ihn kurieren, Bek? Er war innerlich vollkommen zerfetzt und hatte sein halbes Blut verloren.«

»Mit Magie kann man so etwas herbeiführen. Sie vermag eine solche Heilung zu erreichen. Ich habe zugeschaut, wie die Magie bei Quentin wirkte. Ganz ist er noch nicht genesen. Auch noch nicht wieder bei Bewusstsein. Aber ich habe mit eigenen Augen gesehen, wie er wieder Farbe im Gesicht bekam. Sein Atem wurde gleichmäßiger, und später, als ich mich wieder bewegen konnte, fühlte ich, dass sein Puls kräftiger geworden war. Einige der Wunden, die du verbunden hast, haben sich komplett geschlossen.«

»Schatten«, flüsterte sie und versuchte, sich die Sache vorzustellen.

Er lehnte sich in die Wölbung des Horns und schaute zum Nachthimmel hinauf. »Nachdem sie fertig war, kam sie zu mir herüber, strich mir über das Gesicht und hielt mich fest im Arm. Ich konnte mich wieder bewegen, wollte sie jedoch nicht stören, weil ich dachte, auf diese Weise könne ich ihr helfen. Ich habe ihren Namen gesagt, aber sie antwortete nicht. Sie wiegte mich nur hin und her und begann zu weinen.«

Er suchte ihre Augen mit den seinen. »Ständig sagte sie, wie Leid es ihr täte. Niemals wieder würde es passieren. Dass sie mich verlässt. Sie würde mich nie wieder allein lassen wie das letzte Mal. Und das alles mit der Stimme eines kleinen Mädchens, ihrer Kinderstimme.«

Dann schloss er die Augen. »Ich wollte ihr helfen, ihr zeigen, dass ich sie verstand. Da habe ich versucht, sie in den Arm zu nehmen. Als ich das tat, zog sie sich sofort wieder in sich selbst zurück. Sie hörte auf zu sprechen und sich zu bewegen. Und sie sah mich auch nicht mehr. Plötzlich war sie erneut in Katatonie verfallen. Ich konnte sie nicht zurückholen. Sie reagierte nicht mehr.« Er schüttelte den Kopf. »Also habe ich sie dort gelassen und bin zu dir gekommen. Ich musste es einfach jemandem erzählen. Tut mir Leid, wenn ich dich geweckt habe.«

Sie streckte die Arme nach ihm aus, zog ihn an sich heran und küsste ihn auf die Lippen. »Ich bin froh darüber.« Sie stand auf und nahm ihn mit. »Komm mit in meine Koje, Bek.«

Sie führte ihn zu der Segeltuchhängematte und legte sich mit ihm hinein. Dabei drückte sie sich fest an ihn und schloss die Arme um ihn. Noch immer musste sie sich an den Gedanken gewöhnen, wie viel er ihr bedeutete. Ihr Geständnis ihm gegenüber hatte sie ebenfalls überrascht, doch bedauerte sie es nicht. Mit Bek Ohmsford an ihrer Seite fühlte sie sich ganz und vollständig; es war, als hätte sie einen fehlenden Teil von sich selbst gefunden. In seiner Gegenwart fühlte sie sich einfach wohl, und das hatte schon seit einer Weile niemand mehr geschafft.

Eine Zeit lang lagen sie reglos da und sprachen nicht; hielten sich nur im Arm und lauschten der Stille. Doch sie wollte mehr, wollte ihm mehr geben, und küsste ihn. Sie küsste ihn auf Mund und Augen und Nase, auf Hals und Brust. Er wollte die Küsse erwidern, aber sie ließ ihn nicht, wollte, dass alles von ihr ausging. Als er schließlich ruhig geworden war, legte sie sich wieder neben ihn und zog seinen Kopf auf ihren Oberarm. Er schlief ein wenig, und sie hielt ihn, während er träumte.

Ich liebe dich, Bek Ohmsford. Still formte sie die Worte mit den

Lippen. Es war unglaublich seltsam, sich unter solchen Umständen zu verlieben. Unpassend erschien es ihr und ein bisschen lächerlich sogar. Hawk wäre schockiert gewesen. Er hatte sowieso geglaubt, sie würde sich niemals in jemanden verlieben. Zu unabhängig, zu starrköpfig. Sie brauchte keinen Mann und wollte keinen Mann. Seine Meinung konnte sie gut verstehen. Das Gleiche hatte sie bis vor kurzem selbst geglaubt.

Sie schob die Hände in Beks Kleidung und berührte seine Haut, legte ihre Finger auf sein Herz. Beim Zählen der Schläge schloss sie die Augen und döste ein.

Als sie aufwachte, schlief er noch. Über ihnen am Himmel zeigten sich die ersten Zeichen der Dämmerung.

»Es ist fast hell«, flüsterte sie ihm ins Ohr und weckte ihn so.

Er nickte. Einen Augenblick lang schwieg er und schüttelte den Schlaf ab. Sie spürte seinen Atem an ihrem Hals und die Kraft seiner Arme.

»Wenn wir in die Vier Länder zurückkommen«, begann er und verstummte sofort wieder. »Wenn das alles vorbei ist und wir entscheiden müssen, wo wir –«

»Bek, nein«, entgegnete sie sanft, doch entschlossen. »Sprich nicht über das, was später einmal sein wird. Mach dir keine Gedanken darüber. Es ist zu weit weg, und im Moment spielt es keine Rolle.«

Er schwieg und drückte sich an sie. Sie strich die Strähne zurück, die ihr ins Gesicht gefallen war. Er beobachtete ihre Bewegungen interessiert und streckte die Hand aus, um ihr zu helfen. »Ich muss hinunter in den Crake«, sagte er. »Ich muss Quentins Schwert holen. Bevor er aufwacht, will ich es zurückhaben.«

Sie nickte. »Also gut.«

»Passt du in der Zwischenzeit auf Grianne auf?«

Sie lächelte und küsste ihn auf die Lippen. »Geht nicht, Bek.« Sie stupste ihn leicht auf die Nasenspitze. »Ich komme mit.«

Als sie das sagte, geriet Bek in Panik. Äußerlich behielt er die Fassung, doch tief im Innern, wo seine Gefühle tun und lassen konnten, was sie wollten, geriet er außer Kontrolle. Er dachte nur mehr daran, wie viel Angst er um sie hatte und was ihr alles zustoßen könnte. Quentin war bereits Schlimmes passiert, und sein Cousin hatte wenigstens das Schwert von Leah gehabt. Rue verfügte überhaupt nicht über Magie und hatte einen Arm geschient. Wenn er sie mitkommen ließe, würde er die Verantwortung für sie beide übernehmen. Er bezweifelte, ob er das wollte, nachdem er Quentin nicht hatte beschützen können.

»Ich halte das für keine gute Idee«, antwortete er, weil er nicht wusste, was er sagen sollte, um sie nicht in Wut zu versetzen und sie damit in ihrer Entschlossenheit auch noch zu bestärken.

Sie schien sich seinen Einwand zu überlegen und lächelte dann. »Weißt du, was ich an dir am meisten mag, Bek? Nicht, wie du aussiehst oder wie du denkst, weder dein Lachen noch deine Sichtweise der Welt – obwohl ich das alles natürlich auch mag. Aber am meisten mag ich, dass du mich immer so behandelst, als wäre ich ebenso gut wie jeder andere. Das stellst du nie in Frage, und du bringst mir Respekt entgegen. Ich brauche bei dir nicht darum zu kämpfen und kann ihn als selbstverständlich voraussetzen. Ich bin dir ebenbürtig; und in mancher Hinsicht bin ich dir sogar vielleicht ein bisschen überlegen.« Sie machte eine Pause. »Dieses Gefühl möchte ich nicht zerstören.«

Darauf konnte er nichts mehr entgegnen. Also nickte er und lächelte, wofür sie ihn heftig küsste und ihm so zu verstehen gab, dass sie sein Verständnis sehr hoch schätzte. Der Kuss gefiel ihm ausgesprochen gut, trotzdem fühlte er sich nicht wohler bei dem Gedanken, sie mit nach unten nehmen zu müssen.

Die Sache war jedoch beschlossen, also stiegen sie über die Reling vom Schiff, gingen zum Rand der Felswand, folgten dem Weg zur anderen Seite und begannen schließlich mit dem Abstieg. Inzwischen war es heller geworden, und sie konnten die Schemen von Bäumen und die sanften Bewegungen der Blätter und Zweige im leisen Morgenwind ausmachen. Bek erkundete die Umgebung mit Hilfe seiner Magie, weil er nicht das Risiko eingehen wollte, überrascht zu werden, selbst wenn er auf diese Weise den anderen Graak auf sich aufmerksam machte. Denn falls der irgendwo in der Nähe war, das hatte Bek schon für sich entschieden, würden sie sofort kehrtmachen. Daran konnte auch die Kleine Rote nicht rütteln.

Doch das Glück meinte es gut mit ihnen, und sie schlichen so unsichtbar wie Geister in den Crake hinunter. Bek benutzte die Magie des Wunschliedes, um sie beide zu verhüllen, so dass sie wie ein Teil des Regenwaldes wirkten, und er wählte dazu Bilder und Gerüche, die keine Fleischfresser anzogen. Durch Nebelschwaden und den kühlen Morgenwind glitten sie leicht und frei wie Schatten zwischen den Bäumen hindurch und sorgten sich nicht um die Gefahren des Urwaldes. Sie entdeckten Quentins schlammverkrustetes Schwert neben der Leiche des toten Graaks, nahmen es und traten den Rückweg an. Die Sonne kroch gerade über die zerklüftete Gipfellinie, als sie wieder nach oben stiegen.

Das alles ging so leicht vonstatten, dachte Bek überrascht, nachdem sie wieder oben angekommen waren. Warum war es nicht so einfach gewesen, als er mit Quentin unten gewesen war? Aber dann hätte Grianne natürlich keinen Anlass gehabt aufzuwachen, und er hätte nicht mit eigenen Augen bezeugen dürfen, dass aus der Ilse-Hexe wieder seine Schwester geworden war und dass sie wahrscheinlich zu ihm zurückkehren würde, wenn sie dazu bereit wäre.

Rue Meridian schaute ihn an, und in ihren grünen Augen funkelten Schalkhaftigkeit und Genugtuung. »Gib es schon zu. Das war gar nicht so schlimm.«

Er schüttelte den Kopf und seufzte. »Nein, stimmt.«

»Erinnere dich daran, wenn du das nächste Mal etwas Gefährliches ohne mich unternehmen willst.« Sie packte ihn mit beiden Händen im Nacken und zog ihn dicht an sich heran. »Wenn du mich liebst und ich dich liebe, sollte das niemals vorkommen. Sonst ist das, was wir füreinander empfinden, nicht echt und deshalb bedeutungslos.«

Er schüttelte den Kopf. »Doch. Es bedeutet mir etwas.«

Sie grinste und strich sich verirrte Strähnen aus dem Gesicht. »Ich weiß. Also vergiss es nicht.«

Nun legte sie an Geschwindigkeit zu und ging ihm voraus. Er

schaute ihr fassungslos hinterher und konnte es kaum glauben. Ihre Worte und ihr Lächeln, alles, was sie sagte und tat, beschworen eine Zukunft herauf, die er in seinen kühnsten Träumen nicht für möglich gehalten hätte. War und blieb es vielleicht am Ende tatsächlich nur ein Traum?

Seine Euphorie schwand rasch, als ihn wieder die Zweifel überkamen. Es war töricht, redete er sich ein, so etwas zu denken und seinen Gefühlen zu gestatten, den Verstand zu vernebeln. Er brauchte sich nur anzuschauen, wo und in welcher Lage er hier gerade steckte. Wo gehörten da Träume wie dieser hin? Rue Meridian beschleunigte ihre Schritte, und er folgte ihrem Beispiel, und damit entglitten ihm seine Träume endgültig, wurden zu schwach, um sie festzuhalten, zu unwirklich, um sie zu greifen. Er malte Bilder in den Sand, während die Flut im Anzug war.

Sie erreichten den Weg und kehrten zur *Jerle Shannara* zurück, wo sich Redden Alt Mer und seine Fahrenden am Rande des Abgrunds versammelt hatten und nach Osten schauten. Die Flugreiter flogen von der Küste heran, und sie brachten jemanden mit.

Fünfundzwanzig

Als der Morgawr entdeckte, dass Ahren Elessedil verschwunden war, ließ er Ryer Ord Star zu sich bringen. Sie leugnete, irgendetwas zu wissen, aber er konnte ihr die Lüge an den Augen ablesen und roch sie an ihrem Atem. Da er längst Verdacht geschöpft hatte, weil die Seherin es nicht schaffte, eine Spur der *Jerle Shannara* oder ihrer Besatzung sowie der Ilse-Hexe und ihres Bruders zu finden, verschwendete er nun keine Zeit mehr damit und entschied, dass Ryer Ord Star dem Elfenprinz zur Flucht verholfen hatte. Mochte sie zuvor nützlich gewesen sein, so zählte das nun nicht mehr.

Er überließ sie Cree Bega und den Mwellrets, die sie nackt auszogen und auf übelste Weise verprügelten. Sie brachen ihr alle Finger und schlugen ihr die Fußsohlen blutig. Sie schändeten sie, bis sie ohnmächtig wurde. Als sie wieder erwachten hängten die Rets sie mit den Handgelenken an eine der Rahen und peitschten sie erneut aus, dann ließen sie sie in der Mittagssonne dörren. Sie bekam weder Wasser noch Kleidung, und auch behandelten sie ihre Wunden nicht. Einsam und verlassen hing sie da, und Schmerz und Durst endeten bald im Delirium.

Nur einmal sprach der Morgawr noch mit ihr. »Benutze deine Gabe, kleine Seherin«, riet er ihr, während er unter ihr stand und interessiert ihre Wunden betätschelte. »Finde jene, die ich dir zu finden aufgetragen habe, und ich gewähre dir einen raschen Tod. Wenn nicht, werde ich dafür sorgen, dass deine Qualen so lange dauern, bis ich die Gesuchten selbst entdeckt habe. Es gibt eine Menge Dinge, die ich dir antun kann, und sie werden weitaus mehr wehtun als das, was du bis jetzt aushalten musstest.«

Sie war kaum mehr bei Bewusstsein, doch ihr Verstand hatte sie längst noch nicht im Stich gelassen. Falls sie ihm lieferte, was er verlangte, und ihm verriet, wo er ihre Freunde fand, würde er sie keineswegs rasch umbringen, sondern ihr das antun, was er auch mit Aden Kett gemacht hatte. Er würde sich diesen Genuss nicht entgehen lassen, ihre Seele zu fressen, die Seele einer Seherin, einfach nur, um auszuprobieren, wie es war. Nur aus einem einzigen Grund hatte er das bisher nicht getan: Weil er weiterhin hoffte, sie würde ihn zu den Gesuchten führen. Nachdem er sie hatte schinden lassen, würde sie ihm nicht mehr helfen. Seinen Hunger nach ihr konnte er ein paar Tage aushalten. In dieser Hinsicht zeigte er Geduld.

Der Tag näherte sich seinem Ende. Die Seile, mit denen sie festgebunden war, schnitten ihr fast bis auf den Knochen ins Fleisch. Arme und Schultern waren mit Blut verschmiert. Sie spürte ihre Hände nicht mehr. Ihr entblößter Leib war verbrannt, die Haut war von Sonne und Wind aufgesprungen und schmerzte unaufhörlich.

All das Leid rief Visionen hervor, von denen sie manche verstehen konnte, andere nicht. Sie sah ihre Gefährten, die Lebenden und die Toten, doch vermochte sie nicht zwischen ihnen zu unterscheiden.

Sie trieben vor ihrem inneren Auge vorbei, verweilten gerade lange genug, um sie zu erkennen, und verschwanden dann. Manchmal sprachen sie, aber fast nie begriff sie die Worte. Sie spürte, wie sie der Verstand verließ, während das Leben sich aus ihrem Körper verabschiedete und auf den dunklen Abgrund des gnadenvollen Vergessens zutrieb.

Walker, rief sie in Gedanken und flehte ihn an, zu ihr zu kommen.

Die Nacht senkte sich über das Schiff, die Mwellrets legten sich bis auf die Wache und den Steuermann schlafen. Niemand kam zu ihr. Niemand sprach mit ihr. Sie hing wie schon den ganzen Tag am Mastbaum, geschunden und sterbend. Den Schmerz spürte sie nicht mehr. Er war zwar vorhanden, doch inzwischen so sehr zu einem Teil von ihr geworden, dass sie ihn nicht mehr als etwas Außergewöhnliches wahrnahm. Sie fuhr sich mit der Zunge über die gesprungenen Lippen, damit ihr Mund nicht verklebte, und sog die kühle lindernde Nachtluft tief in sich ein. Morgen würde wieder die Sonne auf sie niederbrennen, aber sie hoffte, bis dahin tot zu sein.

Außerdem hoffte sie, dass Ahren weit fort war. Der Morgawr und seine Luftschiffe hatten ihn den ganzen Tag ohne Erfolg gesucht, also war dem Elfenprinzen die Flucht vermutlich gelungen. Er würde sich fragen, wann sie sich zu ihm gesellte, ob sie schon bald käme. Doch hatte sie nie die Absicht gehegt, die *Schwarze Moclips* zu verlassen. Ihre Visionen hatten ihr das eigene Schicksal prophezeit, ihren Tod an Bord dieses Schiffes, und sie war nicht so töricht zu glauben, sie könne ihn verhindern. Genauso wie Walker vor langer Zeit sein Schicksal in ihren Visionen gesehen hatte, hatte sie nun ihr eigenes erblickt. Die Visionen suchten eine Seherin ungebeten heim und enthüllten eben, was sie wollten. Wie jene Menschen, denen Ryer Ord Star mit Ratschlägen zur Seite stand, konnte auch sie nur das akzeptieren, was ihr offenbart wurde, und es nicht verändern.

Das jedoch, was sie dem Elfenprinzen über seine Zukunft verraten hatte, entsprach ebenfalls der Wahrheit, und ihn erwartete ein verheißungsvolleres Schicksal als sie. Er würde in den Vier Ländern weiterleben, lange noch, nachdem sie gestorben und von dieser Reise nur eine blasse Erinnerung geblieben war.

Er würde sich fragen, was aus ihr geworden war. Vielleicht würde er es erraten, wenn die Zeit verstrich und sie nicht auftauchte. Wie sie die Elfensteine vor dem Morgawr und den Mwellrets verborgen hatte, würde er allerdings nie erfahren. Dieses Geheimnis würde sie mit niemandem teilen. Außer mit Walker. Als Ahren bei dem Überfall zusammengebrochen war, hatte sie ihm die Steine schnell abgenommen, indem sie vortäuschte, ihn auf Verletzungen zu untersuchen. Da man sie mit Gewissheit durchsuchen würde, hatte sie die Steine in eine Mauerspalte gesteckt, während sich die Mwellrets mit Ahren beschäftigten. Eine einfache List, aber eine, die funktionierte. Nachdem sie einmal durchsucht worden war, stand sie nicht mehr unter Verdacht. Später hatte sie die Steine an Bord der *Schwarzen Moclips* erneut versteckt, bis die Zeit gekommen war, Ahren fortzuschicken.

Sie musste sich, wenn sie sich nicht selbst belügen wollte, eingestehen, dass sie daran gedacht hatte, ihm die Steine schon früher zu geben, damit er sie gegen ihre Peiniger einsetzte. Aber Ahren war ein Neuling, was Magie anging, der Morgawr dagegen alt und mächtig; ihn würde nur eine erfahrene, sichere Hand überwältigen können. Lediglich Walker hätte eine Chance gegen ihn gehabt, und obwohl sie so gern wie jeder andere weitergelebt hätte, war sie nicht bereit, Ahrens Leben und Schicksal auf eine Karte zu setzen, mit der sie gewiss keinen Stich holen würde. Sie hatte geschworen, ihn nach Kräften zu beschützen, um Vergebung zu erlangen für das Leid, das sie anderen zugefügt hatte, während sie der Ilse-Hexe diente. Dieses Versprechen durfte sie nicht nur halbherzig erfüllen. Sie hatte für einiges zu büßen, und ihr Tod war ein kleiner Preis im Vergleich zu ihren Sünden.

Sie hob den Kopf, das wirre Haar fiel zurück, und sie schmeckte die Nachtluft auf ihren Lippen. Jetzt wollte sie sterben, aber sie konnte nicht. Sie wollte Erlösung von den Schmerzen, von ihrer Hilflosigkeit, doch allein würde sie diese nicht finden. Dazu brauchte sie Walker. Er musste kommen.

Sie trieb zwischen Dösen und Wachen hin und her, wobei sie sich ständig bewusst war, dass sie nicht richtig schlafen konnte und dass ihr erst der Tod Ruhe schenken würde. So weinte sie um sich und über ihre Fehler, und sie wünschte, die Zeit gehabt zu haben, zu einer erwachsenen Frau heranzuwachsen. Das würde vielleicht an einem anderen Ort, in einer anderen Zeit und in einem anderen Leben geschehen.

In den frühen Morgenstunden dann geschah es endlich, als der Himmel ein klares Indigo annahm und die Sterne das Firmament erhellten, da kam er endlich, stieg aus dem Äther in einem weichen strahlenden Licht, das sie mit Hoffnung erfüllte.

Walker, flüsterte sie.

– Ich bin hier –

Ahren Elessedil flog durch die Nacht nach Norden, nachdem er von der *Schwarzen Moclips* geflohen war, und er hatte keinen Plan, außer so weit wie möglich vom Morgawr fortzukommen. Auch fehlte ihm jegliche klare Vorstellung, wo er sich befand oder welche Richtung er einschlagen sollte. Er sollte nach einem Regenwald irgendwo in den Bergen Ausschau halten, doch damit konnte er frühestens anfangen, wenn es wieder hell wurde. Die Sterne könnten ihn leiten, allerdings gab es in diesem Teil der Welt andere Sternbilder, und außerdem wurde der Himmel partiell von dem Einflügler verdeckt, so dass ihm die Navigation zusätzlich erschwert wurde.

Das schreckte ihn jedoch nicht ab. Dankbar, wieder in Freiheit zu sein, erschien ihm in seiner Euphorie jedes Problem, das auftauchen mochte, lösbar, nicht nur das, wieder in Gefangenschaft zu geraten. Der Einflügler glitt sanft auf den steten Winden der Blauen Spalte dahin. Zunächst hatte er sich Sorgen gemacht, ob er seinen Flieger in der Luft halten könnte, doch erwies sich das als relativ leicht. Die Flügelriemen erlaubten es ihm zu steuern, und die Stange, die sich unterhalb des Rahmens befand, öffnete und schloss Klappen im Segeltuch, damit er höher steigen oder sinken konnte. Solange der Wind wehte und er sich von Abwinden und Stürmen fern hielt, sollte es eigentlich keine Schwierigkeiten geben.

Auf seiner Reise hatte er viel Zeit zum Grübeln, und seine Gedanken drehten sich hauptsächlich um Ryer Ord Star. Je länger er über ihre Situation nachdachte, desto unglücklicher wurde er. Sie trieb ein gefährliches Spiel, und sie war schutzlos, wenn sie ertappt wurde. Nachdem die Mwellrets sein Verschwinden bemerkt hätten, würde sie als Erste unter Verdacht geraten. Auch war er nicht davon überzeugt, dass sie einen Fluchtweg vom Schiff finden würde, falls es so weit kam. Ob ein zweiter Einflügler an Bord versteckt war? Sie hatte ihm versprochen nachzukommen, doch so recht glaubte er ihr das nicht.

Jetzt wünschte er, dass er ihrem Wunsch nicht so schnell nachgegeben hätte. Er hätte sie zwingen sollen, ihn zu begleiten, gleichgültig, was Walker von ihr verlangte. Doch weil er selbst unbedingt von Bord wollte, hatte er sie nicht weiter bedrängt. Der Blick, den sie ihm zum Abschied zugeworfen hatte, gefiel ihm nun in der Erinnerung ganz und gar nicht. Er hatte so etwas Endgültiges ausgestrahlt – als wisse sie längst, dass sie sich nicht wieder sehen würden.

Schließlich war sie eine Seherin, und vielleicht hatte sie in einer ihrer Visionen ihr eigenes Schicksal gesehen. Aber falls sie zukünftige Ereignisse schon kannte, konnte sie nicht etwas tun, um diese zu verhindern? Er hatte keine Ahnung, und nach einer Weile hörte er auf, darüber nachzudenken. Helfen konnte er ihr sowieso erst, nachdem er die anderen gefunden hatte. Dann konnten sie zurückkehren und sie holen.

Im Herzen jedoch, wo die Wahrheit sich nicht verbergen lässt, wusste er, dass es bereits zu spät war.

Die Sonne ging auf, und er flog immer weiter. Im Licht des neuen Tages wurden die Einzelheiten der Welt unter ihm sichtbar, und er begann mit der Suche nach Stellen, die er wiedererkannte. Rasch wurde ihm klar, wie aussichtslos dies war. Von hier oben sah alles gleich aus, und er hatte nicht sehr viele Erinnerungen an den Flug auf der *Jerle Shannara* die Küste entlang, so dass er keine Ahnung hatte, wonach er Ausschau halten sollte. Eigentlich hätte er landeinwärts in Richtung der Berge fliegen sollen, doch wie weit musste er nach Norden, ehe er abbog? Ryer Ord Star hatte ihm erzählt, sie leite den Morgawr auf Walkers Bitte hin in die Irre, er solle daher die Küste meiden. Stattdessen müsse er nach einem Regenwald suchen. Aber wo? Weder den Anfang noch das Ende des Gebirgsrückens auf der Halbinsel konnte er erkennen. Die Gipfel verschwanden in Wolken, die den Horizont verhängten, was einen optischen Eindruck erweckte, als ende die Welt nach fünf Meilen. Es war unmöglich abzuschätzen, wie weit sich die Berge erstreckten. Selbst die Himmelsrichtungen konnte er ohne einen Kompass nicht genau bestimmen.

Natürlich könnte er die Elfensteine einsetzen. Sie waren Suchsteine, und mit ihnen würde er alles finden, das dem bloßen Auge verborgen war. Gleichzeitig jedoch hätte er auch den Morgawr auf sich aufmerksam gemacht, und Ahren war selbst Zeuge geworden, wie der Zauberer den Spuren von Magie so leicht folgen konnte wie ein Jäger einer Fährte. Mit den Elfensteinen würde der Elfenprinz ihn zu seinen Freunden führen, falls es Ahren gelang, sie zu finden. Dieses Risiko wollte er auf keinen Fall eingehen, sogar in höchster Verzweiflung nicht.

Mit zunehmender Helligkeit lösten sich die letzten Schatten der Nacht auf. Die Luft erwärmte sich, doch blieb es trotzdem so kühl, dass er sich wärmere Kleidung gewünscht hätte. Mit eingezogenem Kopf lenkte er den Einflügler landeinwärts, fort von der kühlen Meeresbrise. Wenn er sich nur noch ein bisschen geduldete, würde er diesen Regenwald schon entdecken und damit auch seine Freunde.

So gab er sich den ganzen Tag Zeit, drehte seine Runden in immer weiteren Kreisen und suchte den Horizont und den Boden ab, bis ihm der Kopf schmerzte. Er fand nichts – keine Spur von der *Jerle Shannara* oder seinen Freunden oder von einem Regenwald. Unten bewegte sich kaum etwas, und am Himmel gab es nur einige Falken und Möwen. Einmal sah er ein Rudel Rehe. Als der Tag dem Ende zuging und die Sonne im Westen sank, verließ ihn langsam der Mut. Er flog tiefer in die Berge hinein, doch je weiter er zwischen die Gipfel kam, desto unübersichtlicher wurde die Landschaft. Seit achtzehn Stunden war er in der Luft und hatte weder gegessen noch getrunken, und manchmal befiel ihn leichter Schwindel. Er konnte sich kaum mehr erinnern, wann er das letzte Mal geschlafen hatte. Bald würde er landen müssen. Wie er jedoch danach wieder in die Luft kommen würde, wusste er nicht.

Also blieb er oben, flog in die zunehmende Dunkelheit hinein und weigerte sich stur aufzugeben. In Kürze würde er nichts mehr sehen können. Wenn er jetzt nicht landete, musste er die ganze Nacht in der Luft bleiben, weil es zu bewölkt war, um im Schein von Mond und Sternen runterzugehen. Irgendwann würde er die Elfensteine benutzen müssen. Ihm blieb keine andere Wahl.

Er ließ die Schultern kreisen und wölbte den Rücken, um die Muskeln zu lockern, nachdem er so lange in starrer Haltung verharrt hatte. Die Dämmerung legte sich über das Land, und Ahren flog immer weiter.

Fast hatte er sich schon zum Aufgeben entschieden, als ihn die Würger fanden. Er war weit ins Binnenland vorgedrungen, hatte die Küstenvögel nicht erwartet und sich vor ihnen in Sicherheit gewähnt. Aber jeder Irrtum war ausgeschlossen, sie hatten es auf ihn abgesehen. Sie jagten ihn, dachte er, und ein Schauer lief ihm den Rücken hinunter. Der Morgawr hatte sie ausgeschickt, damit sie ihn suchten und töteten. Instinktiv wusste er das. Im silbrigen Licht nach Sonnenuntergang segelten sie auf ihn zu, sieben Stück an der Zahl, und mit ausgebreiteten Schwingen und lang gestrecktem Hals reckten sie die Hakenschnäbel wie Schwerter nach vorn.

Sofort drehte er ab und ging in einen langsamen Sinkflug über, weil der Einflügler weder sehr wendig noch sehr schnell war. Es ähnelte einer Kanufahrt durch Stromschnellen, man musste auf der Strömung reiten. Wenn er die Klappen zu weit öffnete, würde er wie ein Stein vom Himmel fallen. Für hektische Manöver war der Einflügler nicht gebaut, und auch nicht, um Würgern davonzufliegen.

In einer Spirale ging es Richtung Boden, auf schroffe Bergspitzen und Felswände zu, auf Schluchten und Spalten, und nirgendwo zeigte sich ein sicherer Landeplatz. Allerdings hatte er keine Zeit, sich deswegen Sorgen zu machen, und außerdem konnte er nichts daran ändern. Er durfte lediglich hoffen, unten zu sein, ehe die Würger ihn erreichten. Sein Flug war vorüber. Jetzt blieb nur noch abzuwarten, welches Ende er nehmen würde.

Er befand sich noch in tausend Fuß Höhe, als der erste Würger an ihm vorbeischoss und mit den Krallen das Segeltuch zerriss und den Holzrahmen beschädigte, so dass Ahren seitlich abdriftete und heftig ins Schlingern geriet. Er konnte den Einflügler wieder stabilisieren, bog scharf ab und schaute sich nach den anderen Riesenvögeln um. Wenn er vorher Angst gehabt hatte, so wurde er jetzt panisch. Hier oben war er hilflos an dieses zerbrechliche Fluggerät gefesselt und konnte sich, mitten in der Luft, vor seinen Verfolgern nicht verstecken und ihnen nicht entkommen.

Ein zweiter Würger griff an und traf den Einflügler mit solcher Wucht, dass der Stoß Ahren bis ins Mark erschütterte. Er sackte Dutzende Fuß ab, ehe er den Einflügler abfangen konnte, und selbst danach blieb der Flug unruhig und holperig. Über sich hörte er das Segeltuch knattern.

Würger mit hochgereckten Schnäbeln und ausgestreckten Krallen hatten ihn eingekreist, und in den dunklen Raubvogelgesichtern leuchteten ihre Augen mit hartem Glanz.

Benutze die Elfensteine!

Doch er konnte sie nicht erreichen, ohne die Steuerstange loszulassen, und wenn er das täte, würde er möglicherweise abstürzen. Außerdem riskierte er, die Steine fallen zu lassen. Dennoch ging er das Wagnis ein, weil er keine andere Chance mehr sah. Er ließ die Stange los, schob die rechte Hand in sein Gewand, löste die Schnüre des Beutels und fischte die Steine heraus.

Im gleichen Augenblick ging der Einflügler in einen steilen Sturzflug über. Von allen Seiten griffen die Würger an, aber das Fluggefährt lag so schief, dass sie es nicht richtig erwischten. Wild mit den Flügeln schlagend und mit ausgestreckten Beinen schossen sie an Ahren vorbei, riesige schwarze Schemen, die zunächst abwärts sausten und dann seitlich davon segelten. Der Elfenprinz schloss die Augen, um sich zu konzentrieren, suchte die Elfensteine, packte sie fest und zog sie hervor.

Dann hielt er die Hand vor sich, beschwor die Kräfte der Magie herauf und erzeugte um sich herum in der Dunkelheit eine Mauer aus blauem Licht.

Das Resultat war unerwartet. Die Magie erhellte die Umgebung mit ihrem grellen Schein und erschreckte die Würger, fügte ihnen jedoch keinen Schaden zu. Ahren hingegen trudelte plötzlich ins Leere, weil sich durch den Rückstoß der Magie sein Einflügler beinahe vollständig um seinen Körper geschlungen hatte. Zu spät fiel ihm ein, dass die Magie der Elfensteine bei selbst nicht magischen Wesen keine Wirkung zeigte. Die Würger waren gegen seine einzige Waffe unempfindlich.

Während er die Elfensteine weiterhin umklammert hielt, gab er sich alle Mühe, den Einflügler wieder unter Kontrolle zu bringen, da er zwischen so steilen Felswänden entlangsauste, dass er, falls er eine berührte, vermutlich sofort abgestürzt wäre. Die Würger folgten ihm, kreischten frustriert und voller Zorn und schossen dicht an ihm vorbei, wodurch er immer heftiger ins Trudeln geriet, bis er schließlich gar nicht mehr recht zu sagen wusste, wo oben und wo unten war.

Das war sein Ende, wurde ihm nun klar. Er war ein toter Mann. Land und Himmel wirbelten um ihn herum wie ein Kaleidoskop aus Indigo und Quecksilber, Sterne und Dunkelheit verschmolzen miteinander, während er mit allen Mitteln versuchte, seinen Sinkflug aufzuhalten. Eine Strebe brach mit lautem Knall. Die linke Flügelhälfte knickte ein.

Dann erhaschte er aus den Augenwinkeln einen Blick auf etwas Großes, nur einen Moment lang, ehe der Einflügler sich wieder in eine andere Richtung drehte. Erneut kreischten die Würger, aber jetzt, so schien es dem Elfenprinzen, vor Angst. Eine Sekunde später flatterten sie davon, ihre dunklen Silhouetten verschwanden rasch, und mit ihnen ihr Geschrei.

Ein riesiger Schatten schob sich über ihn und verfinsterte den Himmel. Ahren versuchte zu erkennen, was das war, doch das Ding stieß mit seinem Einflügler zusammen, brachte ihn abermals in eine Schräglage und packte den Rahmen. Verzweifelt bemühte sich der Elfenprinz, freizukommen und die Kontrolle über sein Fluggerät zurückzuerlangen, die Steuerungsriemen reagierten jedoch nicht.

Der Morgawr!, schoss es ihm voller Schrecken durch den Sinn. *Der Morgawr hat mich gefunden!*

Dann tauchte ein zweiter Schemen mit riesigen Flügeln und großen glänzenden Luchsaugen zwischen den Felswänden auf.

»Elfenprinz, lass los!«, rief Hunter Predd ihm durch den schattigen Dunst zu und ergriff von Obsidians Rücken aus seine baumelnden Beine.

Sofort gab Ahren alle Gegenwehr auf und tat, was man ihm gesagt hatte – zunächst ließ er die Steuerungsriemen los, bevor er die Schlaufen und Bänder des Gurtzeugs öffnete. Umgeben von Dunkelheit glitt er im tosenden Wind hinab in den Arm des Flugreiters und konnte kaum glauben, dass der Retter wirklich da war. Benommen schaute er dem Einflügler hinterher, dessen Wrack ins Leere trudelte.

»Halt dich fest«, flüsterte Hunter Predd ihm ins Ohr, wobei sich sein bärtiges Gesicht dicht an seines presste, während er mit starken Armen eine Sicherheitsleine anbrachte. »Wir haben noch ein Stück vor uns, aber jetzt bist du in Sicherheit.«

In Sicherheit, wiederholte Ahren dankbar im Stillen und begann zu zittern.

Hunter Predd schloss die starken Arme tröstend um ihn, und so folgten sie Po Kelles und Niciannon in die Nacht hinein.

Meilen entfernt, von der gleichen Dunkelheit eingehüllt wie die Flugreiter und der Elfenprinz, hing Ryer Ord Star, mit Seilen an den Handgelenken gefesselt, am Mastbaum der *Schwarzen Moclips* und schwankte leise im Wind. Blut aus den tiefen Wunden, wo die Seile sich ins Fleisch gegraben hatten, bedeckte ihre Arme, und trotz der kalten Nacht rann ihr Schweiß über Gesicht und Körper. Der Schmerz war allgegenwärtig, erfüllte ihren schlanken Leib von Kopf bis Fuß und nahm in steten Wellen zu und ab, derweil sie auf den Tod wartete.

»Walker«, flehte sie leise, »bitte hilf mir.«

Die ganze Nacht lang hatte sie nach ihm gerufen, und endlich antwortete er. Aus dem Nichts tauchte er plötzlich vor ihr in der Luft schwebend auf, seine einst dunkle Hautfarbe wirkte blass und geisterhaft, und dennoch empfand sie bei seinem Erscheinen solchen Trost, dass sie sich sogar über ein Trugbild gefreut hätte. Er trug seine Druidenrobe und war ein Schatten, der vom Tor des Todes kam, eine Präsenz, die eher ins Jenseits gehörte denn in diese Welt, und dennoch fand sie in seinen Augen, wonach sie suchte.

»Erlöse mich«, flüsterte sie mit dickem, rauem Hals. »Befreie mich.«

Er streckte den guten Arm und seine starke Hand nach ihr aus und strich ihr über die malträtierten Wangen, und seine Stimme übte heilsame Wirkung auf sie aus.

– Komm mit mir –

Hilflos schüttelte sie den Kopf. »Ich kann nicht. Die Seile halten mich fest.«

– Nur, weil du sie so fest umklammerst. Lass sie los –

Das tat sie, obwohl sie nicht recht wusste, wie, und obwohl sie es lediglich deshalb wusste, weil er gesagt hatte, dass sie dazu fähig sei. Sie glitt aus ihren Fesseln, als wären es nur lockere Bänder, und trat in die Nachtluft, als hätte ihr Körper kein Gewicht mehr. Schmerz und Furcht fielen von ihr ab wie alte Kleider. Das Leiden hatte ein Ende. Sie stand neben Walker, und nun, da er ihr die Hand zum zweiten Mal reichte, griff sie zu.

Er lächelte und zog sie zu sich heran.

– Komm fort –

Das tat sie dann, mit sich selbst im Reinen und von Frieden erfüllt, nachdem sie ihre Taten durch ihr Opfer gesühnt und Vergebung erlangt hatte; und sie warf keinen einzigen Blick zurück.

Sechsundzwanzig

Als sich Bek Ohmsford kurz nach Einbruch der Dämmerung auf die Suche nach Ahren Elessedil machte, fand er ihn am Heck der *Jerle Shannara*. Inzwischen waren sie bereits seit über drei Stunden wieder in der Luft und flogen durch dichte Wolken unter einem grauen Himmel nach Süden, um die Küste vor der Nacht zu erreichen.

Der Elfenprinz sah ihn mit müden Augen an. Er hatte zwölf Stunden geschlafen, und dennoch wirkte er erschöpft. »Hallo, Bek«, sagte er.

»Hallo, Ahren.« Bek ließ sich neben Ahren nieder und lehnte sich an die Reling. »Schön, dass wir dich wieder bei uns haben. Ich hatte schon befürchtet, wir hätten dich verloren.«

»Das habe ich ebenfalls befürchtet. Mehr als einmal.«

»Du hast wirklich Glück gehabt. Wenn Hunter Predd dich nicht im richtigen Moment entdeckt hätte … Ich habe die Geschichte gehört. Wie du das alles geschafft hast. Ich hätte das bestimmt nicht hinbekommen. So weit zu fliegen, ohne Essen und ohne auszuruhen.«

Ahren Elessedil lächelte schwach und traurig. »Wenn man nur genug Angst hat, schafft man alles.«

Daraufhin verfielen sie in Schweigen, saßen Schulter an Schulter da und starrten über die gesamte Länge des Luftschiffs hinweg in die vorbeihuschenden Wolken- und Nebelfetzen. Die feuchte Luft roch nach Meer. Redden Alt Mer und die Fahrenden hatten die Reparaturen an der *Jerle Shannara* gestern Nacht unterbrochen, hatten die geborgenen Diapsonkristalle installiert und waren beim ersten Licht gestartet. Der Kapitän wusste, dass der Morgawr Kontrolle über die Würger ausübte, welche die Küstenregion von Parkasia bevölkerten, und er befürchtete, die Vögel, welche Ahren angegriffen hatten, könnten den Zauberer alarmieren und ihn zur *Jerle Shannara* führen. Eigentlich hätte das Luftschiff einen weiteren Tag Arbeit gebraucht, doch das Risiko, länger am Boden zu bleiben, wurde zu groß. Niemand widersprach seiner Entscheidung. Die Erinnerungen an den Crake-Regenwald waren bei allen noch frisch.

In der Pilotenkanzel stand Spanner Frew am Ruder und betätigte die Steuerhebel. Hin und wieder rief er einem der Fahrenden auf Deck Befehle zu, und dann übertönte seine dröhnende Stimme das Knarren der Takelage. Viele waren nicht geblieben, denen man etwas zurufen konnte, dachte Bek. Im Kopf zählte er sie ab. Zehn, er selbst eingeschlossen. Zwölf, wenn man die Flugreiter dazunahm. Zwölf waren von den über dreißig Mann geblieben, mit denen sie vor Monaten aufgebrochen waren. Nur zwölf.

Nein, berichtigte er sich, dreizehn. Wenn man Grianne mitrechnete. Die Glückszahl dreizehn.

»Wie geht es deiner Schwester?«, erkundigte sich Ahren, als hätte er Beks Gedanken gelesen.

»Ihr Zustand ist unverändert. Sie spricht nicht, sieht mich nicht, reagiert nicht, isst und trinkt nicht. Sie sitzt einfach nur da und starrt ins Leere.« Er sah den Elfen an. »Außer einmal vor zwei Nächten. In der Nacht, in der du gerettet wurdest, hat sie Quentin geheilt.«

Er erzählte Ahren die Geschichte so ausführlich wie bereits allen übrigen, und war sich dabei durchaus über eins im Klaren: Dadurch wollte er sowohl bei sich selbst als auch bei den anderen die Hoffnung wecken, dass sich Grianne erholen und dann nicht mehr die Ilse-Hexe sein würde. Sicherlich bestand in dieser Hinsicht keine sehr große Hoffnung, doch brauchte er einfach den Glauben, dass sich all die Verluste und das Leid am Ende gelohnt hatten. Ahren hörte ihm aufmerksam zu, sein junges Gesicht war ausdruckslos, nur seine Augen verrieten, wie abwesend er war, da er über etwas anderes nachdachte.

Nachdem Bek zum Ende gekommen war, sagte er leise: »Wenigstens hast du außer dir selbst noch jemanden retten können. Mir ist nicht einmal das gelungen.«

Bek kannte die Geschichte seiner Flucht von der *Schwarzen Moclips*. Hunter Predd hatte sie ihm erzählt. Daher wusste er, worauf der Elf anspielte.

»Was hättest du denn tun sollen?«, fragte Bek und suchte nach Worten, mit denen er die Schuldgefühle des Elfenprinzen abschwächen konnte. »Sie hatte längst den Entschluss gefasst, dort zu bleiben. Daran konntest du nichts mehr ändern.«

»Vielleicht. Ich wünschte, so wäre es gewesen. Ich wollte unbedingt fliehen, nur fort von diesem Schiff, und ich habe nicht einmal versucht, sie zum Mitkommen zu bewegen.«

Bek scharrte mit dem Stiefel über das Holz des Decks. »Also, man weiß es ja nicht. Vielleicht ist sie ebenfalls geflohen. Möglicherweise hat sie genau das getan, was sie gesagt hat. Die Flugreiter halten nach ihr Ausschau. Du darfst noch nicht aufgeben.«

Ahren starrte in die Ferne. »Sie werden sie nicht finden, Bek. Ryer Ord Star ist tot. Gestern Nacht habe ich es gespürt. Ich bin ohne Grund wachgeworden, und da wusste ich es einfach. Als sie mich fortgeschickt hat, wusste sie, was geschehen würde, aber sie wollte es mir nicht sagen, weil ich dann nicht geflogen wäre. Sie hatte Walker versprochen, dort zu bleiben, und sie wollte ihr Wort nicht brechen, selbst um den Preis ihres eigenen Lebens nicht.«

Er klang verbittert und verwirrt, als würde sich diese Vermutung jeglicher logischen Erklärung entziehen.

»Hoffentlich liegst du falsch«, erwiderte Bek, weil er sonst nichts zu sagen wusste.

Ahren starrte weiterhin zum dunstverhüllten Horizont, über die gekrümmten Spitzen der Rammen hinweg, und antwortete nicht.

Redden Alt Mer ging durch den Hauptkorridor unter Deck zur Kabine des Kapitäns – die ursprünglich einmal ihm selbst gehört hatte – und suchte nach seiner Schwester. Inzwischen war er, nachdem er ohne Erfolg das Deck abgesucht hatte, sicher, dass sie sich erneut für eine Weile in den Raum zurückgezogen hatte, der eigentlich dem verwundeten Quentin Leah und der abwesenden Grianne Ohmsford zugeteilt war. Bestimmt sah die Kleine Rote nach der Hexe, um sie zu beobachten und zu studieren und um über sie nachzudenken – was ihm größere Sorgen bereitete, als er sich eingestehen wollte. Er fühlte sich besser, seit er den Mut gefunden hatte, sich den Schrecken des Crakes zu stellen und die verschollenen Diapsonkristalle zu bergen, insbesondere, nachdem er von Bek gehört hatte, wie die Hexe aus ihrem totenähnlichen Schlaf erwacht war und mit Hilfe ihrer Magie den Hochländer geheilt hatte. Ja, der Große Rote fühlte sich besser, aber noch lange nicht wohl. Die Begegnung mit dem Tod unten im Regenwald hatte ihn ausgemergelt, und er hatte keine Ahnung, auf welche Weise er die Leere in sich wieder auffüllen konnte. Die Bergung der Kristalle war sicherlich ein Anfang, doch ging ihm seine eigene Sterblichkeit nicht aus dem Sinn, und, angesichts seiner Art zu leben, war das leider nicht sehr gesund.

Im Augenblick hingegen galt seine Sorge eher seiner Schwester. Rue war schon immer die Beständigere von ihnen beiden gewesen, die Vorsichtigere, der Kapitän ihres Lebens, und sie hatte stets selbst entscheiden wollen, was das Beste für jene war, für die sie sich verantwortlich fühlte. Dabei war es ihr gleichgültig, welche Hindernisse sich ihr in den Weg stellten. In letzter Zeit hatte sie jedoch einen Wankelmut an den Tag gelegt, den er nie zuvor an ihr bemerkt hatte. Dabei wirkte sie keineswegs weniger entschlossen, nur schien sie unsicher zu sein, zu was sie sich entschließen sollte.

Ihr Verhalten der Ilse-Hexe gegenüber war ein Beispiel dafür. Am Anfang war er fraglos davon überzeugt gewesen, dass Rue sich ihrer entledigen würde, sobald sich ihr eine Gelegenheit bot. Sie würde es auf eine Weise tun, die jeglichen Verdacht von ihr ablenkte, wegen ihrer Gefühle für Bek, doch nichtsdestoweniger würde sie es trotzdem tun. Hawks Tod verlangte das. Aber durch irgendeinen Umstand hatte sie ihre Meinung geändert, durch ein Ereignis, das ihm vollkommen entgangen war, und offensichtlich hatte dieses Ereignis einen erstaunlichen Wandel in ihrem Denken hervorgerufen.

Er schüttelte den Kopf und wünschte sich nur, er wüsste, was dieses Ereignis war. Seit gestern, genauer gesagt, seit sie mit Bek aus dem Crake zurückgekehrt war, um das Schwert von Leah zu bergen – eine Unternehmung, die er sofort unterbunden hätte, wenn er davon erfahren hätte –, ging sie so oft wie möglich nach unten. Sie hatte bei der Hexe Wache gehalten, als wolle sie sehen, was geschähe, wenn Grianne erwachte, als wolle sie sich überzeugen, was für ein Wesen sie eigentlich sei. Zunächst hatte er geglaubt, sie lauere auf eine Gelegenheit, um der Hexe den Garaus zu machen. Im Laufe der Zeit jedoch, als Rue eine Gelegenheit nach der anderen verstreichen ließ, begann er sich zu wundern. Hier ging es keineswegs um Rache für Hawk und die anderen, hier ging es um etwas anderes. Er jedenfalls stand vor einem Rätsel.

Jetzt schob er die Tür zu seiner Kabine auf, und da saß sie neben Beks Schwester, hielt ihre Hand und starrte in die leeren Augen. Diese Szene erschien ihm so seltsam, dass er einen Augenblick sprachlos stehenblieb.

»Mach die Tür zu«, sagte sie leise und ließ sich nicht herab, ihm einen Blick zuzuwerfen.

Er schloss die Tür, dann stellte er sich an einen Punkt, wo sie ihn sehen konnte, hockte sich einen Moment lang neben Quentin Leah hin und maß den Puls des Hochländers.

»Kräftig und gleichmäßig«, sagte die Kleine Rote. »Bek hatte Recht. Sie hat Quentin das Leben gerettet, ob sie es nun wollte oder nicht.«

»Bist du deshalb hier?«, fragte er, erhob sich wieder und begutachtete den Hochländer mit einem weiteren Blick. »Willst du in Erfahrung bringen, ob es Zufall war oder nicht?«

»Nein«, entgegnete sie.

»Was dann?«

»Ich versuche herauszufinden, wo sie ist. Weil ich wissen will, wie ich sie erreichen kann.«

Er starrte seine Schwester an und konnte nicht ganz glauben, was er da hörte. Sie beugte sich nach vorn, und ihr Gesicht war jetzt nur wenige Zoll von dem der Hexe entfernt. In ihren grünen Augen sah er keine Angst, keinen Hinweis darauf, dass sie das Risiko begriff. Locker hielt sie Griannes Hände und streichelte sie in kleinen Kreisen.

»Bek sagte, sie würde sich vor der Wahrheit über sich selbst verstecken, und die Magie des Schwertes von Shannara habe ihr diese Wahrheit gezeigt, was sie wiederum überfordert hat, und deshalb ist sie davor geflohen. Walker hat ihm gesagt, sie werde zurückkommen, sobald sie einen Weg gefunden hat, sich selbst auch ihre schlimmsten Untaten zu verzeihen. Ganz schön viel verlangt, denke ich, allein, sie alle aufzuzählen.« Sie hielt kurz inne. »Ich möchte ausprobieren, ob vielleicht eine Frau zu ihr vordringen kann, wo es ein Mann nicht schafft.«

Er nickte. »Ich schätze, das wäre durchaus möglich.«

»Aber du hast keine Ahnung, weshalb ausgerechnet ich das versuche.«

»Ich schätze, du hast Recht.«

Eine Zeit lang sagte sie nichts, saß nur schweigend und reglos da und sah Grianne Ohmsford in die eigentümlichen blauen Augen. Die Ilse-Hexe war gerade dem Kindesalter entwachsen, bemerkte Alt Mer. Sie war so jung, dass man sie gar nicht mit allen Taten in Verbindung bringen konnte, die sie angeblich begangen hatte. In ihrem komaähnlichen Zustand wirkte sie so vollkommen unschuldig, als sei sie zu Arglist oder Bösartigkeiten oder jeglicher Form von Wahnsinn nicht fähig. Irgendwie hatten sie das alles falsch verstanden, und sie brauchte nur aufzuwachen und die Sache richtig zu stellen.

Auf diese Weise konnte man leicht einer gefährlichen Täuschung unterliegen, dachte er.

Sie wandte ihm den Blick zu. »Ich tue es für Bek«, sagte sie, als müsse sie es erklären, dann wandte sie rasch ihre Aufmerksamkeit wieder Grianne zu. »Vielleicht auch wegen Bek.«

Alt Mer stellte sich so, dass sie ihn nicht mehr sehen konnte, weil Zweifel sein sonnengebräuntes Gesicht umwölkten. »Bek erwartet das nicht von dir. Du bist nicht für seine Schwester verantwortlich. Warum tust du es trotzdem?«

»Das verstehst du doch nicht«, erwiderte sie.

Er wartete, ob sie etwas hinzufügen würde, doch sie sagte nichts mehr. Schließlich räusperte er sich. »Was verstehe ich nicht, Rue?«

Sie ließ ihn eine ganze Weile schmoren, ehe sie antwortete, und später begriff er, dass sie überlegte, ob sie ihm die Wahrheit erzählen sollte oder nicht und dass diese Entscheidung für sie schwerer zu treffen war, als sie erwartet hatte. »Ich bin in ihn verliebt«, sagte sie schließlich.

Damit hatte er nicht gerechnet, ja, er hatte diese Möglichkeit nicht für einen Augenblick in Betracht gezogen, und doch, als er es hörte, ergab es durchaus einen Sinn. Er erinnerte sich an ihre Reaktion angesichts seiner Entscheidung, Bek mit in den Crake zu nehmen, sie dagegen oben beim Schiff zu lassen. Daran, wie sie sich um den Jungen gekümmert hatte, als könne nur sie ihn wieder auf die Beine bringen, nachdem Hunter Predd ihn aus der Bergwildnis mitgebracht hatte.

Und Bek war inzwischen kein Junge mehr, wie ihm bereits vor einigen Tagen aufgefallen war. Er war jetzt ein Mann, war auf dieser Reise erwachsen geworden, hatte sich sehr stark verändert, ja, und sich quasi in einen anderen verwandelt.

Trotzdem konnte er nicht glauben, was er da hörte. »Wann ist das denn passiert?«

»Ich weiß nicht.«

»Und bist du dir sicher?«

Darauf gab sie erst gar keine Antwort, doch er sah, wie sie leicht die Schultern hob, als wollte sie die Frage mit einem Achselzucken abtun.

»Ihr scheint so wenig zueinander zu passen«, fuhr er fort und erkannte sofort, dass er einen Fehler gemacht hatte. Augenblicklich sah sie ihn an, durchbohrte ihn mit ihrem Blick und enthüllte so unübersehbar ihre Feindseligkeit. »Werd nicht gleich wütend auf mich«, fügte er rasch hinzu. »Ich sage dir nur, wie ich die Dinge einschätze.«

»Du hast keine Ahnung, großer Bruder, wer zu mir passt«, entgegnete sie leise und richtete den Blick wieder auf die Hexe. »Und die hast du nie gehabt.«

Er nickte und akzeptierte die Zurechtweisung. Daraufhin setzte er sich, da er über die Sache sprechen wollte und der Meinung war, dies würde eine Weile dauern, obwohl er nicht wusste, was er sagen würde. Oder sollte. »Ich habe das Gleiche gedacht wie Hawk – dass du dich niemals mit irgendwem einlassen würdest, weil du es mit keinem Mann aushalten würdest.«

»Nun, ihr habt euch wohl geirrt.«

»Mir scheint es nur so, als würdet ihr jeder ein so unterschiedliches Leben führen. Wenn ihr auf dieser Reise nicht zufällig aufeinander gestoßen wäret, hätten sich eure Wege niemals gekreuzt. Hast du schon darüber nachgedacht, was passiert, wenn du wieder zu Hause bist?«

»Falls ich wieder nach Hause komme.«

»Sicherlich. Dann kehrt Bek ins Hochland zurück, und du bist wieder eine Fahrende.«

Sie atmete scharf aus, ließ Grianne Ohmsfords Hände los und wandte sich ihm zu. »Wir sollten besser eines klar stellen. Ich habe dir erzählt, was ich für Bek empfinde. Das ist alles noch sehr neu für mich, und ich versuche gerade herauszufinden, was es für mich bedeutet. Dabei will ich nicht allzu weit in die Zukunft denken. Aber bei manchen Dingen bin ich mir sehr sicher. Mein jetziges Leben hängt mir zum Halse heraus. Und zwar schon seit einer ganzen Weile. Auf der Prekkendorranischen Anhöhe hat es mir überhaupt nicht gefallen, und seitdem war mir eigentlich das meiste egal. Ich dachte, diese Reise und die weite Entfernung von allem, was ich bisher kannte, würden die Lage ändern. Hat es aber nicht. Stattdessen habe ich das Gefühl, ich sei jahrelang durch die Gegend gezogen und nie irgendwo angekommen. Das ist aber nicht das, was ich will. Deshalb bin ich bereit, mir Bek mal genauer anzuschauen, um zu sehen, ob er mir vielleicht das geben kann, was ich suche.«

Redden Alt Mer wich ihrem Blick nicht aus. »Da lädst du ihm eine Menge auf, nicht?«

»Ich lade ihm gar nichts auf. Ich trage diese Bürde ganz allein. Er liebt mich ebenfalls, Redden. Er liebt mich so wie niemand zuvor. Nicht meines Aussehens oder meiner Fähigkeiten wegen. Nicht, weil er irgendeine Vorstellung hat, wer ich bin. Es geht viel tiefer. Er berührt Stellen, die Worte nicht ausdrücken können und auch nicht müssen. Es macht einen Unterschied, wenn jemand dich auf diese Weise liebt. Mir gefällt es jedenfalls so gut, dass ich nicht darauf verzichten will, ehe ich mir die Zeit genommen habe zu erkunden, wohin es mich führt.«

Sie schob sich in eine andere Sitzposition, wobei man ihr deutlich anmerkte, wie schwer ihr das wegen ihrer Verletzungen und Wunden fiel, die noch längst nicht verheilt waren. »Ich wollte die Ilse-Hexe töten«, sagte sie. »Ich hatte die feste Absicht, es zu tun, sobald ich nur dazu in der Lage wäre. Denn ich habe gedacht, das sei ich Hawk schuldig. Aber jetzt bin ich nicht mehr fähig dazu. Nicht solange Bek daran glaubt, sie könnte aufwachen und wieder seine Schwester sein. Nicht nachdem, was er getan hat, um sie zu beschützen und ihr die Chance zu geben, wieder gesund zu werden. Dazu habe ich kein Recht, nicht einmal, wenn ich dadurch den Verlust von Hawk besser verschmerzen würde.

Aus diesem Grunde habe ich beschlossen, das zu versuchen, was Bek nicht gelungen ist. Ich habe mich entschieden, den Versuch zu unternehmen, sie zu erreichen, den Ort zu suchen, an dem sie sich aufhält, das zu entdecken, wovor sie sich versteckt, und den Versuch zu unternehmen, ihre Gefühle zu verstehen. Ich habe mich entschieden, sie spüren zu lassen, dass sich noch jemand Sorgen um sie macht. Vielleicht gelingt es mir ja. Aber selbst wenn nicht, muss ich es wenigstens probieren. Weil das die Liebe eben von dir verlangt – dich einer Sache hinzugeben, an die jemand anders glaubt, selbst wenn du selbst daran zweifelst. Genau das möchte ich für Bek tun. Solche Gefühle hege ich für ihn.«

Sie wandte sich wieder Grianne Ohmsford zu, ergriff die Hände des Mädchens und hielt sie fest. »Ich habe die Hoffnung nicht aufgegeben, dass ich ihr helfen kann, und vielleicht helfe ich mir selbst ebenfalls dabei. Ich bin genauso verwirrt wie sie. Wenn ich sie finde, dann finde ich möglicherweise auch mich selbst. Durch Bek. Durch die Gefühle, die ich für ihn hege.« Sie beugte sich wieder vor und schob ihr Gesicht so dicht an Griannes heran, dass man fast meinen mochte, sie würde die Hexe küssen. »Ich glaube weiterhin, es könnte möglich sein.«

Schweigend starrte er sie an und dachte, wie wenig sicher er sich war und wie verwirrt er selbst sich fühlte. Diese Reisen durch die große weite Welt hatten ihm das Gefühl beschert, von allem losgelöst zu sein, als wäre das Leben etwas Flüchtiges, dem er hinterherjagte und das er nie einholte.

»Geh jetzt und lass mich allein«, sagte sie. »Flieg dieses Luftschiff dorthin zurück, wo wir hergekommen sind. Bring uns sicher nach Hause. Vielleicht verstehen wir einander dann besser als jetzt.«

Er erhob sich, betrachtete sie einen Moment lang und überlegte, ob er etwas sagen sollte. Aber ihm fiel nicht das Passende ein.

Also ließ er sie allein, damit sie tun konnte, was sie für richtig hielt, und ging wortlos hinaus.

Bek Ohmsford saß noch mit Ahren an der Reling und schaute zu, wie Redden Alt Mer die Kajütstreppe hinaufkam und ihm einen

Blick zuwarf. Angesichts der Miene des Kapitäns, in der sich Enttäuschung, Verwunderung und Nachdenklichkeit mischten, konnte Bek erahnen, was los war. Der Blick dauerte nur eine Sekunde, dann wandte sich Alt Mer wieder ab, ging hinüber zur Pilotenkanzel, kletterte hinauf zu Spanner Frew und richtete seine Aufmerksamkeit auf die dahintreibenden Wolken.

»Ich habe gehört, Panax ist in Parkasia geblieben?«, sagte Ahren und riss Bek aus seinen Gedanken.

Abwesend nickte Bek. »Er meinte, er habe diese Reise satt, es gefiele ihm, wo er sei, und er wollte bleiben. Da Walker und Truls Rohk beide tot seien, gebe es auch nichts mehr, das ihn nach Hause ziehe. Ich kann ihm diese Entscheidung nicht zum Vorwurf machen.«

»Ich kann es gar nicht erwarten, nach Hause zu kommen. Und wenn ich erst da bin, werde ich nie wieder fortgehen.« Der Elf verzog das Gesicht zu einer Grimasse. »Was hier geschehen ist, finde ich einfach nur schrecklich, alles miteinander.«

»Es hat uns auch nicht viel eingebracht, nicht?«

»Walker meinte doch, aber ich glaube ihm nicht.«

Bek verfolgte das Thema nicht weiter und erinnerte sich daran, dass Walker ihm gesagt hatte, seine Schwester sei der eigentliche Grund, weshalb er nach Parkasia gekommen sei, und sie sicher nach Hause zu bringen sei das neue Ziel dieser Reise. Bek verstand nicht, warum das so wichtig sein sollte. Dabei war nicht einmal sicher, ob sie es wirklich heim schaffen würden und ob seine Schwester jemals wieder aufwachen würde. Die Wahrheit war nun einmal, dass sie die Bücher der Magie hatten finden wollen und gescheitert waren. Zwar hatten sie Antrax zerstört und damit verhindert, dass abermals jemand so endete wie Kael Elessedil, doch dafür hatten sie mit hohen Verlusten bezahlt. Der Preis war zu hoch gewesen, in Anbetracht ihrer übersteigerten Erwartungen. Zu hoch für das, was man ihnen versprochen hatte.

»Ryer hat gesagt, ich würde König der Elfen werden«, sagte Ahren leise. Er sah Bek verkniffen an. »Das kann ich mir überhaupt nicht vorstellen. Sogar, wenn man mir die Krone anböte, würde ich sie wahrscheinlich nicht annehmen. Nach dem, was hier passiert ist, möchte ich für niemanden außer mir selbst die Verantwortung übernehmen.«

»Was wirst du denn machen, wenn wir wieder zu Hause sind?«, fragte ihn Bek.

Sein Freund zuckte mit den Schultern. »Darüber habe ich noch nicht nachgedacht. Wahrscheinlich werde ich mich irgendwo verkriechen. Mit meinem Zuhause habe ich das Westland im Allgemeinen gemeint, mehr nicht. In Arborlon möchte ich nicht leben. Nicht, solange mein Bruder König ist. Mir hat es bei Ard Patrinell gefallen, als der mich unterrichtet hat. Ihn vermisse ich am meisten neben Ryer. Sie war eine sehr außergewöhnliche Frau.«

Er presste die Lippen zusammen, als ihm die Tränen in die Augen stiegen, und verunsichert schaute er zur Seite. »Vielleicht gehe ich gar nicht nach Hause.«

Bek dachte an die Toten, an die Männer und Frauen, die diese Reise mit solchem Wagemut angetreten hatten. Wen würde er am meisten vermissen? Am Anfang hatte er keinen von ihnen gekannt, am Ende hatte er allen nahe gestanden. Das Fehlen von Walker und Truls Rohk, die seine Lehrer und Beschützer gewesen waren, hatte vielleicht die größte Lücke hinterlassen. Aber die anderen waren, mehr als der Druide und der Gestaltwandler, seine Freunde gewesen. Er konnte sich nicht vorstellen, wie sein Leben ohne sie aussehen würde, ja, nicht einmal, wie es sein würde, nachdem die verbliebene Reisegesellschaft sich aufgelöst hatte. Seine Zukunft erschien ihm unklar und wirr, und er hatte das Gefühl, die Trümmer seiner Vergangenheit würde er niemals forträumen können.

Er ließ den Blick übers Deck schweifen und suchte Rue Meridian. Sie war seine Zukunft, oder zumindest ein großer Teil davon. Seit ihrer Rückkehr aus dem Crake-Regenwald hatte er sie kaum zu Gesicht bekommen. Während die *Jerle Shannara* zum Abheben klargemacht wurde, hatte es keine Zeit gegeben, denn sie hatten es eilig, weil der Morgawr im Anmarsch war. Aber auch danach hatte sie sich sehr zurückgezogen. Er wusste, sie verbrachte viel Zeit bei seiner Schwester, und zuerst hatte er an ihren guten Absichten gezweifelt.

Doch erschien es ihm falsch, ihr zu misstrauen, wenn sie tatsächlich das für ihn empfand, was sie gesagt hatte. Er fühlte sich kleinkariert und armselig. Bestimmt hatte sie ihre Wut und ihre Enttäuschung, was Griannes Anwesenheit betraf, überwunden und hielt es nicht mehr für notwendig, etwas gegen sie zu unternehmen. Und sicherlich würde sie, weil sie ihn liebte, seiner Schwester helfen wollen.

Also ließ er sie in Ruhe und dachte, sie würde schon zu ihm kommen, wenn sie dazu bereit wäre. Nur weil sie allein sein wollte, fühlte er sich nicht weniger hingezogen zu ihr. Er glaubte auch nicht, dass er ihr deswegen weniger bedeutete. Sie hatten stets die Gefühle des anderen gegenseitig sehr deutlich empfunden, sogar schon in den ersten Tagen der Reise, als sie Freundschaft geschlossen hatten. Großartige Beteuerungen waren nie wichtig gewesen. Daran hatte sich nichts geändert. Freundschaft erforderte Freiraum und Toleranz. Liebe ebenfalls.

Trotzdem vermisste er sie. Er wusste, er könnte sie in der Kabine des Großen Roten aufsuchen, und sie würde nicht verärgert sein. Allerdings wäre es vielleicht besser, wenn er ihr die Möglichkeit gab, ihre eigene Art und Weise zu finden, mit Grianne umzugehen.

»Vielleicht gehe ich auch nach Hause«, flüsterte er in sich hinein.

Dessen war er sich jedoch nicht mehr sicher.

Am späten Nachmittag tauchten die Flugreiter wieder auf, angestrahlt vom roten Schein der untergehenden Sonne. Die *Jerle Shannara* war keine Stunde mehr von der Küste entfernt, und bislang hatten sie keine Spur von den Luftschiffen des Morgawrs gesehen. Nachdem die Flugreiter zurückgekehrt waren, beabsichtigte Redden Alt Mer, nach Süden abzudrehen und an den Klippen entlang zum Südende der Halbinsel zu fliegen, von wo es dann hinaus auf die Blaue Spalte gehen sollte.

Hunter Predd brachte Obsidian dicht heran, öffnete das Sicherheitsgeschirr, packte die Strickleiter und stieg zur Reling am Heck empor. Alt Mer streckte ihm die Hand entgegen, der Flugreiter ergriff sie und zog sich an Bord. Sein schlankes Gesicht war dreckverschmiert und schweißnass. In seinen harten Augen spiegelte sich das blutrote Licht des Sonnenuntergangs. Er blickte sich auf dem Luftschiff um, ohne ein Wort zu sagen, öffnete und schloss die schwieligen Hände, die in Lederhandschuhen steckten, und reckte die Arme über den windzerzausten Kopf.

»Wir sind ihnen ungefähr einen Tag voraus«, sagte er schließlich, und zwar so leise, dass ihn niemand sonst verstehen konnte. »Sie sind nördlich von uns, haben sich am Rand der Berge zerstreut und sind ins Landesinnere unterwegs. So wie es aussieht, vermuten sie uns immer noch dort.«

Alt Mer nickte. »Gute Nachrichten, würde ich sagen.«

Er hielt dem Flugreiter einen Wasserschlauch hin, den dieser wortlos entgegennahm und leer trank. »Vor zwei Stunden ist mir das Wasser ausgegangen.« Er reichte den Schlauch zurück.

»In einer Stunde wird es dunkel sein. Danach werden wir nicht mehr so leicht aufzuspüren sein, vor allem nicht, wenn wir draußen auf dem Wasser sind.«

»Vielleicht. Vielleicht auch nicht. Sie haben uns jedenfalls von Anfang an aufgespürt. Nur ein einziges Mal sind sie in Schwierigkeiten geraten, nämlich nach dem Absturz. Und sicherlich willst du diese Taktik nicht ständig anwenden, oder?«

Alt Mer grunzte nichts sagend, blickte hinaus über die Reling in die Dunkelheit hinter ihnen und sah Phantome in den Wolken, die vor den Bergen entlang zogen. Der Flugreiter hatte Recht. Er hatte keinen Grund anzunehmen, sie könnten dem Morgawr für alle Zeiten entwischen. Die besten Aussichten hatten sie, wenn sie so viel Abstand zwischen sich und ihre Verfolger brachten, wie sie nur konnten. Die Geschwindigkeit würde darüber entscheiden, ob sie fliehen konnten oder ob sie gezwungen sein würden, sich einem Kampf zu stellen. Und was die Geschwindigkeit betraf, so hatte selbst die *Schwarze Moclips* der *Jerle Shannara* nichts entgegenzusetzen.

»Eine Sache wäre da noch«, sagte Hunter Predd, nahm seinen Arm und führte ihn in die abgelegenste Ecke des hinteren Decks. Niemand war in der Nähe. Sogar Bek und der Elfenprinz waren nach unten gegangen. »Wir haben die Leiche der Seherin gefunden.«

Redden Alt Mer seufzte. »Wo?«

»Sie trieb einige Meilen westlich von hier im Meer. Fürchterlich zugerichtet und in Teile gehackt. Ich hätte sie überhaupt nicht erkannt, wäre nicht Obsidian gewesen. Rocks sehen viel besser als Menschen.«

Er blickte Alt Mer aus seinen harten Augen und dem wettergegerbten Gesicht an und schüttelte den Kopf. »Erzähl es dem jungen Elessedil, wenn du es über dich bringst. Ich kann es nicht. Ich habe schon genug schlechte Nachrichten überbracht.«

Damit fasste er Alt Mers Arm, drückte fest zu und ging davon. Kurz darauf war er das Seil hinuntergeklettert, saß wieder auf Obsidian und flog mit ihm in die Dunkelheit hinaus. Redden Alt Mer stand allein an der Reling und wünschte, er könnte mit ihm fliegen.

Siebenundzwanzig

Nach einem nächtlichen Flug erreichte die *Jerle Shannara* in der Morgendämmerung die Spitze der Halbinsel. Die Flugreiter waren vorausgeflogen, um zu kundschaften, und waren nicht auf die Schiffe des Morgawrs gestoßen. Da es keine Spur von den Verfolgern gab, machte man sich frohen Mutes auf den Heimweg über die Blaue Spalte.

Vom Hinflug wussten sie, dass die Reise mehr als sechs Monate in Anspruch nehmen würde, und das nur, falls alles wie am Schnürchen lief. Jede Unterbrechung des Fluges, jede Landung würde die Dauer entsprechend verlängern. Dementsprechend musste man schon eine gewisse Geschwindigkeit vorlegen, und Redden Alt Mer verschwendete keine Zeit, allen an Bord zu erklären, was das bedeutete. Sie waren nur noch dreizehn, von denen zwei nicht in der Verfassung waren, bei den anstehenden Aufgaben zu helfen. Auch Rue Meridian durfte man in den nächsten Wochen zu körperlichen Arbeiten nicht heranziehen. Die Flugreiter waren an Bord des Luftschiffes wenig nützlich, da sie auf ihren Rocks nach Vorräten und Wasser suchen sowie nach den Verfolgern Ausschau halten sollten.

Blieben also acht Männer, die arbeitsfähig waren – Spanner Frew, die Fahrenden Kelson Riat, Britt Rill und Jethen Amenades, die Elfen Ahren Elessedil und Kian, dazu Bek Ohmsford und der Kapitän selbst. Während Bek den fünf Fahrenden beim Steuern des Luftschiffs eine große Hilfe war, mangelte es den Elfen an den notwendigen Kenntnissen und entsprechender Erfahrung, so dass sie lediglich einfache Aufgaben übernehmen konnten.

Es war eine kleine Gruppe, um ein Luftschiff vierundzwanzig Stunden am Tag zu fliegen, und das sechs Monate lang. Damit ihnen dieses Unternehmen gelang, mussten sie ausgesprochen organisiert ans Werk gehen und brauchten dazu eine anständige Portion Glück. Alt Mer hatte keinen Einfluss auf Letzteres, daher konzentrierte er sich auf die Organisation.

Er stellte also einen Dienstplan für die acht Männer auf, die ihm zur Verfügung standen, und dabei achtete er darauf, dass die beiden Elfen niemals zur gleichen Schicht gehörten. Mindestens drei Mann waren notwendig, um die *Jerle Shannara* ohne Risiko zu fliegen, und so richtete er rotierende Acht-Stunden-Schichten ein, wobei für die Zeit von Mitternacht bis zum Morgen nur jeweils zwei Mann eingeteilt wurden, weil dann auf dem Schiff weniger zu erledigen war. Diese Lösung war nicht perfekt, aber etwas Besseres fiel ihm nicht ein. Rue beschwerte sich als Einzige darüber, doch er beschwichtigte sie, indem er ihr die Navigation übertrug, und so bezog er sie in die Arbeiten an Bord mit ein und beschäftigte sie nicht mit der Pflege der Verwundeten.

Oberflächlich betrachtet sah die Situation gut aus. Sie hatten ausreichend Vorräte für die nächsten Wochen und außerdem eine Ausrüstung zum Jagen und Fischen, um sich Nachschub zu verschaffen. Wasser war schon ein größeres Problem, allerdings glaubte Alt Mer, dass die Flugreiter dafür eine Lösung finden würden. Waffen für den Fall eines Angriffs gab es reichlich. Nachdem sie die beschädigten Diapsonkristalle ersetzt hatten, flog das Luftschiff wieder mit voller Kraft. Da die *Jerle Shannara* das schnellste Schiff der Vier Länder war, durfte es keinem anderen, auch nicht der *Schwarzen Moclips*, gelingen, sie einzuholen.

Leider entsprach der äußere Schein nicht ganz den Tatsachen. Die *Jerle Shannara* hatte einiges aushalten müssen, seit sie von Arborlon gestartet war. Wiederholt war sie beschädigt worden, einmal sogar abgestürzt und an mehr Stellen ausgebessert, als Alt Mer zählen konnte. Auch ein Schiff, das Spanner Frew gebaut hatte, konnte solchen Härten nicht ohne weiteres standhalten. Die *Jerle Shannara* war gewiss immer noch ein gutes Schiff, doch nicht mehr das gleiche, das es beim Aufbruch gewesen war. Wenn sie nur die halbe Strecke, die vor ihnen lag, durchhielte, würde das schon an ein Wunder grenzen. Wahrscheinlich würde sie jedoch irgendwo unterwegs Schaden erleiden. Die entscheidende Frage lautete dann, wie groß dieser sein würde. Wenn die Reparaturen zu viel Zeit in Anspruch nahmen, würde der Morgawr sie einholen.

Redden Alt Mer war ein realistischer Mann, und er wollte niemandem vormachen, dass der Zauberer ihre Spur nicht finden würde. Wie Hunter Predd treffend bemerkt hatte, war ihm das ja schon einmal gelungen, daher musste man erneut damit rechnen. Dieser Ozean hatte riesige Ausmaße, und man konnte unzählige Kurse setzen, doch letzten Endes wollten sie nach Hause fliegen. Wenn sie nicht den direktesten Kurs erwischten, bestand die Gefahr, dass der Morgawr mit seinen Luftschiffen an ihnen vorbeiziehen und ihnen irgendwo auflauern würde. Erreichten sie die Vier Länder jedoch vor ihren Feinden, hatten sie die Chance, Schutz und Verbündete zu finden. Diese Aussicht gefiel Alt Mer wesentlich besser.

Also wandte er sich als Kapitän und als Anführer der Expedition an die anderen Teilnehmer und erteilte die entsprechenden Anweisungen, wobei ihm klar war, dass er bestenfalls das Schlimmstmögliche verhinderte. Aber ein guter Luftschiffkapitän wusste auch, welche Kapriolen beim Fliegen möglich sind, und Routine und Ordnung waren die geeignetsten Mittel, Vorkehrungen dagegen zu treffen. Dem Pech konnte man nicht ewig aus dem Weg gehen, aber man brauchte ja auch nicht gleich darauf zuzusteuern. Mit ein bisschen Glück hielt man sich davon fern, und bislang hatte er immer Glück gehabt. Angesichts dessen, was das Schiff bis zu diesem Zeitpunkt schon überstanden hatte, war er geneigt zu glauben, dass seine Glückssträhne noch nicht zu Ende war.

Dabei blieb es auch in den folgenden Wochen. Sie hatten gutes Wetter, steten Wind und klaren Himmel, und in schöner Regelmäßigkeit bot sich ihnen die Gelegenheit, ihre Wasser- und Essensvorräte aufzufüllen. So flogen sie über die Blaue Spalte dahin, ohne ihr Tempo zu verringern oder landen zu müssen. Die Strahlungssammler fransten aus, Ambientlichtsegel rissen, Trennröhren mussten neu eingestellt werden, und die Steuerung setzte aus, doch solche Vorkommnisse hatte Alt Mer erwartet, und kein Schaden war so schwer, dass er nicht bald behoben werden konnte.

Wichtiger jedoch: Von den Schiffen des Morgawrs war keine Spur zu sehen, und nichts deutete darauf hin, dass sie von dem Zauberer verfolgt wurden.

Alt Mer hielt seine kleine Mannschaft ständig zur Arbeit an, und wenn es notwendig war, suchte er zusätzliche Aufgaben, um die Männer von ihren Problemen abzulenken und ihnen die Langeweile zu vertreiben. Zunächst war die Stimmung an Bord getrübt, was man auf die erlittenen Verluste und schrecklichen Erlebnisse in Parkasia zurückführen konnte. Zeit und zunehmender Abstand hatten jedoch heilsame Wirkung, und nach und nach besserte sich die Laune. Mit jedem verstrichenen Tag wuchsen Zuversicht und Hoffnung, und dazu trug auch die Routine an Bord bei, die die Gedanken an die Gefahren und Unwägbarkeiten zerstreute. Sie begannen, wieder an sich selbst und eine sichere Zukunft in den Vier Ländern zu glauben, an ein Leben nach den entsetzlichen Ereignissen der letzten Wochen.

Ahren Elessedil fasste wieder neuen Mut. Gewiss hatte er Schaden genommen, aber Bek hatte den Eindruck, dieser Schaden könne repariert werden, und mit der Zeit würde Ahren bestimmt auch den Verlust von Ryer Ord Star verkraften. Nachdem der Elf aus dem Mund des Großen Roten vom Tode der Seherin gehört hatte, brach er vollkommen zusammen. Er aß nicht mehr und sprach nicht mehr.

Bek kümmerte sich um ihn, blieb in seiner Nähe, redete mit ihm, obwohl er nicht antwortete, und brachte ihm Wasser und Essen, bis er wieder aß und trank.

Endlich erholte er sich langsam. Inzwischen gab er sich nicht mehr die Schuld an Ryers Tod. Allerdings fiel es ihm schwer, über sie zu reden, und Bek vermied es bei ihren Gesprächen, die Seherin zu erwähnen. Oft unterhielten sie sich über Grianne, deren Zustand seit dem Aufbruch von Parkasia unverändert geblieben war. Unbeirrt starrte sie wie eine Statue ins Leere und reagierte nicht. Sie sprachen darüber, was sie für Quentin getan hatte und welche Auswirkungen das auf ihre eigene Heilung haben würde. Ahren war eine große Stütze, was Bek in Anbetracht des Kummers, den sie ihm – direkt oder indirekt – bereitet hatte, erstaunte. Aber Ahren war offensichtlich mit bedingungsloser Versöhnlichkeit und unendlichem Wohlwollen gesegnet, und er legte eine Reife an den Tag, die er bei ihrem Aufbruch von Arborlon vor vielen Monaten noch nicht besessen hatte. Das Gleiche galt jedoch auch für Bek.

Quentin ging es immer besser. Er war häufig wach, wenn auch manchmal nur für kurze Zeit, doch war er schwach und durfte das Bett nicht verlassen. Es würde Wochen dauern, ehe er aufstehen konnte. An die Ereignisse im Crake oder an das heilende Wunschlied von Grianne konnte er sich so gut wie gar nicht erinnern. Doch Bek erzählte es ihm, saß jeden Tag bei ihm und sah gelegentlich das alte Lächeln und den alten Witz wieder aufblitzen. Bei jedem Besuch entdeckte er ermutigende Zeichen.

Auch mit Grianne verbrachte Bek Zeit, er sprach mit ihr und sang für sie und probierte jede Möglichkeit aus, zu ihr vorzudringen, leider vergeblich. Sie hatte sich wieder verschlossen. Durch nichts konnte er eine Reaktion bei ihr hervorrufen. Es blieb ein Geheimnis, warum sie beim ersten Mal aus sich herausgekommen war, und es raubte Bek fast den Verstand, dass es nicht ein zweites Mal passierte. Er hatte keine Erklärung dafür, und das Unvermögen, dieses Rätsel zu lösen, war niederschmetternd.

Nichtsdestoweniger machte er weiter, gab nicht auf und war davon überzeugt, er würde einen Weg finden, weil er an Walkers Prophezeiung glaubte, der zufolge seine Schwester irgendwann zu ihm zurückkehren würde.

Auch für Rue Meridian knappste er sich Zeit ab, die sie heimlich miteinander verbrachten, mit Worten und Berührungen, an denen niemand sonst teilhaben sollte. Sie liebte ihn so heftig, dass er jedes Mal, wenn es vorüber war und sie sich voneinander lösten, das Gefühl hatte, er würde es nicht überleben, sie gehen zu lassen. Er hielt sich für einen gesegneten Mann, weil er etwas besaß, von dem die meisten Männer nur träumen durften, und im Stillen dankte er ihr jeden Tag hundertmal dafür. Sie sagte ihm, er würde sie heilen und gebe ihr das Leben auf eine Weise zurück, die sie nicht für möglich gehalten hatte. Auf ihren Reisen als Fahrende sei sie abgedriftet von den wesentlichen Dingen des Lebens. Dass sie ihre Erlösung ausgerechnet durch ihn gefunden hatte, erstaunte sie. Am Anfang, so gestand sie ihm, hatte sie nicht viel von ihm gehalten und in ihm lediglich den Jungen gesehen. Für sie war es jedoch sehr wichtig, dass er zunächst nur ihr Freund gewesen war und dass die tiefere Liebe darauf gründete.

Er sei der Anker in ihrem Leben, erklärte sie ihm. Sie sei ein Wunder, sagte er ihr.

Sie lebten ihre Leidenschaft stets in der Nacht aus, wenn die meisten an Bord schliefen, und falls jemand ihr Tun bemerkte, so sprach er sie nicht darauf an. Vielleicht verspürten jene, die vermuteten, was vor sich ging, ja eine gewisse Freude bei dem, was Bek und Rue teilten, weil sich darin zeigte, wie das Leben selbst das schlimmste Unglück überstand. Möglicherweise ließ diese einfache und doch so wunderbare Verbindung zweier verwundeter Seelen die Hoffnung keimen, dass auch für andere ein neuer Anfang möglich war.

So verstrichen die Tage, und die *Jerle Shannara* segelte dahin, entfernte sich mehr und mehr von Parkasia und näherte sich der Heimat. Gierige Seevögel umkreisten die Überreste der Mahlzeiten von geschmeidigen Raubfischen, und Krillschwärme schwammen in die weit aufgerissenen Mäuler von Seeungeheuern. Weit in der Ferne auf der Prekkendorranischen Anhöhe führten die Rassen Krieg auf einer fünf Meilen breiten und zwanzig Meilen langen Ebene. Und noch weiter in der Ferne dösten Kreaturen der alten Magie in ruhelosen Träumen, umgeben von unbezwingbaren Kerkermauern.

Aber im Himmel über der Blauen Spalte waren diese Sorgen nicht gegenwärtig, und die Welt unten schien eine andere Welt zu sein.

Doch auch unterschiedliche Welten stoßen manchmal aufeinander. Acht Wochen dauerte die Reise an, und bis zu den Vier Ländern war es noch weit, da ging Redden Alt Mer das sprichwörtliche Glück aus. Die Sonne stand hoch am Himmel, das Wetter war perfekt. Sie hielten Kurs auf Mephitic, wo die Flugreiter frisches Wasser und Wild auftreiben sollten, während die *Jerle Shannara* in der Sicherheit der Lüfte blieb. Alt Mer stand am Ruder und hatte zusammen mit Britt Rill an den Backbord- und Jethen Amenades an den Steuerbordsammlern die Mittagsschicht übernommen. Die anderen schliefen unter Deck, außer Rue Meridian, die nach Quentin und Grianne in der Kapitänskabine sah, und Ahren Elessedil, der in einer der Steuerbord-Kampfkanzeln Taue flocht.

Alt Mer hatte gerade den Kompass abgelesen, als sich der Mittschiffsammler an Backbord mit einem scharfen Knall losriss, woraufhin sich Redden instinktiv duckte. Der Sammler zischte an seinem Kopf vorbei und wickelte sich um den Hecksammler, der sich ebenfalls löste. Die Masten sanken unter dem Gewicht der Segel auf die Steuerbordreling zu, rissen Stagen durch und zerbrachen Querstangen und Spieren. Als Reaktion auf den Verlust der Balance und der Antriebskraft der Steuerbordröhren zog das Luftschiff hart nach links. Alt Mer rief Rill und Amenades eine Warnung zu. Beide liefen herbei, um die Sammler wieder zu befestigen, aber bevor ihnen das gelang, machte das Luftschiff einen Satz, legte sich schief, und Rill rutschte hilflos an der Reling entlang, während Amenades über Bord ging.

Sie befanden sich in tausend Fuß Höhe, und für Amenades bestand keine Überlebenschance. Doch hatte Alt Mer keine Zeit, lange darüber nachzusinnen. Stattdessen hatte er die Hände schon wieder an der Steuerung und schrie Rill zu, er solle sich irgendwo festhalten. Ohne sich zu vergewissern, ob der das auch wirklich tat, nahm er die Energie von den beiden vorderen Trennröhren und brachte das Schiff in einen steilen Sinkflug. Er hörte, wie schwere Gegenstände gegen die Schotten prallten und durch die Gänge rutschten, dazu einen Schwall wütender Flüche. Als sich das Luftschiff endlich wieder aufrichtete, öffnete er die vorderen Röhren an der Hinterseite, kehrte den Antrieb um und nutzte die Rückströmung des Windes, um die Nase der *Jerle Shannara* wieder hochzubringen.

Auf diese Weise hielt er das Schiff aufrecht und ließ es mitten im Ozean auf dem Wasser landen.

Britt Rill kam taumelnd auf die Füße, Ahren Elessedil stieg aus der Kampfkanzel, und die anderen versammelten sich an Deck um Alt Mer. Lautstark wimmelte er ihre Fragen und Rufe ab und schickte sie an die Arbeit bei den beschädigten Sammlern, gerissenen Stagen, gebrochenen Spieren und verdrehten Masten. Bei einer kurzen Begutachtung stellte sich heraus, dass der Schaden wesentlich schlimmer war, als Alt Mer zunächst gedacht hatte. Diesmal lag das Problem jedoch nicht so kompliziert wie bei den fehlenden Diapsonkristallen. Der hintere Mast war stark gesplittert und musste vollständig ersetzt werden. Dazu war es notwendig, an Land zu gehen, einen passenden Baum zu schlagen und aus dem Stamm einen neuen Mast zu sägen.

Die einzige bewaldete Insel in der Nähe war Mephitic.

Alt Mer war nicht sehr glücklich darüber, als er begriff, was das bedeutete, doch er sah keine andere Lösung. Er schickte die Flugreiter los, um die Leiche von Jethen Amenades zu bergen, dann rief er die anderen zusammen, um zu verkünden, was zu tun war. Niemand erwiderte etwas darauf. Es gab nicht viel zu erwidern. Die Umstände schrieben Maßnahmen vor, die alle gern vermieden hätten, nur ließ sich daran nichts ändern. Bestenfalls konnten sie weit entfernt von der Burg an Land gehen, in der Bek und Truls Rohk auf dieses bösartige Geisterwesen getroffen waren, und hoffen, dass sich seine Macht nicht über die Mauern seiner Festung ausdehnte.

Sie erledigten die Reparaturen, die sie sofort durchführen konnten, lösten die Sammler von den Hecktrennröhren und reduzierten damit die Energie um ein Drittel. Plötzlich waren sie nicht mehr das schnellste Luftschiff am Himmel, und wenn der Morgawr ihnen auf den Fersen war, würde er rasch aufholen. Die Flugreiter kehrten mit Amenades zurück, und gemeinsam bestatteten sie ihn im Meer und drückten seine Leiche unter Wasser, ehe sie wieder aufbrachen.

Mit Kurs auf Mephitic schleppten sie sich den Rest dieses Tages und an den zwei folgenden voran und warfen bei jeder Gelegenheit ängstliche Blicke zurück. Doch der Morgawr tauchte nicht auf, und ihre Reise ging bis zum Mittag des vierten Tages ohne Unterbrechung weiter, als am Horizont Land in Sicht kam. Es handelte sich um die Insel, die sie suchten, wie sie gleich an der Form erkannten. Mit ihren grünen Wäldern und grasbewachsenen Ebenen schimmerte sie im Dunst der feuchten Hitze wie ein in azurfarbene Seide gebettetes Juwel, trügerisch still und einladend.

Von der Steuerung in der Pilotenkanzel schaute Redden Alt Mer düster hinüber. »Beeilen wir uns lieber«, murmelte er vor sich hin und richtete die Hörner der *Jerle Shannara* landwärts.

Sie landeten auf der weiten freien Fläche vor den Ruinen der Burg, ein gutes Stück entfernt von den langen Schatten der zerfallenen Mauern. Alt Mer hatte sich zunächst vorgenommen, an einer anderen Stelle der Insel runterzugehen, doch hatte er dann entschieden, dass die Ebene im Westen einen besseren Überblick in alle Richtungen bot. Der Geist in der Burg, davon ging er aus, würde ihre Anwesenheit überall auf der Insel spüren, und so konnten sie bestenfalls hoffen, er würde sie entweder nicht erreichen können oder sich nicht um sie kümmern, solange sie ihn in Ruhe ließen. Zuerst schickte er die Flugreiter aus, um nach Vorräten und Wasser Ausschau zu halten, dann Spanner Frew, Britt Rill und den Elfenjäger Kian, die einen Baum suchen sollten, der als neuer Mast geeignet war. Die anderen wurden zur Wache oder zu Aufräumarbeiten abkommandiert.

Bei Sonnenuntergang waren alle wieder an Bord. Die Flugreiter hatten eine Quelle ausgemacht, Spanner Frew hatte einen passenden Baum entdeckt und gefällt, und das Ding, das in den Ruinen lebte, hatte sich nicht blicken lassen. Die Mitglieder der Besatzung, von Quentin und Grianne abgesehen, saßen auf dem Achterdeck zusammen, nahmen ihr Abendessen ein und sahen zu, wie die untergehende Sonne die finsteren Zinnen und Türme der Burg mit Lavendel- und Goldtönen überzog, als wolle sie die Mauern in einem besseren Licht erscheinen lassen. Als sie hinter dem Horizont verschwunden war, verscheuchten die Schatten der Nacht die Farben.

Nachdem er die anderen eingeteilt hatte, stand Alt Mer reglos da und betrachtete die Silhouette der Ruinen. Kian war eigentlich mit der Wache an der Reihe, doch er schickte den Elfenjäger nach unten und übernahm seinen Platz, weil er glaubte, in dieser Nacht sowieso keinen Schlaf finden zu können. Er postierte sich am Heck der *Jerle Shannara*, überließ es Riat, die Blaue Spalte im Auge zu behalten, und richtete seine Aufmerksamkeit stattdessen auf die leere, gesichtslose Landschaft von Mephitic.

Bald schweiften seine Gedanken ab. Er machte sich Sorgen, weil er davon überzeugt war, als Kapitän seines Luftschiffes versagt zu haben. Auf dieser Reise unter seinem Kommando waren zu viele Männer gestorben, und ihr Tod ließ ihm keine Ruhe. Natürlich hätte er die Verantwortung von sich weisen können, aber er war nicht der Mann, der seine Schuld einfach auf andere abwälzte. Ein Kapitän war für seine Schutzbefohlenen verantwortlich, gleichgültig, unter welchen Umständen. Für die Toten konnte er nichts mehr tun, doch fürchtete er, auch den Lebenden nicht sehr viel helfen zu können. Seine Zuversicht war geschwunden, seit sie Parkasia erreicht hatten, und nach und nach verlor sich damit auch die Gewissheit, dass jenen, die mit ihm flogen, nichts zustoßen werde. Auf diese Gewissheit hatte sich sein Ruf gestützt. Er hatte Glück, und Glück war die wichtigste Waffe eines Luftschiffkapitäns.

Glück, flüsterte er vor sich hin. Jahnon Pakabbon sollte man mal nach seinem Glück fragen. Oder Rucker Bont und Tian Cross. Oder die Elfen, die nach Castledown hineingegangen und nie zurückgekehrt waren. Jethen Amenades. Wie viel Glück hatte Alt Mer ihnen gebracht? Natürlich glaubte er nicht, ihren Tod selbst verursacht zu haben. Nur hatte er keine Möglichkeit gefunden, ihn zu verhindern.

Er hatte seine Leute nicht gut genug beschützt, und er fürchtete, die Fähigkeit verloren zu haben, dies zu tun.

Früher oder später ging einem immer das Glück aus. Das wusste er. Sein Glück hatte sich gewendet, als er sich auf diese Reise eingelassen hatte, so selbstsicher und so überzeugt davon, dass alles nach seinen Wünschen laufen würde. Nichts war gut gelaufen, und jetzt war Walker tot und Alt Mer hatte das Kommando. Was nutzte das schon jenen, die von ihm abhängig waren, wenn der Harnisch seines legendären Glücks gesprungen und verrostet war?

Während er die dunkle Masse der Ruinen vor sich betrachtete, erschienen sie ihm plötzlich wie ein Spiegelbild seiner selbst, zerbrochen, zerbröckelt, verlassen.

Sein Stolz jedoch wollte nicht hinnehmen, dass er allem so machtlos gegenüberstand. Auch ohne sein Glück und auch, wenn er aufgrund dessen zum Scheitern verurteilt war, würde er einen Weg finden, den anderen zu helfen. Das war die Bürde, die er sich auferlegt hatte: Solange er lebte, würde er alles tun, um sie, diese elf Männer und Frauen, die noch übrig waren, sicher nach Hause zu führen. Wenn er nur diese Wenigen retten könnte, würde es ihm ein bisschen Seelenfrieden geben. Und weil eine von ihnen seine Schwester und ein anderer der Junge war, den sie liebte, wurde diese selbstauferlegte Pflicht noch vordringlicher. Aber alle waren seine Freunde und Kameraden, und diese Aufgabe zu erfüllen war einfach ein Muss.

Plötzlich spürte er jemanden neben sich, und als er sich umdrehte, stand Bek Ohmsford da. Er war so überrascht, vielleicht, weil er gerade an ihn gedacht hatte, dass er einen Augenblick lang kein Wort herausbrachte.

»Er wird nicht herauskommen«, sagte Bek und deutete mit dem Kopf zur Burg. Auf seinem jungen Gesicht hatte sich ein ernster Ausdruck gebreitet, als würde er über düstere, komplizierte Dinge nachdenken. »Du brauchst dir keine Sorgen zu machen.«

Alt Mer folgte seinem Blick zu den Ruinen. »Woher weißt du das?«

»Weil er mir nicht gefolgt ist, als wir beim letzten Mal hier waren und den Schlüssel gestohlen haben. Er kommt nicht aus den Mauern.« Er hielt inne. »Ich glaube, er kann überhaupt nicht heraus. Sein Einfluss endet am Rand der Ruinen.«

Der Fahrende dachte darüber kurz nach. »Er hat uns auch nicht belästigt, als wir die Ruinen durchsucht haben, oder? Sondern die Magie hat Wege und Wände verändert, so dass wir nichts finden konnten.«

Bek nickte. »Bestimmt wird er uns nicht belästigen, wenn wir hier draußen bleiben. Sogar, wenn wir in die Ruine gehen, wird er uns vielleicht nichts tun, solange wir nicht versuchen, etwas mitzunehmen.«

Schulter an Schulter standen sie einen Augenblick da, starrten in die Finsternis und lauschten der Stille. Eine dunkle, geflügelte Silhouette flog durch das Indigo des sternenklaren Himmels, ein Raubvogel auf Beutezug. Sie beobachteten ihn, wie er in weitem Bogen nach links abdrehte und schließlich im undurchdringlichen Schwarz der Bäume verschwand.

»Weshalb bist du hier oben?«, fragte Alt Mer. »Warum schläfst du nicht?«

Beinahe hätte er gefragt, warum er nicht bei Rue war, aber Bek hatte bislang über diese Sache nicht mit ihm gesprochen, und Alt Mer meinte, er selbst solle nicht den Anfang machen.

Bek schüttelte den Kopf und strich sich durch das zottelige Haar. »Ich kann nicht schlafen. Ich habe von Grianne geträumt und bin dann aufgewacht. Der Traum wollte mir etwas Wichtiges mitteilen, glaube ich, aber ich kann mich nicht mehr erinnern. Allerdings bin ich unruhig geworden und konnte nicht wieder einschlafen, daher bin ich nach oben gegangen.«

Alt Mer trat unbehaglich von einem Fuß auf den anderen. »Du kommst immer noch nicht an sie heran, ja? Die Kleine Rote auch nicht. Ich hätte niemals gedacht, dass sie es je versuchen würde, aber sie geht jeden Tag nach unten und setzt sich zu ihr.«

Darauf sagte Bek nichts, also ließ Alt Mer das Thema fallen. Langsam wurde er müde, und er wünschte, er hätte Kian nicht so voreilig in seine Koje geschickt.

»Bist du mir böse wegen Rue?«, fragte Bek plötzlich.

Alt Mer starrte ihn überrascht an. »Meinst du nicht, die Frage kommt ein bisschen spät?«

Bek nickte feierlich, erwiderte den Blick aber nicht. »Ich möchte nicht, dass du wütend auf mich bist. Das ist für uns beide wichtig.«

»Die Kleine Rote hat schon vor langer Zeit aufgehört, mich um Erlaubnis zu bitten«, antwortete Alt Mer ruhig. »Es ist ihr Leben, nicht meines. Ich werde ihr nicht vorschreiben, wie sie es führen soll.«

»Heißt das, du bist einverstanden?«

»Es heißt ...« Verwirrt hielt er inne. »Ich weiß nicht, was es heißt. Es heißt, ich weiß nicht. Ich mache mir einfach Sorgen, wie es weitergehen wird, wenn ihr nach Hause kommt und eine Entscheidung über eure Zukunft treffen müsst. Ihr gehört verschiedenen Völkern an und habt bisher unterschiedliche Leben geführt.«

Bek dachte darüber nach. »Vielleicht brauchen wir unser altes Leben nicht weiterzuführen. Wir könnten ein neues anfangen.«

Alt Mer seufzte. »Weißt du was, Bek? Du kannst tun, was du willst, wenn du es dir nur fest vornimmst. Daran glaube ich. Wenn du sie so sehr liebst, wie ich annehme – so sehr, wie sie dich liebt –, dann wirst du deinen Weg finden. Frag mich nicht, was ich denke oder ob ich wütend bin oder ob ich irgendwelche Vorschläge habe. Frag niemanden. Tu einfach das, was du für richtig hältst.«

Er klopfte Bek auf die Schulter. »Natürlich denke ich, du solltest dich den Fahrenden anschließen. Das Fliegen liegt dir im Blut.« Er gähnte. »Inzwischen könntest du mich auf der Wache ablösen, da du sowieso nicht schlafen kannst. Ich bin nämlich doch müde geworden.«

Ohne die Antwort abzuwarten, ging er zur Kajütstreppe und stieg hinunter. Seinen Schritten konnte man einen Hauch von Selbstvertrauen anmerken. Auf die eine oder andere Weise würde alles ein gutes Ende nehmen, sagte er sich. Das spürte er in den Knochen.

Kurz nach Sonnenaufgang waren alle auf und setzten die Reparaturarbeiten an der *Jerle Shannara* fort. Mit Äxten und Hobeln machten Spanner Frew und die beiden anderen Fahrenden aus dem gefällten Baum einen Mast, wofür sie den ganzen Morgen brauchten. Am Nachmittag hatten sie ihn an Deck getragen und aufgestellt. Vorsichtig mussten Haken und Ösen vom alten Mast entfernt werden, damit sie erneut eingesetzt werden konnten; frühestens am morgigen Tag würden die Arbeiten beendet sein. Wer nicht damit beschäftigt war, wurde ausgeschickt, um die Vorräte zu ergänzen, während die Flugreiter auskundschafteten, ob sie noch immer einen sicheren Vorsprung vor dem Morgawr hatten.

Den hatten sie nicht mehr. Am späten Nachmittag kehrten die Flugreiter zurück, ließen die Rocks nahe des Luftschiffes landen und verkündeten die schlechte Nachricht. Die Flotte des Morgawrs war keine sechs Stunden mehr entfernt und kam geradewegs auf sie zu. Ungeachtet aller Bemühungen hatte der Zauberer sie abermals entdeckt. Wenn die feindlichen Schiffe die gegenwärtige Geschwindigkeit beibehielten, würden sie kurz nach Einbruch der Nacht Mephitic erreichen.

Besorgt blickten sich alle an. Bis zu diesem Zeitpunkt konnte man die Reparaturen an der *Jerle Shannara* unmöglich fertig stellen. Wenn sie jetzt die Flucht fortsetzten, würden sie in einem Tempo unterwegs sein, bei dem sie auch das langsamste Schiff ihrer Verfolger in einigen Tagen eingeholt hätte. Es gab also nur zwei Möglichkeiten. Sie konnten sich verstecken oder ausharren und kämpfen.

Redden Alt Mer wusste bereits, was sie tun würden. Er hatte sich schon seit der gestrigen Nacht darauf vorbereitet, als er entschieden hatte, dass unter seinem Kommando niemand mehr sterben sollte. Ausgehend vom schlimmsten Fall, der eintreten könnte, hatte er sich einen Plan ausgedacht, der auf etwas beruhte, was Bek ihm erzählt hatte.

»Sammelt alles ein«, befahl er und stand auf, als wolle er selbst sofort damit beginnen. »Lasst nichts zurück, was auf unseren Aufenthalt hier hinweisen könnte. Bringt die Sachen an Bord, damit wir abheben können. Hunter Predd, du suchst dir mit Po Kelles ein Versteck auf den Atollen vor der Küste. Dort bleibt ihr ein paar Tage.«

Die Flugreiter warfen sich skeptische Blicke zu, dann sahen sie ihn an. »Und wo bleibt ihr, während wir sicher und gemütlich auf der Erde hocken?«, fragte Hunter Predd offen heraus. »In einer Wolke?«

Alt Mer lächelte fröhlich. »Wir verstecken uns direkt vor ihren Augen, Flugreiter.«

Achtundzwanzig

Zu dem Zeitpunkt, da die Flotte des Morgawrs in Sichtweite von Mephitic kam, war die Nacht bereits angebrochen, und für eine Suche fehlte es an Licht, also ließ er bis zur Dämmerung vor der Küste ankern. Seine Mwellrets überwachten die wandelnden Toten, die auf den Schiffen Dienst taten, gaben ihnen Anweisungen für die anstehenden Aufgaben und übernahmen schließlich wegen möglicher Angriffe die Wache. Ein solcher Überfall war nicht ausgeschlossen. Denn die Verfolgten waren dicht vor ihnen, vielleicht sogar noch auf der Insel, da ihre Witterung stärker war als seit Tagen, ein kräftiges Parfüm in der salzigen Luft.

Am folgenden Morgen, als es hell und damit die Sicht klar wurde, brach er auf, um nach ihnen zu suchen. Dazu ließ er den Hauptteil der Flotte zurück und flog mit der *Schwarzen Moclips* in langsamen, sorgfältigen Kreisen über die Insel, um ihr Versteck aufzustöbern.

Jetzt war seine Laune nicht mehr so schlecht und finster wie nach dem Tod der Seherin, als er sich betrogen und überlistet gefühlt hatte. Die Seherin hatte ihn mit falschen Fährten und nutzlosen Visionen in die Irre geführt. Die *Jerle Shannara* mitsamt ihrer Besatzung war ihm entkommen und entfernte sich bereits von Parkasia, während er noch in die Berge hineinflog. Mit der Ilse-Hexe an Bord waren sie in seinen Rücken gelangt und hatten sich auf die Heimreise gemacht.

Was das bedeutete, wusste er. Das Schiff der Druiden war schneller, viel schneller als jedes unter dem Kommando des Morgawrs, die *Schwarze Moclips* eingeschlossen. Er hatte sowohl den Vorteil der Überraschung als auch den der Überzahl verspielt, und wenn er nicht eine Möglichkeit fand, die Sache zu drehen, lief er Gefahr, alles zu verlieren.

Aber die Vier Länder waren weit entfernt, und das Schicksal hatte sich zu seinen Gunsten gewendet. Irgendetwas hatte die *Jerle Shannara* verlangsamt und ihm erlaubt aufzuholen. Trotz des großen Vorsprungs hatte er der Spur folgen können. Die Besatzung des Schiffes hatte sich ihr Verderben in Gestalt der Ilse-Hexe selbst an Bord geholt, und ihr Schicksal war besiegelt. So, wie die kleine Hexe den Druiden aufgespürt hatte, indem sie die Seherin als Spionin einsetzte, so hatte er sie gefunden, als sie ihre Magie angewandt hatte. Der Geruch lag stechend und deutlich in der Luft, eine Fährte, die er nicht verfehlen konnte. Eine Zeit lang hatte er die Hexe und ihren Bruder in den Bergen aus den Augen verloren. Vermutlich hatte sie einfach ihre Magie nicht benutzt, obwohl ihr das überhaupt nicht ähnlich sah.

Dann, nur wenige Tage, ehe der Elfenprinz fliehen konnte und der Morgawr die Seherin töten ließ, hatte er eine Anwendung von Magie tief im Gebirge von Parkasia gespürt. Zu dem Zeitpunkt hatte er dies ignoriert, weil er den falschen Visionen der Seherin folgte. Jetzt jedoch hatte er die Witterung der Ilse-Hexe wieder in der Nase, so kräftig, dass er nichts anderes brauchte. Kleine Teilchen der Magie schwebten in der Luft, durch die er flog, plötzliche Schrecken, die er nicht erklären, aber sehr wohl erkennen konnte. Wo auch immer sie hinging, solange sie an Bord der *Jerle Shannara* blieb, würde er sie überall aufspüren.

Auch in diesem Moment war ihr Geruch gegenwärtig und hing in einer Wolke über der Insel, die der Wind verteilt hatte. Doch in welche Richtung führte die Spur? Hatte sie Mephitic kurz vor ihm wieder verlassen? Das musste er herausfinden.

Er flog von einem Ende der Insel zum anderen, verfolgte die Magie und hängte sich an ihre Spur. Rasch hatte er festgestellt, dass sie nicht über Mephitic hinausging. In ihm baute sich eine wilde Erregung auf, eine Vorfreude, die an Ekstase grenzte. Sie waren noch hier und saßen in der Falle. Schon schmeckte er das Leben der Hexe, das aus ihr herausblutete und in ihn lief. Diesen Geschmack stellte er sich unvergleichlich süß vor.

Also suchte er die Insel sorgfältig ab, flog niedrig, um alle Einzelheiten zu sehen, und hielt nach ihrem Versteck Ausschau, denn gleichgültig, wie gut sie sich verbargen, den Geruch ihrer Magie konnte die kleine Hexe nicht tarnen. Sogar wenn sie das Schiff aufgaben, obwohl er sie nicht für so dumm hielt, würde er sie in die Finger bekommen, falls sie bei der Hexe blieben. Sollte der Junge tatsächlich ihr Bruder sein, wie der Morgawr inzwischen als gesichert annahm, würden sie ohne Frage zu ihr halten.

Und trotzdem entdeckte er sie nirgendwo. Aus der Luft suchte und suchte er, bis seine Augen schmerzten und er mit seiner Geduld am Ende war. Er befahl Cree Bega und seine Mwellrets an die Reling, um ihm bei der Suche zu helfen. Auch sie fanden nichts. Sie hielten den ganzen Vormittag Ausschau, dann ließ er den Rest der Flotte kommen, die sich über der Insel verteilte. Nachdem er damit ebenfalls keinen Erfolg hatte, ließ er die Mwellrets unter Cree Begas Kommando an Land gehen und zu Fuß suchen. Sie durchkämmten die Wälder und sogar das offene Grasland, durchkämmten alles, wo sich eventuell ein Hinweis auf die Gesuchten finden ließ.

Inzwischen hatte er alles außer der Burgruine abgesucht.

Die Ruine stellte ein Problem für ihn dar. Innerhalb dieser Mauern lebte ein Wesen, eines, das der alten Magie entsprungen war, keines aus Fleisch und Blut. In seiner Geistergestalt hatte es Tausende von Jahren überdauert, und diese eingestürzten Türme und zerfallenen Zinnen betrachtete es als sein Eigentum. Der Morgawr hatte diesen Geist sofort gespürt und auch, dass er durchaus so mächtig war wie er selbst. Er würde seine Mwellrets nicht in dessen Reich schicken, solange dazu kein guter Grund vorlag. Aus der Luft deutete nichts darauf hin, dass die Gesuchten dort Unterschlupf gefunden hatten. Es erschien ihm zweifelhaft, ob sie das wagen würden, doch wenn, hätte er ein Zeichen von ihnen sehen müssen.

Die Jagd ging den ganzen Tag ohne Erfolg weiter. Bestimmt hatte er die Fährte der Magie richtig gelesen, und trotzdem ließ er die *Schwarze Moclips* wenden und fuhr ein Stück von der Insel fort, um zu überprüfen, ob er sich geirrt hatte. Allerdings kam er zu dem gleichen Resultat wie vorher; es führte keine Spur von Mephitic weg. Falls sie nicht eine Möglichkeit entdeckt hatten, die Fährte der Ilse-Hexe zu verwischen – wofür sie eigentlich keinen Grund hatten –, hielten sie sich noch immer auf der Insel auf.

Bei Einbruch der Dunkelheit war er felsenfest davon überzeugt. Vor kurzem war ein Baum gefällt worden, und anscheinend hatte man daraus etwas angefertigt, wie sich an den Spänen erkennen ließ. Einen Mast, vermutete der Morgawr. Ein Mastbruch würde erklären, weshalb die *Jerle Shannara* so langsam geworden war und er hatte aufholen können. Die Mwellrets fanden außerdem Fußabdrücke, tiefer zwischen den Bäumen im feuchten Gras und in weicher Erde. Auf der freien Fläche vor der Burg gab es frische Löcher im Boden, und dort hatte man vielleicht ein Luftschiff verankert.

Jetzt bestand kein Zweifel mehr: Die *Jerle Shannara* war mit ihrer Mannschaft noch einen Tag zuvor auf Mephitic gewesen, und wenn er sich nicht sehr vertat, waren sie auch jetzt noch hier.

Fragte sich nur, wo sie sich versteckten?

Es dauerte nicht lange, bis er das entschieden hatte. Sie waren in der Burg. Eine andere Möglichkeit gab es nicht.

Er holte die Suchmannschaften zurück an Bord der Schiffe und ließ sie eine letzte Runde über der dunstverhangenen Insel fliegen, ehe er wieder hinaus aufs Meer ging, um Anker zu werfen. Er stellte die Wachen auf, und während die Mwellrets die Luftschiffe für die Ruhezeit bereitmachten, stand er am Bug der *Schwarzen Moclips* und dachte nach.

Er wusste immer noch nicht, was die Ilse-Hexe und ihren Bruder zusammengeführt hatte. Auch entzog es sich seiner Kenntnis, ob sie nun die Verbündete oder die Gefangene ihres Bruders war. Er musste davon ausgehen, dass Ersteres zutraf, wenngleich er keine Ahnung hatte, wie es dazu gekommen war. Demnach wurde sie nicht nur von ihrem Bruder unterstützt, sondern auch von dem jungen Elessedil-Prinzen und allen anderen, die bisher überlebt hatten. Der

Druide konnte sie allerdings nicht mehr beschützen, und der Druide war der Einzige, der eine Chance gegen ihn gehabt hätte. Die anderen, selbst wenn sie Seite an Seite gegen ihn antraten, waren nicht stark genug. Der Morgawr lebte schon sehr lange, und er hatte heftige Kämpfe austragen müssen, damit sich daran nichts änderte. Die Macht seiner Magie war Furcht einflößend, und er würde diese Kinder mit Leichtigkeit überwältigen.

Dennoch musste er Vorsicht walten lassen. Inzwischen würden sie seine Ankunft bemerkt haben und auf ihn warten. Sie würden versuchen, sich zu verteidigen, doch hatten sie keine Aussichten auf Erfolg. Die meisten von ihnen würden rasch von den Mwellrets getötet, und so bliebe ihm nur, sich mit den wenigen zu beschäftigen, die Magie zur Verfügung hatten. Ein paar rasche Streiche, und die Sache wäre erledigt.

Allerdings wollte er die Ilse-Hexe lebendig, damit er ihre Seele fressen und fühlen konnte, wie ihr das Leben durch seine Fingerspitzen entzogen wurde. Er hatte sie ausgebildet, damit sie seine Nachfolgerin wurde, ein Spiegelbild seiner selbst. Dazu war sie tatsächlich geworden, und ihre Magie wurde von Wut und Verzweiflung genährt. Doch ihr Ehrgeiz und ihr Starrsinn hatten sie unvorsichtig gemacht, und jetzt durfte er ihr nicht mehr vertrauen. Es war schlauer, sich ihrer zu entledigen, als ihren Verrat zu riskieren, und ein Exempel zu statuieren, das niemand missverstehen konnte. Cree Bega und seine Mwellrets wollten sie sowieso loswerden. Die hatten sie immer gehasst. Vielleicht hatten sie die Hexe besser eingeschätzt.

Er hob den Blick. Morgen würde er ihr beim Sterben zuschauen, wie schon so vielen anderen. Das würde ihm große Befriedigung bereiten.

Finstere Gehässigkeit und Gier zeichneten sich in seinem Gesicht ab, während er reglos an der Reling stand und sich die Szene genüsslich ausmalte.

Bek Ohmsford hockte im Schatten der zerfallenen Burgmauern, kaum ein Dutzend Schritte von der Stelle entfernt, wo die *Jerle Shannara* verborgen war. Er betrachtete die dunkle Silhouette eines

Luftschiffs, das direkt über sie hinwegflog, dann wendete und zurückkam. Es trieb über die Ruinen hinweg wie eine Sturmwolke.

»Das ist die *Schwarze Moclips*«, flüsterte ihm Rue ins Ohr und drückte sich an ihn. Ihre Worte wirkten in der Stille kaum lauter als ein Wispern in der Luft.

Er nickte, ohne etwas zu antworten, und wartete, bis sich das Schiff weit genug entfernt hatte und es wieder sicher war zu sprechen. »Er weiß, wo wir sind.«

»Vielleicht auch nicht.«

»Er weiß es. Wenn nicht, wäre er inzwischen längst weitergeflogen. Er hat die ganze Insel abgesucht und uns nicht gefunden, aber er weiß, dass wir hier sind. Irgendwie kann er das spüren. Morgen wird er die Ruinen durchsuchen.«

Sie hielten sich schon den ganzen Tag hier versteckt, seit Redden Alt Mer die *Jerle Shannara* ins Innere der Burgmauern gebracht hatte. Damit ließen sie sich auf ein gewagtes Spiel ein, von dem der Kapitän jedoch glaubte, es würde aufgehen. Wenn der Geist, der in der Ruine lebte, sie in Ruhe gelassen hatte, als sie nach dem Schlüssel gesucht hatten, würde er ihnen jetzt wahrscheinlich auch nichts tun, selbst wenn sie die *Jerle Shannara* in einem der zahlreichen Höfe landeten. Solange sie nicht versuchten, etwas mitzunehmen, würde er ihre Anwesenheit vermutlich tolerieren, bis sie den Morgawr getäuscht hatten.

Die Zeit würde ausreichen, diesen Plan in die Tat umzusetzen, ehe der Zauberer einträfe, und so hatten sie es gemacht. Sie hatten die *Jerle Shannara* in die Ruine geflogen und sie in einem besonders schattigen Bereich zwischen Türmen und Mauern gelandet. Nachdem sie geankert hatten, bauten sie Masten mitsamt Takelage und Segeln ab und räumten das Deck leer. Anschließend tarnten sie das Schiff mit Steinen und Erde und Gras, bis man es aus der Luft von einem Rock aus nicht mehr erkennen konnte.

Alt Mer wusste, welches Risiko sie eingingen. Ohne die abgebauten Masten konnten sie nicht abheben, falls sie doch entdeckt wurden. Dann säßen sie in der Falle und würden höchstwahrscheinlich umgebracht oder gefangen genommen. Aber der Fahrende setzte noch auf etwas anderes. Als sie auf dem Weg nach Parkasia die Ruine durchstöbert hatten, benutzte der Geist der Burg seine Magie, um sie zu vertreiben. Bei jedem Streifzug hatte er Sackgassen und Irrwege entstehen lassen, so dass man nie ans gewünschte Ziel kam. Wenn diese Magie immer noch funktionierte, würde sie vielleicht auch gegen den Morgawr und seine Rets arbeiten. Sobald die dann eindrangen, würden sie in die Irre geführt und niemals über die Außenmauern hinauskommen.

Mit ein bisschen Glück brauchte dieser Fall gar nicht einzutreten. Denn mit ein bisschen Glück beschloss der Morgawr nach gründlichem Absuchen der Insel, dass ihm die Verfolgten wieder entkommen waren. Es gab schließlich keinen Grund, die Ruinen am Boden zu durchforsten, wenn aus der Luft nichts zu erkennen war.

Bek hingegen ahnte, dass es so leicht nicht werden würde. Ihre Tarnung war perfekt, doch dem Morgawr verriet der Instinkt, dass sie auf der Insel waren. Dieser Instinkt würde ihm einflüstern, dass er etwas übersah, und der Zauberer würde nicht lange brauchen, bis er darauf gestoßen war. Sie konnten sich nur in den Ruinen verstecken, würde er dann folgern. Morgen würde er die verfallene Burg durchsuchen. Möglicherweise entdeckte er nichts, doch wenn, saßen die Reisenden der *Jerle Shannara* in der Falle.

Während Rue sich weiterhin an ihn schmiegte, lehnte er sich an den kühlen Stein der alten Mauer. Die *Schwarze Moclips* war nicht zurückgekehrt, der Himmel war wieder hell und offen, und Mond und Sterne schienen auf sie herab. Die anderen befanden sich an Bord der *Jerle Shannara*, mit der strikten Anweisung von Redden Alt Mer, sich auf keinen Fall herauszuwagen. Bek war die einzige Ausnahme, weil er sehen musste, was draußen los war, wenn sie angegriffen wurden, und außerdem konnte sich Bek am besten vor dem geisterhaften Bewohner der Burg verbergen, sollte dieser sich zeigen. Rue begleitete ihn nur aus dem Grund, weil sie ihm überallhin folgte, wo er hinging. Seit dem frühen Morgen hielten sie sich hier im Schatten versteckt. Nun war es Zeit, sich ins Schiff zu begeben und ein wenig zu schlafen.

Bek konnte jedoch nicht einschlafen, weil seine Gedanken von einem Problem zum nächsten wanderten, von einer Sorge zur anderen, und alles bündelte sich in der gefährlichen Situation, der sie bald gegenüberstehen könnten, und der Frage, was sie tun könnten, um das zu vermeiden.

Eine Sorge jedoch war stärker als die anderen.

Er beugte sich dicht an Rue heran. »Ich weiß nicht, was ich mit Grianne machen soll.« Seine Lippen berührten ihr Ohr, und er sprach in leisestem Flüsterton. In der leeren Stille der Ruine trug jede Stimme weit, über die Mauern aus Stein und Mörtel hinaus. »Wenn der Morgawr ihretwegen kommt, kann sie sich nicht selbst wehren. Sie ist hilflos.«

Rue lehnte den Kopf bei ihm an, und ihr Haar fühlte sich so weich an wie Spinnweben. »Willst du sie an einem anderen Ort verstecken?«, fragte sie flüsternd.

»Nein. Gleichgültig, wo sie ist, er wird sie finden. Ich muss sie aufwecken.«

»Das versuchst du schon seit Wochen, Bek, und zwar ohne Erfolg. Du hast doch schon alles ausprobiert.«

Er küsste sie aufs Haar und legte die Arme um sie. »Ich muss eben herausbekommen, weshalb sie in ihrem Versteck bleibt. Und was sie herauslocken könnte.«

Selbst in der Dunkelheit konnte er ihr Lächeln spüren. »Das ist aber kein neuer Plan. Das ist der alte.«

Nickend tätschelte er ihr Knie mit leisem Tadel. »Sicherlich. Aber stell dir vor, wir würden tatsächlich einen Weg entdecken, wie wir sie wecken können. Bisher haben wir beide zwar alles ausprobiert, was uns einfiel, jedoch auf eine allgemeine Art und Weise, ohne auf etwas Konkretes einzugehen. Walker hat gesagt, sie würde erst zurückkommen, wenn sie eine Möglichkeit gefunden hätte, sich selbst die schlimmste ihrer Untaten zu verzeihen. Darin könnte der Schlüssel liegen. Wir müssen verstehen, welche Untat das ist.«

Sie hob den Kopf, und das rote Haar fiel ihr aus dem Gesicht. »Wie willst du das denn anstellen? Sie muss sich vermutlich hunderte von Verbrechen vergeben. Und von denen willst du ein einziges herauspicken?«

»Walker sagt, es sei dasjenige, das *sie* für ihre schlimmste Untat hält.« Er hielt kurz inne und überlegte. »Was könnte das sein? Was soll sie als ihre schlimmste Untat ansehen? Sie hat haufenweise Menschen getötet. Welches Unrecht könnte wichtiger sein als die anderen?«

Rue runzelte die glatte Stirn. »Vielleicht etwas, das sie getan hat, als sie zur Ilse-Hexe geworden ist, als sie noch jung war, in ihrer Kindheit, etwas, das den Kern dessen bildet, was seitdem aus ihr geworden ist.«

Lange starrte er sie an und erinnerte sich an den Traum, den er kürzlich nachts gehabt hatte. Der spukte ihm immer noch durch den Kopf, obwohl die Einzelheiten sich verflüchtigt hatten und nur ein vages Bild geblieben war. Jetzt hing es irgendwo vor ihm im Raum, doch konnte er es nicht greifen. Wenn er sich nur ein bisschen strecken würde, gelänge es ihm, es zu packen.

»Was denn?«, fragte sie.

»Ich weiß nicht. Ich glaube, du hast gerade etwas gesagt, das uns helfen könnte, das mit der Kindheit.« Er sah sie unverwandt an. »Ich muss an Bord und mich zu ihr setzen. Wenn ich sie anschaue und eine Weile lang mit ihr zusammen bin, komme ich vielleicht weiter.«

»Soll ich dich begleiten?«

Auf sein Zögern hin schloss sie sein Gesicht in ihre Hände. »Geh allein, Bek. Wahrscheinlich solltet ihr besser allein sein. Ich gucke später vorbei, ob du etwas brauchst.«

Sie küsste ihn innig, dann löste sie sich von ihm und ging an Bord des Luftschiffs. Er saß noch einen Moment still da und kämpfte mit dem Durcheinander seiner Gedanken, ehe er ihr folgte.

Es gab keinen Anlass zu der Vermutung, dass sich diese Nacht von den vorhergehenden unterscheiden würde, und dennoch fühlte Bek eine unerklärliche Gewissheit in sich. Durch nichts, das er bislang versucht hatte – und er hatte alles versucht –, seit er Grianne mit dem blutigen Schwert von Shannara in den Händen gefunden hatte, konnte er sie auch nur zum Blinzeln verlocken. Nur das eine Mal, als er vor lauter Enttäuschung geweint hatte, in einem Moment, als er gar nicht hatte zu ihr vordringen wollen, war sie aus der Katatonie erwacht und hatte mit ihm gesprochen. Den Grund dafür hatte er nicht begriffen, doch heute Nacht musste er ihn unbedingt verstehen. Der Schlüssel zu allem lag darin, die Ursache für ihr einmaliges Aufwachen mit dem Unrecht in Verbindung zu setzen, das sie irgendwann in der Vergangenheit begangen hatte und als unverzeihlich betrachtete.

Er teilte Redden Alt Mer sein Vorhaben mit und schlug vor, einer der anderen sollte auf einem der höheren Türme Wache halten. Alt Mer erwiderte, er würde das selbst übernehmen, wünschte Bek viel Glück und kletterte über die Reling nach unten. Bek stand allein auf dem leeren Deck und überlegte, ob er Rue nicht doch um Hilfe bitten solle. Allerdings war er sich bewusst, dass er damit lediglich sichergehen wollte, alles getan zu haben, falls er erneut keinen Erfolg hatte. Doch es erschien ihm falsch, sie in dieser Weise auszunutzen, und er ließ den Gedanken fallen. Wenn er es in dieser Nacht nicht schaffte, wollte er auch allein die Verantwortung dafür übernehmen.

Also ging er zur Kapitänskabine und schlüpfte durch die Tür hinein. Quentin Leah schlief in seiner Koje, atmete gleichmäßig und lag abgewandt von der Kerze, die den Raum erhellte. Die Fensterläden waren geschlossen, die Vorhänge zugezogen, und so konnte kein Licht und kein Geräusch nach außen dringen, allerdings war die Luft stickig und drückend. Am liebsten hätte Bek die Kerze ausgeblasen und die Läden geöffnet, doch hielt er das nicht für weise.

Stattdessen trat er zu seiner Schwester. Sie lag auf ihrer Pritsche, hatte die Knie angezogen und starrte mit offenen Augen vor sich hin. Sie trug ihre dunkle Robe und war mit einer leichten Decke zugedeckt. Rue hatte ihr tagsüber das Haar gebürstet, und die dunklen Strähnen glitzerten im Kerzenlicht wie Seidenfäden. Die Hände hatte sie zu Fäusten geballt und den Mund verzerrt, wie als Reaktion auf ein tief sitzendes Bedauern oder einen unangenehmen Traum.

Bek zog sie in eine sitzende Position hoch und lehnte sie an das Schott, dann setzte er sich vor sie. Nun sah er sie einfach nur an und ließ sich erneut alles durch den Kopf gehen, was er wusste, um zu überlegen, was er als Nächstes tun sollte. Er musste die Schutzmauer durchbrechen, hinter der sie sich verkrochen hatte, aber dazu musste er herausbekommen, wovor sie Schutz suchte.

Er versuchte es sich vorzustellen. Äußerlich sah sie fast noch wie ein Kind aus, darunter jedoch war sie eisenhart und gnadenlos. Diese Eigenschaften würden vermutlich auch durch die Wirkung des Schwertes von Shannara und dessen wahrheitsfördernde Magie nicht verschwunden sein. Welche einzelne Tat konnte sich nur von allen anderen so stark unterscheiden? Welches ungeheuerliche Unrecht konnte sie nicht verarbeiten, obwohl sie so viele Verbrechen verübt hatte?

Also saß er vor ihr und starrte sie auf die gleiche Weise an wie sie ihn, und keiner der beiden sah sein Gegenüber wirklich, beide weilten innerlich an anderen Orten. Bek lenkte seine Gedanken auf Griannes Kindheit, als sie von zu Hause entführt worden und dem Morgawr in die Hände gefallen war. Konnte damals etwas passiert sein, wie Rue angedeutet hatte, etwas so Schreckliches, das sie sich nicht verzeihen konnte? Gab es da etwas, von dem er nichts wusste und das er eventuell erschließen könnte?

Plötzlich schoss ihm die Idee durch den Sinn, dass er die ganze Sache bisher von der falschen Seite her angegangen war. Vielleicht hatte sie nicht etwas getan, sondern etwas nicht getan. Vielleicht handelte es sich nicht um ein Verbrechen, sondern um eine Unterlassungssünde, die sie quälte. Immerhin bestand die Möglichkeit, dass sie sich etwas nicht vergeben konnte, von dem sie glaubte, sie hätte es tun müssen, jedoch nicht getan hatte.

Er rief sich in Erinnerung, was sie gesagt hatte, als sie in jener Nacht erwacht und Quentin das Leben gerettet hatte – Bek solle nicht weinen, sie sei bei ihm und sie, seine große Schwester, würde jetzt auf ihn aufpassen.

Dann hatte sie noch etwas gesagt. Sie hatte gesagt, sie würde ihn nie wieder allein lassen und wie sehr es ihr Leid täte. Daraufhin hatte sie geweint und mehrmals wiederholt: »Es tut mir alles so Leid, so Leid.«

Jetzt meinte er es klar vor Augen zu haben, das Versagen, das sie sich nie hatte verzeihen können. Sie war noch ein sechsjähriges Kind gewesen, hatte ihn im Keller versteckt und damit sein Leben über das der Eltern gestellt. Dort unten hatte sie mit anhören müssen, wie oben ihre Eltern starben. Dann hatte sie ihn zurückgelassen und war losgegangen, um Hilfe zu holen, war jedoch nicht über den Hof hinausgekommen. Man hatte sie verschleppt und ihr vorgetäuscht, er sei tot.

Nie war sie zurückgekehrt, nie hatte sie Nachforschungen angestellt, ob man ihr die Wahrheit gesagt hatte. Zuerst hatte ihr das nichts ausgemacht, weil sie ganz unter dem Bann des Morgawrs stand und seiner Geschichte ihrer Rettung glaubte. Doch über die Jahre war diese Gewissheit brüchiger geworden, und allmählich hatten sich Zweifel eingestellt. Deshalb war sie von Beks Geschichte so gefesselt gewesen, als sie sich in jener Nacht im Wald nach dem Angriff in den Ruinen zum ersten Mal getroffen hatten. Deshalb hatte sie ihn nicht getötet, was sie bei jedem anderen getan hätte. Seine Worte und sein Aussehen hatten sie stutzen lassen. Die Möglichkeit, er könnte die Wahrheit sagen und damit alles, was sie bislang geglaubt hatte, zur Lüge machen, beunruhigte sie zutiefst.

Das würde demnach bedeuten, dass sie ihn in Todesgefahr verlassen hatte, obwohl sie hätte zurückkehren und ihn retten sollen.

Ein solches Versäumnis hätte er ihr niemals vorgeworfen, allerdings beschuldigte sie sich dessen ja selbst. Sie hatte ihre Eltern und dann auch ihn nicht retten können. Aufgrund einiger Lügen hatte sie ihr Leben vergeudet und sich einer falschen Rachsucht hingegeben.

Dieser Gedankengang bestürzte ihn sehr, und im ersten Moment konnte er eine so einfache und so absurde Lösung nicht für möglich halten. Aber sie dachte einfach nicht so wie er oder andere. Durch die reinigende Magie des Schwertes von Shannara war sie wiedergeboren worden, durch ein Feuer getempert, das er sich kaum vorzustellen vermochte, durch so tief greifende und unerbittliche Tatsachen, die jede schwächere Persönlichkeit zerstört hätten. Sie hatte nur aufgrund dessen überlebt, was sie war, und sie hatte noch größere Schäden davongetragen.

Was sollte er nun tun?

Er hatte Angst, die falsche Fährte zu verfolgen, und falls das zutraf, hatte er keine Ahnung, was er sonst probieren könnte. Doch Angst konnte er im Augenblick nicht gebrauchen, für seine Schwäche hatte er keine Geduld. Er musste einfach den Versuch unternehmen, mit seinen neuen Einsichten ihren Schutzwall zu durchbrechen, um herauszufinden, ob er Recht hatte.

Dabei boten sich ihm zwei Möglichkeiten. Er konnte die Magie des Wunschliedes beschwören oder mit seiner normalen Stimme zu ihr sprechen. Er entschied sich für das Letztere, beugte sich zu ihr vor, brachte sein Gesicht vor das ihre, schlang ihr die Hände um den schlanken Hals und zerzauste ihr dickes dunkles Haar.

»Hör mir zu«, flüsterte er. »Grianne, hör dir an, was ich dir zu sagen habe. Du kannst mich verstehen. Du hörst jedes Wort. Ich habe dich lieb, Grianne. Ich habe dich immer lieb gehabt, sogar, als ich erfahren habe, wer du bist. Es ist nicht deine Schuld, was dir angetan wurde. Du kannst jetzt nach Hause kommen, zu mir. Dort bist du zu Hause – bei mir. Bei deinem Bruder Bek.«

Er wartete einen Moment lang und beobachtete ihre Augen. »Du hast mich vor dem Morgawr und den Mwellrets versteckt, Grianne, obwohl du nicht wusstest, wer sie waren. Damit hast du mir das Leben gerettet. Ich weiß, du wolltest zurückkommen und mich holen und Hilfe für unsere Eltern rufen. Doch das konntest du nicht. Du hast keine Möglichkeit gehabt, zurückzukehren, weil du nicht genug Zeit hattest, selbst dann, wenn der Morgawr dich nicht in die Falle gelockt hätte. Und trotzdem hast du mich gerettet. Weil du mich versteckt hast, so dass Truls Rohk mich finden und zu Walker bringen konnte, dadurch. Mein Leben habe ich allein dir zu verdanken.«

Er hielt inne. Hatte er einen Schauder bei ihr gespürt? »Grianne, ich verzeihe dir, dass du mich allein gelassen hast, dass du nicht zurückgekommen bist, dass du nicht erfahren hast, dass ich noch lebe. Ich verzeihe dir alles, denn du hast alles versucht, auch wenn du kein Glück hattest. Jetzt musst du dir ebenfalls verzeihen. Du darfst dich nicht mehr vor dem verstecken, was vor so vielen Jahren passiert ist. Vor dieser Wahrheit brauchst du nicht zurückzuschrecken. Im Gegenteil, du solltest dich ihr stellen. Ich brauche dich hier, und du bist so weit fort von mir. Wenn du dich verkriechst, lässt du mich wieder allein. Tu das nicht, Grianne. Geh nicht wieder fort. Komm zu mir zurück, das hast du mir versprochen.«

Plötzlich zitterte sie, doch ihr Blick blieb starr und leer wie ein nächtlicher See im Wald. Er hielt sie in den Armen und wartete ab, ob sie irgendwie reagierte. *Rede einfach weiter,* sagte er zu sich. *So kannst du sie erreichen.*

Stattdessen begann er zu singen, beschwor die Magie des Wunschliedes, fast ohne es zu merken, und sang nun die Worte, die er zuvor nur gesprochen hatte. Er folgte damit einem Impuls, einem Instinkt, einer Reaktion auf sein Bedürfnis, eine Verbindung zu ihr herzustellen. Er war ihr so nahe, stand so kurz vor dem Durchbruch. Er spürte die Risse in der Mauer, die sie um sich herum aufgerichtet hatte. Da war sie, genau dahinter, und verzweifelt versuchte sie, zu ihm zu gelangen.

Deshalb ging er zu der Sprache über, die sie beide am besten verstanden, der Sprache, die nur sie beide besaßen. Die Musik floss aus ihm heraus, mit seiner Magie verwoben, süß und sanft und voller Sehnsucht. Er gab sich ganz der Musik hin, verlor sich im Rhythmus, in ihrem Fluss, in ihrer Erhabenheit des Hier und Jetzt. So entfernte er sich von dem Ort, an dem er war, und Grianne nahm er mit sich, zurück zu der Zeit und zu einem Leben, welches er kaum gekannt hatte, welche sie vergessen hatte, zurück in eine Welt, die ihnen beiden verloren gegangen war. Er sang darüber, wie er sich diese Welt gewünscht hätte, während er ihr gleichzeitig mitteilte, dass er ihr verziehen habe, diese Welt und damit ihn verlassen und sich im Labyrinth von Heimtücke und Lüge und Hass und Frevel verloren zu haben, wo es keine Erlösung mehr gab. Er sang und wollte sie auf diese Weise heilen, damit sie in seinen Worten und seiner Musik den Balsam erkannte, den sie brauchte, um die harte Wahrheit über ihr Leben zu akzeptieren und um zu wissen, dass auch sie, gleichgültig, wie schlimm ihre Verbrechen waren, Vergebung erlangen würde.

Er hatte keine Ahnung, wie lange er sang, doch dachte er nicht mehr darüber nach, wo seine Absichten lagen und was notwendig war. Die Musik bot seinen verwirrten Gefühlen ein Ventil. Dann stellte sich die erhoffte Wirkung bei Grianne ein. Er bemerkte, wie die Schauder sich in Zittern verwandelten, wie ihr Kopf hochfuhr und ihre Augen ein Ziel suchten, wie sich aus ihrer Kehle ein Urlaut löste. Er spürte, wie die Mauer um sie herum zerbröckelte, wie ihre Welt sich veränderte.

Dann schloss sie ihn plötzlich so fest in die Arme, wie er es von einem so zarten Mädchen nicht erwartet hätte. Sie drückte ihn so fest, dass er kaum atmen konnte, weinte leise an seiner Schulter und sagte: »Alles ist gut, Bek, ich bin hier bei dir, ich bin hier.«

Nun hörte er auf zu singen und erwiderte die Umarmung, und in der anschließenden Stille schloss er die Augen und formte mit den Lippen ein einziges Wort.

Bleibe.

Neunundzwanzig

Sie hatte sich in der dunkelsten Ecke verkrochen, die sie finden konnte, denn in der Schwärze um sie herum waren die Wesen, die sie quälten. Was das für Wesen waren, wusste sie nicht, auf jeden Fall durfte sie nicht zu genau hinsehen. Sie waren gefährlich, und wenn sie einen Blick in ihre Augen erhaschen könnten, würden sie wie Wölfe über sie herfallen. Also verharrte sie still und schaute sie nicht an, in der Hoffnung, sie würden verschwinden.

Aber sie wollten nicht verschwinden, und so saß sie in der Falle, ohne eine Fluchtchance. Sie war sechs Jahre alt, und sie stellte sich die Wesen in der Dunkelheit wie Ungeheuer in schwarzen Mänteln vor. Lange Zeit war sie von ihnen verfolgt worden, und weil sie ihr so ausdauernd nachspürten, wusste sie, dass die Jagd niemals aufhören würde. Wenn sie nur an ihnen vorbeikäme und den Weg nach Hause zu ihren Eltern und ihrem Bruder fände, wäre sie wieder in Sicherheit. Doch man ließ sie nicht.

An ihr Heim konnte sie sich gut erinnern. In Gedanken sah sie die Zimmer vor sich. Das Haus war nicht groß gewesen, doch es hatte ihr Wärme und Geborgenheit geboten. Ihre Eltern liebten sie und sorgten für sie, und auf ihren kleinen Bruder hatte sie aufgepasst. Dann hatte sie alle miteinander enttäuscht. Sie war von ihnen fortgelaufen, war von ihrem Zuhause geflohen, weil die schwarzen Wesen kamen, und sie wusste, wenn sie bliebe, würde sie sterben. Kurz entschlossen und Hals über Kopf ergriff sie die Flucht, und die führte weg von allem, was sie kannte – hierher, zu diesem Ort der schwarzen Leere, wo alles fremd war.

Hin und wieder hörte sie ihren Bruder aus der Ferne rufen. Sie erkannte Beks Stimme, obwohl es die eines Erwachsenen war, und er war doch erst zwei Jahre alt und sprach kaum mehr als ein paar Worte. Manchmal sang er für sie, Lieder von der Kindheit und von ihrem Zuhause. Gern hätte sie ihm geantwortet und ihm zugerufen, wo sie war, doch hatte sie Angst. Wenn sie auch nur ein einziges Wort sprach oder einen einzigen Laut von sich gab, würden die Wesen in der Dunkelheit wissen, wo sie war, und zu ihr kommen.

Sie hatte kein Gefühl für Raum und Zeit, kein Gefühl für die Welt jenseits ihres Verstecks. Die Realität gab es nicht mehr, geblieben waren ihr nur Erinnerungen. An die klammerte sie sich wie an Goldfäden, die hell und prächtig im Dunkeln glänzten.

Einmal hatte Bek es geschafft, sie zu finden, und war mit seinen Tränen durch die Dunkelheit vorgedrungen und hatte die Jäger vertrieben. Weil er sie brauchte, so sehr brauchte, dass selbst die schwarzen Wesen nicht widerstehen konnten, hatte sich eine Tür für sie geöffnet. So hatte sie ihr Versteck verlassen und ihn wiedergefunden. Sein Herz war gebrochen, weil er mit ansehen musste, wie sein kleiner Hund verletzt neben ihm lag. Sie sagte zu ihm, sie sei zurück und werde ihn nie mehr verlassen, und mithilfe ihrer Magie heilte sie den Hund. Doch die schwarzen Wesen lauerten immer noch auf sie, und die offene Tür begann sich zu schließen, weil Bek sie nicht mehr so dringend brauchte, und nun war sie gezwungen, in ihr Versteck zurückzufliehen. Wenn er sie und ihre Heilkraft nicht benötigte, konnte sie nicht bleiben.

Also verkroch sie sich wieder. Die Tür schloss sich und verschwand, und sie wusste nicht, wie man sie erneut öffnen konnte.

Bek musste sie öffnen, glaubte sie. Er hatte es schon einmal getan, und er würde es wieder tun. Nur war Bek noch ein Kleinkind, und er begriff nicht, was ihr passiert war. Er konnte nicht verstehen, weshalb sie sich versteckte und wie gefährlich die schwarzen Wesen waren. Sie saß in der Falle, und allein er konnte sie befreien, doch das wusste er nicht.

»Aber als du mir gesagt hast, du würdest mir verzeihen, dass ich dich allein gelassen habe, spürte ich, wie sich alles veränderte«, erzählte sie ihm später. »Als du mir gesagt hast, wie dringend du mich brauchst und dass ich dich eigentlich wieder verlassen würde, wenn ich nicht zu dir zurückkommen würde, spürte ich, wie sich die Dunkelheit zurückzog und die schwarzen Wesen – die Wahrheiten, denen ich nicht ins Gesicht sehen konnte – zu verblassen begannen. Ich hörte deinen Gesang und spürte die Magie, die durchbrach und mich wie eine weiche Decke einhüllte. Ich dachte, wenn du mir verzeihen könntest, nachdem ich dich so im Stich gelassen hatte, dann könnte ich mich auch allem Bösen stellen, das ich angerichtet hatte.«

Sie saßen in der Dunkelheit, wo dies alles begonnen hatte, in einer Ecke von Redden Alt Mers Kapitänskabine, und sie unterhielten sich im Flüsterton, um Quentin Leah nicht zu wecken. Ihre Gesichter lagen im Schatten und verbargen, was ihre Augen sonst enthüllt hätten, aber Bek wusste, welche Gedanken seine Schwester hegte. Sie dachte, er habe gewusst, was er tat, als er eine Möglichkeit fand, sie mit der Magie des Wunschliedes zu erreichen. Doch eigentlich hatte er nur Glück gehabt. Oder Ausdauer gezeigt, wenn er es ein wenig gnädiger ausdrückte. Er hatte geglaubt, es bedürfe der Verzeihung, um sie zu wecken. Darin hatte er sich getäuscht. Sie hatte lediglich spüren müssen, wie dringend er sie brauchte.

»Ich wollte dir die Chance geben, wieder du selbst zu werden«, sagte er. »Du solltest nicht in dir verschlossen bleiben, gleichgültig, welche Konsequenzen sich daraus ergaben.«

»Bestimmt keine guten, Bek«, sagte sie zu ihm und berührte ihn an der Wange. »Vermutlich sogar sehr üble.« Einen Moment lang schwieg sie und sah ihn an. »Ich kann es gar nicht glauben, dass ich dich wiedergefunden habe.«

»Ich auch nicht. Allerdings kann ich kaum etwas glauben von dem, das passiert ist. Vor allem mir. Ich unterscheide mich gar nicht so sehr von dir. So vieles von dem, was ich für die Wahrheit über mich hielt, hat sich als Lüge herausgestellt.«

Sie lächelte, leicht verbittert und tadelnd. »Sag so etwas nicht. Sag es einfach nicht. Du bist mir überhaupt nicht ähnlich. Nun gut, du hast nicht gewusst, dass du ein Ohmsford bist. Aber solche Dinge wie ich hast du nie getan. Und nicht so ein Leben geführt. Sei dankbar dafür. Wenn du auf dein Leben zurückschaust, brauchst du es nicht zu bedauern. Ich dagegen bedauere mein Leben von Anfang an. Ich würde jeden Tag neu leben, nur leider geht das nicht. Meine Taten als Ilse-Hexe werden mich niemals in Ruhe lassen.«

Sie blickte ihn lange und streng an. »Ich habe dich lieb, und du mich auch, ich weiß. Das gibt mir Hoffnung, Bek. Und die Kraft, die ich brauche, um all das Übel in etwas Gutes zu verwandeln.«

»Kannst du dich an alles erinnern, was passiert ist?«, fragte er sie. »An alles aus der Zeit, als du die Ilse-Hexe warst?«

Sie nickte. »Ja, an alles.«

»Das Schwert von Shannara hat es dir enthüllt?«

»Bis zur letzten Untat. Alles, was ich getan habe, weil ich mich an Walker rächen wollte. All das Unrecht, das ich begangen habe, weil ich annahm, ich dürfe tun, was notwendig ist, um zu bekommen, was ich wollte.«

»Es tut mir Leid, was du durchmachen musstest, aber nicht, dass ich dich zurückgeholt habe.«

Sie strich sich das lange dunkle Haar aus dem bleichen Gesicht, und nun wurde der Schmerz in ihren Augen sichtbar. »Für mich gab es keine Hoffnung, bevor ich nicht die Wahrheit über mich entdeckt hatte. Über dich und unsere Eltern, über das, das uns vor so vielen Jahren zugestoßen ist. Und insbesondere über den Morgawr. Ich konnte nichts anderes sein als das, wozu der Morgawr mich gemacht hat – und wozu ich mich selbst gemacht habe –, bis ich das Schwert hielt. Dieses Wissen ist schrecklich und gleichzeitig eine Befreiung für mich. Ich brauche mich nicht mehr zu verstecken.«

»Einige Dinge weißt du vermutlich noch nicht«, sagte er und

rutschte unbehaglich hin und her, während er überlegte, wo er anfangen sollte. »Die Menschen auf diesem Schiff, die Überlebenden von Walkers Truppe, haben reichlich Grund, dich zu hassen. Sie tun es zwar nicht, oder wenigstens nicht jeder, doch haben sie deinetwegen große Verluste erlitten. Ich nehme an, du solltest alles über diese Verluste und über das Leid, für das du verantwortlich bist, erfahren. Wahrscheinlich lässt sich das nicht vermeiden.«

Sie nickte, und in ihrer Miene mischte sich Bedauern mit Entschlossenheit. »Erzähl es mir, Bek. Von Anfang bis Ende.«

Also erzählte er und ließ nichts aus. Er brauchte dafür eine Weile, und während er sprach, bemerkte er, wie jemand die Kabine betrat und sich hinter ihm niederließ. Er wusste, wer es war, ohne hinzuschauen, und er beobachtete Grianne, die dem Neuankömmling in die Augen blickte. Nichtsdestoweniger redete er weiter, weil er Angst hatte, er könne nicht fortfahren, wenn er den Blick abwandte. Er berichtete ihr über die Reise nach Parkasia, über die Ruinen und Antrax, über die Begegnung mit ihr und die Flucht in die Berge, über die Gefangennahme und den Ausbruch von der *Schwarzen Moclips* aus den Händen der Rets, über die Wanderung durch die Katakomben von Castledown, wo er Walker fand, der sie überlistet hatte, die reinigende Magie des Schwertes von Shannara zu beschwören, über den Weg zurück in die Berge und schließlich die Wiedervereinigung mit den anderen Überlebenden der *Jerle Shannara*.

Nachdem er fertig war, sah er über die Schulter und fand hinter sich Rue vor. Sie starrte Grianne an. Ihre Miene war unergründlich. Doch ihr Ton war unmissverständlich, als sie zu seiner Schwester sprach.

»Der Morgawr ist gekommen und sucht nach uns«, sagte sie. »Seine Schiffe sind an der Küste vor Anker gegangen. Morgen wird er die Ruine durchsuchen. Wenn er uns findet, bringt er uns alle um. Was wirst du dagegen unternehmen?«

»Rue Meridian.« Seine Schwester betonte den Namen der anderen Frau, als würde sie endlich dessen Besitzerin kennen lernen. »Gehörst du zu denen, die mir verziehen haben?«

Die Augen der Kleinen Roten funkelten grimmig, während sie

Griannes Blick nicht auswich. Eine Hand legte sie Bek besitzergreifend auf die Schulter. »Ich habe dir vergeben.«

Aber Bek entging die Verbitterung in ihrem Tonfall nicht und die Herausforderung, die sich dahinter verbarg. *Vergebung bekommt man nicht geschenkt, man muss sie sich verdienen,* verkündete dieser Ton. *Ich vergebe dir, doch was bedeutet das schon? Du musst immer noch beweisen, dass du dessen würdig bist.*

Er sah seine Schwester an und bemerkte die Traurigkeit und die Reue in ihrem ruhigen, blassen Gesicht. Ihr Blick wanderte zu Rues Hand auf Beks Schulter, und die letzten körperlichen Spuren des sechsjährigen Mädchens, in das sie sich während der Tage und Nächte ihrer Katatonie verwandelt hatte, fielen von ihr ab. Ihre Miene wurde hart und ausdruckslos und zu jener perfekten Maske, die sie als Ilse-Hexe getragen hatte, um sich die Dämonen ihres Lebens vom Leibe zu halten.

Kurz blickte sie ihren Bruder an. »Ich habe dir gesagt«, meinte sie, »dass mein Wiedererwachen nicht nur angenehme Folgen haben würde.« Sie lächelte mit kalter Gewissheit. »Manche werden sogar sehr übel sein.«

Langes Schweigen entspann sich, in dem die beiden Frauen sich mit Blicken duellierten und jede einen Teilbesitz beanspruchte, den die andere ebenfalls wollte, aber niemals einfordern konnte. Einen Teil der Vergangenheit. Einen Teil der Zukunft. Zeit und Ereignisse würden bestimmen, wie viel sie miteinander teilen konnten, doch bestand im Augenblick die Notwendigkeit einer Einigung, und weder die eine noch die andere war gut darin, Kompromisse zu schließen.

»Vielleicht solltest du den Rest der Mannschaft kennen lernen«, schlug Bek leise vor.

Der Neuanfang in dieser Situation, dachte er, würde sicherlich schwieriger werden als das Ende des Vorangegangenen.

In der Dämmerung standen sie, Bek, Grianne und Rue, zusammen im Schutz einer der Turmruinen, ganz oben im obersten Stockwerk, von wo sie über die Burg hinweg zur Küste schauen und beobachten konnten, wie langsam Bewegung in die Luftschiffe des Morgawrs kam. Inzwischen hatte Bek Grianne allen an Bord vorgestellt, und sie war mit einem hohen Grad an Anerkennung begrüßt worden, was er nicht erwartet hätte. Wenn er ehrlich war, so hatte sich Rue am feindseligsten benommen. Die beiden Frauen führten eine kämpferische Auseinandersetzung miteinander, in deren Mittelpunkt er stand, von der er jedoch ansonsten wenig begriff. Da er ihre wechselseitige Geringschätzung nicht beeinflussen konnte, versuchte er zumindest, den Frieden zu wahren.

Jenseits der grünen Grasfläche waren die Luftschiffe sichtbar im klaren Licht der aufgehenden Sonne, die einen wunderschönen Tag verhieß. Bek erkannte die hölzernen Gestalten der wandelnden Toten, die auf ihren Posten standen und die Befehle erwarteten, die sie in Bewegung setzen würden. Er sah die Mwellrets, wie sie durch die Luken an Deck kamen, in Mantel und Kapuze, um sich vor dem Licht zu schützen. Und vor allem erblickte er den Morgawr, der vorn am Bug der *Schwarzen Moclips* stand und suchend zu den Ruinen hinüberschaute, in denen sie sich verbargen.

»Du hast Recht gehabt«, sagte Grianne leise und umklammerte ihre Robe über dem schlanken, steifen Leib. »Er weiß, wo wir sind.«

Die übrigen Männer von der *Jerle Shannara* hatten sich unten im Rumpf und in den Pontons des Schiffes versteckt und warteten ab, was passieren würde. Alt Mer wusste, was Bek befürchtete, doch er konnte nichts an ihrer Situation ändern. Die *Jerle Shannara* war nicht flugfähig, solange sie nicht Masten und Segel aufbauten, und der Lärm, der damit verbunden war, hätte sie verraten. Auch wenn der Morgawr die Burgruine durchsuchte, hieß das noch lange nicht, dass er sie entdecken würde, denn der Geist konnte ihm mit seiner Magie den Eintritt verwehren und ihn immer wieder nach draußen führen, ganz so wie er es seinerzeit bei Walker getan hatte. Damit gingen sie ein großes Wagnis ein; falls sie Pech hatten, saßen sie in der Falle. Dann würde ihnen nur die Flucht gelingen, wenn sie ihre Feinde überwältigen könnten, wobei ihnen zurzeit schleierhaft war, wie sie das anstellen sollten.

Bek hatte kein gutes Gefühl, was ihre Erfolgsaussichten betraf. Seiner Meinung nach würde sich der Morgawr durch die Magie des

Geistes nicht beirren lassen. Der Zauberer hatte sie bis hierher verfolgt, ohne eine sichtbare Spur zu haben. Er schien genau zu wissen, dass sie sich in der Ruine versteckt hatten. Wenn er zu all dem in der Lage war, würde er rasch erkennen, wie der Geist ihn narrte, wenn er in die Burg eindrang, und vermutlich würde er eine Möglichkeit finden, dagegen vorzugehen.

In diesem Fall mussten sie sich ihm stellen.

Er sah Grianne an. Sie hatte Rue keine Antwort auf die Frage gegeben, wie sie den Morgawr aufzuhalten gedachte. Eigentlich hatte seine Schwester kaum etwas gesagt außer den Floskeln, die sie mit jenen wechselte, denen sie vorgestellt wurde. Sie hatte niemanden mehr danach gefragt, ob er ihr verziehen habe. Auch hatte sie sich nicht für das Leid, das sie verursacht hatte, entschuldigt. Die Milde und die Verletzlichkeit, die sie bei ihrem Erwachen gezeigt hatte, war verschwunden. Ihre Persönlichkeit hatte sich wieder die Eigenschaften der Ilse-Hexe zugelegt, Kälte, Distanziertheit und Gefühllosigkeit, sie behielt ihre Gedanken für sich und die Menschen, denen sie begegnete, auf Abstand.

Das bereitete Bek einerseits Kopfzerbrechen, andererseits hatte er Verständnis dafür. Sie musste sich selbst schützen, indem sie die Gefühle verdrängte, welche sie sonst zerstört hätten. Keineswegs war es so, dass sie nichts mehr fühlte oder nicht mehr glaubte, sie müsse für das von ihr begangene Unrecht gerade stehen. Doch wenn sie zu viel darüber nachdachte, wenn sie ihrer Vergangenheit zu großen Einfluss auf die Gegenwart einräumte, wurde sie handlungsunfähig. Viele Jahre hatte sie nur durch ihre Willensstärke und ihre strenge Selbstbeherrschung überlebt. Sie hatte ihre Gefühle versteckt. Gestern Nacht hatte sie festgestellt, dass sie diese Schutzmauer nicht so schnell abreißen konnte. Sie war seine Schwester, dennoch konnte sie die Ilse-Hexe nicht loslassen.

So balancierte sie am Abgrund des Wahnsinns auf einem schmalen Grat zwischen der realen Welt und dem Versteck, dem sie gerade erst entflohen war.

»Wir müssen beratschlagen, was wir tun, wenn er in die Ruine kommt und uns findet«, sagte Bek leise.

»Er ist nur ein Mann«, sagte Rue. »Niemand von den anderen verfügt über Magie, um sich zu beschützen. Die Rets kann man also umbringen. Ich habe selbst schon welche getötet.«

Bei diesen Worten klang sie sehr grimmig, und Bek sah sie an, obwohl er eigentlich nicht wollte. Doch angesichts ihrer Miene konnte er sich nicht überwinden, etwas zu erwidern.

Grianne hatte damit kein Problem. »Was du sagst, stimmt, nur ist der Morgawr mächtiger als ihr alle zusammen. Er ist kein Mann, er ist nicht einmal ein Mensch. Er ist ein Geschöpf, das sich seit tausend Jahren durch den Gebrauch finsterer Magie am Leben erhält. Er kennt hundert verschiedene Arten zu töten.«

»Die hat er dir sämtlich beigebracht, möchte ich wetten«, sagte Rue, ohne Grianne anzuschauen.

Diese Äußerung verfehlte bei Grianne anscheinend die Wirkung, doch Bek zuckte zusammen. »Wie können wir uns wehren?«, fragte er und versuchte den Streit zu vermeiden, der sich anbahnte.

»Ihr könnt gar nichts tun«, antwortete seine Schwester. Jetzt wandte sie sich beiden zu. »Das ist nicht euer Kampf. Rue hatte Recht, als sie mich fragte, was ich gegen den Morgawr zu unternehmen gedenke. Das ist meine Angelegenheit. Ich bin es, die sich ihm stellen muss.«

»Das kannst du nicht«, entgegnete Bek sofort. »Nicht allein.«

»Allein geht es am besten. Jede Ablenkung schmälert meine Siegeschancen. Jeder, auf den ich aufpassen muss, stellt eine mögliche Ablenkung dar, und daraus wird er seinen Vorteil ziehen. Allein kann ich mich auf das Notwendige konzentrieren. Der Morgawr ist mächtig, aber ich bin ihm gewachsen. Ich konnte ihm immer das Wasser reichen.«

Bek schüttelte verärgert den Kopf. »Früher einmal vielleicht. Da warst du die Ilse-Hexe.«

»Ich bin immer noch die Ilse-Hexe, Bek.« Sie lächelte ihn traurig an. »Du willst das nur nicht so sehen.«

»Sie hat Recht«, mischte sich Rue ein, ehe er etwas einwenden konnte. »Sie hat ihre Magie auf dem Wetzstein des Morgawrs geschliffen. Deshalb weiß sie, wie sie gegen ihn vorzugehen hat.«

»Aber ich verfüge über die gleiche Magie!«, zischelte Bek wütend und versuchte, die Stimme gesenkt zu halten. »Was ist mit Ahren Elessedil? Er besitzt die Macht der Elfensteine. Sollten wir nicht unsere Magie zusammen einsetzen? Wenn du dem Morgawr allein gegenübertrittst, wird das nicht so wirkungsvoll sein. Warum bist du in dieser Sache so stur?«

»Bek, im Umgang mit dem Wunschlied bist du noch unerfahren. Das Gleiche gilt für Ahren und die Elfensteine. Der Morgawr würde euch beide umbringen, ehe ihr einen Weg finden könntet, euch zu wehren.«

Sie stellte sich neben Rue Meridian, ein wohlerwogener Schritt, dessen Bedeutung er nicht missverstehen konnte, und wandte sich ihm wieder zu. »Alles, was mir zugestoßen ist, geschah auf Veranlassung des Morgawrs. Alles, was ich verloren habe, verlor ich seinetwegen. Meine Untaten beging ich seinetwegen. Ich traf Entscheidungen, doch er beeinflusste die Umstände, unter denen ich mich entschied. Ich will mich nicht herausreden, aber ich habe ein Anrecht auf Wiedergutmachung für das, was mir angetan wurde. Niemand kann mir die geben. Die muss ich mir holen. Ich muss sie einfordern. Und das kann ich nur, indem ich mich ihm stelle.«

Bek war aufgebracht. »Du musst überhaupt nichts beweisen!«

»Nein, Bek?«

Er verstummte, weil er begriff, dass er seine Position nicht halten konnte und dass seine Schwester nicht nachgeben würde. Sie musste vielleicht ihm nichts beweisen, doch einer Menge anderer Leute schon. Und vor allem sich selbst.

»Ich werde nicht wieder ich selbst sein, bevor ich diese Sache nicht ausgetragen habe«, sagte sie. »Auch mit einer erfolgreichen Flucht wird die Geschichte nicht zu Ende sein. Ich kenne den Morgawr. Er wird mir so lange nachstellen, bis er eine Möglichkeit gefunden hat, mich zu vernichten. Wenn ich Ruhe haben will, muss ich dem Ganzen hier ein Ende setzen.«

Bek schüttelte empört den Kopf. »Was sollen wir denn tun, während du hinausgehst und dich opferst? Das Beste hoffen?«

»Schlagt Vorteil aus dem Durcheinander. Auch wenn ich sterben sollte, wird der Morgawr aus diesem Kampf nicht unbeschadet hervorgehen. Er wird geschwächt sein, und unter seinen Gefolgsleuten wird sich Chaos ausbreiten. Ihr könnt sie dann angreifen oder fliehen, während sie sich die Wunden lecken. Beides wäre in Ordnung. Überlegt es euch mit den anderen und trefft eine Entscheidung.«

Sie beugte sich vor und küsste ihn auf die Wange. »Du hast für mich getan, was du konntest, Bek. Daher brauchst du keine Schuldgefühle zu haben. Ich mache dies, weil ich muss.«

Daraufhin wandte sie sich an Rue. »Mir gefällt es, dass du keine Angst hast, nicht einmal vor mir. Und auch, dass du meinen Bruder so sehr liebst.«

»Tu das nicht«, bettelte Bek.

»Pass gut auf ihn auf«, sagte seine Schwester zu Rue, und ohne ein weiteres Wort oder einen einzigen Blick ging sie davon.

Der Morgawr befahl dem Rest seiner Flotte, vor der Küste liegen zu bleiben, wo man sicher vor allen Sabotageanschlägen war, und flog mit der *Schwarzen Moclips* über die Silbergischt der Blauen Spalte hinweg zum Grasland vor der Burg von Mephitic. Er ließ sein Luftschiff landen, festmachen und Aden Kett und seine wandelnden Toten mit einer Hand voll Wachen zurück. Dann warf er eine Strickleiter über die Reling des Steuerbordpontons, nahm Cree Bega und ein Dutzend seiner Mwellrets, kletterte vom Schiff herunter und machte sich zur Ruine auf.

Ohne ihre Gegenwart zu verbergen, gingen sie über die offene Grasfläche. Falls sich die Überlebenden der *Jerle Shannara* innerhalb der Burg versteckten, war es dem Morgawr recht, wenn sie ihn kommen sahen. Sie sollten Zeit zum Nachdenken haben, ehe er sie erreichte, damit ihre Angst ein wenig Zeit hatte, ihre Wirkung zu entfalten. Die Ilse-Hexe würde sich nicht fürchten, ihre Gefährten jedoch schon. Inzwischen hatten sie gewiss erfahren, dass er die Seelen von Lebenden fraß, und auch, wie die Föderationsmannschaft an Bord der *Schwarzen Moclips* aussah, nachdem er mit ihr fertig gewesen war. Wenigstens einer würde die Anspannung daher bestimmt nicht mehr aushalten und ihren Aufenthaltsort verraten.

Dadurch konnte er Zeit und Mühe sparen, und er würde seine Kräfte für die Ilse-Hexe aufsparen.

Also erklärte er Cree Bega, was er wollte. Die Mwellrets sollten seiner Führung folgen. Niemand durfte sprechen. Wenn sie die Gesuchten gefunden hatten, würden sie die Ilse-Hexe ihm überlassen. Mit den anderen konnten sie tun, was sie wollten. Am besten sollten sie getötet oder zumindest betäubt werden, damit man sich ihrer schnell entledigen konnte.

Vor allem sollten sie jedoch nicht vergessen, dass dort noch etwas anderes in der Ruine hauste, ein Geist, der über Magie verfügte und über eine enorme Macht. Wenn man ihn aufbrachte oder angriff, könnte er eine große Gefahr darstellen. Daher durfte nichts schief gehen, wenn sie erst einmal im Inneren der Burg waren, weil dieses Wesen die Ruine als seinen Besitz betrachtete und kämpfen würde, um sie zu verteidigen. Die *Jerle Shannara* und ihre Mannschaft interessierten diesen Geist jedoch nicht. Sie gehörten nicht zu seinem Reich, und er würde sie nicht verteidigen.

All das erklärte der Morgawr, ohne sich dessen vollkommen sicher zu sein. Möglicherweise irrte er, und der Bewohner der Burg würde aus Gründen angreifen, an die der Morgawr überhaupt nicht gedacht hatte. Aber es würde niemandem helfen, wenn er das den Mwellrets erzählte. Man konnte sie alle opfern, auch Cree Bega. Wichtig war nur, dass er selbst überlebte, und daran zu zweifeln, hatte er keinen Grund. Seine Magie beschützte ihn.

Sein Plan war daher einfach. Er würde die Hexe finden und umbringen, die Bücher der Magie von dem Luftschiff holen und fortfliegen. Wenn er nur die Hexe bekäme und die Bücher nicht, würde ihm das genügen. Da der Druide tot war, gab es nur noch die kleine Hexe, die ihm später einmal Schwierigkeiten bereiten könnte. Die Bücher der Magie waren wichtig, trotzdem konnte er sie im Notfall aufgeben.

Er dachte darüber nach, was es bedeutete, dass der letzte Druide gestorben war. Paranor war unbewohnt und leicht zu erobern – gewiss, ja, es wurde durch Magie beschützt, doch er, der dieser Magie seine eigene entgegensetzen konnte, konnte es betreten. All die Jahre hatte Walker ihn fern gehalten. Jetzt würde sein werden, was dem Druiden gehört hatte.

Der Morgawr gestattete sich ein Lächeln. Das Rad hatte seine Drehung vollendet, was die Druiden betraf. Ihre Zeit war vorüber. Seine noch lange nicht. Er brauchte sich nur dieses kleinen Mädchens zu entledigen. Ilse-Hexe hin oder her, genau das war sie: ein kleines Mädchen.

Vor ihm ragten die zerfallenen Mauern und Zinnen der uralten Burg in den Sonnenaufgang, kahl und mächtig. Seine Vorfreude auf das, was ihn im Inneren der Ruine erwartete, drängte ihn, seine Schritte zu beschleunigen.

Dreißig

Gemächlich schritt Grianne Ohmsford durch die leeren Gänge und Höfe der alten Burg und nahm sich die Zeit, ihre Gedanken zu sammeln. Im Gegensatz zu dem, was sie Bek und Rue Meridian glauben gemacht hatte, war ihre Entscheidung, sich dem Morgawr allein zu stellen, impulsiv getroffen und nicht besonders gut durchdacht, wenn auch nichtsdestoweniger aus den genannten Gründen unverzichtbar. Sie war diejenige, die er wollte, und deshalb musste sie ihm entgegentreten. Außerdem hatte sie als Einzige eine Chance gegen seine Magie. In ihrem Leben als Ilse-Hexe hatte sie viel Leid verursacht, und jede Sühne für ihre Untaten musste damit beginnen, mit dem Zauberer abzurechnen.

Von der langen Katatonie war sie geschwächt, doch Wut und Entschlossenheit trieben sie an. Sie hatte die Wahrheit über ihr Leben deutlich vor Augen, die Bilder, die die Magie des Schwertes von Shannara hell und klar beschworen hatte. Diese Wahrheit bestimmte ihr Sein, und das Wissen, was sie gewesen war, ermöglichte ihr zu erkennen, zu was sie werden musste. Um diese Reise zu vollenden, musste sie den Morgawr vernichten.

Stille hüllte sie wie ein Leichentuch ein, und die Ruinen versprühten die Aura einer Gruft. Bei diesem Gedanken lächelte sie, eine vertraute und immer noch willkommene Atmosphäre, denn so war viele Jahre ihre Welt gewesen. Schatten von Mauern und Türmen, wo das Sonnenlicht nicht hingelangte, überzogen geborstene Steine und rieselnden Mörtel wie Tinte. Voller Behagen ging sie durch diese Schatten, die Dunkelheit war ihr Freund, das Erbe ihres Lebens. Das würde sich niemals ändern, wurde ihr plötzlich bewusst. Solche Umgebungen würde sie stets vorziehen, weil sie sich dort sicher fühlte. Unter Bedingungen, bei denen andere zugrunde gegangen wären, hatte sie ein Heim gefunden, und zwar, nachdem man ihr alles genommen hatte, was ihr etwas bedeutete, und nur Wut geblieben war. So leicht würde sie die Vergangenheit nicht hinter sich lassen.

Daran würde sich nichts ändern, auch wenn sie diesen Tag überlebte. Bek malte sich aus, sie würden heimkehren, eine neue Familie bilden und ein ruhiges Leben führen. Doch seine Vision übte auf sie keine große Anziehungskraft aus und gründete auf seinen Träumen, nicht den ihren. Ihr Leben würde eine Richtung einschlagen, die damit nichts gemeinsam hatte, so viel wusste sie bereits. Ihr Weg führte nicht dorthin, wo Bek hoffte, weil die Gründe für ihre Genesung nicht so sehr bei ihm lagen – obwohl er sie geweckt hatte, was niemandem sonst gelungen wäre –, sondern beim Dunklen Onkel, dem Hüter der Geheimnisse, jenem, der Zuversicht schenkte. Bei Walker Boh.

Der nun tot war und doch immer bei ihr.

Sie begann zu summen und passte sich dem Wesen der Ruinen und des Geistes an, der hier lebte. Im Augenblick schlief er, doch durchdrang er sein Reich so intensiv wie Antrax seines. Der Geist war überall gleichzeitig, eine Präsenz, die dem harten Stein und der toten Luft innewohnte. Von Bek wusste sie, dass man ihn täuschen konnte, indem man ihm das Gefühl vermittelte, man gehöre hierher. Jetzt würde sie anfangen, sich darum zu bemühen. Sobald sie sich vollkommen eingefügt hatte und einfach als ein Stück Schutt akzeptiert worden wäre, würde sie bereit sein, sich mit ihrem Gegner zu beschäftigen.

Es dauerte ein wenig, die Erscheinung zu schaffen, die sie brauchte, die Maske, die notwendig war. Sie bewegte sich vorsichtig durch die Gänge und lauschte auf die Geräusche, die der Morgawr und seine Rets verursachten. Inzwischen würden sie die Mauer erreicht haben und nach einem Weg ins Innere suchen. Ihr Plan war schlicht. Sie würde versuchen, ihn von seinen Gefolgsleuten zu trennen, damit sie ihm nicht helfen konnten. Wenn sie eine Chance gegen ihn haben wollte, musste sie ihn allein erwischen. Cree Bega und seine Mwellrets stellten keinen Schrecken für sie dar, doch könnten sie ebenso eine Ablenkung bedeuten wie Bek und Rue Meridian. Wollte sie den Kampf mit dem Morgawr gewinnen, musste sie dies verhindern.

Nun begann sie bereits, sich wie ein Teil ihrer Umgebung zu fühlen, ein Ding aus Stein und Mörtel und Staub aus alten Zeiten.

Sie trennte sich von dem Teil, der Grianne Ohmsford verkörperte, und verwandelte sich allmählich in die Ilse-Hexe zurück. So wurde sie zu dem Geschöpf, das überleben konnte, wappnete sich gegen das, was sie erwartete, verbarg jenes, das verwundbar war. Das bedurfte einer Veränderung ihres Denkens, sie musste ihre Gefühle und ihre Zweifel wegsperren. Das war erforderlich, um das Selbst für die Schlacht zu rüsten. Über solch prosaische Beschreibungen lächelte sie, denn die Wahrheit war wesentlich finsterer und hässlicher. Sie schlug einen anderen Weg ein als damals, da ihr einziger Lebenszweck darin bestanden hatte, Walker zu vernichten, doch dieser Pfad war genauso düster. Töten hieß töten, auch wenn der Morgawr das Opfer sein sollte. Dadurch würde sie nicht gerade ihre Selbstachtung vergrößern. Und ihre Vergangenheit konnte sie damit ebenfalls nicht ändern. Möglicherweise erhielt jedoch eine Hand voll Menschen, denen sie Unrecht getan hatte, die Chance zu überleben. Das genügte ihr.

Glücklicherweise wurde Bek nicht Zeuge dieser Verwandlung, die, wie sie glaubte, in Augen und Stimme erkennbar war. Dieses andere Ich konnte im Zaum gehalten, doch nicht versteckt werden. Vielleicht würde sie immer so bleiben, in zwei Persönlichkeiten gespalten, immer von einer zur anderen wechseln, je nachdem, was Ereignisse und Umstände erforderten. Sie sah es schon regelrecht vor sich, und doch konnte sie nichts dagegen tun.

Vor sich hörte sie nun Geräusche, die Schritte schwerer Stiefel, die über Stein und Erde schlurften. Sie waren ein ganzes Stück entfernt, kamen jedoch näher. Der Morgawr versuchte, in das Labyrinth einzudringen. Bis jetzt hatte er ihre Anwesenheit nicht entdeckt, lange würde es vermutlich aber nicht mehr dauern. Am besten sollte sie ihn vorher angreifen, solange er sich in Sicherheit wiegte. Sie konnte warten und schauen, ob die Magie des Geistes der Ruinen den Zauberer in Bedrängnis brachte, allerdings lohnte es sich vermutlich nicht. Der Morgawr war zu schlau, um sich lange narren zu lassen, und zu hartnäckig, um sich einfach vertreiben zu lassen. Redden Alt Mer hatte da einen hübschen Plan ausgeheckt, nur würde er bei einem so gefährlichen Gegner nicht funktionieren.

Sie hörte nicht auf, leise zu summen, und die Magie verbarg sie nicht nur vor dem Bewohner der Ruinen, sondern auch vor jenen, die nach ihr suchten. So ging sie ihnen entgegen, schlich durch die Schatten und achtete im offenen Raum auf verdächtige Bewegungen. In Kürze würde sie auf ihre Feinde stoßen. Sie atmete langsam und tief, um sich innerlich zu wappnen. Vorsicht war angebracht. Still wie die Luft, durch die sie ging, musste sie sein. Sie durfte nicht mehr auffallen wie ein Schatten, der aus dem Reich der Toten kam.

Und vor allem musste sie schnell sein.

Redden Alt Mer wirkte beinahe resigniert angesichts der Unausweichlichkeit der Situation, als er hörte, wie sich Grianne Ohmsford entschieden hatte. Mit Bek und Rue stand er auf dem Achterdeck der *Jerle Shannara*, reagierte auf nichts und starrte stattdessen nur gedankenverloren in die Ferne. Schließlich sagte er ihnen, sie sollten auf ihre Posten zurückkehren und ihn wissen lassen, wenn sie etwas Auffälliges bemerkten. Er machte nicht den Eindruck, dass er die Fahrenden an Deck rufen würde, um das Schiff für die Flucht vorzubereiten, für den Fall, dass Grianne scheiterte. Überhaupt schien er an gar nichts interessiert zu sein. Er hörte sie an und ging dann fort.

Seine Schwester wechselte einen Blick mit Bek und zuckte mit den Schultern. »Warte hier«, sagte sie.

Daraufhin verschwand sie unter Deck und ließ Bek mit den Gedanken daran allein, was auf sie zukam. Er stellte sich an die Reling und schaute zum klaren blauen Himmel hinauf. Britt Rill und Kelson Riat standen am Bug und unterhielten sich mit gedämpften Stimmen. Spanner Frew fummelte in der Pilotenkanzel herum und machte etwas mit den schweren Ästen, die sie dort versteckt hatten. Alt Mer und die Übrigen waren nirgendwo zu sehen. Alles war so seltsam friedlich. Im Augenblick jedenfalls, dachte Bek. Niemand würde sich bei ihnen blicken lassen. Nicht, solange der Morgawr nicht seine Händel mit Grianne ausgetragen hatte.

Er überlegte, ob er kurz bei Quentin vorbeischauen sollte, aber er konnte sich nicht überwinden. In dieser Verfassung wollte er seinen Cousin nicht sehen. Quentin war klug genug, ihm die Gedanken vom Gesicht abzulesen, und die wären heute Morgen vermutlich nicht besonders aufmunternd. Wenn Quentin jedoch erfuhr, was vor sich ging, würde er sofort aufstehen und mitkämpfen wollen. Dazu war der Hochländer noch nicht wieder kräftig genug, und außerdem würde er ausreichend Gelegenheit für Heldentaten bekommen, wenn alles andere schief ging. Am besten ließ man ihn jetzt schlafen.

Rue Meridian erschien wieder an der Kajütstreppe und schnallte sich gerade ihren Waffengurt mit dem Paar Wurfmesser um, und anschließend steckte sie ein drittes in den Stiefel. »Alles klar zum Aufbruch?«, fragte sie.

Er starrte sie mit offenem Mund an. »Zum Aufbruch wohin?«

»Deiner Schwester nach«, sagte sie. »Du willst doch nicht hier herumstehen und nichts tun, oder?«

Nun, so betrachtet wollte er natürlich nicht. Ohne ein weiteres Wort ließen sie sich an der Seite des Luftschiffs hinunter und schlichen hinter Grianne her in die Ruinen.

Redden Alt Mer hatte die ganze Nacht über ihre Lage nachgedacht. Da er keinen Schlaf fand, spazierte er auf Deck hin und her, um sich zu beruhigen. Er hasste es, am Boden festzusitzen, und umso mehr, da sie nicht einfach starten konnten und somit letztendlich in der Falle saßen. Seine Hilflosigkeit erzeugte Wut in ihm, ein Zustand, den er sonst nicht von sich kannte. Obwohl es sein eigener Plan gewesen war, sich in den Ruinen zu verstecken und zu hoffen, der Morgawr würde sie nicht finden, erschien es ihm unmöglich, jetzt herumzuhocken, nichts zu tun und abzuwarten.

Als Beks Schwester nach den vielen Wochen aus ihrer Katatonie erwachte, hatte er die damit verbundene Veränderung der Situation sofort begriffen. Dabei hätte er nicht genau sagen können, weshalb eigentlich, aber trotzdem spürte er es. Die Ilse-Hexe würde, ob nun Freund oder Feind, das Gleichgewicht in deutlichem Maße verschieben. Dass sie sich entschieden hatte, dem Morgawr entgegenzutreten und nicht abzuwarten, bis der Zauberer sie aufsuchte, passte zu ihr. Er selbst hätte sich nicht anders verhalten, wenn er sich nicht in diese Lage gebracht hätte, wo er sich nur verstecken und warten konnte. Je länger er am Boden verharrte, desto sicherer war er, einen Fehler begangen zu haben. So würde er weder das Luftschiff noch seine Passagiere retten. Auf diese Art überstand man solche Gefahren nicht. Der Morgawr war zu verschlagen, um sich täuschen zu lassen. Alt Mer wäre besser dran gewesen, wenn er in der Luft geblieben und sich dort dem Kampf gestellt hätte.

Allerdings hätte er dabei ebenfalls keine Chance gehabt, gestand er sich verdrossen ein. Man sollte nicht ganz die Realität aus den Augen verlieren, wenn man sich schon seine Fehler vorhält.

Er verließ das Luftschiff und stieg in den Turm hoch, auf den er die Kleine Rote und Bek geschickt hatte, um Wache zu halten, aber sie waren nicht da. Verwirrt über ihre Abwesenheit schaute er hinunter in den Hof, wo die *Jerle Shannara* versteckt war, weil er dachte, sie dort zu entdecken. Nichts. Daraufhin suchte er in den anderen Höfen und Gängen und spähte durch Löcher in der Mauer.

Einige hundert Meter entfernt erblickte er sie, wie sie durch die Schatten auf den Bergfried und den Morgawr zuschlichen.

Eine Sekunde lang stand er geschockt da, weil er begriff, dass seine Schwester nicht nur seinen Befehl nicht befolgt hatte, sondern auch ihr Leben für die Hexe riskierte. Oder für Bek, was auf das

Gleiche hinauslief. Am liebsten hätte er ihr hinterhergerufen, sie sollten zum Schiff zurückkommen und tun, was er ihnen aufgetragen hatte, aber das war reine Zeitverschwendung. Außerdem tat sie nur das, was er sich gerade erst zu tun überlegt hatte.

Er ging zur anderen Seite des Turms und schaute zum Grasland hinaus. Der Morgawr und seine Rets hatten die Burg bereits betreten, und abgesehen von der *Schwarzen Moclips*, die in einer Viertelmeile Entfernung vor Anker lag, war der weite Platz vor der Ruine leer. Dahinter schwebte, deutlich sichtbar gegen den tiefblauen Morgenhimmel, die Flotte des Morgawrs über dem Meer.

Kurz betrachtete er die Luftschiffe, die sich dicht aneinander drängten, um sich gegen einen Überraschungsangriff verteidigen zu können, und plötzlich hatte er eine Idee. Die war so verwegen und so undurchführbar, dass er sie eigentlich sofort wieder fallen lassen wollte. Doch je länger er darüber nachdachte, desto weniger konnte er sie wieder fallen lassen. Wie eine helle, bunte Schlange, die zustoßen wird, nachdem sie dich hypnotisiert hat. Wie die Flammen eines Feuers, das dich zu Asche verbrennen wird, sobald du den Arm ausstreckst, um es zu berühren.

Schatten, dachte er, und hatte sich schon fast selbst überzeugt, es zu versuchen.

Er war erschrocken über sich selbst und gleichzeitig aufgeregt, und sein Blut strömte heiß durch seine Adern, während er die Treppe hinunter und zum Luftschiff rannte. Wenn er das wirklich in die Tat umsetzen wollte, musste er sich beeilen, und sogar dann würde es vielleicht nicht gelingen. Was er sich da ausdachte, war Wahnsinn. Aber die Welt war voller Wahnsinn, und wenigstens brauchte er nicht länger untätig herumzustehen.

An Bord ging er sofort zu Spanner Frew. Der Schiffsbauer sah von seiner Arbeit auf, und Zweifel umwölkten sein dunkles Gesicht, als er die Miene des Kapitäns sah. »Was gibt es?«, fragte er.

»Bist du gerade mit etwas Wichtigem beschäftigt?«, fragte Alt Mer, griff nach seinem Schwertgurt und schnallte ihn um.

Spanner Frew starrte ihn an. »Alles, was ich tue, ist wichtig. Was willst du?«

»Ich will die *Schwarze Moclips* stehlen.«

Der Schiffsbauer grunzte widerwillig. »Das ist schon der Kleinen Roten nicht gut bekommen, wenn ich mich recht erinnere.«

»Die Kleine Rote hatte nicht so einen guten Plan. Ich aber schon. Los, komm mit. Britt und Kelson können uns begleiten. Das wird ein Heidenspaß, Schwarzbart.«

Spanner Frew verschränkte die stämmigen Arme vor der Brust. »In meinen Ohren hört sich das eher nach Gefahr an.«

Alt Mer grinste. »Hast du dir etwa eingebildet, du würdest ewig leben?«, fragte er.

Dann sah er, wie Schwarzbart die Stirn runzelte, und lachte.

Ahren Elessedil und Kian ließ er als Wachen an Bord der *Jerle Shannara*, und zusammen mit Spanner Frew, Kelson Riat und Britt Rill machte er sich zur äußeren Mauer der Burg auf. Erst nachdem sie sich ein Stück entfernt hatten, fiel ihm ein, dass er möglicherweise Schwierigkeiten haben würde, das eigene Luftschiff wiederzufinden. Nicht nur, weil die Ruine ein verwirrendes Labyrinth bildete, sondern auch wegen des Geistes, der mit seiner Magie Eindringlinge fern hielt. Daran jedoch konnte er jetzt nichts mehr ändern, und außerdem war eine Rückkehr sowieso nicht Teil seines Planes.

Er erklärte seinen Gefährten, was sie wissen mussten, mehr jedoch nicht. Sie würden um die Burg herumgehen bis zum am weitesten landeinwärts gelegenen Punkt, wo man sie von der *Schwarzen Moclips* aus nicht sehen konnte, sich dann auf die andere Seite des Luftschiffs schleichen und sie entern. Wenn ihnen das gelang, hatten sie ein einsatzbereites Luftschiff in der Hand, auf dem sie fliehen konnten. Mit ein wenig Glück wäre auch der Morgawr nicht mehr in der Lage, sie weiter zu verfolgen, und dem Rest der Flotte würde es an einem Anführer mangeln.

Wenn er recht darüber nachdachte, war der Plan ausgemachter Unsinn, doch hatten sie sich bereits in Bewegung gesetzt, um ihn auszuführen, und sie hatten keine Zeit, sich zu überlegen, welche Rolle jeder Einzelne spielen sollte.

Er brachte sie auf geradem Wege zur Außenmauer, dann nach Osten und Norden zu einem Tor, von dem aus man in eine dichte Baumgruppe gelangte. Sie legten ein rasches Tempo vor, denn der Morgawr konnte jederzeit auf Grianne oder Bek und Rue stoßen, und sobald das geschah, wäre es vielleicht zu spät für das, was Alt Mer vorhatte. Die vier Fahrenden flitzten aus dem Schutz der Mauer unter die Bäume und gingen dort weiter, bis sie das flache Land erreichten. Von dort aus folgten sie einem seichten Graben, der es ihnen erlaubte, durch das hohe Gras zu schleichen, bis sie nur noch hundert Meter von ihrem Ziel entfernt waren.

Spanner Frew war außer Atem, doch Kelson und Britt merkte man die Anstrengung kaum an. Alt Mer steckte den Kopf hervor und schaute sich schnell um. Sie befanden sich hinter der *Schwarzen Moclips*, und die Mwellrets, die er sah, hatten sich der Ruine zugewandt.

»Schwarzbart«, flüsterte er Spanner Frew zu. »Du wartest hier auf uns. Wenn wir es nicht schaffen, gehst du zum Luftschiff zurück und warnst die anderen. Wenn wir jedoch an Bord gelangen, kommst du nach.«

Ohne auf die Antwort zu warten, glitt er aus dem Graben in den Schutz des Grases und kroch auf die *Schwarze Moclips* zu. Kelson und Britt folgten ihm, und alle drei hatten reichlich Erfahrung darin, sich an etwas heranzuschleichen, wo sie eigentlich nichts zu suchen hatten. Rasch überquerten sie den offenen Bereich, schoben sich durch Gräben und flache Senken und drückten sich an den Boden.

Als Alt Mer den Rumpf des Luftschiffs sehen konnte, ohne den Kopf heben zu müssen, hielt er an. Der Ponton versperrte ihnen die Sicht auf die Mwellrets oben auf dem Hauptdeck, doch die Rets konnten sie daher ebenfalls nicht sehen. Solange nicht einer der Besatzung in die Kampfkanzel hinunterstieg und über die Seite spähte, befanden sich die Fahrenden in Sicherheit. Sie brauchten lediglich einen Weg an Bord zu finden.

Alt Mer erhob sich vorsichtig, gab den beiden anderen einen Wink mitzukommen und trat auf die Strickleiter zu. Er ging unter dem Rumpf hindurch, der, an Bug und Heck mit Tauen befestigt, etwa zehn Meter über dem Boden schwebte. Einen Augenblick nahm er sich Zeit, um die Strickleiter zu begutachten, den einfachsten Weg, an Bord des Schiffes zu gelangen, allerdings konnten die Rets ihn auch am besten verteidigen. Er winkte Britt und Kelson zu sich und flüsterte ihnen zu, sie sollten nahe bei der Leiter warten, sich nicht sehen lassen und sich bereithalten, auf seinen Ruf hin an Bord zu kommen.

Dann ging er zum Bug des Luftschiffs, ergriff das Ankerseil und zog sich mit den Händen nach oben.

Er erreichte den Bug in ungefähr der Höhe, wo die Krümmung der Rammen lag, und spähte über die Kante. Vier Rets entdeckte er, zwei an der Reling nahe der Strickleiter, einen in der Pilotenkanzel und einen am Heck. Die glücklosen Mitglieder der Föderationsmannschaft standen überall wie Schlafwandler herum, starrten ins Leere und ließen die Arme schlaff an den Seiten hängen. Plötzlich spürte er Gewissensbisse angesichts dessen, was er jetzt tun musste, aber er konnte sie sowieso nicht mehr retten.

Also holte er tief Luft, zog sich über die Seite und preschte über Deck auf die beiden Mwellrets zu, die ihm am nächsten standen. Den ersten tötete er mit einem einzigen Stich seines langen Messers, dann rief er nach Britt und Kelson, während er sich auf den zweiten stürzte. Beide Fahrenden tauchten im nächsten Moment oben an der Strickleiter auf, packten den Gegner ihres Kapitäns von hinten und warfen ihn über Bord. Alt Mer war bereits unterwegs zur Pilotenkanzel, wo der dritte Ret sich einen Spieß packte und auf ihn schleuderte. Die Spitze flog so dicht an seinem Kopf vorbei, dass er die Luftbewegung spürte, doch verlangsamte er nicht den Schritt. Mit einem einzigen Satz sprang er nach oben und war in der Kanzel, ehe der Ret die Flucht ergreifen konnte. Der schlug mit dem kurzen Schwert nach ihm und wollte ihn auf diese Weise erledigen, doch Alt Mer wehrte den Hieb ab und versenkte sein langes Messer in der Brust des Gegners.

Der letzte Ret versuchte, über die Seite zu fliehen, aber Kelson erwischte ihn, als er noch halb auf der Reling hing, und tötete ihn.

Das war ja gar nicht so schwer, dachte Alt Mer, wobei er erst jetzt richtig wahrnahm, dass er verwundet worden war. Seine Arme bluteten aus Schnittwunden, über den linken Rippen hatte er eine Schwellung, und der Kopf klingelte ihm von dem Schlag, den ihm der erste Ret verabreicht hatte. Er stieg hinunter aufs Deck und verbarg die Verletzungen so gut es ging. Seinen Männern befahl er, die Leichen über die Seite zu werfen, hinunterzuklettern und sie im Gras zu verstecken. Der Befehl erschien ihnen eigenartig, und sie blickten sich fragend an, doch erhoben sie keinen Widerspruch. Sie waren daran gewöhnt zu tun, was man ihnen sagte.

Sobald sie unten auf dem Boden standen, zog er die Leiter hoch. Dann ging er schnell zu den Ankertauen – vorbei an der toten Föderationsmannschaft, die keine Anstalten machte, ihn aufzuhalten oder ihn auch nur anzuschauen – und trennte beide durch. Sofort, nachdem die Taue gekappt worden waren, stieg die *Schwarze Moclips* auf.

»Großer Roter!«, hörte er Spanner Frew rufen, während der Schiffsbauer durch das Gras trampelte und vergeblich versuchte, ihn einzuholen. Von unten schrien ihm Kelson Riat und Britt Rill zu, dass die Taue sich gelöst hätten und dass sie ihn nicht erreichen könnten.

Natürlich war das genau Alt Mers Absicht gewesen. Bei dem, was er als Nächstes vorhatte, brauchte er keine Hilfe. Sein eigenes Leben zu opfern, um seinen tollkühnen Plan umzusetzen, war mehr als genug.

Redden Alt Mer beugte sich über die Reling und winkte ihnen zum Abschied zu.

Einunddreißig

Inzwischen konnte sie hören, wie sie näher kamen, ihre Schritte, ihren zischenden Atem, das Rascheln ihrer schweren Mäntel, die Echos, die aus der Stille zu ihr vordrangen. Grianne verlangsamte ihr Tempo, vermied es, irgendein Geräusch zu verursachen, und verlor sich in der Magie des Wunschliedes, mit der sie sich verbarg. Sie verschwand in den Steinmauern und Böden der Ruine, in den Türmen und Zinnen. Jetzt vollendete sie die Verwandlung, mit der sie zuvor begonnen hatte, und sie sah aus und fühlte sich an wie die Burg. Für das bloße Auge war sie nicht mehr zu erkennen.

Der Morgawr war gekommen, weil er sie suchte, aber sie hatte ihn zuerst gefunden.

Sie spürte die Magie des Burggeistes, die um sie herum tätig war, Gänge veränderte und öffnete oder verschloss, Türen und Mauern versetzte, um Verwirrung und Durcheinander zu stiften. Der Geist ging dabei willkürlich vor, und diese Aufgabe erforderte für ihn nicht mehr intellektuelle Anstrengung als bei ihr das Atmen. Bislang war er nicht ausreichend erregt, um so heftig zu reagieren wie damals, als Bek und der Gestaltwandler den Schlüssel aus seinem Versteck gestohlen hatten. Tausende Jahre alt und ein Wesen aus der Welt der Märchen, schlummerte er in seiner Höhle. Falls er den Morgawr und seine Mwellrets oder sie selbst bemerkt hatte, dann nur im Unterbewusstsein, und es interessierte ihn wenig.

Das würde sich zum richtigen Zeitpunkt ändern, dachte sie. In jener Arena, in der sie zum Kampf antreten musste, waren Waffen jeglicher Art erlaubt.

Mit gleichmäßigem Atmen beruhigte sie ihr Herzklopfen und ihre Nerven. Sie war am besten, wenn sie alles unter Kontrolle hatte, und um den Morgawr zu besiegen, musste sie schnell die Kontrolle erlangen. Zögern oder innehalten endeten leicht tödlich. Oder jede Form von Erbarmen. Ob sie den Morgawr töten sollte oder nicht, stellte zurzeit kein ernsthaftes Thema dar, über das sie nachdenken durfte. Gewiss würde er sie ohne nachzudenken umbringen – solange er nicht glaubte, er verfüge über die Macht, sie bewegungslos zu machen und später ihre Seele zu verschlingen.

Bei diesem Gedanken erschauerte sie, denn daran hatte sie sich nie gewöhnen können, und immer noch empfand sie Angst und Abscheu davor. Sich selbst hatte sie nie in Gefahr gewähnt, nicht einmal über die Möglichkeit nachgedacht. Jetzt hinterließ diese Vorstellung Kälte und Beklemmung in ihr.

Aber sie blieb die Ilse-Hexe, deren hervorstechendsten Eigenschaften stählerne Zuversicht und harte Entschlossenheit waren, und so unterdrückte sie ihren Abscheu und ihre Angst. Der Morgawr hatte in seinem langen Leben viele Wesen vernichtet und starke Magie überwunden. Doch niemals zuvor hatte er es mit jemandem wie ihr zu tun bekommen.

Sie dachte an die Geschöpfe, die sie selbst zerstört, an die Magie, die sie überwunden hatte. Diese Erinnerungen behagten ihr nicht, nur leider konnte sie sich nicht dagegen wehren. Die Wahrheit über ihr Leben war ihr erst kürzlich offenbart worden, und sie konnte die Augen nicht davor verschließen. Eines Tages würde sie manches vergessen haben, vielleicht sogar das meiste. Im Augenblick musste sie sich mit diesen Geistern der Vergangenheit abfinden und möglichst große Kraft aus der Wut ziehen, die sie hervorriefen. Sie musste ihre Ungeheuerlichkeit akzeptieren und sich daran erinnern, dass ihre Untaten ihre Wurzeln in der Heimtücke des Morgawrs fanden. Eine Weile lang war es notwendig, dass sie jenes Wesen blieb, bei dessen Erschaffung er mitgeholfen hatte.

Eine Weile noch.

Die Worte klangen hohl und flüchtig, als könne man sie mit einem einzigen Atemzug fortpusten.

Für solche Grübeleien hatte sie nun keine Zeit mehr. Sie erspähte durch eine Spalte in der steinernen Mauer eine Bewegung und entdeckte die wuchtigen Gestalten der Mwellrets, die durch die Schatten der sonnenlosen Ruine zogen. Sie beeilte sich, um sie einzuholen, und legte bereits die Grundlage dafür, sie vom Morgawr zu trennen, indem sie Spuren ihrer Magie an Orten hinterließ, wodurch seine Aufmerksamkeit lange genug abgelenkt würde, damit sie tun konnte, was notwendig war.

Durch Gänge voller Schutt trotteten sie, die Mwellrets und ihr finsterer Führer. Nun konnte sie auch ihn sehen, groß und kräftig und auf verhasste Weise vertraut. Er ging voran, wies Cree Bega und seinen Lakaien den Weg und suchte in der Luft nach Gefahr, nach

Magie, nach Anzeichen für ihre Gegenwart. Den Geist, der die Ruine bewachte, würde er längst gemerkt haben, und sicherlich nahm er sich vor ihm in Acht. Ohne Frage plante er, sie zu finden und zum Zweikampf herauszufordern. Allerdings würde er erwarten, dass sie sich mit den anderen an Bord der *Jerle Shannara* versteckte, und nicht, dass sie selbst nach ihm jagte wie er nach ihr.

Mithilfe der Magie des Wunschliedes ebnete sie den Weg für ihn und erzeugte eine gewisse Sorglosigkeit bei ihm. Diese Wirkung war schwierig hervorzurufen, doch würde sie ihn an diesem Ort, wo Magie allgegenwärtig war, nicht beunruhigen. Der Bewohner der Burg, das wusste er, übte seinen Einfluss auf ihn aus, und sicherlich erwartete der Morgawr, in die Richtung gelenkt zu werden, die der Geist für ihn gewählt hatte. In seiner Arroganz ließ er das zu, weil er glaubte, sich jederzeit darüber hinwegsetzen zu können. Dass sie ihn, als dieser Geist getarnt, manipulieren würde, vermutete er bestimmt nicht. Wenn er die Wahrheit erkannte, wäre es jedoch längst zu spät.

Während er sich näherte, entdeckte sie eine Stelle, die ideal für ihre Absichten war, und zog sich zum Warten in den Schatten zurück.

Sekunden danach trat der Morgawr aus einem der Gänge, die zu ihr führten, und nun setzte sie ihre Magie ein, um ihm ihre Anwesenheit in einem der nächsten Räume vorzugaukeln. Er sah auf, beugte sich vor, als würde er schnüffeln, und witterte etwas, das er nicht sehen konnte, wobei er nicht sicher war, worum genau es sich handelte, nur, dass es mit ihr zu tun hatte. Er gab den Mwellrets, die ein Dutzend Schritte hinter ihm folgten, ein Zeichen, stehen zu bleiben.

Geh schon weiter, drängte sie ihn still. *Keine Angst.*

Auf leisen Sohlen schlich er in den nächsten Raum, eine dunkle Erscheinung, die im noch dunkleren Schatten kaum wahrzunehmen war. Gelockt von ihrer Magie, durchquerte er den Raum, vorsichtig und aufmerksam, und verschwand in einem der nächsten Gänge.

Sie verließ ihr Versteck und schlich an der Wand entlang dem Morgawr hinterher, wobei sie ebenso vorsichtig und aufmerksam war wie er. Ihr ständiges Summen hielt sie im Verborgenen. Hinter sich hörte sie das Murmeln der Rets, doch der Zauberer schwieg.

Als sie den Raum fast durchquert hatte und vor dem nächsten Gang stand, wo sie vor sich die dunkle Gestalt des Morgawrs sehen konnte, drehte sie sich zu den Rets um. Sie projizierte die Stimme des Zauberers in ihre Köpfe, so dass sie glauben würden, er spreche mit ihnen und rief sie vorwärts.

Sofort setzten sie sich in Bewegung, wie sie es sich erhofft hatte. Aber nachdem sie den Raum betreten hatten, führte sie die Rets in eine andere Richtung. Die Ruine bildete ein Labyrinth, überall taten sich neue Wege auf. Sie wählte den, der sie vom Morgawr wegführen würde. Cree Bega schob das derbe Reptiliengesicht vor und suchte mit den stechenden Augen nach seinem Anführer. Da er ihn nicht entdeckte, ging er weiter und folgte der Spur, die sie für ihn gelegt hatte und die den Abstand zum Morgawr vergrößerte. Wie Vieh trieb sie die Rets in einen Gang, den sie ausgesucht hatte, und nachdem sie alle darin versammelt waren, verschloss sie ihn hinter ihnen. Sie errichtete eine Mauer aus Magie, die ihnen den Rückweg versperrte, als hätte der Zugang nie existiert. Jetzt befanden sie sich in einem Gang, dem sie nicht entfliehen konnten, ohne ihre Magie zu durchbrechen oder durch eine Reihe von Abbiegungen und Umwegen weiterzugehen, die sie viel Zeit kosten würden, wenn sie ihrem Führer zu Hilfe kommen wollten.

Sofort wandte sie sich dem Gang zu, den der Morgawr genommen hatte, erspähte ihn, wie er sich zu ihr umdrehte, griff an, schlug auf ihn ein, mit aller Kraft, die sie aufbringen konnte, und schleuderte ihm alles entgegen wie ein Wurfgeschoss. Die Magie brauste kreischend durch die Stille, traf den Morgawr und stieß ihn mit solcher Wucht gegen die uralten Steine einer Mauer, dass diese vom Aufprall zertrümmert wurden. Sie stürzte hinterher und betrat den Raum gerade noch rechtzeitig, um zu beobachten, wie sich ihr Widersacher in Luft auflöste.

Es war nur eine Illusion, erkannte sie. Das war nicht der Morgawr gewesen. Er hatte sie überlistet.

Sie drehte sich um, und da stand er genau hinter ihr.

Bek und Rue Meridian hörten die Explosion; doch sie waren mehrere Räume weit entfernt und suchten vergeblich einen Weg durch das Labyrinth, der sie zu Grianne führen würde. Ein solches Geräusch hatte keiner der beiden je gehört, ein metallisches, schrilles Kreischen, bei dem sich ihnen die Haare aufstellten. Bek erkannte sofort die Quelle; Grianne hatte die Magie des Wunschliedes beschworen.

Er schrie ihren Namen, dann preschte er kopflos vor und gab sich keine Mühe mehr, seine Gegenwart zu verbergen, weil er nur schnell genug an den Ort des Geschehens kommen wollte, bevor es zu spät war.

»Bek, halt!«, rief ihm Rue erschrocken hinterher.

Zu spät. Sie bogen um eine Ecke des Ganges, dessen Mauern so hoch waren, dass sie nur den blauen Himmel über sich sehen konnten, und liefen genau auf Cree Bega und seine Mwellrets zu. Aus entgegengesetzten Richtungen rannten die beiden Gruppen in einen schattigen Hof voller Schutt und kamen nur mit Mühe zum Stehen.

Das alles passierte so plötzlich, dass Bek noch immer damit beschäftigt war zu begreifen, was vor sich ging, während Rue ihre beiden Messer warf, die wie helle Blitze ihr Ziel suchten. Zwei der Rets starben, doch der Rest griff an.

Damit wären sie erledigt gewesen, wenn Bek nicht auf die Bedrohung durch die riesigen Rets instinktiv reagiert hätte. Er beschwor seine Magie voller Verzweiflung und schleuderte seinen Gegnern eine Mauer aus Schall entgegen. Die fegte über die Rets genauso hinweg wie über die Kriecher in den Ruinen von Castledown und warf sie zu Boden.

Drei konnten ausweichen und preschten weiter vor. Bek blieb nur noch ein kurzer Moment, das Funkeln ihrer Klingen zu sehen, dann hatten sie ihn erreicht.

Rue tötete den Ersten, flink und unerbittlich, indem sie sich unter seinen muskulösen Armen duckte und ihm ihr drittes Wurfmesser in die Kehle stach. Auch den zweiten konnte sie aufhalten, aber der schob sie unaufhaltsam mit seiner großen Masse zurück. Bek beobachtete, wie sie fiel, dann konnte er nicht mehr auf sie achten, weil der dritte Angreifer ihn erreichte und mit dem Messer nach seiner Kehle stach. Er parierte den Hieb mit einem trotzigen Schrei. Seine Stimme war durchsetzt mit der Magie des Wunschliedes; explosionsartig schoss die Magie vor, als Reaktion auf seine Angst und seine Wut, und zerfetzte den Kopf des Rets. Sein Gegner war tot, bevor er begreifen konnte, wie ihm geschah, und Bek erhob sich wieder auf die Füße.

»Rue!«, rief er verzweifelt.

»Nicht so laut. Ich höre dich ja.«

Sie schob sich unter dem Körper ihres Gegners hervor, aber nur mit einigen Schwierigkeiten. Blut bedeckte sie, und ein zerfranster Riss zog sich über die Vorderseite ihres Hemds, ein weiterer hatte den linken Ärmel aufgetrennt. Bek ließ sich neben ihr auf die Knie nieder und wälzte den toten Ret von ihr herunter. Er fing an, sie nach Wunden abzusuchen, doch sie stieß ihn zur Seite.

»Lass mich in Ruhe. Ich habe mir wieder die Rippen gebrochen. Jeder Atemzug tut weh.« Sie musste schlucken, so heftig war der Schmerz. »Bring mir meine Messer. Und pass auf. Möglicherweise lebt noch einer von denen.«

Er zog das Messer aus der Kehle des einen Rets, der ein Stück neben ihr lag, dann durchquerte er den Hof, wo die anderen zu Boden gegangen waren. Die Wucht seiner Magie hatte sie so stark zerschmettert, dass man sie kaum mehr erkennen konnte. Einen Augenblick lang starrte er sie an, und ihm wurde übel, weil er für dieses Gemetzel verantwortlich war und weil er sie getötet hatte. So viele Tote hatte er nicht mehr gesehen seit dem Angriff auf die Besatzung der *Jerle Shannara* vor einigen Wochen in den Ruinen. Er zögerte einen Moment zu lange, während er über die Toten hier und dort nachdachte, und plötzlich drehte sich ihm der Magen um. Also fiel er auf die Knie und übergab sich hilflos.

»Beeil dich schon!«, rief Rue ihm ungeduldig zu.

Daraufhin holte er die beiden anderen Wurfmesser, brachte sie ihr zurück und wollte erneut ihre Wunden versorgen. »Überlass das mir«, sagte sie und stieß ihn erneut fort.

»Aber du blutest!«, wandte er ein.

»Das Blut stammt zum größten Teil gar nicht von mir, sondern vom Ret.« In ihren Augen glänzten Tränen, doch sie wich seinem Blick nicht aus. »Ich kann dich mit diesen Schmerzen nicht weiter begleiten. Du musst ohne mich weitergehen. Such deine Schwester. Sie braucht dich dringender als ich.«

Er schüttelte, plötzlich sehr besorgt, den Kopf. »Ich lasse dich nicht allein. Wie schwer bist du verletzt, Rue? Zeig es mir.«

Sie schob das Kinn vor und stieß ihn abermals von sich. »Nicht so schlimm, dass ich nicht aufstehen und dich verprügeln könnte, wenn du nicht tust, was ich dir sage! Geh Grianne hinterher, Bek! Sofort! Los!«

Sie hörten einen zweiten Explosionsknall, diesmal näher, tiefer und unheilvoller. Bek schaute auf, und in seinen Augen spiegelte sich die Angst um seine Schwester.

»Bek, sie braucht dich!«, zischte Rue wütend.

Er warf ihr einen letzten Blick zu, dann sprang er auf und rannte davon in die Düsternis.

Redden Alt Mer drehte den Bug der *Schwarzen Moclips* in Richtung der Blauen Spalte, setzte den Kurs, stellte das Steuerrad fest und verließ die Pilotenkanzel. An Deck hisste er alle Segel, spannte die Strahlungssammler, schaute sich die Abdeckschilde der Trennröhren an und überprüfte, ob alles funktionierte und von der Pilotenkanzel aus gesteuert werden konnte. Mit einem kurzen Blick über die Hörner der Rammen hinweg vergewisserte er sich, dass sich an der Lage vorn nichts geändert hatte. Die Flotte lag vor Anker, auf den Schiffen sah man fast keine Bewegung. Dieser Mangel an Weitsicht und Disziplin würde sie teuer zu stehen kommen.

Vor Aden Kett hielt er einen Augenblick inne und schaute dem Kommandanten der Föderation in die toten, blinden Augen. Wie Rue hatte er Kett bewundert und als guten Kapitän und Soldaten geschätzt. Ihn in diesem Zustand mitsamt seinen ganzen Leuten zu sehen, brach dem Großen Roten das Herz. Seine Männer waren nur noch Marionetten, man hatte ihnen jeglichen Verstand und jegliche

Entscheidungsfreiheit geraubt. Was für ein ungeheuerliches Verbrechen! Das konnte Redden Alt Mer nicht länger ertragen. Er hatte in seinem Leben genug solcher Untaten gesehen. Vielleicht konnte er dem hier ein Ende setzen.

Er ging zu den Kisten am Heck und holte zwei schwere Taue und zwei Enterhaken heraus. Die Taue knotete er an die Haken, trug jedes an einer Seite zu den Rammen und befestigte die freien Enden an den Klampen. Nachdem er die Taue aufgewickelt hatte, so dass sie zum Gebrauch bereit waren, kehrte er in die Pilotenkanzel zurück.

Nun warf er einen Blick zurück zum Ufer. Spanner Frew und seine Fahrenden standen am Rand der Klippen und sahen ihm offensichtlich ungläubig hinterher. Zumindest riefen sie ihm nicht zu, er solle zurückkommen, was nur unerwünschte Aufmerksamkeit auf ihn gelenkt hätte. Vielleicht hatten sie ja seinen Plan verstanden und schauten nun zu, was passieren würde.

Einen Augenblick lang fühlte er sich an die Prekkendorranische Anhöhe erinnert und an all die Luftkämpfe, die er unter wesentlich schlimmeren Bedingungen überstanden hatte. Der Gedanke, dass er auch diesen Angriff lebend hinter sich bringen könnte, selbst wenn er im Moment nicht erkennen konnte, wie, stärkte seinen Mut. Er blickte hoch zum hellen Morgenhimmel, der sich blau über ihm in die Weite erstreckte, und wünschte, er hätte mehr Zeit gehabt, dieses Leben zu genießen, das es so gut mit ihm gemeint hatte. Aber so lief es nun einmal. Man hatte so viel Zeit, wie einem gegeben war, und machte das Beste daraus. Am Ende ging es nur um das Gefühl, auch wirklich die richtigen Entscheidungen getroffen zu haben.

Er näherte sich der ankernden Flotte so, dass es schien, als wolle er an der Steuerbordseite vorbeifliegen. Nun bemerkte er auch erste Bewegungen an Bord der anderen Schiffe, wo sich einige Rets an der Reling blicken ließen und zu ihm herüberschauten. Sie erkannten die *Schwarze Moclips* und fragten sich nur, warum sie weder den Morgawr noch die Mwellrets sahen. Glücklicherweise war Ketts Föderationsmannschaft zu sehen, die Männer, die das Schiff an Land gebracht hatten, trotzdem jedoch würden die Rets in Kürze erste Maßnahmen ergreifen.

Redden Alt Mer schob die Steuerhebel bis zum Anschlag hoch. Damit zog er Energie von den Lichtsegeln auf alle zwölf Strahlungssammler, und die *Schwarze Moclips* nahm an Geschwindigkeit zu.

Ahren Elessedil hörte die Explosion, während er zusammen mit dem Elfenjäger Kian auf dem Deck der abgetakelten *Jerle Shannara* stand. Außer Quentin Leah, der von Rue Meridian ruhig gestellt worden war, damit er auch ganz sicher in seiner Koje blieb, waren sie allein auf dem Luftschiff. Quentins Zustand hatte sich in den letzten Tagen wieder verschlechtert, nachdem seine Verwundungen zunächst gut zu heilen schienen. Er war offenbar nicht in Gefahr, hatte allerdings Fieber, halluzinierte häufig und stieß dann laute Schreie aus. Also hatte Rue ihm einen Schlaftrunk verabreicht.

Die Explosion könnte ihn jedoch geweckt haben, daher ließ Ahren Kian oben zurück und ging unter Deck, um nach dem Hochländer zu schauen. Am liebsten wäre er gar nicht an Bord des Luftschiffes geblieben, sondern mit den anderen losgezogen, denn auf diese Weise hätte er wenigstens gewusst, was vor sich ging. Schlimm genug, dass Bek und Rue nicht mehr da waren, doch jetzt waren auch noch alle Fahrenden verschwunden, und allein mit dem schweigsamen Kian und dem schlafenden Quentin fühlte er sich ein wenig einsam.

Er steckte den Kopf lange genug in die Kabine des Kapitäns, um sich zu vergewissern, dass mit Quentin alles in Ordnung war, dann ging er wieder nach oben. Kian stand an der Backbordreling und blickte in die Ruinen.

»Hast du irgendetwas gesehen?«, fragte Ahren ihn.

Kian schüttelte den Kopf. Gemeinsam lauschten sie und hörten schließlich eine zweite Explosion mit einem tieferen Knall. Kampflärm drang zu ihnen herüber, aus der Ferne zwar, aber deutlich zu vernehmen, helles, scharfes Klirren von Klingen und die Schreie Verwundeter oder Sterbender. Weitere Explosionen folgten, dann herrschte wieder Stille.

Lange Zeit warteten sie, doch die Stille wurde nur noch tiefer. Die Minuten verstrichen wie träge Schritte, die ins Nichts laufen. Ahren konnte es vor Ungeduld fast nicht mehr aushalten. Er trug die Elfensteine bei sich und hatte sich ein Schwert umgeschnallt. Wenn es zum Kampf käme, wäre er vorbereitet. Doch solange sie hier blieben, würde dies wohl nicht der Fall sein.

»Ich denke, wir sollten nach ihnen suchen«, schlug er vor.

Kian schüttelte den Kopf, sein dunkles Gesicht war ausdruckslos. »Jemand muss beim Schiff bleiben, Elfenprinz. Wir können es nicht unbewacht lassen.«

Natürlich hatte Kian Recht, doch leider fühlte sich Ahren deshalb nicht gerade besser. Wenn überhaupt, dann sogar eher schlechter. Seine Aufgabe bestand darin, an Bord der *Jerle Shannara* Wache zu halten, auch wenn er sich vollkommen nutzlos vorkam. Dabei war er gar nicht unbedingt so erpicht auf den Kampf, sondern eigentlich wollte er nur seinen Teil zum Erfolg beisteuern. Bis jetzt, so erschien es ihm, hatte er der Expedition wenig genützt. In den Ruinen von Castledown hatte er seine Freunde im Stich gelassen und war davongerannt. Walker hatte er enttäuscht, weil er die Elfensteine nicht rechtzeitig finden konnte, um ihm bei seiner Auseinandersetzung mit Antrax zu helfen. Ryer Ord Star hatte er bei seiner Flucht von der *Schwarzen Moclips* einfach beim Morgawr zurückgelassen.

Besonders der Tod der Seherin hatte ihm zugesetzt. Der Große Rote hatte ihm die schlimmsten Tatsachen verschwiegen, aber trotzdem ersparte ihm das den Schock nicht. Ahren konnte sich von seinen Schuldgefühlen nicht frei machen. Er hatte es so eilig gehabt fortzukommen und einfach ihren Ausreden geglaubt, ohne sie in Frage zu stellen. Sie hatte sich für ihn geopfert, obwohl es eigentlich hätte anders herum sein sollen.

Traurig seufzte er. Es war zu spät, um etwas an dem Geschehenen zu ändern, aber nicht zu spät, um zu verhindern, dass es noch jemand ebenso erging. Dennoch, welche Chance hatte er schon, etwas zu bewirken, während er hier auf der *Jerle Shannara* saß und die anderen aufgebrochen waren, um die Schlacht für ihn zu schlagen?

Weitere Explosionen folgten, dann wälzte sich ein lautes Knirschen wie eine Lawine über die Ruine hinweg. Der Boden bebte so heftig, dass das Luftschiff zu schaukeln begann und beide Elfen beinahe über die Reling geworfen hätte, wenn sie sich nicht daran festgehalten hätten. Steinblöcke brachen von den Wehrgängen und Türmen der alten Burg, und neue Risse klafften in den Mauern und Böden auf wie hungrige Mäuler.

Nachdem das Knirschen vorüber war, kehrte erneut Stille ein. Ahren starrte in die Ruine und versuchte, sich einen Reim auf die Geräusche zu machen, aber von hier aus war nichts zu erkennen.

Wütend wandte er sich an Kian. »Ich werde mir die Sache mal anschauen. Da ist irgendwas passiert.«

Kian versperrte ihm den Weg und sah ihn an. »Nein, Elfenprinz. Das ist nicht sicher –«

Er gab ein scharfes Grunzen von sich und riss die Augen weit auf. Ahren schaute verwirrt zu, wie Kian zwei Schritte auf ihn zutrat und dann mit starrem Blick umfiel. Ahren fing ihn auf und ließ ihn auf das Deck herunter. Das Heft eines Wurfmessers ragte aus seinem Rücken, und die Klinge war bis zum Heft versenkt.

Ahren ließ ihn los, rannte zur Reling und spähte hinunter. Ein Mwellret hatte die Strickleiter gepackt und kletterte herauf. Er hob das dunkle flache Gesicht ins Licht und fixierte ihn mit gelben Augen. Cree Bega.

»Kleine Elfen«, schnurrte er. »Ssolche Narren.«

Ahren konnte nicht glauben, was hier passierte, und trat vor Entsetzen einen Schritt zurück. Rasch warf er einen Blick auf Kian, aber der Elfenjäger war tot. Außer Quentin befand sich sonst niemand an Bord, und der Hochländer war zu krank, um ihm zu helfen.

Zu spät dachte er daran, die Strickleiter zu kappen. Schon stieg Cree Bega an Bord.

»Musssst keine Angsst vor mir haben, kleiner Elf«, zischte er. »Glaubsst, ich wolle dem kleinen Elf etwass antun?«

Er ging zu Kian und zog ihm das Messer aus dem Rücken. Daraufhin hob er die Waffe in die Höhe, als wolle er sie begutachten, und ließ das Blut von der glatten, glänzenden Klinge auf seine Finger rinnen. Die dunkle Zunge schoss hervor und leckte es ab.

Ahren geriet in Panik. Er wich zurück bis zur Pilotenkanzel, ehe er stehen blieb und darum rang, seine Angst unter Kontrolle zu bringen. Er konnte die Elfensteine, seine mächtigste Waffe, nicht einsetzen, weil sie nur gegen Wesen der Magie wirkten. Auch konnte er nicht einfach fliehen, weil dann Quentin ein toter Mann war. Er schluckte. Nein, Flucht schied aus, wenn er auch nur einen Funken Respekt vor sich selbst behalten wollte. Lieber würde er sterben, als sich wieder vor dem drücken, was er tun musste.

»Gib mir, wass ich haben will, kleiner Elf, und vielleicht lasssse ich dich leben«, sagte Cree Bega leise. »Die Bücher der Magie. Verssteckst ssie doch, nur wo, Elfenprinz?«

Ahren zog sein Breitschwert. Er zitterte heftig und hätte es beinahe fallen gelassen, doch atmete er tief durch, um sich zu beruhigen. »Geh vom Schiff«, sagte er. »Die anderen sind sofort zurück.«

»Die anderen ssind zzu weit fort, dummer kleiner Elf. Ssie werden nicht rechtzzeitig hier ssein, um dich zzu retten.«

»Die brauchen mich nicht zu retten.« Er zwang sich, einen Schritt auf seinen Gegner zuzumachen, weg von der Pilotenkanzel und dem fast überwältigenden Drang fortzurennen. »Du bist derjenige, der allein dasteht.«

Der Mwellret ging auf ihn zu, langsam, mit ausdrucksloser Miene und beinahe trägen Bewegungen. *Schau ihm nicht in die Augen*, erinnerte sich Ahren plötzlich. *Wenn du einem Mwellret in die Augen siehst, wird er dich gebannt erstarren lassen und dir die Kehle durchschneiden, ehe du begriffen hast, wie dir geschieht.*

»Sstimmt etwass nicht, kleiner Elf?«, flüsterte Cree Bega. »Angsst, mich anzzussehen?«

Obwohl er eigentlich nicht wollte, sah Ahren dem Ret in die Augen, fast, als hätte die Frage ihn dazu aufgefordert, und in dem Moment sprang Cree Bega auf ihn zu. Ahren schlug verzweifelt auf den Angreifer ein, um sich zu verteidigen, doch der Mwellret parierte den Hieb. Das Wurfmesser schnitt durch Haut und Muskel wie durch Papier und schlitzte Ahren die Brust auf. Brennender Schmerz schoss dem Elfenprinz durch den Körper, er stieß den Gegner zurück, ging in die Knie und fuchtelte wild mit dem Schwert herum, um den Mwellret von sich fern zu halten.

Cree Bega zog sich zurück und beobachtete ihn. »Vielleicht bisst du unss einmal entkommen, kleiner Elf, aber dass gelingt dir kein zzweitess Mal. Die kleine Sseherin war schuld. Ssoll ich dir ssagen, wass wir mit ihr angesstellt haben? Nachdem der Morgawr ssie unss überlassssen hatte? Wie ssie geschrien hat und um Gnade winsselte? Macht dich dass traurig?«

Ahren spürte ein lautes Tosen in seinen Ohren, einen enormen Druck, der durch die Wut entstand, die sich in ihm aufbaute, doch wollte er sie nicht zeigen, denn dann wäre er ein toter Mann gewesen. Er hasste Cree Bega. Er hasste alle Rets, aber vor allem ihren Anführer. Cree Bega hing ihm wie ein Stein um den Hals, der ihn ins Wasser ziehen und ertränken würde, wenn er das Seil nicht kappte. Der Elfenprinz war nicht mehr der kleine Junge wie noch vor einigen Wochen, und er würde dem Mwellret nicht den Sieg in diesem Kampf überlassen, bei dem es hieß: Willen gegen Willen. Nein, er würde nicht in Panik geraten und sich auch nicht zu törichten Taten verleiten lassen. Er würde nicht davonrennen. Wenn er schon sterben musste, dann wollte er sich wenigstens wehren, wie Ard Patrinell es ihn gelehrt hatte.

Also nahm er seine Verteidigungsposition ein, rief sich seine Übungen in Erinnerung, konzentrierte sich und wurde ruhig. Er sah dem Ret nicht in die Augen, sondern ließ den Blick ständig wandern, da er wusste, dass Cree Bega versuchen würde, ihn mit seinem nächsten Hieb zu töten. Plötzlich fragte sich Ahren, wieso der Ret allein war. Sie waren doch mit mehreren in die Ruine gekommen. Wo waren die? Und der Morgawr?

Er schob sich nach rechts und versuchte, den Mwellret in eine Position zwischen Reling und Hauptmast zu drängen. Blut lief Ahren über die Brust und den Bauch, und sein ganzer Körper schmerzte von der Wunde, aber er zwang sich, es zu ignorieren. Leicht ließ er die Klinge sinken, um anzutäuschen, er sei nicht sicher, was er tun solle, und um den anderen zu locken. Cree Bega blieb hingegen, wo er war, drehte sich nur und folgte Ahrens Bewegungen.

»Ssie isst langssam gesstorben, kleiner Elf«, zischte er Ahren zu.

»Sso langssam, dassss ess ihr wie eine Ewigkeit vorkam. Macht ess dir gar nichtss auss, dassss du ssie nicht gerettet hasst?«

Ahren zog sich tief in sich zurück, in die Zeit, in der er mit Patrinell auf genau diesem Deck geübt hatte, an diesen langen, heißen Tagen in der brennenden Sonne. Ahren sah seinen Freund und Lehrer regelrecht vor sich, groß und hager und hart wie Eisen. Wieder und wieder hatte er den Jungen die Lektionen durchexerzieren lassen, die ihm eines Tages das Leben retten sollten.

Und jetzt war dieser Tag gekommen, wie Patrinell es vorausgesehen hatte. Das Schicksal hatte diesen Zeitpunkt und diesen Ort gewählt.

Cree Bega machte einen Satz nach vorn, geschmeidig und ohne Anstrengung, und griff Ahrens Linke an, die verwundbare von der Schwerthand abgewandte Seite. Das hatte Ahren erwartet. Geführt von der Stimme seines Lehrers, die in seinem Kopf ertönte, gestählt von den Stunden der harten Übungen, die er absolviert hatte, und getrieben von der Entschlossenheit, seine Sache gut zu machen, war er bereit. Er ließ Cree Begas Messer nicht aus den Augen, drehte den Körper zur Seite, brachte das Schwert noch weiter nach unten, als wollte er seine Verteidigung vollkommen öffnen, dann riss er die Waffe wieder hoch, in dem Moment, da der andere nicht mehr zurückkonnte, ließ die Klinge unter Cree Begas ausgestrecktem Arm hindurchgleiten, schnitt durch den Knochen und schlitzte die Brust bis zum Hals auf.

Der Mwellret taumelte zurück, ließ das Messer aus den kraftlosen Fingern fallen und stolperte umher. Seinem Mund entwich ein Keuchen, seine leere Miene spannte sich an und zeigte Überraschung. Ahren setzte ihm sofort nach, stach mit dem Schwert zu, erwischte Cree Bega in der Brust und durchbohrte ihn.

Er riss seine Waffe zurück und trat zur Seite, während sein Gegner rückwärts an die Reling schwankte und dort Halt suchte. Aus dem offenen Mund kam kein einziges Wort, doch in den Augen stand solcher Hass, dass Ahren unwillkürlich zurückwich.

Der Mwellret sackte in eine sitzende Position und tat seinen letzten Atemzug.

Zweiunddreißig

Wenn sie die Magie des Wunschliedes nicht längst beschworen hätte, um ihre Gegenwart zu verbergen, hätte Grianne Ohmsford nicht überlebt. Der Morgawr stürzte sich gerade auf sie, als sie sich umdrehte, seine Hand schoss vor und wollte sie packen. Aber ihre Abwehr war bereit, und die Magie wehrte seinen Angriff ab. Doch während sie sich zur Seite wandte, kratzte er über ihren Hals und riss mit den Nägeln die Haut auf. Sie warf ihm eine Mauer aus Schall entgegen und schrie ihn wütend und entsetzt an, allerdings hatte er seine eigene Magie ebenfalls in Stellung gebracht, und seine in Schwarz gehüllte Gestalt wurde davon abgeschirmt, wie wohl anscheinend schon eine ganze Weile zuvor. Grianne hatte geglaubt, ihn in einem unachtsamen Moment zu erwischen, nachdem sie ihn von den Mwellrets getrennt hatte, dazu war er jedoch zu erfahren. Er hatte eine Illusion von sich erzeugt, und die hatte sie attackiert und so für ihre Sorglosigkeit beinahe einen hohen Preis bezahlen müssen.

Mit einer raschen Bewegung drehte sie sich von ihm fort, lief zur gegenüberliegenden Wand, ging in die Hocke und keuchte. Er machte keine Anstalten, ihr zu folgen, sondern blieb am Eingang dieses Raumes, beobachtete sie und schätzte die Wirkung seines Auftritts ab.

»Hast du gedacht, ich hätte nicht mit dir gerechnet, meine kleine Ilse-Hexe?«, fragte er leise mit glatter, fast sanfter Stimme. »Ich kenne dich zu gut. Außerdem habe ich dich zu gut ausgebildet, um nicht zu erwarten, dass du mir entgegengehst.«

»Du hast mich angelogen«, erwiderte sie, kaum fähig, ihren Zorn zu beherrschen. »Über den Druiden, über meine Eltern und Bek, über mein ganzes Leben.«

»Manchmal sind Lügen notwendig, wenn man sein Ziel erreichen will. Lügen machen oft möglich, was sonst nie zu erlangen wäre. Fühlst du dich ausgenutzt?«

»Ich fühle mich wie jemand, der zu etwas gemacht wurde, das mir widerwärtig ist.« Vorsichtig trat sie einen Schritt vor und suchte nach Löchern in seiner Abwehr. Sie spürte, wie sich seine Macht aufbaute und ihn umgab wie die Hitze ein Feuer. In Kürze würde er über sie herfallen. Sie war zu langsam gewesen, hatte sich zu sicher gewähnt, und so hatte sie den Vorteil der Überraschung verspielt.

»Du hast dich selbst zu dem gemacht, was du bist«, sagte er. »Ich habe dir nur Unterstützung angeboten. Du hättest dein Leben sowieso verschwendet. Dein Vater hatte sich entschieden, dich dem Druiden vorzuenthalten, und dafür war ich dankbar. Dich mir vorzuenthalten war dagegen ein Fehler.«

»Er wusste überhaupt nichts von dir! Du hast ihn und meine Mutter ohne Grund umgebracht! Du hast mich verschleppt, um mich zu deinem Werkzeug zu machen! Für deine eigenen Ziele hast du mich ausgenutzt, und das hättest du ewig so fortgesetzt, wenn ich nicht die Wahrheit entdeckt hätte!«

Daraufhin zog er die Schultern leicht hoch und gestand damit seine Schuld für alles ein, was sie ihm vorwarf. Er beugte den großen Körper vor, als wolle er seinen Schatten wie ein Netz über sie werfen. »Wie hat dich der Druide von der Wahrheit überzeugen können, kleine Hexe? Vorher hättest du ihm niemals geglaubt. Oder war es dein Bruder?«

Sie hatte nicht vor, es ihm zu erzählen, und eigentlich wollte sie gar nicht mit ihm sprechen. Er sollte nur einfach aus ihrem Leben verschwinden, von der Erde, auf der sie stand, und, falls möglich, auch aus ihrer Erinnerung. Sie hasste ihn mit solcher Inbrunst, dass sie glaubte, in der Enge des Raumes, den sie teilten, seinen Gestank zu riechen – nicht den widerlichen Körpergeruch, sondern die Ausdünstungen seiner Bosheit. Alles an ihm war so abscheulich, und so konnte sie an nichts anderes denken, als von ihm fortzukommen.

»Du hättest mir nicht folgen sollen«, sagte sie und trat einen weiteren Schritt zur Seite, wobei sie ihre eigene Magie aufbaute.

»Und du hättest mich nicht hintergehen sollen«, gab er zurück.

Die Macht des Wunschlieds war aus Erdmagie geboren, ihr Vorfahr Wil Ohmsford hatte sie aus den Elfensteinen aufgenommen und an seine Nachkommen weitergegeben. Wenn man sie beherrschte, konnte man damit fast alles tun, Leben vernichten und Leben retten. Aber der Morgawr verfügte über eine ähnliche und ebenso mächtige Magie. Seine wurzelte direkt in der Substanz seines Wesens und war nicht aus der Erde extrahiert. Empfangen hatte er sie bei seiner Geburt in den dunklen Tiefen des Wildewaldes, und er, der Zauberer und Bruder der Hexenschwestern Mallenroh und Morag, war stets von seiner Machtgier angetrieben worden und hatte sich durch seine Experimente mit lebenden Geschöpfen vervollkommnet. Befallen von einer besonderen Form des Wahnsinns, suchte er nach Wegen, seine angeborene Macht zu vergrößern und auch seine Lebensjahre zu verlängern.

Er hatte schon früh einen Weg gefunden, dies zu verwirklichen, noch als junger Mann, denn er entdeckte, dass er, wenn er sich vom Leben anderer ernährte, gleichzeitig deren Lebensenergie aufnahm. Indem er ihre Seele raubte, erhöhte er seine Lebensdauer und Kraft; und diese Nahrung stillte seinen Hunger wie nichts anderes. Es war leicht, hatte er der Ilse-Hexe vor langer Zeit erklärt, wenn man erst einmal seinen Widerwillen überwunden hatte.

All die Jahre hatte sie seinen Wahnsinn hingenommen, weil sie ihn für ihren Verbündeten hielt, der ihr helfen würde, ihr größtes Ziel zu erreichen – den Druiden Walker zu vernichten. Sie hatte gewusst, was er war, und dennoch hatte sie sich zu seinem Geschöpf machen lassen. Dabei hatte sie sich selbst für ihn verleugnet, obwohl ihr Verstand sie davor warnte. Am Anfang hatte sie so gehandelt, weil sie es als ihre einzige Möglichkeit betrachtete; sie hatte kein Zuhause und war noch ein Kind. Doch rasch war sie herangereift, und diese Entschuldigung konnte schon lange nicht mehr erklären, weshalb sie bei ihm blieb oder sogar heute noch zu ihm gehören würde, hätte sie nicht Bek getroffen. Auch konnte sie heute nicht länger behaupten, sie habe keine andere Wahl, weil sie ein Kind sei. In Wahrheit hatte sie seine Bemühungen begrüßt, seine Denkweise angenommen und sich danach gesehnt, Teil seines Wahnsinns und seiner begehrten Macht zu werden. Somit trug sie die gleiche Schuld wie er.

»Ich hole mir mein Leben zurück.« Die Anspannung, die sie innerlich spürte, ließ sie zittern. »Ich hole mir zurück, was du mir gestohlen hast.«

»Ich lasse mir nichts wegnehmen, von niemandem«, entgegnete er. »Dein Leben gehört mir, und ich werde es freigeben, wenn ich es entscheide, und nicht eher.«

»Diesmal liegt die Entscheidung nicht bei dir.«

Er lachte leise, und seine schwarze Robe wallte auf, als er geringschätzig auf sie zeigte. »Die Entscheidung liegt immer bei mir. Dein eigenes Leben zu beanspruchen war gut für dich, kleine Hexe, bis du eine Macht angestrebt hast, die dir nicht zusteht. Du willst so tun, als wärest du besser als ich, doch das stimmt nicht. Dich trifft die gleiche Schuld, du verfolgst keine edleren Ziele, du bist nicht von höherem Geist. Ein Ungeheuer bist du, kalt und finster wie ich. Wenn du etwas anderes glaubst, bist du eine Närrin.«

»Der Unterschied zwischen uns, Morgawr, besteht nicht darin, dass ich denke, ich wäre etwas Besseres. Der Unterschied ist, dass ich erkenne, was ich bin, und begreife, wie schrecklich das ist. Du würdest ewig so weitermachen und nichts bereuen. Ich dagegen werde, sogar falls es mir gelingt, mich zu ändern, stets bereuen, was ich war.«

»Leider wirst du nicht viel Zeit zum Bereuen haben. Dein Leben ist so gut wie zu Ende.«

In seiner Stimme schwang eine Munterkeit mit, die nur von Vorfreude stammen konnte. Er bereitete sich auf den Angriff vor. Sie spürte es an der Bewegung in der Luft, an dem Knistern und Zischen, als sich die Magie, die er beschwor, von ihren Fesseln befreite.

Und aus diesem Grund stand sie nicht mehr dort, wo er sie erwartete, als er zuschlug. Sie hatte sich zur Seite bewegt und nur einen Schatten ihres Selbst hinter sich zurückgelassen, um ihn zu täuschen. Sie spürte die Rückströmung seiner Magie und beobachtete den verheerenden Effekt seines Zorns auf die Mauer hinter ihr, die regelrecht auseinandergesprengt wurde. Sofort antwortete sie mit Scherben, die ihn zerfetzt hätten, hätte er nicht schon sein eigenes Schutzzeichen vollführt.

So ging es wild hin und her, bald hatten sie den Raum in einen rauchenden, zertrümmerten Glutofen verwandelt, und die Hitze und der Lärm waren unerträglich. Doch waren sie einander ebenbürtiger, als sie gedacht hatten, und daher konnte keiner die Oberhand gewinnen.

Dann verschwand der Morgawr plötzlich. In einem Augenblick war er noch da und stand groß und schemenhaft hinter einem Vorhang aus Rauch und Hitze, und im nächsten war er fort. Grianne schob sich nach rechts, da sie ihm nicht die Gelegenheit geben wollte, aus einer anderen Richtung anzugreifen. Sie suchte nach ihm, doch die Spur seiner Körperhitze verriet ihr, dass er den Raum verlassen hatte.

Sofort nahm sie die Verfolgung auf. Wenn er davonrannte, war offensichtlich sein Selbstvertrauen geschwächt. Sie wollte ihm keine Chance lassen, sich zu erholen. Ungestüme Vorfreude breitete sich in ihr aus. Vielleicht konnte sie die Sache jetzt zu Ende bringen.

Die *Schwarze Moclips* näherte sich der Flotte des Morgawrs, da entschied sich Redden Alt Mer, nach etwas zu schauen, von dem er eigentlich ziemlich sicher war, dass es sich gar nicht mehr an Bord befand. Zuvor hatte er nicht daran gedacht, und jetzt kam es ihm in den Sinn, weil er sich daran erinnerte, was Ahren Elessedil ihm erzählt hatte, als sie über Ryer Ord Star gesprochen hatten, und nun wollte er überprüfen, ob es stimmte.

Also stellte er das Steuer fest auf Kurs ein, stieg aus der Pilotenkanzel, ging an den lebenden Toten der Föderation vorbei und stieg in die Heckkampfkanzel auf dem Ponton an der Backbordseite. Er ging zurück bis zu der Stelle, wo die Krümmung der Ramme begann, entfernte ein Brett an der Seite des Rumpfes und spähte hinein.

Da war er, allen Widrigkeiten zum Trotz, immer noch in dem gleichen Zustand, in dem er angebracht worden war, ordentlich zusammengefaltet, und er wartete nur darauf, benutzt zu werden. *Man weiß doch nie,* dachte Redden Alt Mer.

Er nahm ihn heraus, legte ihn aufs Deck und baute ihn in kürzester Zeit zusammen, während er sich fragte, weshalb er sich diese Mühe machte. Weil das gute Stück eben da war, vermutete er. Weil er in einer Welt lebte, in der das Schicksal eines Mannes oft davon abhing, ob er Glück hatte, und Alt Mer hatte sein Leben lang geglaubt, vom Glück bevorzugt zu werden.

Zurück in der Pilotenkanzel sah er die segellosen Masten der Flotte vor sich, die in die Höhe ragten wie Bäume in einem winterlichen Wald. Einige Segel waren noch entfaltet, damit die Luftschiffe schweben konnten, doch die meisten waren eingerollt und festgeschnürt. Mwellrets drängten sich an den Relings und schauten zu ihm hinüber, während er näher kam. Sie versuchten zu erahnen, weshalb die *Schwarze Moclips* zurückkehrte und warum der Morgawr oder ihre Ret-Kameraden nirgendwo zu sehen waren. Dennoch wirkten sie unbesorgt. Er stellte keine Bedrohung für sie dar. Schließlich hielt er nicht direkt auf sie zu, sondern auf ihre Backbordseite, als beabsichtige er, an ihnen vorbei aufs Meer hinauszufliegen.

Die *Schwarze Moclips* war inzwischen sehr schnell und legte weiter an Geschwindigkeit zu. Sie hatte schon mehr als dreißig Knoten erreicht und flog wie ein Katapultgeschoss durch den klaren Morgenhimmel, segelte auf einem leichten Südwind glatt und angenehm dahin. Seevögel gesellten sich zu ihm und verschwanden wieder, als ahnten sie das Ungemach, das ihn begleitete, doch er lächelte nur bei dem Gedanken.

Bei vierzig Knoten war er nur noch eine Viertelmeile von der Backbordseite der Flotte entfernt, und nun ging er wieder aufs Hauptdeck und warf die Enterhaken an den Tauen über Bord. Sie schwangen unter dem Luftschiff wie riesige Angelhaken hin und her. *Gar nicht so unpassend, der Vergleich,* dachte er trocken. Er sprintete zur Pilotenkanzel zurück, ergriff die Steuerung, öffnete die Steuerbordröhren und drehte die Segel hart nach Backbord. Die *Schwarze Moclips* zog scharf nach links, und durch die plötzliche Bewegung fiel ein großer Teil der Mannschaft aufs Deck, wo die Männer einfach liegen blieben und ins Leere starrten. Alt Mer beachtete sie nicht, sondern ließ das Luftschiff wieder Geschwindigkeit aufnehmen, steuerte geradewegs auf die Flotte zu. Die Enterhaken glänzten in der Sonne und schwangen hin und her wie Köder. Nun liefen die Mwellrets plötzlich wie Ameisen herum, weil sie erkannten, dass sie angegriffen wurden. Segel wurden gehisst, Leinen festgezurrt und Anker gehievt. Die Mwellret-Wachen versuchten verzweifelt, die toten Mannschaften auf ihre Posten zu scheuchen. Doch mit ihrem Leben hatte ihnen der Morgawr auch die Fähigkeit genommen, rasch zu reagieren. Sie würden sich nicht flink genug in Bewegung setzen.

Die *Schwarze Moclips* war ein Klotz von einem Kriegsschiff, nicht besonders groß, dafür aber breit und schwer. Sie pflügte durch die Flotte des Morgawrs wie durch Strohhalme, die Rammen rissen Masten von den Rümpfen, die Enterhaken zerfetzten Segel und Leinen. Die Hälfte der Schiffe hatte sofort keine Energie mehr und stürzte in den Ozean. Der Rest trudelte davon, beschädigt und damit beschäftigt, sich in der Luft zu halten. Wenn sie nicht so dumm gewesen wären, hätten die Rets ihre Schiffe einfach im Wasser landen lassen, doch mangelte es ihnen an Erfahrung.

Die Wucht der vielen Kollisionen erschütterte die *Schwarze Moclips* bis in die Mastspitzen, riss riesige Löcher in den Rumpf und zerschmetterte die vorderen Rammen. Beide Enterhaken waren unterwegs abgerissen und hatten dabei Teile von Deck und Reling mitgenommen. Alt Mer wurde an die Rückwand der Pilotenkanzel geworfen und verlor die Kontrolle über das Schiff. Er schlug mit dem Kopf an die Wand, und grelle, bunte Flecken trübten seine Sicht. Trotzdem kam er wieder auf die Beine und packte nach den Steuerhebeln.

Sekunden später hatte die *Schwarze Moclips* gewendet und trat den zweiten Durchgang an. Nun konnte er den Schaden begutachten, den er in der Flotte des Morgawrs angerichtet hatte. Luftschiffteile lagen im Wasser, manche brannten. Trümmer und Leichen waren überall verstreut. Überlebende klammerten sich an Wrackteile, doch nicht viele. Die meisten Männer waren verschwunden. Er dachte nicht darüber nach. Stattdessen dachte er an die Leben, die er rettete, und konzentrierte sich auf sein Versprechen, seine Gefährten und Freunde zu beschützen.

Er segelte zurück zu den Überresten der Flotte, nahm wieder an Geschwindigkeit zu. Ein oder zwei Luftschiffe bewegten sich jetzt, und die visierte er an. Sein Ziel war klar. Wenn er fertig war, sollte kein Schiff der Flotte mehr fliegen. Er wollte sie alle versenken. Dann wären der Morgawr und wer immer sich bei ihm befand, auf Mephitic gestrandet.

Natürlich konnte er das nicht erreichen, solange eine Chance bestand, eines der Schiffe zu reparieren. Daher musste er sein Zerstörungswerk gründlich erledigen.

Das konnte er nur auf einem Wege schaffen.

Wenn die Kleine Rote ihn bloß hätte sehen können! Sie hätte sich darüber gefreut, wie einfach die Sache war. Er blickte über die Schulter zu der Insel zurück, doch war er zu weit entfernt, um irgendwelche Details auszumachen. Rauch und Asche stiegen von der Flotte auf und verschleierten den Blick. Ein schmutzig grauer Nebel verhüllte den blauen Morgenhimmel, und die frische Salzluft roch nach brennendem Holz und Metall.

Seine Geschwindigkeit betrug über dreißig Knoten, als er auf die Schiffe zubrauste, die noch flogen. Er korrigierte seinen Kurs, um das zu erreichen, was er beabsichtigte, und hielt genau auf die Mitte zu, doch tiefer diesmal. Nur auf einem Schiff war es gelungen, die Segel zu hissen, doch dieses hing in Windstille und Rauch fest. Auch von drei weiteren Schiffen quoll Rauch auf.

Alt Mer zog seinen Mantel aus und löste die Sicherheitsleine. Zu diesem Zeitpunkt war Beweglichkeit der beste Verbündete. Er schloss die Austrittsrohre der Trennröhren, stellte die Lichtsegel jedoch so ein, dass sie volle Kraft lieferten. Das würde kein Luftschiffkapitän je tun, es sei denn, er wollte sein Schiff in die Luft jagen. Die Energie, die von den Strahlungssammlern erzeugt wurde, musste an den Austrittsrohren abgegeben werden, sonst explodierten sie und mit ihnen das ganze Schiff.

Nicht zu erwähnen auch alles andere in unmittelbarer Umgebung.

Er behielt den Kurs der *Schwarzen Moclips* bei und staute die Energie in den Trennröhren an, bis er Rauch und Flammen durch die Nähte dringen sah. *Wenn sie nur noch ein bisschen halten,* dachte er und holte tief Luft. Die Flotte des Morgawrs war direkt vor ihm.

»Zeit, weiterzuziehen«, flüsterte er.

Augenblicke später brach die *Schwarze Moclips* durch die Rümpfe der verbliebenen Luftschiffe wie ein Stier durch Maispflanzen auf einem herbstlichen Feld, und ging in einer Feuerkugel auf.

Bek Ohmsford lief durch die Ruinen zu seiner Schwester und achtete nicht auf die Geräusche, die er verursachte, denn die konnte im Lärm des Kampfes, der vor ihm stattfand, sowieso niemand hören. Scharfes Knistern und tiefes Krachen hallten durch die Steingänge der alten Burg, erschütterten die Jahrhunderte währende Stille ebenso wie die Mauern, und der Austausch mächtiger Magie ließ die Erde unter seinen Füßen beben. Grianne hatte den Morgawr gefunden, oder vielleicht verhielt es sich anders herum, auf jeden Fall hatte die Auseinandersetzung begonnen, und er würde sich daran beteiligen.

Nur wusste er nicht, auf welche Weise, und dieses Problem musste er recht bald lösen. Sobald er seine Schwester entdeckt hatte, musste er ihr helfen. Aber welche Hilfe konnte er ihr anbieten? Das Wunschlied meisterte er nicht annähernd so gut wie sie. Gegen den Morgawr hatte er keine Chance, davor hatte sie ihn schon gewarnt. Der Zauberer würde Bek mit seiner Erfahrung und seiner Gewandtheit schnell überwältigen.

Was also sollte er tun? Wie konnte er vermeiden, seine Schwester von ihrer Aufgabe abzulenken, wie sie vorausgesagt hatte?

Er hatte keine Ahnung. Nur eins war ihm klar: Er durfte nicht einfach abwarten und sie mit dem Morgawr allein lassen. Dazu hatte er zu viel durchgemacht, um sie zu finden und zu heilen.

Der Lärm vor ihm brach ab, und Bek verlangsamte den Schritt und lauschte angestrengt. Dieser Teil der Burg lag im Dunkeln, die Wände ragten weit über ihm auf, die Gänge waren schmal und hoch, die Räume riesig. Die Decke bestand aus Gewölben, und überall bewegten sich düstere Schatten auf unerklärliche Weise. Er schlich leise an einer Wand entlang und versuchte erneut, sich im Verborgenen zu halten. Rauch wälzte sich durch den Raum, und die Luft roch verbrannt.

Er atmete ruhig. Alles war still. Wenn es nun schon vorüber war? Wenn der Morgawr gewonnen hatte und Grianne tot war? Bei dieser Aussicht wurde ihm kalt, und er verscheuchte sie wie eine Giftschlange, die er nicht berühren wollte. Das war ganz bestimmt nicht passiert, redete er sich ein. Grianne ging es sicher gut.

Nichtsdestoweniger beeilte er sich, denn er wollte Gewissheit haben. Es überraschte ihn, dass dieser heftige Kampf den Bewohner der Burg nicht auf den Plan gerufen hatte. Er hätte geglaubt, bei solchem Lärm und Spektakel in seinen privaten Gemächern wäre der Geist wütend genug geworden, um Vergeltung zu üben. Aber darauf deutete nichts hin, nichts in der Luft löste eine Warnung bei ihm aus, nichts in den Steinen ließ auf Gefahr schließen. Das fand Bek verwunderlich. Möglicherweise reagierte der Geist nur auf Versuche, Dinge von hier mitzunehmen, wie bei der Suche nach dem Schlüssel. Vielleicht kümmerte er sich ansonsten um nichts außer darum, seine Schätze zu bewachen. Die einstürzenden Mauern und Türme seines Reiches störten ihn wohl nicht, da ja auch der Zahn der Zeit zum gleichen Ergebnis geführt hätte.

Plötzlich dämmerte ihm, wie er seine Magie gegen den Morgawr einsetzen konnte. Zuerst musste er ihn jedoch finden, und leider lief ihm die Zeit davon.

Doch dauerte es gar nicht so lange, bis er den Morgawr entdeckt hatte. Die Stille wurde Augenblicke später durch einen rauen Ton erschüttert, der durch die Steingemäuer hallte, ein heftiges Reißen. Er ging darauf zu, folgte den ersterbenden Echos und hörte Stimmen. Dann erreichte er einen Riss in der Mauer und sah seine Schwester und den Morgawr, die miteinander kämpften. Der Zauberer hatte sie in die Falle gelockt und bedrängte sie mit der geballten Kraft seiner Magie. Grianne mühte sich ab auszubrechen – Bek sah die Anstrengung auf ihrem faltenlosen Gesicht –, doch konnte sie ihre Magie nicht nutzbringend einsetzen. Der Morgawr quetschte sie ein, nahm ihr die Luft und den Platz und das Licht, und die Dunkelheit, die er erzeugte, erschien wie eine lebendige Präsenz.

Bek beobachtete, wie die Hand des Morgawrs nach Grianne griff, das Gewebe ihrer schützenden Magie eindrückte und ihr Gesicht berühren wollte. Grianne zog den Kopf zurück und wand sich aus den Fesseln. Aber der Morgawr war zu stark, erkannte Bek. Sogar für sie, die Ilse-Hexe, war er zu mächtig. Er streckte die Finger aus, und Bek sah, wie er die Schultern hochzog, während er sich näher drängte. Seine Absicht war unverkennbar. Er wollte ihre Seele fressen.

Grianne!

Bek blieb keine Zeit mehr nachzudenken, er musste sofort handeln. Er warf die Magie seines Wunschliedes aus, und zwar in Gestalt eines verhüllenden Mantels, der sich wie ein Spinnweben über den Morgawr legte, ein feines Kribbeln, welches dem Morgawr kaum auffiel. Aber tief im Herzen der Ruine, wohin selbst der Morgawr nicht vordringen konnte, rührte sich der Burgbewohner, denn der hatte es erkannt. Er fuhr aus seinem Schlummer auf, war binnen Sekunden hellwach und spürte, dass etwas, das er verloren hatte, sich wieder in Reichweite befand. Er tobte durch die eingefallenen Mauern, durch trümmerübersäte Gänge und über leere Höfe. Die *Jerle Shannara* und die Lebenden und Toten in ihrer Umgebung oder die Ereignisse draußen über der Blauen Spalte beachtete er nicht. Er konzentrierte sich ganz auf das Wesen, das ihn geweckt hatte.

Der Morgawr.

Nur sah er den Zauberer nicht als das, was er in Wirklichkeit war. Er sah das in ihm, was Bek mithilfe des Wunschlieds sichtbar gemacht hatte. Er sah den Jungen, der vor Monaten seinen Schlüssel gestohlen hatte, der ihn verwegen provoziert und mit Magie überlistet hatte.

Vor allem sah er den Dieb, der immer noch im Besitz des Schlüssels war.

Dem Morgawr blieb nur ein Augenblick, um von Grianne aufzublicken. Er begriff, dass etwas nicht stimmte, und dann war der Geist über ihn hergefallen. Wie ein Wirbelwind packte er den Morgawr, riss ihn von seinem Opfer los, zerrte ihn rückwärts an die nächste Wand und drückte ihn dagegen. Vor Wut brüllte der Morgawr und wehrte sich mit seiner Magie, und wahnsinnig vor Rage schlug er auf den Wind ein, auf die Luft, auf die Magie des Geistes. Bek schrie Grianne durch das Tosen zu, sie solle weglaufen, und sie rannte auf ihn zu.

Dann, wie von allen guten Geistern verlassen, drehte sie sich um.

Sie nahm ihren ganzen Mut zusammen, schleuderte ihre Magie gegen den Morgawr und unterstützte den Burggeist darin, ihn zu zermalmen. Das Geräusch war so entsetzlich, so durchdringend, dass Bek die Hände über die Ohren schlug und das Gesicht vor Schmerz verzerrte. Auch der Morgawr verzog das Reptiliengesicht vor Schock und Wut, fuchtelte wild mit den Armen herum und wurde in die Höhe geworfen, als ihn die kombinierte Magie traf. Einen Augenblick konnte er den beiden widerstehen, dem Mädchen und dem Geist, weil sein dunkles Herz sich schon vor langem in Stein und sein Verstand in Eisen verwandelt hatte. Von diesen Gegnern ließ er sich nicht besiegen, schien das helle Funkeln seiner Augen zu sagen.

Dann öffnete sich der Stein hinter ihm, und er wurde in den Spalt gestoßen. Der Riss erstreckte sich durch mehrere Steinblöcke, die ein Baumeister vor Jahrhunderten aufeinander gesetzt hatte, um eine Stützmauer für einen Turm und einen Wehrgang zu bauen, von denen kaum Überreste geblieben waren. Der Morgawr wehrte sich zwar heftig und versuchte zu entfliehen, doch die Magie der zwei Gegner hielt ihn fest.

Er konnte sich nicht befreien. Bek las es auf seinem Gesicht und in seinen Augen ab. Der Morgawr saß in der Falle.

Langsam schloss sich der Stein wieder. Der Morgawr brüllte, sammelte all seine Magie, und Teile des Steins brachen durch die Einwirkung seiner geballten Macht ab. Doch genügte das nicht, und er konnte auch das Schließen des Spalts nicht verlangsamen. Stück um Stück wurde er zerquetscht, so wie er es Grianne zugedacht hatte. Immer mehr verengte sich der Raum um ihn. Jetzt konnte er die Arme schon nicht mehr bewegen, um seine Zauber zu wirken, um seine Magie zu entfesseln. Wild verdrehte er den Körper, und sein Geschrei erreichte eine unmenschliche Lautstärke.

Als sich die Mauer ganz geschlossen hatte, ragten noch die Finger einer Hand aus einer winzigen Ritze. Sie zuckten einmal in der Stille, die sich nun über die Ruine senkte. Als sie schließlich erstarrten, war der Riss verschwunden, und aus der Wand troff Blut.

Die Explosionen an Land und auf dem Meer lockten die Flugreiter aus ihrem Versteck auf dem fernen Atoll. Sie flogen auf den Rocks in die klare Morgenluft hinein und hielten auf die dunklen Rauchsäulen zu, die von der alten Burgruine aufstiegen, dann drehten sie ab, als sie den Rauch über der Blauen Spalte sahen. Sie erhaschten einen Blick auf die brennenden Schiffe des Morgawrs und beobachteten erschüttert, wie die *Schwarze Moclips* mitten zwischen sie flog. Dann verschwand alles in einer gewaltigen Explosion, welche die Luft mit Feuer und Rauch erfüllte und deren Druckwelle meilenweit zu spüren war.

Hunter Predd wusste nicht, was dort passiert war. Ganz offensichtlich war es den Gefährten nicht gelungen, sich vor dem Morgawr zu verstecken, aber wie es in dem Kampf stand, der im Augenblick stattfand, war schwer einzuschätzen. Er entdeckte Spanner Frew und zwei der Fahrenden an der Küste, flog mit Obsidian auf sie zu, und Po Kelles folgte ihm auf Niciannon. Weitere Explosionen waren zu hören, Trennröhren, die dem Druck überhitzter Diapsonkristalle nachgaben, und wie eine Kettenreaktion setzte sich die Vernichtung der Flotte des Morgawrs fort. Die Flugreiter landeten nahe bei den Fahrenden, sprangen von den Vögeln und liefen zu ihnen hinüber.

»Was ist geschehen?«, fragte Hunter Predd den Schiffbauer. Er bemerkte den abwesenden Blick von Spanner Frew, packte den Mann am Arm und drehte ihn mit leichter Gewalt herum. »Erzähl schon!«

Spanner Frew schüttelte ungläubig den Kopf. »Er ist mitten in sie hineingeflogen, Flugreiter. Die Kristalle hat er abgedeckt und genug Energie abgezogen, um ein Dutzend Luftschiffe zu zerstören. Ganz allein. Ich kann es nicht fassen!«

Ohne fragen zu müssen, wusste Hunter Predd, dass der Schiffbauer von Redden Alt Mer sprach. Er schaute hinaus auf die Blaue

Spalte, wo Rauchwolken zum Himmel stiegen. Wrackteile von Luftschiffen trieben auf dem Wasser, verbogen und verkohlt. Das Wasser selbst stand in Flammen. Kein einziges Luftschiff war noch in der Luft, nirgendwo im Meer fand er Anzeichen von Überlebenden.

Mit Po Kelles und den Fahrenden stand er da und betrachtete schweigend das Bild der Zerstörung. Der Große Rote hatte einen Weg gefunden, die Flotte des Morgawrs von ihnen fern zu halten, dachte er, und empfand gleichzeitig Trauer und Bewunderung.

»Vielleicht ist er ja rechtzeitig rausgekommen«, sagte er leise.

Von den anderen antwortete niemand oder sah ihn auch nur an. Sie kannten die Wahrheit. Eine solche Explosion konnte keiner überleben. Selbst wenn man absprang, würde der Fall tödlich sein; Feuer und Trümmer erledigten den Rest, wenn der Sturz nicht genügte.

Gebannt schauten sie zu den Rauchwolken hinaus. Sie wollten nicht glauben, dass Redden Alt Mer wirklich tot war und ein solches Ende genommen hatte.

Jetzt war es ruhig geworden, Stille und Frieden kehrten ein. Die Explosionen hatten aufgehört, auch in der Burg hinter ihnen. Welche Kämpfe sich auch zugetragen hatten, sie waren vorbei. Hunter Predd fragte sich, wer wohl gesiegt hatte. Oder ob überhaupt jemand Sieger genannt werden durfte.

»Wir sollten vielleicht besser nachschauen, was aus den anderen geworden ist«, schlug er vor.

Gerade wollten sie sich abwenden, da bemerkten sie etwas zwischen den wallenden schwarzen Rauchwolken. Zuerst hielt der Flugreiter es für einen Rock oder einen Würger, und er wunderte sich, wo der plötzlich herkam. Aber die Größe stimmte nicht, und auch die Flugbewegung war seltsam.

»Schwarzbart«, flüsterte er.

Das fliegende Ding nahm langsam Gestalt an, während es aus dem Dunst segelte, und war nun zu erkennen. Es flatterte zwar übel, aber es hielt sich in der Luft.

Ein Einflügler.

»Schatten!«, entfuhr es Spanner Frew.

Der Mann, der ihn steuerte, hatte wieder einmal Glück gehabt.

Dreiunddreißig

Fünf Monate und ein paar Tage später erreichten der Mann mit dem Glück auf seiner Seite und jene, die zu beschützen er geschworen hatte, sicher die Heimat. Redden Alt Mer stand an der Reling der *Jerle Shannara*, schaute hinaus ins neblige Zwielicht der Drachenzähne und dachte seit Wochen zum ersten Mal an seine schreckliche Flucht aus der explodierenden Flotte des Morgawrs, während er einen Raubvogel beobachtete, der über einer aus den Bergen herunterziehenden Nebelwolke seine Kreise zog. Seine Gedanken weilten nur einen Moment bei dieser Erinnerung. Dass er dieses Inferno aus Feuer und Rauch und Trümmern überlebt hatte, erstaunte ihn noch immer, und er wollte das alles gar nicht genauer hinterfragen. Ein solches Geschenk nahm man stillschweigend hin.

Allerdings würde er sein Glück nicht nochmals auf diese Weise herausfordern wollen. Nach seiner Heimkehr an die Küste und nach March Brume würde er weiter Luftschiffe steuern, doch nur mehr an sicheren Orten.

»Was meinst du, worüber reden sie?«, fragte Rue und beugte sich dicht heran, damit allein er ihre Worte verstehen konnte.

In einiger Entfernung von ihnen standen Bek Ohmsford und seine Schwester im Dämmerlicht, zwei einzelne Schemen, die in eine heftige Diskussion vertieft waren. Ihr Streit drehte sich um die bevorstehende Trennung. Jene, die ihnen von Bord des Luftschiffes aus zusahen, jene wenigen, die übrig geblieben waren – Ahren Elessedil, Quentin Leah, Spanner Frew, Kelson Riat und Britt Rill – warteten geduldig das Ende ab.

»Sie sprechen über die Entscheidung, die sie getroffen hat«, antwortete er leise, »und die Bek nicht akzeptieren kann.«

Gestern hatten sie die Küste erreicht, und die Flugreiter Hunter Predd und Po Kelles waren aufgebrochen, um nach Wing Hove zurückzukehren, da sie ihre Arbeit beendet und ihr Versprechen, zu kundschaften und Vorräte zu suchen, erfüllt hatten. Für die Expedition waren sie von unschätzbarem Wert gewesen. Es fiel schwer, sie endgültig davonfliegen zu sehen und zu wissen, dass sie das Schiff nicht mehr beschützten. An manche Dinge gewöhnte man sich rasch und konnte sich dann ein Leben ohne sie nicht mehr vorstellen. So erging es Alt Mer mit den Flugreitern.

Gewiss würde er sie wiedertreffen. Irgendwo an der Küste über der Blauen Spalte, an einem ruhigeren Tag und unter besseren Umständen.

Redden Alt Mer hätte zuerst Ahren Elessedil und die Blauen Elfensteine nach Arborlon gebracht und den Elfenprinzen bei seinem Bruder abgeliefert, doch Grianne Ohmsford bestand darauf, zuerst zu den Drachenzähnen, zum Tal von Shale und zum Hadeshorn zu fliegen. Einwände dagegen ließ sie nicht gelten. Sie sei Walker etwas schuldig, erklärte sie ihnen. Deshalb müsse sie zu dem Ort gehen, an dem man die Toten rufen und mit ihnen sprechen konnte, dorthin, wo der Schatten des Druiden ihr den Rest dessen erzählen würde, was sie unbedingt wissen musste.

Als sie ihnen diesen Grund nannte, schwiegen sie verblüfft. Nicht einmal Bek konnte es glauben. Weder zu jenem Zeitpunkt noch jetzt.

»Vielleicht irrt sie sich ja«, fuhr Rue hartnäckig fort. »Möglicherweise vermutet sie mehr, als für sie vorgesehen war.«

Alt Mer nickte. »Möglicherweise. Aber eigentlich glaubt das niemand, nicht einmal Bek. Um diese Aufgabe zu erfüllen, wurde sie gerettet, durch das Schwert von Shannara und durch die Liebe ihres Bruders.« Er schnitt eine Grimasse. »Klingt ja beinahe romantisch.«

Sie lächelte. »Beinahe.«

Schweigend schauten sie den beiden weiter zu. Bek gestikulierte wild, aber Grianne stand einfach nur da, ließ den Sturm seiner Entrüstung über sich hinwegziehen, und in ihrer Haltung und ihrer Ruhe offenbarte sich gelassene Entschlossenheit. Sie hatte ihre Entscheidung längst getroffen, dachte Alt Mer, und sie ließ sich gewiss nicht leicht umstimmen. Natürlich lag das nicht nur an ihrer Sturheit. Vielmehr war sie sich ihres Schicksals bewusst, dessen, was von ihr erwartet und verlangt wurde. Sie hatte verstanden, welchen Preis sie zu zahlen hatte, um Vergebung für das Unheil zu erlangen, das sie als Ilse-Hexe angerichtet und das so viele Leben zerstört hatte.

Wenn das hier vorüber ist, dachte er, *wird für alle von uns nichts mehr so sein wie zuvor, wird sich das Leben von jedem für immer verändert haben. Vielleicht sogar das Leben aller in den Vier Ländern.* So zwingend war das, was sie in der Zukunft erwartete – ein neuer Befehl, ein neuer Anfang, ein Rückblick in die Vergangenheit, um Hoffnung für die Zukunft zu schöpfen. Das alles würde sich ereignen auf Grund der Geschehnisse, die sich hier in dieser Nacht in den Bergen der Drachenzähne, im Tal von Shale, am Rande des Hadeshorns zutragen würden, wo Grianne Ohmsford den Schatten von Walker rief.

Das hatte sie ihnen versprochen.

Ihm fiel es schwer, mit jemandem zu streiten, der sich für Walker Bohs Nachfolger und den nächsten Druiden in Diensten der Vier Länder hielt.

Bek wollte nichts davon wissen. Er hatte zu viel durchgemacht, um seine Schwester sicher nach Hause zu bringen, und jetzt würde er sie nicht einfach davonziehen lassen, damit sie sich erneut einem Risiko aussetzte – einem Risiko, das wahrscheinlich größer war als alle vorherigen.

»Du maßt dir an, du seiest bestimmt, etwas zu vollbringen, das selbst Walker nicht geschafft hat!«, fauchte er, und sie zuckte angesichts seines Zorns zusammen. »Er konnte nicht heimkehren, konnte sich selbst nicht retten, um den Druidenorden zum Leben zu erwecken. Warum meinst du, dir werde es gelingen? Wenigstens wurde er nicht von allen verabscheut!«

Die letzten Worte entsprangen der Verzweiflung, und kaum waren sie heraus, bereute er sie schon. Grianne hingegen schienen sie nicht zu berühren, und sie strich ihm sanft übers Gesicht.

»Sei nicht so wütend, Bek. Du wirst dein Leben sowieso nicht mit mir verbringen. Sondern mit ihr.«

Sie schaute hinüber zur *Jerle Shannara* und zu Rue Meridian. Stur leugnete Bek die Tatsachen und weigerte sich, ihrem Blick zu folgen.

»Mein Leben steht nicht zur Debatte«, beharrte er. »Aber deines, das du vermutlich wegwerfen wirst, wenn du diese Sache wirklich durchziehst. Warum kannst du nicht einfach mit mir nach Hause kommen, zur Abwechslung ein wenig Frieden und Behaglichkeit genießen und nicht gleich wieder losziehen, um das Unmögliche zu versuchen?«

»Ich weiß noch nicht genau, was von mir erwartet wird«, antwortete sie ruhig. »Ich weiß nur, was mir durch die Magie des Schwertes von Shannara enthüllt wurde – dass ich der nächste Druide sein werde und meine Sünden wieder gutmachen werde, indem ich diese Pflicht übernehme. Wenn durch meine Bemühungen ein Druidenrat gegründet wird, wie Walker es stets angestrebt hat, erhalten die Druiden wieder eine starke Präsenz in den Vier Ländern. Um das zu tun, wurde ich gerettet, Bek. Dafür hat Walker sein Leben gegeben, damit ich seine Ziele verwirklichen kann.«

Sie trat näher an ihn heran und legte ihm die schmalen Hände auf die Schultern. »Das tue ich nicht aus Selbstsucht. Ich verspüre einfach die Verpflichtung, aus einem verdorbenen Leben etwas Lohnendes zu schaffen. Sieh mich an, Bek. Sieh dir meine Verbrechen an. Ich kann die Chance, meine Taten wieder gutzumachen, nicht ausschlagen. Darauf hat Walker gezählt. Er kannte mich gut genug, um zu verstehen, wie ich mich fühlen würde, sobald mir die Wahrheit enthüllt würde. Er hat sich darauf verlassen, dass ich das Leid, welches ich verursacht habe, ausgleichen will. Wäre es nicht falsch von mir, ihn nun zu enttäuschen?«

»Du würdest ihn nicht enttäuschen, indem du das wirst, wozu du bestimmt warst, ehe das alles passiert ist!«

Sie lächelte traurig. »Aber es ist passiert, und wir können nichts daran ändern. Wir müssen uns damit abfinden. Ich muss mich damit abfinden.«

Sie legte den Arm um ihn und drückte ihn fest. Einen Moment lang verharrte er starr in ihrer Umarmung, dann ließen Anspannung und Wut langsam nach, und schließlich schloss er sie ebenfalls in die Arme.

»Ich habe dich lieb, Bek«, sagte sie. »Mein kleiner Bruder. Ich habe dich sehr lieb, weil du das alles für mich getan hast, weil du an mich geglaubt hast, als mich alle anderen abgeschrieben hatten, weil du erkannt hast, wer ich sein könnte, wenn ich mich vom Morgawr und seinen Lügen befreie. Das wird immer so bleiben, und wenn auch die ganze Welt auf den Kopf gestellt wird.«

»Ich will nicht, dass du gehst.« In seinen Worten schwang bittere Enttäuschung mit. »Das ist einfach nicht gerecht.«

Sie seufzte ihm leise ins Ohr. »Mir war es nie bestimmt, mit dir nach Hause zu gehen, Bek. Das ist nicht mein Leben; nicht das Leben, das für mich vorgesehen ist. Nach dem, was passiert ist, würde ich auch gar nicht mehr glücklich werden. Coran und Liria sind deine Eltern, nicht meine. Ihr Zuhause gehört dir. Meins liegt woanders. Das solltest du akzeptieren. Wenn ich Frieden finden soll, muss ich für die Untaten büßen, die ich begangen habe. Das kann ich nur, indem ich dem Weg folge, den Walker für mich vorgesehen hat. Ein Druide bedeutet für das Leben vieler einen großen Unterschied. Wenn ich einer werde, auch für meines.«

Er zog sie fester an sich heran. Gewiss spürte er die Unausweichlichkeit dessen, was sie sagte, die Gewissheit, dass sie, wie heftig er auch widersprach und welche Hindernisse er auch aufzeigte, ihre Meinung nicht ändern würde. Was das bedeutete, den Verlust jeder Chance, als Bruder und Schwester, als Familie zu leben, gefiel ihm überhaupt nicht. Doch hatte er das, wie ihm wohl klar war, schon vor vielen Jahren verloren, und er konnte die Zeit nicht zurückdrehen. So war nun einmal das Leben.

»Ich will dich nicht wieder verlieren«, sagte er.

Daraufhin ließ sie ihn los, trat einen Schritt zurück, und ihre eigentümlichen blauen Augen leuchteten fast fröhlich. »Wirst du auch nicht, kleiner Bruder. Das lasse ich nicht zu. Was immer ich tun werde, wie immer sich die Sache heute Nacht entwickelt, ich werde niemals weit von dir entfernt sein.«

Er nickte, und plötzlich fühlte er sich wie der kleine Junge, auf den die große Schwester aufpasst. »Dann geh schon. Tu, was du tun musst.« Er schenkte ihr ein Lächeln. »Mir fallen keine Einwände mehr ein. Ich weiß nichts mehr zu sagen.« Nun schaute er in Richtung Sonnenuntergang, von dem nur ein schwaches silbernes Glühen in der Dunkelheit geblieben war, und kämpfte gegen die Tränen an. »Ich geh jetzt nach Hause. Ich muss nach Hause gehen. Diese Sache muss für mich ein Ende finden.«

Erneut kam sie näher, so klein und zerbrechlich, und es erschien so unmöglich, dass sie die Kraft besaß, die ein Druide brauchte. »Dann geh, Bek. Aber denk daran, ein Teil von mir wird dich immer begleiten. Ich vergesse dich nicht und auch nicht mein Versprechen, mich nicht zu weit von dir zu entfernen.«

Sie küsste ihn. »Willst du mir nicht Glück wünschen?«

»Viel Glück«, murmelte er.

Lächelnd sagte sie: »Sei nicht so traurig, Bek. Freu dich für mich. Dieses Leben habe ich mir gewünscht.«

Nun zog sie ihre dunkle Robe fest um sich und wandte sich ab.

»Warte!«, sagte er. Er nahm das Schwert von Shannara vom Rücken, wo er es getragen hatte, und reichte es ihr. »Du weißt ganz sicherlich besser als ich, was du damit anfangen kannst.«

Unsicher sah sie es an. »Es wurde dir geschenkt und gehört dir.«

Er schüttelte den Kopf. »Es gehört den Druiden. Bring es ihnen zurück.«

Also nahm sie den Talisman an und wiegte ihn in den Armen wie einen Säugling. »Auf Wiedersehen, Bek.«

Und schon stieg sie den Berg hinauf. Er stand da und schaute ihr hinterher, bis er sie nicht mehr sehen konnte. Und währenddessen konnte er sich des Gefühls nicht erwehren, sie abermals verloren zu haben.

Rue Meridian beobachtete ihn, wie er durch die Felstrümmer der öden Ebene zurückkehrte, auf der sie gelandet waren. Er hatte den Kopf gesenkt und die Fäuste geballt. Anscheinend war er nicht glücklich darüber, wie sich die Sache mit seiner Schwester entwickelt hatte. Er strahlte Wut und Enttäuschung aus. Rue wusste, worum er Grianne gebeten hatte, und auch, dass sie es ihm verweigert hatte. Natürlich hätte die Kleine Rote ihm das alles ersparen können, aber er hatte es wohl selbst herausfinden müssen. Für Bek war nichts grundsätzlich unmöglich.

»Er sieht aus wie ein geprügelter kleiner Hund«, meinte der Große Rote.

Sie nickte.

»Wenigstens geht es jetzt nach Hause«, fügte er hinzu. »Hier sind wir fertig.«

Nachdem sie Bek noch einen Moment beobachtet hatte, ließ sie ihren Bruder stehen, stieg die Strickleiter hinunter und ging ihrem Geliebten entgegen. Der schien sie erst zu bemerken, als sie ihm den Weg versperrte.

»Ich habe nachgedacht«, sagte sie. »Über dein Zuhause, das, wo du geboren wurdest. Das war doch gar nicht so weit von hier entfernt, oder?«

Er sah sie an.

»Glaubst du, wir könnten die Stelle finden, wo das Haus gestanden hat?«

Seine Verblüffung war nicht zu übersehen. »Ich weiß nicht.«

»Hast du Lust, es zu versuchen?«

»Das sind doch nur noch Ruinen.«

»Es ist deine Vergangenheit. Du solltest es dir anschauen.«

Zweifelnd blickte er zum Luftschiff.

»Nein«, sagte sie. »Die kommen nicht mit. Die haben keine Zeit für so was. Nur wir beide. Zu Fuß.« Sie ließ ihn einen Augenblick darüber nachdenken. »Stell es dir als Abenteuer vor, ein kleines, nur für uns beide. Nachdem wir dein Elternhaus gefunden haben, können wir nach Süden weiterziehen, durch die Grenzländer am Regenbogensee vorbei bis zum Silberfluss, und dann heim ins Hochland. Der Große Rote fliegt Quentin mit der *Jerle Shannara* nach Leah und anschließend Ahren nach Arborlon.«

Sie trat näher an ihn heran, legte die Arme um ihn und schob ihr Gesicht vor seines. »Ich weiß nicht, wie du darüber denkst, aber ich habe für eine Weile von Luftschiffen die Nase voll. Stattdessen würde ich mich gern auf festem Boden bewegen.«

Benommen starrte er sie an, als habe er ein Geschenk bekommen, mit dem er nicht gerechnet und das er nicht verdient hatte. »Du kommst mit mir ins Hochland?«

Sie lächelte ihn an und küsste ihn sanft auf den Mund. »Bek«, flüsterte sie, »ich hatte niemals vor, irgendwo anders hinzugehen.«

Grianne Ohmsford verbrachte den größten Teil der Nacht damit, in die Vorberge der Drachenzähne hinaufzusteigen, um das Tal von Shale vor der Dämmerung zu erreichen. Natürlich hätte sie sich auch von Alt Mer mit dem Luftschiff dorthin fliegen lassen können, doch wünschte sie sich ein wenig Zeit allein, ehe sie den Schatten von Walker rief. Außerdem war es ihr lieber, sich auf diese Weise von ihren Gefährten zu verabschieden, vor allem von Bek. Sie wusste, wie schwierig es werden würde, ihm zu sagen, dass sie nicht mit ihm kam, und genauso war es eingetroffen. Seine Erwartungen an sie hatten nie ihren eigenen entsprochen, und es war nicht leicht für ihn, sie aufzugeben. Irgendwann würde er sie verstehen, doch dazu brauchte er Zeit.

Die Dunkelheit fand sie vertraut und tröstlich, ein alter Freund nach all den Jahren. In ihrer schützenden Verhüllung und im Frieden der ungestörten Einsamkeit konnte sie darüber nachdenken, was sie tun und welchen Weg sie einschlagen würde; sie konnte sich alle Ereignisse noch einmal durch den Kopf gehen lassen, die sie an diesen Ort und in diese Zeit geführt hatten. Die Vernichtung des Morgawrs hatte bei ihr nicht die Genugtuung hervorgerufen, auf die sie gehofft hatte. Um ihre Heilung abzuschließen, brauchte sie wohl mehr als Rache. Ihr Leben als Druide würde ihr Heilung bringen, obwohl sie wusste, dass das nicht in der erhofften Weise geschehen würde. Dieses Leben würde sie nicht trösten. Es würde nicht die Vergangenheit auslöschen und sie ihr Leben als Ilse-Hexe vergessen lassen. Sie war nicht einmal sicher, ob sie jemals wieder eine einzige Nacht erholsam schlafen würde. Stattdessen erhielt sie Gelegenheit, die Schalen der Waage ins Gleichgewicht zu bringen. Sie bekam die Chance, ihre ansonsten nicht zu ertragende Geschichte wieder gutzumachen, und dadurch einen Grund, um weiter zu leben.

Ob das genügte, ihre geschundene Psyche, ihre verletzte Seele zu heilen, wusste sie nicht, immerhin jedoch war es den Versuch wert.

Gegen Mitternacht näherte sie sich ihrem Ziel. Nie zuvor war sie hier gewesen und kannte daher den Weg nicht, doch ihr Instinkt sagte ihr, wohin sie sich wenden musste. Oder vielleicht führte Walker sie, indem er aus dem Reich der Toten Einfluss auf sie nahm. Gleichgültig, sie ging in stetem Schritt voran und fand in dem einfachen Akt der Bewegung inneren Frieden. Sie hätte sich vor dem fürchten sollen, was sie erwartete; eines Tages würde diese Angst, der sie keinen rechten Namen geben konnte, sie einholen und sich ihr aufdrängen. Im Augenblick hingegen verspürte sie nur Entschlossenheit und Pflichtbewusstsein, denn sie wollte einen neuen Platz in dieser Welt finden und ein neues Leben beginnen.

Als sie den Rand des Tals von Shale erreichte, das ziemlich unvermittelt hinter einer Reihe großer Felsen auftauchte, blieb sie stehen und blickte hinunter. Das Tal war mit kleinen glänzenden schwarzen Steinen bedeckt, die im Mondlicht leuchteten wie die Augen von Tieren. In der Mitte lag das Hadeshorn mit seinem glatten flachen Wasserspiegel. Es war ein beunruhigender Ort, der ganz aus Stille und Leere bestand, wo es nichts Lebendiges gab außer ihr selbst. Sie dachte, es sei der perfekte Platz für ein Treffen mit einem Schatten.

Also setzte sie sich zum Warten nieder.

Alle verabscheuen dich, hatte Bek zu ihr gesagt, weil er sie von ihrem Vorhaben abbringen wollte und auch, weil er ihr wehtun wollte. Was das Erste betraf, hatte er keinen Erfolg gehabt, dafür jedoch beim Zweiten. Und es tat immer noch weh.

Eine Stunde vor der Dämmerung ging sie hinunter ins Tal und stellte sich an den Rand des Sees. Das Schwert von Shannara hatte ihr gezeigt, was Walker hier passiert war, und das Gleiche würde nun sie erleben. In der Gegenwart der Toten lag eine Macht, die sogar sie aus der Fassung brachte. Schatten hatten die Lebenden hinter sich gelassen und herrschten aufgrund ihres Wissens doch weiter über sie.

Die Zukunft. Deren Möglichkeiten. Ihr Schicksal mit all seinen komplizierten Windungen.

Walker war fähig zu sehen, was ihr verborgen blieb. Er würde über die Entscheidungen Bescheid wissen, die auf sie warteten, doch durfte er ihr nichts über deren Bedeutung sagen. Das Wissen über die Zukunft war den Lebenden verboten, weil die Lebenden die Zukunft durch ihre Handlungen bestimmten. So konnten die Toten sie bestenfalls einen Blick auf die Möglichkeiten werfen lassen, aus denen die Lebenden machen konnten, was sie wollten.

Sie starrte in die Ferne und dachte, es würde ihr gleichgültig sein, ob sie die Zukunft kannte. Sie wollte lediglich wissen, ob es stimmte, was ihr die Magie gezeigt hatte – ob sie tatsächlich Druide werden sollte, Walkers Nachfolger, und seine Arbeit fortführen würde. Das hatte sie Bek und den anderen erzählt, aber sie durfte nicht sicher sein, ehe sie es vom Schatten des Druiden gehört hatte. Sie wollte es gern; sie wollte die Chance, etwas zu tun, das Gutes bewirkte und half, Walkers Werk zu bewahren. Aus diesem Grund wollte sie ihm etwas für den Schmerz zurückgeben, den sie ihm zugefügt hatte. Vor allem wollte sie wieder nützlich sein, einen Sinn im Leben finden, damit dieses nicht mit ihrer Zeit als Ilse-Hexe begann und endete.

Sie betrachtete das Wasser des Hadeshorn. *Gift*, hatte die Magie des Schwertes von Shannara ihr zugeflüstert. Aber auch sie war Gift. Einem Impuls folgend beugte sie sich vor und tauchte die Hand in den dunklen Spiegel von Mond und Sternen, riss sie aber zurück, als das Wasser sich bewegte. In der Mitte des Sees zischte Dampf auf wie der Atem eines Drachen. Es war an der Zeit. Walker kam.

Sie richtete sich in ihrem dunklen Mantel innerlich auf und erwartete ihn.

»Ich hätte nicht geglaubt, dich wieder zu sehen, kleiner Bruder«, verkündete Kylen Elessedil und rauschte mit gewohnter Schroffheit in das Zimmer, wobei er keine Zeit mit überflüssigen Formalitäten wie einem Gruß verschwendete.

»Du bist sicherlich nicht mehr überrascht als ich selbst«, antwortete Ahren. »Na, immerhin bin ich hier.«

Vor zwei Tagen hatte er sich von Quentin Leah im Hochland verabschiedet, vor drei Tagen war Grianne Ohmsford in die Drachenzähne hinaufgestiegen. Danach war Ahren mit den Fahrenden auf der *Jerle Shannara* nach Arborlon geflogen und hatte sich die ganze Zeit überlegt, was er in diesem Moment sagen würde. Er wusste, was man von ihm erwartete – nicht nur jene, mit denen er unterwegs gewesen war, sondern auch er selbst. Dies war gewiss seine wichtigste Aufgabe, und ohne Frage die heikelste, in Anbetracht der Tatsache, welche Gefühle sein Bruder ihm gegenüber hegte. Der Junge, der er gewesen war, als er Kael Elessedils Karte gefolgt war, hätte dieses Problem nicht handhaben können. So musste man erst einmal sehen, ob der Mann, zu dem er herangewachsen war, besser damit klarkam.

Dass er von der Leibgarde empfangen und in dieses kleine Zimmer im hinteren Teil des Palastes gebracht worden war, still und ohne Fanfaren, bestätigte ihm, wie sehr sein Bruder ihn immer noch als Ärgernis betrachtete. Kylen würde ihn nur so lange hier behalten, bis er eine andere Aufgabe für ihn gefunden hatte. Die Rückkehr von Ahren war kein Grund für Jubelfeiern, selbst wenn er die Elfensteine geborgen hatte.

»Wo ist der Druide?«, wollte sein Bruder wissen und kam damit sofort zum Thema. Er ging zu den Fenstern, deren Vorhänge zugezogen waren, und schaute hinaus durch die Falten. »Immer noch an Bord des Schiffes?«

»Er ist zu den Drachenzähnen zurückgegangen«, antwortete Ahren. Das war keine richtige Lüge, eher eine Verkleidung der Wahrheit. Kylen brauchte nicht alles sofort zu erfahren. Vor allem musste er nicht wissen, wie es momentan um die Druiden stand.

»War die Expedition für dich erfolgreich, Bruder?«

»Größtenteils schon.«

Kylen zog eine Augenbraue hoch. »Ich habe gehört, von denen, die aufgebrochen sind, ist weniger als ein Viertel zurückgekehrt.«

»Noch weniger. Manche sind bereits zu Hause. Für sie bestand keine Notwendigkeit herzukommen. Aber ja, wir haben viele Verluste erlitten, unter anderen auch Ard Patrinell und die Elfenjäger.«

»Und du hast von allen Elfen als Einziger überlebt?«

Ahren nickte. Den Vorwurf hörte er wohl aus den Worten heraus, doch weigerte er sich, ihn mit einer Antwort zu würdigen. Er brauchte sich vor niemandem zu rechtfertigen, und schon gar nicht vor seinem Bruder, der nur darüber enttäuscht war, dass überhaupt ein Elf überlebt hatte.

Kylen ging vom Fenster zu ihm herüber und stellte sich vor ihn. »Sag mir, hast du die Elfensteine gefunden? Hast du sie bei dir?«

Es gelang ihm nicht, die Begierde in seiner Stimme zu verbergen, auch nicht die Röte, die seine helle Haut tönte. Kylen glaubte, mit den Elfensteinen würde er seine Macht vergrößern. Dabei begriff er nicht einmal die Anforderungen, die sie stellten. Vermutlich würde er nicht verstehen, dass sie in den meisten Situationen, in denen er sie einsetzen wollte, nutzlos waren. Es war allein das Wissen um ihre Macht, das ihn antrieb, und der Gedanke daran benebelte sein Denken.

Allerdings war das nicht Ahrens Problem. »Ich habe sie. Übergeben werde ich sie dir, sobald ich sicher bin, dass wir uns einig sind, was die Abmachung zwischen Vater und Walker betrifft.«

Zorn umwölkte das Gesicht seines Bruders. »Es ist nicht deine Aufgabe, mich an meine Pflichten zu erinnern! Ich kenne das Versprechen meines Vaters! Wenn der Druide seinen Teil der Abmachung erfüllt hat – wenn du mir die Elfensteine und die entsprechende Elfenmagie übergibst –, dann soll alles so geschehen, wie Vater wünschte!«

Sein Bruder machte gar nicht erst den Versuch zu verhehlen, dass er glaubte, alles sei für ihn bestimmt und nicht für das ganze Volk der Elfen. Kylen war ein tapferer Mann und ein starker Kämpfer, aber ehrgeiziger, als ihm gut tat, und vor allem kein besonders geschickter Politiker. Inzwischen würde er sicherlich im Hohen Rat der Elfen Probleme bekommen haben. Dazu hatte er bestimmt schon die eine oder andere Gruppe seines Volkes verärgert.

»Die Elfensteine werden sich in deinem Besitz befinden, wenn ich wieder gehe«, sagte Ahren. »Die Magie, die Walker suchte, erfordert Übersetzung und Interpretation, um ihren Ursprung und ihren Wert zu verstehen. Jene Elfen, die Druiden werden, um später den neuen Rat zu bilden, können bei dieser Arbeit helfen. Zwei Dutzend wären eine angemessene Zahl für den Anfang.«

»Ein Dutzend wird genügen«, entgegnete sein Bruder. »Such sie dir selbst aus.«

Ahren schüttelte den Kopf. »Es werden zwei Dutzend gebraucht.«

»Du stellst meine Geduld auf die Probe, Ahren.« Kylen starrte ihn wütend an, dann nickte er. »Also gut, du sollst sie haben.«

»Der Sold, der jedem Teilnehmer an der Expedition versprochen wurde, muss an die Überlebenden und die Hinterbliebenen der Toten ausbezahlt werden.«

Widerwillig nickte sein Bruder. Er sah Ahren auf eine Weise an, die fast an Respekt grenzte, so beeindruckt war er, wenn auch nicht erfreut, über die Haltung und Entschlossenheit seines jüngeren Bruders. »Sonst noch etwas? Ich nehme an, du wirst das Luftschiff behalten wollen.«

Darauf gab Ahren erst gar keine Antwort. Stattdessen griff er in die Tasche, zog den Beutel mit den Elfensteinen hervor und reichte sie seinem Bruder. Kylen brauchte einen Augenblick, bis er die Schnur entknotet und die Steine in seine Hand geschüttet hatte. Wortlos betrachtete er die blauen Facetten, und in seinen Augen leuchtete unverkennbare Gier.

»Brauchst du mich, um dir zu zeigen, wie man die Magie beschwört?«, fragte Ahren vorsichtig.

Sein Bruder blickte ihn an. »Ich weiß mehr über sie, als du denkst, kleiner Bruder. Ich habe viel Mühe darauf verwendet, es herauszufinden.«

Ahren nickte, obwohl er nicht ganz begriff, war sich aber auch nicht sicher, ob er das wirklich wollte. »Dann werde ich mich mal aufmachen«, sagte er. »Nachdem ich mir Vorräte beschafft habe, werde ich mit denen sprechen, die vielleicht mit nach Paranor kommen.« Er wartete ab, doch Kylen erwiderte nichts, also fügte er hinzu: »Auf Wiedersehen, Kylen.«

Kylen war bereits unterwegs zur Tür und hielt die Elfensteine fest in seiner Hand. Er blieb kurz stehen und sah zurück. »Nimm dir, was immer du brauchst, kleiner Bruder. Und geh, wohin immer du willst. Nur, Ahren, tust du mir einen Gefallen?« Ein Grinsen verzog das hübsche Gesicht. »Komm bitte niemals zurück.«

Er ging durch die Tür und schloss sie leise hinter sich.

Es dämmerte an der Küste der Blauen Spalte, wo Hunter Predd auf Obsidian Patrouille flog. Nach seiner Rückkehr hatte er fast ununterbrochen mehrere Tage geschlafen, aber weil er von Natur aus rastlos war, brauchte er nicht mehr Zeit, um sich von den Strapazen der Reise zu erholen, und bald saß er wieder auf dem Rücken seines Rocks. Nirgendwo anders, nicht einmal in Wing Hove, fühlte er sich so zu Hause; deshalb wollte er immer in die Luft und fliegen.

Es war ein heller, klarer Tag, und er sog die Seeluft tief in sich hinein, den vertrauten Geschmack und Geruch. Die Reise der *Jerle Shannara* schien ihm schon lange her zu sein, und seine Erinnerungen an die Orte und Menschen verblassten langsam. Hunter Predd lebte nicht gern in der Vergangenheit, und daher hatte er dieses Erlebnis rasch hinter sich gelassen. Die Gegenwart interessierte ihn mehr, das Hier und Jetzt seines Lebens als Flugreiter, die Zeit in der Luft. Vermutlich lag das an seiner Arbeit. Wenn man die Gedanken schweifen ließ, konnte man sich nicht auf das Notwendige konzentrieren.

Kurz suchte er den Horizont nach Luftschiffen ab und dachte, er würde vielleicht eins entdecken, möglicherweise gar das von Redden Alt Mer. Von allen, die mit ihm unterwegs gewesen waren, hatte er den Fahrenden für den Ungewöhnlichsten gehalten. Obwohl er keine Magie oder besonderen Fähigkeiten besaß, war er unverwüstlich, einer, dem nichts etwas anhaben konnte. Der Mann mit dem Glück. Hunter Predd hatte immer noch vor Augen, wie er, auf wundersame Weise ohne einen einzigen Kratzer, mit seinem Einflügler aus dem Rauch der brennenden Flotte des Morgawrs auftauchte. Wenn einen nichts in dieser Welt retten konnte, dachte er, das Glück war dazu in der Lage.

Möwen kreuzten seinen Weg, weißgeflügelte Pfeile vor dem blauen Hintergrund des Wassers. Obsidian stieß eine schrille Warnung aus und zog nach links. Der Rock sah etwas im Wasser treiben, etwas, das sein Reiter übersehen hatte. Hunter Predd richtete seine Aufmerksamkeit wieder auf seine Arbeit. Jetzt hatte er es auch entdeckt, wie es auf der Brandung tanzte, ein heller bunter Fleck.

Vielleicht war es nur ein Kleidungsstück.

Vielleicht eine Leiche.

Er fühlte, wie sich sein Hals zuschnürte, als er sich an eine Zeit erinnerte, die nun plötzlich gar nicht mehr so weit entfernt war.

Mit Händen und Knien lenkte er den Rock nach unten, um sich die Sache genauer anzusehen.